ADOLFO BIOY CASARES

Copyright desta edição © 2012. Herdeiros de Adolfo Bioy Casares
© 2012. Daniel Martino, pela organização
Imagens: fotografias do acervo de Bioy Casares © Herdeiros de Adolfo Bioy Casares

Todos os direitos reservados. Nenhuma parte desta edição pode ser utilizada ou reproduzida
– em qualquer meio ou forma, seja mecânico ou eletrônico, fotocópia, gravação etc. – nem
apropriada ou estocada em sistema de banco de dados sem a expressa autorização da editora.

Texto fixado conforme as regras do novo Acordo Ortográfico da Língua Portuguesa (Decreto
Legislativo nº 54, de 1995).

Diretor editorial: Marcos Strecker
Editor responsável: Ana Lima Cecilio
Editor assistente: Erika Nogueira Vieira
Preparação: Rubia Prates Goldoni
Revisão: Vanessa Carneiro Rodrigues
Diagramação: Jussara Fino
Capa e projeto gráfico: Mariana Bernd
Desenhos da capa: Projeto Iconografia das Carrocerias de Caminhão

CIP-BRASIL. CATALOGAÇÃO-NA-FONTE
SINDICATO NACIONAL DOS EDITORES DE LIVROS, RJ

B514o
v. 1
Bioy Casares, Adolfo, 1914-1999
Obras completas de Adolfo Bioy Casares : volume I / Adolfo Bioy
Casares ;
organização Daniel Martino ; tradução Sergio Molina ... [et al.]. -
1. ed. - São Paulo :
Globo, 2014.
23 cm.

Tradução de: *Adolfo Bioy Casares obra completa volumen I*
ISBN 978-85-250-5824-9

1. Literatura argentina. I. Martino, Daniel. II. Molina, Sergio.
III. Título.

| 14-16803 | CDD: 868.99323 |
| | CDU: 821.134.2(84)-3 |

1ª edição, 2014 – 1ª reimpressão, 2019

Direitos exclusivos de edição em língua portuguesa para o Brasil
adquiridos por EDITORA GLOBO S. A.
Rua Marquês de Pombal, 25
20230-240 Rio de Janeiro – RJ
www.globolivros.com.br

vol.

ADOLFO BIOY CASARES

obras completas
1940 ◊ 1958

SUMÁRIO

A INVENÇÃO DE MOREL (1940) .... *tradução de Sérgio Molina* | **09**

PLANO DE FUGA (1945) .... *tradução de Rubia Prates Goldoni e Sérgio Molina* | **89**

A TRAMA CELESTE (1948) .... *tradução de Ari Roitman e Paulina Wacht* | **189**
Prólogo (1967) | 191
Nota (1990) | 195
Em memória de Paulina | 197
Dos reis futuros | 211
O ídolo | 223
A trama celeste | 247
O outro labirinto | 273
O perjúrio da neve | 305

AS VÉSPERAS DE FAUSTO (1949) .... *tradução de Sérgio Molina* | **333**
Na torre | 335
Orfeu | 337

O SONHO DOS HERÓIS (1954) .... *tradução de Josely Vianna Baptista* | **341**

HISTÓRIA PRODIGIOSA (1956) .... *tradução de Antônio Xerxenesky* | **493**
Nota preliminar | 495
História prodigiosa | 497
Chave para um amor | 520
A serva alheia | 549
Dos dois lados | 583
As vésperas de Fausto | 593
Homenagem a Francisco Almeyra | 597

OBRA DO PERÍODO INÉDITA EM LIVRO | **613**

tradução de Maria Paula Gurgel Ribeiro

Prólogo à *Antologia da literatura fantástica* | 615

Resenha de *The Spirit of Chinese Poetry*, de V. W. W. S. Purcell | 623

Resenha de *O jardim das veredas que se bifurcam*, de Jorge Luis Borges | 627

Desagravo a Borges | 632

Resenha de *The Silk Stocking Murders*, de Anthony Berkeley | 632

Resenha de *La litera fantástica*, de Rudyard Kipling | 633

Resenha de *Etching of a Tormented Age*, de Hsiao Ch'ien | 635

Elogio de Wells | 637

Resenha de *Un Certain sourire*, de François Sagan | 639

Resenha de *La caída*, de Beatriz Guido | 640

Cumprimentos à editora Losada em seu aniversário | 642

APÊNDICES | **643**

tradução de Maria Paula Gurgel Ribeiro

Os namorados em cartões-postais | 646

Como perdi a visão | 647

Resumo do argumento de "Em memória de Paulina" | 657

Resumo do argumento de "Dos reis futuros" | 658

Resumo do argumento de "O outro labirinto" | 660

Resumo do argumento de "A navalha do morto" | 665

Resumo do argumento de "As vésperas de Fausto" | 667

Resumo do argumento de "História prodigiosa" | 667

Resumo do argumento de "O Deus" | 669

Resumo do argumento de "A serva alheia" | 670

NOTAS AOS TEXTOS | **671**

BIBLIOGRAFIA | **745**

A INVENÇÃO DE MOREL (1940)

tradução de
SÉRGIO MOLINA

Para Jorge Luis Borges

PRÓLOGO

Stevenson, por volta de 1882, apontou que os leitores britânicos menosprezavam um pouco as peripécias e consideravam uma grande habilidade escrever um romance sem argumento, ou de argumento infinitesimal, atrofiado. José Ortega y Gasset — *A desumanização da arte*, 1925 — tenta justificar o menosprezo apontado por Stevenson e decreta, na página 96, ser "muito difícil que hoje se possa inventar uma aventura capaz de interessar nossa sensibilidade superior" e, na 97, que essa invenção "é praticamente impossível". Em outras páginas, em quase todas as outras páginas, advoga pelo romance "psicológico" e opina que o prazer das aventuras é inexistente ou pueril. É esse, sem dúvida, o comum parecer de 1882, de 1925 e até de 1940. Alguns escritores (entre os quais tenho o prazer de incluir Adolfo Bioy Casares) entendem que é razoável discordar. Resumirei, aqui, os motivos dessa discordância.

O primeiro (cujo ar de paradoxo não quero ressaltar nem atenuar) é o intrínseco rigor do romance de peripécias. O romance típico, "psicológico", tende a ser informe. Os russos e os discípulos dos russos provaram até o cansaço que ninguém é impossível: suicidas por felicidade, assassinos por benevolência, pessoas que se adoram até o ponto de se separarem para sempre, delatores por fervor ou por humildade... Essa plena liberdade acaba equivalendo à plena desordem. Por outro lado, o romance "psicológico" pretende ser também romance "realista": prefere que esqueçamos seu caráter de artifício verbal e faz de toda vã precisão (ou de toda lânguida vagueza) um novo toque de verossimilhança. Há páginas, há capítulos de Marcel Proust que são inaceitáveis como invenções: sem saber, resignamo-nos a eles como a tudo que de insípido e ocioso há no dia a dia. O romance de aventuras, ao contrário, não se apresenta como uma transcrição da realidade: é um objeto artificial que não comporta nenhuma parte injustificada. O temor de incorrer na mera variedade sucessiva de *O asno de ouro*, das sete viagens de Simbad ou de *D. Quixote* impõe-lhe um rigoroso argumento.

Aleguei um motivo de ordem intelectual; há outros de caráter empírico. Todos murmuram tristemente que nosso século é incapaz de tecer tramas interessantes; ninguém se atreve a verificar que, se alguma primazia tem este século sobre os anteriores, essa primazia é a das tramas. Stevenson é mais apaixonado, mais diverso, mais lúcido, talvez mais digno de nossa absoluta amizade que Chesterton; mas os argumentos que governa são inferiores. De Quincey, em noites de minucioso terror, penetrou no coração de labirintos feitos de labirintos, mas não plasmou seu timbre de *unutterable and self-repeating infinities* em fábulas comparáveis às da Kafka. Ortega y Gasset aponta com justiça que a "psicologia" de Balzac não nos satisfaz; a mesma observação vale para seus argumentos. Shakespeare, Cervantes apreciavam a antinômica ideia de uma moça que, sem prejuízo de sua beleza, consegue passar por homem; esse móvel não funciona entre nós... Considero-me livre de toda superstição de modernidade, de qualquer ilusão de que ontem difere intimamente de hoje ou diferirá de amanhã; mas penso que nenhuma outra época possui romances de tão admirável argumento como *The Invisible Man*, como *The Turn of the Screw*, como *Der Prozess*, como *Le Voyageur sur la Terre*, como este que logrou, em Buenos Aires, Adolfo Bioy Casares.

As ficções de índole policial — outro gênero típico deste século que não consegue inventar argumentos — relatam fatos misteriosos que um fato razoável depois justifica e ilustra; Adolfo Bioy Casares, nestas páginas, resolve com felicidade um problema talvez mais difícil. Desfia uma Odisseia de prodígios que não parecem admitir outra chave de leitura afora a alucinação ou o símbolo e decifra-os plenamente por meio de um único postulado fantástico, mas não sobrenatural. O temor de incorrer em prematuras ou parciais revelações me proíbe a análise do argumento e das muitas delicadas sabedorias da execução. Baste-me declarar que Bioy renova literariamente um conceito que Santo Agostinho e Orígenes refutaram, que Louis-Auguste Blanqui ponderou e que Dante Gabriel Rossetti disse com música memorável:

I have been here before,
But when or how I cannot tell:
I know the grass beyond the door,
The sweet keen smell,
The sighing sound, the lights around the shore…*

Em espanhol, são infrequentes e até raríssimas as obras de imaginação racional. Os clássicos exerceram a alegoria, os exageros da sátira e, vez por outra, a mera incoerência verbal; de datas recentes não recordo nada afora algum conto de *As forças estranhas* e algum de Santiago Dabove:** injustamente esquecido. *A invenção de Morel* (cujo título alude filialmente a outro inventor ilhéu, Moreau) traslada um gênero novo para nossas terras e nosso idioma.

Discuti com seu autor os pormenores de sua trama, que acabo de reler; não me parece impreciso ou hiperbólico qualificá-la de perfeita.

JORGE LUIS BORGES
Buenos Aires, 2 de novembro de 1940.

---

* Em inglês, no original. Em tradução livre: "Eu já estive aqui antes,/ Mas quando ou como eu não posso dizer:/ Eu conheço a grama além da porta,/ O aguçado perfume doce,/ O som suspirante, as luzes em torno da costa…". (N. T.)
** *As forças estranhas* é um livro de contos de Leopoldo Lugones (1874-1938), jornalista e escritor argentino, como Santiago Dabove (1889-1951), dois dos autores por quem Borges e Bioy nutriam grande admiração. (N. T.)

Hoje, nesta ilha, ocorreu um milagre. O verão se antecipou. Puxei a cama para perto da piscina e fiquei mergulhando, até bem tarde. Era impossível dormir. Dois ou três minutos fora bastavam para reduzir a suor a água que devia me proteger da terrível canícula. De madrugada fui acordado por um fonógrafo. Não pude voltar ao museu, para pegar as coisas. Fugi pelos barrancos. Estou nos baixios do sul, em meio a plantas aquáticas, atazanado pelos mosquitos, com o mar ou córregos sujos pela cintura, vendo que antecipei absurdamente minha fuga. Acho que essa gente não veio me procurar; talvez nem me tenham visto. Mas sigo meu destino: estou despojado de tudo, confinado no lugar mais exíguo, menos habitável da ilha; em pântanos que o mar suprime uma vez por semana.

Escrevo isto para dar testemunho do adverso milagre. Se em poucos dias eu não morrer afogado ou lutando por minha liberdade, espero escrever a *Defesa ante sobreviventes* e um *Elogio de Malthus*. Atacarei, nessas páginas, os exploradores das florestas e dos desertos; provarei que o mundo, com o aperfeiçoamento das polícias, dos documentos, do jornalismo, da radiotelefonia, das alfândegas, torna irreparável qualquer erro da justiça, é um inferno unânime para os perseguidos. Até agora não consegui escrever nada além desta folha que ontem não previa. São tantas as tarefas nesta ilha deserta! É tão insuperável a dureza da madeira! Tão mais vasto o espaço que o pássaro movediço!

Foi um italiano, que vendia tapetes em Calcutá, quem me deu a ideia de vir aqui; ele disse (em sua língua):

— Para um perseguido, para o senhor, só há um lugar no mundo, mas nesse lugar não se vive. É uma ilha. Em 1924, mais ou menos, gente branca andou por lá construindo um museu, uma capela, uma piscina. As obras estão concluídas e abandonadas.

Eu o interrompi; queria sua ajuda para a viagem; o mercador continuou:

— Nem os piratas chineses, nem o barco pintado de branco da Fundação Rockfeller aportam nela. É foco de uma doença, ainda misteriosa, que mata de fora para dentro. Caem as unhas, o cabelo; morrem a pele e as córneas dos olhos, e o corpo sobrevive oito, quinze dias. Os tripulantes de um vapor que tinha fundeado na ilha estavam despelados, calvos, sem unhas — todos mortos —, quando o cruzador japonês *Namura* os encontrou. O vapor foi afundado a tiros de canhão.

Mas minha vida era tão horrível que resolvi partir... O italiano tentou me dissuadir; consegui que me ajudasse.

Ontem à noite, pela centésima vez, adormeci nesta ilha vazia... Olhando os edifícios, pensava em quanto deve ter custado transportar para cá essas pedras, quando seria tão fácil erguer uma pequena olaria. Dormi tarde, e a música e os gritos me acordaram de madrugada. A vida de fugitivo deixou meu sono mais leve: tenho certeza de que não chegou nenhum barco, nenhum avião, nenhum dirigível. No entanto, de uma hora para outra, nesta abafada noite de verão, o capinzal do morro se cobriu de pessoas que dançam, passeiam e nadam na piscina como veranistas que estivessem instalados faz tempo em Los Teques ou em Marienbad.

*

Dos pântanos de águas misturadas posso ver o alto do morro, os veranistas que habitam o museu. Sua inexplicável aparição poderia levar a supor que tudo é efeito do calor de ontem, sobre meu cérebro; mas não se trata de alucinações nem de imagens: há homens reais, pelo menos tão reais como eu.

Vestem roupas iguais às que se usavam faz alguns anos: detalhe este que revela (a meu ver) uma consumada frivolidade; contudo, devo reconhecer que agora há uma tendência geral a admirar-se com a magia do passado imediato.

Quem sabe que destino de condenado à morte me impele a olhá-los a toda hora, irresistivelmente. Dançam em meio ao capinzal do morro, rico em cobras. São inimigos inconscientes que, para escutar "Valencia" e "Tea for Two" — um fonógrafo muito potente impõe as canções ao ruído do vento e do mar —, privam-me de tudo aquilo que tanto trabalho me custou e é indispensável para que eu não morra, acuam-me contra o mar em pântanos deletérios.

Esse jogo de espiá-los traz perigos; como todo agrupamento de homens cultos, estes hão de trazer escondida toda uma cadeia de impressões digitais e de cônsules que, se me descobrirem, me remeterá, com alguns ritos ou trâmites, à prisão.

Exagero: observo com certo fascínio — faz tanto tempo que não vejo gente — esses abomináveis intrusos; mas seria impossível observá-los a toda hora.

Primeiro: porque tenho muito trabalho. O lugar é capaz de matar o mais traquejado dos ilhéus; eu acabo de chegar; estou sem ferramentas.

Segundo: pelo risco de que me surpreendam enquanto os observo ou na primeira visita que fizerem a esta parte da ilha; se eu quiser evitar esse risco, devo preparar esconderijos no matagal.

Finalmente: porque há dificuldades materiais para vê-los. Estão no alto do morro e para quem os espia daqui são como gigantes fugazes; só posso vê-los quando se aproximam do barranco.

Minha situação é deplorável. Sou forçado a viver neste baixio em uma época em que a maré vem subindo mais do que nunca. Poucos dias atrás, ocorreu a mais alta que já vi desde que estou na ilha.

Quando anoitece procuro galhos e os cubro com folhas. Não me admira acordar na água. A maré sobe por volta das sete da manhã; às vezes se adianta. Mas uma vez por semana ocorrem cheias que podem ser terminantes. Incisões no tronco das árvores são a contabilidade dos dias; um erro me encheria os pulmões de água.

Sinto com desagrado que este papel se transforma em testamento. Se devo resignar-me a isso, tratarei de que minhas afirmações possam ser comprovadas, de modo que quem porventura me julgar suspeito de falsidade não possa pensar que minto ao dizer que fui condenado injustamente. Porei este informe sob a divisa de Leonardo — *Hostinato rigore* — e tratarei de segui-la.

*

Creio que esta ilha se chama Villings e pertence ao arquipélago das Ellice.[1] O comerciante de tapetes Dalmacio Ombrellieri (rua Hyderabad, 21, subúrbio

---

1 Duvido. O narrador fala de um morro e de árvores de várias espécies. As ilhas Ellice — ou *das lagunas* — são baixas e não têm nenhuma árvore além dos coqueiros arraigados no pó de coral. (NOTA DO EDITOR)

de Ramkrishnapur, Calcutá), poderá fornecer-lhes maiores informações. Esse italiano me alimentou durante os vários dias que passei enrolado em tapetes persas; depois me carregou no porão de um navio. Não o comprometo, ao recordá-lo neste diário; não lhe sou ingrato... A *Defesa ante sobreviventes* não deixará dúvidas: assim como na realidade, na memória dos homens — onde talvez esteja o céu — Ombrellieri terá sido caridoso para com um semelhante injustamente perseguido, até na última lembrança em que ele aparecer, todos o tratarão com benevolência.

Desembarquei em Rabaul; com o cartão de visita do comerciante, visitei um membro da sociedade mais conhecida da Sicília; no brilho metálico do luar, em meio à fumaça de fábricas de conservas de frutos do mar, recebi as últimas instruções e um bote roubado; remei exasperadamente e cheguei à ilha (com uma bússola que não entendo; sem orientação; sem chapéu; doente; com alucinações); o bote encalhou nas areias do leste (sem dúvida, os recifes de coral que rodeiam a ilha estavam submersos); permaneci no bote por mais de um dia, perdido em episódios daquele horror, esquecido de minha própria chegada.

*

A vegetação da ilha é abundante. Plantas, capim, flores de primavera, de verão, de outono, de inverno vão se sucedendo com urgência, com mais urgência em nascer do que em morrer, invadindo o tempo e a terra umas das outras, acumulando-se irrefreavelmente. As árvores, ao contrário, estão doentes: têm as copas secas, os troncos vigorosamente brotados. Encontro duas explicações: ou o mato está sugando a força do solo, ou as raízes das árvores já alcançaram a pedra (o fato de as árvores novas estarem saudáveis parece confirmar a segunda hipótese). As árvores do morro endureceram tanto que é impossível trabalhar sua madeira; as do baixio tampouco servem para construir nada: desmancham à menor pressão dos dedos e deixam na mão uma serragem pegajosa, umas farpas moles.

*

Na parte alta da ilha, que tem quatro barrancos cobertos de capim (há um rochedo nos barrancos do oeste), ficam o museu, a capela e a piscina. As três construções são modernas, angulares, lisas, de pedra sem polir. A pedra, como tantas vezes, parece uma imitação ruim e não combina perfeitamente com o estilo.

A capela é uma caixa oblonga, achatada (isso a faz parecer muito comprida). A piscina é bem construída, mas, como não supera o nível do chão, inevitavelmente se enche de cobras, sapos, rãs e insetos aquáticos. O museu é um edifício grande, de três andares, sem telhado aparente, com uma galeria na frente e outra menor nos fundos, com uma torre cilíndrica.

Encontrei o prédio aberto e logo me instalei nele. Eu o chamo de museu porque era assim que o mercador italiano o chamava. Por que razão? Talvez nem ele próprio soubesse. Poderia ser um esplêndido hotel, com capacidade para umas cinquenta pessoas, ou um sanatório.

O museu tem um hall com estantes inesgotáveis e deficientes: contêm apenas romances, poesia, teatro (com exceção de um livrinho — Belidor: *Travaux* — *Le Moulin Perse* — Paris, 1737 — que estava sobre uma prateleira de mármore verde e agora avoluma um dos bolsos destes molambos de calça que visto. Resolvi pegá-lo porque o nome "Belidor" me chamou a atenção e porque me perguntei se o capítulo "Moulin Perse" não explicaria o moinho que há no baixio). Percorri as estantes buscando ajuda para certas pesquisas que o processo interrompeu e que tentei retomar na solidão da ilha (creio que perdemos a imortalidade porque a resistência à morte não evoluiu; seus aperfeiçoamentos insistem na primeira ideia, rudimentar: manter vivo o corpo inteiro. Só se deveria buscar a conservação daquilo que interessa à consciência).

No hall as paredes são de mármore rosa, com alguns filetes verdes, como colunas engastadas. As janelas, com seus vidros azuis, chegariam ao andar mais alto de minha casa natal. Quatro cálices de alabastro, onde poderiam se esconder quatro meias dúzias de pessoas, irradiam luz elétrica. Os livros melhoram um pouco essa decoração. Uma porta dá para a galeria; outra, para um salão redondo; outra, minúscula, coberta por um biombo, para a escada de caracol.

Na galeria fica a escada principal, de estuque e atapetada. Há cadeiras de palha e as paredes estão cobertas de livros.

A sala de jantar mede cerca de dezesseis metros por doze. Sobre triplas colunas de mogno, em cada parede, há patamares que são como balcões para quatro divindades sentadas — uma em cada balcão — semi-índias, semiegípcias, ocres, de terracota; são três vezes maiores do que um homem; estão rodeadas de folhas escuras e proeminentes, de plantas de gesso. Embaixo dos patamares há grandes painéis com desenhos de Fujita, que destoam (pela humildade).

O piso do salão redondo é um aquário. Em invisíveis caixas de vidro, na água, há lâmpadas elétricas (a única iluminação desse cômodo sem janelas).

Recordo o lugar com asco. Quando cheguei havia centenas de peixes mortos; tirá-los foi uma operação horripilante; deixei a água correr, dias e dias, mas ali sempre sinto cheiro de peixe podre (que evoca as praias da pátria, com seus *turbios* de multidões de peixes, vivos e mortos, saltando das águas e infectando vastíssimas zonas do ar, enquanto os agoniados moradores os enterram). Com o piso iluminado e as colunas de laca negra em torno dele, nesse cômodo a pessoa se imagina caminhando magicamente sobre um lago, no meio de um bosque. Por duas aberturas dá para o hall e para uma sala pequena, verde, com um piano, um fonógrafo e um biombo de espelhos, que tem vinte folhas, ou mais.

Os quartos são modernos, suntuosos, desagradáveis. Há quinze apartamentos. No meu fiz uma obra devastadora, que deu pouco resultado. Não tive mais quadros — de Picasso —, nem cristais fumês, nem estofamentos de marcas valiosas, mas vivi em uma ruína desconfortável.

*

Em duas ocasiões análogas fiz minhas descobertas nos porões. Na primeira — tinham começado a escassear os mantimentos na despensa — estava à procura de alimentos e descobri a usina.

Quando estava percorrendo o porão, reparei que nenhuma das paredes tinha a claraboia que eu vira de fora, com grades e vidros espessos, meio escondida entre os galhos de uma conífera. Como imerso em uma discussão com alguém que sustentasse ser a claraboia irreal, vista em sonhos, saí para verificar se ela ainda estava lá.

Tornei a vê-la. Desci até o porão e tive muita dificuldade para me orientar e encontrar, por dentro, o local que correspondia à claraboia. Ela estava atrás de uma das paredes. Procurei fendas, portas secretas. A parede era muito lisa e muito sólida. Pensei que, em uma ilha, em um lugar murado, devia haver um tesouro; mas resolvi quebrar a parede e entrar, porque me pareceu mais verossímil que houvesse, se não metralhadoras e munições, pelo menos um depósito de víveres.

Com uma barra de ferro que servia para travar uma porta, e uma crescente languidez, abri um buraco: brotou uma claridade azulada. Trabalhei muito e, na mesma tarde, consegui entrar. Minha primeira sensação não foi o desapontamento por não encontrar víveres, nem o alívio por reconhecer uma bomba de água e uma usina de luz, e sim a admiração prazerosa e prolongada: as paredes, o teto e o piso eram de porcelana azul-celeste, e até mesmo o ar (naquele recinto sem nenhuma ligação com o exterior além de uma claraboia alta e escondida entre os galhos de uma árvore) tinha a diafaneidade celeste e profunda que há na espuma das cataratas.

Entendo muito pouco de motores, mas não demorei a fazê-los funcionar. Quando se acaba a água que recolho da chuva, aciono a bomba. Tudo isso me espantou: por mim e pela simplicidade e bom estado das máquinas. Não ignoro que, para resolver qualquer falha, conto apenas com minha resignação. Sou tão inepto que ainda não consegui descobrir a finalidade de uns motores verdes que estão no mesmo recinto, nem daquela roda com pás que há no baixio do sul (conectada ao porão por um tubo de ferro; se não estivesse tão longe da costa, diria que tem alguma relação com as marés; poderia imaginar que serve para carregar os acumuladores que a usina deve ter). Por causa dessa minha inépcia, economizo ao máximo; só ligo os motores quando é indispensável.

Em uma ocasião, porém, todas as luzes do museu permaneceram a noite inteira acesas. Foi a segunda vez que fiz descobertas nos porões.

Eu estava doente. Esperava que em alguma parte do museu houvesse um armário com remédios; no alto não havia nada; desci aos porões e… nessa noite ignorei minha doença, esqueci que os horrores que estava passando surgiam apenas nos sonhos. Descobri uma porta secreta, uma escada, um segundo porão. Entrei em uma câmara poliédrica — parecida com certos abrigos antiaéreos, que vi no cinematógrafo — com as paredes recobertas de placas de dois tipos — umas de um material semelhante à cortiça, outras de mármore —, simetricamente distribuídas. Dei um passo: por arcadas de pedra, em oito direções, vi repetida, como em espelhos, oito vezes a mesma câmara. Depois ouvi muitos passos, terrivelmente claros, ao meu redor, em cima, embaixo, caminhando pelo museu. Avancei mais um pouco: os ruídos se apagaram, como em um ambiente de neve, como nas frias alturas da Venezuela.

Subi a escada. Havia o silêncio, o ruído solitário do mar, a imobilidade com fugas de centopeias. Temi uma invasão de fantasmas, uma invasão de policiais, menos verossímil. Passei horas atrás das cortinas, angustiado pelo esconderijo que havia escolhido (podia ser visto de fora; se quisesse fugir de alguém que estivesse dentro do recinto, teria de abrir a janela). Depois me atrevi a vasculhar a casa, mas continuava inquieto: ouvira passos nítidos rodeando-me, em diferentes alturas, movediços.

De madrugada desci de novo ao porão. Fui rodeado pelos mesmos passos, de perto e de longe. Mas desta vez os entendi. Inquieto, continuei a percorrer o segundo porão, escoltado intermitentemente pela revoada solícita dos ecos, multiplicadamente só. Há nove câmaras iguais; outras cinco em um porão inferior. Parecem abrigos antiaéreos. Quem poderia, em 1924, mais ou menos, ter construído este edifício? Por que o teriam abandonado? Que bombardeios temiam? Espanta que os engenheiros de uma casa tão bem construída tenham respeitado o moderno preconceito contra os frisos a ponto de ter feito este abrigo que põe à prova o equilíbrio mental: os ecos de um suspiro fazem ouvir suspiros, ao lado, distantes, durante dois ou três minutos. Onde não há ecos o silêncio é tão horrível como o peso que não deixa fugir, nos sonhos.

O leitor atento poderá extrair do meu informe um catálogo de objetos, de situações, de fatos mais ou menos assombrosos; o último é a aparição dos atuais habitantes do morro. Cabe relacionar essas pessoas com as que viveram em 1924? Será o caso de ver nos turistas de hoje os construtores do museu, da capela, da piscina? Reluto a acreditar que uma dessas pessoas tenha alguma vez interrompido "Tea for Two" ou "Valencia" para fazer o projeto desta casa, infestada de ecos, sem dúvida, mas à prova de bombas.

*

No rochedo há uma mulher olhando o pôr do sol, todas as tardes. Tem um lenço colorido amarrado na cabeça; as mãos juntas, sobre um joelho; sóis pré-natais devem ter dourado sua pele; pelos olhos, pelo cabelo negro, pelo busto, parece uma dessas boêmias ou espanholas dos quadros mais detestáveis.

Aumento com pontualidade as páginas deste diário preterindo aquelas que me escusarão dos anos que minha sombra se demorou sobre a terra (*Defesa ante sobreviventes* e *Elogio de Malthus*). Entretanto, o que hoje escrevo será uma precaução. Estas linhas permanecerão invariáveis, apesar da tibieza das minhas convicções. Hei de me ajustar ao que agora sei: convém à minha segurança renunciar, incessantemente, a qualquer auxílio de um próximo.

*

Não espero nada. Isto não é horrível. Depois de tomar essa decisão, ganhei tranquilidade.

Mas essa mulher me deu uma esperança. Devo temer as esperanças.

Olha o pôr do sol todas as tardes; escondido, olho para ela. Ontem, hoje de novo, descobri que minhas noites e meus dias esperam por essa hora. A mulher, com a sensualidade de uma zíngara e com seu enorme lenço colorido, parece-me ridícula. Sinto, no entanto, talvez meio de brincadeira, que, se eu pudesse ser olhado um instante, abordado um instante por ela, afluiria juntamente o socorro que o homem tem nos amigos, nas namoradas e naqueles que estão em seu próprio sangue.

Minha esperança pode ser obra dos pescadores e do tenista barbudo. Hoje irritou-me encontrá-la com esse falso tenista; não tenho ciúmes, mas ontem também não a vi; ia para o rochedo, e os tais pescadores me impediram de seguir; não me disseram nada: fugi antes de ser visto. Tentei contorná-los pelo alto; impossível: tinham amigos, assistindo à pescaria. Quando dei meia-volta, o sol já se escondera, só as rochas testemunhavam a noite.

Talvez eu esteja preparando um desatino irremediável; talvez essa mulher, aquecida pelo sol de todas as tardes, me entregue à polícia.

Sei que a calunio; mas não me esqueço do alcance da lei. Aqueles que condenam impõem tempos, defesas que nos aferram à liberdade, dementemente.

Agora, tomado pela sujeira e de pelos que não posso extirpar, um pouco velho, embalo a esperança da proximidade benigna dessa mulher indubitavelmente linda.

Espero que minha enorme dificuldade seja passageira: superar a primeira impressão. Esse falso impostor não me vencerá.

*

Em quinze dias houve três grandes inundações. Ontem a sorte me salvou de morrer afogado. Quase fui surpreendido pela água. Confiando-me nas marcas na árvore, calculei a maré para hoje. Se eu tivesse adormecido de madrugada, estaria morto. Muito cedo a água já estava subindo com o ímpeto que tem uma vez por semana. Minha negligência foi tão grande que agora não sei a que atribuir essas surpresas: se a erros de cálculo ou a uma perda transitória da regularidade das grandes marés. Se as marés alteraram sua rotina, a vida neste baixio será ainda mais precária. Em todo caso, me adaptarei. Já sobrevivi a tantas adversidades!

Vivi doente, dolorido, com febre, durante muitíssimo tempo; ocupadíssimo em não morrer de fome; sem poder escrever (com esta cara indignação que devo aos homens).

Quando cheguei, havia alguns mantimentos na despensa do museu. Em um forno clássico e tisnado, com farinha, sal e água, elaborei um pão intragável. Pouco depois já estava comendo farinha direto do saco, em pó (com goles de água). Tudo se acabou: até mesmo umas línguas de cordeiro em mau estado, até mesmo os fósforos (com um consumo de três por dia). Tão mais evoluídos eram os inventores do fogo! Passei dias sem conta trabalhando, machucando-me, para construir uma armadilha; quando funcionou, pude comer pássaros sangrentos e doces. Segui a tradição dos solitários; tenho comido, também, raízes. A dor, uma lividez úmida e horrível, catalepsias que não me deixaram lembrança, inesquecíveis medos sonhados, permitiram-me conhecer as plantas mais venenosas.[1]

Estou aflito: não tenho as ferramentas; a região é malsã, adversa. Mas, faz alguns meses, minha vida atual me pareceria um exagerado paraíso.

As marés diárias não são perigosas nem pontuais. Às vezes levantam os galhos cobertos de folhas que estendo para dormir e amanheço em um mar impregnado das águas barrentas dos pântanos.

Resta-me a tarde para caçar; de manhã estou com a água pela cintura; os movimentos pesam como se a parte do corpo que está submersa fosse muito grande; em compensação, há menos lagartos e cobras; os mosquitos estão presentes o dia inteiro, o ano inteiro.

As ferramentas estão no museu. Aspiro a ter coragem, a empreender uma expedição para resgatá-las. Talvez não seja indispensável: essa gente há de desaparecer; talvez eu tenha sofrido alucinações.

O bote ficou fora do meu alcance, na praia do leste. Não perco grande coisa: saber que não estou preso, que posso deixar a ilha; mas pude mesmo deixá-la alguma vez? Conheço o inferno que esse bote encerra. Vim de Rabaul até aqui. Não tinha água para beber, não tinha chapéu. A remo, o mar é inesgotável. A insolação, o cansaço eram maiores que meu corpo. Fui acometido de uma ardente doença e de sonhos que não se cansavam.

Minha sorte agora é distinguir as raízes comestíveis. Consegui organizar a vida tão bem que faço todos os trabalhos e ainda me resta algum tempo para descansar. Nesta amplidão me sinto livre, feliz.

---

1 Viveu, sem dúvida, sob coqueiros carregados. Não menciona os cocos. Será possível que não os tenha visto? Ou será que, atacados pela peste, os coqueiros não davam cocos? (NOTA DO EDITOR)

Ontem me atrasei; hoje estive trabalhando ininterruptamente; ainda assim, algumas tarefas ficaram para amanhã; quando há tanta coisa a fazer, a mulher das tardes não me desvela.

Ontem pela manhã o mar invadia os baixios. Eu nunca tinha visto uma maré dessa amplitude. Ainda estava subindo quando começou a chover (aqui, as chuvas são infrequentes, fortíssimas, com vendavais). Tive de buscar abrigo.

Lutando contra o escorregadio da ladeira, o ímpeto da chuva, o vento e os galhos, subi o morro. Tive então a ideia de me esconder na capela (o local mais solitário da ilha).

Estava nas saletas reservadas para o desjejum e a troca de roupa dos sacerdotes (não vi nenhum padre nem pastor entre os ocupantes do museu), e de súbito havia lá duas pessoas, bruscamente presentes, como se não tivessem chegado, como se tivessem aparecido apenas em minha vista ou imaginação... Tratei de me esconder — irresoluto, desajeitado — embaixo do altar, entre rendas e sedas vermelhas. Não me viram. Ainda perdura meu espanto.

Fiquei algum tempo, imóvel, agachado, em uma postura desconfortável, espiando por entre as cortinas de seda que há embaixo do altar-mor, com a atenção voltada para os ruídos interpostos pela tempestade, olhando os montículos dos formigueiros, escuros, as trilhas movediças das formigas, pálidas e grandes, as lajotas soltas... Atento aos pingos contra os muros e o telhado, à água trêmula nas calhas, à chuva no adro próximo, aos trovões, aos confusos ruídos do temporal, das árvores, do mar na praia, das vigas imediatas, tentando isolar os passos ou a voz de alguém que estivesse avançando para meu refúgio, evitar outra aparição inesperada...

Entre os ruídos, comecei a ouvir fragmentos de uma melodia concisa, muito remota... Parei de ouvi-la e pensei que tinha sido como essas figuras que, segundo Leonardo, aparecem quando fitamos manchas de umidade por algum tempo. A música ressurgiu, e fiquei com a vista enevoada, embalado por sua harmonia, convulso antes de me aterrorizar por completo.

Pouco depois fui até a janela. A água, esbranquiçada contra o vidro, sem brilho, profundamente fosca no ar, mal permitia ver... Minha surpresa foi tão grande que não me precavi de olhar pela porta aberta.

Aqui vivem os heróis do esnobismo (ou os hóspedes de um manicômio abandonado). Sem espectadores — ou sou eu o público previsto desde o princípio —, para ser originais, ultrapassam o limite do desconforto suportável, desafiam a morte. Isto é verídico, não é uma invenção do meu rancor... Eles tinham trazido o fonógrafo que fica na saleta verde, junto ao salão do aquário, e mulheres e homens, sentados em bancos ou na grama, conversavam, escutavam música e dançavam em meio a uma tempestade de água e vento que ameaçava arrancar todas as árvores.

*

Agora a mulher do lenço me é imprescindível. Talvez todo esse empenho higiênico em não esperar seja um pouco ridículo. Não esperar da vida, para não arriscá-la; dar-se por morto, para não morrer. De repente isso me pareceu um letargo pavoroso, inquietíssimo; quero que acabe. Depois da fuga, depois de ter vivido sem atentar a um cansaço que me destruía, conquistei a calma; minhas decisões talvez me devolvam a esse passado ou aos juízes; são preferíveis a este longo purgatório.

Começou há oito dias. Foi quando registrei o milagre da aparição dessas pessoas; à tarde, tremi perto do rochedo do oeste. Disse a mim mesmo que tudo era vulgar: o tipo boêmio da mulher e minha paixão típica de solitário acumulado. Voltei por mais duas tardes: a mulher estava lá; comecei a achar que a única coisa milagrosa era isso; seguiram-se os dias aziagos dos pescadores, quando não a vi, do barbudo, da inundação, de reparar os estragos da inundação. Hoje à tarde...

*

Estou assustado; porém, com maior insistência, desgostoso de mim. Agora devo esperar a chegada dos intrusos, a qualquer momento; se demorarem, *malum signum*: virão me prender. Esconderei este diário, prepararei uma explicação e os aguardarei não muito longe do bote, decidido a lutar, a fugir. Contudo, não me acautelo dos perigos. Estou contrariadíssimo: cometi descuidos que podem privar-me da mulher, para sempre.

Depois de tomar banho, limpo e mais desarrumado (por efeito da umidade na barba e no cabelo), fui vê-la. Tinha traçado o seguinte plano: esperá-la no rochedo; a mulher, ao chegar, me encontraria absorto no pôr do sol; a surpresa, o provável receio, teriam tempo de se transformar em curiosidade; mediaria favoravelmente a comum devoção pelo entardecer; ela me perguntaria quem sou; ficaríamos amigos...

Cheguei tarde demais (minha impontualidade me exaspera. E pensar que naquela corte dos vícios chamada mundo civilizado, em Caracas, foi uma das minhas características mais pessoais!).

Estraguei tudo: ela estava olhando o entardecer e, bruscamente, surgi de trás de umas pedras. Bruscamente, e hirsuto, e visto de baixo, devo ter aparecido com meus atributos de horror acrescidos.

Os intrusos devem chegar a qualquer momento. Não preparei uma explicação. Não tenho medo.

Essa mulher é algo mais que uma falsa cigana. Espanta-me sua coragem. Nada anunciou que me tivesse visto. Nem um pestanejar, nem um leve sobressalto.

O sol ainda estava acima do horizonte (não o sol; a aparência do sol; era o momento em que já se pôs, ou vai se pôr, e o vemos onde não está). Eu tinha escalado as rochas com urgência. Então a vi: o lenço colorido, as mãos cruzadas sobre um joelho, seu olhar, aumentando o mundo. Minha respiração se tornou irreprimível. Os penhascos, o mar, pareciam trêmulos.

Enquanto pensava nisso, ouvi o mar, com seu ruído de movimento e de fadiga, a meu lado, como se tivesse vindo pôr-se a meu lado. Consegui acalmar-me um pouco. Era improvável que se ouvisse minha respiração.

Então, para adiar o momento de abordá-la, descobri uma antiga lei psicológica. Convinha-me falar de um lugar alto, que me permitisse olhar de cima. Essa maior elevação material compensaria, em parte, minhas inferioridades.

Escalei outras rochas. O esforço piorou meu estado. Também o pioraram:

A pressa: eu me impusera a obrigação de lhe falar imediatamente. Se quisesse evitar que ela sentisse desconfiança — devido ao isolamento do lugar, à escuridão — não podia esperar nem mais um minuto.

Vê-la: como que posando para um fotógrafo invisível, tinha a calma da tarde, porém mais imensa. Eu ia interrompê-la.

Dizer qualquer coisa era um expediente temerário. Ignorava se eu tinha voz.

Olhei para ela, escondido. Temi que me surpreendesse espiando-a; apareci ao seu olhar, talvez, demasiado bruscamente; no entanto, a paz do seu peito não se alterou; o olhar prescindia de mim, como se eu fosse invisível.

Não desisti.

— Senhorita, quero que me escute — disse, na esperança de que ela não acatasse meu pedido, porque estava tão emocionado que havia esquecido o que devia lhe dizer. Pensei que a palavra *senhorita* soava ridícula na ilha. De resto, era imperativa demais (combinada com a aparição repentina, a hora, a solidão).

Insisti:

— Entendo que não se digne...

Não consigo recordar, com exatidão, as coisas que eu lhe disse. Estava quase inconsciente. Falei-lhe com uma voz comedida e baixa, com uma compostura que sugeria obscenidades. Resvalei, de novo, no *senhorita*. Desisti das palavras e pus-me a contemplar o poente, esperando que a visão compartilhada daquela calma nos aproximasse. Voltei a falar. O esforço que eu fazia para me controlar baixava a voz, aumentava a obscenidade do tom. Passaram-se outros minutos de silêncio. Insisti, implorei, de um modo repulsivo. Por fim, cheguei ao ridículo: trêmulo, quase aos gritos, pedi que me insultasse, que me delatasse, mas que não continuasse em silêncio.

Não foi como se não me tivesse ouvido, como se não me tivesse visto; foi como se os ouvidos que tinha não servissem para ouvir, como se os olhos não servissem para ver.

De certo modo me insultou; demonstrou que não me temia. Já era noite quando recolheu a sacola de costura e se encaminhou devagar para o alto do morro.

Os homens ainda não vieram me buscar. Talvez não venham esta noite. Talvez essa mulher seja em tudo igualmente assombrosa e não tenha comentado com eles sobre minha aparição. A noite é escura. Conheço bem a ilha: não temo um exército, se me procurar de noite.

*

Foi, de novo, como se não me visse. Não cometi outro erro além de permanecer calado e deixar que o silêncio se restabelecesse.

Quando a mulher chegou ao rochedo, eu estava olhando o poente. Ficou imóvel, à procura de um lugar onde estender a manta. Depois caminhou em minha direção. Se eu esticasse o braço, teria tocado nela. Essa possibilidade me horrorizou (como se me expusesse ao risco de tocar um fantasma). Em sua prescindência de mim havia algo de terrível. Contudo, ao se sentar ao meu lado, ela me desafiava e, de certo modo, punha fim a essa prescindência.

Tirou um livro da sacola e ficou lendo. Aproveitei a trégua, para sossegar.

Depois, quando a vi abandonar o livro, erguer os olhos, pensei: "Está preparando uma interpelação". Esta não se deu. O silêncio crescia, incontornável.

Percebi a gravidade de não interrompê-lo; mas, sem obstinação, sem motivo, permaneci calado.

Nenhum de seus companheiros veio me procurar. Talvez ela não lhes tenha falado de mim; talvez se sintam intimidados por meu conhecimento da ilha (por isso a mulher volta todo dia, simulando um episódio sentimental). Desconfio. Estou alerta para surpreender a mais sorrateira conspiração.

Descobri em mim uma propensão a prever as consequências ruins, exclusivamente. Foi-se formando nos últimos três ou quatro anos; não é casual; é aflitiva. O fato de a mulher voltar, a proximidade que ela procurou, tudo parece indicar uma mudança por demais feliz para que eu possa imaginá-la... Quem sabe eu consiga esquecer minha barba, minha idade, a polícia que tanto me perseguiu, que ainda deve estar me procurando, obstinada, como uma maldição eficaz. Não devo alimentar esperanças. Mal acabo de escrever isto e me assalta uma ideia que é uma esperança. Não acredito que eu tenha insultado a mulher, mas talvez fosse oportuno desagravá-la. O que um homem faz em ocasiões como essa? Manda flores. É um projeto ridículo... mas a pieguice, quando humilde, tem grande império sobre o coração. Na ilha há muitas flores. Quando cheguei, restavam alguns canteiros em volta da piscina do museu. Certamente poderei fazer um jardinzinho na grama que orla o rochedo. Talvez a natureza sirva para conquistar a intimidade de uma mulher. Talvez me sirva para acabar com o silêncio e a cautela. Este será meu último recurso poético. Nunca combinei cores; de pintura não entendo quase nada... Ainda assim, acredito que possa fazer um trabalho modesto, que denote gosto pela jardinagem.

*

Levantei de madrugada. Sentia que o mérito de meu sacrifício bastava para cumprir o trabalho.

Vi as flores (pululam na parte baixa dos barrancos). Arranquei as que me pareceram menos desagradáveis. Mesmo as de cores vagas têm uma vitalidade quase animal. Pouco depois olhei para elas, na intenção de arrumá-las, porque já não me cabiam embaixo do braço: estavam mortas.

Ia desistir do projeto quando me lembrei que um pouco mais acima, à vista do museu, há outro lugar com muitas flores. Como era cedo, considerei que não havia riscos em subir para vê-las. Os intrusos deviam estar dormindo, sem dúvida.

São flores minúsculas e ásperas. Arranquei uma porção delas. Não têm aquela monstruosa urgência de morrer.

Seus inconvenientes: o tamanho e estarem à vista do museu.

Passei quase toda a manhã expondo-me a ser descoberto por qualquer pessoa que ousasse acordar antes das dez. Parece que tão modesto requisito da calamidade não se cumpriu. Durante meu trabalho de recolher as flores não parei de vigiar o museu, e não vi nenhum de seus ocupantes; isso me permite supor que tampouco me viram.

As flores são muito pequenas. Terei de plantar milhares delas, se não quiser um jardinzinho ínfimo (seria mais bonito, e mais fácil de fazer, mas existe o risco de que a mulher não o veja).

Apliquei-me a preparar os canteiros, a romper a terra (está dura, as superfícies planejadas são muito vastas), a regar com água da chuva. Quando terminar o preparo da terra, terei de procurar mais flores. Farei o possível para que não me surpreendam, sobretudo para que não interrompam o trabalho ou o vejam antes que esteja pronto. Não me lembrei que, para movimentar as plantas, há exigências cósmicas. Eu me nego a acreditar que, depois de tantos riscos, de tanto cansaço, as flores possam não chegar vivas até o pôr do sol.

Careço de senso estético para jardins; em todo caso, em meio ao capim e aos tufos de mato, o trabalho terá um efeito comovente. Será uma fraude, claro; segundo meus planos, hoje à tarde será um jardim cuidado; amanhã talvez esteja morto ou sem flores (se ventar).

Sinto um pouco de vergonha ao declarar meu projeto. Uma imensa mulher sentada, olhando o poente, com as mãos entrelaçadas sobre um joelho; um homem exíguo, feito de folhas, ajoelhado aos pés da mulher (abaixo desse personagem porei a palavra "EU" entre parênteses).

Haverá esta inscrição:

Sublime, não distante e misteriosa,
com o silêncio vivo de uma rosa.

*

Meu cansaço é, quase, uma doença. Tenho à mão o céu de me deitar sob as árvores até as seis horas da tarde. Vou postergá-lo. A razão desta necessidade de escrever deve estar nos nervos. O pretexto é que agora meus atos me encaminham a um de meus três futuros: a companhia da mulher, a solidão (ou seja, a morte em que passei os últimos anos, impensável depois de ter contemplado a mulher), a horrorosa justiça. A qual deles? Difícil sabê-lo com tempo. Contudo, a redação e a leitura destas memórias podem me ajudar nessa previsão tão útil; quem sabe também me permitam cooperar na produção do futuro conveniente.

Trabalhei como um executante prodigioso; a obra foge de qualquer relação com os movimentos que a realizaram. Talvez a magia dependa disso: era necessário aplicar-se às partes, à dificuldade de plantar cada flor e alinhá-la com a precedente. Era impossível, em pleno trabalho, prever a obra concluída; poderia resultar em um desordenado conjunto de flores, ou em uma mulher, indistintamente.

Apesar de tudo, a obra não parece improvisada; é de uma satisfatória pulcritude. Não pude cumprir com meu projeto. Imaginariamente, não é mais difícil uma mulher sentada, com as mãos entrelaçadas sobre um joelho, do que uma mulher de pé; feita de flores, a primeira é quase impossível. A mulher está de frente, com os pés e a cabeça de perfil, olhando um pôr do sol. O rosto e um lenço de flores roxas formam a cabeça. A pele não ficou boa. Não consegui obter aquele seu tom queimado, que me repugna e que me atrai. O vestido é de flores azuis; tem debruns brancos. O sol é feito de uns estranhos girassóis que crescem aqui. O mar, das mesmas flores do vestido. Eu estou de perfil, ajoelhado. Sou minúsculo (um terço do tamanho da mulher) e verde, feito de folhas.

Modifiquei a inscrição. A primeira se mostrou longa demais para ser feita de flores. Transformei-a nesta:

Minha morte nesta ilha desvelaste.

Alegrava-me ser um morto insone. Por causa desse prazer, descuidei da cortesia; a frase podia conter uma reprovação implícita. Voltei, contudo, a essa ideia. Acredito que me cegavam: o agrado de me apresentar como um ex-morto; a descoberta literária ou piegas de que a morte era impossível ao lado dessa mulher. Dentro de sua monotonia, as aberrações eram quase monstruosas:

Um morto nesta ilha desvelaste.

ou:

Já não estou morto: estou apaixonado.

Desanimei. A inscrição de flores diz:

A tímida homenagem de um amor.

*

Tudo aconteceu dentro da mais previsível normalidade, mas de uma forma inesperadamente benigna. Estou perdido. Ao lavrar este jardinzinho cometi um erro terrível, como Ájax — ou algum outro nome helênico, já esquecido — quando esfaqueou os animais; só que neste caso eu sou os animais esfaqueados.

A mulher chegou mais cedo que de costume. Deixou a sacola (com um livro escapando) sobre uma rocha, e sobre outra, mais plana, estendeu a manta. Vestia traje de tênis, com um lenço, quase roxo, na cabeça. Permaneceu algum tempo contemplando o mar, como que adormecida; depois se levantou e foi pegar o livro. Moveu-se com aquela liberdade que temos quando estamos sós. Passou, na ida e na volta, junto ao meu jardinzinho, mas fingiu não vê-lo. Não estava ansioso de que o visse; pelo contrário, quando a mulher apareceu, percebi meu assombroso equívoco, sofri por não poder suprimir uma obra que me condenava para sempre. Fui me acalmando, talvez perdendo a consciência. A mulher abriu o livro, pousou uma das mãos entre as folhas, continuou olhando a tarde. Não se retirou até o anoitecer.

Agora me consolo refletindo sobre minha condenação. É justa ou não é? Que devo esperar, depois de dedicar-lhe esse jardinzinho de mau gosto? Acredito, sem revolta, que a obra não deveria ser minha perdição, já que posso criticá-la. Para um ser onisciente, eu não sou o homem que esse jardim faz temer. Contudo, fui eu quem o criou.

Estava prestes a dizer que nele se manifestavam os riscos da criação, a dificuldade de abrigar diversas consciências, equilibradamente, simultaneamente. Mas de que vale? São lânguidas consolações. Tudo está perdido: a vida com a mulher, a solidão passada. Sem refúgio perduro neste monólogo que, de agora em diante, é injustificável.

Apesar dos nervos, hoje me senti inspirado, quando a tarde se desmanchava participando da incontaminada serenidade, da magnificência da mulher. Esse bem-estar voltou a me invadir de noite; tive um sonho com o lupanar de mulheres cegas que visitei com Ombrellieri, em Calcutá. Apareceu a mulher e o lupanar foi se transformando em um palácio florentino, rico, artesoado. Eu, confusamente, prorrompi: "Que romântico!", choroso de felicidade poética e de vaidade.

Mas acordei algumas vezes, angustiado por minha falta de méritos para a estrita delicadeza da mulher. Nunca me esquecerei: dominou a aversão que meu horrendo jardinzinho lhe causou e, piedosamente, fingiu não vê-lo. Angustiava-me, também, ouvir "Valencia" e "Tea for Two", que um excessivo gramofone repetiu até o raiar do sol.

*

Tudo o que tenho escrito sobre meu destino — com esperanças ou com temor, de brincadeira ou a sério — me mortifica.

O que sinto é desagradável. Parece-me que há muito sabia do alcance funesto de meus atos e que insisti com frivolidade e obstinação... Poderia ter mantido essa conduta em um sonho, na loucura... Na sesta de hoje, como um comentário simbólico e antecipado, tive um sonho: enquanto jogava uma partida de *croquet*, soube que a ação de meu jogo estava matando um homem. Depois eu mesmo era, irremediavelmente, esse homem.

Agora o pesadelo continua... Meu fracasso é definitivo, e o que faço é contar sonhos. Quero acordar, e encontro aquela resistência que impede escapar dos sonhos mais atrozes.

Hoje a mulher fez questão de que eu sentisse sua indiferença. Conseguiu. Mas sua tática é desumana. Eu sou a vítima; contudo, acredito ver a questão de modo objetivo.

Ela apareceu com o horroroso tenista. A presença desse homem deve acalmar os ciúmes. É muito alto. Usava uma jaqueta de tênis, grená, folgada demais, calças brancas e sapatos brancos e amarelos, imensos. A barba parecia postiça. A pele é feminina, cerosa, marmórea nas têmporas. Os olhos são escuros; os dentes, abomináveis. Fala devagar, abrindo muito a boca, pequena, redonda, vocalizando infantilmente, mostrando uma língua pequena, redonda, carmesim, sempre colada aos dentes inferiores. As mãos são longuíssimas, pálidas; adivinho nelas um tênue revestimento de umidade.

Tratei de logo me esconder. Ignoro se ela me viu; imagino que sim, porque em nenhum momento pareceu procurar-me com a vista.

Tenho certeza de que o homem não reparou, até mais tarde, no jardinzinho. Ela fingiu não vê-lo.

Ouvi algumas exclamações francesas. Depois não falaram mais. Ficaram como que subitamente entristecidos, fitando o mar. O homem disse alguma coisa. Cada vez que uma onda se quebrava contra as pedras, eu dava dois ou três passos, rapidamente, aproximando-me. Eram franceses. A mulher moveu a cabeça; não ouvi o que ela disse, mas sem dúvida era uma negativa; tinha os olhos fechados e sorria com amargura ou com êxtase.

— Acredite em mim, Faustine — disse o barbudo, com malcontido desespero, e eu então soube o nome dela: Faustine. (Mas isso já perdeu toda importância.)

— Não... sei bem o que o senhor pretende...

Sorria, sem amargura nem êxtase, frivolamente. Recordo que naquele momento a odiei. Zombava do barbudo e de mim.

— É uma desgraça não nos entendermos. O prazo é curto: três dias, e já nada importará.

Não entendo bem a situação. Esse homem há de ser meu inimigo. Pareceu-me triste; não me espantaria que sua tristeza fosse um jogo. O de Faustine é insuportável, quase grotesco.

O homem quis reduzir a importância de suas palavras anteriores. Disse várias frases que tinham, mais ou menos, o seguinte sentido:

— Não devemos nos preocupar. Não vamos discutir eternamente...

— Morel — respondeu Faustine tolamente —, sabe que o acho misterioso?

As perguntas de Faustine não conseguiram demovê-lo de um tom jocoso.

O barbudo foi pegar seu lenço e sua sacola. Estavam em uma rocha, a poucos metros. Voltou agitando-os e dizendo:

— Não leve a sério o que eu disse... Às vezes penso que despertando sua curiosidade... Mas não se zangue...

Ao ir e ao voltar, pisou em meu pobre jardinzinho. Ignoro se conscientemente ou com uma irritante inconsciência. Faustine viu o que ele fez, juro que viu, e não fez nada para me poupar essa injúria; continuou a interrogá-lo, sorridente, interessada, quase *entregue* de curiosidade. Sua atitude me parece baixa. O jardinzinho é, sem dúvida, de péssimo gosto. Por que fazê-lo pisotear por um barbudo? Já não estou bastante pisoteado?

Mas que se pode esperar de gente assim? O tipo de ambos corresponde ao ideal que sempre buscam os organizadores de longas séries de cartões-postais indecentes. Combinam: um barbudo pálido e uma vasta cigana de olhos enormes... Acho até que já os vi nas melhores coleções do Pórtico Amarillo, em Caracas.

Ainda cabe a pergunta: que devo pensar? Certamente, é uma mulher detestável. Mas que será que ela pretende? Talvez esteja zombando de mim e do barbudo; mas também é possível que o barbudo não passe de um instrumento para ela zombar de mim. Pouco lhe importa se o faz sofrer. Talvez Morel não passe de uma ênfase em sua prescindência de mim, e um sinal de que esta vai atingindo seu ponto máximo e seu fim.

Mas, se não... Já faz tanto tempo que ela não me vê... Acho que vou matá-la, ou enlouquecer, se ela continuar. Por momentos penso que a extraordinária insalubridade da porção sul desta ilha me há de ter feito invisível. Seria uma vantagem: poderia raptar Faustine sem nenhum risco...

*

Ontem não fui ao rochedo. Muitas vezes declarei que hoje não iria. No meio da tarde, soube que iria. Faustine não foi, e quem sabe quando voltará. Seu divertimento comigo terminou (com o pisoteio do jardinzinho). Agora minha presença deve aborrecê-la como uma piada que já teve certa graça e que alguém teima em repetir. Tratarei de que não se repita.

Mas no rochedo eu estava enlouquecido: "A culpa é minha", dizia a mim mesmo (de que Faustine não aparecesse) "por ter estado tão decidido a faltar".

Subi o morro. Saí de trás de um grupo de plantas e me deparei com dois homens e uma senhora. Estaquei, não respirei; entre nós não havia nada (cinco metros de espaço vazio e crepuscular). Os homens me davam as costas; a senhora estava de frente, sentada, olhando para mim. Vi que estremeceu. Bruscamente, virou-se, olhou em direção ao museu. Eu me escondi atrás de umas plantas. Ela disse com voz alegre:

— Não é hora para histórias de fantasmas. Vamos entrar.

Não sei, ainda, se estavam realmente contando histórias de fantasmas ou se os fantasmas apareceram na frase para anunciar a ocorrência de algo estranho (minha aparição).

Retiraram-se. Um homem e uma mulher caminhavam, não muito longe. Temi que me surpreendessem. O casal se aproximou mais. Ouvi uma voz conhecida:

— Hoje não fui ver...

(Tive palpitações. Pareceu-me que eu era aludido nessa cláusula.)

— E você o lamenta?

Não sei o que Faustine respondeu. O barbudo tinha feito avanços. Já se tratavam de você.

Voltei aos baixios resolvido a permanecer lá até ser levado pelo mar. Se os intrusos vierem me procurar, não me entregarei, não escaparei.

*

Minha decisão de não aparecer diante de Faustine durou quatro dias (auxiliada por duas marés que me deram trabalho).

Fui cedo ao rochedo. Depois chegaram Faustine e o falso tenista. Falavam francês corretamente; demais até, quase como sul-americanos.

— Perdi toda sua confiança?

— Toda.

— Antes a senhora acreditava em mim.

Notei que já não se tratavam de você; mas logo lembrei que as pessoas, quando começam a se tratar com intimidade, não conseguem evitar uma ou outra recaída no tratamento formal. Talvez esse meu pensamento tenha sido influenciado pela conversa que estava escutando. Eu tinha, também, aquela ideia de retorno ao passado, mas em relação a outros temas.

— E acreditaria em mim se pudesse levá-la de volta até pouco antes daquele pôr do sol em Vincennes?

— Nunca mais conseguiria acreditar no senhor. Nunca.

— A influência do futuro sobre o passado — disse Morel, com entusiasmo e em voz muito baixa.

Depois ficaram em silêncio, fitando o mar. O homem falou como que rompendo uma angústia opressora:

— Acredite em mim, Faustine…

Parecia obstinado. Continuava a fazer os mesmos apelos que eu escutara dele oito dias antes.

— Não… sei bem o que o senhor pretende.

As conversas se repetem; são injustificáveis. Aqui não deve o leitor imaginar que está descobrindo o amargo fruto de minha situação; não deve, tampouco, contentar-se com a facílima associação das palavras *perseguido*, *solitário*, *misantropo*. Eu tinha estudado o assunto antes do processo: as conversas são intercâmbio de notícias (exemplo: meteorológicas), de indignações ou alegrias (exemplo: intelectuais), já sabidas ou compartilhadas pelos interlocutores. Tudo é movido pelo prazer de falar, de expressar acordos e desacordos.

Olhava para eles, escutava sua conversa. Senti que algo estranho acontecia; não sabia o que era. Estava indignado com aquele canalha ridículo.

— Se eu lhe dissesse tudo o que pretendo...

— Eu o insultaria?

— Ou nos entenderíamos. O prazo é curto. Três dias. É uma desgraça não nos entendermos.

Com lentidão em minha consciência, pontuais na realidade, as palavras e os movimentos de Faustine e do barbudo coincidiram com suas palavras e seus movimentos de oito dias antes. O atroz eterno retorno. Incompleto: meu jardinzinho, da outra vez mutilado pelos passos de Morel, é hoje um espaço confuso, com vestígios de flores mortas, esmagadas contra a terra.

A primeira impressão foi lisonjeira. Pensava ter feito a seguinte descoberta: em nossas atitudes há de haver inesperadas, constantes repetições. A ocasião favorável me permitiu notar esse fato. Ser testemunha clandestina de várias entrevistas das mesmas pessoas não é frequente. Como no teatro, as cenas se repetem.

Ao ouvir Faustine e o barbudo, eu corrigia minha lembrança da conversa anterior (transcrita de cabeça algumas páginas atrás).

Temi que essa descoberta pudesse ser mero efeito de uma languidez de minha memória, ou da comparação de uma cena real com outra simplificada por lapsos.

Depois, com urgente raiva, suspeitei que tudo fosse uma representação burlesca, uma farsa dirigida contra mim.

Devo aqui uma explicação. Nunca duvidei de que o mais conveniente era fazer com que Faustine sentisse nossa exclusiva importância (e que o barbudo não contava). Entretanto, eu começava a ter vontade de castigar aquele indivíduo, a me recrear com a ideia, sem desenvolvimento, de enfrentá-lo de algum modo que o pusesse em grande ridículo.

Era chegada a ocasião. Como aproveitá-la? Com empenho, procurei pensar (tomado pela raiva, exclusivamente).

Imóvel, como se refletisse, fiquei esperando a hora de surpreendê-lo. O barbudo foi buscar o lenço e a sacola de Faustine. Voltou agitando-os, dizendo (como da outra vez):

— Não leve a sério o que eu disse... Às vezes penso...

Estava a poucos metros de Faustine. Saí muito decidido a fazer qualquer coisa, mas a nada em particular. A espontaneidade é fonte de grosserias. Apontei para o barbudo, como se o estivesse apresentando a Faustine, e disse, aos gritos:

— *La femme à barbe, Madame Faustine!*

Não era uma piada feliz; nem sequer se sabia contra quem era dirigida.

O barbudo continuou caminhando em direção a Faustine e não topou comigo porque me desviei para um lado, bruscamente. A mulher não interrompeu as perguntas; não interrompeu a alegria de seu rosto. Sua tranquilidade ainda me estarrece.

Desde aquele momento até a tarde de hoje, fiquei remoendo-me de vergonha, com vontade de cair de joelhos aos pés de Faustine. Não consegui esperar até o pôr do sol. Fui até o morro, decidido a me perder e com um pressentimento de que, se tudo corresse bem, resvalaria em uma cena de apelos melodramáticos. Estava enganado. O que acontece não tem explicação. O morro está desabitado.

*

Quando vi o morro desabitado, temi encontrar a explicação em uma cilada já em curso. Com sobressalto percorri todo o museu, escondendo-me por momentos. Mas bastava olhar os móveis e as paredes, tudo como que revestido de isolamento, para me convencer de que ali não havia ninguém. E mais: para me convencer de que nunca houvera ninguém. É difícil, depois de uma ausência de quase vinte dias, poder afirmar que todos os objetos de uma casa de muitíssimos cômodos se encontram onde estavam quando a deixamos; entretanto, aceito, como uma evidência para mim, que essas quinze pessoas (mais outras tantas da criadagem) não mexeram um banco, uma luminária ou — se mexeram em algo — recolocaram tudo no lugar, na posição em que estava antes. Inspecionei a cozinha, a lavanderia: a comida que deixei, faz vinte dias, a roupa (roubada de um armário do museu), posta a secar faz vinte dias, estavam no mesmo lugar, a primeira podre, a segunda seca, ambas intactas.

Gritei naquela casa deserta: "Faustine! Faustine!". Não houve resposta.

Há dois fatos — um fato e uma lembrança — que agora vejo reunidos, sugerindo uma explicação. Nos últimos tempos eu me dedicara a experimentar novas raízes. Acho que no México os índios conhecem uma beberagem preparada com o caldo de raízes — esta é a lembrança (ou o esquecimento) — que proporciona delírios por muitos dias. A conclusão (relacionada à presença de Faustine e seus amigos na ilha) é logicamente admissível; no entanto, só se eu estivesse brincando poderia levá-la a sério. Parece que estou brincando: perdi Faustine e me atenho à formulação desses problemas para um observador hipotético, para um terceiro.

Mas me lembrei, incrédulo, de minha condição de fugitivo e do poder infernal da justiça. Talvez tudo fosse um imenso estratagema. Não devia esmorecer, não devia diminuir minha capacidade de resistência: a *catástrofe* poderia ser extremamente horrível.

Inspecionei a capela, os porões. Resolvi procurar por toda a ilha antes de me deitar. Fui ao rochedo, ao capinzal do morro, às praias, aos baixios (por um excesso de prudência). Tive de admitir que os intrusos não estavam na ilha.

Quando voltei ao museu era quase noite. Estava nervoso. Desejava a claridade da luz elétrica. Testei muitos interruptores; não havia luz. Isso parece confirmar minha suposição de que as marés devem fornecer energia aos motores (por meio daquele moinho hidráulico de rodízio que há nos baixios). Os intrusos desperdiçaram luz. Depois das duas marés passadas, houve um prolongado intervalo de calmaria. Terminou hoje à tarde, assim que entrei no museu. Tive de fechar tudo; parecia que o vento e o mar iam destruir a ilha.

No primeiro porão, entre motores desmesurados na penumbra, senti-me peremptoriamente abatido. O esforço indispensável para me suicidar era supérfluo, já que, desaparecida Faustine, não me restava nem sequer a anacrônica satisfação da morte.

*

Num gesto de vago compromisso, para justificar a descida, tentei acionar o gerador de luz. Houve algumas leves explosões e a calma interior se reestabeleceu, em meio a uma tempestade que sacudia os galhos de um cedro contra o vidro espesso da lumeeira.

Não me lembro como saí. Chegando ao térreo, ouvi um motor; a luz, com ubíqua velocidade, envolveu tudo e me pôs diante de dois homens: um vestido de branco, outro de verde (um cozinheiro e um criado). Não sei qual deles perguntou (em espanhol):

— Por que será que ele escolheu este lugar perdido?

— Só ele que sabe (*também em espanhol*).

Escutei ansioso. Era outra gente. Essas novas aparições (do meu cérebro castigado por carências, tóxicos e sóis, ou desta ilha tão mortal) eram ibéricas e suas frases me levavam a concluir que Faustine não tinha regressado.

Continuavam falando com voz tranquila, como se não tivessem ouvido meus passos, como se eu não estivesse presente.

— Certo; mas como foi que Morel teve a ideia…?

Foram interrompidos por um homem que soltou, furioso:

— O que estão esperando? Faz uma hora que a comida ficou pronta.

Olhou-os fixo (tão fixo que me perguntei se não estaria lutando contra a tentação de me olhar) e em seguida desapareceu, gritando. Foi seguido pelo cozinheiro; o criado correu na direção oposta.

Eu fazia um grande esforço para me acalmar, mas tremia. Soou um gongo. Minha vida teve momentos em que os heróis reconheceriam o medo. Acho que agora mesmo não estariam tranquilos. Mas então o horror se acumulou. Por sorte, durou pouco. Recordei aquele gongo. Já o ouvira muitas vezes na sala de jantar. Pensei em fugir. Sosseguei um pouco. Fugir de verdade era impossível. A tempestade, o bote, a noite… Mesmo que a tempestade cessasse, não seria menos horrível adentrar-se no mar, naquela noite sem lua. Além disso, o bote não se manteria à tona por muito tempo… Quanto aos baixios, certamente estavam alagados. Minha fuga terminaria muito perto. Mais valia escutar; vigiar os movimentos daquela gente; esperar.

Olhei em redor e me escondi (sorrindo para formular minha suficiência) em um quartinho embaixo da escada. Isso (pensei mais tarde) foi uma grande tolice. Se me procurassem, sem dúvida olhariam lá. Permaneci algum tempo sem pensar, muito calmo, mas ainda confuso.

Não via a solução de dois problemas:

Como eles chegaram à ilha? Com aquela tempestade, nenhum capitão ousaria se aproximar; imaginar um transbordo e um desembarque por meio de botes era absurdo.

Quando chegaram? A comida já estava pronta havia um bom tempo; não fazia nem quinze minutos que eu tinha descido aos porões dos motores, e naquele momento não havia ninguém na ilha.

Tinham mencionado Morel. Tratava-se, sem dúvida, de um regresso das mesmas pessoas. É provável, pensei, com palpitações, que eu veja Faustine outra vez.

Deixei meu esconderijo, pressentindo uma brusca detenção, o fim das minhas perplexidades.

Não havia ninguém.

Subi a escada, avancei pelos corredores do mezanino; de um dos quatro balcões, entre folhas escuras e uma divindade de barro, espiei a sala de jantar.

Havia pouco mais de uma dúzia de pessoas sentadas à mesa. Imaginei que seriam turistas neozelandeses ou australianos; tive a impressão de que estavam instalados, de que não partiriam tão cedo.

Lembro-me bem: vi o conjunto, comparei-o aos turistas, descobri que não pareciam de passagem e só então pensei em Faustine. Procurei por ela, logo a encontrei. Tive uma surpresa benigna: o barbudo não estava ao lado de Faustine; uma alegria precária: o barbudo não estava presente (antes de acreditar nela, já o vi defronte a Faustine).

As conversas eram lânguidas. Morel sugeriu o assunto da imortalidade. Falou-se de viagens, de festas, de métodos (de alimentação). Faustine e uma moça loira falaram de remédios. Alec, um rapaz escrupulosamente penteado, de tipo oriental e olhos verdes, tentou discorrer sobre seus negócios de lã, sem obstinação nem sucesso. Morel entusiasmou-se projetando uma quadra de pelota basca ou uma quadra de tênis para a ilha.

Conheci um pouco mais as pessoas do museu. À esquerda de Faustine havia uma mulher — Dora? — de cabelo loiro, frisado, muito risonha, de cabeça grande e levemente encurvada para a frente, como um cavalo brioso. Do outro lado havia um homem jovem, moreno, de olhos vivos e cenho carregado de concentração e de pelos. Depois havia uma moça alta, de peito afundado, braços extremamente longos e expressão de nojo. Essa mulher se chama Irene. Depois, a que disse *não é hora para histórias de fantasmas,* na noite em que subi o morro. Não me lembro dos outros.

Quando eu era criança brincava de descobrir coisas nas ilustrações dos livros: ficava olhando muito para elas e iam aparecendo objetos, interminavelmente. Passei algum tempo, contrariado, olhando os painéis com mulheres, tigres ou gatos de Fujita.

As pessoas foram para o hall. Durante muito tempo, com excessivo terror — meus inimigos estavam no hall ou no porão (os empregados) — desci pela escada de serviço até a porta escondida atrás do biombo. A primeira coisa que vi foi uma mulher tricotando perto de um dos cálices de alabastro; aquela mulher chamada Irene e uma terceira, dialogando; procurei mais e, correndo o risco de ser descoberto, vi Morel em uma mesa, jogando baralho com outras cinco pessoas; a moça que estava de costas era Faustine; a mesa era pequena, os pés estavam aglomerados e passei alguns minutos, talvez muitos, insensível a tudo, tentando ver se os pés de Morel e de Faustine se tocavam. Essa lamentável ocupação desapareceu completamente, foi substituída pelo horror que me deixaram o rosto vermelho e os olhos muito redondos de um criado que ficou olhando para mim e depois entrou no hall. Ouvi passos. Afastei-me correndo. Fui me esconder entre a primeira e a segunda fileiras de colunas de alabastro, no salão redondo, sobre o aquário. Abaixo de mim nadavam peixes idênticos aos que eu tinha tirado podres nos dias de minha chegada.

*

Já tranquilo, aproximei-me da porta. Faustine, Dora — sua vizinha na mesa — e Alec subiam a escada. Faustine se movia com estudada lentidão. Por aquele corpo interminável, por aquelas pernas longas demais, por aquela tola sensualidade, eu arriscava a calma, o Universo, as lembranças, a ansiedade tão vívida, a riqueza de conhecer os hábitos das marés e mais de uma raiz inofensiva.

Segui atrás deles. De improviso, entraram em um quarto. Em frente encontrei uma porta aberta, um quarto iluminado e vazio. Entrei com muita cautela. Sem dúvida, alguém que tinha estado ali se esquecera de apagar a luz. O aspecto da cama e da penteadeira, a ausência de livros, de roupa, da mais leve desordem, garantiam que ninguém o habitava.

Fiquei inquieto quando os outros moradores do museu passaram a caminho de seus quartos. Ouvi os passos na escada e quis apagar minha luz, mas foi impossível: o interruptor estava emperrado. Não insisti. Teria chamado a atenção uma luz apagando-se em um quarto vazio.

Não fosse aquele interruptor, talvez eu tivesse me deitado, persuadido pelo cansaço, pelas muitas luzes que via se apagarem nas frestas das portas (e pela tranquilidade que me dava a presença da mulher cabeçuda no quarto de Faustine!). Previ que, se alguém chegasse a passar pelo corredor, entraria no meu quarto para apagar a luz (o resto do museu estava às escuras). Isso era inevitável, talvez, mas não muito perigoso. Vendo que o interruptor estava emperrado, a pessoa desistiria, para não perturbar os outros. Bastava que eu me escondesse um pouco.

Estava pensando nisso tudo quando apontou a cabeça de Dora. Seus olhos passaram por mim. Foi-se, sem tentar apagar a luz.

Fui tomado de um medo quase convulsivo. Estava me retirando e antes de sair percorri a casa, imaginariamente, à procura de um esconderijo seguro. Relutava em deixar aquele quarto que permitia vigiar a porta de Faustine. Sentei-me na cama e adormeci. Algum tempo depois vi Faustine, em sonhos. Entrou no quarto. Chegou muito perto. Acordei. Não havia luz. Tentei não me mexer, começar a enxergar no escuro, mas a respiração e o terror eram incontroláveis.

Levantei-me, fui até o corredor, escutei o silêncio que sucedera a tempestade: nada o alterava.

Comecei a caminhar pelo corredor, a sentir que inesperadamente se abriria uma porta e eu ficaria em poder de mãos bruscas e de uma voz implacável, sarcástica. O mundo estranho em que andava preocupado nos últimos dias, minhas conjecturas e minha ansiedade, Faustine, não teriam passado de efêmeros trâmites da prisão e do patíbulo.

Desci a escada, no escuro, cautelosamente. Cheguei a uma porta e tentei abri-la; impossível; não consegui nem sequer mover a maçaneta (conhecia essas fechaduras que travam a maçaneta; mas não entendo o sistema das janelas: não têm fechadura, mas as tramelas estavam travadas). Ia convencendo-me da impossibilidade de sair, meu nervosismo aumentava e — talvez por isso e pela impotência em que a falta de luz me mergulhava — até as portas internas se tornavam intransponíveis. Uns passos na escada de serviço me afobaram. Não consegui deixar o recinto. Caminhei sem fazer ruído, guiado por uma parede, até um dos enormes cálices de alabastro; com esforço e grande risco, deslizei para dentro dele.

Permaneci inquieto, por longo tempo, contra a superfície escorregadia do alabastro e contra a fragilidade da lâmpada. Perguntei-me se Faustine teria ficado a sós com Alec ou se um deles teria saído com Dora, antes ou depois.

Esta manhã fui acordado pelas vozes de uma conversa (eu estava muito fraco e sonolento para conseguir entender o que diziam). Depois já não se ouviu mais nada.

Queria estar fora do museu. Comecei a erguer-me, temeroso de escorregar e quebrar a enorme lâmpada, de que alguém visse minha cabeça despontar. Com extrema languidez, trabalhosamente, desci do jarro de alabastro. Esperando meus nervos se aplacarem um pouco, fui me esconder atrás das cortinas. Estava tão fraco que não conseguia afastá-las; pareciam rígidas e pesadas como as cortinas de pedra que há em certos túmulos. Imaginei, dolorosamente, artificiosos pães e outros alimentos próprios da civilização: na copa os encontraria, sem dúvida. Tive desmaios superficiais, vontade de rir; sem medo, avancei até a galeria da escada. A porta estava aberta. Não havia ninguém. Entrei na copa, com uma temeridade que me orgulhava. Ouvi passos. Tentei abrir uma porta que dá para fora e tornei a me deparar com uma daquelas maçanetas inexoráveis. Alguém descia pela escada de serviço. Corri até a entrada. Pude ver, pela porta aberta, parte de uma cadeira de palha e de umas pernas cruzadas. Voltei para a escada principal; ali também ouvi passos. Havia gente na sala de jantar. Entrei no hall, vi uma janela aberta e, quase ao mesmo tempo, vi também Irene e a mulher que na outra tarde falava de fantasmas, de um lado, e do outro o jovem de cenho carregado de pelos, com um livro aberto, caminhando em minha direção e declamando poesias francesas. Estaquei; caminhei, rígido, entre eles; quase os toquei ao passar; atirei-me pela janela e, com as pernas doloridas pela queda (são cerca de três metros da janela até o gramado), corri ladeira abaixo, com muitas quedas, sem ver se alguém estava olhando.

Preparei um pouco de comida. Devorei com entusiasmo e, logo depois, sem vontade.

Agora quase não sinto dores. Estou mais calmo. Penso, embora pareça absurdo, que talvez não me tenham visto no museu. Já se passou o dia inteiro, e ninguém veio me buscar. Dá medo aceitar tanta sorte.

*

Disponho de um dado que pode servir para que os leitores deste diário saibam a data da segunda aparição dos intrusos: as duas luas e os dois sóis foram visíveis no dia seguinte. Poderia tratar-se de uma aparição local; acho mais provável, porém, que seja um fenômeno de miragem, feito de lua e sol, mar e ar, visível, certamente, de Rabaul e de toda a região. Tenho notado que esse segundo sol — talvez imagem de outro — é muito mais violento. Parece-me que entre anteontem e ontem houve um aumento infernal da temperatura. É como se o novo sol tivesse trazido um verão extremo à primavera. As noites são muito claras: há uma espécie de reflexo polar vagando no ar. Mas imagino que as duas luas e os dois sóis não sejam de grande interesse; devem ter chegado a todo lugar, pelo céu ou por informações mais doutas e completas. Não os menciono para atribuir-lhes valor de poesia ou de curiosidade, mas para que meus leitores, que recebem jornais e comemoram aniversários, possam datar estas páginas.

Estamos vivendo as primeiras noites com duas luas. Mas já se viram dois sóis. Conta-o Cícero em *De Natura Deorum:*

Tum sole quod ut e patre audivi Tuditano et Aquilio consulibus evenerat.

Não creio ter citado mal.[1] M. Lobre, no Instituto Miranda, nos mandou decorar as primeiras cinco páginas do Livro Segundo e as últimas três do Livro Terceiro. Não conheço mais nada de *A natureza dos deuses*.

Os intrusos não vieram me buscar. Eu os vejo aparecer e desaparecer na beira do barranco. Talvez por causa de alguma imperfeição da alma (e da infinidade de mosquitos), tive saudade da véspera, de quando estava sem esperanças de Faustine e não nesta angústia. Tive saudade daquele momento em que me senti, outra vez, instalado no museu, senhor da subordinada solidão.

*

Acabo de me lembrar em que estive pensando anteontem à noite, naquele recinto insistentemente iluminado: na natureza dos intrusos, das relações que venho mantendo com os intrusos.

Tentei várias explicações:

Que eu tenha pegado a famosa peste; seus efeitos sobre a imaginação: as pessoas, a música, Faustine; no corpo: possíveis lesões horríveis, sinais da morte, que os efeitos anteriores me impedem ver.

Que o ar pervertido dos baixios e uma alimentação deficiente me tenham tornado invisível. Os intrusos não me viram (ou têm uma disciplina sobre-humana; descartei secretamente, com a satisfação de conduzir-me com

---

1 Está enganado. Omite a palavra mais importante: *geminato* (de *genimatus*, geminado, duplicado, repetido, reiterado). A frase é: ... *tum sole geminato, quod, ut e patre audivi, Tuditano et Aquilio consulibus evenerat; quo quidem anno P. Africanus sol alter extinctus est:* ... Tradução de Menéndez y Pelayo: Los dos soles que, según oí a mi padre, se vieron en el Consulado de Tuditano y Aquilio; en el mismo año que se extinguió aquel otro sol de Publio Africano (183 a. C.) [Os dois sóis que, segundo ouvi de meu pai, se viram no Consulado de Tuditano e Aquílio; no mesmo ano em que se extinguiu aquele outro sol de Públio Africano (183 a.C.)]. (NOTA DO EDITOR)

habilidade, toda suspeita de simulação organizada, policial). Objeção: não sou invisível para os pássaros, os lagartos, os ratos, os mosquitos.

Ocorreu-me (precariamente) que poderia tratar-se de seres de outra natureza, de outro planeta, com olhos, mas não para ver, com orelhas, mas não para ouvir. Lembrei de que falavam um francês escorreito. Ampliei a monstruosidade anterior: que esse idioma fosse um atributo paralelo entre nossos mundos, voltado a distintas finalidades.

Cheguei à quarta hipótese pela aberração de contar sonhos. Ontem sonhei o seguinte:

Eu estava em um manicômio. Depois de uma longa consulta (o processo?) com um médico, minha família me levara para lá. Morel era o diretor. Por momentos, eu sabia que estava na ilha; por momentos, acreditava estar no manicômio; por momentos, era o diretor do manicômio.

Não me parece indispensável tomar um sonho por realidade, nem a realidade por loucura.

Quinta hipótese: os intrusos seriam um grupo de mortos amigos; eu, um viajante, como Dante ou Swedenborg, ou então outro morto, de outra casta, em um estágio diferente de sua metamorfose; esta ilha, o purgatório ou céu daqueles mortos (fica enunciada a possibilidade de vários céus; se houvesse um e todos fôssemos para lá e nos aguardasse um casal encantador com todas as suas quartas literárias, muitos já teríamos deixado de morrer).

Agora entendia por que razão os romancistas propõem fantasmas gemebundos. Os mortos continuam entre os vivos. Têm dificuldade de mudar de hábitos, abandonar o fumo, a fama de violadores de mulheres. Estive horrorizado (pensei com teatralidade interior) de ser invisível; horrorizado de que Faustine, próxima, estivesse em outro planeta (o nome "Faustine" me deixou melancólico); mas eu estou morto, estou fora do alcance (verei Faustine, verei sua partida, e meus acenos, minhas súplicas, meus atentados não a alcançarão); aquelas horríveis soluções são esperanças frustradas.

Lidar com essas ideias me enchia de uma consistente euforia. Acumulei provas que demonstravam minha relação com os intrusos como uma relação entre seres em diferentes planos. Nesta ilha poderia ter ocorrido uma catástrofe imperceptível para seus mortos (eu e os animais que a habitavam); depois teriam chegado os intrusos.

Estar morto! Como me entusiasmou essa ideia (vaidosamente, literariamente).

Recapitulei minha vida. A infância, pouco estimulante, com as tardes no Paseo del Paraíso; os dias anteriores à minha prisão, como que alheios; minha longa fuga; os meses desde que estou nesta ilha. Tivera a morte duas oportunidades de interferir em minha história. Nos dias anteriores à chegada da polícia ao meu quarto na pensão hedionda e rosada, na rua Oeste 11, em frente a La Pastora (o processo teria se realizado perante os juízes implacáveis; a fuga e as viagens, a viagem ao céu, inferno ou purgatório concertado). A outra chance para a morte surgira na viagem de bote. O sol me desmanchava o crânio e, embora tenha remado até aqui, devo ter perdido a consciência muito antes de chegar. Desses dias, todas as lembranças são vagas, com exceção de uma claridade infernal, um vaivém e um ruído da água, um sofrimento maior que todas as nossas reservas de vida.

Fazia muito tempo que eu vinha pensando nisso, portanto já estava um pouco farto e continuei com menos lógica: não estive morto até os intrusos aparecerem; na solidão é impossível estar morto. Para ressuscitar, devo suprimir as testemunhas. Será um extermínio fácil. Eu não existo: não suspeitarão de seu aniquilamento.

Estava pensando em outra coisa, em um incrível projeto de rapto privadíssimo, como que de sonho, que só contaria para mim.

Em momentos de extrema ansiedade, imaginei essas explicações injustificáveis, vãs. O homem e a cópula não suportam longas intensidades.

*

Isto é um inferno. Os sóis estão opressivos. Não me sinto bem. Comi uns bulbos parecidos com nabos, muito fibrosos.

Os sóis estavam altos, um mais do que o outro, e, de improviso (acho que estive olhando o mar até aquele momento), apareceu um navio muito perto, entre os recifes. Foi como se eu tivesse adormecido (até as moscas voam dormindo, sob esse sol duplo) e despertado, segundos ou horas depois, sem me dar conta de que tinha dormido ou de que estava despertando. O navio era de carga, branco. "Minha sentença", pensei, indignado. "Sem dúvida vêm explorar a ilha." A chaminé, amarela (como dos navios do Royal Mail e da Pacific Line), altíssima, apitou três vezes. Os intrusos afluíram à beira do barranco. Algumas mulheres acenaram com lenços.

O mar não se movia. Baixaram uma lancha do navio. Demoraram quase uma hora para fazer o motor funcionar. Desembarcou na ilha um marinheiro vestido de oficial ou capitão. Os outros voltaram para o navio.

O homem subiu o morro. Tive muita curiosidade e, apesar das minhas dores e dos bulbos difíceis de assimilar, subi pelo outro lado. Vi seus respeitosos cumprimentos. Perguntaram-lhe se tinha feito boa viagem; se tinha *conseguido tudo* em Rabaul. Eu estava atrás de uma fênix moribunda, sem medo de ser visto (considerava inútil esconder-me). Morel conduziu o homem até um banco. Conversaram.

Eu já sabia o que pensar daquele navio. Devia ser dos intrusos ou de Morel. Tinha vindo para levá-los.

"Tenho três possibilidades", pensei. "Raptá-la, introduzir-me no barco, deixá-la partir."

"Virão procurá-la; caso a rapte, cedo ou tarde hão de nos encontrar. Será que não existe em toda a ilha um lugar onde eu possa escondê-la?" Lembro de ter feito cara de dor para me obrigar a pensar.

Também cogitei tirá-la de seu quarto nas primeiras horas da noite para fugirmos remando no bote em que eu vim de Rabaul. Mas para onde? Acaso se repetiria o milagre daquela viagem? Como me orientaria? Entregar-me à sorte com Faustine valeria as longuíssimas penúrias que padeceríamos naquele bote no meio do oceano? Ou brevíssimas: possivelmente, a poucos metros da costa já afundaríamos.

Se eu conseguisse entrar no navio, seria descoberto. Restava a possibilidade de falar, de pedir que chamassem Faustine ou Morel e explicar-lhes minha situação. Talvez houvesse tempo — se minha história fosse mal recebida — de me matar ou de fazer com que me matassem antes de chegar ao primeiro porto com prisão.

"Preciso me decidir", pensei.

Um homem alto, corpulento, de rosto corado, barba malfeita, negra, e maneiras afeminadas, aproximou-se de Morel e lhe disse:

— Está ficando tarde. Ainda temos que nos preparar.

Morel respondeu:

— Um momento.

O capitão se levantou; Morel, semierguido, continuou a falar com ele, com urgência. Deu-lhe umas palmadas nas costas e voltou-se para o gordo, enquanto o outro o cumprimentava, e lhe perguntou:

— Vamos?

O gordo olhou sorrindo inquisitivamente para o rapaz de cabelo preto e sobrancelhas carregadas, e repetiu:

— Vamos?

O rapaz assentiu.

Os três correram para o museu, prescindindo das senhoras. O capitão aproximou-se delas, sorrindo cortesmente. O grupo seguiu muito devagar atrás dos três homens.

Eu não sabia o que fazer. A cena, apesar de ridícula, pareceu-me alarmante. Iam se preparar para quê? Não estava comovido. Pensei que, se os tivesse visto partir com Faustine, também teria deixado que se consumasse o preparado horror, sem ação, ligeiramente nervoso.

Felizmente ainda não chegara a hora. Ao longe se avistaram a barba e as pernas magras de Morel. Faustine, Dora, a mulher que eu vira uma noite contando histórias de fantasmas, Alec e os três homens que há pouco estavam ali, todos desciam para a piscina, em trajes de banho. Corri de uma planta a outra, para ver melhor. As mulheres trotavam, sorridentes; os homens saltitavam, como para combater um frio inconcebível neste regime de dois sóis. Eu previa a desilusão que todos teriam ao chegar à piscina. Desde que não troco a água, ela está impenetrável (pelo menos para uma pessoa normal): verde, opaca, espumosa, com grandes tufos de folhas que cresceram monstruosamente, com pássaros mortos e, sem dúvida, cobras e sapos vivos.

Seminua, Faustine é ilimitadamente bela. Tinha essa alegria deslumbrada, um pouco tola, das pessoas quando se banham em público. Foi a primeira a mergulhar. Então os ouvi agitar a água e gargalhar.

Dora e a mulher velha saíram primeiro. A velha, com grandes movimentos de braço, contou:

— Um, dois, três.

Os outros, certamente, apostavam uma corrida. Os homens saíram exaustos. Faustine ficou mais algum tempo na água.

Nesse ínterim, os marinheiros haviam desembarcado. Percorriam a ilha. Escudei-me em um maciço de palmeiras.

*

Contarei fielmente os fatos que presenciei entre ontem à tarde e a manhã de hoje, fatos inverossímeis, que a realidade há de ter produzido não sem trabalho… Agora parece que a verdadeira situação não é aquela descrita nas páginas anteriores; que a situação que vivo não é a que penso viver.

Quando os banhistas foram se vestir, decidi que iria vigiar noite e dia. No entanto, logo considerei essa medida injustificada.

Já ia me retirando quando apareceu o rapaz de sobrancelhas carregadas e cabelo preto. Um minuto depois surpreendi Morel, espiando, escondendo-se em uma janela. Morel desceu a escadaria. Eu não estava longe. Pude ouvi-lo.

— Não quis falar porque havia outras pessoas. Quero lhe propor uma coisa, ao senhor e mais alguns poucos.

— Proponha.

— Não aqui — disse Morel, perscrutando as árvores com desconfiança. — Esta noite. Quando os outros se retirarem, fique.

— Morto de sono?

— Melhor. Quanto mais tarde, melhor. Mas, acima de tudo, seja discreto. Não quero que as mulheres saibam de nada. A histeria me dá histeria. Até lá.

Afastou-se correndo. Antes de entrar na casa, olhou para trás. O rapaz começava a subir. Uns acenos de Morel o fizeram parar. Deu um passeio curto, com as mãos nos bolsos, assobiando toscamente.

Tentei pensar no que acabava de ver, mas me faltava disposição. Estava inquieto.

Transcorreram cerca de quinze minutos, mais ou menos.

Outro barbudo grisalho, gordo, que ainda não mencionei neste relato, surgiu na escadaria, olhou ao longe, em torno. Desceu e ficou diante do museu, imóvel, aparentemente apreensivo.

Morel voltou e trocaram algumas frases. Ouvi:

— ... e se eu lhe dissesse que todos os seus atos e as suas palavras estão registrados?

— Não me importaria.

Perguntei-me se eles teriam descoberto meu diário. Resolvi permanecer alerta. Resistir às tentações do cansaço e da distração. Não me deixar surpreender.

O gordo voltou a ficar sozinho, indeciso. Morel apareceu com Alec (jovem oriental esverdeado). Os três se retiraram.

Saíram então cavalheiros e criados carregando cadeiras de palha, que puseram à sombra de uma árvore de fruta-pão, grande e doente (vi alguns exemplares menos desenvolvidos, em uma velha chácara, em Los Teques). As damas ocuparam as cadeiras; em volta delas, os homens se deitaram na grama. Recordei tardes na pátria.

Faustine atravessou em direção ao rochedo. Chega a ser irritante minha atração por essa mulher (e ridícula: não nos falamos sequer uma única vez). Estava em traje de tênis e com um lenço, quase roxo, na cabeça. Como será recordar esses lenços depois que Faustine partir!

Tinha vontade de lhe oferecer minha ajuda para carregar a sacola ou a manta. Segui seus passos de longe; vi quando deixou a sacola sobre uma rocha, estendeu a manta; ficou imóvel, contemplando o mar ou a tarde, impondo-lhes sua calma.

Seria minha última chance de tentar a sorte com Faustine. Poderia ajoelhar-me, confessar-lhe minha paixão, minha vida. Não fiz nada disso. Não me pareceu hábil. É verdade que as mulheres acolhem qualquer homenagem com naturalidade. Mas era melhor deixar que a situação se esclarecesse por si só. Pode parecer um tanto suspeito um desconhecido que nos conta sua vida, confessa espontaneamente que esteve preso, foi condenado à prisão perpétua e que somos a razão de sua existência. Tememos que tudo seja uma chantagem para vender uma caneta com a inscrição *Bolívar — 1783-1830*, ou uma garrafa com um veleiro dentro. Outra estratégia seria falar-lhe fitando o mar, como um louco muito contemplativo e simples: comentar os dois sóis, nosso apego aos poentes; esperar um pouco suas perguntas; contar, em todo caso, que sou escritor, que sempre quis viver em uma ilha deserta; confessar a irritação que senti com a chegada de sua gente; falar-lhe do mcu confinamento na parte inundável da ilha (isso permitiria amenas explicações sobre os baixios e suas calamidades) e assim chegar à declaração: agora temo sua partida, temo a iminência de um crepúsculo sem a doçura, já habitual, de vê-la.

Levantou-se. Fiquei muito nervoso (como se Faustine tivesse ouvido o que eu estava pensando, como se a tivesse ofendido). Foi pegar um livro que tinha deixado, escapando de uma sacola, sobre outra rocha, a uns cinco metros. Voltou a se sentar. Abriu o livro, pousou a mão em uma folha e ficou como que adormecida, fitando a tarde.

Quando o mais fraco dos sóis se pôs, Faustine tornou a se levantar. Segui atrás dela... corri, caí de joelhos e lhe disse, quase aos gritos:

— Faustine, eu a amo.

Fiz isso pensando que o mais conveniente seria, talvez, tirar partido da inspiração, deixar que impusesse sua notável sinceridade. Ignoro o resultado. Afugentaram-me uns passos e uma sombra densa. Escondi-me atrás de uma palmeira. A respiração, alteradíssima, quase não me deixava ouvir.

Morel dizia que precisava falar com ela. Faustine respondeu:

— Bem, vamos ao museu. (*Ouvi isso claramente.*)

Seguiu-se uma discussão. Morel opunha resistência:

— Quero aproveitar esta ocasião... longe do museu e dos olhares de nossos amigos.

Também ouvi dele: *pô-la de sobreaviso; você é uma mulher diferente; domínio dos nervos.*

Posso afirmar que Faustine se negou obstinadamente a ficar. Morel cedeu:

— Então, esta noite, quando todos se retirarem, faça o favor de ficar.

Passaram algum tempo caminhando entre as palmeiras e o museu. Morel falava muito e gesticulava. A certa altura, tomou o braço de Faustine. Depois caminharam em silêncio.

Quando os vi entrar no museu, pensei que devia preparar algo de comer para suportar bem a noite inteira e poder vigiar.

*

"Tea for Two" e "Valencia" persistiram até alta madrugada. Eu, apesar de meus propósitos, comi pouco. Ver toda aquela gente ocupada em dançar, ver e provar as folhas viscosas, as raízes com sabor de terra, os bulbos com novelos de fios notáveis e duros não foram argumentos ineficazes para me convencer a entrar no museu em busca de pão e outros verdadeiros comestíveis.

Entrei pela carvoeira, no meio da noite. Havia criados na copa, na despensa. Resolvi me esconder, esperar que as pessoas se recolhessem. Poderia ouvir, talvez, o que Morel proporia a Faustine, ao rapaz das sobrancelhas, ao gordo, ao verde Alec. Depois roubaria alguns alimentos e buscaria um modo de sair.

Na realidade, a declaração de Morel não me importava muito. O que me angustiava era o navio perto da praia; a fácil, a irremediável partida de Faustine.

Ao passar pelo hall vi um fantasma do tratado de Belidor que eu tinha pegado quinze dias antes; estava na mesma prateleira de mármore verde, no mesmo lugar da prateleira de mármore verde. Apalpei o bolso: tirei o livro; comparei um com outro: não eram dois exemplares do mesmo livro, e sim duas vezes o mesmo exemplar; com a tinta azul borrada, envolvendo em uma nuvem a palavra PERSE; com o rasgo oblíquo no canto inferior, do lado de fora... Falo de uma identidade exterior… Não cheguei a tocar o livro que estava sobre a prateleira. Logo me escondi precipitadamente, para que não me descobrissem (primeiro, umas mulheres; depois, Morel). Passei pelo salão do aquário e me escondi na saleta verde, atrás do biombo (formava uma espécie de casinha). Por uma fresta, podia ver o salão do aquário.

Morel dava ordens:

— Ponha aqui uma mesa e uma cadeira.

Puseram as outras cadeiras em fileiras, defronte à mesa, como em uma sala de conferências.

Muito tarde, foram entrando quase todos. Houve algum barulho, alguma curiosidade, algum sorriso serviçal; predominava a paz combalida do cansaço.

— Não pode faltar ninguém — disse Morel. — Só começarei quando todos chegarem.

— Falta Jane.

— Falta Jane Gray.

— Não é para menos.

— É preciso buscá-la.

— E quem consegue tirá-la da cama agora?

— Ela não pode faltar.

— Está dormindo.

— Não começo enquanto ela não estiver aqui.

— Eu vou buscá-la — disse Dora.

— Vou com você — disse o rapaz das sobrancelhas.

Tentei transcrever essa conversa fielmente. Se agora não é natural, a culpa é da arte ou da memória. Foi natural. Vendo essa gente, escutando essa conversa, ninguém poderia esperar um evento mágico nem a negação da realidade, que veio depois (embora tudo se passasse sobre um aquário iluminado, sobre peixes rabudos e liquens, no centro de um bosque de colunas negras).

Morel falou com umas pessoas que eu não podia ver:

— Temos de procurá-lo pela casa toda. Eu o vi entrar aqui, faz muito tempo.

De quem estava falando? Pensei então que meu interesse pela conduta dos intrusos seria satisfeito, definitivamente.

— Percorremos a casa inteira — disse uma voz rudimentar.

— Não importa. Têm de trazê-lo — replicou Morel.

Parecia que eu estava encurralado. Queria sair. Consegui me conter.

Recordara que as salas de espelhos eram infernos de famosas torturas. Começava a sentir calor.

Depois voltaram Dora e o rapaz, com uma mulher velha, alcoolizada (eu tinha visto essa mulher na piscina). Vinham, também, dois indivíduos, aparentemente empregados, oferecendo ajuda; aproximaram-se de Morel; um deles disse:

— Impossível fazer qualquer coisa.

(Reconheci a voz rudimentar que ouvira havia pouco.)

Dora gritou para Morel:

— Haynes está dormindo no quarto de Faustine. Ninguém será capaz de tirá-lo de lá.

Estavam o tempo todo falando de Haynes? Não pensei que as palavras de Dora e a conversa de Morel com os homens pudessem ter relação. Falavam em procurar alguém, e eu estava assustado, disposto a descobrir em tudo alusões ou ameaças. Agora penso que eu talvez nunca tenha ocupado a atenção dessa gente... Mais do que isso: agora sei que não podem me procurar.

Estou seguro? Um homem de bom senso acreditaria no que ouvi ontem à noite, no que imagino saber? E me aconselharia a esquecer o pesadelo de ver em tudo uma máquina organizada para me capturar?

E se fosse uma máquina para me capturar, por que tão complexa? Por que não me detinham, diretamente? Não seria uma loucura essa laboriosa representação?

Nossos hábitos pressupõem uma maneira de as coisas acontecerem, uma vaga coerência do mundo. Agora a realidade se me apresenta alterada, irreal. Quando um homem desperta ou morre, demora a se desvencilhar dos terrores do sonho, das preocupações e das manias da vida. Agora custarei a me livrar do hábito de temer essa gente.

Morel tinha nas mãos umas folhas de papel de seda amarelo, escritas à máquina. Tirou-as de uma tigela de madeira que estava sobre a mesa. Na tigela havia muitíssimas cartas presas com alfinetes a recortes de anúncios de *Yachting* e *Motor Boating*. Pediam preços de barcos velhos, condições de venda, instruções para sua vistoria. Vi algumas poucas.

— Haynes que fique dormindo — disse Morel. — Ele é muito pesado e, se forem buscá-lo, nunca conseguiremos começar.

*

Morel estendeu os braços e disse, com voz entrecortada:

— Devo fazer-lhes uma declaração.

Sorriu nervosamente:

— Não é grave. Para não cometer imprecisões, resolvi ler. Por favor, escutem:

(Começou a ler as páginas amarelas que anexo a esta pasta. Hoje de manhã, quando fugi do museu, estavam sobre a mesa, foi dali que as peguei.)[1]

"Vocês hão de me desculpar esta cena, primeiro irritante, depois terrível. Vamos esquecê-la. Isto, associado à boa semana que vivemos, atenuará sua importância.

"Estava decidido a não lhes dizer nada. Assim os pouparia de uma inquietação muito natural. Eu teria todos à minha disposição, até o último momento, sem rebeliões. Mas, como amigos, vocês têm o direito de saber".

Em silêncio, movia os olhos, sorria, tremia; depois continuou com ímpeto:

"Meu abuso consiste em tê-los fotografado sem autorização. É claro que não se trata de uma fotografia qualquer; é meu último invento. Nós viveremos nessa fotografia, para sempre. Imaginem um cenário em que se representasse completamente nossa vida nestes sete dias. Nós representamos. Todos os nossos atos ficaram gravados."

— Que indiscrição! — gritou um homem de bigode preto e dentes salientes.

— Espero que seja brincadeira — disse Dora.

Faustine não sorria. Parecia indignada.

"Poderia ter anunciado, quando chegamos: viveremos para a eternidade. Talvez então estragássemos tudo, esforçando-nos por manter uma constante alegria. Pensei: qualquer semana que passemos juntos, se não sentirmos a obrigação de ocupar bem o tempo, será agradável. Não foi assim?

"Portanto lhes dei uma eternidade agradável.

"Não resta dúvida de que as obras dos homens não são perfeitas. Aqui faltam alguns amigos. Claude desculpou-se: está trabalhando a hipótese, em forma de romance e de cartilha teológica, de um desacordo entre Deus e o indivíduo; hipótese que lhe parece eficaz para tornar-se imortal e que ele não quer interromper. Madeleine faz dois anos que não vai à montanha; teme por sua saúde. Leclerc comprometeu-se com os Davies a ir para a Flórida".

---

1 Para maior clareza, pareceu-nos conveniente pôr entre aspas o que estava escrito à máquina nessas páginas; o que vai sem aspas são anotações à margem, a lápis, e com a mesma letra em que está escrito o resto do diário. (NOTA DO EDITOR)

Acrescentou:

— Quanto ao pobre Charlie...

Pelo tom dessas palavras, mais acentuado no *pobre,* pela solenidade muda, com alterações de postura e movimentos de cadeiras, que houve em seguida, inferi que Charlie era um morto; com mais precisão: um morto recente.

Morel disse depois, como querendo aliviar o auditório:

— Mas eu o tenho. Se alguém quiser vê-lo, posso mostrá-lo. Foi uma das minhas primeiras experiências com bons resultados.

Interrompeu-se. Parece que percebeu a nova alteração na sala (na primeira, tinha passado de um tédio afável ao pesar, com uma leve reprovação pelo mau gosto de evocar um morto no meio de uma brincadeira; agora estava perplexa, quase horrorizada).

Voltou aos papéis amarelos, com precipitação.

"Meu cérebro tem tido, já faz muito tempo, duas ocupações primordiais: pensar meus inventos e pensar em..." Restabeleceu-se, decididamente, a simpatia entre Morel e a sala. — "Por exemplo, recorto as páginas de um livro, passeio, encho meu cachimbo, e estou imaginando uma vida feliz, ao lado de..."

Cada interrupção provocava uma salva de palmas.

"Quando terminei o invento ocorreu-me a ideia, primeiro como um simples tema para a imaginação, depois como um incrível projeto, dar perpétua realidade à minha fantasia sentimental...

"O fato de eu me julgar superior e a convicção de que é mais fácil enamorar uma mulher do que fabricar céus me aconselharam a atuar espontaneamente. A esperança de enamorá-la ficou para trás; já não conto com a confiança de sua amizade; já não tenho a fortaleza, o ânimo para encarar a vida.

"Convinha seguir uma tática. Traçar planos." (Morel mudou de tom, como querendo cortar a gravidade que suas palavras haviam adquirido.) "Nos primeiros, ou eu a convencia a virmos sós (impossível: não a vi a sós desde que lhe confessei minha paixão), ou a raptava (teríamos brigado eternamente). Note-se que, desta vez, não há exagero na palavra *eternamente.*" Alterou muito este parágrafo. Disse — se não me engano — que pensara em raptá-la e arriscou algumas piadas.

"Agora lhes explicarei meu invento."

*

Até aqui, um discurso repugnante e desordenado. Morel, mundano homem de ciência, quando descarta os sentimentos e abre seu baú de velhas utilidades, consegue maior precisão; sua literatura continua desagradável, rica em palavras e expressões técnicas e procurando em vão certo impulso oratório, mas é mais clara. O leitor que julgue:

"Qual é a função da radiotelefonia? Suprimir, no que tange ao ouvido, uma ausência espacial: valendo-nos de transmissores e receptores, podemos reunir-nos numa conversa com Madeleine nesta mesma sala, embora ela esteja a mais de vinte mil quilômetros daqui, nos arredores de Québec. A televisão consegue a mesma coisa, no tocante à visão. Obter vibrações mais rápidas, mais lentas, será estender-se aos outros sentidos; a todos os outros sentidos.

"O quadro científico dos meios de neutralizar ausências era, até há pouco, mais ou menos o seguinte:

"No que tange à visão: a televisão, o cinema, a fotografia;

"No que tange à audição: a radiotelefonia, o fonógrafo, o telefone.[1]

"Conclusão:

"A ciência, até há pouco, limitou-se a contornar ausências espaciais e temporais para o ouvido e a visão. O mérito da primeira parte de meus trabalhos consiste em ter interrompido uma desídia que já tinha o peso das tradições e em ter continuado, com lógica, por caminhos quase paralelos, o raciocínio e os ensinamentos dos sábios que melhoraram o mundo com as invenções que mencionei.

"Quero registrar minha gratidão aos industriais que, tanto na França (Société Clunie) como na Suíça (Schwachter, de Sankt Gallen), compreenderam a importância de minhas pesquisas e me abriram seus discretos laboratórios.

"O trato com meus colegas não enseja o mesmo sentimento.

"Quando estive na Holanda, para conversar com o insigne eletricista Jan van Heuse, inventor de uma máquina rudimentar que permitiria saber se uma pessoa mente, encontrei muitas palavras de apoio e, devo dizê-lo, uma baixa desconfiança

"Desde então trabalhei sozinho.

---

1 A omissão do telégrafo parece-me deliberada. Morel é autor do opúsculo *Que nous envoie Dieu?* (palavras da primeira mensagem de Morse); e responde: *Un peintre inutile et une invention indiscrète*. Não obstante, quadros como *Lafayette* e *Hércules moribundo* são indiscutíveis. (NOTA DO EDITOR)

"Pus-me a procurar ondas e vibrações inalcançadas, a idealizar instrumentos para captá-las e transmiti-las. Obtive, com relativa facilidade, as sensações olfativas; as térmicas e as táteis propriamente ditas demandaram toda a minha perseverança.

"Tive, além disso, que aperfeiçoar os meios já existentes. Os melhores resultados honravam os fabricantes de discos de fonógrafo. Desde há muito era possível afirmar que já não temíamos a morte, no que tange à voz. As imagens tinham sido registradas muito deficientemente pela fotografia e pelo cinema. Dediquei essa parte de meus esforços à retenção das imagens que se formam nos espelhos.

"Uma pessoa, um animal ou uma coisa é, perante meus aparelhos, como a estação que emite o concerto que vocês escutam no rádio. Ligando o receptor de ondas olfativas, sentirão o perfume dos jasmins que há no peito de Madeleine, sem vê-la. Ligando o setor de ondas táteis, poderão acariciar sua cabeleira, suave e invisível, e aprender, como os cegos, a conhecer as coisas com as mãos. Mas se ligarem todo o jogo de receptores, Madeleine aparecerá, completa, reproduzida, idêntica; não se devem esquecer de que se trata de imagens extraídas dos espelhos, com os sons, a resistência ao tato, o sabor, os cheiros, a temperatura, perfeitamente sincronizados. Nenhuma testemunha dirá que são imagens. E se agora aparecessem as nossas, vocês mesmos não acreditariam em mim. Pensarão, antes, que contratei uma companhia de atores, de sósias inverossímeis.

"Esta é a primeira parte da máquina; a segunda grava; a terceira projeta. Não necessita de telas nem de papéis; suas projeções são bem acolhidas por todo o espaço, e não importa se é dia ou noite. A bem da clareza, ousarei comparar as partes da máquina com: o aparelho de televisão que mostra imagens de emissores mais ou menos distantes; a câmera que registra em filme as imagens exibidas pelo aparelho de televisão; o projetor cinematográfico.

"Pensava coordenar a recepção de meus aparelhos e gravar cenas de nossa vida: uma tarde com Faustine, conversas com vocês; teria composto, assim, um álbum de presenças muito duradouras e nítidas, que seria o legado de um tempo a outro, grato para os filhos, os amigos e as gerações que viverem outros hábitos.

"Com efeito, imaginava que, se bem as reproduções de objetos seriam objetos — como a fotografia de uma casa é um objeto que representa outro objeto —, as reproduções de animais e de plantas não seriam animais nem plantas. Tinha certeza de que meus simulacros de pessoas careceriam de consciência de si (como os personagens de um filme cinematográfico).

"Tive uma surpresa: depois de muito trabalho, ao congregar esses dados harmoniosamente, deparei-me com pessoas reconstituídas, que desapareciam se eu desligava o aparelho projetor, viviam apenas os momentos transcorridos quando a cena foi tomada e ao terminá-los voltavam a repeti-los, como se fossem trechos de um disco ou de um filme que, ao acabar, recomeçassem, mas que ninguém conseguiria distinguir das pessoas vivas (veem-se como que circulando em outro mundo, fortuitamente abordado pelo nosso). Se atribuímos consciência, e tudo o que nos distingue dos objetos, às pessoas que nos rodeiam, não podemos negá-la àquelas criadas por meus aparelhos, com nenhum argumento válido e exclusivo.

"Congregados os sentidos, surge a alma. Era lógico esperá-la. Madeleine estava presente para a visão, Madeleine estava presente para a audição, Madeleine estava presente para o paladar, Madeleine estava presente para o olfato, Madeleine estava presente para o tato: já estava presente Madeleine."

Comentei acima que a literatura de Morel é desagradável, rica em termos técnicos e que busca em vão certo impulso oratório. Quanto à pieguice, manifesta-se por conta própria:

"É difícil aceitar um sistema de reprodução da vida tão mecânico e artificial? Recordem que, aos nossos olhos incapazes de ver os movimentos do prestidigitador, eles se transformam em mágica.

"Para fazer reproduções vivas, necessito de emissores vivos. Não crio vida.

"Acaso não se deve chamar vida aquilo que pode estar latente em um disco, aquilo que se revela quando o mecanismo do fonógrafo entra em ação, quando giro uma chave? Insistirei em que todas as vidas, como os mandarins chineses, dependem de botões que seres desconhecidos podem apertar? E vocês mesmos, quantas vezes não interrogaram o destino dos homens, não acionaram as velhas perguntas: para onde vamos? Onde jazemos, como músicas inauditas em um disco, até que Deus nos manda nascer? Não percebem um paralelismo entre o destino dos homens e o das imagens?

"A hipótese de que as imagens têm alma parece confirmada pelos efeitos de minha máquina sobre as pessoas, os animais e os vegetais emissores.

"É claro que só pude chegar a esses resultados depois de muitos reveses parciais. Lembro que fiz as primeiras experiências com empregados da casa Schwachter. Sem avisá-los, ligava as máquinas e os captava trabalhando. Ainda havia falhas no receptor; não congregava os dados harmoniosamente: em alguns deles, por exemplo, a imagem não coincidia com a resistência ao tato; às vezes, os erros são imperceptíveis para testemunhas pouco especializadas; às vezes, o desvio é amplo."

*

Stoever perguntou:

— Pode nos mostrar essas primeiras imagens?

— Claro que posso, se vocês fizerem questão; mas devo preveni-los de que alguns fantasmas são ligeiramente monstruosos — respondeu Morel.

— Então mostre-os — disse Dora. — Nunca vai mal um pouco de diversão.

— Eu quero vê-los — explicou Stoever — porque me lembro de umas mortes inexplicáveis na casa Schwachter.

— Parabéns — disse Alec, cumprimentando. — Encontrou um crédulo.

Stoever replicou, sério:

— Você não ouviu, idiota? Charlie também foi gravado. Quando Morel estava em Sankt Gallen, os empregados da casa Schwachter começaram a morrer. Eu vi as fotos nas revistas. Posso reconhecê-los.

Morel, trêmulo e ameaçador, saiu da sala. Falavam aos gritos:

— Viu? — disse Dora. — Você o ofendeu.

— Temos de trazê-lo de volta.

— Parece mentira que você tenha feito isso com Morel.

Stoever insistiu:

— Mas vocês não entendem!

— Morel é nervoso. Não vejo qual a necessidade de insultá-lo.

— Vocês não entendem — gritou Stoever, furioso. — Com a máquina, ele gravou Charlie, e Charlie morreu; gravou os empregados da casa Schwachter, e houve mortes misteriosas de empregados. Agora ele vem e diz que nos gravou!

— E não estamos mortos — disse Irene.

— Ele também se gravou.

— Mas ninguém percebe que é tudo uma brincadeira?

— Incluindo a zanga de Morel. Nunca o vi zangado.

— Mesmo assim, Morel não agiu corretamente — disse o dentuço. — Podia ter nos avisado.

— Vou procurá-lo — disse Stoever.

— Nada disso! — gritou Dora.

— Eu vou — disse o dentuço. — Não para insultá-lo, mas para lhe pedir desculpas em nome de todos e que continue.

Aglomeraram-se em volta de Stoever. Tentavam acalmá-lo, excitados.

Algum tempo depois, o homem dos dentes salientes voltou:

— Ele não quer vir. Pede que o desculpemos. Foi impossível convencê-lo.

Saíram Faustine, Dora, a mulher velha.

Depois ficaram apenas Alec, o dentuço, Stoever e Irene. Pareciam tranquilos, de acordo, sérios. Retiraram-se.

Eu ouvia vozes no hall, na escada. As luzes se apagaram e a casa ficou em uma lívida luz de amanhecer. Esperei, alerta. Não havia ruídos, quase não havia luz. Todos teriam ido se deitar? Ou estariam à espreita, para me capturar? Permaneci ali, não sei por quanto tempo, tremendo, até que comecei a caminhar (acho que para ouvir meus passos e testemunhar algum sinal de vida), sem perceber que fazia, talvez, o que meus supostos perseguidores haviam previsto.

Fui até a mesa, guardei os papéis no bolso. Pensei, com medo, que a sala não tinha janelas, que eu deveria passar pelo hall. Caminhei com extrema lentidão; a casa parecia ilimitada. Permaneci imóvel junto à porta do hall. Por fim, avancei devagar, em silêncio, até uma janela aberta; pulei e vim correndo.

*

Quando cheguei aos baixios tive um sentimento confuso de reprovação por não ter fugido no primeiro dia, por ter resolvido investigar os mistérios daquela gente.

Depois da explicação de Morel, concluí que tudo aquilo era uma manobra da polícia; não me perdoava a lentidão em perceber essa evidência.

Essa conclusão é absurda, mas creio que posso justificá-la. Quem não desconfiaria de uma pessoa que dissesse: *eu e meus companheiros somos aparências, somos um novo tipo de fotografias?* No meu caso a desconfiança é mais justificável ainda: sou acusado de um crime, fui condenado à prisão perpétua e é possível que minha captura ainda seja a profissão de alguém, sua esperança de ascensão na burocracia.

Mas como estava cansado logo adormeci, em meio a vagos projetos de fuga. Tinha sido um dia muito agitado.

Sonhei com Faustine. O sonho era muito triste, muito emocionante. Nós dois nos despedíamos; vinham buscá-la; o barco ia partir. Depois voltávamos a estar sós, despedindo-nos com amor. Chorei durante o sonho e despertei com uma inconsolável desesperança ao ver que Faustine não estava comigo e com o choroso consolo de que nos tínhamos amado sem dissimulação. Temi que, durante meu sono, se tivesse consumado a partida de Faustine. Levantei-me. O barco partira. Minha tristeza foi profundíssima, foi a decisão de me matar; mas, ao erguer os olhos, vi Stoever, Dora e depois outros, na beira do barranco.

Não tive necessidade de ver Faustine. Julgava-me seguro: já não me importava se ela estava ou não estava.

Compreendi que era verdade aquilo que, horas antes, Morel tinha dito (mas é possível que não o tivesse dito, pela primeira vez, horas antes, e sim anos atrás; ele repetia o discurso porque estava incluído na semana, no disco eterno).

Senti aversão, quase nojo por aquela gente e sua incansável atividade repetida. Apareceram muitas vezes, no alto, na beira do barranco. Estar em uma ilha habitada por fantasmas artificiais era o mais insuportável dos pesadelos; estar apaixonado por uma dessas imagens era pior do que estar apaixonado por um fantasma (talvez sempre desejemos que a pessoa amada tenha uma existência de fantasma).

*

Acrescentarei a seguir as páginas (dos papéis amarelos) que Morel não leu:

"Em face da impossibilidade de executar meu primeiro projeto — levá-la para casa e gravar uma cena de felicidade, minha ou recíproca — concebi outro que é, certamente, melhor.

"Descobri esta ilha nas circunstâncias que vocês conhecem. Três condições a recomendaram: 1ª) as marés; 2ª) os recifes; 3ª) a luminosidade.

"A ordinária regularidade das marés lunares e a frequência de marés meteorológicas asseguram a disponibilidade quase constante de força motriz. Os recifes formam um vasto sistema de muralhas contra invasores; um homem os conhece: é nosso capitão, McGregor; já cuidei de que ele não volte a se arriscar nestes perigos. A clara, não deslumbrante luminosidade permite prever perdas realmente exíguas na captação de imagens.

"Confesso que, ao descobrir tão generosas virtudes, não hesitei em investir minha fortuna na compra da ilha e na construção do museu, da igreja, da piscina. Aluguei aquele navio de carga que vocês chamam *o iate*, para que a nossa vinda fosse mais agradável.

"A palavra *museu*, que uso para designar esta casa, é uma reminiscência do tempo em que eu trabalhava nos projetos de minha invenção, sem conhecimento de seu alcance. Na época pensava erigir grandes álbuns ou museus, familiares e públicos, com essas imagens.

"Chegou a hora de anunciar: esta ilha, com seus edifícios, é o nosso paraíso particular. Tomei algumas precauções — físicas, morais — para sua defesa: acredito que o protegerão. Aqui estaremos eternamente — mesmo que partamos amanhã — repetindo consecutivamente os momentos da semana e sem nunca poder sair da consciência que tivemos em cada um deles, porque assim nos gravaram os aparelhos; isso permitirá que nos sintamos em uma vida sempre nova, porque não haverá outras lembranças em cada momento da projeção afora as que havia no momento correspondente da gravação, e porque o futuro, muitas vezes deixado para trás, sempre[1] conservará seus atributos."

*

Aparecem de vez em quando. Ontem vi Haynes na beira do barranco; anteontem, Stoever, Irene; hoje, Dora e outras mulheres. Impacientam-me a vida; se quero ordená-la, devo desviar minha atenção dessas imagens.

Destruí-las, destruir os aparelhos que as projetam (sem dúvida estão no porão) ou quebrar o moinho são minhas tentações favoritas; trato de me conter, não quero me ocupar dos companheiros de ilha porque considero que não lhes falta matéria para se tornarem obsessões.

Contudo, não acredito que esse perigo me ameace. Estou por demais ocupado em sobreviver à água, à fome, às coisas que como.

Agora procuro um modo de instalar uma cama permanente; não o encontrarei se continuar nos baixios: as árvores estão podres, sua madeira não me sustentará. Mas estou resolvido a mudar de situação: nas noites de maré alta, não durmo, e nas outras as inundações menores irrompem em meu sono, sempre a uma hora diferente. Não me acostumo a esse banho. Tardo a adormecer,

---

1 *Sempre:* sobre a duração de nossa imortalidade; suas máquinas, simples e de materiais selecionados, são mais incorruptíveis que o Metro, conservado em Paris. (NOTA DE MOREL)

pensando no momento em que a água, barrenta e morna, vai cobrir meu rosto e causar um momentâneo afogamento. Quero que a crescente não me surpreenda, mas sou vencido pela fadiga e logo vem a água, silenciosa como uma vaselina de bronze, forçar-me as vias respiratórias. O resultado é um cansaço doloroso, uma tendência à irritação e ao abatimento diante de qualquer dificuldade.

*

Estive lendo os papéis amarelos. Entendo que distinguir os meios de superar as ausências conforme seu caráter — espacial ou temporal — leva a confusões. O correto, talvez, seria dizer: *meios de alcance* e *meios de alcance e retenção*. A radiotelefonia, a televisão, o telefone são, exclusivamente, *de alcance*; o cinema, a fotografia, o fonógrafo — *verdadeiros arquivos* — são *de alcance e retenção*.

Todos os aparelhos de superar ausências são, portanto, meios de alcance (antes de ter a fotografia ou o disco é preciso tirá-la, gravá-lo).

Do mesmo modo, não é impossível que toda ausência seja, definitivamente, espacial... Em um lugar ou noutro estarão, sem dúvida, a imagem, o contato, a voz dos que já não vivem (*nada se perde...*).

Fica implícita a esperança que estudo e pela qual hei de ir ao porão do museu, para olhar as máquinas.

Pensei sobre os que já não vivem: um dia pescadores de ondas os congregarão, de novo, no mundo. Tive a ilusão de eu mesmo conseguir algo nesse sentido. Talvez inventar um sistema para recompor as presenças dos mortos. Quem sabe pudesse ser o aparelho de Morel munido de um dispositivo que o impedisse de captar as ondas dos emissores vivos (de maior intensidade, sem dúvida).

A imortalidade poderá germinar em todas as almas, nas decompostas e nas atuais. Mas, ah, os mortos mais recentes nos mostrarão tanta floresta de remanências como os mais antigos. Para formar um único homem já desagregado, com todos os seus elementos e sem permitir a interferência de nenhum estranho, será necessário o paciente desejo de Ísis, quando reconstruiu Osíris.

A conservação indefinida das almas em funcionamento está assegurada. Ou melhor dizendo: estará completamente assegurada no dia em que os homens entenderem que para defender seu lugar na terra convém pregar e praticar o malthusianismo.

É lamentável que Morel tenha escondido seu invento nesta ilha. Talvez eu esteja enganado; talvez Morel seja um personagem famoso. Se não, como prêmio por divulgar o invento, eu poderia obter o indébito indulto de meus perseguidores. Mas se Morel não o divulgou, certamente o revelou a algum de seus amigos. Contudo, é estranho que não se falasse nisso quando saí de Caracas.

*

Superei a repulsa nervosa que sentia pelas imagens. Não me preocupam. Vivo confortavelmente no museu, livre das enchentes. Durmo bem, estou descansado e tenho, novamente, a serenidade que me permitiu burlar meus perseguidores, chegar a esta ilha.

É verdade que o contato das imagens me causa um leve mal-estar (sobretudo quando estou distraído); também isso há de passar, e o fato de eu poder me distrair já prova que vivo com certa naturalidade.

Vou me acostumando a ver Faustine, sem emoção, como um simples objeto. Por curiosidade, venho seguindo-a faz cerca de vinte dias. Tive poucas dificuldades, ainda que abrir as portas — mesmo as que não estão trancadas à chave — seja impossível (porque, se estavam fechadas quando da gravação da cena, têm de estar assim quando de sua projeção). Poderia tentar forçá-las, mas temo que a quebra parcial de um objeto possa danificar todo o aparato (não me parece provável).

Faustine, quando se recolhe em seu quarto, sempre fecha a porta. Em uma única ocasião não tenho como entrar sem tocá-la: quando Faustine vem acompanhada de Dora e Alec. Estes dois logo saem. Naquela noite, na primeira semana, fiquei no corredor, diante da porta fechada e do buraco da fechadura, que mostrava um setor vazio. Na semana seguinte tentei olhar de fora, pela janela, e caminhei pela cornija, com grande risco, machucando as mãos e os joelhos na aspereza das pedras, que agarrava assustado (são quase cinco metros de altura). As cortinas me barraram a visão.

Da próxima vez vencerei o temor que ainda me resta e entrarei no quarto com Faustine, Dora e Alec.

Passo as outras noites junto à cama de Faustine, no chão, sobre uma esteira, e me comove vê-la descansar, tão alheia ao hábito de dormir juntos que vamos criando.

*

Um homem solitário não pode fazer máquinas nem fixar visões, salvo na forma truncada de escrevê-las ou desenhá-las, para outros, mais afortunados.

Para mim há de ser impossível descobrir qualquer coisa olhando as máquinas: herméticas, devem funcionar obedecendo às intenções de Morel. Amanhã saberei com certeza. Hoje não pude ir ao porão; passei a tarde juntando alimentos.

Seria pérfido supor — se um dia as imagens chegarem a faltar — que eu as destruí. Ao contrário: meu propósito é salvá-las, com este informe. O que as ameaça são invasões do mar e invasões das hordas propagadas pelo crescimento da população. Dói pensar que minha ignorância, preservada por toda a biblioteca — sem um único livro que possa servir para trabalhos científicos —, talvez também as ameace.

Não me alongarei sobre os perigos que assediam esta ilha, a terra e os homens, por desatentar às profecias de Malthus; quanto ao mar, há que dizer: em cada uma das marés altas temi o naufrágio total da ilha; em um café de pescadores, em Rabaul, ouvi dizer que as ilhas Ellice, ou *das lagunas,* são instáveis, umas desaparecem e outras emergem (estarei nesse arquipélago? O siciliano e Ombrellieri são minhas autoridades).

Admira que a invenção tenha enganado o inventor. Eu também pensei que as imagens viviam; mas nossa situação não era a mesma: Morel imaginara tudo; presenciara e conduzira o desenvolvimento de sua obra; eu a enfrentei já concluída, funcionando.

Essa cegueira do inventor com respeito ao invento nos surpreende, e recomenda circunspeção em nossos juízos... Talvez eu esteja generalizando sobre os abismos de um homem, moralizando sobre uma peculiaridade de Morel.

Aplaudo a orientação que ele deu, sem dúvida inconscientemente, a suas tentativas de perpetuação do homem: limitou-se a conservar as sensações; e, mesmo errando, predisse a verdade: o homem surgirá só. Em tudo isso cumpre ver o triunfo de meu velho axioma: não se deve tentar manter vivo o corpo todo.

Razões lógicas nos autorizam a descartar as esperanças de Morel. As imagens não vivem. Entretanto, acredito que, tendo esse aparelho, convém inventar outro, que permita averiguar se as imagens sentem e pensam (ou, pelo menos, se têm os pensamentos e as sensações que passaram pelos originais durante a exposição; é claro que a relação de suas consciências (?) com esses pensamentos e sensações não poderá ser investigada). O aparelho, muito semelhante ao atual, estará voltado aos pensamentos e às sensações do emissor;

a qualquer distância de Faustine, poderemos captar seus pensamentos e suas sensações, visuais, auditivas, táteis, olfativas, gustativas.

E algum dia haverá um aparelho ainda mais completo. Aquilo que se pensou e se sentiu na vida — ou nos momentos de exposição — será como um alfabeto, com o qual a imagem continuará a compreender tudo (como nós, com as letras de um alfabeto, podemos compreender e compor todas as palavras). A vida será, então, um depósito da morte. Mas nem assim a imagem estará viva; objetos essencialmente novos não existirão para ela. Conhecerá tudo o que sentiu ou pensou, ou as combinações ulteriores do que sentiu ou pensou.

O fato de não podermos compreender nada fora do tempo e do espaço talvez sugira que nossa vida não é apreciavelmente distinta da sobrevivência a ser obtida com esse aparelho.

Quando intelectos menos rústicos que o de Morel se ocuparem do invento, o homem escolherá um local afastado, agradável, onde se reunirá com as pessoas que mais ama e perdurará em um íntimo paraíso. Um mesmo jardim, se as cenas a perdurar forem gravadas em diferentes momentos, abrigará inumeráveis paraísos, cujas sociedades, ignorando-se entre si, funcionarão simultaneamente, sem colisões, quase nos mesmos lugares. Serão, por desgraça, paraísos vulneráveis, porque as imagens não poderão ver os homens, e os homens, se não derem ouvidos a Malthus, necessitarão um dia da terra do mais exíguo paraíso e destruirão seus indefesos ocupantes ou os encerrarão na potencialidade inútil de suas máquinas desligadas.[1]

*

1 Sob a epígrafe de

> *Come, Malthus, and in Ciceronian prose*
> *Show what a rutting Population grows,*
> *Until the Produce of the Soil is spent,*
> *And Brats expire for lack of Aliment.*

o autor se espraia em uma apologia, eloquente e com argumentos pouco novos, de Thomas Robert Malthus e de seu *Ensaio sobre o princípio da população*. Por razões de espaço, optamos por suprimi-la. (NOTA DO EDITOR)

Vigiei durante dezessete dias. Nem um namorado ciumento descobriria motivos para suspeitar de Morel e de Faustine.

Não creio que Morel se referisse a ela em seu discurso (embora tenha sido a única que não o festejou com risadas). Mas, mesmo admitindo que Morel esteja apaixonado por Faustine, como se pode afirmar que Faustine esteja apaixonada?

Quando queremos desconfiar, nunca falta a ocasião. Uma tarde passeiam de braço dado, entre as palmeiras e o museu. Há algo de errado nessa caminhada de amigos?

Fiel a meu propósito de cumprir com o *hostinato rigore* da divisa, minha vigilância alcançou uma amplidão que me orgulha; não levei em conta a comodidade nem o decoro: o controle foi tão severo embaixo das mesas como na altura em que costumam se mover os olhares.

Na sala de jantar, uma noite, outra no hall, as pernas se tocam. Se admito a malícia, por que descarto a distração, o acaso?

Repito: não há nenhuma prova conclusiva de que Faustine sinta amor por Morel. Talvez a origem das suspeitas esteja no meu egoísmo. Amo Faustine: Faustine é o móvel de tudo; temo que esteja apaixonada: demonstrá-lo é a missão das coisas. Quando o que me preocupava era a perseguição policial, as imagens desta ilha se moviam, como peças de xadrez, seguindo uma estratégia para me capturar.

*

Morel se enfureceria se eu tornasse público seu invento. Isso é certo e não creio que possa ser evitado com elogios. Seus amigos se congregariam em uma mesma indignação (inclusive Faustine). Mas se ela estivesse magoada com ele — não participava das risadas durante o discurso — talvez se aliasse a mim.

Resta a hipótese da morte de Morel. Neste caso, algum de seus amigos teria divulgado o invento. Do contrário, teríamos de supor uma morte coletiva, uma peste, um naufrágio. Tudo inacreditável; mas assim ficaria explicado o fato de que não se tivesse notícia do invento quando saí de Caracas.

Uma explicação poderia ser que não tivessem acreditado nele, que Morel estivesse louco ou, minha primeira ideia, que todos estivessem loucos, que a ilha fosse um sanatório de loucos.

Essas explicações demandam tanta imaginação quanto a epidemia ou o naufrágio.

Se eu chegasse à Europa, à América ou ao Japão, passaria tempos difíceis. Quando começasse a ser um charlatão famoso — antes de ser um inventor famoso — viriam as acusações de Morel e, talvez, um pedido de extradição de Caracas. A coisa mais triste seria que eu chegasse a esse transe por causa da invenção de um louco.

Mas devo me convencer: não preciso fugir. Viver com as imagens é uma bênção. Se aqui chegarem meus perseguidores, esquecerão de mim ao se deparar com o prodígio desta gente inacessível. Ficarei.

Se eu encontrasse Faustine, como a faria rir contando-lhe todas as vezes que falei, enamorando e soluçando, com sua imagem. Considero que esse pensamento é um vício: se o escrevo, é para fixar seus limites, para ver que não tem encanto, para abandoná-lo.

*

A eternidade rotativa pode parecer atroz para o espectador; é satisfatória para seus membros. Livres de más notícias e de doenças, vivem sempre como se fosse a primeira vez, sem recordar as anteriores. De resto, graças às interrupções impostas pelo regime das marés, a repetição não é implacável.

Acostumado a ver uma vida que se repete, acho a minha irreparavelmente fortuita. Os propósitos de emenda são vãos; não tenho próxima vez, cada momento é único, distinto, e muitos se perdem nos descuidos. É verdade que para as imagens também não há primeira vez (todas são iguais à primeira).

Pode-se pensar que nossa vida é como uma semana dessas imagens e que volta a se repetir em mundos contíguos.

*

Sem nenhuma concessão à minha debilidade posso imaginar a emocionante chegada à casa de Faustine, o interesse que ela terá por meus relatos, a amizade que essas circunstâncias ajudarão a estabelecer. Quem sabe se não estou mesmo a caminho, longo e difícil, de Faustine, do necessário descanso de minha vida?

Mas, onde vive Faustine? Eu a segui durante semanas. Fala-se no Canadá. Não sei de mais nada. Mas há outra pergunta que se pode fazer — com horror: — Faustine está viva?

Talvez porque a ideia me pareça tão poeticamente dilaceradora — procurar uma pessoa que ignoro onde vive, que ignoro se vive —, Faustine me importa mais do que a vida.

Tenho alguma possibilidade de fazer a viagem? O bote apodreceu. As árvores estão podres; não sou um carpinteiro tão bom que possa confeccionar um bote com outras madeiras (por exemplo, com cadeiras ou portas; nem estou certo de poder fazê-lo com árvores). Esperarei que passe algum barco. É isso que eu não queria. Minha volta já não será secreta. Nunca vi passar um barco, daqui; exceto o de Morel, que era o simulacro de um barco.

Além disso, se eu chegar ao destino de minha viagem, se encontrar Faustine, estarei em uma das situações mais penosas de minha vida. Terei de apresentar-me cercado de mistérios; pedir-lhe para falarmos a sós; já esse pedido, vindo de um desconhecido, despertará sua desconfiança; depois, quando souber que fui testemunha de sua vida, pensará que pretendo tirar disso algum proveito desonesto; e ao saber que sou um condenado à prisão perpétua, verá seus temores confirmados.

Antes eu nunca pensava que uma ação pudesse atrair sorte ou azar. Agora repito, toda noite, o nome de Faustine. Naturalmente gosto de pronunciá-lo; mas estou angustiado de cansaço e continuo a repeti-lo (às vezes sinto tontura e ânsias de doente quando adormeço).

*

Quando me acalmar encontrarei um jeito de sair. Por ora, contando o que me aconteceu, obrigo meus pensamentos a se ordenarem. E se devo morrer, eles comunicarão a atrocidade de minha agonia.

Ontem não houve imagens. Desesperado diante de secretas máquinas em repouso, tive o pressentimento de que não voltaria a ver Faustine. Mas hoje de manhã a maré estava subindo. Retirei-me antes que as imagens aparecessem. Fui até a casa de máquinas, para entendê-las (para não ficar à mercê das marés e poder evitar as falhas). Pensei que, se visse as máquinas entrando em funcionamento, talvez as entendesse ou, pelo menos, pudesse extrair uma orientação para estudá-las. Essa esperança não se realizou.

Entrei pelo buraco aberto na parede e lá fiquei… Estou me deixando levar pela emoção. Devo compor as frases. Quando entrei senti a mesma surpresa e a mesma felicidade que da primeira vez. Tive a impressão de andar pelo imóvel fundo azulado de um rio. Sentei-me a esperar, de costas para o rombo que eu tinha feito (lamentava aquela interrupção na celeste continuidade da porcelana).

Assim permaneci por algum tempo, placidamente distraído (agora isso me parece inconcebível). Depois as máquinas verdes começaram a funcionar. Comparei-as com a bomba de água e com os geradores de luz. Eu as olhei, ouvi e apalpei com atenção, bem de perto, inutilmente. Mas, como logo me pareceram inabordáveis, talvez tenha simulado a atenção, como por compromisso ou por vergonha (de ter-me precipitado a descer aos porões, de ter esperado tanto por esse momento), como se alguém me observasse.

No meu cansaço voltei a sentir a agitação tomar conta de mim. Devo reprimi-la. Reprimindo-me, encontrarei um jeito de sair daqui.

Relato pormenorizadamente o que me aconteceu: voltei-me e caminhei com a vista baixa. Ao olhar para a parede tive a sensação de estar desorientado. Procurei o buraco que eu tinha feito. Não estava lá.

Pensei que poderia ser um interessante fenômeno de óptica e dei um passo para o lado, para ver se persistia. Estendi os braços em um gesto de cego. Apalpei todas as paredes. Recolhi do chão pedaços de porcelana, de tijolo, que eu espalhara ao abrir o buraco. Apalpei a parede naquele mesmo lugar, por muito tempo. Tive de admitir que ela se reconstruíra.

Será que eu estava tão fascinado com a claridade celeste do quarto, tão interessado no funcionamento dos motores, a ponto de não ouvir um pedreiro refazendo a parede?

Aproximei-me. Senti o frescor da porcelana contra a orelha e escutei um silêncio interminável, como se o outro lado tivesse desaparecido.

No chão, onde a deixara cair ao entrar pela primeira vez, estava a barra de ferro que me servira para quebrar o muro. "Ainda bem que não a viram", pensei, com patética ignorância de minha situação. "Teria deixado que a levassem, sem perceber."

Tornei a colar o ouvido àquele muro que parecia final. Alentado pelo silêncio, procurei o local da abertura que eu tinha feito e comecei a bater (acreditando que seria mais fácil quebrar onde a argamassa fosse nova). Bati muitas vezes, cada vez mais desesperado. A porcelana, por dentro, era invulnerável. As pancadas mais fortes, mais exaustivas, reverberavam contra sua dureza e não abriam uma trinca superficial nem desprendiam um leve fragmento de seu esmalte azul-celeste.

Controlei os nervos. Descansei.

Acometi de novo, em outros lugares. Caíram pedaços de esmalte, e quando caíram grandes pedaços de parede continuei batendo, com os olhos enevoados e com uma urgência desproporcional ao peso do ferro, até que a resistência da parede, que não diminuía proporcionalmente à sucessão e ao esforço dos golpes, me atirou ao chão, choroso de cansaço. Primeiro vi, toquei os pedaços de alvenaria, de um lado polidos, do outro ásperos, terrosos; depois, em uma visão tão lúcida que parecia efêmera e sobrenatural, meus olhos encontraram a celeste continuidade da porcelana, a parede indene e inteira, o recinto fechado.

Tornei a bater. Em alguns pontos soltava pedaços de parede, que não deixavam ver nenhuma cavidade, nem clara nem sombria, que se reconstruíam com uma rapidez maior do que a de minha vista e conseguiam, então, aquela mesma dureza invulnerável que eu já encontrara no local da abertura.

Pus-me a gritar "Socorro!", arremeti algumas vezes contra a parede e me deixei cair. Tive um acesso de imbecilidade e choro, com um ardor úmido no rosto. Abalava-me o pavor de estar em um lugar encantado e a confusa revelação de que a magia aparecia aos incrédulos, como eu, intransmissível e mortal, para se vingar.

Cercado pelas terríveis paredes azuis, ergui os olhos para a claraboia, onde elas se interrompiam. Vi, por muito tempo sem entender e em seguida assustado, um galho de cedro que se afastava de si mesmo e se desdobrava em dois; depois os dois galhos voltavam a se fundir, dóceis como fantasmas, a coincidir em um só. Disse em voz alta, ou pensei bem claramente: *não conseguirei sair. Estou em um lugar encantado.* Ao formular essa conclusão senti vergonha, como um impostor que tivesse levado a farsa longe demais, e entendi tudo:

Essas paredes — assim como Faustine, Morel, os peixes do aquário, um dos sóis e uma das luas, o tratado de Belidor — são projeções das máquinas. Coincidem com as paredes erguidas pelos pedreiros (são as mesmas paredes gravadas pelas máquinas e depois refletidas sobre si mesmas). Onde rompi ou suprimi a parede original, permanece seu reflexo. Por ser uma projeção, nenhum poder é capaz de atravessá-la ou suprimi-la (enquanto os motores funcionarem).

Se eu quebrar por inteiro a primeira parede, quando os motores não funcionarem esta casa de máquinas ficará aberta, não será uma sala, e sim um ângulo de outra; quando funcionarem, a parede tornará a se impor, impenetrável.

Morel deve ter idealizado essa proteção com muro duplo para que nenhum homem pudesse chegar até as máquinas que mantêm sua imortalidade.

Mas estudou as marés de forma deficiente (sem dúvida em outro período solar) e calculou que a usina poderia funcionar sem interrupções. Certamente ele também inventou a famosa peste que até agora protegeu a ilha tão bem.

Meu problema é deter os motores verdes. Não deve ser difícil encontrar a chave que os desliga. Levei um dia para aprender a manobrar o gerador de luz e a bomba de água. Sair daqui não pode apresentar tanta dificuldade assim.

A claraboia me salvou, ou me salvará, porque não hei de morrer de fome, resignado para além do desespero, saudando tudo o que deixo como aquele capitão japonês de virtuosa e burocrática agonia, em um asfixiante submarino, no fundo do mar. No *Nuevo Diario* li a carta encontrada no submarino. O morto saúda o Imperador, os ministros e, em ordem hierárquica, todos os marinheiros que consegue enumerar enquanto aguarda a asfixia. Também registra observações como estas: *agora, estou sangrando pelo nariz; acho que meus tímpanos se romperam.*

Ao narrar pormenorizadamente esta ação, eu a repeti. Espero não repetir seu final.

Os horrores do dia estão assentes em meu diário. Escrevi muito: parece-me inútil buscar inevitáveis analogias com os moribundos que fazem projetos de longos futuros ou que vislumbram, no último suspiro, uma imagem minuciosa de toda sua vida. O instante final deve ser atropelado, confuso; sempre nos vemos tão longe dele que não conseguimos imaginar as sombras que o obscurecem. Agora vou parar de escrever para me dedicar, serenamente, a encontrar o modo de deter esses motores. Então a brecha se abrirá de novo, como por obra de um conjuro; se não conseguir (mesmo que perca Faustine para sempre), então os golpearei com o ferro, como fiz com a parede, e os quebrarei, e a brecha se abrirá como por obra de um conjuro, e eu estarei fora.

*

Ainda não consegui deter os motores. Estou com dor de cabeça. Leves crises de nervos, que logo domino, debelam uma progressiva sonolência.

Tenho a impressão, sem dúvida ilusória, de que se eu pudesse receber um pouco de ar exterior não tardaria a resolver esses problemas. Arremeti contra a claraboia; é invulnerável, como tudo o que me encerra.

Repito a mim mesmo que a dificuldade não está no meu sopor nem na falta de ar. Esses motores devem ser muito diferentes de qualquer outro. Parece lógico supor que Morel os desenhou de modo que não fossem entendidos pela primeira pessoa que chegasse à ilha. Contudo, a dificuldade de manejá--los deve residir em diferenças com outros motores. Como não entendo de nenhum, essa maior dificuldade desaparece.

Do funcionamento dos motores depende a eternidade de Morel; é de supor que sejam muito sólidos; devo conter, portanto, meu impulso de quebrá--los a golpes da barra de ferro. Só conseguirei me cansar e desperdiçar o ar. No esforço de me conter, escrevo.

Se Morel tiver gravado os motores...

*

Por fim, o medo da morte me livrou da superstição de incompetência: foi como se de repente visse os motores através de lentes de aumento: deixaram de ser um aleatório amontoado de ferros, ganharam formas, disposições que permitiam entender sua função.

Desliguei, saí.

Na casa de máquinas, pude reconhecer (além da bomba de água e do gerador de luz, já citados):

a) Um conjunto de transmissores de energia ligados ao moinho que há nos baixios;

b) Um conjunto fixo de receptores, gravadores e projetores, com uma rede de aparelhos dispostos estrategicamente, que cobrem toda a ilha;

c) Três aparelhos portáteis, receptores, gravadores e projetores, para exposições isoladas.

Descobri, dentro de um objeto que eu imaginava ser o motor mais importante e era uma caixa de ferramentas, uns planos incompletos, que me deram trabalho e duvidosa ajuda.

A clarividência que presidiu esse reconhecimento não foi imediata. Meus estados anteriores foram:

1º O desespero;

2º Um desdobramento em ator e espectador. Estive ocupado em sentir--me dentro de um asfixiante submarino, no fundo do mar, em um cenário. Sereno em face de minha sublime atitude, confuso como um herói, perdi tempo e ao sair já era noite e não havia luz para procurar raízes comestíveis.

*

Primeiro acionei os receptores e projetores para exposições isoladas. Coloquei flores, folhas, moscas, rãs. Tive a emoção de vê-las aparecer, reproduzidas e elas mesmas.

Depois cometi a imprudência.

Pus a mão esquerda diante do receptor; liguei-o e apareceu a mão, somente a mão, fazendo os movimentos preguiçosos que eu fizera quando a gravei.

Agora ela é como outro objeto ou quase um animal que se encontra no museu.

Deixo o projetor ligado, não faço a mão desaparecer; sua visão, um tanto curiosa, não é desagradável.

Esta mão, em um conto, seria uma terrível ameaça para o protagonista. Na realidade, que mal pode fazer?

*

Os emissores vegetais — folhas, flores — morreram depois de cinco ou seis horas; as rãs, depois de quinze.

As cópias sobrevivem, incorruptíveis.

Ignoro quais são as moscas verdadeiras e quais as artificiais.

As flores e as folhas talvez tenham morrido por falta de água. Não alimentei as rãs; também devem ter sofrido com a mudança de ambiente.

Quanto aos efeitos sobre a mão, suspeito que resultem dos temores provocados pela máquina, e não da ação desta. Sinto uma ardência constante, mas fraca. A pele se descascou um pouco. Ontem eu estava inquieto. Pressentia horríveis transformações na mão. Sonhei que a coçava, que a desmanchava com facilidade. Devo tê-la ferido enquanto dormia.

*

Mais um dia será intolerável.

Primeiro senti curiosidade por um parágrafo do discurso de Morel. Depois, muito divertido, pensei ter feito uma descoberta. Não sei como essa descoberta virou esta outra, atinada, funesta.

Não me darei morte logo em seguida. Já é hábito de minhas mais lúcidas teorias se desfazerem no dia seguinte, ficando apenas como provas de uma espantosa combinação de inépcia e entusiasmo (ou desespero). Talvez minha ideia, uma vez escrita, perca a força.

Eis a frase que me espantou:

Vocês hão de me desculpar esta cena, primeiro irritante, depois terrível.

Por que terrível? Todos iriam saber que tinham sido fotografados de um modo novo, sem aviso. É verdade que saber *a posteriori* que oito dias de nossa vida, em todos os seus pormenores, ficaram gravados para sempre não deve ser agradável.

Também pensei, em um dado momento: "uma dessas pessoas deve ter um segredo horrível; Morel tratará de conhecê-lo ou revelá-lo".

Por acaso lembrei que o horror de serem representados em imagens que sentem alguns povos baseia-se na crença de que, ao formar-se a imagem de uma pessoa, a alma passa para a imagem, e a pessoa morre.

Divertiu-me detectar em Morel certo escrúpulo, por ter fotografado seus amigos sem consentimento; de fato, pensava ter descoberto, na mente de um sábio contemporâneo, a sobrevivência daquele antigo temor.

Reli a frase:

Vocês hão de me desculpar esta cena, primeiro irritante, depois terrível. Vamos esquecê-la.

Qual o significado da afirmação final? Que em breve não lhe darão importância ou que já não poderão recordá-la?

A discussão com Stoever foi terrível. Stoever concebeu a mesma suspeita que eu. Não sei como demorei tanto a perceber essa evidência.

De resto, a hipótese de que as imagens têm alma parece exigir, como fundamento, que os emissores a percam ao serem gravados pelos aparelhos. O próprio Morel o declara:

A hipótese de que as imagens têm alma parece confirmada pelos efeitos de minha máquina sobre as pessoas, os animais e os vegetais emissores.

A bem da verdade, é preciso ter uma consciência muito dominante e ousada, confundível com a inconsciência, para fazer essa declaração às próprias vítimas; mas é uma monstruosidade que parece não destoar do homem que, seguindo uma ideia, organiza uma morte coletiva e dita, por conta própria, a solidariedade de todos os amigos.

Qual era essa ideia? Seria aproveitar a reunião quase completa de seus amigos para forjar um bom paraíso, ou uma incógnita que não sondei? Se há uma incógnita, é possível que não tenha interesse para mim.

Creio que agora posso identificar os tripulantes mortos do barco bombardeado pelo cruzador *Namura*: Morel aproveitou sua própria morte e a de seus amigos para confirmar os rumores sobre a doença que teria seu deletério viveiro nesta ilha; rumores esses difundidos anteriormente por Morel para proteger sua máquina, sua imortalidade.

Mas tudo isso, que pondero judiciosamente, significa que Faustine já morreu; que de Faustine não resta nada além dessa imagem, para a qual eu não existo.

*

Então a vida é intolerável para mim. Como permanecer na tortura de viver com Faustine e de tê-la tão longe? Onde procurá-la? Fora desta ilha, Faustine se perdeu com os gestos e com os sonhos de um passado alheio.

Nas primeiras páginas eu disse:

"Sinto com desagrado que este papel se transforma em testamento. Se devo resignar-me a isso, tratarei de que minhas afirmações possam ser comprovadas, de modo que quem porventura me julgar suspeito de falsidade não possa pensar que minto ao dizer que fui condenado injustamente. Porei este informe sob a divisa de Leonardo — *Hostinato rigore*[1] — e tratarei de segui-la."

Minha vocação é o pranto e o suicídio; contudo, não me esqueço desse rigor pactuado.

A seguir corrijo erros e esclareço tudo aquilo que careceu de esclarecimento explícito: abreviarei assim a distância entre o ideal de exatidão que me guiou desde o princípio e a narração.

As marés: li o livrinho de Belidor (Bernat Forest de). Começa com uma descrição geral das marés. Confesso que as desta ilha preferem seguir essa explicação, e não a minha. Deve-se levar em conta que eu nunca havia estudado as marés (talvez no colégio, onde ninguém estudava) e que as descrevi nos primeiros capítulos deste diário, quando apenas começavam a ter importância

---

1 A divisa não encabeça o manuscrito. Devemos atribuir essa omissão a um lapso? Não sabemos; como em toda passagem duvidosa, preferimos o risco das críticas, a fidelidade ao original. (NOTA DO EDITOR)

para mim. Antes, enquanto vivi no morro, elas não ofereciam perigo, e embora me interessassem, não tinha tempo para observá-las com vagar (quase tudo o mais era um perigo).

Mensalmente, de acordo com Belidor, ocorrem duas marés de amplitude máxima, nos dias de lua cheia e de lua nova, e duas marés de amplitude mínima, nos dias de quartos lunares.

Eventualmente, sete dias após uma maré de lua cheia ou nova, ocorreu uma maré meteorológica (provocada por fortes ventos e chuvas): sem dúvida resultou daí meu equívoco de que as grandes marés têm frequência semanal.

Explicação da impontualidade das marés diárias: segundo Belidor, as marés ocorrem cinquenta minutos mais tarde a cada dia, na fase crescente, e cinquenta minutos mais cedo, na minguante. Isso não é completamente exato na ilha: acredito que o adiantamento e o atraso devem ser de quinze a vinte minutos diários; registro estas modestas observações sem instrumentos de medição: talvez os sábios provejam o que lhes falta e possam tirar alguma conclusão útil para o melhor conhecimento do mundo que habitamos.

Neste mês houve numerosas grandes marés: duas foram lunares; as outras, meteorológicas.

Aparições e desaparições. Primeira e seguintes: as máquinas projetam as imagens. As máquinas funcionam com a força das marés.

Depois de períodos mais ou menos longos, com marés de pouca amplidão, houve sucessivas marés que chegaram ao moinho dos baixios. As máquinas funcionaram e o disco eterno recomeçou a girar no momento da semana em que se detivera.

Se o discurso de Morel ocorreu na última noite da semana, a primeira aparição deve ter ocorrido na noite do terceiro dia.

A falta de imagens durante o longo período anterior à primeira aparição talvez se deva a que o regime das marés varia conforme o período solar.

Os dois sóis e as duas luas: como a semana se repete ao longo do ano, veem-se esses sóis e essas luas não coincidentes (e também os moradores com frio em dias de calor; banhando-se em águas sujas; dançando entre o capim alto ou sob o temporal). Se a ilha afundasse — salvo os locais onde estão as máquinas e os projetores — as imagens, o museu, a própria ilha continuariam a ser vistos.

Ignoro se o calor excessivo dos últimos tempos se deve à superposição da temperatura que fazia quando as cenas foram gravadas e a temperatura atual.[1]

Árvores e outros vegetais: os que a máquina gravou estão secos; os que não gravou — as plantas anuais (flores, ervas) e as árvores novas — estão viçosos.

O interruptor da luz, as tramelas emperradas. Cortinas inamovíveis: aplique--se aos interruptores e às tramelas o que já disse, há muito, sobre as portas:

Se estavam fechadas quando da gravação da cena, têm de estar assim quando de sua projeção.

Pela mesma razão, as cortinas são inamovíveis.

A pessoa que apaga a luz: a pessoa que apaga a luz do quarto em frente ao de Faustine é Morel. Ele entra, fica um momento diante da cama. O leitor recordará que, em meu sonho, Faustine fez tudo isso. Irrita-me ter confundido Morel com Faustine.

Charlie. Fantasmas imperfeitos: de início não os encontrei. Agora acredito que achei seus discos. Não os projeto. Podem ser preocupantes, desaconse-lháveis na minha situação (futura).

Os espanhóis que vi na copa: são empregados de Morel.

Câmaras subterrâneas. Biombo de espelhos: ouvi Morel dizer que servem para experimentos de óptica e de som.

Os versos franceses declamados por Stoever. Anotei-os:

Âme, te souvient-il, au fond du paradis,
De la gare d'Auteuil et des trains de jadis?

Stoever diz à velha que são de Verlaine.

Já não devem restar pontos inexplicáveis em meu diário.[2] Há elementos suficientes para entender quase tudo. Os capítulos a seguir não surpreenderão.

---

1 A hipótese da superposição de temperaturas não me parece necessariamente falsa (um pequeno aquecedor é insuportável em um dia de verão), mas creio que a verdadeira expli-cação é outra. Estavam na primavera; a semana eterna foi gravada no verão; ao funcionar, as máquinas refletem a temperatura do verão. (NOTA DO EDITOR)

2 Resta o mais inacreditável: a coincidência, em um mesmo espaço, de um objeto e de sua imagem total. Esse fato sugere a possibilidade de que o mundo seja constituído, ex-clusivamente, de sensações. (NOTA DO EDITOR)

*

Quero entender a conduta de Morel.

Faustine evitava sua companhia; ele, então, tramou a semana, a morte de todos os seus amigos, para conseguir a imortalidade com Faustine. Com isso compensava a renúncia às possibilidades que há na vida. Entendeu que, para os outros, a morte não seria uma evolução prejudicial; em troca de um prazo de vida incerto, daria a eles a imortalidade junto a seus amigos preferidos. Também dispôs da vida de Faustine.

Mas a própria indignação que sinto me põe em guarda: talvez esteja atribuindo a Morel um inferno que é meu. Eu sou o apaixonado por Faustine, quem é capaz de matar e de se matar; eu sou o monstro. Talvez Morel nunca se tenha referido a Faustine em seu discurso; talvez estivesse apaixonado por Irene, por Dora ou pela velha.

Estou exaltado, sou néscio. Morel ignora essas favoritas. Queria mesmo a inacessível Faustine. Por isso a matou, se matou com todos os seus amigos, inventou a imortalidade!

A beleza de Faustine merece essas loucuras, essas homenagens, esses crimes. Eu a neguei, por ciúmes ou defendendo-me, para não reconhecer a paixão.

Agora vejo o ato de Morel como um justo ditirambo.

*

Minha vida não é atroz. Se abandonar as intranquilas esperanças de partir em busca de Faustine, poderei me acomodar ao seráfico destino de contemplá-la.

Resta este caminho; viver, ser o mais feliz dos mortais.

Mas a condição de minha felicidade, como tudo o que é humano, é instável. A contemplação de Faustine poderia — embora eu não *possa* tolerá-lo, nem mesmo em pensamento — interromper-se:

Por causa de algum defeito nas máquinas (não sei consertá-las);

Por causa de alguma dúvida que pudesse sobrevir e arruinar-me este paraíso (devo reconhecer que, entre Morel e Faustine, há conversas e gestos que podem induzir ao erro pessoas de caráter menos firme);

Por causa da minha própria morte.

A verdadeira vantagem de minha solução é fazer da morte o requisito e a garantia da eterna contemplação de Faustine.

*

Estou a salvo dos intermináveis minutos necessários para preparar minha morte em um mundo sem Faustine; estou a salvo de uma interminável morte sem Faustine.

Quando me senti pronto, liguei os receptores de atividade simultânea. Ficaram gravados sete dias. Representei bem: um espectador desprevenido pode imaginar que não sou um intruso. É o resultado natural de uma trabalhosa preparação: quinze dias de contínuos ensaios e estudos. Incansavelmente, repeti cada um dos meus atos. Estudei o que Faustine diz, suas perguntas e respostas; muitas vezes intercalo com habilidade alguma frase; parece que Faustine me responde. Nem sempre a sigo; conheço seus movimentos e costumo caminhar à frente dela. Espero que, de modo geral, passemos a impressão de ser amigos inseparáveis, de nos entendermos sem necessidade de falar.

A esperança de suprimir a imagem de Morel me transtornou. Sei que é uma ideia inútil. Entretanto, ao escrever estas linhas, sinto o mesmo empenho, o mesmo transtorno. Humilhou-me a dependência das imagens (principalmente de Morel com Faustine). Agora não: entrei nesse mundo; já é impossível suprimir a imagem de Faustine sem que a minha desapareça. Alegra-me depender também — e isso é mais estranho, menos justificável — de Haynes, de Dora, de Alec, de Stoever, de Irene etc. (do próprio Morel!).

Troquei os discos; as máquinas projetarão, eternamente, a nova semana.

Uma desagradável consciência de estar representando roubou-me naturalidade nos primeiros dias; consegui vencê-la; e se a imagem tem — como acredito — os pensamentos e os estados de espírito dos dias da exposição, o deleite de contemplar Faustine será o meio em que viverei na eternidade.

Com incansável vigilância mantive o espírito livre de inquietações. Procurei não investigar os atos de Faustine; esquecer os ódios. Terei a recompensa de uma eternidade tranquila; e mais: cheguei a sentir a duração da semana.

Na noite em que Faustine, Dora e Alec entram no quarto, controlei triunfalmente meus nervos. Não tentei nenhuma averiguação. Agora sinto uma leve contrariedade por ter deixado esse ponto sem esclarecer. Na eternidade não lhe dou importância.

Quase não senti o processo da minha morte; começou nos tecidos da mão esquerda; no entanto, avançou muito; o aumento da ardência é tão paulatino, tão contínuo, que não o noto.

Estou perdendo a visão. O tato já se tornou impraticável; a pele está caindo; as sensações são ambíguas, dolorosas; procuro evitá-las.

Diante do biombo de espelhos, fiquei sabendo que estou despelado, calvo, sem unhas, ligeiramente rosado. As forças diminuem. Quanto à dor, tenho uma impressão absurda: parece-me que aumenta, mas a sinto menos.

A persistente, a ínfima ansiedade quanto às relações de Morel com Faustine me preserva de atentar à minha destruição; é um efeito colateral e benéfico.

Por desgraça, nem todas as minhas ruminações são tão úteis: abrigo — apenas na imaginação, para inquietar-me — a esperança de que toda a minha doença seja uma vigorosa autossugestão; que as máquinas não causem nenhum dano; que Faustine viva e que, dentro em pouco, eu saia à sua procura; que juntos riamos destas falsas vésperas da morte; que cheguemos à Venezuela; a outra Venezuela, porque, para mim, tu és, Pátria, os senhores do governo, as milícias com fardas de aluguel e pontaria mortal, a perseguição unânime na rodovia para La Guaira, nos túneis, na fábrica de papel de Maracay; apesar de tudo, eu te amo e nesta dissolução muitas vezes te saúdo: és também a época de *El Cojo Ilustrado*, um grupo de homens (e eu, um garoto, atônito, reverente) sob os gritos de Orduño, das oito às nove da manhã, melhorados pelos versos de Orduño, desde o Panteão até o café de Roca Tarpeya, no bonde 10, aberto e desconjuntado, fervorosa escola literária. És o pão de mandioca, grande como um escudo e livre de insetos. És a inundação das planícies, com touros, éguas, tigres arrastados urgentemente pelas águas. E você, Elisa, entre tintureiros chineses, a cada recordação mais parecida com Faustine; você lhes disse que me levassem para a Colômbia e atravessamos o páramo na pior época; os chineses me cobriram com folhas ardentes e peludas de *frailejón*, para que não morresse de frio; enquanto eu olhar para Faustine, não me esquecerei de você — e eu, que pensei que não te amava! E a Declaração da Independência que, todo Cinco de Julho, o imperioso Valentín Gómez lia na sala elíptica do Capitólio, enquanto nós — Orduño e seus discípulos —, para afrontá-lo, reverenciávamos a arte no quadro de Tito Salas, *O General Bolívar cruza a fronteira da Colômbia*; mas confesso que depois, quando a banda tocava "*Gloria al bravo pueblo/ (que el yugo lanzó/ la ley respetando/ la virtud y honor)*", não conseguíamos reprimir a emoção patriótica, a emoção que agora não reprimo.

Mas minha férrea disciplina derrota incessantemente essas ideias, comprometedoras da calma final.

Ainda vejo minha imagem na companhia de Faustine. Esqueço que é uma intrusa; um espectador desprevenido poderia acreditar que estão igualmente enamoradas e preocupadas uma pela outra. Talvez este parecer requeira a debilidade de meus olhos. Em todo caso consola morrer assistindo a um resultado tão satisfatório.

Minha alma não passou, ainda, para a imagem; senão, eu teria morrido, teria (talvez) deixado de ver Faustine, para estar com ela em uma visão que ninguém recolherá.

Ao homem que, baseando-se neste informe, inventar uma máquina capaz de reunir as presenças desagregadas, farei uma súplica. Procure-nos, a Faustine e a mim, faça-me entrar no céu da consciência de Faustine. Será um ato piedoso.

PLANO DE FUGA (1945)

tradução de
RUBIA PRATES GOLDONI E SÉRGIO MOLINA

Para Silvina Ocampo

Whilst my Physitians by their love are growne
Cosmographers, and I their Mapp...
John Donne, *Hymne to God my God, in my sicknesse.*

27 *de janeiro.*

22 *de fevereiro.*

Ainda não acabou a primeira tarde nestas ilhas, e já vi algo tão grave que devo pedir-lhe socorro, diretamente, sem nenhuma delicadeza. Tentarei me explicar ordenadamente.

Esse é o primeiro parágrafo da primeira carta de meu sobrinho, o tenente do mar Enrique Nevers. Não faltará, entre os amigos e parentes, quem diga que suas inauditas e pavorosas aventuras parecem justificar esse tom de alarme, mas que eles, os "íntimos", sabem que a verdadeira justificativa está em seu temperamento pusilânime. Eu detecto naquele parágrafo a proporção de verdade e de erro a que podem aspirar as melhores profecias; não acredito, de resto, que seja justo definir Nevers como covarde. É verdade que ele mesmo reconheceu que era um herói totalmente inadequado às catástrofes que lhe ocorriam. Não se deve esquecer quais eram suas verdadeiras preocupações; tampouco, o caráter extraordinário daquelas catástrofes.

Desde o dia em que parti de Saint-Martin, até hoje, irrefreavelmente, como que delirando, tenho pensado em Irene, diz Nevers com sua habitual falta de pudor, e continua:

Também tenho pensado nos amigos, nas noites de conversa em algum café da rue Vauban, entre espelhos escuros e à beira ilusória da metafísica. Penso na vida que deixei e não sei a quem odiar mais: a Pierre ou a mim.

Pierre é meu irmão mais velho; como chefe da família, decidiu pelo afastamento de Enrique; sobre ele há de recair a responsabilidade.

Em 27 de janeiro de 1913, meu sobrinho embarcou no *Nicolas Baudin*, rumo a Caiena. Os melhores momentos da viagem ele os passou com os livros de Jules Verne, ou com um livro de medicina, *As moléstias tropicais ao alcance de todos*, ou escrevendo seus adendos à *Monografia sobre as Regras de Oléron*; os mais ridículos, fugindo de conversas sobre política ou sobre a guerra iminente, conversas que depois lamentou não ter ouvido. No porão viajavam cerca de quarenta deportados; segundo confissão própria, de noite ele imaginava (primeiro como uma história para esquecer o terrível destino; depois, involuntariamente, com insistência quase irritante) que descia ao porão e os amotinava. *Na colônia não há o risco de recair nessas imaginações*, declara. Confundido pelo horror de viver numa prisão, não fazia distinções: os guardas, os presidiários, os libertos: tudo o repelia.

No dia 18 de fevereiro, desembarcou em Caiena. Foi recebido pelo ajudante Legrain, um sujeito maltrapilho, *uma espécie de barbeiro de campanha, com encaracolado cabelo loiro e olhos azuis*. Nevers perguntou-lhe pelo governador.

— Está nas ilhas.

— Vamos vê-lo.

— Está bem — Legrain disse suavemente. — Temos tempo para ir até o palácio, beber alguma coisa e descansar. Até o *Schelcher* zarpar, não pode ir.

— Quando zarpa?

— No dia 22.

Faltavam quatro dias.

Seguiram em uma vitória caindo aos pedaços, encapotada, escura. Penosamente, Nevers contemplou a cidade. Os colonos eram negros, ou brancos amarelentos, com camisas muito largas e grandes chapéus de palha; ou os presos, com listras vermelhas e brancas. As casas eram uns casebres de madeira, ocre, ou rosa, ou verde-garrafa, ou azul-celeste. Não havia calçamento; às vezes eram envoltos por uma fina poeira avermelhada. Nevers escreve: *O modesto palácio de governo deve sua fama a ter um andar alto e às madeiras do país, duráveis como pedra, que os jesuítas empregaram em sua construção. Os insetos perfuradores e a umidade começam a apodrecê-lo.*

Esses dias que passou na capital da colônia penal lhe pareceram *uma temporada no inferno.*[*] Cismava sobre sua fraqueza, sobre o momento em que, para evitar discussões, consentira em ir para Caiena, em se afastar por um ano

---

[*] *Une Saison en enfer.* (N. A.)

de sua prometida. Temia tudo: desde a doença, o acidente, o não cumprimento das funções, que poderia protelar ou impedir seu regresso, até *uma inconcebível traição de Irene*. Imaginou que estava condenado a essas calamidades por ter permitido, sem resistência, que dispusessem de seu destino. Entre presidiários, libertos e carcereiros, considerava-se um presidiário.

Na véspera de partir para as ilhas, uns senhores Frinziné o convidaram para jantar. Perguntou a Legrain se podia recusar o convite. Legrain disse que eram pessoas "muito sólidas" e que não convinha indispor-se com elas. Acrescentou:

— E já estão do seu lado, além do mais. O governador ofendeu toda a boa sociedade de Caiena. É um anarquista.

Procurei uma resposta desdenhosa, brilhante, escreve Nevers. *Como demorei a encontrá-la, tive de agradecer o conselho, entrar nessa política infame e ser recebido às nove em ponto pelos senhores Frinziné.*

Começou a se preparar muito antes disso. Impelido pelo temor de que o interrogassem, ou talvez por um diabólico afã de simetrias, estudou no Larousse o verbete sobre prisões.

Seriam vinte para as nove quando desceu as escadarias do palácio do governo. Atravessou a praça das palmeiras, deteve-se para contemplar o desagradável monumento a Victor Hugues, consentiu que um engraxate lhe desse certo brilho e, contornando o Jardim Botânico, chegou à casa dos Frinziné; era enorme e verde, com paredes grossas, de adobe.

Uma cerimoniosa porteira o guiou por longos corredores, através da destilaria clandestina e, no pórtico de um salão purpureamente atapetado e com douradas incrustações nas paredes, gritou seu nome. Havia umas vinte pessoas. Nevers recordava muito poucas: os donos da casa — o senhor Felipe, a inominada senhora e Carlota, a menina de doze ou treze anos —, plenamente obesos, baixos, lustrosos, rosados; um senhor Lambert, que o encurralou contra uma montanha de canapés e lhe perguntou se não achava que a coisa mais importante no homem era a dignidade (Nevers percebeu alarmado que o sujeito esperava uma resposta; mas outro convidado interveio: "— Tem razão, a atitude do governador...". Nevers afastou-se. Queria descobrir o "mistério" do governador, mas não queria envolver-se em intrigas. Repetiu a frase do desconhecido, repetiu a frase de Lambert, pensou "qualquer coisa é símbolo de qualquer coisa" e ficou vacuamente satisfeito). Recordava também uma senhora Wernaer: rondava-os com languidez, e ele se aproximou para lhe falar.

Imediatamente pôde conhecer a evolução de Frinziné, rei das minas de ouro da colônia, até outro dia faxineiro num armazém de bebidas. Soube também que Lambert era comandante das ilhas; que Pedro Castel, o governador, se estabelecera nas ilhas e que enviara o comandante para Caiena. Isso era contestável: Caiena sempre tinha sido a sede do governo. Mas Castel era um subversivo, queria ficar só com os presos... A senhora também acusou Castel de escrever, e de publicar, em prestigiosos jornais sindicais, pequenos poemas em prosa.

Foram para a sala de jantar. À direita de Nevers sentou-se a senhora Frinziné e, à sua esquerda, a esposa do presidente do Banco da Guiana; em frente, atrás de quatro cravos que se arqueavam sobre um alto vaso de vidro azul, Carlota, a filha dos donos da casa. De início houve risadas e grande animação. Nevers percebeu que a conversa definhava a seu redor. Mas, confessa, quando alguém falava com ele, não respondia: esforçava-se para recordar o que aprendera no Larousse, à tarde; por fim superou essa amnésia, o júbilo se transluziu em suas palavras e, com *horrível entusiasmo,* falou do urbano Bentham, autor de *Defesa da usura* e inventor do cálculo hedonístico e das prisões panópticas; evocou também o sistema penitenciário de trabalhos inúteis e o taciturno, da prisão de Auburn. Teve a impressão de que algumas pessoas aproveitavam suas pausas para mudar de assunto; muito depois se deu conta de que falar de prisões talvez não fosse oportuno naquela reunião; ficou confuso, sem ouvir as poucas palavras que ainda diziam, até que de repente ouviu dos lábios da senhora Frinziné (*como ouvimos de noite nosso próprio grito, que nos acorda*) um nome: René Ghil. Nevers "explica": *Eu, inconscientemente, podia recordar o poeta; que fosse evocado pela senhora Frinziné era inconcebível.* Perguntou-lhe com impertinência:

— A senhora conheceu Ghil?

— Conheço muito bem. O senhor não sabe quantas vezes estive sentada sobre seus joelhos, no café de meu pai, em Marselha. Eu era uma menina... uma mocinha, na época.

Com súbita veneração, Nevers perguntou-lhe o que ela se lembrava do poeta da harmonia.

— Eu não me lembro de nada, mas minha filha pode recitar uma linda poesia dele.

Era preciso agir, e Nevers falou imediatamente das Regras de Oléron, aquele grande *coutumier* que consolidou os direitos do oceano. Tentou inflamar os comensais contra os renegados ou estrangeiros que pretendiam que Ricardo Coração de Leão fosse o autor das Regras; também os preveniu contra a candidatura, mais romântica porém tão falaz quanto, de Eleonor de Guyenne. Não — disse-lhes —, essas joias (assim como os imortais poemas do bardo cego) não eram obra de um único gênio; eram o produto dos cidadãos das nossas ilhas, distintos e eficazes como cada partícula de um aluvião. Recordou por fim o leviano Pardessus e encareceu aos presentes que não se deixassem arrastar pela sua heresia, brilhante e perversa. *Mais uma vez tive de supor que meus temas interessavam a outras minorias,* confessa, mas sentiu compaixão pelas pessoas que o escutavam e perguntou:

— Será que o governador me ajudará nas minhas pesquisas sobre as Regras?

A pergunta era absurda; *mas aspirava a dar-lhes o pão e o circo, a palavra "governador", para que fossem felizes.* Discutiram sobre a cultura de Castel; concordaram quanto a seu "encanto pessoal"; Lambert tentou compará-lo com o sábio de um livro que lera: um ancião fraquíssimo com planos de fazer a Ópera Cômica voar pelos ares. A conversa derivou para o custo da Ópera Cômica e sobre quais os maiores teatros, os da Europa ou da América.

A senhora Frinziné disse que os pobres guardas passavam fome por causa do jardim zoológico do governador.

— Se não tivessem seus galinheiros particulares... — insistiu, gritando para que a ouvissem.

Através dos cravos, Enrique olhava para Carlota; ela continuava calada, com os olhos recatadamente pousados no prato.

Já bem tarde da noite saiu para a sacada. Apoiado na balaustrada, contemplando vagamente as árvores do Jardim Botânico, escuras e mercuriais sob o luar, recitou poemas de Ghil. Interrompeu-se; teve a impressão de perceber um leve rumor; pensou: é o rumor da selva americana; parecia antes um rumor de esquilos ou de macacos; então viu uma mulher que acenava para ele do Jardim; tentou contemplar as árvores e recitar os poemas de Ghil; ouviu a risada da mulher.

Antes de sair viu Carlota mais uma vez. Estava no quarto onde se amontoavam os chapéus dos convidados. Carlota estendeu um braço curto, com a mão fechada; abriu-a; Nevers, confusamente, viu um brilho; depois, uma sereia de ouro.

— Um presente para você — disse a menina, com simplicidade.

Nesse momento entraram alguns senhores. Carlota fechou a mão.

Nessa noite não dormiu; pensava em Irene e aparecia-lhe Carlota, obscena e fatídica; teve de prometer a si mesmo que nunca iria para as ilhas da Salvação; que no primeiro barco voltaria para Ré.

No dia 22 embarcou no ferruginoso *Schelcher.* Em meio a senhoras negras, pálidas, enjoadas, e grandes gaiolas de frangos, ainda mal digerindo o jantar da véspera, fez a viagem para as ilhas. Perguntou a um marinheiro se não havia outro meio de transporte entre as ilhas e Caiena.

— Num domingo, o *Schelcher,* no outro, o *Rimbaud.* Mas o pessoal da administração não pode se queixar, com sua lancha...

Foi tudo funesto desde que saí de Ré, escreve, *mas ao ver as ilhas senti um repentino desconsolo.* Muitas vezes imaginara a chegada; ao chegar, sentiu que se perdiam todas as esperanças; já não haveria milagre, já não haveria calamidade que o impedisse de assumir seu cargo na prisão. Depois reconhece que o aspecto das ilhas não é desagradável. Mais ainda: com as palmeiras altas e os rochedos, eram a imagem das ilhas que sempre sonhara, com Irene; contudo, irresistivelmente, lhe causavam repulsa, e nosso miserável casario de Saint-Martin estava como que iluminado em sua lembrança.

Às três horas da tarde, chegou à Ilha Royale. Anota: *No píer me esperava um judeu moreno, um tal Dreyfus.* Nevers imediatamente o trata de "senhor governador". Um guarda sussurra a seu ouvido:

— Não é o governador; é Dreyfus, o liberto.

Dreyfus não deve ter ouvido, pois disse que o governador estava ausente. Conduziu-o a seu apartamento na Administração; não tinha o romântico (mas decadente) esplendor do palácio de Caiena; era habitável.

— Estou às suas ordens — afirmou Dreyfus enquanto abria as malas.

— Meu destino é atender ao governador e ao senhor, meu tenente. Ordene o que quiser.

Era um homem de estatura mediana, tez esverdeada, olhos muito pequenos e brilhantes. Falava sem se mexer, com uma suavidade total. Ao escutar, entrecerrava os olhos e esticava ligeiramente a boca: *em sua expressão há um evidente sarcasmo, uma reprimida sagacidade.*

— Onde está o governador?

— Na Ilha do Diabo.

— Vamos lá.

— Impossível, meu tenente. O senhor governador proibiu a entrada na ilha.

— E o senhor me proíbe de sair para caminhar? — A frase era fraca. Mas Nevers saiu batendo a porta. Imediatamente Dreyfus apareceu a seu lado. Perguntou se podia acompanhá-lo *e sorriu com asquerosa doçura*. Nevers não respondeu; caminharam juntos. *A ilha não é um lugar ameno: por todo lado, o horror de ver presidiários, o horror de se mostrar livre entre presidiários.*

— O governador o espera ansiosamente — disse Dreyfus. — Tenho certeza de que o visitará ainda esta noite.

Nevers pensou captar certa ironia. Pergunta-se: é apenas um modo de falar ou sua perspicácia de judeu lhe revelou que eu amaldiçoava o governador? Dreyfus elogiou o governador, congratulou-se pela sorte de Nevers (passar alguns anos da juventude à sombra de um chefe tão sábio e afável) e por sua própria sorte.

— Espero que não sejam anos — disse Nevers com audácia, mas corrigiu-se: — Espero que não sejam anos que eu deva caminhar com o senhor.

Chegou a um grande rochedo na costa. Contemplou a ilha de Saint-Joseph (em frente) e a Ilha do Diabo (entre as ondas, mais longe). Pensava estar sozinho. Repentinamente, ouviu Dreyfus falar em seu tom mais suave. Sentiu vertigem e medo de cair no mar.

— Sou eu, apenas.

Dreyfus continuou:

— Já estou indo, meu tenente. Mas tenha cuidado. É fácil escorregar no limo das rochas, e embaixo da água os tubarões estão olhando para o senhor.

Continuou contemplando as ilhas (com mais cuidado, dissimulando que tomava mais cuidado).

Então, quando ficou só, fez a atroz descoberta. Pensou ver enormes serpentes em meio à vegetação da Ilha do Diabo; mas, esquecido do perigo que o espreitava no mar, deu alguns passos e viu em pleno dia, como Cawley na noite astrológica do lago Neagh, ou como o pele-vermelha no lago de Los Horcones, um esverdeado animal antediluviano; absorto, caminhou em direção a outras rochas; *a nefasta verdade* se revelou: a Ilha do Diabo estava camuflada… Uma casa, um pátio de cimento, algumas rochas, um pequeno pavilhão, estavam camuflados.

O que isso significa? — escreve Nevers. — *Que o governador é um perseguido? Um louco? Ou significa guerra?* Ele acreditava na hipótese da guerra: pedia sua transferência para um navio. *Ou passarei a guerra toda aqui, longe de Irene? Ou serei um desertor?* Acrescenta num *post-scriptum: Faz oito horas que eu cheguei. Ainda não vi Castel, não pude questioná-lo sobre essas camuflagens, não pude ouvir suas mentiras.*

II

23 *de fevereiro.*

Nevers percorreu as ilhas Royale e Saint-Joseph (em sua carta do dia 23, ele me diz: *Ainda não arranjei uma desculpa para aparecer na Ilha do Diabo*).

As ilhas Royale e Saint-Joseph não devem ter mais do que três quilômetros quadrados cada uma; a Ilha do Diabo é um pouco menor. Segundo Dreyfus, havia, ao todo, cerca de setecentos e cinquenta habitantes: cinco na Ilha do Diabo (o governador, o secretário do governador e três presos políticos), quatrocentos na Ilha Royale, pouco mais de trezentos e quarenta na de Saint-Joseph. As principais construções estão na Ilha Royale: a Administração, o farol, o hospital, as oficinas e os depósitos, o "galpão vermelho". Na ilha Saint-Joseph há um acampamento murado e um edifício — "o castelo" — composto de três pavilhões: dois para condenados à reclusão solitária e um para loucos. Na Ilha do Diabo há um edifício com terraços, que parece novo, algumas cabanas com teto de palha e uma torre decrépita.

Os presidiários não são obrigados a executar nenhum trabalho; vagam livremente pelas ilhas quase o dia inteiro (com exceção dos reclusos no "castelo", que nunca saem). Viu os reclusos: *em celas minúsculas, úmidas, solitários, com um banco e um trapo, ouvindo o ruído do mar e a incessante gritaria dos loucos, extenuando-se para escrever nas paredes, com as unhas, um nome, um número, já imbecis.* Viu os loucos: *nus, entre restos de legumes, urrando.*

Voltou à Ilha Royale; percorreu o galpão vermelho. Tinha fama de ser o lugar mais corrompido e sangrento da colônia. Os carcereiros e os presidiários esperavam sua visita. Estava tudo em ordem, *numa sujeira e miséria inesquecíveis,* comenta Nevers com excessivo sentimentalismo.

Tremeu ao entrar no hospital. Era um local *quase agradável.* Viu menos doentes que no "castelo" e no galpão vermelho. Perguntou pelo médico.

— Médico? Faz tempo que não temos nenhum — disse um carcereiro.

— O governador e o secretário cuidam dos doentes.

Ainda que só consiga a inimizade do governador, escreve, *tentarei ajudar os presidiários.* Depois ensaia esta obscura reflexão: *com isso me tornarei cúmplice da existência das prisões.* Acrescenta que evitará tudo o que possa protelar seu regresso à França.

III

O governador permanecia na Ilha do Diabo, às voltas com trabalhos misteriosos que Dreyfus ignorava ou dizia ignorar. Nevers resolveu descobrir se ocultavam algum perigo. Teria de agir com muita cautela; para se aproximar da ilha, o pretexto de levar alimentos ou correspondência não era válido; é verdade que havia uma lancha e mais de um bote; mas também havia um teleférico de carga, e uma ordem para que fosse usado. Dreyfus disse que utilizavam esse aparelho (no qual não cabe um homem) porque em volta da Ilha do Diabo o mar costumava ser muito bravo. Olharam para ele: estava calmo. Então Dreyfus perguntou a Nevers se ele achava que o teleférico havia sido instalado por ordem de Castel.

— O aparelho já estava montado quando vim para cá — acrescentou.

— Infelizmente, ainda faltavam muitos anos para que o senhor Castel fosse nomeado governador.

— E quem vive na ilha? — perguntou Nevers (por distração: Dreyfus já lhe dera essa informação no dia 23).

— O governador, o senhor De Brinon e três presos políticos. Havia mais um, mas o governador o transferiu para o galpão vermelho.

Isso (pôr um preso político entre presos comuns) devia ter causado indignação franca e generalizada; tão generalizada que Nevers pôde senti-la até nas palavras daquele *fanático sequaz do governador*. O próprio Nevers ficou perplexo, repetindo a si mesmo que não toleraria essa infâmia. Depois entendeu que aquele ato de Castel lhe oferecia a ocasião menos arriscada de investigar o que estava acontecendo na Ilha do Diabo; pensou que o presidiário não teria inconveniente em falar (e que, se tivesse, bastaria que ele simulasse aversão por Castel). Perguntou a Dreyfus como se chamava o presidiário.

— Ferreol Bernheim.

Acrescentou um número. Nevers puxou de um bloco e anotou os dados à vista de Dreyfus; depois lhe perguntou quem era De Brinon.

— Uma maravilha, um Apolo — disse Dreyfus com sincero entusiasmo. — É um jovem enfermeiro, de família nobre. O secretário do governador.

— Porque não há médicos nas ilhas?

— Sempre houve um médico, mas agora o governador e o senhor De Brinon cuidam dos doentes por conta própria.

Nenhum dos dois era médico. *Pode-se alegar que Pasteur também não era* — comenta Nevers com petulância. — *Ignoro se é prudente estimular o curan-*

deirismo. No "castelo" e no galpão vermelho viu todo tipo de doentes, desde o anêmico até o leproso. Condenava Castel, pensava que devia tirar os doentes das ilhas, mandá-los a um hospital. Finalmente descobriu que sua apaixonada reprovação não era alheia a um *pueril* temor de contágio, de não rever Irene, de ficar nas ilhas *alguns poucos meses, até a morte*.

IV

3 de março.

Hoje cometi uma imprudência — diz em sua carta de 3 de março. Tinha conversado com Bernheim. À tarde, foi ao galpão vermelho e mandou chamá-lo. Era um homenzinho de rosto bem barbeado, cor de bola de borracha velha, com olhos escuros, muito profundos, e um olhar canino que vinha de longe, de baixo, humildemente. Perfilou-se como um soldado alemão e tentou aprumar-se; conseguiu olhar de um modo oblíquo.

— O que deseja? — A voz era altiva; o olhar, tristíssimo. — A autoridade é tudo para mim, mas com as atuais autoridades não quero nenhum trato além de...

Nevers fez um gesto de espanto. Disse, ofendido:

— Não sou responsável pelo que aconteceu antes da minha chegada.

— Tem razão — reconheceu Bernheim, derrotado.

— Então, o que houve?

— Nada — replicou. — Nada: essa ratazana de esgoto que avilta a autoridade me tirou da Ilha do Diabo e me juntou aos presos comuns.

— O senhor deve ter cometido alguma infração.

— Claro — disse, quase aos gritos. — Foi isso mesmo que eu perguntei. Mas o senhor sabe quais são minhas obrigações: 1º Juntar cocos. 2º Voltar pontualmente para a cabana. E uma coisa eu lhe juro: está para nascer um homem mais pontual do que eu.

— Providenciarei que o devolvam à sua ilha.

— Não intervenha, chefe. Não quero dever nada ao senhor governador. Eu sou uma chaga na consciência da França.

Absurdamente, Nevers escreve: *Bernheim parecia fascinado; admirava minha cicatriz. As pessoas imaginam que esse corte é lembrança de alguma batalha. Seria bom mesmo que os presidiários imaginassem ser um sinal de agressividade.*

Não deveria aludir com tanta ligeireza a um corte que, excetuando as mulheres (suspeito que as atraia!), desagrada ao gênero humano. Nevers sabe que não é um sinal de agressividade. Deveria saber que é o sinal de uma idiossincrasia que o distingue, talvez, na história da psicologia mórbida. Eis a origem dessa mácula: Nevers tinha doze ou treze anos. Estava estudando em um jardim, perto de um sombrio caramanchão de loureiros. Uma tarde, viu sair do caramanchão uma menina com uma confusa cabeleira, uma menina que chorava e sangrava. Observou-a enquanto se afastava; um horror alucinado o impediu de ajudá-la. Quis inspecionar o caramanchão; não teve coragem. Quis fugir; a curiosidade o reteve. A menina não morava longe; seus irmãos, três rapazes um pouco mais velhos que Nevers, apareceram pouco depois. Entraram no caramanchão; saíram logo em seguida. Perguntaram-lhe se não tinha visto nenhum homem. Respondeu que não. Os rapazes já estavam indo embora. Sentiu uma desesperada curiosidade e gritou para eles: "Não vi ninguém porque passei a tarde inteira no caramanchão". Ele me disse que deve ter gritado como um demente, porque senão os rapazes não acreditariam no que dizia. Acreditaram e o deixaram quase morto.

Volto ao relato daquele 3 de março, nas ilhas. Saíram para caminhar. Já tinham falado muito quando Nevers pensou que sua conduta não era prudente. A impulsiva franqueza de Bernheim o conquistara. Viu-se assentindo, ou tolerando sem rebater, *certeiras* invectivas contra o governador e contra a justiça francesa. Recordou que não estava ali para compartilhar a indignação daquele homem, nem para defendê-lo das injustiças; estava, simplesmente, para interrogá-lo, porque temia que no mistério da Ilha do Diabo houvesse algo que pudesse protelar seu regresso. Conseguiu pensar tudo isto enquanto Bernheim o assediava com eloquência, padecia de novo as suas calamidades e repetia que ele era a pior ignomínia de nossa história. Nevers resolveu interrompê-lo:

— E agora que terminou as camuflagens, o que faz o governador?

— Está camuflando o interior da casa. — E acrescentou: — Mas veremos de que lhe servem as camuflagens quando...

Nevers não o ouvia. Se Castel tinha camuflado o interior da casa, estava louco; se estava louco, ele podia esquecer seus temores.

Estava satisfeito com a entrevista; *no entanto*, pensou, *o governador deve ignorá-la; devo ter cuidado com suas cismas e astúcias de doente.*

Quando voltava para a Administração, viu, ao longe, um homem caminhando entre os rochedos e as palmeiras da Ilha do Diabo. Era seguido por uma manada de heterogêneos animais. Um carcereiro lhe disse que aquele homem era o governador.

V

No dia 5 escreve: *Embora me esperasse ansiosamente, o governador ainda não veio. Minha urgência em ver esse cavalheiro tem limites: por exemplo, quero saber se a perda da razão é ou não total; se devo prendê-lo ou se o distúrbio se restringe a uma mania.* Desejava esclarecer outros pontos: O que fazia De Brinon? Cuidava do doente? O maltratava?

Se o governador não estivesse completamente louco, Nevers o consultaria a respeito da administração. Atualmente, a administração não existia. O que devia inferir? Loucura? Desinteresse? *Nesse caso, o governador não seria abjeto.* Mas como não desconfiar de um homem que tem vocação para dirigir uma colônia penal? *Por outro lado,* refletiu, *eu mesmo estou aqui; foi a vocação que me trouxe?*

Na biblioteca de Castel havia livros de medicina, de psicologia e alguns romances do século XIX; os clássicos escasseavam. Nevers não era um estudioso de medicina. O único fruto que colheu de *As moléstias tropicais ao alcance de todos* foi um agradável porém efêmero prestígio entre os empregados de sua casa: pelo menos era nisso que acreditava em 5 de março.

Em sua carta datada desse dia me agradece uns livros que lhe mandei e diz que seu primo Xavier Brissac foi a única pessoa da família que se despediu dele. *Infelizmente* — escreve — *o barco se chamava Nicolas Baudin; Xavier aproveitou a oportunidade e recordou o que todos os habitantes de Oléron e Ré, em todas as combinações possíveis em torno das mesas do Café du Mirage, repetiam: Nicolas Baudin era autor das descobertas que os ingleses atribuíram a Flinders.* Xavier teria acrescentado, finalmente, que a permanência de Nevers naquelas ilhas, propícias ao entomólogo e ao inseto, prometia, para a glória da França, trabalhos tão sólidos como os de Baudin; mas não trabalhos de entomólogo: trabalhos mais adequados à natureza de Nevers.

Depois fala de Dreyfus: *Devo reconhecer que é menos perturbador em seu arquipélago do que em nossa literatura. Mal o vi, quase não o ouvi, mas em tudo foi correto e pontual, com exceção do café: primoroso.* Em seguida se pergunta se essa reconciliação não seria fatal, se não seria um princípio de reconciliação com o destino, e acrescenta: *Em noites de insônia conheci esse medo: da languidez que os trópicos causam, de chegar ao ponto de não desejar o regresso. Mas como aludir a tais perigos? É uma ilusão temê-los. É querer sonhar que não existem o clima, os insetos, a inacreditável prisão, a falta minuciosa de Irene.*

Sobre a prisão, sobre os insetos e até sobre a falta de Irene, não farei nenhuma objeção. Quanto ao clima, acredito que ele exagera. Os eventos que nos ocupam tiveram lugar em fevereiro, março e abril; no inverno; é verdade que ali costuma intercalar-se um verão de março; é verdade que o inverno das Guianas é tão abafado como o verão de Paris..., mas Nevers, contrariando a vontade dos mais velhos, passou mais de umas férias em Paris e não se queixou.

Continuava procurando uma explicação para a conduta do governador; às vezes temia ter aceitado a hipótese da loucura com demasiada facilidade. Propôs-se a não esquecer que se tratava de uma hipótese: fundava-se exclusivamente nas palavras de Bernheim; talvez fosse um modo casual de falar; talvez tivesse dito "está camuflando o interior" para dar a entender que o pintava de uma forma extravagante. Ou talvez se baseasse em um erro de observação, ou uma deficiência do observador. Se as manchas que Castel está pintando no interior forem iguais às do exterior, pensou, não será justo deduzir que em nenhum dos dois casos se trata de camuflagens? *Talvez seja um experimento, algo que nem Bernheim nem eu entendemos. Em todo o caso,* diz com patética esperança, *existe a possibilidade de que essas pinturas não sejam o presságio de uma guerra iminente.*

VI

Uma noite, na varanda, enquanto Dreyfus lhe servia o café, conversaram. *Por detestar tudo o que há nesta colônia, fui injusto com o pobre judeu,* escreve Nevers. Dreyfus era homem de certa leitura — conhecia o título de quase todos os volumes da biblioteca —, *versado em história, naturalmente dotado para falar o francês e o espanhol com sentenciosa elegância, com ironia levíssima, eficaz.* O emprego de algumas fórmulas arcaicas podia sugerir que sua maneira de falar fosse estudada. Nevers suspeitou de uma explicação menos fantástica: Dreyfus devia ser um judeu espanhol, um daqueles que ele tinha visto no Cairo e em Salônica:

rodeados de pessoas de outras línguas, continuavam falando o espanhol que falavam na Espanha, quando os expulsaram, fazia quatrocentos anos. Talvez seus antepassados tivessem sido comerciantes ou marinheiros e soubessem francês, e talvez, pela boca de Dreyfus, ele estivesse ouvindo idiomas da Idade Média.

Pensava que o gosto literário de Dreyfus não era refinado. Tentou em vão obter sua promessa (*que nada lhe custava e que teria tranquilizado minha consciência*) de ler algum dia as obras de Teócrito, de Mosco, de Bion, *ou, pelo menos, de Marinetti.* Tentou em vão evitar que lhe contasse *O mistério do quarto amarelo.*

Segundo Nevers, os trabalhos históricos de seu ordenança não se limitavam à leitura sedentária; fizera algumas pesquisas pessoais, concernentes ao passado da colônia; prometeu mostrar-lhe coisas interessantes; Nevers não lhe disse que seu *interesse consistia em desconhecer o presente e a história dessa penosa região.*

Depois lhe perguntou por que havia tantos loucos nas ilhas.

— O clima, as privações, os contágios — afirmou Dreyfus. — E não pense que, ao chegar, todos estavam saudáveis como o senhor. Esse assunto desata as melhores calúnias: dir-lhe-ão que, se um governador quer se livrar deste ou daquele ajudante, trata de dá-lo por doido e de trancafiá-lo.

Para mudar de assunto, Nevers perguntou o que o governador fazia com os animais. Dreyfus cobriu o rosto; falou com voz trêmula e lenta.

— Sim, é horrível. O senhor quer que eu reconheça... Mas é um grande homem.

Nevers diz que a contida agitação de Dreyfus aumentava e que ele mesmo estava nervoso, como se pressentisse uma atroz revelação. Dreyfus continuou:

— Eu sei: há coisas que não se justificam. Melhor será esquecê-las, esquecê-las.

Nevers não se atreveu a insistir. Comenta: *Um cão pode ser tolerado como o caprichoso apêndice de* tante *Brissac. Mas como lidar, qual o limite do nojo para lidar com um homem que se cerca de manadas de malcheirosos animais? A amizade com um animal é impossível; a convivência, monstruosa,* continua meu sobrinho, buscando uma inócua originalidade. *O desenvolvimento sensorial dos animais é diferente do nosso. Não podemos imaginar suas experiências. Dono e cão nunca viveram no mesmo mundo.*

A presença dos animais e o horror de Dreyfus sugerem algo — esclarece sibilinamente meu sobrinho — *que não se parece com a realidade.* Mas Castel não era um cientista incompreendido ou sinistro; era um louco, ou um sórdido colecionador que gastava os alimentos dos presidiários em seu jardim zoológico.

Contudo, afirma: *Não escreverei para os jornais; hoje mesmo não denunciarei Castel*. Que algum governador tivesse declarado louco seu inimigo podia ser uma calúnia anônima ou uma inconfidência de Dreyfus. Mas talvez julgasse imprudente indispor-se com o governador de uma prisão, especialmente se a prisão era uma ilha no meio do mar. Um dia voltaria para a França e, se optasse pela delação... Mas estaria com Irene, seria feliz, e as apaixonadas intenções de agora seriam parte do sonho da Ilha do Diabo, atroz e pretérito. Sentia-se como se despertasse no meio da noite: sabia que voltaria a adormecer e que durante algumas horas continuaria a sonhar, mas aconselhava-se a não levar as coisas muito a sério, a manter a mais flexível indiferença (caso esquecesse que estava sonhando).

Considerava-se aliviado, certo de não incorrer em novas temeridades.

VII

Nevers diz que na noite de 9 de março estava tão cansado que não tinha forças nem para interromper a leitura do *Tratado de Ísis e Osíris*, de Plutarco, e ir se deitar.

Recordava aquela primeira visita do governador como o incidente de um sonho. Tinha ouvido passos, embaixo, no pátio; espiou; não viu ninguém; com natural astúcia de subalterno, escondeu o livro e se pôs a folhear uma pasta. O governador entrou. Era um velho muito sorridente, de barba branca e olhos enevoados e azuis. Nevers pensou que devia resistir à fácil inclinação de considerá-lo demente. O governador abriu os braços e gritou com voz de camundongo ou de japonês:

— Até que enfim, meu caro amigo, até que enfim, há quanto tempo o espero! Esse homem justo, Pierre Brissac, falou-me do senhor numa longa carta. Aqui estou eu à espera de sua colaboração.

Gritou enquanto o abraçava, gritou enquanto lhe dava uns tapinhas nas costas, gritou enquanto voltava a abraçá-lo. Falava de muito perto. Nevers tentava desviar-se daquele rosto imediato, daquele hálito palpável.

O governador é profissionalmente simpático, diz Nevers; mas confessa que, desde o primeiro momento, olhou-o com hostilidade. Essa dureza é uma nova faculdade de meu sobrinho; talvez o erro de mandá-lo para as Guianas não tenha sido tão grande.

O governador confiou-lhe a administração das ilhas Royale e Saint-Joseph. Deu-lhe as chaves do arquivo e do depósito de armas.

— Minha biblioteca está à sua disposição. Ou o que resta da minha biblioteca: os volumes que os guardas ainda não alugaram.

É um velho desagradável — escreve Nevers. — *Com os olhos sempre arregalados, como se estivesse maravilhado, o tempo todo à procura dos meus olhos para me olhar de frente. Deve ser um imbecil ou um hipócrita.*

Nevers conseguiu dizer-lhe que tinha visto as camuflagens. O governador não entendeu ou fingiu não entender.

Nevers perguntou:

— São experimentos?

Arrependeu-se de facilitar a explicação.

— Isso mesmo, experimentos. Mas nem mais uma palavra. O senhor parece cansado. Experimentos, caro amigo.

Estava cansadíssimo. Entre sonhos, pensou que o governador, para não lhe falar das camuflagens, insuflava nele aquele terrível cansaço.

O governador olhou para a pasta e disse:

— Trabalhando a essa hora da noite. Não resta dúvida: o trabalho é apaixonante.

Meu sobrinho o olhou com surpresa. O governador olhava-o com afeto.

— Não digo o trabalho em geral... — explicou. — Também não me passa pela cabeça que esse livro possa interessar-lhe.

Depois de uma pausa continuou:

— É apaixonante nosso trabalho, o governo de uma prisão.

— São gostos... — respondeu Nevers.

A réplica era fraca — não inútil; salvava-o de simular *(por covardia, por mera covardia)* um *infamante* acordo. Contudo, não tinha certeza de que o tom fosse desdenhoso.

O governador declarou:

— Talvez eu tenha falado com precipitação.

— Talvez — articulou Nevers, já firme em sua hostilidade.

O governador fitou-o com seus olhos azuis e úmidos. Meu sobrinho também o fitou: considerou *sua testa larga, seus pômulos rosados e pueris, sua branquíssima barba salivada.* Pareceu-lhe que o governador estava indeciso entre sair batendo as portas ou tentar, de novo, uma explicação. *Considerou que o proveito que tiraria de mim valia outra explicação, ou prevaleceu sua horrível doçura.*

— Há um ponto, meu caro amigo, em que havemos de concordar. Será nossa base. Não nota em mim certa ansiedade por chegar a um acordo com o senhor?

Ele a notara, e o irritava. Castel prosseguiu:

— Serei franco: depositei todas as minhas esperanças no senhor. Eu precisava do que é mais difícil conseguir aqui: um colaborador culto. Sua chegada dissipa os problemas, salva a obra. Foi por isso que o cumprimentei com um entusiasmo que talvez lhe pareça extravagante. Não me peça que me explique; à medida que nos conhecermos, nos explicaremos um ao outro, imperceptivelmente.

Nevers não respondeu, Castel continuou falando:

— Volto àquilo que tomamos como base de nosso acordo. Para a maioria dos homens — para os pobres, para os doentes, para os presidiários — a vida é pavorosa. Há outro ponto em que podemos coincidir: o dever de todos nós é tentar melhorar essas vidas.

Nevers anota: *Eu já suspeitara de que no fundo da ansiedade do velho havia uma conversa sobre política.* Agora ele descobria *um novo horror*: dependendo de sua resposta, poderiam falar de política ou interessar-se por sistemas penitenciários. Não respondeu.

— Nós temos a chance, a difícil chance, de agir sobre um grupo de homens. Repare bem: estamos praticamente livres de controle. Não importa que o grupo seja pequeno, que se perca entre "aqueles que são infinitos em número e em miséria". Pelo exemplo, nossa obra será mundial. Nossa obrigação é salvar o rebanho de que cuidamos, salvá-lo de seu destino.

Castel fizera mais de uma afirmação ambígua e alarmante; a única coisa que meu sobrinho captou foi a palavra "rebanho". Afirma que essa palavra o enfureceu tanto que o fez acordar. O governador disse:

—Acredito, por isso, que nossa função de carcereiros pode ser muito grata.

— Todos os carcereiros devem pensar o mesmo — murmurou Nevers com prudência; em seguida, ergueu a voz: — Se fosse possível fazer alguma coisa...

— Eu acredito que é possível fazer alguma coisa, sim. O senhor não?

Nevers não o honrou com uma resposta.

Depois se lembrou de que queria lhe pedir uma autorização para visitar a Ilha do Diabo: o governador já se retirara.

VIII

21 de março à tarde.

Nevers caminhava pela costa, em frente à Ilha do Diabo. O pretexto era estudar possíveis ancoradouros para um furtivo (e inverossímil) desembarque. Menos perigoso (e mais impraticável) seria visitar Castel abertamente.

Estava distraído, e Bernheim saiu de trás de umas rochas. Nevers não teve o menor sobressalto: lá estava aquele olhar de cão abatido. Bernheim lhe pediu que se escondesse entre as rochas; cometeu a imprudência de obedecer.

— Minha intuição não me engana — gritou Bernheim. — Sei quando posso confiar num homem.

Nevers não o escutava. Fazia uma modesta descoberta: percebia a desagradável incompatibilidade entre o tom altivo e o olhar tristíssimo de Bernheim. Contudo, ouviu:

— O senhor é um títere de Castel?

Respondeu negativamente.

— Eu já sabia — exclamou Bernheim. — Eu já sabia. Mal o conheço, mas vou lhe fazer uma revelação que porá meu destino em suas mãos.

Sobre umas pedras mais altas, a cerca de vinte metros, surgiu Dreyfus. Parecia não tê-los visto; afastava-se fitando algum ponto do incessante mar. Nevers queria livrar-se do maníaco; disse:

— Aí está Dreyfus — e subiu pelas pedras.

Quando o viu, Dreyfus não se mostrou surpreso; depois de caminharem juntos por algum tempo, perguntou-lhe:

— Está vendo aquela torre?

A torre estava na Ilha do Diabo; era feita de traves de madeira pintadas de branco, tinha uns oito metros de altura e acabava numa plataforma. Nevers perguntou para que servia.

— Para nada — assegurou Dreyfus com amargura. — Para que alguns de nós recordemos a história e outros zombem dela. Foi construída pelo governador Deniel, em 1896 ou 97. Pôs no alto uma sentinela e um canhão Hotchkiss, e se o capitão tentasse fugir: Fogo!

— O capitão Dreyfus?

— Sim, Dreyfus. Gostaria que o senhor subisse nela: visto de lá, o arquipélago parece minúsculo.

Nevers perguntou-lhe se era parente de Dreyfus.

— Não tenho essa honra — afirmou.

— Há muitos Dreyfus.

— Não sabia — respondeu com interesse. — Meu sobrenome é Borde-nave. Passaram a me chamar de Dreyfus porque dizem que sempre falo do capitão Dreyfus.

— Nossa literatura o imita.

— Verdade? — Dreyfus arregalou os olhos e sorriu estranhamente. — Se o senhor quiser ver um pequeno museu do capitão…

Nevers o seguiu. Perguntou-lhe se tinha nascido na França. Nascera na América do Sul. Depois contemplaram o museu Dreyfus. É uma mala amarela, de tela, que contém o envelope de uma carta da senhora Lucie Dreyfus para Deniel, governador da colônia penal; o cabo de um corta-papel, com as iniciais J. D. (Jacques Dreyfus?), alguns francos da Martinica e um livro: *Shakespeare était-il M. Bacon, ou vice versa?*, par Novus Ovidius, auteur des *Métamorphoses Sensorielles*, membre de l'Académie des Médailles et d'Inscriptions.

Nevers fez menção de se retirar. Dreyfus o olhou nos olhos; reteve-o; perguntou-lhe:

— O senhor não acha que Victor Hugo e Zola foram os maiores homens da França?

Nevers escreve: *Zola até se entende: escreveu* J'accuse, *e Dreyfus é maníaco por Dreyfus. Mas Victor Hugo… O homem que para seu fervor escolheu na história da França, mais rica em generais que a mais insignificante república sul-americana, dois escritores, merece a fugidia homenagem de nossa consciência.*

IX

Na noite do dia 22 Nevers não conseguia dormir. Insone, concedeu importância à revelação que não quis ouvir de Bernheim. Obscuramente, temeu um castigo por não tê-la ouvido. Com torpor e exaltação concebeu uma imediata visita ao galpão vermelho. Com um esforço da vontade, adiou-a até a alvorada. Concentrou-se nos pormenores dessa improvável visita: como fazer, depois de uma noite de insônia, para acordar cedo; como falar com Bernheim; como referir-se ao encontro anterior. De madrugada, adormeceu; sonhou. No sonho, partia de novo de Saint-Martin, de novo sentia a dor de se afastar de Irene, e escrevia essa dor, em outra carta. Lembrava-se da primeira frase: *Cedi, afasto-me de Irene; as pessoas que podem evitar...* Do resto do parágrafo só conseguia recordar o sentido; era aproximadamente este: as pessoas que podiam impedir seu regresso afirmavam que não o impediriam. Não esquecia a frase final (diz que no sonho era irrefutável; suspeito que tenha sido um acerto de sua duvidosa vigília): *Como não há motivos para discordar, temo não regressar, não voltar a ver Irene.*

Na manhã seguinte, Dreyfus levou-lhe duas cartas: uma de Irene, outra de Xavier Brissac.

Seu primo dava uma notícia que Nevers considerou maravilhosa: no dia 27 de abril, ele próprio iria substituí-lo. Isso significava que Nevers poderia estar de volta à França já em meados de maio. Também lhe anunciava uma mensagem de Irene. Nevers afirma que não teve curiosidade em conhecê-la. Não podia ser nem desagradável, nem importante. A carta de Irene era de data mais recente que a de Xavier e não mencionava aquelas notícias.

Nevers estava feliz; julgava-se equânime. Procurava compreender Pierre (dava-lhe razão: nenhum homem era digno de Irene, e ele, *tíbio conversador de café*, menos que ninguém).

Vale recordarmos os antecedentes desse exílio nas Guianas: ocorreu um episódio que é do conhecimento de todos (desaparecem uns papéis que não são indiferentes à honra e às salinas da família; os indícios comprometem Nevers); Pierre acreditou em sua culpabilidade; tratou de salvar Irene... Nevers falou com ele, e — assegura — ganhou seu crédito. Passou uns quinze dias de perfeita felicidade: tudo tinha se arranjado. Depois Pierre o chamou, falou-lhe com violência (*talvez ocultando uma consciência intranquila*) e ordenou-lhe que fosse para as Guianas. Deixou até entrever, como que constrangido, uma ameaça de chantagem: contaria tudo a Irene se Nevers não obedecesse. Acrescentou: "Dentro de um ano, você vai voltar e poderá se casar com Irene; pelo menos, terá meu consentimento". Segundo Nevers, isso prova que Pierre reconhecia sua inocência.

Como ele explica, então, que o enviasse para as Guianas? Confusamente. Recorre a toda sorte de argumentos: a contaminação das acusações, evocando o caso do capitão Dreyfus (muita gente que não o considerava culpado negava-se, contudo, a reconhecê-lo totalmente isento de culpa); a ilusão de que a viagem e a rigorosa vida nas Guianas debelassem sua *desagradável personalidade de notívago de café*; a esperança de que Irene deixasse de amá-lo.

Também não explica bem sua estranha conduta com Irene (nunca lhe disse uma palavra sobre o obscuro caso em que estava envolvido). Essa conduta permitiu a *jogada* de Pierre.

Eis suas palavras textuais: *Se consegui convencer você; se consegui convencer Pierre, que preferia não acreditar em mim, que dificuldade poderia ter com Irene, que me ama? (escrevo isto com supersticiosa, com humilhante covardia)... A única desculpa de minha perversidade para com Irene é minha estupidez e minha perversidade para comigo mesmo.*

Parece que Nevers havia mandado estes versos a Irene:

Chère, pour peu que tu ne bouges,
Renaissent tous mes désespoirs.
Je crains toujours — ce qu'est d'attendre ! —
Quelque fuite atroce de vous.

Irene repreende-o (com razão) por mandar-lhe tais versos, logo ele, que a abandonara. Também lhe pergunta se ele queria insinuar que o distanciamento entre eles não era meramente geográfico (no primeiro verso, ele a trata por *tu*; no quarto, por *vous*);[1] mas isso é apenas uma brincadeira (talvez ligeiramente pedante): *a carta é lúcida e terna como sua autora.*

Estava feliz; dentro de um mês, as preocupações desapareceriam. A carta de Xavier, porém, incomodava-o. Por que Irene lhe mandava uma mensagem por aquele *imbecil? Talvez o uso de tão rudimentar meio de comunicação se explique pelo desejo de Irene de não perder uma chance de me alegrar, de repetir que está à minha espera e que me ama.* Era essa a mensagem. Era essa a importante mensagem de todas as cartas de Irene. *Entretanto, confessa, em certos momentos de absurda sensibilidade (e talvez por causa do ambiente ou do clima, aqui não têm sido raros) entrego-me a vergonhosos temores. Não deveria mencionar estes sentimentos insignificantes: menciono-os para que me envergonhem, para que desapareçam.*

X

No dia 23 de março, Nevers percorreu a Ilha Royale e o galpão vermelho — *não em busca de Bernheim, não em busca da prometida revelação* (julga conveniente esclarecer) — em cumprimento de sua rotina.

[1] Os versos não são de Enrique Nevers; são de Paul Verlaine. (NOTA DO EDITOR)

Naquela tarde a claridade era penosa. Tudo brilhava: as paredes amarelas dos edifícios, uma partícula de areia na negra casca do coqueiro, o interlocutor de listras vermelhas e brancas. Nevers recordou a inacreditável escuridão de seu quarto e correu, inseguro, pelo pátio ofuscante.

Viu uma sombra. Viu que debaixo de uma escada havia um lugar sombreado; foi abrigar-se. Bernheim estava lá, sentado sobre um balde emborcado, lendo. Nevers cumprimentou-o com desmedida cordialidade.

— O senhor nem pode imaginar — respondeu Bernheim, procurando as palavras com angústia — meu progresso desde a primeira vez que nos vimos. Estou entusiasmado.

O brilho dos olhos era lacrimoso; o olhar, tristíssimo.

— Em que consiste o progresso?

— Em tudo. Garanto que é uma coisa muito forte… vital… É uma plenitude, uma comunhão com a natureza, não sei…

— A que tem se dedicado?

— À espionagem.

— À espionagem?

— Isso mesmo, eu vigio. Preciso lhe contar. Adivinhe a quem devo este renascimento.

— Não sei.

— A Castel.

— Vocês se reconciliaram?

— Isso nunca. — Depois de um silêncio, declarou: — É preciso servir à *causa*. Parecia esperar uma resposta de Nevers; insistiu lentamente:

— A causa acima de tudo.

Nevers não quis contentá-lo. Perguntou-lhe:

— O que estava lendo?

— A *Doutrina das cores*, de Goethe. Um livro que ninguém pede. Dreyfus o aluga a um preço razoável.

— Diga-me, o senhor, que já esteve na Ilha do Diabo: o que Castel fazia com os animais?

Pela primeira vez, assegura Nevers, um vestígio, uma "sombra" de cor animou o rosto de Bernheim. *Foi atroz. Achei que o homem ia vomitar.* Quando se recompôs um pouco, falou:

— O senhor conhece meu credo. A violência é o pão nosso de cada dia. Mas não com os animais…

Nevers pensou que não suportaria ver Bernheim passando mal. Mudou de assunto:

— O senhor disse que precisávamos falar...

— Sim, precisamos falar. Não aqui; venha.

Foram até a latrina. Bernheim apontou para o mármore e disse, tremendo:

— Juro, juro pelo sangue de todos os homens assassinados aqui: vai haver uma revolução.

— Uma revolução?

Mal conseguia ouvi-lo. Pensava que não era fácil determinar se um homem estava louco.

— Os revolucionários estão preparando uma coisa grande. O senhor pode frustrar seus planos.

— Eu? — perguntou Nevers, por cortesia.

— Sim, o senhor. Mas esclareço a minha situação. Eu não atuo a favor do atual governo... Atuo por puro egoísmo. O senhor dirá a verdade: que descobri o complô. E talvez o senhor me ache louco. Talvez procure por Dreyfus, para ir embora... Mas logo vai acreditar em mim. Talvez não hoje, mas uma hora vai acreditar. O senhor me deu a pista.

— Eu lhe dei a pista?

— Quando me falou das camuflagens. Aí está: eu sempre pensado na guerra, e não tinha descoberto que se tratava de camuflagens. Desde então, tenho-lhe muito respeito. O senhor poderá dizer que essa descoberta é uma bobagem. As grandes descobertas parecem bobagens. Mas todo mundo sabe que Pedro Castel é um revolucionário.

Nevers disse:

— Tenho muito que fazer.

— Eu já estava preparado para isso. Se minhas palavras se cumprirem, o senhor logo acreditará em mim. Castel levará o Padre para a Ilha do Diabo, entre hoje e amanhã. É um preso comum, escute bem. Primeiro me afastou; agora leva o Padre; precisa de gente de confiança: foragidos. Quanto ao senhor, vai mandá-lo para Caiena. Por duas razões; livrar-se do único observador que pode atrapalhar; trazer dinamite.

— Quem vai trazer dinamite?

— O senhor, e não será o primeiro. Seu antecessor fez umas dez viagens a Caiena. Há reservas suficientes para fazer o arquipélago voar pelos ares.

Nevers deu um tapinha em suas costas e lhe disse que deixasse tudo em suas mãos. Atravessou o pátio, entrou na Administração, passou por escadas e corredores, chegou a seu quarto. Imediatamente, sentiu um grande alívio.

XI

26 de março.

Ignorava se o que Dreyfus tinha dito era um indício terrível. Queria se aconselhar; mas com quem? Ele mesmo, ainda horrorizado de viver numa prisão, raciocinava mal (ainda por cima, tinha uma leve insolação). Quando se habituasse àquela vida, pensou, talvez recordasse a hora em que a notícia lhe parecera terrível com alívio de que já tivesse passado; de que já tivesse passado o perigo de enlouquecer. Mas, embora ainda não tivesse se acostumado a viver numa prisão (e, por incrível que pareça, celebrava esse fato), inclinava-se a reduzir a importância da notícia que Dreyfus lhe dera.

Durante os três dias anteriores à notícia não aconteceu nada de memorável: Dreyfus parecia abatido, triste (*resolvi não importuná-lo com perguntas,* diz Nevers; *a vida nestas ilhas justifica qualquer desespero*); Castel ordenara que lhe mandassem alguns livros (o de Marie Gaëll sobre a ressonância do tato e a topografia dos polvos; um do filósofo inglês Bain, sobre os sentidos e o intelecto; um de Marinescu, sobre as sinestesias; por fim, o amanhecer depois de tanta sombra, um clássico espanhol: Suárez de Mendoza); Dreyfus os mandou pelo teleférico.

Na noite do dia 25, Nevers achou que Dreyfus estava mais abatido do que nunca; servia a comida em silêncio; isso tinha um efeito opressivo: entre eles, conversar durante as refeições era uma modesta e agradável tradição. Nevers perguntou-se se ao respeitar a tristeza de seu ordenança não a aumentaria, não sugeriria que estava aborrecido com ele. Não encontrava um assunto para iniciar o diálogo; atabalhoado, propôs justo o assunto que mais queria evitar.

— Qual é a acusação contra Bernheim?

— Traição.

— Então era ele, e não o senhor, que deveria ser chamado de Dreyfus — tentava introduzir o assunto dos apelidos, mais seguro que o de Bernheim.

— Não fale assim do capitão Dreyfus — disse Dreyfus, ofendido.

— Há outros apelidos aqui?

— Outros apelidos… deixe-me ver: temos o Padre.

— Quem é o Padre? — perguntou Nevers com decisão.

— Marsillac, um da Saint-Joseph. Eu o apelidei de Padre porque é presbita: só enxerga de longe; de perto, absolutamente nada, se não tiver óculos. Não vê nem o próprio corpo.

E recordou os versos de O *mistério do quarto amarelo*:

O presbitério não perdeu seu encanto,
Nem o jardim perdeu seu esplendor.

Nevers o parabenizou pela memória; Dreyfus parecia desconsolado. Finalmente, confessou:

— Olhe, falei do Padre, e era do Padre que eu não queria falar. Faz vários dias que estou perplexo com isso. Amanhã o senhor ficará sabendo; talvez seja melhor que eu lhe dê a notícia. Por favor, não condene o senhor Castel; esse grande homem há de ter algum motivo para agir assim. Deu ordem para amanhã, bem cedo, transferirmos o Padre para a Ilha do Diabo.

XII

27 de março.

O governador o surpreendeu. Entrou no escritório imperceptivelmente. Nevers ouviu muito perto, na nuca, os gritos altíssimos, e teve a pavorosa sensação, ligada a alguma remota lembrança, de se encontrar repentinamente com um mascarado.

— O que está lendo?

— Plutarco — era inútil disfarçar.

— Por que perde seu tempo? A cultura não deve ser o trato com homens rudimentares — sentenciou a voz de títere. — Os estudiosos da filosofia ainda cultivam os diálogos de Platão, e os leitores mais exigentes riem e voltam a rir com as piadas de Molière sobre os médicos. O futuro é negro.

— Negro, mas camuflado — disse Nevers, astutamente.

Houve um silêncio. Por debilidade, Nevers continuou:

— Este livro me interessa. Trata de símbolos.

— De símbolos? Que seja. Mas o senhor não acha que em mil e oitocentos anos o tema pode ter-se enriquecido?

Evidentemente, declara Nevers, Castel não entrara lá para falar naquele assunto. Falava naquele assunto para puxar conversa. Passou algum tempo folheando abstraidamente o *Tratado de Ísis e Osíris*. Finalmente perguntou:

— O que o senhor pensou sobre nossa última conversa?

— Pouco, quase nada.

— Se não pensou nada, é porque o presídio o desagrada muito vivamente — disse Castel com precipitação. — Se o presídio o desagrada, não pode desaprovar o que penso.

— Não sei — estava sem vontade de discutir. — O que o senhor pensa pode estar muito certo; mas deter-me nessas questões me parece, de certo modo, tornar-me cúmplice. Prefiro cumprir meu dever automaticamente.

— Automaticamente? É essa a missão de um jovem? Onde está sua juventude?

Nevers não soube o que responder. O outro prosseguiu:

— A juventude é revolucionária. Eu mesmo, que sou um velho, acredito na ação.

— O senhor é anarquista?

Castel continuou a olhá-lo nos olhos, afavelmente, quase chorosamente, até que Nevers desviou a vista. *O governador percebeu, sem dúvida, que tinha ido longe demais, mas continuou, com sua voz imperturbável e estridente*:

— Não sei. Nunca me envolvi com política. Não tive tempo. Acredito na divisão do trabalho. Os políticos acreditam na reforma da sociedade… Eu acredito na reforma do indivíduo…

— No que consiste? — perguntou Nevers, afetando interesse. Acreditava estar investigando.

— Na educação, em primeiro lugar. São infinitas as transformações que se podem conseguir.

O governador assegurou que ele, Nevers, nem suspeitava das possibilidades da pedagogia: podia salvar doentes e presidiários. Em seguida confiou-lhe que precisava de um colaborador:

— É inacreditável o que poderíamos fazer. Compreenda minha tragédia: estou rodeado de subalternos, pessoas que interpretariam meus planos erroneamente. A própria legislação penal é confusa; a reclusão, como castigo do delinquente, ainda predomina na Europa. Agora não só caminhamos a passo de ganso, falamos por boca de ganso; repetimos: *O castigo é o direito do delinquente*. Desnecessário dizer que meus propósitos contrariam essa doutrina transrenana.

Nevers pensou que era chegado o momento da vingança. Declarou com voz trêmula:

— Não tenho interesse em colaborar com o senhor.

Castel não respondeu. Olhou ao longe, serenamente, como se as paredes não existissem. Parecia cansado; seu rosto tinha cor de chumbo. Já estaria assim ao entrar ou era tudo efeito da réplica de Nevers? Não parecia o mesmo homem que conversara com ele no dia 9 de março.

Ouvi dizer que essas mudanças ocorrem nas pessoas que tomam ópio, ou morfina. Nevers reconhece que aquele homem, que ele queria achar execrável, pareceu-lhe muito velho e quase digno; esteve disposto a acreditar que a revolução seria benévola, a oferecer sua ajuda. Depois se lembrou de Irene, da decisão de não fazer nada que pudesse protelar seu regresso.

Castel ainda permaneceu ali por alguns penosos minutos, fingindo interesse em Plutarco. Talvez não quisesse sair bruscamente e parecer ofendido. Finalmente esboçou um gesto de abatimento, ou de despedida; sorriu e se foi. Nevers não teve pena dele.

XIII

28 de março.

Algumas frases do governador admitiam duas interpretações: de acordo com uma, a revolução seria pedagógica. Nevers, já em plena aberração, não hesita em declarar sua preferência pela segunda interpretação possível: a rebelião dos presos. Mas o governador não lhe falou da viagem a Caiena. Para um observador sem preconceitos talvez não houvesse nenhuma confirmação das profecias de Bernheim.

De resto, como encaixar as camuflagens no esquema da sublevação? Seria uma loucura deflagrar a sublevação e permanecer nas ilhas. No entanto, considerava Nevers, é isso que a camuflagem indica: uma defesa. Nesse caso, não tinha motivo para se alarmar: Castel estava louco.

Havia outra explicação. As camuflagens eram uma defesa contra um ataque *durante* a revolta (caso as coisas não se cumprissem com a devida rapidez). Isso parecia confirmado pelo fato de o governador não ter camuflado as outras ilhas. Se tivesse o absurdo propósito de se estabelecer nas ilhas e fundar uma república comunista, teria camuflado o território inteiro.

Castel parecia ignorar a iminente partida de Nevers. Se assim não fosse, por que lhe falava de seus planos secretos? Sem dúvida o preocupavam tanto que nem sequer lia as cartas (se o substituto de Nevers estava a caminho, o governador teria recebido o aviso). Outra explicação seria que o governador estivesse preparando o golpe para uma data anterior à chegada de Xavier.

XIV

3 de abril.

Sob o beiral do galpão de materiais, Nevers olhava distraidamente para os presidiários, que apareciam e desapareciam na neblina, com grandes chapéus de palha e camisas de listras brancas e vermelhas. Abriu-se uma clareira e viu que ao longe um homem vinha caminhando na direção dele, e depois voltou a cerração, e em seguida o homem surgiu a seu lado. Era Dreyfus.

— Tenha cuidado, meu tenente.

— O senhor acha que vão aproveitar essa névoa?

— Não. Não estava pensando neles — disse Dreyfus, sem surpresa. — Pensava na neblina: a mortalha dos europeus, como nós a chamamos, porque mata.

Deteve-se, como se quisesse que o efeito de sua frase não se perdesse; em seguida, continuou:

— Venho da Ilha do Diabo; o governador me deu este bilhete endereçado ao senhor.

Entregou-lhe um envelope. Nevers ficou olhando para Dreyfus, com o envelope esquecido na mão, sem se decidir a perguntar que novidades havia na ilha. Dreyfus também o olhava, dissimuladamente. Nevers atribuiu-lhe curiosidade por saber o que o bilhete dizia. Isso o incitou a não fazer perguntas, a não saciar a curiosidade de Dreyfus. Mas não conseguia conter sua própria curiosidade. Leu o bilhete. Contentou-se em virar-se de repente, surpreendê-lo espiando e confundi-lo. Depois disse, com indiferença:

— Parece que irei a Caiena.

— Para buscar mantimentos?

Nevers não respondeu.

— Adivinhei — sentenciou Dreyfus.

Não lhe perguntou como tinha adivinhado. Começava a suspeitar que as palavras de Bernheim eram, ao menos parcialmente, verídicas.

— Como vão as pinturas do governador?

— Terminaram. As celas ficaram muito boas.

— Ele pintou as celas?

— Sim, com padrão de veios.

— Há mais alguma novidade na ilha?

— O coitado do Padre teve uma crise de cólera. Justo quando estava melhorando de vida... Quando o acharam, estava espumando e com os olhos desorbitados.

— Vai morrer?

— Não sei. Hoje estava inconsciente, mas corado e robusto como nunca. O governador e o senhor De Brinon esperam salvá-lo. Seria melhor para ele morrer.

Nevers lhe perguntou por que dizia isso. Dreyfus contou-lhe a história do Padre:

O Padre foi segundo-tenente do *Grampus*, que naufragou no Pacífico. Havia dezessete homens a bordo. O capitão subiu com cinco em um bote; o primeiro-tenente, com outros cinco, em outro; o Padre, com os quatro restantes, em um terceiro. Os botes deviam manter-se à vista uns dos outros. Na terceira noite, o Padre se perdeu dos outros dois. Uma semana depois, o capitão e o primeiro-tenente chegaram com sua gente ao litoral do Chile, sedentos e quase loucos. Catorze dias depois, um barco inglês — o *Toowit* — recolheu o Padre: estava numa ilha de guano, entre as ruínas de um farol abandonado, sozinho, brandindo uma faca, furiosamente acometido pelas gaivotas. Tentou atacar os ingleses. Na enfermaria do navio delirou: via monstros e gaivotas; gaivotas brancas, ferozes, contínuas. Na lâmina da faca havia sangue seco. Analisaram-no: era de pássaros e de homens. O Padre não recordava sua chegada à ilha nem os dias que passara na ilha. Não havia mais provas contra ele além do desaparecimento dos companheiros e do sangue seco. Se o Padre os tivesse matado — alegou Maître Casneau —, teria sido em um acesso de loucura. Mas um antecedente policial — a famosa batalha de 1905, entre os figurantes do Cassino de Tours — e o zelo de um promotor em princípio de promissora carreira o condenaram.

— O que eram os monstros? — perguntou Nevers.

— Alucinações.

— E as gaivotas?

— Verdadeiras. Não fosse aquele resto de farol, os pássaros o teriam comido vivo.

Nevers se recolheu a seu escritório. Três horas de leitura o afastaram de toda ansiedade. Poucos dias depois partiria para Caiena. Se fosse prudente, ficaria livre de implicações na hipotética rebelião de Castel. Xavier era o homem indicado para substituí-lo: lutaria, castigaria, ordenaria. Refletiu: se ele não se esquecesse de que seu único propósito era escapar daquele maldito episódio das Guianas, voltaria logo para a França, para Irene.

Depois se lembrou das notícias que Dreyfus lhe dera. Se o Padre havia sofrido uma crise de cólera, havia uma epidemia nas ilhas. Entendeu esse fato em todo seu horror.

XV

5 de abril.

Não se trata de evitar que eu entre na Ilha do Diabo, de evitar que eu suspeite do que acontece lá; trata-se (Nevers julgava ter uma prova irrefutável) *de me enganar, de provocar visões e medos falaciosos.* Já não se lembrava do contágio. Não havia doentes de cólera. Não havia epidemia. O perigo era a sublevação.

Ele expõe como chegou a essa descoberta: para se esquecer do cólera sobrepunha imagens agradáveis: uma alameda de Fontainebleau, no outono, o rosto de Irene. *Eram translúcidas, como que refletidas na água: se agitava a superfície, conseguia deformar provisoriamente o perdurável monstro que havia no fundo.* Depois refletiu: já que devia pensar nessa doença, convinha estudá-la, prevenir-se contra ela. Procurou o livro sobre doenças tropicais; em vão percorreu os índices: a palavra "cólera" não constava. Depois se deu conta de que em um livro como o dele as doenças são registradas por seus nomes mais vulgares; recordou que entre os profanos como ele o cólera é chamado "vômito negro". Localizou o capítulo sem dificuldade. Leu o texto. Recordou que já o lera a bordo. Fez a *descoberta*: os sintomas atribuídos ao Padre não correspondiam aos do cólera. Que os olhos se desorbitassem não era natural, que espumasse não era verossímil, que estivesse corado e robusto era impossível.

Quando viu Dreyfus, perguntou-lhe:

— Quem disse que o Padre teve uma crise de cólera?

Dreyfus não hesitou:

— O senhor Castel.

Nevers pensou em revelar sua descoberta. Conteve-se. A cada dia, Dreyfus o apreciava mais; mas Castel ainda era seu ídolo. Além disso, Dreyfus era muito ignorante: não sabia do que o capitão Dreyfus havia sido acusado; admirava Victor Hugo porque o confundia com Victor Hugues, um bucaneiro que fora governador da colônia... Nevers acrescenta: *Nunca acreditei em sua ironia. É facial (como a de muitos camponeses). Poderia ser atribuída a um suave, a um contínuo envenenamento com folhas de sardônia.*

Mas estava tranquilo. A rebelião ocorreria durante sua ausência. Dreyfus lhe entregara a lista dos itens que devia comprar em Caiena: não havia dinamite, nem nada que razoavelmente pudesse ser traduzido por dinamite. *Castel quer me afastar para não ter testemunhas nem opositores. Não os terá* — afirma. — *Ordena que eu parta no dia 8. Lamento não partir hoje mesmo. Não sou o herói dessas catástrofes...*

Faz algumas "reflexões" (a linguagem é, por natureza, imprecisa, metafórica) que reluto a transcrever. Mas, se eu atenuar a fidelidade deste informe, enfraquecerei também sua eficácia contra os mal-intencionados e os difamadores. Espero, aliás, que não caia nas mãos de inimigos de Nevers. Ele diz, com efeito: *Em pensamento aplaudo, apoio toda rebelião de presos. Mas na urgente realidade... é preciso ter nascido para a ação, saber tomar, entre sangue e tiros, a decisão feliz.* Não ignorava seus deveres: indagar se Castel estava preparando uma rebelião; sufocá-la; acusar Castel. Mas, devemos reconhecer, não tinha o estofo de um bom funcionário. *Todo homem deve estar disposto a morrer por muitas causas, a qualquer momento, como um cavalheiro* — escreve. — *Mas não por todas as causas. Não me peçam que bruscamente me interesse, me envolva e morra em uma rebelião nas Guianas.* Esperava com impaciência o dia da partida.

XVI

7 de abril.

A incrível possibilidade de fugir: eis sua preocupação. Já desistira de continuar investigando. Não queria complicações. A impaciência pela chegada do dia 8 aumentava constantemente; *ontem, sobretudo hoje, foi uma insuportável ideia fixa. Agora tudo mudou.*

Ao despertar da sesta, ao lado da cama, numa proximidade excessiva (porque estava saindo de um letargo impessoal e remoto), encontrou Dreyfus. Este lhe disse:

— Tenho duas cartas para o senhor; foram enviadas pelo governador.

Uma era endereçada a ele; a outra, a um tal Leitão, de Caiena. Abriu o primeiro envelope. Continha um breve bilhete, pedindo-lhe que trouxesse uns óculos, conforme as indicações que anexava.

— Para quem são os óculos? — perguntou.

— Para o Padre — respondeu Dreyfus.

Isso significava que estariam à sua espera, que o destino horrível, do qual pensava já estar salvo, o ameaçava.

Dreyfus falou-lhe em seu tom mais sereno:

— Sabe da novidade? Vou abandoná-lo.

— Vai me abandonar?

— O senhor governador ordenou minha transferência para a Ilha do Diabo. Às cinco levarei meus apetrechos.

Faltavam duas horas para Dreyfus ir embora. Nevers temia raciocinar como um alucinado; suspeitava que até pessoas da mediocridade de Dreyfus poderiam refutar todas suas provas, suas invencíveis provas de que estava sendo gestada uma rebelião. Mas não seria uma loucura consultá-lo?

Enquanto isso, Dreyfus confessou-lhe seu ideal de vida: ir para Buenos Aires. Uns contrabandistas brasileiros tinham lhe contado que, com poucos centavos, em Buenos Aires, *a pessoa pode passear de bonde por toda a cidade*.

Não sabia o que decidir e faltava pouco para que Dreyfus partisse.

XVII

Intercalo a seguir um documento que talvez esclareça alguns pontos do meu relato; trata-se de uma carta que me enviou meu sobrinho Xavier Brissac (aquele que substituiu Enrique Nevers nas Ilhas da Salvação); é datada de 8 de abril de 1913, a bordo do navio-transporte *Uliarus*, em viagem para as Guianas.

Sem má-fé, guiado por sua paixão, não, guiado por outros que apaixonada-mente viram tudo através do ódio, você nos julgou, a seu irmão Pierre e a mim, e nos caluniou. O que houve? Você queria que Enrique, seu protegido, pudesse sair das Guianas e pensou que, talvez, sua aflitiva correspondência comoveria Pierre. Não o comoveu. No entanto, ele me chama; pergunta se eu aceitaria o cargo; aceito; e, como em sua juventude, aos oitenta e cinco anos, Pierre, o glorioso marinheiro, entra em batalha contra políticos e burocratas, sem temor; consegue que me nomeiem, e parto a substituir seu protegido Enrique, para o inferno. Como você nos agradece? Por troça, calunia Pierre; a mim, a sério.

Embora tudo o que você disse sobre mim seja gravíssimo, começarei rebatendo o que disse sobre Pierre, porque ele é o chefe da família e porque eu não sou um literato, um boêmio simpático, e sim o capitão de fragata Xavier Brissac — que foi um verdadeiro tenente do mar e que aspira a ser um verdadeiro almirante de esquadra —, homem de sua Pátria, de sua Família, um ordeiro.

Respeitosamente, porém firmemente, declaro que minha viagem não prova "essa perversa mania de Pierre: mandar sobrinhos para a Ilha do Diabo". Prova..

...

Depois de ler a correspondência, Pierre deu alguns sinais de cansaço; nenhum de comoção. Não acredita que essas cartas sejam motivo de alarme quanto ao estado de espírito de Enrique; comenta: "Alarmar-se agora e especialmente por causa dessas cartas? Faz muito tempo que seu espírito me alarma e começo a me acostumar a esse estado". Mas ele sabe que o regresso de Enrique trará satisfação a você; em seguida, põe-se em campanha, em árdua campanha, para conseguir a substituição. Não lhe importa saber que o fruto dessas atribulações será a grave redução de um castigo que ele próprio impôs; julga saber, também, que hão de ensejar a reconciliação, seu regresso à casa de Saint-Martin e seu abandono definitivo do que ele chama "o absurdo exílio nas arruinadas salinas de Saint-Pierre".

Por que ele escolheu a mim para substituir Enrique? Não se engane; não é a "mania"...; entende que, à sombra desse notável governador da colônia, eu..

...

É chegado o momento de rebater a segunda calúnia. É mentira que eu tenha inventado as promessas de se casar comigo, feitas por Irene; é nefasta mentira que eu parta para a Ilha do Diabo com o objetivo de torturar Enrique. Imagine minha situação: devo suportar essa calúnia sem exclamar: Pergunte a Irene! Jurei a Irene que não falaria até o regresso de Enrique, até que ela explicasse tudo, pessoalmente. Teme que, dita por outro, a notícia seja por demais dolorosa. Se você lhe falasse — não estando eu presente para me defender —, ela pensaria que não dou importância a essa delicadeza. No entanto, essa preocupação de Irene a tal ponto chegou a ser minha preocupação que, no desejo de corresponder perfeitamente, pensei, por momentos, em não guardar literal fidelidade ao meu juramento. De fato, se o intuito é evitar que Enrique sofra demais, eu me pergunto se devo permitir que ele parta para o desengano assim, cego, sonhando com a graça de voltar para sua amada...

....

Você disse que vou torturar Enrique. Meus nobres sentimentos são um pretexto; a verdade é o prazer de golpear um caído. Não espere que eu perdoe o autor dessa infâmia. Sei que não é você. Sei que apenas repetiu o que lhe disseram. Sei, também, que descobrirei quem disse essas coisas: não foram muitos os que me ouviram falar. Eram todos conhecidos. Todos de nossa família. Por isso pensei que podia confiar neles. Esquecia que justamente por isso não podia falar-lhes abertamente. Já não há pessoas livres em nossa família; há apenas instrumentos de Pierre, e instrumentos de Antoine, e instrumentos do ódio. Esqueço disso. Não consigo me acostumar a viver em guerra permanente.

Por que vou?

Porque Pierre assim ordena; porque você deseja que Enrique regresse; porque Enrique deseja regressar. (Desaprovo em Enrique os atos e o pensamento. Não odeio a pessoa dele, como você insinua.) Se eu não for, tudo se postergará; somos uma difícil minoria, nós, os voluntários do trópico, da prisão, do cólera. Não pretendo miseráveis vitórias, nem parto enceguecido. Não ignoro meu sacrifício (que você — digo isto amargamente — faz questão de ignorar). O que representou uma tortura para quem se julgava amado, que horrores não reservará a quem é de fato amado? Tenho um consolo: a mim, tudo me espera; a ele, nada.

Como já comentei, chegarei a Caiena no dia 28, e não no dia 27. Queria poder libertá-lo antes disso: a ele, de seu justo desterro; a você, de sua injusta correspondência. Mas perdemos três dias no porto. Espero que não haja mais atrasos.

Releio esta carta. Para tolerá-la, você precisará de muita indulgência. Eu, o apaixonado pela hierarquia, exortando-o a depor suas convicções, a seguir meus conselhos. Eu, o pior de seus sobrinhos, pedindo que, em nossos atos concernentes à substituição de Enrique, você veja uma intenção reta. Ignoro se você pode vê-la. Ignoro se é direito pedir a um homem que não veja as coisas através de sua paixão...

....

Em tudo o que Pierre faz — falo com amargura — você está inclinado a ver más intenções; em tudo o que eu faço — falo sem amargura — você está incli-

nado a ver as más intenções dele. Contudo, invoco nossa família, sua numerosa dor. Deixe as salinas de Oléron para sempre. Digo isto sem egoísmo: são um mau negócio. Como diz Pierre, você buscou asilo em um naufrágio. Volte para nossas prósperas salinas de Ré. A mim, a quem aguardam as penúrias da Ilha do Diabo, a penúria que já me aflige é a de privar-me do obscuro sal de nossa casa.

Ah, meu querido Antoine, como é triste uma desavença na família. Para o bem de todos, para o bem dessa pequena chama que nossas gerações devem cuidar e transmitir-se, porque Saint-Martin, chef de canton, está olhando para nós e necessita disso para sua calma, que se acabe a mútua desconfiança. Como oficial da França, como sobrinho em nossa remontada família...

Et cetera.

XVIII

8 de abril.

A comida que o substituto de Dreyfus lhe servia era ruim; o café, miserável. Mas Nevers estava tranquilo. Os indícios que tanto o tinham atormentado *eram fúteis.* Ele atribuía as obsessões ao clima, às brumas pestilenciais e ao delirante sol, e também a Bernheim, *esse ridículo demente.*

Não estava só tranquilo, estava entediado. Para escapar do tédio desejava conversar com Bernheim. Era verdade que algumas de suas previsões tinham se realizado; não a mais importante, aquela que, juntamente com a atitude reservada e suspeita de Castel, teria confirmado a possibilidade de terrorismo: não havia nenhum pedido de dinamite; *e se não chegar hoje, não há de chegar, porque o governador acredita que hoje à tarde vou para Caiena.* Pensava ficar até o dia 14 ou 15. O motivo desse adiamento era que já faltava pouco para o dia 27, e que Nevers queria que seu regresso coincidisse com a chegada de Xavier Brissac. Esclarece: *Se o governador tiver, de fato, intenções revolucionárias, será melhor que tudo fique nas mãos de meu primo.* Pensava que não havia nada a temer. Ainda assim, continuaria alerta.

XIX

11 de abril.

Desembarcou às 8 em Caiena. Escreve: *Esta cidade, na qual há poucos presidiários, muitos libertos e até gente livre, é o paraíso na terra.* Em frente ao mercado, encontrou-se com a senhora Frinziné e sua filha; convidaram-no para almoçar. Aceitou; mas diz que foi pouco amável e tenta justificar-se alegando a urgência em tomar banho e trocar de roupa. Isso seria admissível se tivesse feito uma viagem por terra; depois de uma viagem por mar, não tem sentido.

Chegou ao palácio e ordenou a Legrain que lhe preparasse o banho. Legrain respondeu *com toda naturalidade* que tinham cortado a água e que só poderia tomar banho depois das onze horas.

Ficou tão abatido que não *conseguiu* tratar de nenhum assunto da administração; também não *conseguiu* ler, porque os livros estavam nas malas e se esquecera de pedir a Legrain que as abrisse e *não tinha ânimo para abri-las ele mesmo ou para chamá-lo.*

Às onze e meia, Legrain entrou para avisar que havia água. Nevers deu-lhe as chaves para que abrisse as malas e tirasse a roupa. Notou que tinha um único chaveiro: faltavam o do arquivo e o do depósito de armas. Talvez o novo ordenança os tivesse guardado nas malas. Não podia procurá-los. Tinha de tomar banho e barbear-se: os Frinziné almoçavam ao meio-dia em ponto.

Reconhece que a reunião na casa dos Frinziné foi agradável. Carlota recitou poemas de Ghil. Nevers recordava os versos:

> *Autour des îles les poissons-volants*
> *s'ils sautent, ont lui du sel de la mer:*
> *Hélas ! les souvenirs sortis du temps*
> *ont du temps qui les prit le gôut amer...*

Depois, acompanhado por Frinziné, sob um sol invariável, percorreu os comércios de Caiena. Comprou quase todas as coisas que lhe haviam encomendado; para justificar a protelação do regresso, esqueceu algumas (entre elas, os óculos do Padre).

Suspeito que raciocino erroneamente ao supor que as atividades misteriosas que ocorrem na Ilha do Diabo são políticas e revolucionárias, escreve. Talvez Castel fosse uma espécie de doutor Moreau. Custava a acreditar, contudo, que a realidade se parecesse com um romance fantástico. *Talvez a prudência que me aconselha a ficar aqui até o dia 27 seja desatinada.*

Sufocado pelo calor, com um princípio de insolação, às cinco horas da tarde conseguiu se safar do senhor Frinziné. Foi ao Jardim Botânico e ficou descansando embaixo das árvores. Muito depois de escurecer, voltou ao palácio. Pensava, dolorosamente, em Irene.

XX

Noite de 10 para 11 de abril; 11 de abril.

Anota: *Impossível dormir.* Recriminava-se por ter considerado o esquecimento das chaves de maneira tão superficial. Se os presidiários as descobrissem: incêndios, rebelião, tribunal, guilhotina, ou as ilhas, até a morte. Não pensava nos meios de evitar essas calamidades: angustiosamente, via-se refutando, com esforço, com futilidade, as acusações perante uma corte marcial.

Para se acalmar, pensou em enviar um telegrama. O que diriam do funcionário de um presídio que esquece as chaves e depois comunica seu esquecimento por telegrama? Pensou em enviar uma carta. *Laboriosamente calculei que o* Rimbaud *só zarparia dali a cinco dias.* Além do mais, ele já havia granjeado a inimizade do governador. Seria prudente escrever-lhe essa carta? Pensou em escrever para Dreyfus. Mas e se Dreyfus decidisse abrir caminho com as armas e fugir? Seria uma conduta mais natural do que trancar secretamente o depósito (privando-se de um reconhecimento)...

Na manhã seguinte estava mais tranquilo. Resolveu passar mais um dia em Caiena, descansando. Voltar para as ilhas era como a recaída de uma doença. Talvez o esperassem situações que alterariam, que arruinariam sua vida.

Se ainda não tivessem encontrado as chaves, pensava, porque haveriam de encontrá-las justamente hoje? Sem dúvida, as chaves estavam guardadas numa gaveta de sua escrivaninha; a viagem era inútil. Em todo caso, partiria no dia seguinte.

Do que ele fez no dia 11 não temos notícia alguma. Sabemos que ao anoitecer descansou sob as árvores do Jardim Botânico.

XXI

Noite de 11 de abril.

Passou a noite esperando que chegasse a manhã, para partir. Sua conduta parecia-lhe inconcebível. Ou será que lhe parecia inconcebível (perguntou-se, menosprezando-se) porque não conseguia dormir? E não conseguia dormir por causa de sua conduta ou de medo da insônia? Se houvesse a mais mínima probabilidade de que essas protelações ameaçassem Irene (seu futuro com Irene), seria imperdoável que tivesse ficado. Aspirava a ter uma consciência vívida da situação; tinha a consciência de um ator que recita seu papel.

Decidiu levantar-se: procuraria a lancha — a *Bellerophon* — e iria para as ilhas, em plena noite. Chegaria inadvertidamente; talvez pudesse frustrar a rebelião. Se as ilhas já estivessem em poder dos rebeldes, a noite também ajudaria. Começou a se levantar. Previu dificuldades para sair do palácio; as portas estavam trancadas; teria de chamar alguém. Daria explicações? Como evitar que no dia seguinte se falasse e se conjecturasse sobre a sua inopinada partida? Não era possível sair pela janela: havia o risco de que o surpreendessem e o reconhecessem ou de que não o reconhecessem e disparassem contra ele. Também previu as dificuldades com os guardas do porto, quando fosse pegar a *Bellerophon*.

Perguntou-se se as ilhas não estariam em sua horrível calma de sempre e se o tumulto, *até mesmo algum tiroteio*, não seria provocado por ele próprio, ao chegar assim; imaginou as explicações, a inevitável confissão a Castel. Mas estava resolvido a ir embora: queria planejar seus atos e saber as explicações que daria em cada eventualidade. Perdia-se irrefreavelmente em imaginações: via-se guerreando nas ilhas; comovia-se com a lealdade de Dreyfus ou recriminava, oratoriamente, sua traição; ou Bernheim, Castel e Carlota Frinziné repetiam, rindo, que aquela viagem absurda o desacreditara, acabara com ele; ou pensava em Irene e se exauria em infindáveis protestos de contrição e de amor.

Ouviu uma gritaria ao longe. Eram os libertos, com seus carros enormes e seus bois, recolhendo o lixo. Sentiu frio: era, muito vagamente, o amanhecer. Se esperasse um pouco mais, sua partida não surpreenderia ninguém.

XXII

12 de abril.

Acordou às nove. Estava cansado, mas já recuperara a lucidez: a viagem era inútil; a probabilidade de que ocorresse alguma calamidade, insignificante. As chaves estavam em seu escritório; nenhum presidiário e pouquíssimos guardas entravam lá, e não era impossível que as chaves estivessem em uma gaveta da escrivaninha: as gavetas de sua escrivaninha estavam fechadas; a pessoa que descobrisse as chaves teria de descobrir que eram do arquivo e do depósito de armas: isso era difícil em uma prisão, onde há tantas chaves, tanta coisa trancada à chave. Pensar em uma rebelião era absurdo; os presidiários estavam embrutecidos pelo rigor, e o interesse de Castel pelas questões sociais e carcerárias era estritamente sádico. *Eu devia estar doente* — escreve — *para acreditar nas loucuras de Bernheim.*

Viver numa prisão pôde muito bem provocar-lhe uma doença. *A consciência e as prisões são incompatíveis,* ouvi dele uma noite em que se julgou inspirado. *A poucos metros daqui* (referia-se ao depósito de Saint-Martin) *vivem esses pobres-diabos. A simples ideia deveria aniquilar-nos.* O culpado por essa loucura foi o pai dele. Se estava passeando com as crianças e surgia a *jaula* da prisão, ele as pegava pela mão e as puxava, freneticamente, como se quisesse poupá-las de uma visão obscena e mortal. Sem dúvida, em sua decisão de mandar Enrique para as Guianas, Pierre demonstrou dureza, mas também acerto.

Abriu a janela que dava para o pátio e chamou. Passados alguns minutos, o ordenança respondeu. O homem apareceu depois de um quarto de hora. Perguntou:

— O que deseja, meu tenente?

Não sabia. Incomodava-o aquela cara inquisitiva; respondeu:

— As malas.

— Como?

— Sim, malas, maletas, bagagens. Vou-me embora.

XXIII

Perto do Mercado, encontrou-se com a família Frinziné.

— Aqui estamos nós — disse Frinziné, com certa exaltação. — Passeando. Todos juntos: é mais seguro. E o senhor, aonde vai com isso? (Afinal reparava nas malas.)

— Vou-me embora.

— Já nos abandona?

Nevers assegurou que talvez regressasse à noite. Isso os tranquilizava muito, repetiam os Frinziné. A senhora acrescentou:

— Vamos acompanhá-lo até o porto.

Tentou resistir. Carlota foi sua única aliada; queria ir para casa, mas não a escutaram. Vislumbrou, na urgente cordialidade dos senhores Frinziné, o desejo de ocultar alguma coisa ou talvez de afastá-lo de algum lugar. Olhava a cidade com nostalgia, como se pressentisse que não iria voltar. Envergonhado, viu-se pisando na parte da rua onde havia mais poeira, para levar um pouco da avermelhada poeira de Caiena. Distraidamente descobriu a causa do nervosismo dos Frinziné: ele os surpreendera nas imediações do Mercado. Mas as palavras que lhe diziam eram cordiais, e seu nervosismo lembrou-lhe outras despedidas. Seus olhos marejaram.

XXIV

Antes de atracar, contornou a Ilha do Diabo. Não havia novidade. Não viu ninguém. Os animais andavam à solta, como sempre. Desembarcou na Ilha Royale. Foi imediatamente para a Administração; ali, na escrivaninha, estava o chaveiro. Perguntou ao ordenança que substituía Dreyfus se havia novidades. Não havia novidades.

À tarde, apareceu Dreyfus. Abraçaram-se como amigos que tivessem passado muito tempo sem se ver. Dreyfus não parecia irônico; sorria, encantado. Por fim, falou:

— O senhor governador está à sua espera.

— Posso ir para a Ilha do Diabo?

— Impossível, meu tenente… Trouxe a encomenda da carta?

— Que carta?

— A carta que o senhor levou em nome do governador. Eu a entreguei em suas mãos com as outras encomendas.

Enfiou a mão no bolso; a carta estava ali. Improvisou:

— O homem disse que não teria nada antes do dia 26.

— Antes do dia 26! — repetiu Dreyfus.

— Antes do dia 26. Trouxe o que pude. Voltarei.

— Que aflição para o senhor governador. E que hora para afligi-lo.

— O que houve com ele?

— Se o senhor o visse, não o reconheceria. Lembra da primeira vez que ele esteve aqui? Está transformado.

— Transformado?

— Teve uma crise, e foi mais forte do que nunca. Está cinzento, como se fosse feito de cinza. Se o senhor o visse andar… parece que está dormindo.

Nevers sentiu remorso. Disse:

— Se ele quiser, posso voltar lá hoje mesmo. Tentarei fazer essa gente me entregar as coisas…

Dreyfus lhe perguntou:

— Conseguiu os óculos para o Padre?

— Não — respondeu Nevers.

— O homem mal enxerga.

— Ele está muito mal?

— O senhor governador diz que está melhorando; a doença foi grave. Durante o dia o mantemos às escuras; de noite, acordado. Mas não enxerga o que está perto; não enxerga o próprio corpo; só distingue os objetos que estão a mais de dois metros de seus olhos. É preciso fazer tudo para ele: dar-lhe banho, alimentá-lo. Come de dia, enquanto dorme.

— Enquanto dorme?

— Isso mesmo; quando está acordado, fica muito nervoso; ninguém pode com ele. Ainda delira e vê assombrações.

Nevers estava arrependido. Depois refletiu que os óculos não teriam impedido que o Padre visse visões. Para mudar de assunto, perguntou:

— E quais as outras novidades da ilha?

— Nenhuma. A vida anda muito atribulada. Sempre cuidando de doentes.

— Doentes? Há mais de um?

— Sim. O Padre e um dos presos, um tal Julien. Ontem teve a crise.

— Primeiro o Padre, depois Castel, depois…

— Não é a mesma coisa. O que o senhor governador tem é sua doença de sempre: a dor de cabeça. É uma honra trabalhar para o senhor Castel. Mesmo doente, não se afasta de Julien nem por um instante. E o senhor De Brinon não fica atrás: sacrifica-se o dia inteiro, como se não fosse um nobre. É o sangue, meu tenente, o sangue.

— Castel não sai?

— Quase nunca. Só por alguns momentos, à noite, para ver o Padre ou para conversar com os outros presos.

— Quais presos?

Dreyfus evitou seu olhar. Depois explicou:

— Os restantes, os que estão com saúde. Vão visitar o Padre no pavilhão.

— Vão se contagiar.

— Não; nem eu tenho permissão de entrar no seu quarto. O senhor De Brinon é que leva a comida para ele.

— De Brinon e o governador comem no quarto do doente?

— E também dormem.

— Quantas vezes o governador veio a esta ilha e foi à de Saint-Joseph?

— Desde que o senhor foi a Caiena, nenhuma.

— E De Brinon?

— Também não.

— E o senhor?

— Eu não vim. Há muito trabalho, garanto.

Nevers se perguntou se ninguém teria percebido que a prisão estava sem chefes. Considerou prudente fazer uma inspeção e não se esquecer de vistoriar o arquivo e o depósito de armas.

XXV

Percorreu as ilhas Royale e Saint-Joseph. Os castigos, a miséria, tudo continuava igual... Talvez os abusos dos carcereiros tivessem aumentado; não se notava. Sem diretores, a mais horrível das prisões funcionava perfeitamente. Aqueles condenados só podiam roubar um bote e naufragar perto das ilhas ou matar-se contra uma latrina. Toda rebelião era inútil. Aquilo não passara de uma ideia fixa, uma humilhante loucura.

Nesse momento o seguraram pelo ombro. Deu meia-volta e se viu nos olhos de um velho presidiário, um tal Pordelanne. Pordelanne começou lentamente a erguer o braço direito; Nevers recuou e conseguiu ver que o homem tinha na mão um objeto verde e vermelho. Mostrava-lhe uma minúscula casinha de cachorro.

— Vendo para o senhor — disse com voz esganiçada. — Quanto me dá?

Pordelanne arregaçou um pouco as calças e se ajoelhou com cuidado. Depositou a casinha no chão, aproximou o rosto da porta e gritou: "Constantino!". Imediatamente saltou fora um cachorro de madeira. Recolocou-o dentro, bateu palmas e o cachorro tornou a sair.

— Foi o senhor que fez? — perguntou Nevers.

— Sim. O cachorro sai por ação do som. Quando as pilhas acabarem, é só trocar. Quanto me dá?

— Cinco francos.

Deu-lhe quinze e continuou o percurso, constrangido, sentindo que aquele brinquedo provocaria seu descrédito.

Notou algumas trocas na lista dos presos do galpão vermelho. Deloge e Favre tinham sido transferidos para a Ilha do Diabo; Roday e Zurlinder, antes na Ilha do Diabo, os substituíam. Nevers recordou o nervosismo de Dreyfus quando falaram dos presidiários; perguntou-se se Castel teria esperado que ele fosse a Caiena para ordenar a troca; não se indignou; pensou que talvez o governador não tivesse sido injusto; na Ilha do Diabo os presidiários recebiam melhor tratamento; era possível que, entre os setecentos e cinquenta presidiários que havia nas ilhas Royale e Saint-Joseph, alguns merecessem esse alívio, e que três dos quatro presos políticos que havia na Ilha do Diabo fossem canalhas irremediáveis. Em princípio, no entanto, ele se opunha a misturar os presos comuns com os políticos.

Voltou à Administração; foi ao arquivo. Livros, estantes, teias de aranha: tudo intacto. Foi ao depósito de armas; não faltava nada. Ao fundo, como sempre, estavam as metralhadoras Schneider; à direita, no chão, as caixas de munições bem fechadas, cheias (tentou levantá-las); à esquerda, o barril de óleo para máquina de costura, que era utilizado para azeitar as armas; também à esquerda, nas estantes, os fuzis. Entretanto, a cortina amarela que protegia as estantes dos fuzis estava aberta, *e na sua memória estava fechada*. Fez uma nova inspeção. Chegou ao mesmo resultado: à exceção da cortina, tudo estava em ordem. Talvez, pensou, talvez algum pobre-diabo tivesse descoberto as chaves e depois de examinar o depósito tenha preferido imaginar que não estava preparado, que a hora não era boa e que lhe faltava um cúmplice; que era melhor deixar as chaves e voltar à noite (quando tivesse um plano e, sobretudo, um bote com provisões). Nevers confessa que, ao fechar a porta e guardar as chaves, lamentou frustrar os planos daquele desconhecido.

Entrou em seu quarto, deixou o brinquedo sobre a cômoda, fechou as persianas e se recostou. Dreyfus o impressionara: talvez Castel não fosse um canalha. *Um bom diretor não se esquece tão facilmente da prisão, não admite que possa funcionar por contra própria. Todo bom governante acredita na necessidade de dar ordens, de perturbar... Talvez Castel fosse um homem excelente.*

O fato de os sintomas do Padre não corresponderem aos do cólera nada provava contra o governador; podia ser que o Padre sofresse de uma doença semelhante ao cólera e o governador tivesse dito cólera só para simplificar, para que Dreyfus entendesse; ou então Dreyfus tinha entendido mal, ou se explicado mal.

Seus temores eram ridículos. Incomodava-o ser, por momentos, um maníaco, um louco. Mas também sentia alívio: devia esperar a chegada de Xavier, mas devia esperar em um mundo normal, com uma mente normal. Então se lembrou da proibição de ir à Ilha do Diabo. Contudo, pensou, há algum mistério.

XXVI

O mistério da Ilha do Diabo não me diz respeito, mesmo que ele exista. É prodigioso o tempo que meu sobrinho levou para chegar a essa conclusão. Para nós, que ingenuamente acreditamos no dever, esse mistério não seria indiferente.

Não era o caso de Nevers. *Mais uma vez recordei que a estada nas Guianas era um episódio em minha vida... Seria apagado pelo tempo, como outros sonhos.*

Passou de uma obsessão a outra. Considerava-se culpado da cegueira do Padre e da falta de medicamentos para os doentes. Decidiu ir imediatamente a Caiena, para buscar as encomendas que não trouxera. Chamou o ordenança. Ninguém respondeu. Preparou a mala e ele próprio a levou até a *Bellerophon.*

Antes de atravessar costeou a Ilha do Diabo, lentamente. Viu um presidiário pescando nos barrancos do extremo sudoeste. Rodeado pelos barrancos e, mais acima, por bosques de esquálidas palmeiras, o lugar estava fora do campo de visão dos colonos das ilhas Royale e Saint-Joseph, e até dos habitantes da Ilha do Diabo, se não se abeirassem expressamente. Atribuiu-se uma súbita inspiração e resolveu falar com aquele homem. Quase não havia risco de ser surpreendido, *e se fosse surpreendido, as consequências viriam tarde.*

Atracou; fez um nó complicadíssimo, que excluía toda possibilidade de uma retirada veloz.

O presidiário era imensamente gordo. Olhava a seu redor, como que certificando-se de que não havia ninguém. Nevers pensou que esse gesto cabia a ele, e não ao presidiário; em seguida admitiu a possibilidade de o homem estar tramando algum ataque. Contra esse rival, pensou, uma luta não representa maior perigo. Mas depois ninguém ignoraria sua visita à Ilha do Diabo. Era tarde para recuar.

— Como vai a pesca? — perguntou.

— Muito boa. Muito boa para não morrer de tédio — o presidiário sorria nervosamente.

— É melhor do que no galpão vermelho?

Com reprimida agitação, ouviu uns passos que se aproximavam, pelo alto; escondeu-se atrás de um arbusto espinhoso. Perto dele, em algum lugar, o homem sorria, dizia:

— Isto é uma maravilha. Nunca vou poder agradecer ao senhor governador tudo o que tem feito por mim.

— O senhor é Favre ou Deloge?

— Favre — disse o homem, batendo no peito. — Favre.

— Onde mora?

— Aí pra cima — Favre apontou para o alto do barranco. — Numa cabana. Deloge mora em outra, mais pra lá.

Os passos tornaram a ecoar. Desde sua chegada às Guianas, Nevers ouvia constantemente as sentinelas rondando; nunca as ouvira rondar com passos tão retumbantes e numerosos. Encolheu-se contra o arbusto.

— Quem anda aí em cima? — perguntou.

— O cavalo — respondeu Favre. — Não o viu? Suba os barrancos.

Não sabia o que fazer; não queria contrariar o presidiário, mas temia subir e que ele aproveitasse esse momento para correr até a lancha e fugir; subiu com dissimuladas precauções (para que não o vissem de cima, para não perder de vista o homem que estava embaixo). Um cavalo solto — branco e velho — dava voltas continuamente. O presidiário não se moveu.

— O que há de errado com ele? — perguntou Nevers.

— O senhor não sabe? Quando o soltamos, começa a dar voltas, como um demente. Dá vontade de rir: nem reconhece o capim. Temos de enfiar na boca dele, senão morre de fome. Nesta ilha todos os animais estão loucos.

— Uma epidemia?

— Não. O senhor governador é um verdadeiro filantropo: traz animais loucos e trata deles. Mas agora, com os doentes, não dá conta de cuidar dos animais.

Nevers não queria que a conversa se interrompesse; disse distraidamente:

— Então o senhor não se aborrece aqui?

— O senhor conhece as condições. Ainda bem que à noite matamos o tempo conversando com o senhor governador.

Absteve-se de perguntar sobre o que conversavam. Nesse primeiro diálogo devia contentar-se com algum dado sobre as pinturas que o governador tinha feito no pavilhão central. Para abordar o assunto indiretamente, perguntou:

— As condições? Que condições?

O homem se levantou e, dramaticamente, deixou cair a vara de pescar:

— O senhor governador o mandou falar comigo?

— Não — disse Nevers, confuso.

— Não minta — gritou o homem, e Nevers se perguntou se o barulho do mar abafaria aqueles gritos. — Não minta. Não me pegou. Se faltei com a minha palavra, foi por distração. Como eu ia desconfiar que o senhor tinha sido mandado para me tentar?

— Para tentá-lo?…

— Quando vi sua patente achei que podíamos conversar. Hoje mesmo vou explicar tudo para o senhor governador.

Nevers o segurou pelos braços e o sacudiu.

— Eu lhe dou a minha palavra de que o senhor governador não me mandou para tentá-lo, nem para espiá-lo, nem para nada que se pareça. O senhor não pode falar com ninguém?

— Só com Deloge.

— O senhor deve um grande favor ao governador, e agora quer entristecê-lo dizendo que não cumpriu suas ordens. Isso não é gratidão.

— Ele diz que faz tudo isso para o nosso bem — gemeu o presidiário. — Diz que vai nos salvar, e que se falarmos…

— Se falarem, pior para vocês — interrompeu-o Nevers, guiado pelo seu invencível instinto de perder as oportunidades. — Eu também vou ajudá-los.

Não vou dizer nada, e pouparemos um desgosto ao senhor governador. O senhor também não vai falar. Posso contar com sua promessa?

O homem, sufocado por tênues gemidos, ofereceu-lhe uma mão molhada. Nevers viu-a brilhar no crepúsculo e a apertou com entusiasmo.

Depois voltou à Ilha Royale. Mantinha sua intenção de ir a Caiena; iria na manhã seguinte, porque preferia não viajar de noite.

XXVII

— O que o senhor vai fazer? — inquiriu Dreyfus. Eram dez da manhã. Nevers se vestia.

— Vou para Caiena.

— O governador mandou dizer que não se incomode — respondeu Dreyfus. — Se o homem não tem nada até o dia 26, é inútil o senhor ir. O governador quer visitá-lo.

Dreyfus se retirou. Nevers sentia remorsos por sua conduta anterior. Por outro lado, perguntou-se o que fazer para falar de novo com Favre. Depois da nobre troca de promessas e do congraçamento de suas vontades (evitar desgostos a Castel, evitar desobediências a Castel), não cabia outra conversa.

Era quase de noite quando desceu ao embarcadouro. No caminho encontrou o ordenança. O homem lhe perguntou:

— Vai para Caiena?

— Não. Vou testar a *Bellerophon*. Anda falhando.

Era uma péssima desculpa. Os motores interessam ao gênero humano: temeu que o ordenança o seguisse ou que descobrisse a mentira pelo ruído do motor. Afastou-se rapidamente. Subiu na lancha, deu a partida e adentrou pelo mar. Navegou para um lado e para o outro, como se estivesse testando o motor. Depois, se dirigiu à Ilha do Diabo.

Favre agitou um braço. Estava no mesmo lugar, pescando com outro presidiário. Nevers não avistou mais ninguém.

Favre o cumprimentou alegremente e lhe apresentou seu companheiro Deloge, a quem disse:

— Não se assuste. O senhor é um amigo. Não vai dizer nada para o senhor governador.

Deloge desconfiava. Era pequeno, ou assim parecia ao lado de Favre; tinha o cabelo ruivo, um olhar vagamente estranho e uma expressão aguda e ansiosa; com maldisfarçada curiosidade, perscrutava Nevers.

— Não tenha medo — insistia Favre. — O senhor quer nos ajudar. Podemos conversar com ele e saber o que se passa no mundo.

Nevers pensou descobrir que se estabelecera uma espécie de cumplicidade entre ele e Favre; quis aproveitá-la e falou, sem prudência nem tino, de sua decisão de abandonar as ilhas o quanto antes. Perguntou a Favre:

— Se o senhor pudesse ir embora, que lugar escolheria para viver?

Deloge se agitou como um bicho assustado. Isso pareceu estimular Favre, que disse:

— Iria para uma ilha deserta.

Antes de ir para as ilhas, Nevers tinha sonhado com a ilha deserta. Muito o incomodou saber que o mesmo sonho podia iludir um recluso da Ilha do Diabo.

— Mas não preferia voltar para a França, para Paris? Talvez para a América?

— Não — replicou. — Não é possível encontrar a felicidade nas grandes cidades. (Nevers pensou: é uma frase que ele leu ou escutou.)

— Além disso — esclareceu Deloge, com voz profunda —, o senhor governador nos explicou que, mais cedo ou mais tarde, seríamos descobertos.

— Mesmo que nos perdoassem — apressou-se a dizer Favre —, todos nos olhariam com desconfiança. Até nossa própria família.

— Estaríamos marcados — afirmou Deloge, com súbita alegria. Repetiu: — Marcados.

— Deloge — disse Favre, apontando para seu companheiro — queria ir para Manoa, no Eldorado.

— Eldorado? — perguntou Nevers.

— Sim; lá os ranchos de barro têm teto de ouro. Mas não posso garantir, porque não vi. Castel nos desenganou. Disse que lá o ouro vale como a palha. Mas eu entendo suas razões: Manoa fica no interior das Guianas. Como passar pela zona vigiada?… — Favre calou-se bruscamente; depois disse, com nervosismo: — É melhor o senhor ir embora. Se Dreyfus aparecer, ou o governador ficar sabendo…

— Dreyfus nunca sai de noite — grunhiu Deloge.

— Para mim também é tarde — assegurou Nevers. Não queria contrariar Favre; não sabia o que dizer para tranquilizá-lo. Apertou-lhe muito a mão, entrecerrou os olhos e inclinou a cabeça: uma linguagem efusiva e adequadamente imprecisa.

Castel estava preparando os presidiários para uma fuga? Talvez a doença de Julien e do Padre estivesse prejudicando os planos... Pensava levá-los para uma ilha. Perguntou-se que ilhas adequadas haveria no Atlântico. Não podia levá-los até o Pacífico. *Se ele não os passar por um túnel... Não é da minha conta... Sobretudo se eu já estiver ausente.*

Mas não entendia os planos de Castel. Enquanto permanecesse nas ilhas, trataria de averiguar sem correr riscos. Talvez ele pensasse ter um compromisso comigo. Já me confiara tantas suposições disparatadas que agora, diante de uma suspeita verossímil, queria esclarecer tudo.

XXVIII

Não faltará quem me atribua responsabilidade no delirante plano que levou Nevers a suas ambíguas descobertas e a sua morte enigmática. Não me furto às minhas responsabilidades, mas não arcarei com a que não me cabe. No capítulo anterior, eu disse: "Talvez ele pensasse ter um compromisso comigo. Já me confiara tantas suposições disparatadas que agora, diante de uma suspeita verossímil, queria esclarecer tudo". É isso que eu repito. É isso que eu reconheço. Mais nada.

Dreyfus anunciou que o governador o visitaria naquela noite. Nevers ficou preocupado; por volta das dez, entreviu o plano e, em seguida, bebeu algumas doses para se encorajar a executá-lo. Até as onze pensou que o governador ainda o visitaria: depois duvidou, e depois achou que era absurdo ter esperado por ele. Com essa convicção, o álcool e o primeiro volume dos *Ensaios* de Montaigne, adormeceu debruçado sobre a escrivaninha. Foi acordado pelo governador.

Assacar-me uma responsabilidade direta seria injusto: Nevers entreviu o plano às dez, cumpriu-o à meia-noite, estando eu na França e ele nas Ilhas da Salvação. Quanto a uma responsabilidade geral por não demovê-lo de tão irregulares atividades, também a nego. Se um dia minhas cartas para Nevers forem recuperadas, verão que são muito poucas e que, se eu manifesto algum interesse por sua "investigação", é apenas o interesse que a cortesia exige... Alguém pode perguntar como foi que, sem o estímulo de ninguém, esse homem que estava longe de ser audacioso inventou essas mentiras infames, que punham em perigo sua vida, ou a sua liberdade, ou o regresso que tão notoriamente desejava; como se atreveu a dizê-las; como teve presença de espírito e habilidade para fingir perante o governador, e para convencê-lo.

Primeiro, Nevers não era tímido; não era verbalmente tímido. Não lhe faltava coragem para falar; faltava-lhe coragem para enfrentar as consequências daquilo que dizia. Declarava-se desinteressado da realidade. As complicações é que o interessavam. Pode corroborá-lo sua implicação (sem dúvida aparente) no caso que o obrigou a abandonar a França. Pode corroborá-lo sua atitude na colônia penal (desde o primeiro momento questionou, de modo plenamente irregular, a conduta de seu chefe). Pode corroborá-lo alguma senhora de Saint-Martin.

De resto, embora seja verdade que ninguém o estimulou, é inexato que nada o estimulou: tinha bebido. Estimulou-o, também, o estado do governador.

Nevers acordou porque sentiu uma pressão no ombro. Era a mão do governador. O governador não olhava para ele; começou a se mover; contornou a mesa e foi se sentar em frente a Nevers. *Caminhava como que à deriva,* com passos ligeiramente erráticos; passou um metro ou dois da cadeira; voltou atrás e se sentou, esgotado. Tinha o olhar difuso, os olhos entrecerrados e fundos. Sua cor era cadavérica, *como a do rosto dos maus atores quando representam um papel de velho.* Talvez essa aparência de mau ator tenha lembrado a Nevers sua intenção de representar.

O governador parecia doente. Nevers se lembrou das dores de cabeça e das "crises" de que Dreyfus falara; lembrou-se da ridícula expressão de Dreyfus: "parece que está dormindo". Pensou que as faculdades críticas de Castel deviam estar comprometidas... Se descobrisse algum ponto fraco em sua exposição, ele o deixaria passar, para não se cansar. Resolveu tentar sua jogada supérflua e desesperada e, solenemente, levantou-se.

— O senhor sabe por que estou aqui?

Falou quase aos gritos, de modo a infligir um verdadeiro suplício a Castel. Este, de fato, fechou os olhos e segurou a cabeça entre as mãos.

— Estou aqui porque me acusam de ter roubado documentos.

Nessa noite Nevers mentiu levado pelo mesmo impulso, pela mesma desesperada curiosidade que o fez mentir muitos anos antes, na ocasião recordada por causa de sua perdurável cicatriz. Continuou em voz mais baixa (para ser ouvido):

— Acusam-me de ter vendido esses documentos a uma potência estrangeira. Estou aqui por causa de uma chantagem. A pessoa que descobriu esse roubo sabe que sou inocente, mas também sabe que as evidências estão contra mim e que ninguém acreditará na minha inocência; disse que, se eu me ausentasse da França por um ano, não me delataria: eu aceitei, como se fosse culpado. Agora, naturalmente, essa pessoa me traiu. No dia 27 chega meu primo Xavier Brissac, com o doloroso dever de me substituir e de entregar ao senhor a ordem da minha detenção.

Por fim, o governador lhe perguntou:

— É verdade o que está dizendo?

Nevers assentiu.

— Como faço para saber que o senhor é inocente? — perguntou o governador, extenuado, exasperado. No fundo desse cansaço, Nevers adivinhava *a firmeza de quem tem meios para resolver a situação.*

— Antoine Brissac — respondeu Nevers, levianamente —, pergunte a meu tio Antoine; ou então ao próprio Pierre. O senhor os conhece.

A vida entre presidiários começava a minar o caráter de meu sobrinho. Invocar Pierre pode passar como uma vingança travessa; mas seu abuso de minha amizade não é correto. Além disso, nós estávamos na França e, se a história de Nevers fosse verdadeira, como Castel poderia obter *imediatamente* nosso testemunho?

— Tem certeza de que o condenaram?

— Tenho — respondeu Nevers.

Estava sendo interrogado; acreditavam nele.

O governador, com voz apagada e trêmula, voltou a perguntar se ele tinha certeza; Nevers respondeu que sim. O governador exclamou, com certa vivacidade:

— Fico contente.

Depois fechou os olhos e ocultou o rosto entre as mãos. Retirou-se, protestando debilmente porque Nevers fazia questão de acompanhá-lo.

XXIX

Tirou a pistola do coldre.

Estava paralisado. Pensava rapidamente, como que delirando, com imagens. Queria entender, resolver. Não conseguia.

Lento e determinado, atravessou o escritório, abriu a porta, percorreu os intermináveis corredores, subiu a escada de caracol e entrou em seu quarto, às escuras. Trancou a porta à chave. Acendeu a luz.

Tinha a impressão de ter caminhado como um sonâmbulo, como um fantasma. Não sentia sono, nem cansaço, nem dores; não sentia seu corpo: aguardava. Segurou a pistola com a mão esquerda e estendeu a direita. Viu que tremia.

Nesse momento — ou muito depois? — bateram à porta.

Era *isso* o que estava aguardando. Ainda assim, não se intimidou. Depois de um pesadelo, aqueles golpes o acordavam. Neles reconheceu a realidade, jubilosamente. Nevers, como tantos homens, morreu ignorando que sua realidade era dramática.

Deixou a pistola sobre a mesa e foi abrir. Entrou Kahn, o guarda. Tinha visto luz no quarto e "vinha conversar"...

Kahn mantinha-se respeitosamente de pé, ao lado da mesa. Nevers pegou a pistola e, quando disse que precisava desarmá-la e limpá-la, deixou escapar um tiro.

Suspeito que, depois da breve e, talvez, heroica representação perante Castel, ele tenha entrevisto possíveis consequências. Seus nervos não resistiram.

XXX

O plano de Nevers consistia em apresentar a questão das salinas, que dividiu nossa família e o afastou da França, como uma questão pública; talvez imaginasse um grosseiro paralelismo com o caso Dreyfus, e não me parece indispensável insistir sobre esse frívolo emprego de um caso que qualquer um de nós, nas mesmas circunstâncias, teria considerado com reverência e com pavor.

Estimulado pelo álcool pensou, talvez, que a situação perigosa, que a situação insustentável em que se colocava não teria consequências. A última conversa com Favre e com Deloge o convencera de que *o governador estava preparando a fuga para logo; a troca de prisioneiros entre as ilhas do Diabo, Saint-Joseph e Royale tem um significado óbvio: concentrar prisioneiros cujas condenações sejam injustas. As consequências de minha falsa confissão podem ser: que o governador me leve para a ilha e me revele seus planos; ou que me leve, não me revele os planos, mas me faça participar da fuga (tratarei, primeiro, de investigar e, depois, de subtrair-me à fuga); ou que, por um justificado rancor, não me leve para a ilha, não me revele nada nem queira que eu participe da fuga. Minha "confissão" não terá outras consequências, mesmo que Xavier chegue antes do golpe.*

O governador não está em condições de se complicar; não me acusará. Tampouco esperará pela chegada de Xavier. Todo o raciocínio seguia uma lógica absurda: se Castel quisesse que alguns prisioneiros fugissem, não havia razão alguma para que ele fosse junto (podia deixar a colônia quando quisesse; não estava preso).

Passaram-se quatro dias, e Nevers não teve notícias do governador. Esse silêncio não o desconsolou: deu-lhe a inverossímil esperança de que suas palavras não teriam consequências. No quarto dia recebeu um bilhete, com a ordem de comparecer à Ilha do Diabo no dia 24, ao anoitecer.

XXXI

16 de abril.

À meia-noite, como vinha fazendo, abriu a porta de seu quarto, escutou, caminhou pelo escuro corredor. Desceu a rangente escada, pretendendo não fazer barulho, ouvir. Passou pelo escritório, pelo saguão enorme e com cheiro de creolina. Abriu a porta: estava fora, em uma noite baixíssima, coberta de nuvens.

Caminhou em linha reta, depois dobrou à esquerda e chegou a um coqueiro. Suspirou; trêmulo, tentou ouvir se alguém tinha ouvido o suspiro. Caminhou silenciosamente; parou junto a outra árvore; tornou a caminhar; chegou a uma árvore de galhos baixos, estendidos sobre a água; por entre os galhos, viu a forma de um bote e, em volta dele, espumas espectrais que se desfaziam e refaziam no negror reluzente do mar. Pensou que se ouviriam os golpes dos remos, mas que deveria remar logo, que não podia se expor ao risco de que a corrente o levasse ao longo da costa. Subiu no bote e remou tumultuosamente.

Dirigiu-se à Ilha do Diabo, ao lugar onde estivera com Favre e com Deloge. A travessia era um pouco longa, mas o local de desembarque parecia-lhe relativamente seguro. Pancadas como que de esponjosas cúpulas sacudiam o fundo do bote e superfícies de palidez cadavérica deslizavam em redor. Tinha pensado (dias antes, na primeira travessia) que aquelas brancuras efêmeras seriam ondas iluminadas pelos escassos clarões do luar, que passavam através de brechas entre nuvens; depois recordara que os presidiários que morriam nas ilhas eram levados à noite naquele bote e jogados no mar; contaram-lhe que os tubarões brincavam em volta do bote, como cachorros impacientes. A repugnância de tocar um tubarão urgia-o a desembarcar em qualquer lugar, mas prosseguiu até o ponto onde se propusera desembarcar. Não sabia se admirava sua coragem ou se desprezava pelo medo que sentia.

Amarrou o bote e trepou pelo barranco do extremo sudoeste da ilha. O barranco pareceu-lhe mais curto; logo se encontrou no bosque de palmeiras. Era a quarta noite que chegava a essas árvores. Na primeira, pensou compreender lucidamente os perigos a que se expunha e decidiu voltar. Na segunda, contornou a cabana de Favre. Na terceira, chegou a contornar o pavilhão central.

Quando saía do grupo de árvores em direção à cabana de Favre, viu duas sombras avançando em sua direção. Recuou passando de uma palmeira a outra. Jogou-se no chão; deitou-se num chão estralejante e movediço de insetos. As sombras entraram na cabana. Como a cabana estava às escuras, pensou que seriam Favre e Deloge, voltando de sua conversa com o governador; decidiu fazer-lhes uma visita.

Mas não acendiam nenhuma luz; talvez fosse melhor ir até a janela e espiar. Nesse momento, um dos homens saiu, cambaleando. Depois apareceu o outro. Caminhavam um na frente do outro e carregavam alguma coisa, como uma maca. Nevers olhou atentamente. Estavam carregando um homem.

Imóvel, sepultado entre insetos, esperou que se afastassem. Depois correu para o bote e fugiu da ilha. No dia seguinte, ao me escrever, lamentou ter estado longe, não ter visto o rosto dos homens.

No dia seguinte não foi conversar com Favre e Deloge. Também não foi à noite. Não foi na tarde seguinte. Não foi no dia 18. Não iria nunca mais. Iria no dia 26 a Caiena. No dia 27 chegaria Xavier, e ele, inacreditavelmente, voltaria para a França. Estava livre do sonho abominável das Ilhas da Salvação e parecia-lhe absurdo imiscuir-se em coisas passadas.

XXXII

Se os guardas da Ilha Royale o surpreendessem, não haveria maiores consequências (claro que, se não o reconhecessem, ou fingissem não reconhecê-lo, a consequência seria um balaço). Mas se o surpreendessem na Ilha do Diabo, seria grave. Talvez tudo se resumisse a dar uma explicação impossível; mas, se os mistérios da ilha eram atrozes — como a aventura do dia 16 parecia indicar —, não seria absurdo supor que arriscava a vida nas visitas à ilha. Quem era o homem que tiraram da cabana de Favre? O que acontecera com ele? Estava doente? Tinha sido assassinado?

Na noite do dia 19, Nevers foi vencido pela tentação e se levantou para ir à ilha; na porta da Administração, dois guardas falavam tenazmente; voltou a seu quarto e pensou que o destino pusera aqueles dois guardas ali para dissuadi-lo. Mas no dia 20 foi; ficou uns poucos minutos e voltou com a impressão de que se salvara de um perigo considerável. No dia 21 tornou a ir. A cabana de Deloge estava iluminada. Sem maiores precauções, caminhou até a janela, espiou: Deloge, com seu cabelo ruivo, mais vermelho do que nunca, preparava um café; estava sério, assobiava e, com a mão direita, por momentos com ambas as mãos, regia uma orquestra imaginária. Nevers teve vontade de entrar e de perguntar o que tinha acontecido com Favre. Mas seu propósito era descobrir o que estava se passando no pavilhão central; decidiu que aquela seria sua última incursão à ilha.

Encaminhou-se para o pavilhão central, passando de uma árvore a outra. De repente, estacou: dois homens avançavam em sua direção. Nevers escondeu-se atrás de uma palmeira. Seguiu-os de longe, perdendo tempo em se esconder atrás das árvores. Os homens entraram na cabana de Deloge. Aproximar-se para espiar era perigoso: teria de passar em frente à porta ou dar uma volta muito grande. Preferia aguardar. Sabia o que aguardava. Um dos homens apareceu na porta: cambaleava, como que arrastando alguma coisa. Depois apareceu o outro. Carregavam um homem. Nevers permaneceu algum tempo entre as árvores. Depois entrou na cabana. Pareceu-lhe que estava tudo em desordem, *como nas fotografias do quarto do assassinato*. Lembrou-se de que a desordem era a mesma que vira pela janela quando Deloge preparava o café. A xícara de café estava sobre o fogareiro. No quarto havia um vago cheiro de enfermaria. Nevers voltou para a Ilha Royale.

XXXIII

Aproximava-se a data do regresso, e Nevers ia perdendo o interesse pelos mistérios da Ilha do Diabo, estava ansioso por partir, por ver-se definitivamente livre da obsessão daqueles mistérios. Havia decidido voltar no mesmo barco que traria Xavier; no dia 26 estaria em Caiena; no dia 27 voltaria às ilhas, com Xavier; no dia 29 partiria para a França. Mas antes disso viria a noite do dia 24; a noite que ele deveria passar na Ilha do Diabo.

Urdiu precauções para aquela noite inevitável: amarraria o bote à *Bellerophon*, o levaria a reboque até a árvore, onde sempre desembarcara, e depois seguiria de lancha até o embarcadouro da ilha. Se fosse necessário fugir, teria o bote pronto num lugar seguro. Mudou o plano: era melhor deixar a *Bellerophon* no lugar secreto e chegar ao embarcadouro de bote. Para uma fuga, a lancha seria mais útil.

No dia 24, às sete e meia da noite, pegou a *Bellerophon* e desembarcou embaixo da árvore. Subiu o barranco, atravessou o pequeno bosque de palmeiras e caminhou até o pavilhão central. Bateu palmas; ninguém respondeu; tentou entrar; a porta estava trancada. Já ia voltando, quando encontrou Dreyfus, que parecia vir do embarcadouro.

— Onde o senhor desembarcou? — perguntou Dreyfus. — Estou esperando desde as seis. Pensei que não viesse mais.

— Faz tempo que estou aqui, batendo à porta. Já estava indo embora.

— Aqui estão muito ocupados. O senhor governador o esperou até agora há pouco. Onde o senhor desembarcou?

Nevers fez um gesto vago na direção do embarcadouro.

— Para que me chamaram? — perguntou.

— Não sei. O governador pediu que, por favor, o senhor durma esta noite na cabana de Favre. Amanhã eu lhe arranjo um quarto no pavilhão central.

— Favre está doente?

— Está.

— O Padre, Julien e Deloge estão doentes?

— Como sabe que Deloge está doente?

— Não importa como sei. O que importa é que me fazem vir aqui para que eu me contagie. Que me façam dormir nessa cabana, para que não possa escapar do contágio.

Foram até a cabana. Estava tudo muito limpo, muito bem preparado. Nevers pensou que, sendo tão difícil conseguir bons empregados, deveria tentar levar Dreyfus com ele para França. Dreyfus lhe disse:

— Como estive à sua espera, não pude cuidar do jantar. Às nove vou lhe trazer a comida. O senhor me desculpe.

Nevers levara com ele um livro de Baudelaire. Entre os poemas que leu cita "Correspondances".

Entre nove e nove e meia esteve quase tranquilo, quase alegre. A comida era excelente e a presença de Dreyfus o reconfortava. Quando ficou a sós, voltou a ler. Pouco antes das onze, apagou a luz e foi para junto da porta. Passou-se muito tempo. Estava com sono e cansado. Pensou que já tinha se passado tanto tempo que podia considerar-se livre por essa noite, e que podia se deitar. Antes veria que horas eram. Acendeu um fósforo. Tinham se passado catorze minutos. Recostou-se contra a porta. Ficou assim por muito tempo. Afirma que seus olhos se fechavam sozinhos.

Abriu os olhos: ainda a certa distância, dois homens caminhavam em sua direção. Entrou na cabana e logo em seguida pensou que devia sair e se esconder entre as árvores. Mas os homens o veriam sair. Estava preso em uma armadilha. Depois tentou e conseguiu sair pela janela (com dificuldade, era muito estreita). Ficou olhando; não por curiosidade: tinha tanto medo que não conseguia se mexer.

Os homens entraram na cabana. O menos alto inclinou-se sobre a cama. Nevers ouviu uma exclamação de ira.

— Que foi? — perguntou uma voz estranhíssima.

— Acenda um fósforo — disse a voz conhecida.

Nevers fugiu para a lancha.

XXXIV

Na madrugada do dia 25, Nevers desembarcou em Caiena. Foi imediatamente para o palácio do governo. Deitou-se, mas não conseguiu dormir. Estava nervoso e, para se acalmar e pôr as ideias em ordem, escreveu-me estas linhas:

Estou em guerra aberta com o senhor Castel. A qualquer momento chegará das ilhas a ordem de minha detenção. É verdade que lhe convém não se mover; se me obrigar a me defender, sairá perdendo.

Terei de prevenir Xavier. Se o governador o convencer, quem sabe o que me espera. Mas se eu o convencer, o problema será impedir que Xavier inicie um processo contra Castel, que me obrigue a depor e atrase meu regresso.

Lembrou-se da carta com a encomenda. Tirou o envelope do bolso e leu:

"M. Altino Leitão,
18 bis rue des Belles-Feuilles,
Cayenne"

Foi até o fogareiro que havia ali para preparar o café da manhã e pôs água para esquentar. Depois molhou os dedos e os passou pela aba do envelope. Tentou abri-lo, com aparente habilidade (primeiro), com impaciência (depois). Rasgou o papel; leu:

"Caro amigo Leitão:
Agradeço que entregue ao portador desta uma dupla remessa de sua apreciada dinamite. Temos aqui urgentes e transcendentes trabalhos.
Seu atencioso, fidelíssimo cliente.
Ass. Pedro Castel. 6 de abril de 1914."

Passada a primeira surpresa — de que o governador não se referisse a ele, Nevers, ironicamente —, tentou fechar o envelope. Era visível que tinha sido aberto. Tentou imitar, em outro envelope, a letra de Castel. Fracassou.

Às oito entrou Legrain, muito sujo e com uma enorme auréola de cabelo. Nevers perguntou-lhe a que horas chegava o barco de Xavier.

— Chega amanhã, às ilhas.

— E aqui?

— Aqui ele não vem.

Decidiu voltar às ilhas no dia seguinte, com a dinamite. Se Castel não dissesse nada a Xavier, ele não diria nada, e *Castel se convencerá de minha intenção de não falar. Se Castel me acusar, tenho a dinamite como argumento.*

— Diga-me, Legrain, quem é um tal de Leitão?

— Leitão? O presidente de uma companhia de contrabandistas brasileiros. A mais forte delas. Se um fugitivo cai num de seus barcos — mesmo que prometam levá-lo até Trinidad, mesmo que cobrem pela viagem — acredite, acabam abrindo a barriga dele em busca dos supositórios com dinheiro. Em terra não é perigoso.

Nevers pensou que a melhor arma contra Castel era aquela carta. Deveria guardá-la; era mais convincente que os próprios explosivos. Além disso, para conservar a carta, seria indispensável não visitar o contrabandista. Escreveu-me: *Mas se eu exibir a carta não provarei apenas a amizade censurável entre Castel e o contrabandista; provarei que violei correspondência.* Duvido que se tenha deixado enganar por essa falácia; suponho, antes, que temia voltar às ilhas sem ter cumprido as ordens de Castel.

Em todo caso, pensou, não convém que Leitão descubra que a carta foi aberta. Depois de uma longa reflexão diante da máquina de escrever, encontrou a solução. Num envelope azul, sem timbre, escreveu à máquina o nome e o endereço de Leitão.

Às nove estava na *rue des Belles-Feuilles*. Uma negra seminua abriu a porta; conduziu-o até um pequeno escritório cheio de livros e disse que iria avisar o patrão.

Pouco depois entrou suspirando um homem imenso, de pijama listrado cinza e vermelho. Era moreno e tinha o cabelo curto e desgrenhado, e barba de alguns dias. Suas mãos eram brancas e minúsculas, pueris.

— Em que posso ser útil? — respirou com força, e suspirou.

Nevers lhe entregou a carta e tentou descobrir se Leitão a olhava com desconfiança. Leitão procurava alguma coisa; inexpressivo, com lentidão, abria e fechava, uma por uma, as gavetas da escrivaninha. Finalmente, pegou um corta-papel. Abriu delicadamente o envelope, tirou a carta e a estendeu sobre a mesa. Suspirou, vasculhou impavidamente os bolsos do pijama, até encontrar um lenço; depois procurou os óculos. Limpou-os, colocou-os, leu a carta. Deixou os óculos sobre a mesa, passou a mão pelo rosto e emergiu suspirando.

— Como está o senhor governador? — perguntou com um sorriso que a Nevers pareceu forçado.

— Não está muito bem — respondeu Nevers.

Leitão suspirou, disse:

— Um grande homem, o senhor governador, um grande homem. Mas não acredita na ciência. Não acredita nos médicos. Uma grande pena. — Levantou-se, pesado e enorme, pegou a carta, retirou-se.

Meia hora depois Nevers continuava sozinho, planejando timidamente uma fuga; temendo, decididamente, uma cilada. Leitão entrou; segurava com dois dedos ínfimos e níveos um impecável pacote.

— Aqui está — disse, entregando o pacote a Nevers. — Apresente meus respeitos ao senhor governador.

Passou as mãos pelo rosto, suspirou, inclinou-se com gravidade. Nevers balbuciou um cumprimento e retrocedeu pelo quarto, e recuou pelo saguão, até a rua.

Senti compaixão — escreve — *por aquele frágil contrabandista residente em Caiena. Senti compaixão por todas as pessoas e por todas as coisas que via. Ali ficavam — como as pessoas que vemos pela janela do trem, na plataforma dos vilarejos do campo: — minha não merecida felicidade era partir.*

XXXV

Dia 27 à tarde.

Ainda não era noite quando Nevers chegou às ilhas. Alguém lhe acenava da Ilha do Diabo. Não respondeu: o mar estava revolto e Nevers não se atreveu a soltar o leme. Em seguida pensou que, ao não se dar por achado, *confirmava* sua *fama de astuto*. Deixou que as ondas empurrassem um pouco a *Bellerophon* para a Ilha do Diabo: o homem que acenava era Dreyfus. Depois da inescrutável aventura da cabana de Deloge, Nevers desconfiava de todos, até de Dreyfus. Ainda assim, sentiu um grande alívio ao reconhecê-lo e o saudou impulsivamente, agitando um braço. Esse gesto (pensou) o obrigava a atracar na Ilha do Diabo. Dreyfus estava nos barrancos do sudoeste, onde Nevers costumava atracar, e com repetidos sinais lhe indicava a direção do embarcadouro; mas ele atracou ao pé dos barrancos, junto à árvore que se estende sobre o mar. Dreyfus avançou abrindo os braços.

Nevers pensou que a recepção era auspiciosa, que não errara ao voltar para as ilhas e, por fim, que tinha perdido seu atracadouro secreto.

— Viva! — gritou Dreyfus. — Não sabe quanto o esperava.

— Obrigado — disse Nevers, comovido; depois teve a impressão de detectar na voz de Dreyfus um tom que sugeria outro sentido para a recepção. Perguntou:

— Aconteceu alguma coisa?

— Aquilo que nos preocupava — suspirou Dreyfus. Olhou em redor e continuou:

— Temos que falar com cuidado.

— O governador adoeceu? — perguntou Nevers, *como se ainda acreditasse nas crises, como se o irrefutável episódio da cabana de Deloge não tivesse acontecido.*

— Adoeceu — disse Dreyfus, inacreditavelmente.

Nevers concebeu Dreyfus comandando tudo, organizando a aniquilação de todos. Mas não devia se distrair em imaginações fantásticas; talvez tivesse de enfrentá-las.

O vento amainara. Afirmou com vaidade que a segurança e a firmeza eram virtudes *que só nós, os marinheiros, apreciamos.* Caminharam ladeira acima, até o pequeno bosque de palmeiras. Deteve-se; não tinha pressa de chegar ao pavilhão central, de chegar *a todas as situações desagradáveis que teria de resolver.* Perguntou sem inquietação:

— O capitão Xavier Brissac já chegou?

— Quem?

— O capitão Xavier Brissac.

— Não. Aqui não chegou ninguém.

— E não estão à espera dele?

— Não sei...

Não tinha por que saber, pensou Nevers. *No entanto* (escreve) *a duras penas reprimi esta loucura: Dreyfus ignorava a iminente chegada de Xavier porque a iminente chegada de Xavier nunca iria acontecer. Eu que tinha inventado tudo aquilo, no meu desespero de ir embora. Mas o atraso do barco de Xavier já era mau o bastante...*

— E o senhor acredita que esse capitão virá?

— Tenho certeza.

— Seria muito bom. Somos poucos.

— Poucos? Para quê?

— O senhor não ignora a situação das ilhas. Faz alguns dias que o governador adoeceu; estamos sem governo.

— Teme alguma coisa?

— Nem tanto. Mas pode ser que seu capitão chegue tarde.

XXXVI

Nevers perguntou-se se Dreyfus estaria contra ou a favor da conspiração. Dreyfus declarou com nobreza:

— Será talvez uma bela desventura. Eu temia que a revolta começasse estando eu aqui sozinho, com os doentes e o senhor De Brinon.

Nevers pensou que a situação parecia grave e que não devia importar-se em manter seu prestígio perante Dreyfus; que agora não pensaria em seu prestígio, mas apenas na situação. Repetiu para si esse propósito, quatro ou cinco vezes.

Entraram no pavilhão central; sentia-se cheiro de desinfetantes e de comida; cheiro de hospital, pensou Nevers. Confusamente, viu nas paredes manchas vermelhas, azuis e amarelas. Era a famosa camuflagem interior: olhou-a sem curiosidade, com vontade de já estar longe. Perguntou:

— Onde está o governador?

— Numa cela. Numa das quatro celas que há neste pavilhão…

— O senhor o trancou numa cela? — gritou Nevers.

Dreyfus parecia constrangido. Desculpou-se:

— Não tenho culpa. Cumpro as ordens que me dão.

— Que *quem* lhe dá?

— O governador. Por mim, não teria feito isso. Eu só cumpro ordens. O governador mandou que o trancássemos numa cela.

— Leve-me até ele, quero falar imediatamente com o senhor governador.

Dreyfus o olhou, absorto. Repetiu:

— Falar com o senhor governador?

— Não está me ouvindo? — perguntou Nevers.

— O senhor governador não vai ouvi-lo. Não reconhece ninguém.

— Quero falar com ele.

— O senhor é que manda — disse Dreyfus. — Mas sabe que é de noite. A ordem é que os doentes não sejam incomodados durante a noite.

— Está insinuando que devo esperar até amanhã para vê-lo?

— Não para vê-lo. Vai vê-lo de cima. Só lhe peço que não faça barulho, porque ele está acordado.

— Se está acordado, porque não posso falar com ele?

Arrependeu-se de entrar numa discussão com Dreyfus.

— Para falar com ele terá de esperar até amanhã, quando ele estiver dormindo.

Nevers pensou que já estava enfrentando a rebelião e que a ironia de Dreyfus não era meramente facial: era, também, tosca. Mas Dreyfus permanecia sério. Debilmente, Nevers disse que não entendia.

— E o senhor acha que *eu* entendo? — perguntou Dreyfus, furioso. — É uma ordem do governador. Aqui anda tudo ao contrário, e vamos acabar todos loucos. Mas eu estou aqui para cumprir ordens.

— A ordem é falar com os doentes quando estão dormindo?

— Exatamente. Se o senhor falar com eles de noite, não o ouvem ou fingem não ouvir. É de dia que lhes dou banho e os alimento.

Meu sobrinho pensou que tinha entendido. Perguntou:

— Quando estão acordados?

— Não, quando estão dormindo. Quando estão acordados não devemos incomodá-los. O senhor Castel deixou umas instruções escritas para o senhor.

— Entregue-as.

— Estão com o senhor De Brinon. Ele está na Ilha Royale. Poderíamos ir na sua lancha, ou no bote.

— Vamos logo mais. Antes falarei com o senhor Castel.

Dreyfus olhou para ele com estupor. Nevers não seu deu por achado. Antes de falar com o governador, não o arredariam dali.

XXXVII

— Se quer mesmo vê-los, entre.

Dreyfus abriu uma porta e quis que Nevers passasse na frente; este disse "eu o sigo" e, com dissimulação, consciente de sua ineficácia e teatralidade, empunhou o revólver. Atravessaram um escritório grande, com velhas poltronas de couro e uma mesa com montes de livros e papéis em impecável ordem. Dreyfus estacou.

— O senhor acha mesmo prudente ver o senhor Castel agora? A situação da ilha é grave. Eu não perderia tempo.

— Obedeça! — gritou Nevers.

Dreyfus fez um gesto cortês para que passasse na frente; ele consentiu, arrependeu-se de ter consentido, subiu uma escada e, no alto, parou diante de uma porta; abriu-a; saíram a um terraço e um céu estrelado e remoto. No centro do terraço havia uma lâmpada elétrica amarelada.

— Não faça barulho — aconselhou Dreyfus. — Agora os veremos.

XXXVIII

Para melhor compreensão dos fatos inacreditáveis que narrarei, e para que o leitor imagine claramente a primeira e já fantástica visão que Nevers teve dos "doentes", tratarei de descrever a parte do pavilhão que estes ocupavam. No centro, no térreo, há um pátio aberto; no centro do pátio, uma construção quadrangular que antigamente continha quatro celas iguais. *Dreyfus me informa que o governador mandou derrubar as paredes interiores dessa construção* — escreve Nevers. — *Depois deu ordem de reerguê-las na configuração que têm agora: delimitaram quatro celas desiguais, de forma escandalosamente anormal. O que o governador pretendia fazer com essas reformas é um mistério que não investiguei.*

O curioso é que ele o investigou, sim. Essa inconsistência denuncia uma incapacidade de perceber sinteticamente seus próprios pensamentos? Ou indica, antes, que Nevers nunca releu essa última carta? O caprichoso propósito de Castel era (como o leitor poderá apreciar na figura que anexo a este capítulo) que cada uma das quatro celas tivesse uma parede contígua às outras três.

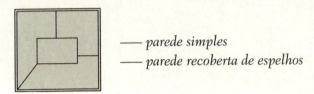
—— *parede simples*
—— *parede recoberta de espelhos*

As celas não têm teto; são vigiadas do alto. Antigamente, as passarelas ou passadiços que saem do terraço e atravessam todo o pátio se cruzavam acima das celas. Castel suprimiu o trecho dos passadiços que passava sobre as celas e alargou borda superior das paredes, de modo que servisse de passarela para os carcereiros; Nevers observa: *não têm guarda-corpo e as paredes são muito altas; os passadiços anteriores deviam ser mais seguros.*

Uma série de lonas permite cobrir as celas e o pátio inteiro; por ordem de Castel, as lonas são estendidas quando chove.

Uma das celas é interna. *Se eu tivesse que me trancar em uma delas* — escreve Nevers — *escolheria essa. Pelo menos estará a salvo do candente horror dos espelhos.* Refere-se, com seu habitual dramatismo, aos grandes e baratos espelhos que há nas outras celas. Cobrem, por dentro, todas as paredes que dão para o pátio.

XXXIX

Caminhou até o parapeito e olhou para baixo: o pavilhão sem teto que havia no centro, o pátio e as paredes que delimitavam o pátio, tudo estava coberto de intensas manchas vermelhas, amarelas e azuis. *Delirium tremens*, pensou Nevers. Acrescenta: *Parecia que uma pessoa de gosto detestável tivesse decorado o pátio para uma festa*, e recordou "O inferno", um *melancólico* dancing de Bruxelas, onde conhecemos um interessante grupo de jovens pintores.

Seguiu pelo passadiço; à beira do pavilhão sem teto, parou; depois de um momento de irresolução, avançou pela borda da parede. Cruzar de um passadiço a outro (seguindo pela borda da parede, acima do pavilhão) não era difícil. Pensou que deveria caminhar sem se deter, até chegar ao outro lado; deteve-se. Esqueceu-se, por fim, de si mesmo. Nos primeiros momentos dessa visão abominável deve ter sentido algo parecido com a vertigem, ou com a náusea (mas não era a falta de um guarda-corpo que provocava essas sensações). As celas estavam pintalgadas; não tinham outra abertura a não ser a do teto; as portas se confundiam nas manchas das paredes; em cada cela havia um "doente", em pé; os quatro doentes com a cara pintada, como cafres brancos, com pintura amarela nos lábios, com pijamas idênticos, vermelhos com listras amarelas e azuis, estavam quietos, mas em postura de movimento, e Nevers teve a impressão de que essas posturas dependiam umas das outras, que formavam um conjunto, ou aquilo que, nos *Music Halls*, recebe o nome de "quadro vivo" (mas ele mesmo acrescenta: não havia nenhuma abertura pela qual eles pudessem se ver de uma cela a outra). Suspeitou que estivessem representando, que tudo fosse uma brincadeira inescrutável, para confundi-lo ou distraí-lo, com perversos desígnios. Resolveu encarar Castel imediatamente. Com uma voz que não dominava, gritou:

— O que significa isso?

Castel não respondeu; nem a mais leve contração no rosto denunciou que o tivesse ouvido. Voltou a gritar. Castel permaneceu imperturbável; todos os doentes permaneceram imperturbáveis.

Notou que tinham mudado de postura; durante alguns segundos pensou que todos tinham mudado bruscamente de postura, quando ele olhava para o governador; depois descobriu que se moviam, mas de um modo quase imperceptível, *com lentidão de ponteiro dos minutos.*

— É inútil gritar — avisou Dreyfus. — Eles não ouvem, ou não querem ouvir.

— Não querem ouvir? — perguntou Nevers com pausada ênfase. — O senhor disse que fingiam. Estão ou não estão doentes?

— A olhos vistos. Mas eu conversei com eles, e sem gritar — veja bem —, sem erguer a voz. E de repente já não me ouviam, como se estivesse falando turco. Era indiferente que eu gritasse. Ficava furioso: achava que estavam zombando de mim. Cheguei até a inventar que era eu quem tinha perdido a voz, enquanto meus alaridos me ensurdeciam.

— Estão loucos?

— O senhor sabe como fica o cristão quando muito combalido pela doença e pela febre.

Parecia inacreditável estar lúcido e ver aqueles homens, como quatro imagens de cera formando um quadro vivo em quatro celas isoladas. Parecia inacreditável que o governador tivesse estado lúcido e pintado as celas com aquela caótica profusão. Depois, Nevers se lembrou de que nos sanatórios dos nervosos havia quartos verdes para acalmar os doentes e cômodos vermelhos para estimulá-los. Observou as pinturas. Predominavam três cores: o vermelho, o amarelo e o azul; havia também combinações de suas variantes. Observou os homens. O governador, com um lápis na mão, repetia palavras quase ininteligíveis e passava lentamente da perplexidade ao desespero e do desespero ao júbilo. Favre, mais gordo do que nunca, chorava sem mover o rosto, com a definitiva fealdade das estátuas burlescas. O Padre representava o papel da fera encurralada: de cabeça baixa e com terror nos olhos, parecia rondar, mas estava imóvel. Deloge sorria com vaidade, como se estivesse no céu e fosse um bem-aventurado (ínfimo e ruivo). Nevers sentiu a vaguíssima presença de uma recordação, e um definido mal-estar; depois *viu* essa recordação: uma pavorosa visita ao Museu Grévin, quando tinha oito anos.

Nas celas não havia camas, nem cadeiras, nem outros móveis. Perguntou a Dreyfus:

— Imagino que coloquem camas para eles dormirem.

— De modo nenhum — respondeu Dreyfus implacavelmente. — É ordem do governador. Não colocamos nada. Para entrar nas celas eu visto um pijama como o deles.

Nevers não escutava.

— Será ordem do governador — murmurou. — Não de um ser humano. Não estou disposto a acatá-la.

Pronunciou claramente as últimas duas ou três palavras.

— Dormem naqueles colchonetes — esclareceu Dreyfus.

Nevers não tinha reparado neles. Estavam encaixados no chão e pintados de tal maneira que se confundiam com as manchas.

Sentiu nojo; medo, não. Aqueles quatro homens pareciam inofensivos. Naquilo que ele mesmo qualifica de fugaz loucura, imaginou que estavam sob a influência de algum alcaloide e que Dreyfus era o organizador de tudo. Os propósitos que Dreyfus perseguia, e o que esperava dele, não foram revelados por essa loucura.

XL

Ou será o governador o culpado de tudo isto? Não parecia possível: ele era um dos "doentes". *Contudo* — prossegue Nevers —, *há quem opere a si mesmo; quem se suicide. Quem sabe os adormeceu, e se adormeceu, por um longo tempo; talvez por anos, talvez até a morte. Sem dúvida Dreyfus lhes dá (consciente ou inconscientemente) alguma droga. Talvez* — pensou já em pleno furor conjectural — *essa droga produza dois tipos alternados de sonos, que correspondem ao nosso sono e à nossa vigília. Um de repouso: esses pacientes o têm durante o dia; outro de atividade: eles o têm de noite, que é mais vazia que o dia, menos rica em fatos capazes de interromper o sono; os pacientes se movem como sonâmbulos, e seu destino, por ser sonhado, não há de ser mais horrível, ou mais incalculável, que o dos homens despertos; talvez seja mais previsível (embora não menos complexo), pois depende da história e da vontade do sujeito.* Dessas pobres elucubrações, Nevers passa para não sei que fantasia metafísica, evoca Schopenhauer e, pomposamente, narra um sonho: ele se submeteu a uma prova e espera o veredicto dos examinadores. Espera com avidez e com terror, porque desse veredicto depende sua vida. Nevers observa com perspicácia: *no entanto, eu mesmo darei o veredicto, já que os examinadores, assim como todo o sonho, dependem de minha vontade.* Conclui ilicitamente: *Talvez todo o destino (as doenças, a felicidade, nossa aparência física, o infortúnio) dependa de nossa vontade.*

Enquanto pensava nisso, a presença e a expectativa de Dreyfus o incomodavam. Tinha de decidir sua conduta imediata; começou ganhando tempo.

— Vamos para o escritório — disse com voz que devia ser autoritária e saiu esganiçada.

Desceram do terraço, fecharam a porta, e Nevers se sentou na cadeira giratória, diante da mesa de trabalho, no gabinete do governador. Com gesto solene, indicou a Dreyfus que se sentasse. Dreyfus, visivelmente impressionado, sentou-se na ponta da cadeira. Nevers não sabia sobre o que falariam, mas teria que falar seriamente se quisesse dominar a situação, e Dreyfus esperava isso dele. Sentiu-se inspirado; mal disfarçando o entusiasmo, perguntou:

— O governador deixou instruções para mim?

— Por certo — devolveu Dreyfus.

— Estão com o senhor?

— Estão com o senhor De Brinon.

— E onde está o senhor De Brinon?

— Na Ilha Royale.

Isso era apenas o simulacro de um diálogo, e Nevers se distraía enquanto o outro respondia. Contemplava um vaso, ou urna romana, que havia sobre a mesa. No friso, umas dançarinas, alguns velhos e um jovem celebravam uma cerimônia *per aes et libram*; entre eles jazia uma moça, morta.

— Como ir até a Ilha Royale?

— Contamos com um bote. Há também sua lancha.

Nevers não se envergonhou de sua pergunta. Tranquilamente, pensou que a moça do vaso devia ter morrido na véspera do casamento. Sem dúvida aquela urna contivera seus restos. Talvez ainda os contivesse. A urna estava fechada.

— Mas esta noite eu não mexeria um dedo, meu tenente. Só iria amanhã.

No tom de Dreyfus havia ansiedade. Nevers se perguntou se seria verdadeira ou fingida.

— Por que não iria hoje?

Nevers queria saber se o vaso continha alguma coisa e se levantou para sacudi-lo. Dreyfus atribuiu o movimento de Nevers à solenidade do que estavam dizendo.

— Seja correto, meu tenente — exclamou. — Deixe a viagem para amanhã, que esta noite eu lhe explico por que o senhor fez o que é certo.

Nevers não respondeu.

— Eu não faria tudo à bruta — continuou Dreyfus, com sua mais sugestiva doçura. — Se eu fosse o senhor, conversaria comigo e traçaríamos um plano, e então ficaria à espera desse capitão que o senhor diz que logo chegará.

Nevers resolveu partir imediatamente para a Ilha Royale. Temia ter sido injusto com o governador e agora queria ter a deferência de se interessar pelas instruções que lhe deixara; seu regresso — argumenta — talvez causasse uma conveniente confusão entre os amotinados.

— O senhor vem ou fica? — perguntou.

Foi uma interrogação hábil. Dreyfus não protestou mais; sua paixão foi não abandonar os doentes.

Nevers saiu do pavilhão e desceu até a árvore que lhe servia de amarradouro. Subiu na lancha; em pouco tempo chegou à Ilha Royale. Lamentou não ter atracado com mais cautela. Nenhum guarda o recebeu. Perguntou-se se triunfar tão habilmente sobre Dreyfus não teria sido uma desgraça. A ilha estava às escuras (ao longe, no hospital e na Administração, havia algumas poucas luzes). Perguntou-se por onde começaria a procurar por De Brinon. Decidiu começar pelo hospital.

Enquanto subia a ladeira teve a impressão de ver duas sombras que se escondiam entre as palmeiras. Pensou que era conveniente caminhar devagar. Caminhou muito devagar. Em seguida percebeu o suplício que tinha escolhido... Durante um tempo que lhe pareceu longo, passou entre os troncos nus das palmeiras, como em um sonho atroz. Por fim, chegou ao hospital.

Lá estava De Brinon. Nevers não duvidou nem por um instante. Era a primeira vez que via aquele jovem atlético, de rosto esperto e franco, de olhar inteligente, que se inclinava, abstraído, sobre um doente. Aquele jovem devia ser De Brinon. Nevers sentiu um grande alívio. Perguntou (não porque lhe interessasse a resposta; para começar a falar):

— O senhor é De Brinon?

XLI

De fora ouvira um alegre estrépito. Ao abrir a porta, deparou-se com uma opressiva escuridão onde tremulavam, em meio ao silêncio e ao fedor, três velas amarelentas. Junto a uma das velas brilhava aquele rosto de expressão reconfortante. De Brinon ergueu a cabeça; em seu olhar havia inteligência; o sorriso era franco. Respondeu:

— O que deseja?

Nevers diz que teve a impressão de que a distância que o separava de De Brinon tinha desaparecido e que a voz — atrozmente — soava a seu lado. Diz que chama voz o som que ouviu porque, aparentemente, De Brinon é um homem; mas que ouviu o balido de uma ovelha. Um balido assombrosamente articulado para uma ovelha. Acrescenta que parecia uma voz de ventríloquo imitando uma ovelha e que De Brinon quase não abria a boca ao falar.

— Sou De Brinon — continuou a estranha voz, e Nevers a reconheceu: era uma das vozes que ouvira na cabana da Ilha do Diabo, na noite de sua fuga. — O que deseja?

Podia-se adivinhar que o tom era amável. Uma alegria pueril brilhou naqueles olhos espertos. Nevers suspeitou que De Brinon era um retardado mental.

Começou a enxergar na escuridão da sala. Havia quatro presidiários. Teve a impressão de que o olhavam com hostilidade. Não havia nenhum carcereiro. Desde sua última visita, a desordem e a sujeira tinham aumentado. De Brinon estava operando a cabeça de um doente e tinha as mãos e as mangas empapadas de sangue.

Nevers tentou falar com voz firme:

— Quero as instruções que o senhor governador deixou para mim.

De Brinon franziu as sobrancelhas, olhou para ele com grande vivacidade, congestionou-se.

— Eu não sei de nada sobre as instruções que o senhor governador me deixou. Não sei de nada.

Começou a recuar como um bicho encurralado. Nevers sentiu valentia diante daquele inimigo; esquecendo os outros homens que o observavam na penumbra, disse secamente:

— Dê-me as instruções, ou eu atiro.

De Brinon deu um berro, como se já tivesse levado um tiro, e desatou a chorar. Os homens fugiram tumultuosamente. Nevers avançou com a mão estendida. O outro tirou um envelope do bolso e o entregou berrando:

— Eu não tenho nada, eu não tenho nada.

Nesse momento entrou Dreyfus. Nevers olhou para ele, alarmado; o rosto de Dreyfus, porém, estava impávido; sem alterar essa impavidez, seus lábios se moveram.

— Apresse-se, meu tenente — Nevers ouviu a voz sibilante e baixíssima. — Ocorreu um fato grave.

XLII

— Deloge está morto — disse, quando chegaram fora.

— Morto? — perguntou Nevers.

Até aquele momento, os quatro doentes da Ilha do Diabo lhe pareceram virtualmente mortos. Agora, a ideia de que Deloge estivesse morto parecia-lhe inadmissível.

— O que aconteceu?

— Não sei. Não vi nada. Agora estou preocupado com os outros...

— Os outros?

— Não sei. Prefiro ficar perto deles.

Voltaram a atravessar o bosque das palmeiras. Olhou insistentemente: achou que não havia ninguém. Em seguida ouviu uma risada de mulher e, confusamente, viu duas sombras. Primeiro teve uma sensação desagradável, como se aquela risada o ofendesse porque Deloge tinha morrido; depois compreendeu que aquela risada indicava a possibilidade de que Dreyfus não estivesse louco... (se os carcereiros permanecessem em seus postos, suas mulheres teriam mais cuidado).

Dreyfus não o levou ao embarcadouro. Nevers estava tão preocupado que só se deu conta disso mais tarde, ao recordar os acontecimentos daquele dia inacreditável. Subiram no bote. Dreyfus remou vigorosamente. Chegaram à Ilha do Diabo sem ter dito uma única palavra.

Enquanto amarrava o bote, Dreyfus perdeu o equilíbrio e caiu na água. Nevers se perguntou se não teria *tentado atacá-lo*. Não lhe deu permissão para trocar de roupa.

XLIII

Sua primeira preocupação foi protelar o momento de ver Deloge, o momento em que seu cadáver entraria, com detalhes atrozes, em sua memória. Disse com autoridade:

— Antes de mais nada, uma visão de conjunto. Subamos.

Passou pelo escritório; como num sonho, viu-se olhando aqueles móveis velhos, pensando que a tragédia que as Ilhas da Salvação lhe reservavam afinal acontecera e que ele sentia um grande alívio; sem nenhum alívio, trêmulo, subiu a escada, avançou pelos passadiços sobre o pátio e chegou às celas. Olhou para baixo.

Era como se houvesse uma compreensão *telepática* entre aqueles homens. Como se soubessem que algo terrível tinha acontecido; como se achassem que a mesma coisa aconteceria com cada um deles... Suas posturas (seus imperceptíveis movimentos) eram de homens que aguardam um ataque; quietos, rondavam acachapados, como em uma dança lentíssima, como fazendo fintas contra um inimigo, contra um inimigo invisível para Nevers. Improvisou, outra vez, a hipótese da loucura. Perguntou-se se doentes de uma mesma loucura podiam ter, simultaneamente, as mesmas visões.

Depois reparou no morto. Deloge estava deitado no chão, perto de uma das paredes da cela, com a camisa despedaçada e com umas manchas atrozmente escuras no pescoço.

Voltou a olhar para os outros. Assim, em atitudes belicosas, pareciam pateticamente indefesos. Nevers se perguntou que ódio justificaria a perseguição e o assassinato daqueles inválidos.

Dreyfus o observava inquisitivamente; começou a caminhar para o terraço. Nevers o seguiu. Desceram; passaram pelo escritório, pelo pátio.

Nesse terrível momento ele se via como que de fora e até se permitiu zombar de si mesmo: atribuiu — sem muita originalidade — as camuflagens do pátio a um tal Van Gogh, um pintor modernista. Pensou que depois ele mesmo ficaria em sua memória como em um inferno, fazendo piadas imbecis naquele pintalgado pátio de pesadelo e se encaminhando para o horror. Ainda assim, quando chegaram à porta da cela, teve calma suficiente para perguntar a Dreyfus:

— A porta está trancada?

Dreyfus, tremendo de medo ou de frio (a umidade era tanta que sua roupa não tinha secado), respondeu afirmativamente.

— Quando Deloge morreu, também estava trancada?

Dreyfus tornou a responder que sim.

— Há outra chave além da sua?

— Decerto; no escritório, no cofre. Mas a única chave do cofre está em meu poder, desde que o senhor governador adoeceu.

— Está bem. Abra.

Esperava participar da energia de suas palavras. Talvez o tenha conseguido em parte. Entrou resolutamente na cela. No cabelo e no rosto do cadáver o suor estava seco. A camisa despedaçada e as marcas no pescoço eram, mesmo para um leigo como ele, evidentes sinais de luta.

Afirmou, não sem certa complacência:

— Sem dúvida nenhuma: assassinato.

Arrependeu-se. *Devia ocultar essa ideia de Dreyfus. Além disso* — procura justificar-se —, *para Deloge a questão já não tinha importância... e não devia permitir que este infinito sonho da Ilha do Diabo me retivesse; devia evitar cuidadosamente toda possível protelação do meu regresso a Saint-Martin, a meu destino, a Irene. A investigação do crime seria longa... Talvez já fosse tarde.*

XLIV

Perguntou-se que motivos Dreyfus teria para matar Deloge. Ocorre que o próprio Dreyfus lhe pedira que não fosse à Ilha Royale. Teria feito isso para despistar? Ou para que ele o impedisse de cometer o crime, por ser um perturbado que matava quando ficava a sós? *Mas até hoje Dreyfus sempre ficou a sós com os doentes...*

Saíram da cela e a trancaram à chave. Guardou a chave. No escritório, Dreyfus abriu o cofre: tirou um molho de chaves; explicou, sem vacilar, a que fechadura correspondia cada uma delas. Não faltava nenhuma. Nevers as guardou.

Molhado e queixoso, Dreyfus seguia-o com humildade canina. Nevers julgou-o inofensivo, mas não lhe deu permissão para trocar de roupa. Pensou que tinha uma minuciosa responsabilidade e que Dreyfus ainda era o único suspeito.

Encontrava-se diante de um crescente conjunto de mistérios. Eram independentes entre si? Ou estavam ligados, formando um sistema, talvez ainda incompleto? Queria consultar as instruções do governador. Dreyfus queria ver os doentes, foram vê-los. Para justificar esse plural, Nevers alega o temor de que Dreyfus fugisse ou matasse alguém.

Adotou, novamente, a hipótese de que Dreyfus era o organizador de tudo, considerou os fundamentos das suspeitas contra ele e considerou-se mais certo do que nunca de sua inocência. Desejou fraternizar, confessar as suspeitas que tivera, para que Dreyfus as desculpasse, e juntos poderem enfrentar os mistérios. Postergou essa necessidade da alma; sabia que era prudente ser reservado até o fim. No dia seguinte chegaria Xavier, e ele faria um relato imparcial dos fatos; se Xavier não chegasse, embarcaria na *Bellerophon* e declararia perante as autoridades de Caiena. Então se lembrou de que Dreyfus o atravessara no bote e que a *Bellerophon* estava na Ilha Royale.

XLV

Precisava sair daquela indolência — escreve. — *Para ganhar tempo (não tinha nenhum plano), decidi vasculhar conscienciosamente a ilha.* Quando começou a falar com Dreyfus, logo percebeu os riscos de sua proposta e substituiu a palavra "ilha" pela palavra "casa". Talvez não fosse prudente afastar-se das celas; afastar-se um do outro, naquela hora da noite, por entre o mato escuro, era temerário.

Começaram pelo gabinete de Castel. Dreyfus olhou embaixo do sofá, atrás das cortinas, dentro de um guarda-roupa. *Se o criminoso nos visse —* comenta Nevers —, *perderíamos seu respeito.* Ficou imóvel junto à porta, dirigindo os movimentos de Dreyfus, sem desatender ao pátio e ao pavilhão central. Depois foram ao cômodo que Dreyfus chamava "o laboratório". Era grande, pobre, sujo e devastado; lembrou a Nevers a sala malcheirosa onde M. Jaquimot operava os cães e gatos das solteironas de Saint-Martin. Em um canto havia uns tapetes e dois ou três biombos; todos esses objetos estavam pintados como as celas e como o pátio. Nevers os comparou à paleta de um pintor e disse não sei que vaguezas sobre a analogia entre as coisas (que só existia em quem as observava) e sobre os símbolos (que eram o único meio de que os homens dispunham para tratar da realidade).

— O que significa isso? — perguntou, apontando para os biombos.

Pensou que talvez servissem para fazer experiências com a visão dos doentes (daltônicos?). Dreyfus pensava de outro modo:

— Loucura da cabeça — repetia, tristíssimo. — O senhor sabe o que ele faz? O que ele está fazendo neste exato momento? A noite inteira, não larga um lápis e um papel.

— Um lápis azul e um papel amarelo? Eu reparei. O que há de inquietante nisso?

Nevers se perguntou o que estaria acontecendo nas celas.

— Não há nada mais engraçado do que um louco — Dreyfus concedeu, sorrindo. — Mas o senhor governador dá pena. Nem os melhores bufões do circo. Anda por aí declamando como um desmemoriado não sei que desatinos de mares quietos e de monstros que, de repente, viram alfabetos. Aí cresce seu entusiasmo e se põe a esfregar o lápis no papel. Para mim que ele imagina que está escrevendo.

— Esta busca é inútil — declarou Nevers. — Estamos perdendo tempo.

Ia propor que fossem olhar as celas; mudou de ideia. Demonstraria que não estava assustado. Falou com voz plácida:

— O assassino pode seguir nosso percurso, atrás ou à frente. Assim nunca o encontraremos. Devemos nos separar e empreender cada um o trajeto em sentido contrário, até nos encontrarmos.

Dreyfus estava visivelmente impressionado. Nevers conjecturou: ficará em silêncio ou alegará algum pretexto. Ficou em silêncio. Nevers não insistiu. Sentiu um grande afeto por Dreyfus e, com genuína compaixão, notou mais uma vez como estava molhado e trêmulo. Dreyfus deve ter adivinhado esses sentimentos.

— Posso me trocar? — perguntou. — Visto uma roupa seca e volto em dois minutos.

Se estava decidido a passar alguns minutos sozinho — o próprio Nevers reconhece —, *devia se sentir muito mal.*

Mas ele queria voltar imediatamente para as celas.

— Há algum álcool para beber? — perguntou.

Dreyfus respondeu afirmativamente. Nevers o fez tomar meio copo de rum.

— Agora vamos lá em cima, para ver os doentes.

Chegaram às passarelas sobre o pátio. Dreyfus ia na frente. De repente, estacou; estava pálido (*com aquela palidez acinzentada dos mulatos*) e, quase sem mover os músculos do rosto, disse:

— Outro morto.

XLVI

Espiou.

Imenso, com o rosto inchado, olhando atrozmente para cima, Favre jazia morto. Nas outras celas não havia novidades; o Padre e o governador continuavam em sua alarmante atitude de animais encurralados, ansiosos por fugir ou atacar.

Dreyfus e Nevers desceram, abriram a cela de Favre (estava trancada à chave) e entraram. O exame do cadáver levou-os a supor que Favre tinha morrido por estrangulamento, depois de uma luta violenta.

Nevers estava deprimido. Sua presença não incomodava o criminoso. Como fazer frente a um homem que estrangula suas vítimas através das paredes de uma prisão? A série teria terminado com Favre? Ou faltariam ainda os outros doentes? Ou faltavam todos os habitantes da ilha? Pensou que não era impossível que, de algum lugar, os olhos do assassino o vigiassem.

— Vamos às celas — ordenou com brusco mau humor. — O senhor entre na do Padre, que eu entro na de Castel. Não quero que os matem.

Tinha uma dívida para com o governador e agora devia protegê-lo. Dreyfus o olhou indeciso. Nevers soltou o cinturão com a pistola e o entregou a ele.

— Beba mais um pouco — disse. — Tranque-se na cela do Padre e ande de um lado para o outro. O movimento e a bebida vão espantar o frio. A pistola vai espantar o medo. Se eu chamar, corra.

Estreitaram as mãos e cada um foi para a cela que devia vigiar.

XLVII

A cela do governador estava trancada à chave. Nevers abriu a porta com cuidado e entrou na ponta dos pés, tentando não fazer barulho. O governador estava de costas para a porta; não se virou. Nevers acredita que ele não o ouviu entrar. Não sabia se trancava a porta à chave ou não. Finalmente decidiu trancá-la à chave, deixar a chave na fechadura e ficar junto à porta. O governador estava de pé, de costas para Nevers, de frente para a parede que dava para a cela do Padre. Girava (Nevers o constatou em um demorado exame) para a esquerda, com extrema lentidão. Ele poderia deslocar-se aos poucos para a direita e evitar que o governador o visse. Não o faria por medo, embora a atitude do governador parecesse ameaçadora; queria evitar explicações sobre sua demora em Caiena; temia que o governador exigisse o pacote que Leitão lhe enviara.

Sem ansiedade, com distrações, podia seguir os lentíssimos movimentos do governador; ouviu-o murmurar umas palavras que não pôde entender; deu um passo para a direita e aproximou-se dele pelas costas. O governador se calou. Nevers ficou imóvel, rígido; permanecer em pé sem se mover foi, bruscamente, uma difícil tarefa. Os murmúrios do governador recomeçaram.

Procurou ouvir; aproximou-se muito para ouvir. O governador repetia umas frases. Nevers procurou nos bolsos um papel para anotá-las; tirou o envelope das instruções. O governador começava a dizer alguma coisa e logo se interrompia, perplexo. Juntando fragmentos de frases, Nevers escreveu no envelope:

> *A medalha é o lápis e a lança é o papel, os monstros somos homens e a água quieta é cimento, a, b, c, d, e, f, g, h, i, j, k, l, m, n, o, p, q.*

O governador pronunciava as letras com lentidão, como que tentando decorá--las, como se empreendesse, mentalmente, desenhos difíceis. Desenhava no papel "a", "b", "c", com exultação progressiva; passava a fazer riscos e rasuras.

Esquecia-se do lápis e do papel que tinha nas mãos; chorava; entoava novamente "Os monstros somos homens..." e repetia o alfabeto, com incipiente esperança, com a exultação da vitória.

Nevers pensou que devia ler as instruções. Mas o giro do governador, embora lentíssimo, obrigou-o a mudar de lugar. Já acostumado a se mover devagar, achou que tinha se afastado perigosamente da porta. Depois entendeu que com dois saltos chegaria a ela. Imaginar que a lentidão dos movimentos podia ser simulada (pensou) era uma loucura. O governador perdera a cinzenta palidez; baixo, corado e com sua barba branquíssima, parecia um menino desagradavelmente fantasiado de gnomo. Tinha os olhos arregalados e uma expressão de infortunada ansiedade.

Apesar das intenções de permanecer continuamente alerta, aquele moroso baile recíproco o cansava. Pensou que não teria importância que se distraísse um pouco, já que o mais tardio movimento bastaria para afastá-lo do campo de visão do governador. Concentrado nessa lânguida ocupação, esqueceu, por momentos, que sua atenção não devia voltar-se tanto para o governador como para o inverossímil assassino que, de súbito, iria intervir.

Depois observou as manchas de pintura que havia nas paredes e no chão da cela. As paredes estavam pintadas com manchas amarelas e azuis, com alguns veios vermelhos. No chão, junto às paredes, havia uma grega em azul e amarelo; no resto do chão, havia combinações das três cores e grupos de suas cores derivadas. Nevers anotou os seguintes grupos:

a) ouro velho,
azul-celeste,
carmim;

b) lilás,
amarelo-limão,
vermelhão

c) escarlate,
açafrão,
azul-marinho;

d) anil,
amarelo-canário,
púrpura;

e) açucena,
dourado,
fogo.

O colchonete, que estava embutido na fenda do chão, era anil, amarelo-canário e púrpura. Recordou que todo o pátio estava pintado (assim como as paredes) com manchas amarelas e azuis, com veios vermelhos. A frequência dos veios vermelhos era regular.

Essa peculiar regularidade sugeriu-lhe que por trás de todo aquele tumulto de cores devia haver algum desígnio. Perguntou-se se esse desígnio teria alguma ligação com as mortes.

XLVIII

Nevers abriu o envelope e leu:

"PARA ENRIQUE NEVERS:

Receber esta carta o indignará; contudo, devo escrevê-la. Admito que o senhor me deu claras e repetidas provas de não querer nenhum trato comigo. O senhor dirá que esta carta é outra manifestação de minha inacreditável insistência; mas também dirá que é uma manifestação póstuma, já que me considerará pouco menos morto que um morto e muito mais desenganado que um moribundo. Há de concordar que não me resta tempo para insistências futuras. Escute-me com a tranquila certeza de que o Pedro Castel que o senhor conheceu e repudiou não voltará a importuná-lo.

"Começarei pelo princípio; no princípio estão as atitudes de um para com o outro. O senhor chegou a estas ilhas com um preconceito que o honra, disposto a achar tudo detestável. Eu, por meu lado, fizera uma descoberta e necessitava de um colaborador. As dores que me afligiram nestes últimos anos haviam progredido e entendi que me restava pouco tempo de vida.

"Eu necessitava de uma pessoa capaz de transmitir minhas descobertas à sociedade. Poderia ir para a França, mas não sem antes pedir demissão e aguardar que a aceitassem, que chegasse um substituto. Ignorava se poderia esperar tanto tempo. Depois soube que o senhor vinha para a colônia; soube que eu teria como ajudante o autor das *Regras de Oléron*. Peço-lhe que imagine meu alívio, meu júbilo, minha impaciência. Eu o esperava confiante; dizia a mim mesmo: é um homem culto; a solidão e o irresistível interesse de minhas descobertas irmanarão nossas almas.

"Logo percebi que poderia ter dificuldades. Era indispensável fazer experimentos que implicavam indiferença pelas leis dos homens e até pela vida de certos homens; ou, pelo menos, que envolviam uma fé definitiva na transcendência de minhas descobertas. Eu sabia que o senhor era um homem culto; não sabia mais nada. Consentiria que se fizessem esses experimentos? A vida que me restava bastaria para convencê-lo?

"Esperava-o, portanto, com justificada ansiedade. Essa ansiedade, as indispensáveis ocultações e seu preconceito contra tudo o que havia nas ilhas produziram no senhor uma justificada repugnância. Em vão procurei vencê-la. Permita-me garantir-lhe que agora sinto pelo senhor uma aversão muito viva. Creia, também, que se o incumbo de transmitir minha descoberta e lhe deixo parte de meus bens é porque não me resta outra solução.

"De Brinon não é capaz de transmitir a invenção. Tem habilidade manual; ensinei-o a trabalhar; convém utilizá-lo nas primeiras transformações que se realizarem; mas De Brinon é doente. Consideremos Bordenave: devido a sua condição de liberto, Bordenave não pode sair da colônia; devido a sua condição de subalterno, não se fará escutar. Eu poderia confiar a invenção a amigos que tenho na França. Mas até que a carta chegue à França, até que eles tomem as providências indispensáveis, o que acontecerá? O que acontecerá com as provas da validade de minhas afirmações, com minhas provas de carne e osso? Minha invenção é transcendental — como o senhor constatará — e, para que não se perca, não me resta outra escolha senão confiá-la ao senhor; acredito que não lhe restará outra escolha senão aceitar um encargo feito tão involuntariamente.

"Eu esperava poder contar com certo prazo; logo me convenci de que devia tomar uma decisão imediata. As dores aumentavam. Mandei o senhor a Caiena para que trouxesse, além dos víveres e das outras coisas que já escasseavam no presídio, um calmante que me permitisse esquecer meu mal e trabalhar. Ou o senhor Leitão não tinha mesmo o calmante — o que é difícil de acreditar —, ou o senhor não quis trazê-lo. As dores se agravaram até se tornarem insuportáveis; resolvi dar eu mesmo o passo que, por motivos morais, fizera dar aos condenados Marsillac, Favre e Deloge, o passo que, por motivos morais fundados em mentiras que o senhor me disse, tentei que o senhor também desse; a partir de agora deixo de existir como homem de ciência para me transformar em objeto da ciência; a partir de agora não sentirei dores, ouvirei (para sempre) o início do primeiro movimento da *Sinfonia em mi menor*, de Brahms.

"Anexo a esta carta a explicação de minhas descobertas, os métodos de aplicação e a disposição dos meus bens."

Nevers virou a folha; na página seguinte leu:

DISPOSIÇÃO DE BENS

"Na Ilha do Diabo, aos cinco dias do mês de abril de 1914... Se o governo francês deferir qualquer das duas petições (a e b) que apresento abaixo, uma décima parte de meus bens deverá ser entregue, como retribuição por serviços prestados, ao tenente do mar Enrique Nevers.

"a) Que eu, governador da colônia, e os condenados Marsillac, Deloge e Favre, continuemos alojados nestas celas até nossa morte, aos cuidados do liberto Bordenave, enquanto ele viver, e depois do cuidador que for nomeado, o qual deverá respeitar as instruções que deixo ao citado Bordenave.

"b) Que eu, governador da colônia penal, e os condenados Marsillac, Deloge e Favre, sejamos transportados em um barco, em quatro cabines pintadas como estas celas, até a França e que lá sejamos alojados numa casa que deverá ser construída em minha propriedade de St. Brieuc; essa casa terá um pátio idêntico ao deste pavilhão e quatro celas idênticas às que agora habitamos.

"Se qualquer uma destas petições for aceita, as despesas serão pagas com os restantes nove décimos de meus bens, que deverão ser depositados..."

Seguem-se indicações para a pintura do teto das celas (observo: as celas da ilha não têm teto); recomendações para o cuidador; ameaças ao governo (prevendo que este possa não acatar nenhuma das petições; declara-o enfaticamente: "responsável perante a posteridade...") e uma misteriosa cláusula final: "Se, depois da morte de todos nós (incluindo Bordenave), ainda remanescer parte de meus bens, esta deverá ser entregue à R.P.A." O significado dessas iniciais é um enigma que não resolvi; confio-o à escrutadora liberalidade do leitor.

XLIX

Nevers declara que uma vaidosa vergonha e um mal contido arrependimento (por sua conduta para com o governador) obscureciam sua mente e que teve de fazer um grande esforço para entender aquelas páginas assombrosas; reconhece que durante um quarto de hora, mais ou menos, esqueceu-se de vigiar o governador; mas afirma que sua distração não foi grande a ponto de que a entrada e a saída de um criminoso pudessem passar despercebidas, e aceito a explicação, porque a leitura que o ocupava não era apaixonante e porque, fora dos romances, essas distrações absolutas não são habituais. Estamos, portanto, dispostos a compartilhar sua opinião de que nada capaz de impressionar imperiosamente os sentidos ocorreu antes que ele acabasse de ler a disposição de bens de Castel; o que aconteceu depois entra na categoria dos fatos que tiveram uma testemunha; se a testemunha mente, se engana ou diz a verdade, é uma questão que só poderá ser resolvida por meio de um estudo lógico do conjunto de suas declarações.

Nevers diz que ouviu uns gemidos abafados; que houve um momento em que os ouviu quase inconscientemente, e outro em que começou a reparar neles; que essa sucessão, embora precisa em sua mente, foi rápida. Quando ergueu os olhos, o governador estava na mesma posição que tinha quando ele entrou, mas com os braços estendidos para a frente, cambaleando. A primeira coisa que Nevers pensou foi que, incrivelmente, lhe dera tempo para mudar de postura e para vê-lo, e se perguntou se o rosto do governador estaria tão roxo e tão lívido por causa do horror de vê-lo na cela; fez-se essa pergunta confundindo o estado de Castel com o de sonambulismo e recordando a afirmação de que é perigoso acordar os sonâmbulos. Mexeu-se para socorrer o governador, ainda que secretamente refreado por uma inexplicável repugnância a tocá-lo (essa repugnância não estava ligada à aparência do governador, mas a seu estado, ou melhor, à assombrada ignorância de Nevers acerca de seu estado). Nesse momento o detiveram os gritos de Dreyfus pedindo socorro. Nevers confessa que pensou: está dando cabo do Padre; depois vai dizer que morreu, inexplicavelmente, diante de seus olhos. Neste curtíssimo lapso de tempo também se perguntou se a postura do governador se deveria a um conhecimento da situação do Padre e como se daria essa misteriosa comunicação entre os doentes. Sua indecisão durou alguns instantes; nesses instantes, o governador foi ao chão; quando Nevers lhe perguntou o que estava acontecendo, já agonizava. Então bateram à porta; ele a abriu; Dreyfus entrou desordenadamente, pedindo que fosse ajudá-lo: o Padre se contorcia e gemia como se estivesse morrendo, ele não sabia o que fazer...; por fim se calou, porque viu o cadáver do governador.

— Acredite — gritou, depois de uma pausa, como se tivesse chegado a uma conclusão —, acredite — tornou a gritar, com patética alegria —, o coitado sabe, sabe o que está acontecendo.

— Não temos nada a fazer aqui — disse Nevers segurando Dreyfus pelos ombros e empurrando-o para fora; sabia quanto devia impressioná-lo a morte do governador. — Vamos salvar o Padre.

Então, quando Nevers saía empurrando um Dreyfus subitamente privado de vontade, teria ocorrido outro fato assombroso. Nevers afirma que umas mãos (ou que sentiu que umas mãos), frouxamente, sem nenhuma força, lhe apertaram o pescoço, por trás. Virou-se. Na cela estava apenas o cadáver.

L

— Salvemos o Padre — gritou Dreyfus; pela primeira vez a impaciência transpareceu em seu rosto.

Nevers não tinha pressa. Nem sequer pensava no Padre. Pensava na carta do governador, nas instruções que o governador dizia deixar-lhe, mas que ele não tinha recebido. Deteve Dreyfus.

— O senhor Castel diz que me deixou a explicação de umas descobertas que ele fez. Aqui, só tenho uma carta e uma disposição de bens.

— É isso que ele deve ter chamado de explicação — replicou Dreyfus, em tom de censura. — Corramos para salvar o Padre.

— Vamos — concordou Nevers. — Mas depois vou até a Ilha Royale para esclarecer esse ponto com De Brinon.

Agora Dreyfus o segurou pelo braço e o obrigou a se deter; falou-lhe com apaixonada convicção:

— Não seja temerário.

Nevers o obrigou a caminhar. Chegaram à cela do Padre.

— Veja — gritou Dreyfus. — Veja se não é verdade o que eu digo. Ele sabe o que aconteceu.

Nevers diz que, de fato, o Padre parecia abalado: mal conseguia respirar e tinha os olhos como que fora das órbitas.

Nevers indicou a Dreyfus que não falasse; explicou em voz baixa:

— Talvez ele saiba, mesmo. Mas, por via das dúvidas, é melhor não lhe dizer nada. Gostaria de levá-lo para o escritório.

— Para o escritório? — perguntou Dreyfus, perplexo. — Mas o senhor sabe… não devemos tirá-los das celas…

— Os outros não saíram das celas…

O rosto de Dreyfus voltou a exprimir a enigmática ironia.

— Sei — declarou, como se entendesse —, sei. O senhor acha que lá vai estar mais protegido.

Nevers dirigiu-se ao Padre:

— Senhor Marsillac — disse com voz clara —, quero que nos acompanhe até o escritório.

O Padre pareceu ouvir, não aquela frase inofensiva, mas algo aterrador. Estava transtornado, tremia (lentamente).

— Vamos carregá-lo — ordenou Nevers. — O senhor o segura por baixo dos braços; eu, pelas pernas.

A tranquila decisão com que essas palavras foram ditas obrigou Dreyfus a obedecer. Mas quando ergueram o Padre, o próprio Nevers sentiu pavor. Balbuciou:

— Está morto.

Estava rígido. Dreyfus esclareceu:

— São assim.

Então Nevers notou que o Padre se movia obstinadamente, lentamente.

O esforço que o Padre fazia para se libertar deles começava a cansá-los. Dreyfus olhou em volta, como se esperasse encontrar alguém que o socorresse. Quando chegaram ao pátio, o Padre gritou:

— Estou me afogando. Estou me afogando.

Articulava as palavras lentamente, como se lentamente contasse as sílabas de um verso.

— Por que está se afogando? — perguntou Nevers, esquecendo que o Padre era surdo.

— Não me deixam nadar — respondeu o Padre.

Soltaram-no.

LI

Nevers disse a Dreyfus:

— Vamos carregá-lo de novo.

O Padre parecia aterrorizado; silabando, gritou:

— Monstros.

Carregaram-no. Ele se debatia, rígido, quase imóvel. Repetiu:

— Monstros.

Nevers lhe perguntou:

— Porque nos chama de monstros?

— Estou me afogando — gritou o Padre. — Estou me afogando.

Soltaram-no. Voltou a empreender sua lenta peregrinação em direção à cela.

— Diga-me por que está se afogando? — perguntou Nevers.

O Padre não respondeu.

— Vamos levá-lo para o escritório — disse Nevers, com firme resolução.

Carregaram-no. Não era fácil levar aquele corpo rígido. O Padre gritava:

— Estou me afogando. Estou me afogando.

— Não o solto enquanto não me disser por que está se afogando — retrucou Nevers.

— As águas quietas — balbuciou o Padre.

Levaram-no até o fundo do escritório, até a parede mais afastada do pátio. Logo em seguida, o Padre começou a caminhar em direção à porta, lentamente. O pavor não abandonava seu rosto.

Nevers estava distraído. Não se inquietou ao sentir na nuca a pressão de um par de mãos débeis, como de fantasma. Na escrivaninha encontrara uma pasta com o título: *Explicação de minha experiência; instruções para Enrique Nevers*. Dentro havia algumas anotações soltas, que deveriam ser o primeiro rascunho da explicação. Viu distraidamente que o Padre avançava, como uma estátua, para a porta do pátio.

LII

> *A menos que uma coisa possa simbolizar outra,*
> *a ciência e a vida cotidiana serão impossíveis.*
> H. Almar, *Transmutações* (*Tr.*, I, v, 7).

Nevers leu:

"1. — A vida e o mundo, como visão de um homem qualquer: vivemos sobre pedras e barro, entre madeiras com folhas verdes, devorando fragmentos do universo que nos inclui, entre fogueiras, entre fluidos, combinando ressonâncias, protegendo o passado e o porvir, dolorosos, térmicos, rituais, sonhando que sonhamos, irritados, cheirando, tateando, entre pessoas, em um insaciável jardim que nossa queda abolirá.

"Visão da física: uma opaca, uma interminável extensão de prótons e de elétrons, irradiando no vácuo; ou, talvez (fantasma de universo), o conjunto de irradiações de uma matéria que não existe.

"Como em uma criptografia, nas diferenças dos movimentos atômicos, o homem interpreta: aí o sabor de uma gota de água do mar, aí o vento nos escuros pinheiros, aí uma aspereza no metal polido, ali a fragrância do trevo na hecatombe do verão, aqui seu rosto. Se houvesse uma mudança nos movimentos dos átomos, esse lírio seria, talvez, a tromba-d'água que rompe a barragem, ou uma manada de girafas, ou a glória do entardecer. Uma mudança no ajuste de meus sentidos faria, talvez, dos quatro muros desta cela a sombra da macieira do primeiro pomar."

> *Como sabes se o pássaro que cruza os ares não é um imenso mundo*
> *de voluptuosidade, vedado aos teus cinco sentidos?*
> William Blake

"2. — Aceitamos o mundo como nossos sentidos o revelam. Se fôssemos daltônicos, ignoraríamos alguma cor. Se tivéssemos nascido cegos, ignoraríamos as cores. Existem cores ultravioletas, que não captamos. Existem silvos que os cães ouvem, inaudíveis para o homem. Se os cães falassem, seu idioma seria, talvez, pobre de indicações visuais, mas teria termos para denotar matizes de cheiros que ignoramos. Um sentido especial adverte os peixes de mudanças na pressão da água e da presença de rochas ou outros obstáculos profundos, quando nadam na noite. Não entendemos a orientação das aves migratórias, nem que sentido atrai as borboletas libertas em pontos distantes de uma vasta cidade, e que são unidas pelo amor. Todas as espécies animais que o mundo abriga vivem em mundos distintos. Se olhamos através do microscópio, a realidade varia: desaparece o mundo conhecido, e esse fragmento de matéria, que para nosso olho é uno e está quieto, é plural e se move. Não se pode afirmar que uma imagem seja mais verdadeira que outra; ambas são interpretações de máquinas parecidas, diversamente graduadas. Nosso mundo é uma síntese dada pelos sentidos, o microscópio dá outra. Se os sentidos mudassem, mudaria a imagem. Podemos descrever o mundo como um conjunto de símbolos capazes de expressar qualquer coisa; apenas alterando a graduação de nossos sentidos, leremos outra palavra nesse alfabeto natural.

"3. — As células nervosas do homem são diversas, conforme a diversidade dos sentidos. Mas há animais que veem, que cheiram, que tateiam, que ouvem através de um único órgão. Tudo começa na evolução de uma célula. *A noir, E blanc, I rouge...* não é uma afirmação absurda; é uma resposta improvisada. A correspondência entre os sons e as cores existe. A unidade essencial dos sentidos e das imagens, representações ou dados, existe e é uma alquimia capaz de transformar a dor em prazer e os muros da prisão em planícies de liberdade.

"4. — *Os muros da prisão em planícies de liberdade:*

"Esta prisão onde escrevo, estas folhas de papel, são prisão e folhas somente para uma determinada graduação sensorial (a do homem). Se eu mudar esta graduação, isto será um caos onde tudo, segundo certas regras, poderá ser imaginado ou criado.

"Esclarecimento:

"Vemos a distância determinado retângulo e acreditamos ver (e sabemos que é) uma torre cilíndrica. William James afirma que o mundo se nos apresenta como um fluxo indefinido, uma espécie de corrente compacta, uma vasta inundação onde não há pessoas nem objetos, e sim, confusamente, cheiros, cores, sons, contatos, dores, temperaturas... A essência da atividade mental consiste em cortar e separar o que é um todo contínuo e agrupá-lo, utilitariamente, em objetos, pessoas, animais, vegetais... Como literais sujeitos de James, meus pacientes se confrontarão a esse renovado maciço, e nele terão de remodelar o mundo. Voltarão a dar significado ao conjunto de símbolos. A vida, as preferências, meu endereço, presidirão essa busca de objetos perdidos, dos objetos que eles mesmos inventarão no caos.

"5. — Se os pacientes, depois de transformados, enfrentassem livremente o mundo, a interpretação que dariam a cada objeto escaparia de minha previsão. Há, talvez, uma ordem no universo; há, certamente, uma ordem em minhas operações... Mas ignoro se minha vida bastará para investigar o critério de interpretação.

"Um ponto capital era, portanto, confrontar os pacientes com uma realidade que não abundasse em elementos. Enumere-se um quarto normal: cadeiras, mesas, camas, cortinas, tapetes, luminárias... A mera interpretação de uma cadeira me pareceu um problema esgotante.

"Enquanto pensava nisso, comentei: seria um sarcasmo devolver-lhes a liberdade em suas próprias celas. Logo me convenci de que tinha deparado com a solução de minhas dificuldades. As celas são câmaras nuas, e para os transformados podem ser os jardins da mais ilimitada liberdade.

"Pensei: para os pacientes, as celas devem parecer lugares belos e desejáveis. Não podem ser a casa natal, porque meus homens não verão a infinidade de objetos que havia nela; pela mesma razão, não podem ser uma grande cidade. Podem ser uma ilha. A fábula de Robinson é um dos primeiros costumes da ilusão humana e já *Os trabalhos e os dias* recolheu a tradição das Ilhas Felizes: tão antigas elas são no sonho dos homens.

"Portanto, meus problemas foram: preparar as celas de modo a que os pacientes as percebessem e as vivessem como ilhas; preparar os pacientes de modo que exumassem uma ilha do tumultuoso conjunto de cores, de formas e de perspectivas que, para eles, seriam as celas. Essas interpretações poderiam ser influenciadas pela vida de cada sujeito. Como em cada um deles eu operaria transformações iguais, e como lhes apresentaria realidades iguais, para evitar surpresas desagradáveis nas interpretações, convinha-me escolher homens cujas vidas não fossem muito dessemelhantes. Mas são tantas as circunstâncias e as combinações, que procurar vidas não muito diferentes é possivelmente uma indagação inútil; todavia, o fato de que todos os pacientes tivessem passado mais de dez anos, os últimos, numa prisão comum pareceu-me promissor.

"Considerei, também, que se eu dedicasse os dois ou três meses anteriores à operação a preparar, a educar os pacientes, o risco de interpretações inesperadas seria reduzido. Despertei em meus homens a esperança de liberdade; substituí seu anseio de voltar ao lar e às cidades pelo antigo sonho da ilha solitária. Como crianças, todo dia me pediam que lhes repetisse a descrição daquela ilha onde seriam felizes. Chegaram a imaginá-la vividamente, obsessivamente."

Nota de Nevers: *Falei com Favre e com Deloge durante esse período preparatório. Ordenou-lhes, sem dúvida, que não falassem com ninguém para que mantivessem pura a obsessão e para evitar, nas pessoas de fora, conclusões desconfiadas e errôneas (como as minhas).*

"6. — Programa: operar no cérebro e ao longo dos nervos. Operar nos tecidos (epiderme, olho etc.). Operar no sistema locomotor.
"Reduzi a velocidade de seus movimentos; tornaram-se mais penosos. Ao percorrer a cela deveriam fazer o esforço de percorrer uma ilha."

Nota de Nevers: *Isso explica a rigidez do Padre quando o levantamos para levá-lo ao escritório.*

"Para protegê-los dos ruídos, que poderiam comunicar uma realidade contraditória (a nossa), combinei a audição com o tato. A pessoa ou objeto produtor de som tem de tocar o paciente para que este ouça."

Nota de Nevers: *Por isso Castel não me ouvia; por isso às vezes ouviam Dreyfus e às vezes não; por isso o Padre me ouviu quando o levávamos para o escritório.*

"Tais combinações de sentidos costumam produzir-se em estados patológicos, e até em estados saudáveis. As mais frequentes são as sínteses de sensações auditivas com sensações cromáticas (de novo: *A noir, E blanc…*) ou de sensações auditivas ou cromáticas com sensações gustativas.
"Modifiquei-lhes o sistema visual. É como se vissem através de lentes de binóculos invertidos. A superfície de uma cela pode parecer-lhes uma pequena ilha.

"Para que as paredes das celas desaparecessem (visualmente), era indispensável alterar em meus homens o sistema dimensional. Transcrevo um parágrafo do tratado da doutora Pelcari: 'Há partes da membrana do olho especialmente sensíveis a determinadas cores; há células que analisam as cores; outras combinam as sensações cromáticas com as luminosas; os neurônios do centro da retina permitem apreciar o espaço; o sistema cromático e o sistema dimensional têm seu ponto de partida no olho, em células originalmente idênticas e mais tarde diversificadas'. Sobre esse ponto, ver também Suaréz de Mendoza, Marinescu, Douney. Resolvi o problema combinando as células cromáticas com as espaciais. Em meus pacientes, as células sensíveis às cores percebem o espaço. As três cores básicas proporcionaram as três dimensões: o azul, a profundidade; o amarelo, o comprimento; o vermelho, a altura."

Nota de Nevers: *Um daltônico estaria em um mundo bidimensional? Um daltônico puro — que só enxerga uma cor —, em um mundo unidimensional?*

"Uma parede vertical, pintada de azul e amarelo, apareceria como uma praia; com ligeiros toques vermelhos, como um mar (o vermelho daria a altura das ondas).

"Com diversas combinações das três cores organizei, nas celas, a topografia das ilhas. Em um segundo período preparatório, imediatamente posterior à operação, confrontei os pacientes com essas combinações. Eles nasciam, de novo, para o mundo. Tinham de aprender a interpretá-lo. Guiei-os para que vissem aqui uma colina, aqui um mar, aqui um braço de água, aqui uma praia, aqui umas rochas, aqui um bosque...

"Meus pacientes perderam a faculdade de ver as cores como cores.

"Combinei a visão com a audição. Os outros homens ouvem, mais ou menos bem, através de um corpo sólido. Os transformados veem através de um corpo sólido e opaco. Com isso aperfeiçoei a abolição visual dos limites da cela.

"A primeira de minhas operações redundou em uma imprevista associação de nervos táteis, visuais e auditivos; consequentemente, o paciente conseguiu tocar à distância (tal como ouvimos a distância e através de sólidos; como vemos à distância e através de sólidos transparentes).

"Por falta de tempo para comparar e resolver, não introduzi mudanças em minhas operações; repeti sempre a primeira: todos os meus pacientes gozam dessa faculdade, talvez benéfica, de tocar a distância."

Notas de Nevers: *1) Isso explica as tênues pressões, como de mãos frouxas, que senti na nuca. 2) Ao tocar através de uma parede, será que eles a sentem dolorosamente, ou como nós sentimos um gás ou um líquido, ou não a sentem? Mesmo que, para ouvir, necessitem da excitação dos centros táteis, suponho que estejam de algum modo anestesiados; se não estivessem, a visão e o tato lhes dariam informações contraditórias.*

"7. — Visão panorâmica do homem que está na ilha, ou cela, central: orlando a ilha, as praias (faixa amarela e azul, quase totalmente desprovida de vermelho); depois, os braços de mar (as paredes); depois, as outras ilhas, com seu ocupante, e suas praias; depois, até o horizonte, ilhas rodeadas por braços de mar (as anteriores, refletidas nos espelhos das paredes periféricas).

"Visão dos ocupantes das ilhas periféricas: por três lados, veem as outras ilhas; pelos espelhos, sua própria ilha, as outras e as que são refletidas nos espelhos das outras."

Nota de Nevers: *O chão do pátio está pintado como as paredes da cela central. Isso explica o medo de se afogar manifestado pelo Padre. Castel rodeou as ilhas com esse mar aparente para que os transformados não empreendessem viagens a regiões de imprevisível interpretação. Os espelhos das celas periféricas propõem imagens conhecidas, que mantêm a distância os inconjecturáveis fundos do pátio.*

"8. — Outra possibilidade: alterar as emoções (como os tônicos ou o ópio as alteram). O mundo assim conseguido se pareceria com a embriaguez, com o céu ou com o amor: intensidades incompatíveis com a inteligência.

"Outra, para curar dementes: alterar-lhes a percepção da realidade, de modo a que esta se ajuste à sua loucura.

"Outra (para futuros pesquisadores): em homens cuja personalidade e memória são horríveis, transformar, não meramente a percepção do mundo, mas também a do eu; conseguir, através de mudanças nos sentidos e de uma adequada preparação psicológica, a interrupção do ser e o nascimento de um novo indivíduo no anterior. Mas, como o desejo de imortalidade é, quase sempre, de imortalidade pessoal, não tentei a experiência.

"O mundo…"

(Aqui se interrompem as anotações de Castel).

ANOTAÇÕES DE NEVERS:

Suspeito que, para evitar interpretações imprevisíveis, Castel determinou que só se falasse com os transformados, que só fossem alimentados e lavados, quando estivessem dormindo (cumprir ordens e até manter breves diálogos sem acordar é um hábito fácil, espontâneo em muitos adultos e em quase todas as crianças).

Alteração das horas de vigília e de sono: convinha que as celas não tivessem teto; convinha que a luz do dia chegasse aos transformados. A interpretação do céu teria sido um problema árduo. A inversão das horas contorna essa dificuldade.

Os animais da Ilha do Diabo: lembro-me do cavalo velho que Favre imaginava louco. Não reconhecia o capim. Foi, sem dúvida, um dos primeiros transformados de Castel; sem dúvida, os animais que Castel tinha na Ilha do Diabo — todos loucos, segundo Favre — serviram para experimentos.

Transformação de Castel. Sem maiores dificuldades deve ter visto as celas como ilhas e as manchas como praias, mares ou colinas: durante meses pensou em umas como representação das outras (quando concebeu a pintura das celas; quando a executou; quando preparou os transformados).

Na minha opinião, o governador estava certo de participar do sonho das ilhas que infundiu nos outros; mas de perder para sempre nossa visão da realidade, teve medo; em algum momento, teve medo. Por isso repetia as letras e queria desenhá-las; por isso tentava recordar que a lança (um papel amarelo; ou seja, uma mancha amarela; ou seja, um comprimento) era, também, um papel; recordar que a medalha (um lápis azul; ou seja, uma mancha azul; ou seja, uma largura) era, também, um lápis; recordar que as temíveis águas quietas que o rodeavam eram, também, cimento.

Quanto à sua enigmática asseveração de que já não sentiria dores, mas que ouviria, para sempre, o início do primeiro movimento da Sinfonia em mi menor, de *Brahms*, vejo uma única explicação possível: que o governador tenha conseguido, ou tentado, transformar as sensações de sua dor em sensações auditivas. Mas como nenhuma dor se apresenta sempre da mesma forma, nunca saberemos que música Castel está ouvindo.

Como se veem, uns aos outros, os transformados? Talvez como perspectivas embaralhadas e móveis, sem nenhuma semelhança com a forma humana; mais provavelmente, como homens (ao olhar seu próprio corpo encontram as mesmas perspectivas que veem nos demais; não é impossível que essas perspectivas adquiram, para eles, a forma humana — assim como outras adquiriram a forma de ilhas, de colinas, de mares, de praias —; mas também não é impossível que as perspectivas — vistas, meramente, como tais — sejam a única imagem humana que eles conhecem agora).

O Padre não viu homens; viu monstros. Encontrou-se em uma ilha, e ele, em uma ilha, no Pacífico, tivera sua mais vívida experiência, o sonho horrendo que era a chave de sua alma: na loucura do sol, da fome e da sede, tinha visto as gaivotas que o acossavam e seus companheiros de agonia como um único monstro, ramificado e fragmentário.

Isso explica o quadro vivo, o lentíssimo balé, as posturas relativas dos transformados. Viam-se através das paredes. O Padre os espreitava. Nessas Ilhas Felizes, o Padre havia encontrado sua ilha de náufrago, havia empreendido seu delírio central, a caçada de monstros.

Tocavam a distância e através das paredes. O Padre os estrangulou. Viram-se agarrados pelas mãos do Padre e, por associação de ideias, sofreram estrangulamento. Toda fantasia é real para quem nela acredita.

Em minha nuca, a pressão de suas mãos foi suave. Meus movimentos eram rápidos para ele; não lhe dei tempo...

Até em Dreyfus e em mim (que não estávamos pintados) ele viu monstros. Se ele tivesse visto a si mesmo, talvez não interpretasse os outros como monstros. Mas era presbita, e sem óculos não via seu próprio corpo.

Por que Castel repetia os monstros somos homens? Porque o tinha repetido ao Padre, tentando convencê-lo? Ou porque ele mesmo temera, quando estivesse em seu arquipélago, ver-se rodeado de monstros?

De Julien, um dos "doentes" da Ilha do Diabo, não encontrei nenhum rasto. Como acontece com todas as descobertas, a invenção de Castel exige, *exigirá vítimas. Não importa. Nem sequer importa aonde se chega. Importa o exaltado, e tranquilo, e alegre trabalho da inteligência.*

Amanhece. Acabo de ouvir, acho, um disparo. Vou ver o que é. Volto em seguida...

São as últimas linhas que Nevers escreveu.

LIII

Fragmentos de uma carta do tenente do mar Xavier Brissac, datada em 3 de maio, nas Ilhas da Salvação.

Pierre enganou Irene, acusa-me do roubo dos documentos, calunia-me... Creio recordar que a mesma acusação motivou o exílio de Enrique. Contudo, Pierre irá ordenar meu regresso. Não ignora que as cópias da correspondência de Enrique caíram em minhas mãos.

Alegra-me que a valentia demonstrada por Enrique durante a revolta tenha sido premiada com essa condecoração póstuma. Ele a mereceu, estritamente, pela influência de nossa família e pelo informe que Bordenave, vulgo Dreyfus, fez chegar a você.

Por ora não falarei de sua eventual responsabilidade na conjuração dos condenados. Garanto, porém, que a investigação avança. As chaves do depósito de armas estavam em poder dele; os rebeldes não forçaram a porta para entrar...

Sobre Enrique temos, ainda, notícias contraditórias. Alguns condenados declaram que foi assassinado por Marsillac, vulgo o Padre; outros, capturados nas Guianas, que fugiu em um bote, com o pretexto de perseguir De Brinon. Devo reconhecer que encontrei em um tal Bernheim, um presidiário, o mais decidido e útil dos informantes.

Envio alguns objetos que pertenceram a Enrique. Entre eles, uma sereia de ouro, milagrosamente salva da cobiça dos presidiários.

Os últimos eventos abalaram Bordenave. Às vezes me pergunto (recordando a idiotia do secretário) se Castel não o terá "transformado"... Em todo caso, o homem não parece totalmente normal... Inspiro-lhe ódio e pavor. Compreendo que esses sentimentos se devem a um desequilíbrio de

Bordenave; que minha parte neles é mínima. Ainda assim, eu os vejo como sinais de uma adversa providência.

Sei que ele remeteu a você um envelope contendo a última carta de Enrique. Se o sei, é graças a informações dos presidiários. Não imagine que ele me consultou...

Agora desapareceu. Ordenei sua prisão: é um delinquente perigoso. Além disso, ouço rumores de que sua intenção é delatar-me, declarar que matei Enrique. Penso com misericórdia que essa absurda mentira possa chegar a Saint-Martin e ser utilizada por Pierre para torturar minha idolatrada Irene, para censurar sua paixão por mim...

Et cetera.

A TRAMA CELESTE (1948)

tradução de
ARI ROITMAN e **PAULINA WACHT**

PRÓLOGO

Eu me dispunha a começar com uma nota patética. Já ia escrever: *Por fim chega numa tarde a hora de prestar contas e declarar: Aqui estão meus filhos, minhas árvores, meus livros.* Felizmente o bom senso me despertou de tão lamentável devaneio. Uma falsidade, exclamei, porque ao longo da vida, diante de uma formação de objetos em fileira, por exemplo uma faixa de azulejos, muitas vezes empreendemos a contagem — senão de filhos ou de árvores — de livros e de contos publicados, e mesmo de mulheres amadas. Sem dúvida, todos nós somos parecidos e temos algo de colecionador laborioso e de rapaz que entesoura seus triunfos de amor em uma caderneta clandestina. Por astúcia caçoamos dos erros grosseiros da vaidade, mas com uma secreta simpatia reconhecemos neles o desejo, comum a todos os homens, de provar que somos reais. A notícia de que *Sur* publicará este ano *A trama celeste*, que saiu originalmente em 1948, me lança de novo nessa aritmética da incerteza. Descubro assim que preciso de muitos azulejos para enumerar os meus contos: não menos que cem. Na considerável série, este livrinho ocupa um lugar de relativa importância. Os contos que o antecederam não admitem outra justificativa além da puramente autobiográfica de terem sido uma espécie de curso de aprendizagem do autor, à custa, Deus me perdoe, dos leitores; da *Trama* em diante não me isentarei da responsabilidade…

Desconfio que nós, escritores, incorremos nessas preocupações excessivas porque continuamos acreditando, na contramão de qualquer lógica, na imortalidade pelo livro. Talvez boa parte da culpa seja desses volumes tolamente rotulados como Obras Imortais; por via das dúvidas, vou tirá-los das minhas estantes. Ontem, quando o mundo era uma aldeia, para muita gente parecia estar ao alcance da mão alguma forma de imortalidade, mesmo que humilde como a de Shakespeare, que já dura a idade de cinco velhos; mas a chamada explosão demográfica faz de todos nós sobreviventes de uma inundação, agarrados a um telhado escorregadio em declive, de onde as novas levas de refugiados nos empurrarão para o abismo. Como Villasandino, vejo sinais alarmantes. Primeiro: o mundo está ficando pequeno para nos conter. Uns amigos franceses comentaram uma cláusula — hoje em dia, explicam, inevitável — nos contratos dos seus livros, que garante ao editor o direito de destruir, quando lhe for conveniente, os exemplares empilhados no depósito. Segundo: Quem desaparece não volta assim tão fácil. Encomendei em vão a livrarias de Londres uma polêmica entre Arnold e Newman sobre a tradução de Homero, que até recentemente tinha um lugar assegurado, não só na história da literatura, mas também nas edições mais corriqueiras de obras famosas.[1] Mais tarde me disseram que certa universidade norte-americana empreendeu uma edição monumental de Arnold; de todo modo, nós nos perguntamos até quando os Estados Unidos manterão seu papel de museu, firmamento e posteridade de passados e culturas. Como o mundo se assoberba simultaneamente em atividades demais, que ninguém se escandalize com ocasionais injustiças, como a de enterrar obras memoráveis e resgatar por um momento *A trama celeste*. Quanto a esta injustiça em particular, não cometerei a hipocrisia de lamentá-la; pelo contrário, vou comemorá-la segundo a tradição que pede um prólogo para todo livro reeditado após alguns anos.

Vou além: de cada um dos relatos que integram o volume direi duas ou três palavras pressurosas. "Em memória de Paulina" narra em estilo açucarado uma história cuja invenção o leitor talvez aprove. A quinta descrita em "Dos reis futuros" nasce de lembranças e de sonhos e reaparece em outras narrações minhas; Luisa, a moça, também. Em "O ídolo" minha prosa se solta, finalmente começa a andar sem precauções. Não creio que as atuais proezas cósmicas — saltos e giros cuja altura não excede a extensão da estrada número 2, para Mar del Plata — ofusquem as viagens de "A trama celeste". Em "O outro labirinto" levo ao extremo a tendência, que me atraía na época, de complicar os relatos; o próprio excesso desencadeou a cura e me revelou o meu verdadeiro amor por essa delicada Cinderela, a beleza menos fácil, a simples. Em 1932, andando pelo

---

[1] Tampouco encontrei reedições de boa parte dos livros de George Moore, nem de quase nenhum de Andrew Lang; quanto a Eden Phillpotts, talvez só sobreviva em versões ao espanhol publicadas em Buenos Aires. (N. A.)

bairro de La Recoleta, contei a Borges o argumento de "O perjúrio da neve"; em uma noite de insônia, onze anos depois, uni e amarrei os fios soltos um por um, montei a história sem dificuldade e de manhã comecei a escrevê-la.

Agora, chega. O autor se retira, como fatalmente tem de acontecer, e o livro enfrenta o seu destino.

A.B.C.
Buenos Aires, maio de 1967

NOTA

Do conto que dá título ao volume, escrevi quatro versões. A primeira saiu na revista *Sur*; as outras três em diversas edições deste livro; a segunda, na de 1948; a terceira, na de 1967; a quarta e, como espero, definitiva, na presente edição da Losada.

Quero manifestar minha gratidão a Juan José Güiraldes. Com a ajuda desse amigo, consegui limpar o texto de erros relativos à base aérea de El Palomar e a marcas de aviões do final dos anos vinte. Não é à toa que nós, escritores, vemos o erro factual como uma desgraça. Quando o descobrimos em livros alheios, deixamos de acreditar na história que nos contam.

Agradeço também a Ion Vartic, por seu prólogo para a edição romena do meu livro, e a Beatriz Curia, por seu trabalho *La concepción del cuento en Adolfo Bioy Casares* (Universidade de Cuyo, Mendoza, 1986). Ao contrário de tantos críticos propensos a encontrar alusões que nunca passaram pela mente dos autores, Vartic e Beatriz Curia decifraram pistas que deixei em uma citação dos *Tristia*, em "O outro labirinto", e na epígrafe de "O perjúrio da neve". Aliás, deduziram corretamente o que havia de apócrifo e de verdadeiro em uma referência a Blanqui.

A redação desta nota me traz à memória notas ou avisos preliminares de livros escolares dos meus tempos de estudante. Diziam mais ou menos assim: *A acolhida favorável que esta modesta obra recebeu leva-nos a oferecer uma nova edição revista e ampliada...* Palavras que eu lia reverentemente e que me fizeram pensar na remota possibilidade de algum dia usá-las nas primeiras páginas de um livro meu. Pergunto-me se essa aspiração, certamente tola, não teve influência no fato de eu ter escolhido o ofício de escrever, que me acompanha ao longo da vida e me parece o melhor de todos.

A.B.C.

Buenos Aires, agosto, 1990.

EM MEMÓRIA DE PAULINA

Sempre amei Paulina. Em uma de minhas primeiras recordações, Paulina e eu estamos escondidos em um sombrio caramanchão de loureiros, em um jardim com dois leões de pedra. Paulina me disse: Gosto de azul, gosto de uvas, gosto de gelo, gosto de rosas, gosto de cavalos brancos. Eu entendi que a minha felicidade havia começado, porque nessas preferências podia me identificar com Paulina. Éramos tão milagrosamente parecidos que, em um livro sobre a reunião final das almas na alma do mundo, minha amiga escreveu na margem: *As nossas já se reuniram.* "Nossas", naquele tempo, significava a dela e a minha.

Para explicar tal semelhança argumentei que eu era um rascunho remoto e apressado de Paulina. Lembro que anotei no meu caderno: *Todo poema é um rascunho da Poesia e em cada coisa há uma prefiguração de Deus.* Também pensei: Em tudo o que eu me parecer com Paulina, estou a salvo. Via (e vejo ainda hoje) a identificação com Paulina como a melhor possibilidade do meu ser, como o refúgio onde me livraria dos meus defeitos naturais, da estupidez, da negligência, da vaidade.

A vida foi um doce costume que nos levou a esperar, como algo natural e certo, nosso futuro casamento. Os pais de Paulina, insensíveis ao prestígio literário prematuramente alcançado, e perdido, por mim, prometeram dar o consentimento quando eu me formasse. Muitas vezes imaginávamos um futuro bem arrumado, com tempo para trabalhar, para viajar e para amar-nos. Imaginávamos essas coisas tão vividamente que afinal nos persuadíamos de que já morávamos juntos.

Falar do nosso casamento não nos induzia a tratar-nos como noivos. Passamos a infância juntos e continuava havendo entre nós uma casta amizade de crianças. Não me atrevia a assumir o papel de apaixonado e dizer a ela, em tom solene: Eu te amo. No entanto, como a amava, com que amor atônito e escrupuloso eu olhava sua resplandecente perfeição.

Paulina gostava quando eu recebia amigos. Preparava tudo, atendia os convidados e, secretamente, brincava de ser dona de casa. Confesso que essas reuniões não me deixavam muito feliz. A que organizamos para Julio Montero conhecer escritores não foi exceção.

Na véspera, Montero tinha me visitado pela primeira vez. Empunhava, na ocasião, um copioso manuscrito e o despótico direito que uma obra inédita confere sobre o tempo do próximo. Pouco depois da visita eu já havia esquecido seu rosto hirsuto e quase negro. Quanto ao conto que ele me leu — Montero me pediu que lhe dissesse com toda sinceridade se o impacto da sua amargura era muito forte —, talvez fosse notável, porque revelava um vago propósito de imitar escritores positivamente diversos. A ideia central vinha do provável sofisma: se determinada melodia surge da relação entre o violino e os movimentos do violinista, de determinada relação entre movimento e matéria surgia a alma de cada pessoa. O herói do conto fabricava uma máquina de produzir almas (uma espécie de bastidor, com madeiras e barbantes). Depois o herói morria. Velavam e enterravam o cadáver; mas ele continuava secretamente vivo no bastidor. No último parágrafo o bastidor aparecia, junto a um estereoscópio e um tripé com uma pedra de galena, no quarto onde havia morrido uma senhorita.

Quando consegui desviá-lo dos problemas do seu argumento, Montero revelou uma estranha ambição de conhecer escritores.

— Volte amanhã à tarde — disse a ele. — Vou lhe apresentar alguns.

Montero se descreveu como um selvagem e aceitou o convite. Talvez movido pela satisfação de vê-lo ir embora, desci com ele até a portaria. Quando saímos do elevador, Montero descobriu o jardim que há no pátio. Às vezes, com a luz tênue da tarde, visto através da porta de vidro que o separa do hall, esse jardim diminuto sugere a misteriosa imagem de um bosque no fundo de um lago. De noite, uns refletores de luz roxa e alaranjada o transformam em um horrível paraíso de caramelo. Montero o viu de noite.

— Vou ser sincero — disse ele, resignando-se a tirar os olhos do jardim. — De tudo o que vi na casa, isto é o mais interessante.

No dia seguinte Paulina chegou cedo; às cinco da tarde já tinha aprontado tudo para a recepção. Mostrei a ela uma estatueta chinesa, de pedra verde, que havia comprado em um antiquário naquela manhã. Era um cavalo selvagem, com as patas no ar e a crina levantada. O vendedor garantiu que simbolizava a paixão.

Paulina pôs o cavalinho em uma prateleira da estante e exclamou: É bonito como a primeira paixão de uma vida. Quando lhe disse que era um presente, ela impulsivamente pôs os braços em volta do meu pescoço e me beijou.

Tomamos um chá na copa. Eu lhe contei que tinham me oferecido uma bolsa para estudar dois anos em Londres. De repente acreditamos em um casamento imediato, na viagem, na nossa vida na Inglaterra (que nos parecia tão imediata quanto o casamento). Consideramos pormenores de economia doméstica; as privações, quase doces, a que nos submeteríamos; a distribuição das horas de estudo, de passeio, de repouso e, talvez, de trabalho; o que Paulina faria enquanto eu estivesse nas aulas; a roupa e os livros que levaríamos. Depois de algum tempo fazendo planos, admitimos que eu teria de abrir mão da bolsa. Faltava uma semana para os exames, mas já era evidente que os pais de Paulina queriam adiar o nosso casamento.

Começaram a chegar os convidados. Eu não me sentia feliz. Quando conversava com uma pessoa, só pensava em algum pretexto para me afastar dali. Parecia impossível abordar algum tema que interessasse ao interlocutor. Quando queria me lembrar de alguma coisa, perdia a memória ou a achava longe demais. Ansioso, fútil, abatido, eu pulava de um grupo a outro desejando que as pessoas fossem embora, que ficássemos sozinhos, que chegasse o momento, ai, tão breve, de levar Paulina para sua casa.

Perto da janela, minha noiva conversava com Montero. Quando olhei para ela, levantou os olhos e inclinou seu rosto perfeito em minha direção. Senti que havia um refúgio inviolável na ternura de Paulina, um refúgio onde nós dois estávamos sozinhos. Como desejei dizer que a amava! Tomei a firme decisão de perder nessa mesma noite a minha pueril e absurda vergonha de lhe falar de amor. Ah, se eu pudesse (suspirei) lhe comunicar agora os meus pensamentos. Em seu olhar palpitou uma generosa, alegre e surpresa gratidão.

Paulina me perguntou em que poema um homem se distancia tanto de uma mulher que quando a encontra no céu não a cumprimenta. Eu sabia que o poema era de Browning e me lembrava vagamente dos versos. Passei o resto da tarde procurando-os na edição da Oxford. Se não me deixavam com Paulina, procurar algo para ela era preferível a conversar com outras pessoas, mas eu estava singularmente agitado e me perguntei se a impossibilidade de encontrar o poema não era um presságio. Olhei para a janela. Luis Alberto Morgan, o pianista, deve ter notado minha ansiedade, porque me disse:

— Paulina está mostrando a casa a Montero.

Dei de ombros, tentei disfarçar minha contrariedade e simulei me interessar, de novo, pelo livro de Browning. Obliquamente vi Morgan entrando no meu quarto. Pensei: vai chamá-la. Logo em seguida reapareceu com Paulina e Montero.

Por fim alguém foi embora; depois, com despreocupação e vagar, outros partiram. Chegou um momento em que só ficamos Paulina, eu e Montero. Então, como eu temia, Paulina exclamou:

— Já é tarde. Vou embora.

Montero interveio rapidamente:

— Se me permitir, eu a acompanho até sua casa.

— Eu também vou acompanhá-la — respondi.

Falei com Paulina, mas olhei para Montero. Pretendia que os olhos lhe comunicassem meu desprezo e meu ódio.

Quando chegamos embaixo, notei que Paulina não estava com o cavalinho chinês. Disse a ela:

— Você esqueceu o meu presente.

Subi até o apartamento e voltei com a estatueta. Os dois estavam encostados na porta de vidro, olhando para o jardim. Peguei no braço de Paulina e não deixei que Montero se aproximasse dela pelo outro lado. Na conversa, prescindi ostensivamente de Montero.

Ele não se ofendeu. Quando nos despedimos de Paulina, insistiu em vir comigo até minha casa. No trajeto falou de literatura, provavelmente com sinceridade e ardor. Pensei: Ele é o literato; eu sou um homem cansado, frivolamente preocupado com uma mulher. Considerei a incongruência que havia entre seu vigor físico e sua fraqueza literária. Pensei: ele tem uma carapaça que o protege; o que o interlocutor sente não o atinge. Observei com ódio seus olhos despertos, seu bigode hirsuto, seu pescoço fornido.

Nessa semana quase não vi Paulina. Estudei muito. Depois do último exame, telefonei para ela. Ela me parabenizou com uma insistência que não parecia natural e disse que no final da tarde iria à minha casa.

Fiz a sesta, tomei um banho vagaroso e esperei Paulina folheando um livro sobre os *Faustos* de Müller e de Lessing.

Quando a vi, exclamei:

— Você está mudada.

— Sim — respondeu. — Como nós nos conhecemos! Não preciso nem falar para você saber o que estou sentindo.

Então nos olhamos dentro dos olhos, em um êxtase de beatitude.

— Obrigado — respondi.

Nada me comovia tanto como a admissão, por parte de Paulina, da íntima conformidade das nossas almas. Confiante, eu me entreguei a essa lisonja. Não sei quando foi que me perguntei (incredulamente) se as palavras de Paulina não escondiam outro sentido. Antes que eu chegasse a considerar essa possibilidade, ela começou uma confusa explicação. De repente ouvi:

— Nessa primeira tarde já estávamos perdidamente apaixonados.

Eu me perguntei quem estava apaixonado. Paulina continuou.

— É muito ciumento. Não se opõe à nossa amizade, mas jurei que, por um tempo, não veria mais você.

Eu ainda esperava a impossível explicação que me tranquilizaria. Não sabia se Paulina estava falando sério ou era brincadeira. Não sabia que expressão havia no meu rosto. Não sabia como era dilacerante a minha angústia. Paulina acrescentou:

— Vou indo. Julio me espera. Ele não subiu para não nos incomodar.

— Quem? — perguntei.

E logo em seguida temi — como se nada tivesse acontecido — que Paulina descobrisse que eu era um impostor e que nossas almas não estavam tão unidas.

Paulina respondeu com naturalidade:

— Julio Montero.

A resposta não podia me surpreender; no entanto, naquela tarde horrível, nada me abalou tanto como essas duas palavras. Pela primeira vez me senti longe de Paulina. Quase com desprezo, perguntei:

— Vocês vão se casar?

Não lembro o que ela respondeu. Acho que me convidou para o casamento.

Depois fiquei sozinho. Tudo era absurdo. Não havia pessoa mais incompatível com Paulina (e comigo) que Montero. Ou eu estava enganado? Se Paulina amava esse homem, talvez ela nunca tivesse se parecido comigo. Uma abjuração não me bastou; descobri que já havia vislumbrado muitas vezes a horrenda verdade.

Fiquei muito triste, mas não creio que estivesse com ciúmes. Deitei na cama, de bruços. Ao esticar a mão encontrei o livro que estava lendo pouco antes. Joguei-o longe, com nojo.

Saí para caminhar. Em uma esquina fiquei olhando um carrossel. Naquela tarde parecia impossível continuar vivendo.

Durante anos me lembrei dela, e como preferia os dolorosos momentos da ruptura (porque os tinha passado com Paulina) à solidão posterior, eu os percorria e os examinava minuciosamente e voltava a vivê-los. Nessa angustiada cavilação pensava descobrir novas interpretações para os fatos. Por exemplo, na voz de Paulina declarando o nome de seu amado surpreendi uma ternura que, a princípio, me emocionou. Pensei que a moça sentia pena de mim e sua bondade me comoveu da mesma forma que antes o seu amor me comovia. Depois, pensando melhor, deduzi que aquela ternura não era para mim e sim para o nome pronunciado.

Aceitei a bolsa e, silenciosamente, fui cuidar dos preparativos da viagem. No entanto, a notícia correu. Na última tarde Paulina veio me visitar.

Eu já me sentia distante dela, mas quando a vi me apaixonei de novo. Sem que Paulina dissesse, entendi que a sua vinda era furtiva. Segurei suas mãos, trêmulo de gratidão. Paulina exclamou:

— Sempre vou te amar. De algum modo, sempre vou te amar mais do que a qualquer outra pessoa.

Talvez ela tivesse achado que cometera uma traição. Sabia que eu não duvidava de sua lealdade a Montero, mas, parecendo contrariada por ter pronunciado palavras que implicassem — não para mim, para uma testemunha imaginária — uma intenção desleal, acrescentou rapidamente:

— Evidentemente, o que sinto por você não conta. Estou apaixonada por Julio.

Todo o resto, disse, não tinha importância. O passado era uma região deserta onde ela havia esperado por Montero. Do nosso amor, ou amizade, não se lembrou.

Depois falamos pouco. Eu estava muito ressentido e fingi ter pressa. Fui com ela até o elevador. Quando abri a porta, retumbou, imediata, a chuva.

— Vou procurar um táxi — disse.

Com uma súbita emoção na voz, Paulina me gritou:

— Adeus, querido.

Atravessou, correndo, a rua e desapareceu ao longe. Eu me virei, tristemente. Ao erguer os olhos vi um homem escondido no jardim. O homem se ergueu e encostou as mãos e o rosto na porta de vidro. Era Montero.

Raios de luz lilás e de luz alaranjada se entrecruzavam sobre um fundo verde, com boscagens escuras. O rosto de Montero, apertado contra o vidro molhado, parecia pálido e disforme.

Pensei em aquários, em peixes em aquários. Depois, com uma amargura frívola, pensei que o rosto de Montero sugeria outros monstros: os peixes deformados pela pressão da água que habitam no fundo do mar.

No dia seguinte, de manhã, embarquei. Durante a viagem quase não saí do camarote. Escrevi e estudei muito.

Queria esquecer Paulina. Nos dois anos que passei na Inglaterra, evitei tudo o que me fizesse pensar nela: dos encontros com argentinos até os poucos telegramas de Buenos Aires que os jornais publicavam. É verdade que ela me aparecia nos sonhos, com uma vividez tão persuasiva e tão real que me perguntei se minha alma não compensava de noite as privações que eu lhe impunha na vigília. Evitei obstinadamente a sua lembrança. No final do primeiro ano, consegui excluí-la das minhas noites e, quase, esquecê-la.

Na tarde em que cheguei da Europa voltei a pensar em Paulina. Com apreensão, pensei que quando chegasse em casa as lembranças talvez fossem vivas demais. Ao entrar em meu quarto senti alguma emoção e me detive respeitosamente, comemorando o passado e os extremos de alegria e de aflição que eu havia conhecido. Então tive uma revelação vergonhosa. O que me comovia não eram os monumentos secretos do nosso amor, subitamente manifestados no mais íntimo da minha memória, mas sim a luz enfática que entrava pela janela, a luz de Buenos Aires.

Por volta das quatro fui até a esquina e comprei um quilo de café. Na padaria, o dono me reconheceu, cumprimentou-me com estrondosa cordialidade e me informou que fazia muito tempo — seis meses, pelo menos — que eu não o honrava com minhas compras. Depois dessas gentilezas pedi, tímido e resignado, meio quilo de pão. Ele perguntou, como sempre:

— Moreno ou claro?

Respondi, como sempre:

— Claro.

Voltei para casa. O dia estava límpido como um cristal, e muito frio.

Enquanto preparava o café, pensei em Paulina. Ali pelo fim da tarde nós costumávamos tomar uma xícara de café preto.

Como se estivesse em um sonho, passei de uma afável e equânime indiferença à emoção, à loucura que o aparecimento de Paulina me provocou.

Caí de joelhos quando a vi, pus o rosto entre as mãos dela e, pela primeira vez, chorei toda a dor de tê-la perdido.

Sua chegada foi assim: ouviram-se três batidas na porta; eu me perguntei quem podia ser o intruso; pensei que o café ia esfriar por sua culpa; abri, distraidamente.

Depois — não sei se o tempo que transcorreu foi muito longo ou muito breve — Paulina mandou que a seguisse. Entendi que assim estava corrigindo, com a persuasão dos fatos, nossos antigos erros de comportamento. Tenho a sensação (mas além de incorrer nos mesmos erros, sou infiel a essa tarde) de que os corrigiu com uma determinação excessiva. Quando me pediu que segurasse sua mão ("A mão!", disse. "Agora!"), eu me entreguei à felicidade. Olhamos nos olhos um do outro e, como dois rios confluentes, nossas almas também se uniram. Lá fora, sobre o telhado, contra os muros, chovia. Interpretei essa chuva — que era o mundo inteiro surgindo novamente — como uma pânica expansão do nosso amor.

A emoção não me impediu, contudo, de descobrir que Montero havia contaminado a fala de Paulina. Às vezes, quando ela falava, eu tinha a ingrata impressão de estar ouvindo o meu rival. Reconheci o peso característico das frases; reconheci as ingênuas e trabalhosas tentativas de encontrar o termo exato; reconheci, ainda despontando vergonhosamente, a inconfundível vulgaridade.

Fazendo um esforço, consegui me sobrepor. Fitei o rosto, o sorriso, os olhos. Ali estava Paulina, intrínseca e perfeita. Ali não a haviam mudado.

Então, enquanto a contemplava na penumbra mercurial do espelho, rodeada pela moldura de grinaldas, de coroas e de anjos negros, achei-a diferente. Era como se descobrisse outra versão de Paulina; como se a visse de um modo novo. Dei graças pela separação, que havia interrompido meu hábito de vê-la, mas que a devolvia ainda mais bonita.

Paulina disse:

— Já vou. Julio está me esperando.

Notei em sua voz uma estranha mistura de menosprezo e de angústia, que me desconcertou. Pensei melancolicamente: Paulina, em outros tempos, não trairia ninguém. Quando ergui os olhos, tinha ido embora.

Após um instante de vacilação, chamei-a. Voltei a chamá-la, desci e fui até a entrada, corri pela rua. Não a encontrei. Na volta, senti frio. Pensei: "Refrescou. Foi só uma pancada de chuva". A rua estava seca.

Quando voltei para casa vi que eram nove horas. Não estava com vontade de sair para comer; a possibilidade de encontrar algum conhecido me acovardava. Fiz um pouco de café. Tomei duas ou três xícaras e mordi a ponta de um pão.

Não sabia sequer quando nos veríamos de novo. Eu queria falar com Paulina. Queria pedir que me explicasse... De repente, minha ingratidão me assustou. O destino me proporcionava a felicidade, e eu não estava contente. Aquela tarde era a culminação de nossas vidas. Paulina tinha entendido assim. Eu mesmo entendi assim. Por isso quase não nos falamos. (Falar, fazer perguntas, teria sido, de certo modo, diferenciar-nos.)

Parecia impossível ter de esperar até o dia seguinte para ver Paulina. Com um alívio incômodo, determinei que nessa mesma noite iria à casa de Montero. Desisti rapidamente; sem falar antes com Paulina, eu não podia ir visitá-los. Resolvi procurar um amigo — achei que Luis Alberto Morgan era o mais indicado — e pedir que ele me contasse tudo o que sabia da vida de Paulina durante minha ausência.

Depois pensei que era melhor ir dormir. Descansado, no dia seguinte veria tudo com mais clareza. Por outro lado, não estava disposto a ouvir falar frivolamente de Paulina. Quando me deitei tive a impressão de ter caído em uma armadilha (lembrei-me, talvez, de noites de insônia, dessas em que ficamos na cama para não admitir que estamos acordados). Apaguei a luz.

Eu não ia mais especular sobre o comportamento de Paulina. Sabia muito pouco para querer entender a situação. Como não podia esvaziar a mente e parar de pensar, eu me refugiaria na lembrança daquela tarde.

Continuaria gostando do rosto de Paulina, mesmo encontrando em seus atos algo de estranho e hostil que me afastava dela. O rosto era o de sempre, o rosto puro e maravilhoso que me amara antes do abominável aparecimento de Montero. Pensei: há uma fidelidade nos rostos que as almas talvez não compartilham.

Ou seria tudo um engano? Eu não estaria apaixonado por uma cega projeção de minhas preferências e ojerizas? Será que nunca tinha conhecido Paulina?

Escolhi uma imagem daquela tarde — Paulina em frente à escura e tersa profundidade do espelho — e tentei evocá-la. Quando a divisei, tive uma revelação instantânea: eu hesitava porque estava esquecendo Paulina. Quis me concentrar na contemplação da sua imagem. A fantasia e a memória são faculdades caprichosas: eu me lembrava do cabelo despenteado, de uma prega do vestido, da vaga penumbra circundante, mas minha amada se desvanecia.

Muitas imagens, animadas por uma inevitável energia, passavam diante dos meus olhos fechados. De repente fiz uma descoberta. Como que na beira escura de um abismo, em um ângulo do espelho, à direita de Paulina, apareceu o cavalinho de pedra verde.

Essa visão, quando se produziu, não me surpreendeu; só após alguns minutos lembrei que a estatueta não estava em casa. Eu a tinha dado a Paulina dois anos antes.

Pensei se tratar de uma superposição de lembranças anacrônicas (a mais antiga, do cavalinho; a mais recente, de Paulina). A questão estava elucidada, eu já podia ficar tranquilo, e precisava dormir. Formulei então uma reflexão envergonhada e, à luz do que iria descobrir mais tarde, patética. "Se eu não dormir logo", pensei, "amanhã estarei pálido e não vou agradar Paulina".

Pouco depois percebi que minha lembrança da estatueta no espelho do quarto não era justificável. Nunca a deixei no quarto. Em casa, só a vi no outro aposento (na prateleira, nas mãos de Paulina ou nas minhas).

Apavorado, quis ver essas recordações mais uma vez. O espelho reapareceu, rodeado de anjos e de grinaldas de madeira, com Paulina no centro e o cavalinho à direita. Eu não tinha certeza de que refletisse o quarto. Talvez sim, mas de um modo vago e sumário. Em contrapartida, o cavalinho se empinava nitidamente na prateleira da estante. A estante ocupava toda a parede do fundo, e na escuridão lateral rondava um novo personagem, que não reconheci no primeiro momento. Depois, com pouco interesse, percebi que esse personagem era eu.

Vi o rosto de Paulina, vi-o inteiro (não em partes), como que projetado em minha direção pela extrema intensidade de sua formosura e de sua tristeza. Acordei chorando.

Não sei desde quando eu estava dormindo. Mas sei que o sonho não foi criativo. Ele deu continuidade, insensivelmente, às minhas imaginações e reproduziu com fidelidade as cenas da tarde.

Olhei o relógio. Eram cinco horas. Eu me levantaria cedo e, mesmo correndo o risco de irritar Paulina, iria até sua casa. Essa resolução não mitigou minha angústia.

Levantei às sete e meia, tomei um banho demorado e me vesti devagar.

Não sabia onde Paulina morava. O porteiro me emprestou as listas telefônicas, a de assinantes e a comercial. Nenhuma das duas tinha o endereço de Montero. Procurei o nome de Paulina; tampouco constava. Verifiquei, também, que na antiga casa de Montero morava outra pessoa. Pensei em perguntar o endereço aos pais de Paulina.

Fazia muito tempo que não os via (quando soube do amor de Paulina por Montero, interrompi o contato com eles). Agora, para me desculpar, teria de historiar meus pesares. Não tive ânimo.

Decidi falar com Luis Alberto Morgan. Antes das onze não podia aparecer em sua casa. Perambulei pelas ruas, sem ver nada, ou observando com uma fugaz aplicação a forma de uma moldura em uma parede ou o sentido de uma palavra ouvida por acaso. Lembro que na praça Independencia havia uma mulher, com os sapatos em uma das mãos e um livro na outra, passeando descalça pela grama molhada.

Morgan me recebeu na cama, às voltas com uma enorme tigela que segurava com as duas mãos. Divisei um líquido esbranquiçado e, flutuando, um pedaço de pão.

— Onde Montero mora? — perguntei.

Ele já tinha bebido todo o leite. Agora pegava os pedaços de pão do fundo da tigela.

— Montero está preso — respondeu.

Não pude esconder meu assombro. Morgan continuou:

— Como? Você não sabe?

Imaginou, sem dúvida, que eu só ignorava esse detalhe, mas, pelo gosto de falar, contou tudo o que acontecera. Pensei que eu fosse perder os sentidos; cair em um súbito precipício; lá também chegava a voz ccrimoniosa, implacável e nítida, que relatava fatos incompreensíveis com a monstruosa e persuasiva convicção de que eram familiares.

Morgan me contou o seguinte: suspeitando que Paulina ia me visitar, Montero se escondeu no jardim do meu prédio. Viu-a sair e a seguiu; interpelou-a na rua. Quando se aglomeraram curiosos, ele a obrigou a entrar em um táxi. Rodaram a noite toda pela Costanera e pelos lagos e, de madrugada, em um hotel do Tigre, matou-a com um tiro. Isso não tinha acontecido na noite anterior àquela manhã; tinha acontecido na véspera da minha viagem à Europa; tinha acontecido havia dois anos.

Nos momentos mais terríveis da vida muitas vezes caímos em uma espécie de irresponsabilidade protetora e, em vez de pensar no que está acontecendo, dirigimos nossa atenção a trivialidades. Nesse momento perguntei a Morgan:

— Está lembrado do nosso último encontro, lá em casa, antes da minha viagem?

Morgan se lembrava. Continuei:

— Quando você viu que eu estava preocupado e foi procurar Paulina no meu quarto, o que Montero estava fazendo?

— Nada — respondeu Morgan, com certa vivacidade. — Nada. Pensando melhor, agora me lembro: estava se olhando no espelho.

Voltei para casa. Cruzei, na entrada, com o porteiro. Demonstrando indiferença, perguntei-lhe:

— Sabe que a senhorita Paulina morreu?

— Como não iria saber? — respondeu. — Todos os jornais falaram do assassinato e eu acabei prestando depoimento à polícia.

O homem me olhou inquisitivamente.

— Está tudo bem? — perguntou, aproximando-se muito de mim. — Quer que o acompanhe?

Agradeci e fugi para cima. Tenho uma vaga lembrança de ter pelejado com uma chave; de ter apanhado umas cartas, do outro lado da porta; de estar de olhos fechados, deitado de bruços, na cama.

Depois me surpreendi em frente ao espelho, pensando: "O fato é que Paulina me visitou esta noite. Morreu sabendo que o casamento com Montero tinha sido um equívoco — um equívoco atroz — e que nós éramos a verdade. Voltou da morte para completar o seu destino, o nosso destino". Lembrei de uma frase que Paulina havia escrito, anos antes, em um livro: *Nossas almas já se reuniram*. Continuei pensando: "Esta noite, finalmente. No momento em que segurei sua mão". Depois, pensei: "Sou indigno dela: duvidei, senti ciúmes. Ela veio da morte para me amar".

Paulina tinha me perdoado. Nunca havíamos nos amado tanto. Nunca estivemos tão perto.

Eu estava me debatendo nessa embriaguez de amor, vitoriosa e triste, quando me perguntei — ou melhor, quando meu cérebro, movido pelo simples hábito de propor alternativas, perguntou — se não haveria outra explicação para a visita daquela noite. Então, fulminante, a verdade me atingiu.

Eu gostaria de descobrir agora que estou enganado de novo. Infelizmente, como sempre acontece quando surge a verdade, minha horrível explicação esclarece os fatos que pareciam misteriosos. Estes, por seu lado, a confirmam.

Nosso pobre amor não tirou Paulina do túmulo. Não houve fantasma de Paulina. Eu abracei um monstruoso fantasma dos ciúmes do meu rival.

A chave do que aconteceu está na visita que Paulina me fez na véspera da minha viagem. Montero a seguiu e a esperou no jardim. Brigaram a noite toda e, como não acreditou em suas explicações — como esse homem podia entender a pureza de Paulina? —, matou-a de madrugada.

Eu o imaginei na prisão, cismando naquela visita, representando-a com a cruel obstinação do ciúme.

A imagem que entrou em casa, o que depois aconteceu lá, foi uma projeção da horrenda fantasia de Montero. Na época não descobri isso, porque estava tão comovido e tão feliz que a minha única vontade era obedecer a Paulina. No entanto, não faltaram indícios. Por exemplo, a chuva. Durante a visita da verdadeira Paulina — na véspera da minha viagem —, eu não ouvi a chuva. Montero, que estava no jardim, sentiu-a diretamente no corpo. Ao imaginar-nos, ele achou que a tínhamos ouvido. Por isso ouvi chover ontem à noite. Depois vi que a rua estava seca.

Outro indício é a estatueta. Só esteve em minha casa por um único dia: o dia da recepção. Para Montero, ela se tornou um símbolo do lugar. Por isso apareceu esta noite.

Não me reconheci no espelho porque Montero não me imaginou claramente. Também não imaginou o quarto com muita precisão. Nem sequer conheceu Paulina. A imagem projetada por Montero se comportava de uma maneira que não é própria de Paulina. Além do mais, falava como ele.

Urdir esta fantasia é a tortura de Montero. A minha é mais real. É a convicção de que Paulina voltou não porque estivesse desenganada de seu amor. É a convicção de que eu nunca fui seu amor. É a convicção de que Montero não ignorava aspectos de sua vida que eu só vim a conhecer indiretamente. É a convicção de que, ao segurar sua mão — no suposto momento da união das nossas almas —, obedeci a um pedido de Paulina que ela nunca me dirigiu e que meu rival escutou muitas vezes.

DOS REIS FUTUROS

I

Talvez convenha começar esta narração com a lembrança de um espetáculo de circo ocorrido em 1918. Lá meus deslumbrados olhos viram pela primeira vez — em trabalhos certamente humildes, mas que na época me pareceram prodigiosos — os animais que merecem nosso mais decidido respeito: as focas. Quanto à felicidade que vinculo involuntariamente a essas lembranças, agora a atribuo (mas não se pode esquecer que vivemos todos obcecados nestes dias infaustos) à nobre, à santa embriaguez da vitória; no entanto, quando tento reviver com mais pureza meus sentimentos de então, entendo que no centro do meu júbilo, como símbolos de mistérios futuros, estavam a enorme tenda embandeirada e três crianças — Helena, Marcos e eu — de mãos dadas diante de uma soleira funesta.

Quando o número das focas terminou, Marcos saiu do camarote. Na rubra circunferência do picadeiro apareceu um chimpanzé pedalando uma bicicleta. O bicho pedalava sem olhar para seu estreito caminho; tinha os olhos fixos em Helena. De repente as coisas se precipitaram. Helena chorou; Marcos voltou e disse que tinha conseguido autorização para visitar as focas e os animais; Helena implorou e ameaçou: se eu fosse, ela nunca mais falaria comigo; segui Marcos.

Já naquele tempo Marcos era o secreto e tenaz agente que organizava tudo em nossas vidas. Era muito inteligente, muito enérgico, muito rico. Boa parte de nossa infância transcorreu em suas casas: na sua casa da cidade ou em Saint Remi, a extensa quinta nos arrabaldes.

Só Helena parecia resistir à sua influência. Contrariando a opinião universal, com uma insistência tranquila e espontânea que, de certo modo, o contestava, Helena continuava preferindo a mim, acreditando em mim e não nele.

Quando terminamos o segundo grau entrei na Faculdade de Direito. Durante quatro anos segui regularmente os cursos. Quando me falavam de estudantes que tinham se formado em um ou dois anos, eu ouvia com desdém. Que fruto podem deixar — perguntava imediatamente — centenas de milhares de páginas percorridas com tal precipitação?

Marcos não estudava. Lia para si mesmo e orientava nossas leituras. Seguindo-o, indaguei com frivolidade e com proveito a história da quadratura do círculo, os progressos dos navegantes árabes, as possibilidades da logística, a natureza e a multiplicação dos cromossomos, os trabalhos de Resta sobre as cosmografias comparadas.

Por fim, Marcos entrou na Escola de Ciências Naturais. Isso parecia uma confirmação — como observou um comentador amistoso — de que não encarava a vida com seriedade. No entanto, o curso é longo e difícil. Marcos se formou em um ano.

— Vou me dedicar aos estudos — disse-me uma noite. — E me isolar em Saint Remi. Quero uma companheira: uma moça inteligente, que more comigo e me ajude.

Inexplicavelmente, fiquei alarmado. Entendi que eu teria de procurar essa moça para ele. Sem vontade, sem método, comecei a buscá-la na memória. Desisti rapidamente dessa busca.

Helena foi com ele. Eu larguei a faculdade e embarquei para a Austrália. Não houve despedidas. Eles já estavam morando na quinta; não tive tempo de telefonar nem de visitá-los.

Na Austrália fui ajudante de administrador, e depois administrador, de uma propriedade rural. Na hora da sesta eu contava as lajotas alaranjadas do pátio e cada lajota representava uma das mulheres da minha vida. Duas recordações não me eram indiferentes: a excessivamente dolorosa de Helena e a de Luisa, a filha do dono da venda, que morava em frente à quinta. Brincávamos com ela todas as tardes, e era uma doce, embora não vívida, lembrança daquela época. Gostaria de saber alguma coisa dessa moça. Tivemos a infância em comum e depois a esqueci. O que me restava de Luisa? Esta lapiseira, que ela me deu de aniversário e que sempre levo comigo, e uma ou outra desesperada e terna repreensão, que surge nos sonhos ou na Austrália.

Para dissipar o tédio das tardes, eu escrevia romances de espionagem. Com o pseudônimo Speculator, publiquei meia dúzia de livros, em Melbourne. Chegaram a ter várias edições, mas a crítica foi desfavorável.

Passei nove anos entre as planícies e as manadas, até que começou a guerra e voltei para a pátria. Fui considerado velho para a frente de batalha e, não sei como, entrei para o serviço de contraespionagem. Talvez o tema de meus livros tenha sugerido a alguém a ideia absurda de que eu daria um bom espião.

Uma tarde, conversando com um colega, soube que em nosso escritório desconfiavam dos moradores de Saint Remi. Falei com o chefe. Ele suspeitava que na quinta alguém orientava os aviões inimigos que bombardeavam aquela zona da cidade. Consegui que me encarregasse da investigação.

II

Saí de manhã do Quartel Oeste, atravessei a rua estrepitosa debaixo de um céu puro e desci até as cavernas do metrô. Tive que esperar na plataforma: ainda saíam dos túneis, carregando sacos e colchões, as pessoas que tinham se refugiado de noite. Já passava das dez horas quando o serviço metroviário foi restabelecido. Fui até a última estação e finalmente emergi, através de um labirinto de escadas de ferro, no subúrbio silencioso, escurecido pelas árvores. Lá estavam, como um grupo de indiferentes lembranças materializadas, a garagem com os baixos-relevos da cavalariça anterior, o parque de quermesses, o clube de tênis, verde, vermelho e branco. Procurei em vão um carro ou um coche que me levasse à quinta. Um pouco cansado adentrei uma alameda de árvores muito altas e frondosas, com troncos escuros, folhagem nítida e flores alaranjadas, que não coincidia exatamente com as minhas lembranças. Quando as árvores terminaram, comecei a reconhecer o lugar; tive a impressão de que o bairro tinha sido bastante castigado pelos bombardeios (no entanto, o bombardeio que sofremos agora deve ser mais forte que todos os anteriores). Continuei andando: vi casas intactas, ruas não esburacadas. Cheguei, depois, ao ruinoso paredão que rodeia a quinta Saint Remi. De fora não se podia ver se o lugar tinha sido atingido pelos bombardeios. Caminhei ladeando o paredão, como em um sonho de cansaço interminável.

O bairro havia mudado. No entanto, bem em frente ao portão de Saint Remi ainda estava a venda dos pais de Luisa. Ao entrar naquele espaço sombrio, ao sentir sob meus pés as suaves tábuas de carvalho (que antes haviam pertencido à sala de jantar da quinta), senti que irrompia em minha alma uma sensação de ternura, a primeira em muitos anos. Fui atendido por um homem e uma mulher desconhecidos. Entendi que eram os novos donos. Perguntei se podia almoçar.

— Não muito — respondeu o dono da venda. Era um homem verdacho e desgrenhado.

— Não menos que em outro lugar — corrigiu, sonhadoramente, a mulher. Foi preparar o almoço.

Falei dos bombardeios, da escassez de mercadorias, do aumento dos preços, do mercado negro, de que o homem descendia do macaco e de que devíamos ser indulgentes com o governo, de que a guerra era um sacrifício comum, dos ganhadores no último domingo e, por fim, da quinta Saint Remi.

— Essa gente de lá sempre deu o que falar — comentou o dono da venda. — Agora, ainda mais.

De um cômodo vizinho ouviu-se a voz da mulher:

— O pessoal fala.

— Não saem nunca nem deixam ninguém entrar lá — explicou o dono da venda.

A mulher respondeu:

— O pessoal do bairro, o verdadeiro pessoal do bairro, não se queixa. São os revoltados dos subúrbios…

— Não sabemos nada do que acontece no outro lado do paredão — comentou o homem, sombriamente. Após uma pausa, continuou: — Faz muito tempo que não sabemos nada.

— Nós não sofremos nenhum prejuízo — disse a mulher.

Pôs na mesa um volumoso prato de repolho e me convidou para sentar. Depois me trouxe um copo de vinho azedo e uma fatia de pão.

Tomei coragem e perguntei:

— Quem está informado sobre o assunto?

— Ninguém — sussurrou a mulher, entrecerrando os olhos.

— O peixeiro — afirmou o homem.

Voltando do seu trajeto, cerca de uma da tarde, o peixeiro passaria pela venda. Era o único fornecedor que abastecia a quinta.

— Ele entra lá todos os dias? — inquiri.

— Nunca — disse, sorrindo, a mulher.

— Eles o recebem no portão — explicou o dono da venda.

Pouco depois da uma e meia o peixeiro apareceu. Vinha em um caminhão puxado por um cavalo.

— Os moradores de Saint Remi são seus fregueses? — perguntei a ele.

— Claro — disse o homem. — Já os atendo há anos.

— Viu o dono ultimamente?

— Todo dia.

— É verdade que nenhum outro fornecedor trabalha com o pessoal da quinta?

— Para que vai trabalhar? Lá só se come peixe. Consomem mais peixe que um exército. Graças a eles comprei primeiro o caminhão, agora o cavalo.

Resolvi entrar em Saint Remi só ao entardecer. Pedi ao dono da venda um quarto para fazer uma sesta. Ele me levou para o andar de cima. O quarto era comprido e estreito, com uma porta em cada extremo.

Acordei com a sensação de que tinha dormido muito tempo. Olhei o relógio. Eram dez para as cinco. Temi ter dormido um dia e uma noite inteiros, e já ser a manhã do dia seguinte. Ainda confuso por causa do sono, fui à porta para chamar o dono da venda. Mas me enganei de porta; abri… Em vez da escada desconjuntada que esperava encontrar, havia um quarto bem arrumado, com retratos, estantes, abajures, cortinados, tapetes. Uma moça estava sentada em frente a uma escrivaninha. Levantou a cabeça e me olhou, com uns olhos doces e honestos. Era Luisa. Pronunciou o meu nome.

— Mas, os seus pais…? — perguntei.

Ela disse que os pais tinham vendido o estabelecimento para uns parentes e ido morar no campo. Ela alugava aquele quarto. Creio que estava tão emocionada e tão feliz quanto eu.

Talvez devido à impressão de estar sonhando, eu me atrevi a dizer que tinha pensado muito nela.

A moça me interrompeu com uma pergunta súbita e ansiosa:

— Não vai entrar na quinta?

Nesse momento ouvimos passos na escada.

— Não quero que nos vejam juntos. Eles não podem saber quem eu sou — murmurei. — Volto entre oito e nove da noite.

Fechei a porta. Pela outra apareceu o dono da venda.

— Com licença — disse. — Preciso falar com o senhor. Sei qual é sua missão. Eu o ajudarei.

— Minha missão?

— Os bombardeios — respondeu. — Arrasaram o bairro todo, mas isto aqui é uma ilha.

— Não caem bombas?

— Ultimamente, sim. Algumas. Por obrigação ou por engano, uns aviões que voavam muito alto as jogaram.

— Bem — respondi. — E que informações me dá sobre os moradores da quinta?

— O pessoal vai dizer que o dono da casa mantém a esposa sequestrada. Não acredite nessa história.

— Ela não está sequestrada?

— Os dois estão sequestrados.

— Vamos para baixo — ordenei. — Quem são os sequestradores?

— Desconfio que ninguém sabe. O pessoal dá explicações fantásticas.

— Mas todos moram na quinta?

— Sim. Todos moram na quinta.

O homem disse mais alguma coisa, porém não esclareceu nada. Supus que uma percepção, repentina e secreta, da minha inaptidão para a aventura que me esperava, ou da índole incomunicável ou atroz de suas confidências, o convencera de que era inútil falar comigo. Não insisti muito com minhas perguntas: não convinha demonstrar avidez. Logo depois nos despedimos. Pedi que não comentasse nossa conversa com ninguém.

Saí de lá tentando me manter fora da vista de um possível observador que estivesse nas janelas do andar de cima. Caminhei por uns dez minutos; parei num lugar onde o paredão estava meio desmoronado; certifiquei-me de que ninguém estava me olhando; escalei o paredão e pulei para dentro da quinta.

O estado de abandono em que se achava aquele nobre e bonito jardim me impressionou profundamente. Não quero dizer que assim — insetos e plantas entregues, como em uma selva, à livre luta evolutiva — o jardim parecesse menos nobre ou menos bonito. Um quiosque semidestruído; uma árvore cuja folhagem cinzenta se perdia, no céu de verão, atrás das folhas brilhantes da trepadeira que a sufocava; uma Diana caída; um chafariz seco; um arbusto, encravado em um formigueiro monstruoso, cheio de flores amarelas e perfumadas; bancos que pareciam esperar, nos caminhos solitários, por pessoas de outro tempo; árvores muito altas, com os últimos galhos sem folhas; vibráteis muros de sebes cinzentas, de sebes verdes e de sebes azuis... Agora, depois do que vim a saber, vejo nessa combinação de abundância e decrepitude, nessa beleza imensamente triste, um símbolo do transitório reino dos homens.

Olhei o relógio. Restavam-me três horas de luz para investigar. Depois veria Luisa. Sabia onde encontrá-la. Minha impaciência — pensei — era injustificável.

De onde eu estava não se via a casa. Avancei cautelosamente, escondendo-me atrás das árvores. Exceto por um zumbido contínuo de abelhas e, de vez em quando, uma lufada de vento que estremecia as folhas, o silêncio era quase perfeito. Dei alguns passos e me escondi junto a um busto de Fedro. Tive a impressão de estar sendo observado. Olhei em volta. Não havia ninguém. Quis começar a correr. Não consegui. Eu tinha a sensação de estar me movendo, de estar me ocultando, diante de uns olhos invisíveis; estava aterrorizado, mas tinha certeza — e isso vai parecer um indício do meu desequilíbrio — de que nesses olhos secretos não havia hostilidade.

(Entendo que este relato é confuso. Escrevo automaticamente; quem escreve, através de meu cansaço e de minhas dores, é o hábito da composição literária. Dizem que quando nos afogamos lembramos de toda a nossa vida. Mas uma coisa é lembrar; outra, escrever.)

Então me joguei no chão. Começava, bem perto, um bombardeio. Sei que em determinado momento pensei que devia aproveitar o bombardeio para entrar na casa. Sei que em outro momento voavam, bem alto, uns aviões verdes, e que em outro ainda eu estava espiando entre a folhagem de uma árvore e divisava, no fundo de uma avenida, a casa, interminável de alas e pavilhões. Não sei quanto tempo transcorreu. Agora imagino essa visão, mais escura do que deve ter sido, quase noturna, e penso no edifício como um extenso animal antediluviano, deitado entre as árvores. Protegendo-me, arrastando-me, correndo quando não conseguia controlar os nervos, cheguei ao pátio externo. Entrei no que havia sido, no meu tempo, a sala de jantar das crianças. Tudo estava como antes, só que coberto de poeira e teias de aranha. Empurrei a janela; entrei. Nas paredes estavam pendurados os mesmos quadros com manadas de cavalos selvagens. Acalmei-me um pouco. Continuei avançando pelos corredores; atravessei o pavilhão dos quartos de hóspedes; já ia entrar na sala de bilhar... Estava cheia de pequenos montes de terra, como se fossem ninhos de vespa, e uma infinidade de formigas negras a percorria. Nas paredes e nos móveis do salão de baile havia umas lagartas brancas, parecidas com bichos-da-seda, mas muito maiores; tinham uma pelagem branca e rosto quase humano, e me contemplavam em atenta imobilidade, com seus olhos redondos e esverdeados. Fugi escada acima. Já era de noite; o luar entrava pelos buracos do telhado; e pelos buracos do piso vi os móveis escuros, forrados de damasco amarelo, da sala de música; vi que faltavam as paredes que antes separavam esse cômodo da sala de jantar, do salão de baile e da saleta vermelha; vi, onde devia estar a saleta vermelha, uma espécie de pântano, ou lago, com juncos, e umas formas viscosas nadando na água escura; vi, ou julguei ver, na margem lamacenta, uma sereia.

Soaram passos muito perto dali. Desci a escada, fui ao jardim de inverno, escudei-me atrás de um vaso de porcelana azul. Alguém andava pesadamente na sala de música. Se me arrastasse até a porta, poderia espiar. Ouviu-se um chapinhar, um som como de águas agitadas, e depois um longo silêncio; os passos voltaram. Olhei cautelosamente. A princípio não vi nada de estranho: meus olhos, deslizando pelos móveis forrados de damasco amarelo, pela imitação da Enriqueta de Netscher, pela tapeçaria com os dois Erídanos, pelo harmônio, pela estátua de Mercúrio com as pedras de bronze, chegaram ao pântano dos juncos. Lá descobri uma foca (certamente a sereia de pouco antes); depois, um grupo de focas comendo peixe. À minha esquerda voltaram a soar passos. Uma mulher maltrapilha avançava — Helena, envelhecida, suja —, levando nas costas uma rede com peixes.

Deixou a carga no chão. Olhamos nos olhos um do outro. Depois eu disse:

— Vamos fugir.

Pronunciei essas palavras por lealdade a sentimentos anteriores, a sentimentos da vida inteira. Pensei com rancor: "Deve essa ao Marcos" — e não *devo*, como teria pensado antes. — "Marcos a arrastou para esta ignomínia."

Uma porta se abriu. Entrou Marcos, vestido com farrapos, tão sujo e tão envelhecido quanto Helena. Com a mais pura misericórdia estendi as duas mãos em sua direção. Em contrapartida, a ruidosa alegria e a expressão de alívio e de interesse com que me cumprimentou tinham (agora, pelo menos, acredito) um sentido oculto. Trocou olhares de compreensão com Helena.

— O que está acontecendo? — perguntei.

— Nada — respondeu Marcos.

— Estávamos esperando por você — explicou Helena. — Sempre estivemos.

— Vim buscá-los — declarei.

Marcos se dirigiu a Helena:

— Você tem de levar o peixe.

— Precisamos fugir — falei.

Como se não tivesse me ouvido, Marcos pôs a carga nos ombros dela. Helena se afastou.

— Aonde ela vai? — perguntei.

— Levar peixe para as focas.

— Por que você lhe impõe esses trabalhos?

— Não lhe imponho nada — replicou vagamente.

Olhei o relógio. Tive a impressão de que nesse instante ele havia parado. "Já devem ser quase nove da noite", pensei. "É hora de ir embora. Luisa está me esperando." De repente me vi pensando a frase "Preciso ir porque Luisa está me esperando" em termos algébricos. Percebi jubilosamente que dominava a lógica simbólica. Quis continuar as operações mentais. E me vi outra vez em minha pobreza habitual, sentindo, como acontece depois de um sonho, que com um esforço veemente da memória poderia recuperar os tesouros perdidos. Estava sozinho.

Senti um íntimo peso nos braços e nas pernas. Avancei às apalpadelas, como se não enxergasse. Minhas mãos tremiam. Cheguei a uma galeria de mosaicos, com claraboias no teto e quadros da escola flamenga nas paredes. No fundo da galeria, sob o resplendor da lua, estava Marcos. Chamei-o. Perguntei aonde ia.

— Levar outra redada de peixes — respondeu.

— Vocês viraram empregados das focas — observei.

Ele me olhou sorrindo. Depois respondeu:

— Não pedimos nada melhor.

— Para você, talvez. Mas não pode obrigar Helena... — Depois prossegui, implorando: — Vamos fugir.

— Não — respondeu lentamente. — Não. Você também vai ficar.

Nesse momento, anunciando a proximidade de aviões inimigos, os alarmes ululuram três vezes. Injustificavelmente, eu me senti reconfortado.

— Vão me sequestrar? — perguntei.

— Você mesmo vai querer ficar. Estamos interessados no que já conseguimos e no que as focas vão conseguir agora. Você também vai se interessar. Lembra nosso entusiasmo quando descobri Darwin? A infinidade de livros sobre a evolução que li em poucos dias? Rapidamente concebi essa esperança: a evolução imposta a uma espécie através de milênios, pela cega ação da natureza, poderia ser obtida em poucos anos por meio de uma ação deliberada. O homem é um resultado provisório num caminho evolutivo. Há outros caminhos: os de outros mamíferos, o dos pássaros, o dos peixes, o dos anfíbios, o dos insetos... Nas formigas venci o instinto gregário; elas agora fazem formigueiros individuais. Mas nossa obra-prima são as focas. Torturamos animais jovens — para determinar o que se podia esperar de uma atenção sempre alerta —, trabalhamos sobre células e embriões, comparamos os cromossomos dos fósseis congelados da Sibéria. Mas não era suficiente atuar sobre indivíduos; tínhamos de estabelecer hábitos genéticos.

Perguntei ironicamente:

— Pelo menos ensinou suas focas a falar?

— Elas não precisam falar. Já se comunicam com o pensamento. E me censuram por não ter transformado suas barbatanas em mãos. Mas são infinitamente benévolas e não têm nenhum rancor de mim. Estão interessadas nas possibilidades evolutivas do homem; não quiseram nos obrigar a fazer nada, porque um de nós teria de atuar sobre o outro, e sabem que nos amamos. Mas repetiam: "Esperem até que venha alguém de fora".

"E agora cheguei eu", pensei com inquietação. Em seguida me vi pensando que as focas, ajudadas por Marcos e Helena, haviam chegado a uma extrema evolução nas lagartas brancas do salão de baile. As lagartas eram animais quase irreais, desprovidos das defesas indispensáveis para levar uma vida ativa. Agora estavam em um mundo como o que idealismo supõe; tinham uma grande capacidade de projetar ideias nítidas e minuciosas, e, entre elas, viviam.

Começaram a cair bombas, bem perto. Marcos correu para a sala de música.

Ouviu-se um estrondo. Senti uma dor aguda nas costas. Tossi, meio sufocado. Eu estava estendido no chão. Soluçava. Um pó — talvez cal do reboco — pairava no ar.

Fora do alcance da minha vista, algo que parecia ter vida própria continuava caindo.

Marcos apareceu. Disse:

— Vou lhe dar uma injeção.

Eu não tinha como resistir. Minhas pernas estavam paralisadas. A dor era intolerável.

Voltaram a cair bombas. Pensei que a casa inteira estava desabando. Senti cheiro de lama, cheiro de peixe.

Pensei: "Esses aviões voam alto demais para que as focas possam afastá-los daqui".

Olhei em volta. Marcos não estava. Talvez todos tivessem morrido na casa. Quis me lembrar de Helena. Imaginei Luisa perguntando-me se eu ia entrar na quinta, Luisa dizendo-me que alugava aquele quarto, Luisa sorrindo tristemente quando saí.

O efeito da injeção foi quase imediato. A dor havia cessado. Tive medo de estar perdendo sangue. Com dificuldade, olhei meu corpo e me apalpei. Não havia sangue.

Pensei: "Esta noite não tenho tempo de ver Luisa".

Depois me ocorreu que talvez nunca mais voltasse a vê-la, ou que seria um inválido para o resto da vida.

Fiquei deitado por algum tempo, perplexo, ocupado em regularizar a respiração, em me resignar, em fortalecer a alma. Lembrei que tinha no bolso a lapiseira que ganhara de Luisa e a minha caderneta de anotações. Enquanto durasse o efeito da anestesia, eu redigiria este relatório.

E o escrevi com uma rapidez extraordinária, como se uma vontade superior me impulsionasse e me ajudasse.

Começou novamente o bombardeio. Não tenho mais forças... De repente me senti muito sozinho.

O ÍDOLO

Tomei uma xícara de café. Sinto uma enganosa clareza mental e certo mal-estar físico. Prefiro isto ao perigo de afundar no sono, através de figuras que surgem, umas das outras, como se saíssem de uma fonte invisível. Absorto, contemplo a infinita brancura da porcelana de Meissen. O pequeno Hórus, deus das bibliotecas, que meu correspondente, o comerciante copta Paphnuti, me enviou do Cairo, projeta na parede uma sombra definida e severa. Às vezes ouço o antigo relógio de bronze e penso que às três da manhã aparecerão as três ninfas e se ouvirá, solene, tripla e alegre, a melodia. Olho a madeira da mesa, o couro da poltrona, o tecido da minha roupa, as unhas da minha mão. A presença dos objetos nunca me pareceu tão intensa como esta noite. Lembro com inveja que, nas horas de insônia, um famoso romancista tomava chá e escrevia dois ou três capítulos de um livro em preparação. Minha tarefa, mais pessoal, consiste simplesmente em escrever uma história; mas essa história tem, para mim e, quem sabe, para alguns dos meus leitores, uma enorme importância. Um começo parece tão bom como qualquer outro; proponhamos o seguinte:

Minhas relações comerciais com Martín Garmendia datam de 1929, ano em que mobiliei e decorei seu apartamento na rua Bulnes. Devo essa encomenda à nossa amiga comum, a senhora de Risso. Creio que me saí satisfatoriamente. A partir de então o senhor Garmendia me honrou com suas compras e, o que é mais significativo, com sua amizade. Como trabalhei naqueles dias! Quantas vezes percorri, carregado de abajures, de veludos e de tânagras, os meros quinhentos metros de distância entre o apartamento e a minha casa na avenida Alvear! Não é exagero dizer que a decoração dos três ou quatro cômodos do senhor Garmendia apresentava dificuldades ante as quais um gosto menos ágil teria sucumbido. Por exemplo, o problema do *living-room*. Trata-se de uma sala quadrada, com janela e portas assimetricamente distribuídas. Bem, confesso: em um momento penoso pensei que a mesa, o divã, o tapete, a estante — como a de Kant, composta exclusivamente por livros com dedicatórias de amigos e admiradores — sempre estariam fora de lugar. Mas, alto lá! Não quero me extraviar pelos jardins das teorias e das reminiscências artísticas. Quem escreve agora não é o decorador; mas um homem nu. Basta deixar registrado que os objetos que passam por minhas mãos adquirem uma vida, um poder e talvez um encanto totalmente próprios.

Poucos dias depois do final do trabalho, meu amigo apareceu em casa. Não o atendi imediatamente; deixei-o perambular pelos aposentos, para que seu espírito se acalmasse com a beleza, menos numerosa que genuína, de minhas coleções. Depois lhe perguntei se tinha alguma reclamação. Disse que sim. Eu fechei os olhos, aguçando o engenho para responder a qualquer recriminação que Garmendia pudesse me fazer. Garmendia não disse nada. Entreabri, afinal, os olhos e vi que a mão de meu amigo apontava, em uma vitrine, para um jogo de porcelana branco, azul-celeste, dourado e preto. Garmendia estava apaixonado por aquele jogo de chá e *reclamava* de que eu nunca o houvesse oferecido a ele. Perguntou quanto valia e de onde era. Se o primeiro quesito, para um colecionador como Garmendia, não tem muita importância, o segundo é fundamental. Improvisei um preço por peça. Olhei a marca de uma xícara, vasculhei meus papéis e, não sem alguma agitação, entendi que nesse momento eu ignorava a origem do jogo. É inútil negar: fiquei assustado. A situação era perigosa. Esse tipo de ignorância, no meu ofício, pode ser fatal. Com uma leviandade que eximo de qualquer culpa, afirmei a meu amigo que *seu* conjunto era de Ludwigsburg. Nunca pude corrigir esse erro. Garmendia estudou sagazmente a história da cidade, do castelo, da porcelana e das marcas que a distinguem; a genealogia dos duques e dos reis; a biografia sentimental da senhorita de Grävenitz. Para os amigos que se reuniam, na hora do chá, no espesso interior do apartamento da rua Bulnes, o "Ludwigsburg" não era um simples deleite para o tato e a vista; era também um pretexto para que o dono da casa exercitasse seu pertinente anedotário.

Quando algumas gentilezas minhas e o tempo — principalmente o tempo — já começavam a amainar os meus escrúpulos, o demônio da improvisação voltou a me perder. Vendi a Garmendia três peças raríssimas — um bule, uma leiteira e um açucareiro — em *blanc de Chine*. Deveria descrevê-las como

Te-wa fraudulentas (atualmente essas imitações são tão procuradas quanto os de todo improváveis originais); irrevogavelmente as descrevi como *Vieux Canton*. Minha dívida secreta com Garmendia, como uma ferida, voltou a se abrir.

Não é estranho, então, que em 1930, durante a última de minhas periódicas viagens à Europa, a preocupação de adquirir peças que pudessem interessar Garmendia determinou mais de uma de minhas transações.

O afã de alimentar meus clientes com uma contínua injeção de beleza me lançou pelos mais famosos mercados de antiguidades da França, Itália, Espanha, Bélgica e Holanda, para depois me concentrar no Hotel Drouot, de Paris, e na Via del Babuino, de Roma, e me levar, finalmente, a vilarejos rústicos e afastados como Gulniac, na Bretanha. Cheguei a essa aldeia quinze dias antes da venda do castelo, em leilão. Por indicação de um amigo, fiquei hospedado na casa da viúva Belardeau, uma senhora muito enlutada e muito maternal. O outro pensionista era um inglês reumático, chamado Thompson, que passava doze horas por dia enterrado, provavelmente nu, em uma tina cheia de areia. Para comodidade de Thompson, a dona da casa havia colocado a tina na sala.

Falei com essas pessoas sobre os moradores do castelo. A mulher declarou que o último senhor de Gulniac (como o libertino dos dramas, que sempre chega ao terceiro ato em uma cadeira de rodas) havia perdido o dinheiro e a saúde em orgias. Perguntei quem participava dessas orgias; se eram pessoas do lugar — ela achou a hipótese injuriosa — ou se vinham de Paris e de outros lugares — achou a hipótese improvável. — Perdi, apenas por um momento, a paciência. Protestei:

— Está bem. Aceito. Se não quer falar das pessoas, fale-me das orgias. Como eram?

— Malditas.

— Entendo — afirmei, entrecerrando os olhos e saboreando o voo seguro de minha fantasia. — O senhor de Gulniac é um funcionário colonial aposentado. Imagino seus atrozes bacanais. Sozinho, trancado em seu quarto, ele se embebeda.

— Gulniac não bebe — garantiu a dona da pensão. — Quanto à sua afirmação de que foi funcionário colonial, é monstruosa demais para merecer resposta.

— Não se exalte — pedi. — Voltemos às orgias. Deviam ser bastante animadas, para Gulniac perder a saúde...

— A vista, que é o mais importante — interrompeu-me ela.

— É cego?

— Todos os homens da família dele morrem cegos. Deve ser um mal hereditário. Há um poema anônimo, do século xv, que trata da cegueira dos Gulniac. Se quiser posso recitá-lo.

Ela recitou o poema, eu o copiei e traduzi. Não falava só da cegueira: aludia ao culto do cão, à fúria da iniciação, à crueldade das sacerdotisas (moças inocentes e agrestes como o aroma do campo). Era repleta de anedotas e de digressões, longas, inoportunas, confusas. Do original, até ontem, eu me lembrava muito pouco; da tradução, uma estrofe. Transcrevo:

Suas noites são perfeitas e cruéis,
embora o astro na água rutile
e o mastim celestial te vigile
com os olhos de todos seus fiéis.

(Em um sonho, recuperei ontem o original; a estrofe citada era assim em francês:

Ah, tu ne vois pas la nuit cruelle
qui brille; cet invisible temple
d'où le céleste chien te contemple
avec les yeux morts de ses fidèles.)

Thompson, ainda na tina, comentou:

— O velho bardo não esquecia o seu Shelley. Em *Prometeu* há uma referência a um "alado mastim celestial".

Perguntei se já podia visitar o castelo.

— As visitas só serão permitidas dois ou três dias antes do leilão — declarou a senhora.

Meu quarto dava para um bosque extenso e trêmulo; remota, mas ainda visível entre o ouro dos olmos outonais, surgia a torre do castelo. Eu a olhava, ardendo na mais impaciente das curiosidades. Como esperar uma semana, perguntava a mim mesmo, se esperar alguns minutos já me parece uma tortura refinada? Chegou assim a tarde em que almocei com um estimulante *champanhe nature*; a tarde em que me perdi no bosque; a tarde em que me deparei com uma porta insignificante, carcomida pelas traças. Puxei a aldrava e os restos da minha coragem me abandonaram. Sem forças para fugir, aguardei estoicamente os impropérios e os mastins do último dos Gulniac. Fui recebido por três graciosas daminhas: uma jovem escoltada por duas meninas silenciosas, que pareciam suas criadinhas. A moça se desculpou porque o castelo estava todo desarrumado; reivindicou para si a honra de ser minha guia; mostrou-me, através de galerias e de túneis, de porões e de torres, alguns tesouros, alguma beleza, muita história; relatou, em brioso compêndio, os antecedentes de cada metro de arquitetura e de cada metro de ornamentação, e arrematou, por fim, a deslumbrante e interminável caminhada me oferecendo, com a ajuda de suas criadinhas, uma inesperada xícara de chocolate e torradas com manteiga e açúcar.

Atrás de cada porta e de cada curva eu tinha receado que surgisse, virulento e autocrático, o dono de casa. Reanimado pela infusão me atrevi a perguntar:

— E o senhor de Gulniac?

— Ele não sai do quarto — responderam.

— É cego, não é mesmo?

— Sim, praticamente.

Achei que seria indiscreto pedir mais explicações.

No leilão adquiri alguns objetos curiosos e, como sempre me acontece nesses verdadeiros calvários de improvisação, devo ter me arrependido do que comprei e do que não comprei.

Por um preço realmente vantajoso consegui a enorme espada que Alain Barbetorte tinha no cinto quando derrubou o gigante saxão. Ela ainda interrompe a delicada harmonia dos meus salões, à espera de algum improvável entendido. Também comprei um antigo ídolo celta: uma estátua de madeira, de menos de cinquenta centímetros de altura, que representa um deus com cara de cachorro, sentado em um trono. Trata-se, desconfio, de uma versão bretã de Anúbis. A cabeça do deus egípcio — fina, às vezes de chacal — é substituída aqui pela de um tosco cão de guarda.

O que me aconteceu nessa ocasião? Por que busquei o documento e desdenhei o *potiche*? Por que preferi o falacioso encanto da história ao genuíno da forma? Por que comprei o São Cirilo e desprezei a jarra e a bacia que esperavam o meu olho avezado no meio da miséria imprecisa do quarto de uma fâmula? Descobertas análogas — as cadeiras de Viena, de Las Flores, o copo de vidro roxo com a mão com anel, de Luján, as cuias de louça, de Tapalqué — contribuíram muito para o meu prestígio... Nessa viagem, o que me desencaminhou, sem dúvida, foi a busca da autenticidade, o critério de

Garmendia… O que me levou, por exemplo, a comprar o ídolo? A vagueza, sedutora e desagradável, que notei logo de início no seu rosto? Sua lenda?

Descemos à câmara do cão por um corredor estreito e escuro; um oblíquo raio de luz, que penetrava por uma janela lateral, caía certeiramente sobre o deus; aos pés do trono se dilatava um divã de pedra; atrás, lavrados em duas lápides presas na parede, havia, à esquerda, uns olhos, à direita, uma porta. O deus era todo coberto de pregos. A minha pequena cicerone contou-me as lendas que interpretavam esse fato. Segundo a explicação mais divulgada em Gulniac — a estátua é bastante famosa —, cada prego representa uma alma conquistada pelo deus; segundo a explicação que certos cronistas, mais eruditos que verdadeiros, preferem, um antigo bispo da Bretanha, alarmado com os progressos da superstição, mandou cobrir o corpo do ídolo com uma couraça de cabeças de pregos. Isso me pareceu inverossímil (e minha encantadora cicerone concordou comigo). De fato, sem duvidar da sinceridade do bispo, não se entende por que ele protegeu com uma couraça de pregos arrebitados o ídolo que pretendia destruir; por que simplesmente não o destruiu; por que deixou à mostra a cara perversa… Eu a observei com atenção. Entendi por que a estátua *olhava* com uma expressão vazia e atroz: ela não tinha olhos. A moça me disse:

— Não lhe puseram olhos para indicar que não tem alma.

Também comprei no leilão a imagem de São Cirilo (pertenceu a Chateaubriand), um autógrafo de Charette e o manuscrito da *Chronologie* de Hardouin.

De volta a Buenos Aires, dei a Garmendia a prerrogativa de visitar, antes de muitos outros, as coleções que eu tinha reunido na viagem. Garmendia se interessou pelo São Cirilo. Eu lhe vendi o cão. Cumprindo minhas indicações precisas, ele o colocou em um determinado canto da sala. Eureca, eureca! Não distante do Aubusson, entre os cachos de prata dos candelabros e o vidro, o ébano e o damasco das vitrines, o cão não parecia terrível. Mais extraordinário ainda: não destoava.

Em uma manhã bonita de final de agosto — dessas manhãs em que a primavera se denuncia em certa tibieza profunda, em certa veemência do verde, em certa redução do catarro —, eu estava arrumando a prateleira dos mapas-múndi (ou era a dos relógios antigos?) quando a campainha da porta me assustou. Temendo que fosse algum comprador inoportuno, fui abrir. De mala na mão, entrou muito resoluta uma moça. Qualquer coisa em seu vestuário, pobre e extravagante, em seu corpo, magro e ossudo, em seus braços, longos e musculosos, me evocava o clássico estudante disfarçado de mulher do festival de 21 de setembro. Mas o retrato de Geneviève Estermaría seria totalmente infiel se não disséssemos também que havia uma luz incontaminável na bela vivacidade do seu olhar. Seu cabelo era preto, a cútis branca, avermelhada nas bochechas; a conformação da testa, a disposição de seus olhos, insinuavam uma gata; no largo pescoço havia um vigor inesperado; não tinha curvas no corpo. Usava um traje extremamente verde; os sapatos eram baixos, muito longos.

A moça olhou nos meus olhos, sorrindo com inocência. Depois perguntou num francês tosco se não sabia quem ela era. Eu ainda estava pensando nos mapas-múndi e mentalmente já começava uma nova arrumação das miniaturas persas e contrapunha as vantagens e os riscos de afirmar que o biombo de Coromandel, um velho hóspede do salãozinho do fundo, era uma das minhas últimas aquisições no Hotel Drouot; sinceramente, o enigma que a moça me propunha não chegou a me obcecar. Empunhei resolutamente a flanela e iniciei a limpeza das cinco tampas do relógio inglês de William Beckford. Geneviève modificou a pergunta — acho que dessa vez disse "Não se lembra de mim?" —, deixou a mala no chão e me passou, um por um, os relógios, para que eu os limpasse. Deixamos a vitrine na mais perfeita ordem. Quando encaramos as miniaturas persas, fiquei sabendo que a minha irritante colaboradora era uma das criadinhas silenciosas que tinham me acompanhado durante a minha primeira visita ao castelo de Gulniac.

— Pelo visto — manifestei com uma ironia afogada no meu escasso francês —, você perdeu na Bretanha o meritório dom do silêncio.

Respondeu que esperava encontrar alguma boa casa para trabalhar como empregada. Vinha com uns poucos francos e depositava todas as esperanças em mim.

— Não conheço ninguém neste país — declarou com naturalidade Geneviève Estermaría.

Silenciosamente, com as mãos incertas e perigosas, com uma impetuosa vontade, com uma expressão cândida e ansiosa, ela me ajudou a arrumar meus salões. Por meu lado, admito, comecei a me preocupar com o destino imediato de Geneviève. Por mais que pensasse que não era assunto meu, não conseguia me acalmar. Tinha certeza de que se a mandasse embora — mesmo recorrendo às mais ridículas amabilidades, como "volte logo" etc. — ela, desconsideradamente, começaria a chorar. A verdade secreta é que eu a estaria abandonando em uma cidade desconhecida. Nem me ocorreu pensar que a moça tinha chegado sozinha e que talvez em meio à sua ingenuidade houvesse alguma astúcia; por exemplo, a de me transmitir seu desamparo. Então lhe disse:

— Vou ver se posso recomendá-la. — No seu olhar havia tanto desconsolo que acrescentei (contrariando os meus desejos): — Por enquanto, suba rapidamente as escadas e tente não ser vista pelos clientes.

— Certo, senhor — respondeu ela, sem entender.

— No segundo andar — continuei — há muitos quartos vazios. Entre em algum, não em todos, até que eu a chame. Ou, se quiser — acrescentei, revelando a minha fraqueza e a minha incoerência —, vá para a cozinha, no porão, e prepare alguma coisa para o almoço.

Não lembro se já disse que o meu salão de exposição ocupa um *pavillon de chasse* na avenida Alvear, um hotelzinho Luis xv, com a fachada imitando pedra. Minha economia é (era) perfeita. Uma mulher — velha e maquiada — vinha limpar a casa de manhã (quando Geneviève chegou, estava doente). Não tenho vendedor nem mensageiro: aqui havia um possível emprego para Geneviève, principalmente se ela aceitasse trabalhar em troca de casa e comida; mas atingiria essa moça o nível superior de eficácia que eu naturalmente exijo? Minha curta e matutina experiência era, na verdade, inquietante: Geneviève não admitia diferenças de tamanho entre objetos cujo volume não fosse maior que um punho; não distinguia a frente das costas das minhas miniaturas e, com uma inescrupulosa convicção, descobria caprichosas semelhanças entre meu rosto e o de um divertidíssimo entalhe veneziano que representava o mais tosco dos elefantinhos.

Mas volto à minha casa. No porão, como já disse, fica a cozinha. Mantenho lá, além de um depósito de caixas vazias, os elementos indispensáveis para preparar rudimentares lanches de emergência. O salão de exposição ocupa o térreo e o primeiro andar. Também no primeiro andar, não muito fora de mão de um banheiro obsoleto, há um pequeno desvão de bagagens que faz as vezes de meu quarto. O andar mais alto, por fim, é francamente a área da água-furtada, com uma multidão de quartos de serviço, todos vazios, que não me dão renda alguma e para os quais não disponho de objetos que os transformassem em indispensáveis depósitos. Para um desses quartos, confortáveis porém nus, mandei a moça. Qual não foi a minha surpresa ao encontrá-la na cozinha, ao ouvir seu convite para me sentar à mesa, ao saborear um opíparo almoço, digno — senão pela combinação de manjares, por cada um deles —

de Foyot e dos bons tempos de Paillard. O primeiro prato foi uma tortilha, memorável e dourada, que minha caprichosa *chef-maître d'hôtel* batizou, com uma pompa burlesca, *omelette à la mère* não sei quem. Depois me serviu feijão branco e fatias de carne, com molho de tomate, cebola e pimenta. Decidi que o festim seria completo e abri com minhas próprias mãos um Semillón rosé, meia garrafa. Depois da segunda taça, Geneviève parecia habitada por um júbilo profundo e essencial. Comparadas a ela (pensei), as caboclinhas dos nossos campos são opacas e insubstanciais, carentes de ressonância. Na altura da sobremesa — *crêpes Suzette* — já estávamos bastante amigos (como se fica amigo de um cachorro abandonado que nos segue na rua). Mas entendi que não podia deixar de lado meu problema: o destino de Geneviève. Comigo a moça não podia ficar. Para atender os clientes ela não servia; para cozinhar... fiquei temeroso, confesso, com o fantasma dos quilinhos. Uma semana de cozinha bretã, e eu teria de apelar para esses desagradáveis massagistas que se chamam ginástica e *footing*. Era preciso arbitrar, então, a maneira de tirar essa moça, esse verdadeiro demônio, lá de casa.

Para desanuviar um pouco fui caminhar. Pensei: vou saborear umas frutas carameladas, degustar uma *chartreuse* e fumar um puro com Garmendia (seus confeitos e bebidas não desmerecem o seu tabaco). Felizmente, na casa do meu amigo fui interceptado pela porteira. Antes que fosse tarde demais tomei conhecimento — orientando-me milagrosamente naquele turvo Mälstrom de palavras — que Garmendia estava com *grippe*. Não subi: eu detesto incomodar os enfermos e temo o contágio. Também fiquei sabendo que aquela mulher, apesar de sua cacarejada boa vontade, não podia cuidar do senhor Garmendia, que ardia em febre, sem descuidar da portaria e dos vinte e oito apartamentos. Era o momento das grandes decisões. A porteira entendeu. O médico, como lhe expliquei, não espera que o doente requeira uma operação cirúrgica: assim ele não receberia honorários. Nós não devíamos esperar que Garmendia solucionasse o impasse. Eu mesmo ia trazer naquela tarde uma pessoa da minha confiança, que serviria de enfermeira e, até, de criadinha. Se a porteira quisesse informar tudo isso ao senhor Garmendia, podia fazê-lo: mas a decisão já estava tomada.

Empolgado, com um passo enérgico, me dirigi à avenida Alvear. Rapidamente, porém, voltei a me deprimir. Comunicar minha decisão à moça não era a mais simples das tarefas. Seria preciso preparar as coisas, persuadir, convencer.

Eu estava pelejando com a chave na fechadura quando Geneviève abriu a porta de supetão. Meu chaveiro quebrou, as chaves se esparramaram no chão. A irritação me deu coragem.

— Tenho um amigo doente — expliquei em meu francês mais fluido que perfeito. — Queria uma pessoa de confiança para cuidar dele...

Quando consegui, finalmente, explicar o meu propósito, Geneviève não manifestou a menor contrariedade, a menor emoção. Subiu cantando — sua voz era fresca e impulsiva como uma cachoeira — para se preparar e voltou cantando com a sua mala palhete. Levei-a para a casa de meu amigo e a deixei nas mãos da alvoroçada porteira.

Dias depois, fui visitar meu amigo. Às seis e meia, como uma inverossímil copeira do *five o'clock*, apareceu, munida de bandejas, porcelanas e comestíveis, Geneviève. A coitada, com sua touca regulamentar, seu vestido preto com um avental engomado, suas luvas brancas e excessivas, era uma animada mas precária encarnação do esmero.

— Agora ela é personagem popular no bairro — disse Garmendia, misteriosamente envaidecido. — Apesar de saber muito pouco espanhol, é amiga de todo mundo. E não pense que a roubam no mercado. Talvez eu pague como se roubassem, mas todos a respeitam.

Acrescentou que não diria uma palavra contra Geneviève. Quando estava doente, a moça cuidara maternalmente dele; agora pretendia retribuir com a mais espontânea gratidão.

Nessa tarde Garmendia me deu a última de suas publicações, um opúsculo intitulado: *Chimarrão, cuias, caixas de erva, açucareiros e outros cacarecos e bulhões da época de Mamá Inés*. Orgulhoso, mostrei a Geneviève o exemplar em que seu patrão escrevera, de próprio punho, uma dedicatória para mim. A moça perguntou:

— Só escreveu isso?

— Como, só isso? — repeti sarcasticamente. — Tudo isso.

Brandi, diante dos seus olhos espavoridos, os quinze exemplares idênticos do pacote enviado pela gráfica.

Finalmente Geneviève saiu — em equilíbrio decididamente instável — com a bandeja do chá, e um de nós — não lembro quem — comentou que devia ser desesperador se apaixonar por uma mulher como ela. Estávamos discutindo alegremente a questão quando Garmendia se lembrou de um sonho que tivera na noite anterior. "É um sonho grotesco", disse e, eu quase juraria, corou. Tinha sonhado que estava perdidamente apaixonado por Geneviève e que ela o ignorava. Geneviève lhe dissera: "Eu só admito dar-lhe minha mão sob uma única condição". No sonho, essas palavras não significavam apenas o ato, emocionado e sublime, de segurar a mão de Geneviève, mas também de desposá-la. Quanto à condição, Garmendia não lembrava mais qual era.

O trabalho — mais exatamente, a decoração de uma *maison de plaisance* em Glew[*] — me manteve afastado, por quase uma longa semana, da rua Bulnes. Quando voltei, encontrei Garmendia cansado e nervoso.

— É um absurdo — exclamou. — Essa mulher está me destruindo. Sonho com ela todas as noites. Tenho sonhos românticos e tolos, que no dia seguinte me dão repugnância. Quando adormeço começo a amá-la com uma paixão casta e impetuosa.

— Geneviève também é casta? — perguntei, ardendo na vulgaridade inevitável que os homens costumam esconder.

— Sim. Talvez seja por isso que a obsessão continua.

— Você tem de resolver esse problema durante o dia.

— Prefiro continuar com os sonhos — respondeu, gravemente. Após uma pausa, continuou: — O que eu vou dizer é ridículo. Depois de ouvir isso, talvez você me despreze. Mas esses sonhos não me deixam mais descansar.

Eu não sabia se tinha ouvido um exórdio ou a explicação inteira. Garmendia prosseguiu:

— Se eu não a vir durante o dia, talvez possa esquecê-la de noite. Não se ofenda: não culpo você de nada; só lhe peço alguma coisa porque você já conhece os fatos.

Eu disse que não estava entendendo. Ele não me ouviu; continuou falando:

— Não arranjaria algum trabalho para Geneviève? Eu gostaria de tirá-la daqui.

Como os negócios não iam de todo mal — embora mais de um objeto adquirido em minha última viagem se mostrasse renitente à venda —, e como a mulher que fazia a limpeza, pretextando que tinha se casado, não aparecia em casa, considerei a possibilidade de dar uma ocupação a Geneviève. Quando

---

* Glew é um subúrbio, na Grande Buenos Aires, habitado pela classe média baixa. O oxímoro causado pelo contraste entre *maison de plaisance* e o subúrbio é uma divertida maneira de apontar o esnobismo do narrador. (N.T.)

tomo uma decisão, eu ajo na hora, sem me delongar em especulações e temores. Nessa mesma noite resgatei minha francesinha.

Passei o *weekend* em um belo sítio — uma verdadeira propriedade rural — que uns amigos têm em Aldo Bonzi. Voltei com uma cesta de verduras, troféu substancioso e ufano, que causaria igual inveja ao pintor, ao dieteta e ao eterno apaixonado pela Natureza. Meus pensamentos estavam fixos em Geneviève e no júbilo agradecido com que ela receberia, em sua caçarola, aqueles produtos bucólicos. O destino, entretanto, lhe surrupiou essa alegria. Já no umbral de casa pensei em Garmendia, em sua saúde delicada, em sua aversão aos alimentos mortos — "desvitaminados", como ele, pitorescamente, os chama —, nos muitos favores que lhe devo, e, sem mais hesitações, decidi ir visitá-lo levando aquele incomparável poemário da horta: minha cesta!

Encontrei-o nervoso, quase zangado. Minhas verduras, porém, franquearam seu coração. Ele me falou dos sonhos — não tinham parado — e de Geneviève — com algum ressentimento, com alguma nostalgia. Confessou que, em cada sonho, seu amor era mais extravagante. Em um dos últimos, ele dava a Geneviève um anel com um lindo rubi, que tinha sido de sua mãe e que guardava na caixa-forte.

Depois me contou como os sonhos começaram.

— Eu estava doente — explicou. — Com muita febre, mas me sentia melhor. Para me distrair, Geneviève falava comigo. Disse-me que outro doente (o filho do encarregado do depósito) estava em franca recuperação e que ganhara dos pais um cachorrinho peludo. Quando adormeci, esse cachorro sofreu transformações alarmantes e eu comecei a me apaixonar por Geneviève.

— E agora? — perguntei.

— Agora é horrível — respondeu, e cobriu os olhos com a mão.

— O que vai fazer?

Garmendia suspirou. Depois disse:

— Se eu soubesse… Talvez seja melhor você levar o cachorro — não se referia ao cão peludo do menino, mas ao ídolo. — A remoção de Geneviève não foi suficiente.

O conceito do meu amigo sobre a nossa relação com os sonhos me pareceu extremamente ingênuo; é na sua mente, pensei, e não na sua casa, que deve haver remoções. Mas me limitei a obedecer. Enquanto tirava o ídolo da sala, vislumbrei uma ideia: um verdadeiro plano, talvez. Voltando à sala, tive de reconhecer que a retirada do cão tinha quebrado a mágica harmonia do cômodo. Tentei todo tipo de caprichosas combinações na disposição dos móveis e *potiches*, mas o resultado, que proclamei repetidas vezes com urgência, foi um só: deficiente, deficiente. Então me atrevi a falar.

— Chega de paliativos — disse, com uma assombrosa tranquilidade. — Esta política frouxa, no final, não terá resultados. Primeiro Geneviève, depois o cachorro: aonde vamos chegar desse jeito? É melhor pensar em uma mudança total. O caráter desta casa é peculiar demais.

Olhei, em silêncio, para Garmendia. No rosto desse indivíduo irritante se insinuaram a ironia e a surpresa. Sem desanimar, continuei:

— Nestes quartos, um homem que sofreu uma obsessão está preso, *prisioneiro*. O próprio ambiente aqui é uma obsessão, um pesadelo encantador...

— O que sugere? — inquiriu.

Notei em sua voz uma estranha falta de interesse. Sem dúvida os sonhos haviam transformado Garmendia. Não era mais aquele dos bons tempos, crédulo e entusiasta. Lamentei sinceramente o fato.

— O que sugiro? A coisa mais simples. Transformar este ambiente rococó e *fin de siècle* (em uma palavra, do-en-tio) em outro, ascético e moderno. Agora, por acaso, disponho de uns quadros verdadeiramente sedativos de Jean Gris; talvez algum Braque; poltronas e, por incrível que pareça, biombos desenhados por Man Ray; cerâmica embelezada com longos poemas de Tzara e de Breton.

Meu amigo me olhou inexpressivamente. Um apotegma que nunca esqueço é que o vendedor de boa cepa não conhece o desalento. Prossegui:

— Para que a reforma não fique onerosa demais, aceito em consignação todos os objetos que adornam sua casa agora.

Tive de me parabenizar mais uma vez pelo meu tino nas investidas para persuadir o cliente e amigo. De fato, Garmendia me respondeu laconicamente:

— Como quiser.

Havia, na verdade, certo despeito (se me atrevesse a usar palavras fortes, diria: uma decepção total) em sua resposta. Terei de reconhecer? A partir desse momento, Garmendia foi mal-educado, quase grosseiro comigo. Com uma delicadeza que me enche de legítimo orgulho, repliquei:

— Enquanto não vir algum entusiasmo em você, não dou um passo, não faço absolutamente nada.

De volta a meu salão, comecei a reunir os móveis modernos. No dia seguinte, bem cedo, mobilizei os homens da mudança. À *tout seigneur, tout hon-*

neur: os animalaços trabalharam como o cão. Em um tempo que não é injusto qualificar de brevíssimo, esvaziaram o apartamento da rua Bulnes, a tal ponto que se Garmendia chegasse a sentar-se à mesa, por falta de mesa e de assento ficaria desapontado. Meu pessoal não deu trégua: com a mesma celeridade juntou na sala as coisas novas, todas amplas e confortabilíssimas, obstruindo a circulação de maneira quase perfeita. Retirado, finalmente, o operário ruidoso, entrou o artista. Na base do bom gosto e do martelo, empreendi o original trabalho de romanos: a ordenação daquele caos. Sempre escrupuloso, abri mão da cooperação impagável de Geneviève: sabe-se lá de que forma atroz a volta da moça repercutiria nos sonhos de Garmendia.

Se um cliente me confia um serviço, para mim não existe horário. Passei oito dias inteiros na rua Bulnes. Meu amigo não apareceu. Em momentos de reflexão — efêmeros, talvez, mas amargos — cheguei a pensar que estava contrariado e que estudadamente me evitava.

Enquanto isso, Geneviève tecia a lã negra da perfídia. A crer em suas palavras, um cliente, essa *rara avis*, tinha aparecido em minha sala de exposição. Em vez de ir correndo me buscar na rua Bulnes, ou simplesmente vender-lhe alguma coisa (mas desde quando, *s'il vous plaît*, a senhorita Geneviève entende o esquema dos preços?), ela o distraiu com conversas vãs e até fez um acordo, à minha revelia, para trabalhar em sua *garçonnière* como faxineira. Oh, refinamento dos acasos adversos! (Eu soube de tudo isso certa noite em que estava voltando para casa em busca da merecida calma, depois de um duro dia de trabalho!) Censurei seu mau comportamento. Ela me disse que faria o que eu mandasse, lançou mão de todo tipo de subterfúgios e evasivas, e tentou me distrair com sei lá que histórias de que um cão pastor tinha se perdido.

— Que cão pastor? — perguntei.

Ela respondeu sem vacilar:

— Um que está naquele jardim escuro, na esquina da Coronel Díaz.

Tive uma suspeita desagradável, que se confirmou, ai, logo em seguida. Ajeitei as luvas, o chapéu e a bengala e me dirigi no ato à mencionada esquina. Quando me dei por satisfeito de investigar inutilmente através da grade, toquei a sineta. Perguntei ao porteiro se tinham perdido um cachorro. O energúmeno me respondeu que não havia cachorros na casa.

De novo com minha solidão e minha angústia, fatiguei o corpo, sem conseguir que a alma se apaziguasse, caminhando, sob a luz da lua, pelas ruas do bairro antigamente conhecido como Tierra del Fuego.

Em casa me esperava uma angústia ainda mais terrível. Inexplicavelmente, Geneviève havia saído. Por quê? Para onde? Atormentado pela raiva, pela tristeza e pelo despeito, imaginei-a na duvidosa *garçonnière* daquele cliente desconhecido, esfregando o chão. Primeiro decidi não ir para a cama até que ela voltasse. Ensaiar uma interpelação sarcástica, prever seu arrependimento e sua humilhação foram os meus passatempos melancólicos, meus fugacíssimos consolos. Depois entendi que essas complacências da minha ofensa eram apenas uma pérfida reclamação, para me levar a torturas que eu mesmo havia urdido. A espera podia ser longa e meus nervos estavam em frangalhos, não aguentavam mais. Tirei a roupa e me deitei. Como me pareceu atroz aquela noite! Com que temerária candura tentei dormir! Depois de rolar na cama, em uma tenaz perseguição a ilusórias posições que gratificassem a minha ansiedade, já na pálida madrugada encontrei o esquecimento e, indubitavelmente, dormi. Sonhei que estava rondando o jardim escuro da esquina da Coronel Díaz; quando tomei coragem para entrar na casa, acordei. Eram nove da manhã. Eu estava me sentindo fresco e descansado. No entanto, quando quis lembrar, tive a impressão de só ter dormido durante o transcurso desse breve sonho.

A inquietação da noite anterior me parecia inexplicável. Pensava nela sem temor, como uma coisa alheia e risível; talvez como uma loucura definitivamente curada. Sem tentar saber se Geneviève estava em casa — essa indiferença me custou ficar sem café da manhã —, fui para a rua Bulnes com a patética esperança de receber pelos móveis novos ou de aceitar, pelo menos, um adiantamento.

Garmendia me atendeu de cara amarrada. O coitado não conseguia esconder: estava realmente aborrecido. Em alguns momentos temi pela louça com versos de André Breton, que parecia condenada a se espatifar na minha cabeça.

Falou dos objetos que eu havia reunido em sua casa, com palavras que repito desolado, como quem comete um sacrilégio; disse (*horresco referens*):

— São os maiores exemplos de tolice, inépcia e desonestidade que se possa imaginar.

Creio que esta irreverência não peca por moderação!

Proferiu outros absurdos, calou-se e depois gritou, simulando o mais inoportuno dramatismo:

— Além disso, nunca vou perdoá-lo por ter surrupiado Geneviève.

— Não entendi — respondi com veracidade e, nesse mesmo instante, comecei a duvidar do seu juízo.

— Você entendeu perfeitamente — afirmou.

Como se não o tivesse escutado, continuei falando:

— Se você quiser que a moça volte para a sua casa, ela virá. Não posso mandá-la esta mesma tarde, porque já se comprometeu (à minha revelia, aliás) a trabalhar no apartamento (cá entre nós, a *garçonnière*) de um senhor. Vou falar com o tal sujeito hoje ou amanhã e, palavra de honra, não haverá problema...

Ele ouviu esse nobre e persuasivo discurso com os olhos baixos, sem me alentar uma única vez com palavras ou gestos de assentimento. Sua réplica, pronunciada com uma fria amargura, me deixou bobo:

— Permita-me — disse —, permita-me não acreditar em suas palavras.

Saí correndo da casa de meu amigo, sentindo que nossas relações, inexplicavelmente, haviam entrado em um período crítico, pouco promissor. Talvez a causa de tudo fosse um desses súbitos ataques de desconfiança e de mesquinharia que são a doença crônica das pessoas ricas. Para encobrir esses sentimentos ultrajantes, ele simulou os inauditos ciúmes. Dá medo pensar: esquecendo a confiança que se deve a um amigo, Garmendia interpretou minha limpa vontade de mudar aquela decoração, que era uma verdadeira moldura para a sua loucura, como um desejo torpe de fazer um bom negócio. Se existiu em mim alguma segunda intenção, foi, simplesmente, a de exercitar meu gosto e minhas aptidões artísticas num momento em que os negócios estavam virtualmente paralisados. Como transação comercial... não posso fazer nada além de esboçar, em meio a minha angústia, um sorriso, uma verdadeira careta melancólica. Vendi muito poucos dos objetos que ele me deixou em consignação e, quanto aos que estão em seu apartamento, nunca recebi, nem receberei, nada por eles...

Em casa encontrei Geneviève, graciosamente debruçada sobre o ídolo celta, em amável palestra, em *tête à tête*, com um pavoroso cavalheiro ventrudo, de vastoscbigodes pretos, de terno e luvas pretas. Entendi a situação na hora. Era o fulano que pretendia contratá-la como empregada!

Em meio a minha perturbação divisei (tenho certeza disso), em uma das mãos da moça, o anel, com o belo rubi, que havia pertencido à mãe de Garmendia. Também tenho certeza de que Geneviève surpreendeu o meu atônito olhar.

Balbuciei uma peremptória exigência de explicações, mas Geneviève não me deu atenção, apontando vagamente para seu amigo e afastando-se dali.

Eu me aproximei do desconhecido.

— O senhor — modulei o termo com refinada urbanidade —, o senhor — e agora imprimi um tom, digamos, mais vivo — deseja alguma coisa?

— Sim... não... — respondeu, assolado por dificuldades respiratórias. — Quer dizer, vim por causa dessa moça, uma estrangeira, uma francesa, que trabalha aqui, ou que trabalhava.

— Quer que a chame? — perguntei.

— Não... não há necessidade... ou como preferir... — o homem respondeu. — Mandei minha empregada embora e só queria saber quando esta moça viria à minha casa.

Senti, agudo, o aguilhão. Respondi:

— Só queria saber quando Geneviève iria à sua casa? Perfeitamente. Mas há um problema.

O homem arqueou as sobrancelhas e avançou sua enorme cara e seus bigodes, manifestando uma candura talvez verdadeira, talvez fingida, mas decididamente odiosa. Continuei:

— A moça tinha se comprometido, com antecedência, a trabalhar na casa de um amigo, um verdadeiro irmão para mim.

— Então — disse o homem — eu me retiro. Não há mais o que falar.

— Oh, sim — exclamei. — Eu ainda não falei. Escute bem: Geneviève não vai sair desta casa. Não me interessa saber de amigos nem de compromissos, eu não vou permitir que ninguém faça tratos com ela à minha revelia.

O *quidam* abriu uns olhos enormes, enterrou o chapéu até as orelhas e partiu bufando, como uma antiquada e pomposa locomotiva.

Toda essa detestável comédia da vida conseguiu, sem dúvida, me afetar. De noite sonhei com Geneviève. Podia jurar que sonhei, embora ela não apareça uma só vez no sonho. Estava presente em símbolos; era a penumbra apaixonada das paragens e o sentido secreto de meus atos. Eu havia entrado na casa da esquina da Coronel Díaz, mas a casa era antiga e enorme. Estava exausto; tinha me perdido em uma interminável sucessão de salões, com retratos e gobelinos. Avancei, trêmulo de alívio e de gratidão, por um corredor estreito e escuro, em cujo fundo se divisava um raio oblíquo de luz. Meu pavor e meu nojo foram tão veementes que me acordaram.

No dia seguinte não aconteceu nada que mereça ser lembrado. Aconteceu, na verdade, um minúsculo episódio, revelador, isso sim, dos abismos que se ocultam em Geneviève. Esse episódio bastaria por si só para explicar minha conduta, que não requer, aliás, justificativas. Meu dever é indisputável: impedir que Geneviève consiga novas vítimas, para fulminar sua hereditária, cega e religiosa maldade. Por isso, não vou cedê-la.

Quando ela me serviu o café da manhã, perguntei pelo anel de rubi. Olhou inocentemente para as próprias mãos. De fato, em seus dedos não estava. Sem me deixar acovardar por esse ardiloso estratagema, voltei à carga. Primeiro ela negou a existência do anel; depois reconheceu que o havia encontrado em uma sarjeta, poça ou um lugar impreciso da rua; que se tratava de uma bijuteria barata que tinha perdido ao entardecer. Insisti inutilmente. Arranquei lágrimas, mas não confissões. Sequer preciso lembrar que ela talvez dissesse a verdade — os rubis falsos e os genuínos são quase iguais — para estremecer.

Tremendo, desci as escadas, abri uma varanda e saí. Tenho a sensação de que não vi nada; nem o sol, nem os carros, nem as pessoas, nem as casas, nem as árvores. O mundo tinha morrido para mim. Pouco depois estava esfregando os pregos do ídolo com uma flanela amarela. Felizmente, a ferrugem era muito velha e meus esforços distraídos nada conseguiram. Nenhum prego brilhou; o ídolo não perdeu seu aspecto de coisa antiga e tremenda.

Nessa noite, com uma inaudita candura, voltei a dormir. Como era inevitável, estive de novo no corredor estreito e escuro, não longe da câmara onde se via o raio oblíquo de luz. Senti que não devia me aproximar dessa câmara; que devia recuar e, antes que fosse tarde demais, fugir; mas também tive a intolerável certeza de que Geneviève e Garmendia estavam lá. Preferi a morte a continuar vivendo com essa dúvida, e dei um passo. Do corredor só era visível a parte da câmara que estava em frente à entrada; a secreta mecânica dos sonhos me permitiu ver o que eu temia. Garmendia jazia em uma cama de pedra; a moça, com uma túnica branca e leve, que nos meus sonhos denotava uma sacerdotisa, estava ajoelhada ao lado da cama, olhando-o extaticamente. No chão havia uns pregos e um martelo. Geneviève apanhou um prego, levantou o martelo com uma lentidão interminável e eu fechei os olhos. Depois Geneviève me sorria, dizia "não é nada" e, tranquilizante, me mostrava dois reluzentes pregos novos no corpo do ídolo. Eu quis fugir. A moça recitou o longo poema dos Gulniac. Eu a olhava com fascinação, quase com amor. Ela me chamou alegremente; suas palavras começaram a mudar de consistência e de significado; depois, a mudança foi brusca e total, como os sons de um peixe que ainda se debate sob a água quando o pescador afinal o traz, com um puxão, à superfície. Eu tinha acordado. Geneviève, de pé ao lado da minha cama, repetia ritualmente umas palavras e me olhava. Dizia:

— A porteira de Garmendia quer vê-lo. Pode entrar?

— Não — respondi com indignação. — Como pretende que eu a atenda agora?

Sem dúvida o sonho tinha me afetado, porque logo depois mudei de ideia. Ordenei:

— Está bem. Mande ela entrar, mande ela entrar.

Peguei, na mesinha de cabeceira, o pente, a escova e a *brioline*, e recompus minhas ondas e mechas — rebeldes incuráveis — com um simulacro de compostura.

A mulher, devidamente escoltada por Geneviève, entrou no meu quarto. Adivinhei que estava disposta, mais que isso, decidida, a cair no choro. Com resignação, perguntei:

— O que houve?

— O senhor precisa ir à casa dele — respondeu.

— O que houve? — insisti.

— O senhor Garmendia está muito mal, muito mal — gritou, quase sufocando.

— Vá ficar com ele — respondi. — Eu irei em seguida.

Pressenti um iminente transbordamento de palavras, de lágrimas, de soluços; fiz um gesto em direção a Geneviève, e *exit* porteira.

Quando cheguei à casa da rua Bulnes, a mulher estava me esperando. Juntou as mãos, balançou a cabeça e quis falar. Eu lhe ordenei:

— Vamos, vamos.

Subimos. A mulher abriu a porta. Vi o apartamento, às escuras.

— Garmendia — exclamei em voz muito alta. — Garmendia.

Não houve resposta. Após alguns minutos de hesitação, decidi entrar. Dei um passo. Gritei de novo:

— Garmendia.

A voz do meu amigo, como que vazia por uma mortal indiferença, disse surdamente:

— O que você quer?

— Por que está no escuro? — indaguei, já mais tranquilo.

Abri as janelas.

Garmendia estava sentado em uma cadeira metálica, naquele quarto quase abstrato, branco, cinza e amarelo. Misteriosamente, senti compaixão por ele.

Avancei a mão para pousá-la em um de seus ombros, mas alguma coisa — sua estranha imobilidade, a fixidez de seu olhar, que não saía de um ponto imaginário, à frente, no ar — me conteve. Perguntei:

— O que você tem?

— E você lá se importa? — respondeu. — Você me roubou Geneviève. Geneviève me roubou a alma.

— Ninguém lhe roubou nada — argumentei com um ânimo positivo. — Além disso, não é hora de fazer frases.

— Eu não faço frases — replicou. — Estou cego.

Levei bruscamente a mão a seus olhos. Ele os fechou.

— Se você pensa que está cego — comentei —, está louco.

Estas palavras, filhas de uma espontânea vulgaridade, foram as últimas que articulei na presença do meu amigo. Procurando fazer uma admoestação simpática, eu havia pronunciado o diagnóstico exato e atroz. Garmendia não estava cego; achava que estava cego, porque estava louco.

Dei umas vagas instruções à porteira e, preocupado, voltei para casa. Atravessei a manhã como pude. Limpei e arrumei vitrines, corrigi salões (suprimindo um aparador aqui, intercalando um console ali): puro trabalho maquinal, mais digno de um boneco autômato que de um homem, de um artista. Almocei, e depois me sentei em frente à escrivaninha, para fumar meu último charuto de Garmendia. Olhando as melancólicas volutas, lembrei o sonho dessa noite e tive uma intuição. Dócil a uma vontade que já não era minha, eu me levantei, caminhei. Como quem vislumbra uma luz no meio de um desmaio, e começa a recuperar os sentidos, concebi uma esperança: a esperança de estar enganado. Espavorido, olhei para o tremendo ídolo celta. Não estava enganado. No seu corpo reluziam dois pregos novos.

Gritei em um duplo estertor:

— Geneviève! Geneviève!

A moça veio alarmada. A princípio, seus olhos azuis e suas virtuosas tranças quase me persuadiram. Mas resisti à tentação de esquecer tudo, de me entregar àquela aparente ingenuidade. Apontando para o ídolo, perguntei:

— E estes pregos?

— Não sei de nada — respondeu.

— Como não sabe de nada? Não fui eu que os cravei.

A expressão de alarme desapareceu do rosto de Geneviève.

— Eu também não — disse com placidez. Após uma pausa, acrescentou:

— Não esqueça que você guarda o martelo e os pregos a sete chaves.

Isso era verdade. Ainda não perdi inteiramente o juízo nem tolero que mãos inexperientes brinquem com pregos que não são mais importados e, ainda menos, com meu velho martelo inglês. Por algum tempo só pude me entregar à justa indignação, à verdadeira exacerbação que essa hipótese gratuita me provocava. Afinal apaziguado, entendi que, se os dois novos pregos do cão não podiam ser imputados a mim nem a Geneviève, surgia um problema espinhoso. Para resolvê-lo, arbitrei as explicações menos plausíveis; por exemplo: que o fantasma de Geneviève — a Geneviève sonhada por mim e também, ai!, por Garmendia — tivesse introduzido esses pregos no corpo do ídolo. Enquanto considerava tais tolices, senti sono; me aconcheguei na poltrona, entrecerrei os olhos… Subitamente percebi o perigo e me levantei. Andei pelo quarto, tentando acordar. Tinha a impressão de que o cão me vigiava com sua pavorosa cara sem olhos. Desesperado, lembrei que eu mesmo o trouxera da rua Bulnes. Pensando melhor, percebi que não devia cair no mesmo erro que Garmendia: para me salvar da moça e do cão, não bastava tirá-los de casa. Mas, será que eu tinha alguma esperança de me salvar? Quando pensava no destino de Garmendia, achava que sim: não podia admitir que esse destino espantoso também fosse o meu. Quando me lembrava dos sonhos das últimas noites e do meu inevitável progresso em direção à câmara onde estava o cão, minha certeza diminuía. Enquanto eu não descobrir como sair desta situação, pensei, enquanto não souber, sequer, se existe uma saída, não posso dormir. A saída que me esperava no sonho era talvez cruel demais.

Lembrei dos sonhos e talvez tenha adormecido. Eu estava no corredor estreito e escuro. Dei um passo. Quando ia entrar na câmara, fiz um movimento aterrorizado (como se minha consciência não estivesse totalmente imersa no sonho; como se eu estivesse encarapitado, em um último esforço de náufrago, na parte do bote que não havia afundado): acordei. Estava na poltrona (não lembrava quando tinha me sentado). Olhei com nojo seus monstruosos braços de couro. Levantei-me. Instintivamente, corri para o meio do aposento. Senti horror de todos os objetos, de todas as manifestações da matéria, que me espreitava e me rondava como um caçador infalível. Descobri (ou julguei descobrir) que estar vivo é fugir, de maneira efêmera e paradoxal, da matéria, e que o medo que eu sentia nesse momento era o medo da morte.

Eu iria para a rua, para longe dali, e andaria muito. Nas asas da mais fogosa fantasia, planejei impacientes e imediatos traslados. Depois entendi que tudo aquilo era inútil. Eu seria como um bonito pássaro voando… com sua gaiola no ombro. Era melhor ficar em casa, quieto, sem mexer um dedo. O cansaço podia ser funesto: provocaria o sono.

A tarde deslizou com rapidez. Não dormi. No entanto, de repente tenho lembranças que me chegam (posso jurar) de um sonho. Como explicar esse fenômeno repetido? Fecho os olhos, sonho instantaneamente e acordo? Não acredito. Durante o dia todo não fechei os olhos uma única vez. Se tivesse fechado, lembraria de algum despertar; não sentiria este cansaço nas pálpebras. Então, onde recentemente terei visto o corredor que desce até a câmara do cão? Onde vi os olhos de Garmendia desenhados em uma lápide, à esquerda, e onde o vi abrir uma porta desenhada em outra lápide, à direita? Onde vi Geneviève reclinada em um divã de pedra, a me chamar? Onde implorei de joelhos e onde me impuseram uma condição que agora não lembro mais? Outra coisa: Eu estava acordado ou sonhando quando vi, rondando na esquina, o indivíduo que pretendeu surrupiar Geneviève? Eu sonhava ou estava acordado quando ouvi, da varanda, um diálogo entre esse mesmo indivíduo e Geneviève, na porta da minha própria casa? Eu estava acordado ou sonhando quando ouvi que Geneviève se despedia com as palavras *Até amanhã*?

Se não fosse a tarefa de escrever, a colheita inevitável desses interlúdios oníricos seria o desgosto e a loucura. De madrugada, quando resolvi redigir meu relato, encontrei a salvação. Em alguns momentos escrevi com um genuíno deleite. Em outros momentos, ao final, adormeci: o leitor deve ter notado isso com toda a clareza. Algumas vezes os pesadelos me acordaram; outras, o relógio de bronze, com sua melodia horária e suas ninfas e pastores; outras ainda, o barulho de Geneviève, limpando, no porão. Como se não quisesse ir se deitar antes do patrão, ela trabalhou a noite toda. Escuto seus movimentos embaixo do meu quarto. Se não soubesse que era ela, pensaria que havia um animal trancado ali. A agitação no porão é quase contínua. Ocasionalmente consigo esquecê-la.

Geneviève e sua misteriosa tarefa não me preocupam. Não tenho medo. Ao pé destas páginas traçarei, com determinação e cuidado, a palavra FIM;

depois vou me entregar (com o consolo de quem regressa, após uma penosa tentativa de separação, à mulher amada) ao frio, terno e casto abraço da minha cama, e dormirei beatificamente. Que descanso! O longo dia de trabalho me pôs em contato, afinal, com a verdade. Uma enxurrada de coincidências facilmente explicáveis — ou inexplicáveis, como a vida e como nós mesmos — me sugeriram uma história fantástica, em que sou, além de herói, vítima. Não existe tal história. Dormirei sem temores. Geneviève não me cegará. Geneviève não roubará minha alma. (Pode haver um mito mais estúpido que o de Fausto?) Só se pode roubar a alma dos que já a perderam; eu, quando estou feliz, tenho de sobra...

Aqui Geneviève me interrompeu. Entrou em meu quarto e, com uma solicitude singular, com uma voz de terna repreensão, me disse que já é de manhã, que preciso ir me deitar, que preciso descansar, que preciso dormir.

A TRAMA CELESTE

Quando o capitão Ireneo Morris e o doutor Carlos Alberto Servian, médico homeopata, desapareceram de Buenos Aires, em um 20 de dezembro, os jornais quase não comentaram o fato. Disseram que havia gente enganada, gente implicada e que uma comissão estava investigando o fato; também disseram que a limitada autonomia do aeroplano utilizado pelos fugitivos permitia afirmar que estes não haviam chegado muito longe. Por aqueles dias recebi uma encomenda; continha: três volumes *in-quarto* (as obras completas do comunista Louis Auguste Blanqui); um anel de pouco valor (uma água-marinha em cujo fundo se via a efígie de uma deusa com cabeça de cavalo); algumas páginas escritas à máquina — *As aventuras do capitão Morris* — assinadas C. A. S. Transcreverei essas páginas.

AS AVENTURAS DO CAPITÃO MORRIS

Este relato poderia começar com alguma lenda celta que falasse da viagem de um herói a um país que está do outro lado de uma fonte, ou de uma infranqueável prisão feita de galhos tenros, ou de um anel que torna invisível quem o usa, ou de uma nuvem mágica, ou de uma jovem chorando no fundo remoto de um espelho que está na mão do cavalheiro destinado a salvá-la, ou da busca, interminável e sem esperança, do túmulo do rei Artur.

Também poderia começar com a notícia, que ouvi com assombro e com indiferença, de que um tribunal militar acusava o capitão Morris de traição. Ou com a negação da astronomia. Ou com uma teoria destes movimentos, chamados passes, que são usados para que os espíritos apareçam ou desapareçam.

No entanto, prefiro optar por um começo menos estimulante; se não tem o encanto da magia, tem o do método. Isso não significa um repúdio ao sobrenatural; muito menos um repúdio às alusões ou invocações do primeiro parágrafo.

Meu nome é Carlos Alberto Servian e nasci em Rauch; sou armênio. Meu país não existe há oito séculos; mas deixe um armênio se achegar à sua árvore genealógica: toda a sua descendência odiará os turcos. "Uma vez armênio, sempre armênio." Somos como uma sociedade secreta, como um clã, e, dispersos pelos continentes, o sangue indefinível, olhos e narizes que se repetem, um modo de entender e de desfrutar a terra, certas habilidades, certas intrigas, certos desarranjos em que nos reconhecemos, a beleza apaixonada de nossas mulheres, tudo isso são coisas que nos unem.

Sou também um homem solteiro e, como Dom Quixote, moro (morava) com uma sobrinha: uma moça agradável, jovem e trabalhadora. Eu acrescentaria outro qualificativo — tranquila —, mas confesso que nos últimos tempos ela não o mereceu. Minha sobrinha gostava de exercer a função de secretária e, como não tenho secretária, ela mesma atendia o telefone, passava a limpo e organizava com uma certeira lucidez os históricos médicos e as sintomatologias que eu anotava ao sabor dos relatos dos doentes (cuja regra comum é a desordem) e arrumava meu vasto arquivo. Praticava outra diversão não menos inocente: ir comigo ao cinematógrafo às sextas-feiras à tarde. Essa tarde era uma sexta-feira.

A porta se abriu; um jovem militar entrou no consultório.

Minha secretária estava à minha direita, em pé, atrás da mesa, e me entregava, impassível, uma dessas folhas grandes onde anoto as informações que recebo dos pacientes. O jovem militar se apresentou sem vacilações — era o tenente Kramer — e, depois de olhar ostensivamente para minha secretária, perguntou em voz firme:

— Posso falar?

Eu lhe disse que falasse. Continuou:

— O capitão Ireneo Morris quer ver o senhor. Está preso no Hospital Militar.

Talvez influenciado pela marcialidade de meu interlocutor, respondi:

— Às ordens!

— Quando irá?— perguntou Kramer.

— Hoje mesmo. Se me deixarem entrar a essa hora...

— Vão deixar — declarou Kramer, e quase de imediato se retirou.

Olhei para minha sobrinha; estava abalada. Senti raiva e perguntei o que estava acontecendo com ela. A moça me interpelou:

— Sabe quem é a única pessoa pela qual você se interessa?

Tive a ingenuidade de olhar para onde ela apontava. E me vi no espelho. Minha sobrinha saiu da sala, correndo.

Fazia algum tempo que ela parecia menos tranquila. Além disso adquirira o hábito de me chamar de egoísta. Atribuo parte da culpa por essas coisas a meu *ex-libris*. Ele tem triplamente inscrita — em grego, em latim e em espanhol — a sentença *Conhece-te a ti mesmo* (nunca imaginei até onde essa sentença me levaria) e me retrata observando, através de uma lupa, minha própria imagem em um espelho. Minha sobrinha colou milhares desses *ex-libris* em milhares de volumes da minha versátil biblioteca. Mas existe outro motivo para essa fama de egoísmo. Eu sempre fui metódico, e nós, homens metódicos, que imersos em obscuras ocupações postergamos os caprichos das mulheres, parecemos loucos, ou imbecis, ou egoístas.

Atendi dois clientes e fui ao Hospital Militar.

Já eram seis da tarde quando cheguei ao velho edifício da rua Pozos. Após uma espera e um breve interrogatório, fui levado ao quarto ocupado por Morris. Na porta havia uma sentinela de baioneta na mão. Dentro, bem perto da cama de Morris, dois homens que não falaram comigo jogavam dominó.

Eu e Morris nos conhecemos desde crianças; nunca fomos amigos de verdade. Sempre gostei muito do pai dele. Era um velho magnífico, com a cabeça branca, redonda, raspada, e os olhos azuis, excessivamente duros e espertos; tinha um ingovernável patriotismo galês, uma irrefreável mania de contar lendas celtas. Durante muitos anos (os mais felizes de minha vida), ele foi meu professor. Todas as tardes estudávamos um pouco, ele contava e eu escutava as aventuras dos *mabinogion,* e depois recuperávamos as forças tomando chimarrão com açúcar queimado. Ireneo vivia nos quintais; caçava pássaros e ratos, e com um canivete, uma linha e uma agulha combinava cadáveres heterogêneos; o velho Morris dizia que Ireneo seria médico. Eu seria inventor, porque detestava as experiências de Ireneo e porque uma vez tinha desenhado uma bala com molas, que permitiria as mais envelhecedoras viagens interplanetárias, e um motor hidráulico que, depois de ligado, nunca mais se deteria. Ireneo e eu estávamos afastados por uma recíproca indiferença... Agora, quando nos encontramos, sentimos uma grande felicidade, uma floração de nostalgias e de cordialidades, repetimos um breve diálogo com alusões à nossa velha amizade, e depois não sabemos mais o que dizer.

O País de Gales, a tenaz corrente celta, havia terminado em seu pai. Ireneo é tranquilamente argentino, e ignora e desdenha na mesma medida todos os estrangeiros. Até na aparência é tipicamente argentino (alguns o consideraram sul-americano): de corpo pequeno, magro, de ossos finos, cabelo preto — sempre penteado, reluzente —, um olhar sagaz.

Quando me viu parecia emocionado (eu nunca o vira emocionado, nem na noite da morte de seu pai). E me disse com voz clara, para que os jogadores de dominó ouvissem:

— Aperte aqui. Nas horas difíceis é que se conhecem os amigos.

Achei que estava exagerando. Morris continuou:

— Temos de falar de muitas coisas, mas você há de compreender que diante de circunstâncias assim — e olhou com gravidade para os dois homens — prefiro me calar. Em poucos dias estarei em casa; será um prazer recebê-lo então.

Achei que a frase era uma despedida. Mas Morris me disse que, se eu não estivesse com pressa, ficasse mais um pouco.

— Antes que eu me esqueça! — continuou. — Obrigado pelos livros.

Murmurei algo, confusamente. Não sabia a que livros se referia.

Falou de acidentes de aviação; negou que houvesse lugares — El Palomar, em Buenos Aires; o Vale dos Reis, no Egito — que irradiassem correntes capazes de provocá-los.

Em seus lábios, "o Vale dos Reis" me pareceu incrível. Ele deve ter notado meu espanto, porque explicou:

— São as teorias do padre Moreau. Outros dizem que nos falta disciplina. É oposta à idiossincrasia do nosso povo, se é que me entende. A aspiração do nosso aviador é ter aeroplanos decentes. Lembre-se das proezas de Mira com o Golondrina, uma lata de conservas amarrada com arame.

Perguntei por seu estado e pelo tratamento a que era submetido. Antes que ele atinasse a responder, falei em voz bem alta, para que os jogadores de dominó ouvissem:

— Nada de injeções. Não envenene seu sangue. Tome um *Depuratum* 6 e depois *Arnica* 10.000. Você é um caso típico de *Arnica*. Não se esqueça: doses in-fi-ni-te-si-mais.

Saí com a satisfação de ter obtido uma pequena vitória.

Passaram três semanas. Em casa houve poucas novidades. Agora, retrospectivamente, talvez descubra que minha sobrinha estava mais atenta que nunca, e menos cordial. Como era nosso costume, nas duas sextas-feiras seguintes fomos ao cinematógrafo; mas na terceira, quando entrei no quarto dela, não a encontrei. Tinha saído, tinha se esquecido de que iríamos naquela tarde ao cinematógrafo!

Depois chegou um recado de Morris. Dizia que já estava em casa e que eu fosse vê-lo uma tarde dessas.

Ele me recebeu no escritório. Digo sem reticências: Morris havia melhorado. Há naturezas que tendem tão invencivelmente ao equilíbrio da saúde que os piores venenos inventados pela farmacopeia alopática não lhe fazem mal nenhum.

Quando entrei no cômodo tive a impressão de retroceder no tempo; quase diria que me surpreendi por não encontrar o velho Morris (morto dez anos antes), asseado e benévolo, administrando de forma pausada os *impedimenta* do chimarrão. Nada tinha mudado. Na estante encontrei os mesmos livros, os mesmos bustos de Lloyd George e de William Morris que eu via na juventude; e na parede, como antes, estava pendurado o horrível quadro da morte de um tal Griffith, um personagem lendário.

Sem mais delongas procurei levar Morris para a conversa que lhe interessava. Ele disse que só precisava acrescentar alguns detalhes ao que tinha exposto na carta. Eu não sabia o que dizer; não havia recebido nenhuma carta de Ireneo. Pedi que ele me contasse tudo desde o começo.

Então Ireneo Morris me relatou sua misteriosa história.

Até 23 de junho passado, ele era piloto de provas dos aeroplanos do exército. Sempre desempenhara essa função na base de El Palomar; recentemente tinha sido transferido para a nova fábrica militar de Córdoba. Não chegou a viajar para lá.

Ele me deu sua palavra de que, como piloto de provas, era uma pessoa importante. Fizera mais voos de teste que qualquer aviador americano (sul e centro). Sua resistência era extraordinária.

Tanto havia repetido esses voos de prova que automaticamente, inevitavelmente, chegou a realizar só um.

Tirou uma caderneta do bolso e riscou em uma página em branco uma série de linhas em zigue-zague; escrupulosamente anotou números (distâncias, alturas, graduação de ângulos); depois arrancou a folha e me deu como se fosse um presente. Apressei-me a agradecer. Ele declarou que eu possuía "o esquema clássico de suas provas".

Por volta de 15 de junho lhe comunicaram que naqueles dias iria sair com um novo Dewoitine — o 309 — monoposto, de combate. Era um aparelho construído com uma patente francesa do ano anterior, e o teste se realizaria com bastante sigilo. Morris foi para casa, pegou uma caderneta de anotações — "como havia feito hoje" —, desenhou o esquema — "o mesmo que eu tinha no bolso". — Depois se entreteve em complicá-lo; depois, "naquele mesmo escritório onde conversávamos amigavelmente", imaginou esses adendos e gravou-os na memória.

Vinte e três de junho, alvorecer de uma bela e terrível aventura, foi um dia cinzento, chuvoso. Quando Morris chegou ao aeroporto, o aparelho estava no hangar. Teve de esperar que o trouxessem. Ficou andando, para não adoecer com o frio; só conseguiu encharcar os sapatos. Finalmente apareceu o Dewoitine. Era um monoplano de asas baixas, "nada do outro mundo, pode acreditar". Então o inspecionou superficialmente. Morris olhou nos meus olhos e informou em voz baixa: "O assento era estreito, incrivelmente incômodo". Lembrou que o marcador de combustível indicava *plein* (quer dizer, cheio) e que o Dewoitine não tinha nenhuma insígnia nas asas. Disse que acenou com a mão, avançou uns quinhentos metros e decolou. Começou a realizar o que ele chamava de seu "novo esquema de provas".

Ele era o piloto de provas mais resistente da República. Pura resistência física, afirmou. Estava disposto a me contar a verdade. Quase não podia acreditar, mas de repente sua vista escureceu. Nesse ponto Morris falou muito; chegou a se exaltar. Confesso, da minha parte, que acompanhei o relato com atenção. Quando sentiu a vista escurecer, ouviu-se dizer "Que vergonha, vou perder os sentidos", investiu contra uma vasta mole escura (talvez uma nuvem), teve uma visão efêmera e feliz, como a visão de um paraíso radiante... A duras penas conseguiu endireitar o aeroplano, quando já tocava o campo de pouso.

Voltou a si. Estava dolorosamente deitado em uma cama branca, em um quarto alto, com paredes esbranquiçadas e nuas. Uma mosca zumbiu; durante alguns segundos pensou que estivesse dormindo, na hora da sesta, no campo. Depois soube que estava ferido; que estava preso; que estava no Hospital Militar. Nada disso o preocupava muito, levou algum tempo para se lembrar do acidente. Quando se lembrou, teve a verdadeira surpresa: francamente não entendia como tinha perdido os sentidos. Isso, porém, não aconteceu uma vez só... Voltarei ao assunto mais tarde.

A pessoa que estava com ele era uma mulher. Olhou-a. Era uma enfermeira. Falou das mulheres em geral. Mostrou-se dogmático, desagradável. Disse que existia um tipo de mulher, e até uma determinada e única mulher, para o animal que se esconde no fundo de cada homem. E acrescentou algo no sentido de ser uma desgraça encontrá-la, porque então o homem sente como ela é importante para o seu destino e a trata com temor e estouvamento, preparando assim um futuro de ansiedade e de monótona frustração. Afirmou que, para o homem "que é homem", não há diferenças notáveis entre as outras mulheres, nem perigos. Perguntei-lhe se a enfermeira era seu tipo. Ele respondeu que não, e explicou: "É uma mulher plácida e maternal, mas bastante bonita."

Continuou o seu relato. Entraram uns oficiais (citou as patentes). Um soldado trouxe uma mesa, uma cadeira, uma máquina de escrever. Depois se sentou diante da máquina e datilografou em silêncio. Quando o soldado parou, um oficial começou a interrogar Morris:

— Seu nome?

A pergunta não o surpreendeu. Pensou: "Mera formalidade". Disse seu nome, e viu o primeiro sinal do inexplicável complô que o envolvia. Todos os oficiais riram. Ele nunca havia imaginado que seu nome fosse ridículo. Zangou-se. Outro oficial disse:

— Podia inventar algo mais verossímil. — Ordenou ao soldado da máquina: — Escreva.

— Nacionalidade?

— Argentino — afirmou, sem hesitar.

— Pertence ao exército?

Ele se permitiu uma ironia:

— Eu sofro o acidente e vocês é que parecem lesados.

Riram um pouco (entre si, como se Morris estivesse ausente).

Continuou:

— Pertenço ao exército, tenho patente de capitão. Sou piloto de provas de aeroplanos.

— Com base em Montevidéu? — perguntou sarcasticamente um dos oficiais.

— Em El Palomar — respondeu Morris.

Deu seu endereço: rua Bolívar, 971. Os oficiais se retiraram. Voltaram no dia seguinte, aqueles e outros. Quando ele percebeu que duvidavam de sua nacionalidade, ou que fingiam duvidar, quis se levantar da cama e brigar. A ferida e a terna pressão da enfermeira o contiveram. Os oficiais voltaram na tarde do outro dia, e na manhã seguinte. Fazia um calor tremendo; todo seu corpo doía; ele me confessou que teria falado qualquer coisa para que o deixassem em paz.

O que pretendiam? Por que ignoravam quem ele era? Por que o insultavam, por que fingiam que não era argentino? Estava perplexo e furioso. Uma noite a enfermeira segurou sua mão e lhe disse que ele não estava se defendendo sensatamente. Respondeu que não tinha de que se defender. Passou a noite em claro, entre acessos de cólera, momentos em que estava decidido a enfrentar a situação com tranquilidade e outros em que reagia com violência, em que se negava a "entrar naquele jogo absurdo". De manhã quis pedir desculpas à enfermeira pela forma como a tratara; entendia que sua intenção era boa, "e não é feia, sabe"; mas, como não sabia pedir desculpas, perguntou com irritação o que ela aconselhava. A enfermeira aconselhou-o a chamar alguma pessoa de peso para depor.

Quando chegaram os oficiais, ele disse que era amigo do tenente Kramer e do tenente Viera, do capitão Faverio, dos tenentes-coronéis Mendizábal e Navarro.

Por volta das cinco, o tenente Kramer, seu amigo de infância, apareceu com os oficiais. Morris disse envergonhado que "depois de sofrer uma comoção, o homem não é mais o mesmo", e sentiu lágrimas brotando dos olhos quando viu Kramer. Admitiu que se ergueu na cama e abriu os braços quando o viu chegar. E que lhe gritou:

— Venha cá, irmão.

Kramer parou e o observou impassível. Um oficial lhe perguntou:

— Tenente Kramer, conhece este sujeito?

A voz era insidiosa. Morris diz que esperou — esperou que o tenente Kramer, com uma súbita exclamação cordial, revelasse que sua atitude era parte de uma brincadeira —... Kramer respondeu com um ardor excessivo, parecendo temeroso de que eles não acreditassem:

— Nunca o vi. Juro que nunca o vi antes.

Acreditaram imediatamente, e desapareceu a tensão que houve entre eles durante alguns segundos. Depois se afastaram: Morris ouviu as risadas dos oficiais, e a risada franca de Kramer, e a voz de um oficial repetindo "Isso não me surpreende, acredite que não me surpreende. Que descaramento!"

Com Viera e com Mendizábal a cena se repetiu no essencial. Houve mais violência. Um livro — um dos livros que eu havia lhe mandado — estava debaixo dos lençóis, ao alcance de sua mão, e atingiu o rosto de Viera quando este fingiu que não o conhecia. Morris deu uma descrição circunstanciada do episódio, na qual não acredito totalmente. Explico: eu não duvido de sua coragem, mas sim da sua velocidade epigramática. Os oficiais opinaram que não era indispensável chamar Faverio, que estava em Mendoza. Ele então teve uma inspiração; pensou que as ameaças transformavam os jovens em traidores, mas elas fracassariam com o general Huet, velho amigo de sua família, que sempre havia sido como um pai para ele.

Responderam secamente que não existia, nem nunca existiu, um general com esse nome no exército argentino.

Morris não estava com medo; se conhecesse o medo, talvez se defendesse melhor. Felizmente as mulheres lhe interessavam, "e você sabe como elas gostam de aumentar os perigos e como são ardilosas". Dias antes a enfermeira havia segurado a sua mão para convencê-lo do perigo que o ameaçava; agora Morris olhou em seus olhos e perguntou o significado da confabulação que havia contra ele. A enfermeira repetiu o que tinha ouvido: era falsa a sua afirmação de que havia testado o Dewoitine em El Palomar no dia 23; ninguém testara aeroplanos em El Palomar naquela tarde. O Dewoitine era um modelo adotado recentemente pelo exército argentino, mas sua numeração não correspondia à de nenhum aparelho do exército argentino. "Eles acham que eu sou espião?", perguntou incrédulo. Sentiu que voltava a ficar furioso. Timidamente, a enfermeira respondeu: "Acham que você veio de algum país irmão." Morris lhe jurou como argentino que era argentino, que não era espião; ela parecia estar emocionada e continuou no mesmo tom de voz: "A farda é igual à nossa; mas descobriram que as costuras são diferentes." E comentou: "Um detalhe imperdoável". Morris notou que a enfermeira também não acreditava nele; sentiu-se quase sufocado de raiva e, para disfarçar, beijou-a na boca e a abraçou.

Poucos dias depois a enfermeira lhe informou: "Foi comprovado que você deu um endereço falso." Morris protestou inutilmente; a mulher tinha provas: o morador da casa era o senhor Carlos Grimaldi. Passaram pela mente de Morris as sensações da lembrança e da amnésia. Pensou que esse nome estava ligado a alguma experiência do passado; não conseguiu determinar qual.

A enfermeira lhe disse que seu caso provocara a formação de dois grupos antagônicos: o grupo dos que sustentavam que ele era estrangeiro e o dos que sustentavam que era argentino. Com mais clareza: uns queriam desterrá-lo como espião; outros, fuzilá-lo como traidor.

— Com sua insistência em afirmar que é argentino — disse a mulher —, você ajuda os que defendem a sua morte.

Morris lhe confessou que pela primeira vez sentia na pátria "o desamparo que sentem as pessoas que visitam outros países". Mas continuava não temendo nada.

A mulher chorou tanto que ele, finalmente, prometeu fazer o que ela pedisse. "Parece ridículo, mas eu gostava de vê-la contente." A mulher lhe pediu que "reconhecesse" que não era argentino. "Se fosse outra, eu lhe dava uma surra. Prometi satisfazê-la, sem nenhuma intenção de cumprir a promessa." Alegou dificuldades:

— Eu digo que sou de tal país. No dia seguinte informam desse país que minha afirmação é falsa.

— Não faz mal — respondeu a enfermeira. — Nenhum país vai admitir que tem espiões. Mas com essa declaração e meus contatos, talvez os partidários do desterro vençam, se não for tarde demais.

No dia seguinte um oficial foi tomar seu depoimento. Estavam sozinhos; o homem lhe disse:

— O caso está resolvido. Dentro de uma semana assinam sua sentença de morte.

Morris me explicou:

— Eu não tinha mais nada a perder...

"Para ver no que dava", disse ao oficial:

— Confesso que sou uruguaio.

Explicou: "Eu me consolava pensando que para mim um uruguaio não é estrangeiro".

À tarde a enfermeira confessou: disse a Morris que aquilo tinha sido um estratagema; que receou que ele não cumprisse a promessa; o oficial era amigo e tinha instruções de lhe arrancar aquela declaração. Morris comentou:

— Se fosse outra, eu dava uma surra.

A declaração não havia chegado a tempo; sua situação estava piorando. Segundo a enfermeira, sua única esperança era um senhor que ela conhecia e cuja identidade não podia revelar. Esse senhor queria vê-lo antes de interceder em seu favor.

A enfermeira lhe disse com franqueza:

— Temo que você lhe cause má impressão, mas esse senhor quer vê-lo. Por favor, não seja intransigente. Talvez seja a última esperança.

— Não se preocupe. Eu falo com ele, se por acaso vier.

— Esse senhor não virá.

— Então não há nada a fazer — respondeu Morris, com alívio.

A enfermeira continuou:

— Na primeira noite em que houver sentinelas da nossa confiança, você vai vê-lo. Já está bem de saúde. Vai sozinho.

Tirou um anel do dedo anular e lhe entregou.

Morris o colocou no dedo mindinho. Era uma pedra, vidro ou brilhante, com uma cabeça de cavalo no fundo. Ele devia usá-lo com a pedra voltada para a palma da mão, e as sentinelas o deixariam entrar e sair como se não o vissem.

A enfermeira lhe deu instruções. Ele sairia à meia-noite e meia, e tinha de voltar antes das três e quinze da madrugada. A enfermeira escreveu o endereço do senhor em um papelzinho.

— Você ainda tem esse papel? — perguntei.

— Sim, acho que sim — respondeu, procurando na carteira. Depois me entregou displicentemente o endereço.

Era um papelzinho azul; o endereço — rua Márquez, 6.890 — estava escrito com uma letra feminina e firme ("do *Sacré Coeur*", declarou Morris, com inesperada erudição).

— Como se chama a enfermeira? — inquiri, por simples curiosidade.

Morris pareceu incomodado. Afinal disse:

— Todos a chamavam de Idibal. Não sei se é nome ou sobrenome.

E continuou o relato:

— Chegou a noite marcada para a saída. Idibal não apareceu. Eu não sabia o que fazer. À meia-noite e meia, resolvi sair.

Pensou que era inútil mostrar o anel à sentinela que estava na porta do quarto. O homem levantou a baioneta. Morris mostrou o anel; saiu livremente. Logo depois se encostou em uma porta: ao longe, no fundo do corredor, tinha visto um cabo. Depois, seguindo as indicações de Idibal, desceu por uma escada de serviço e chegou à porta da rua. Mostrou o anel e saiu.

Tomou um táxi. "Um desses Buick que você confunde, se não prestar atenção, com um Packard", explicou inutilmente. Deu o endereço anotado no papel. Rodaram mais de meia hora; contornaram as oficinas do Ferrocarril Oeste pela Juan B. Justo e pela Gaona, e seguiram, por uma rua arborizada, em direção aos limites da cidade; cinco ou seis quadras adiante pararam na frente de uma igreja que emergia, com suas colunas e suas cúpulas, entre as casas baixas do bairro, branca dentro da noite.

Pensou que era um engano; olhou o número no papel: era o número da igreja.

— Você tinha de esperar fora ou dentro? — perguntei.

Ele disse que esse detalhe não lhe concernia; entrou. Não viu ninguém. Perguntei como era a igreja.

— Igual a todas — respondeu.

Pouco depois soube que ele ficou ali, ao lado de uma fonte com peixes, onde caíam três jatos de água.

Apareceu "um padre desses que se vestem de homem, como os do Exército da Salvação" e perguntou se estava procurando alguém. Ele respondeu que não. O padre foi embora; pouco depois voltou a passar. Essas idas e vindas se repetiram três ou quatro vezes. Morris disse que a curiosidade do sujeito era admirável, e que já ia interpelá-lo, mas o outro lhe perguntou se tinha "o anel do convívio".

— O anel de quê?... — perguntou Morris. E continuou explicando: "Imagine só, como é que eu ia saber que ele estava falando do anel que Idibal me deu?

Com uma pasmosa curiosidade, o homem olhou para as mãos dele e ordenou:

— Mostre esse anel.

Morris fez um movimento de repulsa; depois mostrou o anel.

O homem o levou à sacristia e pediu que explicasse o caso. Ouviu o relato com gestos de aprovação; Morris esclarece: "Como uma explicação mais ou menos hábil, porém falsa; certo de que eu jamais pretenderia enganá-lo, de que ia, finalmente, ouvir a minha confissão, ou seja, a explicação verdadeira."

Quando se convenceu de que Morris não ia falar mais, irritou-se e deu por terminada a conversa. Disse que tentaria fazer alguma coisa por ele.

Quando saiu, Morris procurou a rua Rivadavia. Viu-se diante de duas torres que pareciam a entrada de um castelo ou de uma cidade antiga; na verdade eram a entrada de um terreno baldio, que se abria para a escuridão. Teve a impressão de estar em uma Buenos Aires sobrenatural e certamente sinistra. Andou algumas quadras. Sentiu cansaço. Chegou à Rivadavia, tomou um táxi, um Studbaker enorme e caindo aos pedaços, e deu o endereço da sua casa: rua Bolívar, 971.

Desceu na esquina da Independencia com a Bolívar; andou até a porta de casa. Ainda não eram duas da manhã. Tinha tempo.

Quis enfiar a chave na fechadura. Não conseguiu. Apertou a campainha. Ninguém abriu. Passaram dez minutos. Ficou indignado com a empregada que aproveitava sua ausência — sua desgraça — para dormir fora. Apertou a campainha com mais força. Ouviu sons que pareciam vir de longe; depois, uma série de pancadas — uma seca, outra fugaz — rítmicas, crescentes. Apareceu uma figura humana, enorme na sombra.

Morris recuou até a parte menos iluminada do saguão; imediatamente reconheceu aquele homem sonolento e furioso e teve a impressão de ser ele quem estava sonhando. Pensou: "Sim, o manco Grimaldi, Carlos Grimaldi." Agora lembrava o nome. Agora, incrivelmente, estava diante do inquilino que ocupava a casa quando seu pai a comprou, mais de quinze anos atrás.

Grimaldi irrompeu:

— O que deseja?

Morris se lembrou da astuta obstinação do homem em permanecer na casa e das infrutíferas indignações de seu pai, que dizia "Vou tirá-lo de lá no carrinho da Prefeitura" e lhe mandava presentes para que saísse.

— A senhorita Carmen Soares está? — perguntou Morris, para ganhar tempo.

Carmen Soares era a empregadinha. Grimaldi blasfemou, bateu a porta, apagou a luz. Na escuridão, Morris ouviu os passos alternados se afastando; depois, em uma comoção de vidros e de ferros, passou um bonde; depois se restabeleceu o silêncio. Morris pensou triunfalmente: "Não me reconheceu."

Logo depois sentiu vergonha, surpresa, indignação. Resolveu arrombar a porta a pontapés e expulsar o intruso. Como se estivesse bêbado, disse em voz alta: "Vou registrar uma queixa na delegacia." E se perguntou o que significava aquela ofensiva múltipla e envolvente que seus colegas tinham lançado contra ele. Decidiu me consultar.

Se me encontrasse em casa, teria tempo para explicar-me os fatos. Tomou um táxi "outro Studbacker, mas em melhor estado que o anterior", e disse ao chofer que o levasse à travessa Owen. O homem não a conhecia. Morris lhe perguntou de maus modos para que então faziam exame. Abominou tudo: a polícia, que deixa as nossas casas se encherem de intrusos; os estrangeiros, que mudam o país e nunca aprendem a dirigir. O chofer propôs que ele pegasse outro táxi. Morris lhe disse que fosse pela rua Vélez Sársfield até cruzar a linha do trem.

Pararam na cancela; intermináveis trens cinzentos faziam manobras. Morris mandou que o homem contornasse a estação Sola pela rua Toll. Desceu na esquina da Austrália com a Luzuriaga. O chofer lhe pediu que pagasse; que não podia esperá-lo; que aquela travessa não existia. Não respondeu; avançou com segurança pela Luzuriaga rumo ao sul. O chofer o seguiu com o automóvel, insultando-o. Morris pensou que se aparecesse um guarda, ele e o chofer iriam dormir na delegacia.

— Além do mais — eu lhe disse — descobririam que você fugiu do hospital. A enfermeira e os outros que ajudaram talvez se vissem em dificuldades.

— Juro que eu não estava em condições de pensar nessas coisas — respondeu Morris, e continuou o relato:

Andou uma quadra e não encontrou a travessa. Andou outra quadra, e mais uma. O chofer continuava reclamando; a voz era mais baixa, o tom mais sarcástico. Morris voltou para trás; virou na rua Alvarado; lá estavam o parque Pereyra, a rua Rochdale. Entrou na Rochdale. No meio do quarteirão, à direita, as casas deviam acabar e dar lugar à travessa Owen. Morris sentiu o pressentimento de uma vertigem. As casas não acabaram. Estava na rua Australia. Viu no alto, contra um fundo de nuvens noturnas, o tanque da International, em Luzuriaga; em frente devia estar a travessa Owen; não estava.

Olhou a hora. Só lhe restavam vinte minutos.

Andou rapidamente. Mas logo se deteve. Estava com os pés enfiados em um espesso lodo escorregadio, diante de uma série lúgubre de casas iguais, perdido. Quis voltar para o parque Pereyra. Não o encontrou. Temia que o chofer descobrisse que ele se perdera. Viu um homem, perguntou onde ficava a travessa Owen. O homem não era do bairro. Morris continuou andando, exasperado. Apareceu outro homem. Morris foi até onde ele estava. O chofer desceu do carro e também se aproximou rapidamente. Morris e o chofer lhe perguntaram em altos brados se sabia onde ficava a travessa Owen. O homem parecia assustado, talvez pensasse que estava sendo assaltado. Respondeu que nunca ouvira falar dessa travessa; ia dizer mais alguma coisa, porém Morris o olhou de forma ameaçadora.

Eram três e quinze da madrugada. Morris disse ao chofer que o levasse à esquina de Caseros e Entre Ríos.

No hospital havia outra sentinela. Passou duas ou três vezes em frente à porta, sem se atrever a entrar. Resolveu tentar a sorte; mostrou o anel. A sentinela não o parou.

A enfermeira apareceu no final da tarde seguinte. Disse:

— A impressão que você causou ao senhor da igreja não foi favorável. Ele não pôde deixar de aprovar sua dissimulação: é a eterna prédica que faz aos membros do convívio. Mas ficou ofendido com sua falta de confiança na pessoa dele.

Tinha sérias dúvidas de que o senhor se interessasse realmente em beneficiar Morris.

A situação havia piorado. As esperanças de fazê-lo passar por estrangeiro tinham desaparecido. Sua vida estava em perigo iminente.

Escreveu um minucioso relato dos fatos e me enviou. Depois quis se justificar: disse que a preocupação da mulher o incomodava. Talvez ele mesmo estivesse começando a ficar preocupado.

Idibal foi visitar o senhor outra vez; obteve, como favor a ela — "não ao desagradável espião" — a promessa de que "os contatos mais influentes interviriam ativamente no caso". O plano era obrigar Morris a fazer uma reconstituição dos fatos. Quer dizer: que lhe dessem um aeroplano e lhe permitissem reproduzir o teste que, segundo ele, fizera no dia do acidente.

Os contatos mais influentes prevaleceram, mas o avião do teste seria de dois lugares. Isto implicava uma dificuldade na segunda parte do plano: a fuga de Morris para o Uruguai. Morris disse que ele saberia lidar com o acompanhante. Os contatos insistiram que o aeroplano fosse um monoplano como o do acidente.

Idibal, depois de uma semana importunando-o com suas esperanças e ansiedades, chegou radiante e declarou que estava tudo arranjado. A prova estava marcada para a sexta-feira seguinte (faltavam cinco dias). Ia voar sozinho.

A mulher olhou ansiosamente para ele e disse:

— Espero você em Colonia. Assim que decolar, embica em direção ao Uruguai. Promete?

Prometeu. Virou-se na cama e fingiu que dormia. Comentou: "Parecia que ela me levava pela mão para o altar, e isso me dava raiva." Não sabia que estavam se despedindo.

Como já tinha se recuperado, na manhã seguinte o levaram para o quartel.

— Aqueles dias foram duros — comentou. — Fiquei num quarto de dois por dois, tomando chimarrão e jogando truco com as sentinelas até enjoar.

— Mas você não joga truco — disse eu.

Foi uma inspiração súbita. Naturalmente, eu não sabia se jogava ou não.

— Bem: digamos, qualquer jogo de cartas — respondeu sem se inquietar.

Eu estava assombrado. Pensava que a casualidade, ou as circunstâncias, tinham feito de Morris um portenho arquetípico; jamais imaginei que fosse um artista da cor local. Continuou:

— Você vai me achar um infeliz, mas eu passava horas pensando naquela mulher. Estava tão louco que pensei que a tinha esquecido...

Interpretei:

— Você tentava imaginar o rosto dela e não conseguia?

— Como adivinhou? — Não esperou minha resposta. Continuou o relato:

Numa manhã chuvosa o levaram em um velho Talbot, faéton duplo. Em El Palomar havia à sua espera uma solene comitiva de militares e funcionários do governo.

— Talvez pelo clima solene, aquilo mais parecia um duelo — disse Morris —, um duelo ou uma execução.

Dois ou três mecânicos abriram o hangar e empurraram para fora um biplano Bristol, de caça, "um sério concorrente para o faéton duplo, acredite".

Deu a partida; viu que não havia gasolina nem para dez minutos de voo; era impossível chegar ao Uruguai. Teve um momento de tristeza; melancolicamente pensou que talvez fosse melhor morrer que viver como escravo. O estratagema tinha fracassado. Seria inútil voar. Teve vontade de chamar aquela gente e dizer: "Senhores, acabou." Por apatia deixou que os acontecimentos seguissem seu curso. Decidiu repetir seu novo esquema de provas.

Avançou alguns metros e decolou. Desenvolveu regularmente a primeira parte do exercício, mas ao empreender as novas operações voltou a ficar tonto, a perder os sentidos, a escutar a própria queixa envergonhada por estar perdendo os sentidos. Quase em cima do campo de aterrissagem, conseguiu endireitar o avião.

Quando voltou a si estava dolorosamente deitado em uma cama branca, em um quarto alto, com paredes brancas e nuas. Entendeu que estava ferido, que estava preso, que estava no Hospital Militar. Perguntou-se se tudo aquilo não era uma alucinação.

Completei seu pensamento:

— Uma alucinação que você estava tendo no momento de acordar.

Soube que a queda acontecera em 31 de agosto. Perdeu a noção do tempo. Passaram três ou quatro dias. Ficou contente ao lembrar que Idibal estava em Colonia; aquele novo acidente lhe dava vergonha; além do mais, a mulher brigaria com ele por não ter voado para o Uruguai.

Refletiu: "Quando souber do acidente, ela voltará. É questão de esperar dois ou três dias".

Tinha uma nova enfermeira. Os dois passavam as tardes de mãos dadas.

Idibal não voltava. Morris começou a ficar preocupado. Certa noite sentiu uma grande ansiedade. "Você deve me achar louco" — disse. — "Eu queria vê-la. Pensei que tinha voltado, que sabia da história da outra enfermeira e que por isso não queria me ver".

Pediu a um residente que chamasse Idibal. O homem não voltou. Muito depois (mas nessa mesma noite; Morris achou incrível que uma noite durasse tanto), voltou; o chefe lhe dissera que nenhuma pessoa com esse nome trabalhava no hospital. Morris mandou que descobrisse quando ela havia saído do emprego. O residente voltou de madrugada dizendo que o chefe de pessoal já se retirara.

Sonhava com Idibal. De dia a imaginava. Começou a sonhar que não conseguia encontrá-la. Afinal, não conseguia mais imaginá-la nem sonhar com ela.

Vieram lhe dizer que nenhuma pessoa chamada Idibal trabalhava nem havia trabalhado naquele estabelecimento.

A nova enfermeira lhe recomendou que lesse. Trouxeram os jornais. Nem sequer a seção *Na margem dos esportes e do turfe* lhe interessava. "Então tive um estalo e pedi os livros que você me mandou." Responderam que ninguém tinha mandado livros.

(Quase cometi uma imprudência; de reconhecer que eu não lhe mandara coisa nenhuma.)

Suspeitou que haviam descoberto o plano de fuga e a participação de Idibal; era por isso que Idibal não aparecia. Olhou para as próprias mãos: o anel não estava. Pediu-o. Responderam que era tarde, que a administradora já tinha ido embora. Passou uma noite atroz e interminável, pensando que nunca mais lhe trariam o anel.

— Pensando — comentei — que se não devolvessem o anel não lhe restaria nenhum rastro de Idibal.

— Isso nem me passou pela cabeça — afirmou honestamente. — Mas passei a noite como um desequilibrado. No dia seguinte me trouxeram o anel.

— Está com ele? — perguntei com uma incredulidade que me surpreendeu.

— Sim — respondeu. — Em lugar seguro.

Abriu uma gaveta lateral da escrivaninha e pegou o anel. A pedra, de vívida transparência, não brilhava muito. No fundo havia um alto-relevo colorido: um busto humano, feminino, com cabeça de cavalo. Desconfiei que se tratava da efígie de alguma divindade antiga. Minhas noções de joalheria são elementares; mas foram suficientes para ver que aquele anel era uma peça de valor.

Na manhã seguinte, entraram em seu quarto dois oficiais com um soldado que trazia uma mesa. Também trouxe uma cadeira e uma máquina de escrever. Sentou-se em frente à máquina e começou a escrever. Um oficial ditava: Ireneo Morris, Argentino, Capitão, Exército Argentino, Base de El Palomar.

Achou natural que deixassem de lado a formalidade de lhe perguntar tudo isso. "Afinal, era um segundo depoimento. De qualquer maneira, eu já estava ganhando alguma coisa: já admitiam que eu era argentino, capitão do exército, baseado em El Palomar." A lucidez durou pouco. Perguntaram sobre o seu paradeiro desde 23 de junho (data do primeiro teste); onde tinha deixado o Dewoitine 304 ("O número não era 304", esclareceu Morris, "era 309"; esse erro inútil o surpreendeu); de onde tirara o velho Bristol. Quando disse que o Dewoitine devia estar ali por perto, já que o acidente do dia 23 ocorreu em El Palomar, e que eles deviam saber de onde vinha o Bristol, já que eles mesmos o tinham trazido para reproduzir o teste do dia 23, fingiram não acreditar em suas palavras.

Em compensação, não fingiam mais que fosse um desconhecido, nem que fosse espião. Agora o acusavam de ter estado em outro país desde o dia 23 de junho. E o acusavam — entendeu isso com um furor renovado — de ter vendido uma arma secreta a outro país. A indecifrável conjuração prosseguia, mas os acusadores tinham mudado o plano de ataque.

Gesticulador e cordial, apareceu o tenente Viera. Morris insultou-o. Viera fingiu uma grande surpresa; afinal, declarou que teriam duelar.

— Pensei que a situação tinha melhorado — disse. — Os traidores voltaram a ficar com cara de amigos.

O general Huet foi visitá-lo. O próprio Kramer foi visitá-lo. Morris estava distraído e não teve tempo de reagir. Kramer lhe gritou: "Eu não acredito em uma única palavra dessas acusações, meu irmão". Os dois se abraçaram, efusivos. "Algum dia — pensou Morris — vou esclarecer o assunto". Pediu a Kramer que viesse falar comigo.

Eu me atrevi a perguntar:

— Diga-me uma coisa, Morris, você lembra que livros eu lhe mandei?

— Dos títulos não me lembro — sentenciou gravemente. — Estão listados no seu bilhete.

Eu não tinha escrito bilhete nenhum.

Ajudei-o a andar até o quarto. Tirou da mesinha uma folha de papel de carta (papel de carta que não reconheci) e me entregou.

A letra parecia uma imitação ruim da minha; meus tês e ês maiúsculos imitam letra de forma; aqueles eram "ingleses". Li:

"Acuso o recebimento de sua missiva do dia 16, que me chegou com algum atraso, devido, sem dúvida, a um sugestivo engano no endereço. Eu não moro na travessa 'Owen', e sim na rua Miranda, no bairro Nazca. Gostaria que o senhor soubesse que li seu relato com muito interesse. Por ora não posso visitá-lo. Estou doente mas, sob os cuidados de solícitas mãos femininas, dentro em breve estarei recuperado; então terei o prazer de ir vê-lo.

"Envio-lhe, como sinal de compreensão, estes livros de Blanqui, e recomendo a leitura, no terceiro tomo, do poema que começa na página 281".

Nesse ponto me despedi de Morris. Prometi voltar na semana seguinte. A questão me interessava e me deixava perplexo. Eu não duvidava da boa-fé de Morris; mas não tinha escrito aquela carta; nunca lhe mandara livros; não conhecia as obras de Blanqui.

Sobre a "minha carta", quero fazer algumas observações: 1) seu autor não trata Morris de você. Felizmente, meu amigo se sente tão distante, tão desinteressado de toda escritura, que não percebeu a "mudança" de tratamento e não se ofendeu. Eu sempre o chamei de você. 2) Juro que nunca escrevi a frase "Acuso o recebimento de sua missiva". 3) Quanto a escrever Owen entre aspas, este fato me assombra e o proponho à atenção do leitor.

Minha ignorância das obras de Blanqui se deve, talvez, ao plano de leitura. Desde muito jovem compreendi que, para não me deixar arrastar pela inconsiderada produção de livros e para conseguir, ao menos aparentemente, uma cultura enciclopédica, eu deveria ler segundo um plano imutável. Esse plano baliza minha vida: uma época foi ocupada pela filosofia, outra pela literatura francesa, outra pelas ciências naturais, outra pela antiga literatura celta, especialmente a do país de Kimris (devido à influência do pai de Morris). A medicina se intercalou no plano, sem nunca interrompê-lo.

Poucos dias antes da visita do tenente Kramer a meu consultório, eu tinha concluído as ciências ocultas. Fiquei particularmente interessado nos conjuros, nas aparições e desaparições. Com relação a estas últimas, nunca esqueço o caso de sir Daniel Sludge Home que, a instâncias da Society for Psychical Research, de Londres, e ante uma seleta audiência, experimentou os passes que se usam para provocar o desaparecimento de fantasmas e morreu no ato. Quanto aos novos Elias, que teriam desaparecido sem deixar rastros nem cadáveres, eu me permito a dúvida.

O "mistério" da carta me incitou a ler as obras de Blanqui. Para começar, verifiquei que o autor constava na enciclopédia e que havia escrito sobre questões políticas. Isso me agradou: no meu plano, imediatamente depois das ciências ocultas vêm a política e a sociologia.

Certa madrugada, na rua Corrientes, em uma livraria gerenciada por um velho meio esmaecido, encontrei um pacote poeirento de livros encadernados em couro pardo, com títulos e filetes dourados: as obras completas de Blanqui. Comprei por quinze pesos.

Na página 281 da minha edição não há nenhuma poesia. Mesmo sem ter lido integralmente a obra, creio que o escrito indicado é *L'Éternité par les Astres,* um poema em prosa. Na minha edição, ele começa na página 307 do segundo volume. Nesse poema ou ensaio encontrei a explicação da aventura de Morris.

Fui a Nazca; falei com os comerciantes do bairro; nas duas quadras de extensão da rua Miranda não mora nenhuma pessoa com o meu nome.

Fui à rua Márquez. Não existe o número 6.890. Não existem igrejas. Havia — naquela tarde — uma poética luz, com a grama dos baldios muito verde e as árvores lilases e transparentes. Além do mais, a rua não fica perto das oficinas do Ferrocarril Oeste. Fica perto da ponte da Noria.

Fui às oficinas do Ferrocarril Oeste. Tive dificuldade para contorná-las por Juan B. Justo e Gaona. Perguntei como se saía no outro lado das oficinas. "Siga pela Rivadavia — disseram-me — até a rua Cuzco. Depois atravesse os trilhos." Como era previsível, não existe nenhuma rua Márquez ali. A rua que Morris denomina Márquez deve ser Bynnon. É verdade que não há igrejas, nem no número 6.890 nem no resto da rua. Bem perto, indo pela Cuzco, fica a de San Cayetano; esse fato não tem importância: San Cayetano não é a igreja do relato. A inexistência de igrejas na própria rua Bynnon não invalida minha hipótese de que seja ela a rua mencionada por Morris; mas isso se verá mais tarde.

Também achei as torres que meu amigo pensou ter visto em um lugar aberto e solitário: são o pórtico do Clube Atlético Vélez Sársfield, na Fragueiro esquina com Barragán.

Não achei necessário visitar a travessa Owen: eu moro lá. Quando Morris se perdeu, desconfio que estava em frente às casas repetidamente iguais do bairro operário Monseñor Espinosa, com os pés enfiados na lama branca da rua Perdriel.

Voltei a visitar Morris. Perguntei se ele não se lembrava de ter passado por uma rua Amílcar, ou Aníbal, em seu percurso noturno. Disse que não conhecia ruas com esses nomes.

Achou necessário acrescentar:

— Amílcar é uma marca de automóveis esportivos. Gostaria de ter um.

Perguntei se na igreja que ele visitou havia algum símbolo ao lado da cruz. Ficou em silêncio, olhando-me. Pensou que eu não falava a sério. Depois me perguntou:

— Como quer que eu repare em um detalhe desses?

— Claro, claro... mas, seria importante. Faça um esforço de memória. Tente se lembrar se não havia alguma figura ao lado da cruz.

— Talvez — murmurou —, talvez um...

— Trapézio? — insinuei.

— Sim, um trapézio — disse, sem convicção.

— Simples ou atravessado por uma linha?

— É verdade — exclamou. — Como você sabe? Esteve na rua Márquez? No começo eu não me lembrava de nada... De repente vi o conjunto: a cruz e o trapézio; um trapézio atravessado por uma linha com as pontas dobradas.

Falava com animação.

— E reparou em alguma estátua de santo?

— Meu velho — exclamou com uma impaciência reprimida. — Você não me pediu que fizesse um inventário.

Eu lhe disse que não ficasse zangado. Quando se acalmou, pedi que me mostrasse o anel e repetisse o nome da enfermeira.

Voltei para casa, contentíssimo. Ouvi sons no quarto de minha sobrinha; pensei que estivesse arrumando suas coisas. Procurei que não notasse a minha presença; eu não queria ser interrompido. Peguei o livro de Blanqui, enfiei debaixo do braço e saí.

Fui me sentar em um banco do parque Pereyra. Li mais uma vez este parágrafo:

"Deve haver infinitos mundos idênticos, infinitos mundos ligeiramente variados, infinitos mundos diferentes. O que escrevo agora nesta fortaleza do Touro, já o escrevi e o escreverei por toda a eternidade, em uma mesa, em um papel, em um calabouço, inteiramente parecidos. Em infinitos mundos minha situação será a mesma, mas talvez haja variações na causa de meu confinamento ou na eloquência ou no tom de minhas páginas".

No dia 23 de junho Morris caiu com seu Dewoitine na Buenos Aires de um mundo quase igual a este. O período confuso que se seguiu ao acidente impediu-o de notar as primeiras diferenças; para ver as outras seria preciso uma perspicácia e uma educação que Morris não tinha.

Ele levantou voo em uma manhã cinza e chuvosa; caiu em um dia radiante. A mosca, no hospital, sugere o verão; o calor tremendo que passou durante os interrogatórios o confirma.

Em seu relato, Morris dá algumas características curiosas do mundo que visitou. Lá, por exemplo, falta o País de Gales. As ruas com nome galês não existem naquela Buenos Aires: Bynnon se transforma em Márquez, e Morris, nos labirintos da noite e da sua própria perturbação, procura em vão a travessa Owen. Eu, e Viera, e Kramer, e Mendizábal, e Faverio, existimos ali porque nossa origem não é galesa; o general Huet e o próprio Ireneo Morris, ambos de ascendência galesa, não existem (ele penetrou por acaso). O Carlos Alberto Servian de lá, em sua carta, escreve a palavra Owen entre aspas porque lhe parece estranha; pela mesma razão, os oficiais riram quando Morris declarou seu nome.

Como não existiram os Morris, na rua Bolívar, 971 continua morando o inamovível Grimaldi.

O relato de Morris revela, também, que nesse mundo Cartago não desapareceu. Foi quando entendi isso que fiz minhas tolas perguntas sobre as ruas Aníbal e Amílcar.

Alguém há de perguntar como é possível que exista o idioma espanhol, se Cartago não desapareceu. Será preciso lembrar que entre a vitória e a aniquilação pode haver graus intermediários?

O anel é uma prova dupla que tenho em meu poder. É uma prova de que Morris esteve em outro mundo: nenhum especialista que consultei identificou a pedra. É uma prova da existência (nesse outro mundo) de Cartago: o cavalo é um símbolo cartaginês. Quem não viu anéis iguais no museu de Lavigerie?

Além do mais, Idibal, ou Iddibal, o nome da enfermeira, é cartaginês; a fonte com peixes rituais e o trapézio cruzado são cartagineses; por fim, os convívios ou *circuli*, de memória tão cartaginesa e funesta quanto o insaciável Moloch...

Mas voltemos à especulação. Não sei bem se comprei as obras de Blanqui porque eram citadas na carta que Morris me mostrou ou porque as Histórias desses dois mundos são paralelas. Como Gales não existe lá, as lendas correspondentes não ocuparam a sua parte no plano de leituras; o outro Carlos Alberto Servian se adiantou; pôde chegar às obras políticas antes que eu.

Estou orgulhoso dele: com os poucos elementos que tinha, explicou o misterioso aparecimento de Morris; para que Morris também o entendesse, recomendou-lhe *L'Éternité par les Astres*. É surpreendente, contudo, que se gabe de morar no bairro Nazca e de não conhecer a travessa Owen.

Morris foi a esse outro mundo e voltou. Não apelou para a minha bala com molas nem para outros veículos idealizados para sulcar a incrível astronomia. Como fez suas viagens? Abri o dicionário de Kent; na palavra *passe,* li: "Complicadas séries de movimentos feitos com as mãos com os quais se provocam aparecimentos e desaparições." Pensei que as mãos talvez não fossem indispensáveis; que os movimentos poderiam ser feitos com outros objetos; aviões, por exemplo.

Minha teoria é que o "novo esquema de provas" coincide com algum passe. Nas duas vezes em que o tenta, Morris desmaia e troca de mundo.

Lá, pensaram que era um espião vindo de um país limítrofe: aqui, explicam a sua ausência imputando-lhe uma fuga para o estrangeiro com a intenção de vender uma arma secreta. Ele não entende nada e se sente vítima de uma confabulação iníqua.

Quando voltei para casa, encontrei na escrivaninha um bilhete de minha sobrinha. Estava me informando que ia fugir com aquele traidor arrependido, o tenente Kramer. Acrescentava a seguinte crueldade: "Meu consolo é saber que você não vai sofrer muito, já que nunca se interessou por mim." Acrescentava em seguida este refinamento de crueldade: "Kramer se interessa por mim; sou feliz".

Fiquei arrasado, não atendi os pacientes e por mais de vinte dias não pus os pés na rua. Pensei com alguma inveja nesse eu astral, trancado em casa como eu, mas sendo cuidado por "solícitas mãos femininas". Creio que conheço sua intimidade; creio que conheço essas mãos.

Fui visitar Morris. Tentei lhe falar da minha sobrinha (não consigo parar de falar, incessantemente, da minha sobrinha). Ele me perguntou se era uma moça maternal. Respondi que não. Falou da enfermeira.

Não é a possibilidade de encontrar uma nova versão de mim mesmo o que me incitaria a viajar para essa outra Buenos Aires. A ideia de me reproduzir, como na imagem do meu *ex-libris,* ou de me conhecer, como o seu lema, não me atrai. Mas sim, talvez, a ideia de aproveitar uma experiência que o outro Servian, em sua felicidade, não adquiriu.

Mas isso são problemas pessoais. O mais grave é a situação de Morris, que me preocupa. Aqui todos o conhecem e quiseram ter consideração com ele; mas como sua forma de negar é verdadeiramente monótona, e sua falta de confiança exaspera os chefes, seu futuro é a degradação, senão as balas do fuzilamento.

Se eu lhe pedisse o anel que a enfermeira lhe deu, ele o negaria. Refratário às ideias gerais, jamais iria entender o direito da humanidade a esse testemunho da existência de outros mundos. Devo reconhecer, além disso, que Morris tinha um apego insensato ao anel. Meu modo de agir pode ofender a sensibilidade de alguns; a consciência do humanista o aprova. Finalmente, tenho o prazer de anunciar um resultado inesperado: desde o momento em que perdeu o anel, Morris se mostra mais disposto a escutar os meus planos de fuga.

Dentro da sociedade, nós, armênios, formamos um grupo indestrutível. Tenho amigos influentes. Morris pode tentar uma reconstituição do acidente, e eu me atreverei a acompanhá-lo.

C. A. S.

O relato de Carlos Alberto Servian me pareceu inverossímil. Não ignoro a antiga lenda do carro de Morgan: o passageiro diz aonde quer ir, e o carro o leva, mas é uma lenda. Admitamos que por acaso o capitão Ireneo Morris tenha caído em outro mundo; que volte a cair neste seria uma coincidência excessiva.

Tinha essa opinião desde o começo. Os fatos a confirmaram.

Eu e um grupo de amigos planejamos e adiamos, ano após ano, uma viagem à fronteira do Uruguai com o Brasil. Este ano não pudemos evitá-la, e partimos.

No dia 3 de abril estávamos almoçando em um armazém no meio do campo; depois íamos visitar uma fazenda[*] interessantíssima.

[*] Fazenda: em português, no original. (N. T.)

Seguido por uma nuvem de poeira, chegou um interminável Packard. Dele desceu um homenzinho magro, bem penteado com brilhantina.

— Dizem que ele foi capitão — explicou alguém. — Chama-se Morris.

Não acompanhei meus amigos na visita à fazenda. Morris me contou suas aventuras de contrabandista: tiroteios com a polícia; estratagemas para enganar a justiça e despistar os rivais, fugitivos que se penduravam no rabo dos cavalos para atravessar rios; bebedeiras e mulheres...

De repente, como em uma vertigem, vislumbrei uma descoberta. Averiguei com Morris. Averiguei com outros, quando Morris foi embora.

Reuni provas de que Morris chegara em meados de junho do ano anterior e *foi visto muitas vezes na região, entre o começo de setembro e o final de dezembro*. No dia 8 de setembro participou de umas corridas equestres, em Jaguarão; depois passou vários dias de cama, em consequência de uma queda do cavalo.

Entretanto, nesses dias de setembro o capitão Morris estava internado e preso no Hospital Militar, de Buenos Aires: as autoridades militares, os companheiros de armas, os amigos de infância, o doutor Servian e o agora capitão Kramer, o general Huet, velho amigo de sua família, são testemunhas.

A explicação é evidente:

Em vários mundos quase iguais, vários capitães Morris saíram um dia (aqui, 23 de junho) para testar aeroplanos. O nosso Morris fugiu para o Uruguai ou para o Brasil. Outro, que saiu de outra Buenos Aires, fez uns "passes" com seu aparelho e apareceu na Buenos Aires de outro mundo (onde não existia Gales e onde existia Cartago; onde Idibal espera). Depois, esse Ireneo Morris entrou no Bristol, voltou a fazer os "passes" e caiu nesta Buenos Aires. Como era idêntico ao outro Morris, até seus colegas o confundiram. Mas não era o mesmo. O nosso (que está no Brasil) decolou no dia 23 de junho com o Dewoitine 304; o outro sabia perfeitamente que havia testado o Dewoitine 309. Depois, em companhia do doutor Servian, faz os passes de novo e desaparece. Talvez cheguem a outro mundo; é menos provável que encontrem a sobrinha de Servian e a cartaginesa.

Alegar Blanqui para enriquecer a teoria da pluralidade dos mundos foi, talvez, um mérito de Servian; eu, mais limitado, proporia a autoridade de um clássico; por exemplo: "segundo Demócrito, há uma infinidade de mundos, entre os quais alguns são, não simplesmente parecidos, mas perfeitamente iguais" (Cícero, *Primeiras acadêmicas*, II, 17). Ou: "Estamos aqui, em Bauli, perto de Pozzuoli; você acha que agora, em um número infinito de lugares exatamente iguais, haverá encontros de pessoas com os nossos mesmos nomes, cobertas com as mesmas honras, que tenham passado pelas mesmas circunstâncias, e idênticas a nós em engenho, em idade, em aspecto, discutindo este mesmo assunto? (*id., id.,* II, 40).

Leitores acostumados com a antiga noção de mundos planetários e esféricos vão considerar incríveis as viagens entre Buenos Aires de diferentes mundos. Perguntarão por que os viajantes sempre chegam a Buenos Aires e não a outras regiões, ou aos mares ou desertos. A única resposta que posso sugerir para uma questão tão alheia a meus conhecimentos é que esses mundos são, talvez, feixes de espaços e de tempos paralelos.

O OUTRO LABIRINTO

PRIMEIRA PARTE

dissimulare velis, te liquet esse meum.
Ovídio, *Tristia*, III, III, 18.

I

Não sem certa injustiça, Anthal Horvath pensou: "É como se o tempo parasse, ou como se eu não houvesse estado em Paris; antes de minha partida, ele falava disso; agora, continua falando. Insiste nesse episódio do passado; esquece o presente". Mas ele mesmo não podia imaginar a terrível aventura que os esperava. Esta é a ficha que leu:

Em 1604, em um quarto da pousada do Túnel, apareceu um homem morto. Ninguém o viu chegar. Ninguém o conhecia. As autoridades otomanas expuseram o cadáver na feira montada aos pés da cidadela, no Gellért-hegy; durante três dias e três noites, o povo de Buda, em uma longa fila, como um rio de silêncio no estrépito da feira, passou diante do cadáver. Ninguém o reconheceu. Estava com uma capa escura, calças apertadas e sandálias de couro. Parecia ser de origem humilde: não tinha peruca nem espada. Era corpulento, mas não obeso. Em um bolso da capa foi encontrado um manuscrito: as autoridades declararam que se tratava de uma biografia do morto, inverossímil e pouco interessante; mas convém lembrar que as autoridades eram turcas e que, segundo elas mesmas, a biografia estava escrita em um indefinível dialeto húngaro. A circunstância de que o idioma empregado não fosse o osmanli ou, pelo menos, o latim confirmou para as autoridades a convicção de que o redator devia ter sido uma pessoa de luzes muito medíocres. Quanto ao aspecto material do documento, deixaram observações precisas: constava de vinte e quatro páginas escritas de um lado só, parte em linhas cruzadas; o papel era liso e brilhante, e a tinta, misteriosa (os traços pareciam feitos a tinta, mas não tinham nenhum vestígio de tinta; entre eles e o resto da página não havia qualquer diferença de espessura). Comentou-se que aquelas vinte e quatro páginas foram enviadas a Constantinopla, para que uma comissão de físicos e poetas as examinasse; desde então não há notícias do manuscrito, que se considera perdido para a ciência ocidental. No entanto, vez por outra surge algum pesquisador com a romântica esperança de recuperá-lo.

No cadáver não havia sinais de violência. A única porta do quarto estava fechada com trinco (passado por dentro); a janela estava fechada; não havia outras aberturas no aposento. As autoridades declararam que não se tratava de um assassinato.

O povo não acreditou que essa declaração fosse veraz. O morto parecia húngaro. Na pousada moravam alguns funcionários da administração otomana. O povo agradeceu essa declaração, porque as autoridades otomanas o responsabilizavam pelos crimes cujo culpado não aparecia e o castigavam com matanças imparciais.

Anthal Horvath parou em frente ao espelho. Passou os dedos com ternura pelo rosto recém-barbeado e pensou: "Nos crepúsculos da noite e da manhã, em interiores tenebrosos ou com mulheres míopes, serei afortunado". Era alto e magro, e a excessiva benevolência de seu rosto tendia a relegá-lo, na opinião dos homens, ao esquecimento e à trivialidade.

Ele se hospedava em um antigo pavilhão, na vasta casa de István Banyay (ou, mais exatamente, dos pais deste). O pavilhão, até meados do século XVIII, fora a pousada do Túnel. Estava situado nos fundos do jardim, dando para a rua Logody, a uns cinquenta metros da casa principal. Tinha dois andares; no térreo ficavam as cocheiras; no andar de cima havia dois quartos amplos e outras dependências. Um dos quartos estava sempre fechado; era chamado de "o museu" e continha os inúmeros objetos que um tio-avô de Banyay havia acumulado em sua laboriosa vida de colecionador implacável. Ali, amontoados na penumbra, jaziam relógios que eram como extensas aldeolas, com bonecos e casas; harmônios de ébano, iluminados por artistas do século XVIII, que, ao menor contato, prorrompiam em músicas minúsculas e impetuosas; rudimentares instrumentos de óptica, de astronomia e de tortura (entre estes últimos, uma versão turca da *demoiselle*); um xadrez em cujo tabuleiro todas as aberturas possíveis transcreviam em símbolos todas as histórias e lendas conhecidas sobre a origem do jogo; um dos vinte e quatro gorilas de louça, de tamanho natural, que o governo da Prússia obrigou Moses Mendelssohn a comprar no dia de seu casamento; uma boneca russa, datada de 1785, em Stuttgart, que incluía, superpostos, doze avatares do Judeu Errante (que é uma prova de que essa lenda é anterior ao século XIX); um bilhar com bonecos jogadores, cujas partidas se desenvolviam primeiro em um sentido e depois no oposto, fabricado pelo inglês Philip, "relojoeiro de Hume" e "macaco do Papa Silvestre II"; a pomba de madeira e a mosca de bronze construídas por Regiomontano (exemplares apócrifos); um jogo de porcelana que ilustrava a história do canato mongol da Horda de Ouro... Segundo Anthal Horvath, a visão desse quarto provocava uma desalentada tristeza, como se ali estivesse todo o passado, como se dali espreitassem todas as esperanças, todas as frustrações e todas as modestas loucuras dos homens. O outro quarto era o de Banyay: seu dormitório, escritório, sala de recepção e biblioteca. Agora, aproveitando a ausência dos pais (que estavam em um dos estabelecimentos agrícolas, em Nyíregyháza ou em Nagybánya), ele se mudara para o edifício principal e cedera seu quarto no pavilhão do jardim para Anthal Horvath. Depois de uma longa permanência em Paris, Horvath, seu amigo de infância, estava de volta à pátria, quase famoso e totalmente desacreditado.

Anthal pensava em Banyay e na ficha que este lhe deixara. Pensava: "Temos uma curiosa propensão a dar importância a tudo que nos concerne. Uma ideia confusa, sendo nossa, parece-nos um argumento interessante; um antepassado, sendo nosso, parece-nos uma honra. Durante toda a vida István se interessou por essa morte ocorrida trezentos anos antes. A chave dessa loucura é que o fato aconteceu em sua casa. Mas Madeleine tem razão: é uma loucura, e os amigos devem ajudá-lo a superá-la... István acha que essa história dá um romance policial apaixonante e não entende por que não a aproveito. Ele não conhece as regras do gênero: que a ação transcorra na incomparável Paris do Segundo Império ou, pelo menos, nas brumas de Londres; que a *Sûreté* não se omita. Mas István não é bobo. Talvez precise tratar das questões sucessivamente e não se destaque pela habilidade de estabelecer relações e comparações; mas, dirigido, é capaz de esforços de sutil e, até, profunda inteligência; tem poderes sobrenaturais sem a ajuda de ninguém".

Anthal Horvath, quando se lembrava, era pomposo e exaltado. Consciente de sua pobreza, inseguro de sua aparência física, ele só aspirava à superioridade intelectual. Inescrupulosamente, talvez grosseiramente, procurava exercê-la. Achava que sua inépcia para formular, nas conversas, frases rápidas e afortunadas era apenas uma desvantagem secundária.

Agora chegava de Paris, com certo prestígio como romancista rebuscado e uma arrogância desmedida, decidido a desprezar os escritores húngaros, jovens e velhos; a defender a escola de Fortuné du Boisgobey e a vilipendiar Émile Gaboriau; a atender, com uma diligência enorme mas não visível, os inúmeros pedidos de romances de algumas editoras famosas por não pagar aos autores; a proporcionar uma generosa proteção intelectual a Banyay, como de costume, e tolerar sua proteção econômica; a recordar Madeleine.

Em Paris tinha sido um abnegado e econômico secretário de um dos tios tutelares de István, o conde Banyay. Esse honroso emprego durou três anos, até a brusca, misteriosa e irremissível decisão dos tutores do conde. István, ao receber o amigo de infância na casa dos pais, ofendia gravemente a família.

Horvath limpou a navalha, enxugou-a. Murmurou: "Realmente, começa a faltar ar". Andou até a janela, parou. Voltou a falar: "O ar de fora, nos interiores, é perigoso". Uma tumultuosa impaciência o impeliu a sair.

Lembrou os versos de Juan Aranyi:

Não procures o Jardim do Paraíso:
O abismo já arde em teu coração
Ou floresce a paz, que tua alma educa.

Pensou: Luta contra os austríacos. Luta contra os magiares. Não deixarei que me envolvam. Não recairei nessas paixões. Não vou admitir morrer por essas fantasmagorias provinciais. Meus amigos, que se movem como possessos, que são as irresponsáveis máscaras deste pesadelo local, não apagarão o fogo em meu coração...

Declamou aos gritos:

Ou floresce Paris, que tua alma educa.

A porta se abriu. Entrou, silencioso e enorme, István Banyay. Com controlada fúria, Anthal Horvath pensou que Banyay o surpreendia, pela primeira vez, em uma situação ridícula.

Banyay olhou para ele com ansiedade, balançou-se levemente, como se fosse tomar impulso, e finalmente disse:

— A ficha.

Quatro dias antes lhe deixara a ficha; agora vinha buscá-la. Horvath entendeu que seu amigo não queria mais ceder-lhe aquele episódio. Falou com fingida aspereza:

— Não me serve. — E acrescentou, em um tom mais cordial: — Tenho vários outros argumentos nas mãos.

— É pena — disse Banyay. — Você escreveria uma obra magnífica.

— Minha especialidade — respondeu Horvath — são os grandes episódios internacionais: o *gentleman cambrioleur*, o *wagon-lit*, a Riviera. Num âmbito meramente nacional eu me sufoco. Talvez você possa...

— Talvez — reconheceu com dificuldade Banyay. — Também tenho uma boa notícia para você: achei o manuscrito perdido, a biografia do homem cujo cadáver apareceu na pousada do Túnel. Não o olhei direito, mas tenho a impressão de que é interessante. Creio que uma edição crítica dessa biografia talvez não exceda meus... Mas quero saber sua opinião: será que estou preparado para esse trabalho?

— Você mesmo encontrou o manuscrito? — interpelou Horvath.

Banyay abriu imensamente os olhos; sua expressão era doce e cândida, e sua mal respirada voz irrompeu com fluidez:

— Eu mesmo, não. O professor Liptay veio me mostrar. Ele o encontrou por acaso nos arquivos da universidade.

Aliviado, Horvath falou com veemência:

— Quero saber como vão seus trabalhos para a *Enciclopédia Húngara*. Quero falar da França, quero falar de Madeleine. Uma moça francesa, você entende por que não quero me envolver nas misérias locais? Pense bem, István: francesa, na França. Mas vamos para a rua. Estou sufocando neste quarto.

— Como você quiser — respondeu Banyay recostando-se no sofá. Apoiou a enorme cabeça redonda na mão esquerda e baixou com recato os enormes olhos redondos. Seu rosto exprimia uma triste, doce e mal reprimida inquietação. Horvath considerava com assombro a extraordinária altura (a extraordinária verticalidade) daquele corpo horizontal. Banyay continuou: — Estou preparando biografias de húngaros do século XVII para a Enciclopédia; um conjunto de políticos e militares generosamente matizado com clérigos. Já estou acostumado com essa época; as outras me parecem irreais: a Antiguidade me parece fantástica, a Idade Média, mesquinha, o século XVIII, grosseiramente moderno. Se não me cuidar, acabo achando que o século XVII é a época natural da vida humana; mais exatamente, da minha própria vida. Quando leio nas obras de consulta as datas de nascimento e de morte de cada personagem, conto os anos que eles viveram para decidir à primeira vista se essa biografia me interessa. Acho mais natural ser um desses personagens que ser eu mesmo, porque vivo no inacreditável século xx.

Horvath ouviu uns passos apressados na escada. Indagou, inquieto, Banyay. Este baixou os olhos.

Entrou uma moça que, segundo Horvath, era uma encarnação do amor de todas as noites da sua infância: uma encarnação da jovem florentina de uma terracota de Luca della Robbia que sua mãe lhe mostrara em um desfolhado catálogo do museu de Florença. Essa imagem foi seu primeiro amor, seu primeiro roubo, seu primeiro tesouro; depois, inexplicavelmente, a esquecera.

Horvath perguntou-se com impaciência: Esperar que se retire ou sair com ela?

Banyay apresentou-a:

— Palma Szentgyörgyi.

— Não chegou ninguém? — inquiriu Palma. Depois se dirigiu a Horvath, que a ouvia confusamente, apreensivamente. — Não agradeça a István por este pavilhão. Quem sai prejudicada sou eu.

Falava em tom de brincadeira, mas Horvath detectou uma dureza essencial. Palma continuou:

— Aqui era mais fácil visitá-lo.

Visitá-lo furtivamente? Senão, a frase não teria sentido. Esse mistério sórdido aumentou sua sensação de sufoco. Ouviu, outra vez, passos na escada. Quis sair. Ferencz Remenyi entrou.

Ferencz Remenyi de Körösfalva era o que se chama "um rapaz do ambiente" ou, segundo outra descrição, "um rapaz da boa sociedade". Tinha o cabelo ondulado, óculos redondos e, entre o nariz e os lábios, uma vasta superfície de bigodes. Alguns insinuavam que ele era incontestável ao lidar com as mulheres; todos reconheciam que suas proezas tinham contribuído para cimentar a fama de que, até há pouco tempo, gozaram os carnavais do subúrbio de Kelenfold. Intervinha com uma despreocupada coragem (que Horvath invejava) na luta contra austríacos e magiares. Horvath dizia dele: "Está com a boa causa, mas por engano".

Ignorando as outras pessoas, Remenyi parou diante de Horvath. De repente arregalou os olhos, abriu os braços e gritou:

— Meu velho, como vai?

Dirigiu-se às demais pessoas falando de Horvath como se este não estivesse ali. Disse:

— Sabem da novidade? Ele foi contar aos editores que seus livros vendem, e agora o deixam louco com tantos pedidos.

Resignado, lisonjeado, Horvath respondeu:

— Para o velho Hellebronth, três romances policiais; para Orbe, uma biografia do poeta inglês Chatterton e um rigoroso romance de peripécias, que vai ser publicado com meu pseudônimo...

— Prestem a atenção — exclamou Remenyi, continuando o diálogo com os outros. — Ele mandou de Paris um romance histórico para Hellebronth. Acionou meio mundo. Mas não publica. Como veem, um completo sucesso.

— Não mandei nenhum romance histórico — protestou Horvath. — Em Paris...

Ninguém o ouvia. Remenyi dirigiu-se a Banyay:

— Siga o exemplo de Anthal. Quem foi que lhe deu a ideia de se sacrificar na *Enciclopédia Húngara*, como se estivesse passando fome?

Entraram quatro ou cinco pessoas. Horvath identificou alguns estudantes vitalícios. Alguém manifestou a esperança de que o professor Liptay comparecesse à reunião. Outro declarou:

— Prefiro que não venha. — Evidentemente, ninguém acreditava nele; nem sequer ele mesmo acreditava. Continuou: — Está consagrado aos fins atemporais da ciência; não vamos permitir que nossas paixões o arrastem.

Nesse momento entrou suavemente uma moça, com o cabelo sobre os ombros e uns grandes olhos azuis; parecia um pajem, reprimido, ágil e escuro.

Remenyi dirigiu-se a Banyay:

— Por que não mostra o "museu" aos rapazes?

— É um espetáculo deprimente — opinou Horvath.

Banyay gostava de mostrar o "museu"; certamente para não contrariar Horvath, mentiu:

— Não tenho a chave — e emendou com uma piada que continha uma daquelas confidências públicas que Horvath qualificava de assombrosa falta de pudor: — Além do mais, sabe-se lá o que vou encontrar atrás da porta. Quando trabalho nas minhas biografias para a Enciclopédia, sempre imagino que o século XVII está nesse quarto.

Palma disse com uma violência inesperada:

— István jamais cogitaria em trabalhar na Enciclopédia.

— Eu o aconselhei como disciplina — protestou Horvath. — Não como trabalho permanente.

Palma comentou:

— Você é um homem desinteressado. Pelo menos era esta a opinião do tio de István, o da junta de credores.

Horvath achou que o tom de voz era irônico. Também achou que o olhar da moça que parecia um pajem era doce. Dirigiu sua defesa a ela. Explicou o caráter fraco de István; ponderou a conveniência, para intelectos em formação, de uma disciplina estável; aludiu, sorridente, aos destinos sublimes que o professor Liptay vaticinava para István; reconheceu que era ligeiramente obsessivo o interesse de seu amigo pelo passado; pediu à moça que lhe dissesse seu nome.

Erzsebet Lóczy, repetiu mentalmente Horvath. Com uma íntima teatralidade, resolveu que não devia se mover, que não devia dar um passo, que devia esperar: Erzsebet Lóczy já estava em seu destino. Imaginou a si mesmo como um calmo, magistral (e indeterminado) jogador, diante de um indeterminado e simbólico tabuleiro.

— Se fossem amigos de verdade — continuava Palma — não o envolveriam em conspirações. István não tem saúde; tem coração fraco. Os médicos dizem que um susto pode lhe custar a vida.

Banyay olhava para ela com angustiada deferência, balançando-se lentamente para a frente e para trás, dando um breve passo e apoiando-se em um pé, dando outro passo e se apoiando no outro, respirando penosamente.

Anthal olhou pela janela. Olhou a rua, habitual e doméstica, como se ele nunca tivesse interrompido sua vida em Budapeste; como se ininterruptamente Budapeste fosse sua "montanha nativa, onde tudo, até o passado, nos ampara". Olhou a rua, "por onde vêm", segundo a mesma canção húngara, "o infortúnio e a morte". Do outro lado da rua, entre dois edifícios antigos, havia um desolado terreno baldio, vinculado em sua memória às primeiras alegrias da amizade e do amor.

Haviam entrado mais pessoas. Era, evidentemente, uma reunião dos Patriotas Húngaros: reuniões que a polícia sancionava com a prisão, a câmara de tortura ou o patíbulo. Entretanto, ele sabia que todas as pessoas ali reunidas estavam brincando (o fato de que tais brincadeiras terminassem com a derrocada do governo ou com uma sangrenta repressão não alterava essa verdade).

Uma moça feia defendeu que não deviam perder as esperanças de que o professor Liptay viesse.

Horvath disse:

— Ainda não estive com ele. Alguém me disse que o encontraria na biblioteca da universidade, onde parece classificar os manuscritos. No dia seguinte à minha chegada fui procurá-lo, mas não o encontrei. Deixei para ele uma pequena lembrança que lhe mandou uma moça francesa, uma admiradora secreta.

Depois procurou falar de literatura. Disse que tentara interessar Banyay em uma biografia de Paracelso. Falaram do novo senhor da cidade: um chefe de polícia que viera de Viena, insaciável de sangue húngaro.

Explicaram por que esse homem era a causa de todos os males; por que esse homem, hábil e inescrupuloso, significava o fim das esperanças dos patriotas. A cidade mudou, repetiam. Revelavam uma assombrosa capacidade de contar fatos; uma irritante incapacidade de chegar a conclusões.

Horvath não queria intervir. Mas outros haviam iniciado uma argumentação. Com incredulidade, com impaciência, pressentiu que a deixariam inconclusa. Por mero impulso lógico, resumiu:

— É preciso matar o chefe de polícia.

II

A cidade não havia mudado. A luz, as casas, os gritos e as pessoas lhe pareciam familiares. Passou em frente à fábrica de rodas-d'água e leu, como em sua infância, o nome lúbrico do proprietário. Parou para conversar com o velho vendedor de lápis, que agora estava cego. Continuava tão desagradável como antes. O café onde os cocheiros se encontravam para tomar vinho com soda e jogar cartas evocava as dilatadas noites das épocas de provas. Algumas coisas haviam mudado; mas tudo era popular, familiar e doméstico. Era inverossímil que um espião o observasse por trás da obesa vendedora de bonecos e que na confeitaria, marmórea como um gigantesco lavabo, lhe armassem uma cilada. A mulher do alfaiate estava na porta da casa e seu olhar, frio como uma pedra celeste, parou diante dele; Anthal Horvath assobiou *Wenn die Liebe in deinen blauen Augen* e sentiu o que havia sentido diante dessa mesma porta em muitas tardes de anos anteriores, mais alguma nostalgia, algum propósito tardio de se emendar e a decisão de não continuar perdendo oportunidades.

III

De noite, aquela impressão de que nada havia mudado era ainda mais vívida. Sentado com Banyay e Remenyi diante de uma mesa de mármore na varanda do café O Turfe, ouvindo xardas, bebendo cerveja e tresnoitando, com toda a cidade, à espera de um improvável refrescamento, Horvath sentiu com desagrado que os anos de Paris se desvaneciam de sua vida, como se nunca tivessem existido, e que o repetido e pobre labirinto dos seus costumes em Budapeste voltava a encerrá-lo. Por alguns instantes a imagem de seus amigos, de terno branco, paletó muito aberto e palhetas na nuca, pareceu-lhe execrável.

— Estar com vocês me reconforta — exclamou Banyay. Sua língua, vasta, delicada e rosada, pousou sobre os dentes branquíssimos; a boca ficou entreaberta; nos belos olhos bovinos havia doçura e persuasão. Depois, inclinando o busto ponderoso para a frente, prosseguiu com dificuldade: — Interessa-me por demais o manuscrito que foi encontrado. Eu me perco na vida que ele relata.

Horvath pensou: "Como fala assim na frente de Remenyi?". Para mudar de assunto, pediu notícias do professor.

— Cada dia o admiro mais — declarou Banyay. — É um homem que tem uma paixão única: a história. Mas, tratada por ele, a história às vezes se ilumina como um conto fantástico, e sempre como uma obra de arte.

— Ele agora tem outra paixão — comentou benevolamente Remenyi: — o futuro de István. Quer que István seja seu discípulo, o continuador do seu trabalho.

Horvath ouviu isto com assombro, com afeto. Remenyi lhe disse:

— Eu pago outra rodada de cerveja. Você está magro, sem cor. Será a inveja?

Remenyi ajeitou os óculos e sorriu satisfeito.

— Não acredite nele — disse Banyay. — Quanto ao método, o professor não está satisfeito comigo. Acha que me falta prudência.

Bruscamente, Remenyi se levantou. Não havia mais qualquer alegria em seu rosto. Palma e Erzsebet (a moça que parecia um pajem) haviam chegado.

Horvath dirigiu a Banyay o rancor que sentira contra Remenyi. Por que ele convidava mulheres? Tinha estragado a noite.

Remenyi admitiu que as xardas estavam em decadência.

— Este café — disse, talvez imprudentemente — é o único refúgio onde os conhecedores podem se reunir. Aqui ainda se ouvem, bem tocadas, algumas xardas da velha guarda.

Voltaram a falar do professor.

— Dizem — declarou Horvath — que está um pouco desanimado.

Banyay explicou:

— São os outros professores. Vivem em uma guerra política permanente.

— Liptay nunca compactuou... — afirmou Horvath.

— Eu sei — disse Banyay. — Mas ele não pode se eximir. Essa guerra política o entristece, e ele não se resigna a deixar a universidade cair nas mãos dos políticos.

— Uma terceira paixão? — perguntou Remenyi.

— A política universitária — garantiu Palma — é sua preocupação permanente. Creio que nasceu nele uma paixão senil: a cobiça pelo poder.

Horvath se levantou e disse, colérico:

— A devoção de Liptay pelo estudo é absoluta. Seu comportamento é exemplar. Sua vida é a prova mais irrefutável de que a vida deve ser vivida.

As repetições não o incomodaram. O próprio Remenyi olhou para ele com aprovação reconhecimento. Banyay balbuciou sua gratidão. Horvath bebeu mais um copo de cerveja. Reconheceu que nenhuma outra música o comovia tanto como as xardas, que gostava de estar com seus amigos e que, em última instância, tinha nascido em Budapeste. Olhou para Erzsebet; "ela já sabe", pensou.

Houve um tumulto. Todos se levantaram. As pessoas se juntavam, falavam. De repente se afastaram e um grupo de três guardas e um homem à paisana avançou por entre as mesas vazias. O homem à paisana levantou um braço e apontou para alguém. Era um rapaz que tentava fugir. Os guardas o pegaram.

— Mais um estudante preso — comentou Remenyi.

As pessoas olhavam. Depois Horvath disse que sentira uma consternação e um mal-estar desmesurados.

IV

Alguns dias depois, enquanto se dirigia ao pavilhão — os pais de István tinha voltado, e ele teve de procurar alojamento em outro lugar —, pensava que Budapeste havia mudado, que sua permanência na capital seria desagradável e que devia exercer toda sua habilidade para que alguém o enviasse a Paris.

Passou em frente à pomposa confeitaria; olhou inutilmente para a entrada da casa do alfaiate; entrou no pavilhão. Em frente à janela estavam sentados Banyay e Palma. Banyay parecia um pouco mais magro. Horvath lhe disse isso.

— Sim, estou muito melhor — respondeu Banyay, como que sufocando. Tinha olheiras profundas e uma expressão de assombrado cansaço.

Brincaram sobre quem devia matar o chefe de polícia. Disseram que o melhor seria contratar um criminoso ou cursar a escola do crime.

— Quem deve matá-lo — retumbou uma voz às costas de Horvath — é alguém que espere pouco da vida.

Horvath virou-se bruscamente e se deparou com o professor Liptay que, envolto em uma capa preta, o olhava sorridente, com sua irônica e tranquila cara de domador de cavalos. Tinha a cabeça lisa e abaulada, alguns fios grisalhos nos parietais, olhos pequenos, enrugados e irônicos, pômulos proeminentes, lábios finos. Era magro, grande e contraído.

— É preciso buscar um homem sem esperanças, amigo Horvath — continuou o professor, com sua voz apagada e calma. — Um homem que saiba que nada poderá salvá-lo de uma morte iminente.

— Ou um homem que saiba que nada o salvará da miséria — replicou Horvath, e sentiu que algo indecifrável e aziago se introduziu na conversa.

Banyay opinou despreocupadamente:

— Melhor… um homem sem vontade, um pobre… um pobre de espírito. Ou então uma mulher.

— Poderíamos armar uma emboscada — propôs Horvath. — Levá-lo àquele terreno baldio — apontou o terreno que se via pela janela, do outro lado da rua. — István projetaria ali um palácio ilusório e…

Horvath contou mais uma vez como descobriu os poderes sobrenaturais de Banyay:

— Estávamos nos preparando para uma prova. Eu entrei no pavilhão. Queria repetir alguma interminável lição que tinha decorado. István estava sentado em frente à mesa de trabalho. A mesa estava coberta de livros. Lembro que me aproximei dele e, distraidamente, arrumei uns livros; juntei alguns papéis e pus uma pedra sobre eles; enfileirei umas penas e uns lápis; tampei o tinteiro. Comecei a recitar. Logo percebi que István não estava me ouvindo. Quando reclamei de sua falta de atenção, ele perguntou se eu tinha visto uma pedra em cima da escrivaninha. Procurei-a. Não estava. Então me explicou…

— Explicou o quê? — perguntou Palma.

— Banyay pode projetar, materializar, enquanto mantém a atenção, objetos mentais. Agora, sem dúvida, ficou aborrecido porque contei isso. Tem um pudor absurdo.

Ao pronunciar estas últimas palavras, Horvath sentiu que destruía a credulidade que havia conseguido até então.

— Projetar a forma, a cor, a solidez, a temperatura — disse com naturalidade Banyay — nunca me custou grande esforço. O peso dá mais trabalho.

— Se você projetasse uma casa nesse terreno — inquiriu o professor —, as pessoas a notariam ou passariam reto, como se a casa sempre tivesse estado ali?

Horvath esperava uma declaração explícita que confirmasse suas afirmações diante de Palma (a única pessoa ali presente que desconhecia os poderes de Banyay). Para fazer o professor falar, comentou:

— Alguns autores atribuem um poder análogo a Thomas Morus. Ele mostrava dragões no céu.

— No começo eu projetava objetos muito simples — afirmou Banyay. — Uma pedra ou um pedaço de madeira.

A moça o interrompeu com uma inesperada irritação:

— Você não disse que Remenyi viria?

— Sim; prometeu que viria às seis.

— São nove horas — disse Palma.

— É curioso — observou o professor. — Nos encontraríamos ontem na universidade. Ele não foi; não se justificou.

Bateram à porta. Como se fosse o dono de casa, Horvath se levantou e foi abrir. Como que justificando o gesto de Horvath, do outro lado da porta havia um mensageiro com uma carta para ele. Anthal tirou um pedaço de papel mal cortado do envelope; leu: *Por favor, venha imediatamente. Estou assustada.* Horvath reconheceu a letra de Erzsebet.

Chamou Banyay e entregou-lhe o bilhete. Banyay pensou que era para ele. Horvath não o corrigiu.

— Vou-me embora — balbuciou Banyay. — Estou feliz. Estou assustado. Eu e Erzsebet nos amamos.

V

Nessa noite Horvath não sabia o que fazer. Queria evitar Erzsebet. Estava acostumado a ir de noite com seus amigos a três ou quatro lugares. Um era o café O Turfe; outro, um *dancing* nos lagos, no bosque de Városliget; outro, a confeitaria Gerbeaud. Erzsebet e Banyay deviam estar em algum deles. "Fora desses lugares e das ruas que percorro todas as noites", pensou oratoriamente Horvath, "jaz uma cidade desconhecida".

Nessa noite não a conheceria. Decidiu arriscar e ir ao *dancing* dos lagos.

Enquanto falava com a moça da chapelaria, sentiu no ombro uma mão inconfundivelmente pesada. Banyay propôs que fossem tomar umas genebras; depois falou com mal respirada exaltação:

— Tenho grandes notícias. O professor encontrou em Tavernier, em *Six voyages de J.-B. Tavernier, qu'il a fait en Turquie* etc. — Banyay articulou um trabalhoso, aberto e cuspido francês —, *pendant l'espace de quarante ans et par toutes les routes que l'on peut tenir*, um longo parágrafo sobre o manuscrito. Tavernier afirma que na Hungria ninguém lhe falou sobre o misterioso morto da pousada do Túnel, mas em Constantinopla, em 1637, conheceu um traficante de pedras preciosas, correspondente de seu sogro, que mencionou o episódio em uma conversa. Tavernier sentiu um forte interesse, usou influências, esperou e adulou burocratas e afinal conseguiu pôr as mãos no manuscrito. Vi por aí que Voltaire e outros qualificam Tavernier de ignorante.

— Não me diga — comentou Horvath. Parecia entediado.

— Espere um pouco. Você sabe como Liptay insiste quanto ao método: é preciso verificar tudo, é preciso desconfiar de tudo. Nestes últimos dias lhe mostrei o manuscrito muitas vezes. Sempre surgiam novas dúvidas. Bom, há uma citação em latim. Nem Liptay nem eu…

— Que citação? — perguntou Horvath.

Banyay parou, talvez com uma intenção de repreendê-lo; em seus enormes olhos bovinos só havia, porém, doçura. Balançando seu enorme corpo, deu um breve passo para a frente e outro para trás. Depois se apoiou no balcão, bebeu um gole de genebra e continuou falando impetuosamente.

— A citação é dos *Tristia*, de Ovídio, e parece uma interpolação no texto. O homem teria escrito uma carta a certa moça, em Florença, e nela teria lembrado o formoso verso *nulla venit sine te nox mihi, nulla dies*. Logo a seguir diz entre parênteses: *Tr.*, I, v, 7. Bem, eu quero ressaltar o seguinte: como achamos que esse parágrafo é uma interpolação (foi escrito com uma letra que parece uma imitação malfeita da que está no resto do documento), nós a examinamos muitas vezes. Bem, nem Liptay nem eu notamos que os números entre parênteses não correspondem ao verso. Tavernier descobriu o erro, ou diz que descobriu, e dá a numeração correta. Agora não me lembro qual é — Banyay fez uma pausa. — Mas também quero dizer outra coisa: Erzsebet quer ver você antes de ir para Nagybánya.

Horvath estava pálido. Não conseguiu responder.

Banyay olhou-o com uma solicitude angustiante e, após uma breve hesitação, encheu seu copo.

Horvath bebeu e depois perguntou:

— O que você me disse sobre Erzsebet?

Agora era Banyay quem não conseguia falar. Olhava para o amigo com seus enormes olhos arregalados, com a respiração ofegante, com uma expressão de profunda, de preocupada ternura. Com sua mão gorda, trêmula e férrea, pegou Horvath pelo braço. Perguntou tristemente:

— De todas as mulheres de Budapeste, por que você foi escolher logo Erzsebet para se apaixonar?

VI

Horvath teve a impressão de que Liptay não exagerava: Budapeste se transformara em um imenso e unânime presídio. Em toda parte havia soldados e guardas. Entrou na Biblioteca da Universidade; sucessivos funcionários quiseram saber o que estava procurando. Nas paredes se viam obscuros retratos de Metternich e (todos afirmavam, mas ninguém acreditava) de Kollonitsch, o arcebispo execrado.

Após estratégicas esperas e interrogatórios indiferentes, um enlutado secretário o conduziu ao gabinete dos manuscritos dos séculos XVII e XVIII. Do corredor divisou três ou quatro pessoas fazendo evoluções em torno de um objeto parcialmente coberto por panos pretos. Era um aparelho fotográfico. Uma daquelas pessoas era Banyay. Excitadíssimo, Banyay apontou para um banco. Horvath sentou-se.

O professor tinha lhe pedido que fosse ver Banyay; afirmara que seu estado era alarmante. "Só você pode salvá-lo, amigo Horvath", disse sem muita ênfase. "Eu não posso fazer nada. Ele desconfia de mim. Afaste-o do trabalho, da obsessão."

Horvath olhou para Banyay. Achou-o agitado, quase magro, talvez feliz, doente. Distraiu-se observando as incompreensíveis figuras do friso que havia no alto das paredes. Leu, em letras douradas, uma citação do décimo primeiro livro das *Confissões* de Santo Agostinho. Levantou-se; observou um busto que havia em um dos extremos do gabinete. Leu na base: A. M. S. BOETHIVS — CDLXXX — DXXV — A. D. — HI OCULI VIDERVNT AETERNITATEM. Olhou os olhos do mármore. Duas mãos pesadas se apoiaram em seus ombros. Virou-se.

— Fui autorizado a fotografar o manuscrito página por página — exclamou Banyay.

Os homens empurravam o aparelho para o corredor.

— Não é por falta de vontade — comentou Horvath. — Querem ser despóticos, mas ainda cometem erros.

— Não muitos — respondeu Banyay. — Pedi que me autorizassem a levar o documento, por uma noite. Pedi por escrito, verbalmente, por intermédio de Liptay, do secretário, do contínuo. Tudo inútil.

— Acreditava que respeitassem Liptay. Acho estranho que ele não tenha conseguido a autorização.

Com certa solenidade, Banyay ergueu-se diante do amigo.

— Você acredita no que está dizendo? — perguntou. — Escute bem: Liptay quer me destruir.

Horvath pensou: é a ele que se deveria perguntar se acredita ou não no que está dizendo.

Banyay continuou:

— Absurdo, não é mesmo? Vou lhe propor um problema concreto. Com exceção das primeiras informações, a única fonte dos meus conhecimentos sobre o personagem que apareceu na pousada do Túnel é o manuscrito. Podem surgir discrepâncias entre o manuscrito e meus conhecimentos?

Horvath confessou que não estava entendendo.

— Vou dar um exemplo: um dia sei que o indivíduo passou a infância em Nyíregyháza; no dia seguinte vejo no manuscrito que ele a passou em Tuszér. Naturalmente, "Tuszér" está nas entrelinhas e acima de uma palavra riscada. De onde eu poderia tirar a informação errônea? Somente do manuscrito, porque é minha única fonte. Então alguém introduziu uma alteração. Quando? De noite; durante o dia circulam por ali os leitores, os policiais e os contínuos.

Quem, durante a noite, pode fazer essas alterações no manuscrito? O único funcionário que mora na casa. O diretor da Biblioteca. Liptay.

— Não acredito — respondeu Horvath com excessiva veemência. — Que motivação você lhe atribui?

— Palma descobriu a explicação: ele quer que eu publique um trabalho ridículo, para apontar os meus erros e me derrubar. Teme que eu ofusque sua fama. Está devorado por paixões senis.

— Não acredito. Se você me dissesse que os próprios homens do século XVII viessem de noite e corrigissem o manuscrito, não me pareceria mais inacreditável.

Após um silêncio, Banyay continuou, como se pensasse em voz alta:

— Um risco a mais ou a menos não se nota. Está cheio de riscos e de correções. Muitas páginas foram escritas em linhas que se cruzam (como algumas cartas de mulheres). Muitas vezes levei um dia inteiro para ler uma página. Veja você mesmo.

Sem curiosidade, Horvath olhou o pergaminho rugoso, opaco.

VII

Anthal Horvath entendeu que havia um conflito entre as tentações e sua lucidez, sua vontade, sua prudência. Por um lado: o medo de ser duplamente desleal a um amigo, desleal a Erzsebet, covarde. "Mas Banyay não corre riscos", pensava. "Ninguém desconfia dos ricos." E: "Estarei apaixonado por Erzsebet?". Devemos tomar cuidado para que as nossas próprias mentiras não nos enganem. Quanto à coragem, não valia a pena considerá-la; alguém perde o controle e... Por outro lado: a tranquilidade da alma, o domínio de si mesmo, a volta a Paris, a carreira literária.

Erzsebet queria ir embora com ele; já o chamara várias vezes. Ele sugeriu a Banyay que a moça ficaria segura no estabelecimento agrícola, em Nagybánya. Banyay estava se preparando para a viagem. Eles iriam na sexta-feira. Faltavam quatro dias: quatro dias em que Erzsebet não devia encontrá-lo.

VIII

Uma semana depois, István Banyay desapareceu. Horvath deu a seguinte versão dos fatos:

Na última sexta-feira, Banyay foi para Nagybánya com Erzsebet. Voltou na segunda. Ele tentou encontrá-lo várias vezes, sem sucesso; foi falar com o professor Liptay; este lhe contou que o professor Pálffy o chamara ao seu leito de morte e lhe entregara mil e trezentos florins para o comitê dos patriotas húngaros. Liptay entrecerrou os olhos, como se quisesse olhar ao longe, e continuou com voz impassível:

— Amigo Horvath: estou disposto a lhe oferecer uma honra e uma distinção inesquecíveis. Ponho estes florins em suas mãos, sem pedir recibo, para que você os entregue ao comitê. Não mencione meu nome; não há por que vincular-me a essa generosa transação.

Horvath tentou entregar o dinheiro; desistiu logo, convencido de que a polícia vigiava o comitê. Redobrou então os esforços para encontrar Banyay — aqueles florins, segundo sua vívida expressão, queimavam em suas mãos — e finalmente deu com ele. A princípio teve a impressão de que Banyay tentava evitá-lo, mas logo depois se perguntou se tal impressão fora provocada pelo comportamento de Banyay ou era fruto de sua imaginação. Além disso, Banyay aceitou sem reparos entregar o dinheiro ao comitê. Tomaram cerveja fraternalmente em O Turfe e, quando se despediam, Banyay balbuciou:

— Descobri em Nagybánya que Erzsebet ama você.

Não havia reprovação em sua amargura. Foi a última vez que Horvath o viu.

IX

Os pais de Banyay esqueceram toda objeção contra Horvath e o receberam como a um filho. Contaram, não sem repetições, o pouco que sabiam sobre o desaparecimento de István: alguns detalhes sobre o que ele fizera naquela manhã, momentos antes ou nos últimos dias: tudo história prévia, por sinal bastante incompleta, e talvez fútil. Mas era o tesouro que tinham, e queriam compartilhá-lo com ele. Depois o cocheiro Janós, a última pessoa que vira Banyay, foi trazido dos longínquos porões onde bebia e perorava, para que o brindasse com sua exposição. Horvath ouviu daqueles lábios trêmulos e molhados a morosa história. Na sexta-feira, Janós levara a senhorita Erzsebet e o senhor István até Gödöllő, onde tomaram um trem rumo a Nagybánya. A senhorita quase não falou durante o trajeto; o senhor parecia contente e dedicava constantes atenções à senhorita. Na segunda-feira (ele, Janós) foi a Aszód com a carruagem, para buscar o senhor. Este apareceu sozinho; parecia abatido.

— Hoje, às nove da manhã — continuou o cocheiro —, o senhor me chamou e pediu que preparasse a carruagem.

A última vez em que Janós o viu, Banyay estava sentado junto a sua mesa de trabalho, em frente à janela.

Os pais de Banyay perguntaram a Horvath se ele os aconselhava a dar queixa à polícia. Horvath disse que não; depois decidiram pedir a opinião do professor. Palma foi vê-lo. O professor atreveu-se a insinuar que talvez não fosse prudente prescindir da polícia.

Horvath acompanhou o senhor Banyay em sua visita ao delegado Hegedüs. Segundo o velho Hellebronth, Hegedüs "era uma moça". "É muito leitor", acrescentou. "Conhece toda a literatura que a polícia confisca dos livreiros." Horvath admirava essa equanimidade, mesmo sem entendê-la. Por seu lado, quase não olhou para o delegado.

Hegedüs parecia decididamente alarmado com o desaparecimento de Banyay; confirmou, após algumas consultas, que a polícia desconhecia o assunto; prometeu, por fim, sua ativa cooperação.

O senhor Banyay saiu da Central de Polícia com muitas esperanças. Convidou Horvath para jantar. Palma os estava esperando, com a senhora Banyay.

A moça se retirou bem tarde. Horvath a acompanhou até a porta; quando já estavam a sós, Horvath disse:

— Acho que foi um erro procurar a polícia. Não sei por que Liptay deu esse conselho.

— A explicação é evidente — afirmou Palma. — Liptay é um traidor.

Viu-a partir. "Está obcecada", pensou. "Talvez as fraquezas aproximem. As loucuras, não."

Subiu para falar com o senhor Banyay. Ficaram conversando até de madrugada. O senhor, então, disse:

— Você não pode sair a esta hora. Com o estado de sítio, não seria prudente. Vá dormir no quarto de István.

Horvath obedeceu.

X

Na manhã seguinte decidiu fazer uma investigação. Com o cego vendedor de lápis avançou pouco; seu azedume continuava inalterável. A mulher do alfaiate recebeu-o com visível agrado mas, quando ele quis falar de Banyay, advertiu-lhe que "uma moça não gosta de que não falem dela". Horvath quis satisfazê-la, e sentiu que estava sendo desleal com seu amigo. Mas a revelação o aguardava na obesa vendedora de bonecos. Na véspera, de manhã, a mulher vira chegar um grupo de homens. Um deles — magro, de roupa cinza, com um rosto muito branco, muito grande, ossudo, olhos que pareciam dois pequenos pontos negros — se postou em frente ao pavilhão de Banyay; os outros entraram na confeitaria.

— E a senhora, o que fez?

— Eu, calma — respondeu a mulher. — Como se nada estivesse acontecendo, fui até a farmácia. Ao passar pelo pavilhão vi o senhor István no quarto, sentado em frente à janela. De repente senti tanto medo que tive a impressão de que meus ouvidos assobiavam. Pensei: calma, e continuei esperando. Pouco depois o cocheiro Janós saiu do pavilhão, e então o homem que estava esperando tirou um lenço do bolso, os da confeitaria se uniram a ele e todos entraram no pavilhão.

— E depois?

A mulher pareceu se zangar.

— Depois chegou o meu marido e tive que cuidar dele.

— Quem eram esses homens?

— Não me diga que não sabe. Investigadores.

Horvath não informou esse episódio aos pais de Banyay.

A investigação agora seria mais difícil. Antes de prossegui-la, Horvath faria um favor a seu amigo. Foi à editora da *Enciclopédia Húngara,* disse que Banyay estava indisposto e se ofereceu para substituí-lo até que se restabelecesse. Aceitaram. "Fiz isso", disse a Palma, "como quem dá algo em penhor". Talvez estivesse tentando convencer-se de que Banyay ia voltar. Talvez esse gesto fosse uma reparação.

Foi a três ou quatro reuniões da liga dos patriotas. Discutiram um plano para matar o chefe de polícia. Falaram de Liptay. Constatou, sem maior surpresa, que Liptay era considerado traidor.

Os pais de Banyay lhe pediram que ficasse morando com eles. A senhora havia insinuado essa possibilidade; o senhor a fundamentara: "Horvath é a pessoa mais próxima de István; na ausência de István, de certo modo ele o representa".

Com uma emoção que parecia desproporcionada, Horvath disse a Palma certa tarde:

— Eu poderia ser feliz. Minhas preocupações econômicas desapareceram. Sempre sonhei em morar em um lugar como este pavilhão. Sua mão na minha mão me reconforta. Mas não vou me limitar a substituir István em situações agradáveis... continuarei trabalhando na Enciclopédia. Vou me dedicar à biografia do morto da pousada do Túnel.

A correspondência entre essas palavras, talvez egoístas, talvez mesquinhas, e o tom em que foram pronunciadas não era clara.

— Eu li esse documento — declarou Palma. — Não sei como István se deixou enganar. É uma fraude. É uma paráfrase da vida do próprio István. Tosca, mal-escrita, sem qualquer engenho. Obra de Liptay ou dos sequazes de Liptay. Para destruir István.

Sentiu vontade de se afastar de Palma. Quando Erzsebet voltou, deixou de vê-la.

Na universidade houve uma cerimônia para receber o novo interventor. Nenhum húngaro compareceu, exceto Liptay, que leu um discurso (entre soldados austríacos e guardas do esquadrão).

Os patriotas voltaram a se reunir. Uma moça sustentou que o professor Liptay tinha cometido essa indignidade para não terminar sua longa carreira com uma exoneração. Mas nem essa moça acreditava nele: sua expulsão da Liga foi decidida por unanimidade (Horvath se absteve de votar). Depois um homem quase afônico se levantou; pediu que o deixassem matar o chefe de polícia. Aceitaram. Marcaram a data: 17 de março. Alguém disse que era preciso dar um exemplo com os traidores. Tinham que matar o professor. Horvath quase não estava ouvindo. Pensava em Banyay. Pensava no professor. Junto a Banyay e ao professor ele havia passado, na infância e na juventude, entre nuvens de fumaça, em um pequeno escritório, em frente a um busto de Leibnitz, momentos de exaltada e generosa alegria, de fé incondicional na inteligência, da mais devotada dedicação ao estudo e à colaboração no estudo. Sentiu-se doente, como se fosse desmaiar. Então se levantou. Ofereceu-se para justiçar Liptay. Aceitaram. Marcaram a data: 17 de março.

Depois, nem as ordenadas banalidades da vida, nem as dores físicas, nem o frio nem o calor puderam despertá-lo de uma ofegante sensação de irrealidade. Queria confessar tudo a Erzsebet; mas, se o fizesse, Erzsebet não seria mais um refúgio incontaminado. Além disso, não acreditava que o momento de matar Liptay fosse chegar.

A companhia de Erzsebet o consolava. Os dois costumavam passear pelas ruas arborizadas do oeste de Buda, perto da linha do trem. Horvath falava de algum de seus futuros livros, pedia permissão para dedicá-lo a ela e se perguntava se a exaltação secreta que sentia ao olhar, como pela primeira vez, o profundo e claro e trêmulo verdor das folhas transpassadas pela luz da tarde provinha do verdor ou de Erzsebet.

SEGUNDA PARTE

> *Straight was I carried...*
> Thomas Chatterton, *The Storie of William Canynge.*

Anthal Horvath escreveu sua "comunicação aos amigos":

"À minha frente, a mesa; mais adiante, a janela." Não sei por que agora me lembro dessas palavras exíguas: são as primeiras do primeiro romance que escrevi na vida; poderiam também encabeçar estas páginas, as últimas que escreverei, minha confissão. Tudo mudou. Por isso estou na situação atual. Por isso, também, preciso justificar um ato que antes da minha viagem à França teria sido, talvez, uma tolice; agora o qualificarão de infâmia. Mas dificilmente convencerei meus amigos (não ignoro como devem estar ansiosos para se convencer). Eles não saíram de Budapeste; participaram, dia a dia, do processo de transformação; nunca saberão como o tempo se acelerou na Hungria, quanta mudança trouxe. Eu mesmo, ao voltar de Paris, não percebi imediatamente que aquele mundo familiar já era outro mundo. Não o percebi nem sequer quando István desapareceu. De forma gradual, sem revelações patéticas nem sobressaltos, penetrei neste pesadelo. Mas não cheguei a esta manhã de 17 de março sem que ocorresse, como símbolo da verdadeira natureza das coisas, o encontro com Remenyi, o efeito melodramático, a sombra de irrealidade.

Continuou escrevendo; contou que tinha esperado com terror a chegada do dia 16 de março. *Agora, quando a relembro, essa tremenda véspera me parece um dia muito vasto, e me vejo perdido em sua imensidão e nos sonhos que tive durante a noite: sonhos que, de algum modo, o prolongaram.*

De manhã, para lembrar-lhe de sua promessa de saírem juntos, mandou um recado a Erzsebet. Depois, durante muito tempo, limpou seu revólver. Teve um impulso incipiente de dialogar com o revólver, como Hamlet com a caveira de Yorick, e se surpreendeu assistindo comovido a esses diálogos futuros e pouco imaginados.

Erzsebet chegou à uma da tarde. Horvath não lhe disse nada; a Palma também não (agora quase não se viam). Horvath escreve: *Senti sua despreocupação como uma desconsolada censura, e daria a minha felicidade, talvez a nossa felicidade, para não ser desleal a Erzsebet.* Mas se falasse de seu compromisso com os patriotas, tudo estava perdido.

Podia não dizer-lhe que ele, no dia seguinte, iria matar o professor Liptay, mas não podia evitar que sua atitude sugerisse que estava escondendo alguma coisa. Gracejou continuamente, e sua alegria foi excessiva. Não bebeu uma gota de álcool, mas tinha a lembrança de que estivera bêbado. Sentiu que daquele jeito nunca se aproximaria dela; mas continuou com duas brincadeiras pérfidas, solitárias e tolas; pesou-se em uma farmácia e, com injustificada e secreta exultação, entregou a Erzsebet o cartão onde vinha escrito o peso, pedindo-lhe que o guardasse; o fato de saber, e ela ignorar, que lhe dava aquele cartão para que o lesse em um futuro completamente alterado, um futuro onde aquele papel, aqueles números e a incerta recordação da cena teriam um poder sentimental, parecia-lhe divertido. Depois caminharam pelo jardim zoológico; ao entardecer, ouviram os gritos dos pavões (de noite, em um sonho, como em um espelho profundo, voltou a ver os pavões pousados a diversas alturas, em um círculo escuro de árvores à sua volta, e quando eles gritaram acordou angustiado porque nunca mais veria Erzsebet). Diz que se separaram às dez da noite e que ele não se resignava a vê-la ir embora, *mas como isso acontece todas as noites* — explica —, *Erzsebet não se alarmou.*

Voltou para a casa pensando em Erzsebet; mas quando chegou, quando subiu os primeiros degraus, não se lembrava mais dela. Lá em cima, entre as quatro paredes de seu quarto, estava a espera solitária, a noite inesgotável de horrores, o amanhecer do dia desacreditado em que devia matar Liptay. "Seria terrível", disse para pensar em outra coisa (e "terrível" foi a primeira palavra que lhe ocorreu), "que o professor estivesse lá em cima".

Ouviu um jornaleiro. Desceu até a rua; comprou um jornal. Tinha esperança de encontrar alguma notícia que o salvasse do pesadelo que vivia. A notícia que encontrou o fez perder todas as esperanças. "Hoje, às quatro da tarde", leu, "um grupo de jovens entrou na reitoria da universidade e arrancou os retratos de Metternich e do arcebispo Kollonitsch".

Subiu as escadas; entrou em seu quarto. Por que tinha se comprometido a matar o professor? Com uma brincadeira abjeta causara a perdição de Banyay. O suicídio não era suficiente. Sua alma tinha de despertar atrozmente daquela irrealidade. Queria sentir o castigo.

Nas últimas horas da noite, Palma entrou em seu quarto com uma expressão dura e estranha, de uma fanática e, para ele, inescrutável resolução. Fazia algum tempo que não a via. Palma perguntou:

— Quanto dinheiro você tem?

Horvath pegou a carteira. Contou.

— Oitenta e quatro florins.

— Não é muito.

Não sabia o que responder. Talvez não fosse muito. Palma não lhe explicou por que fazia essa pergunta. Poucas vezes ele havia disposto de tanto dinheiro.

— Prepare-se — ordenou a moça. — Você vem comigo.

Horvath olhou para ela. *Tive certeza de que alguma coisa grave estava acontecendo. Eu me entreguei*, escreve, *a uma secreta e destemperada alegria. Estava salvo.* Desejou qualquer aventura, qualquer calamidade; pensou em voz alta: *Mesmo que seja a própria morte.* Ao pronunciar esta última palavra sentiu uma súbita avidez, depois perplexidade, depois medo. Perguntou-se: será que ela está mancomunada com a polícia? Era absurdo pensar nisso. Palma era "decente até a incompatibilidade", como dizia Liptay. Ou viera a mando dos patriotas? Ele teria cometido algum erro? Então achou que despertava. Não sentia mais alegria, nem avidez, nem perplexidade, nem medo. Tinha cometido um erro, mas não contra os patriotas. Não se recusaria a seguir Palma. *Eu me importava pouco por mim mesmo, e era inútil pensar em Erzsebet até ter expiado esse erro.*

Enquanto isso, Palma fazia estranhos preparativos com uma determinação silenciosa. Havia trazido do quartinho onde Janós preparava o desjejum um pacote de chá, uma garrafa de genebra, dois pães e algumas frutas. Embrulhou tudo em uma manta que tirou do armário. Examinou a roupa que havia ali e, por fim, escolheu um capote de feltro azul. Enquanto Palma não olhava, Horvath tirou o revólver da mesa de cabeceira e meteu-o no bolso.

— Por favor, leve isto — disse Palma; e lhe entregou o pacote e a trouxa da manta.

Saíram em silêncio. Na rua Krisztina, em frente ao Teatro de Verão, subiram em um bonde decrépito. Estava quase vazio: em uma ponta havia uma moça dormindo; era jovem, pálida, maltrapilha, e tinha uma criança no colo. Mais perto deles, dois homens falavam aos brados. Estavam comentando uma conversa de pouco antes. Vinham de um velório. Horvath quis perguntar a Palma para onde o estava levando. Adiou a pergunta; para ser ouvido, teria de gritar. Os homens desceram na rua Atlos, na altura da olaria. Palma e Horvath desceram na rua Etele e rumaram para o oeste. Horvath diz que uma insólita timidez o impedia de falar. Chegaram à Fonte de Esculápio. Seguiram até um grupo de árvores, vasto e escuro dentro da noite. Um pouco mais à direita, um poste projetava um círculo de luz. A pouca distância do círculo, encostado na árvore, viram um vulto no chão. Palma inclinou-se sobre esse vulto. O vulto falou:

— Como vai, irmão?

Por um instante, Horvath julgou identificar aquela voz estranha. Perguntou-se se o homem não a estaria deformando deliberadamente. Além do mais, por que estava ali todo encolhido? Por que não se levantava?

— Trouxe alguma coisa, Palma?

Palma, ajoelhada, enumerou em tom persuasivo, como se falasse com uma criança ou um doente, o que tinham trazido. A voz respondeu na escuridão:

— Está bem. Vão me dar quarenta e oito horas. Depois, se eu não estiver do outro lado da fronteira, não vai ter perdão. "Nós jogamos limpo", dizem, como se eles mesmos acreditassem — então Horvath reconheceu o interlocutor invisível. — Fazem isso para rir um pouco, para despertar minhas esperanças, para me dar mais preguiça de morrer. Acham que não posso ir longe. Mas não vão me pegar. Tenho certeza de que vou atravessar a fronteira antes do prazo. Senão…

Aqui Remenyi se calou, como se uma emoção o impedisse de continuar falando. Horvath estava impressionado; nunca tinha detectado em Remenyi outros sentimentos além da suficiência, a vaidade e o desdém. Remenyi continuou, com um soluço:

— Palma, Palminha, não me diga que esqueceu o revólver…

Houve um silêncio; afinal, Palma começou a dizer:

— Não consegui…

— Eu trouxe o meu — afirmou Horvath impulsivamente. Dando um passo à direita, entrou no círculo de luz; pegou o revólver e, imóvel, o estendeu. — Tome.

A arma brilhou em sua mão. Para pegá-la, Remenyi teria de entrar na área iluminada. Horvath o viu estremecer, mover-se, como um animal agônico. Palma pegou a arma e a entregou a Remenyi. Este disse com trabalhosa lentidão:

— Obrigado, irmão. Vou lhe pagar este favor com um conselho: fuja logo. Se ficar, você será preso. Estive hoje com Erzsebet. Você precisa salvá-la. Ela ama você.

Nesse momento ouviram o rufar de cascos de cavalos contra o pavimento. Quase de imediato, duas cabeças de cavalo espumosas e pretas surgiram entre as folhas.

— O coche está pronto — disse Palma. Depois se dirigiu a Horvath: — Pedi a você que nos acompanhasse porque pensei que poderíamos precisar de você. Obrigado. Volte por sua conta; eu vou com Ferencz.

— Vocês sabem alguma coisa de István?

— Lá, no pátio trinta e três, sabem de tudo — respondeu Remenyi. — Posso garantir uma coisa: a polícia ignora o que aconteceu com István. Não o encontraram. Desapareceu.

Palma o ajudou a levantar-se.

Estava amanhecendo. Horvath se afastou. Na rua deserta seus passos ecoaram marcialmente. Sentiu a própria futilidade e entendeu que devia se aferrar a esse sentimento: era como uma porta que se entreabria… Pensou em voz alta: "Amanhã vou precisar de um revólver". Passou em frente à farmácia onde estivera, à tarde, com Erzsebet. Estava aberta. Entrou.

— O que deseja, senhor Horvath? — perguntou o farmacêutico.

— Um veneno forte — respondeu. — Minha casa está cheia de ratos.

— Arsênico — disse o homem.

Não houve dificuldade, não houve demora.

Depois se viu de novo na rua, incômodo com o pacote, sem nada o que fazer, em frente à sua casa, já sem pretexto para adiar o momento de entrar no quarto e esperar.

Subiu as escadas, entrou, fechou a porta, olhou o quarto, olhou a cama onde se deitaria… Então seu coração bateu, pesado, enorme. Pôs a mão no peito e, tremendo, deixou-se cair em uma cadeira, em frente à mesa de trabalho.

Após uns momentos de perplexidade resolveu escrever esta *Comunicação aos amigos* (mas antes abriu o embrulho do arsênico e levou o frasco para o quarto ao lado, o quarto conhecido como "museu". Ninguém entrava ali; ninguém, por engano, iria se envenenar). Escreveu: *Talvez eu pudesse me justificar.*

O problema é que para o meu comportamento não há justificativa possível. Hoje não há; mas ontem... A chave deste processo é uma questão de tempo; se o tempo é sucessivo, se o passado se extingue, é inútil que eu procure um pretexto... Tudo mudou tanto. Incrédulo, repito que nunca tive consciência de cometer a verdadeira maldade. Mas sem dúvida a doutrina dos criminosos é essa: assim podem justificar todos os atos, todos os momentos. Vistos de fora, esses atos e esses momentos traçam o crime. É claro que não posso falar de crimes; posso falar de brincadeiras, fraudes domésticas e miseráveis.

Tenho de escrever. Enquanto estiver empenhado na defesa do meu comportamento, que sem dúvida há de merecer e conseguir o esquecimento, encontrarei a forma de narrar um fato mágico, de comunicar à posteridade meu terrível destino, a encruzilhada de magia, de expiações, de compromissos e de morte em que minha alma se perdeu, e de chegar mais insensivelmente ao fim desta espera (fim que agora, imprevistamente, se aproxima).

Janós, o cocheiro, entrou com o café da manhã. Está arrumando meu quarto. E me interrompe. Não me deixa escrever. Mas eu preciso escrever, antes que ele se retire.

Volto ao encabeçamento desta confissão e acho que chegou a hora de completá-lo com alguma frase como esta: "Pela janela vejo a rua e na rua um homem magro"...

É preciso morrer, disse o valente Carlos.
Isso eu não temo.

Mas estou fazendo literatura. Contrariado, sinto que não domino minha expressão: é como se estivesse bêbado ou delirando. Para ser natural e sincero, precisaria dispor de mais tempo, de mais tranquilidade.

Fui eu que forjei a história do homem que apareceu morto na pousada do Túnel, o manuscrito que o professor Liptay encontrou e que deixou István obcecado.

Considerando a minha íntima amizade com István e as consequências dessa inocente, dessa abjeta brincadeira, não cabem explicações. Eu deveria me calar e morrer; somente morrer não seja, talvez, castigo suficiente. Contudo, já que se dá o direito de defesa até aos piores criminosos — não por consideração a eles, mas à moral que transgrediram e que, defendendo-se, reconhecem — tentarei me defender. Tentarei fazer um simples relato histórico dos fatos, na esperança de aparecer, à luz desse relato, como um imbecil e não como um malvado.

Poucos meses antes tinha recebido, em Paris, uma carta do editor Hellebronth pedindo lhe que escrevesse um romance para *Clío*, sua inescrupulosa coleção de romances históricos. Com mais ímpeto que reflexão, Horvath empreendeu o trabalho; na metade do capítulo xv, constatou que o livro guardava uma incômoda semelhança com suas vívidas lembranças de *As duas Dianas*. Rasgou as páginas que tinha escrito e tentou não pensar mais no assunto. Alguns dias depois falou de István com uma moça francesa, e de repente se lembrou do homem da pousada do Túnel e dos insistentes pedidos de István para que ele usasse o caso em uma narrativa. Trabalhou durante uma semana, mas esse segundo romance histórico também fracassou.

Certa noite foi com uns amigos assistir a *Chatterton*, de Alfred de Vigny; diz: *ainda hoje, nesta situação desafortunada e extrema, sinto uma espécie de eco de uma exaltação ao me lembrar da feliz exaltação daquela noite, voltando para casa pelo bulevar Saint Germain e a rue du Bac. Depois li tudo o que consegui achar sobre o poeta que inventava manuscritos e poetas.* O estudo de Hélène Richter e a biografia de Wilson o convenceram da urgência de escrever uma nova biografia. Falou de tudo isso com Madeleine (em um arroubo de falso fanatismo, intercala: *eu gostaria, Erzsebet, de lhe oferecer uma alma pura, um passado vazio; dei a você o que tenho*) e ela teve a ideia de fazer uma brincadeira com István: forjar o manuscrito perdido, o manuscrito que estava no bolso do misterioso homem morto na pousada do Túnel. Horvath fingiu entusiasmo e lhe contou tudo o que recordava do assunto; estava certo de que o projeto seria esquecido após essa conversa. Mas Madeleine não dormiu a noite inteira e se dedicou com um afinco implacável a planejar a brincadeira. Horvath escreveria a história em um rascunho e ela a copiaria; não seria prudente que ele mesmo escrevesse no pergaminho; por mais que ele deformasse a letra, István possivelmente a reconheceria. Horvath fez uma frágil objeção: não sabia como inventar a história do personagem. Madeleine não se preocupou: ele havia escrito muitos romances. Horvath alegou que todas suas tentativas de fazer romances históricos tinham fracassado. Ela disse que só precisava narrar a vida de István, com algumas variantes; isso seria fácil e tornaria a brincadeira mais engenhosa.

Nesse período, o tio de István, que nunca se interessara pelos trabalhos literários de Horvath, soube que ele estava escrevendo um romance histórico; esse único dado foi o tema de quase todas as conversas entre ambos e bastou para que o afeto que até então sentira por Horvath se transformasse em devoção. Certa tarde entrou na mansarda e surpreendeu Horvath lendo o manuscrito. Perguntou o que era *isso. Tive de responder que era uma das fontes do meu romance histórico* — escreve Horvath —; *respondi: "O meu romance histórico".* *O conde não aparentou surpresa; demonstrou um alarmante entusiasmo ao saber* *que a obra "já podia ser lida, estava concluída". Respondi que, embora realmente* *estivesse quase concluída, talvez não fosse publicada por algum tempo, porque o* *velho Hellebronth tinha perdido o interesse por romances históricos. O conde sorriu* *com uma deliberada astúcia; não lhe perguntei por quê; ele se retirou incomodado.* Poucos dias depois Horvath soube que o conde havia escrito a Hellebronth e ao professor Liptay. A Hellebronth, oferecia pagar a edição; ao professor, pedia que intercedesse junto a Hellebronth para deixá-lo pagar a edição e publicasse o livro imediatamente. *Essa correspondência* — infere Horvath — *deve ter sido a* *origem dos rumores, ouvidos por Remenyi, de que eu mandei de Paris um romance* *para Hellebronth, acionei meio mundo e não consegui que o publicassem.*

Horvath confessa que se divertiu escrevendo aquela "vida" de István. Em suas cartas, este lhe falava de Palma e de Erzsebet (na época Horvath não as conhecia). *Na minha história, o herói julga, a princípio, que está apaixonado por* *Palma, e depois se apaixona perdidamente por Erzsebet. E aqui quero apontar algo* *mágico nesse manuscrito forjado, uma antecipação que, de certo modo, o redime* *da sua condição de impostura: há uma descrição do amor que Erzsebet inspira* *que é uma pálida mas fiel descrição do amor, da adoração, que sinto agora por ela.*

O trabalho de Madeleine foi árduo. Uma pessoa com menos vontade — uma pessoa normal — teria desistido. Primeiro, Madeleine não sabia húngaro: desconhecia o sentido das palavras que precisava escrever. *Que ninguém se* *assombre, então* — continua Horvath —, *se tiver omitido algum "z", algum tre-* *ma. Eu disfarçava essas omissões ou rapidamente salientava seu inapreciável valor* *de documento antigo.* Depois, Madeleine não podia escrever com sua letra de mulher do século xx: copiava a irritante escritura do primeiro manuscrito (pos- sivelmente apócrifo) da *Crônica do mundo*, de Székely, que um compatriota vendera ao conde Banyay.

Mas, com muito zelo e muito empenho, Madeleine e Horvath termina- ram o "documento". *Eu esperava, contudo, não utilizá-lo para o fim previsto por* *Madeleine.* Mas enquanto ele jogava esse jogo em que não acreditava, agia como se acreditasse. Propôs mudanças. Dizer que o herói havia passado os ve- rões de sua infância em Nyíregyháza — observou — não era um alarde de suti- leza. Em Nyíregyháza há um estabelecimento agrícola da família de István; lá, Horvath e István haviam passado muitas férias. Se não introduzissem algumas divergências entre a vida de István e a do herói, o paralelismo seria rudimentar demais. Horvath propôs que riscassem Nyíregyháza e escrevessem em cima "Tuszér". A princípio Madeleine se negou a danificar sua obra; depois aceitou, e depois exigiu novas correções, porque descobriu que davam um aspecto mais genuíno ao documento. Antes da correção, o herói, como István, desejava explorar as selvas da Índia; riscaram "selvas da Índia" e escreveram "desertos das Índias". Assim, com inversões, coincidências, anacronismos, variantes e metáforas, coroaram a biografia de István.

Meu regresso à pátria foi decidido com alguma precipitação e truncou o costume, que então me parecia doce, de me encontrar com Madeleine. Um adeus que se tornou patético com a urgência e a possibilidade de ser definitivo; a simples distância, a saudade da França, que abarcava todas as pessoas e todas as coisas que deixara lá, o persuadiram de que estava apaixonado por Madeleine. Antes de partir lhe prometeu, com uma fé insegura, prosseguir com a brincadeira. Ao chegar à Hungria não podia ser desleal com Madeleine: seria como renegar a França. *Além do mais, encontrei István obcecado com o episódio da pousada do Túnel (quase escrevo: com a urgente necessidade de uma lição). Na mesma noite em que cheguei, ele me deu uma ficha com toda a informação que conseguira reunir sobre o episódio — e acrescentou: — Vi com alívio que tinha cometido erros quando forjei o manuscrito.* István não se deixaria enganar. Horvath se esquecera de que o manuscrito era redigido em um dialeto, "um desconhecido dialeto húngaro"; escreveu-o em húngaro moderno, salpicado de arcaísmos (e não tomou o cuidado de que estes fossem de uma mesma época). Tinha se esquecido de que as páginas estavam escritas de um lado só e que o papel era liso e brilhante (seu pergaminho rugoso parecia tão genuinamente antigo!). Da tinta imperceptível ao tato, talvez tenha se lembrado; mas deve ter lhe parecido uma sutileza obscura, da qual era melhor prescindir.

Eu podia ficar tranquilo: a fraude era inofensiva e István imediatamente a descobriria. Depois pensei que a pueril Madeleine ficaria triste se soubesse de todas as imperfeições de nossa obra e me senti culpado por essa tristeza imaginada. Já que os planos de Madeleine tinham fracassado, eu faria o possível para cumprir meu compromisso. Temi o futuro; talvez eu acordasse muito em breve desse sonho de imposturas e explicasse friamente a István nosso intuito de enganá-lo. Entretanto, cometi uma nova infidelidade a Madeleine: tomei uma nova precaução para que o caráter apócrifo do documento fosse notado. Não seria o ingênuo István que iria encontrar o manuscrito. Quem o encontraria seria o professor. Horvath se lembrou de que o professor estava organizando os manuscritos, na Biblioteca da Universidade; se lembrou de *A carta roubada*, de Poe, e soube qual era o lugar mais seguro para esconder o seu (e para que Liptay o encontrasse). Nessa mesma noite foi visitar Liptay, em seu gabinete na Biblioteca; Liptay estava ausente; no gabinete havia três grandes cestas, onde se amontoavam os manuscritos; ninguém perceberia que nessa noite tinham acrescentado mais um...

Quatro dias depois, Liptay encontrou o documento; não sei se o examinou minuciosamente naquele momento; entregou-o a István. O manuscrito enganou István. Sei que István o estudou muitas vezes com Liptay. O manuscrito enganou Liptay. (Não creio que este, quando tentou dissuadir István de fazer o trabalho, agisse movido por uma suspeita da fraude ou por inveja; simplesmente quis livrar István de uma obsessão excessiva.) O manuscrito enganou todos nós: de certo modo, também me enganou (mas neste caso seria preciso reconhecer que não enganou a István nem a Liptay).

Já fiz a revelação atroz. Estive enganado sobre o alcance de minha obra. Não pretendo, agora, que o documento que preparei com Madeleine, em Paris, em 1904, fosse o mesmo que encontraram no bolso do homem que apareceu morto, em 1604, em um quarto da pousada do Túnel. Afirmo, apenas, que o manuscrito encontrado no século XVII era uma cópia fotográfica do que nós preparamos. Tratava-se das fotografias que István tirou — porque não podia levar o documento para casa, e ele queria continuar estudando à noite — na tarde em que o vi no gabinete dos manuscritos, na Biblioteca da Universidade. Por isso o manuscrito encontrado com o homem da pousada do Túnel, embora tivesse o mesmo número de páginas que o meu, diferia em que as páginas estavam escritas de um lado só; por isso o papel era liso e brilhante; por isso os traços de tinta eram imperceptíveis ao tato. Os turcos e os traidores que os apoiavam pensaram que o documento estava escrito em um desconhecido dialeto húngaro: era, simplesmente, húngaro moderno (para eles imprevisível). Mas há outras características que permitem caracterizar aquele documento então encontrado. Uma delas é o fato de estar escrito em linhas cruzadas. Outra, a citação errônea de Ovídio. Eu a acrescentei no último momento (com extraordinário acerto, Liptay e István descobriram que se tratava de uma interpolação). Acrescentei-a como uma última mensagem cifrada e como saudação. A mensagem estava no erro da citação, que Tavernier elucidou em 1637; a saudação era um gesto apaixonado dirigido à ausente: Madeleine ou Erzsebet (agora estou tão nervoso, tão confuso, que não lembro qual das duas). Através dos símbolos e das deformações, István descobriu que a vida relatada no documento era a sua própria. Nunca formulou esse descobrimento para si mesmo;

nunca teve consciência dele; mas suas reações são inequívocas... István afirmou que sua única fonte sobre essa vida era o documento, e que as discrepâncias entre seus conhecimentos e o documento só podiam ser explicadas por malévolas correções do professor. As correções foram feitas por mim, antes que ele visse o documento. Mas era ocioso pretender que o personagem, em sua infância, veraneava em Tuszér; István sabia que veraneava em Nyíregyháza. Quando István me falou, nos lagos, do erro na citação descoberto por Tavernier, entendi que eu tinha entrado em um mundo mágico.

István, por seu lado, só entrou no passado. Foi ele quem levou, no bolso da capa, a cópia fotográfica para o século XVII.

Posso evocar a cena da passagem. Ele estava — como atesta a vendedora de bonecos — neste pavilhão, diante desta mesa, desta janela. Tinha à esquerda, como eu, esta porta que dá para o "museu". Estava com sua capa azul, trabalhando nas cópias do documento que eu forjei. Janós, o cocheiro, que sem dúvida havia arrumado o quarto, saiu. Então István viu uns homens que vinham dos lados da confeitaria se encontrarem com um homem magro, vestido de cinza, que fazia algum tempo estava parado ali em frente. O grupo avançou em direção ao pavilhão. István percebeu que era a polícia secreta; pensou, com desesperada intensidade, no quarto que ficava além da porta da esquerda, no "museu". Sempre havia imaginado que ali estava o século XVII; agora, sua imaginação daquele século se concentrava obsessivamente em um quarto da pousada do Túnel, da pousada que existia no lugar onde seus avós construíram o pavilhão. Guardou o documento no bolso da capa, abriu a porta e entrou... Teve tempo de passar o trinco. Estava muito agitado. Seu coração, que sempre havia sido fraco, falhou. Mas István não caiu morto no "museu"; caiu no quarto da pousada do Túnel, no século XVII.

Agora eu vou cruzar a mesma porta. Janós já se retirou. Uns homens que vinham dos lados da confeitaria se encontraram com outro, magro, de roupa cinza, que estava ali em frente. Agora vêm todos para cá. Não me encontrarão. Eu vou para o "museu", com o copo de água que Janós me trouxe junto com o café da manhã. Embora a viagem de István ao passado prove que o tempo sucessivo é uma simples ilusão dos homens e que nós vivemos em uma eternidade onde tudo é simultâneo, eu não tenho o poder da imaginação de István, que recriava os objetos e os séculos. Não tenho o século XVII como refúgio no quarto ao lado. Só tenho um copo de água, um pouco de arsênico e o exemplo de Chatterton.

O PERJÚRIO DA NEVE

> *Entre as obras de Gustav Meyrink recordaremos*
> *o fragmento intitulado* O rei secreto do mundo.
>
> Ulrich Spiegelhalter, *Oesterreich und*
> *die phantastische Dichtung* (Viena, 1919).

A realidade (como as grandes cidades) se estendeu e se ramificou nos últimos anos. Isso influiu no Tempo: o passado se afasta com inexorável rapidez. Da estreita rua Corrientes, algumas de suas casas perduraram mais que sua memória; a Segunda Guerra Mundial se confunde com a Primeira, e até "as trinta caras bonitas" de *El Porteño* estão dignificadas por nossa amnésia; o entusiasmo pelo xadrez, que ergueu efêmeros quiosques em tantas esquinas de Buenos Aires, onde a população competia com remotos mestres cujas jogadas resplandeciam em tabuleiros trazidos pela (suposta) televisão, foi tão perfeitamente esquecido quanto o crime da rua Bustamante, junto com o Campana, o Melena e o Silletero, a Afirmação dos Civis, os entreveros e as "milongas" nas barracas de Adela, o senhor Baigorri, que fabricava tempestades em Villa Luro, e a Semana Trágica. Portanto não é de se admirar que, para algum leitor, o nome de Juan Luis Villafañe não traga evocações. Tampouco há de se admirar que a história transcrita a seguir, embora tenha abalado o país há quinze anos, seja recebida atualmente como a invenção tortuosa de uma fantasia desacreditada.

Villafañe foi um homem de vastas mas indisciplinadas leituras, de insaciável curiosidade intelectual; dispunha, também, desse modesto e útil substituto do conhecimento do grego e do latim que é o conhecimento do francês e do inglês. Escreveu nas revistas *Nosotros, La Cultura Argentina*, entre outras, publicou suas melhores páginas anonimamente, nos jornais, e foi o autor de muitos discursos da boa época de mais de um setor do Senado. Confesso que sua companhia me agradava. Sei que levou uma vida desregrada e não tenho certeza de sua honestidade. Bebia copiosamente; quando estava alto, contava as aventuras com crueza metódica. Coisa surpreendente, porque Villafañe era "asseado para falar" (como dizia um de seus melhores amigos, um *compositor* de Palermo). Em relação ao amor e às mulheres, manifestava um tranquilo desdém, não isento de cortesia; julgava, contudo, que possuir todas as mulheres era algo como um dever nacional, *seu* dever nacional. Quanto à aparência física, recordarei a semelhança de seu rosto com o de Voltaire, a testa alta, os olhos nobres, o nariz imperioso e a baixa estatura.

Quando publiquei uma recopilação de seus artigos, houve quem pretendesse ver semelhanças entre o estilo de Villafañe e o de Thomas de Quincey. Com mais respeito pela verdade que pelos homens, um comentarista anônimo, na *Azul*, escreveu: "Admito que o chapéu de Villafañe é grande; mas não admito que esse desmesurado atributo, nem tampouco o apelido de *baixinho chapeludo* ou, mais exata porém mais cacofonicamente, *anão de chapelão*, sejam suficientes para demarcar uma identidade, sequer uma identidade literária, com De Quincey; mas admito que nosso autor (medidas as pessoas) é um perigoso rival para o próprio *Jean-Paul* (Richter)".

Reproduzo a seguir seu relato da terrível aventura na qual ele foi mais que espectador; uma aventura que não é tão diáfana como parece à primeira vista. Todos os protagonistas morreram há mais de nove anos; os fatos relatados ocorreram há pelo menos catorze; talvez alguém proteste dizendo que este documento tira do merecido esquecimento fatos que nunca deviam ser lembrados, nem ter ocorrido. Não discuto tais argumentos; simplesmente, cumpro a promessa que meu amigo Juan Luis Villafañe me arrancou na noite de sua morte, de publicar, este ano, seu relato. No entanto, para não ferir eventuais suscetibilidades, vez por outra me permiti ingênuos anacronismos e introduzi mudanças nas atribuições e nos nomes de pessoas e lugares; há outras alterações, puramente formais, sobre as quais não cabem mais explicações. Basta dizer que Villafañe nunca se preocupou com o estilo e, por isso, observava normas severíssimas: suprimia pontualmente de seu texto quantos "que" fossem necessários e, no esforço de evitar repetições de palavras, não havia obscuridade que o arredasse. Mas minhas correções não o ofenderiam. Pensava que Shakespeare e Cervantes eram meramente perfeitos, mas não ignorava que ele escrevia rascunhos. Apesar das alterações mencionadas, que só não são insignificantes para meu escrúpulo, o relato que publico agora é o primeiro que revela com exatidão e permite compreender uma tragédia cujas causas e cuja explicação nunca se conheceram, mas sim os horrores.

Direi, para concluir, que algumas opiniões de Villafañe sobre o pranteado, sobre o imortal Carlos Oribe (de cuja amizade sinto cada dia mais orgulho) derivam, simplesmente, de sua varonil mas indiscriminada aversão a todos nós, jovens.

A. B. C.

RELATO DE TERRÍVEIS ACONTECIMENTOS QUE SE ORIGINARAM
MISTERIOSAMENTE EM GENERAL PAZ
(TERRITÓRIO DE CHUBUT)

Foi na clara desolação de General Paz que conheci o poeta Carlos Oribe. O jornal tinha me mandado a um giro pela Patagônia para investigar as deficiências do governo e as provas do abandono que a região padecia; a viagem era desnecessária para a completa realização de ambos os propósitos; mas, como a candidez dos homens de negócios é inapelável, parti, gastei, me cansei; particularmente cansado e empoeirado, cheguei de ônibus, num obstinado meio-dia, ao Hotel América, de General Paz. O povoado abrange esse inacabado e talvez amplo edifício, uma bomba de gasolina com as cores pátrias, a Intendência distrital e, certamente, mais alguma casa dessas que esgotam sua imagem em minha memória; imagem quase nula, mas associada a uma experiência terrível: o que eu fiz, o que vou fazer, já não importa: na vida, no sonho, na insônia, sou apenas uma tenaz lembrança desses acontecimentos. Tudo, até as primeiras impressões do dia — o cheiro de madeira, palha e serragem da casa comercial (que era uma dependência do hotel), as ruas brancamente poeirentas, iluminadas por um sol vertical, e, ao longe, pela janela, o bosque de pinheiros —, tudo foi contaminado por um sinistro e mais ou menos preciso valor simbólico. Posso rememorar a sensação que tive da primeira vez em que vi esse bosque? Posso imaginá-lo como um simples arvoredo, de presença um pouco inverossímil naquela empedernida esterilidade, mas ainda não atingido pelos horrores que agora evoca para sempre?

Quando cheguei, o dono do hotel me levou até um quarto onde havia bagagens e roupas de outro viajante e me pediu que não demorasse, porque o almoço estava pronto. Não me apressei; algum tempo depois, consciente de minha lentidão, entrei naquela sala de jantar, onde ouviria o princípio da história que ia alterar, com secreta violência, a vida de tantas pessoas.

Na sala havia uma mesa comprida. O hoteleiro puxou um pouco a cadeira e, sem se levantar, apresentou-me a cada uma das pessoas que ali estavam: o intendente distrital, um caixeiro-viajante, outro caixeiro-viajante... A esperança de não ver nenhum daqueles rostos no dia seguinte e, principalmente, o vitorioso estrondo do rádio me dissuadiram de escutar. Mas ouvi claramente um nome — Carlos Oribe — e, com um sorriso ainda inconsciente de meu assombro, de minha incredulidade, estendi a mão para um jovenzinho de voz tão aguda e tão desagradável que parecia empostada. Devia ter uns dezessete anos; era alto e encurvado; tinha uma cabeça pequena, mas sua cabeleira desgrenhada lhe conferia um volume extraordinário; parecia muito míope.

— Ah, você é Oribe? — perguntei. — O escritor?

— O poeta — respondeu sorrindo vagamente.

— Não imaginava que fosse tão jovem — disse com sinceridade. — Você ouviu meu nome?

— Não, senhor. Não escuto as apresentações.

— Sou Juan Luis Villafañe — afirmei com a convicção de ter dado a ficha completa.

Agora devo informar, talvez, que poucos meses antes eu havia publicado um artigo na *Nosotros* intitulado "Uma promessa argentina" no qual saudava o livro de Oribe. É verdade que me deparei em *Cantos e baladas* com uma firme ignorância, infalível entre os jovens escritores de certo brilho, das tradições e dos temas vernáculos, um estudo escrupuloso, quase diria uma imitação fervorosa, de modelos estrangeiros e, o que é desanimador, muita vaidade, algum capricho afeminado e não pouca despreocupação com a sintaxe e a lógica; mas também é verdade que se pressente em todo o livro um instinto poético certeiro e uma paixão pela literatura, talvez menos discreta que avassaladora, mas sempre bela. Não há escassez de gênios — ou, pelo menos, de pessoas que agem como se fossem gênios; sou o primeiro a reconhecer que é lícito confundir Oribe com elas; no entanto, não creio que seja ilícito apontar uma diferença: essas pessoas sentem um desinteresse essencial pela arte; foi devido a essa diferença, que talvez não seja interessante, que talvez não chegue aos livros, que saudei a entrada de Oribe em nossas letras.

— Olhe, se já nos conhecemos — prorrompeu Oribe com sua voz mais estridente —, o rádio *também* me ensurdeceu a memória.

Antes que ele dissesse algo irreparável, expliquei:

— Pensei que se lembraria do meu nome porque escrevi sobre seu livro, na *Nosotros*.

Seu cândido rosto se iluminou com o mais franco interesse.

— Ah, que pena — exclamou, subitamente consternado. — Não li. Nunca leio jornais nem revistas. Leio *La Nación*, quando publica poemas meus.

Expliquei a ele meu elogio a *Cantos e baladas* (que fique bem claro: não sentia nem sinto necessidade de justificá-lo) e lembrei alguns versos que me pareceram felizes. De repente me vi efusivamente afagado e congratulado.

— Excelente, excelente — repetia Oribe, em um tom de voz que exprimia uma generosa intenção de me estimular.

Não se deve pensar que esse diálogo nos distanciou. Dois dias depois, viajamos juntos para Bariloche. Nesse intervalo havia acontecido a terrível desgraça.

Os únicos passageiros do ônibus eram uma senhora de luto, Oribe e eu. Nós dois estávamos tristes e sem vontade de falar; era evidente, em contrapartida, que a pobre velha queria puxar conversa. O ônibus parou para abastecer. Fomos caminhar um pouco. Oribe me disse com uma dureza insuspeitada:

— Não estou disposto a fazer sua vontade.

Estava se referindo, naturalmente, à pobre mulher. Eu opinava que uma conversa com ela era nosso pouco fascinante, mas não terrível, destino. Algum tempo depois, a senhora se aventurou a me perguntar se o próximo povoado era Moreno; estava prestes a responder quando, sentando-se de pernas cruzadas no piso do ônibus, levantando os braços e olhando para meus olhos, Oribe gritou com sua voz horrorosa:

Sentados pelo chão, que enfim é a verdade,
narremos com tristeza a morte dos monarcas,
falemos de epitáfios, de túmulos, de vermes.

Alguém dirá: isso era pueril, exagerado, inoportuno. Mas havia, talvez (entre os confusos motivos de Oribe), uma intenção benévola: combater nossa melancolia. A senhora riu muito, e nós três começamos a conversar. Pode-se dizer (também): era isso o que Oribe queria impedir. Mas não podemos esquecer que ele era sensível às homenagens, e que a senhora, como tantas outras pessoas que o conheceram, estava notoriamente impressionada. Eu ocultei minha impressão: julguei reconhecer naqueles versos a improvisada tradução de uns de Shakespeare, e naquela típica cena de Oribe a reprodução de uma de Shelley.

Mas não quero sugerir que todos os atos de Oribe fossem plágios. Há episódios que *retratam* os homens. Naquela tarde, enquanto tentava fazer uma sesta, ouvi a voz de Oribe, que parecia vir do jardim e que repetia, inextinguível como a Ave Fênix, a morte de Tristão. Finalmente resolvi propor a ele que fôssemos tomar um café. Quando cheguei ao jardim, Oribe não estava lá. O dono do hotel apareceu na porta; perguntei se o tinha visto.

— Não — gritou Oribe, do alto. — Ninguém me viu — e continuou sem o menor pudor: — Estou aqui, na árvore. Sempre trepo numa árvore quando quero pensar.

Nesse mesmo dia, ao anoitecer, eu estava conversando com alguns viajantes e com o intendente. Oribe parecia interessado na conversa. De repente começa a dar crescentes sinais de impaciência e, por fim, corre para dentro da casa. A pessoa que falava esquece o que estava dizendo; os outros tentam disfarçar o assombro. Oribe volta; seu rosto exprime a beatitude do alívio. Eu lhe pergunto por que tinha saído.

— Por nada — responde com ingênua tranquilidade. — Fui ver uma cadeira. Não me lembrava como eram as cadeiras.

Receio ter transmitido uma impressão inexata do meu pensamento sobre Oribe; não há coisa mais difícil que conseguir a expressão justa: não ser escasso, não ser excessivo. Voltei a ler estas páginas e agora receio que a maliciosa, ou distraída, ou aparentemente justificada conclusão possa ser que a originalidade que atribuo a Oribe limita-se a dois episódios mais ou menos grotescos. No entanto, aí estão seus *Cantos e baladas*. Agradando ou não ao leitor, são uma indiscutível aquisição dos homens, que os cantarão e elogiarão incansavelmente. Aí está, acima de tudo, seu comovido temperamento poético. Carlos Oribe era intensamente literário, e quis que sua vida fosse uma obra literária. Seguiu os modelos de sua predileção — Shelley, Keats —, e a vida ou a obra conseguida não é mais original que uma combinação de lembranças. Mas que outro resultado pode obter a inteligência mais audaz ou a fantasia mais laboriosa? Nós, que olhamos para ele com uma simpatia atenuada por um rotineiro senso crítico, pensamos que sua passagem pela brevíssima história da nossa literatura será, para sempre, um símbolo: o símbolo do poeta.

Volto àquele dia em que estávamos almoçando em General Paz. Como já disse, a mesa ficava em frente a uma janela; através da janela, ao longe, víamos o bosque de pinheiros.

— Uma fazenda? — perguntou alguém (não me lembro se Oribe, algum viajante ou eu mesmo).

— "La Adela" — respondeu o intendente. — De um tal Vermehren, um dinamarquês.

— Um homem muito direito, senhores — afirmou o dono do hotel. — Louco por disciplina.

O intendente replicou:

— Não apenas por disciplina, *don* Américo. Eles vivem em 1933, como há vinte anos, em plena civilização, como numa fazenda perdida no meio do campo.

Oribe levantou-se.

— Brindo pela civilização — gritou com sua voz aguda. — Brindo pelo aparelho de rádio.

Pensei que a civilização chegava a todos os recantos da República, menos ao nosso penoso piadista. Os outros o olharam sem muito interesse. Oribe voltou a se sentar.

— "La Adela" é um caso incrível e misterioso — disse absortamente o intendente.

Incrível e misterioso porque viviam em 1933 como há vinte anos...? Tive vontade de pedir uma explicação, mas temi que Oribe descobrisse minha curiosidade e tripudiasse. O hoteleiro se retirou taciturnamente. Não foi preciso que eu pedisse uma explicação.

— Estão vendo aquela porteira? — perguntou o intendente.

Fomos olhar. No bosque de pinheiros divisamos uma porteira branca, embaixo de um pequeno teto.

— Faz um ano e meio que ninguém entra nem sai por ali — continuou o intendente. — Todos dia, na mesma hora, Vermehren vai até a porteira numa charrete de vime, tirada por uma égua tordilha. Atende os fornecedores e volta para a fazenda. Quase não fala com eles. "Boa tarde", "Até logo". Sempre as mesmas palavras.

— Podemos vê-lo? — perguntou Oribe.

— Ele aparece às cinco. Mas eu não entraria no seu raio de tiro. E por falar em tiros: Vermehren disse que das visitas quem cuidava era sua Browning. Fiquei sabendo disso pelo peão que conseguiu fugir.

— Que conseguiu fugir?

— Isso mesmo. Ele mantém as pessoas reclusas, praticamente presas. Dão até pena as moças.

Perguntei quem morava em "La Adela".

— Vermehren, suas quatro filhas, algumas mulheres para fazer o serviço doméstico e um ou outro peão de campo — respondeu o intendente.

— Como se chamam as moças? — perguntou Oribe, de olhos arregalados.

O intendente pareceu hesitar entre responder ou insultá-lo. Respondeu:

— Adelaida, Ruth, Margarita e Lucía.

Imediatamente se estendeu em uma prolixa e totalmente supérflua descrição do bosque e dos jardins de "La Adela".

Em Buenos Aires vim a saber a história de Luis Vermehren. Ele era o filho mais novo de Niels Matthias Vermehren, que teve a glória de ser o único membro da Academia Dinamarquesa que votou por premiar um livro de Schopenhauer. Luis nasceu por volta de 1870; tinha dois irmãos: Einar, que como ele seguiu a carreira eclesiástica, e o mais velho, o capitão Matthias Mathildus Vermehren, célebre pela disciplina que impunha às tripulações, por seu aspecto andrajoso, por sua terrível piedade e por ter morrido, pelas próprias mãos, na Terra do Rei Carlos, *depois de abandonar seu navio como um rato no meio da noite e do naufrágio* (H. J. Molbech, *Anais da Real Marinha Dinamarquesa*, Copenhague, 1906). Einar e Luis Vermehren adquiriram certa notoriedade por sua luta contra o Alto Calvinismo; quando essa luta ultrapassou os limites da retórica, e os céus da pacífica Dinamarca se iluminaram com o incêndio das igrejas, o governo interveio. (Einar comentou depois: *Em um país liberal, Luis reavivou paixões adormecidas havia trezentos anos; se vivesse no século XVI, queimaria o próprio Calvino.*) Representantes da Coroa pediram aos pastores arminianistas que assinassem um compromisso. Einar foi dos últimos a assinar, e então, como na surpresa final de um conto, viu-se que o herói da agitação religiosa não tinha sido ele, como se pensava, e sim Luis. Este, de fato, não admitia concessões. Embora sua mulher estivesse doente (acabava de ter sua filha Lucía), preferiu sair da Dinamarca. Pouco depois, em um entardecer de novembro de 1908, embarcaram em Roterdã, rumo à Argentina.

A mulher morreu em alto-mar. Essa morte foi inesperada para Vermehren, que só pensava em suas lutas religiosas e na traição do irmão; essa morte foi para ele como um castigo irremissível e como uma advertência atroz; Vermehren decidiu refugiar-se com as filhas em um lugar solitário; decidiu ir para a Patagônia, no fundo da Argentina, no fundo "desse interminável e solitário país". Comprou as terras no território de Chubut e começou a trabalhar para se ocupar com alguma coisa. Logo se apaixonou pelo trabalho. Conseguiu que lhe emprestassem grandes somas de dinheiro e, com uma disciplina e uma vontade quase inumanas, organizou um admirável estabelecimento, construiu jardins e pavilhões no deserto e, em menos de oito anos, pagou totalmente sua enorme dívida.

Mas prossigo meu relato daquela primeira tarde no Hotel América. Era a hora do chá; em grandes canecas de ágata tomávamos *mate cocido* com biscoitos. Recordei nossa intenção de irmos espiar Vermehren quando ele aparecesse na porteira.

— São quase cinco horas — disse. — Se não sairmos logo, não o veremos. Estamos longe.

— Do nosso quarto estaremos perto — gritou Oribe.

Fui atrás dele, resignado. Chegando ao quarto (creio já ter dito que o dividíamos), abriu impudicamente uma mala cheia de etiquetas e, com um gesto e um sorriso de prestidigitador, tirou um enorme binóculo. Fez uma ligeira reverência, indicando-me que me aproximasse da janela, ergueu o binóculo e começou a olhar. Eu esperava que me oferecesse o artefato.

Ao longe, no bosque, meus olhos divisavam a pequena porteira com o teto e, depois, um caminho estreito que se perdia entre a sombra das árvores. De repente apareceu uma mancha branca; depois foi um cavalo, tirando uma charrete. Olhei para meu companheiro; ele não parecia ter urgência de me emprestar o binóculo. Tirei-o das suas mãos, enfoquei e vi com toda nitidez um cavalo branco, tirando uma charrete amarela, na qual ia rigidamente sentado um homem vestido de preto. O homem desceu da carroça, e quando o vi caminhar até a porteira, ínfimo e diligente, tive a estranha impressão de ver repetições passadas e futuras superpostas nesse ato único e que a imagem que a lente me ampliava estava na eternidade.

Felicitei Oribe por seu binóculo e fomos tomar uns aperitivos.

— Cavalheiros — gritou Oribe, com sua voz de rato. — Atenção. Depois do que vi, não saio daqui sem conhecer "La Adela".

O hoteleiro acreditou nele.

— Eu não me arriscaria tanto — disse desapaixonadamente. — O dinamarquês pode estar ruim da cabeça, mas não do pulso. E sabe os cachorros que tem lá dentro? Se o pegam, você vira picadinho, amigão.

Para mudar de assunto, perguntei a Oribe sobre seus amigos em Buenos Aires.

— Sou carente de amigos — respondeu. — Não me parece arriscado, porém, dar esse título ao senhor Alfonso Berger Cárdenas.

Não perguntei mais nada. Senti que Oribe era um monstro, ou, no mínimo, que éramos dois monstros de escolas diferentes. Eu tinha folheado um livro de A. B. C., tinha escrito sobre o precoce autor de *Embolismo* e de quase todos os erros que um escritor contemporâneo pode cometer sem grande esforço (quase todos: segundo a sua lista de obras, ainda lhe restavam alguns contos e alguns ensaios em preparação). Considero desnecessário declarar que hoje penso diferente. Berger é meu único amigo; se eu me atrevesse, até diria que é o único discípulo que deixo. Mas naquele dia agradeci a Oribe pela informação e disse:

— Vou para o quarto, escrever. Mais tarde nos vemos.

Talvez o tenha tratado com impaciência. Talvez Oribe justificasse essa impaciência. Em minha memória, porém, ele é uma figura patética: ainda o vejo naquela noite, na Patagônia, alegre, errôneo e animoso, na porta de entrada de um insuspeitado labirinto de perseguições.

Por volta das dez e quinze, saiu do hotel. Disse que ia caminhar, para pensar em um poema que estava escrevendo. Fazia tanto frio que aquilo era uma loucura sem tamanho, até mesmo para Oribe. Não acreditei; não respondi; deixei-o sair. Ele se afastou lugubremente, como quem vai cumprir um horrível compromisso. Depois saí eu. A noite estava escura; por mais que andasse, não o encontraria. Entrei no bosque de pinheiros. Não tenho medo de cachorro; em casa, quando eu era criança, sempre havia algum cachorro e sei lidar com eles. Depois a lua apareceu e começou a nevar. Eu estava a uns cinquenta metros do hotel, mas nevou forte e cheguei com as botas sujas. Lá dentro, Oribe estava à minha espera, atordoado de frio. Voltou a me falar do poema e eu voltei a não acreditar. Bebemos um pouco. O poeta estava precisando; na certa eu também. Contei-lhe minha excursão. Eu já devia estar meio bêbado. Achava Oribe um grande amigo, digno de confidências, e o obriguei a ficar até o amanhecer, enquanto eu falava e bebia.

No dia seguinte acordei muito tarde. Oribe estava em pé em frente à janela, com olhos de assombro e de braços abertos.

— Outro mito que morre! — exclamou.

Não lhe perguntei o significado dessas palavras; não queria entender; queria dormir. Mas ele continuou:

— Neste mesmo instante um automóvel está entrando em "La Adela". Exijo uma explicação.

E saiu. Eu comecei a me levantar. Voltou pouco depois: seu abatimento era notório, quase teatral.

— Que houve? — perguntei.

— A proibição de entrar no bosque não existe mais... Não existe mais. Uma das moças morreu.

Saímos lentamente. O dono do hotel nos cumprimentou do alto de um velho automóvel.

— Aonde vai? — perguntou-lhe Oribe, com sua impertinência natural.

— Vou a Moreno, procurar um médico. O daqui, ainda corto o pescoço dele. Eu lhe pedi esta manhã que fosse à fazenda, para assinar o atestado; agora me avisaram que não foi. Mandei um menino à casa dele e disseram que está em Neuquén.

Um viajante nos perguntou se iríamos ao velório. Oribe afirmou que não.

— Podem ir — disse o dono do hotel. — A cidade toda vai.

A decisão de Oribe era firme. Talvez ele tivesse razão; ir ao velório talvez fosse uma coisa desagradável; mas eu detestava que tomasse decisões por mim e se metesse nas minhas coisas.

De tarde não tínhamos o que fazer. Não podíamos ir embora, porque não havia ônibus até o dia seguinte. Toda a cidade de General Paz se encontrava no velório. Não tínhamos vontade de conversar. Eu pensava na moça morta; Oribe também, sem dúvida. Não me atrevi a perguntar se ele sabia o nome da moça (geralmente eu o tratava com autoridade; mas em certas ocasiões me resguardava intimidado, como se temesse a opinião dele).

Por fim, Oribe me perguntou:

— Vamos ao velório?

Concordei. Fomos andando, porque não havia nenhum veículo disponível em General Paz. Já era quase noite quando cruzamos a porteira de "La Adela", em silêncio, com uma solenidade compartilhada que pode parecer uma bobagem, ou um presságio. Oribe murmurou:

— Espero que tenham prendido os cachorros.

— Como esqueceriam de prender — repliquei —, se convidaram para o velório?

— Eu não confio nessa gente rústica — declarou ele, olhando para todos os lados.

Avançamos durante uns dez minutos por aquele caminho entre as árvores. Depois chegamos a um lugar aberto (mas rodeado, de longe, por arvoredos). No fundo ficava a casa. Alguma vez, em fotografias da Dinamarca, devo ter visto casas parecidas com a de Vermehren; na Patagônia parecia assombrosa. Era muito ampla, com pisos altos, telhado de palha, paredes caiadas, molduras de madeira escura nas janelas e nas portas.

Batemos; alguém abriu; entramos em um vasto corredor muito iluminado (extraordinariamente, para uma casa de campo), com as portas e as janelas pintadas de azul escuro, com estantes repletas de objetos de porcelana ou de madeira, com tapetes de cores brilhantes. Oribe disse que ao penetrar na casa teve a impressão de penetrar em um mundo incomunicado, mais incomunicado que uma ilha ou um navio. Realmente, os objetos, as cortinas e os tapetes, o vermelho, o verde ou o azul das paredes e das molduras criavam um ambiente de interior *quase palpável*. Oribe me puxou pelo braço e murmurou:

— Esta casa parece construída no centro da Terra. Aqui, nenhuma manhã deve ter cantos de pássaros.

Tudo isso era um afetado exagero, um desagradável exagero; mas eu o repito porque exprime com bastante fidelidade o que se podia sentir ao entrar na casa.

Depois passamos para um enorme salão, com duas grandes lareiras onde crepitavam galhos de pinheiro em violentas labaredas. Na penumbra de um ângulo afastado, divisei um grupo de pessoas. Alguém se levantou e veio nos receber. Reconhecemos o intendente.

— O senhor Vermehren está muito abatido — disse. — Muito abatido. Venham cumprimentá-lo.

Fomos atrás dele. Em uma poltrona alta, cercado de homens calados, estava Vermehren, vestido de preto, com o rosto (que me pareceu branquíssimo e carnudo) inclinado sobre o peito. O intendente nos apresentou. Nenhum movimento, nenhuma resposta, indicou que a apresentação tinha sido ouvida, ou que Vermehren estivesse vivo. O grupo continuou calado. Pouco depois, o intendente nos perguntou:

— Querem vê-la? — Estendeu um braço. — Está naquele quarto. As moças estão velando.

— Não — apressei-me a responder. — Temos tempo.

Olhei para cima. O salão era muito alto. Em um dos extremos havia um balcão ou mezanino que ocupava toda a largura do aposento. Na frente, o balcão tinha uma balaustrada vermelha; ao fundo, viam-se duas portas vermelhas. Uma grossa cortina verde, como um pano de fundo de teatro, caía do mezanino, cobrindo um extremo do salão.

Oribe se encostou despreocupadamente em uma luminária de pé, com águias, que estava ao lado de Vermehren. Perguntou-me com alguma timidez:

— No que está pensando?

De pronto menti:

— Estou pensando que há muito tempo não escrevo nada para o jornal. Não tenho assunto.

— E isto aqui…? — perguntou Oribe.

— Claro — disse o intendente.

— Não. Não tenho coragem — respondi.

O intendente insistiu:

— Seria uma honra para o senhor Vermehren.

— A menos — disse — que conseguisse uma fotografia da moça.

Senti-me definitivamente canalha; o intendente e Oribe acolheram a sugestão com entusiasmo.

— Senhor Vermehren — exclamou o intendente, com voz muito alta e certa indecisão. — Este senhor aqui é da imprensa. Queria escrever uma notinha fúnebre.

— Obrigado — murmurou Vermehren. Não fez qualquer gesto. A cabeça estava inclinada sobre o peito. Estremeci, como se um morto tivesse falado. — Obrigado. Quanto menos se falar, melhor.

— Este senhor — insistiu o intendente, apontando-me o dedo — só quer uma fotografia. É indispensável para a nota.

— Sua filha merece — apoiou Oribe, cândido e desumano.

— Está bem — murmurou Vermehren.

— Vai nos dar a foto? — perguntou Oribe.

Vermehren assentiu. Não tinha forças para lutar contra pessoas tão ávidas. Eu quase fui tentado pela compaixão, quase o ajudei… Mas deixei que se entendessem entre eles.

— Quando a teremos? — inquiriu Oribe.

— Quando uma das moças vier aqui. Estou cansado, por isso não vou buscar.

— Eu jamais permitiria isso — disse Oribe, com dignidade. Imediatamente insistiu: — Onde está?

— No meu quarto — balbuciou Vermehren.

Oribe estava rígido, com a cabeça erguida e os olhos fechados. Depois, com um movimento brusco, como que movido por uma súbita inspiração, passou para o outro lado da cortina verde. Apareceu no alto do balcão; parou entre as duas portas, indeciso. Abriu a porta da esquerda e sumiu.

O intendente olhava placidamente para o balcão. Arregalou os olhos.

— Como? — articulou.

Era preciso inventar uma explicação, evitar uma rápida catástrofe.

— É um poeta, um poeta — repeti com presunção.

Oribe reapareceu, sumiu nas escadas, surgiu atrás do cortinado. Tinha uma fotografia na mão. Eu quis vê-la; ele a mostrou a Vermehren. Tremendo, ouvi-o perguntar:

— É esta?

Durante um tempo que me pareceu prolongado, mas que talvez tenha sido uma fração de segundo, Vermehren continuou imóvel, com a cabeça inclinada sobre o peito, como que adormecido na dor. Depois, como se a proximidade da fotografia o tivesse reanimado, ergueu-se. Acendeu a luz. Era magro e alto, e em seu rosto carnudo, branco e feminino, os lábios tênues e os grandes olhos azuis pareciam exprimir uma impávida crueldade.

Nesse momento uma das moças entrou. Pôs a mão no ombro de Vermehren e disse:

— Você já sabe: não pode se agitar.

Apagou a luz e saiu.

Segundo Oribe, depois o intendente comentou a insistência com que eu olhei para a moça.

Fui me sentar em um sofá, ao lado de um portal que se comunicava por um corredor com o quarto onde estava a morta. Por ali passavam aqueles que iam vê-la. Permaneci muito tempo; talvez horas. Vi passar uma das moças. Vi passar Oribe; depois o vi sair; ele evitou meu olhar; estava com lágrimas nos olhos. Vi passar a outra moça.

Por fim me levantei e propus a Oribe que nos retirássemos da casa. Não gosto de ver pessoas mortas: depois não consigo me lembrar delas como vivas.

Perguntei se ele estava com a fotografia; disse que sim, com uma voz trêmula. Quando saímos, pedi que a entregasse. Havia tão pouca luz que quase não conseguimos encontrar o caminho.

No hotel, Oribe pediu um anis; eu não quis beber. A noite se acabara rápido, embora estivéssemos tristes, calados e acordados. Peguei no sono pouco antes das oito da manhã. Acho que Oribe não dormiu.

Pouco depois acordei; não tinha vontade de fazer nada e fiquei na cama até meio-dia. Oribe foi ao enterro. Depois tomamos um ônibus e empreendemos o regresso a Buenos Aires (via Bariloche, Carmen de Patagones e Bahía Blanca). Nessa primeira tarde, Oribe estava muito deprimido; ainda assim, fez mais palhaçadas do que nunca.

Antes de nos separarmos me pediu que lhe mostrasse pela última vez a fotografia de Lucía Vermehren. Pegou-a com ansiedade, olhou-a de muito perto por alguns segundos, fechou os olhos bruscamente e a devolveu.

— Essa moça — murmurou como que procurando a expressão —, essa moça esteve no inferno.

Confesso que não refleti se havia algo de certo em suas palavras; respondi:

— Sim, mas a frase não é sua.

— Isso não tem a menor importância — afirmou com gravidade, e senti que lhe revelara a pobreza contumaz de meu espírito. — Nós, poetas, carecemos de identidade, ocupamos corpos vazios e os animamos.

Não sei se ele tinha razão. Justifiquei alguns de seus atos atribuindo-os a um desejo, talvez desmedido, de improvisar uma personalidade; talvez fosse mais adequado atribuí-los a motivos literários, pensar que ele tratava os episódios de sua vida como se fossem episódios de um livro. Mas o que não posso ignorar é que suas palavras diante da foto de Lucía Vermehren, ainda que alheias, reclamam para ele o poder divinatório que a Antiguidade atribuía aos poetas.

Em Buenos Aires o vi muito pouco. Sei, por intermédio das mulheres da pensão, que me telefonou algumas vezes, quando eu não estava. A última lembrança que me deixou, e a mais veemente, é de uma noite em que entrou no jornal, com o cabelo desgrenhado e os olhos desorbitados.

— Quero falar com o senhor — gritou.

— Pode falar.

— Aqui não — olhou em volta. — A sós.

— Sinto muito — respondi. — Ainda me falta meia coluna.

— Eu espero — disse.

Ficou ali, em pé, imóvel, olhando-me fixamente. Talvez não fosse para incomodar; seu olhar me incomodou. "Você não vai me vencer", pensei, e com toda a calma, quase diria com vagar, continuei escrevendo a matéria.

Quando saímos chovia e fazia frio. Oribe tentou ir pelo lado das casas, na calçada; foi pelo outro. Vi como se molhava e começava a tossir. Antes de lhe dirigir a palavra, deixei passar algum tempo.

— O que o senhor quer? — perguntei.

— Convidá-lo para fazer uma viagem. A Córdoba. Eu pago tudo.

Ele não só era rico: tinha a insolência do dinheiro. Incomodava-me, além disso, que se julgasse tão meu amigo. Por que eu o acompanharia numa viagem? A da Patagônia tinha sido casual.

— Impossível — respondi.

Hoje tenho a satisfação de ter sido atencioso; de ter completado:

— Muito trabalho.

Ele insistiu em tom queixoso e só conseguiu aumentar minha irritação. Quando se convenceu de que eu não iria, disse:

— Tenho que suplicar uma coisa a você.

Pensei que ele já havia suplicado o bastante. Continuou:

— Não quero que ninguém saiba que vou para Córdoba. Peço por favor que não o comente.

Não perguntei às mulheres se ele me telefonou. Quanto ao segredo da viagem, não sei se o guardei; na época achava, e às vezes ainda acho, que Oribe nunca desejou que se guardasse qualquer segredo seu. Mas tenho a consciência tranquila: nada, nem minhas palavras, nem meu silêncio, poderia alterar os fatos que ocorreram mais tarde.

Dois meses depois daquela noite em que meus olhos impassíveis o viram sumir, comovido e fútil, na exaltada iluminação de Buenos Aires, dois meses depois daquela noite em que ele penetrou em uma limitada geografia de angústia e de perseguição, um carabineiro o encontrou morto em um remoto jardim da cidade de Antofagasta. Luis Vermehren, preso pela polícia poucos dias depois, confessou o assassinato; mas nem os especialistas locais, nem os que foram enviados de Santiago conseguiram fazê-lo explicar os motivos que o levaram a cometê-lo. Só puderam descobrir que Oribe tinha passado por Córdoba, Salta e La Paz antes de chegar a Antofagasta, e que Vermehren tinha passado por Córdoba, Salta e La Paz antes de chegar a Antofagasta. Encarei o assunto com tranquilidade. Pensei em escrever uma série de artigos narrando a perseguição de Oribe por Vermehren e aludir paralelamente às perseguições das Luzes pela Igreja. Essa excelente ideia foi deixada de lado porque me convenci de que devia fazer mais; não sem muito esforço, consegui que o mesmo diretor que me mandara tão superfluamente à Patagônia me permitisse ir, por conta do jornal, aonde eu quisesse, no país ou fora dele, para investigar o assassinato de Oribe.

Era uma quinta-feira. Uns amigos me conseguiram para o domingo um assento no avião da linha militar para Bariloche; na quarta comprei passagem no avião para o Chile.

Visitei sem a menor esperança uma tal Bella, amiga dinamarquesa, casada com um engenheiro que trabalhava em Tres Arroyos. Para mim não bastava uma pessoa ter nascido na Dinamarca para conhecer a história dos Vermehren; isto só era razoável aparentemente, porque não há muitos dinamarqueses no país, de maneira que todos têm notícias uns dos outros, ou sabem quem pode ter. Bella me apresentou a um tal senhor Grungtvig, de Tres Arroyos, que estava de passagem por Buenos Aires. Naquela noite, no Germinal, enquanto ouvíamos tangos, Grungtvig me contou quase tudo o que sei sobre Vermehren. Na noite seguinte voltamos a nos encontrar. Ele completou as informações sobre Vermehren e olhamos a madrugada, melancólicos e fraternos, conversando sobre a estéril, sobre a decorosa repugnância que todos temos das autoridades, convencidos do futuro desesperado da vida política na terra e, particularmente, na República; mas não sentíamos nossas previsões e nossa resignação como uma desventura; os tangos, que podiam ser *Una noche de garufa, La viruta* ou *El caburé*, insuflavam, no dinamarquês e em mim, um secreto patriotismo comum, uma indiscriminada vontade de ação, uma jubilosa agressividade.

Cheguei a Bariloche no domingo ao anoitecer. Combinei com o motorista que me levou do aeroporto ao hotel que na manhã seguinte viajaríamos para General Paz.

Saímos muito cedo e passamos o dia inteiro viajando. Perguntei ao motorista se o doutor Sayago continuava clinicando em General Paz. O homem não sabia nada de General Paz.

Chegamos. Desci, coberto de poeira e morrendo de cansaço, na casa do médico. Quem abriu a porta foi o doutor Sayago; ele mesmo se apresentou e me estendeu a mão extraordinariamente pálida, úmida e fria. Era um homem de baixa estatura; usava o cabelo e o bigode divididos em metades iguais, com risca ao meio e ondas paralelas. Serviu-me uma beberagem horrível, que vinha a ser um vinho que ele mesmo preparava, elogiou o aparelho de rádio (que lhe permitia "ouvir o teatro Colón e os discursos de uma boa quantidade de homens com cargos públicos") e me ofereceu assento. Quando soube que eu era jornalista e, depois, que não pretendia fazer uma reportagem sobre ele, foi perdendo gradualmente a amabilidade. Então o interpelei:

— Vim lhe perguntar por que o senhor não quis ir a "La Adela", para assinar o atestado de óbito de Lucía Vermehren.

Ele arregalou os olhos e pensei que sua vontade era levar dali o aparelho de rádio e me fazer vomitar (o que não seria difícil) sua absurda beberagem. Sem dúvida queria aparecer e falar; mas não falar do caso Vermehren. Sua atitude era compreensível: ele não sabia aonde nossa conversa chegaria, e nenhuma pessoa decente quer ter tratos com a polícia. Antes que ele respondesse, expliquei:

— Escolha entre falar comigo ou com as autoridades. Se for comigo, não vai se arrepender. Estou fazendo esta investigação por conta própria e não pretendo informar os resultados a ninguém. Escolha.

O homem tragou um copo de seu próprio vinho e pareceu reanimar-se.

— Bom — exclamou triunfalmente —, se me prometer ser discreto, eu falo. Examinei a senhorita Vermehren um ano e meio antes da data em que dizem que ela morreu. Não podia viver mais de três meses.

— Assinar o atestado — interpretei sem entusiasmo — significava admitir um erro profissional...

O doutor Sayago esfregou as mãos.

— Se prefere entender assim — comentou —, não tenho nenhum inconveniente. Mas saiba: depois do dia em que a examinei, a senhorita Vermehren não poderia viver mais de três meses. Quando muito, quatro meses; cinco. Nem mais um dia.

Voltei a General Paz naquela mesma noite; na manhã seguinte tomei o avião para Buenos Aires. Durante a viagem tive sonhos: minhas emoções e talvez a tenacidade do movimento e do cansaço devem ter regido estas horríveis fantasias. Eu era um cadáver e, no sonho, o desejo de terminar a viagem era o desejo de que me enterrassem. Sonhei que todos meus amigos eram fantasmas de pessoas já mortas; muito em breve morreriam também como fantasmas. Um temor não específico me impedia de olhar a fotografia de Lucía Vermehren: não era mais uma foto o que eu olhava, o que eu adorava, o que eu tocava. Depois houve uma transformação atroz; quando voltei a olhá-la, mesmo sem nunca ter deixado de olhá-la, fui castigado por uma interrupção retrospectiva: a imagem se apagara, só restava um papel em branco, e eu soube definitivamente que Lucía Vermehren estava morta.

Chegamos ao entardecer. Eu estava cansado, mas era minha última tarde em Buenos Aires e eu queria falar com Berger Cárdenas antes de ir para o Chile. Liguei para sua casa; ele mesmo atendeu e me disse que não estava; respondi que o visitaria à noite.

Já se passaram muitos anos desde esse encontro; no entanto, quando o recordo hoje, volto a sentir o mesmo arrependimento e o mesmo nojo. Berger devia ter ficado como um símbolo, sua mera lembrança como um conjuro incessante daqueles horrores; mas o percurso de nossos sentimentos é tão inescrutável que esse homem chegou a ser o mais conspícuo dos meus amigos e, ouso acrescentar, durante as inextintas misérias de minha longa doença, o melhor enfermeiro e o melhor serviçal.

Entre uns cachorros enormes, que apareciam silenciosamente e volta-vam a sumir na escuridão, segui um evasivo porteiro, por uma série de pátios irregulares e depois por um jardim onde havia um pavilhão, com uma escada externa e uma única árvore, que parecia infinito dentro da noite. Subimos a escada, abrimos a porta e entrei em um aposento vivamente iluminado, com as paredes cobertas de livros. Congestionado e benévolo, Berger se levantou de uma horrível poltrona de braços metálicos e veio receber-me.

Não perdi tempo em gentilezas. Perguntei-lhe se Oribe havia escrito al-guma coisa sobre a viagem à Patagônia.

— Sim — respondeu. — Um poema. Ainda o conservo.

Abriu uma gaveta repleta de papéis embolados e sujos; remexeu ali dentro e tirou um caderno de capa vermelha. Preparou-se para ler.

— Eu o copiei — declarou. — De meu próprio punho e letra.

— Não tem importância — disse; tirei-lhe o caderno. — Eu decifro os piores garranchos.

O título me fez estremecer: *Lucía Vermehren: uma recordação*. Li o poema e me pareceu que era uma fixação débil e perifrástica de sentimentos intensos; mas isso já é um juízo posterior, confesso que naquela noite só pude manifestar uma confusa, porém violenta, emoção. Uma emoção, sem dúvida, é uma forma humílima de crítica; entretanto, por merecê-la, esse poema se distingue de todos os outros de Oribe (apesar das férvidas intenções de imitar Shelley, nos-so poeta prodigalizava mais felicidade verbal que sinceridade). Os versos que li tinham defeitos formais e nem sempre eram eufônicos; mas *eram sentidos*.

Como não disponho da caluniosa recopilação póstuma que inclui o poema, devo citá-lo de cor e, infelizmente, só me lembro de uma das estrofes mais lânguidas. Seu primeiro verso é pobre; as palavras "bosque", "deserto", "lenda" são valores poéticos análogos e não se reforçam mutuamente. O segundo verso, êmulo das piores vitórias de Campoamor, é indigno de Oribe. No último, a cesura não cai naturalmente; considero, por fim, que a escolha da palavra "desolação" não deve ser reputada como um acerto. A estrofe, em seu conjunto (e em sua miséria), talvez não revele influências; mas algum de seus versos deixa transparecer, pelo menos é o que me parece, vestígios de Shelley; meu desmemoriado ouvido, porém, nega-se a precisá-los.

> *Descobri uma lenda e um bosque num deserto,*
> *e no bosque, Lucía. Hoje está morta perto.*
> *Levanta-te, Memória, e faz sua louvação,*
> *conquanto Oribe tombe em sua desolação.*

Perguntei a Berger se Oribe não lhe contara nada da viagem.

— Contou, sim — disse. — Uma aventura estranhíssima.

Berger começou pelo "mistério" do bosque de pinheiros, e continuou:

— O senhor deve se lembrar que uma noite Oribe saiu do hotel, por volta das dez, com o pretexto de pensar em um poema que estava escrevendo. A noite estava muito escura (tão escura, disse ele, que só descobriu que tinha andado na neve quando viu suas botas, no hotel). Avançou como pôde até o bosque de pinheiros. Os cachorros não o importunaram; ele ficou contente, porque os temia, apesar de saber lidar com eles...

— Parece que ele também teve cachorros — indaguei — quando era criança...

— Sim, acho que ele me contou algo assim... De repente se viu em frente ao prédio principal de "La Adela"; disse que o rodeou pelo sul; abriu uma porta lateral e entrou ao acaso naquela casa desconhecida; atravessou quartos e corredores; finalmente chegou a uma escada de caracol, atrás de uma cortina verde; subiu a escada e, espiando de um mezanino, viu um salão imenso onde um homem de preto conversava com três moças (as primeiras pessoas com que se deparou na casa). Afirmou que não o viram. No mezanino havia duas portas. Ele abriu a da direita. Lá estava Lucía Vermehren.

Senti uma vertigem e murmurei:

— Que mais?

— Oribe frisava dois pontos — explicou metodicamente Berger. — Primeiro, que a moça não se surpreendeu ao vê-lo. Era, repetia ele, como se de um modo geral o estivesse esperando. Pedi que não repetisse, mas que me explicasse o que ele entendia, pelo menos nessa frase, por *modo geral*. Foi inútil. O senhor sabe como ele podia ser obstinado e descortês. Depois vinha o segundo ponto, ou seja, a docilidade virginal com que a moça se entregou.

Com seu rosto congestionado e seus olhos inexpressivos, Berger desceu aos pormenores. Tive nojo: de mim, de Oribe, de Berger, do mundo. Queria ter podido abandonar tudo; mas nesse episódio eu estava como que imerso em um sonho e devo ter entendido que não devia tomar decisões, que nesse momento meu senso de responsabilidade não era maior que o de um personagem sonhado. De resto, comecei a vislumbrar (muito tardiamente, aliás) uma explicação para os fatos e cometi o erro de querer confirmá-la ou descartá-la, de não preferir a incerteza. Na manhã seguinte viajei para Santiago.

Recordei que não devia odiar Oribe. Com insegura frieza me perguntei se minha indignação se devia ao fato de ele ter contado a aventura porque a moça estava morta. Justamente, ele a contara por isso mesmo: porque a moça estava morta e porque a história de sua vida e o episódio da sua morte eram românticos. Tratava a realidade como uma composição literária, e devia imaginar que o valor antitético do episódio era irresistível. O procedimento era ingênuo; o efeito, tosco, e eu pensei que não devia julgar Oribe com muita severidade, porque sua culpa não era a culpa de um homem iníquo, mas a de um escritor incompetente. Pensei tudo isso em vão. Os argumentos não amainaram o meu condenável rancor.

Assim que cheguei a Antofagasta fui procurar o chefe de polícia. Esse funcionário não se interessou por minha carta de apresentação, por mais que tivesse a assinatura autógrafa de nosso chefe. Ouviu-me com indiferença e me deu uma autorização para visitar Vermehren quando quisesse.

Fui visitá-lo naquela mesma tarde. Em seus olhos duríssimos não pude saber se me reconhecera. Fiz algumas perguntas. Começou a me insultar, lentamente, com uma voz em que as palavras, quase murmuradas, pareciam conter um vendaval de ódio.

Deixei que falasse. Depois lhe disse:

— Como preferir. Estava fazendo uma investigação pessoal, sem intenção de publicar os resultados. Mas agora o senhor me convenceu: publico as informações que o doutor Sayago me deu, e não incomodo ninguém.

Retirei-me em seguida e no dia seguinte não apareci na prisão.

Quando voltei foi quase atencioso. Mal mencionou a conversa anterior. Disse:

— Não posso explicar o caso sem me referir à minha pobre filha. Foi por isso que não quis falar.

Confirmou a história do médico; acrescentou que certa noite, quando Lucía subiu para o quarto, uma das moças disse que parecia incrível que, em uma vida tão cotidianamente igual como a deles, pudesse se introduzir uma mudança — a mudança definitiva da morte. Depois recordou a frase e, nas horas de insônia, quando a credulidade e os propósitos são mais prementes, decidiu impor a todos uma vida escrupulosamente repetida, *para que em sua casa o tempo não passasse*.

Teve de tomar algumas precauções. Proibiu os moradores da casa de sair; os de fora, de entrar. Ele saía, sempre à mesma hora, para receber as provisões e dar ordens aos capatazes. A vida dos que trabalhavam fora continuou como antes; um peão fugiu, é verdade, mas não foi para se salvar de uma disciplina terrível, e sim porque teria descoberto que estava acontecendo algo estranho, algo que não entendia bem e que por isso o intimidava. Lá dentro, como a ordem sempre havia sido estrita, o sistema de repetições foi cumprido com naturalidade. Ninguém fugiu; mais do que isso: ninguém sequer assomou às janelas. Todos os dias pareciam o mesmo dia. Era como se todas as noites o tempo parasse; era como se vivessem em uma tragédia que sempre se interrompia no fim do primeiro ato. Assim transcorreu um ano e meio. Ele se sentiu na eternidade. Depois, inesperadamente, Lucía morreu. O prazo do médico fora adiado por quinze meses.

Mas no dia do velório ocorreu um fato revelador: uma pessoa que nunca teria estado na casa conseguiu chegar, sem indicação de ninguém, a um determinado quarto. Vermehren só reparou nisso quando Oribe lhe deu a fotografia de Lucía; mas acrescentou que, ao acender a luz, sua decisão já era olhar a cara do homem que ia matar.

Poucos dias depois, eu estava de volta a Buenos Aires e Vermehren havia morrido na prisão. Disseram (por ora não quero desmascarar o autor dessa infâmia) que eu não era estranho a essa morte; que aproveitei a circunstância de não ser revistado para lhe levar o cianeto (que ele teria exigido em troca de uma confissão). Mas faltaram as consequências previstas pelos difamadores: eu não revelei nada, e a polícia do Chile não me incomodou.

Receio, agora, reavivar a calúnia; alegarão que as informações que o médico me deu e a simples ameaça de publicá-las não teriam bastado para conseguir as declarações de Vermehren; fecharão os olhos para a dificuldade que eu teria para conseguir um veneno em Antofagasta; insistirão em que esta publicação é a prova que faltava. Espero, porém, que o leitor encontre em minhas páginas a evidência de que não posso estar envolvido no suicídio de Vermehren. Estabelecê-la, denunciar a parte preponderante que o destino teve nos acontecimentos de General Paz e mitigar, na medida do possível, uma responsabilidade que empana a memória de Oribe, foram os estímulos que me permitiram organizar, em meio à doença e a um passo da desintegração, este relato de fatos e de paixões concernentes a um mundo que já não existe para mim.

Aqui se interrompe o manuscrito de Juan Luis Villafañe.

Ao escrever: *Aqui se interrompe o manuscrito de Juan Luis Villafañe*, quis indicar que, no meu entender, o relato ficou inacabado. Até mesmo diria: deliberadamente inacabado. É verdade que a última frase ambiciona a pompa, o pateticismo e o mau gosto de um final. Sobretudo, de um falso final. É como se Villafañe quisesse que o tom confundisse os leitores; que estes, ao reconhecer o final, o aceitassem, sem lembrar que faltavam explicações e uma boa parte do relato.

Tentarei agora corrigir essas deficiências. O que acrescento é uma interpretação meramente pessoal dos fatos; mas acredito que também seja lícita, já que todas suas premissas podem ser encontradas neste documento ou nos caracteres que ele atribui a Oribe e a Villafañe. Não calei minha conclusão com o propósito literário, ou pueril, de reservar uma surpresa para as últimas páginas; queria que o leitor seguisse Villafañe, livre de qualquer influência minha; se este epílogo lhe parece muito previsível; se, de forma independente, chegamos à mesma conclusão, eu me atreverei a considerar esse fato como um sinal de que minha interpretação não é infundada.

Antes de mais nada, vejamos os dois personagens que se complementam como figuras de uma gravura: Carlos Oribe e Juan Luis Villafañe, simétricos no destino. Mas então a trama parecerá simples demais, a simetria perfeita demais (não para um teorema ou para a mera realidade; para a arte).

Falar de eminência parda para descrever Villafañe, embora essencialmente não tergiverse os fatos, é um erro, porque os tergiversa aparentemente. Como eu já disse, Villafañe costumava atuar de forma anônima, indireta;

que seus melhores artigos foram publicados sem assinatura e que mais de uma brilhante e tormentosa discussão no Senado era na verdade um diálogo imaginário, um monólogo intrínseco no qual Villafañe, encarnado por vários senadores, propunha e rebatia.

Em relação a Carlos Oribe, há uma questão que muitos preferem ignorar; eu discordo deles; se ninguém a discutir, ela será magnificada ou esquecida, em detrimento da História. Deixo que outros se envergonhem dos próprios ídolos, eliminem seus caracteres humanos e os transformem em personagens simbólicos, em uma rua, em uma festa escolar e em incessantes tarefas para os escolares. Eu conheci Carlos Oribe; eu o admiro — tal como era. Confesso, então, sem rubor: Oribe plagiou algumas vezes. Ao tratar dessa delicada questão, convém, talvez, lembrar as palavras de Oribe sobre os plágios de Coleridge: *Era imprescindível para Coleridge copiar Schelling? Ele o fazia* in forma pauperis? *De modo algum. Este é o enigma.* Quanto a Carlos Oribe, o enigma não existe; Oribe imitava porque a riqueza de seu engenho incluía as artes imitativas; desaprovar, nele, a imitação é como desaprová-la em um ator dramático.

Mas recapitulemos a história: da janela do hotel, em General Paz, Oribe e Villafañe veem ao longe um bosque de pinheiros: é "La Adela", uma fazenda onde ninguém entra e de onde ninguém sai há um ano; Oribe afirma, uma tarde, que não partiria de General Paz sem conhecer essa fazenda; à noite, usando um pretexto inverossímil, sai do hotel; Villafañe também sai; na manhã seguinte Lucía Vermehren morre e se suspende a proibição de entrar em "La Adela"; Oribe não quer ir ao velório; depois vai e se move pela casa como se a conhecesse; depois Vermehren mata Oribe.

Minha conclusão não é imprevisível: Vermehren estava enganado. Antes do velório, Oribe não entrou em sua casa. Quem entrou em sua casa foi Villafañe.

Como o leitor terá notado, no relato de Villafañe se encontram as indicações que impõem essa conclusão, em todos seus aspectos. A intervenção de Oribe (a) e de Villafañe (b) nos acontecimentos seria explicada assim:

a) Para dar a entender que iria entrar na casa de Vermehren, Oribe desafia as inclemências da noite patagônica. Mas nem sequer entra no bosque. Ele tem medo dos cachorros; tem medo mesmo quando acompanhado de Villafañe.

No dia do velório pôde ir até o quarto de Vermehren porque na noite anterior Villafañe lhe contara minuciosamente sua visita a "La Adela". Esta afirmação não é infundada. Naquela noite Villafañe tinha bebido; ele mesmo diz: "Achava que Oribe era um grande amigo, digno de confidências". Sabemos como eram as confidências alcoólicas de Villafañe: ele as contava com "metódica crueza". Estas duas palavras esclarecem tudo: as confidências eram metódicas: Oribe pôde chegar, na noite do velório, ao quarto de Vermehren (Villafañe estivera no de Lucía; isso explica a indecisão de Oribe entre as duas portas do mezanino); as confidências eram cruas: Villafañe sentiu nojo e horror ao ouvir a história apócrifa de Oribe: ouvia a história verídica de Villafañe e de Lucía Vermehren, ouvia, depois da morte de Lucía Vermehren, o mesmo relato que ele tinha pronunciado, a mesma inconfidência que tinha cometido, obsceno pelo álcool e, talvez pela tradição das conversas entre homens, vaidoso de seu triunfo.

Oribè aparece aflito com a morte de Lucía. Mas o narrador observa: "Seu abatimento era notório, quase teatral". De fato, Oribe era como um bom ator, imaginava seu papel com clareza e se confundia intimamente com o personagem encarnado.

Finalmente: ele tergiversa os fatos e se apropria de experiências alheias. Por exemplo:

— De uma janela, os dois observam a chegada de Vermehren à porteira; os dois olham, mas quem vê é Villafañe, porque está com o binóculo e porque Oribe é míope. Para o hoteleiro, Oribe declara: "Depois do que vi, não saio daqui sem conhecer 'La Adela'".

— Oribe diz que não viu cair neve porque a noite estava escura; que só percebeu que havia nevado quando voltou ao hotel e viu suas botas sujas de neve. Nós afirmamos: não nevou enquanto ele esteve fora; senão teria visto: "Começou a nevar quando a lua apareceu". Depois (outra impostura), não viu a neve em suas botas: viu-a nas de Villafañe.

Não foi o ódio que levou Villafañe a apresentar esses aspectos do caráter de Oribe; foi (também) o escrúpulo de não privar o leitor de nenhum elemento útil para descobrir a verdade.

b) Villafañe saiu depois de Oribe, como se o seguisse. Mas é absurdo imaginar Villafañe espiando Oribe. Villafañe saiu para entrar em "La Adela".

Esteve com a moça. Quando lhe dizem que uma delas morreu quer saber o nome; depois não deixa o velório até ver as três irmãs da morta (teme que esta seja a que esteve com ele na noite anterior; espera que não seja); mas desde o começo receia o pior, e faz de tudo para que Oribe e o intendente consigam uma fotografia (quer guardar uma relíquia); declara que detesta ver pessoas mortas, porque depois não consegue mais imaginá-las vivas (em relação a este caso, a frase não teria sentido se antes Villafañe não tivesse visto a moça);

passa a noite em claro, está muito triste, está apaixonado por Lucía Vermehren (duvido que uma fotografia e um destino mais ou menos poético bastassem para despertar sua paixão); alude ao relato de Oribe como "esses horrores" e menciona seu "arrependimento" (Villafañe só podia falar em arrependimento se tivesse alguma responsabilidade pelo destino de Oribe; só podia falar em horrores se tivesse ouvido no relato de Oribe seu próprio e desrespeitoso relato de uma aventura atrozmente purificada pela morte).

Finalmente, chamo a atenção do leitor para uma frase de Villafañe. Ele compara um episódio da vida de Vermehren com a surpresa final de um conto em que um personagem, até então considerado secundário, bruscamente se revela como protagonista. Eu me pergunto se Villafañe não deixou essa frase para que alguém a encontrasse e com ela interpretasse, como uma chave, todo o relato.

Não acho que a única interpretação destes fatos seja a minha. Acho, simplesmente, que é a única verdadeira.

Ficaram faltando algumas palavras sobre Villafañe e sobre Lucía Vermehren. Talvez Lucía Vermehren tenha recebido Villafañe como o anjo da morte que a salvaria, por fim, da laboriosa imortalidade imposta por seu pai. Quanto a Villafañe, o destino foi impiedoso; fez dele em instrumento de mortes, mas não o derrotou; nada conseguiu derrotar sua tranquila hombridade, sua incorruptível serenidade. Uma vez ele disse: "Gosto de pensar que Oribe teve uma morte afim a sua vida". Não deu qualquer explicação; eu creio vislumbrar uma… Também disse alguma coisa sobre a "morte própria". Naquele tempo todos nós falávamos de mortes próprias e alheias; não havia muito a entender nessa distinção. Sobre a calúnia que o implica no suicídio de Vermehren, ouso dizer que ela tem uma única origem: o manuscrito do próprio Villafañe. Não sugiro, porém, que Villafañe tenha inventado essa indefensável calúnia para que o leitor a destrua e pense descobrir sua inocência.

Mas minha última recordação será de Carlos Oribe. Eu o imagino na noite da sua partida, agitando um chapéu de palha e repetindo este involuntário hendecassílabo:

Não todos, não todos, se esqueçam de mim!

A súplica do poeta foi ouvida.

A. B. C

AS VÉSPERAS DE FAUSTO (1949)

tradução de
SÉRGIO MOLINA

NA TORRE

Para esquecer Miss Hinton (para esquecer o inesquecível), o velho poeta irlandês deixou a Inglaterra. Na impávida luz do camarote, no *Byzantium*, pensou a noite inteira na mulher amada: ela gostava bem pouco dele; nem sequer o conhecia seriamente; nem sequer tinha lido seus livros... De manhã desembarcou em Dublin. "Acaso a procurei devidamente?", refletiu. "Acaso a encontrei?" No solitário trem, continuou a pensar: "Ninguém é um só. Sem dúvida nela existe a moça que está destinada a mim e que não encontrarei nesta vida". Depois o lago apareceu sob uma chuva tênue e opaca, e sobre a cabeça do poeta voaram trinta e sete cisnes. Bem avançado o dia, chegou à porta da torre. Um raio de sol, como uma pálida espada, atravessou as nuvens e ensaiou uma espécie de anacrônico amanhecer. A caseira lhe entregou um telegrama. O poeta o leu, deixou-o cair e, sem responder às perguntas da velha, abriu a porta e subiu correndo a interminável escada de caracol, e muitas vezes pensou que ia desfalecer. Com a vista enevoada, extenuado, enlevado, chegou ao topo da torre, onde Miss Hinton o esperava tomando chá, no jardim de sua casa, em Westmorland, e também correndo descalça na areia, em uma tarde de outono, contra um céu de furiosas gaivotas, e cozinhando, na casa de umas amigas, o célebre Plum Pudding Hinton (receita de sua avó paterna), e dançando, encantadoramente fantasiada de lavadeira, em uma festa beneficente, e lendo risonhamente com sua amiga Miss Farr um poema que ele lhe dedicara, e guardando (sozinha, horas depois), em um cofre de palha com forro de seda violeta, esse mesmo poema, e soprando bolhas de sabão, e fazendo exercícios respiratórios, e expirando e sorrindo, na companhia do piloto norte-americano Peter de Paola, ao volante de um automóvel, para uma fotografia publicitária, e tossindo, congestionada pelo esforço de nascer, e dando, ao filho da governanta, sua primeira laranjada com óleo de rícino, e assistindo, com um grupo de jovens da sociedade, à primeira exposição londrina de arte cubista, e jazendo em seu ataúde, e recebendo o segundo prêmio de *deck-tennis*, a bordo do *Berengaria*, e gritando apavorada, na rua, de noite, enquanto um letreiro luminoso anunciava: *Florio's Café*, e caminhando por uma alameda em Westmorland... A caseira recolheu o papel, que um golpe de vento carregara até o maciço de agapantos. Leu: *Lamentamos informar que Barbara Hinton morreu ontem à noite.*

ORFEU

Com o coração dilacerado, Orfeu viu Eurídice desaparecer no abismo. Entretanto (conta Virgílio), ele percebeu a terrível importância desse momento e quis dizer muitas coisas: *multa volentem dicere*. Outros autores recordam as palavras que teria pronunciado o herói; seriam estas: "Desde o instante em que deixamos de ver uma pessoa, ela entra no passado. Todo passado está igualmente longe. Se eu espiasse seus profundos corredores, antes de encontrar Eurídice, contemplaria talvez o rapsodo Anfião, que conseguiu verdadeiros prodígios com a lira, ou surpreenderia Mercúrio no processo de inventar a música, ou me deslumbraria com o sol da primeira manhã". Porque seu amor era muito grande, Orfeu não esmoreceu, e os deuses, que premiam a perseverança, deixaram-no chegar até as portas do passado. Para cruzá-la devia-se adivinhar uma fórmula. O herói exclamou: "Todo passado está igualmente perto". (Varões antigos lhe disseram que as coisas, como o deus Jano, têm duas faces e que o último termo é, em certo sentido, o primeiro). Empurrou a pesada porta. Abriu. Esperando-o estava Eurídice.

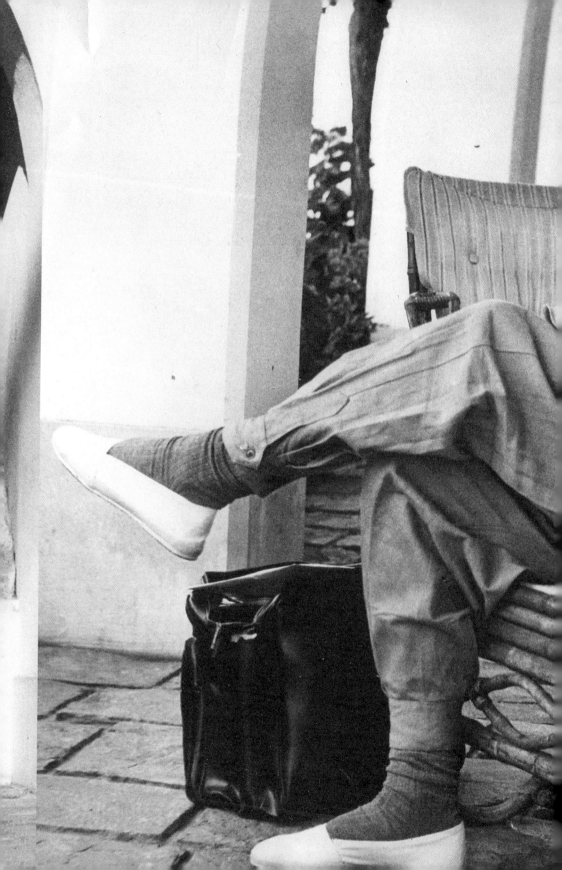

O SONHO DOS HERÓIS (1954)

tradução de
JOSELY VIANA BAPTISTA

|

Ao longo de três dias e três noites do carnaval de 1927, a vida de Emilio Gauna atingiu seu primeiro e misterioso apogeu. Que alguém tenha previsto o terrível fim assinalado e, de longe, tenha alterado o fluxo dos acontecimentos, é uma questão difícil de resolver. E uma solução que apontasse um obscuro demiurgo como o autor dos fatos que a pobre e apressada inteligência humana vagamente atribui ao destino, mais que uma luz nova, certamente acrescentaria um novo problema. O que Gauna entreviu no final da terceira noite representou para ele uma espécie de almejado objeto mágico, obtido e perdido numa prodigiosa aventura. Investigar essa experiência, recuperá-la, foi, nos anos seguintes, a manifesta tarefa que tanto o desacreditou perante os amigos.

Os amigos se reuniam todas as noites no café Platense, na esquina da Iberá com a avenida Del Tejar, e, quando não estavam acompanhados pelo doutor Valerga, mestre e modelo de todos eles, falavam de futebol. Sebastián Valerga, homem de poucas palavras e propenso à afonia, conversava sobre turfe — "sobre as palpitantes competições dos circos de antanho" —, sobre política e sobre coragem. Gauna poderia, vez por outra, mencionar os Hudson e os Studebaker, as quinhentas milhas de Rafaela ou o Audax, de Córdoba, mas, como os outros não se interessavam por esse assunto, ficava quieto. Isso lhe conferia uma espécie de vida interior. Aos sábados, ou aos domingos, viam o Platense jogar. Em alguns domingos, quando tinham tempo, passavam pela quase marmórea confeitaria Los Argonautas, com o pretexto de rir um pouco das moças.

Gauna acabara de completar vinte e um anos. Tinha o cabelo escuro e crespo, os olhos esverdeados; era magro, de ombros estreitos. Fazia dois ou três meses que chegara ao bairro. Sua família era de Tapalqué: desse povoado ele recordava algumas ruas de areia e a luz das manhãs em que passeava com um cachorro chamado Gabriel. Ficou órfão quando era bem pequeno, e foi levado a Villa Urquiza por parentes. Lá, conheceu Larsen: um rapaz da mesma idade, um pouco mais alto, ruivo. Anos depois, Larsen se mudou para Saavedra. Gauna sempre quis viver por conta própria, sem dever favores a ninguém. Quando Larsen lhe arrumou um emprego na oficina de Lambruschini, Gauna também foi para Saavedra e passou a dividir com o amigo o aluguel de um quarto, a duas quadras do parque.

Larsen apresentou-o aos rapazes e ao doutor Valerga. O encontro com o último impressionou-o vivamente. O doutor encarnava um dos futuros possíveis, ideais e não presumidos, com que sua imaginação sempre havia brincado. Não vamos falar, ainda, da influência dessa admiração sobre o destino de Gauna.

Certo sábado, Gauna estava fazendo a barba no salão da rua Conde. Massantonio, o barbeiro, falou-lhe de um potro que ia correr em Palermo naquela tarde. Com certeza ele ganharia, e ia pagar mais de cinquenta pesos por pule. Não apostar nele uma bolada forte, generosa, era um ato mesquinho, que depois ia pesar na alma de mais de um daqueles tacanhos que não enxergam um palmo à frente do nariz. Gauna, que nunca tinha apostado em corridas de cavalos, deu-lhe os trinta e seis pesos que tinha, tão insistente e teimoso revelou-se o citado Massantonio. Depois o moço pediu um lápis e anotou no verso de uma passagem de bonde o nome do potro: Meteórico.

Naquela mesma tarde, às quinze para as oito, com o *Última Hora* debaixo do braço, Gauna entrou no café Platense e disse aos rapazes:

— O barbeiro Massantonio me fez ganhar mil pesos nas corridas. Sugiro que os gastemos juntos.

Abriu o jornal sobre uma mesa e, diligentemente, leu:

— No sexto páreo de Palermo ganha Meteórico. Prêmio: $ 59.30.

Pegoraro não escondeu seu ressentimento e sua incredulidade. Obeso, com um rosto largo, era alegre, impulsivo, ruidoso e — um segredo de ninguém desconhecido — tinha as pernas cobertas de furúnculos. Gauna o fitou por um momento; depois pegou a carteira e a entreabriu, deixando as notas à mostra. Antúnez, que, por sua estatura, também era chamado de *Largo Barolo* ou de *El Pasaje*, comentou:

— É muito dinheiro para uma noite de bebedeira.

— O carnaval não dura apenas uma noite — sentenciou Gauna.

Um rapaz que parecia um manequim de loja de bairro interveio. Chamava-se Maidana e seu apelido era Gomina.* Aconselhou Gauna a abrir seu próprio negócio. Lembrou a oferta de uma banca de jornais e revistas numa estação de trem. Esclareceu:

— Tolosa ou Tristán Suárez, não me lembro. Um local próximo, mas meio morto.

Segundo Pegoraro, Gauna devia arranjar um apartamento no Barrio Norte e abrir uma agência de empregos.

— E lá, refestelado diante de uma mesa com telefone particular, você recebe os recém-chegados. Cada um lhe paga cinco pesos.

Antúnez propôs que ele lhe desse todo o dinheiro. Que ele o entregaria ao pai, e que um mês depois Gauna o receberia multiplicado por quatro.

— A lei do juro composto — disse.

— Haverá tempo de sobra para economias e sacrifícios — respondeu Gauna. — Desta vez vamos todos nos divertir.

Larsen o apoiou. Então Antúnez sugeriu:

— Vamos pedir a opinião do doutor.

Ninguém se atreveu a contradizê-lo. Gauna pagou outra rodada de vermute, brindaram por tempos melhores e foram para a casa do doutor Valerga. Já na rua, com aquela voz afinada e chorosa que, anos mais tarde, daria a ele certo renome em quermesses e festas beneficentes, Antúnez cantou "La copa del olvido". Gauna, com amistosa inveja, pensou que Antúnez sempre encontrava o tango adequado às circunstâncias.

O dia tinha sido quente e as pessoas estavam reunidas à porta das casas, proseando. Francamente inspirado, Antúnez cantava aos gritos. Gauna teve a estranha impressão de se ver passando com os rapazes, entre a desaprovação e o rancor dos moradores, e sentiu uma ponta de alegria, uma ponta de orgulho. Olhou para as árvores, para a folhagem imóvel no céu crepuscular, meio lilás. Larsen deu uma cotovelada de leve no cantor, que se calou. Estavam a pouco mais de cinquenta metros da casa do doutor Valerga.

---

* Gomina: brilhantina. (N. T.)

O próprio doutor, como sempre, abriu a porta. Era um homem corpulento, de rosto amplo, barbeado, tez acobreada, notavelmente inexpressivo; no entanto, ao rir — afundando a mandíbula, mostrando os dentes superiores e a língua — adquiria uma expressão de suavíssima, quase efeminada mansidão. Entre os ombros e a cintura, a extensão do corpo, um pouco proeminente na altura do estômago, era extraordinária. Arrastava-se com certo vagar, carregado de força, e parecia empurrar alguma coisa. Deixou-os entrar, sucessivamente, olhando para o rosto de cada um deles. Isso surpreendeu Gauna, pois havia bastante luz, e o doutor deveria saber, desde o primeiro instante, quem eram eles.

A casa era baixa. O doutor conduziu-os por um saguão lateral, através de uma sala que já fora um pátio, até um escritório com duas sacadas que davam para a rua. Penduradas nas paredes, havia numerosas fotografias de pessoas comendo em restaurantes ou sob caramanchões ou em volta de um churrasco, e dois retratos solenes: um do doutor Luna, vice-presidente da República, e outro do próprio doutor Valerga. A casa passava uma impressão de asseio, de pobreza e de certa dignidade. O doutor, com evidente cortesia, convidou-os a sentar-se.

— A que devo tanta honra? — perguntou.

Gauna não respondeu imediatamente, pois julgou descobrir naquele tom uma ironia velada e, para ele, misteriosa. Larsen se apressou a balbuciar alguma coisa, mas o doutor se retirou. Nervosos, os rapazes se moveram em suas cadeiras. Gauna perguntou:

— Quem é a mulher?

Ele a via através da sala, através de um pátio. Estava coberta de panos pretos, sentada numa cadeira bem baixa, costurando. Era velha.

Gauna teve a impressão de que não fora ouvido. Um instante depois, Maidana respondeu, como se despertasse:

— É a criada do doutor.

Este trouxe uma bandejinha com três garrafas de cerveja e alguns copos. Pôs a bandeja sobre a escrivaninha e serviu. Alguém tentou falar, mas o doutor mandou que se calasse. Afligiu-os um pouco com suas reclamações de que aquela era uma reunião importante e, portanto, quem devia falar era a pessoa devidamente encarregada. Todos olharam para Gauna. Por fim, este se atreveu a dizer:

— Ganhei mil pesos nas corridas de cavalos e acho que o melhor a fazer é gastá-los nessas festas, é nos divertirmos juntos.

O doutor o olhou de forma inexpressiva. Gauna pensou: "Eu o ofendi com minha precipitação". Mesmo assim, acrescentou:

— Espero que o senhor queira nos honrar com sua companhia.

— Eu não trabalho com circo, para ter companhia — respondeu o doutor, sorrindo; depois acrescentou, sério: — Isso parece ótimo, meu amigo. É preciso ser generoso com dinheiro de jogo.

O ambiente se descontraiu. Foram juntos para a cozinha e voltaram com uma travessa de frios e novas garrafas de cerveja. Depois de comer e beber, convenceram o doutor a contar uns causos. O doutor tirou do bolso um pequeno canivete de madrepérola e começou a limpar as unhas.

— Por falar em jogo — disse —, agora me lembrei de uma noite, nos idos de 1921, em que o gordo Maneglia me convidou para ir até o escritório dele. Olhando aquele homem tão gordo, tão trêmulo, quem poderia dizer que ele era delicado, uma dama, com as cartas do baralho? Não me considero um invejoso — declarou, olhando agressivamente para cada um dos circunstantes —, mas o Maneglia eu sempre invejei. Ainda hoje fico pasmo ao pensar nas coisas que o falecido fazia com as mãos, enquanto os senhores abriam a boca. Mas que importa, um dia de manhãzinha ele tomou sereno e em menos de vinte e quatro horas uma pneumonia dupla o levou.

"Naquela noite tínhamos jantado juntos e o gordo me pediu que o acompanhasse até o escritório, onde uns amigos o esperavam para jogar truco. Eu nem sabia que o gordo tinha escritório, nem ocupação conhecida, mas como o calor apertava e tínhamos comido bastante, achei conveniente tomar um pouco de ar antes de me jogar na cama. Admirou-me que concordasse em caminhar, principalmente quando vi seu fôlego entrecortado, mas ele ainda não me dera provas de ser tacanho e apegado ao dinheiro. Mas me assustei quando o vi adentrar o portão de uma funerária. Parou e, sem me olhar, disse: "Cá estamos, não quer entrar?". Eu sempre tive aversão pelas coisas da morte, então entrei encolhido, a contragosto, entre uma dupla fileira de carruagens funerárias. Subimos por uma escada em caracol e chegamos ao escritório do gordo. Lá o esperavam, entre a fumaça dos cigarros, os amigos. Eu estaria mentindo se lhes dissesse como era a cara deles. Ou melhor: lembro que eram dois e que um deles tinha a cara queimada, como uma única cicatriz, se é que me entendem. Disseram a Maneglia que um terceiro — mencionaram seu nome, mas não prestei atenção — não podia vir. Maneglia não pareceu surpreso e me pediu para substituir o ausente. Sem esperar minha resposta, o gordo abriu um pequeno armário de pinho, pegou o baralho e deixou-o sobre a mesa; depois trouxe pão e dois potes amarelos de doce de leite; num deles havia grãos-de-bico para marcar os pontos e no outro doce de leite. Tiramos a sorte no baralho para decidir as duplas, mas compreendi que isso não tinha importância; qualquer que fosse meu parceiro, eu seria parceiro do gordo.

"A sorte, no começo, estava indecisa. Quando o telefone tocava, o gordo demorava para atender. Explicava: 'Para não falar com a boca cheia'. Era uma coisa notória o que aquele homem comia de pão e de doce. Quando punha o fone no gancho, levantava-se pesadamente, abria uma janelinha frágil que dava sobre a cocheira e geralmente gritava: 'Altar completo. Caixão de quarenta pesos'. Dava as medidas, o nome da rua e o número. A grande maioria dos cai- xões era de quarenta pesos. Lembro que entravam pela janelinha emanações realmente fortes de cheiro de forragem e de amoníaco.

"Posso garantir que o gordo me deu uma interessante lição de agilidade com as mãos. Por volta da meia-noite comecei realmente a perder. Compreendi que as perspectivas não eram favoráveis, como dizem os sitiantes, e que eu pre- cisava reagir. Aquele lugar, tão fúnebre, me deixava um pouco abatido. Mas o gordo havia cantado tantas flores* sem que eu encontrasse brecha para o menor protesto, que me aborreci. Aqueles trapaceiros já estavam ganhando outra mão, quando o gordo virou suas cartas — um ás, um quatro e um cinco — e gritou: 'Flor de espadas'. 'Flor de talho', retruquei, e, pegando o ás, passei o fio da carta na cara dele. O gordo sangrou aos borbotões e respingou em tudo. Até o pão e o doce de leite ficaram vermelhos. Juntei devagar o dinheiro que havia sobre a mesa e guardei-o no bolso. Depois peguei um punhado de cartas e enxuguei o sangue do gordo, esfregando-as na fuça dele. Saí calmamente e ninguém me barrou a passagem. O finado me caluniou uma vez diante de conhecidos, dizendo que eu tinha um canivete sob a carta. O coitado do Maneglia achava que todo mundo tinha mãos tão ligeiras quanto as dele.

* Espécie de "batida" no truco, jogo de cartas popular na Argentina. (N. T.)

II

Não é verdade que os rapazes tenham duvidado, uma vez sequer, do doutor Valerga. Eles entendiam que os tempos eram outros. Se porventura a ocasião se apresentasse, o doutor não iria enganá-los; sarcasticamente, alguém poderia insinuar que eles, temendo que o inesperado acaso da violência os transformasse em vítimas, adiavam e evitavam essa esperada ocasião. Talvez Larsen e Gauna, em alguma confidência que depois não mencionariam, tivessem sugerido que a facilidade do doutor para contar causos não devia ser interpretada em detrimento de seu caráter; nos tempos atuais, o destino inevitável dos valentes era rememorar façanhas passadas. Se alguém perguntar por que este fácil narrador de sua vida tinha fama de taciturno e de calado, responderemos que talvez fosse uma questão de voz ou de tom, e pediremos que se lembre dos homens irônicos que conheceu; ele há de convir que, em muitos casos, a ironia na boca, nos olhos e na voz era mais perspicaz do que nas próprias palavras.

Para Gauna, a discussão sobre a coragem do doutor tinha alusões e ecos secretos. Gauna pensava: "Larsen se lembra daquela vez que atravessei a rua para não brigar com o filho da passadeira. Ou daquela vez que o sapinho Vaisman veio à sua casa — parecia mesmo um sapo — com o Fernandito Fonseca. Eu devia ter uns seis ou sete anos; fazia pouco tempo que chegara a Villa Urquiza. O Fernandito eu quase admirava; por Vaisman, sentia algum afeto. Vaisman entrou sozinho na casa. Disse que Fernandito lhe contara que eu falara mal dele, e vinha tirar satisfação. Eu me deixei impressionar muito pela traição e pelas mentiras de Fernandito e não quis brigar. Quando acompanhei Vaisman até a porta, Fernandito fazia caretas para mim atrás das árvores. Poucos dias depois, Larsen se encontrou com ele num terreno baldio. Falaram de mim, e logo depois os rapazes viram Fernandito sendo levado pela mão de uma vizinha, com o nariz sangrando, chorando e mancando. Talvez Larsen se lembre de meu sétimo aniversário. Eu estava muito convencido da importância de fazer sete anos e concordei em lutar boxe com um garoto mais velho. O outro não queria me machucar e a luta durou bastante tempo; tudo estava indo muito bem até que eu fiquei impaciente; talvez tenha me perguntado como é que aquilo ia acabar; o fato é que me joguei no chão e comecei a chorar. Talvez Larsen se lembre daquele domingo em que lutei com o negro Martelli. Ele era mulato, cheio de pintas, e entre os joelhos e a cintura se alargava consideravelmente. Enquanto eu lhe dava muitos golpes curtos na cintura, ele me perguntou como eu fazia para bater tão forte. Durante alguns segundos pensei que ele estivesse falando sério, mas depois vi em seus lábios, por fora de um azul-celeste e por dentro rosados como carne crua, um sorriso repugnante".

Larsen se lembrava de uma tarde em que apareceu um cão raivoso e que Gauna o conteve com um pau, até que ele e os outros rapazes pudessem fugir. Larsen se lembrava também de uma noite em que dormiu na casa de Gauna. Estavam sozinhos com a tia de Gauna e um pouco antes do amanhecer uns ladrões entraram. A tia e ele estavam atordoados com o susto, mas Gauna fez um ruído com a cadeira e disse: "Pegue o revólver, tio", como se o tio estivesse lá; depois foi tranquilamente até o pátio. Do fundo do quarto, Larsen viu um facho de lanterna voltado em direção ao céu, por cima do muro, e abaixo dele viu Gauna, inerme, ínfimo, ossudo: a imagem da coragem.

Larsen achava que sabia que o amigo era corajoso. Gauna achava que Larsen vivia meio acovardado mas que, quando a ocasião se apresentasse, enfrentaria qualquer um; de si mesmo, pensava que podia dispor, com indiferença, de sua vida; que se alguém lhe pedisse que a jogassem nos dados, ao agitar o covilhete não teria nem muitas dúvidas, nem muitos temores; mas achava repugnante socar com os punhos; talvez receasse que os golpes fossem fracos e que as pessoas rissem dele; ou talvez, como depois lhe explicaria o Bruxo Taboada, quando sentia uma vontade hostil ficava irreprimivelmente impaciente e queria se entregar. Essa era uma explicação verossímil, pensava, mas receava que a verdadeira fosse outra. Agora não tinha fama de covarde. Vivia entre aspirantes a valentão e não tinha fama de se mixar. Mas é verdade que agora quase todas as lutas se resolviam com palavras; no futebol, houve alguns incidentes: coisa de atirar garrafas e pedras ou de brigas indiscriminadas, em bando. Agora a coragem era uma questão de altivez. Quando criança, era preciso pôr-se à prova. Para ele, o resultado da prova foi que era um covarde.

III

Naquela noite, depois de contar outros causos, o doutor acompanhou-os até a porta.

— Amanhã nos encontramos aqui, às seis e meia? — perguntou Gauna.

— Às seis e meia começa a matinê — sentenciou Valerga.

Os rapazes foram embora em silêncio. Entraram no Platense e pediram aguardente. Gauna pensou em voz alta:

— Preciso convidar o barbeiro Massantonio.

— Devia ter perguntado o que o doutor acha disso — afirmou Antúnez.

— Agora não podemos voltar — disse Maidana. — Ele vai pensar que estamos com medo dele.

— Se não lhe perguntarem, ele vai ficar aborrecido. É a minha opinião — insistiu Antúnez.

— O que você pensa não interessa — aventurou Larsen. — Mas imagine como ele vai ficar se o incomodarmos agora para pedir tal permissão.

— Não é pedir permissão — disse Antúnez.

— Melhor o Gauna ir sozinho — aconselhou Pegoraro.

Gauna declarou:

— Temos de convidar o Massantonio — pôs algumas moedas sobre a mesa e se levantou —, nem que seja preciso tirá-lo da cama.

A perspectiva de tirar o barbeiro da cama atiçou todos eles. Esquecendo-se do doutor e da apreensão que sentiram por não consultá-lo, perguntaram-se como dormiria o barbeiro e acertaram de entreter a patroa enquanto Gauna falava com o marido. Exaltados com os planos, os rapazes caminharam rapidamente e se distanciaram de Larsen e de Gauna. Estes, como se tivessem combinado, começaram a urinar na rua. Gauna se lembrou de outras noites, em outros bairros, em que também, sobre o asfalto, à luz da lua, tinham urinado juntos; pensou que uma amizade como a deles era a maior satisfação na vida de um homem.

Diante da casa onde o barbeiro morava, os rapazes esperavam. Larsen disse, com autoridade:

— Melhor o Gauna entrar sozinho.

Gauna atravessou o primeiro pátio; um cachorrinho peludo e amarelado, que estava amarrado a uma tranca, latiu um pouco; Gauna seguiu em frente e no corredor da esquerda, continuando o segundo pátio, parou diante de uma porta. Bateu, primeiro timidamente, depois com decisão. A porta se entreabriu.

E apareceu a cabeça de Massantonio, sonolento, ligeiramente mais calvo do que de costume.

— Vim aqui para convidá-lo — disse Gauna, mas se interrompeu porque o barbeiro piscava muito. — Vim aqui para convidá-lo — o tom era lento e cortês; alguém podia sugerir que, sonhando uma íntima e quase imperceptível fantasia alcoólica, o jovem Gauna se transformava no velho Valerga — para que nos ajude, eu e os rapazes, a gastar os mil pesos que você me fez ganhar na corrida de cavalos.

O barbeiro continuava sem entender. Gauna explicou:

— Amanhã, às seis horas, esperamos por você na casa do doutor Valerga. Depois vamos sair para jantar juntos.

O barbeiro, agora mais desperto, escutava-o com uma desconfiança que tentava esconder. Gauna não percebia e, de maneira cortês e maçante, insistia no convite.

Massantonio implorou:

— Pois é, mas tem a patroa. Não posso deixá-la.

— Ela quer mais é que você a deixe por um momento — respondeu Gauna, inconsciente de sua impertinência.

Entreviu cobertores e travesseiros — lençóis não — de uma cama desarrumada; entreviu também uma mecha dourada da esposa, e um braço nu.

IV

Na manhã seguinte, Larsen acordou com dor de garganta; à tarde, estava com gripe. Gauna tinha proposto aos rapazes que "adiassem a saída para uma ocasião mais propícia"; mas, ao notar a contrariedade que causava, não insistiu. Sentado sobre um caixote de madeira branca, ele agora escutava o amigo. Este, em mangas de camisa, enrolado num cobertor, sobre um colchão listrado, a cabeça apoiada num travesseiro muito baixo, dizia:

— Ontem à noite, quando me deitei nesta cama, já estava meio desconfiado; hoje, a cada hora que passava, eu me sentia pior. Fiquei a manhã inteira me torturando com a ideia de não poder sair com vocês, de que à noite a febre iria me derrubar. Às duas da tarde isso já era um fato.

Enquanto ouvia as explicações, Gauna pensava ternamente no jeito de ser de Larsen, tão diferente do dele.

— A zeladora da pensão me aconselha gargarejos com sal — declarou Larsen. — Minha mãe sempre foi uma grande partidária dos gargarejos com chá. Gostaria de saber sua opinião. Mas não pense que estou inativo. Já me lancei ao ataque com um Fucus. Claro que se eu for consultar o Bruxo Taboada, que sabe mais do que alguns médicos com diploma, ele me tira todos esses remédios e me faz passar uma semana comendo tanto limão que só de pensar me dá icterícia.

Falar da gripe e das táticas para combatê-la quase o conciliava com sua sina, quase o animava.

— Desde que eu não contagie você — disse Larsen.

— Você ainda acredita nessas coisas.

— E olhe, chê, que o quarto não é grande. Ainda bem que você não vai dormir aqui esta noite.

— Os rapazes vão morrer se deixarmos a saída para amanhã. Não pense que estão entusiasmados para sair; o que eles têm é medo de comunicar o adiamento a Valerga.

— Não é para menos — a voz de Larsen mudou de tom. — Antes que eu me esqueça, quanto você ganhou nas corridas?

— O que eu havia dito. Mil pesos. Mais exatamente: mil e sessenta e oito pesos e trinta centavos. Os sessenta e oito pesos e trinta centavos ficaram para Massantonio, que me passou a informação.

Gauna consultou o relógio; depois, acrescentou:

— Preciso ir. É uma pena que você não venha.

— Bom, Emilito — respondeu Larsen persuasivamente. — Não beba demais.

— Se você tivesse ideia de como eu gosto de beber, saberia que tenho força de vontade e não me trataria como se eu fosse um bêbado.

V

E quando viu o barbeiro Massantonio chegar, o doutor Valerga não se importou. Gauna ficou-lhe intimamente grato por essa prova de tolerância; compreendia, no entanto, o erro de ter convidado o barbeiro.

Por estarem saindo com Valerga, não se fantasiaram. Entre si — diante do doutor não arriscavam nenhuma opinião sobre o assunto —, pareciam estar muito acima de toda aquela pantomima, pareciam desprezar as pobres máscaras. Valerga vestia calça risca de giz e paletó escuro; ao contrário dos rapazes, não usava lenço no pescoço. Gauna pensou que se depois das festas ainda sobrasse um pouco de dinheiro, compraria uma calça de riscas.

Maidana (ou talvez Pegoraro) sugeriu que começassem pelo corso de Villa Urquiza. Gauna respondeu que era do bairro e que lá todo mundo o conhecia. Ninguém insistiu. Valerga disse para irem a Villa Devoto: "pois no fim", acrescentou, "todos nós vamos acabar lá" (alusão, muito festejada, à prisão daquele bairro). Com grande disposição, foram até a estação Saavedra.

O trem estava repleto de mascarados. Os rapazes protestaram, visivelmente contrariados. Movido por esses protestos, Valerga se mostrou conciliador. A alegria de Gauna era ofuscada apenas pelo receio de que algum mascarado tentasse rir do doutor, ou de que Massantonio o amolasse com sua timidez. Seguindo pela Colegiales e por La Paternal, chegaram a Villa Devoto (ou "Villa", como dizia Maidana). Participaram do corso; o doutor comentou que naquele ano o carnaval estava menos animado e contou histórias dos carnavais de sua mocidade. Entraram no clube Os Mininos. Os rapazes dançaram. Valerga, o barbeiro (muito envergonhado, muito aborrecido) e Gauna ficaram na mesa, conversando. O doutor falou de campanhas eleitorais e de reuniões hípicas. Gauna sentiu certa responsabilidade culposa perante o doutor e Massantonio, e um pouco de raiva de Massantonio.

Saíram para espairecer na solitária praça Arenales e, depois, diante do clube Villa Devoto, ocupou-os um breve e confuso incidente com pessoas que estavam do outro lado do alambrado.

Quando o calor ficou quase insuportável, apareceu uma bandinha francamente barulhenta e desagradável. Era formada por uns gatos-pingados, que pareciam muitos, com bumbos, tambores, pratos, nariz vermelho e cara tisnada de preto, de macacão preto. Gritavam afonicamente:

> *Por fin llegó la murga*
> *Los Chicos Musicantes.*
> *Si nos pagan la copa*
> *nos vamos al instante.*

Gauna chamou uma caleça. Apesar dos protestos do cocheiro e das insistentes ofertas de Massantonio para ir embora, subiram os sete na caleça. Na boleia, ao lado do cocheiro, sentou-se Pegoraro; atrás, no assento principal, Valerga, Massantonio e Gauna, e no assento sobressalente, Antúnez e Maidana. Valerga ordenou ao cocheiro: "Para Rivadavia e Villa Luro". Massantonio tentou saltar da caleça. Todos queriam se ver livres dele, mas não o deixaram descer.

Ao longo do caminho encontraram mais de um corso, seguiram-nos e depois os deixaram; entraram em botequins e outros estabelecimentos. Massantonio, gracejando, angustiado, afirmou que se não voltasse para casa imediatamente a patroa desceria a lenha nele. Em Villa Luro houve um incidente com um menino perdido; o doutor Valerga lhe deu uma maçã da marca Bellas Porteñas e depois o levou à delegacia ou à casa dos pais. Era isso, pelo menos, o que Gauna pensava recordar.

Depois das três, saíram de Villa Luro. Prosseguiram com a caleça até Flores e, depois, até Nueva Pompeya. Agora Antúnez ia na boleia; cantava, melosamente, "Noche de Reyes". Gauna lembrava confusamente toda essa parte do trajeto. Alguém disse que, ali em cima, Antúnez estava todo agitado e que o cocheiro chorava. Do cavalo ele tinha imagens instáveis, mas vívidas (isso é estranho, porque ele estava sentado na parte de trás da caleça). Lembrava dele muito grande e muito anguloso, escuro de suor, vacilando, com as patas abertas, ou o ouvia gritar como uma pessoa (isso, sem dúvida, ele havia sonhado); ou via somente suas orelhas e o cachaço, e sentia uma compaixão inexplicável. Depois, num descampado, num momento lilás e quase abstrato por antecipações do alvorecer, houve um grande júbilo. Ele mesmo gritou para que segurassem Massantonio, e Antúnez descarregou seu revólver no ar. Finalmente chegaram a pé à chácara de um amigo do doutor. Foram recebidos por manadas de cães e depois por uma senhora mais agressiva que os cães. O dono estava ausente. A senhora não queria que entrassem. Massantonio, falando sozinho, explicava que não poderia tresnoitar, pois se levantava cedo. Valerga os distribuiu pelos quartos da casa. Como eles foram dali para outro lugar era um mistério; Gauna recordava o despertar num barracão de zinco; sua dor de cabeça; a viagem num carro muito sujo e depois num bonde; uma tarde e uma luz muito claras num galpão de Barracas, onde jogaram bocha; a observação de que Massantonio havia desaparecido, que ele ouviu com surpresa e logo esqueceu; a noite num prostíbulo da rua Osvaldo Cruz, onde, ao ouvir "Clair de lune" tocada por um violinista cego, sentiu um grande arrependimento por ter descuidado de sua instrução e o desejo de confraternizar com todos os presentes, desprezando — como disse em voz alta — as mesquinharias individuais e exaltando as aspirações generosas. Depois se sentira muito cansado. Tinham caminhado debaixo de um aguaceiro. Depois entraram, para recobrar as forças, numa casa de banhos turcos. (No entanto, agora via imagens do aguaceiro na queima de lixo do Bañado de Flores e na carroceria suja do veículo.) Da casa de banhos ele recordava uma espécie de manicure, maquiada, com batom, que falava seriamente com um desconhecido, e de uma manhã interminável, difusa e feliz. Lembrava, também, de ter caminhado pela rua Perú, fugindo da polícia, com as pernas bambas e a mente clara; de ter entrado num cinema; de ter almoçado, às cinco da tarde, faminto, entre as mesas de bilhar de um café da Avenida de Mayo; de ter participado, sentados na capota de um táxi, dos corsos do centro; de ter assistido a um número do Cosmopolita, pensando que estavam no Bataclán.

Pegaram um segundo táxi, cheio de espelhinhos e com um diabo pendurado. Gauna sentiu-se muito seguro quando ordenou ao chofer que fosse a Palermo, e muito orgulhoso quando ouviu Valerga dizer: "Vocês parecem suas próprias sombras, rapazes, mas Gauna e este velho continuam com ânimo". Na entrada do Armenonville trombaram com um Lincoln particular. Do Lincoln desceram quatro rapazolas e uma moça mascarada. Se Valerga não tivesse intervindo, os rapazolas teriam brigado com o motorista do táxi; como o homem não se mostrou agradecido, Valerga assestou-lhe algumas palavras oportunas.

Gauna tentou contar quantas vezes tinha se embebedado desde a tarde de domingo. Nunca sentira tanta dor de cabeça nem tanto cansaço.

Entraram em um salão "grande como *La Prensa*" — explicou Gauna — "ou como o saguão da estação de Retiro, mas sem aquela locomotiva em miniatura, na qual a gente põe dez centavos para ver andar". O local estava bem iluminado, com fileiras de bandeirolas, flâmulas e balões coloridos, com camarotes e cortinas, com gente barulhenta e a orquestra a todo o vapor. Gauna segurou a cabeça entre as mãos e fechou os olhos; pensou que fosse gritar de dor. Logo depois estava conversando com a foliã que os rapazolas tinham trazido. Usava máscara, estava fantasiada de dominó. Não chegou a reparar se ela era loira ou morena, mas ao lado da mascarada sentiu-se contente (com a cabeça miraculosamente aliviada), e desde aquela noite pensou nela muitas vezes.

Logo depois, os rapazolas do Lincoln retornaram. Ao recordá-los, tinha a impressão de estar sonhando. Um deles parecia um prócer do livro de Grosso, com o rosto incrivelmente magro. Outro era muito alto, muito pálido, como se feito de miolo do pão; outro era loiro, também pálido, e cabeçudo; outro era cambaio, como um jóquei. Este último perguntou "quem é você para nos roubar a mascarada", e nem bem terminou de falar se pôs em guarda, como um boxeador. Gauna apalpou sua navalha, na cinta. Aquilo foi como uma briga de cães: os dois se distraíram bem rápido. Em algum momento Gauna ouviu Valerga falar, num tom persuasivo e paternal. Depois se viu muito feliz, olhou ao redor e disse a sua companheira: "Parece que estamos novamente a sós". Dançaram. No meio do salão, ele perdeu a mascarada. Voltou para a mesa: lá estavam Valerga e os rapazes. Valerga propôs que dessem uma volta pelos lagos "para a gente esfriar um pouco a cabeça e não acabar na delegacia". Levantou os olhos e viu, junto ao balcão do bar, a mascarada e o rapazote loiro. Por ter sentido ciúme nesse momento, aceitou a sugestão de Valerga. Antúnez apontou para uma garrafa de champanhe já começada. Encheram as taças e beberam.

Depois as lembranças se deformam e se confundem. A mascarada tinha desaparecido. Ele perguntava por ela; ninguém respondia, ou procuravam acalmá-lo com evasivas, como se estivesse doente. Não estava doente. Estava cansado (a princípio, perdido na imensidão de seu cansaço, pesado e aberto como o fundo do mar; por fim, no remoto coração de seu cansaço, recolhido, quase feliz). Depois se viu entre as árvores, cercado de gente, atento ao reflexo instável e mercurial da lua em sua navalha, inspirado, brigando com Valerga por questões de dinheiro. (Isto é um absurdo: que questão de dinheiro podia haver entre eles?)

Abriu os olhos. Agora o reflexo aparecia e desaparecia entre as tábuas do piso. Adivinhava que lá fora, talvez bem perto, a manhã brilhava impetuosamente. Nos olhos, na nuca, sentia uma dor densa e profunda. Estava na escuridão, numa cama, num quarto de madeira. Havia um cheiro de erva-mate. Embaixo, entre as tábuas do assoalho — como se a casa estivesse ao contrário e o piso fosse o teto —, via linhas de luz solar e um céu escuro e verde como uma garrafa. Por momentos, as linhas se alargavam, aparecia um porão de luz e um vaivém no fundo verde. Era água.

Um homem entrou. Gauna perguntou onde estava.

— Não sabe? — responderam. — No embarcadouro do lago de Palermo.

O homem preparou-lhe um mate e ajeitou, paternalmente, seu travesseiro. Seu nome era Santiago. Era corpulento, de uns quarenta e tantos anos de idade, loiro, de tez acobreada, com um olhar bondoso, o bigode recortado e uma cicatriz no queixo. Usava um suéter azul, com mangas.

— Quando voltei ontem à noite eu o encontrei na cama. O Mudo cuidava de você. Acho que alguém o trouxe até aqui.

— Não — respondeu Gauna, balançando a cabeça. — Me encontraram no bosque.

Balançar a cabeça o deixou enjoado. Dormiu quase em seguida. Ao acordar, ouviu uma voz de mulher. Teve a impressão de reconhecê-la. Levantou-se: na mesma hora, ou muito depois; não sabia direito. Cada movimento repercutia dolorosamente em sua cabeça. Na ofuscante claridade lá de fora ele viu, de costas, uma moça. Apoiou-se no batente da porta. Queria ver o rosto dessa moça. Queria vê-lo porque tinha certeza de que era a filha do Bruxo Taboada.

Estava enganado. Não a conhecia. Devia ser uma lavadeira, pois apanhara uma cesta de vime no chão. Gauna sentiu, bem perto do rosto, uma espécie de latido rouco. Entrecerrando os olhos, virou-se. Quem latia era um homem parecido com Santiago, só que mais largo, mais escuro e de cara barbeada. Usava uma camiseta cinza, bem velha, e uma calça azul.

— O que você quer? — perguntou Gauna.

Cada palavra pronunciada era como um enorme animal que, ao se mover dentro de seu crânio, ameaçasse quebrá-lo. O homem voltou a emitir uns sons toscos e roucos. Gauna compreendeu que era o Mudo. Compreendeu que o Mudo queria que ele voltasse para a cama.

Entrou e se deitou de novo. Sentiu-se bem melhor ao acordar. Santiago e o Mudo estavam no quarto. Conversou amistosamente com Santiago. Falaram de futebol. Santiago e o Mudo eram cancheiros de um clube. Gauna falou da quinta divisão do Urquiza, para a qual fora escalado, na rua, ao completar onze anos.

— Uma vez — disse Gauna — jogamos contra os meninos do clube K.D.T.

— E os do K.D.T. ganharam fácil de vocês! — ponderou Santiago.

— Como ganhariam? — respondeu Gauna. — Quando eles fizeram seu único gol nós já tínhamos enfiado neles cinco bolas dentro.

— O Mudo e eu trabalhamos no K.D.T. Éramos cancheiros.

— Não diga! Quem sabe não nos vimos naquela tarde?

— É claro. É o que eu dizia. Lembra do vestiário?

— Como não lembrar? Uma casinha de madeira, à esquerda, entre as quadras de tênis.

— Isso mesmo, homem. Era ali que eu morava com o Mudo.

A possibilidade de que se tivessem visto naquela ocasião e a confirmação de lembranças comuns sobre a topografia do extinto clube K.D.T. e sobre a casinha do vestiário animou a chama cálida daquela amizade incipiente.

Gauna falou de Larsen e de como tinham se mudado para Saavedra.

— Agora sou um homem do Platense — declarou.

— O time não é ruim — respondeu Santiago. — Mas eu, como dizia o Aldini, prefiro o Excursionistas.

Santiago começou a contar como ficaram sem trabalho e como depois conseguiram a concessão do lago. Santiago e o Mudo pareciam marinheiros; dois velhos lobos do mar. Talvez devessem essa aparência ao ofício de alugar botes; talvez aos suéteres e calças azuis. As duas janelas da casa estavam rodeadas por boias salva-vidas. Havia cinco retratos pendurados nas paredes: Humberto Primo; uns noivos; a seleção argentina de futebol que, nas Olimpíadas, perdeu para os uruguaios; o time do Excursionistas (em cores, recortado de *El Gráfico*), e, sobre a cama do Mudo, o Mudo.

Gauna se levantou:

— Já estou melhor — disse. — Acho que posso ir embora.

— Não tem pressa — afirmou Santiago.

O Mudo preparou um mate. Santiago perguntou:

— O que fazia no bosque, quando o Mudo encontrou você?

— Se eu soubesse... — respondeu Gauna.

VI

O mais estranho de tudo isso é que no centro da obsessão de Gauna estava a aventura dos lagos, e que para ele a mascarada era apenas uma parte dessa aventura, uma parte muito emotiva e muito nostálgica, mas não essencial. Pelo menos era isso que ele havia comunicado, com outras palavras, a Larsen. Talvez quisesse diminuir a importância de um assunto de mulheres. Há indícios que servem para confirmar a afirmação; o problema é que também servem para contradizê-la. Por exemplo, ele declarou certa noite no Platense: "Vai ver que, no fim das contas, eu me apaixonei". Para falar assim diante dos amigos, um homem como Gauna tem de estar muito ofuscado pela paixão. Mas essas palavras provam que não a esconde.

Além disso, ele mesmo confessou que nunca viu o rosto da moça ou, se o viu alguma vez, estava bêbado demais para que a lembrança não fosse fantástica e pouco digna de crédito. É bastante curioso que essa ignorada moça tenha lhe causado uma impressão tão forte.

O que aconteceu no bosque também foi estranho. Gauna nunca pôde dar uma explicação coerente para aquilo; nunca pôde, tampouco, esquecer. "Comparada com isso", esclarecia, "ela quase não importa". Em todo caso, os vestígios que a moça deixou em sua alma eram vivíssimos e resplandecentes; mas o resplendor provinha das outras visões, às quais, um momento depois, já sem a moça, ele tivera.

Depois da aventura, Gauna nunca mais foi o mesmo. Por incrível que pareça, essa história, confusa e vaga como era, deu-lhe certo prestígio entre as mulheres e até contribuiu, segundo alguns comentários, para que a filha do Bruxo se apaixonasse por ele. Tudo isso — a ridícula transformação por que Gauna passou e suas insuportáveis consequências — realmente desgostou os rapazes. Murmurou-se que planejaram aplicar-lhe um "procedimento terapêutico" e que o doutor os conteve. Talvez isso fosse exagero, ou invenção. A verdade é que nunca o haviam considerado um deles e que agora, conscientemente, olhavam-no como se fosse um estranho. A amizade comum com Larsen, o respeito por Valerga, terrível protetor de todos eles, impedia a manifestação desses sentimentos. Portanto, as relações entre Gauna e o grupo aparentemente não se alteraram.

VII

A oficina era um galpão de chapas de zinco situado na rua Vidal, a poucas quadras do parque Saavedra. Como dizia a esposa de Lambruschini, no verão o lugar era um forno, e do frio que fazia no inverno, com todas as chapas feito uma única camada de gelo, nem se fala. Mesmo assim, os funcionários nunca saíam da oficina de Lambruschini. Os clientes tinham razão, por certo: naquela oficina, ninguém se matava de trabalhar. O que mais agradava ao patrão era sentar-se para tomar um chimarrão ou um café, conforme a hora, e deixar que os rapazes conversassem. Acho que o estimavam por isso. Não era uma dessas pessoas cansativas, que sempre têm alguma coisa interessante para dizer. Lambruschini escarvava o mate com a bombilha, e, com o rosto bondoso e vermelho, os olhos vidrados, o nariz como uma enorme framboesa, escutava. Quando fazia silêncio, perguntava distraidamente: "Mais alguma novidade?". Parecia temer que por falta de assunto o obrigassem a voltar ao trabalho ou a se cansar de falar. Mas quando rememorava a casa de seus pais, ou as vindimas na Itália, ou seu aprendizado na oficina de Viglione, época em que ajudou a preparar o primeiro Hudson de Riganti, ele parecia outro homem. Então falava e gesticulava por algum tempo. Os rapazes se entediavam nesses momentos, mas os perdoavam, porque passavam rápido. Gauna fingia se entediar, e às vezes se perguntava o que é que havia de maçante nas descrições de Lambruschini.

Naquele dia, Gauna chegou à uma da tarde e procurou o patrão para se desculpar pelo atraso. Encontrou-o de cócoras, bebendo um café. Quando Gauna ia falar, Lambruschini disse:

— Você não sabe o que perdeu esta manhã. Veio um cliente com um Stutz. Quer que a gente o prepare para o Nacional.

Não conseguiu se interessar pela notícia. Naquela tarde, tudo o desagradava. Saiu do trabalho um pouco antes das cinco. Esfregou as mãos e o braço com um pouco de gasolina; depois, com um pedaço de sabão amarelo, lavou as mãos, os pés, o pescoço e o rosto; diante de um caco de espelho, penteou-se com muito cuidado. Enquanto se vestia, pensava que lhe fizera bem se lavar com aquele baldinho de água fria. Agora iria ao Platense conversar com os rapazes. Bruscamente, sentiu-se muito cansado. Já não lhe interessava o que acontecera na noite anterior. Queria ir para casa dormir.

VIII

Entrou no salão do café Platense, notável pelos globos de vidro que o iluminavam, suspensos por longos fios cobertos de moscas. Os rapazes não estavam lá. Encontrou-os no bilhar. Quando Gauna abriu a porta, o Gomina Maidana se preparava para fazer uma carambola. Estava vestido com um terno quase roxo, bem abotoado, e levava amarrado ao pescoço um abundante e espumoso lenço branco, de seda. Um senhor de certa idade, trajado de luto e conhecido como Gata Preta, dispunha-se a escrever alguma coisa na lousa. Maidana deve ter dado a tacada meio às pressas, pois, embora a carambola fosse fácil, ele errou. Todos riram. Gauna pensou perceber uma difusa hostilidade geral. Maidana recobrou a calma. Desculpou-se:

— O grande campeão tem pulso obediente, mas ciumento.

Gauna ouviu este comentário de Pegoraro:

— O que vocês queriam? O santo aparece de repente...

— Santo? — Gauna respondeu sem se irritar. — O suficiente para lhe dar a extrema-unção.

Intuiu que averiguar os fatos da noite anterior não seria tão fácil como imaginara. Não tinha muita vontade de fazer averiguações, nem muita curiosidade.

Estavam todos de olho na jogada e, sem aviso, ele havia entrado. Embora o sobressalto fosse explicável, Gauna se perguntou se, quando soubesse o que acontecera na noite anterior, a explicação não seria outra.

Se quisesse que os rapazes lhe dissessem algo, precisava ter cuidado. Não devia ir embora nesse momento, nem perguntar nada. Devia estar ali, simplesmente. Como as doenças curáveis, só o tempo poderia resolver aquela situação. Tinha a nítida consciência de estar excluído da conversa. Era a primeira vez que lhe acontecia isso com os rapazes. Ou a primeira vez que percebia isso acontecer. "Não irei embora antes das sete", pensou. Era uma testemunha, mas uma testemunha sem nada para testemunhar. Continuou pensando: "O Massantonio não fecha antes das oito. Irei vê-lo quando fechar; não sairei às sete, mas só quinze para as oito.". Sentiu um prazer secreto em se contrariar. Mais prazer em se contrariar do que nessa inesperada ocupação de espiar seus amigos.

IX

Como a porta de ferro da barbearia já estava fechada, entrou pela porta lateral. Nos fundos via-se um quintal, vasto e abandonado, com um álamo e um muro de tijolos sem reboco. Escurecia.

Abriu a cancela e chamou. A criadinha do dono da casa (o senhor Lupano, que alugava o local para Massantonio) pediu-lhe que esperasse um momento. Gauna viu um quarto, com uma cama de nogueira laminada, uma colcha azul-celeste e uma boneca preta de celuloide, um guarda-roupa, da mesma madeira da cama, em cujo espelho se repetiam a boneca e a colcha, e três cadeiras. A moça não voltava. Gauna ouviu um barulho de latas nos fundos do quintal. Deu um passo para trás e olhou. Um homem pulava o muro.

Aí, chamou novamente. A moça perguntou se o senhor Massantonio ainda não o havia atendido.

— Não — disse Gauna.

A moça foi chamá-lo novamente. Logo voltou.

— Agora não encontro ele — disse com naturalidade.

X

Naquela noite eles não iam se encontrar com Valerga. Apesar do cansaço, imaginou fazer-lhe uma visita. Depois pensou que, se quisesse que o ajudassem a esclarecer o mistério dos lagos, não deveria fazer nada fora do normal, nada que chamasse a atenção.

Na quarta-feira, uma voz feminina e desconhecida telefonou para ele na oficina. Marcou um encontro para aquela noite, às oito e meia, perto de umas chácaras da avenida Del Tejar, na altura da Valdenegro. Gauna se perguntou se encontraria a moça da outra noite; depois, pensou que não. Não sabia se devia ir ou não.

Às nove ainda estava sozinho no descampado. Foi para casa jantar.

Quinta-feira era o dia em que se reuniam com Valerga. Quando chegou ao Platense, o doutor e os rapazes já estavam lá. O doutor o cumprimentou afavelmente, mas depois não lhe deu mais atenção; na verdade não deu atenção a ninguém, a não ser a Antúnez. Ficara sabendo que Antúnez era um cantor famoso e se mostrava magoado (de brincadeira, claro) por ele não ter considerado "este pobre velho" digno de ouvi-lo. Antúnez estava muito nervoso, muito lisonjeado, muito assustado. Não queria cantar. Preferia não ter o prazer de cantar a ter de se expor diante do doutor. Este insistia, com obstinação. Quando finalmente, depois de muitas persuasões e desculpas, trêmulo de vergonha e de esperança, Antúnez começou a limpar a garganta, Valerga disse:

— Vou lhes contar o que me aconteceu certa vez com um cantor.

A história foi longa, interessou a quase todos os presentes, e Antúnez ficou esquecido. Gauna pensou que se as coisas não andassem naturalmente, não devia tocar naquele seu assunto com o doutor.

XI

Naquela noite, enquanto comia um pão velho, encolhido de frio na cama, pensava que a solidão de cada um era definitiva. Tinha a convicção de que a experiência dos lagos fora maravilhosa e de que, talvez por isso, todos os amigos, salvo Larsen, tentariam escondê-la. Gauna sentiu-se muito determinado a ver o que havia entrevisto naquela noite, a recuperar o que havia perdido. Sentiu-se mais adulto do que os rapazes e até, talvez, do que o próprio Valerga;

mas não se atrevia a falar com Larsen; este possuía uma sensatez incorruptível e era demasiado prudente.

Sentiu-se, naturalmente, muito só.

XII

Poucos dias depois, Gauna foi à barbearia da rua Conde cortar o cabelo. Ao entrar, deparou com um novo barbeiro.

— E o Massantonio? — perguntou.

— Foi embora — respondeu o desconhecido. — Não viu a vitrine?

— Não.

— Não sei para quê gastar com anúncios — comentou o homem. — Venha, por favor.

Saíram. Lá fora, o barbeiro apontou para um letreiro que dizia: *Grandes reformas por mudança de dono*.

— Quais são as reformas? — perguntou Gauna enquanto entrava.

— O que você queria? Seria pior se eu pusesse *Grande liquidação por mudança de dono*.

— O que houve com o Massantonio? — perguntou novamente Gauna.

— Foi embora com a esposa para Rosario.

— Para sempre?

— Acho que sim. Eu estava à procura de uma barbearia e me disseram: "Pracánico, na rua Conde tem uma barbearia que é um brinco. O dono a pôs à venda". Para falar a verdade, não paguei muito por ela. Então não sabe quanto eu paguei?

— Por que será que o Massantonio a vendeu?

— Não sei direito. Ouvi dizer que um desses rapagões que sempre têm por aí estava de marcação com ele. Primeiro o obrigou a sair para o carnaval. Depois veio aqui atrás dele. Tem gente que garante que, se ele não pulasse o muro, teria sido liquidado no próprio salão. Então não sabe quanto eu paguei?

Gauna ficou pensativo.

XIII

Depois houve a tarde em que Pegoraro se embriagou no Platense. Alguém fez galhofas sobre o calor e os inconvenientes de se aquecer com grapa. Só para ser do contra, Pegoraro virou um copo atrás do outro. O jogo de bilhar definhava e Pegoraro deixou todos alarmados ao sugerir que fossem ver o Bruxo Taboada. Ninguém acreditava muito no Bruxo, mas temiam que lhes dissesse alguma coisa desagradável e que depois isso viesse a acontecer.

— Bela maneira de torrar o dinheiro — comentou Antúnez.

— Você vai lá — explicou o Gomina Maidana —, entrega dois contos para ouvir um monte de asneiras que a cabeça nem assimila direito e sai de lá mais morto que vivo. O que é ruim não carece saber.

Larsen estava particularmente assustado com a ideia de ver o Bruxo. Gauna também achava que era melhor não ir, embora cogitasse se não poderia descobrir alguma coisa sobre sua aventura dos lagos.

— Um homem bem informado — afirmou Pegoraro, virando outro copo — faz uma consulta com o Bruxo e toca a vida sem nervosismo, segundo um programa mais claro que vidro de celuloide. O que acontece — continuou — é que estão assustados. Ora: quem não assusta vocês? — Olhou provocativamente ao redor; depois suspirou e, como se falasse consigo mesmo, acrescentou:

— O próprio doutor tem vocês todos na palma da mão.

Saíram do Platense. Larsen tinha esquecido alguma coisa, entrou de volta e não o viram mais. No caminho, Pegoraro pediu a Antúnez, aliás, Pasaje Barolo, que cantasse um tango para eles. Antúnez ensaiou dois ou três pigarros, falou da necessidade de matar a sede com um copo d'água ou com um cone de balas de goma, doces como xarope de açúcar, confessou que o estado de sua garganta era, francamente, de dar medo, e pediu que o desculpassem. Nisso, chegaram à casa do Bruxo.

— Aqui — disse Maidana —, há poucos anos só tinha casa térrea e chácara de verduras.

Subiram ao quarto andar. Uma moça morena abriu a porta. É do interior, pensou Gauna. Uma dessas moças com a testa estreita e proeminente que ele odiava. Entraram numa saleta com aquarelas e alguns livros. A moça disse para esperarem. Então entraram, um depois do outro, no consultório do Bruxo. Como a sala era muito pequena, quem terminava a consulta ia embora. Ficaram de se encontrar no café.

Ao sair, Pegoraro disse para Gauna:

— Ele é bruxo mesmo, Emilito. Adivinhou tudo sem que eu tivesse que tirar a calça.

— Adivinhou o quê? — perguntou Gauna.

— Bem... adivinhou que eu tenho espinhas nas pernas. Porque, você sabe, eu tenho umas espinhazinhas nas pernas.

O último a entrar foi Gauna. Serafín Taboada lhe estendeu a mão, limpa e muito seca. Era um homem magro, baixo, com uma cabeleira espessa, de testa alta, ossuda, olhos fundos, nariz proeminente e avermelhado. No quarto havia muitos livros, um harmônio, uma mesa, duas cadeiras; sobre a mesa, uma irrefreável desordem de livros e papéis, um cinzeiro com muitas pontas de cigarro, uma pedra cinza que servia de peso de papel. Duas estampas — as efígies de Spencer e de Confúcio — pendiam das paredes. Taboada indicou a Gauna que se sentasse; ofereceu-lhe um cigarro (que Gauna não aceitou) e, depois de acender um, perguntou:

— Em que posso servi-lo?

Gauna pensou por um momento. Depois respondeu:

— Em nada. Só vim acompanhar os rapazes.

Taboada jogou fora o cigarro que tinha acendido e acendeu outro.

— Lamento — disse, como se fosse se levantar e pôr fim à entrevista; continuou sentado e, enigmaticamente, continuou: — Lamento, porque tinha de lhe dizer uma coisa. Fica para outro dia.

— Talvez.

— Não é preciso se desesperar. O futuro é um mundo onde tem de tudo.

— Como na loja da esquina? — comentou Gauna. — É o que diz a propaganda, mas, acredite, quando você pede alguma coisa, respondem que não tem mais.

Gauna pensou que Taboada talvez fosse mais tagarela do que astuto ou inteligente. Taboada continuou:

— No futuro, como um rio, corre o nosso destino, conforme o desenhamos aqui embaixo. Tudo está no futuro, porque tudo é possível. Ali, você morreu na semana passada, e ali está vivendo para sempre. Ali, você se transformou num homem razoável e também se transformou em Valerga.

— Não permito que cace do doutor.

— Não estou caçoando — respondeu brevemente Taboada —, mas queria lhe perguntar uma coisa, se não me levar a mal: doutor em quê?

— Você deve saber — rebateu Gauna imediatamente —, já que é bruxo. Taboada sorriu.

— Está bem, moço — disse; depois continuou explicando: — se não encontramos no futuro o que procuramos, talvez seja porque não sabemos procurar. Sempre podemos esperar alguma coisa.

— Eu não espero muito — declarou Gauna. — Também não acredito em bruxarias.

— Talvez tenha razão — replicou com tristeza Taboada. — Mas teríamos de saber o que você chama de bruxaria. Dou como exemplo a transmissão de pensamento. Não há grande mérito, garanto, em averiguar o que pensa um jovem aborrecido e temeroso.

Os dedos de Taboada pareciam muito lisos e muito secos. Acendia um cigarro atrás do outro, fumava um pouco e os esmagava no cinzeiro. Ou afiava a ponta de um lápis na lixa de uma caixa de fósforos. Não havia nervosismo nesses movimentos. Quando jogava o cigarro fora, não estava nervoso, mas abstraído. Perguntou:

— Faz muito tempo que você veio para o bairro?

— Você deve saber — respondeu Gauna; depois se perguntou se sua atitude não era um pouco ridícula.

— Está certo — reconheceu Taboada. — Um amigo o trouxe. Depois conheceu outros amigos, menos dignos, talvez, de sua confiança. Fez uma espécie de viagem. Agora está com saudades, como Ulisses de volta a Ítaca, ou como Jasão se lembrando dos pomos de ouro.

Não foi a menção à aventura o que atraiu Gauna. Entrevia nas palavras do Bruxo um mundo desconhecido, talvez mais cativante que aquele valoroso e nostálgico do doutor.

Taboada prosseguiu:

— Nessa viagem (porque é preciso chamá-la de alguma maneira) nem tudo é bom e nem tudo é ruim. Por você e pelos outros, não a empreenda novamente. É uma bela memória e a memória é a vida. Não a destrua.

Gauna voltou a sentir-se hostil contra Taboada; sentia também desconfiança.

— De quem é o retrato? — perguntou, para interromper o discurso do bruxo.

— Essa gravura representa Confúcio.

— Não acredito em padres — afirmou com dureza Gauna; após um silêncio, perguntou: — Se eu quiser lembrar o que aconteceu naquela viagem, o que devo fazer?

— Tentar melhorar.

— Não estou doente.

— Um dia você vai entender.

— É possível — reconheceu Gauna.

— Por que não? Se quiser entender, torne-se bruxo; basta um pouco de método, um pouco de dedicação, acredite, e a experiência de uma vida inteira.

Com a intenção de distrair Taboada, para depois voltar ao interrogatório, perguntou, apontando para a pedra que às vezes fazia de peso de papel:

— E isto aqui?

— É uma pedra. Uma pedra das Sierras Bayas. Apanhei-a com minhas próprias mãos.

— Esteve nas Sierras Bayas?

— Em 1918. Por incrível que pareça, apanhei essa pedra no dia do Armistício. Como vê, trata-se de uma lembrança.

— Faz nove anos! — comentou Gauna.

Criou coragem, pensou "é um pobre velho" e, depois de um breve silêncio, perguntou:

— No assunto que o senhor chama de minha viagem, não devo prosseguir com as averiguações?

— Não é preciso interromper as averiguações nunca — continuou o Bruxo. — O mais importante é o ânimo com que averiguamos.

— Não estou entendendo, senhor — reconheceu Gauna. — Mas então, por que devo esquecer essa viagem?

— Ignoro se deve esquecê-la. Não sei nem se consegue esquecê-la; além do mais, acho que não lhe convém...

— Agora vou lhe fazer uma pergunta pessoal. Espero que saiba me interpretar. O que pensa de mim?

— O que penso de você? Como quer que eu lhe diga em duas palavras o que penso de você?

— Não se exalte — replicou Gauna, com suavidade. — Pergunto isso como quem pergunta ao passarinho que retira o papelzinho verde. Terei boa sorte ou não? Tenho boa saúde ou não? Sou corajoso ou não?

— Acho que estou captando — respondeu o Bruxo; depois continuou, em tom distraído: — Por mais corajoso que seja, um homem não é corajoso em todas as ocasiões.

— Está bem — disse Gauna. — Um dia vi uma moça de máscara...

— Eu sei — respondeu o Bruxo.

Com incredulidade, Gauna perguntou:

— Vou vê-la novo?

— Você me pergunta se vai vê-la. Sim e não. Eu o defendi contra um deus cego, eu rompi o tecido que devia se formar. Embora seja mais fino do que o ar, voltará a se formar quando eu não estiver mais aqui para evitar.

Gauna sentiu renovado desprezo e rancor. Agora só queria terminar a entrevista; levantando-se, indagou:

— Há algum outro conselho para mim?

Taboada respondeu com voz monótona:

— Não há conselhos a dar. Não há destinos a prever. A consulta custa três pesos.

Gauna, fingindo distração, folheou uma pilha de livros; leu nas lombadas os nomes estrangeiros: um conde, que devia ser italiano, porque levava, além de algum outro disparate, um "t" e aquele título ou sobrenome que lhe sugeriu o projeto de algum dia escrever uma carta aos jornais para dizer um punhado de verdades e usá-lo como assinatura: Flammarion. Pôs os três pesos sobre a mesa.

Taboada o acompanhou até a porta. A filha de Taboada estava esperando o elevador. Gauna disse: "Como vai?", mas não se atreveu a lhe estender a mão.

Quando desciam, a luz se apagou e o elevador parou. Gauna pensou: uma alusão oportuna cairia bem, agora. Pouco depois, balbuciou:

— Seu pai não disse que era o dia do meu aniversário!

A moça respondeu com naturalidade:

— É só um curto-circuito. A luz volta a qualquer momento.

Gauna não se preocupou mais com suas reações, com seus nervos ou com o que devia dizer; sentiu a presença da moça, como de repente se sente, imperiosa, uma palpitação no peito. A luz se acendeu e o elevador desceu pacificamente. Na porta da rua, a moça lhe estendeu a mão e, sorrindo, disse;

— Meu nome é Clara.

Depois a viu correr até um automóvel que esperava junto à calçada. Uns jovenzinhos desceram do carro. Gauna pensou que a moça lhes contaria o que acontecera e que ririam dele. Ouviu as risadas.

XIV

A primeira vez que Gauna saiu com a filha de Taboada foi num sábado à tarde. Larsen lhe dissera:

— Por que você não calça as alpargatas e corre até a padaria?

Os bairros são como uma casa grande onde tem de tudo. Numa esquina fica a farmácia; na outra, a loja onde se compram calçados e cigarros, e as moças compram tecidos, brincos e pentes; o armazém fica em frente, La Superiora, bem perto, e a padaria, na metade da quadra.

A padeira atendia os fregueses impassivelmente. Era majestosa, ampla, surda, branca, limpa, e usava o cabelo ralo dividido no meio, com ondas sobre as orelhas, grandes e inúteis. Quando chegou sua vez, Gauna disse, movendo bem os lábios:

— Pode me dar, senhora, uns biscoitinhos para o mate.

Foi quando percebeu que a moça o observava. Gauna se virou; olhou. Clara estava diante de uma vitrine com frascos de balas, barras de chocolate e lânguidas bonecas loiras com vestidos de seda e recheadas de bombons. Gauna reparou no cabelo preto, na pele morena, lisa. Convidou-a para ir ao cinema.

— O que está passando no Estrella? — perguntou Clara.

— Não sei — respondeu.

— Dona María — disse Clara, dirigindo-se à padeira —, pode me emprestar um jornal?

A padeira pegou no balcão um exemplar do *Última Hora* cuidadosamente dobrado. A moça folheou-o, dobrou-o na página de espetáculos e leu atentamente. Disse, suspirando:

— Temos de nos apressar. Às cinco e meia vai passar um com o Percy Marmon.

Gauna estava impressionado.

— Olhe — perguntou Clara —, gostaria de uma assim?

Mostrava-lhe no jornal um desenho, feito por mão tosca, que representava uma moça seminua, segurando uma carta gigantesca. Gauna leu: *Carta aberta de Iris Dulce ao senhor Juiz de Menores*.

— Gosto mais de você — respondeu Gauna, sem olhar para ela.

— Quanto lhe pagam por mentira? — inquiriu Clara, pronunciando enfaticamente, em cada palavra, a sílaba tônica; depois se dirigiu à padeira: — Tome, senhora. Obrigada. — Entregou-lhe o jornal; continuou falando com

Gauna: — Sabe, uma vez pensei em ser corista. Mas agora incomodam muito se você é menor de idade.

Gauna não respondeu. Descobriu que, inexplicavelmente, não tinha vontade de sair com ela. Clara prosseguiu:

— Sou louca por teatro. Vou trabalhar na companhia Eleo. É dirigida por um baixinho chamado Blastein. Detestável.

— Detestável por quê? — perguntou com indiferença.

Pensava nos teatros que viu em suas andanças pelo centro; na entrada dos artistas; numa vida de prestígio que adentrava distantes madrugadas, com mulheres, tapetes vermelhos e, por fim, passeios caros, em amplos táxis abertos. Jamais imaginou que a filha do Bruxo o iniciaria nesse mundo.

— É detestável. Tenho vergonha de contar as coisas que ele me diz.

Gauna perguntou em seguida:

— O que ele diz?

— Diz que o teatro dele é uma máquina de fazer salsicha e que eu, ao entrar por um lado, sou uma malandrinha — pronunciar esta palavra lhe causou certa afobação, certo rubor —, e ao sair pelo outro pareço mais empertigada que uma professora do Liceu.

Gauna, afogueado, sentiu-se invadido por uma onda de orgulho e de raiva, uma sensação agradável, que talvez pudesse se expressar desta forma: a moça seria dele, e iam ver só como ele saberia defendê-la. Exclamou, com voz quase inaudível:

— Malandrinha... Vou moer todos os ossos dele.

— Ou melhor, as sardas — opinou Clara, com seriedade — que ele tem de sobra; mas deixe-o em paz. Ele é detestável. — Depois de uma pausa, continuou sonhadoramente: — Sou a dama do mar, sabe. Da peça de um escandinavo, um estrangeiro.

— E por que não levam obras de autor nacional? — questionou Gauna, com agressivo interesse.

— Blastein é detestável. A única coisa que lhe importa é a arte. Se você ouvisse o que ele fala.

Gauna explicou:

— Se eu fosse do governo obrigaria todo mundo a encenar obras de autor nacional.

— Foi isso que comentei com um sujeito que é meio bobo e faz o papel do velho professor de uma menina que se chama Boleta — concordou Clara;

depois, sorrindo, acrescentou: — Não pense que o sardento é tão malvado assim. Como ele gosta de falar de roupas! É engraçado.

Gauna olhou para ela com desgosto. Caminharam alguns metros em silêncio. Depois se despediram.

— Não me deixe esperando — recomendou Clara. — Aguarde-me em vinte minutos na porta de casa. Bem na porta, não. A meia quadra.

Gauna pensou, com certa pena da moça, que todos esses detalhes eram inúteis, que não iria buscá-la. Ou iria? Tristonho, entrou em casa.

Larsen lhe disse:

— Pensei que você tivesse morrido. Ainda bem que não pus a água para esquentar quando você saiu.

Gauna respondeu.

— Vou precisar de um pouco d'água para fazer a barba.

Larsen o olhou com certa curiosidade; ocupou-se do fogareiro Primus e da água; examinou o conteúdo do pacote que Gauna trouxera; pegou um docinho de açúcar queimado e provou. Comentou, em tom de apreciação:

— Olhe, é preciso deixar de lado todos os grandes projetos extravagantes. Estou convencido de que não devemos mudar de padaria. A Gorda sabe o que faz.

Gauna pôs uma lâmina no aparelho e, para ter um pouco de luz, pendurou o espelho junto da porta.

— Faça a barba depois — disse Larsen, enquanto preparava o mate. — Não vá perder os primeiros.

— Vou perder todos — respondeu Gauna. — Estou com pressa.

O amigo começou a matear em silêncio. Gauna sentiu-se muito triste. Anos depois, disse que nesse momento se lembrou das palavras que ouviu de Ferrari: "Você vive tranquilo com os amigos, até que aparece a mulher, esse grande intruso que chega atropelando tudo".

XV

Quando saíram do cinema, Gauna sugeriu a Clara:

— Vamos tomar um *guindado* uruguaio* na confeitaria Los Argonautas.

— Que pena, não posso — respondeu Clara. — Preciso jantar cedo.

Primeiro ele ficou desconfiado, depois com raiva. Disse com uma vozinha hipócrita, que a moça ainda não conhecia:

— Vai sair esta noite?

— Sim — replicou Clara, inocentemente. — Tenho ensaio.

— Deve se divertir muito — comentou Gauna.

— Às vezes. Por que não vai me ver?

Surpreso, ele respondeu:

— Não sei. Não quero incomodar. Mas se me convidam, eu vou. — Em seguida acrescentou, num tom que pretendia ser muito sincero: — O teatro me interessa.

— Se tiver um pedaço de papel, anoto o endereço para você.

Encontrou papel — uma tira do programa do cinema —, mas nenhum dos dois tinha lápis. Clara escreveu com o batom: Freire, 3721.

Quantas vezes ao longo do tempo, no bolso de uma calça guardada no fundo do baú, ou entre as páginas de uma *História dos Girondinos* (obra que Gauna respeitava muito, porque a herdara de seus pais, e cuja leitura, em mais de uma ocasião, havia iniciado), ou em lugares menos verossímeis, a tira de papel reapareceria como um símbolo de prestígio variável, como um sinal que dizia: Tudo começou aqui.

Por volta das dez da noite, chuviscava. Gauna caminhou apressadamente, olhou os números nas portas, conferiu o papel; sentiu-se desorientado. Não sabia bem o que esperava encontrar no número 3721; admirou-se ao encontrar um estabelecimento comercial. Um letreiro dizia: *El Líbano Argentino. Mercerías "A. Nadín"*. Havia duas portas; a primeira, fechada por uma porta de ferro, entre duas vitrines, também fechadas por portas de ferro; a segunda, de madeira envernizada, com uma pequena grade no centro e grandes pregos de ferro fundido. Apertou a campainha da porta de madeira, embora a outra tivesse o número 3721.

---

* Licor de ginja. (N. T.)

Logo depois, um homem volumoso atendeu; Gauna entreviu na penumbra dois escuros arcos de sobrancelhas e algumas manchas no rosto. O homem perguntou:

— Senhor Gauna?

— Isso mesmo — disse Gauna.

— Entre, caro senhor, entre. Estávamos à sua espera. Eu sou o senhor A. Nadín. E esse tempo?

— Ruim — respondeu Gauna.

— Louco — afirmou Nadín. — Olhe, nem sei o que pensar. Antes, não lhe digo que fosse grande coisa, mas bem ou mal a gente podia se preparar. Já agora...

— Agora está tudo de pernas para o ar — declarou Gauna.

— Falou bem, meu bom senhor, falou bem. Uma hora faz frio, outra hora faz calor, e tem gente que ainda se admira quando você pega uma gripe ou um reumatismo.

Entraram numa saleta, com piso de mosaico, iluminada por um abajur com cúpula de miçangas. A mesa em que se apoiava o abajur era uma espécie de pirâmide truncada, de madeira, com incrustações de madrepérola. Pendurados na paredes havia um brasão nacional, com anéis nos dedos e abotoaduras, e um quadro do abraço histórico de San Martín e O'Higgins. Num canto havia uma estatueta de porcelana pintada; representava uma garota com a saia levantada pelo focinho de um cão. Gauna resignou-se a olhar o vasto Nadín: as sobrancelhas eram bem pretas, bem largas, bem arqueadas; o rosto estava coberto de pintas, com os mais variados matizes do negro e do pardo; algo, na mandíbula inferior, remedava a expressão satisfeita de um pelicano. O homem devia ter uns quarenta anos. Falando como se revirasse a língua no fundo de uma caçarola de doce de leite, explicou:

— Precisamos nos apressar. O ensaio já começou. Os artistas, excelentes; o drama, sublime; mas o senhor Blastein vai me matar.

Tirou do bolso de trás da calça um lenço vermelho que saturou o ar de perfume de lavanda; passou-o pelos lábios, como se fosse um guardanapo. A boca de Nadín parecia estar sempre molhada.

— Onde vocês ensaiam? — perguntou Gauna.

Nadín não parou para responder. Murmurou em tom de queixa:

— Aqui, meu bom senhor, aqui. Siga-me.

Foram dar num quintal. Gauna insistiu em suas perguntas:

— Onde vão representar?

A voz de Nadín foi quase um gemido:

— Aqui. Você já verá com seus próprios olhos.

"Então o teatro era este", pensou Gauna, sorrindo. Chegaram a um galpão com a fachada rebocada e paredes e telhado de zinco. Abriram uma porta corrediça. Lá dentro discutiam umas poucas pessoas sentadas e dois atores de pé, sobre uma mesa muito grande, enquadrada por painéis lilases que chegavam, de cada lado, até as paredes. Sobre a mesa, que era o palco, não havia nenhum cenário. Nos cantos do galpão empilhavam-se caixas de mercadorias. Nadín indicou uma cadeira para Gauna e saiu.

Um dos atores que estavam sobre a mesa ou estrado tinha um casaco de mulher no braço. Explicava:

— A Elida tem que vestir o casaco. Está vindo da praia.

— Qual a relação — gritava um homenzinho com a cara coberta de sardas e o cabelo basto, de um loiro cor de palha, espetado — entre o fato de Elida estar voltando da praia e a aparição desse objeto inefável, que se prolonga em mangas, cintos e dragonas?

— Não se exalte — recomendou um segundo homenzinho (moreno, com barba de dois dias, avental de entregador de leite, desdenhoso cigarro nos lábios pegajosos de saliva seca e libreto na mão). — O autor vota pelo casaco. Vocês abaixam a cabeça. Aqui diz em letra de fôrma: Elida Wangel aparece sob as árvores, perto da alameda. Jogou um casaco sobre os ombros; leva o cabelo solto, ainda úmido.

Nadín reapareceu com novos espectadores. Sentaram-se. O do cabelo espetado pulou sobre o tablado e arrebatou o casaco. Mostrando-o, vociferou:

— Por que crucificar Ibsen nestas mangas realistas? Um manto é suficiente. Algo que sugira um manto. Lembrem que vamos acentuar o lado mágico. Na verdade, Elida é uma moça que, num farol, viu o mar, e, sobretudo, conheceu um marinheiro de má índole. O perverso atrai as mulheres. Elida fica marcada. Essa é a história, segundo a Bíblia que o Antonio está brandindo — apontou para o homenzinho do libreto. — Mas quem terá o coração tão duro a ponto de deixar um gênio desamparado? Não lhe negaremos auxílio. Em *nosso* drama, Elida é uma sereia, como no quadro de Ballested. Chegou misteriosamente do mar. Casa-se com Wangel e constroem um lar feliz. Ou melhor, todos sabem que a felicidade está nessa casa, mas ninguém é feliz porque Elida definha, sob o fascínio do mar. — Fez uma pausa; depois acrescentou: — Chega de falar com marionetes — desceu do tablado de um salto. — Em frente com o ensaio!

Sem nenhuma transição, eles começaram a representar. Um deles disse:

— A vida no farol deixou-lhe traços indeléveis. Aqui ninguém a entende. Aqui a chamam de *Dama do mar*.

O outro ator respondeu com exagerada surpresa:

— Verdade?

Antonio, o homenzinho do libreto, irritou-se.

— Mas de onde vão tirar esse manto?

— Daqui — gritou, furioso, o do cabelo espetado, dirigindo-se para as gavetas.

O enorme senhor A. Nadín se precipitou com os braços levantados. Exclamava:

— Eu dou a minha vida, a minha casa, o meu galpãozinho para vocês! Mas a mercadoria, não! Na mercadoria não se toca!

Blastein abria as gavetas, impassível. Perguntou:

— Onde tem tecido amarelo?

— Esse sujeito vai me matar — gemeu Nadín. — Ninguém toca na mercadoria.

— Perguntei onde você esconde o tecido amarelo — disse Blastein, implacável.

Blastein encontrou o tecido; pediu uma tesoura (que Nadín entregou suspirando); mediu duas larguras de seu braço; feroz e descuidado, cortou-o.

Ao ver aqueles rasgos, Nadín balançou a cabeça, segurando-a entre as mãos enormes e consteladas de pedras verdes e vermelhas.

— Acabou-se a ordem nesta casa — exclamou. — Como vou impedir, agora, os pequenos furtos da empregadinha?

Blastein, agitando o tecido como uma labareda de ouro, voltou para o tablado.

— O que fazem aí petrificados — perguntou aos atores —, olhando como dois Zonza Brianos de sal?

De um salto, subiu no palco, para logo desaparecer atrás dos bastidores lilases. O ensaio prosseguiu. De repente, Gauna ouviu, muito comovido, a voz de Clara. A voz perguntou:

— Wangel, estás aí?

Um dos atores respondeu:

— Sim, querida. — Clara saiu de trás de um dos painéis, com o manto amarelo sobre os ombros; o ator estendeu as mãos para ela e, sorrindo, exclamou: — Cá está a sereia.

Clara avançou com movimentos vivos, segurou as mãos do ator e disse:

— Finalmente te encontro! Quando chegaste?

Gauna assistia ao ensaio com os olhos fixos, a boca entreaberta e sentimentos contraditórios. A desilusão do primeiro momento ainda ressoava nele, como um eco fraco e prolongado. Tinha sido como uma humilhação diante de si mesmo. "Como não desconfiei", pensou, "quando me disseram que o teatro ficava na rua Freire?" Mas agora, perplexo e orgulhoso, via a conhecida Clara se transfigurar na desconhecida Elida. Seu abandono ao contentamento — a uma espécie de contentamento vaidoso e marital — teria sido completo se os rostos masculinos, inexpressivos e atentos, que seguiam o espetáculo, não lhe houvessem sugerido a possibilidade de uma inevitável trama de circunstâncias que podiam roubar-lhe Clara ou deixá-la para ele, aparentemente intacta, mas repleta de mentiras e traições.

Então notou que a moça o cumprimentava com uma expressão de confiante alegria. O ensaio fora interrompido. Todo mundo opinava em voz alta, sobre o drama ou sobre a atuação. Gauna pensou que era o mais bobo de todos; só ele nada tinha a dizer. Clara, resplandecente de juventude, de beleza e de uma superioridade nova, desceu do tablado e foi até ele, olhando-o de uma forma que parecia eliminar as demais pessoas, deixando-o sozinho para receber a homenagem de seu carinho ingênuo e absoluto. Blastein se interpôs entre eles. Trazia pelo braço uma espécie de gigante dourado, limpo, com a pele corada, como se tivesse acabado de tomar um banho de água fervendo; o gigante usava uma roupa muito nova e no conjunto se manifestava pródigo em cinzas e marrons, em flanelas, suéteres e cachimbos.

— Clara — exclamou Blastein —, apresento-lhe meu amigo Baumgarten. Um elemento jovem na crítica teatral. Se não entendi mal, é colega, no clube Obras Sanitárias, do sobrinho de um fotógrafo da revista *Don Goyo*, e vai dar uma notinha breve sobre nosso esforço.

— Olha que bom — respondeu a moça, sorrindo para Gauna.

Este a tomou pelo braço e a afastou do grupo.

XVI

De noite ele a acompanhava ao ensaio. Depois do trabalho, à tarde, também a acompanhava, e se não havia ensaio iam passear no parque. Passaram alguns dias assim; quando chegou quinta-feira, não sabia se ia ver Clara ou se ia à casa do doutor Valerga. Por fim, resolveu dizer que não poderia vê-la naquela noite. A moça, sem esconder seu desencanto, aceitou prontamente a explicação de Gauna.

Larsen e ele chegaram à casa do doutor por volta das dez da noite. Antúnez, aliás, Pasaje Barolo, falava de assuntos econômicos, dos juros criminosos cobrados por certos prestamistas, verdadeiras manchas da profissão, e dos quarenta por cento que ele faria o dinheiro render, se conseguisse levar adiante seus planos de sonhador e de ambicioso. Olhando para Gauna, o doutor Valerga esclareceu:

— O amigo Antúnez, aqui presente, tem grandes projetos. O comércio o atrai. Quer montar uma banca de verduras na feira livre.

— Mas o negócio não tem fundamento — interveio Pegoraro. — O guri não tem capital.

— Talvez Gauna possa dar uma mãozinha — sugeriu Maidana, abaixando-se, contraindo-se todo e sorrindo.

— Nem que seja de tinta — acrescentou Antúnez, como quem quer levar as coisas na brincadeira.

Muito sério, o doutor Valerga fitou Gauna nos olhos e se inclinou levemente em sua direção. Depois o rapaz disse que naquele momento foi como se o edifício de Aguas Corrientes, que foi trazido de barco da Inglaterra, desabasse sobre ele. Valerga perguntou:

— Quanto dinheiro sobrou, amiguinho, depois da farra do carnaval?

— Nada! — respondeu Gauna, arrebatado pela indignação. — Não sobrou nada.

Deixaram que reclamasse e desabafasse. Depois, mais debilmente, ele acrescentou:

— Nem uma mísera nota de cinco pesos.

— De quinhentos, você quer dizer — corrigiu Antúnez, piscando um olho.

Houve um silêncio. Depois Gauna perguntou, pálido de raiva:

— Quanto vocês acham que eu ganhei na corrida?

Pegoraro e Antúnez iam falar alguma coisa.

— Chega — ordenou o doutor. — Gauna disse a verdade. Quem não estiver de acordo, que vá embora. Mesmo que almeje ser um açougueiro de legumes.

Antúnez começou a balbuciar. O doutor o fitou com interesse:

— O que você faz aí — perguntou — revirando os olhos feito um cordeiro com lombrigas? Deixe de ser egoísta e solte essa voz que você tem, de cigarra ou seja lá do que for. — Aí falou com extrema doçura: — Acha certo se fazer de rogado e deixar todo mundo esperando? — Mudou de tom. — Cante, homem, cante.

Antúnez tinha os olhos fixos no vazio. Fechou-os. Abriu-os de novo. Com a mão trêmula, passou um lenço pela testa, pelo rosto. Quando o guardou, seu rosto parecia ter absorvido fantasticamente a brancura do lenço. Estava muito pálido. Gauna pensou que alguém, provavelmente Valerga, devia falar; mas o silêncio continuava. Antúnez, por fim, moveu-se na cadeira; parecia prestes a chorar ou desmaiar. Explicou, levantando-se:

— Esqueci tudo.

Gauna murmurou rapidamente:

— *Era un tigre para el tango.*

Antúnez o olhou com aparente incompreensão. Voltou a secar o rosto com o lenço; passou-o também nos lábios ressecados. Com dificuldade, com rígida, com agônica lentidão, abriu a boca. O canto se soltou suavemente:

Por qué me dejaste,
mi lindo Julián?
Tu nena se muere
de pena y afán...

Gauna pensou que havia cometido um erro; como pôde sugerir aquele tango ao pobre Antúnez? O doutor não ia perder a oportunidade de humilhá-lo. Quase com tédio, pressentiu as chacotas ("Chê, seja franco com a gente: quem é o seu lindo Julián?" etc.). Levantou os olhos, resignado. Valerga escutava com inocente beatitude; mas de repente se levantou e, com um gesto sutil, pediu a Gauna que o seguisse. O cantor se interrompeu.

— Sua corda acaba logo, pelo visto — interpelou-o o doutor. — Se não cantar até voltarmos, vou tirar essa sua vontade de se tornar o moço-gramo-fone. — Dirigiu-se a Gauna: — Meloso desse jeito, devia era virar violinista de bordel.

Antúnez atacou de "Mi noche triste"; os rapazes permaneceram onde estavam, em atitude de escutar o cantor; Gauna, com vacilante aprumo, seguiu Valerga. Ele o levou até o quarto vizinho; estava mobiliado com uma pequena mesa de pinho, um armário de madeira clara, envernizada, uma cama coberta com mantas cinzentas, duas cadeiras com assento de palha e — o que em meio àquela austeridade parecia uma inconsistência, um luxo quase efeminado — uma poltrona de Viena. No meio de uma parede descascada estava pendurada, pequena, redonda, com moldura, sem vidro, com rastros de moscas, uma fotografia do doutor, tirada em sua inacreditável juventude. Sobre a mesa de pinho havia uma jarra, de vidro azulado, com água, um pote de erva-mate Napoleón, um açucareiro, uma cuia com virola de prata no bocal, uma bombilha com adornos de ouro e uma colher de estanho.

O doutor se virou para Gauna e, pondo a mão em seu ombro — o que era um gesto insólito, pois Valerga parecia ter um nojo instintivo de tocar as pessoas —, anunciou:

— Agora vou lhe mostrar, e não me dê um pio, um punhado de pertences que eu só mostro para os amigos.

Abriu uma caixa de biscoitos Bellas Artes, que tirou do armário, e despejou seu conteúdo sobre a mesa: três ou quatro envelopes cheios de fotografias e algumas cartas. Apontando as fotografias com o indicador, disse:

— Enquanto você olha, vamos tomar um mate.

Também tirou do armário uma chaleirinha esmaltada, encheu-a com água da jarra e a pôs para esquentar num fogareiro Primus. Gauna pensou, com inveja, que o deles era menor.

Havia um número considerável de fotografias do doutor. Algumas, com plantas em vasos e com balaústres, assinadas pelo fotógrafo, e outras, menos compostas, menos rígidas, que eram obra fortuita de amadores anônimos. Havia, também, grande abundância de fotografias de velhos, de velhas, de bebês (vestidos e de pé ou nus e deitados): pessoas, todas elas, totalmente desconhecidas por Gauna. Às vezes, o doutor explicava: "Um primo do meu pai", "minha tia Blanca", "meus pais, no dia das bodas de ouro"; mas, em geral, submetia os retratos ao exame de Gauna sem fazer nenhum comentário que não fosse um silêncio cheio de respeito e um olhar vigilante. Se alguma fotografia passava com rapidez ao maço das já examinadas, ele aconselhava, num tom em que se confundiam a repreensão e o estímulo:

— Ninguém está com pressa, rapaz. Assim você não chega a lugar nenhum. Olhe com calma.

Gauna estava muito emocionado. Não compreendia por que Valerga lhe mostrava tudo aquilo; compreendia, com aturdida gratidão, que seu mestre e modelo o honrava com uma solene prova de apreço e, talvez, de amizade. Seu espontâneo reconhecimento sempre fora comovido e extremo, mas naquela noite lhe parecia alcançar uma veemência particular, porque imaginava que ele não era o mesmo de antes, não era o que Valerga pensava conhecer, não era um homem com uma só lealdade. Ou talvez fosse. Sim, estava certo de não ter mudado; mas, naquele momento, o fundamental era saber que, para o exigente critério do doutor, ele havia mudado.

Depois tomaram mate, Gauna sentado numa cadeira, o doutor na poltrona de Viena. Quase não falavam. Se alguém de fora os tivesse visto, teria pensado: pai e filho. Gauna também sentia assim.

No quarto contíguo, Antúnez atacava, pela terceira vez, "La copa del olvido". Valerga observou:

— Precisamos calar o bico desse barulhento. Mas antes quero lhe mostrar outra coisa.

Ficou um tempo remexendo no armário. Voltou com uma pazinha de bronze, e declarou:

— Com esta pá, o doutor Saponaro pôs a argamassa na pedra fundamental da capela ali da esquina.

Gauna apanhou o objeto com devoção e o contemplou, maravilhado. Antes de guardá-lo, Valerga, esfregando-o com rapidez na manga, restituiu o brilho às partes do bronze em que o rapaz pousara seus dedos inexperientes e úmidos. Valerga tirou mais uma coisa daquele armário inesgotável: um violão. Quando seu jovem amigo, com apressada amabilidade, quis examiná-lo, Valerga o afastou, dizendo:

— Vamos ao escritório.

Antúnez, talvez menos animado do que em outras ocasiões, cantava "Mi noche triste". Brandindo vitoriosamente o violão, o doutor perguntou, com voz estrondosa e surda:

— Mas me digam, que ideia é essa de cantar a seco se temos um violão na casa?

Todos, incluído Antúnez, receberam o inesperado gracejo com sinceras gargalhadas, estimuladas, talvez, pela intuição de que a tensão havia passado. Além disso, bastava olhar para Valerga para perceber seu bom humor. Os rapazes, livres de temores, choravam de rir.

— Agora vocês vão ver — anunciou o doutor, afastando Antúnez com um empurrão e sentando-se — o que este velho é capaz de fazer com um violão.

Sorrindo, sem pressa, começou a afiná-lo. De vez em quando, seus dedilhados destros e nervosos deixavam despontar uma incipiente melodia. Então, com voz muito suave, cantarolou:

*A la hueya, hueya,** \
la infeliz madre, \
cebando mates, \
si por las tardes.

E parava para comentar:

— Nada de tangos, rapazes. Que fiquem para os malandros e os violeiros de bordel. — E acrescentou com voz mais rouca: — Ou para os açougueiros de legumes.

Com um sorriso beatífico, com mãos amorosas, calmamente, como se o tempo não existisse, voltava a afinar o violão. Nesses jogos, que não o cansavam, entreteve-se até depois da meia-noite. Havia um sentimento geral de cordialidade, uma alegria amistosa e emotiva. Antes de pedir que fossem embora, o doutor mandou Pegoraro buscar a cerveja e os copos na cozinha. Brindaram à felicidade de todos.

Tinham bebido pouco, mas mostravam uma exaltação que parecia própria da embriaguez. Foram embora juntos. Pelas ruas vazias ressoaram seus passos, seus cantos, seus gritos. Um cachorro latiu, e um galo, decerto acordado por eles, cacarejou em êxtase, trazendo para a noite um rapto de auroras e de lonjuras agrestes. O primeiro a ir para casa foi Antúnez; depois, Pegoraro e Maidana. Quando ficaram a sós, Larsen arriscou a pergunta:

— Francamente, não acha que o doutor se irritou demais com o Antúnez?

— Sim, homem — respondeu Gauna, sentindo que era prodigioso o modo como ele e Larsen se entendiam. — Eu ia falar a mesma coisa. E o que achou da história do violão?

— É de matar — Larsen declarou, tremendo de rir. — Como o coitado do sujeito ia adivinhar que tinha um violão na casa? Você sabia?

— Eu não.

* Hueya (huella): baile folclórico argentino. (N.T.)

— Eu também não. E não me diga que as brincadeiras com a palavra *seco** não foram meio nojentas.

Para poder rir melhor, Gauna se apoiou na parede. Conhecia o preconceito de Larsen contra piadas sujas; não o defendia, mas de algum modo simpatizava com ele. Além do mais, achava graça nisso.

— O que você quer, chê — reconheceu Gauna, com audácia. — Falando de peito aberto, confesso que o Antúnez se saiu melhor como cantor do que o Valerga como violeiro.

Tudo isso lhes pareceu tão hilário que caminharam fazendo esses pela calçada, com o corpo inclinado para a frente, quase de cócoras, ululando e gemendo. Quando se acalmaram um pouco, Larsen perguntou:

— Por que ele o levou até o outro quarto?

— Para me mostrar uma infinidade de fotografias de pessoas que eu não conheço e até a pazinha de bronze que um doutor não sei das quantas usou para pôr a pedra fundamental na igreja de não sei onde. Você ia rir se me visse lá. — Depois, acrescentou: — O mais estranho de tudo é que, em alguns momentos, achei o doutor Valerga parecido com o Bruxo Taboada.

Houve um silêncio, porque Larsen procurava não falar do Bruxo nem de sua família; logo passou; Gauna quase não percebeu; preferiu se entregar à satisfação de comprovar, mais uma vez, a íntima, a inevitável solidariedade que havia entre eles. Pensou, com uma espécie de orgulho fraterno, que a perspicácia dos dois juntos era muito superior à que cada um tinha quando estava sozinho e, por fim, com uma nostalgia antecipada, na qual se adivinhava o destino, entendeu que aquelas conversas com Larsen eram como a pátria de sua alma. Pensou em Clara com rancor.

Pensou: "Amanhã eu poderia lhe dizer que não vou sair com ela. Não vou dizer. Não é que eu não tenha força de vontade. Por que eu iria convidar Larsen, num dia de semana, para sairmos juntos? Nós podemos nos ver quando não temos nada para fazer". Depois disse para si mesmo, tristemente: "A cada dia nos veremos menos".

Quando chegaram em casa, Larsen falou:

— Confesso com toda sinceridade: no começo, eu não estava gostando do rumo das coisas. Achei que estavam de conluio para assaltá-lo.

---

* Além de significar cantar sem acompanhamento, a expressão *en seco* também se refere à masturbação. (N.T.)

— Para mim, eles queriam manipular o Valerga — opinou Gauna. — Ele percebeu e pôs todo mundo na linha.

XVII

Na tarde seguinte, Gauna esperava Clara na confeitaria Los Argonautas. Olhava seu relógio de pulso e o comparava ao relógio que havia na parede; olhava as pessoas que entravam, empurrando, com idêntico movimento, a silenciosa porta de vidro: por mais incrível que pudesse parecer, um daqueles indefinidos senhores ou uma daquelas mulheres detalhadamente horríveis se transformaria em Clara. Gauna, por sua vez, estava sendo, ou pensava estar sendo, observado pelo garçom. Ao se aproximar da mesa, esse vigia movediço foi provisoriamente afastado com as palavras: "Vou fazer o pedido depois. Estou esperando uma pessoa". Gauna pensava: ele deve achar que se trata de uma desculpa para eu ficar aqui sem gastar. Receava que a moça não chegasse e o indivíduo confirmasse sua suspeita, ou que o tratasse com o desprezo reservado a um homem que as mulheres enganam e até mandam à confeitaria Los Argonautas para esperá-las inutilmente. Irritado com a demora de Clara, cismava sobre a vida que as mulheres impõem aos homens. "Afastam o sujeito dos amigos. Fazem o sujeito sair da oficina antes da hora, apressado, aborrecido com todo mundo (o que, quando menos espera, custa o emprego dele). Amolecem o sujeito. Deixam-no esperando em confeitarias. Gastando o dinheiro em confeitarias, para depois lhe falar pieguices e lorotas e ele ouvindo, boquiaberto, explicações que, melhor deixar pra lá..." Olhava para uns cilindros de vidro enormes, com tampa metálica, abarrotados de balas, e, como em sonhos, imaginava que iam afogá-lo naquela doçura toda. Quando pensava, alarmado, que talvez tivesse se descuidado, que talvez Clara tivesse entrado e, sem vê-lo, tivesse ido embora, viu-a junto à porta.

Levou-a até a mesa, tão diligente em atender a moça, tão perdido em sua contemplação, que se esqueceu do propósito, urdido nas cismas da espera, de olhar vingativamente para o garçom. Clara pediu um chá, com sanduíches e docinhos; Gauna, um café, apenas. Olho no olho, perguntaram um ao outro como estavam, o que tinham feito, e o rapaz notou, em sua própria solicitude, vaga e terna, os sinais de um distante, inimaginável e, talvez, humilhante desígnio. Este já era imperativo, evidente, antes de assim julgá-lo. Perguntou:

— Como foi ontem à noite?

— Foi ótimo. Trabalhei pouco. Ensaiaram algumas cenas do primeiro ato. A que deu mais trabalho foi quando Ballested fala da sereia.

— Que sereia?

— Uma sereia moribunda que se perdeu e não soube encontrar outra vez o caminho do mar. É uma cena de Ballested.

Gauna olhou para ela, um pouco perplexo; depois, como se tomasse uma decisão, indagou:

— Você gosta de mim?

Ela sorriu.

— E como não gostar de você, com esses seus olhos verdes?

— Com quem você esteve?

— Com todos — replicou Clara.

— Quem a acompanhou até sua casa?

— Ninguém. Imagine que aquele rapaz alto, aquele que vai fazer a notinha para a *Don Goyo*, queria me levar em casa. Mas era cedo. Eu ainda não sabia se teria de ensaiar. Ele se cansou de esperar e foi embora.

Gauna a fitou com uma expressão inocente e solene.

— O mais importante — declarou, tomando-lhe as mãos e inclinando a cabeça — é falar a verdade.

— Não entendo você — respondeu ela.

— Olhe — afirmou Gauna —, vou tentar explicar. A gente se aproxima de outra pessoa para se divertir ou para amá-la; não há nada de ruim nisso. De repente um, para não causar sofrimento, esconde alguma coisa. O outro descobre que lhe esconderam algo, mas não sabe o quê. Tenta averiguar, aceita as explicações, dissimula que não acredita totalmente nelas. Assim começa o desastre. Gostaria que nunca fizéssemos mal um ao outro.

— Eu também — afirmou Clara.

Ele continuou:

— Mas entenda. Sei que somos livres. Pelo menos, agora, somos completamente livres. Pode fazer o que quiser, mas me diga sempre a verdade. Gosto muito de você, e o que mais quero é que a gente se entenda.

— Nunca me falaram assim antes — declarou a moça.

Defronte de seus olhos radiantes, pardos e puros, ele se envergonhou, viu-se descoberto; quis reconhecer que toda aquela teoria da liberdade e da franqueza cra uma improvisação, uma lembrança apressada das conversas com

Larsen, que agora ele expunha para camuflar suas averiguações, sua necessidade de saber o que ela havia feito na noite em que não quis acompanhá-la, para disfarçar um pouco o sentimento urgente e inesperado que o dominava: o ciúme. Começava a gaguejar, mas a moça exclamou:

— Você é maravilhoso.

Pensou que estivesse rindo dele. Fitou-a e então soube que ela falava sério, quase com fervor. Envergonhou-se ainda mais. Pensou que não estava certo nem do que dissera, nem de querer se entender perfeitamente com ela, nem de gostar tanto dela.

XVIII

Quando Gauna chegou em casa, depois de acompanhar Clara, Larsen dormia. Gauna se deitou silenciosamente, sem acender a luz. Depois gritou:

— Como vai?

Larsen respondeu, com entonação parecida:

— Bem, e você?

Quase toda noite eles conversavam assim, no escuro, cada um em sua cama.

— Eu às vezes me pergunto — comentou Gauna — se não devíamos lidar com as mulheres à moda antiga, como diz o doutor. Poucas explicações, poucos mimos, com o chapéu afundado na cabeça, e tratando-as com sobranceria.

— Não dá para tratar ninguém desse jeito — replicou Larsen.

Gauna esclareceu:

— Olhe, chê, não sei o que dizer. Nem todos os ideais são bons para todos. Acho que você e eu somos muito compreensivos; podemos dar de cara com qualquer vingança e qualquer covardia. Não sabemos contrariar as pessoas; logo levantamos a bandeira branca. Temos que endurecer. Além do mais, as mulheres estragam a gente com seus cuidados e delicadezas. Coitadas, chê, elas são de dar dó; você diz qualquer bobagem e elas ouvem de queixo caído, como criança na escola. Você entende que é ridículo se pôr no mesmo nível.

— Eu não pisaria com tanta segurança — respondeu Larsen, quase dormindo. — Elas gostam muito de elogiar, e sem que você perceba o levam no bico direitinho. Não esqueça que enquanto você passa a tarde suando na oficina, elas estão alimentando os miolos com *Para Ti** e um monte de revistas de costura.

XIX

Gauna presenciava outro ensaio. Sobre o tablado estavam o ator que fazia o papel de Wangel, e Clara, no papel de Elida. O homem dizia, em tom declamatório:

— Não consegues te aclimatar aqui. Nossas montanhas te oprimem e pesam sobre tua alma. Não te damos bastante luz, nem bastante céu limpo, nem horizonte, nem vastidão de ar.

Clara respondeu:

— É verdade. Noite e dia, no inverno e no verão, sinto-me atraída pelo mar.

— Eu sei — respondeu Wangel, acariciando-lhe a cabeça. — Por isso a pobre enferma deve voltar para casa.

Gauna queria escutar, mas o crítico da *Don Goyo* falava com ele:

— Gostaria de lhe explicar em termos palpáveis o problema do nosso teatro. O autor novo, jovem, argentino, é sufocado, asfixiado, sem contar com a possibilidade de ver sua fantasia tomar corpo. No plano puramente artístico, saiba que a situação é pavorosa. Eu mesmo poderia escrever um auto sacramental, uma coisa extremamente moderna: um caldo culinário de Marinetti, Strindberg, Calderón de la Barca, misturados aos sucos da secreção de meu sistema glandular imaturo, em pleno sabá onírico. Mas que garantia me dão? Quem vai representá-lo? As companhias teriam de abaixar a cabeça, ainda que fosse sob ameaça da polícia montada. Enquanto o autor obscuro, ou, se preferir, imperfeito, definha numa toca e não consegue dar à luz seus monstrengos, o público barrigudo, esse deus burguês que o liberalismo franco-maçônico inventou, refestela-se nas cômodas poltronas que aluga a peso de ouro e passa em revista as obras que lhe dão na veneta, escolhendo-as, pois ninguém é jeca, entre o melhorzinho que há no repertório internacional.

Gauna pensava: "Você deve saber muita coisa, deve ter lido muitos livros, mas trocaria de lugar com um ignorante como eu sem pestanejar, desde que ficasse com Clara". Baumgarten prosseguia:

---

* *Para Ti*: naquela época, a principal revista feminina da Argentina. (N.T.)

— No setor de livros, dizem que ocorre algo similar. Veja o caso de um primo meu, um rapaz como eu, bem apessoado, grande, loiro, branco, sadio, filho de europeu. Tem inquietações. Lançou um livro: *Tosko, o anãozinho gigantesco*. Aquele jovem talento que assina Ba-bi-bu compôs o boneco e assinou a folha de rosto. Toda a família investiu dinheiro. É um livro bonito. Tem poucas páginas, mas são grandes, batem aqui em mim — Baumgarten demarcou, dando uma palmada na panturrilha —, com letras pretas, como as dos cartazes, e margens em que se perde o material de leitura. Bem: você o procura na livraria e dizem que precisam buscá-lo no segundo porão, onde está empacotado com o invólucro rotulado por Rañó, o velho impressor. Você abre o jornal, se cansa de ler notas na página que intitulam de "livros", e nem uma palavra, nem uma linha. É uma infâmia. Ou encontra uma nota que poderia também ser sobre o livro de sonetos de um Membro Correspondente da Academia de História. O suprassumo é a crítica assinada, a nota esperta, no jornal. O dever moral e material de nossos escrevinhadores é lançar-se ao assalto. Não devemos recuar até que todo livro argentino receba o estudo sério, e sobretudo amistoso, que reclama. Às vezes, meu primo assusta a esposa, declarando que tem vontade de não escrever mais.

Gauna pensava: "Por que não se cala um pouco? Decerto esse suéter verde, esse paletó felpudo, essa papada rósea e limpa que você tem, e que o seu primo e todos os seus parentes também devem ter, não vão ter muita serventia no seu intento de sair com a Clara depois do ensaio, que é a única coisa que lhe importa".

Pegou-se distraído. Percebeu que o gigante não falava mais com ele e o viu de pé, perto do tablado. Clara vinha na direção deles.

— Será que terei a honra — dizia Baumgarten com seu sorriso mais solícito, enquanto parecia lavar as mãos, esfregando-as uma na outra — de vê-la esta noite e de entregá-la bem na soleira da sua porta?

Clara respondeu sem fitá-lo:

— Você já me viu de sobra. Vou embora com o Gauna.

Na rua, tomou-o pelo braço e, pendurando-se um pouco, pediu:

— Leve-me a algum lugar. Estou morrendo de sede.

Cansaram de andar pelo bairro todo; nenhum café, nenhum botequim, estava aberto. Clara quase não os olhava, mas insistia na sede e no cansaço. Gauna se perguntava por que a moça não se resignava a ser deixada em casa; não devia ser por falta de uma torneira para beber água e até para tomar um banho, e de uma cama para dormir, como uma rainha, até o dia do Juízo Final. Além do mais, os caprichos das mulheres o aborreciam. Mas era melhor não falar em cansaço: perguntava-se como estaria ele na manhã seguinte, quando se levantasse às seis para ir à oficina. Talvez influenciado por alguma reminiscência do livro mencionado por Baumgarten, pensou que gostaria que a moça fosse um anãozinho de cinco centímetros. Ele a meteria numa caixa de fósforos — lembrou-se das moscas, das quais seus colegas de escola arrancavam as asas —, guardaria a caixa no bolso e iria dormir. Clara exclamou:

— Não sabe como eu gosto de andar com você numa noite como esta.

Olhou-a nos olhos e sentiu que a amava muito.

XX

No dia seguinte não haveria ensaio. Ao voltar do trabalho, Gauna telefonou para Clara, da loja, para perguntar aonde iriam. Clara disse que sua tia Marcela tinha chegado do campo e que talvez tivesse de sair com ela; pediu que ligasse novamente dez minutos mais tarde; então já teria falado com Marcela e saberia o que fazer. Gauna perguntou à filha do lojista se podia ficar ali um pouco. A moça o observava com seus olhos verdes, grandes, em forma de pera; tinha duas longas tranças, era muito pálida e parecia suja. Em homenagem a Gauna, pôs no gramofone "Adiós, muchachos". Enquanto isso o lojista discutia laboriosamente com um caixeiro-viajante, que lhe oferecia "um produto muito nobre, umas pantufas com feltro". O lojista estudava suas promissórias e repetia que, em vinte e cinco anos atrás de um balcão, nunca tinha ouvido falar de calçado com filtro. Talvez pela inata falta de escrúpulos na maneira de pronunciar, não percebiam diferenças entre o feltro que um oferecia e o filtro que o outro recusava; não chegavam a nenhum acordo: falavam sem parar, desprezando-se mutuamente, cada um esperando, sem pressa, com indignação, que o outro se calasse para responder, sem sequer ouvi-lo.

Gauna telefonou novamente para Clara. Ela disse:

— É um fato, querido. Não vou sair com você. Amanhã de tarde estarei à sua espera no teatro.

Pelo que sucedeu depois, tudo o que aconteceu naquela tarde tem importância, ou teve, na alma de Gauna. Quando saiu da loja, ele foi para casa trauteando o tango que ouviu no gramofone. Larsen tinha saído. Gauna pensou em ir ao Platense ver os rapazes; ou visitar Valerga; ou fazer qualquer uma dessas coisas e prosseguir com a investigação, já tão distante, tão esquecida, dos fatos da terceira noite de carnaval. De antemão, todos esses planos o deixavam sem ânimo, cansado, entediado. Não tinha vontade de fazer nada, nem mesmo de ficar no quarto. Assim começou sua tão esperada tarde livre.

Sentindo renovada raiva de Clara, notou que perdera o costume de ficar sozinho. Para não continuar ali, olhando as paredes vazias e se martirizando com pensamentos inúteis, foi ao cinema. No caminho, cantarolou novamente "Adiós, muchachos". Na esquina da Melián com a Manzanares viu uma carroça de padeiro puxada por um cavalo tobiano; cruzou o dedo médio sobre o indicador e pediu que tudo desse certo com Clara, que descobrisse o mistério da terceira noite, que tivesse sorte. Justamente quando ia entrar no cinema, passou na avenida outra carroça atrelada a um tobiano. Pôde soltar os dedos.

Pegou as últimas cenas de um *trailer* com Harrison Ford e Marie Prévost; deu muita risada com elas e sentiu-se contente. Depois de um intervalo especialmente tomado por correrias de crianças e idas e vindas do vendedor de guloseimas, teve início *O amor nunca morre*. Era uma longa história de amor sentimental, que continuava após a morte, com moças bonitas e jovens desinteressados e nobres, que envelheciam diante do espectador e se reuniam no final, esbranquiçados, com olheiras, e curvados sobre bengalas, num cemitério coberto de neve. Havia gente boa demais, gente malvada demais e uma espécie de excesso do infortúnio. Gauna saiu com uma sensação de ensimesmamento e repulsa que nem mesmo o retorno ao mundo lá de fora e o ar fresco da noite atenuaram. Com vergonha, comprovou que estava assustado. De repente, parecia que tudo estava contaminado por pesares e infelicidades e que nada de bom se podia esperar. Resolveu cantar "Adiós, muchachos".

Ao chegar em casa, Larsen estava de saída. Foram jantar juntos naquele restaurante de fiscais de bonde, na rua Vilela. Como sempre, *don* Pedro, o velho caminhoneiro francês, ao sentar-se pesadamente à mesa, gritou:

— Um *fricandeau* com ovos.

Como sempre, lá do balcão, o dono conferiu:

— Com água ou com soda, *don* Pedro?

E como sempre, com a voz pastosa pelo álcool e uma entonação de garçom, *don* Pedro respondeu:

— Com soda.

Naquela noite estavam sem assunto e Gauna começou a falar de Clara. Larsen quase não respondia; Gauna sentia sua omissão e, tentando animar o amigo, era pródigo em explicações, distinções e justificativas. Queria lhe dar uma boa impressão de Clara, mas temia parecer apaixonado e subjugado; então falava mal da moça e via, com pesar, que Larsen balançava a cabeça e concordava. Falou muito e falou sozinho, e por fim sentiu-se desgostoso e deprimido, como se o abandonasse um frenesi que, depois de levá-lo a destratar Clara, a desconcertar seu amigo e a se manifestar como um tonto e como um desequilibrado, o deixara vazio e exausto.

XXI

Quando estava chegando à casa de Nadín, Clara apareceu com seu vestido azul-celeste e um chapeuzinho roxo. O turco abriu a porta. Anunciou:

— São os primeiros a chegar. — Suas enormes sobrancelhas negras formavam um ângulo para cima; sorria com muitas rugas, com muitas pintas, com lábios vermelhos e úmidos. — Nem o senhor Blastein chegou, ainda. Mas não fiquem aqui no corredor, de pé, desconfortáveis. Vão lá para o galpãozinho. Vocês conhecem o caminho. Eu tenho de quebrar a cabeça com um rádio galena que não está funcionando.

Como se de repente se lembrasse de alguma coisa de vital importância, por exemplo, avisá-los de um perigo, Nadín se virou e perguntou:

— Que me dizem do calor?

— Nada — respondeu Gauna.

— Também não sei o que pensar. É de enlouquecer. Bem, não vou segurá-los mais. Vão, vão. Eu volto para minha pedra de galena.

Clara seguiu em frente. Gauna, em, silêncio, pensava: "Conheço todos os vestidos dela. O preto, o florido, o azul-celeste. Conheço aquela expressão de assombro nos olhos dela, quando ficam muito sérios e infantis; a pinta no dedo médio, coberta pelo ouro do anel, e a forma e a brancura da nuca no nascimento dos cabelos". Clara disse:

— Sinto cheiro de turco.

Chegaram ao galpão. Clara teve certa dificuldade para abrir a porta. Gauna a observava. Havia algo de muito nobre naquele rosto jovem estudando a maçaneta pesada, expressando uma sincera concentração reflexiva. Agora Clara mordia o lábio, empurrava a maçaneta com as duas mãos, ajudava-se com o joelho, conseguia abrir. O esforço espalhara por sua face um leve rubor. Gauna a observava, imóvel. "Pobre garota", pensou, e sentiu uma ternura inesperada, uma compaixão que o impelia a acariciar-lhe a cabeça.

Lembrou-se do tempo em que só a conhecia de vista. Nunca imaginou que iriam se amar. Clara saía com rapazes do centro, que passavam para pegá-la de automóvel. Sempre sentiu que não podia competir com eles; pertenciam a outro mundo, ignorado e sem dúvida detestável; se a abordasse, teria se exposto ao ridículo, teria sofrido. Clara lhe parecera uma moça desejável, distante e prestigiada, talvez a mais importante do bairro, mas fora do alcance. Nem sequer tivera de renunciar a ela; nunca se atreveu a desejá-la. Agora ele a tinha ali: admirável como um animalzinho ou uma flor ou um objeto pequeno e perfeito, do qual devia cuidar, que era seu.

Entraram. Clara acendeu a luz. Um enorme pano apergaminhado pendurado na parede mostrava o desenho, em traços dourados, de duas máscaras com a boca desmesuradamente aberta. Apontando para o pano, Gauna perguntou:

— O que é isto?

— O novo telão — respondeu Clara. — Um amigo do Blastein que pintou. Essas bocas abertas desse jeito não lhe dão náuseas?

Gauna não sabia o que responder. Para ele, aquelas bocas não davam náuseas nem sugeriam nada. De repente perguntou-se se a frase que lhe parecia inconsistente não poderia ser explicada pela urgência, que todos conhecemos em algum momento, de dizer alguma coisa. A moça estava nervosa; teve a impressão de que as mãos dela tremiam levemente. Pensou, com espanto: "Será possível que eu a intimide? Será possível que eu intimide alguém?". Voltou a se sentir enternecido com Clara; ele a via como uma criancinha desamparada, que precisasse de sua proteção. Clara estava falando. Logo depois, Gauna ouviu as palavras. Clara dissera:

— Não tenho nenhuma tia Marcela.

Ainda distraído, ainda sem compreender, Gauna sorria. A moça insistiu:

— Não tenho nenhuma tia Marcela.

Ainda sorrindo, Gauna perguntou:

— Então, com quem você saiu ontem?

— Com o Alex — respondeu Clara.

O nome não tinha conotação nenhuma na mente de Gauna. Clara continuou:

— Ele me convidou para sair ontem de tarde. Eu disse que não, porque nunca tive a intenção de sair com ele. Você me telefonou e percebi que íamos caminhar, como sempre, ou nos meter num cinema. Eu realmente não aguentava mais isso e senti vontade de sair com o outro. Falei para você me telefonar dez minutos mais tarde para ter tempo de telefonar para ele e perguntar se ainda queria sair comigo. Ele disse que sim.

Gauna perguntou:

— Com quem você saiu?

— Com o Alex — respondeu Clara. — Com o Alex. Alex Baumgarten.

Gauna não sabia se levantava e lhe dava uma bofetada. Continuava sentado, sorrindo, impassível. Era preciso manter aquela perfeita e, principalmente, aparente impassibilidade, porque a confusão aumentava. Se não tomasse muito cuidado, podia acontecer qualquer coisa; podia desmaiar ou cair no choro. Já fazia muito tempo que estava calado. Precisava dizer alguma coisa. Quando falou, não se preocupou com o sentido de suas palavras, mas com a possibilidade de pronunciá-las. Disse a primeira coisa que lhe veio à cabeça. Disse:

— Vai sair com ele de novo hoje à noite?

Viu a moça sorrir. Balançava negativamente a cabeça.

— Não — assegurou Clara. — Nunca mais vou sair com ele. — E depois de um momento, com uma sutil mudança de tom, que talvez indicasse que já não se referia a Baumgarten: — Não gostei.

Como o adormecido que ouve, primeiro vagamente, depois quase desperto, as vozes das pessoas que o cercam, ouviu as rápidas exclamações, as risadas e os gritos de Blastein, da Turquinha Nadín e dos atores. Os recém-chegados, parando um pouco, cumprimentaram os dois com tapinhas nas costas. Enquanto isso Gauna sorria, sentindo (o que nunca acontecia) que ele era o centro da cena. Queria que essas pessoas se afastassem; temia que perguntassem se estava doente, se tinha alguma coisa acontecendo. Blastein exclamou:

— Já é tarde. O próprio Gauna, com esse sorrisinho petulante, está impaciente. Precisamos nos preparar para o ensaio.

Pulou em cima da mesa e desapareceu atrás de um dos painéis laterais. Os outros o seguiram. Clara disse para Gauna:

— Bem, querido. Preciso me preparar.

Deu-lhe um beijo rápido na face e foi com os outros.

Ao ficar sozinho, como se em algum momento por ele próprio ignorado tivesse tomado a decisão, fugiu. Recuou até a porta, atravessou o pátio, seguiu pelo corredor e foi para a rua.

XXII

Caminhou em direção ao sul; virou na Guayra e depois, à esquerda, na Melián. Pensou: "Trocado por aquele asqueroso. Por aquele porco gordo, ostentoso, limpo. E ela ainda vai dizer que estamos juntos. Se gosta daquele porco de suéter, se tem gostos tão diferentes dos meus, como pode imaginar que estamos juntos?" Sorriu, divertido com seus pensamentos. "Todas as mulheres têm gostos diferentes dos meus." Percebeu que um menino o olhava, espantado. "Não é para menos. Ando pela rua rindo sozinho." Sentiu uma generosa despreocupação, como se tivesse bebido. Prosseguiu: "Como se tivesse bebido o vinho de sua negra perfídia." Pensou que estas palavras deviam penalizá-lo; misteriosamente, nada o penalizava. Disse em voz alta: "O negro vinho de sua perfídia". Começou a cantarolar um tango. Ouviu-se trauteando "Adiós, muchachos". Passou a mão na boca e cuspiu.

Talvez o melhor fosse fechar a tarde no Platense. Viu mentalmente as pessoas que estariam lá: Pegoraro, Maidana, Antúnez, talvez a Gata Negra. Pegou-se murmurando: "Se alguém estiver a fim de briga, não me farei de rogado". (Como quase todos eram amigos, soa estranho que tivesse tal pensamento.) No café ele esqueceria suas preocupações. Para esquecer, iria transformar-se em outro homem, num sujeito mais divertido que *don* Braulio, o funcionário da La Sanitaria. A visão antecipada daquela noite de triunfos, eloquência e esquecimento transitório o torturava.

Depois pensou que devia ter ficado no teatro. "Vão notar minha ausência. Não só a Clara; Blastein e os outros também. Talvez a Clara explique. Ela não é como as outras mulheres."

"Não me importa o que essa gente possa saber. Nunca mais vão me ver. A Clara também não. Mas seria ruim se esta noite, só porque eu não vou estar lá, ela saísse de novo com aquele asqueroso. Não, não devo me importar com isso. Ruim seria ela vir me procurar; vir me esperar na saída da oficina ou na porta de casa. Ruim seria ter de dar uma explicação." Pensar em explicações o abatia. Gostaria de lhe dar uns tapas e abandoná-la. Mas não ia conseguir tratá-la assim. Não teria forças para surpreendê-la tanto. Quando Clara o olhasse, perderia o ímpeto. "Isso acontece comigo porque sempre fui muito amigo, muito razoável. Muito estúpido. Bela maricagem ficar amigo das mulheres."

A rua descia, num declive suave de cerca de cem metros, para depois se prolongar, como que submersa entre árvores. Diante daquela vaga extensão urbana, daquele crepúsculo de telhados, pátios e folhagens, Gauna sentiu aquela nostalgia que a contemplação do mar, visto da costa, desperta; pensou em outras lonjuras; lembrou-se dos dilatados âmbitos da República e quis fazer longas viagens de trem, procurar trabalho nas colheitas, em Santa Fe, ou se perder na província de La Pampa.

Eram sonhos aos quais devia renunciar. Não podia ir embora sem falar com Larsen. E nem mesmo a Larsen queria contar o que Clara fizera com ele.

Não restava outro remédio senão voltar, mostrar-se muito afetuoso, muito alegre. "Apresentar uma frente unida, na qual ela não surpreenda a menor brecha, e pouco a pouco deixar que a indiferença tome corpo, e então começar a se afastar. Pouco a pouco, sem pressa, com grande habilidade." Enquanto pensava nisso, ficava exaltado como se estivesse vendo sua proeza, como se fosse seu próprio público. "Com grande habilidade, com tanta maestria que aquela infeliz da Clara não associe meu afastamento a sua história com Baumgarten." Para Clara, ele se afastaria por ter deixado de amá-la; não por sentir despeito, ou porque ela o tivesse traído, ou partido seu coração. Gauna percebeu que estava emocionado.

Não havia motivo para perguntar o que ela fizera com Baumgarten. "Eu, tão seguro, tão homenzinho, e acaba que sou o coitado da história, o enganado. Quase a mulher."

Outra ideia seria esperar aquele porco num descampado e provocá-lo. "Se ele quiser bater de frente, eu lhe concedo um punhal enterrado até o cabo. Mas seria ruim que Clara o visse como um louco. Aos olhos de Larsen, não haverá explicação possível. Vou parecer um desses loucos de galochas."

Entrou num armazém — uma casa verde, uma espécie de castelinho com ameias — na esquina da Melián com a Olazábal. Atrás do balcão havia um sujeito desmazelado e encardido. Estava reclinado, com a mão enrolada num pano úmido, sobre uma torneira de metal com o formato do pescoço esguio e do rosto bicudo de um flamingo, e olhava, abúlico e desconsolado, para uma pia cheia de copos. Gauna pediu uma aguardente de cana. Depois do terceiro copo ouviu uma voz gutural, estridente, que lhe soou diabólica, repetindo: "A sorte". Virou-se para a direita e viu, caminhando em sua direção, na beirada do balcão, uma catorra. Um pouco atrás, mais abaixo, rigidamente estirado sobre uma pequena cadeira, quase deitado no chão, descansava um homem, de cara para o teto; paralelamente ao homem, apoiado no encosto de uma cadeira idêntica, havia uma gaveta que tinha no centro, como pé, um pau comprido. A catorra insistia: "A sorte", "a sorte", e continuava avançando, já estava bem próxima. Gauna queria pagar e ir embora, mas o balconista tinha sumido por uma porta aberta sobre a penumbra dos fundos. O animal agitou as asas, abriu o bico, eriçou a plumagem verde e, em seguida, recuperou sua lisura; depois deu outro passo em direção a Gauna. Este se dirigiu ao homem que estava deitado na cadeira.

— Senhor — falou. — Seu pássaro aqui quer alguma coisa.

O outro, imóvel, respondeu:

— Quer adivinhar sua sorte.

— E quanto isso significa em dinheiro? — perguntou Gauna.

— Pouco dinheiro — respondeu o homem. — Para você, vinte centavos.

Levantando a gaveta, ergueu-se com dureza e agilidade. Gauna viu que ele tinha uma perna de pau.

— Você está louco — replicou, observando com desgosto que a catorra se preparava, com apreciativos cabeceios, para empoleirar-se em sua mão.

O homem baixou o preço na hora.

— Dez centavos.

Segurou a catorra e pousou-a diante da gaveta. O bicho tirou dali um papelzinho verde. O homem o apanhou e deu-o para Gauna. Este leu:

Os deuses, o que buscares e pedires,
como um papagaio informado, adianto,
ai, irão te conceder! Enquanto isso,
aproveita o banquete da vida.

Gauna comentou:

— Eu já desconfiava que era um pássaro temperamental. Não quer que eu tenha boa sorte.

— Mas não me diga uma coisa dessas — replicou o homem, encarando, furioso, Gauna. — Nós dois sempre desejamos a sorte do cliente. Vamos lá, me mostre o papelzinho. Olhe, não sabe nem ler. Aqui diz, em letra de forma, que você vai conseguir o que busca e o que pede. Eu não sei mais o que você quer por essa modesta quantia.

— Bom — respondeu Gauna, quase vencido —, mas no papelzinho ele diz que é um papagaio, e é uma catorra.

O homem respondeu:

— É um papagaio acatorrado.

Gauna lhe entregou uma moeda, pagou as canas e saiu do armazém. Desceu pela Melián até a Pampa, virou à direita e depois pegou a avenida Forest. Aqueles bairros não eram como o dele. Em vez das casinhas desvalidas, que lhe pareciam francas e alegres, havia chalés recatados, rodeados por um secreto desenho de jardins, de árvores que entrelaçavam sua folhagem e de cercas metódicas. Imaginava que os altivos porteiros o olhavam com receoso desdém; a coragem fervia em suas veias, e não lhe faltava vontade de convocar a sempre disposta rapaziada de Saavedra e tentar uma loucura... O problema é que a rapaziada não iria atrás dele. Os levantes, infelizmente, naquela época de egoísmo, eram tarefa para um homem sozinho. E o que um homem sozinho podia fazer?

Pensou no bairro. A palavra Saavedra não lhe evocava um parque cercado por um fosso e exaltado em trêmulos eucaliptos; evocava uma ruazinha vazia, quase larga, ladeada por casas baixas e desiguais, abarcada pela claridade minuciosa da hora da sesta.

Como a pessoa que, nas noites de inconcebível arquitetura e nas vastas madrugadas que se seguem à morte de alguém, surpreende o pensamento, em meio à fiel aflição, já distraído, já esquecido, assim Gauna se perguntou: o que é isto? Quis voltar à dor, à solidão, a Clara.

Atribuiu a origem da infelicidade a erros manifestos de sua conduta, mas também desconfiou que a culpa de tudo seria, de uma forma obscura e profunda, de atos que, aparentemente, não podiam ser vinculados à vontade de Clara; por exemplo, ter cantado o tango "Adiós, muchachos"; ou ter amarrado, de manhã, o sapato esquerdo antes do direito; ou sua alma ter sumido, de tarde, no infortúnio que se desprendia do filme *O amor nunca morre*.

Caminhava como um sonâmbulo, não via nada, ou concentrava, involuntariamente, a atenção num objeto; por exemplo, quando observou, com uma insistência de artista, na avenida Forest, numa calçada nua, aquela árvore robusta e retorcida, cuja ramagem, de uma tonalidade azul-esverdeada, parecia se dobrar numa chuva de folhas sutis, e se perguntou por que não a haviam derrubado.

Prosseguiu em direção ao oeste; pensou novamente em Clara; viu-se, de novo, entre casinhas parecidas com as de seu bairro ("mas não iguais", disse para si); avançou interminavelmente por ruas desconhecidas; considerou, com certa tristeza, que os dias já estavam mais curtos; entrou num botequim, pediu uma cana e, depois, uma segunda; voltou a caminhar; viu-se numa avenida que era a Triunvirato e virou à esquerda.

Instintivamente, queria castigar Clara e castigar Baumgarten. "Quanto maior for o alvoroço, mais distante ficará a amargura de hoje." Mesmo que as pessoas ficassem sabendo de sua humilhação, ele poderia esquecê-la. Teria de esquecê-la, para encarar novas situações. O problema é que em algum momento, inevitável, quando a agitação cessasse, ele iria se lembrar do dia de hoje e do que a moça havia dito. O problema das vinganças é que perpetuavam a ignomínia. Embora Clara o tivesse enganado naquela tarde, de pouco lhe valeria bater nela ou matá-la depois... "E se em vez disso", murmurou, "eu a conquistasse para poder esquecê-la"... Infelizmente, teria de voltar, teria de seguir os caminhos da abnegação e da hipocrisia. Embora menos sensato, mais agradável seria esbofeteá-la (primeiro com a palma da mão, depois com o dorso) e ir embora para sempre.

Caminhou por um tempo que podia ser a eternidade; contornou o paredão do cemitério da Chacarita, atravessou trilhos e distinguiu, entre as casas, vagões de trem, passou por galpões e olarias e por fim avançou, ensimesmado, pela rua Artigas, sob árvores escuras que pareciam formar uma cúpula para além do céu. Atravessou outros trilhos, chegou à praça de Flores. De repente percebeu que estava cansado; devia sentar-se, devia entrar num café ou num restaurante e sentar-se para tomar alguma coisa. Mas havia gente demais. Havia tanta gente, que ficou irritado. Continuou caminhando; viu um bonde 24 passar; correu pela rua e o alcançou. Ia ficar na plataforma, como de costume, mas suas pernas tremiam, "pediam assento" — segundo o conceito que ele formulou — e entrou no veículo. Compreendeu que estava com sorte, porque o bonde era daqueles que têm assentos de esteira; refestelou-se confortavelmente, pagou a passagem e, com algum orgulho (como o que todo mundo sente ao ver seu nome, em letras de forma, no cadastro eleitoral), leu o letreiro: *Capacidade: 36 passageiros sentados.* Tirou do bolso da calça um maço esverdeado de cigarros Barrilete; acendeu um e fumou com toda a tranquilidade.

XXIII

Enquanto o bonde descia em direção ao leste ou adentrava rumo ao sul, Gauna pensava em Clara, pensava em Baumgarten, imaginava-se batendo em Baumgarten na frente de Clara, destratando e perdoando Clara, fracassando naquelas aventuras pelo fato de seu rival ser mais pesado, mais esperto ou pelas zombarias da moça; desacorçoado, imaginava-se então num severo e definitivo isolamento, comentado respeitosamente por todo o bairro de Saavedra. O ruído das rodas sobre os trilhos, que alcançava momentâneos êxtases quando o veículo aumentava a velocidade ou fazia uma curva, animava secretamente suas cismas; Gauna sentia a plenitude do infortúnio; tinha pena de si mesmo. Chegava a crer que seu caso era extraordinário e pensava que se lhe dessem papel e lápis ali mesmo ele escreveria, caso dominasse rudimentos da música e a metade do que sabia de piano sua prima mais feia, um tango que o transformaria, num piscar de olhos, no ídolo dileto do grande povo argentino, e que deixaria a dupla Gardel-Razzano de queixo caído; mas não, o mundo não mudaria para ele; todo o futuro já estava desenhado: a duração daquele percurso de bonde e, mais cedo ou mais tarde, a volta a Saavedra. O pior de tudo é que em sua cabeça também não havia mudança nenhuma: lá estaria, invariavelmente, a traição de Clara, obrigando-o a retirar-se, a buscar a solidão; lá estaria sua relação com Clara, relação sentimental, mas também compreensiva e amistosa, que demandaria explicações, invocaria responsabilidades e exigiria o que era razoável: a reconciliação, o esquecimento, o sacrifício do rancoroso amor-próprio; lá estariam Larsen e o bairro todo, olhando, com dó, com espanto ou com desdém, sua vergonha. Para mudar tudo isso, ele teria de inventar uma loucura; não uma simples loucura, que só servisse para aumentar a desonra; uma loucura engenhosa, que alterasse tudo, que deixasse as pessoas confusas, olhando para outro lado, já sem lembranças daquele espetáculo francamente desolador. Mas lhe faltaria o engenho, e ele se sentia bem capaz de cometer uma estupidez que o cobriria de ridículo. Ou talvez não. Talvez lhe faltasse o empurrão necessário. Ainda lhe restavam dois caminhos. Voltar, calando tudo o que sentia, contrariando seu rancor, que era o que mais lhe importava, dissimulando, para viver uma íntima solidão, para conseguir uma remota vingança; ou o segundo caminho, procurar briga. Esta era a solução. Depois da briga, tudo estaria mudado. A mudança não seria fundamental; seria, apenas, uma questão de matiz, mas isso já era muito. Uma briga com quem? A pessoa evidente era Baumgarten, mas ele devia procurar outra, uma que não pudessem vincular à traição de Clara. Era preciso fazer alguma coisa que desviasse a atenção das pessoas e que também o distraísse do assunto.

Avançavam, sacolejando, por uma rua pobre de Barracas. Gauna viu, ao passar, uma luz na calçada. Levantou-se; quando chegou à plataforma, o bonde já estava na esquina. Olhou para trás. Com um movimento leve e seguro, saltou do bonde e, caminhando lentamente pelo meio da rua, olhando para os trilhos, cujo móvel reflexo azulado evocava em sua memória a rápida, inquieta sensação de uma lembrança, chegou ao saguão iluminado. A porta estava entreaberta; entrou sem tocar a campainha. "Tem gente demais", disse para si, "Melhor ir embora". Estava apoiado nas costas enlutadas de um homem e no ombro de outro, com avental de padeiro. Enquanto avançava, com dificuldade, na ponta dos pés, tentando enxergar, pensou: "Tomara não tenha acontecido nada e não tomem a gente como testemunha". Nesse momento sentiu uma pressão no braço. Era causada por uma senhora de escassa estatura, de certa idade, com o cabelo exageradamente loiro e um vestido exageradamente verde. Gauna a observava, interessado; o traço espesso dos lábios estava borrado e a pinta postiça da face parecia de fuligem. A senhora lhe disse, com um tosco sotaque estrangeiro:

— O senhor sabia que estamos celebrando um casamento?

— Não, não sabia. Não conheço ninguém aqui — respondeu Gauna.

— Então vai ter de voltar amanhã — explicou a senhora, e em seguida acrescentou: — Mas agora vai nos acompanhar na festinha. Venha tomar um copo de vinho Zaragozano, ou pelo menos El Abuelo,* e provar o bolo.

Abriram caminho com dificuldade e chegaram à mesa onde estava a bandeja dos doces. Lá lhe serviram comida e lhe apresentaram a duas senhoritas de aspecto formal. Uma delas tinha os olhos arqueados, cara de gata e falava muito, com suspiradas exclamações. A outra era obscura, taciturna, e sua parte na conversa parecia limitar-se ao mero ato da presença; a estar ali; a estar ali, seu corpo sob o vestido modesto e tênue. Gauna ouviu vagamente que as senhoritas trabalhavam em Rosario e pegou-se pensando, segundos depois, no progresso constante da Chicago argentina, cidade muito mais alegre que Buenos Aires e que um dia esperava conhecer.

---

* Vinhos baratos, de consumo popular na época. (N.T.)

— Como nós nunca saímos de casa — a senhorita conversadora assinalou rancorosamente —, pouco nos importa que Rosario seja alegre como uma castanhola.

A senhora estrangeira lhe falou do casamento:

— Não faltarão as más-línguas para dizer que isso não é sério, porque não tem padre nem juiz. Mas procure entender os casais de hoje em dia. O Pesado é um rapaz muito bom, e tenho certeza de que agora não faltará a Maggie alguém para cuidar dos atestados médicos, da licença municipal e de muitas outras coisas. Eu me pergunto o que mais uma mulher pode esperar do marido.

Depois deu a Gauna um segundo doce e sugeriu que ele fosse cumprimentar os noivos. Gauna tentou se desculpar, mas teve de seguir a senhora, abrindo caminho entre as pessoas, até um canto do salão onde os noivos recebiam os cumprimentos dos convidados, cumprimentos que rapidamente se transformavam, para demonstrar que ali não havia arrogância e por motivo de bom gosto, em toda sorte de piadas atrevidas e de chacotas. A noiva era uma moça pálida, talvez loira, com um chapeuzinho redondo afundado até os olhos, um vestido muito curto e sapatos de salto alto. O noivo era um homem corpulento e grisalho; seu terno preto e seu notório asseio sugeriam um camponês de visita a Buenos Aires; contraditoriamente, as mãos eram pequenas, suaves e bem cuidadas. Depois de cumprimentá-los, Gauna se encaminhou, à força de empurrões e cotoveladas, para o pátio; pensou que precisava arejar os pulmões, porque na casa o ar não circulava e francamente já não dava para respirar. Sentiu um suor frio e, por instantes, pensou que fosse desmaiar. Dizia para si: "Que vergonha, que vergonha", quando o canto choroso de um violino o distraiu. Chegou, por fim, ao pátio; este era meio estreito, com um piso de ladrilhos vermelhos, um pouco enegrecidos; em vasos e latas havia plantas de flores brancas ou amareladas; o músico estava num canto, apoiado numa esguia coluna de ferro e cercado por um grupo de curiosos. A senhora estrangeira falou quase no ouvido de Gauna; perguntou:

— O que achou dos noivos?

Para responder alguma coisa, Gauna disse:

— A noiva não me parece mal.

— Vai ter de voltar amanhã — respondeu a senhora. — Hoje não pode atendê-lo.

Com uma vaga esperança de se livrar de sua acompanhante, Gauna se aproximou do violinista. Pensou ver na fronte do homem uma coroa, uma coroa desenhada; era uma série de pequenas marcas descoloridas, talvez cicatrizes, como estrias; o homem aparentava ter uns trinta anos; estava sem chapéu, e a cabeleira castanha, longa, fina, ondulava-se com certa dignidade pomposa e genuína; os olhos, estranhamente abertos, eram dolorosos, e uma barba em ponta, suave e fina, arrematava o rosto pálido. Ao lado do homem, um menino distraído brincava com um chapéu.

— Faça-nos ouvir outra valsinha, maestro — pediu Gauna, com voz humilde.

Lentamente, como se interceptasse um golpe terrível mas lentíssimo, o músico levantou os braços, pareceu crucificado na coluna, gemeu roucamente e, apavorado, recuou e fugiu, investindo, repetidas vezes, contra as paredes que davam para o pátio. O menino do chapéu logo despertou de sua distração, correu até o músico, segurou sua mão e o arrastou para a saída. Gauna estava perplexo, mas, em vez de perguntar-se o significado dessa fuga inopinada, comparava-a com o voo desesperado de um pássaro que tinha entrado pela janela, quando ele era pequeno, na casa de seus tios em Villa Urquiza. Saiu de seu aturdimento; percebeu que todos o olhavam com desconfiança e, quem sabe, respeito. Evidentemente, a senhora queria falar com ele, mas, por um motivo ou outro, não conseguia articular as palavras. Antes de conseguir se recompor, Gauna foi até a porta, entre pessoas que lhe davam passagem e o encaravam. Chegou à rua, atravessou para a outra calçada e se afastou caminhando devagar. Quando já havia percorrido uns duzentos metros, virou-se. Ninguém o seguia. Continuou seu caminho e, um pouco depois, perguntou-se o que fora aquilo. Naturalmente, não pôde responder. A toada e as palavras de "Adiós, muchachos" se insinuaram, por um momento, em sua boca.

XXIV

Ao chegar ao quarto, encontrou Larsen dormindo. Gauna se despiu em silêncio; abriu a torneira da pia e deixou a cabeça um pouco sob o jorro de água fria; deitou-se com o cabelo molhado. Mesmo de olhos fechados, via imagens: pequenas caras ativíssimas, que surgiam umas das outras, como a água de uma fonte; gesticulavam, desapareciam e eram substituídas por outras análogas, mas levemente diferentes. Ficou assim, de costas, imóvel, prestando atenção naquele involuntário teatro interior por um tempo que pareceu interminável, até adormecer, para ser acordado logo depois pelo toque do despertador de corda. Eram seis da manhã. Para sorte de Gauna, era a vez do amigo preparar o mate.

Larsen lhe disse:

— Deitou tarde, ontem à noite.

Gauna respondeu vagamente que sim, olhou para Larsen, que estava acendendo o fogareiro, e pensou: "Ele sempre encontra motivos para desaprovar Clara". Esteve a ponto de lhe explicar que não tinha saído com ela, de formular assim o pensamento: desta vez a Clara não tem culpa. Ficou irritado ao perceber que seu primeiro impulso era defendê-la. Um depois do outro, lavaram o rosto e o pescoço. Quando acabaram de tomar o mate, já estavam vestidos. Gauna perguntou:

— O que vai fazer hoje à noite?

— Nada — respondeu Larsen.

— Vamos jantar juntos.

Gauna parou na porta por alguns instantes, pensando que Larsen ia perguntar se ele tinha brigado com a moça; mas como o máximo que devemos esperar do próximo é uma incompreensiva indiferença, Larsen ficou calado, Gauna pôde sair e a incômoda explicação foi adiada, talvez definidamente.

Lá fora havia uma luz muito branca, um calor de meio-dia, quieto e vertical. A carroça ruidosa de um leiteiro, atravessando a esquina deserta, confirmou como ainda era cedo. Gauna pegou a calçada da sombra e se perguntou como faria para evitar encontros com a moça durante as festas de Ano Novo. Depois pensou que o dia 24 tinha sido o mais quente da estação e, sorrindo filosoficamente, lembrou-se das estampas com cenas de Natal numa paisagem nevada. Quando entrou na oficina pensou que fosse perder o fôlego: lá não havia ar; só havia calor. Pensou: "Às duas da tarde as chapas vão estar um forno. O dia de hoje vai ser um páreo duro para o dia de Natal".

De cócoras, em roda, Lambruschini e os mecânicos tomavam mate. Ferrari tinha o cabelo ralo, crespo e fino, os olhos azuis, a face pálida, imberbe, e uma expressão de desdém; estava sempre com uma ponta de cigarro chamuscada colada aos lábios, que, ao se entreabrirem, revelavam um ou outro dente comprido e frouxo e um desfiladeiro escuro; o corpo era magro, desalinhado, e os pés, consideráveis, abriam-se num ângulo prodigiosamente obtuso. Quando lhe pediam que cumprisse alguma tarefa, acariciava os pés — por um motivo ou por outro, sempre estava acariciando os pés, calçados ou descalços — e exclamava com apatia: "Pé chato. Dispensado de todo o serviço". Já Factorovich tinha o cabelo castanho, os olhos escuros, fixos e brilhantes, o rosto branco e grande, com uma estranha dureza de planos, como se fosse esculpido em madeira, as orelhas e o nariz enormes, visivelmente afilados. Casanova tinha uma tez acobreada e tão brilhante que parecia ter recebido uma demão de verniz; o cabelo, espesso, encasquetava seu crânio quase até as sobrancelhas, como uma meia muito preta e muito justa. Era de baixa estatura, mal tinha pescoço e, mais que gordo, parecia inchado; seus movimentos eram suaves e ágeis, estava sempre sorrindo, mas não era amigo de ninguém. As pessoas diziam que era preciso ter a paciência de um Lambruschini para aguentá-lo.

Falavam de uma viagem ao campo, para a casa de um parente da esposa de Lambruschini. A convite deste.

— Vamos sair no dia primeiro, de madrugada — disse a Gauna. — Contamos com você.

Gauna assentiu rapidamente. Quando os outros retomaram o diálogo, perguntou-se se poderia ir; se havia alguma possibilidade de passar o dia primeiro do ano sem ela.

— Somos em quantos? — perguntou Lambruschini.

— Perdi a conta — respondeu Ferrari.

— Estão esquecendo o mais importante — declarou, interrompendo-os, Factorovich. — O fator veículo.

Casanova opinou:

— Nada mais adequado que o Brockway do senhor Alfano.

— Em carro de cliente não se toca — sentenciou Lambruschini —, a não ser para as providências necessárias e para testá-los. A gente se vira com a baratinha.

XXV

Com força de vontade, evitou a moça naqueles dias. No primeiro dia do ano, às três da manhã, chegou com Larsen à casa do patrão. A baratinha — um velho Lancia verde, em que Lambruschini substituíra a lataria original por uma cabine e uma carroceria aberta — estava na rua. Algumas pessoas que, na penumbra, Gauna não conseguiu identificar, já esperavam apoiadas na carroceria do veículo, inquietas pela demora ou pelo frio. Quando os viram chegar, lá de cima gritaram "Feliz Ano Novo"; eles responderam com as mesmas palavras. Gauna ouviu a voz inconfundível de Ferrari, que perguntava:

— Por que não dão uma folga para o Ano Novo? Parecem loucos.

Falaram do tempo. Alguém observou:

— Não dá para acreditar: agora este frio de arrepiar a espinha, e daqui a poucas horas todo mundo vai estar derretendo as banhas de calor.

— Hoje não vai esquentar — assegurou uma voz feminina.

— Não? Veremos: comparado com hoje, o dia de Natal vai ser moleza.

— É o que eu digo: o tempo enlouqueceu de vez.

— Não, chê, vamos ser justos. O que você quer? São só três da manhã.

Gauna resolveu entrar na casa e se oferecer para ajudar Lambruschini a carregar a carroceria. Perguntou-se se essa decisão não revelava sua natureza abjeta e servil. Gauna ainda estava se desenvolvendo; ele mesmo compreendia que podia ser corajoso ou covarde, generoso ou retraído, que sua alma ainda dependia de resoluções e de acasos, que ainda não era nada. Apareceram Lambruschini, Factorovich, as duas senhoras e as crianças. Trocaram votos de felicidades e abraços. Gauna e Larsen ajudaram a carregar algumas peças de reposição para o Lancia, umas poucas ferramentas, uma maleta e um fogareiro. Lambruschini, as senhoras, um ou dois meninos, entraram na cabine; os outros subiram na traseira da caminhonete. Quando esta se pôs em marcha, os abraços ainda não haviam acabado; houve solavancos, quedas e gargalhadas; na confusão, Gauna ouviu uma voz muito próxima, que lhe dizia: "Me deseje felicidade, querido". Estava nos braços de Clara.

A moça explicou:

— Encontrei a mulher do Lambruschini na mercearia. Ela me falou do passeio e pedi que me convidasse.

Gauna não respondeu.

— Trouxe a Turquinha Nadín — acrescentou Clara, apontando, no escuro, para sua amiga. Depois, bem devagar, passou um braço por trás dos ombros de Gauna e o apertou contra si.

Atravessaram a cidade inteira, seguiram por Entre Ríos, saíram para o interior pela ponte de Avellaneda e, pela avenida Pavón, dirigiram-se a Lomas e Temperley e Monte Grande. Clara e Gauna, hirtos de frio, abraçados, talvez felizes, viram seu primeiro amanhecer no campo. Na altura de Cañuelas um automóvel tentou ultrapassá-los várias vezes, até finalmente conseguir.

— É um F. N. — observou Factorovich.

Gauna perguntou:

— Que marca é essa?

— Um carro belga — declarou Casanova, surpreendendo-os.

— Aqui há automóveis de toda parte — sentenciou com orgulho Factorovich. — Tem até um argentino: da marca Anasagasti.

— Se eu fosse do governo — comunicou Gauna — não deixaria entrar nenhum automóvel no país. Com o tempo, eles seriam produzidos pela indústria argentina, e por mais asquerosos que fossem, o público consumidor os compraria sem chiar, pagando um preço considerável.

Todos concordavam com essa política e aduziam novos argumentos, que foram interrompidos pelo primeiro pneu furado. Depois de trocar o pneu retomaram o caminho; pararam novamente, trocaram pneus novamente, revisaram, desmontaram, limparam e montaram novamente a bomba de combustível; depois prosseguiram, avançando entre buracos e nuvens de poeira, até finalmente chegar ao rio Salado. A travessia de balsa interessou adultos e crianças. Larsen temia que o peso da caminhonete carregada fosse excessivo e que a balsa fosse a pique; por mais que os balseiros afirmassem que não havia perigo, ele continuava desconfiado. Como ninguém lhe dava ouvidos, teve de resignar-se com que todos, caminhonete e passageiros, atravessassem o rio numa única viagem, não sem antes repetir à exaustão que tinham sido avisados, que ele não se responsabilizava e que lavava suas mãos. Apesar de tudo, interveio minuciosamente nas manobras para fazer a caminhonete subir na balsa e para prendê-la; examinou as correias e discutiu em voz alta cada uma das operações. Os meninos o ouviam. Quando chegaram, ilesos, à margem oposta, seus antigos temores não o incomodavam mais; tinham desaparecido.

Almoçaram pouco antes das onze, à sombra de umas casuarinas. Enquanto as mulheres preparavam a comida, os homens, num fogareiro à parte, esquentavam água para o mate. Como fazia calor, depois do almoço fizeram a sesta.

Eram quase duas horas quando voltaram a rodar. Deixaram Las Flores para trás e, ao passar por La Colorada, Larsen disse:

— Agora temos de prestar atenção.

— É verdade — respondeu Factorovich. — Logo mais temos de pegar o desvio.

— Primeiro precisamos chegar à ponte — corrigiu Larsen.

Todos olhavam nervosamente o caminho. A ponte apareceu, atravessaram-na num estrépito de tábuas e, lateralmente, viram o canal, reto e ressecado. Larsen lembrou as instruções:

— Quando toparmos com um monte de eucaliptos com cerca viva de sina-sina, viramos à esquerda, deixando à direita o monte e a estrada principal.

— Não se afobe — aconselhou Gauna, piscando o olho para Ferrari —; com o destino que temos, é melhor nos perdermos.

— Voto em voltar para casa — anunciou Ferrari.

A Turquinha disse:

— Vocês são detestáveis.

— O monte, o monte! — gritou Larsen, entusiasmado.

Não aproveitou muito sua vitória, porque Lambruschini dobrou rapidamente à esquerda e o monte ficou para trás. Larsen se virou para olhá-lo. A Turquinha comentou:

— Parece um capitão de navio.

— Um capitão pirata — emendou Ferrari.

Todos riram. O caminho, estreito no início, a partir da porteira automática não tinha mais cerca de arame dos lados e, no fim, era uma trilha entre charcos, na vastidão do campo. Clara mostrava às crianças os cavalos, as vacas, as ovelhas, os ximangos, as corujas, os joões-de-barro. Essas explicações pareciam incomodar Larsen, que precisava de toda sua atenção para seguir o caminho. Perderam-se muitas vezes, chegaram a povoados, gritaram "Ave Maria", pediram orientação, perderam-se novamente. Detinham a marcha continuamente. Larsen e Lambruschini desciam, olhavam para um lado e para outro, consultavam-se. Os pequenos também desciam, e perseguiam os preás atirando-lhes barro seco. Depois era preciso esperá-los. Os demais aplaudiam.

— Aposto no Luisito — dizia Clara.

— Aposto no preá — dizia Ferrari.

— Vocês são piores que as crianças — protestava Larsen, desgostoso. — Têm mais interesse pela caçada de preás que pela estrada.

— Tomara que não chova — exclamou a Turquinha.

O vento havia mudado e nuvens cinzas ao sul ameaçavam. A paragem era solitária. Os tufos de capim santa-fé, muito altos, se agitavam contra um céu escuro, iminente. Clara deve ter sentido uma íntima exaltação, porque apertou o braço de Gauna e gritou, com a voz embargada:

— Lá está o riacho.

Viram-no, espremido entre margens de capim bem verde, bem escuro, com barrancas de terra. A água, inescrutável e tranquila, aparecia numa curva.

Larsen gritou:

— Lá está o monte de Chorén.

Viram uns poucos salgueiros, uns choupos-pretos, um ou outro eucalipto.

— Que maravilha — exclamou a Turquinha, dando pequenos saltos, pequenos gritos, pequenas risadas. — Chegamos.

— Se ficarmos aqui, coisas terríveis vão acontecer — disse Ferrari, com um estremecimento que não era fingido. — É melhor voltarmos.

Pararam junto ao monte, diante de uma porteira feita de velhos remendos de tábuas de curral e de arame farpado enferrujado. Lambruschini buzinou várias vezes. Dois cães pastores, de pelo fulvo, fronte alta e expressão humana, receberam-nos com latidos quase afônicos. Logo se esqueceram da ferocidade, urinaram nas rodas do Lancia, abanaram o rabo, afastaram-se distraídos. Lambruschini tocou a buzina novamente. Ouviu-se uma voz inconfundivelmente espanhola, que gritava.

— Já vai, já vai.

Apareceu um homenzinho vestido de farrapos. Era calvo, de óculos, com um bigode hirsuto e proeminente, a boca fina, pródiga em sorrisos e em molares. Estendeu a mão — curta, imóvel, áspera — e disse a cada um "Bem, e você? Feliz Ano Novo", e para a esposa de Lambruschini, "Como vai você, prima?", beijando-a no rosto. A mulher parecia incomodada. O homenzinho, mostrando seus inumeráveis dentes amarelos e abrindo os braços, pediu que entrassem. Falava em tom de admiração:

— Vão entrando. Ponham a caminhonete em qualquer lugar. Ali vai ficar muito bem, muito bem. — Apontava para um galpãozinho que já não era de barro, mas de madeira aparente e de lata e de poeira. — Eu esperava vocês para o almoço. Ou não almoçaram ainda? Aqui nunca falta comida; ah, não, isso não. Não tem muito conforto.

A senhora Lambruschini tentava inutilmente interrompê-lo e fazer as apresentações. Enquanto Lambruschini guardava a caminhonete, os outros chegaram à casa. Esta era baixa, de adobe, com beiral. Três portas davam para a frente; a do quarto, a de um cômodo vazio, a da cozinha.

— Acha que vai chover? — perguntou Larsen.

— Acho que não — respondeu Chorén. — O vento estava agradável, mas agora virou sul e por sorte vai limpar.

— Que sorte — exclamou Larsen.

— É mesmo — concordou Chorén. — Uma sorte dos diabos, com o

perdão da palavra. Nunca se viu uma seca como essa.

Gauna, para dar-se ares de homem do campo, perguntou como estava a fazenda.

— A fazenda não vai mal — replicou Chorén —, mas o rebanho de ovelhas está doente. Deve ser a seca.

Esse matiz entre fazenda e rebanho de ovelhas fez Gauna sentir que, embora oriundo de uma família de Tapalqué, seus conhecimentos rurais não eram muito mais sólidos que os de seus amigos.

A esposa de Lambruschini havia falado dos pomares do parente. Factorovich, Casanova e os meninos aproveitaram um descuido dos demais para sair e procurar as árvores. Encontraram dois ou três pessegueiros sem frutas, uma pereira com praga e uma ameixeira carregada de minúsculas ameixas vermelhas. De noite, estavam um pouco adoentados.

Gauna e Clara, Larsen e a Turquinha também se afastaram das pessoas. Caminhando no meio do mato, sob as árvores, chegaram ao riacho. Gauna e Clara se sentaram no galho de uma aroeira que crescia na barranca; o galho era baixo e se estendia sobre a água. Clara mostrava todas as coisas para Gauna: o pôr do sol, as tonalidades do verde, as flores silvestres. O rapaz disse:

— É como se antes eu estivesse cego. Você me ensina a ver.

Ao longe, Larsen e a Turquinha se divertiam atirando pedregulhos no riacho, de modo que quicassem uma ou duas vezes na superfície da água.

Ao voltar estavam com sede. Chorén foi buscar uma vasilha, deu dois ou três puxões na bomba d'água, depois encheu a vasilha e ofereceu a eles. Ferrari se aproximou para beber.

— Amarga — comentou.

— Amarga — reconheceu alegremente Chorén. — As pessoas dizem que é remédio e vêm de longe para tomá-la. Vai saber. Eu tenho úlcera, e o doutor teima que é por causa da água.

Quando ficaram sozinhos, Ferrari disse:

— Tomara que a úlcera me ataque logo, pelo menos vou me distrair com alguma coisa.

E acariciou, com ar meditativo, a sola do sapato.

— Você é difícil de agradar — opinou a Turquinha.

De tarde tomaram mate em cuias esmaltadas, com biscoitos. Ferrari não comeu; achou-os duros demais e com um gosto salgado, de terra. De noite comeram cozido de ovelha. Ferrari sentenciou:

— Quem se salvar da úlcera sucumbe à peste.

Clara pediu para Gauna não beber vinho.

— Só um copo — reclamou o rapaz. — Um copo para encobrir o gosto de gordura de ovelha.

Depois do primeiro copo vieram outros. No quarto, numa cama, dormiram as duas senhoras, e numa cama de vento, Clara e a Turquinha. As crianças dormiram sobre montes de palha e os homens também, mas no quarto vazio. Ferrari disse que ia para a caminhonete, mas voltou logo. Chorén sumiu de vista; segundo alguns, dormia na cozinha, segundo outros, lá fora, embaixo de uma charrete.

No dia seguinte, para o almoço e o jantar, tiveram cozido de ovelha. Lambruschini comentou:

— Este homem nunca comeu outra coisa.

— Posso apostar que nunca viu um grão-de-bico — disse a Turquinha.

— Se vê um bife à milanesa — opinou Ferrari —, um bife à milanesa com limão... muda de calçada.

— Nunca viu uma calçada — assegurou Clara.

Depois as mulheres, que o ajudavam na cozinha, convenceram-no a introduzir mudanças no cardápio. A última noite seria comemorada com um churrasco.

De tarde, quando saíram para caminhar, Gauna disse para a moça:

— Rimos o tempo todo dos desconfortos, sem entender que foram os dias mais felizes de nossa vida.

— Entendemos, sim — respondeu Clara.

Caminhavam enternecidos, quase tristes. Clara o detinha para que cheirasse um trevo ou o odor mais acre de uma florzinha amarela. Com a alegria de mencioná-los, rememoravam os incidentes da viagem e daqueles dias como se tivessem acontecido há muito tempo. Clara descrevia, emocionada, o amanhecer no campo: era como se o mundo tivesse se enchido de lagunas e de cavernas transparentes. Quando chegaram à casa estavam cansados. Tinham se amado muito naquela tarde.

Pareceu-lhes que a esposa de Lambruschini os observava com uma expressão estranha. Num momento em que os três ficaram sozinhos, a senhora disse para Clara:

— Você tem sorte, minha filha, de se casar com o Emilio. Que eu saiba, até agora os bons partidos eram homens velhos.

Gauna se emocionou, teve vergonha de se emocionar, e pensou que tais palavras deviam despertar nele a vontade de fugir. Sentia uma ternura infinita pela moça.

Tramaram, para aquela noite, uma escapada. Quando todos dormissem, deviam se levantar, sair silenciosamente e se encontrar atrás da casa. Gauna teve a impressão de que o viram sair; não tinha muita certeza de se importar que o tivessem visto. Clara o esperava, com os cães; disse-lhe:

— Por sorte, eu saí antes. Você não conseguiria evitar que os cães latissem.

— É verdade — disse Gauna, admirado.

Desceram até o riacho. Gauna caminhava na frente e afastava os galhos para ela passar. Depois se despiram e se banharam. Ele a teve nos braços, na água. Radiante à luz da lua, dócil ao amor, Clara lhe pareceu quase mágica em beleza e em ternura, infinitamente desejável. Nessa noite se amaram sob os salgueiros, sobressaltando-se com uma cigarra ou com um mugido distante, sentindo que a exaltação de suas almas era compartilhada pelo campo inteiro. Quando voltaram à casa, Clara cortou um jasmim para ele. Gauna guardou aquele jasmim até pouco tempo atrás.

XXVI

As moças deviam ser loiras, com algo de estatuária no porte, que lembrasse a República ou a Liberdade, com a pele dourada e os olhos acinzentados ou, pelo menos, azuis. Clara era magra, morena, com aquela testa proeminente que ele detestava. Amou-a desde o início. Esqueceu a aventura dos lagos, esqueceu os rapazes e o doutor, esqueceu o futebol e, quanto às corridas de cavalos, um vínculo de gratidão o obrigou a seguir, de sábado a segunda-feira, por umas poucas semanas, o destino do cavalo Meteórico, destino, aliás, tão efêmero quanto os arcanos fulgores que lhe deram o nome. Não perdeu o emprego porque Lambruschini era uma pessoa boa e tolerante, e não perdeu a amizade de Larsen porque a amizade é uma nobre e humilde Gata Borralheira, acostumada a privações. Munido de muita paciência, de muita humilhação e habilidade, dedicou-se a fazer Clara se apaixonar por ele e a se tornar odioso para quase todas as pessoas que tinham de se relacionar com ele. No começo, Clara o fizera sofrer e tivera com ele uma sinceridade que talvez fosse pior que as mentiras; ao agir assim, não foi deliberadamente perversa; foi, sem dúvida, ingênua e, como sempre, leal. Como no fim tudo se sabe, Larsen e os rapazes se perguntavam por que ele aguentava tanto. Naquela época, Clara era uma moça de prestígio no bairro — sua imagem posterior, de companheira abnegada e submissa, tende a apagar de nossa memória essa notável circunstância — e, como pensou alguém, talvez não houvesse muito mais sentimento genuíno, nessa paixão de Gauna, do que vaidade; mas como hoje não é possível averiguar isso, e como se trata, no fim das contas, de uma dúvida cínica e maliciosa, que poderia, com igual direito, questionar todos os amores, talvez fosse preferível lembrar, por ser mais significativa, a frase que Gauna disse a Larsen certa noite: "Fiz que se apaixonasse por mim para poder esquecê-la". (Larsen, sempre tão crédulo com seu amigo, nessa ocasião o julgou insincero.) Depois daquela loucura incompreensível com Baumgarten, a moça se apaixonou por Gauna e, como dizem, assentou a cabeça. Até se afastou de seus amigos da companhia Eleo; atuou na única e, segundo consta, consagradora, encenação de *A dama do mar* (representação à qual Gauna, reprimido pelo amor-próprio, ainda que impelido pelo ciúme, absteve-se de comparecer), e não voltou a vê-los. A Turquinha contou que, depois do passeio no campo, Clara passou a amar Gauna com verdadeira paixão.

Os dias de Gauna — o trabalho e Clara — passavam com rapidez. Em seu mundo, secreto como as galerias de uma mina abandonada, os apaixonados percebem as diferenças e os matizes de horas em que nada acontece, a não ser juras de amor e elogios mútuos; mas, definitivamente, uma noite caminhando de braço dado das sete às oito se parece com outra noite caminhando de braço dado das sete às oito e um domingo caminhando pelo parque Saavedra e indo ao cinema das cinco às oito se parece com outro domingo caminhando pelo parque Saavedra e indo ao cinema das cinco às oito. Todos esses dias, tão parecidos entre si, passaram sem demora.

Naquela época, Larsen e outros amigos ouviram Gauna dizer que gostaria de ir trabalhar num navio, ou nas colheitas de Santa Fe ou em La Pampa. Tarde após tarde, pensava nessas fugas imaginárias, mas às vezes se esquecia delas e poderia mesmo negar que, um dia, planejou-as. Gauna se perguntava se um homem podia estar apaixonado por uma mulher e desejar, com um empenho desesperado e secreto, ver-se livre dela. Se conjecturava que algo de ruim se passava com Clara — que, por algum motivo, podia sofrer ou adoecer — sua dura indiferença de rapaz desaparecia e ele sentia vontade de chorar. Caso conjecturasse que ela podia abandoná-lo ou amar outro, sentia um mal-estar físico, e ódio. Para vê-la e para estar com ela, agia com incansável solicitude.

XXVII

Era uma tarde de domingo. Gauna estava sozinho no quarto, fumando, deitado de costas na cama, com as pernas cruzadas no alto, os pés sem meias, de chinelo. Clara tinha ficado em casa, para fazer companhia a *don* Serafín, que estava "minguado de saúde". Gauna iria visitá-la às sete.

Tinham decidido se casar. Os dois chegaram à mesma conclusão involuntariamente, inevitavelmente, sem que nenhum dos dois a sugerisse.

Larsen voltou. Tinha ido à padaria buscar uns doces para acompanhar o mate.

— Só consegui pãezinhos *criollos*. Que barbaridade, o que as pessoas consomem de doces e de pão! — exclamou, abrindo o embrulho e mostrando o conteúdo a Gauna, que mal olhou para ele. — Ia lhe sugerir que virássemos padeiros.

Não sem inveja, Gauna pensou que seu amigo vivia num mundo simples. Continuou pensando: Larsen era, de fato, muito singelo, mas seu temperamento revelava certa teimosia. Não podiam falar da moça (ou, pelo menos, não podiam falar dela tranquilamente). Antes do passeio no campo, porque Larsen desconfiava dela e porque, isso era claro, desaprovava a paixão que havia transformado a vida de Clara e de Gauna num segredo e, ao mesmo tempo, num espetáculo público; desaprovava essa e qualquer paixão. Depois do passeio, porque conhecera Clara e condenaria qualquer deslealdade de Gauna, e sua vontade de fugir lhe parecia incompreensível. Talvez Larsen sentisse por Clara uma amizade e um respeito que não poderia sentir por nenhuma mulher. Talvez na simplicidade de seu amigo houvesse delicadezas que ele não entendia.

Se não podiam tocar nesse assunto, ponderou, a culpa não era toda de Larsen. Este começara a falar nisso mais de uma vez, mas ele sempre mudava de assunto. Qualquer discussão sobre a moça lhe desagradava e quase o ofendia. Com Ferrari, de quem ficara muito amigo, costumava comentar, enfática e anedoticamente, a calamidade que eram as mulheres. Certamente esses vitupérios contra as mulheres em geral, no que diz respeito a Gauna, eram contra Clara em particular. Assim não o incomodava discuti-la.

— Poxa, mas que folgado — Larsen recriminou-o afetuosamente, enquanto tirava a vasilha de mate do armário. — Se não estiver amarrado na cama, bem que você podia torrar um pouco esses pãezinhos.

Gauna não respondeu. Pensava que se alguém havia insinuado a conveniência do casamento, sem dúvida não fora Clara, nem o pai de Clara. "É preciso reconhecer que o mais provável", disse para si, "é que tenha sido eu mesmo". Talvez em algum momento, quando estava com ela, num impulso de ternura, de um modo confuso, desejou se casar e, ato contínuo, pediu-a em casamento, para não lhe negar nada, para não guardar nada apenas para si. Mas agora não podia saber. Quando estava com ela, estava muito distante de quando estava sozinho... Quando estava com ela os pensamentos que tivera quando estava sozinho lhe pareciam fingidos e o deixavam impaciente como se alguém lhe atribuísse sentimentos alheios. Agora, que estava sozinho, julgava saber que não devia se casar; dali a pouco, quando a visse, o invariável futuro na oficina de Lambruschini e, pior ainda, em sua própria casa, não importaria, não existiria mais. Seu único anseio seria prolongar aquele momento em que estavam juntos.

Gauna se levantou, pegou no armário um garfo de estanho, com todos os dentes entortados, fincou-o num pãozinho e o pôs sobre a chama do fogareiro.

— Olha — disse, pondo um segundo pãozinho —, se eu tivesse torrado antes, já estariam frios.

— Tem razão — disse Larsen, e lhe passou o mate.

— O que vai fazer? — perguntou Gauna com dificuldade e tristeza. — O que vai fazer quando eu for embora? Vai ficar aqui ou vai se mudar?

— E por que você iria embora? — perguntou Larsen, surpreso.

Gauna o lembrou:

— Ora, velho, o casamento.

— É verdade — reconheceu Larsen. — Não tinha pensado nisso.

Gauna sentiu uma súbita raiva de Clara. Por culpa dela, alguma coisa em sua vida estava morrendo e, o que era pior, também na de Larsen. Já fazia muitos anos que moravam juntos, e essa vida era um hábito tranquilo para os dois; não era bom que alguém o rompesse.

— Vou ficar aqui — disse Larsen, ainda perplexo. — Embora seja um pouco caro, prefiro ficar com este quarto do que sair atrás de outro.

— Eu em seu lugar faria a mesma coisa — declarou Gauna.

Larsen voltou a cevar o mate. Depois disse apressadamente:

— Veja como sou grosseiro, talvez vocês o queiram. Não tinha pensado nisso...

A palavra "vocês" aumentou o rancor de Gauna contra a moça. Respondeu:

— Não, eu não tiraria o quarto de você, de jeito nenhum. Além disso, ele seria pequeno para nós.

Dizer "nós" também o irritou. Continuou falando:

— Vou sentir falta da vida de solteiro. As mulheres cortam as asas da gente, se é que você me entende. Com seus cuidados, elas nos tornam prudentes e até meio feministas, como dizia o alemão do ginásio. Em poucos anos estarei mais domesticado que o gato da padeira.

— Deixe de bobagens — respondeu Larsen com sinceridade. — Clara não é linda: é lindíssima, e vale mais que eu, que você, que a padeira e que o gato. Diga lá, por que você não para com essa embromação?

XXVIII

Pouco antes do crepúsculo daquela mesma tarde, quando Gauna se dispunha a sair, caiu um aguaceiro. O rapaz ficou no saguão até a chuva parar e então viu como as cores habituais de seu bairro, o verde das árvores, claro no eucalipto que estremecia nos fundos do terreno baldio, e mais escuro nos cinamomos da calçada, o pardo e o cinza das portas e das janelas, o branco das casas, o ocre da mercearia da esquina, o vermelho dos cartazes que ainda anunciavam o fracassado loteamento dos terrenos, o azul do vitral defronte, empreendiam uma irrefreável e conjugada vivificação, como se recebessem, das profundezas da terra, uma exaltação pânica. Gauna, em geral pouco observador, percebeu o fato e disse para si que devia contar isso para Clara. É notável como uma mulher amada pode nos educar, por um tempo.

As ruas tinham acumulado muita água, e em algumas esquinas as pessoas atravessavam por alpondras giratórias. Encontrou Pegoraro na avenida Del Tejar. Este, tocando-o, como se quisesse se convencer de que Gauna não era um fantasma, dando tapinhas em suas costas e abraçando-o, exclamou:

— Mas meu irmão, por onde você andou se escondendo?

Gauna respondeu vagamente e tentou seguir seu caminho. Pegoraro o acompanhou.

— Olha que faz tempo que você não aparece no clube — comentou, detendo-o, abrindo os braços para baixo, mostrando as palmas das mãos.

— Faz tempo — reconheceu Gauna.

Perguntou-se como faria para se livrar de Pegoraro, antes de chegar à casa do Bruxo. Não queria que ele soubesse que ia lá.

— Se você vir o novo time vai se lembrar dos bons tempos e vai dizer que não há nada como o futebol. O clube está irreconhecível. Nunca tivemos, juro pela minha mãe, que me deu esta medalhinha, uma linha de ataque comparável. Você viu o Potenzone?

— Não.

— Então não fale de futebol. Você tem de fechar essa boca; em poucas palavras, calar-se. Potenzone é o novo centroavante. Um mago com a bola, pura firula e ginga, mas quando chega na frente da trave, o homem perde o impulso, carece de fibra e o gol mais certo vira nada, se é que me entende. E o Perrone, também não o viu?

— Também não.

— Mas, chê, o que você anda fazendo? Está perdendo o melhor da vida. O Perrone é o ponteiro mais rápido que já tivemos. Um caso diferente. Corre como uma flecha, vai até a área, parece ficar meio confuso, chuta fora. E o Negrone, você o viu?

— Esse no meu tempo já era meio veterano.

Enquanto Pegoraro, fazendo ouvidos moucos, explicava os defeitos desse jogador, Gauna pensava que num domingo desses devia inventar uma boa desculpa e voltar ao clube. Nostálgico, lembrou dos tempos em que não perdia nenhum jogo.

Pegoraro perguntou:

— Aonde você vai agora?

Gauna imaginou que a moça estaria esperando por ele na porta da rua e percebeu que não se incomodava que Pegoraro soubesse aonde estava indo. Lembrou do que Larsen dissera sobre Clara e sorriu satisfeito.

— À casa de Taboada — respondeu.

Pegoraro novamente o deteve, abriu os braços para baixo, mostrando as palmas das mãos. Inclinou a cabeça e perguntou:

— Sabe que esse homem é um bruxo de verdade? Lembra daquela tarde em que fomos visitá-lo? Bem. Lembra que eu estava com as pernas cobertas de furúnculos? Bem. O indivíduo resmungou duas ou três palavras que eu nem ouvi, desenhou uns garranchos no ar e no dia seguinte, não havia nem mais uma espinha. Juro pela minha medalha. Mas é claro, eu não contei isso pra ninguém, pra não pensarem que me deixo enganar por bruxarias.

Clara estava à sua espera na porta. De longe, não lhe pareceu muito bonita. Lembrou que no começo, quando se encontravam na rua ou em outros lugares públicos, ele adorava pensar na invejosa aprovação com que as pessoas o veriam tomá-la pelo braço. Agora nem tinha mais certeza de que fosse bonita. Despediu-se de Pegoraro. Este lhe disse:

— Vê se aparece lá no clube.

— Logo, Gordo. Prometo.

Gauna só atravessou a rua depois que Pegoraro tinha ido embora. A moça se adiantou para recebê-lo com um beijo. Fechou a porta, depois apertou o interruptor de luz e entraram no elevador.

— E essa chuva? — comentou Clara, enquanto subiam.

— Muito forte.

Lembrou de sua intenção de falar da veemência das cores e da luz que surgiu depois de um aguaceiro, mas sentiu um súbito rancor e se calou. Entraram na saleta.

— O que você tem? — perguntou Clara.

— Nada.

— Como, nada? Me conte o que foi.

Precisava encontrar uma explicação. Gauna perguntou.

— Você vê sempre o Baumgarten?

Para disfarçar sua hesitação, falou com a voz muito alta. Clara lhe fez um sinal de que iam ouvi-lo. Essa demora na resposta o exasperou.

— Responda — insistiu, irritado.

— Não vejo nunca — afirmou Clara.

— Mas pensa nele.

— Nunca.

— Então, por que saiu naquela tarde?

Encurralou-a contra o sofá, assediou-a com pedidos de explicações. Clara não olhava para ele.

— Por quê? Por quê? — insistia.

Clara o fitou nos olhos.

— Você estava me deixando louca — disse.

Com certa insegurança, Gauna perguntou:

— E agora?

— Agora não.

Calou-se, pacífica e sorridente. Gauna a recostou no sofá, reclinou-se a seu lado. Pensou: "É um animalzinho, um pobre animalzinho." Beijou-a com ternura. Pensou: "De perto ela é linda". Beijou-a na testa, nas pálpebras, na boca.

— Vamos ver seu pai — disse depois Gauna.

Clara continuava deitada, não abria os olhos; por fim se levantou bem devagar, foi até o espelho, olhou-se sorrindo vagamente. "Que cara!", exclamou, e balançou e cabeça. Ajeitou-se um pouco, assentou uma mecha do cabelo de Gauna, ajeitou sua gravata, pegou-o pela mão, bateu à porta do quarto de seu pai.

— Entre — respondeu a voz de Taboada.

O Bruxo estava na cama, com um camisolão muito aberto sobre o peito e tão amplo que, talvez, por contraste, ele parecia notavelmente miúdo e fraco. Suas grandes ondas grisalhas deixavam a descoberto a testa alta e estreita, e caíam para trás com nobre displicência. A brancura dos lençóis era impecável.

— E essa chuva? — comentou, enquanto esmagava um cigarro no cinzeiro sobre a mesa de cabeceira.

— Muito forte — reconheceu Gauna.

O quarto tinha aquele misto de indiferença e pretensão, aquela homogeneidade desagradável e muito pobre, determinada, talvez, pela falta de estilo, e aquela nudez, imperfeita mas áspera, que não são incomuns dentro e fora das casas da Argentina, no campo e nas cidades. A cama de Taboada era estreita, de ferro, pintada de branco, e a mesa de cabeceira, também branca, era de madeira, muito simples; havia três cadeiras de palhinha e, contra uma parede, um pequeno sofá, com um braço no extremo, revestido de cretone (quando Clara tinha quatro ou cinco anos, o estofado era de esparto); numa mesa de canto adivinhava-se o telefone, dentro de uma boneca de pano, que representava uma negra (há galinhas, parecidas, que se usam para cobrir chaleiras); sobre uma cômoda moderna, de cedro, com puxadores pretos e brilhantes, havia uma flor que era rosada quando o tempo estava bom e azul quando ia chover, uma caixa de conchas e madrepérola, com a inscrição "*Recuerdo de Mar del Plata*", uma fotografia, em moldura de veludo, com miçangas, dos pais de Taboada (pessoas antigas, mais rústicas, sem dúvida, do que Taboada, mas muito menos que os antepassados de todos os seus vizinhos) e um exemplar, encadernado em couro lavrado, de *Los simuladores del talento en la lucha por la vida*, de José Ingenieros.

— Tudo isso — explicou Taboada, notando a curiosidade com que Gauna olhava os objetos da cômoda — foi a Clara que me deu. A coitada vai me estragar com tanto presente.

A moça saiu do quarto.

— Como está de saúde, *don* Serafín? — perguntou Gauna.

— Não vai mal — respondeu Taboada; depois acrescentou, sorrindo: — Mas desta vez a Clara se assustou. Não me deixa levantar da cama.

— E que mais o senhor quer? Descanse. Enquanto os outros trabalham o senhor fica lendo o jornal e fumando, jogado no sofá.

— No banco da paciência, você quer dizer; mas isso não é nada. Então você não sabe o que ela fez? — perguntou Taboada, rindo. — Essa menina vai acabar comigo. Não conte para ninguém: trouxe um médico, obrigou-me a recebê-lo.

Gauna o olhou com interesse e falou, sério:

— É melhor se cuidar. O que o médico disse?

— Quando ficou sozinho comigo, disse que não devo passar o inverno em Buenos Aires. Mas sobre isso, não diga uma palavra para a Clarinha. Não quero tutores nem intrometidas que resolvam o que eu devo fazer.

— E o que o senhor resolve?

— Não lhe dar ouvidos, ficar em Buenos Aires, onde passei toda a minha vida, e não ficar zanzando lá pelas serras de Córdoba, aprendendo a falar com sotaque.

— Mas *don* Serafín — insistiu obsequiosamente Gauna —, se é pela saúde.

— Não, chê, não me amole. Eu já mudei, ou acredito que mudei, destinos alheios. Que o meu siga sozinho e como quiser.

Gauna não pôde insistir, porque Clara tinha voltado. Trazia uma bandeja e serviu-lhes café. Falaram do casamento.

— Terei de convidar o doutor Valerga e os rapazes — insistiu Gauna.

Como sempre, Taboada replicou:

— Doutor em quê, faça-me o favor! Em assustar os meninos e os tontos.

— Como queira — respondeu Gauna, sem se aborrecer —, mas vou ter de convidá-lo.

Taboada lhe disse com uma voz muito suave:

— A melhor coisa que você pode fazer, Emilito, é romper com toda essa gente.

— Quando estou com o senhor, penso como o senhor, mas eles são meus amigos...

— Nem sempre se pode ser leal. Nosso passado, em geral, é uma vergonha, e não se pode ser leal com o passado ao preço de ser desleal com o presente. Quero dizer que não há calamidade maior que um homem que não escuta seu próprio juízo.

Gauna não respondeu. Pensou que havia alguma verdade nas palavras de Taboada e, principalmente, que a este não faltariam argumentos para vexá-lo se tentasse discutir. Mas estava certo de que a lealdade era uma das virtudes mais importantes, e até desconfiou, lembrando a confusão das frases que tinha acabado de ouvir, que Taboada era da mesma opinião.

— O que sempre me afastou do casamento — confessou Taboada, como se pensasse em voz alta — foi a festança.

Clara sugeriu:

— Poderíamos nos casar sem convites nem festa.

— Sempre pensei que o principal, para as moças, fosse o vestido de noiva — afirmou Gauna.

Taboada acendeu mais um cigarro. Sua filha o tirou de sua boca e o esmagou no cinzeiro.

— Já fumou bastante por hoje — disse.

— Veja só essa fedelha — comentou Taboada, indiferente.

Gauna olhou a hora e se levantou.

— Não vai jantar conosco, Emilio? — perguntou o Bruxo.

Gauna afirmou que Larsen o esperava. Despediu-se.

— Queria pedir um favor, aos dois — declarou Taboada, enquanto ajeitava o travesseiro para sentar-se melhor na cama. — Quando saírem juntos, deem um pulinho na rua Guayra e tenham a gentileza de dar uma olhada na minha casinha. É um cantinho sem grandes pretensões, mas acho que para gente trabalhadora não é ruim. É meu presente de casamento.

Quando ficou sozinho, Gauna pensou que deixar o pai seria, para Clara, mais doloroso do que, para ele, deixar Larsen. Apesar de bruxo, Taboada lhe pareceu digno de compaixão e achou que tirar-lhe a filha era muita crueldade. Clara devia sentir isso; mas nunca lhe dissera nada. Incrédulo, Gauna se perguntou se Clara sentiria por ele aquele mesmo ressentimento que ele sentia por ela.

XXIX

Estiveram tão ocupados com a mudança que o casamento em si — cerimônia de que foram testemunhas *don* Serafín Taboada e *don* Pedro Larsen — perdeu o prestígio para os protagonistas e se confundiu com os demais afazeres e incômodos de um dia muito atarefado. Taboada e Larsen não compartilharam essa indiferença.

Como havia anunciado, Taboada lhes deu de presente a casa da rua Guayra, que era sua única propriedade. Gauna se encarregou da hipoteca, da qual só faltava pagar algumas poucas parcelas. Quando Gauna e Clara disseram que não podiam aceitar um presente tão importante, Taboada lhes garantiu que os ganhos do consultório eram suficientes para sua vida sem luxos.

Apesar de não terem feito convites, receberam presentes de Lambruschini, dos colegas da oficina, da Turquinha e de Larsen. Este último deve ter ficado meio arruinado, porque lhes deu de presente os móveis da sala de jantar. Blastein, o diretor da companhia Eleo, mandou-lhes uma coqueteleira de metal branco, que Gauna perdeu na mudança. O bairro inteiro sabia que eles tinham se casado; no entanto, a maneira silenciosa como o fizeram valeu-lhes algumas calúnias.

Pediu licença na oficina e durante quinze dias trabalharam muito na casa. Gauna estava tão envolvido que não se lembrou do problema de sua liberdade perdida; hipotecas, distribuição de móveis, pinturas impermeabilizantes, esteiras, prateleiras, radiadores, a corrente elétrica e o gás ocupavam toda a sua atenção. Com especial capricho, construiu uma pequena biblioteca para os livros de Clara, que lia muito.

No quarto, puseram uma cama de casal; quando ele sugeriu que comprassem uma cama de vento, para o caso de um deles adoecer, Clara respondeu que não tinham por que adoecer.

Muito de vez em quando, ia de tarde ao Platense; fazia isso para que não pensassem que tinha se irritado ou que os desprezava ou que Clara o mantinha prisioneiro. Na primeira tarde em que se reuniram na casa de Valerga, Antúnez, para fazê-lo passar um mau momento, perguntou:

— Sabem que o nosso amiguinho aqui contraiu matrimônio?

— E pode-se saber quem é a felizarda? — inquiriu o doutor.

Gauna pensou que essa ignorância devia ser fingida e que a situação não parecia boa.

— Com a filha do Bruxo — informou Pegoraro.

— Não conheço a menina — declarou com seriedade o doutor. — O pai, sim. Um homem de valor.

Gauna o fitou com um afeto quase piedoso, lembrando o invariável desdém com que Taboada falava dele. Ao mesmo tempo, com um princípio de alarme, julgou compreender que esse desdém era justo. Para espantar essas ideias, continuou falando. Explicou:

— Nós nos casamos reservadamente.

— Como se tivessem vergonha — comentou Antúnez.

— Não me parece acertada tal observação — disse o doutor, lançando um olhar terrível para Antúnez e omitindo, na última palavra, a letra "b". — Tem gente que gosta de rebuliço e gente que não gosta. Eu me casei como o Gauna, sem toldo vermelho e sem tantos tontos olhando — procurou o olhar de todos os circunstantes. — Alguém tem algo a objetar?

Claro que nenhum "b" estorvou o verbo.

Da aventura dos lagos, Gauna quase não se lembrava mais; mas uma noite, no meio de uma insônia, deparou com aquele mistério e, com absurda exaltação, jurou um dia esclarecê-lo e depois jurou não se esquecer dessa decisão. Tinha certeza de que se algum dia fosse esperar pela madrugada no bosque de Palermo, o lugar lhe revelaria alguma coisa. Além do mais, devia interrogar Santiago novamente. E pensar que o Mudo talvez conhecesse a verdade! Teria de percorrer os cafés e, se preciso, tomar coragem e, com traje a rigor alugado, aparecer no Armenonville. Talvez alguma senhorita dançarina, se ele pagasse uma bebida, dissesse o que tinha visto ou ouvido dizer.

Naquela mesma noite se lembrou também da planejada briga com Baumgarten. Ele sabia que uma fortuita trama de circunstâncias havia adiado e, finalmente impedido, a briga; mas também sabia que as pessoas, se estivessem sabendo do essencial do assunto, pensariam que ele era um covarde. Não sabia dizer se esse juízo estava errado.

XXX

Como o dinheiro estava escasso naqueles anos, o pagamento da hipoteca acabou se mostrando bastante difícil, e tiveram de passar por algumas privações. Não obstante, eram felizes. Quando saía da oficina, Gauna voltava para casa; aos sábados, faziam a sesta e depois iam ao cinema; aos domingos, Lambruschini e a esposa os levavam no Lancia a Santa Catalina ou ao Tigre. Os quatro foram ver também as corridas de automóveis na pista de San Martín, e as mulheres fingiram interesse. Uma vez foram a La Plata, onde percorreram, distraídos, o Museu de Ciências Naturais; na volta, num volume do *Tesouro da juventude* emprestado por um senhor que era dentista, conheceram, com espanto, os animais antediluvianos, em quadros que pareciam ter sido feitos ao vivo. Na companhia de Larsen, tomaram banho na praia de La Balandra e, diante das ondas regulares do rio, conversaram sobre países distantes e viagens imaginárias. Conversaram também sobre uma viagem factível: voltar a visitar Chorén, à beira do riacho Las Flores; mas esse plano nunca chegaria a se concretizar. Clara e Gauna não perdiam a esperança de juntar dinheiro suficiente para comprar um Ford T e poder passear a sós.

Algumas tardes, ao sair da oficina, Gauna ia à casa do Bruxo. Clara o esperava lá; também costumava ver Larsen. Às vezes, ao vê-los reunidos, Gauna pensava que aqueles três formavam uma família e que ele era um estranho. Depois se envergonhava desse pensamento.

Uma tarde conversaram sobre a coragem. Gauna ouviu, com espanto — e não sem protestar — que ele, segundo Taboada, era mais corajoso do que Larsen. Este último parecia admitir essa afirmação como algo indiscutível. Gauna disse que seu amigo sempre estava pronto para enfrentar qualquer um numa briga e que ele, e que ele, e que ele.... ia acrescentar algo, com veracidade e candura, mas não o escutaram. Taboada explicava:

— Essa coragem que o Gauna menciona não tem importância. O que um homem deve ter é uma espécie de generosidade filosófica, um certo fatalismo, que lhe permita estar sempre disposto, como um cavalheiro, a perder tudo a qualquer momento.

Gauna o escutava com admiração e incredulidade.

Naquela época, Taboada lhe ensinou ("para alargar essas testas estreitas") um pouco de álgebra, um pouco de astronomia, um pouco de botânica. Clara também estudava; sua inteligência talvez fosse mais dúctil que a de Gauna e a de Larsen.

— Que surpresa os rapazes teriam — exclamou Gauna certa vez — se soubessem que passo a tarde estudando uma rosa.

Taboada comentou:

— Seu destino mudou. Há dois anos você estava em pleno processo de se transformar no doutor Valerga. Clara o salvou.

— Em parte Clara — reconheceu Gauna —, e em parte o senhor.

No início do inverno de 29, Lambruschini lhe propôs que "passasse à condição de sócio". Gauna aceitou. O momento parecia bom para ganhar dinheiro; ninguém comprava automóveis novos; os velhos se desmancham e, como sentenciava Ferrari, "todo bicho que caminha vai parar na oficininha". Mas a "crise" foi tão dura que as pessoas preferiram abandonar os automóveis a levá-los à oficina. Nada disso comprometeu sua felicidade.

Tinham-lhe garantido que as pessoas que vivem juntas acabam se olhando primeiro com desdém, depois com raiva. Ele acreditava ter infinitas reservas de necessidade de Clara; de necessidade de conhecer Clara; de necessidade de se aproximar de Clara. Quanto mais ficava com ela, mais a amava. Ao rememorar seus antigos medos de perder a liberdade, sentia vergonha; pareciam-lhe pedantismos ingênuos e execráveis.

XXXI

Era um domingo de inverno, na hora da sesta. Deitado na cama, enrolado em ponchos, estendido em meio à caótica dispersão de seções ilustradas dos jornais, Gauna olhava distraidamente o delicado desenho das sombras que se refletiam no teto. Estava sozinho em casa. Clara, que fora ver o pai, regressaria às cinco, a tempo de ir ao cinema. Antes de sair, recomendara que ele fosse tomar um pouco de sol na praça Juan Bautista Alberdi. Por enquanto, sua única saída fora até a pequena cozinha, para aquecer água para o mate. De novo na cama, tirava um braço, cevava rapidamente, dava duas ou três chupadas, mordia a casca de um pão francês (Larsen lhe dissera que matear sem comer causava dores de estômago), deixava o mate e o pão na cadeira que às vezes fazia de criado-mudo, voltava a se cobrir. Pensava que se conseguisse alcançar o chapéu — estava sobre uma mesa de vime, perto da porta — sem se levantar da cama, ele o poria. A aba, pensou, incomodaria na nuca. Os antigos tinham razão. Ter deixado de usar o gorro de dormir era toda uma injustiça com a cabeça. Teve pena das orelhas e do nariz, e quando estava pensando em acrescentar as correspondentes orelheiras e o protetor de nariz, bateram à porta.

Gauna se levantou reclamando; tremendo de frio, pisando nas pontas dos ponchos em que se abrigava, chegou como pôde até a porta; abriu-a.

— Vê se se mexe um pouco — disse-lhe a senhora que cozinhava para o carpinteiro. — Telefone para o senhor.

Cinzenta e baixa como um rato, a mulher fugiu em seguida. Gauna, muito alarmado, ajeitou-se um pouco, e ainda meio despido correu para a casa do carpinteiro. Com voz estranha, Clara lhe disse que seu pai não estava muito bem.

— Vou já para aí — respondeu Gauna.

— Não, não precisa — assegurou Clara. — Não é nada grave, mas prefiro não deixá-lo sozinho.

Pediu-lhe que saísse para se distrair um pouco; passava a semana toda trabalhando numa oficina gelada; precisava descansar; achava-o magro, nervoso. Perguntou se ele tinha ido tomar sol na praça e, antes que Gauna mentisse, sugeriu que fosse ao cinema pelos dois. Gauna dizia sim a tudo; Clara continuou: que fosse buscá-la por volta das oito, que arrumariam qualquer coisa para comer, talvez abrissem uma daquelas latas de conserva que nunca decidiam experimentar.

Quando Gauna estava voltando para casa, depois de agradecer a atenção do carpinteiro (que não respondeu, nem sequer levantou a cabeça), compreendeu que a esperada oportunidade havia chegado. Naquela mesma tarde empreenderia uma nova investigação da aventura dos lagos, do mistério da terceira noite. Não sentia nenhuma impaciência ou incerteza. Pensou, satisfeito, que a decisão agora tomada, sempre ao alcance de sua mão, por assim dizer, estivera aguardando o momento oportuno e que ele, para um observador apressado, talvez tivesse parecido um homem de vontade fraca ou, pelo menos, um homem com uma vontade muito fraca de esclarecer aquele mistério particular. Mas não era bem assim; agora que a ocasião havia chegado, ele demonstraria isso.

A verdade é que, para levar adiante planos tão vagos quanto os seus, teria sido bobagem dizer a Clara, num sábado ou num domingo: Hoje não vamos sair juntos. Ou sair uma noite e deixá-la sabe-se lá com que ideias na cabeça. E se, por fim, tivesse que lhe explicar as coisas (pois, olhe, as mulheres são insistentes) passaria por embusteiro ou louco.

Levou para a cozinha os utensílios do mate e quando ia jogar na pia a erva já usada, pôs mais um pouco de água e provou; em seguida cuspiu, com desgosto; limpou o mate e guardou tudo na despensa.

Embora estivesse de blusa de lã, vestiu o pulôver que Clara fizera para ele (sempre se manifestara francamente contra tricôs, e a cor desse, em particular, parecia-lhe vistosa demais e quase fantástica para ser usada por um homem, mas a pobre Clara ficaria triste se ele desdenhasse o presente e naquele dia, que diabos, o frio apertava). Agasalhou-se como pôde; se não levou sobretudo, foi porque a ocasião de comprá-lo nunca havia chegado.

Caminhando energicamente para combater o frio, mas cansado e com preguiça, chegou à estação Saavedra. Comprou uma passagem para Palermo e sentou-se para esperar; nem bem fez isso, pensou que o plano ainda não havia amadurecido, que talvez ele fosse se cansar andando como um pobre louco pelos bosques de Palermo e, afinal, para quê? Para nada. Era mais conveniente concretizar antes o plano de batalha e, enquanto isso, ir a uma sessão de cinema com Larsen. É verdade que a passagem queimava em seu bolso, mas não se atrevia a devolvê-la, porque o homem do guichê era totalmente desconhecido. Se Larsen não estivesse em casa, pensou se levantando e caminhando para fora da estação, aproveitaria a passagem. Mas por que Larsen não estaria em casa?

Ao voltar às ruas do bairro sempre era assaltado por alguma nostalgia, talvez terna, talvez mal-humorada; assim, distraído, entrou na casa, chegou à porta de seu velho quarto. Bateu: não responderam. A zeladora — que ele chamou aos gritos, que ele ofendeu com sua impaciente indiferença pelo inevitável prelúdio de interrogações corteses e cumprimentos — disse que o senhor Larsen tinha acabado de sair e fechou a porta. Já na rua, Gauna hesitou por um instante; não sabia se voltava para a estação ou se ia até a casa de Taboada. Nesse momento, pedalando no triciclo azul-celeste, sorrindo com toda sua cara peluda, apareceu o Musel (como apelidavam no bairro o gerente de La Superiora, por alusão a seu costume de recordar insistentemente, com qualquer pretexto, seu porto natal); Gauna lhe perguntou se sabia aonde Larsen tinha ido.

— Não, não sei, não sei não — respondeu Musel. — E você, o que faz aí sozinho? Como é, já se cansou da vida de casado? Não pode ser. Não pode ser não.

Trocaram uns tapinhas amistosos nas costas e Gauna seguiu seu caminho, rumo à estação. Estava arrependido de ter feito aquela pergunta a Musel. Além do mais, pensou, como deixar passar a oportunidade de dar início às investigações definitivas? Por mais que tentasse fingir para si mesmo, estava preocupado e nervoso. Chegou à estação a tempo de pegar, de um salto, o último vagão, quando já saía da plataforma. Desceu na avenida Vértiz, atravessou por debaixo das pontes, atravessou o Rosedal e se embrenhou no bosque.

XXXII

Sentiu muito frio. Entre as árvores nuas corria o vento, e o chão, coberto por uma podridão de folhas e galhos, estava úmido. Gauna esperava, ou queria esperar, uma súbita revelação; queria pensar na terceira noite. Pensava que seus sapatos estavam molhados, e que havia pessoas, Larsen por exemplo, que sentiam dor de garganta — um aperto na garganta, explicou a si mesmo

— quando molhavam os pés. Engoliu, e percebeu uma leve dor de garganta. "Estou distraído", disse para si. Precisava reagir. Nesse momento, notou que um casal, do qual se aproximara impensadamente, olhava-o com desconfiança, de dentro de um automóvel. Gauna se afastou, aparentando não ligar para eles. Depois de passear um pouco, tremendo de frio, muito consciente de seus atos e de sua aparência suspeita ou estúpida, resolveu interromper, naquela tarde, a investigação. Passaria pela casa do embarcadouro. Quem sabe encontrasse Santiago; quem sabe, conversando com ele, progredisse mais do que vagando a tarde toda pela desolação do bosque; quem sabe Santiago e o Mudo tivessem aprendido bons modos e agora recebessem suas visitas com um copo de grapa, que sempre aquece, como diz Pegoraro, e faz com que as reuniões se tornem mais amistosas e até mais interessantes.

Quando chegou à casa do lago, Santiago e o Mudo tomavam mate. Gauna pensou que não estava com muita sorte naquela tarde, mas se resignou ao mate, que, aliás, lhe ofereceram com biscoitinhos com cobertura de chocolate. (O Mudo os apanhava de uma enorme lata azul, na qual enfiava a mão como numa caixa de surpresas.) A combinação do mate amargo com aqueles biscoitinhos, que no início o desagradou, começou a lhe agradar, e logo ele sentiu por todo o corpo, em vez do frio que estremecia suas costas, uma amena e sutil difusão de bem-estar. Conversaram, fraternais, sobre os anos em que Gauna jogava na quinta divisão e em que Santiago e o Mudo cuidavam da cancha; Santiago perguntou se era verdade que ele tinha casado, como afirmara alguém, e o cumprimentou; Gauna disse:

— Você não vai acreditar, mas às vezes ainda me pergunto o que aconteceu de fato naquela noite em que o Mudo me encontrou no bosque.

— Você começou a desconfiar desde o primeiro momento — explicou Santiago —, e agora é inútil, ninguém tira essa ideia da sua cabeça.

Gauna se surpreendeu; a opinião que estranhos têm sobre nossos assuntos é sempre surpreendente. Mas não reclamou; compreendeu vagamente, suficientemente, que a verdadeira explicação era, por ora, incomunicável. Se declarasse "não procuro nada de ruim, procuro o melhor momento da minha vida, para entendê-lo", Santiago olharia para ele com desconfiança e ressentimento e se perguntaria por que Gauna tentava enganá-lo. Santiago continuou:

— Se eu fosse você, esquecia esse absurdo todo e me dedicava a viver tranquilo. E depois, não sei o que dizer. Se você não arranca a verdade dos seus amigos, não sei como vai averiguá-la.

Já em pleno fingimento, Gauna continuou:

— E se eu estiver enganado? Não posso demonstrar que desconfio deles — olhou para Santiago em silêncio; depois acrescentou: — Você não soube nada de novo sobre as circunstâncias em que o Mudo me encontrou?

— Nada de novo, chê? Mas se é um assunto velho, do qual ninguém se lembra mais... E depois, quem vai arrancar alguma coisa do Mudo? Olhe para ele, está mais fechado que um cofre da marca Fisher.

O Mudo não devia estar fechado, como dizia seu irmão, porque começou a fazer ruídos com a garganta, curtos e ansiosos. Depois, em silêncio, riu tanto que as lágrimas lhe escorriam pelas faces.

— Você lembra de que ponto saíram para vir ao bosque? — indagou Santiago.

— Do próprio Armenonville — respondeu Gauna.

— Procure uma dançarina, lide com ela com calma, e quem sabe não arranca alguma coisa dela.

— Já pensei nisso, mas olhe para mim, faça-me o favor. Como vou aparecer com essa pinta no Armenonville? Alugar um terno é muita história e assim o porteiro não me deixa entrar, e não é o caso de eu esperar no portão até o carnaval.

Santiago o fitou, sério, e um instante depois, falando devagar, perguntou:

— Sabe o que vai lhe custar a consumação? No mínimo cinco pesos; olhe só o que eu digo: no mínimo. Você se senta lá e antes de abrir a boca já estão servindo champanhe; e quando uma fulana se aproximar, você já pode enfiar os dedos nas orelhas pois estarão abrindo uma nova garrafa, porque a da sua marca não agrada à senhorita, que tem um gosto muito exigente. Enquanto você continuar refestelado, tem de fazer a conta do taxímetro que eles colocam na sua carteira, e quando quiser entregar os pontos e ir embora, mais morto que vivo, tenha cuidado ao dar gorjetas, porque se os garçons não gostarem eles expulsam você de lá no tranco até você passar pelo porteiro, que lhe dá um sopapo, e aí você vai acordar na delegacia, onde é fichado por baderna.

Tinham acabado de tomar o mate. O Mudo, sempre modesto, reformava o couro de um remo. Santiago passeava fumando um cachimbo e, agasalhado com um amplo pulôver azul, caminhando por seu embarcadouro, parecia um velho lobo do mar. Despediram-se.

— Bom, Emilio — falou persuasivamente Santiago —, não me vá desaparecer para sempre.

XXXIII

Gauna atravessou os jardins e, contornando o zoológico, chegou à praça Itália. Como o frio o obrigou a caminhar apressadamente, cansou-se. Esperou um pouco pelo bonde 38; quando ele finalmente chegou, estava cheio de pessoas que voltavam das corridas de cavalos. Gauna subiu na plataforma traseira; com os braços cansados e o corpo hirto de frio, chegou ao centro. Desceu na Leandro Alem com a Corrientes. Disse para si que ia dar uma olhada nos cafés (queria dizer nos "cabarés") da Veinticinco de Mayo.

Na terceira noite de carnaval de 27, antes de entrar no teatro Cosmopolita, tinham bebido num daqueles cabarés. Agora queria reconhecê-lo. Mas fazia tanto frio e estava tão cansado que não pôde prolongar devidamente a inspeção; para falar a verdade, entrou no primeiro desses estabelecimentos que encontrou pelo caminho. O cabaré se chamava Signor; seu vestíbulo, profundo, estreito e vermelho, com chamas e diabos pintados, representava, sem dúvida, a entrada do inferno ou, pelo menos, de uma gruta infernal; pendiam das paredes fotografias coloridas de mulheres com castanholas, xales e posturas furiosas, de bailarinos de fraque e cartola, e de uma menina com covinhas no rosto, sorriso travesso e piscando um olho. Lá dentro, duas mulheres dançavam um tango, que outra executava, com um dedo, no piano. Uma quarta mulher olhava, com os cotovelos sobre a mesa. Dois funcionários lavavam copos ativamente no balcão. Algumas mesas estavam arrumadas; nas outras apareciam cadeiras empilhadas. Gauna empurrou a porta para sair.

— Queria alguma coisa, mestre? — perguntou um dos funcionários.

— Pensei que estava aberto... — explicou Gauna.

— Sente — sugeriu o funcionário. — Não vamos mandá-lo embora só porque é cedo. Em que posso servi-lo?

Gauna lhe deu o chapéu e sentou-se.

— Uma grapa dupla — disse.

Pensou que talvez fosse ali que estiveram naquela noite. Olhou disfarçadamente para as mulheres; uma das que dançavam parecia um índio pampa, e a outra (conforme contou depois a Larsen) "tinha cara de tonta". A do piano era bem pequena e muito cabeçuda. A que estava com o cotovelo na mesa era uma loira com cara de ovelha. Esta última se levantou, desanimada; Gauna disse para si, não sem alarme, "lá vem"; a mulher se aproximou, perguntou se incomodava e sentou-se à mesa de Gauna. Quando o lavador de copos se aproximou, a mulher perguntou a Gauna:

— Me paga uma soda?

Gauna assentiu. A mulher ordenou ao empregado:

— Com bastante uísque, por favor.

Para disfarçar sua perturbação, Gauna comentou:

— Eu não gosto de chá frio.

A mulher explicou as vantagens medicinais do uísque, garantiu que o tomava por prescrição médica "e por puro prazer, acredite", e se estendeu em descrições das doenças, principalmente do estômago e do intestino, que a haviam perseguido até emagrecê-la totalmente e que agora o doutor Reinafe Puyó, que conhecera certa madrugada por mera casualidade, estava tratando dela com uísques e outras beberagens menos agradáveis ao paladar, que a deixavam toda agitada, jogada na cama como uma doentinha e com um lenço embebido em água de colônia sobre a barriga. Gauna a escutava, impressionado. Reconhecia, com seus botões (embora fosse vergonhoso confessá-lo), que sua experiência com as mulheres não era grande e que, quando estava com uma moça que não era uma das tontas do bairro, ele se acovardava um pouco e ficava entregue, sem ânimo. Encheram novamente os copos, e Gauna pensou: "Essa mulher tem uma cara conhecida". (Talvez tenha lhe parecido conhecida porque esse tipo de rosto aparece, com variantes e peculiaridades, em muitas pessoas.) Depois que Gauna bebeu a terceira grapa dupla, a mulher informou que se chamava Baby (pronunciou o nome com "a" aberto) e ele se atreveu a perguntar se não tinham se encontrado naquele mesmo lugar num carnaval, dois ou três anos antes.

— Eu estava com uns amigos — explicou; depois de uma pausa, acrescentou, mudando de tom. — Deve se lembrar. Estava conosco um senhor de certa idade, um homem robusto, de respeito.

— Não sei do que você está falando — respondeu Baby, visivelmente agitada.

Gauna insistiu:

— Claro; deve se lembrar.

— Devo nada. Era só o que faltava. Quem é você para vir me afobar, justo quando o médico me disse que nada me faz tanto mal quanto a afobação?

— Calma — disse Gauna, sorrindo. — Não estou tentando lhe vender nada nem sou um policial em busca de um morto. Além do mais, não quero que se afobe.

A mulher pareceu menos iracunda. Se surgisse outra ocasião como a de hoje, voltaria para visitar Baby; com tempo, talvez conseguisse alguma coisa; tonta ela não era, isso ele tinha de reconhecer.

Quando ela falou, adivinhava-se em sua voz o consolo e quase a conformidade:

— Me prometa que vai ser bonzinho e que não vai insistir em coisas feias.

Gauna olhou a hora e chamou o garçom. Já eram oito; não chegaria à casa do Bruxo antes das nove. A mulher perguntou:

— Vai me deixar?

— Não tenho escolha — respondeu Gauna; e antecipando-se a qualquer protesto, entrecerrou os olhos, apontou com um indicador persuasivo ou acusador e acrescentou em tom convicto: — Eu já vi essa carinha antes.

— Agora está ficando chato — afirmou Baby, sorrindo.

Tinha entendido a tática de Gauna, entrava na brincadeira, mas preferia não segurá-lo.

Gauna pagou sem reclamar, disse a Baby "Tchau, filhinha", apanhou rapidamente o chapéu e saiu. Desceu correndo pela Lavalle. Depois pegou o bonde. Apesar do frio, preferiu ficar na plataforma (o interior do veículo, como o das igrejas, era para mulheres, crianças e velhos). O fiscal o fitou, fez menção de dizer alguma coisa; depois mudou de ideia e se dirigiu a outras pessoas:

— Entrem, senhores, por favor.

Gauna estava contrariado. "Que jeito de perder a tarde", dizia-se. No relógio dos ingleses viu que eram oito e meia. Sabe-se lá como estava o Taboada, e ele ali, fazendo besteira até altas horas da noite no bosque, e ainda por cima com uma daquelas loucas com cara de ovelha. Logo mais, quando chegasse, o que diria a Clara? Que saíra com Larsen. No dia seguinte cedo iria até a casa de Larsen para preveni-lo. E se Clara tivesse estado com Larsen? Passou o lenço pela testa e murmurou: "Que abacaxi, isso tudo." O fiscal, a seu lado, ouvia um senhor que avaliava um dos cavalos que tinham corrido naquela tarde em Palermo. Depois o fiscal dizia:

— Mas, amigo, sabe com quem está discutindo? Eu vi o Monserga correr em Maroñas!

— Se não é moderno, chê, por que não dá um tiro na cabeça? — perguntava-lhe o homem. — O mundo caminha, tudo evolui. E você, Alvarez, amolando com esses cavalos que, comparados aos de hoje, parecem tartarugas.

— Escutem só como ele fala, de cadeira. Quando você ainda babava na chupeta eu já estava lá, firme, apostando no Serio nas corridas que o Rico vencia. Mas me diga, quem foi o craque da Copa de Ouro? A pista estava enlameada, não vou discutir isso. E se eu lhe perguntar por *Don* Padilla, o que vai me responder? Diga lá.

Gauna pensou que talvez fosse encontrar Larsen na casa de Taboada. Como poderia averiguar se tinham saído de tarde? Se descobrisse alguma coisa, nunca mais iam vê-lo. "Meu Deus", murmurou, "como posso imaginar esses absurdos?" Cobriu os olhos com a mão. Desceu do 38 na Monroe; pegou o 35 e, quando chegou à avenida Del Tejar, já eram quase nove e meia. Perguntou-se se não seria tarde demais; se Clara não estaria esperando por ele na rua Guayra. Olhou para cima e viu que havia luz no apartamento de Taboada.

XXXIV

Na porta, cruzou com um senhor que o cumprimentou; no elevador havia três desconhecidos. Um deles, dirigindo-se a Gauna, perguntou:

— Que andar?

— Quarto.

O homem apertou o botão. Quando chegaram, abriu a porta para Gauna passar; Gauna passou e viu, surpreso, que os homens o seguiam. Murmurou confusamente:

— Vocês também?...

A porta estava entreaberta; os senhores entraram; tinha gente lá dentro. Então apareceu Clara, vestida de preto — de onde tirou aquele vestido? —; com os olhos brilhantes, correndo, atirou-se em seus braços.

— Meu querido, meu amor — gritou.

O corpo de Clara se sacudia, apertado contra o seu. Quis olhá-la, mas ela se apertou ainda mais. "Está chorando", pensou. Clara disse:

— Papai morreu.

Depois, diante da pia da cozinha onde Clara molhava os olhos com água fria, ouviu pela primeira vez o relato dos fatos ligados à agonia e morte de Serafín Taboada.

— Não acredito — repetia. — Não acredito.

Na véspera, Taboada se sentira mal — com tosse e sufocações —, mas não dissera nada. Hoje, quando Clara telefonou para Gauna, Taboada escutava a conversa; e era cumprindo a ordem do pai que a moça lhe pedira que fosse ao cinema. "Você também devia ir", acrescentara ele, "mas não vou insistir, porque sei que não vai me ouvir. Não há nada a fazer aqui; deveria evitar uma lembrança ruim". Clara protestou; perguntou se ele preferia que o deixasse sozinho. Com muita doçura, Taboada respondeu: "Sempre se morre sozinho, filhinha".

Depois disse que ia descansar um pouco e fechou os olhos; Clara não sabia se ele estava dormindo; pensou em ligar para Gauna, mas teria de ir falar em outro telefone e não tinha coragem de deixar o pai sozinho. Logo depois, ele pediu que se aproximasse; acariciou seu cabelo e com a voz muito apagada, recomendou: "Cuide de Emilio. Eu interrompi o destino dele. Cuide para que não o retome. Cuide para que não se transforme no valentão do Valerga". Depois de um suspiro, disse: "Queria lhe explicar que há generosidade na felicidade e egoísmo na aventura". Deu-lhe um beijo na testa; acrescentou, num murmúrio: "Bem, minha filhinha, agora, se quiser, pode ligar para o Emilio ou para o Larsen". Disfarçando a emoção, Clara correu para o telefone. O carpinteiro a atendeu aborrecido; quando ela se perguntava se havia caído a linha, o homem disse que ninguém atendia, que Gauna devia ter saído de casa. Ligou, então, para Larsen. Este prometeu ir sem demora. Quando ela se aproximou novamente da cama, viu que seu pai estava com a cabeça ligeiramente inclinada sobre o peito e compreendeu que estava morto. Sem dúvida, pedira que fosse telefonar para afastá-la um pouco, para que não o visse morrer. Sempre afirmara que era preciso cuidar das recordações, porque elas eram a vida de cada um.

Clara foi até o quarto do pai; Gauna ficou na cozinha, perplexo, olhando para a pia, percebendo singularmente a presença dos objetos, observando-se no ato de olhá-los. Não tinha se movido quando Clara voltou para perguntar se queria tomar uma xícara de café.

— Não, não — disse, envergonhado. — Posso fazer alguma coisa?

— Nada, querido, nada — respondeu ela, tranquilizando-o.

Compreendia que era absurdo que ela o consolasse, mas a viu tão superior a ele que não protestou. Lembrou-se de algo e falou, sobressaltado:

— Mas... a funerária... é preciso ir falar com eles?

Clara respondeu:

O SONHO DOS HERÓIS   433

— Larsen já cuidou disso. Também o mandei para casa para ver se você estava lá e para que me trouxesse algumas coisas. — Sorrindo, acrescentou: — Coitado, olhe o vestido que me trouxe.

Para seu coquetismo feminino, normalmente pouco notável e quase nulo, havia algo absurdo naquele vestido, algo que ele não percebia.

— Cai muito bem em você — disse; depois acrescentou: — Tem muita gente.

— Sim — concordou ela. — É melhor você lhes dar atenção.

— É claro, é claro — apressou-se a responder.

Quando saiu da cozinha, deparou com desconhecidos, que o abraçaram. Estava emocionado, mas sentia que a notícia daquela morte havia chegado muito bruscamente para que ele soubesse como o afetava. Quando viu Larsen, ficou muito comovido.

As pessoas tomavam café, que Clara tinha servido. Gauna sentou-se numa poltrona. Estava rodeado por um grupo de senhores; todos falavam em voz baixa; de repente, ouviu-se dizendo:

— Foi suicídio.

(Reparou, com prazer, no interesse que a declaração despertava; aborreceu-se por sentir prazer.)

— Foi suicídio — repetiu. — Sabia que não poderia aguentar outro inverno em Buenos Aires.

— Então morreu como um grande homem — afirmou o "culto" senhor Gómez, que vivia de um bilhete premiado da loteria. Era muito magro, muito cinza, muito pálido; tinha o cabelo quase raspado e o bigode ralo. Seus olhos eram pequenos, enrugados, irônicos e, como as pessoas diziam, japoneses; vestia roupa escura, com um cachecol sobre os ombros; para se mover e até para falar tremia de cima abaixo, e o mais memorável de seu aspecto era a extraordinária fragilidade. Quando moço, dizia-se pelo bairro, ele fora um sindicalista terrível e, como se não bastasse, anarquista catalão. Agora, por sua impressionante coleção de caixas de fósforos, vinculara-se às melhores famílias. Gauna pensou: "Nada como velórios para ouvir imbecilidades".

— Pensando bem — continuou Gómez —, a morte de Sócrates não passou de suicídio. E a de, e a de...

(Esqueceu o segundo exemplo, disse Gauna para si.)

— E mesmo a de Júlio César. E a de Joana D'Arc. E a de Solís, comido pelos índios.

— Tem razão, Evaristo — sentenciou o farmacêutico.

Gauna se acalmou. O polonês da venda, com os olhos azuis, a cara de sono e o aspecto de um gordo gato doméstico, explicava:

— O que não me convence é a escada... muito estreita... não sei como vão tirar o catafalco.

— O caixão, seu tosco — corrigiu o farmacêutico.

— Ah, isso mesmo — continuava o polonês —, nas casas, a primeira coisa que eu olho é a largura da escada... não sei como vão tirá-lo.

Um jovem muito alinhado, que Gauna observava com desconfiança, perguntando se não era um desses que vão a velórios para tomar café, comentou com veemência:

— O que é um abuso, numa hora dessas, são os vizinhos do terceiro andar. Ouvindo música, sabendo que temos um velório aqui em cima. Dá vontade de apresentar uma queixa formal ao porteiro.

Por cima do cachecol com caspa do senhor Gómez, Gauna viu alguém cumprimentando Clara. "Quem será esse cabeçudo?", pensou. Era pálido e loiro; tinha a impressão de se lembrar dele, de algum lugar. "Parece que se conhecem. Preciso perguntar a Clara quem é ele. Agora não. Agora seria indelicado", disse para si. "Mas preciso perguntar quem ele é."

O frágil senhor Gómez continuava:

— Estamos presos à vida com todas as nossas garras. Reconhece-se o grande homem naquele que parte como Taboada, sem travar combate inútil, com diligente e quase alegre resolução.

Com o pretexto de cumprimentar, Gauna se aproximou do grupo de senhoras. O loiro tinha ido embora. A esposa de Lambruschini foi muito afetuosa. Gauna pensou: "A Turquinha melhora a cada dia, mas o que é essa namorada do Ferrari?, é de dar medo". A conversa e o café ajudaram a passar a noite. Num canto, alguns jogavam truco, mas foram malvistos pelos demais.

XXXV

O destino é uma útil invenção dos homens. O que aconteceria se alguns fatos tivessem sido diferentes? Aconteceu o que tinha de acontecer; esse modesto ensinamento resplandece com luz humilde, mas diáfana, na história que lhes conto. No entanto, continuo acreditando que a sorte de Gauna e Clara seria outra se o Bruxo não tivesse morrido. Gauna voltou a frequentar o Platense, voltou a se reunir com os rapazes e com o doutor. Os mexeriqueiros habituais do bairro disseram que Gauna cuidava para que esses momentâneos abandonos do lar não prejudicassem sua mulher; que, em tais ocasiões, Larsen o representava perante ela; que um saía para que o outro entrasse... A verdade que havia nisso era inofensiva: os sentimentos de Larsen por Gauna e por Clara nunca variaram; como já não podia ir à casa do Bruxo, ia à casa de Gauna.

Sem a tutela do Bruxo, Gauna conversava quase com insistência sobre a aventura dos três dias. Clara o amava tanto que, para não ser excluída de nada que lhe dissesse respeito ou, simplesmente, para imitá-lo, também deu de discutir o assunto quando estava a sós com a Turquinha; devia pressentir, no entanto, que a obsessão de Gauna ocultava precipícios nos quais sua felicidade acabaria afundando, mas tinha a nobre resignação, a bela coragem de algumas mulheres, que sabem ser felizes nas tréguas de seu infortúnio. A verdade é que nem sequer essas tréguas estavam livres de uma sombra, da sombra de um anseio que não se cumpria: o anseio de ter um filho (além de Gauna, só a Turquinha sabia disso).

Ele falava, cada vez mais abertamente, das lembranças do carnaval, do mistério da terceira noite, de seus planos confusos para decifrá-lo; tomava mais cuidado, é fato, quando Larsen estava por perto, mas chegou a mencionar, diante de Clara, a mascarada de Armenonville. Se ganhava alguns pesos na oficina, em vez de guardá-los para o Ford, para a máquina de costura ou para a hipoteca, gastava tudo percorrendo bares e outros estabelecimentos que haviam visitado naquelas três noites de 27. Em certa ocasião, reconheceu que aquelas incursões eram inúteis: os mesmos lugares, vistos separadamente e sem o cansaço e as bebidas e a loucura daquela vez, não lhe despertavam evocações. Larsen, cuja prudência eventualmente parecia covardia, pensava demais nas escapadas de Gauna e deixava que a moça notasse sua preocupação. Uma tarde, Clara lhe disse em tom veladamente irritado que tinha certeza de que Gauna jamais a trocaria por outra mulher. Clara tinha razão, embora uma moça loira, com cara sutilmente ovina, que trabalhava como garçonete num inferninho suburbano chamado Signor, o tenha deixado caidinho boa parte de uma semana. Pelo menos, foi o boato que chegou ao bairro. Gauna mal tocou no assunto.

Quando Gauna recebeu o dinheiro da herança de Taboada — cerca de oito mil pesos —, Larsen receou que o amigo o desperdiçasse na perplexidade e na desordem de três ou quatro noites. Clara não duvidou de Gauna. Este pagou a hipoteca e levou para casa uma máquina de costura, um aparelho de rádio e alguns pesos que haviam sobrado.

— Trouxe este rádio para você — disse a Clara —, para que se distraia quando estiver sozinha.

— Está pensando em me deixar sozinha? — perguntou Clara.

Gauna respondeu que não podia imaginar a vida sem ela.

— Por que não comprou o carro? — inquiriu Clara. — A gente queria tanto.

— Vamos comprá-lo em setembro — afirmou ele. — Quando o frio passar e pudermos sair a passeio.

Era uma tarde chuvosa. Com a testa apoiada no vidro da janela, Clara disse:

— Que beleza estarmos juntos ouvindo a chuva lá fora.

Serviu-lhe um mate. Falaram da terceira noite do carnaval de 27. Gauna disse:

— Eu estava numa mesa, com uma mascarada.

— E depois, o que aconteceu?

— Depois nós dançamos. Nisso, ouvi os pratos da orquestra, o baile se interrompeu, todo mundo deu as mãos e começamos a correr em roda pelo salão. Os pratos ressoaram de novo e formamos novos pares, com pessoas diferentes. Assim eu me perdi da mascarada. Quando deu, voltei para a mesa. O doutor e os rapazes me esperavam, para que eu pagasse a conta. O doutor sugeriu que fôssemos dar uma volta pelos lagos, para tomar um ar e não acabar na delegacia.

— O que você fez?

— Saí com eles.

Clara pareceu não acreditar.

— Tem certeza? — perguntou.

— E como não teria?

Ela insistiu:

— Tem certeza de que não voltou à mesa onde estava a mascarada?

— Tenho certeza, querida — respondeu Gauna, e lhe deu um beijo na testa. — Um dia você me disse uma coisa que ninguém teria dito, na hora aquilo me doeu, mas serei sempre grato por isso. Agora é a minha vez de ser franco. Eu estava muito desesperado por ter perdido aquela mascarada. De repente, eu a vi no balcão do bar. Ia me levantar para buscá-la, mas percebi que a mascarada estava rindo para um rapaz loiro e cabeçudo. Talvez pela própria alegria que senti ao revê-la, fiquei com raiva. Ou talvez estivesse com ciúme, vai-se saber. Não sei dizer. Amo você e me parece impossível ter sentido ciúme de outra.

Como se não o ouvisse, Clara insistiu:

— O que aconteceu depois?

— Aceitei a sugestão de dar uma volta pelos lagos: me levantei, deixei o dinheiro que devíamos em cima da mesa e saí com Valerga e os rapazes. Depois houve uma briga. Vejo tudo como se fosse um sonho. O Antúnez, ou algum outro, afirmou que eu tinha ganhado mais nas corridas do que disse ter ganhado. Nesse ponto, tudo se torna confuso e absurdo, como nos sonhos. Devo ter cometido um terrível engano. Na minha lembrança, o doutor ficou do lado do Antúnez e acabamos lutando com facas, à luz da lua.

XXXVI

Na manhã do sábado, 1º de março de 1930, Gauna estava "aproveitando os préstimos" da barbearia da rua Conde. Dirigiu-se ao barbeiro:

— E então, Pracánico, não tem nenhum palpite para as corridas desta tarde?

— Não me fale em corridas, que eu não quero morrer no asilo — respondeu Pracánico. — Isso é coisa para loucos. Não vou dizer nada sobre a roleta, que sempre me depena em Mar del Plata, nem sobre a loteria semanal, que consome as economias que guardo com a esperança de ir passar um verão em Mar del Plata.

— Mas que espécie de barbeiro você é? — perguntou Gauna. — No meu tempo, os barbeiros sempre davam dicas para as corridas. E também contavam um causo divertido, alguma história oportuna.

— Se for por isso, posso contar a minha vida, que é uma novela — assegurou Pracánico. — Conto de quando eu navegava num navio de guerra, com tanto medo que nem tinha tempo de enjoar. Ou da vez que, aproveitando que o marido estava em Rosario, saí com a mulher do verdureiro.

Gauna cantarolou:

Es la canguela,
la que yo canto,
la triste vida
que yo pasé,
cuando paseaba
mi bien querido
por el Rosario
de Santa Fe.*

— Não ouvi direito — disse Pracánico.

— Não é nada — respondeu Gauna. — Uma canção que lembrei. Continue.

—Aproveitando a ocasião, naquela noite saí com a mulher do verdureiro. Eu era jovem na época, e tinha muito cartaz com as mulheres.

Olhando de lado, para cima, acrescentou com sincera admiração:

— Eu era alto.

(Não esclareceu como poderia ser muito mais alto que agora.)

— Fomos a um baile, dos mais batutas, no Teatro Argentino. Eu era imbatível no tango, e quando partimos para a primeira pecinha um malevo com voz rouca me alfinetou: "Jovem, a outra metade é para *don* Eu". Aquele ignorante devia imaginar que dançávamos um *estilo*,** que tem primeira e segunda parte. Eu respondi no ato que pegasse ali mesmo o meu par, que eu estava cansado demais para dançar. Saí do teatro em disparada, não era o caso de cutucar tamanha marginália. No dia seguinte, a mulher foi me ver na barbearia, que então ficava na rua Uspallata, 900, e me proibiu terminantemente de voltar a fazer um papelão daqueles no baile. Em outra ocasião, fizemos a sesta, bem juntinhos, e trocamos algumas palavras sem importância. O que acha que fiz quando de repente eu a vi levantar-se em toda sua estatura, abrir o baú e pegar uma faca Solingen para cortar um naco de pão e de doce? O que menos me passou pela cabeça foi pão e doce. Que fiasco, caí de joelhos como um santo, e com lágrimas nos olhos pedi que não me matasse.

* "É a boemia/ que eu canto,/ a triste vida/ que eu passei/ quando passeava/ meu bem querido/ pelo Rosario/ de Santa Fe." (N. T.)

** Na Argentina e no Uruguai, música para violão e canto "de caráter evocativo e espírito melancólico", segundo o *Diccionario de la Lengua* da Real Academia Española. (N. T.)

Como Gauna o fitou com surpresa, Pracánico explicou com veemência e orgulho:

— Não sou bom para enfrentar situações difíceis. Juro pelo que você quiser: sou um covarde infame. Quando comecei a arrastar a asa para a Dorita, não fazia muito tempo que ela estava separada do marido. Uma noite em que eu ia me encontrar com ela, o marido cruzou meu caminho, num lugar bem escuro, e me disse: "Quero falar com você". "Comigo?", perguntei. "É, com você", disse ele. "Não pode ser", respondi no ato. "Deve ser um engano". "Engano coisa nenhuma", garantiu ele. "Pode arrumar uma arma porque eu já estou armado." Comecei a tremer como vara verde, jurei mil vezes que ele estava enganadíssimo, expliquei que não havia loja de armas no bairro, que, se por acaso houvesse uma, estaria fechada àquela hora da noite, e pedi que antes de fazer o que quisesse comigo ele me deixasse telefonar para minhas meninas para me despedir. O homem percebeu que eu era um pobre coitado, o último dos infelizes. Sua raiva passou e ele me disse, do modo mais razoável, que eu fosse visitar a Dorita, que depois conversaríamos no café. Tentei fingir que nem sabia quem era a Dorita, mas não tive colhões, se é que você me entende. Naquela noite a Dorita me perguntou o que estava acontecendo. Eu disse que estava melhor do que nunca. Você veja como são as mulheres: ela confirmou que eu parecia assustado. Quando saí, o marido estava me esperando e fomos ao café, como ele queria. Eu lhe ofereci francamente minha amizade. O homem se fazia de difícil. Em seguida ele se pôs a explicar que trabalhava nos estaleiros da Marinha e que uma promoção viria realmente a calhar. Que fiasco, ali mesmo eu jurei que a conseguiria para ele e no dia seguinte não parei de incomodar meus contatos. Sou tão metido que no final de semana o velhaco já estava com sua promoção assinada. Caramba, nós ficamos grandes amigos e nos víamos toda noite. Não faltaram ocasiões em que fomos os três juntos ao teatro, com Dorita, tudo sem segundas intenções, do jeito mais familiar e mais decente. Assim, vendo-nos diariamente, passamos cinco anos, até que por fim aquele infeliz teve um tumorzinho e morreu e eu pude respirar.

Enquanto dava o nó da gravata, Gauna insistiu:

— Então, não tem nenhum palpite para as corridas de hoje?

Um senhor vestido de preto e de guarda-chuva, com cara de ave de mau agouro, que há um tempo esperava recatadamente sua vez, falou com visível agitação:

— Diga que sim, Pracánico, diga que sim. Eu tenho a informação que não falha.

Contrariado, Pracánico aceitou o dinheiro que Gauna lhe entregou. Gauna encontrou no bolso do colete um velho bilhete de bonde. Pegou um lápis; olhou para o homem vestido de preto. Este, movendo a cara sem parar, com uma voz apagada, sibilante, pronunciou um nome que Gauna escreveu em letras de forma:

— CALCEDÔNIA.

XXXVII

E como algum de vocês talvez se lembre, o Calcedônia ganhou, naquele primeiro de março, o quarto páreo. Quando Gauna, à tardinha, passou na barbearia, recebeu das mãos de Pracánico mil setecentos e quarenta pesos. No botequim da esquina comemoraram, com um vermute seco e um queijo bem azedo, a vitória.

Gauna reconheceu que devia estar contente, mas foi para casa sem alegria. O destino, que sutilmente comanda nossas vidas, revelara-se, nesse golpe de sorte, de maneira descarada e quase brutal. Para Gauna, o fato tinha uma única interpretação possível: ele devia usar o dinheiro como em 27; devia sair com o doutor e os rapazes; devia percorrer os mesmos lugares e chegar, na terceira noite, ao Armenonville e, depois, ao ancoradouro no bosque: assim lhe seria dado penetrar novamente nas visões que havia recebido e perdido naquela noite, e alcançar definitivamente o que foi, como no êxtase de um sonho esquecido, o apogeu de sua vida.

Não poderia dizer a Clara: "Ganhei este dinheiro nas corridas e vou gastá--lo com os rapazes e com o doutor, nas três noites de carnaval". Não podia anunciar que iria dilapidar estupidamente um dinheiro de que tanto precisavam na casa, com o agravante de passar três noites entre álcool e mulheres. Talvez pudesse fazer tudo isso; mas dizer, não. Já se acostumara a esconder da mulher alguns pensamentos; mas estar com ela naquela noite e não lhe dizer que na noite seguinte sairia com os amigos, parecia-lhe uma ocultação traiçoeira e, de resto, impraticável.

Clara o recebeu afetuosamente. A alegria confiante de seu amor se refletia em toda sua pessoa: no brilho dos olhos, na curva dos pômulos, no cabelo displicentemente jogado para trás. Gauna sentiu uma crispação de piedade e tristeza. Tratar assim um ser que o amava tanto, pensou, era monstruoso. E além do mais, por quê? Por acaso não eram felizes? Ele queria mudar a mulher? Como se a decisão não dependesse dele, como se um terceiro fosse decidir, perguntou-se o que iria acontecer no dia seguinte. Depois decidiu que não iria mais sair; que não iria abandonar (pensar neste verbo o estremeceu) Clara.

Era tarde quando apagaram a luz. Acho que até dançaram naquela noite. Mas Gauna não contou que tinha ganhado dinheiro nas corridas.

XXXVIII

O domingo se apresentou nublado e chuvoso. Lambruschini convidou-os para ir a Santa Catalina.

— Não é um bom dia para excursões — opinou Clara. — Melhor ficarmos em casa. Mais tarde, se der vontade, podemos ir ao cinema.

— Como quiser — respondeu Gauna.

Agradeceram o convite de Lambruschini e lhe prometeram sair no domingo seguinte.

Passaram a manhã sem fazer quase nada. Gauna ficou lendo a *História dos Girondinos*; encontrou, entre as páginas, uma tira de papel, com uma inscrição vermelha: "Freire 3721", escrita por Clara, com o batom, na tarde em que saíram juntos pela primeira vez. Depois Clara cozinhou, almoçaram e fizeram a sesta. Quando se levantaram, Clara declarou:

— Francamente, hoje não estou com vontade de sair de casa.

Gauna começou a trabalhar no aparelho de rádio. Na noite anterior tinha notado que a bobina, depois de funcionar um pouco, esquentava. Por volta das seis horas, anunciou:

— Está consertado.

Pegou o chapéu, enterrou-o na cabeça.

— Vou dar uma volta — disse.

— Vai demorar muito? — perguntou Clara.

Beijou-a na testa.

— Acho que não — respondeu.

Achou que não sabia. Um momento antes, quando pensava no que faria naquela noite, estava um pouco angustiado. Agora não. Agora, secretamente satisfeito, observava sua indeterminação, provavelmente verdadeira, sua liberdade, provavelmente fictícia.

Não choveu o bastante, pensou ao atravessar a praça Juan Bautista Alberdi. As árvores pareciam envoltas num halo de neblina. Fazia muito calor.

Ao redor de uma mesa de mármore, os rapazes se entediavam no Platense. Apoiado nos encostos das cadeiras de Larsen e de Maidana, reclinado, pálido, absorto, Gauna disse:

— Ganhei mais de mil pesos nas corridas.

Olhou para os rapazes. Em retrospecto (na hora não, estava exaltado demais), teve a impressão de que o semblante de Larsen expressava ansiedade. Continuou:

— Esta noite vocês são meus convidados.

Larsen lhe dizia que não com a cabeça. Ele fingiu não perceber. Continuou falando rapidamente:

— Temos que nos divertir como em 27. Vamos buscar o doutor.

Antúnez e Maidana se levantaram.

— Estão com coceira? — perguntou Pegoraro, recostando-se na cadeira. — Mas, amigos, vocês estão se portando como uns broncos, então vamos sair daqui sem comemorar, nem que seja com uma gasosa Bilz, a sorte do Emilito? Sentem aí, façam-me o favor. Há tempo de sobra, não se apressem.

— Quanto você ganhou? — interrogou Antúnez.

— Mais de mil e quinhentos pesos — respondeu Gauna.

— Se perguntarem daqui a pouco — assinalou Maidana —, já vai ter passado bastante dos dois mil.

— Garçom! — chamou Pegoraro. — Este cavalheiro aqui vai nos pagar uma rodada de cana.

O garçom olhou inquisitivamente para Gauna. Este assentiu.

— Pode servir — disse. — Eu banco.

Depois de beber, todos se levantaram, exceto Larsen. Gauna lhe perguntou:

— Você não vem?

— Não, chê. Vou ficar.

— O que houve? — perguntou Maidana.

— Não posso ir — respondeu Larsen, com um sorriso revelador.

— Deixe-a esperar — aconselhou Pegoraro. — Elas gostam.

Antúnez comentou:

— Este aqui acredita.

— Se não fosse por isso, por que não iria? — interrogou Larsen.

Gauna lhe disse:

— Mas imagino que hoje à noite você vai se juntar a nós.

— Não, meu velho. Não posso — assegurou Larsen.

Gauna deu de ombros e foi saindo com os rapazes. Depois voltou à mesa e disse em voz baixa para o amigo:

— Se puder, passe lá em casa e diga a Clara que eu saí.

— Você é que devia dizer isso a ela — replicou Larsen.

Gauna alcançou o grupo.

— Quem será que o Larsen precisa encontrar? — perguntou Maidana.

— Não sei — respondeu secamente Gauna.

— Ninguém — assegurou Antúnez. — Será que não percebem que é uma desculpa?

— Pura desculpa — repetiu tristemente Pegoraro. — Esse rapaz não tem calor humano, é um egoísta, um acomodado.

Antúnez entoou com uma voz melosa, que já cansava os próprios amigos:

— *Contra el destino*
*nadie la talla.**

XXXIX

— Quanto você ganhou? — perguntou o doutor. Seus lábios finos esboçaram um sorriso sutil. — Eu sempre digo que não há esporte mais nobre.

Usava um paletó azul, de mecânico, uma calça risca de giz de fundo escuro, e alpargatas. Recebera-os com frieza, mas a notícia da vitória de Gauna o apaziguou notavelmente.

— Mil setecentos e quarenta pesos — respondeu Gauna, com orgulho.

Antúnez deu uma piscada, encolheu a perna esquerda e comentou com entusiasmo:

— Isso é o que ele diz. Se quiserem, dou uma fuçada nos fundilhos dele.

* Versos do tango "Adiós muchachos". Em tradução livre: "ninguém manda no destino". (N. T.)

— Não se expresse como um malevo — afrontou-o o doutor. — Vou repreendê-lo toda vez que pegá-lo falando como um malevo e um lunfardo. Compostura, rapazes, compostura. O louco Almeyra, um homem que não deixou de marcar presença em muitas malvadezas e despropósitos cometidos em sua época, além de ter certa notoriedade nos anos em que era costume, entre a juventude dourada, sair para caçar policiais, me disse, e jamais vou esquecer, que se vestir com compostura lhe dera mais sorte que o baralho. — Depois, encontrando seu tom cordial, indagou: — Por que não entram?

Entraram na cozinha e, sentados em bancos de fabricação caseira e em cadeiras de palha (algumas, baixíssimas), rodearam o doutor. Solenemente, ele preparou um mate, que tomou e ofereceu.

Por fim, Gauna se atreveu a falar:

— Pensamos em sair para nos divertir nessas festas. Gostaríamos que nos honrasse com sua companhia.

— Rapaz, eu já disse — replicou Valerga — que não sou circo para ter companhia. Mas aceito de bom grado o convite.

— Quando o doutor souber para quando é o convite, vai fuzilar o Gaunita — comentou Antúnez, rindo de nervoso.

— Para quando é? — perguntou o doutor.

— Para hoje — respondeu Gauna.

O doutor se dirigiu a Antúnez:

— O que está pensando, chê? Imagina que sou um velho arredio, que não consegue sair chispando ao comando de "marchem!"?

— Aonde iremos? — perguntou Maidana, talvez para distraí-los da discussão.

Gauna compreendeu que devia se mostrar firme.

— Vamos retomar — disse — o circuito de 27.

— Os mesmos lugares? — indagou, alarmado, Pegoraro. — Por quê? É bom ver as novidades, entrar em sintonia com a época.

— E quem é você para dar palpite? — perguntou-lhe o doutor. — O Emilio decide, pois foi ele quem ganhou o dinheiro. Está claro ou querem que eu grite isso em seus ouvidos? Dou-lhe minha anuência, mesmo que ele queira dar voltas pelos mesmos lugares, como um animal de moenda.

O doutor entrou no quarto contíguo, para voltar, instantes depois, com seu lenço no pescoço, seu cachecol de lã de vicunha, o paletó preto, a mesma calça e um sapato de verniz, muito lustroso. Um halo, quase feminino, recen-

dente a cravo ou, talvez, a talco, o precedia e o envolvia. O cabelo, recém-
-penteado, brilhava oleosamente.

— Marchem, recrutas — ordenou, abrindo a porta para que os rapazes saíssem. Dirigiu-se a Gauna: — E agora?

—Agora vamos passar na barbearia do Pracánico — propôs Gauna. — Foi ele que me fez ganhar o dinheiro. Eu passaria por infame se não o convidasse.

— Este aí sempre teve uma queda por passeios com barbeiros — comentou Pegoraro.

— Vai ver não se lembra do ditado — opinou o doutor —: Foi ao cabeleireiro e voltou sem peruca.

Todos caíram na risada. Pegoraro sussurrou no ouvido de Gauna:

— Ele está de excelente humor — a voz revelava admiração e carinho. — Acho que por enquanto não precisamos temer colisões desagradáveis.

Bateram à porta da casa do barbeiro por um bom tempo. Quando o doutor começava a dar sinais de impaciência, apareceu uma senhora.

— O Pracánico está? — perguntou Gauna.

— Não está, não — respondeu a senhora. — Quem o vê o ano inteiro se matando de trabalhar, sempre na linha de fogo, como um escravo do seu dever, como um homem formal, não faz a menor ideia de como ele fica louco quando chega o carnaval. O Savastano, que é outro que eu não aguento mais, veio lá da praça Once para buscá-lo, e os dois saíram com a esperança de desfilar no carro alegórico do doutor Carbone.

Pegaram o trem na estação Saavedra. Gauna compreendeu que seu plano de repetir exatamente as ações e o itinerário dos três dias do carnaval de 27 era impraticável; a ausência do barbeiro, que ele via como uma deserção, o afligia. Consolava-se pensando que, mesmo que tivesse conseguido Pracánico, a turma não seria a mesma, pois, pensando bem, Pracánico não era Massantonio. Mas tinha de reconhecer que ambos eram barbeiros e que esse fato, inútil ocultá-lo, revestia-se da maior importância. O doutor, os rapazes e um barbeiro tinham formado, em 27, o grupo original. A triste verdade era que agora iniciavam a excursão privados de barbeiro.

XL

Desceram em Villa Devoto e, pela Fernández Enciso, chegaram à praça Arenales. No trajeto, cruzaram com alguns mascarados que pareciam envergonhados e perdidos. Maidana murmurou:

— Ainda bem que não estão brincando com água.

— Pois que me borrifem — comentou Antúnez, sombriamente. — Saco o 38 e lhes abro um olho na testa.

O doutor deu um tapinha nas costas de Gauna.

— Seu passeiozinho pode acabar numa fria — falou, sorrindo. — A animação de outros anos brilha por sua ausência.

— Lembram-se do carnaval de 27? — perguntou Gauna. — As avenidas pareciam um corso.

— Não são nem oito da noite — observou Maidana — e já está dando sono. Não há vida, não há espírito. É inútil.

— É inútil — confirmou o doutor. — Neste país, tudo anda para trás, até o carnaval. Só existe decadência. — Depois de alguns instantes, acrescentou devagar: — A mais negra decadência.

— Vamos tomar um trago naquele clube que tem um nome brasileiro, Los Mininos, ou algo parecido — sugeriu Gauna.

Maidana fez que não com a cabeça. Depois se dispôs a explicar:

— Não podemos entrar, não somos sócios.

— Da outra vez nós entramos — insistiu Gauna.

— Da outra vez — esclareceu Pegoraro — o Gomina tinha amigos na diretoria.

Maidana assentiu em silêncio. Caminharam um pouco, sem se preocupar, talvez, com o rumo.

— É muito cedo para nos cansarmos — protestou o doutor.

Continuaram caminhando. Depois avistaram uma carruagem.

— Lá vem uma caleça — gritou Gauna.

Chamaram-na. Valerga ordenou ao cocheiro:

— Para a Rivadavia.

O doutor e Gauna se acomodaram no assento principal; os três rapazes, no assento sobressalente. Maidana, que ficara um pouco de lado e quase para fora, perguntou:

— Mestre, não tem uma calçadeira?

O doutor comentou em tom reflexivo:

— Precisamos achar uma cantina onde nos atendam decentemente. Eu comeria uma carne assada.

— Estou sem fome — avisou com tristeza Pegoraro. — Me conformo com umas fatias de salame e duas ou três empanadinhas.

Gauna pensava que o passeio de 1927, desde a primeira noite, tinha sido bem diferente. Como se falasse com os rapazes, disse para si: "Naquele tempo era outra a animação, outra a solidariedade humana". Tinha a impressão de que ele mesmo, naquela ocasião, estivera menos ocupado com circunstâncias pessoais, entregara-se mais despreocupadamente ao grupo de amigos e à animação da noite. Talvez, em 27, ao saírem de Saavedra já tivessem tomado dois ou três tragos. Ou talvez agora pensasse recordar os momentos iniciais do outro passeio, mas na verdade estivesse recordando apenas os momentos ulteriores, no fim da primeira noite ou na metade da segunda.

— Ou, talvez, um pouco de guisado à espanhola me apeteça mais — prosseguiu Pegoraro, depois de pensar melhor. — Com esse peso que tenho no estômago preciso me manter firme na linha das comidas leves.

Gauna se convenceu de que o estado de espírito das noites de 27 era irrecuperável; no entanto, quando desviaram de um corso e desceram por uma ruela vazia e irregular, teve a impressão de pressenti-lo, como se pressente uma música esquecida, em rajadas distantes, repetidas, tênues.

— Por favor, doutor, olhe esse frango — exclamou Pegoraro, tirando meio corpo para fora da caleça; tinham entrado numa avenida e, na curva, aproximaram-se muito da calçada. — Esse frango, doutor, esse frango no *spiedo*, o segundo, esse que agora girou para trás. Não me diga que não viu.

— Esqueça — aconselhou o doutor. — É entrar no recinto, ajeitar o guardanapo e já te deixam mais depenado do que a ave.

— Não ofenda o Gauna — pediu Pegoraro, com voz queixosa.

— Não estou ofendendo ninguém — respondeu sombriamente o doutor.

Alarmado, Maidana interveio:

— Pegoraro quis dizer que hoje o Emilito não está preocupado com uns míseros pesos.

— Por que diz que é uma ofensa? — insistiu o doutor.

Antúnez piscou o olho e se encolheu no assento. Divertido, explicou:

— Temos de cuidar do dinheirinho do Gauna como se fosse nosso.

— Não vamos encontrar outro frango como esse — gemeu Pegoraro.

— Pare, mestre — Valerga ordenou ao cocheiro, dando de ombros; disse para Gauna: — Pague, Emilito.

Quando entraram na cantina, o doutor explicou:

— No meu tempo, o frango ficava para as mulheres, os de saúde frágil e os estrangeiros. Os homens comiam carne assada, se bem me lembro.

Um velho pequeno e suado, com paletó de lustrina sujo, um guardanapo engordurado debaixo do braço, calças pretas muito amarrotadas, muito surradas, com uns reflexos amarelos causados, talvez, por queimaduras de ferro de passar, limpou sumariamente a mesa. Valerga lhe disse:

— Escute, jovem; este senhor, aqui — apontou para Pegoraro —, está de olho num daqueles frangos que giram na vitrine. Vai mostrá-lo para você.

Quando voltaram com o frango, o garçom perguntou:

— Mando preparar mais alguma coisinha?

— Vamos lá — replicou Pegoraro —, por que não nos traz o cardápio?

O doutor Valerga balançou a cabeça.

— No meu tempo — disse —, ninguém passava fome, mesmo que não pedisse a todo instante a conta ou o cardápio. A gente se atracava no balcão, dava uma quantia redonda ao bodegueiro, para que o homem não ficasse a descoberto, e não se espante se ele servisse três dúzias de ovos fritos.

— Trabalho há quarenta anos neste país — declarou o garçom. — Quero ficar cego se algum dia eu já vi uma coisa dessas. Quem sabe o senhor andou lendo algum livrinho de lorotas e contos do vigário.

— E você — perguntou o doutor — vai me chamar de vigarista ou quer que eu o mate?

Maidana interveio solicitamente:

— Não lhe dê ouvidos, doutor. É um velho que não sabe o que diz.

— Não se preocupe — respondeu Valerga. — Estou suave como pelica. Não vou dar atenção a esse velho. Por mim, ele que nos sirva, e depois os vermes que o devorem.

— Mas doutor — suplicou Pegoraro —, o franguinho não vai dar para todos.

— Quem disse que devia dar? Os rapazes vão começar com frios sortidos; Gauna e eu, que somos pessoas de respeito, cuidaremos do frango, e você, que está fracote, dará conta de uma sopa de pão ralado e de mais de um legume.

Gauna fingiu não notar uma piscadela do doutor. Já estava cansado de seus deboches e implicâncias. Taboada tinha razão: Valerga era um velho insuportável. Uma malignidade persistente e grosseira o governava. Quanto aos rapazes, eram uns pobres-diabos, aspirantes a delinquentes. Por que demorou tanto para entender isso? Tinha saído de casa, sem avisar a mulher, para andar com aquele bando de imbecis. Clara ainda o amaria? Sem ela e sem Larsen, estaria sozinho no mundo.

Afastou o prato. Não tinha fome. O doutor dava conta de meio frango, os rapazes devoravam e disputavam as rodelas de mortadela e de salame, Pegoraro sorvia a sopa. Fitou-os com ódio.

— Não vai comer? — perguntou Pegoraro.

— Não — respondeu.

Prontamente, Pegoraro pegou o naco de frango que Gauna deixara no prato e começou a devorá-lo. O doutor pareceu aborrecido, mas não disse nada. Gauna bebeu um gole de vinho. Depois, como o doutor e os rapazes se demoraram com a comida, Gauna bebeu três ou quatro copos. O doutor sugeriu que passassem por um estabelecimento da rua Médanos.

— O das alemãs, lembram? Nós o prestigiamos em 27.

XLI

Como estavam empanturrados de comida, resolveram caminhar. Chegaram, por fim, à rua Médanos. O estabelecimento estava fechado. Quase todos os que eles percorreram em 27 agora estavam fechados. Desembocaram numa avenida e, enquanto uma bandinha de rua os ensurdecia interminavelmente, o doutor contou como, anos antes, incendiara uma mascarada que o destratou.

— Se vissem como corria, a coitadinha, com o vestido de palha e aquele violão que chamam de uquelele. Nas notícias policiais os jornais a chamaram de "a tocha humana".

Num café, já perto da Rivadavia, Gauna lembrou que em 27 tinham estado lá, talvez na mesma mesa, e que acontecera alguma coisa com um menino. Por um instante, julgou se lembrar do episódio, sentir o que sentira naquela noite. Perguntou:

— Acho que foi aqui que aconteceu uma história com um menino, lembram o que foi?

— Eu não me lembro de absolutamente nada — afirmou o doutor, sem pronunciar o "b".

— Quero cair morto se eu lembrar de um detalhe que seja — disse Antúnez.

Gauna pensou que se recordasse esse episódio começaria a recuperar as perdidas e maravilhosas experiências... A verdade é que o estado de espírito daquela época lhe parecia irrecuperável. Hoje não se abandonava a um sentimento compartilhado de amizade, a um sentimento de poder quase mágico, a um sentimento de poderosa despreocupação. Hoje era um espectador minucioso e hostil.

Depois de beber um copinho de gim, Gauna entreviu uma lembrança do carnaval de 27. Sentindo-se muito esperto, perguntou:

— Onde vamos pernoitar, doutor?

— Não se preocupe — respondeu Valerga. — Um colchão velho por um peso a dormida é o que não falta em Buenos Aires.

— Para mim — opinou Pegoraro —, o Emilito já está com vontade de voltar para o cantinho dele. Estou achando ele um pouco amuado, sem ânimo, se é que me entendem.

Gauna continuou:

— Da outra vez nós fomos a uma quinta de um amigo do doutor.

— Uma o quê? — perguntou este último.

— Uma quinta. Uma senhora foi nos receber, de má vontade, com um bando de cachorros.

Valerga limitou-se a sorrir.

Os rapazes falavam livremente, como se adivinhassem que o doutor não estava com disposição para ralhar com eles.

— Agora virou um muquirana? — perguntou Pegoraro. — Um homem como você não se importa com uns trocados.

Antúnez interveio, meio acalorado.

— Não lhe dê ouvidos — disse. — Meu eterno lema é que devemos cuidar de cada centavo dele.

— Eles não entendem você, Emilito — comentou o doutor, quase com doçura. Depois, dirigindo-se aos rapazes, explicou: — Por algum motivo que só ele conhece, Emilio quer que a gente refaça o percurso das noites de 27. É óbvio que ninguém pode saber qual é o motivo; caso contrário, imagino que ele já teria informado os amigos.

— Mas, doutor — protestou Gauna.

— Não gosto de ser interrompido. Estava dizendo que somos seus amigos de toda a vida e que acho estranho que ande com esses subterfúgios. Outro não seria perdoado. Pois quando penso nisso, meu sangue ferve. Mas com o Emilito é diferente: é o homem da sorte, teve a deferência de se lembrar de nós, de nos convidar e, em poucas palavras, ninguém dirá que não sei agradecer.

— Mas doutor, eu garanto... — insistiu Gauna.

— Não precisa se justificar — deteve-o o doutor, retomando o tom amistoso. Depois se dirigiu aos rapazes: — Às vezes queremos voltar aos locais que frequentamos em nossa juventude dourada. Eu disse às vezes porque nem o homem mais homem está livre de se lembrar de alguma mulher. — Dirigiu-se novamente a Gauna: — Quero dizer que aprovo sua conduta. Faz bem em não dizer nada. Esses homenzinhos de agora contam tudo e não respeitam nem o bom nome da coitada que lhes deu atenção.

Gauna se perguntou se devia acreditar no doutor, se devia acreditar que o doutor acreditava no que havia dito. Ele mesmo acreditava? O sentido daquela confusa peregrinação era comemorar aquele encontro com a mascarada de Armenonville? Ou repetia a peregrinação com a esperança mágica de que o encontro se repetisse?

Beberam outra rodada de gim e depois saíram do café. O doutor anunciou, em tom ambíguo:

— Agora vamos até a quinta.

Antúnez deu uma cotovelada em Maidana. Os dois riram; Pegoraro também. Com um olhar severo, Valerga obrigou-os a abafar o riso.

Já de longe perceberam a algazarra e o resplendor da Rivadavia. Cruzaram com um grupo formado por duas senhoritas, vestidas de manolas, e um jovem, de pirata.

— Ufa — exclamou o jovem. — Que sorte que saímos.

— Este ano o corso estava horroroso — comentou uma das senhoritas — A gente não podia dar um passo e já vinha um cara de pau...

— Vocês viram, chê — a outra a interrompeu —, acho que eles queriam me comer com os olhos.

— E eu, juro pra vocês, tive medo de passar mal, de tanto calor — afirmou o jovem.

— Não diga — murmurou Valerga.

Vendedores ambulantes ofereciam mascarilhas, narizes postiços, caraças, máscaras, serpentinas, bisnagas de água; por baixo do pano, rapazes do bairro ofereciam, a preços módicos, lança-perfumes usados, cheios novamente (com água das sarjetas, dizia-se). Outros vendedores ofereciam frutas frescas ou caramelizadas, sorvetes Laponia, sequilhos, tortas e amendoim. Abriram caminho entre as pessoas para olhar o corso. Quando observavam as evoluções de uns anjinhos que passavam num carro alegórico, uma moça ruiva, do alto de um vasto fáeton duplo de aluguel, atingiu, com uma bombinha vermelha, um olho do doutor. Este, visivelmente ressentido, tentou atirar-lhe uma bisnaga, arrebatada, no calor das circunstâncias, de um menino chorão fantasiado de gaúcho; mas Gauna conseguiu segurá-lo. Depois do incidente, os rapazes e o doutor avançaram lentamente entre a multidão, olhando e se dirigindo às moças com agressividade, entrando em botequins, bebendo cana e gim. Depois, num carro de praça, continuaram o interminável desfile, distribuindo galanteios e insultos. Quando chegaram na altura do sete mil e duzentos, Valerga ordenou:

— Pare, motorista. Não aguento mais.

Gauna pagou. Entraram em outro botequim e, pouco depois, por uma ruazinha arborizada, provavelmente a Lafuente, viraram para o sul. No silêncio do bairro solitário, retumbavam seus gritos de ébrios.

À esquerda, contra um céu de lua e nuvens, uma fábrica se prolongava em paredes pálidas e altas chaminés. De repente, em vez de muros, Gauna viu barrancas abruptas, com tufos de capim em cima, com um ou outro pinheiro, uma ou outra cruz. O ar estava carregado de um cheiro sufocante de fumaça adocicada. Não havia mais iluminação; um último lampião solitário iluminava as barrancas. Continuaram caminhando. As nuvens de chuva tinham escondido a lua. Agora, do lado esquerdo, pensou vislumbrar uma planície tenebrosa; à direita, ondulações e vales. Luzes redondas apareciam e desapareciam na planície da esquerda. Das profundezas da noite, um par dessas luzes avançava velozmente. Súbito, Gauna percebeu, quase iminente, enorme, a cabeça de um cavalo. Talvez pela profusão de máscaras monstruosas que vira naquela noite, a cara aprazível do animal o sobressaltou como algo diabólico. Compreendeu: à esquerda se estendia um potreiro; as luzes redondas eram olhos de cavalos. Depois suas pernas bambearam, pensou que fosse desmaiar. Teve uma lembrança que esqueceu vertiginosamente, como, ao acordar, memoriza-se e se esquece um sonho. O que ele pôde recuperar dessa lembrança, formulou na pergunta:

— O que aconteceu nesta mesma noite, em 27, com um cavalo?

— Opa — respondeu o doutor. — Agora há pouco era um menino.

Todos riram. Pegoraro comentou:

— O Emilito é muito volúvel.

Gauna levantou os olhos e viu uma estrela cadente no céu. Seu desejo foi voltar para junto de Clara.

Seguindo Valerga, saíram do caminho, entraram pelas ondulações e pelos vales — assim lhe pareceram — da direita. Avançava com dificuldade, porque o terreno cedia sob seus pés; era seco e fofo.

— Que fedor — exclamou. — Não consigo respirar.

A área toda parecia coberta por um cheiro repugnante de fumaça adocicada.

— Tão sensível, Gauna — comentou Antúnez, imitando uma voz efeminada e alta.

Gauna o ouviu de muito longe. Um suor frio ensopou-lhe a testa; sua visão se nublou. Quanto voltou a si, estava apoiado no braço do doutor. Este falou em tom amistoso:

— Vamos, Emilito. Falta pouco.

Retomaram a marcha. Logo depois ouviram um latido. Um bando de vira-latas os cercava, latindo e gemendo. Como em sonhos, viu uma mulher andrajosa: a mulher que os recebera na quinta, em 1927. Agora Valerga discutia com ela; tomava-a pelo braço, afastava-a, fazia-os entrar. O quarto era pequeno e sórdido. Gauna viu, num canto, uma pele de ovelha. Largou-se sobre ela. E adormeceu.

XLII

Quando acordou, o quarto estava às escuras. Gauna ouviu a respiração de gente dormindo. Tapou os ouvidos, fechou os olhos. Recaiu no mesmo sonho que estava sonhando quando acordou: com sua faquinha, enfrentava uma roda de homens, meio ocultos num entrecruzado desenho de sombras; pouco a pouco, à luz da lua, identificou-os: eram o doutor e os rapazes. Acordou novamente. Abriu bem os olhos na escuridão: por que estava lutando, por que, no sonho, uma raiva tão intensa do doutor o inflamava? Já não ouvia a respiração dos que dormiam; ele todo, tenso, procurava uma lembrança. Recuperou-a num sonho e a perdeu ao acordar. Voltaria a recuperá-la. Sim, era o incidente do menino. No sonho, aquele incidente do carnaval de 27 voltara a acontecer. Agora Gauna se lembrava disso com nitidez.

Não era um menino só, eram dois. Um, de três ou quatro anos, fantasiado de pierrô, que apareceu de repente junto à mesa, chorando em silêncio, e outro, um pouco mais velho, de uma mesa vizinha. O doutor contava uma de suas histórias quando o primeiro menino apareceu e parou ao lado dele.

— O que foi, recruta? — perguntou-lhe o doutor, irritado.

O menino continuou chorando. O doutor percebeu a presença do outro menino; chamou-o; disse-lhe algumas palavras no ouvido e lhe deu uma nota de cinquenta centavos. Esse outro menino, decerto obedecendo a uma ordem, deu um pontapé no pierrô; depois correu a refugiar-se em sua mesa. O pierrô bateu a boca no mármore da mesa, reergueu-se, limpou o sangue dos lábios, continuou chorando em silêncio. Gauna o interrogou: o menino estava perdido, queria voltar para os pais. Levantando-se, o doutor anunciou:

— Um minuto, rapazes.

Pegou o menino nos braços e saiu do café. Voltou pouco depois. Disse "pronto" e explicou, esfregando as mãos, que tinha despachado o menino no primeiro bonde que passou, um bonde cheio de mascarados. Acrescentou, suspirando:

— Se vissem como o coitado do recruta estava assustado.

Esse era o incidente do menino. Essa era a primeira aventura, e quem sabe um exemplo do que ele guardara na memória como a epopeia de sua vida, das três noites heroicas de 27. Agora Gauna queria se lembrar do que tinha acontecido com um cavalo. "Estávamos numa caleça", disse para si, e tentou imaginar a cena. Fechou os olhos, apertou a testa com a mão. "É inútil", pensou, "não vou me lembrar de mais nada". O encanto se quebrara; ele se transformara num espectador de seus processos mentais, que se haviam interrompido... Ou não, não se haviam interrompido, mas não obedeciam a sua vontade. Via uma cena, apenas uma cena, de outra história, não da história do cavalo. Uma mulher muito pintada, enrolada num robe azul-celeste, que deixava entrever uma camisa de bolinhas pretas e um coração bordado, sentada junto a uma mesinha de vime, examinava as mãos de um desconhecido e exclamava: "Pontos brancos nas unhas. Hoje empreendedor, amanhã sem ânimo". Ouvia-se uma música: "Clair de lune", disseram. Agora Gauna se lembrava de tudo, vividamente. Lembrava-se daquele quarto da rua Godoy Cruz, com um portal de vidros coloridos, com plantas escuras em vasos de mosaicos, com espelhos enormes, com abajures cobertos por cúpulas de seda vermelha; lembrava-se da luz rosada e, principalmente, de "Clair de lune", da emoção que "Clair de lune" lhe causou, tocada por um violinista cego. O violinista estava de pé, na moldura da porta; sua cabeça, inclinada sobre o instrumento, evocou em Gauna a sensação da lembrança. Onde havia visto aquele semblante dolorido? O cabelo era castanho, comprido e ondulado; os olhos tristes e muito abertos; o tom da pele, pálido. Uma barba, curta e delicada, arrematava seu rosto. A seu lado havia um guri, com um chapéu (certamente o do violinista) afundado até as orelhas e com uma vasilha de porcelana na mão, para receber as moedas. Gauna, ao ver o menino, pensou: "O pobre Cristo, com a escarradeira na mão, é de morrer de rir!". Mas não riu. Ouvindo "Clair de lune", sentiu no peito um impulso positivo de confraternizar com os presentes e com a humanidade inteira, uma irreprimível vocação para o bem, um desejo melancólico de melhorar. Com um nó na garganta e os olhos úmidos, disse para si que o Bruxo teria feito dele um outro homem, se não tivesse morrido. Quando o violinista terminasse a execução de sua peça, ele explicaria a esses amigos o extraordinário privilégio que teve de conhecer Larsen, de contar com a amizade de Larsen. Mas não chegou a dar essa explicação. Quando o músico terminou "Clair de lune", ele já se esquecera desse propósito, e só pensou em pedir, com voz humilde:

— Outra valsinha, maestro.

Tampouco voltaria a ouvir, ao menos não naquela noite, o violinista. Em algum aposento, não longe dali, ocorria um tumulto. Soube depois que por questões de dinheiro produziu-se um desentendimento entre o doutor, que se considerava ofendido, e a senhora; o doutor teimava que lhe haviam subtraído algumas moedas e a senhora repetia que ele estava entre pessoas honradas; para acabar com a suspeita, o doutor, animado pelos aplausos dos rapazes, derrubara suavemente a senhora, levantara-a pelos tornozelos e, de cabeça para baixo, sacudira-a no ar. Efetivamente, caíram dela algumas moedas, que o doutor apanhou. O que aconteceu depois foi vertiginoso. Ele (Gauna) acabara de pedir ao cego que tocasse de novo, quando a porta de vidro se abriu ruidosamente e entraram o doutor e os rapazes. O doutor se precipitou para a porta onde estava o cego; então reparou no menino; arrancou a vasilha das mãos dele, esvaziou-a das moedas e de um golpe encasquetou-a no cego. Houve uma grita. O doutor exclamou: "Vamos, Emilio", e fugiram pelos corredores, depois pela rua, talvez perseguidos pela polícia. Mas antes de sair ele pôde ver a cara apavorada do cego e o véu de sangue que lhe descia pela testa.

XLIII

Fazia frio no quarto. Gauna se encolheu todo na pele de ovelha. Abriu os olhos, para ver se achava algo com que se agasalhar. A escuridão já não era total. Pelas frestas da porta, por uns vãos das paredes, a luz entrava. Gauna levantou-se, jogou a pele sobre os ombros, abriu a porta, olhou para fora. Lembrou-se de Clara e dos amanheceres que tinham visto juntos. Sob um céu arroxeado, onde se entrelaçavam cavernas de mármore e de vidro com lagos de pálida esmeralda, amanhecia. Um cachorro baio aproximou-se dele preguiçosamente; outros dormiam, estirados. Olhou ao redor: viu-se entre colinas de terra parda, como se estivesse no centro de um imenso e sinuoso formigueiro. Avistou ao longe um ou outro rolo de fumaça. O cheiro repugnante de fumaça adocicada persistia.

Caminhou para fora. Observou a casa em que dormira: era um barraco de zinco. Não muito longe, havia outros barracos. Compreendeu que estava no local da queima do lixo. Avistou, ao norte, as barrancas, os pinheiros e as cruzes do cemitério de Flores; um pouco mais longe, a fábrica da noite anterior, com suas chaminés. Espalhados pela planície ondulada da queima, viu alguns homens: sem dúvida, catadores de lixo. Lembrou que naquele outro carnaval, depois da noite que passaram na quinta do amigo do doutor, andaram num caminhão de lixo; viu mentalmente a chuva cair sobre a carroceria suja do veículo. Numa súbita revelação, adivinhou que a quinta era o mesmo barraco em que dormira agora. "Mas em que estado eu devo ter ficado — pensou — para pensar que era uma quinta." Continuou cismando: "É por isso que fomos embora no caminhão de lixo; não sei que outro veículo daria para arrumar nesta quebrada, se não contarmos os carros fúnebres que vão para o cemitério. Por isso o doutor se espantou quando eu mencionei a quinta".

Então apareceu um homem a cavalo. A mão das rédeas descansava num saco, cheio pela metade, que o homem levava à sua frente, apoiado no cangote do animal; a mão direita portava um pau comprido com um prego na ponta: tal instrumento lhe servia para espetar os lixos escolhidos, que depois guardava no saco. Olhando aquele cavalo resfolegante, de orelhas baixas e abertas, Gauna se lembrou de outro cavalo: o da caleça que os levou da Villa Luro a Flores e depois até Nueva Pompeya. Antúnez viajara na boleia, cantando "Noche de Reyes" e bebendo no gargalo de uma garrafa de gim que comprara numa venda.

— Coitado desse rapaz, vai acabar quebrando o pescoço — comentara Valerga, ao ver como o bêbado balançava na boleia. — Por mim, ele que se mate.

Para não cair, o bêbado se abraçava ao cocheiro. Este não conseguia dirigir, entre protestos e lamúrias. A caleça avançava sinuosamente. Valerga, com voz muito suave, cantarolava:

A la hueya, hueya,
la infeliz madre.

O barbeiro Massantonio queria saltar da caleça, jurava que iam se esborrachar, juntava as mãos, chorava. Ele mandou o cocheiro parar. Subiu na boleia; mandou Antúnez para o assento de trás. O doutor tirou a garrafa das mãos de Antúnez, comprovou que estava vazia, e, com excelente pontaria, estilhaçou-a contra um poste de ferro.

Da boleia, ele olhava o anguloso cavalo esfalfar-se no trote. Olhava as ancas magras e escuras, o pescoço quase horizontal, a testa, resignada e estreita, as orelhas compridas, suadas, oscilantes.

— Parece um bom cavalo — disse, dando uma expressão deliberadamente sóbria à emocionada piedade que o embargava.

— Parece não, é — afirmou com orgulho o cocheiro. — Olhe que na minha vida eu conheci muito cavalo; bom, mas um como o Noventa, nunca. Me diga se ele parece estar cansado.

— Mas como não estaria cansado, com tudo o que andamos? — perguntou ele.

— E o que andamos antes, então, como fica? Ele continua por pura generosidade — afirmou o cocheiro. — Outro cavalo, com metade dessa faina, não sai mais do lugar. É birrento demais da conta. Escute só, ele vai se arrebentar.

— Faz muito tempo que ele é seu?

— No dia 11 de setembro de 19 eu o comprei no Echepareborda. E não pense que ele teve uma vida de luxo e de forragem. Eu sempre digo: se de vez em quando pudesse sentir o cheiro, que fosse, do milho, o Noventa não ficaria atrás de nenhum cavalo de praça de Buenos Aires.

Já não havia casas dos lados. Avançaram por uma viela de terra, entre baldios indefinidos. Por instantes, a lua se escondia atrás de nuvens densas; depois refulgia no céu. E havia aquele cheiro repugnante de fumaça adocicada.

Alguma coisa acontecia adiante. O cavalo iniciara uma marcha oblíqua e muito parelha, intermediária entre o passo e o trote. O cocheiro puxou as rédeas; o cavalo parou de chofre.

— Que foi? — perguntou o doutor.

— Assim o cavalo não pode continuar — explicou o cocheiro. — Seja razoável, senhor; é preciso dar um respiro para ele.

Valerga indagou com voz adusta:

— Pode-se saber com que direito o senhor me pede que seja razoável?

— O cavalo vai morrer, senhor — argumentou o cocheiro. — Quando começa com esse trote, é sinal de que não aguenta mais.

— Sua obrigação é nos levar até nosso destino. Não foi à toa que o senhor baixou a bandeira, e que o taxímetro, a cada trique-traque, cobre mais dez centavos.

— Chame o guarda, se quiser. Nem pelo senhor nem por ninguém eu vou matar o meu cavalo.

— E se eu matar o senhor, o cavalo vai chamar o serviço funerário? Melhor dizer para o seu cavalo que trote. Essa conversarada está começando a me encher a paciência.

A discussão prosseguiu no mesmo tom. Por fim, o cocheiro resignou-se a tocar seu cavalo com o chicote e este a continuar trotando. No entanto, logo depois o cavalo tropeçou, soltou um gemido quase humano e ficou estendido no chão. Com um solavanco violento, a carruagem parou. Todos desceram. Rodearam o cavalo.

— Ai — exclamou o cocheiro. — Ele não levanta mais.

— Como não levanta mais? — perguntou o doutor, em tom enérgico.

O cocheiro parecia não ouvir. Olhava fixamente para o cavalo. Por fim, disse:

— Não, ele não levanta mais. Está perdido. Ai, coitado do meu Noventa!

— Eu vou indo — declarou Massantonio. Movia-se sem parar e devia estar à beira de um ataque de nervos.

— Não amole — ordenou Valerga.

O barbeiro insistiu, quase chorando:

— Mas, senhor, eu preciso ir. Que cara a patroa vai fazer me vendo chegar de manhã? Eu já vou indo.

Valerga disse:

— Você fica.

— Está perdido, coitado do meu cavalo, está perdido — repetia o cocheiro, desconsolado. Parecia incapaz de tomar uma decisão, de fazer alguma coisa pelo cavalo. Olhava-o pateticamente e balançava a cabeça.

— Se este homem diz que ele está perdido, minha opinião é que seja dado por morto — argumentou Antúnez, sério.

— E depois disso? Vamos de cavalinho nas costas do cocheiro? — perguntou Pegoraro.

— Essa é outra questão — protestou Antúnez. — Cada coisa a seu tempo. Agora estou falando do cavalo apelidado de Noventa. Sugiro que acabem com o sofrimento dele com um balaço.

Antúnez portava um revólver. Ele fitou os olhos do cavalo estendido no chão. Por meio dessa dor, por meio dessa tristeza, manifestava sua participação na vida. Era horrível que estivessem falando em matá-lo.

— Eu lhe dou dois pesos pelo cadáver — Antúnez dizia ao cocheiro, que o escutava embasbacado. — Vou comprá-lo para o meu velho: o coitadinho é meio sonhador. Tem esperança de um dia montar um negócio de retalhar animais mortos e vendê-los no varejo: o couro para um, a gordura para outro, entende? Com o osso e o sangue prepararíamos junto com o velho um adubo de primeira. Você não vai acreditar, mas em matéria de adubo...

Valerga o interrompeu:

— Por que vão sacrificar um cavalo em bom estado de conservação? É melhor ajudá-lo a se levantar.

— Senão — perguntou Pegoraro —, quem vai nos levar sentados e satisfeitos até nosso destino?

— Não vai adiantar nada — repetiu o cocheiro. — O Noventa está morrendo. Ele disse:

— É preciso desatrelá-lo dos arreios.

Com grande dificuldade, soltaram-no. Depois empurraram o coche para trás. O doutor apanhou as rédeas e mandou ele pegar o chicote. "Agora!", gritou o doutor, e deu um puxão; com o chicote, ele tentou animar o cavalo. O doutor começou a perder a paciência. Cada puxão nas rédeas era mais brutal que o anterior.

— E com você, o que é que houve? — perguntou-lhe o doutor, olhando com indignação. — Não sabe lidar com o chicote ou está com pena do cavalo?

Os puxões tinham machucado a boca do animal. Rasgadas pelo freio, as comissuras da boca sangravam. Um abismo de calma inabalável parecia refletir-se na tristeza de seus olhos. Ele não usaria o chicote contra o cavalo, de jeito nenhum. "Se for preciso — pensou — eu o usarei contra o doutor." O cocheiro começou a chorar.

— Nem por sessenta pesos — gemeu — vou conseguir um cavalo como este.

— Ora — perguntou Valerga —, o que vai conseguir chorando? Eu faço o que posso, mas lhe aconselho a não me irritar.

— Vou embora — disse Massantonio.

Valerga se dirigiu aos rapazes:

— Eu puxo as rédeas e vocês o levantam na marra.

Ele deixou o chicote no chão e se dispôs a ajudar.

— Isto já não é mais boca nem nada — comentou Valerga. — É uma massa de carne. Se eu puxar, ela desmancha.

Valerga puxou, os outros empurraram, e, todos juntos, levantaram o cavalo. Rodearam-no, gritando: "Hurra!", "Viva o Noventa!", "Viva o Platense!", dando palmadinhas nas costas uns dos outros e pulando de alegria.

Valerga disse para o cocheiro:

— Está vendo, meu amigo: não precisava chorar tão cedo.

— Vou amarrá-lo ao coche — declarou Pegoraro.

Maidana se interpôs:

— Não seja bruto — disse. — O coitado do cavalo está meio morto. Deixe ele respirar um pouco, pelo menos.

— Que deixar o quê! — protestou Antúnez, esgrimindo o revólver. — Não vamos passar a noite pegando sereno.

De bom humor, Pegoraro comentou:

— Quem sabe ele mesmo quer ser atrelado.

Empurrou o coche até o cavalo. Antúnez, com a mão livre, tentou ajudá-lo: tomou as rédeas e deu um puxão. O cavalo caiu de novo.

Valerga apanhou o chicote que estava no chão; mostrou-o a Antúnez.

— Eu deveria cruzar sua cara com isto — disse. — Você é um lixo. O pior dos lixos.

Arrancou-lhe as rédeas da mão e se virou para o cocheiro. Falou com voz tranquila:

— Francamente, mestre, acho que seu cavalo quer rir às nossas custas. Vou acabar já com essa birra.

Com a mão esquerda puxou as rédeas para cima e com a direita desferiu no animal uma terrível chicotada; depois outra, e mais outra. O cavalo gemeu roucamente; estremecendo todo, tentou se levantar; conseguiu pela metade, tremeu, desmoronou de novo.

— Tenha piedade, senhor, tenha piedade — exclamou o cocheiro.

Os olhos do cavalo pareciam sair das órbitas, num frenesi de pavor. Valerga levantou o chicote novamente, mas ele se aproximara de Antúnez e, antes que o chicote descesse, arrebatou-lhe o revólver, apoiou o cano na fronte do cavalo e, com os olhos bem abertos, disparou.

XLIV

Gauna, recostado na porta do barraco, olhando o amanhecer que, para além da queima do lixo, surgia da cidade, perguntou-se se eram esses os episódios esquecidos e mágicos de 1927, que agora, depois de três anos de evocação imperfeita, sigilosa, ardente, tinha ido recuperar. Como num labirinto refletido, no carnaval de 1930 ele deparou com três fatos do outro carnaval; deveria chegar ao auge da aventura, à origem de seu obscuro fulgor, para decifrar o mistério, para descobrir sua abominável sordidez?

"Que desgraça", pensou. Que desgraça ter passado três anos tentando reviver aqueles momentos como quem tenta reviver um sonho maravilhoso"; no seu caso, um sonho que não era um sonho, mas a epopeia secreta de sua vida. E quando conseguiu resgatar da escuridão parte dessa glória, o que viu? O incidente do violinista, o incidente do menino, o incidente do cavalo. As crueldades mais abjetas. Como o mero esquecimento pôde transformá-las em algo precioso e nostálgico?

Por que havia compactuado com os rapazes? Por que havia admirado Valerga? E pensar que para sair com essa gente ele deixou Clara... Fechou os olhos, cerrou os punhos. Tinha de se vingar das baixezas em que o haviam envolvido. Tinha de dizer a Valerga o quanto o desprezava.

Fitou o azul infinito do céu. As claridades e as nuvens da inventiva arquitetura do amanhecer haviam desaparecido. A manhã se iniciava. Gauna passou a mão na testa. Estava úmida e fria. Sentiu um grande cansaço. Entendeu, de um modo rápido e confuso, que não devia se vingar, que não devia brigar. Quis estar longe. Quis se esquecer dessa gente, como de um pesadelo. Voltaria imediatamente para junto de Clara.

Como era previsível, não voltou. Apelou novamente para o rancor fácil — repetindo para si mesmo "que esses miseráveis fiquem sabendo o que eu penso deles" —; mas logo se entediou com essa atitude enérgica, a preguiça o invadiu e, com uma espécie de júbilo sutil e secreto, abandonou-se ao sabor do destino. Mas tenho para mim que Gauna compreendeu que se deixasse a aventura pela metade, ficaria descontente até o dia de sua morte. Encostado na moldura da porta do barraco, deixando o tempo passar, imaginando-se como um hábil jogador profissional que, sem pressa, pouco a pouco, observa suas cartas e, por não se impacientar, sabe que é imbatível, procurou refletir sobre os fatos do carnaval de 27 e acabou se distraindo com o que sentia no presente e com sua lisonjeira imagem do jogador. No entanto, como o pensamento anda em círculos recônditos e por atalhos, no meio daquela vagueza toda Gauna se pegou descobrindo quem era o violinista cego que ele misteriosamente aterrorizara (segundo lhe pareceu na época) no quintal da casa de Barracas, no dia em que Clara lhe contou que saíra com Baumgarten: era o mesmo homem que o doutor agredira na rua Godoy Cruz. O cego se assustou porque reconheceu sua voz; antes de Valerga agredi-lo, ele pedira, como depois em Barracas, que tocasse outra valsinha. Quanto à amargura que sentia agora, não havia nenhum mistério: quem a destilava era a memória do que significou para Gauna aquele inexplicável deslize de Clara.

O cachorro baio se aproximou novamente. Gauna deu um passo para acariciá-lo: o passo retumbou dolorosamente em sua cabeça, como uma pedra atirada na água imóvel de um lago. Mais tarde foram saindo do barraco os rapazes e o doutor, com os olhos entrecerrados e uma expressão dolorosa, como se a alvura do dia os machucasse. A manhã se passou na ociosidade. Alguém conseguiu uma garrafa de gim; deitados à sombra de uma carroça, dividiram-na. Gauna se incomodava com aquele cheiro forte e adocicado da queima; os outros não, e caçoaram amistosamente de Gauna, porque este se mostrava delicado. Enquanto cochilavam, ao redor de suas fatigadas e doloridas cabeças voavam moscas varejeiras.

De tardezinha chegou, a cavalo, o dono do barraco. Vestia roupa de cidade, com presilhas de ciclista na parte de baixo da calça. Seguiam-no quatro ou cinco homens a pé, em mangas de camisa e de bombachas: seus peões. O patrão era um homem robusto, de cinquenta e tantos anos; com a ampla e risonha cara barbeada, tinha um sorriso franco no qual se insinuava, às vezes, um interesse ou uma ternura suspeitos de hipocrisia. Tinha o cabelo raspado na nuca e dos lados; os braços curtos, o abdômen, as pernas, eram grossos. Ao cumprimentar o doutor, o homem inclinou todo o busto e pareceu, com os braços rígidos pendurados, um boneco com dobradiças no corpo. Trabalhava por conta própria na coleta de lixo; seu negócio eram os produtos medicinais, e ele chegara a ser uma espécie de pequeno empresário, com uma turma de empregados que, espalhados pela queima, catavam para ele. Cumprimentou Valerga com uma cordialidade não isenta de pompa; os rapazes, ele praticamente ignorou.

— Como vai o trabalho, *don* Ponciano? — perguntou o doutor.

— Ah, meu caro, esse ofício é como todos os outros. Uma vez na vida ele tem uma temporadinha de auge e depois começam suas temporadas constantes de calmaria, de pura miséria, com o perdão da palavra. Mas eu não me queixo. A espinha dorsal, se o senhor me entende, a espinha dorsal propriamente dita, o ponto crucial, é o pessoal. Eu os pago como reis, segundo as cotações deste lixão, entende?, e eles recebem conforme o que catam. Mas me dão cada dor de cabeça que não tem analgésico argentino que alivie. Pode acreditar quando eu juro que vivo pisando em brasas. Com o apreço que tenho pela decência e por tudo o que é leal e correto, eles tentam pegar o que não é deles e invadem a jurisdição do colega, que vem pra cima de mim como se fosse eu que o tivesse prejudicado, de punhal na mão. O senhor imagine um cavalheiro que vive de juntar ouro, e vai e recolhe um dedal de óleo de rícino, por exemplo, e eu, por uma questão de princípios, o esquartejo; como ele terá bons olhos para ver meu pessoal sorrindo para ele como potentados, com uma fileira dupla de dentes de ouro?

O doutor devia sentir muito afeto por seu amigo, pois, sem nenhum protesto, deixou que ele falasse à exaustão. Os rapazes ficaram admirados com aquela prova de tolerância e, demonstrando espanto, afirmaram que nunca viram o doutor tão pacífico e tão bem disposto como naquele carnaval. Depois houve uma breve discussão entre o doutor e o amigo, na qual o primeiro voltou a ostentar sua falta de aspereza; o motivo era que o amigo convidava todos para comer com ele e que o doutor, por boa educação, não aceitava. Pouco depois a senhora, que na noite anterior os recebera com tanta má vontade, chegou com a carne. Enquanto a assavam — Gauna observava as bolinhas de chumbo que deslizavam pela vasilha que havia sobre as brasas — o dono do barraco recebia os sacos entregues pelos empregados e os pagava. A comida — churrasco ressecado como sola, biscoitos de marinheiro, cerveja — prolongou-se até muito tarde. O principal, ocioso dizer, eram a cordialidade e a falta de pressa. O patrão os convidou para um baile de "alta fantasia" que ia haver naquela noite num chalé da avenida Cruz.

— O local — explicou o patrão — é de primeira qualidade. O anfitrião, que é um magnata, sabe viver, entende a vida, o senhor sabe do que eu falo, e recruta mulheres de Villa Soldati e de Villa Crespo. Eu tenho carta branca:

posso convidar quem eu bem entender, porque ele gosta de mim barbaridade. É um homem interessante de se conhecer, que se fez sozinho, com as próprias mãos, catando algodão, que é o ramo que rende, assim até eu. Preciso dizer que é um estrangeiro, um daqueles poupadores que ficam de olho em cada centavo?

O doutor afirmou que ele e os rapazes não poderiam ir ao baile, porque deviam seguir naquela mesma noite para Barracas; o amigo se ofereceu para falar com o responsável pela carroça de lixo; explicou:

— Nunca estamos muito de acordo, nós, os da iniciativa privada, com esses vadios e folgados que vivem de recursos públicos e que levam, sabe como?, a chapa oficial estampada na testa. Mas eu me dou bem com todos e se vocês forem ao baile esta noite, amanhã, quando o homem for fazer seu itinerário, levará vocês de carroça. Assim viajarão com mais conforto. Tenho noventa e cinco por cento de certeza de que lhes consigo transporte para amanhã.

Nem mesmo com a promessa da condução Valerga e Gauna aceitaram ficar; mas tudo se ajeitou. Logo depois apareceu o responsável pela carroça trazendo, com as rédeas postas como cabresto, dois cavalos mouros.

— Preciso atrelar — disse a *don* Ponciano.

As carroças deviam sair para limpar um pouco a cidade das serpentinas da tarde. *Don* Ponciano lhe perguntou:

— Poderia levar estes amigos?

— Vou para a avenida Montes de Oca — respondeu o encarregado. — Se estiver bom para eles, de acordo.

— Está bom — respondeu o doutor.

XLV

Quando o homem terminou de atrelar a carroça, o doutor e os rapazes se despediram de *don* Ponciano. Subiram, o doutor e o carroceiro, na boleia; Gauna e os rapazes, na carroceria.

Seguiram pela avenida Cruz, depois viraram à direita na avenida La Plata, onde os corsos começavam a se animar de novo; em Almafuerte, Gauna viu um tapume com uma Santa Rita; pensou que era mais fácil imaginar a morte do que o tempo em que o mundo continuaria sem ele; desceram pela rua Famatina, e pela avenida Alcorta chegaram a um sombrio bairro de usinas e gasômetros; na avenida Sáenz, alguns grupos fantasiados, ínfimos e barulhentos, lembravam que era carnaval; pegaram a Perdriel e na ladeira de Brandsen passaram entre muros, grades e melancólicos jardins, com eucaliptos e casuarinas.

— O Hospício das Mercês — explicou Pegoraro.

Gauna perguntou-se como pôde imaginar que ao entrar nos três dias de carnaval recuperaria o que sentira da outra vez, entraria novamente no carnaval de 27. O presente é único: era isso que ele não tinha percebido, isso que derrotava suas pobres tentativas de magia evocatória.

No Vieytes,* ao lado da estátua, pararam. O doutor desceu e disse:

— Vamos ficar aqui.

Enquanto o carroceiro amarrava as rédeas na boleia e punha a trava, Valerga explicou aos rapazes, apontando para o restaurante e churrascaria El Antiguo Sola:

— Neste restaurante e churrascaria se come muito bem. Uma cozinha despretensiosa, mas caprichada. Em 23, foi-me recomendado por um motorista de táxi: gente experiente, que roda muito e sabe comer. Depois me informaram que um irmão do dono é supervisor de uma firma de azeite. De modo que aqui não se economiza o que é bom. Vocês sabem quanto vale isso, nos dias de hoje? Nem ouro paga, acreditem. Além do mais, como o bairro é meio afastado, quem sabe não vamos nos livrar dos blocos, das bandinhas e de outras pragas? Pois uma coisa eu digo, cada coisa em seu lugar, e a digestão pede calma.

Convidado por Valerga, o carroceiro entrou para tomar um trago. Beberam suas aguardentes no balcão, enquanto os rapazes esperavam sentados à mesa. O patrão pareceu não reconhecer Valerga; este não se ofendeu e, quando o carroceiro foi embora, em tom de freguês da casa e de homem conhecedor, estendeu-se em sugestões sobre o azeite, a carne e a mortadela.

O jantar começou com mortadela, salame e presunto cru; depois seguiu-se uma travessa de carne com salada mista. Valerga comentou:

— Lembrem-se de ver se não deixaram a Singer sem óleo.

O vinho tinto correu com abundância. Depois o garçom ofereceu queijo e doce.

— É *postre de vigilante.*** Traga-nos queijo — replicou Valerga.

---

* Denominação popular do Hospício das Mercês, localizado na rua Vieytes, 555. (N.T.)

** Postre de vigilante [sobremesa de guarda]: denominação popular de uma porção de queijo e doce. (N.T.)

Entrou uma bandinha formada por quatro diabos. Antes que começassem a percutir os pratos, Gauna lhes estendeu um peso. Como quem se desculpa, disse:

— Prefiro torrar um peso a deixar que nos atordoem com sua balbúrdia.

— Se o gasto dói no seu bolso, podemos fazer uma vaquinha — comentou, em tom de zombaria, Maidana.

Enquanto os diabos agradeciam e cumprimentavam, Valerga sentenciou:

— Não acho aconselhável investir em palhaços.

Finalizaram a refeição com fruta e café. Antes de sair, Gauna foi ao banheiro. Numa parede, escrita grosseiramente a lápis, havia a frase: *Para o patrão*. Gauna se perguntou se Valerga teria andado por ali; mas ele tinha bebido tanto vinho tinto que não se lembrava de nada.

Para espairecer, caminharam um pouco. O doutor interpelou Antúnez:

— Me diga uma coisa, você não tem sentimento? Se eu soubesse, numa noite como esta, cantaria a plenos pulmões. Vamos lá, cante "Don Juan".

Enquanto Antúnez cantava, como podia, "Don Juan", Valerga, olhando umas casinhas baixas e velhas, comentou:

— Quando, no lugar dessa sucata, vão construir aqui fábricas e usinas?

Maidana se atreveu a propor uma alternativa:

— Ou um bairro de casas supimpas para operários.

XLVI

Começaram a sentir sede e, fazendo piadas sobre a seca e comparando suas gargantas a um motor emperrado ou a uma lixa, chegaram ao bar El Aeroplano, defronte à praça Díaz Vélez. Perto da mesa que ocuparam havia dois homens bebendo: um deles apoiado no balcão, outro com os cotovelos na mesa. O do balcão era um rapaz alto e alegre, com ar despreocupado, o chapéu afundado na cabeça. O outro era menos magro, loiro, de pele muito branca, olhos azuis, pensativos e tristes, de bigode loiro.

— Olhe, meu amigo — explicava o loiro, em voz alta, como se quisesse que todos ouvissem —, o destino deste país é muito estranho. Me diga se não é; o que foi que tornou a República famosa no mundo inteiro?

— A brilhantina — respondeu o do balcão. — A goma adraganta, que vem da Índia.

— Não seja tosco, chê. Estou falando sério. Preste muita atenção: não me refiro à riqueza, porque antes da recuperação e do saneamento nós já estávamos no topo da parada ao lado dos ianques, nem aos quilômetros quadrados, que nem na mais tenra idade nós podíamos admitir que o Brasil os tivesse em dobro, nem às cabeças de gado nem à agricultura, pois periga haver mais coisa nos mercadinhos de Chicago do que no próprio Celeiro da República, nem ao mate, essa bebida que nos agaúcha o tempo todo e vem, em sacos, do Brasil e do Paraguai; nem pretendo aborrecê-lo com livrinhos, tampouco com a melhor glória de nossos escribas, as gauchadas, marca Martín Fierro, que foram inventadas por Hidalgo, que coisa, um mocinho da outra banda.*

Bocejando, o do balcão replicou:

— Você já disse ao que não se refere; agora diga ao que se refere. Às vezes me pergunto, Amaro, se você, com essa charlatanice toda, não está virando um galego.**

— Não diga isso nem de brincadeira, que é por ser tão portenho quanto você, embora não leve o chapéu gringo na nuca, que eu lhe confesso essas verdades com o coração me queimando nas mãos, como as batatas fritas que servem no balcão do La Pasiva do Paseo de Julio. É de matar, Arocena. Não estou falando de coisas de pouca importância. Estou falando dos títulos legítimos do nosso orgulho, que ninguém discute, e que bebem momentaneamente da seiva generosa do povo: estou falando do tango e do futebol. Aguce os ouvidos, meu amigo: segundo aquele defensor de tudo o que é nosso, o finado Rossi, que morava em Córdoba e era, como não?, uruguaio, o tango, nosso tango, mais *criollo**** que o mau cheiro, embaixador argentino dançado na Europa e discutido até pelo Papa, nasceu em Montevidéu.

— Fique sabendo que se você for dar ouvidos aos uruguaios, todos os argentinos nasceram lá, de Florencio Sánchez a Horacio Quiroga.

— Algum motivo deve haver, meu camarada. E do Gardel nem se fala, pois, se não é francês, eu o reivindico uruguaio, como também o é, nem preciso lembrar, o mais famoso dos tangos.

---

* Da banda oriental, ou seja, o Uruguai. (N. T.)

** Além da primeira acepção de "natural da Galícia", em alguns países da América hispânica *gallego* designa, pejorativamente, o espanhol ou filho de espanhol. (N. T.)

*** No contexto, *criollo* designa o nativo da América hispânica, particularmente o argentino. (N. T.)

— Não dá mais pra aguentar — declarou Gauna. — Desculpe minha intromissão, mas por pior argentino que alguém seja, não vai comparar esse lixo com "Ivette", "Una noche de garufa", "La catrera", "El porteñito" e sei lá mais o quê.

— Não há motivo para se zangar, jovem, nem para se transformar num catálogo da Casa América: eu ainda não mencionei o melhor; mencionei o mais famoso. — Depois, como se esquecido de Gauna, continuou falando com o do balcão. — Quanto ao futebol, o esporte que praticamos desde o berço, na rua e com bola de pano; o esporte que apaixona a todos por igual, governo e oposição, e que nos deu o costume de passear em caminhões gritando aos quatro ventos: "Bo-ca! Bo-ca!"; quanto a esse esporte que nos tornou famosos em toda a circunferência do globo, meu camarada, é preciso abrir alas: vira e mexe os uruguaios ganham de nós, são os campeões olímpicos e mundiais.

— E por que você deixa as corridas ficarem no tinteiro? — perguntou o do balcão. — Não tenho bem certeza, mas acho que o Torterolo ou o Leguisamo são uruguaios, ou passam raspando.

Dito isso, o chamado Arocena tomou posse de um sanduíche especial que havia sob uma redoma de vidro, e acrescentou:

— Com este reforço talvez eu recupere a memória.

O doutor comentou em voz baixa:

— Para mim, tem coelho gordo nesse mato. — Fez uma pausa. — Agora sou eu que estou uma pilha; mas não acredito em reprimendas verbais.

Esquecendo os rancores, Gauna o fitou com a prístina admiração intacta, querendo acreditar no herói e em sua mitologia, esperançoso de que a realidade, sensível a seus íntimos e fervorosos desejos, por fim lhe deparasse o episódio, não indispensável para a fé, mas grato e comprobatório — como o milagre, para outros crentes —, o resplandecente episódio que o confirmasse em sua primeira vocação e que lhe devolvesse, depois de tantas contradições, a permissão para acreditar na romântica e feliz hierarquia que põe a coragem acima de todas as virtudes.

Enquanto isso, o do chapéu na nuca dizia alguma coisa; dizia:

— Mas, enfim, não é só bom nome que ganhamos por esse mundão de Deus, pois veja que os cabarés da França e da Califórnia estão cheios de argentinos com o cabelo emplastrado de brilhantina que vivem de nos apresentar cada mulher que, francamente, nem que nos tomasse por cegos.

— E o que é que isso tem a ver com a banda oriental? — perguntou o que estava debruçado na mesa.

— Como assim, o que tem a ver? Se todos se chamam Julio e são uruguaios...

— Quer dizer que agora nem para lidar com mulheres nós, os *criollos*, servimos — comentou o doutor; levantando a voz, ordenou: — Vamos lá, garçonzinho, sirva alguma coisa para estes senhores, para que nos expliquem por que somos tão infelizes. Eles devem saber.

Os homens pediram um *guindado*.

— Uruguaia, chê, porque as daqui não valem grande coisa — disse o loiro, dirigindo-se ao garçom.

— É uma bebida leve — assinalou Pegoraro.

— Própria de mulheres — acrescentou Antúnez.

— Conhecemos este senhor como Largo ou Pasaje Barolo — disse rapidamente Maidana, apontando para Antúnez. — Mede mais de um metro e oitenta. Vocês acham que se procurarem com lupa por toda Montevidéu vão encontrar um edifício à altura do Pasaje Barolo? Eu não sei, pois nunca estive lá, nem me faz falta.

O doutor explicou para Gauna em voz baixa:

— Os rapazes são como cãezinhos, como cãezinhos que latem, que pegam a caça para você, ou, antes, que a põe a perder. Você vai ver, a qualquer momento vão começar a jogar-lhes migalhas de pão ou torrões de açúcar.

Isso não aconteceu. Não houve tempo. Inesperadamente, o do chapéu na nuca disse:

— Boa noite, senhores. Muito obrigado.

O loiro também disse "muito obrigado". Os dois saíram calmamente. O doutor se levantou para segui-los.

— Deixe eles irem, doutor — intercedeu Gauna. — Deixe eles irem embora. Há pouco eu queria que brigasse com eles. Agora não.

O doutor esperou que ele acabasse de falar; depois deu um passo em direção à porta. Persuasivamente, Gauna pegou-o pelo braço. O doutor olhou com ódio para a mão que o tocava.

— Por favor — disse Gauna. — Se sair, doutor, vai matá-los. O carnaval vai até amanhã. Não vamos interromper a festa por causa de uns perfeitos desconhecidos. Estou lhe pedindo, e não se esqueça de que é meu convidado.

— Além disso — aventurou Antúnez, ansioso por evitar situações desagradáveis —, tudo se passou entre *criollos*. Se fossem estrangeiros, não poderíamos perdoar a ofensa.

— Alguém perguntou alguma coisa? — gritou, furioso, o doutor.

Gauna pensou, agradecido, que ele o Valerga tratava com consideração.

XLVII

Desceram pela Osvaldo Cruz até a Montes de Oca. O estabelecimento que visitaram em 1927 era agora uma casa de família. Maidana disse:

— Como serão as senhoritas que moram aqui?

— Devem ser como todas — respondeu Antúnez.

— Com a *diferiencia* — comentou Pegoraro.

— Não vejo o que têm de especial — assegurou Antúnez.

— Para diverti-las — continuou Maidana — os rapazes do bairro devem fazer todo tipo de alusões.

Entraram em vários botequins. O doutor parecia ofendido com Gauna. Este o olhava com um afeto renovado, em que havia um quê de filial. O ressentimento de Valerga quase o comovia, mas não o preocupava muito; só lhe importava a reconciliação, o impulso de amizade que sentia agora. Não eram as fadigas daquela jornada confusa, nem os muitos tragos, que o levavam a esquecer e a preterir os rancores da manhã; era, sem dúvida, o que sentiu no bar da praça Díaz Vélez, quando o diálogo daqueles desconhecidos havia perturbado e ofendido, por assim dizer, muitas de suas mais caras crenças, e quando Valerga, fiel a si mesmo ou à ideia que Gauna tivera dele nos primeiros tempos, levantou-se como um baluarte de coragem.

Procuraram algum hotel na Montes de Oca para passar a noite. Quase entraram no de Guimaraes e Moreyra, mas como viram que embaixo havia uma garagem, seguiram em frente.

— É melhor — opinou Valerga — irmos falar com o manco Araujo.

O manco Araujo era o proprietário, ou melhor, o vigia noturno, de um depósito de materiais de construção na rua Lamadrid. Os rapazes acharam formidável. Meneando a cabeça, comentavam aquele lance inacreditável. Pegoraro observava:

— Um homem de Saavedra, como o doutor, com uma rede de conhecidos nas mais remotas paragens e até em bairros consideravelmente afastados, para não dizer periféricos!

— Tão ligado a Saavedra quanto o próprio parque — acrescentou Antúnez.

— Não vejo nada de extraordinário nisso — aventurou Maidana. — Nós também somos de Saavedra e estamos aqui.

— Não seja tosco, chê, os tempos são outros — repreendeu-o Pegoraro.

— Esse aí — disse Antúnez, apontando para Maidana —, com essa mania de desmerecer os outros, não respeita ninguém.

Pegoraro alcançou o doutor, que ia na frente, com Gauna, e perguntou:

— Como o senhor faz, doutor, para ter tantos conhecidos?

— Parceiro — respondeu Valerga, com uma espécie de orgulho triste —, quando vocês todos tiverem vivido o que eu vivi, vão ver que, se não foram sempre uns grandes biltres, terão colhido por este mundo de Deus uma caterva de amigos, pois é preciso chamá-los de algum modo, que na hora da necessidade não lhes negarão abrigo para a noite, nem que seja num depósito como este, infestado de ratos.

Enquanto o doutor batia à porta, Gauna pensava: "Se fosse outro, como castigo do destino por ter dito essa frase, teria negada a entrada; mas o doutor é o tipo de pessoa com quem isso nunca acontece". Certamente não aconteceu. Do outro lado da cerca, Araujo se aproximava, de um modo que parecia interminável, mancando e reclamando. Por fim, abriu a porta e, em meio aos cumprimentos, insinuou um leve movimento de recuo e de alarme ao notar, na sombra, os rapazes. O doutor se apoiou na porta, talvez para impedir que o amigo a fechasse, e falou com voz tranquila:

— Não se assuste, *don* Araujo. Hoje não viemos para assaltá-lo. Os cavalheiros aqui saíram para animar as festas, e, o que acha disso?, tiveram a gentileza de pedir a este velho que os acompanhasse. Bem, a noite nos pegou de surpresa, e pensei: "Antes de ir para um hotel, mais vale lembrar do manco".

— No que fez muito bem — declarou o manco, já calmo. — No que fez muito bem.

O doutor continuou:

— Na nossa idade, não tem jeito, amigo Araujo. Se você sai com gente jovem, quem não é arguto o toma por um professor passeando com seus alunos; e se você sai com gente da sua idade, é só para ir ao banco de praça tomar sol e conversar aos gritos. Acho que não nos resta outro remédio senão nos sentarmos para matear sozinhos, até que venha o senhor das exéquias.

Mancando e tossindo, Araujo opinou que para eles dois o destino reservava melhores distrações e muitos anos de vida.

Falaram sobre como iriam passar a noite.

— Grande luxo eu não posso oferecer — continuou o manco. — Para o doutor, o sofazinho do escritório. Receio, de verdade, que não o considere de sua inteira comodidade; mas não há nada melhor na casa. Nos meus bons tempos eu o usei: me deitava, dia após dia, para tirar um cochilo, e na manhã seguinte era de se ver: saía mais encurvado que um velho corcunda. Desconfio que o reumatismo não é causado, como querem alguns, pela situação pouco saudável do móvel, e sim por se apoiar a cabeça no espaldar. Para os senhores vou arrumar uns sacos limpinhos. Procurem algum lugar que sirva e se estiquem à vontade, sintam-se em casa.

Gauna estava muito cansado. Guardou uma lembrança confusa de ter andado às cegas na escuridão, entre formas brancas. Assim que se deitou deve ter caído no sono.

Sonhou que chegava a um salão, à luz de velas, onde havia uma mesa redonda, bem grande, em torno da qual estavam sentados os heróis, jogando baralho. Lá não estavam nem Falucho, nem o sargento Cabral, nem ninguém que Gauna pudesse identificar. Havia uns garçons seminus, não selvagens, com o rosto e o corpo tão brancos que pareciam de gesso; lembravam-lhe o Discóbolo, uma estátua que há no clube Platense. Jogavam baralho com cartas com o dobro do tamanho e — outro detalhe notável — daquelas que têm trevos e corações. Os jogadores disputavam o direito de subir ao trono, ou seja, de ocupar o posto principal e de ser considerado o primeiro dos heróis. O trono era um assento como aqueles de salão de engraxate, porém ainda mais alto e confortável. Gauna percebeu que um caminho de tapete vermelho, como o que havia, dizem, no Royal, levava diretamente ao assento. Quando tentava entender tudo aquilo, acordou. Viu-se deitado entre estátuas, que, como o manco explicou depois, enquanto mateavam, eram Jasão e os heróis que o acompanhavam em suas aventuras. Gauna tentou chamar a atenção dos rapazes para o fato de que ele havia sonhado com aqueles heróis antes de saber que existiam, e antes de ver as estátuas. Pegoraro lhe perguntou:

— Já lhe disseram que você fica um chato quando conta os seus sonhos?

— Não sei — respondeu Gauna.

— Pois está na hora de saber — declarou Pegoraro.

Araujo pediu que não o levassem a mal, mas que fossem embora um pouco antes das oito, hora em que os trabalhadores e a senhorita feia do escritório começavam a chegar. Desculpando-se, acrescentou:

— Sempre tem alguém de língua solta e, vai-se saber, o patrão pode não gostar.

— Com muito *voulez-vous* — comentou o doutor — este manco atrabiliário se permite nos despachar.

O doutor não falava a sério; queria, simplesmente, mortificar o amigo. Este protestava:

— Não fale assim, doutor. Por mim, podem ficar.

Numa bodega da Montes de Oca, 600, tomaram café da manhã completo, com leite, pãezinhos e *croissants*. Já perto do bairro de Constitución, entraram numa casa de banhos e, enquanto "ficavam como novos com um banho turco", conforme a expressão do doutor, passaram e escovaram suas roupas. Almoçaram com todo o luxo, em plena Avenida de Mayo; depois, num cinema, viram *O preço da glória*, com Barry Norton, e no Bataclán um teatro de revista que "francamente", comentou Pegoraro, "não esteve à altura". Jantaram num restaurantezinho do Paseo de Julio. Por algumas moedas contemplaram vistas do calçadão de Mar del Plata, da exposição de Paris de 1889, de uns obesos pugilistas japoneses fazendo pose e outras de pessoas de ambos os sexos. Depois, num táxi marca Buick, conversível, passearam pelos corsos e chegaram a Armenonville. Antes de descer, Pegoraro marcou umas quinas, com o canivete, no couro vermelho do estofado.

— Já assinei — disse.

Houve um momento desagradável, quando o porteiro do Armenonville tentou barrar-lhes a entrada; mas Gauna lhe estendeu uma nota de cinco pesos e, diante de nossos heróis, abriu-se a porta daquele palácio encantado.

XLVIII

Agora é preciso andar devagar, com muito cuidado. O que vou contar é tão estranho que se eu não explicar tudo com muita clareza não vão me entender nem acreditar em mim. Agora começa a parte mágica deste relato; ou talvez todo ele fosse mágico e só nós não tenhamos percebido sua verdadeira natureza. O tom de Buenos Aires, cético e vulgar, talvez tenha nos enganado.

Quando Gauna entrou na fulgurante sala do Armenonville, quando circundou o lento e vivo tecido de foliões que dançavam algum vago fox imitado de algum vago fox dos anos anteriores, quando esqueceu seu propósito, achou que o ansiado milagre estava acontecendo; achou que a almejada recuperação do estado de espírito de 1927 finalmente se produzia, e não só nele, mas também em seus amigos. Alguns dirão que não há nada de muito estranho nisso tudo: que ele se preparara psicologicamente, primeiro buscando essa recuperação e depois esquecendo-a, como quem deixa uma porta aberta; e que se preparara também fisicamente, já que o cansaço, no fim de três dias inteiros bebendo e tresnoitando pelos carnavais, devia ser parecido nas duas ocasiões; e que, por último, o Armenonville, tão luxuoso, tão intenso de luz, de música e de foliões, era um lugar único em sua experiência. Certamente isto não se parece com a descrição de um fato mágico, e sim com a descrição de um fato psicológico; parece a descrição de algo que teria ocorrido apenas no ânimo de Gauna, e cujas origens teriam de ser buscadas no cansaço e no álcool. Mas eu me pergunto se depois desta descrição não ficam sem explicação algumas circunstâncias da última noite. Pergunto-me também se tais circunstâncias não serão inexplicáveis ou, pelo menos, mágicas.

Depois de alguns minutos encontraram uma mesa. Cada um examinou o chapéu de fantasia que havia sobre o guardanapo. Diante da hilaridade dos rapazes e da indiferença do doutor, Pegoraro experimentou o seu; os outros os deixaram de lado, tencionando levá-los para casa de lembrança. Brindaram com champanhe e, ao erguer a taça, quem Gauna viu bebendo no balcão? Como ele disse com seus botões, era de não acreditar: um dos rapazolas do Lincoln, o loiro cabeçudo que em 1927 apareceu naquele mesmo local. Gauna não teve dúvida de que, se procurasse mais, encontraria os outros três: aquele com pinta de boxeador e pernas arqueadas; aquele pálido e alto; e aquele outro, com cara de prócer do livro de Grosso. Encheu a taça e esvaziou-a de novo, duas vezes. Mas é preciso lembrar, aqui, com quem aqueles rapazolas chegaram ao Armenonville em 1927? É claro que não, e é claro que, diante dos olhos incrédulos e absortos de Gauna, lá no mesmo balcão, do lado direito, com um vestido de dominó idêntico ao que usava em 27, estava, inconfundivelmente, a mascarada.

XLIX

Apesar de tê-la previsto, a aparição o deixou tão atordoado que ele se perguntou se não seria uma ilusão provocada pelo álcool. Não acreditava nisso de maneira nenhuma — a presença, a realidade eram evidentes —, mas, qualquer que fosse a causa, estava muito comovido, e aquelas duas últimas taças de champanhe tinham-no afetado mais do que todas as grapas e canas anteriores. Por isso, nem tentou se levantar; agitou repetidamente a mão, para chamar a atenção da mascarada. Esperava que ela o reconhecesse e que fosse sentar-se a seu lado.

Olhando alternadamente para a mascarada e para Gauna, Pegoraro comentou:

— Ela não está vendo você.

— Eu me pergunto como faz para não vê-lo — respondeu Maidana.

— É a pura verdade — concordou Pegoraro. — Gauna se agita tanto que chega a dar enjoo.

Meticuloso, Maidana declarou:

— Tenho para mim que a moça do balcão o confundiu com o homem invisível.

Gauna, absorto, disse para si: "E se não for ela?" Em suas elucubrações de bêbado, atingiu uma perplexidade quase filosófica. Primeiro pensou que aquele dominó e aquela máscara podiam lhe causar alguma desilusão. Depois, um pouco aflito, entreviu uma alternativa que lhe pareceu original, embora talvez não fosse: eliminados o dominó e a máscara, nada restava da mascarada de 1927, considerando que aqueles eram os atributos mais concretos de sua lembrança. Claro que havia o encanto, mas como definir na memória uma essência tão vaga e tão mágica? Não sabia se esse pensamento devia confortá-lo ou desesperá-lo.

O mocinho loiro se aproximou da moça; dilatando-se e contraindo-se em trejeitos exagerados, olhava para ela embevecido; a moça também sorria, mas, provavelmente pela máscara, sua expressão era mais ambígua. Ou essa ambiguidade só existia em sua imaginação? Então o loiro a tirou para dançar. A sala era enorme; precisava prestar muita atenção para segui-los com a vista entre os dançarinos. Apesar do desânimo que o abatera, não iria perdê-la. Lembrou-se então de uma tarde, em Lobos, quando era menino, em que seguia no céu, através das nuvens, a lua; estavam construindo um moinho e ele foi se encarapitar na torre inacabada; brincava de adivinhar o momento em que a lua iria ressurgir entre as grandes nuvens, acertava, naturalmente, alegrava-se e sentia uma agradável confiança nas faculdades divinatórias que imaginava descobrir em si mesmo.

Depois sentiu-se desorientado. Por trás do lento vaivém de umas cabeças de asno e de falcão, que pareciam capacetes altíssimos, a mascarada desapareceu. Gauna tentou se levantar, mas o medo de cair e de parecer ridículo no meio de tantos desconhecidos o conteve. Para tomar coragem, tomou uns tragos.

— Vou pegar outra mesa — declarou. — Preciso falar com uma senhorita de minhas relações.

Caçoando, disseram-lhe muitas coisas que ele nem escutou — que estivesse à mão quando chegasse a conta, que deixasse a carteira com eles — e riram como se vê-lo se levantar fosse um espetáculo cômico. Por um momento, esqueceu-se da mascarada. Encontrar uma mesa lhe pareceu uma tarefa difícil e angustiante. Já não podia voltar para junto dos rapazes e não havia onde sentar. Muito infeliz, andou como pôde, até que de repente, sem acreditar, topou com uma mesa vazia. Imediatamente deixou-se cair numa cadeira. Os rapazes o observavam? Não; dali ele não os via, então eles também não podiam vê-lo. Um garçom lhe perguntou alguma coisa; embora não tenha ouvido as palavras, adivinhou-as e respondeu muito contente:

— Champanhe.

No entanto, suas desventuras não tinham terminado. Não queria essa mesa para ficar só — se me veem sozinho, murmurou, que vergonha —, mas outros a ocupariam tão logo a deixasse. Se não procurasse a mascarada, talvez a perdesse para sempre.

L

Pelo menos uma das pessoas que estavam naquela noite na sala do Armenonville compartilharam com Gauna a impressão de que um milagre estava acontecendo. Contudo, a apreciação do fato não era idêntica para as duas testemunhas. Gauna fora procurá-lo, e quando já desesperava o encontrara. A mascarada não via ali a mera, ainda que maravilhosa, repetição de um estado de espírito; via um prodígio abominável. Mas outra circunstância, mais pessoal, ocultou-lhe aquele terror e se apresentou para ela como um novo prodígio, infinitamente vívido e feliz. Nessa última noite da grande aventura, Gauna e a moça são como dois atores que, ao representar seus papéis, tivessem passado da situação mágica de um drama para um mundo mágico.

Quando finalmente o descobriu em sua mesa distante — com a testa apoiada entre as mãos, tão desamparado, tão sério — a mascarada correu para Gauna. (O Loiro, no meio de uma multidão de foliões que o empurravam,

ficou sozinho, pensando se devia esperar ali porque lhe disseram "já volto".)
A presença da mascarada livrou Gauna do desânimo em que o haviam afundado os últimos tragos e as andanças de três dias e três noites de loucura; quanto a ela, esqueceu a prudência, esqueceu a intenção de não beber e se entregou à felicidade de ser novamente maravilhosa para o marido. Com estas palavras se disse que a mascarada era Clara. A desta noite e aquela que em 1927 o deslumbrara.

Na véspera — estou falando de 30, entenda-se — *don* Serafín a visitara em sonhos e dissera: "A terceira noite vai se repetir. Cuide do Emilio". Para Clara este anúncio foi a confirmação definitiva e sobrenatural de seu terror; mas não a origem. Se todos no bairro sabiam que Gauna ganhara dinheiro nas corridas e que saíra com o doutor e com os rapazes, como ela poderia ignorá-lo? No bairro sabiam disso, e mais; não faltou quem afirmasse que Gauna era "o príncipe herdeiro do Bruxo, que tinha assinado o boletim do Centro Espírita e que o negro propósito dessa sua saída era encontrar novamente os desvarios e as fantasias que viu, ou imaginou ver, na terceira noite do carnaval de 27".

Por tudo isso, aqueles foram dias angustiantes para Clara. Depois seu ânimo serenou. Iria a Armenonville encontrar-se com Gauna. Lutaria por ele. Tinha confiança em si mesma. Clara era uma moça corajosa, e nas pessoas corajosas a promessa de luta desperta a coragem. Ficou quase livre de inquietações; tinha um único problema, e talvez fosse simplesmente um problema de consciência, desses que já estão resolvidos quando surgem e que consistem somente em dominar escrúpulos e prevenções; o problema de Clara era encontrar alguém para acompanhá-la. Gostaria de ir sozinha; mas não ignorava que se chegasse sozinha a Armenonville corria o risco de não a deixarem entrar. Naturalmente, Larsen era o acompanhante indicado. Era o único que Gauna não teria recusado; era o único amigo com quem podiam contar. Teria de tentar convencê-lo; isso não seria fácil; com o maior empenho, Clara tentou.

Depois de pensar por toda uma noite, julgou que suas probabilidades seriam melhores se lhe falasse de imprevisto, de última hora. Então, não era preciso se deixar levar pela impaciência. Naqueles dias, Larsen estava tratando um resfriado. Clara conhecia Larsen e seus resfriados; achou que na segunda à noite ele já estaria recuperado; mas, se lhe desse tempo, ele não deixaria de aproveitar a indisposição para se negar imediatamente, ou, no caso de consentir, para ter uma oportuna recaída.

A eloquência e a estratégia, de que lhe valeram? Larsen balançou a cabeça e explicou, sério, o risco de que o catarro, no momento confinado a um ponto debaixo da garganta, diante da menor provocação se transformasse num verdadeiro congestionamento nasal. Desiludida, Clara sorriu. Na reflexão sobre temperamentos como o de Larsen há um consolo. São pilares em meio à mudança e à corrupção universais; idênticos a si mesmos, fiéis a seu pequeno egoísmo, se a gente os procura, os encontra.

Não se deu por vencida. Não podia explicar tudo a ele: na calma daquele entardecer no bairro, na cordura daquela conversa entre velhos amigos, a explicação teria parecido fantástica. Larsen não demonstrou muita curiosidade; mas era inteligente e deve ter compreendido que Clara precisava dele; devia concordar. Daria a impressão de que recusou para evitar complicações desagradáveis. Desconfio que fez isso para evitar uma única complicação: ir a um lugar como o Armenonville, que o intimidava por ser desconhecido e prestigiado. Algumas pessoas vão julgar incompreensível essa covardia; mas ninguém deve duvidar da amizade de Larsen por Clara e por Gauna. Há sentimentos que não precisam de atos que os confirmem, e dir-se-ia que a amizade é um deles.

Quando compreendeu que era inútil insistir, Clara deixou que Larsen fosse cuidar de seus remédios e emplastros, procurou uma antiga caderneta (três dias antes a apanhara no fundo do baú) e telefonou para o Loiro. Acredito que para essa missão de acompanhá-la o Loiro era seu *azarão*, como se diz na gíria das corridas. Por lealdade a Gauna, tentara fazer Larsen acompanhá-la; mas Larsen tinha uma desvantagem: com ele, apesar dos previsíveis tragos, Gauna talvez a reconhecesse; já com o Loiro, ele a vira em sua condição de misteriosa mascarada de 27, e ao vê-los de novo juntos não hesitaria em reconhecê-la como a daquele tempo. Clara não tinha motivo para suspeitar que Gauna alguma vez a tivesse identificado com aquela mascarada.

LI

Teve de insistir muito para que o Loiro não fosse buscá-la antes das onze e, quando isso aconteceu, para que a levasse imediatamente ao Armenonville. Apesar de tudo, não se deve julgá-lo com demasiada severidade. Clara o havia chamado: mais de um teria (teríamos) cometido o mesmo erro de pensar que era para outra coisa. Numa rua escura e arborizada de Belgrano, o rapaz parou o automóvel, elogiou Clara, sua beleza e seu traje de dominó, e se lançou numa última tentativa. Por fim entendeu que as negativas delas eram sinceras; tentou não parecer ressentido. Falaram dos amigos comuns: de Julito, de Enrique, de Charlie.

— Faz muito tempo que não os vê? — perguntou o Loiro.

— Desde 1927. Sabe de uma coisa?

— Não.

— Eu me casei.

— E que tal?

— Muito bom. E você, o que anda fazendo?

— Pouco ou nada — respondeu o Loiro. — Estudo Direito, por obrigação. Penso o tempo todo. Sabe no quê?

— Não.

— Em mulheres e carros. Por exemplo, ando pela rua e vou pensando: "Preciso mudar de calçada, aquela moça que está ali na frente parece linda". Ou penso em carros. Para ser franco, neste carro que comprei. Não percebeu que não foi o Julito que me trouxe no Lincoln? Comprei este carro há pouco tempo.

Era um automóvel verde. Clara o elogiou e tentou observá-lo com interesse.

— É, não é feio — continuou o Loiro. — Marca Auburn, 8 cilindros, 115 cavalos de força, uma velocidade incrível. Estou aborrecendo você? Ando tão maçante, que meus amigos, por sorteio, elegeram Charlie para que me pedisse, em nome de todos, que parasse de amolar com essa história do Auburn.

Clara perguntou por que ele não estudava engenharia.

— E você acha que entendo de mecânica? Nem uma palavra. Se esse treco quebrar, não espere nada de mim; vamos ter que abandoná-lo na rua. Estou na literatura do automóvel; não na ciência. Posso garantir que é uma péssima literatura.

Chegaram ao Armenonville. Não sem dificuldade, o Loiro achou um lugar para estacionar o carro. Clara pôs a máscara. Entraram.

LII

Quando entraram no Armenonville, Clara pensou em como iria saber se ele havia vindo, em como iria descobri-lo no meio de tanta gente. A orquestra tocava "Horses", uma pecinha que já era velha. Se a escutassem, decerto a julgariam trivial e repetitiva. Para Clara, soou infaustamente fantástica: depois daquela noite não a ouviria sem estremecer. Percebeu que estava assustada, que não seria capaz de enxergá-lo nem que ele estivesse diante de seus olhos. O senhor de fraque, com o cardápio na mão, inclinava-se levemente diante dela e do Loiro; seguiram-no, entre os mascarados.

Nesse momento, quando seguiam o cerimonioso homem de preto, entre mascarados que dançavam, gritavam e tocavam apitos insistentes e inexpressivos — ou expressivos por pura insistência —, Clara se perguntou se estaria entrando numa sala mágica, aonde a terceira noite do carnaval de 1927 iria se repetir. "Tomara que eu não o encontre", disse para si. "Tomara que eu não o encontre. Se eu não encontrá-lo, não vai haver repetição." Na verdade, não temia que houvesse. Não achava provável que ocorresse um milagre. O homem de preto levou-os até o balcão do bar.

Com o cenho franzido, a voz grave, como se comunicasse algo de fundamental interesse, o Loiro explicou: "Dei-lhe uma boa gorjeta. Você vai ver como logo nos consegue uma mesa". Clara percebeu que o Loiro movia muito os lábios ao falar. Por alguma razão misteriosa, isso a impressionou. Horas depois, quando fechava os olhos, via uns lábios que se moviam com uma elasticidade repugnante, e também um brinquedo que ela teve na infância: uma espécie de bola de borracha, uma carinha branquíssima. Alguém a havia mostrado para ela, dizendo: "Agapito, tire a língua para fora". A carinha, deformada pela pressão dos dedos, projetava uma desmesurada língua vermelha. A lembrança dessa cara e daquela outra, grande, de palhaço, com uma enorme boca aberta, que era um jogo do sapo presenteado por uma de suas tias quando ela fez quatro anos, sempre lhe dava uma vaga sensação de enjoo.

O Loiro a tirou para dançar. Ela pensava: "Melhor não encontrá-lo. Se eu não encontrá-lo, não haverá repetição". Estava pensando nisso quando o viu. Esqueceu tudo na mesma hora: o Loiro, o baile, o que estava pensando. Num arroubo, com o coração apertado pela ternura, correu até Gauna. Quando o viu sem Valerga e sem os rapazes, pensou que suas previsões eram absurdas e que estavam a salvo.

Depois disse que devia ter desconfiado, mas não conseguiu; devia ter percebido que tudo ocorria de uma forma agradável demais, sem esforço, como se por obra de um feitiço. Mas na hora ela não pôde compreender; ou, se compreendeu, não pôde resistir ao influxo. Eis o secreto horror do maravilhoso: ele maravilha. Embriagaram-na, envolveram-na. Clara tentou resistir, até por fim se abandonar ao que se apresentou a ela como a felicidade. Em algum momento breve, mas muito profundo, foi tão feliz que esqueceu a prudência. Foi o que bastou para que o destino deslizasse.

Sem que ninguém pedisse, um garçom lhes serviu champanhe. Beberam, olhando-se nos olhos. Com um tom deliberado e solene, Emilio disse:

— Talvez eu tenha imaginado dois amores. Agora vejo que só houve um em minha vida.

Soube então que ele a reconhecera. Estendeu os braços, segurou suas mãos, reclinou o rosto sobre a toalha e soluçou de gratidão. Esteve prestes a tirar a máscara, mas se lembrou do choro e pensou que primeiro devia se ajeitar no espelho. Ele a tirou para dançar. Nos braços de Gauna, sentiu-se ainda mais feliz, e infinitamente segura. Então um prato estridente percutiu, a música mudou, ficou mais rápida e agitada, e todos os foliões, como se impelidos por um impulso diabólico, deram-se as mãos e correram, serpenteando numa longa fila. O prato soou novamente, e Clara se encontrou nos braços de um mascarado e viu Gauna com outra mulher. Tentou se soltar; o mascarado a segurou com firmeza e, olhando para cima, soltou uma gargalhada teatral. Clara viu que Gauna a olhava ansiosamente e sorria com triste resignação. A dança os afastou. Oh, terrivelmente os afastou.

— Permita, amável senhorita, que eu me apresente — declarou, sem parar de dançar o charleston, o mascarado. — Eu sou um escritor, um poeta, talvez um jornalista, de uma das vinte e tantas repúblicas irmãs. Você sabe quantas são?

— Não — disse Clara.

— Eu também não. Basta saber que são irmãs, não é mesmo? E que irmãs! Uma resplandecente gargantilha de moçoilas, cada uma mais jovem e mais bonita que a outra, mas sem dúvida a mais bela é que tem a cara de Buenos Aires: sua pátria, senhorita. Não me diga que não é argentina.

— Sou argentina sim.

— Eu já imaginava. Que cidade magnífica, Buenos Aires. Cheguei ontem e ainda não consegui conhecê-la direito. É a Paris da América, não acha?

— Não conheço Paris.

— Quem pode dizer que a conhece? Eu estudei lá, na Cidade Universitária, durante quase três anos, e pensa que me atrevo a dizer que a conheço? De nenhumíssima maneira. Há quem diga que só na Itália a gente pode fazer descobertas; segundo eles, a beleza de Paris é demasiadamente construída e organizada. Pois bem, eu respondo a esses senhores que eu descobri algo em Paris. Foi numa noite de sábado, já no fim do inverno, quando eu voltava de um jantar com um grupo de amigos, só pessoas agradáveis, às três da madrugada. Não às três: às três e vinte, para ser exato. Descobri a Concorde. Que me diz da Concorde?

— Nada. Não a conheço.

— Pois deve conhecê-la o quanto antes. Pois bem, naquela noite eu descobri a Concorde. Lá estava ela, toda iluminada, as fontes todas funcionando e apenas eu a contemplá-la. O festim estava lá: canapés e doces sobre a mesa, champanhe a rodo, velas em candelabros de prata e toalhas de renda, lacaios de libré e de bronze, tudo arrumado, tudo arrumado para comensais ausentes. Se eu não passasse por lá, a festa se perdia.

Quando a orquestra terminou a música, o homem, como um artista tarimbado, terminou seu discurso; nesse grato momento, porém, o próprio desejo de perfeição o derrotou, já que abriu os braços para que o final fosse mais patético. Clara fugiu entre as pessoas.

LIII

Correu para onde julgava estar a mesa de Gauna. Não a encontrou. Procurou-a precipitadamente, porque temia que o mascarado a seguisse. Quando viu a orquestra no outro extremo, sentiu-se desorientada. Depois ponderou: agora tocavam um tango, então não se tratava da mesma orquestra. A de jazz estava numa extremidade do salão; a típica, no outro. Num instante, Clara sentiu-se meio atordoada, muito confusa. As duas tacinhas de champanhe que bebeu com Emilio podiam provocar o bem-estar de um momento antes, e talvez também o momento de abandono e de segurança; mas não essa perturbação. Era evidente que estava apavorada; se não quisesse perder tudo, precisava se controlar. Clara foi até o bar.

Como num delírio, via-se caminhando entre máscaras grotescas. Não creio que se deva atribuir o desdobramento à vaidade feminina; não creio que seja esse o caso de tantas mulheres, ou talvez devesse dizer tantas pessoas, que em meio a uma situação terrível só pensam em si mesmas. Via-se de fora, porque de certo modo estava fora de si. Tinha a sensação, com efeito, que não dependia de seu arbítrio, mas de outro, maior, que mandava naquele salão, lá do céu. Gauna, Valerga, os rapazes, o Loiro, o mascarado, todos tinham tido as vontades roubadas. Mas ninguém percebia, só ela; por isso via as coisas, incluindo a si mesma, de fora. Mas Clara se disse que isso era um engano: ela não estava fora; como os outros, o destino a dirigia.

Conforme o previsto, o destino tinha tomado conta da situação. Enquanto pensava nisso, intuiu que era falso, intuiu, talvez, que o mundo não é tão estranho; ou melhor, tem seu jeito de ser estranho, fortuito ou circunstanciado, mas nunca sobrenatural.

Olhou para onde devia estar a mesa de Gauna. Achou que sabia qual era a mesa. Não reconheceu as pessoas que a ocupavam. Logo depois, em júbilo, viu Gauna entre essas pessoas. E então as reconheceu, horrorizada: eram Valerga e os rapazes. Tudo isso aconteceu em poucos instantes.

A seu lado, no bar, apareceu o Loiro. Estava muito contente; sorria com seus lábios elásticos e falava. "O que esse demônio quer?", pensou. Entre surpresa e irritada, ela o ouvia como se o Loiro estivesse muito longe, em outro mundo, e, de lá, sua estúpida vontade de se intrometer a alcançasse. De que falava esse demônio? De sua alegria de tê-la encontrado. E perguntava, com muitos titubeios, sem jeito, se acreditou em tudo o que ele dissera contra si mesmo. Falava isso com tanta modéstia que ela, de pena, sorriu para ele.

Quando voltou os olhos compreendeu que Gauna a vira sorrir. Agora ele a fitava com uma expressão sombria. Parecia sentir mais despeito e tristeza do que raiva.

LIV

Com perplexo pavor, Clara seguiu os movimentos de Gauna. Imóvel, presa do espanto de comprovar que tudo se cumpria magicamente, de acordo com os vaticínios daquela tarde chuvosa, viu Gauna dizer algumas palavras a Valerga, levantar-se, pôr dinheiro sobre a mesa e sair, devagar, com os amigos.

A orquestra havia silenciado. As pessoas voltavam para suas mesas. Houve um momento estranho, em que o silêncio e a quietude prevaleceram (por contraste, sem dúvida, com o bulício anterior). Clara pensou que os temores tinham se confirmado: a partir de algum momento, impossível de precisar, o tempo de agora se confundira com o de 27. Depois as coisas se precipitaram: a orquestra começou a tocar e Clara correu atrás de Gauna e o Loiro a alcançou e a segurou pelo braço e ela conseguiu se soltar; mas a travessia do salão, novamente lotado de foliões, foi demorada e penosa. Chegou à porta, correu para fora: não viu Gauna nem os outros. Entrou novamente. Dirigiu-se ao porteiro — muito alto, de libré vermelha, compridíssima, com botões de bronze, de cabeça pequena, aquilina, olhos pequenos, entrecerrados, com expressão irônica —; perguntou-lhe:

— Não viu uns senhores saírem?

— Muitos saíram e muitos entraram — respondeu o porteiro.

— Esses eram cinco — esclareceu a moça, contendo sua impaciência. — Um senhor mais velho e quatro jovens. Não estavam fantasiados.

— Fizeram mal — respondeu o porteiro. — Aqui estamos todos fantasiados.

Clara se dirigiu aos galegos da rouparia. (Percebeu que o Loiro a seguia timidamente.) Um dos galegos respondeu "acho que sim", mas o outro disse que não tinha visto nada.

— E agora? — perguntou. — Cinco e sem fantasias? Nem mesmo máscaras? Ou narizes? Não, senhorita: eu me lembraria perfeitamente deles.

O outro, quando Clara o encarou, deu de ombros e balançou ambiguamente a cabeça.

Clara se virou para o Loiro.

— Quer me fazer um favor? — perguntou.

— Às suas ordens — respondeu o Loiro.

Clara o tomou pela mão e correu para fora. Disse:

— Me leve no seu automóvel.

— Espere um pouco — pediu o Loiro. — Preciso pegar meu chapéu.

Clara não o soltou.

— Pegue depois — murmurou. — Agora não dá tempo. Corra.

Correram até o automóvel. Alguém corria atrás deles; tiveram a impressão de que eram perseguidos; o perseguidor conseguiu jogar alguma coisa dentro do carro, pela janela: o chapéu do Loiro. Depois de uma manobra espetacular e de uma grande cantada de pneus, o Loiro acelerou pela avenida Centenário, orgulhoso, talvez, de seu Auburn. Clara o conduziu para os lagos, primeiro, e depois para o bosque. Pelos caminhos do bosque andaram devagar. Clara lhe pedia que iluminasse entre as árvores, com o farol de busca. Estava muito aflita.

— O que está acontecendo? — perguntou o Loiro.

— Não está acontecendo nada — respondeu ela.

— Como não está acontecendo nada? Você não está se portando bem comigo — repreendeu-a o Loiro. — Está me usando o dia todo e não me diz para quê. Se eu soubesse, talvez pudesse ajudá-la. Me explique.

— Não temos tempo — afirmou Clara.

O Loiro insistiu.

— Você não vai acreditar em mim — disse Clara. — Aliás, não importa que acredite. Mas é verdade e é horrível. Se perdermos tempo, não poderemos evitar.

— O que é que não poderemos evitar? E você acha que vamos encontrar alguém assim, com este farol? Só a sorte não bastaria. Quem está procurando?

— Meu marido. Estava no baile. Ele nos viu.

— Isso logo passa — afirmou o Loiro.

— Não é isso. Você não entende. Ele saiu com uns camaradas, uns companheiros de farra que ele tem. Ele pensa que são amigos. Mas vão matá-lo.

— Por quê? — perguntou o Loiro.

Com o farol, iluminaram debaixo das pontes da estrada de ferro.

Clara respondeu com outra pergunta.

— Lembra do carnaval de 27?

— Lembro — respondeu o Loiro. — Lembro de como a ajudei a tirar do Armenonville um rapaz que lhe interessava.

—Aquele rapaz agora é meu marido — disse Clara. — Chama-se Emilio Gauna. Eu o conheci naquela noite.

— Você me pediu que a ajudasse a tirá-lo de lá. Eu não queria lhe dar atenção, mas você estava tão preocupada que eu não pude me negar.

Para ser arrastado de lá naquela noite de 27, Gauna deu trabalho. Tinha bebido consideravelmente. O Loiro lhe serviu outro trago. "Eu não entendo disso", disse, "porque não bebo; mas talvez surta efeito". Surtiu; sem dificuldade, tiraram-no de lá e o meteram num táxi. "Para onde o mandamos?", perguntou o Loiro. Clara não quis deixá-lo. Os três ficaram dando voltas por Palermo. Por fim, o Loiro lembrou que Santiago e o Mudo, os encarregados da cancha do clube K.D.T., agora moravam na casinha do embarcadouro do lago, e depois de muito insistir conseguiu fazê-la concordar em deixar o bêbado lá. Foram recebidos pelo

Mudo, porque Santiago não estava lá naquela noite. Gauna ficou deitado num catre, coberto por uma manta cinzenta. Como prêmio, Clara deixou que o Loiro a levasse para casa. O Loiro disse: "Seu amigo ficou em boas mãos. Pessoas excelentes. Eu os conheço da vida toda. Já cuidavam da cancha do clube nos velhos tempos em que o Rossi era o diretor, e depois continuaram com o Kramer, até o fim. Lembro de como se entusiasmavam quando jogávamos contra os timecos de Urquiza ou de Sportivo Palermo; mas sempre perdíamos".

Essas reflexões, ou talvez o que nelas evocava sua infância, no princípio o comoveram; mas de repente lhe fizeram ver como a moça tinha brincado com ele duas vezes, como duas vezes lhe infundira ilusões para depois usá-lo inescrupulosamente em seus enredos com outro homem. Ficou muito irritado. Parou o automóvel bruscamente.

— Sabe de uma coisa, minha filhinha? — perguntou com uma entonação que ela desconhecia.

Puxara o freio de mão e desligara o motor. Recostado na porta, com uma das mãos no volante, o chapéu enterrado na cabeça, ele a mirava com os olhos entrecerrados, com uma expressão desdenhosa e rude.

— Sabe de uma coisa? Não? Cansei. Cansei desse emprego.

— Que emprego? — perguntou Clara.

— De serviçal para suas loucuras.

— Por tudo o que você mais ama nessa vida, vamos continuar procurando. Vão matar o Emilio.

— Que matar, o quê! Esse homem deixa você louca. Da outra vez foi a mesma história.

O Loiro tentou abraçá-la e beijá-la.

— Seja bonzinho — implorou Clara. — Seja bonzinho e me escute. Da outra vez iam matá-lo.

— Como sabe?

— Vou explicar. Eu não o conhecia. Conheci-o naquela noite, no baile. De repente, soube que tinha de tirá-lo de lá porque aqueles homens iam matá-lo.

— Pura intuição, não é?

— Não sei, juro. Do que pressenti naquela noite, só falei com você. Não falei nem com ele nem com o meu pai. Antes de morrer meu pai me recomendou que cuidasse do Emilio. Meu pai me disse...

Como se não tivesse sensibilidade nem escrúpulos, nesse momento Clara mentiu. Envolver o pai morto na mentira lhe pareceu um expediente próprio de uma pessoa repugnante, mas não se deteve. Percebeu que se dissesse "Meu pai me falou sobre isso em seu leito de morte e num sonho", perante o Loiro a argumentação perderia força. Estava convencida da verdade atroz de seus temores e queria que o Loiro a ajudasse.

— Meu pai me disse: "A terceira noite vai se repetir. Cuide do Emilio".

Embora seu pai tenha lhe comunicado isso num sonho, Clara não julgava ter mentido no essencial, de modo que continuou falando sem nenhuma mudança na voz.

— O Emilio tinha de morrer no carnaval — disse Clara. — Agora compreendo tudo: sem que eu soubesse, da outra vez meu pai me mandou procurá-lo, para que eu interrompesse seu destino. Devo cuidar para que não o retome; talvez já seja tarde.

— Como pode acreditar nisso?

— Você não acredita? — replicou ela. — Sabe o que o Emilio me disse um tempo atrás? Que naquela noite de 27 ele foi embora com os amigos.

— No estado em que estava, podia imaginar qualquer coisa.

— Me escute, por favor. Ele disse que estava sozinho numa mesa e que me viu no bar e que eu sorri para você e que ele ficou com raiva e foi embora com os amigos. Bem, isso não aconteceu daquela vez, entende? Nada disso aconteceu daquela vez; aconteceu hoje; tudo, bem como ele disse. O Emilio teve essa visão porque os fatos estavam em seu destino. Viu o que deveria ter acontecido da outra vez, o que está acontecendo agora. E me disse também que, por questões de dinheiro com um deles, um tal de Valerga, um valentão, brigou de faca no bosque. Se não o impedirmos, o Valerga o matará.

— Mas que fé você tem no seu Emilio...

— Você não conhece o Valerga.

O Loiro disse:

— Vamos continuar procurando.

Percorreram o bosque, ajudados pelo farol de busca. Um momento depois, o Loiro chegou até a casa do embarcadouro e pediu que Santiago e o Mudo ajudassem a procurar.

LV

Enquanto isso, o que foi feito de Emilio Gauna?

Numa clareira do bosque, rodeado pelos rapazes, como por um cerco de cães hostis, enfrentado pelo punhal de Valerga, era feliz. Nunca imaginou que sua alma fosse tão grande nem que houvesse no mundo tanta coragem. A lua brilhava entre as árvores e ele via o reflexo na lâmina de seu punhalzinho e via a mão que o empunhava sem tremer. *Don* Serafín Taboada certa vez lhe dissera que a coragem não era tudo; *don* Serafín Taboada sabia muito, e ele pouco, mas ele sabia que é uma desgraça suspeitar que somos covardes. E agora ele sabia que era valente. Sabia também que nunca se enganara a respeito de Valerga: era valente na briga. Vencê-lo na faca ia ser difícil. Não importava por que brigavam. Achavam que ele havia ganhado mais dinheiro no hipódromo e queriam roubá-lo? O motivo era um pretexto: não tinha importância. Teve um vago pressentimento de já ter estado naquele lugar, àquela hora, naquela clareira, entre aquelas árvores, cujas formas eram tão grandes na noite; de já ter vivido aquele momento.

Soube, ou simplesmente sentiu, que finalmente retomava seu destino e que seu destino estava se cumprindo. Isso também o consolou.

Não viu somente sua coragem, refletida com a lua, no punhalzinho sereno; viu o grande final, a morte esplendorosa. Em 27 Gauna já entrevira o outro lado. Recordou-o fantasticamente: só assim alguém pode recordar sua própria morte. Encontrou-se novamente no sonho dos heróis, que teve início na noite anterior, no depósito do manco Araujo. Então soube para quem estava estendido o tapete vermelho e avançou resolutamente.

Infiel, à maneira dos homens, não teve um pensamento para Clara, sua amada, antes de morrer.

O Mudo encontrou o corpo.

HISTÓRIA PRODIGIOSA (1956)

tradução de
ANTÔNIO XERXENESKY

NOTA PRELIMINAR

Todos os textos incluídos no presente volume integram o gênero fantástico, exceto o último — em minha opinião, o melhor —, que é uma alegoria. Cabe a advertência, pois "Homenagem a Francisco Almeyra" talvez pareça incompleto para os leitores que esperam matéria sobrenatural. Em Pardo, em março ou abril de 1952, em um momento de extrema desolação, pensei que, para quem morre durante uma tirania, o tirano é eterno, e vislumbrei meu conto de unitários e federalistas. Publiquei-o duas vezes em 1954: na revista Sur e, avulso, em um livrinho da editora Destiempo.

História prodigiosa saiu no México, em 1956, impresso em Obregón; poucos exemplares chegaram a Buenos Aires. A esta edição argentina, acrescento um novo conto à série original, "Dos dois lados".

A.B.C.

HISTÓRIA PRODIGIOSA

Eu sempre digo: não existe ninguém como Deus.
Uma senhora argentina

I.

O que me leva a escrever não é o prazer de falar dessas coisas nem o instinto profissional, que deveria registrar e aproveitar avidamente os acontecimentos como os que ocorreram depois, não apenas melancólicos, mas portentosos e terríveis. Na verdade, a consciência me exige, e Olivia me pede, que esclareça alguns episódios da vida de Rolando de Lancker, episódios que determinados setores ultimamente comentaram, difundiram e sobre os quais tergiversaram. Sem dúvida pelo fato de que a mente humana trabalha com frivolidade, a primeira coisa que o nome Rolando de Lancker evoca em mim são imagens do interior, escuro e de couro, de um *break* que percorre um caminho barrento, das leves embalagens azuis dos Bay Biscuits, de uma estudiosa moça loira, de um parque simétrico e abandonado, com dois leões de pedra e, mais adiante, três ruas com altos eucaliptos que estremecem durante a tempestade. Não há nada de agourento em tudo isso, ou apenas a luz com que o vejo retrospectivamente. No entanto, o destino para o qual tais imagens servem de emblema inadequado, reunido por uma pena menos inepta que a minha, deixaria uma lição aterradora para muitos.

Como todo mundo em Buenos Aires — me refiro ao mundo de nossa profissão — eu sabia quem era Rolando de Lancker. Não digo que sabia algo de concreto, e sim vagamente que existia, que tinha publicado tal livro, que estava brigado com tais colegas. Por intermédio de seu primo Jorge Velarde, acabei conhecendo-o depois.

Eis, portanto, o começo da história. Certa manhã, eu estava trabalhando na editora, a porta se abriu e senti o inconfundível cheiro de malas de couro e cintos. Ergui os olhos. Lá estava, aureolado por esse odor tão tipicamente seu, Jorge Velarde, que assina como Aristóbulo Talasz e vocifera semanalmente sobre as estreias do cinematógrafo na coluninha de *Criterio*. Desconfio que deve a seu cheiro e formato o apelido de Dragão; mas, como alguns amigos de infância o chamam de São Jorge, talvez seja um apelido que surgiu a partir de outro. "Trouxe um manuscrito", disse a mim mesmo e encomendei a alma. Por incrível que pareça, o Dragão não tirou, do lugar mais inesperado, a compilação de poemas, algo novo, em verso livre, que eu temia, nem o ensaio de peso pelo qual a massa leitora clama, uma interpretação psicanalítica dos caracteres de La Bruyère, nem mesmo o romance policial a ser publicado sob pseudônimo, pois o autor ficou em silêncio por mais de um ano e o que as pessoas vão dizer quando virem que agora vem com essa sandice: pois é necessário relevar tudo isso nas editoras. Não, com um apreciado bom gosto, meu visitante omitiu qualquer referência à sua obra inédita, mencionou o calor que ia acabar virando uma tempestade dos infernos, passou aos temas atuais, tão opressivos quanto o calor, e desembocou bem rápido em seu primo Lancker. Falando muito próximo de mim e me obrigando, para evitar o cheiro de couro, a afundar a nuca no respaldo de minha cadeira de trabalho, ele me disse que seu primo organizara, ou projetara, uma espécie de academia literária e que desejava minha colaboração. Naqueles anos, os mais fervorosos da vida, eu sofria com a temerária certeza de que a lógica podia tudo e a arte era plenamente compreensível e transmissível. Como Rolando de Lancker, além de sua academia, possuía uma casa de campo em Monte Grande, ele tinha pedido ao Dragão para que me convidasse a passar o fim de semana lá. Acho que não gosto de me hospedar em casa alheia, mas aceitei na hora.

No sábado à noite, grossas gotas golpeavam os vidros do velho vagão do Ferrocarril del Sud (que ainda tinha esse nome) no qual viajei a Monte Grande. Olhei para as gotas e pensei: "Só me falta pegar um resfriado", me encolhi no assento, notei a leveza do meu terno e, maravilhado, me perdi em *Magic*, de Chesterton: um pequeno volume verde que, naqueles dias, havia chegado às livrarias. Perto do fim do trajeto, na comédia de Chesterton tinha desabado uma tempestade, e em Monte Grande tinha parado de chover. Entre as sombras da plataforma, divisei o atlético Velarde, também conhecido como Dragão, que murmurou: "Nem sequer trouxe os jornais"; depois, vi um homenzinho perfeito com capa, de traços delicados, de pensativos olhos de fogo; depois, uma moça loira, consideravelmente mais alta e corpulenta do que o homenzinho, com cabelo liso, puxado para trás, de olhos verdes, com belas feições e uma cútis que não parecia limpa, com um pulôver solto, com um andar sereno. Velarde me apresentou ao homenzinho:

— Rolando de Lancker.

Lancker, falando com rapidez e energia, em tom insistente, me apresentou a garota:

— Olivia, minha discípula.

E, no mesmo instante, com uma eficácia irreprimível, tirou a malinha de minhas mãos. Olivia, por sua vez, quis pegá-la, porém, adiantando uma mão com anéis, entrecerrando os olhos, inclinando a cabeça, Lancker a dissuadiu. Com certa solenidade, nos encaminhamos para a saída. Lá fora, aguardavam três ou quatro automóveis, e um enorme *break*, ao qual estava presa uma junta de espumantes cavalos escuros. Os cavalos levantaram as orelhas; da boleia desceu com dificuldade um velho de rosto vermelho, olhos redondos e passo instável. Pegou a malinha, interrogou-me com o olhar. Balbuciei uma desculpa por ter trazido tão pouca bagagem.

— Olivia e Jorge de um lado — disse Lancker, apontando para a porta —, nós do outro, o senhor à minha direita.

Cerimoniosamente subimos no veículo e nos distribuímos pelo seu interior. O cocheiro, com a chamativa torção de um homem que sofre de torcicolo, olhou para Lancker. Este disse:

— *Vogue la galère!*

A fugidia luz de um automóvel que partia entrou na carruagem e iluminou as pernas de Olivia. Parodiando nosso querido amigo, o filósofo de La Emiliana, esse infatigável comentarista do sexo feminino, disse a mim mesmo: "Parecem torneadas por um deus voluptuoso". Francamente, as pernas de Olivia me deixaram impressionado naquela noite. Arrancamos com um sacolejo, e pensei que, embalado pelo galopar dos cascos, viajaria indefinidamente, e então paramos. Tínhamos dado a volta na praça. Lancker olhou pausadamente para Olivia e, como quem tenta deixar gravada uma lição preciosa na mente de uma criança, enunciou:

— Quatro dúzias de Bay Biscuits.

A moça desceu do veículo; eu a segui, murmurando palavras, principalmente o verbo acompanhar e o substantivo damas. No bar, Olivia me perguntou:

— Viu as árvores?

— Belíssimas — respondi de forma instintiva.

— Não — corrigiu Olivia. Nunca foram e agora, com a poda, estão horrorosas. Mas não me referia a isso. Eu me referia aos cartazes que colaram nelas.

Entregaram o nosso pacote. Paguei. Olivia me preveniu:

— São para Rolando.

— O que se vai fazer? — respondi.

À luz das luminárias da praça, brancas e com globos redondos, olhamos para as árvores. Cada uma tinha um papel oval com algo escrito. Rindo, Olivia leu alguns. Lembro-me de dois: *Mulher: mais decência!* e *Indecência na maneira de se vestir = indecência na maneira de viver.* Entre os galhos, curtos como cotos, vi um céu complexo e tempestuoso. Sentia-se um cheiro de terra molhada.

— Rolando nos espera — disse Olivia.

Já de volta à carruagem, mencionei os cartazes. O Dragão, sacudindo a cabeça e entrecerrando benignamente os olhos, explicou:

— As brigadas do padre O'Grady. Esses garotos são o diabo.

— No sentido mais nauseabundo — respondeu Lancker.

— Não param por nada — garantiu o Dragão.

— Nem sequer ao nos fazer lembrar de suas tolices em versinhos mnemotécnicos — acrescentou Lancker. — Outra tarde, li nas árvores que estão em frente à igreja:

> *Si no observas decoro en el vestir,*
> *Si provocas miradas atrevidas,*
> *Del Cristo sangran todas las heridas*
> *Y Belcebú triunfal se echa a reír.* *

O Dragão observou:

— Me desculpe, meu velho, mas o último verso não é de todo mau.

— *Poeta nascitur* — respondeu enigmaticamente Lancker. — Escutem essa copla que li em outra árvore:

---

* Em tradução livre: "Se não te comportares no vestir,/ Se provocas olhares de atrevimento,/ Do Cristo sangram todos os ferimentos,/ E Belzebu, triunfante, se desata a rir". (N. T.)

En verano y en invierno
Cubre con medias las piernas,
No sea que a esas carnes tiernas
*Las tueste el diablo em su infierno.**

(Agora, tendo conhecido Lancker, suspeito que ele improvisou os versinhos; até creio lembrar que a moça se ruborizou, como se essas loucuras de seu mestre a envergonhassem um pouco).

O caminho era longo e, em certas partes — como então previ e depois confirmei —, passava por um campo aberto. Logo em seguida começou a chover furiosamente. Evoco, até hoje, com uma íntima exaltação, o barulho da chuva intensa contra as cortinas de couro do *break* e o trotar dos cavalos. Atravessamos um portão.

— Los Laureles — anunciou Lancker.

Avançamos entre árvores, primeiro de forma sinuosa, depois em linha reta. Escutou-se o rangido dos seixos sob as rodas e logo depois a carruagem se deteve. Lancker abriu a porta, saltou, e, de pé na chuva, ofereceu o braço a Olivia; esta saltou e ambos correram para se abrigar na galeria. Nós os seguimos. O *break*, lentamente, deu meia-volta e se perdeu na noite. Ficamos olhando as trevas por uns instantes. Relâmpagos ocasionais iluminavam o mundo e então apareciam, não muito distantes, trêmulos, eucaliptos altíssimos.

Alguém disse:

— Espero que um desses raios não caia aqui.

Manejando a capa com elegância, Lancker me respondeu:

— El laurel que te abraza las dos sienes
Llama al rayo que evita, y peligrosas
*Y coronadas por igual las tienes***

Pensei que, se possuísse um nariz mais comprido, Lancker seria um insubstituível Cyrano em uma companhia de teatro infantil. Ele concluiu:

---

* Em tradução livre: "No verão e no inverno/ Cobre com meias as pernas,/ Do contrário essas carnes tenras/ Serão tostadas pelo diabo no inferno". (N. T.)

** Em tradução livre: "Os louros que abraçam as têmporas/ Chamam o raio que evita, e perigosas/ E coroadas ainda assim as mantêm." (N. E.)

— O resto do soneto, em Quevedo. As virtudes do louro, em Plínio.

Virou-se, abriu uma porta que conduzia a um corredor e a uma escadaria com balaustrada de ferro, um globo de bronze e corrimãos de mogno, e bateu palmas.

— Ave Maria! — gritou.

Depois Olivia gritou:

— Pedro!

Ninguém apareceu.

Olivia e Jorge continuaram gritando. Essas invocações exageradas acabaram finalmente fazendo surgir um homem de paletó branco, rosto vermelho, olhos redondos que expressavam uma alegria impávida, de nariz arrebitado, com sotaque incompatível com qualquer sutileza: Pedro.

Lancker me perguntou se eu já tinha comido.

— Não — respondi —, mas não se preocupe...

Com um gesto de braço inteiro, calou os meus protestos. Ordenou a Pedro:

— Este senhor vai tomar chá.

O criado se afastou, carregando minha mala. Adentramos longos e escuros corredores, um jardim de inverno envidraçado, com jarros de porcelana azul, plantas com uma tela de folhagem, por uma sala enviesada com móveis cobertos. Chegamos à sala de jantar, onde havia uma mesa cercada por mais de vinte cadeiras, com uma sopeira de prata no centro; em um extremo do cômodo, simetricamente erguia-se, amontoava-se e distribuía-se, arquitetônica como um palácio, a lareira, de madeira lavrada e clara; nas demais paredes, o rodapé, da mesma madeira, atingia uma altura excessiva para que se pudessem ver, sem ficar na ponta dos pés e sem forçar a nuca, os tenebrosos quadros com moldura de ouro. Nessa atitude tensa, contemplei um que me atraiu misteriosamente desde que entrei na sala. Com o auxílio de Olivia, logo descobri que representava o inferno: de uma fossa na qual se agitava uma massa de pecadores, erguia-se uma chama em cujo ápice dançava, diminuto e cor de laranja, o demônio.

— *Os amantes de Teruel*, de Benlliure — explicou Lancker.

Reconheci os amantes. Ele, de fraque preto, com punhos de renda, com as calças abotoadas abaixo dos joelhos, saltava, com um movimento de pernas enérgico, porém talvez vulgar, por cima de outro pecador e conduzia ou empurrava a ela, com vestido branco, de noiva, mas para onde? Nunca saberemos enquanto estivermos nesse mundo. Voltei a olhar para a chama que emergia da fossa; inclinei a cabeça, como um especialista que aprecia uma obra de arte. Graças a uma operação inexplicável, diante de meus olhos, a chama se transformou em Satanás e o minúsculo demônio, em um violino de cor laranja. Lancker disse:

— O demônio toca violino para os condenados.

— *Atenti*, Rolando, você que fica entediado nos concertos — gritou o Dragão, com a vulgaridade trivial tão típica dele.

Inclinei outra vez a cabeça: o violino tornou a ser um demônio, e Satanás, uma chama. De forma precavida, com a esperança de ter descoberto algo, com o medo de que minha descoberta fosse uma bobagem, comentei o que ocorria com o quadro.

— Isso parece indicar — Lancker declarou, indiferente — que Benlliure pintou uma chama e um violino diabólicos; uma pequena sabedoria que, pictoricamente falando, acabou sendo uma faca de dois gumes.

Pedro apareceu de paletó preto, carregando uma bandejinha de prata na qual havia um belo e pequeníssimo bule, também de prata, com desenhos em espirais, duas xícaras, um prato com alguns poucos pacotes de Bay Biscuits.

— Eu acompanharei o senhor no chá — afirmou Lancker.

— Já trouxe sua xícara — disse Pedro.

— O senhor toma seu chá com torradas — afirmou Lancker. — Torradas de pão francês. Os biscoitinhos são para mim.

Disse biscoitinhos, no diminutivo, com essa ternura peculiar, mesclada de voracidade, com que nos referimos a certos alimentos.

Erguendo a voz, que acabou saindo aguda, jogando a cabeça para trás, Pedro anunciou de forma animada:

— O pão acabou.

Sentamos, eu de um lado, Lancker próximo à bandeja, na cabeceira; de lá, me alcançou uma xícara e um pacote de Bay Biscuits. Era extraordinária a voracidade com que o homem devorava aqueles biscoitos leves; um empenho singular que deixou marcas duráveis em minha memória.

Pedro me perguntou:

— O que o senhor toma no café da manhã?

— Chá, apenas. Com torradas — respondi.

— Tem certeza que não prefere café puro com pão preto? — Lancker inquiriu, solícito.

Respondi que preferia chá, mas que tomaria de bom grado o café da manhã que me trouxessem.

A xícara de chá e o biscoito quase aéreo que constituíram todo meu jantar não aplacaram a fome. Suspirando, deixei que me levassem da sala de jantar. Fui conduzido por corredores laterais, que iam ficando cada vez mais pobres, por quartos que cheiravam a pano de chão, por recantos de teto baixo, com um acre odor de betume, onde havia calçados amontoados, em especial botas de montaria, por uma escadaria de madeira cinza, em cujo descanso havia uma pequena janela de vidros coloridos, condenada por uma tábua transversal, até o andar superior e o quarto de hóspedes. Ali, próximo ao criado-mudo com abajur e um copo d'água, me deixaram sozinho. Que noitezinha, meus amigos! Foi como um presságio, wagneriano demais para o meu gosto, da incômoda querela de sacrilégios e estranhos acontecimentos que nos abalaria a seguir. A tempestade estremecia os vidros nas janelas e poderia se dizer que o colérico deus do mundo quisesse me arrancar desse quarto no qual eu estava em vigília, intimidado não sei por que, entre móveis de sombras desconhecidas. Ainda bem que o mosquiteiro, como uma casinha familiar e empoeirada, me amparava e ainda me abrigava, o que era oportuno, pois notei desde o início certa ligeireza, certa insuficiência de roupas sobre as pernas. Por fim devo ter adormecido. O fato é que no dia seguinte eram onze horas quando desci à galeria, onde me sentei com Lancker em cadeiras de palha pintadas de roxo, olhando a chuva, olhando a grama, de desenho francês, com uma fonte no centro, com as Graças, cercada por trilhas flanqueadas por dois leões de pedra; fumando cigarros Imparciales; olhando os eucaliptos, olhando os instáveis pagodes que os últimos galhos formavam e, para nossa desgraça, conversando. Da projetada academia literária? De modo algum.

Minha culpa, minha máxima culpa. Eu que comecei, como dizem as crianças ao falar de uma briga (não; as crianças diriam: ele que começou). Perguntei por Olivia e, inocentemente, provoquei esse dilúvio de horrores. Acho que as primeiras palavras de Lancker foram:

— Está em Monte Grande, em uma missa, com o Dragão, que não se cansa nunca de comer hóstias. Veja como são as mulheres. Ao meu lado, o senhor sabe, nunca faltou uma discípula. Uma mocinha suja, de cabelo loiro e liso preso atrás, e de pulôver. Bom, de todas as que tive, nenhuma mereceu o honroso título tanto como esta. Ainda assim, veja só.

— Veja só? — perguntei.

— Sim, veja só, foi à missa. Acha pouco? Olivia sabe que me fere, mas não se importa. Para mim que esses católicos acham que, no fundo, as pessoas acreditam; que a pessoa se faz de *esprit fort*, mas acredita. Do contrário, seriam menos obstinados. E sabe como ela apareceu na minha frente?

— Não.

— De meias.

— *Peccato!* — exclamei irresistivelmente. — Com essas pernas tão lindas.

Em seguida, corei. Lancker olhou-me em silêncio, com desdenhosa curiosidade. Continuou, com vivacidade:

— Eu disse a ela que havia um limite. Se queria seguir as convenções, tudo bem, que fosse à missa: quem sou eu para refutar Confúcio. Porém, acrescentei com a solenidade que minhas palavras exigiam, se não está vestindo as meias para me afrontar deliberadamente, deveria tirá-las no mesmo instante. O senhor não vai acreditar: ela hesitou. Medo, talvez, de contrariar o padre, ou a cúria, ou o desconhecido, vai saber. Ordenei-lhe que as tirasse, sob minha responsabilidade. A pobrezinha obedeceu. Fui muito duro, eu sei, mas poderia permitir que as brigadas do padre O'Grady me derrotassem na minha própria casa?

E agora, eu titubeio. Não há escapatória para o dilema. Se não repito as palavras de Lancker, a história moral que estou contando perderá o significado. Se repito... Não me retraio por medo ao desconhecido, embora, nesse instante, eu seja acossado por uma coceira na mão direita, aguda no dedo médio, e uma espécie de intumescimento, como se um agente sobrenatural me perturbasse para não deixar que eu escreva. Não, não me preocupo com tudo isso. O que acontece é que às vezes acho que não vale a pena abordar certas questões, nem a favor, nem contra. O ateu que discute ironicamente o contrassenso da bondade infinita, da onissapiência e da onipotência de Deus não se sai melhor que o romancista da moda, com certeza católico, que se propõe a justificar as relações de causa e efeito entre nossa conduta, neste efêmero vale aquecido pelo sol, e o férreo sistema idealizado pela mente divina para nos castigar por toda a eternidade. Eis, pois, o dilema, o bicornuto prestes a investir contra mim; porém, a essa altura do relato, posso escolher o caminho? Talvez o que eu tenha afirmado acerca de certas questões seja verdade; mas é uma verdade frívola. Se hei de escrever a história de Lancker devo escrevê-la na íntegra, mesmo que minha mão queime como uma tocha. Só me resta fechar os olhos e investir primeiro. Avante!

— Desconfio — manifestei, para não continuar de boca fechada — que o senhor não seja o que se costuma chamar de um verdadeiro cristão.

E o que me respondeu esse mosqueteiro patético, esse espadachim ridículo em constante luta contra o além? Disse, descaradamente:

— Tem razão, mas não é minha culpa. Ninguém pode acreditar, religiosamente acreditar, em um mundo fantástico, imperceptível a partir da terra, povoado de deuses e de mortos, detalhado topograficamente, com céu, inferno e purgatório, se a pessoa não se sente deslumbrada por esse mundo, se este não o atrai, se nem sequer gosta dele. Veja, a mitologia cristã, por incrível que pareça, não me empolga. É preciso reconhecer que é muito "sofisticada", mas nas coisas que consideramos fundamentais, acho que o óbvio é de bom tom. Sem contar que o sopro de toda a vida, até o do poeta Tristan Tzara, é divino, os deuses, acredite, são de outra natureza, chame-os Diana, Thor ou Moloch. Não pertencem a uma família de camponeses, que posam com cara de bonzinhos para o fotógrafo do povoado. E que me diz dos santos, tão mansos e tão quietos, e das virgens cobertas de roupa? Se não fosse pelos anjos e por alguma pomba, eu preferiria os demônios, se bem que esses também, com suas asas de morcego, seus tridentes e seus rabos, com certeza foram concebidos por uma mente piegas e de mau gosto.

Anoto à margem: dito isso tudo, não parou, continuou cavando sua cova. *Gaffeur!* O pior é que coube a mim, mero relator, sofrer as consequências. Já não tenho mais presságios do além; recebo o castigo: a coceira, antes dispersa por todo o dedo, agora se concentra em um foco, é uma farpa em chamas, a cratera de um vulcão, é, literalmente, uma paroníquia*. Será que me tornarei um mártir da pena? Espero que não. Espero que até o final da história, minha boa-fé resplandeça.

— Isso em relação ao sentimento religioso, mas resta a moral. Acho que estamos de acordo quanto a ela — apressei-me a dizer, para que concordássemos com algo. — Moralmente, quem não é cristão?

— Eu — respondeu-me aquele implacável. — Desagrada-me uma moral proselitista, que institui, de forma grosseira, prêmios e castigos, que manda ao inferno os que não têm fé, que vive obcecada, como uma mulher solteira, velha e rancorosa, pelos namoricos dos outros. O cristianismo é contrário à própria

---

* Paroníquia: em espanhol, panadizo, palavra que provoca uma relação com pan (referência tanto para pão, um dos temas centrais do relato, como para o deus Pan). (N. T.)

vida; quer reduzi-la, apagar os impulsos. Não despovoou o mundo dos deuses antigos, que eram as forças que ajudavam a viver? Note, eu não me canso de lamentar a queda do panteão pagão. A nova religião é mórbida; encontra deleite na pobreza, na doença, na morte. Como a fábula de Fausto, castiga quem procura o conhecimento, quem busca viver, quem trata de compartilhar mais plenamente o mundo. É preciso se ter uma vidinha, como disse uma garota, mas não saber nada da vida eterna. Parece que a Igreja e Goethe querem que os homens sejam como esses pobres que, de tão humildes, ficam no seu lugar e não questionam, nem desejam.

Em minha perplexidade, eu pensava: "O célebre Lancker acabou se revelando um ateu de grande envergadura", ou outra frase do mesmo teor, com a inocente alegria que proporciona, neste mundo de mediocridade, descobrir algo extremo desse tipo. Ledo engano de minha parte. Lancker disse:

— É questão de tempo. A batalha final ainda não começou. Então, a vitória estará do lado certo. Os deuses nunca morrem.

Não percebi, no momento, o alcance de suas palavras. Quando meus atrasados centros nervosos receberam a descarga, perguntei:

— Não era o senhor que não acreditava em Deus?

— Em Deus, não; nos deuses.

Interpretei que, por animosidade contra Deus, ele o subdividia para atenuá-lo, e seu politeísmo era uma expressão literária de seu ateísmo. Talvez estivesse enganado.

— Mais uma vez, o mito de Hidra — comentei jocosamente, para provar que suas falácias não me convenciam.

Como iriam me convencer, se eu não as entendia? Prosseguiu:

— Não há cordeiros no altar, os templos estão podres, mas não perca a coragem: os deuses não fugiram.

— Não são sorrateiros, como Cruz e Fierro[*] — comentei.

— Os deuses não estão abandonados — garantiu-me. — Os deuses não precisam dos homens. Os homens é que são os abandonados!

Naquela manhã, ouvira coisas horríveis: nenhuma me pareceu pior do que as dos últimos parágrafos. Por pudor, parei de escutá-lo. Enquanto Lancker

---

[*] "Cruz e Fierro": referência aos dois heróis de *Martín Fierro* (1872), poema épico de José Hernandez (1834-1886), bastante popular na Argentina, responsável por cristalizar a figura do gaúcho, habitante dos pampas. (N. E.).

insistia em não sei que tolice de que os deuses não precisam de templos, mas os homens sim, para se aproximar dos deuses, eu pensava que o ateu era uma raça extinta, para sempre por enquanto, como o chá da tarde, a casa para alugar, os livros de Coni e outros recantos pitorescos de nossa juventude. Suspeito que o último ateu foi o fabricante de brinquedos do Bazar Colón, homem de leituras muito variadas, que, certo dia, quando alguém disse: "Mas deve existir algum deus", ele exclamou, ofendido: "O que, o senhor também?", como se dissesse: "*Tu quoque?*". "Pois, vamos ver", prosseguiu o brinquinheiro, "os homens, ao inventar Deus, criaram um personagem divertido e curioso; não se pode ser como as crianças, que não se conformam que Pinóquio, o boneco de madeira, exista em um livro, e pedem para que ele tenha existido no mundo."

Com sua voz insistente, Lancker estava dizendo:

— As epifanias (acostume-se a procurar o termo no dicionário) não são incomuns.

— Sou francamente contra a riqueza de vocabulário — respondi.

— *Touché, mio caro, touché* — exclamou. — Com sua permissão, retomo o argumento: Quem, um dia, não percebeu, no decorrer de qualquer atividade, a presença repentina de um deus? O exemplo mais típico, depois de outro, é o do escritor que recebe a musa, ou seja, que está inspirado. O outro incumbe a Vênus.

Fez uma pausa e compreendi que ele a prolongaria até que eu o interrogasse; interroguei:

— Vênus?

— Não entende? Ou o senhor não...? — em seu tom de voz se harmonizavam o estupor, a irritação e o desprezo.

— Sim, homem, é claro — afirmei, rapidamente.

— Não há um pobre diabo que não o tenha sentido alguma vez — disse, me examinando como se me acusasse. — Em meio a um amor, Vênus resplandece. Com Olivia, isso nos acontece com frequência.

Agora foi a minha vez de encará-lo de cima a baixo, com uma curiosidade desdenhosa. Tais indiscrições, tais impudores, na verdade, não me parecem de muito bom gosto e não constituem o *desideratum* da fala de um cavalheiro. Ressalto que, nesse exato momento, embora o fato sem dúvida não tenha a menor importância, brotou em mim a ideia, já obstinada, de conquistar Olivia. O ingênuo Lancker, insensível por causa da embriaguez de sua vã eloquência, continuou:

— De repente, nos damos conta de que uma força cósmica percorre todos os lugares e alcança o ponto mais íntimo de nosso peito; ficamos cobertos de júbilo ou de pavor: é o grande deus Pã. Stevenson escreveu sobre a flauta desse deus: leia o artigo.

Eu o interrompi com uma citação adequada ao caso:

— *Si alzas la crin y las narices hinchas*
y el espacio se llena
de un gran temblor de oro,
es que has visto desnuda a Anadiomena.[*]

— Não lemos os mesmos autores — respondeu com impaciência. — Mas tudo bem, tudo bem. Outra tarde, ao sair de Constitución, entrei na rua Brasil e, com um rumor de locomotivas e de rodas de ferro, soprou um vento que parecia vir do longínquo sul da província, e que não era tanto uma rajada de vento, mas algo que, por onde passava, mudava o ânimo, e não apenas das pessoas, que ficavam um pouco surpresas, como se tivessem vislumbrado um presságio, mas também das casas e da rua inteira: tudo escureceu e, por um instante, foi mais intenso e mais significativo. Outro caso registrado pela experiência comum é o do viajante que chega a uma cidade e, de repente, sente que se permanecer ali, algo atroz ocorrerá. Por trás de tais mudanças de luz, há uma divindade que nos adverte. Sim, acredite, nos bosques e nos regatos ainda existem ninfas e o mundo está povoado de deuses. Um deus, conhecido ou não, *sei deo, sei deae*, preside toda a atividade. Para mim, eles se manifestam de forma contínua; eu reparo neles, os reverencio, e eles me protegerão. Olhe! — sua mão apontou para o parque, mais além o céu com um arco-íris, e, admito, essa mudança inesperada das divagações para o mundo real quase me comoveu. — Olhe, apareceu Íris, mensageira dos deuses: toda a natureza a saúda.

Como uma nova presença, como uma glória que surgia de todas as partes, o mundo resplandeceu. Os troncos dos eucaliptos alcançaram os últimos extremos do amarelo e do vermelho, cada gota de água nas folhas parecia prata vibrante, e o verde do pasto ficou vividamente escuro. Devo confessar que algo dentro de mim combinou com esse jardim expectante? O curioso foi que Íris, a quem era oferecida essa homenagem da criação, essa intensidade unânime, na última hora viu-se suplantada por outra deusa; quero dizer que chegou de Monte Grande

---

[*] Em tradução livre: "— Se alças a crina e as ventas infla/ e o espaço se enche/ de um grande tremor de ouro,/ é porque viste, nua, Anadiômena. (N. E.)

o *break* com Olivia, acompanhada, isso sim, por Jorge Velarde. Por incrível que pareça, desde então a conversa fluiu trivialmente. Acho que nos demos conta de que havia muito barro no caminho, de que havia muitos fiéis na igreja e de alguma outra circunstância de igual teor. Olivia conversava conosco apoiada no respaldo de uma cadeira, de forma que a metade inferior do seu corpo ficava oculta. Parecia nervosa, parecia ter pressa de retirar-se. Exclamou:

— Que tarde! Não chamaram para o almoço? Coitadinho, o senhor vai acabar morrendo de fraqueza.

O final, é claro, foi dedicado a mim. Agradeci com palavras, olhares e gestos efusivos, e me esforcei para não revelar que minha disposição para comer era claramente pequena. Nada como o café com leite morno, que foi o desjejum que me serviram naquela manhã, para me tirar a fome.

— Vou pedir o almoço — disse Olivia.

Soltou a cadeira, à qual parecia estar presa, e correu para dentro da casa.

— Alto lá! — gritou Lancker. — Por que tanta pressa? Fique aqui um pouquinho, perto da luz, Olivia. Quero olhar para você. O que aconteceu com as suas pernas?

Ruborizada, com os olhos baixos, Olivia retornou. Enfim explicou, sufocada:

— Quando começou o *Kyrie Eleison*, começaram a doer, e no *Agnus Dei*, incharam dos joelhos aos calcanhares.

Ela se afastou, soluçando. Não era para menos: disformes como patas de elefante, suas pernas não pareciam as mesmas que eu tinha admirado na véspera.

— Um milagre — opinou com valentia o Dragão, enquanto eu o aplaudia em meu foro íntimo. — Um milagre. Por ter mandado a moça sem meias à missa, com essa carnadura que é um verdadeiro *boccato di cardinale*.

— Coitadinha! — exclamou Lancker e vi que uma lágrima escorria pelo seu rosto; ele a enxugou com um lenço transparente, níveo e de tamanho considerável, que nos deixou submersos na fragrância da água de Jean-Marie Farina; depois, levando a mão direita ao coração, perguntou: — Um milagre? A mais pura expressão do ridículo, do mesquinho, do perverso! O que prova? Que no céu, assim como na terra, governam os piores? O fato é que não me submeto a isso, doa a quem doer.

— Até agora, sempre doeu nos outros — comentou tristemente o Dragão.

— Mas eu não teria tanta certeza. Cada milagre cai cada vez mais perto. *Atenti*.

Lancker encarou seu primo com olhos quietos e distraídos; depois, foi atrás de Olivia.

— Cada vez mais perto? — perguntei. — O que quer dizer com isso?

— O que o senhor escutou. O primeiro da série caiu a quinhentos metros daqui. Outra noite, dávamos os últimos toques a um jantar dos mais tranquilos, familiar, se quiser chamar assim, quando Rolando não teve ideia melhor do que bancar o engraçadinho. Dá outro beijo no Nebbiolo, levanta-se como pode, declara-se o papa negro e, nessa horrível função, benze o arroz-doce, que fica duro como se tivesse sido feito com cimento de Portland. Ninguém o experimenta, porque as pessoas estão ressabiadas, se é que o senhor me entende, e já faz um tempo que, alguns mais, outros menos, usamos dentaduras. Serviram a sobremesa maldita para os porcos e esses senhores passaram a tarde coçando a barriga com as patas. No dia seguinte, declara-se a gastroenterite no chiqueiro, a meros quinhentos metros daqui. O segundo milagre dá um passo gigante, o que é uma grande advertência para quem não quer escutar, e cai na cozinha. Materializou-se na carne esponjosa, vamos chamar de vegetação adenoide, do nariz da própria cozinheira que preparou o leitãozinho para a Semana Santa. Se não fosse a intervenção do primeiro bisturi de Rawson, a ladra morreria asfixiada. O último atingiu Olivia, que já está no *habitat*, ou seja, no quarto, de Rolando. Reconheçamos que o sujeito, embora seja meu primo-irmão, raciocina de uma maneira que não hesitarei em classificar de excêntrica. Dá importância capital a fenômenos muito discutíveis, repletos de subjetividade, nos quais vê manifestações dos antigos deuses pagãos, hoje considerados demônios. Mas isso não é tudo; ouça o que eu lhe digo: ele está obstinado em desdenhar um bombardeio de milagrezinhos cristãos, públicos e notórios, que mostram, como um louva-a-deus, onde está Deus. Agradeço a Ele por ter me salvado de seus milagres.

— Bem que poderia ter salvado Olivia — eu disse, rancoroso.

— Que garota! — exclamou Velarde, entrecerrando os olhos. — Distinta, inteligente, e provida de um corpinho que nossa, nossa... Confiemos que os efeitos do milagre sejam passageiros.

II

Foram passageiros. Três ou quatro dias depois, a *Maravilha curativa* desse doutor norte-americano do armário de remédios mostrou-se vitoriosa, e nem restaram sinais do prodigioso inchaço. Se não me engano, nenhum outro episódio memorável ocorreu naquele *weekend*. Sobre a projetada academia literária conversamos longamente na última tarde, enquanto tomávamos xícaras de chá, mas logo descobri que o espírito de Lancker vagava por regiões distantes. Decidido a interromper nosso difícil colóquio, perguntei, enfim:

— Está pensando em alguma outra coisa?

— Em alguma outra coisa? — respondeu com um eco. — Não, sempre na mesma. No milagre das pernas.

— Então arrependei-vos e convertei-vos, para que vossos pecados sejam perdoados, como dizem as Escrituras.

Vê-lo comendo tantos Bay Biscuits me incitou a imitá-lo; minha mão estendida já se abria sobre um pacotinho, quando tropeçou com o prato de torradas, habilmente interposto pelo anfitrião. Resignei-me às torradas e à geleia de framboesa.

— Não sei o que dizem as Escrituras, mas sei que já não há mais reconciliação possível. — Respondeu; depois de uma pausa, em um tom menos impessoal, acrescentou: — Talvez o senhor ache que não estou bastante interessado no assunto da academia. Eu estava, posso garantir. Agora só penso no milagre, e na guerra na qual me vejo envolvido. Depois do triunfo, ensinaremos literatura.

— Tem tanta certeza assim do triunfo?

— Do triunfo, não, mas sim da guerra até a morte. O fato é que eu, juro por esta cruz, não cederei.

Isso é o que se chama de provocar o diabo. Como Lancker continuou insistindo nos sacrilégios e nas profanações, voltei a Buenos Aires no trem das 19 e 45; mas não abandonei os meus amigos. Durante a semana, tive a oportunidade de ver a garota; sobretudo, de falar com ela, na maioria das vezes por telefone. Não sei por que meus vínculos com essas pessoas ficaram circunscritos a Olivia. Por que notícias muito frequentes me descreviam Lancker como um sujeito enfurecido em seu horrendo paganismo? Fosse qual fosse o motivo, eu telefonava, casualmente, quando Lancker não estava em casa. O fato não me preocupava; por outro lado, me preocupou que a voz modulada de Olivia sempre se transformasse na tosca de voz de Pedro, que se atinha às três palavras: "Senhorita não está". Sem dúvida, a impaciência foi minha perdição. Antes que amadurecesse no espírito de Olivia, de forma doce e despótica, a certeza de qualquer afinidade comigo, abri fogo com a artilharia pesada da minha galantaria. O resultado foi calamitoso. Era preciso manobrar; manobrei. O acaso me levou a um encontro com Lancker em um meio auspicioso para a expansão da cordialidade: o próprio casarão (como meus amigos do jornal se comprazem em chamar) da Sociedade dos Escritores, situado na rua México. Aproveitando que a primavera começava no dia 21 de setembro e estávamos no dia 20, convidei-o para o baile dos artistas em Les Ambassadeurs.

— Traga Olivia — propus. — Boa bebida, a típica de Pichuco e a de jazz de Bartolino, uma ambientação... Que diabos! É preciso esperar juntos a primavera.

— Não estou para bailes — respondeu desanimado.

Quis discursar sobre sua luta e a adamantina determinação de humilhar o cristianismo; eu o interrompi.

— Prometa — pedi — que, se Olivia quiser, o senhor a levará.

— Prometido — respondeu.

Apertei sua mão e gritei, já da porta:

— Amanhã, às nove, ligarei para saber a resposta.

Já sabia qual era. Lancker estava *fey*, como dizem os escoceses; tinha caído na armadilha. Meu estratagema não podia falhar. As mulheres dizem que ficam entediadas nos bailes e que estão cansadas das pessoas? Não acredite nelas. Por mais absurdo que pareça, as mulheres não conseguem recusar um convite para um baile. Com perdurável puerilidade, imaginam que as festas são maravilhosas. Quanto a mim — por outra expressão de uma puerilidade similar ou por algum horrível acordo? —, penso o contrário. Acho que são terríveis, os infortúnios mais pavorosos acontecem nas festas; as mulheres bêbadas são demônios imprevisíveis e as mais fiéis amanhecem nas *garçonnières* dos amigos de seus amantes, queixando-se de cansaço e de dor de cabeça, mas sem culpa, pois o álcool não tem memória.

Como eu já havia previsto, às nove horas do dia seguinte, Lancker me disse que aceitavam o convite; mas isso não foi tudo: irreprimível, Olivia se apossou do telefone; jubilosa, debateu comigo acerca de um problema que apaixona essas companheiras que escolhemos para compartilhar nossa visão do mundo, essas semideusas em cujo altar nosso espírito se consome, e, ai!, também o nosso tempo: até o meio-dia debatemos a questão das fantasias. Com desdém, condenamos a crassa falta de imaginação que levam o nome de dominó, pierrô, diabo. Celebramos, por outro lado, alguns produtos heterodoxos — por exemplo, o irrefutável homem ao contrário, com o rosto pintado na nuca —, verdadeiras acrobacias de um engenho nitidamente físico, às quais preferi, revelando assim, talvez, meu fundo conservador, minha visão bastante estreita, o corte mais clássico de um traje de urso, de palhaço, de arlequim. E agora, desnudarei minha alma; confessarei humildemente; eu queria me fantasiar de arlequim. Desde criança, imaginei que se estivesse assim caracterizado, perderia os escrúpulos e a timidez, mudaria de personalidade. Mas sempre conjecturei que esse era um sonho extravagante, e quando Olivia me disse: "Não, é melhor você se vestir de anjo, de anjo da guarda de Rolando", me submeti ao parecer, sem parar para defender, por apenas quinze minutos, aquele ideal que mantive durante toda a minha vida. Escolhemos para Lancker, precipitadamente, um traje de fera; para cortar pela raiz qualquer discussão, proclamei:

— A bela e a fera.

Olivia intuiu no mesmo instante que o traje de bela lhe faria jus; mas, insaciável, como pedia sua juventude, vaidosa, como pedia sua formosura, desejava também as fantasias de havaiana, escrava, apache e *midinette*. Minha campanha para impedir tais erros tão perigosos foi longa e complicada. O fato é que, nessa noite, chegaram a Les Ambassadeurs uma bela esplêndida, uma fera distraída e um anjo intimidado.

Não tão intimidado; no bar, degustamos um aperitivo e pelo menos não perdi a cabeça até escolher a mesa estratégica, nem próxima demais da orquestra — o trombone não fazia cócegas em nossas orelhas — nem muito distante: a conversa encobria a música e os *petits rien du tout* que falávamos à amiga não eram interceptados pelo amigo. Sobre o banquete que ofereci, vocês serão os juízes. Quando o *maître d'hôtel* apresentou o menu, gritei:

— Comeremos a todo vapor!

E então, sem mais delongas, pedi *frivolités royales*, *consommé riche à la d'Arenberg*, peixe-rei com batatas, peru assado com frutas e *diablotins*, pudim de leite*, pêssegos do Tigre, café, charutos. Inventei um motivo:

— Setembro é um mês com "r" — confidenciei ao *maître* —, será uma boa escolha pedir o peru?

— Sugiro-lhe um de agosto — declarou o *maître*.

— Muito agradecido — respondi.

Maldita pressa! Desde então reflito: não estou em boa forma, consumo uma quantidade enorme de bicarbonato Poulenc.

---

* Pudim de leite: no original, *budín del cielo* [pudim do céu]. (N. T.)

Com o *sommelier*, tive um diálogo não menos agudo:

— Que a *veuve* corra por nossas veias! — exclamei.

— Clicquot? — questionou?

— Ponsardin! — confirmei — Sem data!

Naturalmente, Olivia ficou cativada. As mulheres têm olfato, descobrem com fineza onde está aquilo que as interessa. Apesar de um transnoitado *snobismo* a favor *de la canaille*, não há mais volta, encontram um não sei quê no verdadeiro *gentleman* que as fascina. Encorajado pelo *champanhe*, que literalmente regava a comilança, procedi com desenvoltura. Ou seja, cortejei a moça sem rodeios, aproximando-me dela, tocando-a o tempo todo, abraçando-a a cada cinco minutos, para celebrar qualquer bobagem, assim mesmo como estou contando, não apenas quando dançávamos, mas nas barbas de Lancker. Em certo momento, um diabo se juntou à nossa mesa, que reconheci, ou achei ter reconhecido, como sendo o senhor Sileno Couto, um lúgubre cavalheiro argentino, que foi apresentado a mim no Royal Monceau, na Paris de 27, muito pálido e tão de luto que parecia ter passado inteiro por uma tinturaria, com o terno, o cabelo, as sobrancelhas e o bigode destilando negrume. Vestido de diabo vermelho parecia mais natural e menos tétrico; mas, o que me importava, naquela noite, a roupa usada pelo senhor Couto ou a identidade de um senhor, talvez o próprio Couto, sentado à nossa mesa! Como apontei, estava envolvido em outra coisa, então acompanhei de forma fragmentária a conversa entre o desconhecido, a quem, de agora em diante, como dizem os contratos, chamaremos de diabo, e Lancker. Esse último dava sinais de grande nervosismo. A causa? Sem dúvida, meu detestável comportamento. Como o amor-próprio, a educação ou o medo de irritar Olivia o impediam de me interpelar, Lancker tentou relaxar atacando o seu fantasma de sempre: a religião cristã. Com impertinência lamentável, garantiu que Vênus o protegia e por um tempo divertiu o diabo com piadas contra Deus. Enquanto eu continuava com Olivia, aquela conversa se transformou, não sei como, em uma discussão. No início, o diabo recebia com aparente consentimento aqueles dardos que meu amigo disparava não apenas contra o Deus pai, como ao Filho e, *horresco referens*, contra o Espírito Santo; mas, sem dúvida, as impertinências acabaram por cansá-lo, porque, de repente, disse:

— Em privado, o senhor pode opinar o que quiser, e olhe lá! Mas não permito que escarneça de meio mundo, que semeie uma dúvida que não é construtiva, que negue as crenças mais arraigadas.

Eu estava talvez um pouco perturbado por tanto *champanhe* e tanta Olivia. Inopinadamente, me vi formulando este pensamento: "Essa voz não é a de Couto". De fato, Couto tinha um vozeirão grave e apagado; esse diabo emitia uma vozinha ridícula, muito aguda, muito fina, idêntica à de um colega bastante conhecido e, também, ridículo. O diabo continuou:

— Deus não existe? O diabo não existe? Não há obstáculos para a maldade natural dos homens? Não, meu caro. O senhor está enganado e me dá pena. Diga: também não existem prisões, verdadeiros estabelecimentos-modelo, onde reprimimos os delinquentes e também outros que, em sua triste frivolidade, esquecem que não se deve ofender ao próximo? Deixe de lado suas zombarias e acredite em mim: existe céu, existe inferno, e o inferno é tão necessário como o céu. Confesse que tudo existe, é o que espero de seu bom coração, e apertarei sua mão.

O diabo estendeu uma mão enorme sobre a mesa. Lancker estendeu a sua? Pessoas de natureza não beligerante, como eu, por exemplo, acharíamos que ele nem sequer a viu; mas sem dúvida a viu, e a ignorou com desdém. Disse:

— Olhe, o que eu não acredito é na sua existência. O senhor profere todas as idiotices que andam dispersas pelo mundo, mas que ninguém ousou expressar.

À medida que Lancker falava, o outro se transfigurava, mudava de cor, parecia aumentar de volume.

— Nega-se a apertar a mão que lhe estendo? — inquiriu rapidamente o diabo. — E me ofende? Prefere me ofender? Desafio aceito.

Com uma luva que tirou não sei de onde, esbofeteou Lancker.

— Meus padrinhos o visitarão — anunciou.

Eu esqueci Olivia; estava francamente inquieto. Em compensação, Lancker tinha recuperado a calma.

Duas máscaras de aspecto triste, uma com cabeça de asno, outra de bode, ambas acompanhadas por um traje apertado de couro preto, apareceram. Diziam que vinham obter uma retratação ou, na falta desta, uma reparação pelas armas *et cœtera*.

— Reparação pelas armas — ressoou marcialmente a voz de Lancker.

—Aqui há um casarão especializado nisso, não é? — perguntou o padrinho de cabeça de bode, em tom de confidência e com um sotaque estrangeiro.

— Exato — confirmou Lancker. — Um casarão em Caballito que todos conhecem. Como se chama o dono?

Essa pergunta tinha sido dirigida a mim. Eu me apoiei sobre os seus ombros e murmurei:

— Sabem quem é o diabo? Um famoso duelista internacional! Ainda há tempo para dar um pretexto *ad usum*, postergar o duelo *sine die* e nos perdermos de vista *ipso facto*.

Suspeito que, então, eu não tinha fundamentos para afirmar que o diabo era um grande duelista; não obstante, não estava improvisando uma mentira bem intencionada. Disse o que achava que sabia ou, talvez, o que tinha escutado. Quem pareceu não ouvir, por outro lado, foi Lancker. Exclamou:

— Preciso de um padrinho. Conto com o senhor, que vale por meio, e ainda falta outro. O senhor gostaria de nos acompanhar em nossa patriotada?

Ele tinha se dirigido a um desses tolos que sempre aparecem onde há um tumulto. Este, em particular, vestia um traje de dominó e já se sabe o que eu e Olivia pensávamos de quem, ao deixar de lado o cetro da imaginação, aparece com uma fantasia francamente anódina em bailes de alto nível. Que mais poderia querer o infeliz além de apadrinhar Lancker e, de quebra, bisbilhotar um pouco? Ele aceitou, claro que aceitou.

Em pouco tempo, os oito — Olivia, que não se afastava de Lancker, ele, eu, o dominó, o diabo, seus padrinhos e um médico, fantasiado de galo — partimos em dois táxis para Caballito. Não sei o que parecíamos vistos de fora; o outro táxi parecia uma jaula de animais vestidos como gente. Admito que, para alguém, isso poderia ser motivo de riso; para mim não foi. Quando os vi, iluminados pela lua, na passagem de nível, fiquei aterrorizado. Na verdade, havia um toque diabólico naquele quadro, um toque sugerido, quem sabe, pelos chifrinhos da fantasia de diabo.

Em frente ao casarão, foi preciso falar duro com Olivia. A pobrezinha queria descer. Lancker atuou como árbitro:

— Você fica no carro — ordenou.

Essa discussão acabou e começou outra com o *chauffeur*, que também não queria ficar nos esperando. Com promessas de voltar logo, eu me despedi dos dois. Penetramos por ruas de eucaliptos, até a casa, com estátuas, galerias e mirante. Fomos recebidos por um casal de idosos. Que velho simpático! Enquanto a senhora conversava conosco, como se falasse dos filhos, sobre pistolas e sabres, ele expunha as diferenças das escolas francesas e italianas de florete, para depois narrar, enfatizando o aspecto técnico, os duelos mais dolorosos. Com um trejeito, a senhora nos prometeu:

— Depois do pá, pá — piscou um olho e apontou com o dedo — como depois da primeira comunhão, a clássica xícara de chocolate com torradas com manteiga e açúcar e biscoitinhos Bay Biscuits!

Ela se enganou. Não houve pá, pá. Houve luta de espada, em um lugar a que chegamos descendo por uma trilha cercada de plantas aromáticas. Passando dois leões de pedra, diminutos e retorcidos, mas que eram a cópia exata de não sei qual pantera florentina, segundo a afirmação do proprietário, encontrava-se o campo: um espaço cercado por rochas artificiais e cactos, que me inspirou o comentário dirigido a meu colega, o dominó:

— Essa deve ser a entrada do inferno.

— Inverno? — perguntou.

Que mais se podia esperar de um dominó?

De minha parte, como vocês lembram, eu era um anjo ou, conforme o que Olivia me ordenou, o anjo da guarda de nosso amigo, e naquele momento encarnei a fantasia, tive certeza de que meu dever era salvar Rolando e murmurei, enfático, em seu ouvido:

— Vamos dizer que foi só uma brincadeira. A vida é maravilhosa, tem a Olivia e por que botar tudo a perder?

— Um cavalheiro sempre está pronto para perder tudo por qualquer causa — respondeu.

— Esse diabo não vale um sacrifício tão grande — garanti.

— O senhor já me dá por morto — devolveu.

— Que absurdo! — protestei no mesmo instante. — Mas, acredite, quando tomarmos a xícara de chocolate quente que a senhora nos prometeu, o senhor não nos acompanhará. Por quê? Pode-se saber? Por uma ninharia que não interessa mais a ninguém.

— Então — ele me disse, com um sorriso melancólico — o senhor terá de beber duas xícaras, a sua e a minha.

Para não deixá-lo com a última palavra, enquanto eu o via perfilar-se, gritei:

— Vão descer como chumbo.

Dirigido pelo velhinho, que agia com agradável desenvoltura, o duelo começou. De onde eu tinha tirado que o diabo era um oponente perigoso? Agora acho que foi do nimbo sobrenatural por onde nos movíamos naquela noite. Seja como for, o diabo era imbatível. Com que resolução, com que coragem Lancker travou sua batalha perdida. Eu abandonarei meus pios propósitos, romperei minha falsa beatitude, mas essa espécie de epitáfio que estou compondo para Lancker não será obscurecido por oportunas generalizações em loas à verdadeira religião e em vitupério dos réprobos. Que cada um extraia a moral que quiser. Minha pena recordará tão somente a nítida retidão de alma com a qual o meu amigo conduziu a guerra contra o céu e o inferno, e sua coragem impávida, que não era amparada na esperança. Não podemos afirmar o mesmo de outros aguerridos.

Lancker atacava incansavelmente, o combate não parecia desigual, até que por fim a capa do diabo se inflamou, como duas asas vermelhas, e ele investiu a espada, rápida e mortal, como um raio. O corpo de Lancker foi atravessado de um lado ao outro na altura do coração. Nós nos precipitamos, generosos, em sua direção, em tardio socorro. Um prodígio, o último de todos, nos deteve: vimos fumaça, como se viesse de uma pequena fogueira, que saía debaixo do cadáver, sentimos o cheiro de enxofre e escutamos um arrastar de correntes. Fazendo o sinal da cruz, o dominó murmurou:

— Foi para o inferno.

Sabe-se que da boca dos idiotas é que sai a verdade.

Insensivelmente, o matador esfumou-se. Era este o senhor Couto, de aspecto lúgubre e de plácidas temporadas em Paris? Não acreditem nisso. Era o diabo, o verdadeiro diabo, chamem-no de Satanás ou do que quiserem. Foi inútil procurar a sua máscara pelo casarão. Inútil procurar os padrinhos, o de cabeça de bode e o de cabeça de asno. Os três tinham desaparecido. Não eram fantasias.

O que restou, sim, foi o corpo morto, que em breve traria trâmites irritantes e, ainda por cima, policiais. Considerei lamentável que um amigo meramente circunstancial, eu, por exemplo, tivesse de enfrentá-los. Aproveitei o telefone, que às vezes funciona, para ligar para Jorge Velarde, conhecido como o Dragão. Disse a ele que seu primo estava mal e que viesse sem demora à chácara.

— Devo levar um padre? — perguntou.

Fiquei irritado, arrisquei uma piada de gosto duvidoso sobre as orações fúnebres, que nunca chegam tarde, e desliguei. No automóvel, narrei não sei que conto de fadas para a coitadinha da Olivia, e para afastá-la de todas essas tristezas, levei-a ao meu apartamento.

CHAVE PARA UM AMOR

I

Era sério, apaixonado, sem dúvida um artista, muito jovem e transparente. Quero dizer que, olhando-o com certa atenção, descobria-se sua alma. Não acredito que esta evidente simplicidade ou pureza se devesse a uma íntima penúria espiritual, e sim à sua juventude. Johnson passava por aquele momento em que a confusa, ilimitada, proteiforme adolescência tinha terminado, e o ser, já definido, sabe muito pouco acerca da correria da vida, que desgasta e iguala. Sim, parte disso de devia a esse momento da juventude, porém mais ainda à dedicação extrema com que ele observava a disciplina de sua arte. Não é o sub-reptício eco do título de um conto de Kafka o que me induz a classificar assim o trabalho de Johnson. Em todas as atividades cabe a arte; ela se revela no estado de espírito com o qual as cumprimos e resplandece na excelência da execução; pouco importa se a atividade corresponde ou não a certa hierarquia preestabelecida. E aqui me sinto inclinado a deplorar o fato de que nós, argentinos, ao contrário de Johnson, trabalhemos como amadores, como cavalheiros, mas não como artistas; como quem está se guardando para um posto melhor e, provisoriamente, cumpre uma tarefa mais ou menos desagradável. Mas quem ousa atirar a primeira pedra? Talvez essa atitude indique muita lucidez, algum desdém pelo afã e um orgulho inato e nada vil. De resto, o rapaz era estrangeiro, e, o ano que vivera Buenos Aires, não amenizara de modo algum sua consagração ao trabalho.

Griffin Johnson tinha nascido na cidade de Chester, no limite da Inglaterra com o País de Gales. Pertencia a uma família de trapezistas, que provinha de uma interminável linhagem de acrobatas, que reconhecia como primeiro antepassado um senhor que, por volta de 1760, maravilhou Londres cavalgando sobre três cavalos ao mesmo tempo.

Pela própria natureza de sua profissão, os trapezistas trabalham em família. Antes de mais nada, a pessoa nasce no trapézio. Um homem não decide, de um dia para o outro, dedicar-se ao trapézio, como quem escolhe uma carreira, as armas, os hábitos ou as leis. Desde criança é preciso aprender a arte. Como não há professores, é preciso aprendê-la dos pais e dos irmãos. Convém, por último, praticá-la com pares que a pessoa conhece como a si mesma: qualquer movimento mal combinado traz a queda e a desgraça. É certo que, cedo ou tarde, a desgraça chega. Os trapézios, que mantiveram a família unida, infalivelmente a destroem.

Da família de Griffin Johnson — ele, os pais, os irmãos — sei menos do que imagino, e o que imagino se reduz a isto: que nunca conseguiu formar o grupo de cinco acrobatas, necessário para o grande espetáculo, e que foi dizimada pelo azar. Na verdade, a mente de todo trapezista é, ou chega a ser, um memorial de quedas e desgraças; ou melhor, uma espécie de palimpsesto, no qual todos os feitos registrados estão deliberadamente obscurecidos por eventos ulteriores. Como todos os que assumem o perigo como ofício, os trapezistas são supersticiosos. Não querem falar dos acidentes nem recordá-los. Quando alguém os interroga sobre o assunto, uns negam que haja verdadeiro perigo — lá no alto o homem está tão seguro quanto no vasto chão — e afirmam que os espectadores só veem perigo por sugestão; outros, os vaidosos e os soberbos (que, aliás, não são poucos) admitem o prestigioso perigo, mas insistem em que a destreza torna a queda improvável; todos afirmam que houve poucos acidentes na história do trapézio.

Sem dúvida por considerá-los de notoriedade pública, em certa conversa que logo relatarei, Claudia Valserra mencionou dois acidentes do ano passado; seu interlocutor, que os desconhecia, pode inferir que foram praticamente simultâneos, que um aconteceu no circo Medrano, de Paris, e outro em Edimburgo, e que por causa deste último, Johnson ficou sozinho e órfão.

Eis os fatos: no circo Medrano caíra, em um salto triplo executado sem rede, Jim Valserra. Quatro ou cinco dias depois aconteceu o acidente de Edimburgo. Johnson recebeu pouco depois uma carta de condolências, com uma generosa proposta de unir-se a eles, do famoso Gabriel, pai de Jim e chefe do grupo dos Valserra. O pai que tinha perdido o filho sentia, evidentemente, a necessidade de ter perto, de consolar e de proteger aquele outro filho que ficara sozinho no mundo. Como Johnson não concebia a vida longe dos trapézios, aceitou a oferta, pôs seus documentos em ordem, partiu a Paris. Com os Valserra, trabalhou em Roma, Nápoles, Genebra, Aix-en-Provence, Pau, Londres, Bath, Madri, Lisboa. Ocupou o lugar de Jim, imediatamente no espetáculo, aos poucos no coração de Gabriel. Por volta de 1951, com a *troupe*, veio a Buenos Aires.

Originalmente a *troupe* era composta por Gabriel e seus filhos. Com a morte de Jim, restaram três filhos: Claudia, uma mulher de pouco menos de trinta anos, de porte reto e flexível, com uma cabeleira que nos melhores dias parecia avermelhada; nos piores, cor de rato; nos indiferentes, castanha; de olhos redondos, muito sérios, com nariz pequeno, mãos brancas, suaves, expressivas; muito louca, muito doce e (um segredo que adivinho) com um fraco pelos homens; Beto, o culto, o cortês, o bem-apessoado, de língua presa, o avarento Beto, tesoureiro do grupo até que Gabriel e Claudia descobriram — sem se zangarem, com essa graça que às vezes nos causam as peculiaridades das pessoas queridas — que depositava o dinheiro de todos em contas e ações em seu nome; e por último Horacio, filho de outra mãe, de tamanho diminuto, cabelo escuro, tez branca e rosada, com um quê de almofadinha, de invejoso, de maldoso até. Os Valserra acolheram Johnson com afeto. Deve-se reconhecer que, se o coração de Claudia transparecia um matiz de admiração e ternura, e o de Horacio, de inveja, Johnson, apesar de sua honesta afabilidade, parecia distante e solitário entre todos eles. Podia-se dizer que, para ele, as relações humanas eram secundárias; que vivia, como os santos e os artistas, para sua vocação. Não quero deixar esse ponto sem advertir que a envergonhada inveja de Horacio era (segundo quem podia julgá-la) a mesma que antes ele dedicara a Jim; portanto se tratava de um sentimento fraternal.

Em Buenos Aires, Johnson trabalhou com muito empenho. Nas horas livres — de manhã, entre as funções, tarde da noite, quando o público já tinha se retirado e o circo inteiro dormia — ele se dedicou a aperfeiçoar aquela rara, letal e última flor da acrobacia: o salto triplo. A harmoniosa facilidade do artista foi celebrada pelo quase famoso Clemente Marcón, se não em verso, pelo menos na prosa do quarto de página que o poeta mantém em um jornal da tarde e que, surdo às rimas cacofônicas, intitula de *Balcão cidadão*. Com uma fórmula expressiva, mas involuntariamente ambígua, Marcón observa que *o rapaz voa e evolui pelos trapézios como um peixe no ar.*

Depois de dominar o salto mortal triplo, Johnson empreendeu o estudo do salto quádruplo, acrobacia praticamente impossível, realizada apenas por saltimbancos orientais e, talvez, quiméricos. Então começaram a acontecer acidentes anômalos. Em provas menores, a visão, ou as mãos, ou o senso de ritmo falharam; várias vezes Johnson esteve a ponto de cair. Gabriel Valserra disse:

— Você está cansado. Deve deixar o trabalho por um tempo.

Johnson não o escutou. Certa noite, pouco depois, aconteceu a queda. O público permaneceu em silêncio: não sabia se tinha presenciado um acidente ou uma acrobacia. Quando viu que Johnson, erguendo-se na rede — por sorte, tinham estendido a rede nesse espetáculo —, quando o público viu que Johnson, digo, saudava, aplaudiu freneticamente.

No dia seguinte, Gabriel Valserra apareceu com um médico. Ele se interessou pelo relato dos acidentes que culminaram na queda; examinou Johnson; diagnosticou *surmenage* e receitou repouso, por vinte dias, nas montanhas. No início de setembro, Johnson partiu para um lugar dos Andes, do lado chileno, não muito longe da Ponte do Inca. Seus companheiros o buscariam lá, a caminho de Santiago, onde a *troupe* completa deveria se apresentar no dia 23.

II

Não me contou como foi sua chegada, mas imagino que não tenha sido muito diferente da minha. A pessoa sai do trem; atravessa por um túnel, da estação até o subsolo do hotel e um elevador o leva até o balcão intitulado "recepção"; enquanto apresenta documentos e preenche formulários, repara, nos salões adjacentes, em hóspedes que rondam com familiaridade e de suéter. É invadido por um instantâneo desânimo. "Pensar", reflete, "que muito em breve distinguirei uns dos outros, que opinarei sobre eles, que de algum modo entrarei em suas vidas. Que incrível, que deprimente." Livra-se dessas considerações para seguir um senhor com uma chave, primeiro até o elevador, depois, pelos corredores do segundo andar. Já está em seu quarto. Abrem a janela, perguntam se precisa de alguma coisa, o deixam a sós. Vai até a janela. Ao redor, até o céu, há montanhas (logo lhe informarão que o sol nasce às dez e se põe às quatro). Com mão trêmula, desabotoa o colarinho. Murmura: "Caí num poço. Devo estar louco. Só um louco para se afastar de Buenos Aires". Olha para o telefone; se não lhe faltasse coragem, perguntaria no ato quando passa o primeiro trem de volta. Nesse instante, entra um homem com a bagagem e solta as correias das malas.

Assim como ocorreu com Johnson, um médico me diagnosticou *surmenage* e me enviou lá para minha recuperação. Eu não acreditava em minha doença; sou bastante forte e, francamente, nunca trabalhei demais. Mas alguma coisa eu tinha. De repente, instalava-se um tremor em minhas mãos, uma moderada alternância de calor e frio, um levíssimo suor. Devo reconhecer que da primeira vez esses fenômenos foram acompanhados de uma vaga, porém genuína e profunda, sensação de beatitude, naquele mesmo dia em que cheguei, enquanto alinhava os livros sobre a cômoda.

Tentei entender essa beatitude. Pensei que há um encanto particular, não isento de um matiz de tédio agradável, nas estâncias de repouso. Normalmente, duas tendências disputam nos seres: uma, espontânea, que os induz a não fazer nada, e outra, imposta nos primeiros anos de vida, que os leva a encontrar culpa no ócio. Quando partem a uma estância de repouso, a paz na alma se reestabeleceu: o ócio está sancionado pela indiscutível autoridade do médico; o senso de responsabilidade, pelo menos em seu triplo e desagradável caráter de afã por se submeter, cumprir o dever, deixar uma obra, fica em suspenso; o homem encontra-se em um desses raros momentos da vida, como as paradas de uma viagem, em que a ocupação obrigatória é alimentar-se, esquecer as preocupações, repousar, tomar sol. Que o mundo considera isso necessário é um fato proclamado pelo hotel do lugar, com sua dispendiosa, complexa, considerável realidade. Cada pessoa ali emana um pouco de calma e de tédio, e tudo está envolto em um halo de indolência, como uma casinha dentro de uma bola de cristal.

Uma brisa entrou pela janela e estremeceu as cortinas de cretone. Algo em mim também se estremeceu. Para encontrar força em meio à debilidade, murmurei *le vent se lève, il faut tenter de vivre*. De pronto fechei a perigosa janela. Depois saí do quarto e parti para conhecer o hotel, que era muito grande, uma espécie de monstruosa cabana de pedra e madeira envernizada. E — como pude esquecer? — de couro por dentro, totalmente de couro. Ainda hoje não consigo ver sobre uma mesa uma dessas perfumadas caixas de couro sem uma crispação de horror. Que profusão, que luxo. Em todo luxo palpita um íntimo sopro de vulgaridade; ocasionalmente, por mimetismo ou harmonia com alguns estilos — o Luís xv, o Luís xvi — não destoa; mas com que ímpeto transborda a vulgaridade no estilo rústico dos milionários e dos donos de hotel.

Como a temporada havia acabado, o hotel estava quase vazio. Por toda a parte eu sentia, ainda assim, uma presença indeterminada; ao penetrar em cada um dos vastos e desolados cômodos me sentia a ponto de surpreendê-la; era como se restasse um fantasma da vida que pouco antes estava lá; parecia que, ouvindo com atenção, ainda seria possível escutar o eco daquele tropel de gente. Então o lugar me revelou um novo encanto: o dos dias que se seguem ao fim da temporada. Nós os sentimos ansiosamente, porque estão mesclados com a nostalgia das coisas passadas, com a angústia de querer reter o que já se foi.

No subsolo, há uma livraria e tabacaria, uma *boîte*, uns escaninhos e um uma oficina de esquis, uma enfermaria, um salão de barbeiro e um de jogos, onde os funcionários da alfândega disputam partidas infinitas de pingue-pongue; no primeiro andar estão os salões para os hóspedes, o restaurante, a loja principal, a capela, o cinematógrafo; nos andares superiores, os quartos e o terraço do *solarium*. O que me impressionou foi a capela. De pronto, com sua elegância e brancura imaculada, revelava-se uma anomalia agradável em meio àquela inundação de rusticidade e couros. Era greco-romana, pagã, tão pagã que, conforme fiquei sabendo depois, o sacerdote que vinha de Río Blanco o desdenhava e rezava a missa no cinematógrafo.

Com certa dificuldade para me orientar, cheguei à "recepção". Apoiando-me no balcão e com ar confidencial, dirigi-me a um dos estilizados senhores que ali trabalham (com suas *jaquets* pretas e impecáveis, em meio a turistas vestidos de modo a eludir todo orgulho convencional e de exaltar a variada feiura humana, parecem os últimos vestígios da moribunda raça dos senhores). Perguntei:

— Qual é a explicação para esse pequeno templo pagão, tão diferente do resto do hotel?

O senhor me olhou alarmado e com uma contrariedade que sua inveterada cortesia procurava dissimular. Suspeitava, sem dúvida, que teria alguma queixa; parecia convencido de que descobriria em minhas palavras, de repente, alguma impertinente referência ao mau funcionamento dos telefones ou do encanamento de um banheiro. Por sorte, outro senhor de espírito mais ágil interveio; opinou que o porteiro, que chamou de *concierge*, poderia me informar. Esse homem — corpulento, sanguíneo e, talvez por contraste com os senhores da "recepção", notavelmente esperto — me disse que o templo era tudo o que restava de um hotel anterior, construído por um tal de Martín Bellocchio Campos. Continuei averiguando:

— Por que — perguntei — o senhor Bellocchio construiu um templo greco-romano?

— Não faço ideia — respondeu o porteiro. — Também construiu um teatro aberto, à moda antiga, em Valparaíso, onde dançam óperas ao ar livre nas noites de verão, e outro em Punta Arenas, que não foi terminado e ainda hoje é uma ruína. Ouvi dizer que por um tempo andou coberto com uma vulgar toga, dessas de lençol, e que, se o senhor o visse, o tomaria por um fantasma. Era um homem bastante religioso, meio açougueiro, que levava cordeirinhos a esse altar todo branco, e nem queira saber de que jeito o deixava. Não à toa os turistas reclamavam e acabavam indo embora para nunca mais voltar, com aquele cheiro de sangue que arde no nariz, e com o templo e boa parte do estabelecimento em petição de miséria com o sangue das ovelhas degoladas.

Isso tudo foi confirmado pelos funcionários da alfândega que jogavam pingue-pongue. Alguns chegaram a conhecer o senhor Bellocchio, homem notável, ao que tudo indica, pelos seus belos olhos azuis, seu olhar esperto e seus modos tranquilos; garantiram que na juventude ele havia viajado pela Grécia e por Roma, ou que tinha lido o livro de Victor Duruy sobre os gregos, e que desde então ficou enfeitiçado pelo mundo antigo, a ponto de perder sua fortuna em anfiteatros e de acreditar na mitologia pagã. Era particularmente devoto de Baco; a capela do hotel era consagrada a esse deus. Tudo isso e muito mais consegui extrair habilmente de um funcionário canhoto. Depois de cada partida, o pobre canhoto falava um pouco do senhor Bellocchio, de Baco e das superstições do lugar; sinceramente, falava a conta-gotas; propunha-me outra partida, e eu não podia recusar. Que saque tinha aquele bárbaro! Dava gosto vê-lo jogar. Ele me ganhou algo como mil e quinhentos pesos chilenos, mas eu, em matéria de informação, chupei o sangue dele, como diz o outro. Descobri, em um pouco tempo, que Bellocchio comemorava todos os anos a festa do deus, chamada *liberalia*; que nessa oportunidade Baco infalivelmente aparecia (em outras também, claro); que pululavam os duendes; que na cordilheira havia sombras estranhas e, como a essa altura a mente já funcionava de maneira anormal, cada um podia interpretá-las de acordo com sua fantasia; que todos os habitantes eram supersticiosos (até as sociedades anônimas: a do novo hotel não se atreveu a derrubar o templo de Baco); que na Ponte do Inca havia um fantasma inglês conhecido como El Futre; que, em ocasiões propícias, das profundezas da lagoa que ficava em frente, emergiam, com a cabeleira negra e lisa penteada de forma impecável, com as roupas secas, quatro princesas indígenas etc.

Na biblioteca — insignificante, organizada com critério casual — encontrei a *Enciclopédia Hispano-Americana*. Folheei dois ou três volumes em busca de referências a Baco e às *liberalia*. Sobre essas festividades, li que: *Aquele era um dia de liberação. Nada era proibido e permitia-se que os escravos falassem livremente*. Li muito mais, sem dúvida, mas tudo, por ser conhecido ou previsível, sumiu de minha memória.

Naquele dia da chegada, quando saí do hotel e desci até a lagoa, alguma coisa me intimidou. Na hora não entendi a causa. Depois, o engenheiro Arriaga me mostrou que lá não havia pássaros. O que me intimidara era o silêncio insondável de um mundo sem pássaros.

Também não havia outros animais, exceto os cachorros que os policiais usavam para puxar seus trenós. Estes viviam em um refúgio, que servia de alfândega, situado a três quilômetros de distância. Não havia outra população além da do hotel, da estação ferroviária e do refúgio. As montanhas altas e abruptas que cercavam o lugar de muito perto, embora parcialmente cobertas de neve, naquela tarde me pareceram sombrias. Ansioso por fugir dessa clausura, entrei no hotel. Senti certo alívio.

No meu regresso, havia mais gente nos salões que de manhã. Depois descobri que ninguém, ou quase ninguém, saía da cama antes da uma e que muitos dormiam até as três. Aquela vida me lembrava uma viagem de navio. No começo da viagem, olhando os outros, a pessoa pensa, descrente e preguiçosa: vamos nos conhecer. E, assim como em uma viagem, a prevista fatalidade ocorreu: depois de três ou quatro dias em que andei sozinho e, diga-se de passagem, não muito confortável comigo mesmo, nem muito feliz, conheci todo mundo. A sociedade dessa gente não era estimulante, mas em nenhum momento me arrependi de não ter seguido o conselho do general Orellana, da senhora González Salomón e de tantos outros, que viviam repetindo: "Aprenda a jogar canastra e *bridge*. Sem esses recursos, as tardes se tornam muito longas. É preciso matar o tempo". O velho general Benito Orellana era um dos pilares do tédio da temporada. Calvo, com a testa fugidia, os olhos pequenos, as orelhas enormes, o rosto bem barbeado, tinha a expressão de um coelho. Eu me aproximei dele, pensando: "É um técnico. Tem conhecimentos concretos. Com ele aprenderei alguma coisa. Para conversar, devo preferi-lo às senhoras, que, afinal de contas, são meros filósofos que especulam sobre os temas eternos da vida e da alma. Vou perguntar a ele como se comanda uma grande batalha". Pedi opinião dele sobre El Alamein.

— Vou discorrer acerca da minha especialidade — declarou.

Com afirmações rápidas, elogiou "a preeminência da estratégia alemã, dos chefes alemães". Os nomes que citava, notei depois de um tempo, eram de generais da guerra de 1914. Anunciou bruscamente:

— Completei oitenta e dois anos. Nunca fiquei doente. A saúde e a longevidade são uma herança dos meus antepassados, que procuro administrar com prudência. No primeiro dia de frio, dou as costas a Buenos Aires e fujo para La Falda. No primeiro dia de calor, corro para cá. Mantenho essa disciplina há trinta anos. Trinta anos! Uma vida! Agora ando preocupado, pois desta vez cheguei antes da hora.

Quando o general anunciou: "Vou discorrer sobre os deveres do escritor nacional, deveres de patriotismo", decidi passar para o obeso, imberbe, sem queixo e com três papadas engenheiro Arriaga (que, segundo o próprio general, "tinha sido, em sua remota juventude, um homem interessante, um rei sem coroa da Buenos Aires noturna, um festeiro que embarcava em seu iate *Bagatelle* com uma *troupe* de bailarinas nuas"). O engenheiro me explicou:

— O senhor não sabe como eu gostaria de caminhar pelos arredores. É outro ar, como dizia um amigo médico, mas me limito estritamente aos corredores do hotel. Não trouxe bengala. A bengala deforma, não permite caminhar com a flexão correta. Mas tente caminhar pelos arredores sem levar uma. Onde o senhor se enfia se um cachorro o atacar?

Nem todas as pessoas — uma quantidade exígua para a imensidão do hotel, mas bastante numerosa — eram como o velho general e o engenheiro obeso. Havia um grupo de garotas muito jovens, vestidas com suéteres esculturais e agarradas calças de esquiar, as quais resolvi redimir de uns rapazes estúpidos cuja técnica de galanteio, que praticavam constantemente, consistia em fazer barulho e correr pelos quartos. Embora não fossem bonitas, considerei-as refrescantes como um copo d'água de Apolinaris bebido em jejum. As moças, aliás, tinham de sobra *la beauté du diable*. Também havia uma senhora chilena, já entrada nos quarenta anos, loira, de bela pele, que curiosamente começou a falar comigo em frente a um dos janelões que davam para a lagoa.

— Está nevando — disse.

— É verdade — respondi.

— Estranho para a época — afirmou. — Estamos quase na primavera.

Pareceu-me a pessoa mais agradável das que então habitavam o hotel; teria gostado de conhecê-la, mas, inexplicavelmente, fui tomado de uma grande preguiça, e com grande esforço não consegui fazer mais que três perguntas espaçadas em um grande silêncio:

— A senhora é chilena? Vai ficar alguns dias? Já esteve em Buenos Aires?

Do bar, onde bebia um perpétuo copo de gim, o velho Sanders, com sua cara vermelha, me olhava com sarcasmo. Irritou-me que aquele cavalheiro se desse ao direito de zombar de mim, ele, que tinha vivido uma vida de luxo ocioso, sustentado pelo trabalho de seus antepassados. Minha vontade foi dizer-lhe, como ao pequeno poodle de uma amiga, filho de cachorros de circo, a quem, para fazê-lo dançar sobre as patas traseiras, bastava ordenar: "Lembre-se dos seus antepassados". Mas Sanders não teria obedecido. Era um dom-juan em recesso; estava sempre próximo ao mar ou à serra; vestia cores violentas; tinha algo de fantoche e de marujo.

Tomei chá com a senhora González Salomón (que tentei ganhar com a pergunta: "Posso chamá-la de Irene?"), com Arriaga e com Griffin Johnson. A senhora, agitando sua redonda cabecinha de títere, na ponta de um pescoço de dromedário, que as rugas tornavam humano, nos confidenciou:

— Quando eu era moça, nesses lugares só havia gente conhecida — baixou a voz e olhou ao redor. — Agora, em compensação, a gente se pergunta: de onde saem esses espantalhos? Qual a sua origem?

Pedi aos céus que a senhora não descobrisse, pelo menos até que eu deixasse a mesa, que Johnson era acrobata.

De Johnson cheguei ser bastante amigo. Naquela tarde, quando a senhora partiu, falei com ele sobre sua profissão. Apesar de pouco loquaz, era inteligente, conhecia seu trabalho e gostava dele, de modo que nossas conversas eram sempre instrutivas. Devo a ele tudo o que sei sobre circos.

Não entendo por que ele resolveu aprender a esquiar. Arriaga ou algum outro imbecil tinha dito que as pistas, com a persistente nevada, estavam de novo "em condições". Tentei dissuadi-lo.

— Para que interromper essa rotina, talvez enfadonha, mas tão restauradora? Depois da infância, não se aprende nada. Atrapalhados com esquis e bastões, a única coisa que aprendemos a cada tombo é que não temos equilíbrio, que não sabemos caminhar.

Johnson ignorou estas ponderadas reflexões; e, como parece reprovável desdenhar qualquer iniciativa, por mais tola que seja, e defender a inatividade, desci com ele até o porão e o acompanhei até o próprio reduto do professor de esqui. Era um herói de guerra chamado Hinterhöffer, um homem colérico e orgulhoso, e as pessoas lhe perdoavam qualquer coisa por respeito às suas façanhas e seus grandes sofrimentos. Só vendo a maneira como ele nos tratou. Quando Johnson disse que queríamos aprender a esquiar, nos jogou na cara que a estação tinha terminado — *das Ende, finis, halte là!* —, que todos os demais professores, bando de ineptos, tinham voltado para suas casinhas, que ele estava sozinho, que tinha muito trabalho: *müde, krank, verrückt.* Respondi com certa irritação:

— Sendo assim, não tenho o menor interesse em aprender. O menor interesse.

Hinterhöffer não me escutou. Combinou com Johnson, que não perdia a calma, a primeira aula em certa hora de um dia da semana seguinte.

Uma noite vimos no cinematógrafo um filme intitulado *O destino bate à sua porta* e, na seguinte, *O baile de máscaras.* O último tratava de um tema conhecido. Em uma cidade italiana, por volta do século XV, irrompe a peste. A corte se fecha no castelo, no alto do morro, e se entrega à frivolidade e à licenciosidade, enquanto lá embaixo a plebe morre. Em uma festa à fantasia — no castelo, claro — aparece uma maravilhosa mascarada. Quem é? Quem é?, perguntam as damas. Logo descobrem. É a peste.

Suspeito que a chegada dos Valserra ofendeu a sensibilidade de Irene González Salomón. Decerto considerou que a invasão era intolerável, mas devia estar secreta e maternalmente apaixonada por Johnson, pois não reclamou. Que estou dizendo? Mais de uma vez a surpreendi dando faceira atenção a Beto e a Horacio e conversando, durante chás intermináveis, com Gabriel. Na verdade, Gabriel — tão esguio, tão silencioso, com o breve bigode cinza e com aquele fundo de sabedoria e doçura no olhar — era muito mais "distinto" que o resto de nós; como se isso não bastasse, acrescentaria que, em uma comédia inglesa, Gabriel receberia o papel de coronel ou de juiz. Com Claudia Valserra, a senhora nunca conseguiu se entrosar.

Um capricho imperial, como surpreendentemente observou o velho Sanders. Pelo menos quanto a Claudia, eu e Sanders concordávamos: era a mulher mais delicada, mais graciosa, mais encantadora que tínhamos conhecido. Irene, ao contrário — por que sujo este relato com essa pessoa grotesca, quando na realidade eu evitava olhar para ela? —, desprezava Claudia e se amigava com as garotas de suéter e seus irritantes rapazotes. Um dia, aproveitando uma ausência (momentânea, sem dúvida) dos rapazes, aproximei-me daquelas adolescentes vulgares e lhes relatei a conversa com o professor de esqui. Devo reconhecer que fui engraçado. Não consegui fazê-las rir. Elas gostavam muito de Hinterhöffer, tinha sido um herói, um *miles gloriosus* etc. Em um esforço de galanteio, propus a elas que me ensinassem a esquiar. Recusaram; alegaram que partiriam, com seus amiguinhos, supostamente no dia seguinte, para uma excursão pela montanha. O pretexto se revelou verdadeiro, mas isso não muda o fato de que aquelas molecotas inexperientes me trataram como se não sei que intransponível distância de gerações as separasse de mim; pior ainda: chamaram-me de "senhor". Filosoficamente, disse a mim mesmo: "Trata-se de um erro de informação. Não sabem que sou jovem. Devo perdoá-las". Mas é inútil negar, depois da conversa me senti muito velho. "Estou assim", pensei, "porque me afastei de Buenos Aires. Lá as pessoas se reconhecem, estão prevenidas, não acontece esse tipo de coisa."

No dia seguinte, 13 de setembro, nevou copiosamente. A ruidosa juventude tinha partido cedo, para sua excursão. Achei que por algumas benéficas horas poderia esquecer as garotinhas desagradáveis e seus *chevaliers servants*. Por algumas horas as esqueci. Depois, como perturbaram...

Haviam planejado as coisas da seguinte maneira: dia 13, viagem de ida; dia 14, pernoite em um refúgio na cordilheira, não sei onde; dia 15, volta. Deveriam chegar ao hotel antes do anoitecer, mas não se importaram muito, pelo visto, em nos deixar preocupados, como Irene González Salomón disse atinadamente. O general também estava certo ao observar:

— As pessoas de hoje, em especial os jovens, não levam a sério a palavra empenhada. O mal que aflige a República, escutem bem, é a insensibilidade ao compromisso.

— Justa observação — concordou Arriaga. — Levo o carro à oficina, me prometem entregá-lo para certa data, vou buscá-lo, todo satisfeito, e descubro que aqueles senhores nem encostaram no carro. Ainda bem que não tenho uma bengala, senão lhes rachava o coco.

— E nós, então — perguntou Irene Salomón, com um fio de voz —, há quanto tempo estamos esperando os pintores? Nem sei mais. Nossa casa chega a dar medo. Mas estou preocupada com esses meninos que não voltam.

Por causa dos moleques, passamos uma noite sobressaltada (menos eu, que depois de ver pela segunda vez em quatro dias *O baile de máscaras*, fui para a cama), muitos acordados e não poucos arriscando, sem sucesso algum, expedições de resgate que, depois poucos metros, deviam regressar precipitadamente, para não se perder no vento branco.

No dia 16 ainda nevava, mas com menos intensidade, de um modo quase tênue. Alguns procuraram Hinterhöffer para organizar devidamente um grupo de esquiadores que saísse em busca dos garotos. Não o encontraram. Sanders e Johnson partiram em direção ao refúgio dos carabineiros. Em duas horas, voltaram com notícias alarmantes. Não poderíamos esperar auxílio daquele lado. No refúgio, restava apenas um guarda; os carabineiros e os funcionários da alfândega tinham partido para socorrer um trem barrado pela neve em plena cordilheira. Nossos amigos voltaram com histórias de avalanches e de soldados que tinham se perdido a poucos passos do quartel e que morreram petrificados, nus, pois a pessoa sente um grande calor no vento branco e, apavorada, tira a roupa; a morte os fulminou de pé e ficaram parecendo um grupo de estátuas de pedra branca. Isso não tinha ocorrido naqueles dias, e sim anos atrás, em algum outro temporal, mas o relato chegou com as outras notícias e aumentou nossa preocupação. Essas notícias, menos pitorescas e trágicas, tinham um traço comum: todas eram ruins. Os trilhos de trem, que ontem se partiram, hoje estavam cobertos por vários metros de neve; os postes do telégrafo e do telefone também tinham sumido. Em suma, estávamos completamente ilhados. Talvez para nos distrair — o círculo de ouvintes o olhava com uma inconfundível expressão de abatimento —, Sanders contou que, durante a primeira metade do trajeto até o refúgio, tivera de dar indicações a Johnson sobre como segurar os bastões, mas que logo Johnson começou a esquiar melhor do que ele. Provavelmente, nessas palavras havia alguma verdade e muito exagero.

Não era agradável saber que nos encontrávamos tão bloqueados. Por um grotesco desvio da razão, caí na mania de recordar com remorso os dias anteriores ao temporal, quando podia sair e preferi não fazê-lo. Confinado no hotel, pensei que iria sufocar. Continuamente me aproximava das janelas na esperança de que tivesse ocorrido um milagre que nos permitisse escapar dali. Organizamos jogos de sociedade. Todos recebiam um papel e um lápis. Um dos jogadores escrevia, sem que ninguém pudesse ver, três perguntas. Os outros, em seus papéis, punham as respostas. Depois líamos em voz alta as perguntas e as respostas. Achávamos muito engraçadas. Nas minhas, notei certa propensão à pornografia e muita idiotice. As mais poéticas eram as de Claudia. Também brincamos de caça ao tesouro. Às quatro da tarde, a neve já chegava ao segundo andar. De noite diminuíram a luz, sob o pretexto de que as reservas de combustível eram insuficientes. Houve algum uso de coramina, desmaios mais ou menos autênticos, mas eu assisti, como se nada estivesse acontecendo, com um pequeno punhado de fiéis, à segunda exibição de O *destino bate à sua porta*. Contanto que não bata em nós, exclamou alguém. Que piadas fazíamos naqueles dias! Às vezes lembro, com pena, de todos nós. Sanders comentou:

— O *baile de máscaras* é o culpado pelo que está acontecendo. Logo percebi que esse filme era de mau agouro. Também vai aparecer entre nós uma presença misteriosa. No fim descobrimos quem é, e morremos todos. É o Espírito da Neve.

Sim, nossas piadas eram péssimas. Contudo, quando eu tentei eximir a última de Sanders e comecei a dizer: "Esse marinheiro, ou dom-juan, em desuso…", Claudia me interrompeu:

— É verdade. Como os marinheiros carregam a tristeza do mar, ele tem nos olhos a tristeza e o amor de todas as mulheres que o amaram. E o pobrezinho, vestido como um arlequim, luta para não se deixar vencer pelos anos. Mas não tenha pena dele: luta com coragem e nos deixa loucas.

Duvido que ele a deixasse louca. À chilena, sim. Claudia estava apaixonada, mas não por Sanders.

Como expressar a mudança que ocorreu à meia-noite? Eu diria, talvez, que foi uma transfiguração espiritual; como se, para enfrentar a terrível situação, cada um tivesse se despojado do que era secundário e contingente. Parecia também que parte da sutil frieza da neve que apertava lá fora tivesse passado para o ar em que nos movíamos; mas não era uma frieza paralisante, pelo contrário: nós nos encontrávamos mais leves, mais despertos. De fato, aquela foi uma noite de atividade e muito poucos se recolheram à cama. No dia seguinte, Claudia me contou o que houve. Eu a escutava encantado, com tal desprendimento de qualquer paixão pessoal, que entendi de uma vez por todas que meu papel na vida é talvez o de um cronista, sem dúvida o de um espectador, nunca de um ator. Claudia, a encantadora Claudia, me falava de alegrias e temores que sofria por causa de outro, e eu não sofria com isso!

Quando o relógio luminoso da "recepção" deu as doze badaladas, Sanders comoveu os presentes com o anúncio de que na manhã seguinte partiria em busca dos jovens. Johnson disse que ele também iria. Gabriel quis acompanhá-los, mas Sanders lhe perguntou:

— Quando foi a última vez que o senhor esquiou?

— Em Interlaken, em 1927.

— Vai nos dar mais trabalho do que ajuda — disse Sanders e não o aceitou.

O general declarou com secura e firmeza:

— Vou discorrer sobre essa planejada expedição de resgate. Já que o professor saiu em busca dessa garotada dos diabos, parece-me inútil que os senhores arrisquem a pele.

Nem Sanders nem Johnson o escutaram. O general continuou:

— Devemos ser lógicos. Estamos presos em um lugar determinado. Eles estão perdidos em um lugar indeterminado. Sair é difícil para nós; encontrá-los, improvável. Deixem que os meninos voltem ao hotel. A prudência aconselha que permaneçamos aqui, como manda a sábia natureza que nos bloqueia, quietinhos, quietinhos. Deus sabe o que faz. Para a tranquilidade de todos os envolvidos nesse assunto, posso informar-lhes que dispomos (segundo apurei) de uma reserva satisfatória de provisões. Com isso, lhes dou boa noite.

Com isso, o general Orellana se levantou da cadeira, inclinou a cabeça e partiu rumo a seu dormitório, tão certo de seu direito ao descanso como aquele seu glorioso colega que, em meio ao fulminante avanço dos alemães, no início da guerra de 1914, não perdeu uma só hora de sono.

A chilena e um senhor da "recepção" falaram quase ao mesmo tempo:

— Duvido que o professor de esqui tenha saído em busca dos garotos — disse a primeira.

— Não estou autorizado a revelá-lo — disse o segundo —, mas acabo de receber a notícia de que algum ladrão misterioso atacou a despensa. Agora nossas reservas já não são tão satisfatórias assim.

Sanders, que conhecia bem aquele setor da cordilheira, dedicou-se a estudar os mapas. Claudia propôs:

— Vamos organizar a busca do ladrão.

De mãos dadas, correndo, começaram a revistar o hotel, a chilena com Horacio, Claudia com Johnson. Beto foi sozinho. Claudia contou que ao sair da biblioteca, onde todos estavam reunidos, notou em Irene González Salomón um olhar de ódio. Aquela busca lhes deparou surpresas. Horacio e a chilena toparam com Beto plantado à porta de um dos quartos do sexto andar (que estava, praticamente, interditado). Beto tentou evitar que entrassem no quarto, mas quando os outros o empurraram para o lado e viram metade da despensa amontoada na cama, nas cadeiras e na cômoda, ele afirmou que tinha encontrado as provisões roubadas ali e, para evitar o escândalo, aconselhou-os a não dizer nada. Entenderam que Beto era o improvável ladrão. Horacio

HISTÓRIA PRODIGIOSA 535

confidenciou depois a Claudia que teve de se conter para não chamar os outros, mas que logo depois ficou estarrecido, como se tivesse descoberto que seu irmão estava louco. De certo modo, sabia que não era assim; mas aquela ridícula, miserável e descomedida expressão de rapacidade de Beto era muito atroz para ser levada a sério. Precisava esquecê-la, como se tivesse acontecido em um sonho. Toda aquela noite parecia um sonho.

Talvez para dissimular mutuamente que o episódio tinha sido lastimável, continuaram a expedição pelos altos do hotel; em um último desvão encontraram aquele falso herói de guerra, Hinterhöffer. Tinha se escondido ali para que não o obrigassem a partir em busca dos garotos. Quando escutou os passos de Horacio e da chilena, ele se encolheu tanto em um canto, se contraiu tanto, que ao sair não conseguiu ficar de pé e teve de passar um tempo considerável andando de cócoras, como um anão colérico. Foi o primeiro a falar da musiquinha. Disse, com o orgulho ferido, que dez Horacios e dez chilenas não seriam suficientes para caçá-lo, que nunca o pegariam se aquela musiquinha não o tivesse aterrorizado. Comentei, com tiradas que, pelo menos para mim, conservavam intacta a virtude de provocar o riso, aquela musiquinha que Hinterhöffer ouvira ou inventara. Todos me olharam com uma expressão estranha, como que absortos em reflexões e, sem muito empenho, sorriram. O humorismo de lei estava perdido entre aquela gente.

Quanto a Claudia e Johnson, nessa noite descobriram seu amor. Trocaram olhares e, no mesmo instante, souberam disso. Depois, como todos os amantes, procuraram o destino, isto é, encontraram em algo que passou despercebido no dia em que se conheceram, ou no que disseram um ao outro certa vez, ou no que sentiram em outra, sinais premonitórios, provas de que, se não conscientemente, de um modo mais profundo, sempre souberam que eram um para o outro e claras evidências de que suas vidas já estavam havia muito tempo encaminhadas...

Pobre moça, não queria se enganar. Conversando comigo, reconheceu que, em outras ocasiões, pensou estar apaixonada, que nunca foi fiel a ninguém, que sempre se deixou levar pela esperança de encontrar algo maravilhoso, ou pela curiosidade.

— Ou por uma generosa modéstia — acrescentei, tentando interpretá-la. — Pelo escrúpulo de não se dar importância.

Não respondeu nem que sim nem que não, e falou do cansaço, da futilidade e da amargura.

— Mas agora — garantiu —, agora estou apaixonada. Agora eu sei...

— Agora sabe que não será infiel — concluí impaciente e, talvez com mau gosto, inclinei-me para fazer uma reverência, arrisquei uma piada —, e eu escolho justo este momento para conhecê-la!

Teve a bondade de sorrir. Continuou falando da noite. Johnson e ela não queriam se lembrar da futura manhã, que traria a separação, talvez definitiva, porque a expedição de resgate era temerária. É justo reconhecer que em nenhum momento Claudia pediu a ele que desistisse da expedição, e que nem ele pensou em desistir. Essa noite foi, para eles, generosamente longa, misteriosamente longa. Quando enfim chegou o dia seguinte, o vento amainou; às dez, tinha parado de nevar; Sanders apareceu; Johnson beijou a mão de Claudia (pensando: "Amo esta mão mais do que a todas as pessoas do mundo"), e os dois heróis partiram, nítidos e diminutos na brancura da cordilheira. Nós os observávamos em silêncio, quando Irene González Salomón começou a chorar e, com o rosto entre as mãos, correu para seu quarto. Ouvir o choro de uma velha dá azar.

Embora não tenham faltado incidentes, o dia transcorreu com lentidão. Gabriel Valserra praticava esqui nos arredores. Os demais liam ou conversavam, mas alguma parte de nossa atenção aguardava os expedicionários. Claudia me contou sua vida, a de Johnson, o acidente de Edimburgo, o do circo Medrano e os episódios da noite; tratando de que as ocasiões em que o mencionava parecessem justificadas, naturais ou fortuitas, falou irresistivelmente de Johnson.

As pessoas se reuniram à tarde no bar. De vez em quando, alguém se levantava e se aproximava das janelas. Claudia ia me dizer algo sobre uma procissão de músicos e dançarinos quando a velha Irene caiu no choro. Como desejei que ninguém percebesse! Como desejei que aquele choro asqueroso não tomasse corpo! Secretamente me zanguei com a pobre Claudia, ao vê-la inclinada sobre a velha, consolando-a. A velha não respondia, mas, como se as palavras de Claudia a comovessem, chorava com maior ímpeto. Todos nós olhávamos a cena. De súbito, o quadro ganhou vida infernalmente e reluziu um metal. Demorei a entender o que tinha visto. A velha já soluçava nos braços da chilena; um segundo antes, como uma gata raivosa, havia atacado. Se a chilena não intervém e, com mão segura não desvia o golpe, a velha teria cravado no peito de Claudia uma tesoura aberta.

Depois ficamos às escuras. Trouxeram velas. Explicaram que o combustível tinha acabado. Gabriel observou:

— Se ninguém fizer sinais com uma luz lá do alto, não vão encontrar o hotel.

Beto partiu para o solário com um lampião de querosene. Dali a pouco, eu mesmo resolvi subir. Precisava ver o ventinho que tinha lá em cima. Por mais que eu agitasse o lampião, não consegui vencer o frio. Quando chegou Horacio para me substituir, desci e bebi uma xícara de chá bem quente.

— Vamos para o terraço — Claudia disse a Beto. — Quero ver o que Horacio está fazendo.

Voltaram muito rapidamente. O que tinham visto era inacreditável: a escuridão completa. Beto subiu correndo escadas acima, para saber por que seu irmão tinha apagado o lampião. Alguém disse depois que se atracaram aos socos. O fato é que Beto ficou lá, fazendo sinais, e que Horacio, no bar, nos falou da musiquinha. Disse que, ao escutá-la, sentiu que devia apagar a lanterna.

— Apagar? — repeti como um eco. — Por quê?

— Para que todos se perdessem, Johnson e os outros. Para que morressem de frio. Senti ódio deles. É terrível.

O aspecto melodramático das declarações de Horacio me deixou despreocupado; mas não o aspecto que poderíamos chamar de técnico. Escutada apenas por Hinterhöffer, a musiquinha era sem dúvida um embuste; confirmada por Horacio, era no mínimo um problema. Não obstante, o fato, nas circunstâncias de Horacio, revelava-se ainda mais incompreensível do que nas de Hinterhöffer. Em muitos quartos há receptores de radiotelefonia; Horacio, a chilena, ou Johnson e Claudia, ou qualquer outra pessoa bem poderia ter aberto o contato de um desses aparelhos; isso mais ou menos explicaria a musiquinha ouvida por Hinterhöffer (digo mais ou menos porque, desde o dia anterior, a radiotelefonia não funcionava no hotel; mas eu lá entendo dessas coisas? As condições que interromperam a recepção poderiam ter mudado). Porém, como se explica a música escutada por Horacio na solitária elevação do solário? Ou me enganei ao falar de uma confirmação? Tratava-se, simplesmente, de um caso de autossugestão?

A chilena perguntou onde estava Gabriel.

— Contrariando meus formais protestos — anunciou o general —, calçou os esquis, disse que os expedicionários estavam chegando, que ia ao encontro deles e lá se foi! Pessoa respeitável, mas um tanto impulsiva para o meu gosto.

Apesar da atitude imprudente, Gabriel não tinha perdido a lucidez; eu diria que ele adquiriu uma virtude premonitória; de fato, pouco tempo depois encontrou o grupo que penosamente regressava da montanha. Reanimou-os com garrafas térmicas de café quente e, nesse último quilômetro de cansaço mortal, ajudou-os a chegar até o hotel. Como um cãozinho ferido, uma das garotas gemia suavemente; outra ria e outra rolava pelo chão. Seus amiguinhos não pareciam se encontrar em melhor estado: esqueçamos deles, com indulgência. Todo mundo abraçava Sanders e Johnson.

Nessa noite, mais cedo que de costume, chamaram para o jantar. Magnânimos vinhos regaram a comilança e o clima, naquele salão que nos dias anteriores parecera lúgubre, era de festa. No entanto, a alegria não pôde contra o cansaço; antes das dez, todos nos recolhemos aos quartos.

Adormeci sem dificuldades e, como era previsível, sonhei com a musiquinha. Como costuma ocorrer nos sonhos, a ilusão era convincente: achei que a musiquinha, ou sua causa, estava no quarto, junto à minha cama. Acordei sobressaltado. Depois de algum tempo, percebi que não voltaria a conciliar o sono. Nunca estivera tão desperto em toda minha vida: como um misterioso poder me habitasse, analisei a fantástica realidade daqueles dias. Lembrei-me do que o funcionário da alfândega tinha dito e o que eu havia lido na *Enciclopédia Hispano-Americana*. O motivo da conduta de cada um ficou estranhamente claro: o despeito de Horacio, o medo de Hinterhöffer, a cobiça de Beto, a coragem de Sanders… E quanto a mim? A pergunta me deixou surpreso, com um misto de apreensão e esperança. Em que dia os romanos celebravam as *liberalia*? Tinha certeza de que eu tinha visto um 17, sabia o lugar da página em que se encontrava o número, mas por outro lado, não lembrava o mês. Conferir a data era imperativo. Tirei um braço debaixo das cobertas, e ele esfriou instantaneamente, em vão apertei — ainda não tinha voltado a eletricidade — o interruptor da lâmpada de cabeceira, tirei o outro braço, acendi um fósforo, acendi a vela. Pode-se dizer que essa pobre e claudicante luzinha revelou a vasta escuridão em que me encontrava. Estremeci. Francamente, sem calefação, fazia muito frio naquele hotel. Saltei da cama, me enrolei em ponchos, empunhei o castiçal e, frente ao espelho, murmurei: "Espero que as garotas que me chamam de senhor não me vejam com esta aparência". Saí do quarto, enveredei pelo interminável corredor, cheguei à escadaria e comecei a descer. Por alguns momentos, parecia que uma brisa imperceptível fosse apagar a chama; eu parava; olhava a chama voltar ao normal; ofuscado, retomava meu caminho em direção à biblioteca. Entrevi à direita, a distância, um movimento claro, como de um efêmero raio de luz. Ouvi passos.

— Quem está aí? — perguntei.

Uma voz anômala respondeu:

— O sereno.

Apareceu um homem apontando sua lanterna (nos livros que eu lia quando era criança, essas lanternas, terrivelmente, eram chamadas "surdas").

— Não consigo dormir — expliquei. — Fiquei com uma dúvida sobre algo que li à tarde em um livro da biblioteca. Não terei paz enquanto não consultar o livro. Coisas da insônia!

O sereno me olhou com atenção. Depois de uns instantes, observou:

— O senhor está tremendo.

Repliquei:

— Está frio.

— Vou preparar um chazinho quente — o homem propôs.

Falava como se mimasse uma criança. Pela maneira de pronunciar "preparar" e "chazinho", descobri que era alemão.

— Está bom — eu disse —, mas antes me acompanhe até a biblioteca. Se a vela apagar, vou ficar desorientado e me perder para sempre.

Chegamos lá, pus a vela sobre a mesa e tirei das estantes dois ou três volumes. O sereno foi preparar o chá; na verdade, preferia que ele tivesse ficado com sua lanterna. Quando folheava os volumes, a chama tremia e por pouco não se apagava por completo. Eu estava confuso. Primeiro não encontrei o artigo; depois, o parágrafo. Finalmente li: *Roma celebrava essas festividades no dia 17 de março.* Melhor se eu não tivesse aberto outra vez aqueles malditos livros. Onde eu esperava achar uma confirmação de minha hipótese, encontrei a primeira discrepância. As datas não batiam. Não direi que tudo caiu por terra; mas — por que negar? — aquilo era uma falha.

Consolei-me pensando na inata sabedoria da memória e do esquecimento; da memória, que guardou o 17, útil para a hipótese; do esquecimento, que absorveu o março prejudicial... Essas bobagens logo foram varridas das minhas considerações.

A primeira coisa que percebi aconteceu em minha alma. Como poderei expressá-lo? Foi minha resposta ao que eu ainda não tinha ouvido? De forma tênue e agradável, acalorou-me espécie de júbilo intelectual, como se, excitada por algum estimulante, a faculdade de interpretar e de entender tivesse se desenvolvido de maneira prodigiosa. Eu estava me regozijando — não é sem pudor que escrevo o verbo — com a renovada energia de minha inteligência, quando aconteceu uma coisa extraordinária. A partir desse instante, esqueci tudo o que havia de pessoal, as vaidades, grandes ou pequenas, a consciência do perigo. O fato se mostrou primeiro com uma aparente incerteza, como quando notamos, ao passear por um jardim, a fragrância de um arbusto (e a perdemos e voltamos atrás para recuperá-la); ou como, no campo, em um dia de verão, entre as cálidas emanações do trevo, descobrimos um lugar que parece instável, mas que, ao retroceder, reencontramos o sutil frescor de uma corrente de água subterrânea. Aos poucos aumentou e ficou mais definido o tumulto, como se uma multidão passasse ao meu lado. Esse trânsito apagou a vela, mas nem reparei nisso. Eu estava embevecido com o acorde rumor dos instrumentos (flautas? címbalos?), com eco da gritaria e da dança. Logo a presença ou a procissão saiu da biblioteca; seguindo-a através dos salões escuros, que percorri sem o auxílio de nenhuma luz, cheguei até a porta; eu a abri e tive a impressão de que aquela música feliz se afastava e desvanecia na noite. Parado na soleira, ainda atento à invisível partida, entendi tudo. A meu lado, alguém falou:

— Vai tomar friagem.

Era o sereno. Trazia meu chá. Quando estávamos fechando a porta, me virei bruscamente:

— O senhor não vê nada na neve? — perguntei-lhe.

Respondeu que não. Pensei ver algo como pegadas de um gigante que se afastava. Senti-me exausto; desabei em uma cadeira e bebi em silêncio uma xícara de chá. O sereno, que tinha fechado a porta, me olhava satisfeito. Enchi uma segunda xícara e perguntei:

— O senhor é europeu?

— Sim, senhor — respondeu. — Minha aldeia fica entre a Floresta Negra e o Reno.

— Então me diga: a que mês corresponde, lá na sua aldeia, o nosso setembro?

O sereno abriu a boca e não disse nada.

— Quando é inverno aqui — esclareci — lá é verão, quando aqui é outono, lá é primavera, certo?

O homem deu uma vigorosa palmada na própria nádega e exclamou, alegre:

— Certo! Na Europa, a primavera começa no dia 21 de março. Corresponde a março...

— E que dia é hoje? — perguntei.

— Hoje é 17 de setembro.

Olhamos ao mesmo tempo para o relógio luminoso da recepção. Marcava meia-noite e três minutos. Enquanto o sereno, rindo de benevolamente, corrigia sua afirmação anterior e repetia: "Já é 18, já é 18", eu pensei: "As datas coincidem. Nosso 17 de setembro corresponde ao 17 de março do outro hemisfério. Para nós, neste instante se encerra o dia em que os romanos celebravam as *liberalia*, as festas em homenagem ao deus Baco".

Terminei de tomar o chá e fui me deitar. Na manhã seguinte, acordei com a necessidade urgente de explicar minha teoria. "O mais importante", pensei, "é conseguir um ouvinte capaz de acolher essas ideias. Do contrário, vão achar que nada aconteceu. Vou procurar Claudia e, se não a encontrar, Johnson."

O hall, que parecia o salão de um navio pouco antes de chegar ao porto, estava amontoado de gente. Cada um carregava duas ou três malas, vários casacos, mantas e ponchos. Carabineiros chilenos davam ordens. Só deixavam sair por uma porta; postados ali, obrigavam todos os viajantes a deixar toda a bagagem, exceto uma mala menor e um casaco. Todos pelejavam para chegar à saída.

— O que está acontecendo? — perguntei ao general.

— Os carabineiros vão nos levar de trenó até um ponto onde passa o trem. A primeira leva sai dentro de dez minutos; a segunda, dentro de uma hora. De tarde estaremos em Santiago. A bagagem seguirá dentro de três ou quatro dias.

Reconheci Johnson, que estava perto da porta. À força de cotoveladas, abri caminho entre as pessoas e cheguei até ele. Peguei-o pelo braço.

— Ainda não vi Claudia nesta manhã — ele me disse, aflito. — Vou vê-la agora. Ela está nos trenós. Vou com ela na primeira leva.

— Não pode ser — respondi e, erguendo a voz, acrescentei impertinentemente: — A primeira leva é de mulheres, velhos e crianças!

Os carabineiros aceitaram minha sugestão. Quanto a meus companheiros de hotel, os que estavam chegando à porta por pouco não me esmurram. Johnson não disse nada, mas me olhou com olhos de incompreensão e de tristeza. Eu acho que nesse momento, apesar de toda sua coragem, esteve a ponto de chorar porque não o deixaram juntar-se à sua amiga. Pobre Johnson, como eu o mortifiquei! Pode-se dizer que minha faculdade de entender e sentir se esgotara na noite anterior, à meia-noite; ou, pelo menos, que de novo eu estava entendendo as coisas com minha lentidão de sempre e sentindo-as com minha decantada despreocupação.

Essas reflexões não me abateram. Pelo contrário, senti uma comichão de agir (essa sensação, para mim, é rara e efêmera); para aproveitá-la, fiquei ao lado de Irene González Salomón e a abordei com certa pergunta. Ela corou, como se tivesse se lembrado de algo que a envergonhava, e chamando-me de jovem (olhei em volta, com a vã esperança de que alguma das garotas escutasse) disse que gostaria de saber quem era eu para questioná-la, mas acabou respondendo com uma afirmativa. Em seguida, fui até o general. Repeti a pergunta. Quando ele assentiu — suas considerações eram supérfluas, minha teoria ficava confirmada — eu o deixei pronunciando seu típico discurso sobre o assunto. Por último, falei com Beto; ele reconheceu que sim, como era previsível. (Por que fazer tanto mistério? O que lhes perguntei é se tinham escutado a musiquinha.)

As pessoas da segunda leva tiveram de esperar bastante. A hora anunciada entre a primeira e a segunda partida prolongou-se a mais de três. Em certo momento encontrei Johnson no bar: "Ainda por aqui?", perguntei, apontando para a uma mesa, pedi algum álcool para ele, um chá para mim e, quando começamos a beber, expliquei o que havia ocorrido na véspera. Não me demorei em antecedentes ou preâmbulos.

— No dia 17 — declarei —, todos agimos "na qualidade de", como reza a frase feita. Por demais na qualidade, para que fosse natural. Era como se um autor ingênuo tivesse traçado nossa conduta. O covarde agiu com pura e transparente covardia; os intrépidos, com a coragem mais extrema; o vilão, com completa perfídia; os apaixonados, com um amor que não tinha limites etc. A essência de cada um, boa ou má, atuou em liberdade. Tudo isso me pareceu estranho: não é o que se costuma encontrar no mundo. Mais evidentemente estranha era a questão da musiquinha. Quando Hinterhöffer alegou a musiquinha como para justificar o horror que o paralisou, arrisquei um comentário jocoso, e na minha opinião bem engraçado. Só consegui arrancar sorrisos amarelos. Mas como as pessoas poderiam rir daquilo? O que eu ignorava até então era que todos, em algum momento, tinham escutado a musiquinha. Cada um a escutou em um momento de se mostrar na qualidade do que é, por assim dizer. Horacio, quando impulsivamente apagou a luz de sinalização. Irene González Salomón, quando atacou Claudia (quem sabe o que há de sanguinário no fundo dessa senhora). Beto, quando roubou os mantimentos...

— Eu a ouvi... — intercalou Johnson.

— Certo, certo — respondi, irritado com a interrupção. — Eu também a ouvi, por que seria menos que os outros? Mas deixe que eu lhe explique. Um funcionário da alfândega canhoto, que conhece a história e as histórias do lugar...

— Obrigado — ouvi alguém dizer.

Ergui os olhos e constatei que o autor dessa nova interrupção era o funcionário da alfândega em pessoa. Indiquei-lhe uma cadeira, perguntei se podia continuar e, já com a vênia desse possível (e temível) terceiro em discórdia, afirmei:

— O senhor me contou que o primeiro dono desse estabelecimento, um tal Bellocchio, era devoto de Baco. Parece ano após anos celebravam as *liberalia*, as festas em homenagem ao deus, e que Baco aparecia, infalivelmente, na data. Até aqui, tudo certo. Mas, qual era a data? Conforme a enciclopédia que está na biblioteca, os romanos festejavam as *liberalia* no dia 17 de março.

— Bellocchio as festejava no dia 17 de setembro — garantiu o funcionário.

— Por causa da diferença das estações — expliquei com certo orgulho —, o dia 17 de março na Europa corresponde, no nosso hemisfério, ao 17 de setembro. No dia 17 de setembro, portanto, Baco tinha de aparecer. Pois bem, senhores: o deus apareceu.

— Alguém o viu? — perguntou, incrédulo, o funcionário da alfândega.

— Como o senhor generosamente reconheceu, eu sou um apaixonado pelas lendas locais. Em busca de não sei que nobre utopia, eu as procuro, compilo e estudo. Qual é o prêmio que recebo por tanta dedicação? Eu daria meu braço direito por ver, uma vez que fosse, o antigo deus Baco, as princesas da lagoa ou, pelo menos, o fantasma da concorrência, o Futre da Ponte do Inca. Mas estaria mentindo se dissesse que os vi. Nem em sonhos, cavalheiros, nem em sonhos!

— Ninguém viu o deus Baco — repliquei —, mas, quanto a senti-lo... Senti-lo, nada! Foi muito mais.

Em consideração ao funcionário da alfândega, repeti minha explicação.

— O senhor não acha significativo — continuei — que no dia 17 tenhamos agido de uma maneira tão sem nuances, tão pura, tão insólita? Pergunte a Beto Valserra, a Horacio, à senhora González Salomón, a qualquer um de nós. Todos nós diremos a mesma coisa. Passamos por uma transformação misteriosa; escutamos uma música de flautas e a passagem de uma multidão alegre; um poder sobrenatural invadiu cada um de nós e exaltou seu verdadeiro âmago: ódio, amor, coragem, ou lá o que fosse. Ah, sim, cada um recebeu a prodigiosa visita de Baco. Chama-se teofania esse momento em que somos habitados por um deus.

Com uma ansiedade que notei retrospectivamente, Johnson perguntou:

— Devemos atribuir a um deus tudo o que sentimos no dia 17?

— Devemos atribuir a ele a exaltação de nossos sentimentos — respondi. — Na enciclopédia, vocês podem encontrar a frase que oferece a chave da questão. Trata das *liberalia* e diz algo como: *Aquele era um dia de liberação. Nada era proibido e permitia-se que os escravos falassem livremente.* Como vocês devem saber, nas religiões antigas tudo era simbólico, ou, se preferirem, nada era casual: nem os emblemas de um baixo-relevo, nem a cor da túnica do sacerdote, nem as palavras do rito, nem o modo de celebrar uma festa. Eu acho que, sem cair nos exageros dos psicanalistas, podemos descobrir um sentido profundo na frase. O que significa o dia da liberação? Que, se Baco prevalece, ninguém controla seus verdadeiros sentimentos. E os escravos que falam livremente? A paixão, ou o âmago reprimido de cada um, que irrompe sem freios. Sobre os símbolos, há um capítulo muito curioso em Plutarco.

O que me fez parar não foi a deprimente melancolia de Johnson; foi a expressão de enlevo do funcionário da alfândega. Quer dizer: ele parecia um idiota.

— Está se sentindo bem? — perguntei.

— Melhor do que nunca — garantiu, olhando para a frente, com os olhos feito duas moedas. — Maldita a hora que me deixei arrastar pela turma que foi socorrer aquele trem bloqueado. No ano que vem, não tem Cristo que me tire daqui. Baco apareceu, já não duvido, e talvez apareça de novo. Sabe o que conseguiu me convencer? A musiquinha. Foi como se a estivesse ouvindo. Plutarco, o próprio Plutarco, ratifica o que o senhor nos contou da musiquinha. Em *Homens ilustres*, que o senhor pode consultar na biblioteca, ele conta que o exército de não sei quem, sitiado em Alexandria, escutou uma música e um tumulto assim: era Baco que os abandonava.

— E no dia 17, à meia-noite — continuei —, eu a escutei, quando o deus se retirava. Agora só me resta a nostalgia. Enquanto essa visita durou, fui inteligente: agora voltei à minha pobreza de sempre... Fui como podia ter sido na juventude; há um momento na juventude em que tudo é possível, em que tudo é pouco na imensidão de nossa vida.

Por pudor não reproduzo o final do meu discurso. Considerei as rotinas e as renúncias que me tinham consumido e, em sentido figurado, chorei pelo que podia ter sido. Na verdade, tive a impressão de que eu era digno de pena.

Quase não reparei em Johnson. Primeiro, envaidecido por minha prodigiosa explicação, depois, sensível ao meu suposto infortúnio, não reparei nas dúvidas e na ansiedade que o assolavam. Sem dúvida, meus quinze minutos de inteligência tinham se esgotado. Como não vi que o entristecia? Eu estava sugerindo que seu amor não passava de uma exaltação de um deus transitório. Talvez Johnson tenha se perguntado se quando olhasse de novo para Claudia encontraria nela o mesmo encanto e a mesma luz; e também (por mais contraditório que pareça) se Claudia não voltaria a se interessar por outros homens. Por mais apaixonado que Johnson fosse, talvez não fosse tarde para lhe dizer que o amor dos dois não tinha sido uma aventura passageira, que Baco só glorifica o que é genuíno… Mas, ocupado como estava em mim mesmo, como eu poderia socorrer alguém?

Pouco depois partimos na segunda leva. Nosso avanço foi lento e entrecortado; houve muitas etapas breves, muitas demoras longas. Em certa solitária estação, ficamos um tempo que me pareceu infinito. Alguém nos disse que em determinado ponto (já não lembro o nome do lugar) nos reuniríamos com o primeiro grupo, mas, quando chegamos — com muitas horas de atraso —, eles já haviam partido. Johnson me perguntou por que Claudia não tinha esperado por ele. Não soube o que responder. Chegamos a Santiago de noite.

Agora, ao recordar as coisas, tenho a impressão de que a impaciência por chegar que Johnson mostrara de início, perto do final de nossa longa viagem tinha se esgotado; ao recordar seu rosto, ensimesmado, pálido e aflito, suspeito que o coitado temia se encontrar com Claudia e descobrir que o seu amor tinha sido uma ilusão. Ele me perguntou para que hotel eu iria. Respondi com imprecisões. Senti-lo por perto, seguindo-me com aqueles olhos compungidos, como um cão lúgubre, seria insofrível. Naquele momento, eu teria preferido a morte a escutar seus problemas. Estava tão cansado! Queria que me deixassem em paz, queria chegar ao meu quarto e cair no sono.

No dia seguinte, não o vi. Embora a senhora González Salomón, o general Orellana e o engenheiro Arriaga estivessem no mesmo hotel que eu, logo esqueci — como esquecemos os companheiros de uma travesseia de navio — meus amigos da temporada andina, os acrobatas e todos os outros.

Um dia encontrei o general no barbeiro, e ele me convidou para acompanhá-los, ele e a senhora González Salomón, à função de estreia do circo.

— Quando vai ser? — perguntei.

— Hoje à noite — respondeu.

Declinei do convite e, naquela mesma noite, quando do meu quarto ouvi a velha entrar chorando pelos corredores, eu soube do final. Não me levantei para perguntar o que tinha acontecido. Fechei os olhos, me cobri com as mantas e, acordado, esperei o dia seguinte. É horrível escutar o pranto de uma velha que chora como uma criança. É de péssimo agouro. Não precisei esperar o jornal para saber que Johnson tinha caído ao executar seu salto quádruplo.

À tarde, pensei em levar flores ao morto e visitar Claudia. Mas não, disse a mim mesmo, não devo remexer naquilo. A história está concluída. Não posso fazer mais nada pelo rapaz, apenas respeitar sua memória. De resto, acho que conheço Claudia, e também me conheço. Considerei de bom gosto evitar um toque cínico no final. Agora me resta alguma nostalgia. De Claudia, que é encantadora, e daquela noite em que senti em mim o deus e minhas faculdades agigantadas. Com as que tenho, modestas como são, narrei os fatos. Assim cumpro meu dever na vida, que, ao que parece, é o de contar histórias.

A SERVA ALHEIA

Li, em algum lugar, que uma cerrada trama de infortúnios lavra a história dos homens, desde a primeira aurora, mas gosto de supor que houve períodos tranquilos e que, graças a um inapelável golpe do acaso, cabe a mim viver o momento, confuso e épico, da culminação. Dirão, talvez, que este é o clamor, nada filosófico, de um sujeito obscuro e irrelevante; eu responderia que, justamente por ser um sujeito obscuro e irrelevante, é curioso, e até significativo, que eu possa testemunhar sobre mais de um acontecimento terrível. Que sirva de prova: vi, com meus próprios olhos, o fim, a queda, a aniquilação de uma grande dama. Como sempre ocorre (por mais que agucemos a faculdade de prever fatos), inesperadamente, atores e espectadores, nos encontramos em meio à tragédia.

Segundo minha experiência, tudo o que acontece, acontece nas reuniões. O cenário daquela reunião era a sala da grande dama mencionada, Tatá Laserna, que não é menos inesquecível pelo fato de que hoje há poucos que se lembrem dela. Não descreverei Tatá como uma senhora obesa, mas também não afirmarei que era alta. O que sim ela tinha — para empregar uma frase que hoje talvez pareça audaz, mas que na época circulava de boca em boca, porque tinha sido cunhada por um homem valioso e querido, um mestre da juventude, um crítico de arte, um escritor de primeira — tinha, repito, *noção de cor*. Gorda, baixinha, maquiada em abundância, envolta em belos tecidos que reproduziam, na íntegra, a paleta do artista ou o próprio espectro luminoso, dando gritinhos, ofegante, festiva, acompanhada do jovem da vez, como a coitada estava longe — como todos nós, aliás — da catástrofe iminente!

— Parece uma galinha de pano, uma galinha seguida pelo único frango — exclamou Keller.

Pensei: "nada disso". Corrigi:

— Uma galinha fabricada com uma infinidade de pequenos retalhos, cada um de uma cor diferente. Quanto ao "único frango", como não!

Escrevo para pessoas cultas, *non recito cuiquam nisi amicis*, acredito, portanto, que não empanarei a clara memória de uma matrona se declarar: Tatá era — repetindo outra frase do mesmo crítico de arte — um olho alegre. M. Vallet (autor de *Le Chic à cheval*) comentou:

— Como será que a velha arranja tantos rapazotes?

— Deve ter os seus truques — opinou uma das minhas primas.

As mulheres, as castas e as outras, movidas por uma espécie de inveja profissional, digna das cortesãs, mas também por uma ingenuidade incurável, imaginam que na alcova as possibilidades são infinitas. Alguém poderia tomá-las por devotas dos desacreditados guias indianos.

— Tem dinheiro — sentenciou M. Vallet.

Eis outro erro. O único encanto dos ricos não é o dinheiro; não podemos esquecer aquilo que eu denomino fatores imponderáveis. Todos hão de se lembrar de um caso recente: o da moça que firmou compromisso, para irritada reprovação de nosso meio, com o mais horrível dos industriais. Conheço a moça, sei que é imaginativa e poética, tenho certeza de que sonhou com príncipes. Os príncipes, hoje em dia, são os industriais; seus castelos, as altas chaminés das fábricas.

Palestrávamos, portanto, aprazível e frivolamente, quando se abateu a fulminação. Quem a trouxe, como um anjo que porta uma espada, foi o explorador belga Jean Wauteurs. O viajante (ainda morávamos em Buenos Aires, talvez ainda aldeão, pois notava os viajantes) viera do país dos jivaros, do fundo da selva tenebrosa que ocupa a maior parte do continente, até nossa cidade com o conhecido propósito de dar conferências (ainda vivíamos na época em que estrangeiros e conferências formavam um todo inevitável). Tatá, que não deixava passar nenhuma personalidade, nos convidou para que o conhecêssemos. Tocando-me com o cotovelo, minha prima murmurou:

— Esse aí é Wauteurs.

Vi um homem pálido, de olhos proeminentes, que extraía do bolso um embrulho de papel branco; depois o abria e mostrava um objeto escuro. Como se fosse impelido por um movimento reflexo, levantei da confortável *bergère*, aproximei-me o quanto pude, examinei, por entre as cabeças daquela roda de curiosos, o objeto que o belga, com desajeitada reverência, oferecia a Tatá: uma cabeça humana, com pele, cabelo, olhos, dentes, perfeitamente, isto é, horrivelmente, mumificada e reduzida pelos índios; uma cabeça do tamanho de um punho. Tatá abriu a boca e depois de algum tempo exclamou com a voz sufocada:

— Celestin!

Aquele grito de dor, que lhe brotava do peito, era genuíno demais para ser confundido com uma elegia pelo amante vilmente ultrajado; todos nós, até mais os mais insensíveis, percebemos no ato que se tratava do estertor de uma verdadeira senhora que colaborava com o naufrágio da própria reputação, escarnecida, cruelmente espezinhada, por um transe grotesco.

É verdade que ninguém, em pleno juízo, seria capaz de conceber o bom nome de Tatá arruinado pelos caprichos de um único homem; mas também é verdade que as mulheres, como observa Walter Pater citado por Moore, até as triunfantes e luminosas, têm algo de satélite. A Lua, tênue e peremptória, brilha por causa da luz de um Sol que não vemos; da mesma maneira, a notável Tatá conquistou seu lugar de privilégio, afirmou-se nele, porque a fama a vinculou a um homem extraordinário, Celestin Bordenave, o sábio, o dom-juan, o explorador, o *clubman*, que desfilou seu prestígio pelas regiões mais estranhas do globo. O amor desses dois titãs — um assunto bastante sórdido, de resto — ocorreu por volta do ano de 1930, mas o renome de Tatá não declinou com o tempo; pelo contrário, pode-se dizer que reverdeceu e aumentou com a influência de cada uma das aventuras do remoto Bordenave. Há pouco — mas os dias voam e talvez tenham se passado anos — o vimos partir, em um noticiário da Pathé, cercado de jornalistas, fotógrafos e senhoritas de cadernetinha na mão, rumo à região dos jivaros. Também o vi em uma ilustração colorida: era um belo homem de um metro e oitenta, em quem a brancura da ondulada cabeleira, em violento contraste com o vermelho, um tanto feroz, da pele, enfatizava, por assim dizer, a vitalidade. Agora regressava, trazido por um colega belga, limitado a uma cabeça desprovida de corpo, mumificada, reduzida ao tamanho de um punho. Tatá desmaiou. Foi retirada para os aposentos privados. Torço para que tenha perdido a consciência antes de que meu grito de "Vergonha!" ressoasse, assim como o risinho do rapazote da vez, risinho particularmente pérfido se considerarmos que o indivíduo tinha ensaiado suas primeiras bicadas (falo por meio de metáforas) na branca mão de nossa amiga.

A falta de sensibilidade me estarrece. Sabem quais foram as palavras de Keller, quando retiraram a velha e restabeleceram, ao menos em parte, a ordem? Perguntou tranquilamente a Wauteurs:

— Os jivaros sempre matam a vítima?

— Claro que sim — respondeu o belga.

— Pois me consta que os pigmeus da África — afirmou Keller, um dos tantos derrotistas que não acreditam na América e se deslumbram com tudo o que vem de fora — conseguem realizar suas reduções no corpo inteiro e, o que é fundamental, não matam.

Logo em seguida começou a nos contar a história de Rafael Urbina. Uma parente pobre, falando em voz baixa e espremendo um lenço com gestos aparatosos, implorou que desculpássemos Tatá. Entendemos que estávamos sendo expulsos. Partimos rumo ao Tropezón, para comer um *puchero* morno, enquanto Keller falava prolixamente. Eis, de modo geral, a terrível história que ele nos contou:

— Não faltam exemplos — disse — de homens que obedeceram a uma vocação profunda, a um destino certo, mas que a certa altura da juventude enveredaram por caminhos incongruentes. Quem imagina Keats como um boticário, Maupassant como um funcionário de ministério, Urbina como escrivão?

— Eu nem sequer imaginava que Urbina algum dia tivesse precisado ganhar a vida — respondi.

Keller continuou:

— O dinheiro (a herança de um tio rico e esquecido chamado Joaquín) chegou a ele com o amor. A imagem que temos de Urbina é a de um homem de grandes recursos, que vive recluso em um lugar mundano, um solitário em meio à balbúrdia, um poeta de produção escassa…

— Tão escassa — comentou um rapaz que começo a encontrar por toda parte, mas que felizmente ainda não conheço —, tão escassa que inferimos que deve ser bem cuidada e muito especial. Grave erro.

— Eu sabia que era argentino — disse minha prima —, mas nunca pensei que tivesse vivido no país. Achava que era um desses exilados voluntários do tempo em que o peso era forte.

— Agora são menos voluntários — acrescentou Keller. — O fato é que Urbina partiu em um barco que o deixou em Villefranche. Lá ficou para sempre.

Visivelmente entregue ao encanto da evocação, M. Vallet comentou:

— Ouvi falar de uma pessoa de Rosario, o *Negro* Chaves — baixou a voz, tornou-se confidencial —, um sujeito de nariz chato, dos mais morenos e bem inculto, acreditem, que desembarcou em Marselha e lá se estabeleceu. Vocês precisam ver as monografias que ele prepara sobre a Massília dos antigos. Também me falaram de outro, parente de alguém, que se estabeleceu em Vigo.

— O caso de Urbina é diferente — protestou Keller.

— Sem dúvida — exclamei —, não vão comparar Marselha, que parece com Rosario ou Milão, com Villefranche. Que clima!

Keller parecia me observar a distância e aguardar resignadamente o fim dos meus trejeitos e exclamações; mas o que um *habitué* de Necochea[*] podia entender do meu entusiasmo por Villefranche?

— Quando Urbina era escrivão — ele disse por fim —, lá na sua juventude portenha, participou da escrituração de bens que a sucessão de *don* Juan Larquier vendeu ou comprou. A viúva e sua filha viviam, na época, em La Retama, o casarão no Tigre e, certa vez, para colher assinaturas, Urbina as visitou. Era uma manhã de setembro, fria e vaporosa. Envolta em um halo de bruma e na desorbitada vegetação, o casarão aparecia com a vagueza de uma lembrança. Nas *Anotações para um diário íntimo*, que Urbina me deixou ler quando o visitei, no ano passado, em Villefranche, há uma referência ao momento em que ele empurrou o pesado e rangente portão de ferro e atravessou o jardim. *Tudo era extremamente verde, não apenas a folhagem, mas os troncos das árvores, cobertos de musgo. Caminhei sobre muitas folhas. Pairava um cheiro de vegetais podres e de magnolia fuscata.* Chamou à porta. Enquanto esperava, certo de que lhe abriria algum criado de libré, lamentou não ter mandado o sócio. Como sempre, fora vítima de sua fraqueza. Naquela manhã, quando se encontraram no cartório, Urbina, adivinhando que o sócio tinha tanta preguiça quanto ele de ir até o Tigre, apressou-se a dizer "eu vou". Era fraco e tímido, e também arredio. Nunca era visto em reuniões e se orgulhava de não conhecer ninguém. Era um rebelde: tinha encabeçado a chamada revolução carbonária contra o soneto. Como não abriram a porta, tornou a apertar a campainha, de leve, para não incomodar. Pensou que os criados das grandes casas nunca perderiam o estilo, mas que sem dúvida cuspiam na sopa e demoravam a abrir a porta, para que o convidado se resfriasse. Ou talvez ele fosse vítima da divisão de trabalho. Havia um criado para cada tarefa; sem dúvida um deles rondava, armado de um espanador, do outro lado da porta, mas não devia esperar nada desse homem, mesmo que afundasse o dedo na campainha e gritasse por socorro; o criado incumbido de abrir a porta avançava continuamente, vindo dos fundos, de tão longe que ainda não tinha chegado e sabe-se lá quando chegaria.

---

[*] Necochea: balneário da costa da província de Buenos Aires, frequentado pela classe média argentina. (N.T.)

Abriram a porta. Não se encontrou diante de um criado, e sim diante da senhorita da casa, Flora Larquier. Urbina, que me relatou a história com pormenores, como quem guardou demais um segredo e um pesar, e está feliz por falar, me disse com veemência lírica:

— Na moldura da porta apareceu Palas Atena em pessoa.

Seguiu a moça por um corredor, por uma sala onde entreviu móveis cobertos. Flora Larquier, com voz clara e alegre, exclamou:

— Me dê a mão, se não o senhor vai tropeçar. Não acendo a luz por nada. Prefiro tropeçar a ter de ver a poeira que há nesses quartos.

Chegaram ao hall da escadaria; do andar de cima vinha alguma luz. A escadaria — uma construção solene de cedro — não tinha tapete, e pode-se dizer que não era encerada fazia muitos anos. Subiram até o hall de cima, amplo e vazio, triste, segundo Urbina, iluminado por uma claraboia. Tinha piso de parquê, cinco portas e, contra as paredes, empapeladas em cinza, longos armários cinza. Não havia ali nenhum adorno, exceto um, monumental: um espelho, da altura da parede inteira, curvo na parte superior, emoldurado por pesadas cortinas roxas, que lembravam o pano de um teatro. No extremo oposto agrupavam-se três móveis: uma poltrona de palha, de respaldo muito alto e estreito, com uma almofada no assento, cor de azeitona, bastante desbotada; e, de algum jogo de móveis externos, de madeira pintada de branco, uma mesa capenga, e uma cadeira com o respaldo e o assento de lona. Flora indicou a Urbina a poltrona principal e, pedindo licença, se foi, para voltar poucos instantes depois com uma bela bandeja de prata, na qual trazia uma jarra de cristal cinzelado, com xerez, duas taças do mesmo cristal, um prato de porcelana branca, de guarnição azul e borda dourada, com biscoitinhos muito velhos, de figuras de animais. A moça tinha vinte e tantos anos, uma beleza plácida e helênica, formas amplas, impecáveis, olhos verdes, nariz reto, mãos lindas e delicadas, estranhamente delicadas para o volume do corpo; Urbina disse que parecia a imagem alegórica da República. Houve uma breve discussão, porque ambos queriam ceder a poltrona principal. Por fim, Flora a ocupou. Sentada ali, como em um trono, brincando com um pequeno cetro de duas pontas — Urbina descreveu o objeto como um tridente de duas pontas — já não era a República, e sim uma rainha, a rainha emblemática de uma escultura. Imediatamente, Urbina sentiu-se à vontade na presença dela; considerou-a tranquila, lhana, alegre, segura de si, sem afetações, disposta a chamar coisas pelo nome (não reconhecera que mantinha a casa às escuras para que não se visse a poeira?). Quando comentou que, com a chegada do frio, sua mãe andava um tanto indisposta por causa do reumatismo e das gripes, acreditou nela no ato: não se lembrou do que muita gente murmurava: que a senhora estava louca e que Flora, apavorada com a ideia de que a levassem ao manicômio, não deixava que ninguém a visse e vivia reclusa, com ela, no casarão. Se tivesse se lembrado disso, não teria acreditado, teria repudiado a ideia como se fosse uma difamação. Bastava olhar para Flora para perceber que em sua família não havia espaço para a loucura. Em todo caso, Urbina entregou, confiante, os papéis a Flora, para que a senhora os assinasse no seu dormitório. Poucos minutos depois, recebeu-os de volta, comprovou que as assinaturas coincidiam com as cruzes que ele tinha marcado, desceu as escadas, acompanhado por Flora, e apertava sua mão, junto à porta. Incrivelmente, dessa visita, Urbina só deixou testemunhos literários laterais: o parágrafo das *Anotações para um diário íntimo*, já citado, e o poema:

> *Tu mansión.*
> *Fuentes de plata.*
> *Desde um rincón*
> *Guiña una rata.* *

A estrofe relembra uma anedota menor. Urbina e Flora estavam saboreando o perfumado xerez, quando algo, uma rajada de vento ou um roedor, estremeceu as cortinas roxas do espelho. Por um momento, pareceu que a moça perdia o aprumo, como se temesse que o visitante descobrisse algo vergonhoso. Tudo logo passou: o rato, se existiu, a inquietação de Flora.

No dia seguinte, umas senhoritas Boyd — amigas de infância, que ele nunca via — convidaram Urbina para uma reunião em homenagem a um pintor espanhol; nem sequer se perguntou se aprovava ou não o pintor; aceitou o convite e depois outros. Assim renegou de sua rebeldia carbonária (que excedia a esfera do soneto), e sem procurar justificativas, como quem não argumenta com a razão, porque obedece a uma razão profunda, lançou-se a uma vida mundana. Não resta dúvida que demorou menos em se apaixonar do que em notar que estava apaixonado. Não obstante, a fixação dos sentimentos não ocorreu de imediato. De início, quase todas as moças que encontrava

---

* Em tradução livre: "Tua mansão./ Fonte de prata./ Em um rincão/ Pisca uma rata". (N. T.)

nos salões o deslumbravam igualmente. "Pareciam", confessou, "pessoas sem defeitos, pelo menos no trato e na pele. Claro, para mim, o modelo de todas essas mulheres brilhantes, limpas, delicadas, perfumadas, felizes, era Flora." Ignorava que, ao considerar sua amiga mundana, cometia um erro que nenhuma pessoa mundana teria cometido. Como já foi dito, Flora, apesar de sua beleza e de sua juventude, vivia reclusa no casarão, e cabe inferir que sua aparição nos salões coincidiu com a de Urbina.

Quando ele viu Flora naquela primeira reunião, não se surpreendeu; tampouco suspeitou que a própria presença dela fosse fruto de maquinações. No entanto, foi assim: Flora tinha indagado, diligentemente, entre as amigas, quem o conhecia, e nunca ficou claro até que ponto a reunião em homenagem ao pintor não era um pretexto para que ela e Urbina se encontrassem.

De forma paulatina, as demais mulheres nos salões mundanos perderam, para Urbina, a individualidade que tão recentemente haviam conquistado e se tornaram figuras encantadoras, claro, de uma espécie de coro fulgurante, cuja finalidade era dar um destaque ainda maior a Flora.

Nesse período, a conduta de cada um deles é típica; a de Urbina ilustra a áspera imaturidade do homem; a de Flora, a sabedoria da mulher. O homem é um deserdado que precisa aprender tudo; para questões sentimentais, aos vinte e quatro anos tem a idade de seis ou oito. Na mulher atuam, quase intactos, os defeitos e as virtudes do instinto; cada uma herda a experiência acumulada desde a origem do mundo. Flora soube, quando olhou para Urbina pela primeira vez, naquela manhã no Tigre, o que queria, e agiu em consequência; não cabe deduzir disso que fosse uma mulher inescrupulosa; Urbina me disse que ele nunca conheceu uma pessoa na qual a pureza e a retidão fossem tão autênticas. Acrescentou: *Eu era, diante dela, como uma criança; como uma criança que, por não estar formada, pode ser impura ou atrevida. Para distinguir o bem do mal, precisava olhar para ela.*

É provavelmente daquela época o poema — famoso demais, pessoal demais para o meu gosto — que foi incluído em todas as antologias:

> *La alegría de amar*
> *Quise explicarte.*
> *No alcanza el arte.* [*]

---

[*] Em tradução livre: "A alegria de amar/ Quis explicar-te./ Não chega a arte". (N. T.)

Neste, o poeta enfrenta e tangencia o mais árduo, talvez, dos temas literários: a felicidade. O certo é que, por aquela época, Urbina foi muito feliz, porque se amavam com um amor que não parecia uma guerra, com táticas e estratagemas, porque Flora era perfeitamente cândida, afável, franca sem limitação alguma, exceto no que dizia respeito ao casarão. Não tornou a recebê-lo em La Retama e uma vez que ele insistiu em acompanhá-la, não o deixou passar da estação do Tigre, de modo que o casarão foi adquirindo um caráter de lugar proibido, uma espécie de castelo inacessível, um pouco fabuloso e um pouco funesto; porém, Urbina não pensou muito no assunto, pois pensou: "Se eu cismar, perguntarei, e se perguntar, sabe-se lá que penosa resposta obterei de Flora". Começava a acreditar, sem dúvida, na loucura da mãe. Além disso, não queria que nada perturbasse sua própria felicidade.

Enquanto descia pela Cangallo rumo à Reconquista, um dia em que deveria se encontrar com Flora para tomar um chá no London Grill, Urbina notou que estava atrasado e, não sei como, passou da contrariedade, contígua à angústia que lhe provocava a imagem de sua amiga esperando-o, a pensar: "Não deve ter chegado. E se já chegou, não importa. Que esta vez valha por todas as que eu esperei por ela". Deliberadamente, caminhou com lentidão, olhou alguma vitrine, sorriu como quem descobre, mais divertido que alarmado, que é um monstro. Estavam tão apaixonados, eram tão solícitos um com o outro, ela confiava tanto em seu afeto, e agora ele caía nessa insensibilidade, pior que uma traição, pois não tinha motivo... "Tudo isso configura", refletiu, "alguma crueldade e muita grosseria da alma". Com o espírito alegre, como se fosse vingativo (não era) e tivesse se vingado (do quê?), entrou no London Grill.

Os dias começavam a alongar-se; havia muita luz na rua. Entrou correndo, talvez em um rompante de involuntária hipocrisia, mas se deteve, pois entre a claridade da rua e a penumbra do interior o contraste era violento. Quando enfim enxergou, comprovou que não havia ninguém nas mesas, achou — com assombro, com incredulidade, com irritação — que Flora não estava lá. Foi até o centro do salão, dobrou à esquerda, olhou a um lado para ao outro. À esquerda, na última mesa, ele a viu. Na cena — ele olhando a moça, ela ignorando que ele a observava — pensou descobrir um símbolo da própria infidelidade e do amor confiante de Flora. Quis implorar perdão, jurar que nunca mais seria indiferente nem cometeria traições, quis estreitá-la entre os braços, mas algo o conteve; notou leves movimentos às costas de Flora, estremecimentos talvez, e ouviu ou imaginou ouvir o murmúrio de uma conversa; perguntou-se se sua amiga não estaria falando sozinha; depois distinguiu claramente as palavras:

— Te amo.

Comovido, pensou que seu atraso tinha perturbado Flora. Correu em direção a ela e exclamou:

— Minha querida!

Com uma compostura um tanto forçada, desmentida por lágrimas que não enxugou, Flora o fitou, como que sustentando o olhar, com os cândidos olhos verdes, e guardou o lenço — grande, pouco feminino — na espaçosa bolsa. Essas lágrimas, ou a circunstância de que Flora tivesse guardado o lenço sem enxugá-las — para cobrá-las em todo seu valor, pensou Urbina — o contrariaram. Seu estado de espírito mudou radicalmente. Para um garçom, até aquele momento quase imperceptível, ordenou com gravidade:

— Um chá bem quente, com biscoitinhos.

Pensou: "A vida não é dramática, mas há pessoas dramáticas que devemos evitar. A mãe é louca e a filha é esquisita". De sua parte, não fomentaria essas esquisitices. Não repararia nas lágrimas, nem na tensão com a qual Flora o olhava. Conversaria com ela sobre qualquer assunto, como se não tivesse notado nada. O único sinal de que notava algo — sinal que não escaparia a Flora — era negativo: não falaria deles dois nem de seu amor. Seria necessário um esforço notável, uma aptidão histriônica, para falar de amor nesse momento. Falou de uma conferência sobre Tablada, que ele tinha dado (graças aos bons serviços de um amigo, um tal Otero, que acertou tudo com a comissão do Ateneo Calabria, para que ele ganhasse uns pesos) em Rosario.

Trouxeram o chá. Bebeu e comeu vorazmente.

— Quantas discussões sobre literatura tivemos nos três dias e nas três noites que passei lá — disse Urbina. — Até altas horas, íamos de café em café, vagando como sonâmbulos, recitando versos, citando os áureos nomes de Apollinaire e de Max Jacob. Acredite: às vezes me espanta pensar que não fui atropelado por um bonde.

Evocava o ano anterior como uma remota idade de ouro. Nisso se parecia com todos os jovens.

— Você era mais feliz naquela época do que agora? — ela perguntou, segurando em sua mão.

Respondeu brevemente:

— Não.

Sorriu, olhou para ela e continuou discursando. Flora escutava, sem dúvida carregada pelo contagioso fervor, um pouco hostil, um pouco enciumada, diante da inesperada descoberta de que ela não era a única paixão de Urbina. Ele não percebeu nada, e chegou às confidências:

— Já te contei que estou escrevendo um livro. Não sei se chega a ser um livro. Escrevo haicais. Uma forma de poesia japonesa legislada por Tablada. Quer que eu recite um? Bom, aí vai:

Alamedas de sueño
Voy caminando.
Te veré ¿cuándo?*

Para não lhe dar tempo de descobrir que ela era a inspiração do poema, recitou outro:

Portadora de polen, mariposa,
En ti fulgura
La rosa
Futura.**

— Gosto muito — disse Flora, sem entusiasmo.

— Certo. Tem o mérito de se adequar ao severo cânone de Tablada. Mais um — insistiu Urbina —, mais um. O último. Meu preferido, pois, de modo bastante vívido, pelo menos para mim, canta toda essa inesquecível aventura em Rosario.

Oh noches del Rosario,
Vuestro asfalto oriné
Con fervor literario.***

— Está chocada? — perguntou o poeta. — Choca porque sua métrica é puramente japonesa. Desculpe.

---

* Em tradução livre: "Alamedas de sonho/ Vou caminhando,/ Te verei quando?". (N. T.)
** Em tradução livre: "Portadora do pólen, mariposa,/ Em ti fulgura/ A rosa/ Futura". (N. T.)
*** Em tradução livre: "Ó noites de Rosario,/ Vosso asfalto urinei/ Com fervor literário". (N. T.)

Não deve se ver na frase anterior uma piada de gosto duvidoso. Naquela época, Urbina estava tão imbuído de literatura que, para ele — e, com certeza, imaginava que para todo mundo —, nada era mais real do que um problema literário. Desculpou-se novamente pelo último haicai ser "fraco, muito fraco"; como desculpa, acrescentou:

— Pelo menos não me refugio no cipoal do soneto.

Quando saíram do London Grill, propôs com naturalidade:

— Levo você até o Tigre.

— Não — respondeu a moça. — Vou sozinha, mais tarde.

Ao ouvir isso, Urbina teve a sensação de cair, ou de que o faziam cair; interrompeu sua divagação intelectual para considerar a irredutível atitude de Flora. "Quer me manter longe do casarão", pensou. "Há um mistério." Estava um pouco irritado.

Pegaram um táxi.

— Para Palermo — ordenou. — Vamos dar uma volta pelo bosque.

Próximo do corpo de Flora, esqueceu a irritação, voltou a falar de literatura, ridicularizou um dos críticos da revista *Nosotros*.

— O indivíduo não entende de hierarquias — afirmou — e me confunde com os autores de coplas, que define como "humildes arbustos da *broussaille* folclórica, frondosa e pujante no campo econômico".

Voltou a se exaltar, mas achou que tinha percebido no rosto de Flora uma expressão de distância e mau humor, que parecia infundir-lhe consistência de madeira. Disse, com um suspiro:

— Eu te amo tanto!

Seguindo a tradição — percorriam, lentamente, no automóvel, as trilhas do bosque —, estreitou-a contra si. Flora, enquanto isso, brincava, como se fosse uma bola, com a bolsa, que era por demais volumosa para tal malabarismo. Com a sensibilidade à flor da pele, o poeta se perguntou: "Será que a chateio? As mulheres perdem a paciência quando falamos de literatura e, principalmente, quando recitamos poemas". Sem dúvida havia certa tensão nervosa naquelas manobras com a enorme bolsa. Ele a beijou, resolveu não se deixar abater e, quando empreendia sua famosa comparação entre a métrica do haicai de Tablada e a do haicai japonês (que em breve uma revista platina publicaria em separata), desviou a frase, no último momento, para uma declaração de amor, com suspiros, chamegos, exclamações do quanto sofria por ver sua amada só por breves momentos, de tarde etc.: tudo isso serviu de indubitável estímulo para a bolsa, que voou pelos ares. Flora a recuperou prontamente, safou-se do abraço e, antes que Urbina pudesse reagir, abriu a porta e saiu correndo pelo bosque. Perplexo, Urbina exclamou: "Está louca?", perdeu a oportunidade de alcançá-la e se perguntou: "O que o chofer vai pensar de nós?". Justamente, por medo de que o chofer achasse que era tudo um estratagema infame para não pagar a corrida, ficou cravado no assento, enquanto Flora fugia entre as árvores.

O chofer, que se revelou um *criollo* de voz apagada e rouca, opinou:

— Eu no seu lugar deixava a moça ir, que se perca no mato; mas não se iluda: amanhã, quem sabe esta noite, o senhor encontra ela de volta. Mas olhe, garanto que não tem o que lamentar; eu estava aqui olhando pra vocês, firme, pelo espelhinho, e sou testemunha de que o senhor fez direito o seu ataque.

Depois de certa meditação, Urbina atinou a dizer:

— Para mim, ela está louca.

— É uma mulher, o que dá na mesma — respondeu o chofer, com indulgência. — A gente vive com elas, leva a sério, consulta para tudo e depois estranha que o mundo ande de ponta-cabeça. O senhor não acha que o homem mais avançado é o negro da poligamia, que tranca sua penca de mulheres num quartinho de manhã e, em vez de ir para o trabalho, como eu e o senhor, vai caçar tigres montado num elefante?

— Vamos voltar para o centro — Urbina disse tristemente; depois foi mais específico: — para Santa Fe com Pueyrredón.

— Ao Pedigree ou ao Olmo? — inquiriu o chofer.

— Ao bar Summus — replicou Urbina.

— Permite que um dos mais antigos pracistas de Buenos Aires lhe dê um conselho?

— Quantos quiser.

— Não exagere nos tragos, senhor, que ficar bêbado por causa de mulher é o fim da picada. Eu acompanhava o senhor de todo coração, porque depois do santo dia bate a sede, mas o peão da noite já espera o carro na garagem, e o senhor sabe que não tem nada mais despótico do que um pobre infeliz. Quando chego tarde, ele chora que estou tirando o pão da sua boca.

Urbina pensou: "É capaz de recusar o dinheiro e se ofender", mas na hora de pagar, dobrou a gorjeta.

— Não me enganei — garantiu o chofer. — O senhor é dos que apoiam o povo. Mas me faça o favor, se não fosse por nós, o dinheiro não circulava. No tempo que o imigrante se arrastava, feito um miserável, num Renault de dois cilindros, que não passava de cofrinho com rodas, eu torrava os pesos levando o passageiro em cada Hispano e Delaunay-Belleville que se o senhor vê hoje no museu de La Plata morre de rir.

No bar Summus, Urbina se sentou na mesa dos amigos, onde conversavam, naquela tarde, Rosaura Topelberg, Pascual Indarte e o fracassado Ramón Otero. Rosaura exclamou:

— Você parece um Fauno, Rafael, um fauno do interior.

— Não é a primeira vez que me dizem que tenho um ar provinciano — respondeu.

— Imagina — protestou Otero. — Não passa de um fauno, sem mais. As mulheres me contaram que as deixa loucas.

— Elas nos deixam loucos — respondeu Urbina. — São nossos demônios. Durante o dia devíamos guardá-las no quartinho que os indianos chamam de *zenana*.

— Que maldoso! — gritou Rosaura e o olhou com adoração.

O cabelo de Rosaura parecia de palha; uma palha quase prateada que escurecia perto da raiz. Os cílios, artificiais, eram muito compridos, as unhas, de um vermelho vivo, também eram compridas, e a estatura, escassa; caminhava erguida, com a cabeça um pouco jogada para trás e com uma mão na cintura; fumava sem parar, com uma piteira preta de trinta centímetros. Tinha um diploma de professora de danças clássicas, trabalhava como vitrinista para uma rede de lojas e por causa disso tudo tinha se imposto como a pessoa indicada para desenhar a capa da revista que o grupo um dia publicaria.

Discutiram, como sempre, o projeto da revista (cuja particularidade invariável, decidida através de infinitos diálogos, era a exclusão dos sonetos) e beberam cerveja.

Às nove saíram; Indarte e Otero partiram em veículos que tomaram na esquina; a Rosaura, Urbina perguntou:

— Quer caminhar um pouco?

— Com todo prazer.

— Você vai ao Once? Bom, te acompanho até a Corrientes.

Caminharam um trecho em silêncio; de repente, Urbina sentenciou:

— A vida não é dramática (a vida não é isso ou aquilo), mas há pessoas que representam, com o argumento da vida, um drama.

Houve outro silêncio; Urbina o interrompeu com a observação:

— É fácil ser envolvido. É fácil se apaixonar. Apaixonar-se, não; agir como um apaixonado.

Falou muito. Com Flora e com Rosaura sempre falava muito. Seu papel, tão sentido, de rapaz portenho, incrédulo e taciturno, que parecia dedicado às mulheres, reservava-o, sem dúvidas, para mulheres ideais. Tinham deixado a Corrientes para trás; chegaram ao Once.

— Flora não quer que eu vá ao casarão. O que você acha? Será que ela tem um amante e teme que eu descubra? Será que escondem algum segredo? Será que tem um idiota na família?

— Isso todos saberiam — observou Rosaura.

— Ou quem sabe são preconceitos... O que você acha? Será que ela tem vergonha de mim?

— Quem dera! — exclamou Rosaura. Deteve-se, assustada. As palavras delatavam a sua aversão por Flora.

— Não tema, Rosaurita — garantiu Urbina. — Vou descobrir tudo. Se não, uma parte da minha vida não fará sentido. O pior é que Flora, com mistério ou sem mistério, não me atrai mais. Chegamos. Deixo você aqui. Adeus.

— Já vai? — perguntou Rosaura. — Tão cedo?

— Cedo? Em casa jantamos às nove e meia.

Sem notar o desconsolo da garota, correu até um táxi. Chegou à mesa quando serviam a sobremesa e, embora tenham lhe trazido todos os pratos, quase não comeu.

— Não admira que você não tenha fome — declarou gravemente seu pai. — Você passa a tarde no bar, bebendo cerveja.

— E de vez em quando — acrescentou a mãe — também toma uma xícara de café preto e come um sanduíche de *miga*. Que mistura! Que estômago tem essa juventude!

Seus pais sempre o admiraram e respeitaram, porém eram rigorosos quanto à comida (tinha de se alimentar no horário certo e bem) e ao sono (tinha que ser longo e restaurador).

Não dormiu a noite toda. Em suas ruminações, o chofer *criollo* e a pobre Rosaura assumiram o caráter irrefutável de demônios. Como pudera contar a Rosaura questões que só diziam respeito a Flora e ele? Como havia permitido que Rosaura opinasse sobre tais questões? Como havia permitido que o chofer, um canalha da pior espécie, falasse depreciativamente de Flora? Na manhã seguinte procuraria o homem e lhe diria o que pensava. Mas, como encontrá-lo na imensidão de Buenos Aires? A briga, se tivesse a sorte de encontrá-lo, seria, sem dúvida, espinhosa e a sua tardia indignação, ridícula. Era evidente: de acordo com um destino que começava a reconhecer como seu, castigaria a pessoa mais fraca, Rosaura. E por mais que Rosaura e o chofer o incomodassem, não podia negar que a culpa não era deles. Cada um é responsável por seus demônios, concluiu (registrou a frase em *Anotações para um diário íntimo*). A situação tinha uma saída: correr até o Tigre, implorar o perdão de Flora. Uma saída, refletiu, que desembocava em uma porta fechada: Flora não o deixaria entrar. Na verdade, ele não devia se atormentar com isso; cometeu erros porque a imperdoável conduta de Flora o perturbou. Não havia mistério; era inútil procurar um idiota na família, um amante; só encontraria uma moça malcriada e, talvez, histérica. O alívio que obteve com esses argumentos foi nulo.

No dia seguinte não estava menos aflito; esse implacável observador da vida e de si mesmo, este literato, deixou-se abandonar pelo infortúnio da nostalgia e da espera; pensava em Flora, pensava no telefone, adiava uma ligação ao Tigre, que não se decidia a tentar, ansiava por uma ligação do Tigre, que não ocorria.

Certa noite, ouviu da cozinheira a frase incrível:

— Patrãozinho, sua garota ligou.

Precipitou-se sobre o telefone, para escutar, sem entender, a voz de Rosaura, que perguntava por que ele não ia mais ao Summus. Não ia a lugar nenhum. Não via ninguém; nem os amigos, nem as pessoas mundanas. "Aconteceu o inverossímil", pensou. "Estou apaixonado." Estava incômodo, inquieto, meio doente, magro e com olheiras.

Certa manhã, teve vontade de escrever. Murmurou: "Um galo para Esculápio. Um sacrifício à musa. Ainda arde o fogo votivo". Procurou um tema. Continuou falando consigo mesmo: "Eu a vi: não houve mais tranquilidade nem ordem. Só pude pensar nela". Abriu o caderno e escreveu os versos que um crítico descreveu, no número da revista *Inicial* dedicado a Urbina, como o haicai mais pungente, e que outro compara com um diamante escuro:

> *Jardín perdido,*
> *Arena, viento, nada.*
> *Te he conocido.* *

---

* Em tradução livre: "Jardim perdido,/ Areia, vento, nada./ Te conheci". (N. T.)

A partir desse momento, não demorou a se recompor. Trabalhou todos os dias, dormiu bem, comeu com fome, reapareceu no Summus e certa noite foi ao cinema com Rosaura. O triunfo de Rosaura poderia ser completo; na maneira como Urbina falava com ela e a olhava, não havia um toque sentimental? O filme — Rosaura deveria ter previsto quando leu no cartaz o nome dos atores, Marie Prevost, Harrison Ford e Pangborn — revelou-se uma comédia, e essa foi sua perdição. Com aquela mistura, tão masculina, de gosto pelos espetáculos pueris e insensibilidade, Urbina não apenas acompanhou o filme como chegou ao extremo de rir estrondosamente. Rosaura, que se ofendia com rapidez, tinha aprendido, no trato com Urbina, a se controlar, porém, como tudo tem limite, nessa noite exclamou: "Não aguento mais", levantou-se e foi embora. "Há alguma coisa em mim que as irrita, ou são todas iguais", pensou Urbina. Na manhã seguinte, Rosaura telefonou para lhe pedir desculpas.

Em uma cálida noite de outubro, algum tempo depois, em Barracas, em um restaurante com pátios, parreiras, pessegueiros, canchas de bocha, jardim, Urbina dividiu com uma multidão heterogênea (em meio à qual encontraria — intuiu desde o princípio — Flora) carne, biscoito e vinho tinto em homenagem a um ilustre visitante de nossa cidade, o professor Antonescu, matemático romeno, contestador de Einstein, que, ao negar a velocidade da luz, havia anulado, segundo as próprias palavras do cronista do *Crítica*, o experimento de Michelson e Morley e, de passagem, havia demolido "esse ingrato monumento, a teoria da relatividade".

O restaurante era uma casa baixa, com três pátios de chão de terra, todos eles dando para os quartos; nestes, o reboco da parede estava, em parte, caído, e o teto era de madeira caiada. A mesa do banquete, longa e estreita, prolongava-se, interrompida pelas paredes internas, do salão da frente até o último canto do último pátio. Depois que lhe garantiram um lugar perto do matemático romeno, entre Otero e o doutor Sayago, Urbina vislumbrou, no segundo salão, em regiões mais frívolas e decorativas, Flora. Seu coração palpitou violentamente; perguntou-se se depois de comer falaria com ela, e teve de escutar o romeno que, de forma laboriosa, comentava, em sua meia-língua, a intenção de visitar, no decorrer da semana, Córdoba, Tucumán e Rosario.

— Sou apaixonado pelos portos. O de Rosario tem saborosa cor local?

Otero e Urbina improvisaram respostas. Em tom cético, o romeno assegurou:

— Em qualquer porto, idênticos barcos, bares, cais, marujos.

Otero interveio:

— A propósito — disse —, no meu livro de contos, intitulado *Fisherton*, rastrearei e encontrarei elementos universais na manifestação mais estritamente localista. Não se deve prescindir do mundo e fechar-se na província; abrir a província para o mundo, essa é a minha fórmula.

— Quem viu um porto — reiterou o matemático, já inflamado —, viu todos os portos.

Com o pretexto de alcançar uma bandeja de pães ao doutor Sayago, que se revelou notavelmente voraz, Urbina se levantou e, quando passou em frente à porta, olhou para Flora; ela usava um vestido muito branco e, sobre os ombros, um xale amarelo; a placidez inquestionável da moça, que era o aspecto natural de seu tipo de beleza, persuadiu Urbina de que ele deveria esquecer o episódio no táxi e os propósitos contraditórios de se desculpar e interrogar. "Ser", murmurou, "unicamente ser junto a ela: é o que basta." Flora sorria para ele com doçura maternal (por motivos mais ou menos legítimos, a seu lado Urbina sempre se sentira moral e fisicamente pueril); ele fingiu não vê-la, voltou a seu assento, bebeu um cálice de vinho. Como desejou ter a coragem de se levantar outra vez e correr até Flora! Pensou que o mundo das mulheres — opressivo, indefinido, psicológico, doentio, prolixo — não era bom para a saúde dessa nobre planta, a mente do homem, e retomou o debate sobre a cor local dos portos, em cujo desenvolvimento alguém — Urbina ou Antonescu — mencionou sua predileção por fazer a barba em salões. Ambos manifestaram, de imediato, autêntica animação; efusivos, trocaram pareceres e descobriram, de modo paulatino, uma afinidade quanto a barbeiros, navalhas, sabões, temperatura da água, assim como outros pontos da matéria, que os maravilhou. Quando começaram os discursos, tiveram de se calar.

Com o pretexto de fugir do terceiro discurso — para escutá-los, as pessoas tinham se amontoado no salão —, Urbina foi ao outro cômodo, puxou uma cadeira e se sentou em frente a Flora.

— Como vai? — perguntou sorrindo. Nos olhos verdes de sua amiga, surpreendeu uma luz estranha; alarmado, assumiu o tom de bom humor, um tanto ofensivo, com o qual falamos com os doentes, especialmente os loucos:

— Aqui o ambiente é menos solene — suspirou. — Fico mais à vontade.

De sua parte, Flora sorriu com aquele ar embevecido e absorto com que as pessoas entram, cumprimentando, em uma festa; para que só Urbina pudesse ouvi-la, falou em voz extremamente baixa:

— Senti muito sua falta. Não me abandone.

"Que é isso?", pensou Urbina. "Mais uma vez o ataque, como se nada tivesse acontecido." Não se deixaria envolver.

— Estou contente — afirmou. — Trabalho muito.

— Precisamos conversar.

"Precisamos?", Urbina repetiu para si. "Não acredito."

Flora insistiu:

— Precisamos conversar. Quero que você vá até o casarão. Eu suplico: não me abandone. Se você me abandonar (sei que é horrível dizer isso; me desculpe) sou capaz de qualquer coisa.

— Não diga isso — murmurou.

Voltou ao salão da frente. O matemático, lendo um papelzinho, agradecia os discursos; quando, enfim, acabou, formaram-se rodas de conversa. Urbina pensou que já estava cansado de mulheres e matemáticos estrangeiros e se aproximou do doutor Sayago. Este, entretido em juntar os restos de pão espalhados pela mesa, comia-os, com cuidadosa boca de esquilo, e falava de teatro.

— O teatro não existe — declarava. — Alguma cena de Shakespeare, as comédias de Shaw: nada além disso.

— E Aristófanes? E Plauto? — questionou Otero.

— As pessoas guardam tudo — respondeu Sayago. — Paixão mais forte que o amor é o arquivo! O teatro, como a oratória e o jornalismo, não resiste ao embate do tempo. Os autores não escrevem para a eternidade nem para a releitura, nem sequer para a leitura; procuram o efeito imediato.

"Que nojo desse pedantismo", Urbina a si mesmo e suspirou por Flora. Pensando: "tomara que ela tenha superado esse mau momento", foi ao outro cômodo: o lugar de Flora estava vazio. Resolveu não perder a serenidade. Em um instante, percorreu a casa. Não viu Flora. Ele a procuraria metodicamente, ao longo das mesas e dos corredores, pelos pátios, pela enramada, pelo parreiral. Os amigos o retinham. González, o filho do vate de *Caras y Caretas*, prometeu ajudá-lo na busca.

— Com a condição — declarou — de que primeiro adocemos a boca com essas duas taças de anis.

Mostrava, em cada mão, uma enorme taça, daquelas usadas para conhaque; sem saber por quê, Urbina aceitou a que lhe ofereciam e bebeu, de um gole só, o conteúdo; este, de fato, era anis, e dos mais doces. As pessoas tinham se amontoado sob a enramada; com a voz urbana e suave, um violeiro decrépito cantava:

El señor don Antonesco
Es gaucho, aunque de otros pagos.
Vida, no traigas halagos,
*Cuando me vas a dejar.**

— Nesses versos — observou o filho do poeta —, o subúrbio e o pampa apertam sua única mão.

— Vamos procurar Flora — disse Urbina, tentando não perder a calma.

Procuraram entre as pessoas ali reunidas; procuraram na interminável sequência de corredores; procuraram no jardim do último pátio, onde sobressaltaram um casal que se amava em um banco. "Por falta de imaginação, atribuo tudo à histeria", refletiu Urbina. "Num instante, as coisas acontecem, as pessoas tomam decisões."

— Apresento-lhe Adelia Scarlatti — disse González. — Elemento jovem do grupo Cosmorama.

Era uma jovem muito magra, de rosto desproporcional, empoado e carnudo. Urbina perguntou a ela por Flora.

— Essa aí está meio… — respondeu a mulher, tocando a testa com um dedo. — Eu pensei: vou estudar seu caso, e não tirei os olhos de cima dela. Dou-lhe um resumo da trajetória: primeiro falou sozinha, depois mexeu na bolsa, depois caiu no choro, depois saiu correndo.

Discursando para outro grupo, o doutor Sayago dizia a plenos pulmões:

— Uma mudança repentina e contínua de situações muito teatrais: eis o fundamental.

Sem se despedir de ninguém, Urbina saiu do restaurante; caminhou cerca de quinhentos metros por ruas desconhecidas e em uma avenida larga e desolada tomou um táxi, que o levou até a estação de Retiro; de lá, no primeiro trem, partiu para o Tigre. A certa altura, a coragem fraquejou. Imiscuir-se nas vidas alheias nunca dera bons resultados. Depois refletiu: "Se há uma possibilidade de que Flora cometa uma loucura, devo impedi-la". Como podia ter certeza de que Flora voltara para o casarão? Pensou que a moça não se jogaria no rio, porque sem dúvida sabia nadar, nem na frente de um trem, porque seria muito atroz. Essas conjecturas o desalentaram. No trajeto entre a esta-

---

* Em tradução livre: "O senhor don Antonesco/ É gaúcho, mas de outros pagos./ Vida, não tragas agrados,/ Quando fores me deixar". (N.T.)

ção do Tigre e La Retama correu e, quando não pôde mais correr, caminhou velozmente. Pode-se dizer que o luar envolvia o casarão em um vapor de prata. Encontrar a porta fechada, chamar e que não lhe abrissem era uma situação que previu com inquietude, mas ao encontrar a porta aberta estremeceu, como se tivesse visto a confirmação de seus temores.

Entrou na casa. Embora só tivesse estado ali uma vez, aventurou-se decididamente pela escuridão dos salões, até que uma parede, que pareceu interminável, o deteve. Ele a apalpava com ansiedade quando pensou reconhecido, em um clamor abafado, a voz de Flora; encontrou uma porta e continuou avançando; então ouviu algo que o apavorou: "Estão esmagando um rato", pensou; a verdade é que ouviu uns guinchos parecidos com os de um rato no paroxismo da fúria. Conseguiu se recompor e chegou, enfim, ao hall da escadaria. Como em sua primeira visita, a luz vinha lá de cima. Subiu.

A cena continuou, por uma inesquecível fração de minuto, como se não houvesse testemunhas. Os atores estavam absolutamente entregues à situação. Vocês devem se lembrar daquele aposento enorme, com as portas e os armários cinza, a poltrona alta de palha, a poltroninha, a mesa de madeira e, no extremo oposto, o espelho monumental, cercado de cortinas roxas. Contra o espelho, como em um palco, com o vestido branco, o xale amarelo, que se movia como asas fantásticas, Flora, sozinha, de pé, com os braços para o alto, exclamava:

— Por favor, chega de melodrama!

Nesse instante, interrompeu-se a cena. Um objeto, que estava quase ao rés do chão, caiu. Urbina viu que era o cetro de duas pontas, que ele já conhecia. Do exato lugar onde o cetro caiu, um bichinho escuro e veloz fugiu por baixo das cortinas roxas, paralelamente ao rodapé, em direção a uma porta entreaberta. Como quem sonha, Urbina pensou: "O rato que guinchava". Tudo o que ocorreu a seguir parece o enredo de um sonho ou de um pesadelo.

— Rafael! — gritou Flora, em um tom que podia ser de alívio ou de contrariedade. — Rafael!

Lenta, pesadamente, os dois avançaram, se encontraram e ficaram nos braços um do outro; depois, abraçados, caminharam, como que se arrastando, até a poltrona de palha, onde Flora, obedecendo a uma indicação de Urbina, se sentou.

— Afinal você veio! — ela exclamou, suspirando.

Urbina se ajoelhou a seu lado, beijou uma de suas mãos, que tomou entre as dele.

— Preciso explicar tudo — anunciou Flora. — Por mais difícil que seja. Tudo, tudo. Embora seja inútil, porque você já sabe. Você adivinhou.

Urbina se perguntou o que ele teria adivinhado. Também se perguntou que expressão devia adotar para que Flora, sem perceber sua ignorância, continuasse a explicação. Olhou-a em silêncio, gravemente.

— É preciso fechar ali — disse Flora, já com um ânimo melhor, apontando para a porta entreaberta. — É capaz de escutar.

Urbina fechou a porta e, quando já ia se ajoelhar de novo, sentou na poltroninha. Enquanto executava esse ato de trivial egoísmo, pensava generosamente. Estava decidido a ser compassivo. Amava Flora. Se tivesse suspeitado de um segredo iníquo, teria se afastado, para não saber dele. Permanecia, pois Flora não podia ocultar nada abjeto. Afinal, ele não a conhecia? Não conhecia sua bondade, sua delicadeza, sua retidão? E, fosse qual fosse a revelação, responder de forma implacável não seria uma traição covarde?

— É capaz de qualquer coisa. É muito malvado — comentou Flora, sorrindo. — Já lhe contei o quanto eu te amo. Ele precisa se resignar. Até compreende, aceita a situação, pois é muito inteligente. De repente não consegue controlar seu gênio e se rebela. Eu sei que não devo permitir desplantes, mas me dá pena. Tem que ver como ele sofre!

— É horrível alguém sofrer por nossa causa — disse Urbina.

Ele mesmo não sabia se falava com hipocrisia ou sinceridade.

— Tem razão. Você é uma pessoa muito boa. Mas é preciso se defender. Com Rudolf é necessário se defender. Come o que você lhe dá na mão, e depois quer comer a mão e o braço.

"O nome dele é Rudolf", pensou Urbina. "E por que lhe dão de comer na mão, como se fosse um pássaro?" Disse em voz alta:

— Se ele é tão mau, é preciso se defender.

— Não é tão mau. Talvez seja bom. Se estivéssemos em seu lugar, como nós seríamos? Não sei.

— Eu também não — admitiu Urbina.

— Você o escutou? Como gritava! Eu lhe digo que ele guincha como um rato quando fica irritado. Tem uma voz tão engraçada! Vou levar o cetro para ele. Quando pega o cetro, seu humor melhora. É mesquinho com certas coisas, pequeno.

Ao dizer tudo isso, Flora não condenava; comentava com simpatia, com risonha doçura. Levantou-se, pegou o cetro, retirou-se do cômodo. Quando voltou, disse:

— Ele quer ver você. Quer pedir desculpas.

Sem dizer nada, Urbina caminhou na direção dela. Flora o deteve.

— Você sabe como ele é?

— Acho que sim — respondeu Urbina.

Entraram em um quarto onde não havia ninguém. Flora disse:

— Você pode esperar só um minuto, enquanto aviso que você vai vê-lo? Este aqui é o quarto de vestir de Rudolf.

Aquilo era uma sala de troféus. Em uma parede, entrecruzavam-se um remo, um rifle Mauser e uma descomunal espingarda. Em outra, estavam penduradas as proeminentes cabeças de um javali, um búfalo, um rinoceronte, um cervo e uma zebra. Havia também raquetes de tênis e patins, pistolas de duelo, sabres, espadas e também flechas, arcos, escudos e lanças de aspecto rudimentar, sujo e feroz. Taças de prata se alinhavam sobre a lareira e, em uma vitrine, reluzia um complexo cinturão, que parecia um daqueles aparelhos elétricos ou radioativos, de propriedades revigorantes, que anos atrás pululavam no comércio, mas que mais provavelmente era o emblema de um triunfo atlético. Sobre uma escrivaninha havia uma pedra preta, lembrança de alguma excursão pelas montanhas. Urbina se aproximou de uma espécie de oratório colonial, transformado em espelho de corpo inteiro, com prateleiras dos lados. As prateleiras ostentavam fotografias de mulheres com aquele ar de prostitutas ingênuas que têm as atrizes das primeiras décadas do cinema e as cantoras de ópera. Os rostos insinuantes eram atravessados por linhas manuscritas, declarações de amor em muitos idiomas. Annie assinava sua lembrança em Viena; Olivia, em Bournemouth; Antonietta, em Ostia; Ivette, em Nice; Rosario, em San Sebastián; Catherine, em Paris, e outras tantas, em Berlim, em Leipzig, em Baden-Baden. O período, para todas, era 1890-1899.

Essas eram superadas, em quantidade e variedade, pelas fotografias de um cavalheiro; com severas molduras de prata, com laboriosas inscrições em letras góticas, historiavam uma vida: o menino (já se insinuava o rosto furioso e arrogante) em Baden-Baden, junto com vagas figuras de outra época; o estudante (no rosto, mais furioso, quase com asco, aparecia a primeira cicatriz), posando com a típica boina, o sabre em riste, na cervejaria Türinger Hoff, e patinando triunfalmente na Rossplatz, de Leipzig; o jovem *dandy* castigando o cavalo de corrida de *gentlemen riders*, em Dresden, e em um bosque, cantando com a sociedade coral de geólogos e antropólogos (esta última era, sem dúvida, uma fotografia de grupo, mas talvez por causa do ângulo em que foi tirada, ou da envolvente personalidade do sujeito, parecia uma foto do jovem da cara furiosa e arrogante, cercado por um grupo de figurantes pouco definidos); o viajante, que olhava galhardamente, com uma segunda cicatriz no rosto, do convés de um navio, ao lado de um salva-vidas, com a inscrição: *Clara Woermann-Woermann Line*; o dom-juan, sorrindo altaneiro, enquanto segurava pela cintura uma moça, um tanto raquítica, que lutava para se soltar e ria; o caçador, na África, pisando um búfalo derrubado...

Urbina estava tão absorto na contemplação das fotografias que só escutou Flora quando ela já se encontrava a seu lado; então, como se o tivessem surpreendido numa atividade repreensível, ergueu-se bruscamente. Flora lhe disse:

— Essas fotografias da juventude são o orgulho do pobre Rudolf. Eu, por ele, não as olho. Mudou tanto que agora é outra pessoa! — Depois de uma pausa, acrescentou: — Quer entrar?

Urbina adentrou o dormitório de Rudolf. É verdade que o quarto estava na penumbra — do alto de um contador, uma ânfora de ferro transformada base de abajur, coberta por uma cúpula de vidro azul, irradiava uma luz muito fraca — mas não é menos verdade que Urbina achou, no primeiro instante, que não tinha ninguém ali. Em uma parede havia um quadro, um retrato a óleo, com grossa moldura dourada. Os móveis não eram numerosos, mas, talvez por causa do tamanho ou da importância, pareciam excessivos para o quarto. Além do contador, havia um guarda-roupa com espelhos na frente e uma águia de madeira entalhada no alto, duas cadeiras góticas, alemãs, uma cama com dossel e colunas, um criado-mudo. A cama era coberta por uma pesada pele escura, com pelos grossos e brilhantes. Enfim, entre a pelagem negra, ele o distinguiu.

Quando o viu, Urbina sentiu uma comoção bastante forte (mas não mais forte do que se tivesse encontrado um rato sobre a cama). Rudolf era um homenzinho muito pequeno; realmente pequeno: do tamanho de um palmo; cabe dizer, que as dimensões das múmias reduzidas, dos jivaros, eram aproximadamente as dele. Quanto ao aspecto da pele, do cabelo e dos olhos, havia diferenças notáveis em relação às múmias. Nelas, a pele é ressecada, enegrecida — segundo me parece —, como se fosse calcinada, o cabelo opaco e os olhos mortos. Os olhos de Rudolf pareciam emitir uma chama de orgulho, o cabelo estava raspado e a pele tinha a tonalidade, um pouco brilhosa, de couro cru gasto por anos de uso. Urbina pensou que Rudolf lhe lembrava (apesar do terninho ridículo que vestia) o cabo de um rebenque velho; um cabo de rebenque com cara de fauno; de fato, no desenho dos olhos, do nariz, da boca, pensou ter vislumbrado uma expressão faunesca, nada divina, com certeza, antes rudimentar e terrena. Amarelos, ferozes, os dentes reluziam entre os lábios de um vermelho vivo. As cicatrizes registradas nas fotografias do quarto de vestir marcavam suas faces com dois ângulos. Rudolf estava sentado, em uma posição quase majestosa, entre os pelos da manta; com a mão direita, segurava o cetro. Por pudor, Urbina não olhava diretamente para ele, e sim através do espelho do guarda-roupa. De repente, notou que o homenzinho deixava cair o cetro e lhe estendia os braços, pedindo alguma coisa. Sem precisar de mais explicações, como se o gesto fosse normal, Urbina estendeu, com certo temor, o dedo indicador. O homenzinho o tomou entre as mãos e prorrompeu em guinchos, como os que Urbina tinha ouvido ao entrar na casa; depois de uma ou duas repetições, entendeu:

— *Sans rancune* — dizia Rudolf em um francês pueril e carregado.

Ficaram algum tempo em silêncio. Urbina queria falar, dizer qualquer coisa, mas não sabia o quê; continuava olhando para Rudolf através do espelho, temia que o dedo adormecesse, perguntava-se até quando ficariam assim. Logo chegou a resposta, na forma de uma furiosa mordida no dedo.

— *Tableau!* — gritou Rudolf; soltou uma gargalhada, saltitou sobre os pelos da manta, lançou-se de bruços, soluçou.

Urbina sentiu uma vivíssima dor no ferimento; como estava apreensivo, temeu que os dentes de Rudolf, consideravelmente amarelos, não estivessem limpos; por sorte, a mordida pegara a polpa do dedo, de modo que sangrou bastante.

— É ruim como ninguém — comentou Flora. — Está doendo muito?

— Não — respondeu Urbina sem convicção. — Se você tiver água oxigenada, gostaria de colocar um pouco, para estancar o sangue e desinfetar…

Enquanto aplicava um algodão com água oxigenada, Flora dizia a Urbina, de modo que Rudolf a escutasse:

— A vantagem de um ato desses é que dá liberdade. Que obrigação você pode ter com um senhor odioso que o ataca como uma fera?

— Desculpe — suplicou Rudolf.

— Desculpe-o — disse Urbina.

— É inútil — garantiu Flora. — Ele não pode com seu gênio. Tem todos os inconvenientes imagináveis, e em vez de se esforçar para que os perdoem, nada disso, o senhor, como se fosse Apolo ou Júpiter, se diverte com desplantes ridículos...

— Não diga essas coisas — pediu Urbina.

— Não vão ter mais do que reclamar — afirmou Rudolf. — Vou me comportar direito.

O espanhol de Rudolf era tão carregado quanto seu francês.

— Não se preocupe — disse Flora, dirigindo-se a Urbina. — Ele não pode com seu gênio. Daqui a dois ou três dias vai cometer alguma barbaridade que justificará que o abandonemos, que partamos para outro lugar, para viver tranquilos.

— Não, não — guinchou Rudolf. — Isso não. Juro que vou me comportar direito, que vocês nunca poderão partir. Traga-me a pedra preta.

Com desdém, Flora respondeu:

— Muito bem. Rafael agora vai conhecer a famosa pantomima da pedra preta. Ele jura, todos juramos, e dali a um minuto volta a fazer o mesmo de sempre.

Flora trouxe a pedra que estava no quarto ao lado e a deixou sobre a cama. Urbina pensou que havia certa contradição entre esse ato de obediência e as palavras da moça, tão duras com Rudolf. Flora pousou a mão direita aberta sobre a pedra; o homenzinho colocou a dele por cima e Urbina a sua em cima de todas. O homenzinho disse:

— Cada um jura ser leal com os outros dois. Que o castigo, por perjúrio, seja negro como esta pedra.

Não permitiu que ninguém retirasse a mão até que todos disseram "juro".

— É como uma criança — explicou Flora. — É preciso fazer o que ele quer, senão tem um chilique.

O retrato a óleo — agora Urbina o examinou com certa atenção — representava o cavalheiro do olhar altaneiro e das cicatrizes. O artista, que assinava como H. J., tinha composto um fundo convencional, com uma anomalia desconcertante: sobre o pico de uma montanha, pintada de modo realista, voava uma águia claramente alegórica: a águia imperial alemã.

Urbina percebeu com lucidez que a descoberta do homenzinho era provavelmente o episódio mais extraordinário de sua vida, mas como a fisiologia não segue a razão e o dia tinha sido longo e cansativo, logo ele perdeu o interesse por tudo aquilo, até mesmo por Flora, ocupado apenas com o íntimo peso que fechava suas pálpebras: o sono. Assim como no louco, há astúcia no homem que adormece em público. Urbina tentava dissimular o sono e sonhava com desculpas que lhe permitiriam retirar-se imediatamente. Como uma coisa distante, inatingível e querida, como a pátria para o exilado, recordava a cama. No dia seguinte teria tempo para refletir, para saber o que pensava de Flora e do homenzinho. Este falou:

— Rafael está com sono — disse.

— Estou, mesmo — reconheceu Urbina.

Um pouco de espírito, o indispensável para ficar mais um pouco de os olhos abertos, e logo iria embora, talvez para não voltar, levando consigo uma impressão de realidade daquela descoberta horripilante, quase mágica ou sobrenatural. Refletiu: "É preciso malhar sobre ferro quente, não só nas escaramuças do amor; em tudo. Mas eu sou um porco, um porco entregue aos sentidos". Anunciou:

— Vou para casa. Está tarde.

Flora o olhou alarmada e disse a Rudolf:

— Vou acompanhar Rafael até a porta.

— Vou com vocês — gritou Rudolf, sentando-se na cama e estendendo os braços, como um bebê, para que o erguessem. — Agora somos inseparáveis. Ha, ha.

— Você me espera aqui — replicou Flora com severidade. — Vou acompanhar Rafael sozinha.

Rudolf recolheu o cetro, tornou a se sentar entre a pelagem da manta e, dando as costas para seus interlocutores, declarou:

— Eu fico.

Flora e Urbina saíram do quarto.

— Estou impressionada — Flora disse, pondo uma mão no braço de Urbina (este, rapidamente, olhou para a porta do dormitório). — Com meu abominável segredo, causei um aborrecimento muito grande. Nunca vi olhos tão tristes!

Confundia sono com tristeza.

— Minha intuição de mulher — acrescentou — me diz que você vai embora para sempre. .

— De modo algum — respondeu Urbina.

Queria transmitir uma segurança plena para que o deixassem partir. Insensível à sua pressa, Flora lhe falou de Rudolf:

— Não tenha medo — começou dizendo. — O que você me ouviu dizer é a pura verdade. Ele não pode com seu gênio. Amanhã ou depois vai cometer uma maldade, e nós vamos embora. Não se preocupe com o juramento. Ele vai ser o primeiro a quebrá-lo. Não estamos presos por toda a vida. Perdoamos a mordida. Haverá outra ocasião. Claro que, quando penso em tudo o que o coitado passou, não consigo conter a admiração. Eu, no lugar dele, teria me suicidado. Ele não esmorece. Rompantes que, em outra pessoa, seriam detestáveis, como a mordida no seu dedo, em Rudolf têm algo de francamente admirável. É preciso reconhecer isso.

— Eu reconheço — disse Urbina, acariciando o dedo. — Mas, na verdade, o que aconteceu? Quem é Rudolf? Não me diga que é o senhor das fotografias do quarto de vestir.

— Claro que é. As fotos foram tiradas antes de sua viagem à África.

— Quando ele esteve na África?

— Por volta de 1900. Naquela época, segundo me garantiram, a Alemanha desenvolveu o que Rudolf denomina sede de colônias. Ele, por pura aventura, alistou-se no serviço secreto. Mandaram Rudolf para a África naquele barco tão lindo da *Woermann Line*: todos os barcos da companhia tinham nome de mulher. Teve gente que disse depois que seria mais dissimulado se viajasse em um barco inglês da *P. and O.* Rudolf responde que ele não discute com gente desprovida de orgulho patriótico. Foi enviado para a Uganda, que estava em poder dos ingleses. Lá conheceu sir Harry Johnston, um homenzinho de estatura abaixo do normal, dos mais enérgicos e agitados, que percorreu a África pintando quadros medíocres e conquistando territórios para a Inglaterra. Rudolf, sem se afastar de sua linha de espionagem com orgulho, urdiu um plano maquiavélico e ludibriou totalmente o pobre sir Harry, que o levou como companheiro na expedição. Descobriram a girafa de cinco chifres, e sir Harry voltou sem novidades, talvez graças a seu famoso tato com os negros, porém Rudolf ficou em uma aldeia de pigmeus, que, sem consultá-lo, o reduziram como você viu.

— E como você o conheceu? — perguntou Urbina.

— Rudolf passou um período muito difícil entre os pigmeus. Embora tenham obtido certos resultados que fazem inveja na medicina europeia, não pense que é um povo lá muito refinado. Para reduzir Rudolf a essa forma, aplicaram um tratamento que era uma mescla de crueldade, superstições absurdas e profilaxia francamente questionável. Digo a ele que é indestrutível e por isso sobreviveu. Quando outros exploradores, anos depois, exibiram seis pigmeus na Inglaterra, as pessoas não eram capazes de conter o riso. Imagine o que deve ser cair nas mãos dos médicos e bruxos pigmeus. Por fim, Mary Thornicroft, que tinha acompanhado o marido em uma expedição pelas florestas da Uganda, o resgatou. O coitado saía de uma para cair em outra. Minha mãe e eu o conhecemos na casa de Mary, em Grasmere. Na viagem de volta, quase perdemos a cabeça com a quantidade de baús. Além de tudo que tínhamos comprado, tivemos de acrescentar os troféus de caça, as armas, as fotografias, até os móveis de Rudolf; mas não me arrependo; hoje vejo nisso tudo uma expressão do seu caráter, cheio de defeitos, sem dúvida, porém muito encantador. Embora tivesse dado como certo que lhe dariam a Cruz de Ferro, Rudolf nunca quis voltar para a Alemanha, nem encontrar as pessoas que tinha conhecido no passado. Por incrível que pareça, ele sente vergonha de que o vejam assim. Talvez porque o conheceram quando era uma pessoa normal... Vai saber! Em todo caso, Rudolf não é covarde. Sofreu muito, mas não se queixa. O que aconteceu com ele foi uma lição, diz, da qual se lembrará para sempre.

A lição inesquecível (pensou Urbina) estava escrita, para quem conseguisse lê-la, na elevada inocência de Flora, que não via nada cômico no tamanho de Rudolf. Na verdade, o que podia haver de cômico no fato de um homem ter alguns centímetros, ou talvez um metro, que no caso dá no mesmo, a mais ou a menos? Em tais circunstâncias, a comicidade era da categoria mais grosseira, era a comicidade física, que provoca riso no homem ignorante quando alguém cai na rua ou quando passa um manco. Urbina também pensou que ele nunca atingiria a altura moral de Flora e que era próprio das naturezas inferiores conseguir seus propósitos por meio de ardis e que deveria encontrar uma maneira de voltar, o quanto antes, para casa.

— Vou embora — disse. — Rudolf deve estar sofrendo. Volte para junto dele.

— Você é muito bom — respondeu Flora.

Despediram-se com um beijo no rosto.

No trem que o levava a Buenos Aires, Urbina desejou estar de volta em casa, como em um refúgio, a salvo da cruel intempérie do mundo, onde há segredos e anões terríveis, que nos odeiam, e mulheres nobres, que nos perseguem; desejou ver os pais — imaginava-os muito longe — e adormecer entre os lençóis frios de sua cama. Misturavam-se, na divagação, as imagens de sua casa às do casarão, e, talvez porque estivesse cansado, via-se a si mesmo, como em um sonho, falando e gesticulando com uma ênfase quase dramática. Exclamava: "Que rival o meu!", sorria, balançava a cabeça. "Mas, à minha maneira, sou de tão pouca confiança como o tal Rudolf. Mal me dão as costas, e já estou rindo dos sentimentos de Flora. O que salva o amor — vamos reconhecer que todo amor é um pouco cego, bastante ridículo, muito anti-higiênico e íntimo — é a pureza dos sentimentos. Existe pessoa mais pura e delicada que Flora?" Em seguida, refletiu que talvez fosse ridículo ter um rival assim, mas que era vantajoso. Bastava que os dois ficassem ali, e o tempo traria comparações e, mesmo que Rudolf se comportasse como uma criança-modelo, havia poucas dúvidas sobre quem finalmente triunfaria. Com cinismo, e também com o instintivo temor dos homens de arcar com uma mulher, de repente se perguntou: "Vale a pena ganhar esse prêmio?". Depois, com menos cinismo, com mais filosofia, perguntou-se se, em absoluto, valeria a pena ganhar. Tinha razoável certeza de seu triunfo.

Chegou em casa às seis da manhã. Seus pais o aguardavam.

— Estávamos preocupados. Isso são horas de voltar?! — disse a mãe. — Imagine como você vai estar amanhã!

— Amanhã já é hoje — afirmou o pai.

— Deve ter passado a noite com aquela bandalha — disse a mãe.

— Com quem? — perguntou Urbina, autenticamente surpreso.

Não acreditava que estavam falando de Flora; pensava que não a conheciam e que de modo algum a vinculavam a ele. A mãe logo o desenganou:

— Com Flora Larquier — afirmou. — Pensa que não sabemos? Todo mundo sabe.

— Todo mundo sabe o quê?

— Todo mundo sabe que ela é louca — disse o pai — Quer que você caia no ridículo.

O que mais o indignou foi a fragilidade lógica da acusação.

Muito irritado, respondeu:

— Como? Ela me encontra para me fazer cair no ridículo? Por que Flora Larquier é louca? Posso saber?

— Você é um ingênuo — respondeu o pai.

— Por quê? — insistiu Urbina.

— Porque você não sabe o que todos sabem — explicou a mãe. — A sua Flora vive com um homem que ela esconde no casarão. Um criado ou um ajudante de cozinha.

— Que disparate!

— Ele sabe melhor do que ninguém. Você é um ingênuo — insistiu o pai.
— Essa tal Flora o mantém completamente ludibriado. Deve estar sabendo da
herança do tio Joaquín.

— Não sou ingênuo — protestou Urbina. — Flora não me engana. Eu
mesmo nem me lembro da herança, Flora a ignora, e não existe nenhum
criado.

A mãe o questionou:

— Como assim, não existe? Vai dizer que naquele casarão imenso não
tem criados? Avareza das piores.

— Ela o engana — tornou a dizer o pai.

— Não me engana — garantiu Urbina. — Ela me ofereceu uma prova de
confiança que poucas mulheres se atreveriam a dar.

— Você reconhece que há um segredo — disse o pai.

— Um segredo? — repetiu a mãe. — Esse criado.

— Não é um criado. É um homenzinho desse tamanho — respondeu
Urbina, mostrando a mão direita com os dedos bem abertos.

— Está louco? — perguntou o pai. — Por favor, abra os olhos, abra os
olhos. Ela fez você acreditar nisso?

— Não me fez acreditar em nada — respondeu Urbina. — Hoje eu o vi.
O nome dele é Rudolf. Me mordeu o dedo. Aqui estão as marcas dos dentes.

— Você colocou água oxigenada? — perguntou a mãe.

— É uma degenerada! — gritou o pai e balançou a cabeça com as mãos.
— Um nojo!

— Belo rival — exclamou a mãe. — Você está dizendo que ele é do tamanho de um dedo?

— Isso é muito atroz — gemeu o pai. — Nosso filho, que se formou tão
cedo, em quem depositamos nossas esperanças. Como as pessoas vão rir de
nós! Será que estamos sonhando?

Grisalhos, desgrenhados, de roupão, nunca viu seus pais tão velhos. Urbina
saiu de casa, com a suspeita de que seu pai chorava. Tinha certeza de que os
dois ficaram abraçados, no centro da sala.

Quando saiu à rua, teve a impressão de que a manhã tinha escurecido.
Olhou o céu baixo, as casas cinza, as persianas fechadas, as latas de lixo alinhadas em frente às portas. Pensou que tinha maltratado seus pais; com a
tristeza, o cansaço aumentou de forma prodigiosa. Ligaria para Rosaura para

que ela lhe permitisse dormir um pouco em sua casa. Rosaura permitiria isso e muito mais; mas hoje ele não conseguiria suportar seu olhar de ternura. "Se eu apelar para Rosaura", pensou, "cometerei uma indelicadeza com Flora". Lembrou-se que Otero lhe que madrugava para estudar. Iria para a casa dele. Logo pensou que aquilo era uma mentira de Otero e que ele teria de explicar por que o acordava àquela hora. Pensou que seu amigo acharia a situação cômica e comentaria jocosamente o "porte" do rival, os gostos de Flora etc. Ficou muito irritado. Desiludido com a família, com nojo da amizade, tomou o rumo de Retiro, pensando que seu mundo era o de Flora e do homenzinho, propondo-se, pois a honra existe, a respeitar o juramento pronunciado sobre a pedra preta. Partiu no primeiro trem para o Tigre.

Na porta do casarão, enquanto esperava que lhe abrissem a porta, perguntou-se, inquieto: "Serei bem-vindo?". Depois pensou: "Não importa. A esta altura, não importa. O verdadeiro problema será evitar as conversas e ir logo dormir".

Flora abriu a porta. Envolta em um roupão azul-celeste, com a cabeleira loira um pouco desgrenhada, tinha no rosto e no pescoço uma luz de ouro; Urbina a achou extremamente bela.

— Você aqui? — perguntou Flora.

— Tive um desentendimento com os meus pais.

— Espero que você não tenha contado nada a eles.

— Não — Urbina apressou-se a mentir. — Eles se zangaram por causa da hora.

— E têm razão. É muito tarde. Não sei o que tenho, mas estou morrendo de sono. Preciso dormir um pouco. Depois você me conta tudo.

No imenso hall de cima, aguardava Rudolf, passeando majestosamente pelo chão, empunhando o cetro, como um rei diminuto. Em seu porte havia algo de selvagem e feroz.

— Aqui estou — disse Urbina, como quem se desculpa.

— Fico contente — respondeu Rudolf.

Flora, abrindo uma porta, disse a Urbina:

— Por hoje, deixo você aqui. Quer uma manta?

— Obrigado. Não precisa.

Entrou em um quarto cinza, que tinha um único móvel, um divã cor-de-rosa. Jogou-se no divã. A última coisa que viu foram essas cores, o cinza e o rosa, e adormeceu profundamente. Teve pesadelos: seus pais choravam, estavam muito longe, ele não tornaria a vê-los; por fim, com uma felicidade incontida, em um sonho encontrou o pai. Ele lhe disse, em um tom autoritário que Urbina desconhecia:

— Abra os olhos, abra os olhos.

Quando abriu os olhos, sentiu a dor atroz, o objeto incrivelmente agudo, a sensação de frio e calor. Apavorado, pediu ajuda.

Escutou a voz de Flora, que dizia desconsoladamente:

— Ele cravou o cetro nos seus olhos.

Tudo a seguir foi uma grande confusão. Flora chamou um médico de San Isidro, amigo da família, que garantiu que as feridas não iriam infeccionar.

— Ainda não me acostumei a não enxergar — explicou Urbina. — Estou me sentindo vulnerável. Confesso que tenho medo de Rudolf.

— Eu o tranquei no quarto de minha mãe.

— Não tem como escapar?

— Acho que não.

Flora quase não saiu do seu lado, mas como decidiram partir para a Europa, teve de deixá-lo ocasionalmente, para preparar a viagem. Quando ficava a sós, temia um ataque de Rudolf e, ainda mais, que Flora não voltasse. O perigo do ataque foi, enfim, afastado: nas últimas saídas, Flora prendeu Rudolf na bolsa e o levou com ela. Este recurso, como Flora constatara naquele passeio pelo bosque de Palermo e tantas outras vezes, tinha inconvenientes: durante os inevitáveis acessos de raiva de Rudolf, a bolsa, por mais que ela a segurasse com ambas as mãos, tremia, se sacudia, chegava a dar pequenos saltos. Otero trouxe da casa de Urbina os documentos para viajar e o talão de cheques. Os pais telefonaram para o casarão; disseram a eles que o filho tinha ido a Rosario, para dar uma conferência no ateneu; Urbina queria evitar que soubessem que ele tinha perdido a visão. Ele comunicaria a desgraça já na Europa, depois de prepará-los com cartas que anunciariam uma doença nos olhos e a intenção de se tratar com um médico de Barcelona. Nessa mentira havia uma parte de verdade, pois Flora parecia acreditar que esse médico era capaz de curá-lo; o de San Isidro não deu esperanças.

Por fim embarcaram. O barco estava tomado por uma multidão barulhenta e brusca. Urbina tentava parecer tranquilo; na verdade, tinha medo de se soltar de Flora e ficar sozinho entre as pessoas. A orquestra de bordo atacou uma marcha. Alguém os empurrou, os separou brutalmente. Sentiu um pavor instantâneo; achou que seu peito rebentava de angústia. O barco navegava.

Com o tempo, Urbina pôde reprimir o pavor, acostumar-se à solidão. Flora o deixara para voltar ao seu homenzinho.

No primeiro domingo de navegação, Urbina se deixou levar até um dos salões do barco, onde rezavam missa. O sermão tratou daquele versículo de São Paulo, que diz: *Quem és tu, que julgas o servo alheio? Para seu próprio senhor ele está em pé ou cai.*

DOS DOIS LADOS

A menina se chamava Carlota; a babá, Celia; de mãos dadas, apareciam juntas em uma fotografia no álbum da fazenda El Portón. Celia estava com a cabeleira solta — caía até o meio das costas — vestia um longo colete de lã, de grossas listras pretas e brancas, com bolsos baixos, e uma saia formada aparentemente por camadas sobrepostas e acariciava, com a mão esquerda, um gato preto, com uma mancha branca no pescoço. Carlota segurava um arco com a mão direita. Talvez porque estivesse ajoelhada ao lado da figura anterior, um tanto estatuária, parecia muito pequena e magra.

Atentas aos desenhos traçados na toalha da mesa do chá pela luz do poente, que chegava à janela através da estremecida folhagem de um olmo, aquelas mesmas duas pessoas, na mesma fazenda, no aposento conhecido como sala de armas, agora conversavam. Antes de seguir adiante, direi duas palavras acerca daquela sala e da casa que a continha. Ao longo dos anos, a casa foi crescendo como o acréscimo de cômodos, erguidos por várias gerações de pedreiros e seus ajudantes. De tempos em tempos, necessidades reais ou imaginárias ativavam o processo, que não seguiu plano algum: o resultado foi uma obra tão extensa quanto caótica. A sala de armas se originou em um sonho de esplendor dos que eventualmente afligem os fazendeiros (conheci um que se gaba de possuir a maior piscina da província — vazia, porque não tem como juntar tanta água —, outro que colocou letreiros com nomes de avenidas do Bois de Boulogne nas alamedas de cascalho, outro — o mais triste — que passeia, com a mulher, quando esta quer acompanhá-lo, se não, sozinho, pelos caminhos circulares que vão e vêm entre a sede e o galpão, atravessando a horta e o curral de ordenha, em uma pequena caleche que adquiriu em uma casa de leilões). Embora não fosse provável que algum dia encontrasse alguém para tentar uma carambola ou para disputar uma luta de florete, o dono de El Portón achou que em sua casa não podia faltar nem a sala de bilhar, nem a sala de armas; a primeira ainda não tinha sido erguida; a última era ampla, famosa pelas goteiras, com uma lareira escondida sob uma coifa enorme (uma casa dentro da casa, para Carlota), que descia do teto até um metro e meio do chão, branca, com ripas de madeira escura, com dois antigos fuzis de pederneira e uma pistola de cano longo, também de pederneira, que ainda conservava a pedra na parte do gatilho, penduradas em sua parte frontal. Essa coifa não era desmedida, pois o fogo, logo depois de aceso, espalhava furiosamente a fumaça pelo cômodo, que já mostrava uma cor tostada em boa parte das paredes e do teto. O dono de casa punha a culpa na umidade da lenha. Na outra parede estava pendurada uma panóplia revestida de veludo vermelho, comido de traças, com floretes e máscaras enferrujados. No cômodo também havia uma mesa, na qual tomavam o chá e onde Carlota fazia suas lições, quatro ou cinco cadeiras, um divã com estofamento verde desbotado, um monumental berço dourado, de madeira entalhada, talvez manuelino, comprado, em outro sonho de grandeza, para Carlota, que não chegou a usá-lo, por superstição dos pais (parece que havia um quadro de Alonso Cano com uma criança dormindo em um berço assim, próxima ao símbolo da morte), um piano vertical, um armário cinza, que guardava, entre a grata fragrância das bolas de tênis, uma rede e quatro raquetes (duas com cordas brancas e vermelhas, duas com brancas e verdes).

Carlota perguntou:

— Por que você chamou o gato Moño de Jim?

Celia respondeu:

— Porque Jim é tanto um homem como um gato.

Depois Celia comparou os gatos com os cachorros.

— Você dá de comer para ele — disse —, e seu cão paga com a famosa fidelidade. O problema do cachorro é que ele não sabe ser livre: depende do dono. Para mim ele é tão baixo como essas mulheres que se agarram nos homens. O gato, em compensação, é uma pessoa extraordinária. Aqui entre nós: o gato não se casa com ninguém. Não nasceu para ser escravo. Quando precisa da gente ou quando tem vontade de estar junto, ele chega feito uma sombra. E é feito uma sombra que ele some quando enjoa. Jim é assim comigo. Jim também é uma pessoa extraordinária.

Carlota não concordava com a opinião de Celia contra os cachorros e tinha certeza de que havia argumentos para rebatê-la, mas não protestou, porque ficou refletindo sobre os argumentos a favor dos gatos: pareciam-lhe dignos de atenção.

Carlota era uma menina alta para sua idade, pálida, séria, de cabelo castanho, amarrado atrás com uma fita azul ou rosa, de olhos cinza-azulados, pensativos e grandes, de nariz chato (mal acabado, conforme a expressão de seu pai), com a boca bicuda (conforme outra expressão de seu pai). Celia era uma jovem de vinte e três ou vinte e quatro anos, filha de ingleses, loira, de olhos azuis-claros, com sardas. À primeira vista, certa saudável vulgaridade acentuava sua beleza, mas quem a conheceu melhor afirma que, de vez em quando, a delicada sombra de um sofrimento apontava em seus olhos e que a aparente vulgaridade encobria a coragem de uma alma que não se deixava abater. Distraía-se com facilidade e, ultimamente, quando se distraía, assobiava umas notas da Balada de Fauré.

— Está vendo? — exclamou Celia, jubilosamente. — Está vendo? Aí está o Jim outra vez, aí está o Jim.

Apontou para os desenhos da luz sobre a toalha. Nesse momento entrou Teo, a cozinheira, e anunciou:

— *Miss*, a água do seu banho está quente.

— Vou tomar um banho e volto já — disse Celia; acrescentou, em um tom que pretendia ser imperioso: — Enquanto isso, aprenda a história de Elias. E nada de sair deste quarto.

Quando Celia e a cozinheira se retiraram, Carlota desceu da cadeira, saiu por outra porta, atravessou o antigo escritório do avô, percorreu o quarto em que sua mãe havia morrido, o quarto de hóspedes, a sala de jantar, com as tábuas do piso frouxas, a copa e, subindo por uma frágil escada pintada de vermelho, chegou ao sótão da despensa: dali, por uma rachadura no alçapão de vidros azuis, espiou e escutou, como era seu costume, as pessoas que falavam em volta da mesa da cozinha (a cozinheira, a moça que lavava e passava, a arrumadeira, o caseiro). Carlota não ignorava o fato de que estava cometendo um ato reprovável, mas ignorava por que era reprovável; em compensação, podia apreciar suas vantagens: graças a esse expediente, sabia mais do que todos sobre cada uma das pessoas da fazenda e tinha aprendido que até mesmo quem nos quer bem tem uma opinião negativa de nós. Observando as conversas dos criados, descobriu que todo mundo tratava os presentes com irritação e os ausentes com desprezo. Sem assombro, Carlota percebeu que na cozinha, naquela noite, estavam falando dela e de seu pai.

A cozinheira reclamava:

— Pobre? Não me diga que a Carlota é pobre.

— É muito, pois perdeu, vai pondo na balança, a mãe, que só tem uma, e a dela ainda era uma boa mulher — respondeu o caseiro.

— Não querendo comparar — insistiu a cozinheira —, pobre sou eu, pobre são essas moças, pobre é essa gente toda que precisa trabalhar.

Uma roçadela na perna assustou Carlota: era o gato Moño, que tinha chegado silenciosamente.

O caseiro replicou:

— Não me chore a pobreza, *doña* Teo, que a senhora tem dinheiro até para emprestar ao Banco de Azul. Vai negar que a Carlota é azarada que só? Ela não tinha a Pilar, que a entendia, pois aqui entre nós a menina é esquisitinha, e acabou que a moça foi embora para a Espanha?

— Eu conheci uma menina — disse a arrumadeira — que morreu feito um passarinho que não quer comer, é uma comparação, quando os patrões mandaram embora a babá, que era minha amiga. Os patrões tiveram de engolir o próprio orgulho e pedir para a moça voltar, mas ela, claro, não voltou, pois era muito decidida.

— E o que a *miss* tem de errado? — perguntou a cozinheira. — Fiquem sabendo que, se não fosse uma boa moça, eu não preparava seu banho como se fosse uma senhora. Afinal, quem ela pensa que é, só porque é estrangeira pode mandar na gente?

— E que me diz do gênio do pai? — interrogou o homem. — A pobre menina parece boba de tanto medo.

— A pobre menina — repetiu, com ironia, a cozinheira — conta com o pai mais sério e mais sovina do mundo, que vai só juntando o que vai deixar para ela, porque eu nunca soube de alguém que tenha levado algum ouro para o lado de lá.

Carlota achava que antes, muito antes, seu pai a visitava e que até chegou a brincar com ela em alguma ocasião. A brincadeira consistia em pescar, com varas que tinham um ímã na ponta da linha, a modo de anzol, peixes de cartolina com uma argola de metal. Seu pai não tardou a jogar longe a vara e os peixes e sair do quarto batendo a porta. Não faltavam histórias sobre o caráter de seu pai; Carlota se lembrava da viagem no *Almanzora*: um oficial que tinha se enganado nos pontos de uma partida de *deck-tennis* teve de ser arrancado dos braços de seu pai quando este estava prestes a jogá-lo no oceano. Carlota sempre o conheceu como um homem respeitado e solitário, que só perdia totalmente o domínio do seu péssimo caráter nos dias anteriores à visita da madame. Quando Carlota o via assim, pensava: "ela não vai demorar". E, de fato, pouco tempo depois prendiam o alazão na charrete, e seu pai partia para a estação. Carlota espiava de longe: a madame não era jovem. De dia, costumava andar com luvas de linho amarelo e chapéus de aba larga; à noite, descia à sala de jantar com vestidos de veludo grená ou preto, com decotes que revelavam costas empoadas, carnudas e intermináveis. A madame era alta, tinha pelo menos dez centímetros a mais que o pai de Carlota. Esta não podia acreditar em Celia, quando lhe dizia: "Coitado do homem, com essa mulher pendurada nele". Celia caía na risada e acrescentava, séria: "Grave as minhas palavras na sua cabecinha. Quando você menos espera, ela lhe dá um pontapé nas costas". O fato é que o seu pai tratava a madame com tanta consideração que parecia não ter sangue quando estava com ela. Na manhã em que a levava para pegar o trem, voltava com o rosto vermelho, com brilho nos olhos, estalando a língua e agitando o chicote no alto do faéton para animar o alazão. Carlota não tinha medo do pai. Ainda suspeitava que ele se sentia mais incômodo com ela do que ela com ele. Não o surpreendera uma vez observando-a pela porta de vidro do jardim de inverno, com o rosto transtornado?

Da mãe, Carlota recordava muito pouco: de Pilar, sim. Pilar foi a primeira babá que ela teve. Tudo o que fizeram juntas — passeios *vis à vis* pelo campo, a descoberta de uns ovos de quero-quero (mas desde que alguém comparou a cara de Celia com um ovo de quero-quero, estes se tornaram o símbolo de Celia), madrugadores cafés da manhã, com brancas bolachas marinheiras e biscoitos em forma de animais, enquanto uma luz deslumbrante penetrava pela janela da alcova —, tudo o que fizeram juntas ficava em uma época feliz e distante. A partida de Pilar lhe mostrara que tudo se acaba e que as pessoas vão embora de repente, sem que saibamos muito bem por quê; mas ela não era infeliz, pois agora contava com Celia. Ninguém, antes de Celia, a tratara como gente grande.

Enquanto isso, Celia, com o corpo submerso na água quente, recordava e refletia. Como Jim era louco! A imagem de Jim que primeiro surgia em sua imaginação era a mais distante no tempo, a do dia em que se conheceram. Carlota e ela tinham ido caminhar, como tantas outras vezes, pela rua de entrada.

Era início de outono, e as folhas começavam a mudar de cor. O limite do passeio era o portão de ferro que dava nome à fazenda: com dois leões rampantes, com as orgulhosas iniciais de bronze entrelaçadas abaixo de uma coroa, era um objeto considerável, não desprovido de beleza, mas melancólico (pensava Celia), como todas as coisas velhas. Os avós de Carlota o compraram em um castelo de Louveciennes, nos arredores de Paris e tinha uma história triste: os leões e os ferros não puderam conter, em uma noite da Revolução Francesa, as turbas exaltadas que penetraram nos jardins, incendiaram o castelo e degolaram os moradores. "Parece o portão de um sonho", Celia pensou e estremeceu. Jim caminhava, assoviando alegremente a Balada de Fauré, pela estrada de Las Flores. O segundo filho de uma boa família inglesa, viajando sem chapéu, com o paletó de *tweed* remendado nos cotovelos, com as surradas calças de flanela, carregando uma malinha de papelão, como um vagabundo andarilho! Quando ele a viu, interrompeu o assovio, abriu o portão e lhe perguntou se não havia trabalho na fazenda para um ajudante de encarregado. Celia disse:

— Fale com o patrão; mas aviso que ele tem um gênio difícil.

— Isso não importa — respondeu Jim e, retomando o assovio, afastou-se rapidamente a caminho da sede.

Devem ter se entendido, porque ele a visitou naquela mesma noite. Ela dormia no quarto de Carlota. A cama de Carlota ficava em uma alcova, na qual havia uma janelinha quadrada, com persiana de correr; por essa janela, às vezes entrava o gato, e às vezes, a luz da lua, que se refletia no espelho do guarda-roupa de cedro escuro, colocado entre as camas. No alto do guarda-roupa, na parte central, havia umas pequenas imagens de madeira: um cavaleiro, em um cavalo encabritado, atacando um dragão com uma lança. Ela achava que o cavaleiro era São Jorge, mas Jim lhe indicou que tinha cabelo comprido, porque era Santa Marta, matando a Tarasca, e disse que essa alegoria provava a vitória da alma sobre o corpo. O medo de acordar a menina e a risada que esse temor causava neles se combinavam voluptuosamente; de repente, Jim a pegou pelos pulsos e disse:

— Este é o amor puro. Sem cisma, sem traição, sem mentira.

Durante a primeira semana ela viveu um pouco atormentada, porque nunca conseguiu arrancar-lhe uma promessa, nem sequer acerca de quando ele a visitaria de novo. À noite, lutava contra o sono e, quando adormecia, era acordada por Jim, que a olhava enquanto acariciava seu cabelo, ou pelo gato, que tinha entrado pela janelinha da alcova, ou pelas badaladas do relógio, que marcavam o fim de uma noite vazia. Em certa ocasião, não conseguiu se conter e perguntou:

— Não tem nada sério nesta vida para você, Jim?

— Sim, a outra — respondeu, encarando-a de frente.

Um dia Jim lhe disse: "Esta vida não é mais do que uma passagem". Ele deslizava tão levemente por essa passagem que nada de terrenal o atingia; mas não podia evitar que seu encanto atingisse os outros. Sem dúvida porque as conversas sérias o aborreciam, esperou um mês para lhe falar de religião.

— Devemos evitar que a alma morra — explicou.

— Como você sabe que existe outra vida? — perguntou ela, que nunca duvidara disso.

— Por causa dos sonhos.

— Tenho medo de não gostar da outra vida — disse Celia. — Os sonhos são horríveis.

— A outra vida não é horrível; os sonhos, sim, enquanto não aprendermos a nos orientar na eternidade. Um pouquinho a cada noite, às cegas, não basta. É necessário praticar, como dizer?, o sonambulismo da alma.

Jim conseguiu convencê-la a ajudá-lo a praticar (Jim conseguiria qualquer coisa dela). Não logo em seguida, porque de início ela ficou apavorada; mas, noite após noite, através do amor, ele a conduziu pela mão, insensivelmente, firmemente. Jim se deitava na cama, o rosto voltado para o teto, e adormecia; adormecia com facilidade notável; então era ela que o levava pela mão, ou, melhor dizendo, pelo pulso, atenta às batidas do coração, atenta ao espelho, quando havia lua, ou ao menor sussurro da brisa. Esse gênero de sonambulismo consistia em sair a alma do corpo por um tempo, e logo voltar. Segundo a explicação de Jim, era necessário adestrar o corpo abandonado — um animal excessivamente estúpido — para que não morresse quando a alma saía.

— Como vou saber que a sua alma está fora? — perguntou.

Jim respondeu que a incidência de uma alma, quando fora do corpo, sobre o mundo material, era tênue. Se, de repente, Celia pensava escutar, misturada com o barulho do vento, uma melodia da Balada de Fauré, assoviada de forma imperfeita, era ele, que lhe enviava um sinal. Ou, senão, o sinal poderia ser um estremecimento da luz da lua, refletida no espelho; ou uma alteração momentânea na sombra de umas folhas, sobre qualquer superfície.

— Mas não deixe de prestar atenção ao meu pulso — acrescentou. — Se diminuir, me chame. Se parar quando estou fora, não poderei retornar.

Ah, nessa época, como desejava que ele voltasse. Sempre o acordava com beijos. Progressivamente, Jim demorava mais, até que chegou o dia em que lhe disse:

— Afinal me acostumei ao outro mundo. Agora tenho certeza de que minha alma não vai morrer com o corpo.

Nessa noite, ela teve de segurar seu pulso até os batimentos pararem.

— Pronto — disse então, com a voz trêmula.

Recebeu uma resposta. Houve uma alegre oscilação na claridade do espelho. Depois, nada; a solidão e o desconsolo. Como foi duro, no início, continuar a vida. Jim, com suas aparições, a alentava. Mas já se sabe como era Jim: não se manifestava quando ela queria, e sim quando ele queria. Poderia recriminar-lhe o pouco esforço que ele fazia para contentá-la; mas não, preferia aguardar, preferia aguardar o momento em que o alcançasse, só então estaria feliz e não pensaria em recriminações. Não se lembrava de como se formou nela a resolução de chegar a Jim pelo caminho que ele lhe indicara. Como as mulheres eram mais corajosas que os homens! Jim contou com ela, desde o primeiro experimento até o último; mas e quanto a ela, com quem Jim a deixou? Sozinha. Uma noite em que olhava o brilho da lua no espelho e escutava o murmúrio das árvores, para além da janelinha da alcova, onde Carlota dormia placidamente, entendeu, em uma revelação paulatina, a profundidade de sua solidão. Tinha deixado Jim partir e agora se encontrava sem pontes para segui-lo. Talvez Jim tivesse previsto a situação — era lúcido, não se atordoava como ela — e, dando de ombros, pensou: "Um laço a menos". Essa atitude, aparentemente cruel, adequava-se ao caráter daquele homem extraordinário. Celia achava que, do outro mundo, sorrindo brincalhonamente, não sem compaixão, mas com uma alegre indiferença, Jim a observava debater-se em sua angústia. Pobre Jim! Quanta certeza ele tinha! Quão pouco sabia da perseverança de uma mulher como ela! Mas, quem se atreveria a mostrar o além a uma menina? Assim como acontecia com o espelho da fábula, depois de mirá-lo, tudo mudava. Qualquer pessoa, não apenas Carlota, poderia enlouquecer. Considerou um por um todos os moradores da fazenda; não poderiam ajudá-la. Sua mão, em busca do candeeiro no criado-mudo, o derrubou. O barulho acordou Carlota.

— Que foi? — perguntou a menina.

— O gato Jim derrubou o candeeiro — mentiu Celia.

— Você não estava dormindo?

— Não.

— Está pensando no quê?

— Em Jim.

— No gato?

— Não, no homem.

Ela se levantou, foi se sentar na beira da outra cama e explicou a Carlota:

— Na vida, a cada pessoa corresponde... — quando ia pronunciar as palavras "um grande amor", não se sabe por que temeu que a menina as achasse ridículas, e trocou-as por uma expressão absurda, que lhe veio à mente naquele instante; disse: — uma aventura de ouro.

Carlota era perspicaz; perguntou:

— Jim era a sua aventura de ouro?

— Sim — Celia respondeu —, mas ele partiu para o outro mundo, atravessando um sonho. Ele me manda sinais de lá.

Descreveu os sinais. Carlota a escutava com atenção e olhava fascinada para a claridade do espelho.

De repente, Celia se pegou dizendo:

— Se você me ajudar, conseguirei me juntar a ele.

Sabia que Carlota não poderia recusar, pois ela também estava apaixonada por Jim.

— Como é o outro mundo? — Carlota perguntou.

— Maravilhoso — Celia respondeu.

— Depois posso me juntar a vocês?

Celia prometeu tudo. Explicou a parte que cabia a cada uma delas no experimento, deitou-se na cama, colocou seu pulso entre os dedos de Carlota, fechou os olhos. Naquela primeira noite, mal conseguiu dormir; passaram-se muitas noites até que Celia pudesse sair do corpo e atravessar para o outro mundo, mas, quando conseguiu, voltou apavorada.

— É pior do que ir até o portão de noite? — perguntou Carlota.

— Muito pior — Celia respondeu gravemente. — Quando você está quase chegando, encontra-se outra vez no meio do caminho.

— E você viu Jim?

Celia respondeu com brevidade:

— Não.

Perseverou, noite após noite, sem deixar que os fracassos ou o medo a vencessem. Enquanto Carlota vigiava seus batimentos, ela se aventurava pela eternidade, por onde vagava perdida, como se estivesse em um sonho angustiante, procurando Jim, que a se esquiva dela, de brincadeira.

Celia ainda estava recostada na água quente do banho quando pensou que afinal tinha chegado a ocasião esperada, que das últimas vezes não estava mais tão perdida no outro mundo e que não postergaria mais sua partida em busca de Jim. Saiu da banheira, enxugou-se com a toalha cantando, vestiu-se e, à mesa, durante a refeição, conversou alegremente com Carlota; acho que, abrindo uma exceção, tomou um copo de vinho. Depois, no quarto, pediu a Carlota que segurasse seu pulso até que os batimentos cessassem. De olhos fechados, talvez dormindo, prometeu:

— Vou esperar você lá.

Partiu, em seguida, em busca de seu amigo. Depois de alguns minutos, Carlota murmurou:

— Pronto.

Carlota olhou o espelho do guarda-roupa. Quando notou uma oscilação no reflexo da lua, caminhou decidida até a alcova e, ajoelhada na cama, fechou a persiana. Como se recitasse, com uma voz que ficava mais sonolenta a cada palavra, disse:

— Pobre Celia! A espera vai ser longa. Tenho muito o que fazer: despachar a madame e me acertar com meu pai e a aventura de ouro e dormir esta noite. — Depois de uma pausa, acrescentou: — Eu amava muito os dois, mas não gosto do outro mundo (não se zangue); estou contente aqui.

Subitamente, o quarto caiu em um silêncio ao qual a respiração da menina adormecida dava um ritmo aprazível.

AS VÉSPERAS DE FAUSTO

Nessa noite de junho de 1540, na câmara da torre, o doutor Fausto percorria as estantes de sua numerosa biblioteca. Detinha-se aqui e ali; pegava um volume, folheava-o nervosamente, tornava a deixá-lo. Enfim, escolheu os *Memorabilia* de Xenofone. Colocou o livro no atril e se dispôs a ler. Olhou para a janela. Alguma coisa se estremecera lá fora. Fausto disse em voz baixa: "Uma rajada de vento no bosque". Levantou-se, afastou bruscamente a cortina. Viu a noite, aumentada pelas árvores.

Embaixo da mesa, Senhor dormia. A respiração inocente do cão afirmava, tranquila e persuasiva como um amanhecer, a realidade do mundo. Fausto pensou no Inferno.

Vinte e quatro anos antes, em troca de um invencível poder mágico, tinha vendido a alma ao Diabo. Os anos se passaram com celeridade. O prazo expirava à meia-noite. Não eram, ainda, onze horas.

Fausto escutou passos na escada; depois, três batidas na porta. Perguntou: "Quem é?". "Eu", respondeu uma voz que o monossílabo não revelava, "eu". O doutor a reconhecera, mas sentiu certa irritação e repetiu a pergunta. Em tom de assombro e de reprovação, seu criado respondeu: "Eu, Wagner". Fausto abriu a porta. O criado entrou com a bandeja, a taça de vinho do Reno e as fatias de pão e comentou com aprovação risonha como seu amo apreciava essa refeição. Enquanto Wagner explicava, como fizera inúmeras vezes, que o lugar era muito solitário e que aquelas breves conversas o ajudavam a suportar a noite, Fausto pensou no complacente costume que adoça e apressa a vida, tomou uns goles de vinho, comeu uns bocados de pão e, por um instante, sentiu-se seguro. Refletiu: se eu não me afastar de Wagner e do cão, não corro perigo.

Pensou em confiar seus terrores a Wagner. Em seguida, reconsiderou: quem sabe os comentários que ele faria. Era uma pessoa supersticiosa (acreditava em magia), com um interesse plebeu pelo macabro, pelo truculento e pelo sentimental. O instinto lhe permitiria ser vívido; a necedade, atroz. Fausto concluiu que não deveria se expor a nada que pudesse turvar seu ânimo ou sua inteligência.

O relógio deu as onze e meia. Fausto pensou: não poderão me defender. Nada me salvará. Depois houve uma espécie de mudança de tom em seu pensamento; Fausto ergueu a vista e continuou: mais vale eu estar sozinho quando Mefistófeles chegar. Sem testemunhas, me defenderei melhor. Além disso, o incidente poderia causar, na imaginação de Wagner (e talvez também na indefesa irracionalidade do cão), uma impressão por demais terrível.

Fausto disse:

— Já é tarde, Wagner. Vá dormir.

Quando o criado ia chamar Senhor, Fausto o interrompeu e, com muita ternura, acordou seu cão. Wagner colocou o prato de pão e a taça na bandeja e se dirigiu à porta. O cão olhou para o dono com olhos em que parecia arder, como uma fraca e escura chama, todo o amor, toda a esperança e toda a tristeza do mundo. Fausto fez um gesto a Wagner, e o criado e o cachorro saíram. Fechou a porta e olhou em redor. Viu o cômodo, a mesa de trabalho, os íntimos volumes. Disse a si mesmo que não estava tão sozinho assim. O relógio deu quinze para meia-noite. Com certa vivacidade, Fausto se aproximou da janela e entreabriu a cortina. No caminho para Finsterwalde vacilava, longínqua, a luz de um coche.

Fugir nesse coche!, murmurou Fausto e pareceu agonizar de esperança. Afastar-se, eis o impossível. Não havia corcel rápido o bastante nem um caminho bastante longo. Então, como se em vez da noite encontrasse o dia na janela, concebeu uma fuga rumo ao passado; refugiar-se no ano de 1440, ou antes até; postergar por duzentos anos a inelutável meia-noite. Imaginou-se chegando ao passado como a uma tenebrosa região desconhecida; *porém*, perguntou-se, *se eu não estive lá antes, como posso chegar agora*? Como poderia introduzir no passado um fato novo? Lembrou-se vagamente de um verso de Agatão, citado por Aristóteles: "Nem mesmo Zeus pode alterar o que já aconteceu". Se nada poderia alterar o passado, aquela planície infinita que se estendia do outro lado de seu nascimento era para ele inatingível. Restava, ainda, uma escapatória: voltar a nascer, chegar de novo à hora terrível em que vendeu sua alma a Mefistófeles, vendê-la outra vez e, quando chegasse, enfim, a esta noite, escapar mais uma vez para o dia de seu nascimento.

Olhou o relógio. Faltava pouco para a meia-noite. Quem sabe desde quando, pensou, representava sua vida de soberba, de perdição e de terrores; quem sabe desde quando enganava Mefistófeles. Enganava-o? Essa repetição interminável de vidas cegas não seria seu inferno?

Fausto se sentiu muito velho e muito cansado. Sua última reflexão foi, no entanto, de fidelidade em relação à vida; pensou que nela, e não na morte, deslizava-se, como uma água oculta, o descanso. Com valorosa indiferença, postergou até o último instante a resolução de fugir ou ficar. O sino do relógio soou...

HOMENAGEM A FRANCISCO ALMEYRA

À *memória de minha mãe*

Thaes afereode, thisses swa maeg.
Deor

I

Uma mulher alada, com uma estatueta da Vitória na mão, ou com um rama-lhete de flores, ou com uma flor-de-lótus, ou com uma romã entreaberta e quase madura; uma âncora, o arco-íris, a cor verde são antigas alegorias da esperança; mas acho que nada a representa melhor do que um jovem poeta. Não penso em Chatterton, que resplandece e cai como um anjo incendia-do; nem em Novalis, nem em Keats, nem em Shelley, nem em Espronceda, destinos nos quais sempre palpitará a juventude, a morte e a poesia; penso em todos os jovens, gloriosamente obscuros, que, trêmulos e reverentes, compõem versos; como a esperança, eles não precisam, para o fervor, da confirmação do resultado e, também como a esperança, muitas vezes não cumprem o que prometem.

Entre os jovens poetas argentinos da primeira metade do século passado, acho que Francisco Almeyra encarna melhor do que ninguém esse símbolo patético. Deixarei para os historiadores da literatura a piedosa tarefa de co-mentar seus poemas, suas fragmentárias traduções de Virgílio e sua tragédia de intenção clássica; aqui me limitarei a recordar o que se poderia designar como o período climatérico de sua vida. Este relato começa, portanto, na cidade de Montevidéu, em uma manhã de primavera de 1839.

Mas antes de começar faz-se necessário contar algumas circunstâncias biográficas. Os feitos de seus pais deram a Almeyra a perigosa distinção de ser publicamente apontado como unitário; os feitos de seus pais ou as perseguições que eles sofreram; de maneira que emigrou por causa da família, mais do que por motivos próprios. Sua fuga para a outra banda (a tradicional travessia do rio, esse momento romântico no caminho para a honra dos portenhos) ocorreu em 1834. Em Montevidéu, foi recebido por umas tias, da parte uruguaia dos Almeyra, que tem parentesco com os Rasedo. As senhoras viviam em uma casa da rua San Miguel (hoje Piedras), que talvez ainda exista: baixa, com três pátios: o último era famoso pelas roseiras brancas que o poeta espoliava para suas oferendas das tardes à mais jovem das senhoritas Medina, a Lelia de suas *Odes*. A chegada do jovem sobrinho tinha alterado essa casa de mulheres. Desapareceram os panos, que cobriam tudo de verão a verão, e na sala, cercando o luxo dos damascos amarelos, mais uma vez resplandeceu o escuro do mogno dos móveis importados de Hamburgo. De depósitos secretos, quase esquecidos, afloraram bandejas de prata, porcelanas francesas, toalhas rendadas e velhos licores: tesouros acumulados ao longo dos anos por uma antiga família que, embora não fosse rica, sempre vivera com frugal comodidade. Pode-se dizer que houve mais flores nos vasos e que as senhoritas pareciam menos pálidas, quase jovens. A vida chegou aos fundos da casa e a cozinha prodigou manjares com a intenção de celebrar algum "lindo verso dedicado ao 25 de Maio, que saiu no *Álbum del Nacional*", de surpreendê-lo com um arroz-doce "preparado por minhas próprias mãos" (como uma das senhoritas proclamaria) ou, simplesmente, de alimentá-lo e de mimá-lo.

Quando ele disse que procuraria um emprego para ajudar nas despesas da casa, as senhoritas fingiram que ele estava brincando; era evidente que jamais permitiriam qualquer retribuição de parte dele; mas Almeyra provou que estava falando sério: encontrou um emprego, de pouco trabalho e pouco salário: o primeiro, como convinha a um homem dado ao ócio, à versificação e à tertúlia de amigos; o segundo, suficiente para não ter de receber dinheiro de suas protetoras e poder, de vez em quando, dar-lhes algum presente. Cuidava, então, dos livros-caixa dos senhores Casamayou, uns franceses de Navarrenx, estabelecidos com uma loja de ferragens na rua de Santiago, perto da Orillas del Plata. Toda semana, o jovem poeta passava pela loja, recolhia os comprovantes das vendas e das despesas e cuidava da contabilidade em sua casa, com um atraso que raramente passava de dois meses.

Almeyra era magro, de estrutura delicada e estatura mediana; tinha os cabelos castanhos, muito finos; a testa larga, os olhos escuros, o nariz reto e uma boca em que ambiguamente se discernia dureza ou determinação. As amplas e elegantes lapelas da casaca ocultavam certa estreiteza dos ombros. Quanto a suas mãos, uma senhora, em certo famoso *Epistolário* publicado naqueles últimos anos, as recordava como "o belo e adequado símbolo de sua depurada sensibilidade, sua nobre inteligência e seu generoso coração".

Naquela manhã, uma das moreninhas lhe deixou sobre a cama a bandeja do desjejum e abriu os postigos para que o dia entrasse no quarto. Almeyra olhou os majestosos livros *Contabilidade Diária e Geral*, vacilou brevemente e, como de costume, adiou-os; pegou, no criado-mudo, uns papéis desordenados e dois exemplares da *Eneida*: um com o original latino e outro, de encadernação mais gasta, com a nova versão francesa de Hyacinthe Gaston. Procurou em ambos os volumes certos versos do segundo livro e, enquanto tomava um mate, traduziu:

> *Entonces vi las caras pavorosas*
> *De los contrarios dioses...**

Perguntou-se se, quando publicasse a tradução da *Eneida* — tinha empreendido a tradução para continuar, com intrepidez e veneração, a tarefa iniciada pelo pranteado Juan Cruz Varela, para empunhar a tocha a partir do ponto em que seu amigo e mestre a deixara —, ficaria satisfeito com o resultado e poderia desejar que o julgassem por ela. Refletiu: seja como for, nós, escritores, somos julgados anacronicamente. Ele sempre ficaria marcado como o autor de *Yugurta*. Quando o compusera? Quando o concebera? Fazia tanto tempo, que agora já era outra pessoa. Ele acreditava em sua vocação por aquilo que ainda escreveria, não pelo que já havia escrito. A única obra é a futura, pensou; todo o resto são equívocos que tentaremos corrigir.

Voltou a atenção para os versos que estava traduzindo. O epíteto *contrários* o agradava; quis aplicar a palavra *magna*, do original, às caras: aquelas enormes caras metiam medo; ele as imaginava em bronze, ou, melhor ainda, em gesso; mas *magna* deveria ser aplicada aos deuses e, por outro lado, ao invocar aquelas enormes caras, os leitores inevitavelmente recordariam uma bela amiga de todos eles. Sacrificando *contrários*, continuou:

---

* Em tradução livre: "Então eu vi as caras pavorosas/ Dos contrários deuses..." (N. T.)

Entonces vi las caras pavorosas
De los mayores dioses enemigos,
Entonces vi entre llamas ominosas
Hundirse a toda Ilión. Fuimos testigos
De la muerte de Troya. Como un roble…*

Se tivesse sorte, afinal dedicaria uma manhã às musas. Se tivesse muita sorte, e a vontade não desfalecesse, traduziria vinte versos e depois pensaria em sua tragédia. Todas as manhãs era a mesma coisa: parecia que ele acordava para a criação poética, mas logo as circunstâncias cotidianas consumiam o alado impulso. Levantou-se da cama com determinação, realizou enérgicas abluções e, aproveitando o que restava da água quente para o mate, começou a fazer a barba.

Depois de uma batida de porta, com um lampejo azul da capa de linho de Béarn e avermelhado da barba larga e redonda, irrompeu no quarto Joaquín Videla, cuja amizade com Almeyra havia começado nas aulas do colégio de San Carlos e se consolidara com as ansiedades da emigração. As pessoas diziam que Videla parecia inglês. Não o inglês esguio que primeiro imaginamos; outro, não menos típico: baixo, robusto, enérgico, um cavalheiro rural, nutrido de carne, ou talvez um marujo, como sugeria o oval espesso da barba. Almeyra, que era propenso a acreditar que todas as virtudes provinham da leitura e do exercício do intelecto, às vezes se maravilhava de que seu amigo, diante dos acontecimentos políticos, reagisse sempre com acerto; maravilhava-se de encontrar sempre na boa causa uma pessoa para quem os livros quase não eram reais: apenas uma incômoda lembrança dos tempos de colégio ou o lânguido entretenimento de um raro dia de doença. Quanto à amizade que os unia, nenhum dos dois, apesar de serem tão diferentes, a questionava: era uma criatura espontânea e natural, que exigia muito pouco para viver.

Videla anunciou:

— Trago uma grande novidade.

— Uma grande novidade? — Almeyra interrogou.

— Uma grande novidade — repetiu Videla. —A revolução do Sul estourou.

---

* Em tradução livre: "Então eu vi as caras pavorosas/ Dos maiores deuses inimigos,/ Então vi, entre as chamas ominosas/ Afundar toda Ílion. Fomos testemunhas/ Da morte de Troia. Como um carvalho…" (N. T.)

— Tem estourado todos os dias — comentou melancolicamente Almeyra.
— Todos os dias há uma grande novidade.

— Você sempre olha as coisas pelo prisma da sua descrença — protestou o amigo. — A novidade de hoje é verdadeira.

Almeyra afirmou:

— Todos os dias é verdadeira, mas nunca acontece nada. O país inteiro está de luto pela senhora Encarnación, e Rosas está mais forte do que nunca.

— Agora algo está ocorrendo. Esse jovem, Bello, veio de Buenos Aires. O próprio Godoy o viu em pessoa na botica de Cantilo.

Almeyra pensou que ele não acreditava na novidade que seu amigo lhe contava. Por que não acreditava? Por prudência, por pusilanimidade talvez, por medo de recair naquele jogo de iludir-se e desiludir-se que era a angustiosa ocupação em que todos eles viviam; e por fatalismo, ou por superstição, e também por imaginar que amanhã seria igual a ontem: suposição que a experiência de toda a história refutava.

Videla forneceu detalhes:

— Granada afinal se juntou ao movimento e, sem ser percebido, vem avançando de Tapalqué, com os índios.

Agora, por cortesia, para não parecer teimoso, Almeyra fingia acreditar. Era muito difícil passar da simulação ao sentimento? Almeyra percebeu que já estava interessado nas notícias: eram como um fogo que aquecia a alma. Era mais fácil acreditar do que resistir. Pensou que cada conversa era um mundo à parte, com suas próprias leis: nesse caso, a lei era acreditar que o Sul se levantara contra o tirano. Enquanto durasse a conversa, ele acreditaria na derrocada de Rosas, seria condescendente a vagos planos para aquela vislumbrada aurora da liberdade em Buenos Aires e ainda imaginaria circunstâncias de seu próprio regresso. Quando Videla se retirasse, recuperaria a razoável incredulidade.

— Que tal — perguntou com certo calor — se, na semana que vem, eu e você nos pegarmos a tiros com os seguidores de Rosas?

Logo depois, Videla foi embora. Olhando as paredes domésticas de seu quarto, com o quadro anônimo da frondosa árvore a cuja sombra descansava, deitada, uma vaca de cor café com leite, a estante de livros, a cama de bronze, a desconjuntada poltrona, Almeyra se perguntou se ele estaria pronto a atravessar o rio e guerrear a céu aberto pelos campos do Sul.

Tentou continuar com a *Eneida*, mas logo notou o quanto se afastara das questões literárias naquela meia hora. A luz de fora, que seu amigo trouxera com as notícias da revolução, tinha esmorecido seu ânimo. Almeyra abandonou os papéis e saiu para uma caminhada.

Durante o almoço, escutou suas tias comentarem apaixonadamente os últimos acontecimentos políticos e militares: fora das tertúlias literárias, não se falava de outra coisa naquela época infausta e, para minha e sua sorte, querido leitor, pretérita. Enquanto servia o caldo, a tia Esmeralda anunciou que os anarquistas tinham atacado em Cerrito; ao cortar o charque, esse ataque havia sido rechaçado e todas discutiam a tática do general Rivera, considerada imprudente pela tia Áurea, de se aproximar com uma breve escolta e, fiando-se na rapidez incomparável de seu cavalo, avançar até os acampamentos das tropas de Entre Ríos; durante o cozido, a revolução havia triunfado em Corrientes; depois do doce de frutas, uma invasão de farrapos no território oriental era temível e, sobre o doce de batata-doce, Almeyra refletiu melancolicamente que a falta de qualquer menção a um levante em Buenos Aires não era um bom sinal. Se algo acontecia no outro lado, Montevidéu não tardaria em saber. Sabia-se demais de tudo. Por exemplo, alguém defendeu a ideia (que sem dúvida é falsa) de que a descoberta da conspiração do jovem Maza ocorrera muito antes nas conversas à mesa em Montevidéu do que em seu verdadeiro cenário. Almeyra lutou contra a tentação de contar as notícias de Videla. Uma abundante experiência supersticiosa o convencia de que contá-las dava azar. A tentação venceu. Almeyra deu as notícias, e no ato acrescentou que achava que eram apócrifas.

Um pouco mais tarde, o poeta se dirigia, pela rua de Santiago, para a loja de Casamayou. Ao passar pelo consulado francês, lembrou-se do brumoso dia de julho em que viu o general Lavalle partir, com a divisa azul e branca no chapéu e o lema, bordado a ouro, *Liberdade ou morte*. Almeyra recordava o general no degrau daquela porta, como que no pódio da glória, e o eco de uma felicidade esplêndida e de uma indignação e de uma esperança e de uma angústia se alternavam em seu espírito. Quão nitidamente certo parecia o triunfo, que agora se dessangrava na distância de Entre Ríos. A quarta ode declara:

el ínclito laurel se deshojó en victorias.[*]

Quanto à indignação, era contra um médico da Comissão Argentina que o rejeitara, considerando-o incapaz para o serviço da guerra. Almeyra explicou,

---

[*] Em tradução livre: "o ínclito louro desfolhou-se em vitórias". (N.T.)

em vão, que o catarro passaria com o inverno. O homem pensou que ele era tísico, e Almeyra foi excluído da legião.

Como de costume, foi recebido na loja de ferragens por *don* Pedro. Os Casamayou da famosa firma eram dois: *don* Pablo, o mais velho, que aparentava ser muito mais velho que o irmão, mas que tinha apenas um ano a mais, e *don* Pedro. Fisicamente, os irmãos eram parecidos e diferentes. É provável que, se tivessem restado máscaras mortuárias dos dois senhores, seriam quase idênticas; mas aqui termina a semelhança. *Don* Pablo era pálido; *don* Pedro, rubicundo; a pele de *don* Pablo era cerosa; a de *don* Pedro era seca e reticular, como que atravessada por um complicadíssimo delta de pequenas veias; *don* Pablo parecia magro e cadavérico; *don* Pedro, inchado e sanguíneo. Quanto ao caráter, *don* Pedro era empreendedor, afável, fácil e enérgico; *don* Pablo, conforme as poucas pessoas que tiveram mais familiaridade com ele, não era tolo, mas, simplesmente, estranho. *Don* Pedro bebia muito; *don* Pablo nunca bebeu nem um copo de vinho em toda sua vida, mas o acaso o escolheu, entre os dois, para que fosse ele o filho de um alcoólatra. *Don* Pablo morreu solteiro; *don* Pedro se casou com uma jovenzinha de Tucumán, linda, de olhos grandes e muito ovais, de braços macios, ligeiramente obesa, que morava nos fundos do casarão, vestida com luxo e comendo guloseimas. Do casamento, nasceu um filho, *don* Pluvio, que morreu na França, em um hospício, aos catorze anos.

A senhora só aceitava uma visita: a do nosso jovem poeta. Nunca deixou de agradá-lo com mates que ela mesma levava ao escritório em uma bandejinha de prata; corava por completo ao lhe perguntar sobre a saúde e a família, e caía de novo, imediatamente, em seu habitual silêncio. Naquela tarde, no diminuto e bagunçado escritório, enquanto a senhora lhe preparava mates com açúcar queimado e cascas de laranja, Almeyra escutava os planos de reforma que *don* Pedro explicava:

— Essas paredes somem — afirmava o patrão, indicando, com gestos circulares, as divisórias de madeira caiada do escritório. — O grande impulso para o trabalho é a amplitude.

Almeyra o escutava com distração mal velada. Claro que seu trabalho dele na loja de ferragens pouco lhe interessava. Não obstante, a reflexão de que talvez não assistisse à realização daqueles planos (de todo indiferentes para ele), de que aquele hábito de passar uma vez por semana pela loja de Casamayou talvez se interrompesse para sempre, como, de resto, toda sua vida em Montevidéu, um pouco provisória, um pouco irresponsável e (contemplada na lembrança) sem duvida muito doce, o angustiou com antecipada nostalgia. Talvez com maior nostalgia (considerou escandalizado) do que a interrupção daquele outro hábito, também doce, de tocar piano e de conversar, à tarde, com a mais jovem das senhoritas Medina. "Mas não devo acalentar ilusões", pensou. "As notícias da rebelião são falsas. Não deixarei esta vida. Não irei à guerra em Buenos Aires."

Da loja de ferragens, voltou para casa. Em vez de registrar as notas nos livros, como se propusera a fazer, para assim evitar o acúmulo de trabalho, jogou sobre uma poltrona o rolo de papéis e foi direto à redação do *El Nacional*, para comentar as notícias.

Quando chegou, os amigos falavam de Voltaire, Diderot, Destutt de Tracy, os três faróis que iluminariam para sempre o pensamento liberal, segundo a fórmula afortunada e profética daquele agauchado senhor Coria. Logo em seguida, Almeyra se viu falando de sua tragédia tebana (com um jovem uruguaio, cujo nome desconhecia) e depois interveio na perpetuamente renovada polêmica de clássicos e românticos. Alguém, talvez Rivas (não tenho certeza, não quero caluniá-lo), acusou os partidários dos clássicos de abraçarem tradições e temas estrangeiros. Almeyra pensou que essa ênfase raivosa posta sobre a palavra "estrangeiros" revelava uma das paixões que sempre tremulam ao lado dos déspotas. Por que ninguém percebia isso? Na literatura, todos patrocinamos ideias que, na política, engendram horrores; aquelas, justamente, que são chamadas de ideias poéticas.

Conversando com Almeyra, o jovem uruguaio contou que tinha lido, em um livro de história de mais de trezentas páginas, que Paris fora arrasada por incêndios em diversas ocasiões. O uruguaio observou:

— Uma situação comovente para contar seria a de um parisiense que tivesse morrido lá nos idos de 54 da era cristã, depois do incêndio, chorando a destruição definitiva da sua cidade.

Almeyra teve a impressão de que lhe sugeriam transladar a Paris a tragédia tebana. Incomodou-se apenas o necessário para escutar confusamente o que diziam. A discussão voltou aos clássicos e aos românticos e logo encarou os problemas do drama histórico.

— Quando aparece algum conhecido entre personagens obscuros — Almeyra explicou a Florencio Varela —, o espectador ou leitor se pergunta se o que está dito no drama foi dito na vida, e como o autor conseguiu essa informação.

Varela quase não o escutava, pois tentava acompanhar um diálogo entre Mitre e um senhor com os bigodes de Vercingétorix ou de algum chefe gaulês não menos valoroso.

— Acho que aceitar a cooperação dos franceses — argumentava o senhor, que era um conhecido unitário da primeira emigração — é um grande e perigoso erro.

Almeyra sentiu, como dizia a expressão vulgar, o sangue fervendo nas veias. Com quantos amigos, às vezes alguns dos mais queridos e dos mais admirados, havia discutido acaloradamente esse assunto da ajuda francesa! Para ele, não havia outra questão além de derrubar Rosas. (Sejam indulgentes, meus leitores; lembrem-se que Almeyra morreu em plena juventude.)

Um coronel, cuja valente espada resplandece ao longo de mais de quarenta anos da história de nossas duas repúblicas do Prata, cujo nome não mencionarei, porque até hoje suas opiniões poderiam comprometê-lo, falou em tom tranquilo, o que capturou a atenção de todos.

— Começo reconhecendo que são muitas as razões políticas e morais — disse, como se medisse bem os termos, com sua voz grave — para condenar essa ajuda.

Aqui a atônita exasperação do nosso poeta, que sempre admirara o coronel, rebentou na sussurrada pergunta:

— Os franceses têm lepra?

Tão apagada foi a voz com que pronunciou essas palavras que ninguém as escutou. Almeyra teve a vaga e estranha impressão de já ter vivido aquela cena. Agora a recordava com clareza. Tinha acontecido no colégio, mais de uma vez, quando ele, entre audaz e intimidado, permitiu-se fazer uma observação irreverente sobre algo que o professor dizia. Confundido por essa flagrante puerilidade, perdeu parte dos argumentos do coronel. Este, por não sei que evolução retórica, tinha chegado à seguinte conclusão:

— Diante dos males que dia após dia o tirano e seus asseclas infligem aos argentinos, uma imensa hecatombe de dor que sempre aumenta, não é humano recusar o apoio de uma nação estrangeira, mas que o país inteiro deterá com o próprio peito se pretenderem assim subjugar nossa liberdade.

Um arrebatamento patriótico, um ímpeto de ir já combater o tirano, dominou Almeyra.

Alguém comentou:

— Pensem o que está no âmago de todas as vidas: as doenças, a morte. E ainda que haja um senhor, quaisquer que sejam os seus desígnios, que depare prisões, miséria, dores e a *Refalosa*.

— Eu me pergunto se nós — disse Almeyra —, ou se alguns de nós, pelo menos, não estamos mais interessados em Voltaire, Diderot e Destutt de Tracy do que em derrubar Rosas. Se não estamos mais interessados na filosofia e na literatura francesa do que na política argentina. — Depois de um silêncio, acrescentou, grandiloquente: — Ainda assim, todos dia há mais um degolado.

— Nós lutamos para salvar a civilização — replicou aquele coronel que lutara em tantas batalhas. — Rosas, em pleno século XIX, é um passo atrás, um acidente. Entregar-se por completo à obsessão de combatê-lo é contribuir para seu triunfo passageiro; manter íntegro o interesse no belo, no harmonioso, no razoável, é contribuir para derrotá-lo. O senhor faz muito bem, meu amigo, em pensar em Diderot e todos esses luminares. O sentido da civilização consiste primordialmente em garantir-nos a plena liberdade para a vida e até para os entretenimentos mais triviais: para mim, o de pegar umas *chinas* aos domingos; para outros, o de pensar em luminares.

A autoridade e a oratória fogosa do coronel calaram Almeyra; mas não sua consciência. Nosso jovem poeta se perguntou qual era sua contribuição para a derrota de Rosas. Refletindo, enumerou: "Escrever um pouco de manhã, sem violentar minha indolência; conversar com os amigos do *El Nacional*, regozijando-me em escutar minha própria voz e em repetir argumentos que já conheço; conversar tolices, ao fim da tarde, com a mocinha Medina, reconhecendo que avanço firmemente, já que hoje ela não se apressou a retirar a mão quando a tomei entre as minhas. Por acaso é esse o resultado da civilização, o precioso fruto de tantos séculos de história, que devemos preservar do embate dos vândalos?".

A conversa continuou com discussões sobre livros, que inflamavam a alma, porque a de todos eles era isenta de interesses pessoais, e com discussões políticas, que também inflamavam a alma, porque os unia em uma mesma e nobre tristeza e em uma esperança comum de bem para a pátria.

De repente, houve um estrépito no pátio, a porta se abriu por completo e entraram precipitadamente o doutor Julián Santana e o jovem Bello. Produziu-se um silêncio de expectativa no salão, como se todos adivinhassem a índole transcendental da comunicação que escutariam e a solenidade do momento que viviam. Vestido de preto, muito magro, muito alto, muito pálido, Santana se adiantou alguns passos e, levantando as mãos, exclamou:

— Os Libres se rebelaram. Em Dolores, pisotearam a efígie do monstro.

Os gritos de júbilo estremeceram a sala. Santana prosseguiu:

— Aproveitando o vento favorável, dentro de uma hora parte a chalupa *Flora* rumo às margens do rio Salado. Sigam-me aqueles que desejam unir-se ao exército de Castelli e de Crámer.

No numeroso grupo que o seguiu estava Almeyra. Este não se lembrou de suas tias, nem da moça que o esperava naquela tarde; ao contrário, com ansiosa preocupação, pensou em um ou dois compromissos, de todo insignificantes, que deixaria de cumprir. Dando vivas à pátria e cantando, chegaram ao porto. Durante os minutos em que tiveram que esperar para embarcar, Almeyra teve a impressão de que tudo era irreal, de que estava sonhando.

Depois, da borda da chalupa *Flora*, olhou Montevidéu pela última vez. Com o coração apertado de saudade e gratidão, pensou nas senhoras que o abrigaram, e na *Eneida* incompleta, e na tragédia de Tebas e na moça com quem seriamente brincava de namorados, e nos amigos, e na terra que deixava, tão hospitaleira e tão livre. Alguém interrompeu esse íntimo adeus à querida República Oriental dizendo:

— Era absurdo que essa tirania monstruosa de Rosas durasse tanto. Pense que estamos quase no ano de 40.

II

Durante a viagem, não aconteceram incidentes dignos de nota. Em uma carta dirigida ao coronel Sosa, o senhor I. E. Richards, fretador do *Flora*, afirma que "o moral dos voluntários é muito alto e, para enfrentar o tédio inerente à navegação, eles pescam".

Para desembarcar, escolheram um ponto situado entre as desembocaduras dos rios Samborombón e Salado. Quando ancoraram, despontava o dia. Um destacamento que desceu em um bote não encontrou tropa alguma no alto do bamburral da costa, nem amiga nem inimiga. Por volta das sete da manhã, o primeiro grupo de voluntários desembarcou. Entre eles, encontrava-se Almeyra.

Este pensou que, se tivesse chegado à região de Pergamino, onde estava La Verde, a antiga fazenda de sua família, ele teria reconhecido cada lugar; teria identificado a esquina de Constantino, o casebre do sapateiro, a fazenda de Montoya, os quatro álamos (que de longe pareciam dois) de Zudeida... Ao contrário, naquele brejo onde nunca tinha estado (e, justamente, por não poder identificar nenhuma circunstância topográfica), reconhecia a pátria. Escutava-a gritar, selvagem, com os pássaros que sobrevoavam a lagoa e a via espraiar-se, infinita, na trêmula imensidão do bamburral. Uma manada de éguas, de longas crinas, de longos rabos, com as orelhas erguidas, em um turbilhão de curiosidade, aproximou-se deles. De repente, uma se voltou, todas se voltaram e, tímidas, alegres e pletóricas, pisoteando, relinchando, se lançaram a distância. Nesse instante, ou talvez alguns instantes depois, quando um casal de tachãs, anunciando a novidade, como as do poeta Ascasubi, saíram voando e de trás dos juncos surgiu uma multidão desordenada de *gauchos* a cavalo para avançar contra o punhado de voluntários, Almeyra sentiu algo que poderia ser expresso aproximadamente assim: agora que se encontrava na pátria, era invencível. Levantou o fuzil e derrubou seu primeiro homem.

Mas a superioridade numérica dos atacantes era excessiva. Cercados entre lanças e taquaras, os voluntários se renderam. Somente dois deles persistiram na luta: Almeyra e um jovem advogado, o doutor Cruz. Almeyra abandonou o fuzil e com o sabre em punho se entreverou com os inimigos: os manteve afastados e, aos que pretendiam atropelá-lo, com a destreza que a coragem lhe dava, ele os feriu. Cruz matou outros dois. Por fim, os *gauchos* os cercaram e desarmaram; mas não me parece que Cruz e Almeyra tenham se saído mal, levando em conta o meio culto em que viveram até o momento desse fulminante confronto com a guerra e a barbárie.

Enquanto o chefe, um tal Pancho el Ñato, decidia o que fazer com os prisioneiros, a tropa se divertia degolando-os. Talvez em uma tentativa de reafirmar a sua autoridade, Pancho el Ñato gritou, apontando para Cruz e Almeyra:

— Não toquem nesses daí.

A gauchada protestou, contrariada.

— Nós o queremos mais do que a qualquer outro — alguém argumentou.

Outros, com sorriso humilde e voz de súplica, mostrando a faca, pediam aqueles pescoços.

Com sinceridade ou sarcasmo, El Ñato explicou:

— Quero premiar esses dois selvagens pela coragem. Vou mandar para a Guarda do Monte, de presente para o meu compadre González, sua Carca-ríssima Majestade.

Montaram os dois, de mãos atadas, em um cavalo e os mandaram para uma fazenda nas imediações.

Os que tinham ficado a bordo da chalupa não puderam fazer nada por seus companheiros.

Nessa mesma tarde, amarrados com cordas e jogados no chão de uma carroça, Cruz e Almeyra foram encaminhados à Guarda do Monte. No longo caminho, quase morreram de sede. Um domingo ao entardecer, chegaram.

Prenderam os dois no quartel, cada um em um calabouço. Almeyra estava tão cansado que teve a sorte de dormir a noite toda. Na manhã seguinte, foi levado até um vasto salão, quase desmantelado, onde dois homens conversavam: o mais jovem era uma espécie de fazendeiro culto, levemente amaneirado nos gestos, de cabelo loiro e barba com reflexos arruivados, com mais de trinta anos e menos de quarenta anos, vestido com um ponchinho de lã de vicunha, paletó, calças brancas, botas russilhonas, lenço vermelho no pescoço, camisa preta; o outro devia ser o comandante das milícias; era um homem rude, de quarenta e tantos anos, cabeça alta e estreita, de rosto barbeado, olhos vivos, nariz reto, boquinha sorridente, braços curtos e grossos, ventre protuberante; tinha um lenço no pescoço, jaquetinha militar, sabre, chiripá vermelho. O que parecia fazendeiro estava encostado na mesa que fazia as vezes de escrivaninha (e sobre a qual havia um relho); o comandante estava sentado precariamente na ponta da única cadeira do salão (o mais importante dos dois era, sem dúvida, o estancieiro). Pendurado em uma das paredes, o retrato de Juan Manuel de Rosas; na outra, interrompendo uma mancha de umidade, o de *doña* Encarnación (com uma tarja preta).

Fizeram Almeyra sentar em um longo banco. Ao lado dele, um soldado montava guarda.

O indivíduo que supomos ser fazendeiro discursava com certa complacência, como se tivesse certeza de que o outro se reconhecia inferior e o admirava.

— É uma pena que González não esteja aqui, mas no que diz respeito a esses facínoras — declarava com a voz modulada e suave, apontando vagamente para Almeyra —, eu me encarrego deles, se o senhor preferir. Não pense duas vezes: deixe esses cavalheiros por minha conta. Conheço bem demais essa escória unitária: velhas amizades, laços de família *et cœtera*. Tem ocasião melhor para provar que rompi com eles para sempre?

— Eu sempre digo — garantiu o comandante — que o unitário é um bicho egoísta, que não colabora com o governo. Mas, acredite, *don* Villarino, o povo está desiludido e não quer nem ouvir falar deles.

— E como não vai estar, se faz um bom tempo que não levantam a cabeça? O povo não os perdoa. Para convencê-lo, renegam do seu partido; gritam que não são unitários, que são federais, e se deixar, que são partidários do ilustre Restaurador; o senhor me diga, francamente, o que se pode esperar desses Judas?

— Absolutamente nada, senhor.

— Muito bem dito: nada.

Almeyra se perguntou por que o levaram até ali. "Devem estar esperando alguém", pensou.

— Os sábios e os doutores desse grupo que fica maquinando em Montevidéu — continuou Villarino, com desprezo — juro que são uns teóricos e uns iludidos de marca maior, que pretendem governar os *criollos* com o livrinho que os filósofos franceses escreveram para a França. Diga-me, meu amigo, o que a França tem a ver com este país?

— Imagine só, senhor.

— Imagino. São uns teóricos impossíveis, que se venderam para o imundo ouro francês. Gente egoísta, interesseira a mais não poder. Numa palavra, traidores da pátria. Covardes que não merecem ser chamados de homens. Não enfrentam nada: vão para o exterior para trabalhar para o descrédito de seu próprio país.

Almeyra teve a intenção de protestar, mas estava tão cansado que pensou: "Para quê?". Procurando encerrar-se dentro de si mesmo, fechou os olhos. Teve a impressão de recordar que, certa vez, alguém obsevara que as conversas são mundos fechados, com suas próprias leis. Nesse caso, a lei era considerar infame as pessoas que se reuniam no *El Nacional*, e achar o governo de Rosas perfeito.

O comandante dizia:

— O povo sabe que são covardes. Não gosta deles.

— O povo entende a situação melhor do que esses doutores — afirmou o outro. — Compreende que Rosas representa genuinamente esta terra de Deus. Observe, sem precisar de mais explicações, o caso dos peões dessa fazenda que comentamos hoje. Lá os patrões, que são gente antiga, criaram os peões como se fossem da família. *Misia* Merceditas ensinou a eles o básico, e eles foram criados como se fossem irmãos dos meninos. As vezes que os vi em um doce grupo amontoado, aloprando na carruagem! Bom, sem vacilar, outra noite eles foram ao quartel de Magdalena e disseram que os patrões andavam se entendendo com os conspiradores. A polícia fez a sua obrigação e, antes da madrugada, era de se ver como já trabalhavam os grupos de fuzilamento. Não restou ninguém da família, nem sequer *misia* Merceditas, que morreu perdoando seus delatores; mas eu pergunto à senhora: de que valeu esse gesto? A peonada, acredite, é gente humilde e compreendeu, com toda a razão, que o futuro da pátria estava em jogo.

— Enquanto houver povo argentino, haverá Rosas — declarou comandante.

— Haverá Rosas para sempre — sentenciou o outro. — O povo o ama. Não é porque uns escritores franceses pensem o que lhes dá na veneta...

Nesse momento, um cabo e dois soldados irromperam na sala; detiveram-se em frente à escrivaninha, toscamente perplexos, como se a coragem que os impulsionara a entrar começasse a lhes faltar.

— Vocês me interromperam. Não sei mais o que eu ia dizer — reclamou Villarino. Depois de uma pausa, questionou: — O que foi? Por que não me trouxeram o outro selvagem?

O cabo respondeu:

— Ele escapou, senhor.

(De fato, o outro selvagem, o doutor Cruz, conseguiu escapar. Algum tempo depois, reapareceu em Montevidéu e depois em Maldonado, onde levou uma vida obscura e estudiosa. Em 52, voltou à pátria, com o Exército Grande de Urquiza, e, lutando sob ordens do general Lamadrid, morreu na batalha de Caseros. Mitre e Sarmiento lamentaram que o doutor Cruz não fosse vivo para colaborar na luminosa obra da Organização Nacional.)

Villarino empalideceu visivelmente. Encarando Almeyra, gritou:

— E o senhor, por que não escapa? Fique sabendo: não há escapatória para ninguém. Temos Rosas para sempre, Rosas para sempre.

Estendeu uma mão em direção à mesa para pegar o relho, mas um dos soldados perguntou com um sorriso pudico:

— O senhor me permite, patrãozinho?

Rapidamente, o soldado pegou Almeyra pelo cabelo e com um corte limpo e decidido, o degolou.

Pardo e Buenos Aires, 1952

OBRA DO PERÍODO INÉDITA EM LIVRO

tradução de
MARIA PAULA GURGEL RIBEIRO

PRÓLOGO À ANTOLOGIA DA LITERATURA FANTÁSTICA*

Jorge Luis Borges, Silvina Ocampo e Adolfo Bioy Casares

1. HISTÓRIA

Antigas como o medo, as ficções fantásticas são anteriores às letras. As assombrações povoam todas as literaturas: estão no *Zend-Avesta*, na Bíblia, em Homero, em *As mil e uma noites*. Talvez os primeiros especialistas no gênero tenham sido os chineses. O admirável *Sonho do aposento vermelho* e até romances eróticos e realistas, como *Chin Ping Mei* e *Shui Hu Zhuan*, e até os livros de filosofia, são ricos em fantasmas e sonhos. Mas não sabemos até que ponto esses livros representam a literatura chinesa; ignorantes, não podemos conhecê-la diretamente, devemos nos contentar com o que a sorte (professores muito sábios, comitês de aproximação cultural, a senhora Pearl S. Buck) nos proporciona. Limitando-nos à Europa e à América, podemos dizer: como gênero mais ou menos definido, a literatura fantástica surge no século XIX e em língua inglesa. Certamente, há precursores; citaremos: no século XIV, o infante *don* Juan Manuel; no século XVI, Rabelais; no XVII, Quevedo; no XVIII, De Foe[1] e Horace Walpole;[2] já no XIX, Hoffmann.

---

* Texto publicado em *Sudamericana*, 1940 (1941), pp. 7-15. Coleção Laberinto.

1 *A True Relation of the Apparition of one Mrs. Veale, on September 8, 1705*, e *The Botetham Ghost* são pobres em invenção; parecem, muito mais, anedotas contadas ao autor por pessoas que lhe disseram ter visto assombrações, ou — depois de algum tempo — ter visto as pessoas que tinham visto assombrações.

2 *The Castle of Otranto* deve ser considerado antecessor da pérfida raça de castelos teutônicos, abandonados a uma decrepitude de teias de aranha, de tempestades, de correntes, de mau gosto.

2. TÉCNICA

Não se deve confundir a possibilidade de um código geral e permanente, com a possibilidade de leis. Talvez a *Poética* e a *Retórica* de Aristóteles não sejam viáveis; mas as leis existem; escrever é, continuamente, descobri-las ou fracassar. Se estudarmos a *surpresa* como efeito literário, ou os argumentos, veremos como a literatura vai transformando os leitores e, consequentemente, como estes exigem uma contínua transformação da literatura. Pedimos leis para o conto fantástico; mas já veremos que não há um tipo, e sim muitos, de contos fantásticos. Será preciso indagar as leis gerais para cada tipo de conto e as leis específicas para cada conto. O escritor deve, portanto, considerar seu trabalho como um problema que pode ser resolvido, em parte, pelas leis gerais e preestabelecidas e, em parte, por leis específicas que ele deve descobrir e acatar.

a) Observações gerais

O ambiente ou o clima. Os primeiros argumentos eram simples — por exemplo: registravam o mero fato da aparição de um fantasma —, e os autores procuravam criar um ambiente propício ao medo. Criar um ambiente, uma "clima", ainda é ocupação de muitos escritores. Uma persiana que bate, a chuva, uma frase que volta, ou, mais abstratamente, a memória e a paciência para voltar a escrever, de tantas em tantas linhas, esses *Leitmotive*, criam o mais sufocante dos climas. Alguns mestres do gênero, no entanto, não desdenharam esses recursos. Exclamações, como "Horror!", "Terror!", "Qual não seria minha surpresa!", são frequentes em Maupassant. Poe — não, decerto, no límpido M. Valdemar — recorre a casarões abandonados, histerias e melancolias, lúgubres outonos.

Depois alguns autores descobriram a conveniência de fazer com que, em um mundo plenamente crível, acontecesse um único fato incrível; com que, em vidas consuetudinárias e domésticas, como as do leitor, aparecesse o fantasma. Por contraste, o efeito ganhava força. Surge então o que poderíamos chamar de tendência realista na literatura fantástica (exemplo: Wells). Mas com o tempo, as cenas de calma, de felicidade, os projetos para depois das crises na vida dos personagens tornaram-se claros prenúncios das piores calamidades; e assim, o contraste que se esperava conseguir, a surpresa, desaparecem.

A surpresa. Pode ser de pontuação, verbal, de argumento. Como todo efeito literário, porém mais do que qualquer outro, sofre com o tempo. Ainda assim, raras vezes o autor ousa não aproveitar uma surpresa. Há exceções: Max Beerbohm, em "Enoch Soames", W. W. Jacobs, em "A mão do macaco". Max Beerbohm deliberadamente, atinadamente, afasta qualquer possibilidade de surpresa com relação à viagem de Soames a 1997. Para o menos experiente dos leitores, haverá poucas surpresas em "A mão do macaco"; contudo, é um dos contos mais impressionantes da antologia. Prova disso é o seguinte caso, relatado por John Hampden: um dos espectadores disse,[1] depois da representação, que o horrível fantasma que se viu ao abrir-se a porta era uma ofensa à arte e ao bom gosto, que o autor não devia tê-lo mostrado e sim deixar que o público o imaginasse; foi isso, exatamente, o que autor havia feito.

Para que a surpresa do argumento seja eficaz, deve ser preparada, atenuada. Contudo, a surpresa repentina do final de "Os cavalos de Abdera" é eficacíssima; também a que se oferece neste soneto de Banchs:

> Irisando o flanco em seu sinuoso
> passo vai o tigre suave como um verso
> e a ferocidade lustra qual terso
> topázio o olho seco e vigoroso.
>
> E espreguiça o músculo aleivoso
> das ilhargas, lânguido e perverso,
> e se recosta lento no disperso
> outono das folhas. O repouso...
>
> O repouso na selva silenciosa.
> A testa achatada entre as garras finas
> e o olho fixo, impávido custódio.
>
> Espia enquanto bate com nervosa
> cauda o feixe das férulas vizinhas,
> em reprimido espreitar... assim é meu ódio.*

---

1 O autor fez uma adaptação de seu conto para o teatro.

* ["*Tornasolando el flanco a su sinuoso/ paso va el tigre suave como un verso/ y la ferocidad pule cual terso/ topacio el ojo seco y vigoroso./ Y despereza el músculo alevoso/ de los ijares,*

O quarto amarelo e o Perigo amarelo. Chesterton mostra com essa fórmula um *desideratum* (um fato, um lugar limitado, com um número limitado de personagens) e um erro para as tramas policiais; acredito que possa ser aplicado, também, às fantásticas. É uma nova versão — jornalística, epigramática — da doutrina das três unidades. Wells teria sucumbido ao perigo amarelo se tivesse criado, em vez de um homem invisível, exércitos de homens invisíveis que invadissem e dominassem o mundo (plano tentador para romancistas alemães); se, em vez de insinuar sobriamente que mr. Elvesham podia estar "saltando de um corpo a outro" desde épocas remotíssimas e de matá-lo imediatamente, nos fizesse assistir às histórias do percurso desse renovado fantasma através das eras.

b) Enumeração de argumentos fantásticos

Argumentos em que aparecem fantasmas. Em nossa antologia há dois,[1] brevíssimos e perfeitos: o de Ireland e o de Loring Frost. O fragmento de Carlyle (*Sartor Resartus*), que incluímos, tem o mesmo argumento, mas invertido.

Viagens no tempo. O exemplo clássico é *A máquina do tempo*. Nesse inesquecível romance, Wells não trata das alterações que as viagens determinam no passado e no futuro e emprega uma máquina que ele mesmo não consegue explicar. Max Beerbohm, em "Enoch Soames", lança mão do diabo, que não requer explicações, e discute, aproveita, os efeitos da viagem sobre o porvir.

Por seu argumento, sua concepção geral e seus detalhes — muito pensados, muito estimulantes do pensamento e da imaginação —, pelos personagens, pelos diálogos, pela descrição do ambiente literário da Inglaterra no final do século XIX, creio que "Enoch Soames" é um dos contos longos mais admiráveis da antologia.

lánguido y perverso,/ y se recuesta lento en el disperso/ otoño de las hojas. El reposo…/ El reposo en la selva silenciosa./ La testa chata entre las garras finas/ y el ojo fijo, impávido custodio./ Espía mientras bate con nerviosa/ cola el haz de las férulas vecinas,/ en reprimido acecho… así es mi odio".] Enrique Banchs: Soneto de *La urna* (1911).
1 E um é variação do outro.

"O conto mais belo do mundo", de Kipling, também possui riquíssima invenção de detalhes. Mas o autor parece ter se distraído quanto a um dos pontos mais importantes. Afirma que Charlie Mears estava a ponto de lhe transmitir o mais belo dos contos; mas não acreditamos nele; se não recorresse a suas "invenções precárias", disporia de alguns dados fidedignos ou, quando muito, uma história com toda a imperfeição da realidade, ou algo equivalente a um pacote de jornais velhos, ou — segundo H. G. Wells — à obra de Marcel Proust. Se não esperamos que as confidências de um barqueiro do Tigre sejam a mais bela história do mundo, tampouco devemos esperá-lo das confidências de um galeote grego, que vivia em um mundo menos civilizado, mais pobre.

Nesse relato não há, propriamente, viagem no tempo; há lembranças de passados muito remotos. Em "O destino é bronco", de Arturo Cancela e Pilar de Lusarreta, a viagem é alucinatória.

Das narrações de viagens no tempo, talvez a de invenção e disposição mais elegante seja "O bruxo preterido", de *don* Juan Manuel.

Os três desejos. Esse conto começou a ser escrito há mais de dez séculos; nele colaboraram ilustres escritores de épocas e terras distantes; um obscuro escritor contemporâneo soube terminá-lo com felicidade.

As primeiras versões são pornográficas; podemos encontrá-las no *Sendebar*, em *As mil e uma noites* (noite 596: "O homem que queria ver a noite da onipotência"), na frase "mais infeliz que Banus", registrada no *Qamus*, do persa Firuzabadi.

Depois, no Ocidente, surge uma versão vulgar. "Entre nós", diz Burton, "[o conto dos três desejos] foi rebaixado a *un asunto de morcillas.*"

Em 1902, W. W. Jacobs, autor de esquetes humorísticos, consegue uma terceira versão, trágica, admirável.

Nas primeiras versões, os desejos são pedidos a um deus ou a um talismã que permanece no mundo. Jacobs escreve para leitores mais céticos. Depois do conto, não se perpetua o poder do talismã (era conceder três desejos a três pessoas, e o conto relata o que ocorreu com aqueles que pediram os últimos três desejos). Podemos até encontrar a mão do macaco — Jacobs não a destrói —, mas não terá utilidade.

Argumentos com ação que prossegue no inferno. Há dois na antologia, que não serão esquecidos: o fragmento de *Arcana Cœlestia*, de Swedenborg, e "Onde seu fogo nunca se apaga", de May Sinclair. O tema deste último é o do Canto v de *A divina comédia*:

> *Questi, che mai, da me, non fia diviso,*
> *La bocca mi baciò tutto tremante.*

Com personagem sonhado. Incluímos: o impecável "Sonho infinito de Pao Yu", de Tsao Hsue Kin; o fragmento de *Through the Looking-Glass* [*Alice através do espelho*], de Lewis Caroll; "A última visita do cavaleiro doente", de Papini.

Com metamorfose. Podemos citar: *A metamorfose*, de Kafka; "Lençóis de terra", de Silvina Ocampo; "Ser pó", de Dabove; *Lady into Fox*, de Garnett.

Ações paralelas que atuam por analogia. "O sangue no jardim", de Ramón Gómez de la Serna; *A seita do lótus branco*.

Tema da imortalidade. Citaremos: *O judeu errante*; "Mr. Elvesham", de Wells; "As ilhas novas", de María Luisa Bombal; *She*, de Rider Haggard; *L'Atlantide*, de Pierre Benoît.

Fantasias metafísicas. Aqui o fantástico está, mais do que nos fatos, nos argumentos. Nossa antologia inclui: "Tantália", de Macedonio Fernández; um fragmento de *Star Maker*, de Olaf Stapledon; a história de Chuang Tzu e a borboleta; o conto da negação dos milagres; "Tlön, Uqbar, Orbis Tertius", de Jorge Luis Borges.

Com "Aproximação a Almotásim", com "Pierre Menard", com "*Tlön, Uqbar, Orbis Tertius*", Borges criou um novo gênero literário, que participa do ensaio e da ficção; são exercícios de incessante inteligência e de imaginação feliz, carentes de languidez, de todo *elemento humano*, patético ou sentimental, e destinados a leitores intelectuais, estudiosos de filosofia, quase especialistas em literatura.

Contos e romances de Kafka. As obsessões do infinito, da postergação infinita, da subordinação hierárquica definem essas obras; Kafka, com ambientes cotidianos, medíocres, burocráticos, consegue a depressão e o horror; sua metódica imaginação e seu estilo incolor nunca entorpecem o desenvolvimento dos argumentos.

Vampiros e castelos. Sua passagem pela literatura não foi feliz; basta recordarmos *Drácula*, de Bram Stoker (presidente da Sociedade Filosófica e campeão de atletismo na Universidade de Dublin), *Mrs. Amworth*, de Benson. Não constam nesta antologia.

Os contos fantásticos podem ser classificados, também, pela explicação:
    (a) Os que se explicam pela ação de um ser ou de um fato sobrenatural.
    (b) Os que têm explicação fantástica, mas não sobrenatural ("científica" não me parece o epíteto conveniente para essas invenções rigorosas, verossímeis, à força de sintaxe).
    (c) Os que se explicam pela intervenção de um ser ou de um fato sobrenatural, mas insinuam, também, a possibilidade de uma explicação natural ("Sredni Vashtar", de Saki); os que admitem uma explicativa alucinação. Essa possibilidade de explicações naturais pode ser um acerto, uma complexidade maior; geralmente é uma fraqueza, um pretexto do autor, que não conseguiu propor o fantástico com verossimilhança.

3. A ANTOLOGIA QUE APRESENTAMOS

Para organizá-la, seguimos um critério hedônico; não partimos da intenção de publicar uma antologia. Em uma noite de 1937, conversávamos sobre literatura fantástica, discutíamos os contos que nos pareciam melhores; um de nós disse que, se os reuníssemos e acrescentássemos os fragmentos do mesmo caráter anotados em nossos cadernos, teríamos um bom livro. Fizemos este livro.
    Analisado com um critério histórico ou geográfico, ele pode parecer irregular. Não procuramos, nem excluímos, os nomes célebres. Este volume é, simplesmente, a reunião dos textos da literatura fantástica que nos parecem melhores.

Omissões. Tivemos de nos conformar, por motivos de espaço, com algumas omissões. Resta-nos material para uma segunda antologia da literatura fantástica.
    Deliberadamente, omitimos: E. T. A. Hoffmann, Sheridan Le Fanu, Ambrose Bierce, M. R. James, Walter de la Mare.

Esclarecimento. A narração intitulada "O destino é bronco" integrou um projeto de romance de Arturo Cancela e Pilar de Lusarreta sobre a revolução de 1890.

Agradecimentos. À senhora Juana González de Lugones e ao senhor Leopoldo Lugones (filho), pela permissão de incluir um conto de Leopoldo Lugones. Aos amigos, escritores e leitores, por sua colaboração.

Adolfo Bioy Casares
Buenos Aires, 1940

RESENHA DE *THE SPIRIT OF CHINESE POETRY*, V. W. W. S. PURCELL*

Os poetas chineses condescendem a se mostrar como objetos encantadores:

> Desnudo repouso no verde bosque do verão,
> Tenho preguiça e não movo o branco leque de plumas…**

não se apresentam como enamorados, mas como amigos (sem ambições, com muito tempo livre e dispostos a beber), ou *como um tímido ermitão* "lendo o *Livro das mutações* na Janela do Noroeste", ou jogando xadrez com um monge taoista ou praticando caligrafia com um visitante casual (Arthur Waley, *Translations from the Chinese*, Nova York: Knopf, 1941). Cantam a vida retirada, a vida na corte, a guerra, a amizade, os encontros e as despedidas, o vinho, a natureza, as mulheres. Com esses velhos temas conseguem fazer uma poesia original; raramente a condenamos: atribuímos o resultado ao tradutor (se a tradução é em versos rimados e metrificados), à nossa desatenção (se a tradução é em versos livres). Não percebemos sua beleza.

Será que a poesia chinesa é intraduzível? Interpôs-se uma abominável escola de tradutores? Há que imaginar uma incompatibilidade da alma, a trivial circunstância de ter nascido na China ou no Ocidente? Purcell propõe duas explicações.

A primeira é a que poderíamos chamar de histórica e geográfica. A cultura chinesa e a cultura europeia se desenvolveram independentemente. Russell, em *The Problem of China* (Londres: Allen & Unwin, 1922), diz: "à exceção da Espanha e da América, não recordo outro caso de civilizações que tenham existido desvinculadas durante um tempo tão longo… É espantoso que a compreensão entre chineses e europeus não seja mais difícil". Sobre a morte, os chineses têm mais de uma solução: a de Confúcio, a budista, a taoista; conhecem lucidamente as relações entre o homem e a mulher (o *yin* e o *yang*, princípios do mundo); mas ignoram a Morte e o Amor, as duas abstrações que ocupam todos os nossos livros; os conceitos, os sentimentos são outros; até as estrelas desenham no céu da China outras constelações, e Li Po não tem

---

* Texto publicado em *Sur*, nº 86, pp. 76-80, maio 1941, sobre a edição de *The Spirit of Chinese Poetry* (Singapura: Kelly & Walsh, 1941, 2ª ed).

** No original: "*Desnudo reposo en el verde bosque del verano,/ Tengo pereza y no muevo el blanco abanico de plumas…*" (N. T.)

problema em dirigir-se a si mesmo, "em nome da segunda concubina, versos ternos e respeitosos".

Caberia destacar que também é grande a variedade de temas, de opiniões, de argumentos, de crenças, entre os escritores dos territórios e períodos que formam o vago conceito da cultura europeia; depois, que os mesmos chineses são autores de romances e de livros de filosofia que nos interessam. Além dos temas e das opiniões professadas pelos autores, é evidente que nas obras literárias há outros elementos: os elementos que as distinguem, os que podem nos entusiasmar com um canto aos desconfortos do inferno, à economia do amor incestuoso ou à glória do Terceiro Reich; nós os percebemos claramente na invenção e disposição dos romances chineses; menos claramente, na poesia.

A segunda explicação de Purcell trata da natureza da poesia chinesa. Apesar da existência de tons (cada verso deve ter um determinado tom), apesar das rimas (não há versos brancos), essa civilizada poesia não se adapta à declamação. É verdade que as rimas costumam ser meramente históricas. Palavras que no passado rimaram e já não rimam continuam sendo usadas; palavras que hoje rimam, mas que não têm a sanção dos clássicos, nunca serão usadas. Também excluem a musicalidade: a destacada pronúncia das vogais, a falta de *enjambement* e a cesura fixa. Hillier afirma: "a leitura pública de um Milton chinês seria inimaginável. A audiência, a menos que houvesse estudado previamente o texto, não entenderia... As chamadas belezas desta poesia nada ganham com a declamação". E Purcell esclarece: "dado o escasso número de sons que deve servir para tantos caracteres, a forma verbal dos versos não é compreensível".

Segundo Purcell, a poesia chinesa é uma arte gráfica. Mais do que ser lida, é para olhada; mais do que ser olhada, para ser imaginada. Os poetas não rejeitam as sugestões da etimologia (geralmente perceptível nos caracteres).[1] Os caracteres sugerem associações; uma harmônica e delicada combinação de associações é um poema. Mas os caracteres são, também, poemas: o *Leste* é representado com o *sol* entre as *árvores*; o *outono*, com semente e com *fogo*; *belo*, com *unir* e *mulher*; *estrangular*, com *unir* e uma *corda de seda*; *obstrução* é uma *árvore* diante de uma *porta*. Um bom poema deve ser uma situação ou imagem

---

1 Nós também poderíamos tentar uma poesia etimológica (certos exercícios de Raymond Roussel e de James Joyce nos desencorajam). Em cada poema haveria vários poemas; cada verso permitiria várias leituras; primeiro, dando às palavras o sentido atual; depois, os sentidos etimológicos.

pictoricamente agradável e uma série de harmoniosos poemas ou imagens menores. O poeta vê mentalmente o poema e deixa anotações para que o leitor o veja. Ler é voltar a criar, seguindo as indicações do poeta, mas com a liberdade que sempre há na imaginação. A colaboração do leitor é importante, e o obscuro conceito de uma tradução fiel torna-se mais obscuro. Purcell transcreve um poema de Li Po, faz uma tradução literal e acrescenta uma de Shigeyoshi Obata e outra de W. J. B. Fletcher — ambas, segundo ele, fiéis. Traduzo literalmente:

> *Azul água brilhante outono lua*
> *Sul lago colher brancos nenúfares*
> *Flor lótus bela deseja falar*
> *Melancolia (vergonha) matar vasto bote homem (mulher)**
>
> (Purcell)

> *Azul é a água e clara a lua.*
> *No Lago do Sul*
> *Ele colhe brancos lilases.*
> *As flores de lótus parecem sussurrar amor,*
> *E entristecem o coração do barqueiro.***
>
> (Shigeyoshi Obata)

> *Claro o Rio, tão brilhante a lua de Outono…*
> *Colhemos no Lago do Sul nupciais flores brancas.*
> *Os prístinos lilases da água parecem falar:*
> *e tingem de vergonha as faces das prostitutas que vão no bote.****
>
> (Fletcher)

---

* Na tradução de Bioy Casares: "*Azul agua brillante otoño luna/ Sur lago recoger blancos nenúfares/ Flor loto hermosa desea hablar/ Melancolía (vergüenza) matar vasto bote hombre (mujer)*". (N. T.)

** Bioy Casares traduz: "*Azul es el agua y clara la luna./ En el Lago del Sur/ Él recoge blancas lilas./ Las flores del loto parecen susurrar amor,/ Y entristecen el corazón del botero.*" (N. T.)

*** Bioy Casares traduz: "*Claro el Río, tan brillante la luna de Otoño…/ Recogemos en el Lago del Sur nupciales flores blancas./ Las prístinas lilas del agua parecen hablar:/ y tiñen de vergüenza las mejillas de las prostitutas que van en el bote.*" (N. T.)

Sem manifesta ironia, Purcell conclui seu livro com o seguinte:

EXERCÍCIO

Ao sinólogo, a quem tenha cumprido o noviciado, recomenda-se este exercício. Escolha um poema, de Tu Fu ou de Li Po e procure um calígrafo para que o copie em um rolo de papel Imperial, em caracteres grandes e bem formados. Vá ao seu pagode de telhas azuis e perca-se nas dobras das mangas e da bata estampada com os animais sagrados de Sz Ling. Com um rápido movimento de mãos, desenrole o papel; obtenha uma visão de conjunto de seu poema-imagem. Contemple-o cuidadosamente, perceba sua significação geral. Depois, com o dedo, delineie os traços na mesma ordem que um escritor seguiria para traçá-los com o pincel. Observe cada um dos caracteres, separe os elementos e medite sobre a ideia representada, sobre sua evolução na mente da Raça dos Cabeças Negras. Medite os significados do caractere, do verso, do poema e entregue a imaginação a suas infinitas sugestões. Essas experiências não serão inferiores às de Coleridge ou De Quincey nas oníricas regiões do ópio.

Essa explicação corresponde à verdade? Waley afirma: "os versos têm um número de sílabas fixo, a rima é obrigatória. A poesia chinesa é muito parecida com a nossa". Purcell talvez deva suas revelações a um conhecimento imperfeito do chinês, a uma minuciosa lentidão para lê-lo. Mas agora dificilmente a realidade aceitará empobrecer-se, dificilmente deixará de justificar e acolher essa magnífica explicação.

Que regras se impunham os poetas chineses para seus poemas ou combinações de poemas? Que efeitos buscavam? É por um mero erro que a virginal e futura imperatriz dorme à sombra de um salgueiro no poema de T'sao Kih? Ou nenhum chinês teria ousado escrever isso? No caractere *sombra* há uma sugestão a outonais alamedas e à câmara das mulheres e à função das mulheres na ordem do mundo... Giles, em *A History of Chinese Literature* (Londres: Heinemann, 1901), afirma que, na estrofe de quatro linhas, a última deve surpreender (mas talvez não se deva exigir tanto de um mero leitor de traduções), que os poetas evitam a precisão epigramática e que o poema é uma introdução a sentimentos e visões deixadas a cargo do leitor; Davies, em *The Chinese* (Nova York: Harper & Brothers, 1848), aponta paralelismos e simetrias (entre um verso e outro, entre uma palavra e a que está defronte); Castañeda, em sua *Gramática* (Hong Kong: De Souza, 1869), explica a distribuição das entonações nos versos mais usuais (de cinco e de sete palavras). Mas "essa leve acácia em flor e a chuva que a molha" são versos comuns ou uma ousadia contra a escola realista? Em *A torre da fênix*, de Li Po, onde estão os acertos? Onde estão as debilidades? Pouco sabemos dos problemas daqueles colegas remotos. No Ocidente sobejam as interpretações místicas, psicanalíticas, econômicas, sentimentais, alegóricas, geográficas, da literatura; talvez também falte no Oriente uma história dos efeitos sintáticos ou prosódicos da literatura através dos efeitos: a interpretação literária da literatura.

RESENHA DE *O JARDIM DAS VEREDAS QUE SE BIFURCAM*, JORGE LUIS BORGES*

Borges, assim como os filósofos de Tlön, descobriu as possibilidades literárias da metafísica; sem dúvida o leitor deve se lembrar do momento em que também ele, sobressaltado, pressentiu-as em uma página de Leibnitz, de Condillac ou de Hume. A literatura, no entanto, continua dedicada a um público absorto na mera realidade; a multiplicar seu compartilhado mundo de ações e paixões. Mas as necessidades costumam ser sentidas retrospectivamente, quando existe o que há de satisfazê-las. *O jardim das veredas que se bifurcam* cria e satisfaz a necessidade de uma literatura da literatura e do pensamento.

É verdade que o pensamento — que é mais inventivo que a realidade, pois inventou várias para explicar uma só — tem antecedentes literários capazes de preocupar. Mas os antecedentes desses exercícios de Borges não estão na tradição de poemas como *De rerum natura*, *The Recluse*, *Prometheus Unbound*, *Religions et religion*; estão na melhor tradição da filosofia e nos romances policiais.

Talvez o gênero policial não tenha produzido um livro. Mas produziu um ideal: um ideal de invenção, de rigor, de elegância (no sentido que se dá à palavra na matemática) para os argumentos. Destacar a importância da construção: esse é, talvez, o significado do gênero na história da literatura. Há outra razão para falar aqui de obras policiais — a *exciting quality (and a very excellent*

---

* Texto pulicado na revista *Sur*, nº 92, pp. 60-65, maio 1942, sobre *O jardim das veredas que se bifurcam* (Buenos Aires: Sur, 1941) *quality it is*) — que sempre buscam os autores desse gênero, que os de outros gêneros (no afã de produzir obras meritórias, ou pelo menos de leitura meritória) costumam esquecer, e que Borges consegue plenamente.

Não resta dúvida de que Henry James escreveu lúcidos contos sobre a vida dos escritores; que os pesadelos de Kafka, sobre as infinitas postergações e as hierarquias, não serão esquecidos; que Paul Valéry inventou M. Teste, herói dos problemas da criação poética. Mas os problemas nunca haviam sido o interesse principal de um conto. Por seus temas, pela maneira de tratá-los, este livro inaugura um novo gênero na literatura, ou, pelo menos, renova e amplia o gênero narrativo.

Três de suas produções são fantásticas,[1] uma é policial e as quatro restantes têm forma de notas críticas a livros e autores imaginários. Podemos destacar imediatamente algumas virtudes gerais dessas notas. Compartilham com os contos uma superioridade sobre os romances: para o autor, a de não demorar seu espírito (e esquecer-se de inventar) ao longo de quinhentas ou mil páginas justificadas por "uma ideia cuja exposição oral cabe em poucos minutos"; para o leitor, a de exigir um exercício de atenção mais variado, a de evitar que a leitura degenere em um hábito necessário para o sono. Dão ainda ao autor a liberdade (difícil nos romances ou em contos) de considerar muitos aspectos de suas ideias, de criticá-las, de propor variantes, de refutá-las.

Em conversas com amigos, surpreendi equívocos sobre o que nessas notas é real ou é inventado. Mais ainda: conheço uma pessoa que havia discutido com Borges "A aproximação a Almotásim" e que depois de lê-lo encomendou a seu livreiro o romance *The Approach to Al-Mútasim*, de Mir Bahadur Alí. A pessoa não era particularmente preguiçosa, e entre a discussão e a leitura não havia transcorrido um mês. Essa incrível verossimilhança, que trabalha com materiais fantásticos e que se escora contra o que o leitor sabe, em parte se deve ao fato de que Borges não só propõe um novo tipo de conto, como também altera as convenções do gênero, e, em parte, à irreprimível sedução dos livros inventados, ao desejo justo, secreto, de que esses livros existam.

---

1 No prólogo, Borges inclui "Pierre Menard, autor do *Quixote*" entre os contos fantásticos. A intenção de "Menard" é fantástica, mas também são fantásticos "*Tlön*" e "A aproximação a Almotásim". Não vejo razões para incluir um e excluir os outros. Eu o classifico entre as notas críticas porque, evidentemente, é o comentário de uma obra literária irreal.

Algumas convenções se formaram por inércia: é habitual (e, em geral, reconfortante) que nos romances não haja aparato crítico; é habitual que todos os personagens sejam fictícios (quando não se trata de romances históricos). Outras convenções — a história contada por um personagem, ou por vários, o diário encontrado em uma ilha deserta — podem ter sido um recurso deliberado para aumentar a verossimilhança; hoje servem para que o leitor saiba, imediatamente, que está lendo um romance e para que o autor introduza o ponto de vista da narrativa. Borges emprega nesses contos recursos que nunca, ou quase nunca, foram empregados em contos ou romances. Não faltará quem, desesperado por ter de fazer uma mudança em sua mente, invoque a divisão dos gêneros contra essa mudança nas histórias imaginárias. A divisão dos gêneros é indefensável como verdade absoluta: pressupõe a existência de gêneros naturais e definitivos, e a descoberta certeira, por homens de um breve capítulo do tempo, das formas em que o interminável porvir deverá se expressar. Mas como verdade pragmática merece atenção: se os poetas escrevem meros sonetos, e não sonetos que sejam também dicionários de ideias afins, terão mais probabilidades de cometer menos desacertos. A isso se pode acrescentar que a invenção, ou modificação, de um gênero e a subsequente experiência indispensável para praticá-lo bem não são a múltipla tarefa, ou sorte, de um escritor só, e sim de várias gerações de escritores. O principiante não se propõe a inventar uma trama; propõe-se a inventar uma literatura; os escritores que sempre buscam novas formas costumam ser incansáveis principiantes. Mas Borges cumpriu com serena maestria essa tarefa própria de várias gerações de escritores. Em seus novos contos, nada sobra (nem falta), tudo é subordinado às necessidades do tema (não há essas valentes insubordinações que tornam moderno qualquer escrito, e o envelhecem). Não há uma linha ociosa. Nunca o autor continua explicando um conceito depois que o leitor o entendeu. Há uma sábia e delicada diligência: as citações, as simetrias, os nomes, os catálogos de obras, as notas de rodapé, as associações, as alusões, a combinação de personagens, de países, de livros, reais e imaginários, são aproveitadas em sua mais aguda eficácia. O catálogo das obras de Pierre Menard não é uma enumeração caprichosa, ou simplesmente satírica; não é uma anedota com sentido restrito a um grupo de literatos; é a história das preferências de Menard; a biografia essencial do escritor, seu retrato mais econômico e fiel. A combinação de personagens reais e irreais, de Martínez Estrada, por um lado, e de Herbert Ashe ou Bioy Casares, por outro, de lugares como Uqbar e Adrogué, de livros como

The Anglo-American Encyclopædia e *A primeira enciclopédia* de Tlön favorecem a formação desse país onde os argumentos de Berkeley teriam admitido réplica, mas não dúvida, e de sua acreditada imagem na mente dos leitores.

Esses exercícios de Borges ensejarão talvez algum comentador que os qualifique de jogos. Quererá expressar que são difíceis, que foram escritos com premeditação e habilidade? Que neles se trata com pudor os efeitos sintáticos e os sentimentos humanos, que não apelam à retórica de matar crianças, denunciada por Ruskin, ou de matar cachorros, praticada por Steinbeck? Ou sugerirá que existe outra literatura mais digna? Caberia, talvez, perguntar se as operações do intelecto são menos dignas que as operações do acaso, ou se a interpretação da realidade é menos grave que a interpretação dos desejos e das cacofonias de um casal de namorados. Ou clamará contra a heresia de tratar literariamente problemas tão sérios? Talvez tudo acabe em uma condenação geral, e sentida, da arte.

O conto mais narrativo dessa série (e um dos mais poéticos), o de estilo mais simples, é o último que Borges escreveu: "O jardim das veredas que se bifurcam". Trata-se de uma história policial, sem detetives, nem Watson, nem outros inconvenientes do gênero, mas com o enigma, a surpresa, a solução justa, que em particular pode-se exigir, e não conseguir, dos contos policiais. Acredito também que "As ruínas circulares" sobressai pelo esplendor de sua forma; que "Pierre Menard, autor do *Quixote*" é o mais perfeito e que "*Tlön, Uqbar, Orbis Tertius*" é o mais rico. Seria interessante fazer um censo da fecundidade deste livro, dos problemas que propõe, dos argumentos de livros, das bases de idiomas, das interpretações da realidade e do tempo que ele propõe.

Quanto ao estilo — elogiá-lo seria supérfluo —, conviria ponderar sua evolução e, mais ainda (na trilha de Menard), tentar um estudo dos atuais hábitos sintáticos de Borges. Mas são temas que excedem esta resenha.

Algum turista, ou algum distraído aborígene, poderá indagar se este livro é "representativo". Os estudiosos que esgrimem essa palavra não se contentam com o fato de que toda e qualquer obra é contaminada pela época e pelo lugar em que ela surge e pela personalidade do autor; esse determinismo os alegra; registrá-lo é o motivo que eles têm para ler. Em alguns casos, não cometem a ingenuidade de se interessar pelo que um livro *diz*; interessam-se por aquilo que, em que pesem as intenções do autor, esse livro reflete: consultando uma tábua de logaritmos, obtêm a visão de uma alma. Em geral, interessam-se pelos fatos políticos, sociais, sentimentais; estão convencidos de que uma notícia vale mais que qualquer invenção e têm uma efetiva aversão pela literatura e pelo pensamento. Confundem os estudos literários com o turismo: todo livro deve tender aos guias Baedeker. E que guias! Em versos arrítmicos e através da acatada norma de que um artista que se preza jamais condescende a se explicar, e através das aspirações do autor, de ser Whitman, de ser Guillaume Apollinaire, de ser Lorca, e de refletir uma vigorosa personalidade. E que romances! Com personagens que são instituições e com Mr. Dollard, que vantajosamente alude ao capitalismo estrangeiro. Colaboram com a tendência das ideias fascistas (porém mais antigas que esse partido) de que se devem entesourar os localismos, porque neles repousa a sabedoria, de que os habitantes das aldeias são melhores, mais felizes, mais genuínos que os habitantes das cidades, da superioridade da ignorância sobre a educação, do natural sobre o artificial, do simples sobre o complexo, das paixões sobre a inteligência; a ideia de que todo literato deve ser um lavrador, ou, melhor ainda, um produto da terra (a iniciação e o aperfeiçoamento na carreira das letras exigem duros sacrifícios: descobrir um vilarejo que não esteja ocupado por nenhum escritor, nascer ali e radicar-se tenazmente). São também estímulos dessa tendência a fortuna literária conseguida por algumas selvas do Continente e o exagerado prestígio alcançado pelo campo em nossa cidade e no estrangeiro (onde é conhecido por "pampa", e até por "pampas"). Do pampa nos restam as viagens longas e certas incomodidades. Estamos na periferia das grandes florestas e da arqueologia da América. Acredito, sem vanglória, que nosso folclore pode nos desapontar. Nossa melhor tradição é um país futuro. Nele acreditaram Rivadavia, Sarmiento e todos aqueles que organizaram a República. Podemos ser equânimes e lógicos: um passado breve não permite uma grande acumulação de erros que depois seja preciso defender. Podemos prescindir de certo provincianismo de que padecem alguns europeus. É natural que para um francês a literatura seja a literatura francesa. Para um argentino, é natural que sua literatura seja toda a boa literatura do mundo. Dessa cultura, na qual trabalham, ou trabalharam, William James, Bernard Shaw, Wells, Eça de Queiroz, Russell, Croce, Alfonso Reyes, Paul Valéry, Julien Benda, Jorge Luis Borges, e da Argentina possível e talvez vindoura que lhe corresponde, este livro é representativo.

DESAGRAVO A BORGES*

É inexato que a Comissão Nacional de Cultura tenha a menor conivência com as letras. É inexato que tenha premiado os senhores Eduardo Acevedo Díaz e César Carrizo para provocar surpresa ou qualquer outro efeito literário. A posição da Comissão Nacional é clara: outorgou os dois primeiros prêmios a pessoas que ninguém pode confundir com escritores. *Similia similibus remunerantur*. A posição da Comissão Assessora é menos clara.

Acreditamos que nenhum leitor confundirá com livros os produtos dos senhores Eduardo Acevedo Díaz e César Carrizo. Se esses senhores fossem marceneiros e *Cancha larga* e *Un lancero de Facundo* fossem dois tosquíssimos bancos, sentar-se neles seria um ato de coragem.

O voto de Mallea e estas notas que *Sur* publica advertirão à posteridade que a Argentina, em 1942, não era um deserto povoado por membros da Comissão Nacional de Cultura.

Em um momento em que somente a hospitalidade a temas ou paisagens nacionais pode aspirar ao reconhecimento em massa e à recompensa oficial, Borges, guiado pela mais pura vocação, nos dá, com *O jardim das veredas que se bifurcam*, os esplendores de sua fantasia e de sua inteligência. Lamentamos que o país tenha perdido a chance de honrá-lo. Quanto ao livro, já nos honra, definitivamente.

RESENHA DE *THE SILK STOCKING MURDERS*, ANTHONY BERKELEY**

O problema central deste romance consiste em uma série de assassinatos cometidos, de um modo invariável (e inimaginável), contra pessoas que não se conhecem entre si e que têm em comum uma característica: são mulheres jovens. Desde o início o leitor entrevê, como solução pouco interessante, um maníaco que perpetra todos os assassinatos. Na literatura policial, o jogo de

---

* Texto publicado na revista *Sur*, nº 94, p. 22, jul. 1942.
** Texto publicado na revista *Sur*, nº 94 (julho de 1942) sobre a a edição de *The Silk Stocking Murders* (Londres: Penguin Books, 1941).

insinuar uma solução e surpreender com outra é consagrado; esse jogo é percebido imediatamente em *The Silk Stocking Murders*, pois o provável maníaco é um judeu, o personagem mais insuspeito em um romance inglês contemporâneo (ninguém ignora a pétrea lei de que o personagem mais insuspeito é o criminoso). Com o mistério assim proposto, Berkeley consegue surpreender. É verdade que sacrifica o livro. A frágil solução entrevista é a verdadeira, e o temido maníaco perpetra todos os crimes e supera todas as dificuldades. Nem sempre os romances de Berkeley são desta qualidade: *The Poisoned Chocolates Case* e *Trial and Error* são excelentes.

RESENHA DE *LA LITERA FANTÁSTICA*, RUDYARD KIPLING*

A incoerência não é a característica mais marcante desses novos editores de Kipling. Reproduzem uma seleção de contos feita em 1921 para o notável selo Atenea, de Madri, e reeditada em 1938 para a Colección Contemporánea, de Buenos Aires. Reproduzem a tradução que o senhor Carlos Pereyra cometeu para o selo Atenea e que a Colección Contemporánea havia reproduzido inexoravelmente. Reproduzem as erratas da primeira edição, já respeitadas pela de 1938; no entanto, nesta matéria, é injusto negar-lhes certa iniciativa.

Entre os contos de *La litera fantástica*, destacarei: "La aldea de los muertos" ["The Strange Ride of Morrowbie Jukes"], *full of pleasant atrocity*, mas com um final fraco, "El rey de Kafiristán" ["The Man Who Would be King"], exageradamente admirado por Andrew Lang e por Wells, e "El juicio de Dungara" ["The Judgement of Dungara"], péssimo. Não acredito — nossos editores parecem acreditar — que os seis contos deste livro sejam os únicos contos de Kipling que mereçam ser traduzidos.

Oscar Wilde afirma que o verdadeiro escritor se move em um ciclo de obras-primas, onde a primeira não é inferior à última, e que somente os medíocres evoluem e progridem. Isso é inexato. As virtudes (ou os defeitos) podem ser desenvolvidas. Os últimos livros de Stevenson são mais bem escritos que

---

* Texto publicado na revista *Sur*, nº 95, pp. 80-81, ago. 1942, sobre *La litera fantástica* (Buenos Aires: Hachette, 1942), de Rudyard Kipling.

os primeiros; os últimos relatos de Kipling são mais bem escritos e inventados que os primeiros. Kipling publicou mais de trinta, depois de 1920; podemos lembrar: "The Wish House", "The Eye of Allah", "The Gardener", "Dayspring Mishandled", "The Church that was at Antioch", "The Manner of Men". No entanto, na nota bibliográfica do livro que agora comentamos se ignora — com exceção de *Something of Myself* — tudo o que o autor publicou depois de 1920. Neste descuido e em uma ou outra errata é possível entrever alguma iniciativa, merecedora de alento, sem dúvida, mas efêmera.

Como não posso transcrever e comentar aqui as 192 páginas de *La litera fantástica*, minhas críticas à tradução do senhor Carlos Pereyra são meramente lineares. Mas não se deve esquecer que desde a feliz plenitude de Shakespeare e o fervor certeiro de San Juan de la Cruz até *Le Monoplan du Pape*, de Filippo Tommaso Marinetti, toda literatura, incluindo a tradução do senhor Pereyra, é linear.

O senhor Pereyra costuma não entender inglês; traduz, por exemplo: *making much of an...* por *hizo algo más que un...* [fez algo mais do que um...]; *he had a sick man's command of language* por *impresionaba su palabra doliente* [impressionava sua palavra dolente]; *inventors of patent punkah-pulling machines* por *inventores de máquinas para el beneficio de la "punkah"* [inventores de máquinas para o benefício da "punkah"] (*punkah* é um grande leque, ou ventilador, que é preso no teto e acionado puxando-se de uma corda); *Poor old Daniel that was a monarch once!* por *¡Pobre Daniel! ¡Fuiste Monarca un solo dia!* [*Pobre Daniel! Foste Monarca só por um dia!*]. Apela também a sua Minerva particular: por exemplo, quando converte *I turned away* em *volví grupas* [voltei as rédeas], e o texto é assim reforçado com um cavalo, ou o protagonista se transforma em centauro; ou quando *I became respectable* é compendiado como *yo me incorporé a la existencia de los hombres respetables* [eu me incorporei à existência dos homens respeitáveis]; ou quando *O Peacock, cry again* chega a ser o poderoso dístico: *Pavo, pavo, pavo real / grita pavo, grita más* [*Pavão, pavão, pavão,/ grita pavão, grita mais*].

O senhor Pereyra é implacável com os efeitos literários. Kipling escreve que na redação de um jornal de província "entravam companhias de chá e elaboravam seus prospectos com as canetas do escritório" (*tea-companies enter and elaborate their prospectuses with the office pens*). Nessa frase há dois efeitos, e ambos são motivados pelas palavras "companhias de chá". O primeiro é com relação ao contexto: essa redação, à qual acorriam inúmeros e absurdos visitantes, fica ainda mais obstruída quando se diz que recebia "companhias de chá". O segundo consiste na queda que há no final da frase. As "companhias", ao redigir seus prospectos com canetas do escritório, reduzem-se bruscamente. O rigoroso Pereyra traduz: *los representantes de compañias de té entran...* [*os representantes de companhias de chá entram...*] etc.

Das gralhas darei um único exemplo. *Los jefes de los dos Credos* [*Os chefes dos dois credos*], na edição de Madri, se transformaram em *Los jefes de los dos Cerdos* [*Os chefes dos dois porcos*] na edição de 1938. A nova edição preserva os porcos.

RESENHA DE *ETCHING OF A TORMENTED AGE*, HSIAO CHI'EN*

O esplêndido tema deste livro, que descreve o aspecto literário da vastíssima transformação pela qual desde o final do século passado a China passou, poderia ser tecnicamente definido como o estudo de uma mudança de estilos; melhor, no entanto, é dizer que trata de uma mudança de idiomas e acrescentar uma inescrupulosa referência a um fato análogo na história da Europa: o abandono do latim como língua filosófica, e a adoção dos idiomas vernáculos. Efetivamente, os livros e os periódicos, todas as publicações chinesas,[1] eram escritas no chamado "estilo clássico" e que, na realidade, é um idioma diferente do oral. Entre 1917 e 1919, ocorre a substituição: o estilo clássico é abandonado e a literatura se abre a todo um povo.

Talvez a mais intrínseca virtude das comparações seja a de permitir apreciar ordenadamente as diferenças. Entre as diferenças evidentes dessas substituições de idiomas, algumas são consideráveis. 1º) Como a mudança aconteceu durante séculos, nas diversas culturas europeias não pôde ser plenamente percebida, ou *sentida*, por ninguém; na China, como não tardou mais de três anos em se cumprir, afetou, em maior ou menor grau, todos os inúmeros contemporâneos; 2º) O latim, embora fácil de esquecer, não é imoderadamente

---

* Texto publicado na revista *Sur*, nº 105, pp. 85-87, jul. 1943, sobre o livro *Etching of a Tormented Age* (Londres: P.E.N. Books, 1942).

1 Exceto os romances, "essa forma baixa de literatura" que na China foi tão felizmente pródiga.

difícil de aprender, e foi um útil sistema de comunicação entre homens cultos que falavam diferentes idiomas; aparentemente, o estilo clássico era um sistema eficaz de não comunicar a cultura; para *dominar seus rudimentos* — afirma o senhor Hsiao Chi'en — se requeria a quarta parte da vida humana.[1] Esse é o tema que nos propõem as páginas iniciais de *Etching of a Tormented Age*; as seguintes são dedicadas à comprovação dos movimentos e das escolas em que a literatura chinesa dos últimos cinquenta anos pode ser classificada. Não analisaremos essa enumeração, que, claro, é literariamente supérflua; mas como o senhor Hsiao Chi'en me parece o representante mais genuíno de vários tipos de pensadores que hoje ocupam as letras sem arredar pé, reproduzirei algumas de suas opiniões e das citações que escolhi na literatura riquíssima de seu país:

> "Mesmo quando esse drama carece de todo valor técnico, congratulo-me em proclamar que trata dos dois problemas cardinais desta época: o casamento e a bancarrota rural."

> "Não desejo nem sabedoria nem fama. Só desejo um 'coração' terno e compreensivo, um fervoroso coração cheio de simpatia e de amor. Eu tenho fome de amor!"
>
> YÜ TA-FU, *Mergulho*.

> "Como sua tragédia *Tempestade de trovões* lhe valeu a acusação de fatalista, Ts'ao Yü acentuou eficazmente seu otimismo no último ato de *Sol nascente*, fazendo com que os trabalhadores cantassem ao sol que se levanta."

> "Há uma falta de beleza arquitetônica na literatura chinesa contemporânea: talvez se deva à planura de nosso continente."

> "Ideais, amor, beleza e alegria é o que encontramos nos livros. Mas não são frequentes no mundo atual."
>
> HE CHI-FAN, *O regresso do nativo*.

---

1 Devo reconhecer que a afirmação joga uma estranha luz: (a) sobre a idade dos colegiais da China, já que um decreto de 1919 aboliu o estilo clássico para os textos de *ensino primário* ou (b) sobre a veracidade do senhor Hsiao Chi'en.

"Wang Shu-ming, um dos principais críticos destes tempos, declara como se tornou crítico literário: 'Eu disse adeus a todas as teorias estéticas da sociedade capitalista e fiz acurados estudos do socialismo.'"[1]

Esses prosaicos desdobramentos de tolice e de loucura nos induzem perigosamente a sustentar verdades ingênuas. Por exemplo: que *a técnica literária não se esgota em advertir a urgência de mudanças políticas; ou que a chamada literatura social, tão praticamente desdenhada por aqueles que a exercem, tem problemas que requerem especulativa atenção* (um deles está grosseiramente contido na frase de um diretor de teatro, que fecha com adequada pompa um capítulo do senhor Hsiao Chi'en: *aspiramos a demonstrar que a agressão pode destruir o bem-estar da humanidade*. A existência de pessoas que justificam esse humilde propósito é notória. Mas como fazer para que os livros dirigidos a essas pessoas interessem também a outras?).

Não pense o leitor que *Etching of a Tormented Age* é uma oportuna paródia da crítica contemporânea. Tampouco penso que seja uma sátira da literatura chinesa. Sabíamos que a indiferença e a resignação eram características de nossos editores, e de muitos editores. Não sabíamos que o fossem dos escritores do P.E.N. Club de Londres. Mas a escolha desse autor e a publicação deste livro são enigmas que não tentaremos resolver.

ELOGIO DE WELLS**

Neste mundo de ecos e de sombras, de tiranos que repetem tiranos, de poetas que repetem poetas, de multidões que repetem um único imbecil, que repete as mal medidas cantilenas plagiadas por monótonos canalhas, a clara inteligência de Wells incontaminadamente procurava a verdade — não a verdade do teólogo, acabada como um relógio; a verdade dos investigadores, o fragmentário rosto de uma moeda enterrada, do tamanho do universo.

---

1 Citando Chesterton, poderíamos acrescentar: *e conseguiu essa clara visão do futuro do socialismo, que é patrimônio dos geólogos.*
** Texto publicado em *Los Anales de Buenos Aires*, nº 9, p. 6, set. 1946.

Com Wells morre a mais ativa inteligência que defendia, contra os ídolos da apaixonada confusão, a dignidade do homem e o que poderíamos chamar de o bom espírito científico do século XIX. Com ele também se extingue um dos mágicos mananciais do mundo: o incrível manancial que produziu a justa argumentação de *The Conquest of Time* e *Crux Ansata*, a complexa imagem da vida de *The Bulpington of Blup* e *Apropos of Dolores*, as fantasias, poéticas e intelectuais, de *The Time Machine, The Island of Doctor Moreau, The Invisible Man, The First Men in the Moon.*

Em sua carreira literária não falta essa crepuscular tonalidade da frustração que torna maior e mais belo o desesperado destino dos homens. Dir-se-ia que um dia Wells sentiu a vaidade da forma; abandonou — embora nunca definitivamente — seus rigorosos e afortunados relatos fantásticos e, com brilhante eloquência, escreveu romances, pensados energicamente e construídos com sábia despreocupação; em seus últimos anos publicou livros polêmicos, quase tão desordenados como a realidade que os inspirava. Uma deleitada admiração do estilo e uma plena coincidência nas aversões não me impedem de ver que as primeiras obras de Wells são as imarcescíveis e as perfeitas.

Viveu e escreveu fartameente, com gosto, com irredutível coragem. Tinha o certeiro e múltiplo conhecimento dos grandes homens do Renascimento. Estava interessado na vida e, para escândalo dos especialistas, sua mente honesta e perspicaz indagava todos os problemas. A título de exemplo, lembrarei sua crítica da pretendida suspensão da lei de causalidade na física atômica, suspensão muito grata aos amigos do caos (*The Rediscovery of the Unique* e *Experiment in Autobiography*, V, 2), Wells discorreu sobre a arte de escrever romances, sobre a natureza do tempo e sobre a relatividade, sobre a biologia, a geologia, a história, a política, a religião. Nos últimos tempos escreveu, com particular ânimo, contra a monarquia, o racismo, o localismo (veja-se o agradável incidente do traje nacional birmanês, em *Travels of a Republican Radical in Search of Hot Water*), o patriotismo, o partido comunista e a religião católica.

Com a morte de Wells, o mundo se empobrece. Leitor, já que não podemos ser tão lúcidos nem tão complexos como Wells, sejamos tão valentes, tão sinceros, tão generosos; com igual ardor lutemos contra as mesquinharias, as confusões, as injustiças; com igual ardor defendamos e honremos a inteligência.

RESENHA DE *UN CERTAIN SOURIRE*, FRANÇOISE SAGAN*

Não lembro a idade de Françoise Sagan, mas sei que sua arte entrou na maturidade. Certa incapacidade para realizar obras acabadas, porque o ofício ainda não se equilibrou; certa inclinação para cometer erros ou talvez uma indiferença para escolher, porque o mundo é copioso e se está apenas chegando, com quanta pressa! Certa propensão à vulgaridade, porque ainda há mais vigor que refinamento, creio que sejam os habituais defeitos da juventude; nenhum deles revela este livro sem languidez, triste e sereno como a imagem de um riacho que percorre o fundo de um vale estreito. Em tom tranquilo, Françoise Sagan relata a história de Dominique, história em que a vida, com seus júbilos, com suas cruezas, com sua dor, é aceita sem lamentação nem ressentimento, com respeito pela individualidade dos demais. Esse respeito, tão nobre e tão insólito, como cada um de nós sabe — já que as pessoas que nos amam procuram nos modificar e irritamos as outras também pelo fato de existir —, está subentendido no livro inteiro e é incidentalmente formulado quando a heroína, sentada diante do mar, chora sua infelicidade e descobre de repente que uma senhora inglesa a observa; o parágrafo conclui com as palavras: "Depois a olhei com atenção. Por um instante, um incrível respeito por ela me invadiu. Era um ser humano, outro ser humano".

Eu situaria *Un Certain sourire* na tradição de *Adolphe*. Em ambos os livros, o primordial são os fatos e as reflexões e as emoções que os fatos provocam; nenhum é pródigo na cena viva, que a mente vê. Stevenson destacou o poder de tais cenas; provavelmente constituem o essencial do romanesco, o que atrai, nas fábulas, todo mundo, as crianças, as pessoas rudes e as pessoas cultivadas. Imagens de situações, de paragens, de indivíduos, lidas em livros, embaralham-se com nossas lembranças e, anos depois, quando ressurgem na memória, infundem nostalgia, como se viessem de uma época mais intensa, mais dramática, de nossa vida. Em um livro de Tomlinson, *The Sea and the Jungle*, o narrador viaja em uma noite tormentosa, sob a chuva, até uma cidade da costa da Inglaterra, onde conversa em um café com um marinheiro, velho e bêbado, que vai embarcar para Buenos Aires — Buenos Aires, aí, é sentida como algo muito distante — e ele próprio partirá em outro navio, de

---

* Texto publicado em *La Nación,* 10 jun. 1956, sobre o livro *Un Certain sourire* (Paris: Julliard, 1956).

madrugada, para a Amazônia; um leitor, pelo menos, encontrou nessas páginas, na cabine apenas confortável, que é descrita, com o mar, a chuva, a tempestade lá fora e o desconhecido pela frente, os encantos recíprocos da segurança e da aventura: um mínimo da primeira, muito da última, de acordo com alguma infalível fórmula de romance. Françoise Sagan não exerceu esse poder de criar imagens de sonho em *Un Certain sourire*; o resultado provavelmente será o esquecimento do romance, mesmo que tenha sido lido com aprovação. Nele nada está de mais; ante nenhuma frase pensamos: a autora a deixou por indulgência, porque se ecantou com o pensamento ou por algum motivo pessoal; conduz o relato com notável precisão, conta o que tem que contar e sua contínua e aguda reflexão é sempre apropriada.

O livro equivale a um comentário sobre o tema do amor. O eterno tema e nosso interesse por ele devem ser magicamente inesgotáveis, porque nas páginas de Françoise Sagan não percebemos o eco de leituras anteriores. Campeia nelas uma espécie de impudica naturalidade, mas estão livres de todo "deleite moroso"[*] e o conteúdo corresponde à verdade do relato; não transparece como em tantos romances contemporâneos, um inescrupuloso propósito de prender, por qualquer meio, a atenção do leitor.

Agora, penso que não se justifica filiar Françoise Sagan a uma determinada escola literária. Se considerarmos o que progrediu em pouco tempo, o que não cabe esperar do futuro?

RESENHA DE *LA CAÍDA*, BEATRIZ GUIDO[**]

Não sei o que admiro mais: o progresso revelado por alguns artistas em cada novo trabalho ou o nível de excelência que outros alcançam desde a primeira obra da juventude. Minha admiração por estes últimos, como a que se sente pelos mágicos, traz implícita a renúncia de entender. Como Keats escreveu o soneto sobre Chapman aos dezessete anos? Quantos anos tinha Mozart

---

[*] "Delectación morosa" é uma alusão ao poema homônimo de Leopoldo Lugones, em *Los crepúsculos del jardín* (1905). (N. T.)

[**] Texto publicado na revista *Sur*, nº 243, pp. 82-83, nov.-dez. 1956, sobre o livro *La caída* (Buenos Aires: Losada, 1956).

quando começou a compor óperas? Indubitavelmente, trata-se de prodígios; estão mais próximos das fadas do que de nós e são da mesma família dos irmãos siameses, dos gigantes e do cordeiro bicéfalo. Não podemos seguir seus passos nem entender seu método. Em compensação, que alentador é o exemplo dos que se aperfeiçoam, dos que empreendem o caminho tateando, como Balzac, e chegam, por um processo paralelo de refinamento e de ampliação espiritual, à obra-prima. Claro, quando aparece a obra-prima, voltamos a cair no resplendor da magia; uma magia obtida pelo concerto de felizes intuições e de esforços da vontade e da inteligência, que talvez pudesse ser descrita alegoricamente: os sucessivos livros de um autor, imagens de sua alma, podem ser comparados a lâminas que representam um estreito terreno inculto, um jardim ordenado, um parque prolongado em jardins, em fontes e em bosques; a magia consiste em que todas as lâminas representam o mesmo lugar.

Esses símbolos, talvez grandiloquentes, não me parecem impróprios aqui, tão extraordinário é o progresso que testemunham *La casa del ángel* e *La caída*. Os méritos do primeiro romance resplandecem com redobrada intensidade no segundo, onde a decorosa correção do estilo é mais firme e a construção do argumento, mais ajustada, mais minuciosa em cada uma das partes.

Sei por experiência própria que quem começa a ler *La caída* dificilmente a deixa até tê-la acabado, mas quero destacar que não se trata de um livro meramente interessante; embora breve, é rico na projeção de personagens reais, na invenção de episódios inesquecíveis e em encanto (tudo se aprende, menos o encanto, que é o fundamental, observou Stevenson). Esta última virtude deve sem dúvida estar relacionada ao poder de transportar — o poder, fundamental para o agrado, que algumas coisas têm de nos sugerir outras — tão manifesto nos romances de Beatriz Guido; por ele os personagens excedem a verdade, com frequência intranscendente e simples, dos personagens dos relatos realistas, e alcançam outra verdade, mais misteriosa; por ele lembramos algumas situações e alguns episódios, como se os tivéssemos sonhado. Vejam-se as peripécias do passeio em um taxímetro, da mãe e das filhas, em *La casa del ángel*; vejam-se, no novo livro, a escada que os dois amigos usam para se visitar e a recepção alucinante dos Cibils a Albertina e a Indarregui e a morte de Martha Cibils. Não se acredita que Beatriz Guido recorre ao artifício de imitar os sonhos nem que em suas fábulas tropeçamos com oportunas deformações da realidade. A mão da autora não projeta sombra e é provável que dessa leveza de toque tenham recebido seu alento os Cibils, atrozes, com justa razão, para alguns leitores, e para mim críveis, inexplicáveis e cativantes como a própria vida.

CUMPRIMENTOS À EDITORA LOSADA EM SEU ANIVERSÁRIO[1]

A fundação da editora Losada é um episódio importante na história das letras argentinas.

Alguns acontecimentos passam inadvertidos para os contemporâneos; creio que todos nós entendemos o significado deste: desde então, o fato de publicar um livro seria um pouco mais real (alguém ignora que nossa atividade inteira está afligida de irrealidade, e que fugir da irrealidade é a maior das felicidades?). Entendemos também que a publicação de um livro pela Losada equivalia a um título de escritor profissional ou de escritor sério. A mim me coube essa honra em 1940, com a primeira edição de meu romance *A invenção de Morel*.

---

1 Texto publicado na revista *Negro sobre Blanco*, no 8, p. 20, nov. 1958.

APÊNDICES

Sabe-se que, contrariando a obstinada desordem de sua etapa vanguardista, Adolfo Bioy Casares adotou, desde o final da década de 1930, os preceitos de uma literatura deliberada em cada um de seus meios e efeitos. Essa poética neoclássica manifestou-se primeiro em tramas rigorosas, apoiadas em complexos argumentos com cuidadosa antecipação. Testemunhos dessa deliberação e dessa reflexão são os rascunhos e as versões preliminares que se conservam de narrativas escritas entre o final dos anos 1930 e meados dos 1950.

Nos dois primeiros apêndices é possível ler dois textos extraídos de *Luis Greve, muerto*, publicado em 1937. Embora o livro logo tenha sido tirado de catálogo pelo autor, ambos os contos representam suas primeiras tentativas bem-sucedidas de *inventar e elaborar* tramas interessantes. Assim o entendeu o próprio Bioy Casares, que aproveitou seus temas como matéria de narrativas posteriores: "Os namorados em cartões-postais", como germe de *A invenção de Morel*; "Como perdi a visão", como precursor de "A serva alheia".

Os apêndices seguintes, em compensação, reúnem os esboços ou planos iniciais dos contos "Em memória de Paulina", "Dos reis futuros", "O outro labirinto", "O perjúrio da neve", "As vésperas de Fausto", "História prodigiosa", "Chave para um amor" e "A serva alheia", todos conservados no arquivo do autor e que permaneciam inéditos até a presente compilação.

Daniel Martino

OS NAMORADOS EM CARTÕES-POSTAIS*

Amavam-se em cartões-postais, mas ela não sabia.

Seu pai era fabricante de cartões-postais e adivinhou seu destino de estrela, mas, zeloso de sua virtude, sempre a fotografava de mãos dadas com ninguém e depois a unia mediante secretas sobreposições a um jovem declarado ao vazio.

Uma amiga lhe disse que a vira retratada com um homem em poses indecentes, e na noite seguinte ela desceu aos depósitos e começou a se procurar entre maços de cartões embrulhados em páginas de livros sempre inacabadas e repetidas para infernal castigo dos autores, e uma hora lá estava ela ausente, com a mesma bata de gaze verde sobre uma escadaria em um lago, sorrindo ao luar para um rapaz de pálpebras baixas aureoladas pelo lema

Penso em ti

ou com o lenço azul-claro de gaze contra um fundo castanho onde beijava o mesmo rapaz e brilhava a palavra

Eternamente

Temera encontrar o abraço alcoólico e hirsuto de um homem e agora estremecia na esperança de achar um modo de anunciar-lhe seu amor.

Rebelou-se; iniciou uma contínua mudança de poses cada vez mais forçadas; mas ignorava se o rapaz atribuía algum significado àquelas mudanças ou se nem sequer as notava: as remessas de postais o mostravam neutralizando-as. Mas depois os dois começaram a aparecer em poses inconciliáveis e distanciados por um vazio rígido que agrada às pessoas que não compram cartões-postais. A alegria não foi duradoura: a pose mais carregada de reconhecimento amoroso foi colhida por um brusco bigodudo afeminado. Voltou a se deixar dirigir pelo pai, mas resolveu publicar um anúncio na seção "procura-se" e percorrer os estúdios, porque um namorado de cartão-postal fica impotente para outros ofícios, mas dali a poucos anos os postais voltaram a mostrá-la abraçada a seu namorado. Não cometeram mais imprudências: contentaram-se com o permanente namoro em imagens em que ela teve de novo a iniciativa nas poses.

---

* Texto publicado na revista *Destiempo*, nº 2, p. 3, nov. 1936. Incluído em *Luis Greve, muerto* (Destiempo, 1937), pp. 59-60.

COMO PERDI A VISÃO*

Pouco depois do armistício de 1918, fui nomeado cônsul em Havana.

Passei os primeiros dias em um hotel. O piso de meu quarto era de lajotas vermelhas, as janelas não tinham vidros: detalhes que não me espantaram por serem, talvez, os únicos que eu retinha de minha outra estadia lá, doze anos antes, com meus pais. Olhando agora para aquela semana que inaugurou minha segunda estadia tenho a impressão de que transcorreu na recordação da anterior, com cadeiras de balanço de palhinha nas calçadas, movendo-se como pêndulos de esquecer o tempo, casas coloridas e casas de madeira colorida, rodeadas por beirais floridos e pequenas colunas de madeira dos bairros dos negros, e muito lindas moças morenas que nos sonhos me ofereciam a cabeça para que eu tirasse dentre seus cachinhos brilhantes as cerejas de que tanto gosto.

Um grupo de velhos amigos cubanos, que eu via pela primeira vez, mas que tinham recebido meus livros e me mandado os deles, contribuiu com sua companhia por demais contínua e estrondosa para que eu não conseguisse tomar pé, para que as coisas penetrassem na tonalidade vaga da recordação de um sonho, em que tudo se passa sem tocar fundo.

Assim chegamos à noite em que me ofereceram um jantar no cabaré de uma feira de negros, com multidão de barraquinhas de madeira, repetidíssimas ofertas de mercadorias e uma gritaria concentrada no cabaré de madeira transpassada de luz e nas rumbas que os negros e as negras dançavam.

Foi bastante gente. Elvira Montes estava lá. Tinham me falado dela, de sua literatura, seus desenhos, seu canto e seus amores brevíssimos. Com cegueira de recém-nascido nasço a todo instante, mas dessa vez pressenti que, se minha personalidade e seus atributos não se intrometessem — apesar dos anéis de Saturno de todos aqueles méritos que poderiam me afastar dela —, Elvira já estava comigo no futuro.

Fomos apresentados. Em seguida, dei meia-volta e mergulhei em conversas com aqueles que tinham me levado lá. Lembro que minha companheira de mesa foi uma moça de sobrenome Burgos, talvez Irene, que só agora saiu do esquecimento. Ficamos de pernas entrelaçadas durante o jantar. À medida que minha perna ia adormecendo, eu tinha mais vontade de me livrar de minha companhei-

---

* Em *Luis Greve, muerto* (Destiempo, 1937), pp. 61-84.

ra, que não me deixava participar de nada, nem olhar para Elvira, que me retinha em uma exigente cumplicidade de malícias.

Elvira cantou admiravelmente. Mas entre uma canção e outra falava demais, fazia-se de rogada e protestava modéstia em um tom impressionantemente contraditório às suas palavras. Aquilo me dava vergonha, impaciência furiosa.

Minha companheira me imitava nas manifestações de irritação, e isso a tornava cada vez mais insuportável.

Elvira veio falar comigo. A cada frase que ela dizia jorrava um "colega" como um triunfal repuxo de seu pedantismo. Comecei a sentir uma ternura com carícias como mãos por segurar sua cabeça contra meu peito e lhe dizer coitadinha, descansa, descansa, coitadinha.

De repente se transfigurou, ficou lívida, afundada em volta de seus olhos enormes de lágrimas. Ia lhe oferecer um copo de água, perguntar-lhe se não estava se sentindo bem. Minha companheira a perturbou insistindo para que tomasse um gole de vinho, dizendo que antes ela era muito perseguida por essas ondas de vertigem. Ouvindo-a, senti que tinha feito bem em me calar, eu a vi inoportuna. Fingi distrair-me e logo me distraí. Depois Elvira já não estava. Disseram-me: Foi embora chorando. Tenho uma raiva danada das pessoas histéricas, então a tirei de onde ela havia entrado e sem hesitações a senti fora.

Por esses dias me mudei para uma casa térrea com terraço e profusão de coluninhas gordas, de alvenaria, e com um jardim habitado por flores de um vermelho escuro que me parecia velho. Arrumei os papéis e se passaram as únicas horas de trabalho no consulado. Elvira telefonou, várias vezes. O criado dizia: Não está, ou eu me escudava em inúmeros resfriados; mentia como se não mentisse, porque naquele tempo pegava dois resfriados por mês.

No final da tarde saía para caminhar. Tinha pensado que meus passeios tranquilos me mostrariam Havana. Mas no primeiro dia andei por uma esplanada que margeia o mar. Depois foi impossível sair das vias que esse passeio me impôs e o repeti diariamente.

Uma vez me encontrei com Elvira. Caminhamos juntos. Depois de um tempo, ela me segurou pelo braço. É estranho, mas ao recordar essa tarde sinto que íamos abraçados. Eu tinha vontade de beijá-la. Não lhe dizia isso por medo de romper aquela comunhão pela qual acabávamos de nascer para um mundo onde éramos irmãos e porque as comunhões estão envoltas em estrelas como ampolas do vidro volúvel dos reflexos na água e todos os movimentos não podem abri-las, mas um movimento as abre. Elvira me anunciou de repente: Não seremos amigos; parece que não podemos conversar. Senti uma alegria que me fez saber que devia agradecer-lhe; apertei seu braço e a aproximei de mim.

Esses pormenores são um pouco ridículos, mas, ao recordar o episódio, não posso esquecê-los; é claro que eu tinha beijado outras mulheres, mas minha tradição e as presunções que tenho de mim, apesar do que disse que pressentia para o futuro, não me permitiam receber sem extraordinário espanto aquelas provas de afeto de uma pessoa sentida tão fora do alcance, tão inesperada predileção de Deus.

Essa noite subia dando voltas, dando gritos a uma alegria que não se podia conter. Porém mais tarde estive em meio a uma crescente aglomeração de ansiedade por falar com Elvira. Quando nos separarmos, percebi que não combinávamos nada para voltarmos a nos ver. Mas pensei que fazer preparativos para depois negaria a eternidade ao momento, mais do que a própria separação. Mas à medida que a alegria se apagava e que me penetrava a volta a mim, aumentava uma insuportável vontade de abrir os canais que podiam me dar um novo banho do milagre do dia. Uma discrição de poucas semanas de idade ia me contendo. Avancei indecisamente pela noite, pela espera que Elvira me telefonasse. Liguei. Atendeu uma voz que formava palavras no topo do incisivo guincho de um rato e que aí se estilhaçava em uma desagradável masculinidade; surgiu a voz de Elvira, houve um estrondo e caiu a ligação. Enquanto eu esperava a campainha anunciadora de explicações o sono chegou subindo pelas mantas.

No dia seguinte, inibido como em um frasco de álcool, escalei até as três da tarde, até a chamada de Elvira.

Ela ia chegar às quatro e eram cinco e eu estava espremido contra o vidro da minha janela, com um livrinho preto na mão, que tinha encontrado em algum móvel da casa nova, querendo que seus hinos fossem escadas para obter de Deus a vinda de Elvira.

Não lhe perguntei o que havia acontecido na outra noite. Primeiro tive a grande tentação que inquieta os alfinetes perto do ímã. Depois o efêmero alívio que eu teria sentido fazendo a pergunta foi compensado por uma alegria alimentada por me ver cruzar aquela região e por suposições da surpresa que, em Elvira Montes, iria sucedendo à expectativa. Então minha imaginação foi ocupada pela ideia de que estava apresentando Elvira a muitas coisas que vinham de minha infância e minha casa natal por um único lado da vida, que a partir desse momento me acompanhariam com uma mudança de luz definitiva porque teriam sido testemunhas da realidade do incrível milagre. Depois me retirei de toda parte e um abandono que aos poucos me apagava passos aperfeiçoou meu isolamento em um pairar no encanto de Elvira. Mas ela rompeu esse invólucro e me fez andar pelo doloroso ambiente exterior. Falou-me do horror de sentir-se esquartejada entre dois carinhos e de temer a perda do meu, inevitável no dia em que eu conhecesse sua vida que não podia me esconder. Atinei a pedir-lhe que não me contasse nada e, quando ela se foi, pude reparar o invólucro e dormir dentro dele.

Tínhamos ficado de nos ver no dia seguinte, às cinco. Às cinco comecei uma espera de uma hora depois da qual vivi três ou quatro voando como um corpúsculo em um raio de felicidade. Mas na hora de nos separarmos, Elvira desatou a chorar. Não lembro o que eu tinha que fazer depois do nosso encontro, mas lembro que seu choro me afogou em impaciência e, enquanto a acariciava com ternura estendida às palavras, dizia-lhe em silêncio palavrões que a confusão me fazia repetir. Porém mais tarde a ternura que havia fingido se espalhou por mim e minha alma se ateve à imagem de Elvira chorando.

Às vezes me acometiam inquietações. Qual era o segredo dos acessos de choro, da vozinha de rato que atendera o telefone? Qual era o segredo que lhe esquartejava a vida e lhe fazia temer que eu me afastasse no dia em que o conhecesse? A abominável sombra do Outro começou a me visitar.

Além disso, os caminhos de sua casa estavam fechados. Depois daquela catástrofe telefônica, as barreiras tinham crescido sem que falássemos no assunto. Não conseguia entender a causa dessa inacessibilidade. Se com ela morasse alguém de fora, eu teria sabido. Morava sua mãe, mas passeando pelos corredores estreitos do andar de serviço, de camisola, com amplo chapéu de palha e sombrinha, completamente louca. Pensei que não me levava lá por respeito à mãe, mas estranhava que Elvira pudesse considerar minha presença como uma falta de respeito: nosso carinho já absorvera todas as formas de carinho, era santo. Posteriormente por desgraça me lembrei de Madame de Warrens, amante da criadagem.

Talvez devido à falta de palavras (não falava disso com Elvira nem com ninguém), minha cisma não era contínua, esquecia as conclusões e não me obcecava; além disso a presença de Elvira a dissipava imediatamente, e quando estávamos juntos a felicidade não tinha falhas, era a mais absoluta que já vivi.

Verdade que não foi assim no dia em que pensei surpreendê-la falando sozinha no Kiek in die Welt…

O Kiek in die Welt é um bar alemão carregado de artesoados, ferros forjados e frisos de carvalho. Cheguei lá às sete da noite, com certo atraso, e, no entanto, fiquei surpreso ao me deparar com Elvira. Quase me comovi ao ver que ainda esperava por mim. Fui até ela com desculpas que se espojavam na alegria de vê-la. Estava em uma mesa dos fundos, de costas para a entrada... Devo ter me aproximado ruidosamente, mas Elvira não me ouviu, não se virou. De repente me detive... Tive a impressão de que ela estava falando sozinha... Falava em tom de súplicas desesperadas, como mãos que se retorcem e com uma exasperação por ter que falar baixo que lhe aumentava a voz. Cheguei a ouvir: ... são coisas *tão* diferentes... por isso que eu não minto ao dizer que só amo você, mais do que nunca... e, por mais que exista outra coisa, ao amar você, é só você que eu amo... Uma alegria cheia de gratidão, uma vontade de me erguer nos braços e me entregar a Elvira para sempre, como se eu valesse alguma coisa, impediu que eu continuasse postergando o instante de me perder no encanto de estar envolto em seu olhar olhando para ela. Gritei: Minha vida! E não lembro se acrescentei: Falando sozinha! Ela me olhou. Tinha uma cara que eu não via desde a infância, nos espelhos, depois de chorar por horas a fio, trancado no banheiro. Tirou um lenço minúsculo, passou-o pelos olhos, assoou-se um pouquinho e o guardou na bolsa, que fechou com gesto de engolir as lágrimas. Depois baixou a vista, fixou-a em um pratinho com azeitonas que havia sobre a mesa. A mãe era louca, eu pensava, uma louca dos infernos, e as esquisitices da filha me pareciam consequências de uma má educação que se devia sufocar com um vazio sem pena. Não converterás, o primeiro mandamento de Lawrence da Arábia, é meu primeiro mandamento. Mas há certas coisas que não posso suportar. Por outro lado, deve ser o que acontece com os grandes pregadores... Mas eu sentia que nosso carinho ainda era um pouco jovem para me autorizar a agir sem riscos. Resignei-me a deixar cair minha alegria tão cheia de impulso generoso.

Com ternura extraordinariamente indene, Elvira me pediu que a desculpasse. Continuou chorando. Eu estava um tanto perplexo, travado como se de repente tivesse sobre os ombros longas varas que se chocassem contra tudo. Tive a ideia de recorrer ao demoníaco poder das mudanças. Convidei-a a dar uma volta de automóvel. Aceitou.

Parecia que Elvira ia enlouquecer, e no entanto não parava de me tratar com amorosa consideração; eu sentia seu carinho como se sente corporalmente o fundo do mar em um navio que vai tocando o fundo, mas, como não conseguira me acostumar à ideia de que alguém me amasse (muito menos a pessoa de quem eu mais gostava), ia tendo uma surpresa maior a cada sinal desse amor e a alegria da confiança que enche bem o vazio da alma, santa e inatingível para os homens. Mas naquele momento tudo isso foi minha perdição e peguei a lhe fazer perguntas. Ela me respondeu: — Por favor, me leve para casa. Envergonhei-me de minha insensibilidade, obedeci. De repente, gritou: Meu Deus, meu Deus, como pode ser tão cruel, e chorou com aquele tranco que raspa contra o fundo do desespero das crianças quando começam a chorar; então me disse: Adeus; disse meu nome no diminutivo e abriu a porta para se jogar. Agarrei-a de um braço, mal consegui segurá-la. Confesso que me veio, rápido como um sorriso de desprezo, o pensamento de que a exclamação e o choro e a despedida haviam sido avisos para que a salvasse da queda. Parei o automóvel; estávamos perto de sua casa; desceu e a vi afastar-se chorando, correndo, abrir o portão, correr pelo jardim, procurar a chave na bolsa e finalmente entrar correndo, deixando a porta entreaberta... Eu estava postado em frente ao portão do jardim, com as pernas afastadas e o coração batendo cada vez mais dentro da inesperada carícia que me fizera meu nome dito no diminutivo...

Não tinha vontade de me atrever a entrar, mas tomei uma decisão investindo-a das palavras: custe o que custar, devo evitar um suicídio.

Pulei o portão e me vi naquele interior desconhecido, povoado de objetos e escuridões, mundo temível. Gritos e gemidos que se espalharam pelo alto me tomaram de pressa e me introduziram em um elevador recoberto de ovelhas, pastores e pastoras e céu de nuvens celestes e um bandolim e que subia com uma lentidão que rodeava com a monstruosa indiferença das coisas minha pressa cheia de tampas loucas de ebulições.

Então a vi no batente de uma porta, fazendo gestos de um pateticismo que eu então imaginava restrito às óperas. Elvira devia estar muito dentro da cena, não me ouviu. Tive uma surpresa: estava sozinha, completamente sozinha, não contando suas muitas imagens em um espelho trifásico.

Sem dúvida eu estava muito confuso: não ouvira ou ouvira sem registrar as palavras daqueles gestos, mas depois, quando Elvira me viu, senti o silêncio e a quietude.

Mas nessa hora fui despertado por um movimento ocorrido na borda do meu olhar, como de uma lagartixa que se tivesse enfiado por baixo da almofada sobre a cama. Eu me arremessei por entre detenções que Elvira tentava me impor de longe, joguei a almofada pelos ares e uma nova paralisia nos transpassou, a Elvira, a mim... e a um homenzinho muito preto, curtido e enrugado, de uns dez centímetros, que estava de pé sobre os lençóis. Gritou como um rato: Eu me mato, eu me mato, e se atirou da cama com gesto de se atirar de um terraço; não sei como fiz, mas o aparei; em seguida senti a satisfação de ter feito algo importante; mas isso se cortou, uma mordida velozmente cortou o que eu estava pensando; com uma sacudida que parecia querer soltar os dedos, soltei o homenzinho; por sorte para ele, caiu sobre a cama; deitou-se de bruços e começou a chorar com gemidos diminutos, estranhos, pastores de arcadas. Eu lhe disse várias vezes que se virasse, que não chorasse.

Olhei para Elvira; estava santificada por olhos enormes de dor. Então nos metemos pela noite caminhando silenciosamente pelo quarto ao redor da imensa cama onde estava o homenzinho.

Horas depois ele me chamou e me estendeu os braços. Entendi que devia lhe dar um dedo como quem dá a mão, senti aquele gesto como algo estabelecido e natural. Ficou por um tempo longo demais segurando meu dedo e depois me disse as palavras que eu menos esperava: Está perdoado. Virou-se e logo pareceu adormecer congestionadamente.

Elvira me suplicou: Não vá embora esta noite. Sentei em um divã amarelo, na sala, e ela se retirou por um momento que durou a noite toda, portanto dormi no divã amarelo.

Não perguntei nada, nem sequer a mim mesmo, para não ter respostas que pudessem desviar minha penetração naquele acúmulo de novidades, e no dia seguinte me falaram em uma linguagem estendida sobre subentendidos que me fez compreender tudo imediatamente, mas que, por me transmitir a confiança de que não havia mais nada a esconder de mim, não me permitia ter uma única surpresa.

Para não deixar um ponto em que eles pudessem sentir a alteração do ambiente e em seguida suspeitas que me assustariam como a aparição do diabo em um teatrinho de fantoches, procurei pôr minha alma no mesmo mundo, exatamente o mesmo mundo em que a deles estava, a fim de despojá-la de tudo o que lhes fosse estranho e assimilar tudo o que lhe faltava para que a sentissem irmã. Para conseguir isso, despertei minha prudência: falava pouco, ouvia muito, silenciava minhas opiniões (fui não tendo opiniões), tive uma insondável tolerância com Elvira e Atanapa (era assim que o homenzinho se chamava), que aumentava a preferência de Elvira por mim, irritava Atanapa e o amigava comigo (foi ele quem pediu que eu me instalasse na casa de Elvira), deixava-me gostar dela sem crueldade, sem recriminações, sem ciúmes, fazia-me acreditar que eu gostava do homenzinho, que os costumes de sua alma eram respeitáveis, e, finalmente, usei de uma tolerância que por seus frutos não me deixava sair daquela passividade fecunda mas da qual desejava sair como de uma postura, uma perna muito tempo parada.

Essa postura me fazia ouvir com o coração apertado as banalidades que Atanapa gemia por sua desgraça de ser tão minúsculo, viver sobressaltado entre suas ameaças de suicídio e aceitar uma infinidade de sofismas pelos quais as premeditadas ruindades que o tempo todo fazia a Elvira e a mim deviam aumentar nosso carinho por ele (que nos quisesse mal devia obrigar-nos a querê-lo melhor e a nos entregarmos mais porque ele gostava de nós e, com a desgraça de aprontar alguma, sua ostensiva maldade e todos seus defeitos eram calamidades piores para ele do que para qualquer outra pessoa e culpá-lo seria uma baixeza).

Elvira acreditava em tudo isso porque preferia morrer a deixar de amar a quem ela entregara seu carinho; porque seu carinho era independente do que fizesse a pessoa que ela amava e porque sua ternura era insondável.

Ignoro se como um idiota ou se no único acerto da vida contribuí para justificar aquele amor tão errado e tão sublime.

Mas ao reler o que escrevi até agora vejo que acabo agindo imantado por motivos. Isso é falso. Posso jurar que entre mim e os motivos do que faço sempre há muita névoa.

É verdade que minha postura aumentava incessantemente o amor de Elvira por mim, e que isso me importava; mas também justificava seu carinho por Atanapa, e isso era contrário à minha felicidade, feito com a de Elvira.

O segredo da existência de Atanapa mantinha fechadas as portas da casa de Elvira e invariável e mínima a criadagem. Um velho chacareiro era porteiro, péssimo empregado, e sua mulher, a cozinheira, péssima empregada. Eles, Elvira, eu e a mãe de Elvira, a quem Atanapa enlouquecera fazia uns bons anos, éramos os únicos conhecedores de sua existência. Sua identidade permanecia oculta para todos, com exceção, talvez, de Elvira ou talvez só dele mesmo. Havia uma lenda que é negar ou acreditar: Deus estava ocupado na Criação e de repente ouviu uma voz em seu nariz, que lhe gritava lentamente: A-ta-na-pa! Sim, Atanapa era o primeiro homem que Deus havia feito quando ainda não tinha uma ideia muito clara do que seriam os homens. Construído com bons materiais, estava quase fixado na imortalidade e, já há muitos séculos, ia contraindo-se com uma moderação incomparável em toda a natureza. Havia perdido grande parte de sua memória, só se lembrava do acontecido em seus primeiros anos e nos últimos. Uma tarde, o Senhor lhe trouxe Eva. Atanapa continuou cultivando inundações e desbarrancando pedras sobre o Paraíso Terrestre. Deus percebeu que Atanapa não prestava e fez Adão, para que ficasse ao lado de Eva; depois foi dar uma volta; mas Eva não perdeu a solidão, e o Senhor, ao regressar, perguntou-lhe por que Adão não estava com ela. Eva retrucou: Os dois sempre estão juntos. Deus pôs Atanapa no meio de um areal, e a cada passo que ele dava, enchia suas botas de areia. Foi assim a criação dos desertos. Mas Atanapa, depois de muitos séculos, chegou às margens da Terra. Foi como um incêndio portador de calamidades aos rebanhos e às igrejas como navios carregados de fiéis. Foi perseguido. Desde então, viveu escondido, vigiando os homens. Nos momentos mais sossegados se lembram dele e estremecem. Por quê? Sempre atrás das costas indefesas, o olho de Atanapa sempre alerta, o ouvido de Atanapa sempre alerta, o rancor de Atanapa sempre alerta, para cair como um abismo. Fora perdendo tudo menos a memória de sua ofensa, a astúcia para vingá-la. Mas eis que então apareceu Elvira, e Atanapa esqueceu também estas últimas coisas.

Elvira gostava dele porque o encontrara no sótão de seu antigo casarão, quando era menina, e Atanapa havia sido seu brinquedo secreto e seu amor inocente quando tinha oito anos e todas as tardes ficava sentada sozinha em um banco do jardim, chorando atormentada por poder chegar, um dia, a perder a mãe e a infância.

O homenzinho tinha terríveis amores com a mãe de Elvira e amores intermitentes com a criadagem e às vezes também me assediara. Cada fracasso comigo aumentava seu ódio. Eu teria feito qualquer coisa para evitar isso. Naquele tempo, tudo o que acontecia me abalava muito e não poderíamos ter feito nada de muito tremendo. Mas eu sabia que Elvira esperava de mim uma completa prescindência sentimental do resto do mundo.

Lembro dos passeios que fazíamos os três juntos e das horas que passávamos em um escritório de Elvira, no último andar. A esperança de alcançar a felicidade de estar em paz com ele e comigo expandia o estado de graça no semblante de Elvira. Santa venerada por seitas inimigas, você repartia seus dons com estrita justiça e nos mimava com voz de criança aprendendo a falar. Mas enquanto isso Atanapa fazia as contas e sempre encontrava um beijo ou uma carícia em seu prejuízo, o que justificava uma cena levada a um extremo sempre inesperado de dramatismo para vencer a ridiculria que, do contrário, as repetições teriam revelado. E Atanapa nos impunha essas reuniões: dizia que a discórdia se alimentava nos esconderijos do nosso trato e nos exortava a prolongar em sua presença o abandono de quando ele não estava. Em uma mudança tão lenta que foi invisível, cheguei a me dar conta de que o motivo desses conjuros estava na sua impossibilidade de suportar que uma parte da vida de Elvira andasse na prescindência dele. Lutava sem descanso. Confidenciava-se com um e com outro e com mentiras, tentando extrair informações. Quando precisava que eu lhe fizesse uma concessão, entregava-me os segredos mais íntimos, dizia-me: Agora ela só ama você, tentava promover ora uma generosidade recíproca, ora a sensação de que a pessoa era o único socorro para um moribundo que, portanto, esperava tudo dela.

Não acredito que a maior ou menor expressão de um sentimento indique seu tamanho, mas sim que o sentimento maior há de ser o seguinte do maior que se possa afogar na ilha da alma.

Por isso eu respeitava Atanapa. Chegara a acreditar no inacreditável, que Atanapa amava Elvira mais do que eu. Mas embora seja inegável que se deve prescindir da enganosa escritura da conduta, às vezes isso é difícil: eu não sabia o que fazer com as subidas de Atanapa ao andar dos empregados, depois de ter estragado para sempre um momento da vida de Elvira.

Depois, e sem a violência das resoluções, estacionei na convicção de que o amor de Elvira e Atanapa devia acabar. Fui destruindo os sofismas de Elvira, desiludindo-a. Tive de agir muito prudentemente porque minha benevolência continuou se impondo e a maldade de Atanapa continuou assolando o amor de Elvira. Às vezes sentia remorso de ajudar na perda daquele amor absurdo, tão sublime amor. Mas logo sentia que estava diante das duas insondáveis possibilidades de Elvira: sua alegria e os domínios de Atanapa, tristezas complicadas em longas perspectivas de entrecruzamentos que determinavam escuras e duras lacunas, exasperações e o rancor.

Finalmente eu me pus a exigir de Elvira sua ruptura com Atanapa. Avançava devagar, entre imponentes inibições: — Seria cortar uma das últimas amarras com que retenho a infância e a época em que eu vivia ausente no milagre da companhia de minha mãe.

Eu dormia com Elvira. Seu corpo punha minhas noites em uma felicidade de outro lugar.

Nesses dias, Atanapa se dedicava a um estranho trabalho: fazer uma espécie de tridente de duas pontas, com um sinete e duas agulhas de tapeceiro.

Uma noite, duas fisgadas nos olhos me cortaram o sono e as vigílias; acho que vi o brilho de um líquido preto que saía copiosamente dos meus olhos; depois senti as córneas como duas natas enrugadas.

Os médicos disseram que não recuperararia a visão. Decidimos, Elvira e eu, embarcar para cá: ela queria se afastar definitivamente de Atanapa, minha estadia em Cuba não tinha mais objetivo, já que eu não podia continuar nas funções de cônsul. Elvira decidiu que sua mãe ficaria com duas tias solteiras e bondosas.

Não quero calar minha gratidão a Elvira por seus cuidados enquanto durou minha doença e convalescência; talvez devesse até agradecer a Atanapa por ter sido tão perverso, por ter-me permitido desfrutar desse bálsamo de ternura; suavidade de ternura que as crianças recebem do cuidado da mãe: Elvira, minha namorada, mulher, amiga, mãe, irmã.

Chegou a data de nossa partida. Posso assegurar que, desde o dia em que Atanapa me cravou as agulhas, Elvira não voltou a vê-lo.

A gritaria das pessoas e a música de bordo que parecia querer ajudar a empreender uma catástrofe e os gongos e as sirenes teriam me desamparado irremediavelmente, não fosse pela mão de Elvira na minha, constante dotação de ternura.

Chegamos ao camarote. Elvira teve de soltar-se de mim para orientar a acomodação de nossas coisas. Eu a ouvia, mas de repente não a ouvi, esperei e saí da espera gritando: Elvira! Elvira! E estendendo os braços para não tropeçar em tudo. Alguém me deu um empurrão; levantaram-me e muitas vozes carinhosas me cercaram de atenções, mas esse cerco de pessoas gentis sufocou minha procura por Elvira, e meus chamados "Elvira! Elvira!" e meu choro foram se calando em meio ao obstinado chiado das ondas.

RESUMO DO ARGUMENTO DE "EM MEMÓRIA DE PAULINA"*

O narrador foi criado com María Luisa, mas nenhuma familiaridade conseguiu diminuir sua veneração por essa moça maravilhosa (e, no entanto, dona de uma alma afim com a sua). Pensa que ambos têm uma sensibilidade parecida (embora muito mais delicada a dela), que ambos se alegram ou se ofendem com as mesmas coisas e que, de um modo milagroso, mas também muito natural, dedicam-se um ao outro e que inevitavelmente se casarão e viverão juntos.

* Três páginas manuscritas por Adolfo Bioy Casares, c. 1948, em caderno de 96 folhas, quadriculadas, de 17 x 22 cm, conservado no arquivo do autor. Além de rascunhos deste conto, o caderno contém também um de "As vésperas de Fausto".

De repente aparece Drucker, um homem pelo qual o narrador sente, primeiro, indiferença e depois inimizade mortal. Drucker se apaixona por María Luisa e María Luisa por Drucker. Com certa crueldade — imposta pelos ciúmes imperiosos de Drucker — María Luisa rompe com o narrador. Depois, uma tarde, sub-repticiamente, mas com infinita pureza de intenções, visita-o, para pedir que o perdoe e para assegurar-lhe que em seu coração sempre o amará e que de algum modo sempre o amará mais que a qualquer outro; apesar de estar apaixonada por Drucker e não querer dizer nem pensar que em nada o deixa atrás do outro.

Quando sai de casa, o narrador vê, atrás de um vidro, a rosto de Drucker transtornado pelo ódio e a dor. Não torna a ver María Luisa. Viaja para esquecer. Não esquece.

Quando volta, na hora em que María Luisa o visitou, María Luisa também volta. Está ligeiramente mudada, mas o ama. Está feliz. Depois sabe que Drucker matou María Luisa nessa noite.

1ª solução. Paulina morta vem cumprir com o que devia ser seu destino, nosso destino.

2ª solução. Paulina veio, mas não era ela que me amou, e sim um fantasma projetado pela paixão de Javier. Confirmações: no espelho ela estava nítida, eu apagado. Só se viam alguns pontos do cômodo. Havia, na mesa, o cavalinho chinês que dei para Paulina há doze anos; que não está na casa.

Ciúmes: a princípio não sinto. Javier é ciumento. No final — quando lembro frases que Paulina empregou que são de Javier, quando lembro o amor e penso em seus detalhes — sinto ciúmes.

Admiramos uma mulher que parece conosco, e que é perfeita: porque somos como esboços dessa perfeição. Todos somos esboços de alguma perfeição.

RESUMO DO ARGUMENTO DE "DOS REIS FUTUROS"*

Carta de X. Era companheiro de estudos de Y. Este é nobre, rico e se interessava por biologia, e tinha uma grande capacidade para conseguir em pouco tempo de concentração o que exigiria de outros estudantes mais do que o do-

* Duas folhas de 21 x 30 cm, manuscritas em ambos os lados, por Adolfo Bioy Casares, *c.* 1946, conservadas no arquivo do autor.

bro do tempo. X estava apaixonado por Z. Z. o deixa para seguir Y. X abandona os estudos e o país — vai para a Argentina criar ovelhas, ou para Java plantar chá —. A guerra é declarada e ele volta para a pátria. Por razões de idade, só consegue ingressar na aviação noturna; seu aeroplano é derrubado. Depois de convalescência, não pode voltar a voar e entra no serviço de contraespionagem. Trabalha nos escritórios. Sabe que alguém será mandado para investigar a propriedade de Y. Depois de dúvidas, consegue que o encarreguem do trabalho.

A propriedade é um casarão suburbano, uma casa enorme e desconjuntada. Sabe, pelas pessoas do bairro, que Y não sai dela há anos. Diz-se que mantém ali, sequestrada, sua mulher (Z?). Outros afirmam que Y e sua mulher estão sequestrados em poder de outras pessoas. O certo é que ninguém sabe de outras pessoas que vivam na chácara além de Y e sua mulher.

X penetra cautelosamente: enormes quartos com montanhas de terra; lagos com juncos e praias barrentas, em cujas águas a luz da lua se reflete pelos buracos do teto. Nos lagos, ou pântanos, nadam formas viscosas. Em outros cômodos, enormes formigueiros que fazem zumbidos de abelhas. Depois descobre que focas nadam nos lagos. Em seguida, Y e Z – envelhecidos, sujos, doentes – são como servos dessas focas. Indigna-se contra Y, porque arrastou Z para essa situação. Mas já não consegue sentir amor por Z. Tampouco consegue sentir ódio por esse Y tão derrotado. Diz a eles para partirem com ele; respondem que não podem. Assegura-lhes que os ajudará a fugir; mudam de assunto; parecem não ter interesse… Insiste. Explicam-lhe: Y, com as formigas, sobretudo com as focas, conseguiu, em poucos anos, a evolução que trariam milênios; o homem é o resultado provisório de um caminho evolutivo; há muitos outros caminhos: o dos pássaros, o dos insetos, o dos animais que vivem na água. E fez as focas chegarem a um grau de evolução muito superior ao dos homens como ele. "Mas elas não falam?", pergunta X. Y explica: a princípio sentia, de repente, que pensamentos que vinham de fora controlavam sua vontade. Eram as focas. Comunicam-se pelo pensamento. Já aprenderam nosso idioma. Sabem o que falamos e o que pensamos. São infinitamente mais complexas que nós. A crueldade não é possível nelas; são boas e justas… Então, por que vocês não podem vir comigo? Foi a última pergunta que X se atreveu a fazer. Y lhe respondeu: não queremos. Que mais poderia responder? X se pergunta o que o esperará por escrever essa carta — diz que a escreve pelo interesse científico, por respeito à ciência, que é o respeito mais compartilhado entre seres evoluídos, e que não quer fugir.

Essa carta foi encontrada entre os escombros da chácara; como se lembrará, todo esse bairro de _____ foi destruído pela aviação inimiga.

RESUMO DO ARGUMENTO DE "O OUTRO LABIRINTO"*

A história acontece em Praga, no final do século XIX. Para os protagonistas, a cidade apresenta o aspecto familiar, quase diríamos alegre, de sempre. No entanto, está ocorrendo uma mudança sinistra. O governo central mandou um novo Chefe de Polícia para a cidade. Os patriotas tchecos são detidos e torturados. A espionagem aumenta.

O narrador — um romancista pobre — comenta a propensão que todos temos de dar importância a tudo o que nos diz respeito: uma ideia, porque é nossa, parece-nos um argumento interessante; um antepassado, porque é nosso, parece-nos uma honra… "Meu amigo X passou sua vida atento à história de uma morte ocorrida há trezentos anos em uma pousada localizada no lugar onde agora fica sua casa; acredita que essa história pobríssima daria um apaixonante romance policial e não entende por que não a aproveito.

"No dia em que pode começar este relato, recebi a visita de X, mais gordo, mais ofegante, mais perdido do que nunca, e mais uma vez me falou da história de sua pousada: um homem, de quem nada se sabia, apareceu morto em um quarto trancado, dessa casa.

"A despeito dessa obsessão, X não é uma pessoa tola. É inteligente; orientado, é capaz de trabalhos intelectuais; e mais: talvez se possa afirmar que tem um poder sobrenatural…

"Fui colega de estudos dele. Os pais de X (pessoas ricas) sempre me protegeram. Intelectualmente, talvez também socialmente (não associar a ideia de classes sociais), eu, em retribuição, protejo X. Este é imensamente gordo; é fraco de caráter; é melancólico (é vividamente consciente de sua gordura e da fraqueza de seu coração, que lhe provocará uma morte não muito distante). Quanto a seu poder sobrenatural, conheci-o anos atrás, quando estudávamos para umas provas. Arrebatado por um problema do qual queria falar, entrei no escritório onde estava X e mal notei seu olhar fixo, a desordem de livros sobre

---

* Cinco folhas de 21 x 27 cm, datilografadas, com anotações manuscritas de Adolfo Bioy Casares, *c.* 1944, conservadas no arquivo do autor.

a mesa e uma pedra que eu talvez tenha afastado com a mão. Logo parei de falar. Já não consegui ignorar aquele olhar fixo. Perguntei a X, talvez com certa aspereza, o que ele tinha. Respondeu que ele não tinha nada e em seguida me perguntou se eu não tinha notado a presença de uma pedra sobre a mesa. Procurei-a: já não estava. X me explicou que tinha descoberto nele o poder de projetar suas imagens mentais. Por ora, limitava seus experimentos à projeção de objetos simples — uma pedra, um pedaço de madeira etc. Esperava, no futuro, poder projetar objetos mais complexos. Por enquanto, já havia conseguido uma projeção perfeita do ponto de vista visual e uma projeção tátil imperfeita. Não conseguia projetar temperaturas, cheiros, pesos.

"Algumas pessoas consideram que os trabalhos aos quais X se dedica agora são indignos dele; ou pelo menos, injustificáveis em um homem rico. Consistem em biografias de personagens tchecos ou que viveram na Boêmia durante a primeira metade do século XVII; ele os realiza por encomenda da editora que está preparando a gigantesca Enciclopédia Tcheca. Discordo de que, por ter sido quem o indicou para esse trabalho, eu não esteja em condições para julgá-lo. É evidente que X não precisa do dinheiro que ganha desse modo: por outro lado, seria uma ingratidão minha negar que quase todo esse dinheiro acaba nas arcas do Partido Patriótico. Mas embora esse trabalho não seja tão sublime como aqueles que lhe reserva nosso querido amigo professor Beck, constitui uma excelente disciplina para X e o afasta de muitas preocupações nas quais resvalaria seu caráter frágil e obcecado. Além disso, o próprio X, em nossas frequentes reuniões de amigos, manifesta o interesse com que mergulha nesse trabalho. Diz, por exemplo, que seus séculos prediletos sempre haviam sido o de Péricles, na Grécia; o de Augusto, em Roma; o XVIII, na Inglaterra ou na França. Agora a Antiguidade lhe parece fantasiosa; a Idade Média, miserável; o século XVIII, grosseiramente moderno. O início do século XVII lhe parece a época natural para a vida de um homem. Quando começa a estudar os dados de uma pessoa para elaborar sua biografia, ele logo olha as datas de nascimento e morte; se compreendem um período longo, pensa: este talvez me convenha. Tem a impressão de que ele pode ter sido uma dessas pessoas.

"Reconheço que o interesse de X no passado é ligeiramente obsessivo. Mas isso não deve ser imputado à natureza das ocupações de X, e sim ao caráter de X.

"Na casa ou no escritório de X, nós, seus amigos, costumamos nos reunir. Além de X e de mim, nunca falta o professor Beck. Os demais são estudantes, literatos ou membros do Partido Patriótico tcheco que, injustificadamente, querem ouvir meus conselhos e, justificadamente, esperam o dinheiro de X.

"O professor Beck é um homem velho, muito doente, com muito pouco futuro. Sempre conheceu uma única paixão: o estudo, a pesquisa histórica. Agora parece ter outra: o futuro de X. Quer que X seja seu discípulo, o continuador de seu trabalho. Beck está ligeiramente desalentado com a contínua guerra política em que vivem seus colegas, os professores da universidade. Essa guerra política, à qual ele jamais condescendeu, começa a ser uma terceira e não menos permanente paixão de sua vida. Às vezes me pergunto se essa nova preocupação de Beck não é indigna dele. Às vezes me pergunto se não encobre uma senil paixão de poder. Logo me arrependo dessas interrogações. A devoção de Beck pelo estudo é um dos melhores exemplos que temos para nossa conduta e é uma das provas mais irrefutáveis de que a vida merece ser vivida.

"O escritório de X onde nós, seus amigos, costumamos nos reunir, está situado no primeiro andar de sua casa e tem uma janela para a rua. Entra-se nele por uma porta situada na parede da direita; na parede da esquerda há outra, que dá para um quarto que está quase permanentemente fechado. Na casa de X, esse quarto é denominado "o museu", porque ali se guardam incontáveis objetos — antigos órgãos pintados, caixinhas de música com bonecas, teatros em miniaturas, estátuas, antigos aparelhos de óptica — acumulados por um antecessor desequilibrado. X diz que, quando está abstraído em suas biografias, imagina que o mundo de Praga, no início do século XVII, *está nesse quarto*. Pela janela do escritório vemos um terreno baldio que fica do outro lado da rua.

"Falávamos, como sempre, da situação política. Falávamos, meio de brincadeira, meio a sério, em assassinar o Chefe de Polícia. Eu disse que ele devia ser morto por uma pessoa muito pobre e cansada de trabalhar; porque a pobreza tirava todos os atrativos da vida. X se indignou; replicou que o assassino devia ser uma pessoa frágil; uma pessoa incapaz de agir por si mesma: porque o futuro de uma pessoa assim era, inevitavelmente, horroroso; convinha que esse horror fosse útil. Acrescentou que jamais se devia sacrificar uma pessoa pobre se fosse também inteligente. O professor Beck sustentou que era preciso empregar para esse assassinato uma pessoa que tivesse um futuro muito limitado: um doente que os médicos tivessem desenganado. Isso seria não apenas caridoso, seria também econômico. Uma pessoa que não tem de temer a morte, não tem nada a temer. Podia haver um agente mais eficaz?

"Insensivelmente, algo sinistro tinha invadido a reunião. Para mudar de assunto, descrevi o poder sobrenatural de X. Olhando para o terreno baldio, disse que X poderia projetar uma casa ali. Beck se perguntou se as pessoas do bairro parariam para olhá-la, surpresas, ou se não a olhariam, convencidas de que a casa sempre estivera lá. Um dos estudantes disse que essa casa poderia servir para armarmos uma emboscada contra o Chefe de Polícia e matá-lo com mágica segurança. Fizemos piadas e nos divertimos muito com esse e outros projetos baseados no poder de X de projetar suas imagens mentais. Ninguém teve o mau gosto de pedir-lhe que projetasse, no ato, algum objeto.

"X me visitou. Estava feliz. Encontrara um livro sobre o homem que apareceu morto no quarto fechado da pousada que estava no lugar de sua casa, em 1600 e tantos. Era uma biografia sobre esse homem, um tanto incompleta mas rica em sugestões para X. Estava entusiasmado com alguns paralelismos entre esse personagem e ele mesmo. Esse personagem estava apaixonado por uma mulher chamada Irene; ele acreditara por algum tempo estar apaixonado por Marta Benes; agora percebia que estava apaixonado por sua prima Irene.

"Pedi para ele levar até o Comitê Central de Resistência um dinheiro que eu trouxera; pensava, então, que X não teria problema em levar aquele dinheiro; mesmo que as autoridades descobrissem, não o incomodariam, porque X é uma pessoa rica e a polícia sabe que os ricos não expõem sua fortuna à toa. Se me pegassem, sem dúvida me prenderiam e me torturariam. Por outro lado, a entrega do dinheiro obedecia às ordens do nosso querido professor Beck. Ele me sugere esses atos de um modo vago e não quer saber detalhes sobre como os cumpro.

"Passei uns vinte dias sem ver X; quando o encontrei de novo, estava mais abstraído do que nunca em suas pesquisas, mais obcecado com seu personagem e muito nervoso. Disse-me coisas estranhas, que então me pareceram sintomas de perturbação espiritual. Esclareceu-me que o livro sobre o personagem era um manuscrito que ele tinha descoberto na biblioteca da universidade. Que ele o lia nas horas em que a biblioteca estava aberta e que nunca podia levá-lo para casa. Também me esclareceu o seguinte ponto: todos seus conhecimentos sobre o personagem tinham como única fonte aquele manuscrito. Pois bem, ele pergunta, como se explica que houvesse discrepâncias naqueles conhecimentos? Um dia ele sabia que tal fato era de tal modo; depois, ao ler o livro, via que era de outro modo. Se isso tivesse acontecido só uma vez, ele poderia pensar que os conhecimentos anteriores continham erros ou confusões dele próprio. Mas isso acontecia muitas vezes. Ele sabia de uma coisa, e depois lia outra no livro. Sempre tinha a sensação de que aquilo que constava no livro era falso. No entanto, de onde podia provir aquele seu conhecimento anterior? Do manuscrito, pois era a única fonte de seus conhecimentos sobre o personagem. No entanto, o livro agora dizia outra coisa. Como explicar isso? O manuscrito era velho e estava cheio de rasuras. Novas correções e rasuras, se fossem habil- mente feitas, não seriam notadas. Portanto, alguém mexia nesse livro, quando a biblioteca estava fechada, para introduzir aquelas alterações. A única pessoa que podia fazer isso era o diretor da biblioteca, nosso querido professor Beck. Talvez fizesse isso para impedir que X triunfasse rápido demais; para evitar que fizesse um importante trabalho historiográfico e o eclipsasse antes de sua morte. Tudo isso me pareceu fantasioso. Eu achava que seria mais provável os próprios homens de 1600 ressuscitarem para corrigir aquele livro do que Beck ser o autor de um ato como aquele.

"Minha opinião sobre esse assunto parecia ser confirmada pela aparência geral que X apresentava. Em poucos dias, emagrecera a olhos vistos; estava nervoso, obcecado, assustado. Disse-me que estava sendo perseguido de todos os lados. Que a universidade estava minada de espiões do governo; que Beck se vendera ao governo; que Beck queria que ele publicasse uma obra absurda para que sua reputação rapidamente destruída (por essa época, X já decidira publicar a biografia do personagem que o obcecava).

"Poucos dias depois, os pais de X me procuraram. A polícia havia entrado na casa deles quando X estava em seu escritório, escrevendo. X desaparecera. A polícia dizia que estar realizando todas as buscas. Para os pais dele, isso era mais uma prova da hipocrisia das autoridades. Contudo, ainda tinham esperança de encontrar o filho. Essa esperança me fazia odiar ainda mais as autoridades.

"Agora ninguém mais espera rever X. Seus pais me adotaram. De certo modo, eu era a pessoa mais próxima de X. É natural que para eles, ainda que de um modo assaz imperfeito, eu represente seu filho. Minhas incertezas econômi- cas desapareceram. Mas não quero tomar o lugar de X só no que seja agradável para mim; sinto que o modo de pagar minhas muitas dívidas de gratidão para com X é tomar seu lugar em tudo: no agradável e no desagradável. Estou escre- vendo suas notas biográficas na Enciclopédia Tcheca. Também me assumi a biografia do personagem que apareceu morto em 1600. Com surpresa, comprovei que o manuscrito de que X falava com tanto entusiasmo é um romance.

"Beck deu uma conferência dedicada quase que exclusivamente ao elogio do governo. Alguns dizem que ele fez isso porque não queria acabar a carreira com uma exoneração. Outros afirmam que seu entusiasmo parecia sincero. Em todo caso, agora é interventor na universidade e sempre mantém contato com os membros da polícia secreta.

"Para meus trabalhos devo recorrer à biblioteca e aos arquivos da universidade. O ambiente, ali, é desagradável. A pessoa sente que é vigiada, vista com desconfiança, acusada.

"Agora entendo o que aconteceu com X. Por que o personagem assassinado não tinha espada. Quanto à caixa de rapé com personagens e iluminados, que apareceu no bolso do sujeito, eu a tive muitas vezes em minhas mãos. Sobre a magreza do indivíduo há uma explicação clara: as preocupações de X, que agora são minhas preocupações, o obcecaram. Nos últimos tempos, X perdeu quase metade de seu peso. Quanto à morte do indivíduo, que alguns de seus contemporâneos do século XVII julgaram obra de algum assassino, só devo lembrar o frágil e doente coração de X.

"De todo modo, ele foi mais feliz do que eu. Herdei tudo dele, posso afirmar com equanimidade. Herdei algumas das satisfações de sua vida, quase todos seus trabalhos, todas suas persecuções. A polícia suspeitava de mim. Agora que estou no quarto de X, olho pela janela e vejo que a polícia vem me buscar. X viu isso mesmo: a polícia que entrava em sua casa, quando ele estava trabalhando nesta escrivaninha. Mas ele pôde fugir. Ele tinha o passado, o século XVII, no quarto da esquerda, do outro lado da porta. Aterrorizado, alcançou essa porta, abriu-a e conseguiu se trancar do outro lado, fora do alcance da polícia, no século XVII. Uma vez ali, o coração falhou, e morreu. Evidentemente, eu não tenho essa escapatória."

RESUMO DO ARGUMENTO DE "A NAVALHA DO MORTO", C. 1939.*

Em um apartamento de Buenos Aires, aparece o cadáver de um certo Eguren, viajante entusiasta mas empobrecido, que regressara de Copenhagen em um navio de carga. O detetive Silvano Bruno, seu ajudante Weiss/Watson e a Polícia tentam sem sucesso achar o culpado e descobrir seu motivo. Quando a investigação chegou a um

---

* Conto antecedente de "O perjúrio da neve" (1944). Duas folhas de 15 x 21 cm, datilografadas, c. 1939, conservadas no arquivo do autor.

ponto morto, alguém — um senhor Ahumada — entrega-lhes uma longa carta que propõe uma trama — fantástica — em que Ahumada, inspetor de impostos na Patagônia, faz as vezes de Villafañe, e Eguren, o assassinado, as de Oribe. Transcreve-se o esboço da segunda parte, que Bioy Casares não chegou a escrever.

[D. M.]

SEGUNDA PARTE (FANTÁSTICA): CARTA DO SENHOR AHUMADA.

O pai de VÍTIMA, para corrigi-la, conseguiu que a nomeassem inspetor de impostos. VÍTIMA partiu com Ahumada, também inspetor, para a Patagônia.

Uma noite, no armazém de um povoado falou-se de uma fazenda vizinha que há anos permanecia impenetrável — com ameaça de morte a tiros a possíveis invasores. — Ninguém havia entrado nem saído fazia anos. As pessoas da fazenda viviam do que ela produzia. Na mata circundante, guardas postados com fuzis — dizia-se.

VÍTIMA disse que iria. Na noite seguinte, quando voltou, não se referiu ao que havia visto. Estava com os olhos brilhantes, como que bêbado, e queria — desagradavelmente — falar de façanhas eróticas. Ahumada se recolheu a seu quarto, enfastiado.

No dia seguinte, notícia de que uma das moças da fazenda havia morrido. Fazenda não mais vedada. VÍTIMA impressionadíssima. Foi ao velório. Voltou com urgentíssimos propósitos de fuga, mas antes de fugir contou para Ahumada:

— Se me matarem, o senhor sabe quem é o assassino. Eu entrei lá, nos outros dias, por uma janela. Encontrei a moça agora morta, uma linda moça. Disse que estava esperando por mim; tratou-me como se realmente me esperasse. Hoje fui ao seu velório e, involuntariamente, durante uma conversa, dei sinais de saber algo da casa que não poderia saber se a presente ocasião de velório fosse minha primeira visita à casa. Larsen me interpelou e não achei que não havia motivo para negar que eu tinha estado lá e que conhecido a irmã dele. Ele se transformou e me disse que me devia, antes de mais nada, uma explicação:

Médico disse há anos que MORTA morreria em poucos dias. MORTA, como que inspirada, disse: parece incrível que eu possa morrer (porque, embora vocês o neguem, sei que assim será); e, no entanto, parece impossível que, se nossa rotina de vida continuar igual, possa ocorrer esse ato tão novo, essa interrupção, minha morte. Eu — disse Larsen — considerei que ela dizia isso inspirada e mantive com firmeza esse, ao que parece, inconcebível sistema na casa: todos dia se faria a tudo igual, nada de novo, nenhum estranho, seria tolerado. E a força da repetição das coisas não tolerou que a MORTA morresse, até que o senhor, frivolamente, se intrometeu em nossa casa, desobedecendo às minhas ordens, e minha irmã morreu. Naturalmente, pode-se considerar meu inimigo mortal. Amanhã, depois do enterro, duelaremos.

Um homem, acaba a carta de Ahumada, capaz de manter a múltipla vida de uma casa invariável, por mais de um ano, é capaz de guardar o propósito de vingança e de cumpri-lo, depois de vários anos.

RESUMO DO ARGUMENTO DE "AS VÉSPERAS DE FAUSTO"*

História de um homem que em 1670 vende sua alma ao diabo e promete o pagamento para 1730. Com os poderes mágicos adquiridos, cada novo dia de sua vida vive um dia para trás; chega assim, em 1700, a viver em 1640. Quando o diabo o procurou em 1730, ele estava em 1610. O diabo disse: "Terei de esperar".

RESUMO DO ARGUMENTO DE "HISTÓRIA PRODIGIOSA"**

Esteta, *amateur*, sentimental, no sentido de que exerce a emoção na experiência alheia, cortês como o eram os senhores do século XVIII, capazes de desmentir a imputação de afeminado, primeiro, desafiando e, depois, matando em duelo.

Inimigo do cristianismo, opina que há razões estéticas para lamentar seu império; fealdade do Cristo doloroso (que deus é esse?), das virgens cober-

---

* Uma página, manuscrita por Adolfo Bioy Casares, *c.* 1948, ao final de um caderno de doze páginas, pautado, de 17 x 22 cm, conservado no arquivo do autor. O caderno inclui também um rascunho do conto "O ídolo".

** Quatro páginas, manuscritas por Adolfo Bioy Casares, *c.* 1953, em caderno de 48 folhas de 20 x 26 cm, conservado no arquivo do autor. O resto do caderno contém um rascunho do relato, com data de 17 de maio de 1953, e treze páginas da comédia inédita *La isla o Del Amor*.

tas de roupas, de santos sedentários e mansos, da sagrada família, grupo de hipócritas que posam para o fotógrafo do povo (de todos os deuses cristãos resgataria somente o espírito santo, essa grande pomba inobjetável e os anjos).

Porque vai contra a própria vida, é preciso deplorar o triunfo do cristianismo; quer estreitar e sufocar a vida, quer apagar os impulsos (não despovoou o mundo dos deuses antigos, que eram os impulsos vitais, as forças que ajudavam a viver?); é mórbido: ama a doença, a morte, a pobreza (deve-se enriquecer os pobres, não regozijar-se com sua pobreza).

Moral imbecil da fábula de Fausto. Castigo por querer viver e por querer saber, por querer compartilhar mais plenamente o universo. A Igreja e Goethe querem que os homens sejam pobres que saibam se colocar em seu devido lugar, sem questionar nem pretender.

Há razões morais para lamentar esse triunfo: impôs uma moral grosseira, com prêmios e castigos. O que é mais grosseiro do que despachar para o inferno aqueles que não creem?

Lamenta a derrocada do panteão grego. Em algumas ocasiões, sentiu a presença dos deuses: flauta de Pã e epifanias; bosques, ninfas dos rios, amor, amor.

Seus desafios aos deuses cristãos trazem verdadeiros milagres adversos, que golpeiam ao seu redor. Doa a quem doer — sempre outros —, continua. Reflete: se no céu como na terra governam os piores, eu não transijo. E sem transigir continua, até que por fim os milagrosos golpes o alcançam e lhe deparam a morte: heroica, espécie de duelo desigual, seguido de fumaça, cheiro de enxofre e barulho de correntes: foi para o inferno.

Os probatórios milagres cristãos: mesquinhos e ridículos; mas probatórios.

Mestre das artes literárias: dá aulas e é servido pelas alunas. Nunca falta a seu lado uma moça loira, uma espécie de Lili mais leve. Especialista em decoração e assessor de compradores. Conheço-o por intermédio de um primo Jorge, atlético e católico. Vamos para seu casarão de *break*; na praça do povoado, descemos na confeitaria para comprar Bay Biscuits (insosso alimento que come com voracidade), nas árvores, inscrições da A[ção] C[atólica]. O primo, sonhadoramente, explica: são os rapazes do padre O'Grady.

Morte poderia acontecer: acometido por uma doença X, o primo insiste em que veja O'Grady. Ele se recusa; finalmente concorda se primo o vencer em duelo de florete. Duelo pode significar morte, mas mais vale tentar já que O'Grady poderia chegar a tempo (e se não, não haveria O'Grady).

RESUMO DO ARGUMENTO DE "O DEUS"*

Uma misteriosa comunidade, oriunda da Ásia Menor ou da Rússia, estabeleceu-se em uma planície ao pé dos Andes. No alto, ergueu um templo que seus membros visitam periodicamente. Esse templo é dedicado a um deus desconhecido, que seus remotos antepassados veneraram e cujo culto, depois de séculos de esquecimento, foi revivido por León Terapeuta, mestre e condutor do rebanho. É fama que essa colônia escondeu um tesouro; suspeita-se que esse tesouro provenha da incompreensão de uma metáfora. Toda essa gente, durante uma cerimônia religiosa no alto da montanha, foi exterminada por uma tempestade de neve.

Passam-se os anos; um grupo de estudiosos, desejosos de estudar *in situ* a religião perdida e atraídos pela tradição de que o deus certa vez apareceu entre seu povo, organizam uma expedição ao templo abandonado. Entre eles há dois personagens que se detestam; mais adiante, estes se revelam aventureiros que se somaram à expedição por pensarem que ela procura um tesouro concreto.

Chegam ao templo. Uma tempestade de neve sitia o grupo. Os expedicionários reagem de diferentes maneiras; ao final conjectura-se que o deus foi encarnando neles. Descobre-se também que a tradição da antiguidade do deus é uma invenção do Terapeuta, que o deus foi inventado por ele e depois criado pela fé dos fiéis. Em um momento da ação, o tesouro que se supunha metafórico de fato aparece. Esse tesouro causou a ruína moral da primitiva comunidade; por isso o deus os abandonou. Agora causa a perdição dos pesquisadores.

Um dos aventureiros, no momento em que não quer trair o outro e parece seu cúmplice, é visitado pelo deus.

Uma moça, quando lhe é revelada a verdade, compreende e se entristece; não foi amada pelo homem que está com ela, e sim pelo transitório deus. Quem explica a história, em compensação, está muito feliz por ter decifrado a antiga situação, mas não sente a tristeza de que o deus os tenha deixado.

Não se mostra o fim da aventura; pressente-se que todos eles perecerão.

De princípio os aventureiros falam do tesouro como real, mas entendem que estão enganados. Depois o tesouro aparece e estimula a cobiça e o egoísmo.

---

* Versão alternativa de "Chave para um amor". Duas folhas de 20 x 27 cm, datilografadas, *c.* 1950, conservadas no arquivo do autor.

RESUMO DO ARGUMENTO DE "A SERVA ALHEIA"*

Enrique Valerga é um rapaz de Rosario que vem a Buenos Aires. Conhece Elvira. Ela tem uma reação que lhe parece histérica. Ele detesta histeria. É liberal e aberto. Depois a conhece melhor. Ele chega a se sentir um pouco ridículo, um pouco histérico, um pouco impuro, totalmente indefeso diante de seu absoluto bom senso, sua boa-fé, sua ausência de histeria, sua absoluta pureza.

Quando telefona para a casa dela, às vezes atende uma voz horrível. Enrique pensa que talvez seja a mãe de Elvira, que está louca ou caduca. À existência dessa mãe, atribui o fato de que Elvira recuse todas as tentativas que ele faz de ir à sua casa. Se ela quisesse levá-lo, ele não iria.

Um dia encontra Elvira falando sozinha. Outras coisas espantosas em seu comportamento. Enrique as atribui à sinistra presença de "outro". O leitor pode atribuí-la a uma transmissão hereditária da loucura da mãe.

A instabilidade no comportamento de Elvira — leve, mas irredutível — continua. Valerga decide entrar na casa.

Tudo muito bem. Elvira não está. Enrique conhece o tio de Elvira. Conhece duas amigas da casa. Elvira chega. Evidentemente assustada. Clima de que vai acontecer alguma coisa. Cada vez melhor. Mas Elvira sobe e não volta. E não volta. Ouve gritar: Suba. Elvira sozinha, gesticulando diante do espelho. Finalmente, homenzinho.

Cena com homenzinho. Homenzinho é velho alquimista.

Paulatino afastamento de Elvira do homenzinho. A equanimidade e falta de pressão dele, uma tática. Mas seu triunfo, cada dia mais seguro, não o faz perder sua equanimidade, seu excessivo respeito por esse amor que diz ser sagrado — talvez em tudo isso, uma ardilosa altivez, uma astúcia.

Descobre que todo mundo sabe da existência do homenzinho.

Tridente. Perde a vista.

Enrique e Elvira querem se afastar, decidem ir para a Europa.

No barco, espera Elvira, com música e pessoas agitada por despedida. Elvira não chega.

---

* Uma folha de 21 x 30 cm, manuscrita por Adolfo Bioy Casares em ambos os lados, *c.* 1955, conservada no arquivo do autor.

NOTAS AOS TEXTOS
DANIEL MARTINO

Foram omitidos, na presente edição, os textos publicados antes de 1940 que depois Adolfo Bioy Casares repudiou como exercícios de sua *aprendizagem* literária, "período de criação constante e desafortunada". Como exceção, por seu interesse como antecedente e germe de argumentos posteriores, os dois primeiros apêndices incluem dois contos de *Luis Greve, muerto* (1937). Esta edição tampouco inclui os escritos de caráter crítico ou de miscelânea, publicados em periódicos ou dispersos em outros volumes, compilados em 1959 em *Grinalda com amores* ou, em 1968, em *A outra aventura*.

Para o estabelecimento dos textos, deu-se preferência, como regra geral, à sua versão mais recente. Esta foi cotejada com a série de rascunhos conhecidos, o que permitiu eliminar muitas erratas que corrompiam as edições disponíveis; em alguns casos, os primeiros manuscritos permitiram corrigir erros de transcrição incorporados no original datilografado.

Nas notas, procurou-se registrar as principais variantes de conteúdo, precisar as fontes das inúmeras citações e, dentro do possível, apontar aquelas alusões, nem sempre literárias, cujo desconhecimento tornaria obscuro o sentido de muitos textos.

Dada sua recorrência, algumas fontes são apresentadas na seguinte forma abreviada:*

> **BIOY (1958)**: *Antes del Novecientos*. Compañía Impresora Argentina, 1958.
> **BIOY (1963)**: *Años de mocedad*. Nuevo Cabildo, 1963.
> **BIOY CASARES (1994)**: *Memorias*. Barcelona: Tusquets, 1994.
> **BIOY CASARES (2001)**: *Descanso de caminantes*. Sudamericana, 2001.
> **BIOY CASARES (2006)**: *Borges*. Bogotá: Destino, 2006.

Salvo indicação em contrário, Buenos Aires é o local de toda editora ou periódico citado.

Os números de linha são contados excluindo linhas com numeração romana de capítulos ou com asteriscos de separação entre fragmentos.

---

* Quando o nome citado é apenas "Bioy", a referência é a Adolfo Bioy, pai do nosso autor. (N.E.)

A INVENÇÃO DE MOREL

O romance teve as seguintes edições:

> M1 "La invención de Morel", *Sur*, nº 72, pp. 43-71, set. 1940 [fragmento, correspondente às pp. 15-80 de M2].
> M2 *La invención de Morel*. 1ª edição. Losada, 1940, 169 pp. Coleção Novelistas de España y América.
> M3 *La invención de Morel*. 2ª edição. Sur, 1948, 140 pp.
> M4 *La invención de Morel*. 3ª edição. Emecé, 1953, 155 pp. Coleção Novelistas Argentinos Contemporáneos.
> M5 *La invención de Morel*. 4ª edição. Emecé, 1991, 162 pp. Coleção Escritores Argentinos.

Em número e conteúdo, as variantes textuais entre as edições de A *invenção de Morel* de 1940 e de 1948 são notórias e significativas. Obra de transição entre estéticas, sua primeira versão procurou representar a ruptura definitiva com o passado vanguardista do autor. Assim o atestam a fé no relato fantástico-policial de matriz borgiana, a "máquina de relojoaria" de evidente artificiosidade, a deliberada verossimilhança genérica, a estrutura que entrecruza diversos pontos de vista e a complexa rede de referências literárias. Em 1948, com o autor já dono de um estilo próprio, inclinado a uma estética atenta ao registro do cotidiano, ao desenvolvimento psicológico dos personagens e à simplicidade expressiva, o romance — apesar, ou por causa, daquela *perfeição* que o prólogo de Borges lhe atribui — foi profundamente revisado, também em resposta a algumas críticas de detalhe quanto à verossimilhança interna de seus postulados. Atenuado no essencial, mereceu poucas variantes e alcançou sua forma quase definitiva ao ser reeditado em 1953.

Seus títulos alternativos foram *La invención de Gopar* (segundo o cabeçalho de uma lista de correções, manuscrita de Bioy Casares, conservada em um caderno de *c.* 1939) e *La invención de Guerin* [sic] (conforme o texto do primeiro contrato de edição, datado de 31 de julho de 1940). No rascunho de uma carta de *c.* 1930, o autor anota: "Livro precioso e para mim de grande utilidade: C[harles] Guérin, *Le Cœur solitaire*"; em seu poemário (1898), esse autor (1873-1907) canta a vã busca do grande amor e da imortalidade literária. Por outro lado, *Charles Guérin*; *Roman de mœurs canadiennes* (1852), de Pierre Chauveau (1820-1890) narra a história de uns irmãos Guérin no Québec sob domínio inglês: o mais velho embarca e se exila; o mais novo, depois de seu fracasso econômico e literário na cidade, encontra a felicidade como colono rural. Para *Morel*, ver n. p. 36, l. 22. Segundo Bioy Casares, sua escolha deveu-se ao fato de que "queria colocar um nome francês que pudesse ser pronunciado em espanhol de modo correto" [em BARRERA, Trinidad (ed.), *Adolfo Bioy Casares*. Madri: Ediciones de Cultura Hispánica, 1991, p. 77. Coleção Semana de Autor].

p. 17, l. 12 **adverso milagre**. Borges ["H. G. Wells y sus parábolas". *Sur*, nº 34, p. 79, jul. 1937] chama Wells de "antigo narrador de atrozes milagres".

p. 17, l. 19 **É tão insuperável a dureza da madeira!** Cf. DEFOE, Daniel, *Robinson Crusoé* (1719): na entrada de 18 de novembro de seu *Diary*, Robinson se queixa de "*the excessive hardness of the wood*".

p. 18, l. 1 **capela**. Bioy Casares diz ter introduzido a capela "para que Voltaire sorrisse", já que "no fim das contas, [é] um dispositivo, de eficácia não comprovada para alcançar o que já tinham: a vida eterna" [Questionário de M. Snook, respondido em março de 1977].

p. 18, l. 30 **"Valencia"**. Pasodoble de *La bien amada* (1924), *zarzuela* de José Padilla (1889-1960).

p. 18, l. 30 **"Tea for Two"**. Canção (1925) cuja letra, de Irving Caesar, começa: "*Oh honey / Picture me upon your knee,/ With tea for two and two for tea,/ Just me for you and you for me, alone!/ Nobody near us, to see us or hear us* [*Oh, querido,/ Imagine-me sobre seus joelhos/ chá para dois e dois para o chá,/ Só eu para você e você para mim, sozinhos!/ Ninguém por perto para nos ver ou ouvir*]".

p. 19, l. 27 **Hostinato rigore**. Divisa leornadiana invocada por Paul Valéry [*Introdução ao método de Leonardo da Vinci* (1894)]. A partir de M3, substitui-se *hostinato* por *ostinato*. Aqui se restituiu a exata filiação valériana, reconhecimento de Bioy Casares ao papel da poética racionalista de Valéry na ruptura com seu próprio passado vanguardista.

p. 19, l. 28 **Villings**. Possível aceno a Villiers de l'Isle Adam. No romance *A Eva futura* (1886), o cientista Edison cria Hadaly, mulher artificial; esse androide elétrico deve sua aparência à elusiva amante de um nobre e a alma, a uma moribunda.

p. 19, l. 28 **Ellice**. O arquipélago foi descoberto em 1781 pelo navegante espanhol Francisco Mourelle (1750-1820).

p. 19, l. 29 **Ombrellieri**. (a) Nome de um amigo do porteiro de Bioy Casares e "secretário de redação" da revista *Destiempo* (1936-1937), Ernesto Pissavini (m. 1959). (b) Para diversas culturas, a sombra [*ombra*, em italiano, *ombre* em francês] ou o reflexo de uma pessoa é sua alma ou um elemento vital dela [Cf. FRAZER, James, *O ramo de ouro*, vol. III (1911), II, §3]; muitos indivíduos costumam recusar-se a ser retratados, sobretudo em fotografias [op. cit., pp. 96-100], porque temem que, ao permiti-lo, parte de sua vida se irá com a imagem. Segundo Bioy Casares, "o fotógrafo consegue perpetuar [o mundo] encantadoramente e tal qual é, como se lhe roubasse a alma. Uma superstição, muito anterior a Niépce e Daguérre, interpreta o fato literalmente" [Prólogo a COMESAÑA, Eduardo. *Fotos poco conocidas de gente muy conocida*, 1972]. Bioy Casares recorda ter-se assustado, na infância, diante de fotografias de pessoas já mortas: "via uma espécie de anomalia no fato de uma pessoa ter morrido e que, ainda assim, estar lá, na fotografia, sorrindo" [em *Gente*, 8 maio 1975, p. 44].

p. 19, l. 32 **O Editor**. Ao preparar sua edição (1732) de *Paraíso perdido* de Milton, o filólogo clássico Richard Bentley (1662-1742) conjecturou que o manuscrito estava cheio de erros, devidos a descuidos do copista e à ação posterior de um *editor*. Bioy Casares conheceu essa hipótese em *Bentley* (1882) de R. C. Jebb, que opina que esse editor "*owes his existence to Bentley's vigorous imagination* [*deve sua existência à vigorosa imaginação de Bentley*]".

p. 20, l. 21   **brotados** [*brotados*]. Até M2: "brotados (devem estar morrendo de cima para baixo) [*brotados (han de estar muriéndose de arriba para abajo)*]".

p. 21, l. 1   **caixa oblonga.** Em "The Oblong Box" (1844), Poe faz referência à história de Cornelius Wyatt, que viaja a Nova York com uma caixa oblonga, que contém o cadáver embalsamado de sua esposa. Quando o barco naufraga, em vez de abandoná-la, Wyatt prefere se afogar com ela.

p. 21, l. 3   **museu.** Cf. a descrição do ruinoso *Museum* ou *Palace of Green Porcelain*, com suas máquinas e livros abandonados, visitado pelo viajante do tempo [WELLS, H. G., *A máquina do tempo* (1895), VIII].

p. 21, l. 11   **Belidor: *Travaux*.** (a) BELIDOR, Bernat Forest de (1698-1761), *L'Architecture hydraulique, ou l'Art de conduire, d'élever et de ménager les eaux pour les différents besoins de la vie* (1737-1753). (b) O norte-americano Lee De Forest (1893-1961), pai da ciência eletrônica, permitiu, com a invenção do tríodo, importantes avanços na transmissão e amplificação das ondas radiais.

p. 21, l. 27   **galeria** [...] **cadeiras de palha.** "Por volta de 1937, [...] sentado nas cadeiras de palha, na varanda da casa da sede [de *Rincón Viejo*, a fazenda da família,] entrevi a ideia de *A invenção de Morel*" [BIOY CASARES (1994), p. 92].

p. 22, l. 3   **as praias da pátria, com seus *turbios* de multidões de peixes.** Cf. *Enciclopedia Universal Ilustrada Europeo-Americana* (1908-1930), LXVII, s.v. "Venezuela": "*también se observa otro fenómeno, denominado* turbios, *que* [...] *enturbian las aguas, obligando á los peces á la huída, arrojándolos muertos á la costa en tal número que hay que enterrarlos para que al pudrirse no infecten el aire* [também se observa outro fenômeno, denominado turbios, que (...) turvam as águas, obrigando os peixes à fuga, lançando-os mortos na costa em tal quantidade que é preciso enterrá-los para que, ao apodrecer, não infectem o ar]".

p. 23, l. 14   **Em uma ocasião** [*En una ocasión*]. Até M2: "pouco depois de minha chegada [*poco después de mi llegada*]".

p. 23, l. 24   **repetida, como em espelhos.** Segundo Bioy Casares, a visão infantil do "espelho veneziano, de três corpos" do quarto de vestir de sua mãe, foi seu "primeiro e preferido exemplo do fantástico, pois nele via [...] algo inexistente: a sucessiva, vertiginosa repetição do quarto" [BIOY CASARES (1994), p. 25]; depois os espelhos seriam a inspiração original para o romance [op. cit., p. 92].

p. 24, l. 21   **espanholas** [*españolas*]. Até M2: "zíngaras" [*cíngaras*]. Segundo Bioy Casares, alusão satírica aos retratos de mulheres andaluzas do pintor costumbrista espanhol Julio Romero de Torres (1874-1930). Cf. LEVINE, Suzanne Jill. *Guía de Bioy Casares*. Madri: Fundamentos, 1982, p. 199. Coleçao Espiral.

p. 26, l. 12   **faz alguns meses** [*hace unos meses*]. Até M1: "faz um ano [*hace un año*]".

p. 27, l. 23   **das vigas imediatas** [*de las inmediatas vigas*]. Até M2: "da estrutura da capela [*del armazón de la capilla*]".

p. 27, l. 27   **figuras que, segundo Leonardo, aparecem quando fitamos manchas de umidade por algum tempo.** *Trattato della Pittura* [Códice Urbino], II, p. 57: "É bem verdade que nesta mancha se veem diversas ideias [*invenzioni*] do que o homem quer buscar nela, como por exemplo cabeças de homens, animais diversos, batalhas, recifes, mares, nuvens e bosques e coisas parecidas; é o que acontece com o som dos sinos, no qual pode-se ouvir dizer o que te parece. Mas mesmo se essas manchas te deem ideias, não te ensinam a terminar nenhum detalhe [*Ma ancora ch'esse macchie ti dieno invenzione, esse non t'insegnano finire nessun particolare*]".

p. 27, l. 35 **previsto desde o princípio** — [*previsto desde el comienzo* —]. Até M2: "levado em conta desde o princípio, talvez desde muito antes de eu vir à ilha — [*tenido en cuenta desde el principio, quizá desde mucho antes de venir a la isla* —]".

p. 28, l. 12 **longo purgatório** [*largo purgatorio*]. Até M2: "purgatório definitivo [*purgatorio definitivo*]".

p. 29, l. 32 **invisível./ Não desisti** [*invisible./ No me detuve*]. Até M2: "invisível. Era uma situação desagradabilíssima./ Mas não desisti, consegui piorar a calamidade [*invisible. Era una situación molestísima./ Pero no me detuve, logré más calamidad*]".

p. 30, l. 15 **como se os ouvidos que tinha não servissem para ouvir, como se os olhos não servissem para ver.** Cf. Salmo 115, 4-7: "Os ídolos são prata e ouro, obra de mãos humanas: têm boca e não falam, têm olhos e não veem, têm ouvidos e não ouvem, têm nariz e não têm olfato, têm mãos e não apalpam, têm pés e não andam; não emitem com sons com a garganta". A *Vulgata* traduz o versículo 4 como *"simulacra gentium argentum et aurum* [...]": *simulacrum* é "invenção".

p. 34, l. 2 **Desanimei. A inscrição de flores diz:/ A *tímida homenagem de um amor*** [*Me descorazoné. La inscripción de las flores dice:/ El tímido homenaje de un amor*]. Até M2: "Todas as tentativas me desalentaram. Então me entreguei à humilhação, com naturalidade. A inscrição das flores diz:/ *Sou um pobre homem. Só peço que a senhora me diga o que devo fazer* [*Todos los intentos me descorazonaron. Entonces me entregué a la humillación, con naturalidad. La inscripción de las flores dice:/ Soy un pobre hombre. Sólo pido que Vd. me diga lo que debo hacer*]".

p. 34, l. 6 **Ájax** [...] **quando esfaqueou os animais.** (a) Morto Aquiles, Agamemnon foi juiz entre Ulisses e Ájax, que disputavam suas armas. Ao não recebê-las, Ájax se enfureceu e, cego pela deusa Atena, matou um rebanho de ovelhas, confundindo- -o com Agamemnon; depois, envergonhado, suicidou-se. (b) Homenagem a Áyax von Riesenfeld (1931-1942), cachorro de Bioy Casares: cf. "Vuelvo a reunirme con Áyax" [*Grinalda com amores* (1959), VIII]. Em seu conto "Nueve perros" [*Los días de la noche* (1970)], Silvina Ocampo escreve que "houve em nossa vida um *antes* e um *depois* de Áyax e um *durante* Áyax, o mais feliz de todos".

p. 34, l. 21 **Acredito, sem revolta**...... Em carta de 5 de março de 1971 a Mariolein Sabarte Belacortu, tradutora para o holandês [*Morels uitvinding*. Amsterdã: Meulenhoff, 1972], Bioy Casares explica: "O autor do jardinzinho [...] deseja que não o julguem por sua obra; ou, pelo menos, unicamente por sua obra. Pensa que, se ele consegue ver seus defeitos, tem em si mais complexidade do que esse jardinzinho permite supor. Espera que a condenação da obra não condene — pelo menos não totalmente — o autor. Pensa que um ser onipresente saberia que o autor, embora não tenha sido capaz de fazer uma obra melhor, é capaz de ver suas deficiências. [...] A criação ou, para dizer mais humildemente, a composição, exige do escritor várias consciências. Uma, para saber se disse a verdade, e se a disse por inteiro; outra, para saber se o leitor a entenderá; outra, para saber se a disse em frases verossímeis na boca do personagem a quem as atribui; outra, para saber se em seu afã de dizer tudo, não ficou enfadonho e se, ao provocar o tédio, não frustra o propósito da comunicação. O autor do jardinzinho considera que usou mal essa diversidade de consciências. Atendeu ao desejo de fazer uma homenagem a Faustine e cumpriu com o requisito de trabalhar aplicadamente, mas talvez não tenha pensado na reação de Faustine diante da obra".

p. 34, l. 22   **um ser onisciente** [*un ser omnisapiente*]. Até M2: "um todo-vidente [*un todo--vidente*]".

p. 34, l. 31   **lupanar de mulheres cegas**. Em "O tintureiro mascarado Hákim de Merv" [*História universal da infâmia* (1935)], Borges relata que o profeta Hákim, o Velado de Khorasan, tinha "um harém de 114 mulheres cegas". Segundo o profeta, "os espelhos e a paternidade são abomináveis, porque multiplicam e afirmam [a terra que habitamos]".

p. 35, l. 15   **jogava uma partida de *croquet***. Em *The Croquet Player* (1936), novela de H. G. Wells, um despreocupado jogador de *croquet*, de férias em Les Noupets (isto é, Le Touquet), ouve da boca de um estranho a história dos pântanos de Cainmarsh, que infeririam a todos os habitantes da região insuportáveis pesadelos. Com o tempo, o jogador toma conhecimento de que se trata de um mito; de que, diante da quebra do mundo civilizado pela ameaça do totalitarismo, o estranho, por demais sensível, reduziu tais realidades "às dimensões de uma alucinação, para bani-las de seus pensamentos". Bioy Casares afirma que "certamente Wells deve ter pensado em Hitler e no avanço do nazismo quando escreveu seu romance" [em López, Sergio, *Palabra de Bioy*. Emecé, 2000, p. 142]. Bioy Casares sentia particular apreço por essa obra, que leu em pelo menos três ocasiões: em 1938, em 1958 e em 1995. Segundo uma carta de 10 de agosto de 1967 a Silvina Ocampo e à filha Marta, de Le Touquet, "aqui estou eu em homenagem a Wells (ver *The Croquet Player*)" [*En viaje (1967)* (1996), p. 24]. A menção a Los Teques no relato do náufrago talvez seja também uma referência a Le Touquet.

p. 35, l. 16   **soube que** [*supe que*]. Até M2: "soube — com estranha lógica — que [*supe —con lógica extraña— que*]".

p. 36, l. 9   **Faustine**. (a) Segundo Bioy Casares, "escolhi o nome de Faustine porque é a mulher com a qual Toulet fala continuamente, [...] é uma homenagem a Toulet" [em Ulla, Noemí, *Aventuras de la imaginación*. Corregidor, 1990, p. 76]. Cf. *Les Contrerimes* (1921), xi, xxxiv, xxxviii e lvi, e em especial a cix, onde o poeta sustenta que "*il faut savoir mourir, Faustine, et puis se taire* [*é preciso saber morrer, Faustine, e depois calar-se*]". Bioy Casares sempre declarou seu gosto pela obra de Paul-Jean Toulet (1867-1920) — originário, como os Bioy, de Pau —, cujos poemas, de tom bucólico, evocam nostálgica e ironicamente o passado do Béarn, mas também tratam de assuntos como a morte de Adônis, sugerindo a associação de Faustine com Afrodite [Cf. Levine, op. cit., pp. 131 e 227]. (b) Em seu poema "Faustine" (1862), A. C. Swinburne (1837-1909) imagina "*the transmigration of a single soul, doomed as though by accident from the first to all evil and no good, through many ages and forms, but clad always in the same type of fleshy beauty* [*a transmigração de uma mesma alma, destinada como que por acidente, desde o começo, ao mal e* *nunca ao bem, através de muitas idades e formas, mas sempre investida do mesmo tipo de beleza carnal]*", uma espécie de eterna reencarnação de Vênus, funesta para quem se apaixonar por ela. O poeta disse ter-se inspirado ao entrever em um rosto contemporâneo os traços da imperatriz (221) Faustina, terceira esposa de Heliogábalo. O poema descreve Faustine como *"a love machine/ with clockwork joints of supple gold [uma máquina de amar/ com articulações mecânicas de ouro flexível]"*; como *"a queen whose kingdom ebbs and shifts/ each week [uma rainha cujo reinado míngua e varia/ a cada semana]"*, que, depois de morrer, renasce *"in weeks of feverish weather [em semanas de clima febril]"*. (c) Bioy Casares diz: "não escolhi o nome de Faustine porque a personagem seja fáustica, como podia ter sido, [já que] a 'invenção' de Morel é uma tentativa de [...] obter a imortalidade, como Fausto" [em ULLA, op. cit., p. 76]. Segundo sua "Chronology" (1975), p. 36, Bioy Casares leu, em 1931, *Fausto* (1808) e o *Segundo Fausto* (1832), de Goethe.

p. 36, l. 22 **Morel**. Em 1857, Honorine Morel casou-se com Jules Verne, autor de *O castelo dos Cárpatos* (1892). No romance, depois da morte de Stilla, linda cantora pela qual sente um amor doentio não correspondido, o barão de Gortz se reclui em seu castelo transilvano. Ali, o inventor Orfanik elabora para o Gortz um sistema que cria a ilusão da presença da amada, mediante cilindros que reproduzem sua voz (registrada durante suas representações teatrais) e espelhos que, distribuídos por toda a residência, refletem sua imagem (tirada de fotografias); também rodeia o castelo de uma "odisseia de prodígios", *phénomènes purement physiques* que aterrorizam e espantam os moradores da redondeza para que Gortz possa desfrutar em solidão *"d'une perpétuelle répétition de ses émois passés, réactualisant sans cesse le moment qui, du vivant même de la Stilla, était le seul but de son existence [de uma perpétua repetição de suas emoções passadas, reatualizando sem cessar o momento que, na vida de Stilla, era o único objetivo de sua existência]"* [MILNER, Max, *La Fantasmagorie*. Paris: PUF, 1982, p. 228]. O personagem de Morel, nas primeiras versões do romance, tinha nomes começados por G: Gopar, Guerin.

p. 36, l. 36 **cartões-postais indecentes**. No conto "Os namorados em cartões-postais" [*Luis Greve, muerto* (1937), p. 60], entre os "namorados" aparece subitamente um "brusco bigodudo afeminado". Para seu caráter de antecedente de *A invenção de Morel*, cf. (a) PEZZONI, Enrique, "Prólogo" a: BIOY CASARES, A. *Adversos milagros*. Caracas: Monte Ávila, 1969, pp. 8-9. (b) ROSALES ARGÜELLO, Nilda. *Cinq romans de Adolfo Bioy Casares: un essai d'interprétation*. Paris: Université de Paris, 1979, vol. I, pp. 38-39. (c) LEVINE, op. cit., pp. 43-44.

p. 37, l. 14 **Faustine não foi** [*Faustine no fue*]. Até M2: "Cheguei com antecedência — com antecedência talvez definitiva, porque Faustine não foi [*Llegué con anticipación —con anticipación quizá definitiva, porque Faustine no fue*]".

p. 37, l. 18 **enlouquecido** [*enloquecido*]. Até M2: "enlouquecido, supersticioso [*enloquecido, supersticioso*]".

p. 40, l. 4 **gritos:/ — *La femme***. Até M2: "gritos que me deixaram exausto, quase afônico:/ — *Le cul* [*gritos que me dejaron extenuado, casi afónico:/ — Le cul*]".

p. 41, l. 22 **na penumbra** [*en la penumbra*]. Até M2: "à luz da lua" [*a la luz de la luna*]. Em carta de 3 de outubro de 1952, Armand Pierhal — que, ajudado por Elena Garro,

APÊNDICES 677

preparava desde 1951, para Robert Laffont, a versão francesa (1952) — faz a seguinte objeção a "à luz da lua": "*Mais il dit qu'une tempête vient de se déchaîner, et* [páginas depois] *il dit esa noche sin luna. J'ai mis pénombre* [Ele diz que acaba de se deflagrar uma tempestade, e (páginas depois) fala naquela noite sem lua. Eu pus penumbra]". Bioy Casares responde em 23 de outubro que "Pénombre *c'est indubitablement mieux que ma lune inexplicable* [Penumbra *é sem dúvida melhor que minha lua iexplicável*]".

p. 42, l. 12 **Foi seguido pelo cozinheiro** [*lo siguió el cocinero*]. Até M2: "foi seguido pelo outro [*lo siguó el otro*]".

p. 42, l. 20 **noite sem lua** [*noche sin luna*]. Até M2: "noite — em sua escuridão, até um instinto teria sido incapaz de se orientar [*noche — en su oscuridad, hasta un instinto hubiera sido incapaz de orientación*]".

p. 42, l. 29 **nenhum capitão** [*ningún capitán*]. Até M2: "nenhum barco [*ningún barco*]".

p. 43, l. 12 **alegria precária** [*alegría precaria*]. Até M2: "esperança [*esperanza*]".

p. 44, l. 24 **quarto vazio** [*cuarto vacío*]. Até M3: "quarto desabitado [*cuarto deshabitado*]".

p. 46, l. 25 **de toda a região** [*desde toda la zona*]. Até M2: "de todos os navios que andem pela região [*desde todos los navíos que anden por la zona*]".

p. 47, l. 4 **Miranda**. (a) Homenagem ao sobrenome de uma bisavó paterna, Marie Mirande. Essa homenagem é recorrente nos escritos de Bioy Casares, que de fato assinou com o pseudônimo de "Javier Miranda" a primeira edição de seu *Breve diccionario del argentino exquisito* (1971). (b) Em *A tempestade* (1611), de Shakespeare, Miranda é a filha do duque Próspero, que, fugitivo e náufrago em uma ilha deserta, exerce toda sorte de artes mágicas.

p. 47, l. 26 **Públio Africano**. O Editor confunde Públio Africano, o Maior (morto em 183 a.C.) com o Menor (morto em 129 a.C., durante o consulado de Tuditano e Aquilio). Cf. Grieco y Bavio, A. "*Aristarcus Bentleianus*. Filologías clásica y germánica en Adolfo Bioy Casares (1940-1948)". In: Hofrath, Heuschrecke (ed.). *Festschrift für Irma Seidler*. Budapeste: Samstagskreis, 1993, pp. 12-13.

p. 48, l. 20 **um casal encantador com todas suas quartas literárias**. Alusão aos saraus do casal Bioy Casares e Silvina Ocampo em sua casa da rua Coronel Díaz. Estela Canto [*Borges a contraluz*. Madri: Espasa Calpe, 1989, pp. 21-26, Coleção Austral] diz que os Bioy "*sólo recibían a escritores o a personas que aspiraban a serlo* [só recebiam escritores ou pessoas que aspiravam a sê-lo]". Silvina Bullrich [*Mis memorias*. Emecé, 1980, pp. 143-144] lembra "*esas noches sonoras de discusiones literarias, de páginas leídas en voz alta* [aquelas noites sonoras de discussões literárias, de páginas lidas em voz alta]".

p. 49, l. 2 **Paseo del Paraíso**. Cf. *Enciclopedia Universal Ilustrada Europeo-Americana*, XI, s.v. "Caracas": "*El Paseo* [d]*el Paraíso es sin duda el más simpático y agradable de Caracas* [O Paseo (d)el Paraíso é, sem dúvida, mais simpático e agradável de Caracas]".

p. 49, l. 5 **Oeste 11**. Cf. *Enciclopedia Universal Ilustrada Europeo-Americana*, XI, s.v. "Caracas": "*Todas las calles que corren paralelas de occidente a oriente, se denominan, hasta cortar las avenidas principales: Oeste 1, Oeste 3, Oeste 5 etc.* [Todas as ruas que correm paralelas do oeste para o leste são denominadas, até cortar as avenidas principais: Oeste 1, Oeste 3, Oeste 5 etc.]".

p. 49, l. 8 **de bote** [*en bote*]. Até M2: "de bote, de Rabaul [*en bote, desde Rabaul*]".

p. 51, l. 26 **exaustos** [*exhaustos*]. Até M2: "exaustos, da cor de pulmões [*exhaustos, de color de pulmones*]".

p. 53, l. 24 **a doçura, já habitual** [*la dulzura, ya habitual*]. Até M3: "a costumeira alegria [*la acostumbrada alegría*]".

p. 55, l. 15 **Jane Gray**. (a) Jane Grey (1537-1554), viúva de Eduardo VI de Inglaterra, reinou por apenas nove dias depois da morte do marido; foi deposta e executada. (b) O protagonista de *O retrato de Dorian Gray* (1890), de Oscar Wilde, eterniza-se na juventude com a qual foi retratado, na plenitude de sua beleza, por um pintor que o admira e ao qual, tempo depois, matará. Entre os convidados de Morel encontra-se também uma Dora.

p. 56, l. 1 **as salas de espelhos eram infernos de famosas torturas**. Cf. a câmara hexagonal persa descrita por Gaston Leroux [*O fantasma da ópera* (1909), XXII]: um quarto de espelhos que induz alucinações nos torturados mediante o aumento da temperatura. Cf., em geral, a descrição de Erik, o *fantôme*, paralela à de Morel: ambos são engenheiros que apelam a bombas hidráulicas, construtores de *paraísos artificiais* para usufruto pessoal.

p. 56, l. 9 **Haynes**. Alusão ao ator William Haines (1900-1973), protagonista de *light comedies*. Deixou de atuar em 1934. Bioy Casares sempre reconheceu o pesar que lhe produziu o ocaso do cinema mudo e o abrupto desaparecimento das telas portenhas de muitos de seus atores favoritos, particularmente de Louise Brooks: "Quando surgiu o cinema sonoro, houve uma descontinuidade, perdemos muitos atores que eram amigos" [*La Nación*, 24 fev. 1980].

p. 57, l. 22 **viveremos para a eternidade** [...] **qualquer semana que passemos juntos**.... Cf. "New Year's Eve" [*Essays of Elia* (1823)] de Charles Lamb, que Bioy Casares cita com frequência [por exemplo, em "Ensayistas ingleses" (1948) e em *Libro del Cielo y del Infierno* (1960)]: "Eu me nego a ser levado pela maré que suavemente conduz a vida humana à imoralidade e me desagrada o inevitável curso do destino. [...] Ergueria aqui meu tabernáculo. Gostaria de me deter na idade que tenho; perpetuarmo-nos assim, eu e meus amigos: não mais jovens, nem mais ricos, nem mais bonitos". Segundo o prólogo de Bioy Casares a *Fotos poco conocidas de gente muy conocida* (1972), de E. Comesaña: "essas palavras que Lamb escreveu para o ano-novo de 1821 provavelmente cifrem [...] os anseios e as çonquistas da atividade fotográfica".

p. 57, l. 31 **Madeleine**. (a) Homenagem a uma governanta na casa de seus pais, "moça francesa, loira, dourada" [Bioy Casares (1994), p. 45]. (b) A célebre *madeleine* de Proust [*A caminho de Swann* (1913), I] simboliza a evocação *du temps perdu* graças aos sentidos.

p. 57, l. 32 **os Davies a ir para a Flórida** [*los Davies para ir a Florida*]. Até M2: "os Davies [*los Davies*]". Enquanto a atriz Marion Davies (1897-1961) viveu com Willian R. Hearst (1863-1951), entre 1918 e 1951, o casal costumava oferecer grandes festas em seu castelo de San Simeon, Califórnia. Entre seus convidados frequentes estavam William Haines e Louise Brooks [Cf. Brooks, Louise. *Lulu in Hollywood* (1982), pp. 41-42]. Em 1928, em *Show People* (en español, *Espejismos*), Marion interpretou com William Haines um casal de aspirantes a atores em Hollywood; juntos trabalham em comédias até que ela, descoberta por um produtor de filmes "artísticos", o abandona e finge ignorá-lo quando se cruzam nos *sets*. Deixou de atuar em 1937.

p. 58, l. 2 **ao pobre Charlie**. Em que pese a chegada do cinema sonoro, Charlie Chaplin, com "muda solenidade", tratou de continuar realizando filmes silenciosos durante a década de 1930. Como destaca Borges [BIOY CASARES (2006), p. 579], em seus filmes "ele é *sempre* o pobrezinho". Era um dos hóspedes habituais das festas de William R. Hearst e Marion Davies.

p. 58, l. 17 **feliz, ao lado de…"/ Cada interrupção provocava uma salva de palmas** [*feliz, con … / Cada interrupción provocaba una salva de aplausos*]. Em M2: "feliz, conjugal, ao lado de… [*feliz, conyugal, con*]". Em M3: "feliz, conjugal, ao lado de… Cada interrupção provocava uma salva de palmas [*feliz, conyugal, con… Cada interrupción provocaba una salva de aplausos*]". Note-se a supressão de "conjugal" em 1953: desde 1951, Elena Garro de Paz, com quem Bioy Casares manteve um acidentado *affaire* entre 1949-1957, *supervisionava* em Paris a tradução do romance para o francês. Ver n. p. 41, l. 22.

p. 58, l. 33 **Agora lhes explicarei meu invento**. Cf. *"Le toucher à distance"* [*L'Hérésiarque et Cie*. (1910)] de Guillaume Apollinaire, o relato que Dormesan, o falso messias, faz de sua invenção de um aparelho que permite o tato à distância: "uma pequena herança […] me caiu do céu, por assim dizer, há quatro anos, e consagrei esse dinheiro a experiências científicas, e me dediquei à pesquisa da telegrafia e da telefonia sem fio, à transmissão de imagens fotográficas em cores e com relevo, ao cinematógrafo, ao fonógrafo etc. Esses trabalhos me levaram a lidar com um aspecto negligenciado por todos os sábios […]: refiro-me ao tato a distância. E assim descobri, finalmente, os princípios desta nova ciência. Assim como a voz pode ser transmitida de um ponto a outro muito distante, assim a aparência de um corpo, e as propriedades de resistência pelas quais os cegos têm noção dele, podem ser transmitidas, sem que seja necessário que nada ligue o ubiquista [*ubiquiste*] aos corpos que projeta. Acrescento que o novo corpo conserva a plenitude das faculdades humanas, dentro do limite em que são exercidas frente ao artefato pelo corpo verdadeiro".

p. 59, l. 24 **Schwachter**. Em carta de 17 de setembro de 1983, Bioy Casares escreve a Felix Kälin, de St. Gallen, que diz não ter notícia de nenhuma casa Schwachter: *"When I wrote La invención de Morel I was a young man who wanted to write as best as he could but who didn't foresee the possibility of some day being read outside his living-town. For readers of my living-town, St. Gallen was a far off place, and they would accept, without making inquiries, the reality of the laboratory I located there. More reasons for choosing St. Gallen: the sound of the word, that I like, and my love for Switzerland, a country where I always wanted to live* [*Quando escrevi A invenção de Morel, eu era um jovem que tentava escrever o melhor que podia, sem prever que um dia seria lido fora de sua cidade. Para os leitores do meu país, St. Gallen era um lugar muito distante, e eles aceitariam, sem fazer averiguações, a existência real do laboratório que eu situava ali. Razões adicionais para escolher St. Gallen: o som da palavra, que me agrada, e meu amor pela Suíça, país onde sempre quis viver*]".

p. 59, l. 34 *Hércules moribundo*. Segundo a lenda, Dejanira, para se assegurar do amor eterno de Hércules, seu marido, embebeu sua túnica com o sangue do centauro Neso. Ao vesti-la, Hércules morreu lentamente, enquanto sua pele ardia em chamas.

p. 61, l. 26 **mandarins chineses**. Bioy Casares deve o tópico do "mandarim chinês" à sua leitura de *O mandarim* (1884), de Eça de Queiroz.

p. 61, l. 30 **Não percebem um paralelismo entre o destino dos homens e das imagens?** [¿*No perciben un paralelismo entre los destinos de los hombres y de las imágenes?*] Até M2: "Vocês veem um paralelismo entre o destino dos homens e das imagens, entre Deus e mim? [¿*Ven un paralelismo entre los destinos de los hombres y de las imágenes, entre Dios y yo?*]".

p. 62, l. 5 **Stoever**. Dietrich Heinrich Stoever (1767-1822) foi o biógrafo de Lineu [*Das Leben des Ritters Carl von Linné* (1792)]. Lineu, que fundou os princípios da taxonomia dos seres vivos com a classificação por gênero e espécie, casou-se em 1739 com Sara Moraea, filha do tutor de Swedenborg.

p. 63, l. 27 **uma pessoa que dissesse** [*una persona que dijera*]. Até M2: "uma pessoa que dissesse, sem tentativas de generalização filosófica [*una persona que dijera, sin amagos de generalización filosófica*]".

p. 69, l. 24 *Come, Malthus, and in Ciceronian prose*... LORD BYRON, *Don Leon*, vv. 753-756. O texto original diz: "*Come, Malthus, and, in Ciceronian prose,/ Tell how a rutting Population grows,/ Until the Produce of the Soil is spent,/ And Brats expire for want of Aliment* [*Vem Malthus, e em prosa ciceroniana,/ conta como cresce uma população no cio,/ até que se esgotam os frutos da terra,/ e as crianças morrem por falta de alimento*]". Salvo da destruição dos papéis privados de Byron feita pelos agentes de sua viúva, o texto foi publicado em 1866. Por seu tema (a exaltação da homossexualidade), o poema não costuma ser incluído nas edições da obra completa de seu autor.

p. 73, l. 11 **encontrarei um jeito de sair**. Cf. o episódio em que Franz Télek, à procura de Stilla, é surpreendido na cripta do castelo [*O castelo dos Cárpatos*, XIII-XIV].

p. 75, l. 9 **capitão japonês** [*capitán japonés*]. Até M3: "marinheiro japonês [*marino japonés*]". Tsutomu Sakuma (1879-1910), comandante do submarino n.º 6 da Marinha japonesa, acidentado em manobras no dia 15 de abril de 1910, na baía de Hiroshima. Recuperado o barco, encontrou-se uma carta "onde Sakuma Tsutomu [sic] descreve minuciosamente o ocorrido até que, já sem ar, dirige um pedido de desculpas ao Imperador, instando-o a aperfeiçoar o funcionamento dos submarinos" [SHINZATO, Esther. *Yellow Submarines; Breve historia de los submarinos de la Marina japonesa*. Cochabamba: UDABOL, 1995, p. 73].

p. 77, l. 10 **Esta mão, em um conto, seria uma terrível ameaça para o protagonista**. Alusão ao destino de Eustace Borslover no conto "The Beast with Five Fingers" (1919), de W. F. Harvey.

p. 80, l. 32 **os moradores** [*los moradores*]. Até M2: "as imagens" [*las imágenes*].

p. 81, l. 21 *Âme, te souvient-il* [...]. "Alma, tu te lembras, do fundo do paraíso/ da estação de Auteuil e dos trens de outrora (...)?" *Amour* (1888), XVIII, vv. 1-2. Publicado em 1866 na revista parisiense *Le Décadent* com o título de "À un mort", o poema é dedicado à memória de Lucien Létinois, falecido em 1883, amante de Verlaine desde 1879; evoca, em particular, o período em que o jovem Létinois, do bairro de La Chapelle, visitava o poeta todos os domingos, e este o esperava na estação de Auteuil, para caminharem juntos até seu domicílio, um hotel em Boulogne-sur--Seine.

p. 81, l. 26   **Nota de rodapé**. Acrescentada em M3, como resposta a uma crítica de Eduardo González Lanuza, que, em sua resenha do livro [*Sur*, nº 75, pp. 159-161, dez. 1940], havia escrito: "Vou me permitir outro reparo também de caráter puramente físico: o do aumento de temperatura na ilha como resultado da superposição da temperatura — digamos normal — com a temperatura da projeção. Há duas possibilidades: ou se somavam 'sensações de temperatura' ou se somavam 'quantidades de calor'. No segundo caso, o infeliz protagonista não poderia ter relatado sua maravilhosa história, porque, mesmo supondo que ao gravar o filme e projetá-lo fizesse uma temperatura de 0 graus, a soma de ambos os calores na ilha seria de 273 graus. […] Mas esta soma de calores é impossível, já que a reprodução era de sensações. Pois bem, duas sensações térmicas não se adicionam como simples números. Se enfiarmos uma mão na água que está a 30 graus e a outra na água também de 30 graus, nem por isso nós experimentaremos uma sensação de 60 graus, mas de trinta graus. E se misturarmos essas duas águas, logicamente elas conservarão essa mesma temperatura".

p. 81, l. 30   **Nota de rodapé**. Acrescentada em M3, destinada a *justificar* a possível coexistência de imagens e objetos. Para a teoria sugerida, Bioy Casares baseia-se em leituras de Bertrand Russell, em especial *The Analysis of Mind* [London: George Allen & Unwin, 1921]. Neste, cf. p. 121: *"I contend that the ultimate constituents of matter are not atoms or electrons, but sensations* [Sustento que os constituintes últimos da matéria não são os átomos ou elétrons, e sim as sensações]"; também p. 279: *"my main thesis [is that] all psychic phenomena are built up out of sensations and images alone* [minha tese principal (é que) todos os fenômenos físicos são constituídos unicamente por sensações e imagens]".

p. 84, l. 16   **para mim, tu és, Pátria**. O tom geral do monólogo do náufrago, assim como os versos do poema "Enumeración de la patria", de Silvina Ocampo (publicado em 1941, na *Antología poética argentina*), parece emular *La suave patria* (1921), de Ramón López Velarde. Bioy Casares tinha lido *La suave patria* por volta de 1937 [cf. a seção "Museo" da revista *Destiempo*, nº 3, p. 6, dez. 1937]; em meados de 1938, pensou em editá-lo com o selo Destiempo e pediu um prólogo a Alfonso Reyes, mas o projeto foi abandonado devido ao fracasso da editora. Conforme explica Bioy Casares, todas as referências à Venezuela provêm da consulta à *Enciclopedia Universal Ilustrada Europeo-Americana*: "Em *A invenção de Morel* não há obra mais consultada do que a enciclopédia Espasa para a Venezuela, porque eu nunca estive em Caracas" [In: Barrera, op. cit., p. 36]. Assim foi destacado em uma das primeiras resenhas venezuelanas do livro: sobre os efeitos da narração, "a nacionalidade de nosso herói tanto poderia ter sido argentina ou mexicana" [Venegas Filardo, Pascual. "La invención de Morel". *El Universal*, Caracas, 19 jan. 1941].

p. 84, l. 18 **fábrica de papel de Maracay.** Na *Enciclopedia Universal Ilustrada Europeo--Americana*, LXVII, s.v. "Venezuela", aparece uma fotografia da "sala de máquinas da fábrica de papel de Maracay".

p. 84, l. 22 **bonde 10, aberto e desconjuntado.** O bonde 10 de Buenos Aires passava em frente à casa de Bioy Casares, naquela época na rua Quintana, 174.

p. 84, l. 23 **fervorosa escola literária.** Alusão burlesca ao vanguardismo *martinfierrista* de *Veinte poemas para ser leídos en el tranvía* (1922), de Oliverio Girondo e a *Fervor de Buenos Aires* (1923), de Borges.

p. 84, l. 25 **tigres.** Na *Enciclopedia Universal Ilustrada Europeo-Americana*, LXVII, s.v. "Venezuela", explica-se que o jaguar é *"llamado también tigre americano [também chamado de tigre americano]"*.

p. 84, l. 28 **folhas ardentes e peludas de *frailejón*.** Cf. *Enciclopedia Universal Ilustrada Europeo-Americana*, LXVII, s.v. "Venezuela": *"los páramos, en los cuales dominan las gramíneas y los frailejones [...], plantas de hojas lanudas y resinosas, que suelen servir de combustible a los viajeros extraviados [os páramos, nos quais dominam as gramíneas e os frailejones (...), plantas de folhas lanosas e resinadas que costumam servir de combustível aos viajantes perdidos]"*.

PLANO DE FUGA

O romance teve as seguintes edições:

P1 *Plan de evasión.* 1ª edição. Emecé, 1945, 187 pp.
P2 *Plan de evasión.* 2ª edição. Galerna, 1969, 167 pp. Série mayor/letras.

Escrito entre 1940 e 1945, o romance supõe as lições de Berkeley, Schopenhauer, William James e Bertrand Russell, e da psicologia experimental, mas também as intuições poéticas do simbolismo e seus precursores. Esta tripla filiação, filosófica, científica e literária, explica a notável riqueza de referências e indícios que se integram, por sua vez, a uma rede de significações que introduzem motivos como o desterro insular, o *affaire* Dreyfus, a Segunda Guerra Mundial (sob a máscara de outros conflitos) e alusões quase secretas à família Bioy.

A segunda edição apresenta algumas variantes destinadas, em sua maioria, a respaldar a verossimilhança de certos postulados da trama.

O título alternativo foi *Los monstruos son hombres*. A mudança deve datar de meados de 1944: um personagem de "A trama celeste", publicado em junho desse ano, fala de "meus planos de fuga". Em *Dry Guillotine* (1938), que Bioy Casares leu em sua edição chilena [*Guillotina seca*. Santiago do Chile: Zig-Zag, 1939] e de onde tirou a maioria de seus dados sobre a vida no presídio da Ilha do Diabo, René Belbenoit explica que um *plan d'évasion* é "um supositório especial para a fuga, provido de uma chave para algemas, uma pequena serra e uma chave de fenda" [op. cit., pp. 21-22].

p. 92, l. 3   **Hymne to God my God, in my sicknesse**. Incluído em *Poems* (1635), publicado postumamente. O poeta, moribundo, dirige-se a Deus. Sucessivamente, diz que ao morrer se transformará em música divina [*I shall be made thy Musique*], que agora seus médicos se transformaram em cosmógrafos e ele em seu mapa [*my Physitians by their love are growne / Cosmographers, and I their Mapp*]; e que este poema há de ser seu Texto (Sagrado) e ao mesmo tempo seu Sermão ou glosa [*Be this my Text, my Sermon to mine owne*].

p. 93, l. 2   **22 de fevereiro**. Em 22 de fevereiro de 1895, o capitão Dreyfus foi embarcado para as Guianas no *Saint-Nazaire*.

p. 93, l. 7   **Enrique Nevers**. (a) O romance é repleto de alusões à família Bioy e ao Béarn, sua terra de origem. Enrique (Henri) Nevers alude possivelmente a Henri de Navarre (Henri IV), rei de origem bearnesa, autor do Édito de Nantes, que pôs fim às Guerras de Religião na França, e por quem os Bioy sempre tiveram especial afeição. (b) No *affaire* Dreyfus, o coronel Henry, ajudante de campo do Chefe de Serviços, foi quem falsificou a letra do *petit bleu*.

p. 93, l. 17   **Irene**. Em grego, "Paz".

p. 93, l. 20   **Vauban.** Antoine Le Prestre, conde de Vauban (1659-1731). Comandante do sítio de Brissac, que culminou na rendição da cidade.

p. 94, l. 1   **Nicolas Baudin**. Explorador francês (1754-1803), nascido na ilha de Ré. Viajou à América tropical. No capítulo V, os colonos de Oléron e de Ré defendem fervorosamente a autoria de suas descobertas contra a de Flinders.

p. 94, l. 3   **Jules Verne**. O romancista francês, autor de *A ilha misteriosa* (1874).

p. 94, l. 4   **Oléron**. Homenagem a Oloron-Sainte-Marie, lugar de origem dos Bioy. Os nomes de batismo dos Nevers-Brissac são tradicionais na família Bioy. Três tios paternos de Bioy Casares, todos eles suicidas, chamavam-se Enrique, Javier e Pedro Antonio [Bɪoʏ Cᴀsᴀʀᴇs (1994), p. 149]. Por outro lado, da ilha de Oléron se estendem linhas especulares em direção às ilhas da Salvação: Guyenne-Guiana, ilha de Ré-ilha Royale [*isla Real*] etc. **Regras de Oléron**. Reunião de sentenças do Tribunal marítimo da ilha de Oléron, fonte primária do Direito Mercantil, de autoria incerta.

p. 94, l. 10   **Na colônia**. Como destaca S. J. Levine [op. cit., p. 202], *Plano de fuga* alude reiteradas vezes à novela "Na colônia penal" ["In der Strafkolonie" (1919)] de Kafka. Escrita igualmente à sombra do *affaire* Dreyfus, esta obra também se passa na penitenciária de uma ilha cujas autoridades falam francês. Um Inspetor [*Forschungsreisende*] chega para conhecer e avaliar uma máquina de castigo — um complexo mecanismo de buris que grava nas costas do condenado o texto de sua sentença — instalada pelo *Kommandant* anterior e que seu sucessor deseja retirar. O Oficial encarregado, partidário de conservá-la, oferece-se para explicar seu funcionamento, sua serventia e sua eficácia mediante uma execução. Em várias ocasiões, afirma que tem um *plano* que requer do Inspetor: quando percebe que este não o apoiará, o Oficial substitui o réu na máquina e morre. Note-se o paralelo entre a relação de Nevers com Castel e a do Inspetor com o Oficial; em ambos os casos, os observadores se negam a colaborar com a *invenção*; em ambos os casos, o inventor (ou seu continuador, no caso do Oficial), morre vítima dela. *Plano de fuga* é rico em alusões a obras de Kafka: assim, a *O castelo* [*Das Schlo* (1926)], no capítulo II; a *A metamorfose* [*Die Verwandlung* (1915)], no capítulo VIII; a *O processo* [*Der Prozess* (1925)], no capítulo XXXIV.

p. 94, l. 14 **Legrain**. O médico Paul-Maurice Legrain (1860-1939) escreveu *Du Délire chez les dégénérés* (1886), citado repetidamente por Max Nordau em seu *Entartung* (1894). Bioy Casares havia lido Nordau em tradução francesa [*Dégénérescence*. Paris: Félix Alcan, 1899].

p. 94, l. 19 ***Schelcher***. Sendo deputado da Martinica e de Guadalupe entre 1848-1850, Victor Schelcher (1804-1893) advogou pela abolição da escravidão nas colônias. Segundo Belbenoit [op. cit., p. 206], "o único monumento interessante [de Caiena] é a estátua de Schelcher, que foi quem aboliu a escravidão na antiga Guiana, e esta estátua, por mais que pareça estranho, tem ali algo de irônico. Schelcher encontra-se representado com um braço segurando a cintura de um pequeno negro, enquanto sua mão livre aponta para o horizonte; e quando, ao pé do monumento, há uma turma de condenados tirando as ervas daninhas que crescem em volta da estátua, Schelcher parece dizer para o menino negro: 'Está vendo? Você é livre; eles são os escravos agora'".

p. 94, l. 24 **Os colonos [...] com grandes chapéus de palha; ou os presos, com listras vermelhas e brancas**. Belbenoit [op. cit., p. 207] fala dos "condenados, com seus grandes chapéus de palha e roupas listradas de vermelho e branco".

p. 94, l. 26 **As casas eram uns casebres de madeira, ocre, ou rosa, ou verde-garrafa, ou azul-celeste.** Segundo Belbenoit [op. cit., p. 204], as casas das ilhas "são feitas de madeira, padecendo sua arquitetura de evidente mau gosto. São comumente pintadas de verde e rosa pálido ou com a primeira cor que se tinha à mão".

p. 94, l. 29 ***O modesto palácio de governo deve sua fama a ter um andar alto e às madeiras do país [...]. Os insetos perfuradores e a umidade começam a apodrecê-lo***.... Cf. KAFKA, "Na colônia penal": "[*die Häuser*] *der Kolonie* [...] *bis auf die Palastbauten der Kommandantur alle sehr verkommen waren* [(as casas) da colônia (...), incluindo o palácio onde se alojava o comandante, encontravam-se todas em muito mau estado de conservação]".

p. 94, l. 35 ***Une Saison en enfer***. O poema em prosa (1873) de Rimbaud, onde se encontra "Alchimie du verbe". A esta seção pertence a passagem em que se relata como foi a composição do célebre soneto sobre a sinestesia entre sons e cores: "*J'inventai la couleur des voyelles! — A noir, E blanc, I rouge, O bleu, U vert. Je réglai la forme et le mouvement de chaque consonne, et, avec des rythmes instinctifs, je me flattai d'inventer un verbe poétique accessible, un jour ou l'autre, à tous les sens. Je réservais la traduction* [Inventei a cor das vogais! — A preto, E branco, I vermelho, O azul, U verde. Fixei a forma e o movimento de cada consoante e, com ritmos instintivos, jactei-me de ter inventado um verbo poético acessível, um dia ou outro, a todos os sentidos. Reservei-me a tradução]".

p. 95, l. 6 **Frinziné**. (a) O editor francês L. Frinzine publicou, em 1885, *Légend des âmes et des sangs*, de René Ghil. (b) Charles de Freycinet (1828-1923), feroz antidreyfusista, foi um dos ministros da Guerra da França (1889-1890) durante o *affaire*.

p. 95, l. 16 **no Larousse o verbete sobre prisões.** *Grand Dictionnaire Universel Larousse du XIXᵉ siècle* (1866-1878), XIII, s.v. "Prison".

p. 95, l. 28 **Lambert**. (a) O físico Johann Heinrich Lambert (1728-1787) enunciou um método para estudar a mistura de cores. (b) Discípulo de Swedenborg, Louis Lambert, protagonista do romance homônimo e autobiográfico de Balzac (1832), estudava as relações entre o mundo físico e o metafísico.

p. 95, l. 36 **Wernaer**. O pintor Anton von Werner (1843-1915) ilustrou inúmeras cenas das negociações de 1871 entre Favre e Bismarck, depois da guerra franco-prussiana; entre outras, a *Proclamação do Novo Império Alemão*, ambientada no Salão dos Espelhos do palácio de Versalhes.

p. 96, l. 3 **Pedro Castel.** O *Père* Louis Bertrand Castel (1688-1757), jesuíta francês, autor de uma *Optique des couleurs* (1740), construiu um "clavicórdio cromático" (que empregava velas e vidros coloridos). Diderot faz referência a uma visita a seu estúdio e descreve o instrumento em *Lettre sur les sourds et muets* (1751). Goethe elogia seus estudos ópticos, cujas conclusões se opunham à teoria de Newton, e descreve seu clavicórdio cromático [*Materialien zur Geschichte der Farbenlehre* (1810), V: "Louis Bertrand Castel"]. Borges cita o clavicórdio cromático de Castel em "La metáfora" [*Cosmópolis*, Madri, nº 35, nov. 1921] e em "Sobre os clássicos" [*Sur*, nº 85, out. 1941].

p. 96, l. 7 **pequenos poemas em prosa.** CHARLES BAUDELAIRE, *Petits poèmes en prose* (1868).

p. 96, l. 24 **René Ghil**. O poeta (1862-1925), fundador da escola simbólica e harmonista, depois denominada evolutiva-instrumentista. Em seu *Traité du verbe* (1886) desenvolve uma teoria das correspondências entre imagens visuais e auditivas e enuncia os princípios da "instrumentação verbal", que concebe as palavras essencialmente como sons, associados a "sensações coloridas".

p. 96, l. 35 **falou [...] das Regras de Oléron**. Cf. *Enciclopedia Universal Ilustrada Europeo-Americana*, XXXIX, s.v. "Oléron": "[As Regras] é uma coleção particular de sentenças do Tribunal marítimo de Olerón que pode ser considerada como a lei que fixa os usos marítimos do Oceano. Parece que esta coleção remonta a fins do século XI ou início do XII. Alguns autores atribuem essa obra legislativa a Ricardo da França, outros a Eleonor de Guyenne. [...] Pardessus os publicou [os artigos] em sua *Coleção de leis marítimas*".

p. 97, l. 7 **leviano Pardessus**. Jogo de palavras com *pardessus* (*sobretudo*, em francês).

p. 97, l. 16 **um ancião fraquíssimo, com planos de fazer a Ópera Cômica voar pelos ares**. Na entrada de 27 de junho de 1897, Léon Bloy anota em *Mon Journal*: "*Quelle idée magnifique pour le chapitre* XXVI! *L'incendie de l'Opéra-Comique, transposé en délire d'amour divin dans l'âme de Clotilde ! J'y ai travaillé cette nuit avec ivresse* [*Que magnífica ideia para o capítulo* XXVI! *O incêndio da Ópera Cômica, transfigurado em delírio de amor divino na alma de Clotilde! Embriagado, trabalhei nisso esta noite*]". Clotilde é a protagonista de *La Femme pauvre* (1897): uma moça humilde, salva de sua mãe má por um artista extravagante; aspira à pureza; após diversas desgraças, vê-se reduzida à mendicância. No romance, abundam as alusões a Villiers de l'Isle-Adam.

p. 98, l. 6 grandes gaiolas de frangos [...] **fez a viagem**. Cf. a viagem do narrador a Bosque del Mar, em um "velho Rickenbacker carregado com as gaiolas das galinhas" [Bioy Casares, A. & Ocampo, Silvina, *Los que aman, odian* (1946), III].

p. 98, l. 9 o *Rimbaud*. Em seu poema "O barco bêbado", Rimbaud descreve as sensações de um barco que, após a morte de sua tripulação pelas mãos de peles-vermelhas em um rio americano, lança-se ao mar.

p. 98, l. 22 Dreyfus. Inocente mas declarado culpado, o Alfred Dreyfus histórico (1859-1935) foi um símbolo vivo; ele próprio assumiu seu caráter como tal. Em uma carta, da prisão, de 26 de dezembro de 1894, para sua esposa Lucie Hadamard, aceita que "essa gente tem razão: foi dito que eu era um traidor" e que recebe o tratamento que mereceria o canalha pelo qual o tomam.

p. 99, l. 26 Cawley. Em 1929, o astrólogo e satanista Aleister Crowley (1875-1947) publicou seu conto "The Stratagem": na Ilha do Diabo, por volta de 1911, dois prisioneiros conspiram para fugir. Um deles, Dodu, a quem o outro tem por grande estrategista, diz dispor de um plano de fuga [*plan of escape*] e propõe um código de sinais para se comunicarem letra por letra enquanto realizam o passeio diário. Depois de longos períodos recebendo mensagens incompreensíveis, o outro percebe que Dodu está louco e que as mensagens eram apenas fruto de seu desequilíbrio. O governador das ilhas é descrito como um "*profund psychologist*"; um preso diz que é "mais prisioneiro do que nós mesmos".

p. 99, l. 27 o pele-vermelha no lago de Los Horcones. Segundo Bioy Casares [cit. em *Plan de evasión*. Kapelusz, 1974, p. 45. Coleçao GOLU]: "Patrioticamente, meu pai sustentava que [o lago de Los Horcones, nos Andes] era o mais profundo da Terra. O pele-vermelha era um erro que o autor (*criollo* e, como tal, ferido em seu amor-próprio pelos tradicionais erros que os europeus cometem quando se referem às nossas coisas) atribui ao relator (francês)".

p. 100, l. 10 "galpão vermelho". Belbenoit descreve [op. cit., p. 138] o "Barracão Vermelho" ou "*Case Rouge*".

p. 100, l. 11 "o castelo". (a) Segundo Belbenoit [op. cit, pp. 158-159] o castelo é um conjunto de "três austeras construções de celas individuais, a terceira das quais é reservada para os insanos. [...] As três se encontram cobertas por um telhado de ferro acanalado, em forma de v, e contém 48 celas divididas em dois grupos de 24 cada uma. Em cada grupo de celas há um alto muro de ferro, de onde um guarda armado vigia, passeando noite e dia". (b) Alusão ao ambiente do romance de Kafka [*Das Schlo* (1926)]. Ver n. p. 94, l. 10 e cf. Levine, op. cit., pp. 202-203. (c) Alusão ao regime do presidente Ramón Castillo [ver n. p. 250, l. 21].

p. 100, l. 15 Os presidiários não são obrigados a executar nenhum trabalho. Segundo Belbenoit [op. cit, p. 133]: "Nas Ilhas não há trabalhos forçados".

p. 100, l. 17 os reclusos: *em celas minúsculas* [...], *já imbecis*. Segundo Belbenoit [op. cit., pp. 159-160]: "Em cada cela há um pequeno banco de madeira [...]. Um cobertor velho, às vezes um trapo, além do prisioneiro, é tudo o que há em seu interior. [...] Os únicos sons que lhe chegam do exterior são, ou o barulho do mar batendo nas pedras, ou os gritos dos dementes que uivam na terceira construção. [...] Contempla o verde musgo crescer [...] e mata o tempo fazendo pequenos moldes e desenhos com suas longas unhas que, pouco a pouco, vão se estragando com o atrito no cimento".

p. 100, l. 20 **Viu os loucos: *nus* [...], *urrando***. Segundo Belbenoit [op. cit., p. 161]: "A maior parte [dos loucos] encontra-se nua. Tiritando [...], fisicamente exaustos, gritavam [...]".

p. 100, l. 21 **o galpão vermelho. Tinha fama de ser o lugar mais corrompido e sangrento da colônia**. Segundo Belbenoit [op. cit., p. 138]: "La Case Rouge — o Barracão Vermelho — [...] abrigava [...] os mais perigosos e viciosos de todos os condenados da colônia penal".

p. 101, l. 5 **um teleférico de carga**. Segundo Belbenoit [op. cit., p. 131]: "Ainda hoje é bem difícil aproximar-se da Ilha do Diabo, motivo pelo qual a Administração mandou estender um cabo desde a Royale, por meio do qual são enviadas as provisões para os prisioneiros políticos que nela vivem".

p. 101, l. 15 **De Brinon**. Fernand de Brinon (1885-1947), político francês, durante o regime de Vichy colaborou com os nazistas e presidiu o Comité France-Allemagne.

p. 101, l. 25 **Bernheim**. O psiquiatra Hippolyte Bernheim (1840-1919) estudou os estados hipnóticos e as alucinações. Foi autor de *De la Suggestion dans l'état hypnotique et l'état de veille* (1884), *De la Suggestion et de ses applications à la thérapeutique* (1887) etc.

p. 102, l. 24 **minhas obrigações: 1º Juntar cocos**. Segundo Belbenoit [op. cit., p. 132]: "Quase todos [os reclusos na Ilha do Diabo] passam o dia inteiro pescando [...] A única obrigação que têm é de apanhar os cocos da ilha e entregá-los à Administração [...]".

p. 103, l. 6 **sombrio caramanchão de loureiros**. Cf. "Em memória de Paulina" [p. 197, l. 3]: "Em uma das minhas primeiras recordações, Paulina e eu estamos escondidos em um sombrio caramanchão de loureiros, em um jardim". Ambas as passagens evocam uma prematura experiência do autor, em 1919, segundo sua "Chronology" (1975), p. 35: "Eu me apaixono por uma menina chamada Raquelita, que me faz revelações na intimidade de um caramanchão de loureiros" [Original em espanhol em CURIA, Beatriz. *La concepción del cuento en Adolfo Bioy Casares*. Mendoza: Universidad de Cuyo, 1986, vol. II, p. 147].

p. 104, l. 2 **Era seguido por uma manada de heterogêneos animais.** Alusão aos experimentos de *A ilha do doutor Moreau* (1896), de Wells. De Castel se dirá que "talvez [...] fosse uma espécie de doutor Moreau" [cap. XIX]. Além de *A ilha do doutor Moreau*, à qual conduzem múltiplos indícios, cf., pelo ambiente, o conto de Wells "The Empire of the Ants" (1905).

p. 104, l. 22 **Brissac**. Em 1594, Charles II de Cossé de Brissac (1562-1626), governador de Paris, permitiu a entrada de Henrique de Navarra na cidade e, em certa medida, sua consolidação como rei da França.

p. 104, l. 28 **propícias ao entomólogo**. Henri Fabre (1823-1915), autor dos *Souvenirs entomologiques* (1879-1909).

p. 105, l. 10 **o inverno das Guianas é tão abafado como o verão de Paris**. Em carta a J. L. Borges, de 16 de setembro de 1941, Bioy Casares escreve: "Nas Guianas há uma estação chuvosa e outra seca. Acho que me convém a seca e que me convém insistir em que o tempo se parece com o dos intoleráveis verões de Paris".

p. 106, l. 7 **de Teócrito, de Mosco, de Bion**. Os autores helenísticos Teócrito de Siracusa (*fl. c.* 270 a.C.), Mosco de Siracusa (*fl. c.* 150 a.C.) e Bion de Esmirna (*fl. c.* 100 a.C.), nativos ou residentes no ambiente insular siciliano, usam em suas obras o tópico do *locus amœnus*. Também é recorrente em suas obras, como nas de Bioy Casares, a presença do *pharmakós*, vítima propiciatória que assegura a fertilidade do novo ciclo ou bode expiatório de alguma peste ou fome atribuída aos deuses [FRAZER, J. G., *O ramo de ouro*, vol. VI (1919), *passim*]: assim, Teócrito (idílio XV) e Bion (*Lamento*) cantam a morte de Adônis (*pharmakós* por excelência). Do mesmo modo, Henri Nevers é, definitivamente, um *pharmakós*, como o náufrago de *A invenção de Morel*, Anthal Horvath em "O outro labirinto", o protagonista de "Homenagem a Francisco Almeyra" etc. Se *Plano de fuga* fosse assim vinculado à lenda de Adônis, Xavier seria Ares; Castel-De Brinon, Apolo; Irene, Afrodite [Cf. LEVINE, op. cit., pp. 126-134].

p. 106, l. 8 ***Marinetti***. O escritor italiano, fundador do Futurismo, movimento à exaltação do belicismo e do fascismo; também, à concepção de artes novas como a sinestésica "pintura abstrata de sons, ruídos, cheiros, pesos e forças misteriosas".

p. 107, l. 16 ***Tratado de Ísis e Osíris***. Como diz Nevers [cap. XII], nele também se "trata de símbolos", em especial daqueles ligados a doutrinas religiosas egípcias, e dos hieróglifos.

p. 108, l. 6 **os volumes que os guardas ainda não alugaram**. Segundo Belbenoit [op. cit., p. 141], um *libéré* chamado Carpette, "possuidor da única biblioteca existente nas Ilhas, que consta de, aproximadamente, 1.200 volumes, [...] arrenda seus livros ao preço de 2 centavos por três dias".

p. 111, l. 3 **Bordenave**. (a) Nome do proprietário de um prostíbulo, no romance *Nana* (1880), do fervoroso dreyfusista Émile Zola. (b) Um *bordereau* [*plano* ou *detalhe de documentos*] escrito, na realidade, pelo Conde Esterhazy, era a principal evidência alegada contra Dreyfus.

p. 111, l. 10 **mala**. Alusão à *boîte-en-valise*, museu portátil criado (1936-1941) por Marcel Duchamp, que viveu em Buenos Aires em 1918-1919.

p. 111, l. 12 **iniciais J. D.** Um dos documentos usados para incriminar Dreyfus tinha uma única inicial "D". Depois se soube que era um "P" adulterado por Henry.

p. 111, l. 14 **Bacon**. O autor de *Novum Organum* (1620), no qual previne contra os *idola* ou falsas noções que distorcem a verdade, e da utopia insular *A nova Atlântida* (1627).

p. 111, l. 14 ***Métamorphoses***. Provável alusão à *novela* de Kafka. Ver n. p. 94, l, 10.

p. 111, l. 15 **Académie des Médailles et d'Inscriptions**. Sic. A Académie Royale des Inscriptions et Médailles.

p. 111, l. 18 **Victor Hugo**. O escritor, que teve de se exilar nas ilhas de Jersey (1852-1854) e Guernesey (1854-1870). Segundo Émilie Noulet [*Le Premier visage de Rimbaud*. Bruxelas: Académie Royale de Langue et de Littérature Françaises de Belgique, 1953, p. 183], Hugo propõe uma equivalência entre vogais e cores: A branco, o vermelho, ü preto etc.

p. 113, l. 7 **Chère, pour peu que tu ne bouges**…. "Amada, por menos que te movas/ renascem minhas angústias. […] Eu temo sempre — o que é esperar! —/ uma fuga atroz de ti" ["Spleen". In: *Romances sans paroles* (1874), vv. 3-4 e 7-8]. Os versos omitidos (1-2; 5-6) dizem: "*Les roses étaient toutes rouges,/ Et les lierres étaient tout noirs./* […] *Le ciel était trop bleu, trop tendre, / La mer trop verte et l'air trop doux* [*todas as rosas eram vermelhas,/ e toda a hera, preta./* […] *o céu era azul demais, terno demais,/ O mar verde demais, o ar suave demais*]". O poema foi escrito por Verlaine para a esposa, que ele abandonara para fugir à Inglaterra com Rimbaud.

p. 114, l. 28 **Doutrina das cores**. *Zur Farbenlehre* (1810). Contra a teoria newtoniana, Goethe sustenta o caráter subjetivo das cores e insiste na participação do órgão ocular na conformação do fenômeno cromático. Em *Materialien zur Geschichte der Farbenlehre* (1810), descreve as teorias de Johann Leonhard Hoffmann, que afirma a correspondência entre cores e timbres musicais: índigo e *cello*, amarelo e clarinete, roxo e fagote, vermelho e trompete etc.

p. 116, l. 16 **Marie Gaëll**. (a) Em carta a Alberto Manguel, de 20 de junho de 1973, Bioy Casares escreve: "Às vezes me pergunto se não dei a esse personagem o nome de Marie Gaëll, que talvez não exista, para evocar Gall, aquele das circunvoluções cerebrais". Franz J. Gall (1758-1828), fundador da frenologia. (b) A pianista alsaciana Marie Jaël (1846-1925) estudou o desenvolvimento das faculdades auditivas e visuais dos músicos. Publicou *La Coloration dês sensations tactiles* (1910) e *La Résonance du toucher et la topographie des pulpes* (1912).

p. 116, l. 17 **Bain**. O psicólogo escocês (1818-1903) que pretendia explicar toda atividade mental mediante as associações.

p. 116, l. 17 **Marinescu**. Gheorghe Marinescu, neurologista romeno (1863-1938), autor de *Recherches sur la sensibilité vibratoire, Recherches sur les localisations motrices spinales, Recherches sur les granulations et les corpuscules du système nerveux central* etc.

p. 116, l. 19 **Suárez de Mendoza**. O livro que Castel recebe é de Ferdinand, oculista francês (n. 1852), autor de *L'Audition colorée, étude sur les fausses sensations secondaires physiologiques et particulièrement sur les pseudo-sensations de couleurs associées aux perceptions objectives des sons* (1890), citado por Max Nordau em *Entartung*. Nevers o confunde com seu xará Enrique, autor de *Eustorgio y Clorilene* (1629), romance bizantino rico em episódios de mascaramento de identidades, escrito nos moldes de *Persiles y Sigismunda* (1617), de Cervantes.

p. 117, l. 2 **Marsillac**. Depois de conspirar contra Richelieu, François de La Rochefoucauld (1613-1680), *prince* de Marcillac (ou de Marsillac), foi encarcerado na Bastilha (1636) e posteriormente desterrado. Partidário de La Fronde em 1652, foi ferido nos olhos por um mosquete e sua visão, como a do Padre Marsillac, ficou muito reduzida.

p. 117, l. 2 **presbita**. No romance de Gaston Leroux, *O mistério do quarto amarelo* (1908), cap. XIV, os detetives encontram uns "óculos de presbita", importante indício para o esclarecimento do crime. Bioy Casares havia lido a obra com enorme interesse no início de 1929. O motivo do quarto trancado, eficaz na sugestão do fantástico, é central em suas primeiras tentativas romanescas (*La navaja del muerto, El problema de la torre china*), bem como em *Plano de fuga* e "O outro labirinto".

p. 117, l. 6 **versos de O *mistério do quarto amarelo*.** *"Le presbytère n'a rien perdu de son charme ni le jardin de son éclat."* Frase extraída de *Le Mystère de la chambre jaune*: além de ser o título do cap. XIII, aparece repetidas vezes ao longo da obra. Quando se esclarece o mistério, revela-se que se trata de um texto escrito pelo assassino. A tradução que Bioy Casares cita corresponde à edição da Biblioteca de La Nación (1908): *"El presbiterio no ha perdido nada de su encanto, ni el jardín de su esplendor".*

p. 117, l. 24 **Platão.** O filósofo, cujos diálogos destacam o caráter aparente ou enganoso do sensível contraposto à realidade das Ideias, autor de *Timeu* e *Crítias*, onde descreve a utopia da Atlântida, de ambiente insular.

p. 117, l. 25 **Molière.** O pseudônimo de Jean-Baptiste Poquelin, autor de *Le Malade imaginaire*. Morreu durante a quarta encenação da comédia, na qual interpretava o "doente imaginário".

p. 118, l. 29 **confiou-lhe que precisava de um colaborador.** Cf. KAFKA, "Na colônia penal": *"'Das ist mein Plan; wollen Sie mir zu seiner Ausführung helfen? Aber natürlich wollen Sie, mehr als das, Sie müssen.' Und der Offizier fa t den Reisenden an beiden Armen und sah ihm schwer atmend ins Gesicht. [...] [Der Reisende] zögerte [...] einen Atemzug lang. Schlie lich aber sagte er, wie er mu te: 'Nein'* ['Esse é meu plano; quer me ajudar a realizá-lo? Mas claro que o senhor quer, mais que isso, deve me ajudar.' O Oficial segurou o Inspetor por ambos os braços e o olhou nos olhos, respirando agitadamente. [...] [O Inspetor] hesitou [...] um instante. Por fim, disse o que devia dizer: 'Não'"].

p. 118, l. 35 **O castigo é o direito do delinquente.** *"Die Verletzung, die dem Verbrecher widerfährt, [...] ist auch ein Recht an den Verbrecher selbst"* [HEGEL, G. W. F. *Princípios da Filosofia do Direito* (1821), I, 3, §100].

p. 121, l. 13 **a história do Padre.** A passagem é um resumo do relato do naufrágio de Prendick, em *A ilha do doutor Moreau*, I. As gaivotas evocam o *"Albatross"* de *A balada do velho marinheiro* (1798) de Coleridge.

p. 121, l. 15 **Grampus** [...] **Toowit.** Nomes tomados de Poe [*A narrativa de Arthur Gordon Pym* (1838)]. O *Grampus* é o baleeiro no qual viaja — e naufraga — Pym. Too-wit é o nome do chefe da tribo da ilha de Tsalal [cap. XVIII].

p. 121, l. 29 **Maître Casneau.** Poe [op. cit., nota ao cap. XIV] se refere ao caso do *Polly*, navio que enfrenta uma tempestade e fica à deriva durante quase duzentos dias. Dos nove tripulantes, só sobrevivem o capitão Casneau e um tal Badger.

p. 121, l. 30 **batalha de 1905.** Segundo Bioy Casares, "os fatos nunca ocorreram. Trata-se do que alguns chamam suposição da realidade e talvez fosse mais justo dizer invenção do passado" [cit. em *Plano de evasão*. Lisboa: Estampa, 1980, p. 190]. Alusão oblíqua à frustrada revolução radical de fevereiro de 1905, encabeçada por Hipólito Yrigoyen (1852-1933), contra o regime conservador, durante a presidência (1904-1906) de Manuel Quintana; em outro plano, à frustrada revolução russa de 1905.

p. 121, l. 30 **Tours.** Em *Inquiries into Human Faculty and its Development* (1883), "History of Twins", Francis Galton (1822-1911) cita um dr. J. Moreau de Tours, que descreve em seu *Psychologie morbide* (1859) a monomania paranoica de dois gêmeos, sujeitos a incessantes perseguições imaginárias, com alucinações auditivas.

APÊNDICES 691

p. 124, l. 2 **Leitão**. Paulino Joaquim Leitão (1779-1831), poeta e marinheiro português, escreveu *Templo da imortalidade* (1815) e o poema épico *Argentineida*, sobre a campanha de Montevidéu, cujos últimos cantos se perderam. Acompanhou João VI em seu desterro brasileiro (1807).

p. 124, l. 25 ***Uliarus***. Nome latino da moderna Oléron.

p. 128, l. 22 ***Autour des îles les poissons-volants…*** *"Ao redor das ilhas, os peixes voadores,/ ao saltar, refulgem com o sal do mar:/ ai, as lembranças, do tempo que os conserva,/ guardam o gosto amargo…"* [GHIL, René. *Le Pantoun des pantouns: poème javanais* (1902), V]. Bioy Casares tira os versos da antologia de VAN BEVER, Adolphe & LÉAUTAUD, Paul, *Poètes d'aujourd'hui* [29ª ed., Paris: Mercure de France, 1918], vol. I, p. 109.

p. 130, l. 9 ***Bellerophon***. Nome do barco inglês em que Napoleão foi levado para o desterro na ilha de Santa Helena.

p. 133, l. 35 **um tal de Julien**. Alusão a um preso cuja desafortunada história é mencionada por Belbenoit [op. cit., passim]. Com cerca de 16 anos, é embarcado com Belbenoit; chegando à Guiana, passa a ser amante de outro preso e morre pouco depois.

p. 135, l. 7 **Constantino**. Homenagem a um de seus cachorros. Silvina Ocampo ["Nueve perros", *Los días de la noche* (1970)] diz que Constantino "odiava sua própria imagem, grunhia para ela, tentava mordê-la nos lagos e nos espelhos e às vezes até na sombra".

p. 135, l. 16 **Deloge**. O general Deloge participou do segundo Conselho de Guerra no processo Dreyfus (1899), examinou as provas e concluiu que era culpável.

p. 135, l. 17 **Favre**. (a) O coronel Pierre Fabre foi um dos responsáveis pela acusação de 1894 contra Dreyfus. (b) Jules Favre (1809-1880), republicano moderado, negociou a paz com a Prússia em 1871; inconformado com as exigências prussianas, renunciou ao Ministério das Relações Exteriores.

p. 135, l. 17 **Roday**. Fernand de Rodays foi um dos notáveis do Partido Dreyfusista.

p. 135, l. 17 **Zurlinder**. O general Émile Zurlinden (1837-1929) foi um dos ministros da Guerra da França nos anos do processo Dreyfus.

p. 136, l. 29 **um presidiário pescando**. Em carta de 27 de janeiro de 1945, Adolfo Bioy *père* recomenda a seu filho, Bioy Casares, a leitura dos contos de *The Mixture as Before* (1940), de Somerset Maugham, em especial "dois de presidiários na Guiana": trata-se de "A Man With a Conscience" e "An Official Position". Neste, Louis Remire, condenado na Guiana Francesa, alcança a felicidade pela primeira vez na vida estando na prisão, ao compreender que sua função de carrasco lhe permite dispor de tudo o que poderia desejar. Como Favre (que afirma que "isto é uma maravilha"), vive em uma pequena cabana e toda manhã tem o prazer de pescar, sentado em sua pedra favorita; assim como Pordelanne, também confecciona brinquedos.

p. 141, l. 23 ***Ensaios* de Montaigne**. No ensaio "A força da imaginação" [I, 21] (1580), Montaigne examina os efeitos da sugestão, sobretudo nos doentes, aos quais se faz "conceber falsas esperanças de cura".

p. 142, l. 31 **Estou aqui porque me acusam de ter roubado documentos**. Óbvia alusão ao *affaire* Dreyfus.

p. 144, l. 10 **Kahn**. (a) O poeta Gustave Kahn (1859-1936), teórico do verso livre, fundou a revista *Le Symboliste* (1886). (b) O rabino Zadoc Kahn ajudou em algum momento o comandante Fernando Walsin-Esterhazy, verdadeiro culpado do crime atribuído a Dreyfus.

p. 148, l. 34 **"Correspondances"**. O poema de *As flores do mal* (1857), em que Baudelaire expressa sua concepção de "analogia universal" e das sinestesias (*"Les parfums, les couleurs et les sons se répondent"*).

p. 149, l. 26 ***processo***. Alusão ao romance de Kafka, por acaso também escrito em reação ao *affaire* Dreyfus. Ver n. p. 94, l. 10.

p. 149, l. 29 **18 bis rue des Belles-Feuilles**. Endereço da casa em que Bioy Casares e seus pais se hospedaram em Paris em 1926. Situada no 16º *arrondissement*, a rua é dividida ao meio pela avenida Victor Hugo.

p. 150, l. 22 **contrabandistas brasileiros**. Segundo Belbenoit [op. cit., p. 218]: "Os que tentam obter a liberdade como passageiros dos contrabandistas brasileiros, ou piratas, como são chamados na Guiana, não têm maiores chances de êxito, pois esses piratas pedem mil francos por cabeça para levar um homem até onde ele deseje, mas há nove chances em dez que joguem seus passageiros no mar, depois de revistá-los e de abrir-lhe o ventre à procura de algum supositório cheio de dinheiro".

p. 156, l. 6 **ilustração**. Na carta de 12 de março de 1945 para Luzuriaga, funcionário da Emecé, Bioy Casares explica: "Com o original do meu romance, entreguei uma planta (horrível, sem dúvida). Ao receber agora as provas, estava faltando a planta. Na esperança de que tenha se perdido, envio outra. Acredito que seria com incluí-la (no ponto correspondente do capítulo XXXVII), porque ajudaria a imaginar as coisas. Embora não me pareça horrível, de modo algum me oponho a que vocês a modifiquem ou a transformem; as condições que devem ser observadas são as seguintes: no total, deve haver quatro celas; uma delas deve ser central; cada uma das quatro celas deve ter uma parede contígua a cada uma das demais; é preciso distinguir, de algum modo, as paredes recobertas de espelhos (as periféricas) das outras; convém evitar as celas triangulares ou circulares: no texto não se afirma que as celas tenham essa forma".

p. 156, l. 24 **"O inferno", [...] *dancing* de Bruxelas**. A primeira edição (1873) de *Uma temporada no inferno* foi publicada em Bruxelas.

p. 159, l. 13 **não sei que fantasia metafísica**. Schopenhauer, Arthur. "Especulação transcendente sobre a aparente intencionalidade no destino do indivíduo" [*Parerga e Paralipomena* (1851)]. Com o título de "Fantasía metafísica", foi publicado em *Los Anales de Buenos Aires* [nº 11, pp. 54-59, dez. 1946], quando a revista era dirigida por Borges. Schopenhauer, depois de evocar a "tão notória semelhança do sonho com a vida", sustenta que nossa própria vontade, além de reger secretamente o curso de nossos sonhos — bem como nossa consciência individual —, também o faz, dentro de uma harmonia preestabelecida, com o de nossa vida.

p. 160, l. 4 **alguns velhos e um jovem celebravam uma cerimônia [...] entre eles jazia uma moça, morta**. Na "Ode a uma urna grega" (1819), de Keats, a urna simboliza a imortalidade artística. A cena que se representa no poema tem forte semelhança com a da urna romana que Nevers observa. Por outro lado, a urna que inspirou Keats foi feita por Josiah Wedgwood (1730-1795), copiando uma famosa urna "grega", comprada em Nápoles por sir William Hamilton: a cópia de uma cópia romana de um original grego perdido. Note-se que a urna aparece no texto primeiro como "romana", depois como "grega".

p. 160, l. 5 **cerimônia *per aes et libram***. Cerimônia "pelo bronze e pela balança". A mais antiga formalidade do Direito Romano arcaico para aperfeiçoar contratos. Como garantia do cumprimento, um pretor pronunciava a *damnatio,* ameaça de morte ao transgressor.

p. 166, l. 7 **Jaquimot**. Honoré Jacquinot (1814-1887), médico em Nevers, cirurgião da Marinha e naturalista, viajou com Dumont-d'Urville em sua expedição de 1837-1840 e escreveu *Voyage au Pôle Sud et dans l'Océanie* (1843-1854).

p. 168, l. 28 **O governador pronunciava as letras**. Segundo Belbenoit [op. cit., p. 162]: "Dentro do pátio murado, cada um dava vazão às suas fantasias; havia um homem que contava, incansavelmente — quando cheguei lá, acho que já o fazia havia mais de um ano —, '27, 28, 29; 27, 28, 29; 27, 28, 29…' ".

p. 171, l. 35 **ouvirei (para sempre) […] a *Sinfonia em mi menor*, de Brahms**. Segundo Bioy Casares, "não há peça musical de que eu goste tanto como a Quarta Sinfonia [de Brahms]" [em Cross, Esther *et al.* (eds.). *Bioy Casares a la hora de escribir.* Barcelona: Tusquets, 1989, p. 120]. Em carta a J. R. Wilcock, de 27 de setembro de 1966, escreve: "Devo a você o prazer da música de Brahms. Lembra, em Mar del Plata, quando você colocava o fonógrafo a todo volume? Ouvia-se a quarta sinfonia no centro da cidade". Por outro lado, a substituição da dor pelo prazer estético (em especial o musical) é uma das conclusões da filosofia de Schopenhauer.

p. 172, l. 17 **St. Brieuc**. Villiers de l'Isle Adam nasceu em St. Brieuc, em 1838.

p. 172, l. 29 **R. P. A.** Sigla da Rationalistic Press Association de Londres, à qual Bioy Casares se filiou em setembro de 1943.

p. 176, l. 22 **Não se inquietou** [*No se inquietó*]. Em P1: "Não se inquietou quando a urna romana se ergueu, sozinha, no ar, ficou suspensa no ar por alguns segundos e tornou a cair sobre a mesa; tampouco se inquietou [*No se inquietó cuando la urna romana se levantó, sola, en el aire, estuvo suspendida en el aire por unos segundos y volvió a caer sobre la mesa; tampoco se inquietó*]". A eliminação do fragmento procura reafirmar a verossimilhança, já que o texto anterior confundia a possibilidade do tato com a de exercer pressão.

p. 177, l. 3 **H. Almar, *Transmutações* (*Tr.*, I, v, 7)**. (a) Autor inventado, cujo nome homenageia o Almar, hotel de alta rotatividade de Mar del Plata, depois transformado em departamento policial [Cf. declaração de Bioy Casares, cit. em *Plano de evasão.* Lisboa: Estampa, 1980, p. 190]. Para o Hotel Almar, ver Sebreli, Juan José, *Mar del Plata; El ocio represivo* [Tiempo Contemporáneo, 1970, p. 96. Coleção Mundo Actual]. (b) Segundo Grieco y Bavio [op. cit., pp. 20-21], "*Tr.*, I, v, 7" corresponde a Ovídio, *Tristia*, I, v, 7: "*Scis bene, cui dicam, positis pro nomine signis*" [*Bem sabes a quem me dirijo, pelos indícios que substituem teu nome*], verso depois citado em "O outro labirinto". Além disso, Grieco y Bavio sugere que "H. Almar" encerra uma alusão ao escritor chileno Augusto Goemine Thomson (1882-1950), que assinava suas obras como "D'Halmar" e fundou uma colônia tolstoiana no sul do Chile, para atingir a libertação sensorial mediante um profundo senso do trabalho; inventor da corrente literária pós-simbolista chamada *imaginismo* (por oposição ao *criollismo*), foi autor de *Pasión y muerte del Cura Deusto* (1924), romance em três partes: "Albus", "Rubrus" e "Violaceus".

p. 177, l. 22 **"Como sabes se o pássaro que cruza os ares** [...]? *"How do you know but ev'ry Bird that cuts the airy way,/ Is an immense world of delight, clos'd by your senses five?"* [BLAKE, William, *Casamento do Céu e do Inferno* (1790), "Uma memorável fantasia"].

p. 178, l. 6 **Se olhamos através do microscópio, a realidade varia**. Cf. RUSSELL, op. cit., p. 135: *"we see as one what the microscope or telescope reveals to be many different objects. The notion of perception is therefore not a precise one [vemos como um objeto aquilo que o microscópio ou o telescópio revela ser muitos diferentes. A noção de percepção, portanto, não é exata]"*.

p. 178, l. 19 **A *noir*, E *blanc*, I *rouge*...** Ver n. p. 94, l. 35.

p. 178, l. 21 **A unidade essencial dos sentidos e das imagens, representações ou dados, existe**. Cf. RUSSELL, op. cit., p. 121 : *"[T]houghts, beliefs, desires, pleasures, pains and emotions are all built up out of sensations and images alone, and [...] there is reason to think that images do not differ from sensations in their intrinsic character [Pensamentos, crenças, desejos, prazeres, dores e emoções são feitos unicamente de sensações e imagens, e (...) há motivo para pensar que as imagens não diferem das sensações em seu caráter intrínseco]"*.

p. 178, l. 31 **William James afirma que o mundo se nos apresenta como um fluxo indefinido**. JAMES, William. *Text-book of Psychology* (1892), IX, "Stream of Thought".

p. 179, l. 28 **Essas interpretações poderiam ser influenciadas pela vida de cada sujeito**. Cf. RUSSELL, op. cit., p. 77: *"The response of an organism to a given stimulus is very often dependent upon the past history of the organism, and not merely upon the stimulus and the hitherto discoverable present state of the organism [a resposta de um organismo a um dado estímulo muitas vezes depende da história passada do organismo, e não apenas do estímulo e do estado presente, comprovável até o momento, do organismo]"*.

p. 181, l. 3 **doutora Pelcari [Dra. Pelcari]**. Anagrama do burlesco "Dr. Caripela" [Em *lunfardo*, *caripela* é cara grande e feia, ou quem a possui].

p. 181, l. 9 **Douney**. Talvez a psicóloga experimental June Etta Downey (1875-1932).

p. 182, l. 5 ***nuca***. Em PI: "nuca, e a 'levitação' do vaso grego [*nuca, y la "levitación" del vaso griego*]".

p. 184, l. 24 **estrangulou. Viram-se agarrados pelas mãos do Padre e, por associação de ideias, sofreram estrangulamento. Toda fantasia é real para quem nela acredita** [*estranguló. Se vieron ceñidos con las manos del Cura y, por asociación de ideas, padecieron estrangulación. Toda fantasía es real para quien cree en ella*]. Em PI: "estrangulou [*estranguló*]". Cf. RUSSELL, op. cit., p. 248, que por sua vez cita William James [*The Principles of Psychology* (1890), XXI]: *"Any object which remains uncontradicted is ipso facto believed and posited as absolute reality [todo objeto que persiste sem contradição é acreditado ipso facto e estabelecido como realidade absoluta]"*.

p. 185, l. 2 ***o exaltado, e tranquilo, e alegre, trabalho da inteligência***. Cf. "O outro labirinto" [p. 293, l. 31]: "momentos de exaltada e generosa alegria, de fé incondicional na inteligência".

A TRAMA CELESTE

"Prólogo" a la segunda edición (1967)

p. 192, l. 5 Villasandino. Cf. o poema "Este dezyr muy sotil, é bien limado fyzo é ordenó el dicho Alfonso Aluares quando el Cardenal de España puxuaua en pryuvança" [*Cancionero de Baena,* 97], de Alfonso Álvarez de Villasandino (m. *c.* 1425): "*Amigos, ya veo acercarse la fyn/ Segúnt las señales se van demostrando* [...]. *¡Aquestas señales me van espantando!* [*Amigos, já vejo aproximar-se o fim/ Conforme os sinais se vão mostrando* [...]. *Estes sinais me vão espantando!*]". Em seu conto "El gran Serafín" (escrito em 1964, publicado em 1967), Bioy Casares organiza a narração sobre um contraponto com o poema de Villasandino.

p. 192, l. 10 polêmica entre Arnold e Newman sobre a tradução de Homero. Em linhas gerais, a polêmica (1861-1862) entre Matthew Arnold (1822-1888) e F. W. Newman (1805-1897) consta de três escritos: *On Translating Homer* (1861) de Arnold, *Homeric Translation in Theory and Practice* (1861) de Newman e *Last Words on Translating Homer* (1862) de Arnold. Nela, "Newman defendeu [...] o modo literal, a retenção de todas as singularidades verbais; Arnold, a severa eliminação dos detalhes que distraem ou detêm, a subordinação do sempre irregular Homero de cada linha ao Homero essencial ou convencional, feito de simplicidade sintática" [BORGES, J. L., "As versões homéricas". In: *Discussão* (1932)].

p. 192, l. 12 nas edições mais corriqueiras de obras famosas. Bioy Casares se refere em especial à edição popular de *Essays, Literary and Critical,* de Arnold, que inclui a polêmica. Publicada em 1906 como volume 115 da "Everyman's Library" [Londres: Dent; Nova York: Dutton] e reimpressa repetidamente até meados da década de 1930.

p. 192, l. 34 Phillpotts. As versões para o espanhol incluídas na coleção "El Séptimo Círculo", que Borges e Bioy Casares dirigiram entre 1945 e 1956: *El cuarto gris* [*The Grey Room* (1921)], *Los rojos Redmayne* [*The Red Redmaynes* (1922)], *Una voz en la oscuridad* [*A Voice From the Dark* (1925)], *El señor Digweed y el señor Lumb* [*Mr. Digweed and Mr. Lumb* (1933)] e *Eran siete* [*They Were Seven* (1944)].

"Nota" a la tercera edición (1990)

p. 195, l. 10 Ion Vartic. "Adolfo Bioy Casares i procesul reflexiei multiple". In: BIOY CASARES, Adolfo, *Cel lalt labirint* [Bucureste: Univers, 1987], pp. 26-27.

p. 195, l. 11 Beatriz Curia. *La concepción del cuento en Adolfo Bioy Casares* [Mendoza: Universidad de Cuyo, 1986], vol. II, pp. 54-55.

"EM MEMÓRIA DE PAULINA"

Do conto, escrito entre junho e meados de setembro de 1948, existem duas versões publicadas:

MP1 "En memoria de Paulina (a)". *La trama celeste.* Sur, 1948, pp. 7-30.
MP2 "En memoria de Paulina (b)". *La trama celeste.* Sur, 1967, pp. 11-26.

Alguns dos títulos descartados foram "Fantasma de Claudia", "El espejo de la oscuridad", "Vínculo de iniquidad", "La entrega de Paulina", "Profanación de Paulina" e "Para la inmortalidad de Paulina" .

p. 197, l. 1   **Paulina**. (a) Em rascunhos, María Luisa. Alusão a María Luisa Bombal (1910-1980), autora de *La amortajada* (1938), *novela* cujo argumento Borges ["*La amortajada*". *Sur*, nº 47, pp. 80-81, ago. 1938] resume como "o velório de uma mulher sobrenaturalmente lúcida que [...] de certo modo intui — da morte — o sentido da vida pretérita". Cf. o *clima* de ambos os relatos; o amor da protagonista pelo violento, que a possui para depois abandoná-la; seu rechaço para com seu íntimo confidente. (b) No poema "Pauline, a Fragment of a Confession" (1833), de Robert Browning, um poeta moribundo confessa a Pauline seus pecados, consequência de um defeito de origem.

p. 197, l. 3   **sombrio caramanchão de loureiros**. Ver n. p. 103, l. 6.

p. 197, l. 5   **cavalos brancos**. No mito platônico dos dois cavalos [*Fedro,* 253 d] a alma é comparada a um carro puxado por dois cavalos, um branco e dócil, o outro preto e rebelde.

p. 197, l. 8   **alma do mundo**. Segundo o *Timeu* [*passim*], o Demiurgo dotou o universo de uma alma inteligente, para que fosse perfeito. A alma do mundo dá origem aos seres vivos, que participam de sua essência.

p. 198, l. 15   **melodia surge da relação entre o violino** [...]. Como Platão faz Símias dizer [*Fédon*, 86 e], a lira, material, produz a música, que é imaterial, bela e divina. Quebrada a lira, cessa a música; morto o corpo, perece a alma.

p. 198, l. 18   **bastidor**. Cf. "Los afanes", escrito em 1959 e incluído em *El lado de la sombra* (1962).

p. 198, l. 30   **um bosque no fundo de um lago.** Segundo Bioy Casares, no conto "há uma alusão às reuniões que Silvina [Ocampo] e eu fazíamos com escritores, e à descrição do prédio de apartamentos, na rua Coronel Díaz, entre Cabello e Libertador. Não havia um aquário na entrada, como no conto, mas havia algo parecido" [em *Crisis*, nº 9, p. 43, jan. 1974].

p. 199, l. 33   **o poema era de Browning**. "*I knew you once: but in Paradise,/ If we met, I will pass, nor turn my face*" [BROWNING, Robert, "The Worse of It" (1864)]. Com o título de "Un hombre a una mujer", o fragmento foi incluído por Borges e Bioy Casares na antologia *Libro del cielo y del infierno* (1960), traduzido como segue: "*En un tiempo te conocí, pero si nos encontramos en el Paraíso, seguiré mi camino y no daré vuelta la cara* [Em um tempo te conheci, mas se nos encontrarmos no Paraíso, seguirei meu caminho e não olharei para trás]".

p. 200, l. 34 **os *Faustos* de Müller e de Lessing**. Ambos, incompletos e fragmentários, interessam à crítica enquanto prefigurações do de Goethe.

p. 204, l. 13 **Interpretei essa chuva […] como uma pânica expansão de nosso amor"**…. Em *La amortajada*, onde é constante a presença da chuva, o violento possui a protagonista em meio a uma tempestade.

"DOS REIS FUTUROS"

Do conto, escrito entre fins de 1946 e meados de 1947, existem três versões publicadas:

R1 "De los reyes futuros (a)" . *Los Anales de Buenos Aires,* nº 20-21-22, pp. 12-23, out.-dez. 1947.
R2 "De los reyes futuros (b)". *La trama celeste.* Sur, 1948, pp. 31-49.
R3 "De los reyes futuros (c)". *La trama celeste.* Sur, 1967, pp. 27-39.

O título alternativo que os rascunhos conservam é "Las focas".

p. 211, l. 11 **Marcos**. Possível alusão a São Marcos, padroeiro da lacustre Veneza.

p. 212, l. 12 **Resta**. Homenagem a Ricardo Resta, matemático, discípulo de Aldo Mieli e amigo de Bioy Casares desde 1936, "com quem tive boas conversas" [em CROSS *et al.* (eds.), op. cit., p. 102].

p. 213, l. 11 **me encarregasse da investigação** [*me encomendara la investigación*]. Até R1: "me encarregasse da investigação. Não sei por que estou chorando. É compreensível que esteja assustado… Que o medo fique para os felizes e que volte a mim ao menos o eco da ordem e da serenidade que procuro infundir neste relato escrito na abjeção do pavor [*me encomendara la investigación. No sé por qué estoy llorando. Es comprensible que esté asombrado… Quede el miedo para los felices y vuelva a mí siquiera el eco del orden y de la serenidad que procuro infundir en este relato escrito en la abyección del pavor*]".

p. 216, l. 32 **Diana caída**. Símbolo da natureza violada pela eugenia "antinatural". Cf. VARTIC, op. cit., p. 16.

p. 217, l. 9 **Fedro**. O fabulista, em cujos relatos os animais adquirem atributos humanos.

p. 218, l. 14 **Netscher**. O pintor germano-holandês (1639-1684), residente em Haia, cidade atravessada por canais. Talvez alusão paronomástica a Friedrich Nietzsche. O retrato mencionado é de Henriqueta Ana de Inglaterra, duquesa de Orléans (1644-1670): em *Grinalda com amores* (1959), VI, Bioy Casares dedica a ela uma *copla*: "*La eternidad en ti — como el retrato / de ese misterioso caballero / que en su retrato enseña con recato / Enriqueta de Orleans — para mí quiero* [A eternidade em ti — como o retrato/ desse misterioso cavalheiro/ que em seu retrato mostra com recato/ Henriqueta de Orléans — para mim quero]".

p. 218, l. 14 **os dois Erídanos**. O Pó e o Danúbio [Cf. LUCANO, *Farsalia*, 2, v. 49].

p. 218, l. 14 **harmônio**. Homenagem a seu professor de matemática, Felipe A. Fernández (1868-1938), a quem Bioy Casares, quando o visitava, "costumava encontrá-lo tocando o harmônio" [BIOY CASARES (1994), p. 60].

p. 218, l. 15 **Mercúrio**. Pai de Pã, deus dos rebanhos e personificação da Natureza.

p. 219, l. 35 **poderia ser obtida em poucos anos por meio de uma ação deliberada**. São as doutrinas de Francis Galton sobre a eugenia. Na introdução de seus *Inquiries into Human Faculty and its Development* (1883), explica que "meu objetivo geral foi registrar as diversas faculdades hereditárias de diferentes homens, bem como as grandes diferenças entre distintas famílias e raças, para saber até que ponto a história demonstrou a factibilidade de substituir linhagens humanas ineficientes por melhores cepas, e para considerar se não deveria ser nossa obrigação realizá-lo até onde seja razoável, esforçando-nos assim para promover os fins da evolução com mais rapidez e com menos aflição do que se os fatos ficarem entregues a seu próprio curso".

p. 220, l. 2 **Nas formigas venci o instinto gregário**. Em seu artigo "Gregariousness in Cattle and in Men" (1871) [incluído em *Inquiries* com o título de "Gregarious and Slavish Instincts"], Galton considera que no reino animal "certo grau de gregarismo pode ser considerado ótimo", enquanto uma nação inteligente "não precisa ser uma turba de escravos [...] mas pode consistir em homens enérgicos e autossuficientes". Por conseguinte, pondera a conveniência de vencer o instinto gregário.

p. 220, l. 3 **nossa obra-prima são as focas**. No capítulo "Domestication", de *Inquiries,* Galton destaca as qualidades das focas como animais especialmente adequados para a domesticação.

"O ÍDOLO"

Do conto, concluído em 11 de maio de 1948, existem duas versões publicadas:

> I1 "El ídolo (a)". *La trama celeste.* Sur, 1948, pp. 50-90.
> I2 "El ídolo (b)". *La trama celeste.* Sur, 1967, pp. 41-68.

Nos manuscritos preliminares encontram-se, entre outros títulos, "La iniciación", "Los ojos de la noche", "La historia del perro", "El frenesí de la iniciación" e "La crueldad de las sacerdotisas". Bioy Casares pensou em algumas epígrafes; entre outras, considerou: "*For all my sleep is turned into a fire*" [SWINBURNE, A. C., *Atalanta in Calydon* (1885)]; "Então me assustas com sonhos" (Jó, 7,14); "Sofri muito hoje em sonhos" (Mateus, 27, 19); "Cada qual no cubículo em que está representado seu ídolo" (Ezequiel, 8, 12) e "Pelos seus ídolos andam enfurecidos" (Jeremias, 50, 37).

p. 223, l. 5 **Hórus**. O deus egípcio símbolo do sol nascente e, por conseguinte, da luz; mas também do olho, da visão e da cegueira.

p. 223, l. 6 **copta Paphnuti**. Mais conhecido como São Pafúncio (m. 360), Paphnutis foi um dos últimos mártires cristãos: quebraram-lhe uma perna e lhe arrancaram o olho direito [Cf. FLAUBERT, Gustave, *A tentação de Santo Antônio* (1874), I]. Como o anacoreta Paphnuce de Tebaida, é o protagonista de *Thaïs* (1890), de Anatole France: depois de converter a cortesã Thaïs de Alexandria, é possuído por um súcubo à imagem dela e pouco a pouco cede a uma série de tentações diabólicas.

p. 223, l. 12 **famoso romancista tomava chá**. Segundo uma versão anterior do conto, H. G. Wells, autor de "O país dos cegos" (1904).

p. 223, l. 19 **senhora de Risso**. Ema Risso Platero (1915-1981), escritora e diplomata uruguaia, autora de *Arquitecturas del insomnio: cuentos fantásticos* (1948), com prólogo de J. L. Borges.

p. 224, l. 4 **como a de Kant, composta exclusivamente por livros com dedicatórias de amigos**. Cf. DE QUINCEY, "Last Days of Immanuel Kant" [*Works* (1862), III]: "[Kant] conservava sua pequena coleção de livros, uns quatrocentos e cinquenta volumes, quase todos exemplares dedicados pelos autores". Imediatamente, De Quincey relata que "no final desse inverno (ou seja, em 1803), Kant começou a se queixar de sonhos desagradáveis, e com frequência muito aterrorizantes, dos quais acordava muito agitado. Com frequência, melodias [...] ressoavam dolorosamente em seus ouvidos [...]. Isso o mantinha acordado até horas impróprias; e às vezes, quando, depois dessa longa vigília, conseguia adormecer, por mais profundo que fosse seu sono, este era abruptamente interrompido por sonhos aterrorizantes, que o assustavam para além de toda descrição [*however profound his sleep might be, it was suddenly broken up by terrific dreams, which alarmed him beyond description*]".

p. 224, l. 28 **a biografia sentimental da senhorita de Grävenitz**. Depois de seduzir o duque Eberhard Ludwig de Württemberg (1676-1733), com quem se casou em 1707, para estabelecer-se em 1710 em Ludwigsburg, Wilhelmina von Grävenitz (1684-1744) exerceu durante 1703-1731 o controle da política local. Havia chegado à corte sem um centavo, pela mão de seu irmão, um aventureiro de Mecklenburg, que a apresentou ao Duque. Carlyle [*History of Friedrich II of Prussia* (1858-1865), VII, 6] descreve o duque como enfeitiçado, desprovido de vontade, "seu povo e ele, joguetes desta Circe ou Hécate, que dele se apoderara".

p. 225, l. 10 **Via del Babuino**. A rua tradicional dos antiquários romanos. Entre as espécies dos babuínos ou *papions* se conta o *Cynocephalus* ["cabeça de cachorro"], denominado igualmente *Papio Anubis*.

p. 225, l. 14 **Thompson**. Em seu poema alegórico "The Hound of Heaven" (1889), Francis Thompson (1859-1907) refere-se à caça da alma por Deus (o Mastim). Em um dos versos finais, o Mastim, alcançando-a, diz à alma: *Ah, fondest, blindest* [...] [*Oh, amantíssima, ceguíssima* (...)]".

p. 225, l. 18 **senhor de Gulniac**. Em rascunhos, o nome da família era Brissac.

p. 226, l. 9 ***Suas noites são perfeitas e cruéis***. Tanto os versos castelhanos como os franceses foram escritos por Bioy Casares em colaboração com Silvina Ocampo. Em um rascunho, os versos da suposta tradução do poema aparecem como segue: *Los hombres de Brissac ni siquiera veían la noche/ aunque la luna encima de la torre fuera perfecta/ y el perro del cielo nos vigilara/ con todos los ojos de sus víctimas*. [*Os* homens de Brissac nem sequer viam a noite/ embora a lua em cima da torre fosse perfeita/ e o cachorro do céu nos vigiasse/ com todos os olhos de suas vítimas]. Por sua vez, na primeira versão francesa, os versos são os seguintes: *Ta nuit est noire, noire et cruelle/ cependant que la lune brille/ et le chien du ciel te regarde/ avec les yeux de tous ses fidèles.*

p. 226, l. 20 **alado mastim celestial**. SHELLEY, *Prometheus Unbound* (1820), I, v. 34: *"Heaven's wingèd hound"*.

p. 227, l. 27 **Anúbis**. O deus egípcio, guardião dos mortos, ligado às trevas.

p. 227, l. 31 **São Cirilo**. São Cirilo de Jerusalém (s. IV), em cujos escritos se descrevem diversos casos de possessão diabólica.

p. 228, l. 21 **Chateaubriand**. O escritor bretão, autor de *Les Martyrs* (1804), onde faz referência, além de alguns casos de possessões diabólicas no Egito, à história da druidesa bretã Velléda (caps. IX e X).

p. 228, l. 22 **Hardouin**. Jean Hardouin (1646-1729), jesuíta francês nascido na Bretanha. Sua obra principal é *Acta conciliorum* (1715), na qual se refere à história de Paphnutis.

p. 229, l. 2 **Geneviève Estermaría**. O nome da personagem era, originalmente, Ivonne Miranda. Depois passou a ser, sucessivamente, Christine Miranda e Geneviève Miranda, até chegar ao definitivo Geneviève Estermaría. Neste se alude, obviamente, a Santa Genoveva (padroeira de Paris, de quem se conta que devolveu a vista à mãe cega), a Esther e à Virgem Maria.

p. 229, l. 16 **William Beckford**. O autor de *Vathek* (1782), romance que narra como o califa Vathek pactua com o demônio para entrar no Alcácer do Fogo Subterrâneo; finalmente consegue seu intento, mas o lugar revela-se o inferno. O relógio tem "cinco tampas"; igualmente, Vathek mandou construir cinco palácios, cada um destinado ao gozo de um sentido.

p. 231, l. 3 ***omelette à la mère***. *Omelette à la mère Poulard*, que, como os *crêpes Suzette*, é servido flambado.

p. 232, l. 30 **Brandi [...] os quinze exemplares idênticos**. Cf. a anedota sobre Consuelo Cao, empregada dos Bioy Casares na década de 1940, "que ao ver um pacote da *Antologia da literatura fantástica* que a editora nos mandava, exclamou: 'Assim qualquer um escreve livros. São todos iguais'" [BIOY CASARES (2006), p. 793].

p. 234, l. 24 **ganhara dos pais um cachorrinho peludo**. Cf. BIOY CASARES (1994), p. 11: "[Meus pais me] levaram ao cine Grand Splendid e ali ganhei um pomerânio peludo [...]. No dia seguinte, o cachorro não estava em casa. Me disseram que eu tinha sonhado".

p. 235, l. 21 **Man Ray [...] Tzara [...] Breton**. Alusão ao surrealismo, sobretudo ao da "época dos sonhos", que postula a continuidade entre sonho e vigília; mas também alusão burlesca de Bioy Casares a seu próprio passado vanguardista. Note-se o jogo com *bretón* (*bretão*).

p. 236, l. 25 **cão [...] que está naquele jardim escuro**.... Alusão ao Cérbero, cão de guarda das regiões infernais.

p. 236, l. 36 **bairro [...] Tierra del Fuego**.... Alusão ao fogo infernal através da antiga denominação da área de Buenos Aires compreendida entre a velha penitenciária de Las Heras e o cemitério da Recoleta, isso é, "o circuito Las Heras, Arenales,

Pueyrredon, Coronel [Díaz]" [Borges, J. L., *Evaristo Carriego* (1930)]. O nome do bairro aludia a outra famosa penitenciária da época, a de Ushuaia, na Terra do Fogo.

p. 244, l. 6 **um bonito pássaro voando… com sua gaiola**…. Cf. "La obra" [*El lado de la sombra* (1962)]: "o viajante é pássaro que voa com a gaiola".

"A TRAMA CELESTE"

Do conto, escrito entre meados de 1943 e início de 1944, existem quatro versões publicadas:

T1 "La trama celeste (a)". *Sur,* nº 116, pp. 35-69, jun. 1944.
T2 "La trama celeste (b)". *La trama celeste.* Sur, 1948, pp. 90-138.
T3 "La trama celeste (c)". *La trama celeste.* Sur, 1967, pp. 69-100.
T4 "La trama celeste (d)". In: Martínez, Carlos D. (comp.), *La trama celeste y otros relatos.* CEAL, 1981, pp. 37-65. Biblioteca Argentina Fundamental.

Embora a revisão de 1967 tenha introduzido variantes, foi a quarta, de 1979, publicada em 1981, que, realizada diretamente sobre a versão de 1948, com o declarado propósito de "limpar o texto de erros sobre a base aérea de Palomar e de marcas de aviões do final dos anos vinte", submeteu o conto a profundas alterações de estilo e, sobretudo, de conteúdo. Bioy Casares retificou nomes de modelos de aeroplanos e suprimiu muitas referências eruditas; eliminou alusões políticas — aos Libres del Sud, por exemplo — e ainda modificou o caráter de alguns de seus personagens.

Os títulos preliminares foram "La noche de la ciudad perdida" e "En la brillante trama".

p. 247, l. 2 **Ireneo Morris**. Nos rascunhos, o nome do personagem aparece, sucessivamente, como Arturo Owen e Sabino Morgan; ao ser publicado (T1), como Ireneo Morgan; desde T2, como o definitivo Ireneo Morris. O nome Ireneo alude possivelmente a São Irineu, bispo de Lyon (século XI), que "ordena a segunda eternidade: a coroada pelas três diversas mas inextrincáveis pessoas [de Deus]" [Borges, J. L., *História da eternidade* (1936), 1]. O sobrenome Morgan parece evocar, além da associação com a Fada Morgana, o protagonista de *Um ianque na corte do rei Artur* (1889), de Mark Twain: como consequência de um golpe, o norte-americano Hank Morgan aparece no ano 513, na Inglaterra do rei Artur; retorna ao século XIX, e confia o relato ao narrador, antes de morrer desejando a mulher pela qual se apaixonou no século VI.

p. 247, l. 2 **Carlos Alberto Servian**. Em T1, o sobrenome do personagem aparece como Serviam. A partir de T2, recebe sua forma definitiva. Em *Les Désirs de Jean Servien* (1882), de Anatole France, o jovem Servien participa da Comuna de Paris e morre em seus confrontos. Araceli Del Campo ["Lo armenio en la obra de Adolfo Bioy Casares". *Revista de Estudios Literarios* (Vanazdor), nº 10, p. 16, mar. 2011] destaca que o Serviam primitivo parece aludir, *a contrario*, ao tradicional *dictum* demoníaco *Non serviam*.

p. 247, l. 9 **água-marinha**. Conhecida como Pedra do Marinheiro, foi um antigo talismã dos navegantes.

p. 247, l. 18 **o túmulo do rei Artur**. Até T3, seguiam-se os versos: "Este é o túmulo de March e este o de Gwythyir;/ Este é o túmulo de Gwgawn Gleddyffreidd;/ Mas o túmulo de Artur é desconhecido [*Ésta es la tumba de March y ésta la de Gwythyir;/ Ésta es la tumba de Gwgawn Gleddyffreidd;/ Pero la tumba de Arturo es desconocida*]". Provêm do *Black Book of Carmarthen* (séculos XI-XII): "*Bet y march, bet y guythur/ bet y gugaun cletyfrut,/ anoeth bid bet y arthur*". Matthew Arnold ["On the Study of Celtic Literature" (1867)] oferece a seguinte versão, da qual Bioy Casares traduz: "*The grave of March is this, and this the grave of Gwythyr;/ Here is the grave of Gwgawn Gleddyfreidd;/ But unknown is the grave of Arthur*".

p. 248, l. 27 **tenente Kramer**. O tenente-coronel do Exército de Buenos Aires, Ambrosio Crámer (1792-1839), foi um dos líderes da rebelião dos Libres del Sud (1839), incitada por fazendeiros do sul da província de Buenos Aires contra o governo de Juan Manuel de Rosas (1793-1877). Bioy Casares, para quem esse movimento simbolizava a rebelião liberal contra o nacionalismo, situa a ação de "Homenagem a Francisco Almeyra", alegoria contra o peronismo, durante a rebelião anti-rosista e faz Almeyra participar do "exército de Castelli e de Crámer".

p. 249, l. 18 **Pozos**. Até T1: "Entre Ríos".

p. 249, l. 22 **fomos amigos de verdade** [*fuimos verdaderos amigos*]. Até T3: "fomos amigos [*fuimos amigos*]".

p. 249, l. 35 **recíproca indiferença** [*recíproca indiferencia*]. Até T3: "uma mútua e consciente antipatia [*una mutua y consciente antipatía*]".

p. 250, l. 1 **alusões à nossa velha amizade** [*alusiones a nuestra vieja amistad*]. Até T3: "ferventes alusões à uma amizade e a um passado imaginários [*fervientes alusiones a una amistad y a un pasado imaginarios*]".

p. 250, l. 20 **se referia** [*agradecía*]. Até T3: "se referia. Cometi erros; não o de mandar livros para Ireneo [*agradecía. He cometido errores; no el de mandar libros a Ireneo*]".

p. 250, l. 21 **El Palomar**. Alusão à *negociata* das terras de El Palomar, operação espúria de compra e venda gerida em 1938 por um Jacinto Baldassarre Torres com a conivência de funcionários e ministros do presidente (1938-1942) Roberto M. Ortiz. A crise desatada pelo escândalo, denunciado pelo senador por Jujuy, Benjamín Villafañe, apoiando-se na reportagem do jornalista José Luis Torres levou, em julho de 1940, à renúncia de todo o gabinete e à tomada do poder por facções de declarada simpatia para com a causa do Eixo, encabeçadas pelo vice-presidente Ramón Castillo, a quem Ortiz, isolado e doente, cedeu a presidência em 1942. Como prova o desalento que transmite "A trama celeste" (e "O perjúrio da neve"), Bioy Casares viu aqui uma adversa reviravolta política que o golpe de 1943 (com seu prenúncio do *corporativismo criollo* de 1946) só viria a agravar. Ao longo do conto, uma cerrada trama de indícios o transforma em *récit à clé* sobre o au-

fhaltsame Aufstieg de Ramón Castillo. Nesses termos, seu argumento poderia ser resumido ao seguinte: um 24 de junho (*i.e.,* 24 de junho de 1942, dia em que Castillo assume a Presidência), o piloto Morris decola da base de El Palomar (*i.e.,* da *negociata* de El Palomar) e cai em uma Buenos Aires alternativa. Nesta, encontra uma igreja que adora Moloch, com sacerdotes que se vestem à moda militar; não há Morris (*i. e.,* R. M. Ortiz, anagrama de "Morris"), mas sim um castelo (i. e., Ramón Castillo), ao qual se chega transpondo duas torres (*i. e.,* J. Baldassarre Torres e J. L. Torres). As duas Buenos Aires que se contrapõem são a de Ortiz e a de Castillo, separadas por um voo de El Palomar de 24 de junho. Na época, quando "El Palomar" era sinônimo de corrupção, a alegoria deve ter sido transparente. Do mesmo modo, em "A loteria na Babilônia" [*Sur,* nº 76, jan. 1941], que segundo o próprio Borges "não é de todo inocente de simbolismo", insinuam--se alusões ao escândalo e seus artífices: as terríveis consequências de "que do telhado de uma *torre* se solte *um pássaro* [...]", ou "*o escrivão* [babilônio] que redige um contrato quase nunca deixa de introduzir *algum dado errôneo*" [itálico nosso]. Em "As previsões de Sangiácomo" [*Seis problemas para dom Isidro Parodi* (1942)], Bioy Casares e Borges incluem um "doutor Castillo" e fixam 24 de junho como a data do crime.

p. 250, l. 26 padre Moreau. O *abbé* Théophile Moreaux (1867-1954), diretor do observatório de Bourges e autor de obras de divulgação sobre magnetismo, teoria da relatividade etc. Morris lê *La Science mystérieuse des Pharaons* (1923), cuja primeira tradução castelhana [Madri: Ediciones Españolas] é de 1924. Note-se a alusão ao personagem de Wells.

p. 250, l. 28 as proezas de Mira, com o Golondrina. Virgilio Mira (1890-1983), aviador civil das primeiras décadas do século XX, famoso por suas façanhas na aviação esportiva. "Ao cabo de poucos meses [depois de receber seu brevê em maio de 1915] Mira utilizava somente o fantástico aparelho de sua invenção batizado com o nome de *Golondrina* [Andorinha], com o qual realizava acrobacias inverossímeis" [ZULOAGA, Ángel María, *La victoria de las alas; Historia de la aviación argentina y su base filosófica.* 2ª ed. Centro de Producción Industrias Gráficas Aeronáuticas, 1959, p. 92].

p. 251, l. 17 William Morris. O poeta e artista vitoriano (1834-1896), líder do *Celtic Revival* e autor de *News From Nowhere* (1891). O protagonista deste romance, o jovem William Guest, dorme e acorda no ano 2000: depois de percorrer uma Londres organizada sob as preceptivas do socialismo utópico, de repente se vê no meio de uma nuvem escura; quando esta se dissipa, ele está de volta no século XIX, cheio de saudade de uma jovem do futuro.

p. 251, l. 18 via na juventude; e na parede, como antes, estava pendurado o horrível quadro da morte de um tal Griffith, um personagem lendário [*había contemplado en mi juventud; en la pared colgaba, como antes, el horrible cuadro de la muerte de un tal Griffith, un personaje de leyenda*]. Até T3: "haviam contemplado minha agradável e ociosa juventude, agora me contemplavam; e na parede estava pendurado o horrível quadro da morte de Griffith ap Rhys, conhecido como *o fulgor e o poder e a doçura dos homens do Sul* [habían contemplado mi agradable y ociosa juventud, ahora me contemplaban; y en la pared colgaba el horrible cuadro de la muerte de Griffith ap Rhys, conocido como *el fulgor y el poder y la dulzura de los varones del Sur*]". Esse título aludia aos "Libres del Sud" [Ver n. p. 248, l. 27]. O estudioso John Rhys (1840-1915) foi autor de *Studies in the Arthurian Legend* (1891) e de *Celtic Folklore, Welsh and Manx* (1901).

p. 251, l. 25 **Até 23 de junho passado**. 23 de junho de 1942 foi o último dia de presidência efetiva de Ortiz, substituído no dia 24 por seu vice-presidente, Ramón Castillo.

p. 251, l. 26 **Sempre desempenhara essa função na base de El Palomar; recentemente tinha sido transferido para a nova fábrica militar de Córdoba. Não chegou a viajar para lá** [*Siempre había cumplido esas funciones en la base del Palomar; últimamente lo habían destinado a la nueva fábrica militar de Córdoba. No pudo viajar allí*]. Até T3: "Primeiro cumpriu essas funções na fábrica militar de Córdoba; recentemente havia conseguido que o transferissem para a base de El Palomar [*Primero cumplió esas funciones en la fábrica militar de Córdoba; últimamente había conseguido que lo trasladaran a la base del Palomar*]".

p. 252, l. 4 **Dewoitine**. Até T3, o avião em que Morris faz o voo de teste é um Breguet.

p. 252, l. 5 **do ano anterior** [*del año anterior*]. Em T1: "de dois ou três anos atrás [*de hacía dos o tres años*]".

p. 252, l. 27 **uma nuvem**. Alusão à névoa que separa o Outro Mundo nas tradições célticas.

p. 253, l. 32 **capitão. Sou piloto de provas de aeroplanos**. Até T1: "capitão, regimento 3, esquadrilha 121 [*capitán, regimiento 3, escuadrilla 121*]". Até T2: "capitão, regimento 7, esquadrilha 121 [*capitán, regimiento 7, escuadrilla 121*]". Até T3: "capitão, regimento 7, esquadrilha 9 [*capitán, regimiento 7, escuadrilla novena*]".

p. 253, l. 34 **Com base em Montevidéu?** Vários dos envolvidos no escândalo de El Palomar fugiram para o Uruguai.

p. 254, l. 18 **Viera**. (a) Tomás Cipriano Viera foi colega de estudos de Bioy Casares, no Instituto Libre (1926-1930). (b) O tenente coronel Antonio Vieyra foi membro da secretaria do Ministério da Guerra, sob a presidência de Ortiz.

p. 254, l. 18 **Mendizábal**. Até T3, "Margaride". A mudança, em 1979, procura evitar que seja associado a um delegado chamado Luis Margaride, grotesco funcionário policial que alcançou notoriedade em 1966-1970, durante a ditadura de Onganía.

p. 255, l. 9 **Huet**. Pierre Daniel Huet (1630-1721), bispo de Avranches, estudioso do siríaco e do árabe, escreveu, entre outras obras, um *Traitté de l'origine des romans* (1670) onde estuda os romances celtas, um *Traitté de la situation du Paradis Terrestre* (1691) e uma *Histoire du commerce et de la navigation des anciens* (1716).

p. 255, l. 10 **pai** [*padre*]. Até T3: "pai, ou, melhor, como um retíssimo padrasto [*padre, o, más bien, un rectísimo padrastro*]".

p. 255, l. 12 **com esse nome** [*con semejante nombre*]. Até T3: "de nome tão ridículo [*de nombre tan ridículo*]".

p. 255, l. 32 **Grimaldi**. O jesuíta italiano Francesco Grimaldi (1618-1663), físico e astrônomo, deu nome às montanhas e planícies da lua.

p. 256, l. 24 **uruguaio./ Explicou: "Eu me consolava pensando que para mim um uruguaio não é estrangeiro"** [*uruguayo./ Explicó: "Me consolaba pensando que para mí un uruguayo no es extranjero"*]. Até T3: "uruguaio [*uruguayo*]".

APÊNDICES 705

p. 257, l. 18 **Márquez**. (a) O general de brigada Carlos Márquez, Ministro da Guerra (1938-1940), foi um dos principais colaboradores do presidente Ortiz que teve de renunciar em consequência do escândalo de El Palomar. Na época, chegou a ser conhecido popularmente como "Palomárquez" [Cf. BAYER, Osvaldo, "Palomar: el negociado que conmovió a un régimen". *Todo es Historia*, nº 1, p. 23, maio 1967]. (b) Zacarías Márquez (m. 1839) foi um dos chefes da rebelião de "Los Libres del Sud".

p. 257, l. 23 **Idibal**. Em *Salammbô* (1862), de Flaubert, Iddibal é um ancião servente de Amílcar, que se apresenta disfarçado de escrava negra [cap. VII].

p. 257, l. 32 **táxi. "Um desses Buick que você confunde, se não prestar atenção, com um Packard" explicou inutilmente. Deu** [*taxímetro. "Uno de esos Buick que usted, si no se fija bien, los confunde con un Packard" aclaró inútilmente. Dio*]. Até T3: "táxi; deu [*taxímetro; dio*]".

p. 258, l. 11 **como os do Exército da Salvação**. Através do Salvation Army, referenda o discurso fundamentalista e messiânico dos golpistas de junho de 1943. Cf. a entrevista de Morris e o "padre" com a entrevista de Joseph K. e o capelão [KAFKA, *O processo* (1925), IX].

p. 258, l. 28 **duas torres que pareciam a entrada de um castelo**. Jacinto Baldassarre Torres e José Luis Torres, vias para que Ramón Castillo alcançasse o poder. Na "sinistra" Buenos Aires nacionalista, o "Castelo" fica na rua Rivadavia ("a poltrona da Rivadavia" é uma das figuras habituais para designar a Presidência). O regime é descrito como "um terreno baldio, que se abria para a escuridão".

p. 258, l. 33 **táxi, um Studebacker enorme e caindo aos pedaços, e** [*taxímetro, un Studebacker grandote y desvencijado, y*]. Até T3: "táxi e [*taxímetro y*]".

p. 259, l. 7 **recuou** [*retrocedió*]. Até T3: "baixou a aba do chapéu e recuou [*se bajó el ala del sombrero y retrocedió*]".

p. 259, l. 17 **para ganhar tempo./ Carmen Soares era a empregadinha** [*ganando tiempo./ Carmen Soares era la sirvientita*]. Até T3: "para ganhar tempo [*ganando tiempo*]".

p. 259, l. 29 **táxi, "outro Studebacker, mas em melhor estado que o anterior"** [*taxímetro, "también Studebacker, pero en mejor estado que el anterior"*]. Até T3: "táxi [*taxímetro*]".

p. 259, l. 30 **travessa Owen**. Alusão ao rei Artús, também chamado Owen, segundo algumas versões.

p. 259, l. 36 **Toll**. Jorge E. Coll, ministro da Justiça e Instrução Pública do gabinete de Ortiz, em como consequência do escândalo de El Palomar.

p. 260, l. 8 **Juro que eu não estava em condições de pensar nessas coisas** [*Créeme que no estaba para pensar en esas cosas*]. Até T3: "Isso não me preocupava [*Eso me tenía sin inquietud*]".

p. 262, l. 6 **velho Talbot, fáeton duplo** [*viejo Talbot, doble faetón*] Até T3: "pretérito duplo--fáeton [*pretérito doble-faetón*]".

p. 262, l. 12 **biplano Bristol**. Até T3, o avião é um Dewoitine.

p. 262, l. 19 **alguns metros** [*unos metros*]. Até T3: "uns quinhentos metros [*unos quinientos metros*]".

p. 264, l. 1 **Na manhã seguinte** [*A la mañana siguiente*]. Até T3: "Uma manhã [*Una mañana*]".

p. 265, l. 5 **Miranda**. (a) Em agosto de 1940, um grupo de oficiais liderado pelos coronéis A.

Vago e R. Lascalea conclamaram a um golpe contra o vice-presidente Castillo, no exercício da Presidência. O movimento fracassou pela reticência do comandante de divisão, general Abel Miranda, que se negou a entrar em ação [Cf. POTASH, Robert A. *El ejército y la política en la Argentina*. Sudamericana, 1971, I, pp. 201-202]. (b) Homenagem de Bioy Casares a uma bisavó paterna. Ver n. p. 47, l. 4.

p. 265, l. 28 **país de Kimris**. Cúmbria.

p. 265, l. 31 **ocultas. Fiquei particularmente interessado** [*ocultas. Me interesaron especialmente*]. Até T3: "ocultas. Havia fatigado as obras de Papus, de Richet, de Lhomond, de Stanislas de Guaita, de Labougle, do bispo de la Rochela, de Lodge, de Hogden, de Alberto o Grande. Fiquei particularmente interessado [*ocultas. Había fatigado las obras de Papus, de Richet, de Lhomond, de Stanislas de Guaita, de Labougle, del obispo de la Rochela, de Lodge, de Hogden, de Alberto el Grande. Me interesaban especialmente*]". **Papus**. Pseudônimo de Gérard Encausse (1865-1916), médico teósofo, mago, astrólogo e alquimista nascido em La Coruña. **Richet**. Charles Richet (1850-1935), fisiologista e estudioso de fenômenos parapsicológicos. **Lhomond**. Charles-François Lhomond (1727-1794), humanista e gramático francês. Autor de *De viris illustribus urbis Romae* (1775) e de uma *Histoire abrégée de la religion avant la venue de Jésus-Christ* (1791). **Stanislas de Guaita**. O cabalista francês (1861-1897), fundador, em 1880, de uma loja Rosacruz em Paris. **Labougle**. (a) Eduardo Labougle foi companheiro de estudos de Adolfo Bioy *père* na Faculdade de Direito, em 1900 [Cf. BIOY (1963), p. 18]. Entre 1932 e 1939, foi embaixador argentino na Alemanha [Cf. GARCÍA MOLINA, Fernando, "Una mirada argentina sobre el régimen de Hitler". *Todo es Historia*, nº 322, pp. 8-22, maio 1994]. (b) O germanófilo Alfredo Labougle foi presidente da Universidade de La Plata até 1945. **Bispo de La Rochela**. O escritor Pierre Drieu La Rochelle (1893-1945), colaboracionista sob o regime de Vichy, havia visitado a Argentina em 1933. **Lodge**. Sir Oliver Lodge (1851-1940), professor de física da Universidade de Liverpool, estudioso de fenômenos parapsicológicos. **Hogden**. Talvez Richard Hodgson (1855-1905), aluno de Henry Sidgwick e colaborador da Society for Psychical Research. **Alberto o Grande**. O filósofo escolástico (1192-1280), ao qual se atribuem o tratado *De Alchimia* e dois sobre magia.

p. 265, l. 33 **Daniel Sludge Home**. Em T1 aparece como "sir Gustav Martin Shouldrise"; em T2 e T3, como "sir Daniel Sludge Home". Na realidade, Daniel Dunglas Home (1833-1886), famoso médium do qual Robert Browning zomba em seu poema "Mr. Sludge [*lama*], the Medium" [*Dramatis Personae* (1864)].

p. 265, l. 34 **seleta audiência** [*selecta concurrencia*]. Até T3: "audiência composta exclusivamente de baronetes [*concurrencia compuesta exclusivamente de* baronets]".

p. 266, l. 4 **obras de Blanqui** [*obras de Blanqui*]. Até T3: "obras de Blanqui (autor que eu ignorava) [*obras de Blanqui (autor que yo ignoraba)*]".

p. 266, l. 6 **no meu plano, imediatamente depois das ciências ocultas, vêm a política e a sociologia** [*en mi plan, inmediatas a las ciencias ocultas, vienen la política y la sociología*]. Até T3: "imediatamente depois das ciências ocultas se encontram a política e a sociologia. Meu plano observa tais transições para evitar que o espírito adormeça em longas tendências [*inmediatas a las ciencias ocultas se hallan la* *política y la sociología. Mi plan observa tales transiciones para evitar que el espíritu se adormezca en largas tendencias]".*

p. 266, l. 15 **Nesse poema ou ensaio** [*En ese poema o ensayo*]. Até T1: "Nesses versos [*En esos versos*]".

p. 266, l. 33 **Clube Atlético Vélez Sársfield**. Dalmacio Vélez Sársfield (1880-1875) foi autor de *Relaciones de la Iglesia con el Estado* (1854) e do Código Civil Argentino (1869). Na Buenos Aires púnica, o lugar do Código Civil é ocupado por um "castelo" [en alusión al presidente Castillo].

p. 266, l. 34 **Barragán**. Apolinario Barragán foi um dos iniciadores da revolução de Los Libres del Sud.

p. 267, l. 5 **nomes./ Achou necessário acrescentar:/ — Amílcar é uma marca de automóveis esportivos. Gostaria de ter um** [*nombres. Creyó necesario aclarar:/ — Amílcar es una marca de automóviles tipo* sport. *Me gustaría tener uno*]. Até T3: "nomes [*nombres*]".

p. 267, l. 32 **este parágrafo** [*este párrafo*]. Até T1: "este parágrafo (traduzo-o em prosa) [*este párrafo (lo traduzco en prosa)*]".

p. 267, l. 34 **Deve haver infinitos mundos**. A citação de Blanqui funde dois capítulos de *L'Éternité par les astres* [Paris: Librairie G. Bailliere, 1872]. Conforme explica Bioy Casares, "Beatriz Curia me perguntou de onde tirei um parágrafo de Blanqui [...] citado em 'A trama'. Eu lhe disse: 'De um livro de Flammarion'. [...] Procurei em vão o livro na minha biblioteca da casa da rua Posadas. [...] Hoje Beatriz me disse que [...] chegou à conclusão de que eu inventei esse parágrafo. [...] O que eu sei é que naqueles anos eu não teria tido problema algum em corrigir um parágrafo citado" [BIOY CASARES (2001), p. 77]. É muito provável que tenha forjado a citação a partir da que Borges inclui em sua resenha da biografia de Stewart: "O que agora escrevo em um calabouço do castelo do Touro, escrevi e o escreverei eternamente, nesta mesma mesa, com esta pena" ["NEIL STEWART, *Blanqui*". *Sur*, nº 65, pp. 111-112, fev. 1940]. Em uma primeira versão, reproduzida por Curia [op. cit., vol. I, pp. 117-121], pode-se ler: "Há de haver infinitos mundos idênticos, infinitos mundos ligeiramente variados, infinitos mundos diferentes. Em infinitos mundos eu, Luis Augusto Blanqui, estarei agora nesta fria prisão compondo este mesmo poema; em infinitos mundos a situação será a mesma, mas a causa de meu confinamento talvez vá perdendo sua nobreza até ser sórdida, e meu poema será em alguns mundos menos inspirado e em outros terá sobre este a incomparável superioridade de um epíteto feliz". Em T1: "Em infinitos mundos, eu Luis Augusto Blanqui, estarei agora nesta prisão do Mont-Saint Michel, compondo este mesmo poema; em infinitos mundos minha situação será a mesma, mas talvez, a causa de meu confinamento gradualmente perca sua nobreza, até ser sórdida, e meu poema será naqueles mundos menos inspirado e em outros terá a incomparável superioridade de um epíteto feliz [*En infinitos mundos, yo Luis Augusto Blanqui, estaré ahora en esta prisión del Mont-Saint Michel, componiendo este mismo poema; en infinitos mundos mi situación será la misma, pero tal vez, la causa de mi encierro gradualmente pierda su nobleza, hasta ser sórdida, y mi poema será en esos mundos menos inspirado y en otros tendrá la incomparable superioridad de un epíteto feliz*]".

Em T2 corrige segundo a versão citada por Henri Lichtenberger no apêndice sobre Blanqui de seu estudo *La Philosophie de Nietzsche* (1898): "Deve haver infinitos mundos idênticos, infinitos mundos ligeiramente variados, infinitos mundos diferentes. O que agora escrevo neste calabouço do forte do Touro, já o escrevi e o escreverei durante a eternidade, em uma mesa, em um papel, em um calabouço, inteiramente parecidos. Em infinitos mundos minha situação será a mesma, mas talvez a causa de meu confinamento gradualmente perca sua nobreza, até ser sórdida, e talvez minhas linhas tenham, em outros mundos, a inegável superioridade de um adjetivo feliz" [*Habrá infinitos mundos idénticos, infinitos mundos ligeramente variados, infinitos mundos diferentes. Lo que ahora escribo en este calabozo del fuerte del Toro, lo he escrito y lo escribiré durante la eternidad, en una mesa, en un papel, en un calabozo, enteramente parecidos. En infinitos mundos mi situación será la misma, pero tal vez la causa de mi encierro gradualmente pierda su nobleza, hasta ser sórdida, y quizá mis líneas tengan, en otros mundos, la innegable superioridad de un adjetivo feliz*]. Em T3, não apresenta variantes em relação à versão anterior. Em T4, alcança a forma definitiva. Em T1, o escrito é definido como "poema"; desde T2 é corrigido conforme Lichtenberger e aparece como "poema em prosa".

p. 268, l. 13 **falta o país de Gales.** Em um primeiro esboço do argumento, o aviador devia cair na Buenos Aires de um universo onde os bascos não existiam. Bioy Casares diz que não tardou a reconsiderar "que a ausência de bascos seria perceptível demais e que me convinha que o protagonista acreditasse estar na Buenos Aires de sempre; em vez dos bascos, eliminei os galeses" [CROSS *et al.* (eds.), op. cit., p. 37]. Como lembra Francisco Ayala, a família do presidente Ortiz "Vangloriava-se de ter origem basca" [*Recuerdos y olvidos: El exilio.* Madri: Alianza Tres, 1982, p. 14].

p. 268, l. 24 **nesse mundo Cartago não desapareceu.** A maioria das referências cartaginesas provém de leituras de Flaubert [*Salammbô, passim*]: o desenho do anel, com o característico cavalo, a cruz atravessada pelo trapézio, os convívios ou *circuli*.

p. 268, l. 33 **museu de Lavigerie.** Museu arqueológico na Cartago do século XX; entre 1899 e 1956 levou o nome do cardeal Ch. Martial Lavigerie.

p. 268, l. 35 **fim, os convívios** [*último están los convivios*]. Até T3: "fim — *horresco referens* — estão os convívios [*último —horresco referens— están los convivios*]". Em um dos rascunhos do conto se explica: "A organização em convívios ou *circuli* é cartaginesa. Depois, o trapézio atravessado, na igreja, as fontes rituais com peixes, os símbolos das meias-luas, os sóis, as romãs (e certamente caduceus, que Owen não recordava), confirmaram-me tudo (e me fizeram pensar que a igreja deve professar uma versão cartaginesa do cristianismo, com uma Virgem parecida com Tanit Baal e um Jeová muito parecido com Moloch)" [Reproduzido em CURIA, op. cit., vol. I, p. 175]. Há ainda uma provável alusão ao círculo *Convivio* do nacionalista César Pico, figura-chave da Igreja Católica em 1941-1942: em seus Cursos de Cultura, sustentava que o fascismo era uma resposta à crise que ameaçava destruir a civilização cristã.

p. 269, l. 2 **Moloch**... Até T2: "Moloch... Nesses grupos cartagineses denunciou os iníquos antepassados do sindicato, da célula comunista e das sociedades secretas que formam os indivíduos de algumas raças — por exemplo, os judeus — para minar nossa civilização [*Moloch... En esos grupos cartagineses denuncio a los inicuos antepasados del sindicato, de la célula comunista y de las sociedades secretas que forman los individuos de algunas razas — por ejemplo, los judíos — para minar nuestra civilización*]".

p. 269, l. 14 **dicionário de Kent**. *Mythological Dictionary* (1870) de Charles Kent (1823-1902). O narrador de *Los que aman, odian* (1946) tem entre seus livros "os volumes de Chiron, de Kent, de Jahr, de Allen e de Hering" [cap. IV].

p. 270, l. 23 **antiga lenda do carro de Morgan**. O carro ou carruagem (*char*) de Morgan é descrito no *roman* da visita de Ogier o dinamarquês ao Outro Mundo (século XIV). Ao nascer Ogier, seis fadas lhe concedem dons: Morgan lhe concede uma vida de glória e uma longa temporada em Avalon. Aos cem anos, depois de um naufrágio, Ogier encontra-se com Morgan, que lhe devolve a juventude pondo-lhe um anel no dedo. Depois de duzentos anos de deleite, o faz retornar para a França e finalmente o leva a Avalon em uma carruagem de aparência ígnea [*tout de feu sembloit*], aparentada com a de Elias [Cf. PATCH, Howard R., *El otro mundo en la literatura medieval*. México: FCE, 1956, pp. 267-268. Coleção Lengua y Estudios Literarios] .

p. 271, l. 1 **Packard. Dele desceu um homenzinho magro, bem penteado com brilhantina./ — Dizem que ele foi capitão — explicou alguém. — Chama-se Morris** [*Packard. Bajó un hombrecito flaco, muy peinado con gomina./ — Dicen que fue capitán — explicó alguien —. Se llama Morris*]. Até T3: "Packard: desceu uma espécie de jóquei. Era o capitão Morris. Pagou o almoço de seus compatriotas e bebeu com eles. Soube depois que era secretário, ou empregado, de um contrabandista [*Packard: una especie de jockey bajó. Era el capitán Morris. Pagó el almuerzo de sus compatriotas y bebió con ellos. Supe después que era secretario, o sirviente, de un contrabandista*]".

p. 271, l. 12 **Jaguarão**. Até T1: Sant'Ana do Livramento. (a) Na localidade brasileira de Sant'Ana do Livramento, José Hernández escreveu a primeira parte do *Martín Fierro*, publicada em 1872, o mesmo ano que *L'Éternité par les astres*. Talvez alusão irônica à deserção de Martín Fierro e a sua travessia da fronteira rumo aos domínios dos índios. (b) No conto *"Tlön, Uqbar, Orbis Tertius"* (1940), de Borges, em que Bioy Casares aparece como personagem, quando "Borges" e "Amorim" voltam de Sant'Ana do Livramento recebem em um armazém um cone procedente de Tlön: do mesmo modo, a pedra de Morris que Servian conserva provaria a existência do mundo paralelo. (c) O ditador doutor José G. Rodríguez de Francia (1766-1840) nasceu na localidade paraguaia de Yaguarón.

p. 271, l. 35 **Cícero**. Em "Tres formas del Eterno Regreso" (*La Nación*, 14 dez. de 1941), Borges elogia a doutrina de Blanqui e, em seguida, remete a Demócrito segundo as *Questões acadêmicas*, II, 40.

p. 272, l. 9 **meus conhecimentos** [*mis conocimientos*]. Até T3: "minha incumbência [*mi incumbencia*]".

"O OUTRO LABIRINTO"

Do conto, cujo último rascunho conservado tem a data de 8 de abril de 1945, existem duas versões publicadas:

L1 "El otro laberinto (a)". *Sur,* nº 135, pp. 50-92, jan. 1946.
L2 "El otro laberinto (b)". *La trama celeste.* Sur, 1948, pp. 139-198.

Seu argumento provém de dois romances precoces e inacabados do próprio Bioy Casares, escritos por volta de 1938-1939: *Pasado mortal* e *El problema de la torre china,* inspirados, por sua vez, no romance, também inacabado, *The Sense of the Past* (1917), de Henry James. No primeiro, um estudioso fica obcecado com a história de um crime ocorrido um século atrás, lido em um manuscrito, e acaba provocando sua própria morte, já que é ele, no fim das contas, a vítima pretérita. No segundo, o misterioso duplo crime em um quarto trancado da Torre de Pung-tsu La é investigado por dois funcionários que, em uma mágica viagem rumo ao passado, transformam-se, igualmente, nas vítimas procuradas. A esses antecedentes cabe acrescentar um primeiro esboço do conto (ver o Apêndice v), ambientado na Praga do final do século XIX, cujo argumento já é, em essência, o da versão "húngara", embora fique por explicar a existência do manuscrito e as coincidências biográficas.

p. 273, l. 3 ***dissimulare velis, te liquet esse meum***. A citação é incorreta: a *Tristia,* III, III, 18 corresponde o verso *"nulla venit sine te nox mihi, nulla dies"*. Em *Tristia,* I, I, 61-63 lê-se: "*Ut titulo careas, ipso noscere colore;/ dissimulare velis, te liquet esse meus./ Clam tamen intrato, ne te mea carmina laedant"*; isso é: "*Embora careças de título* [inscrição com o nome do autor], *reconhecer-te-ão pelo estilo;/embora queiras dissimulá-lo, é claro que sois meu./ Contudo, entra clandestinamente* [com mistério], [para que] *meus poemas não te machuquem"*.

p. 273, l. 4 ***Tristia***. As elegias dirigidas por Ovídio a sua esposa Fábia e aos seus amigos, onde descreve seu desterro em Tomis (8 a.C.-18).

p. 273, l. 5 **Anthal Horvath**. Em rascunhos, Akos Imre. O estudioso István Horvath (1784-1846), partidário do movimento nacionalista magiar, difundiu de sua cátedra na Universidade de Pest o interesse pelo estudo da história húngara antiga. Em seus escritos, sempre de acentuado chauvinismo, atribuiu origem magiar a Homero e a Hércules.

p. 274, l. 24 **Banyay**. Em rascunhos, Budeny. Banyay talvez derive do sobrenome do conde Lajos Bathhyány (1802-1849), patriota magiar, Presidente da Dieta Húngara em 1848. Note-se que, na muito portenha Budapeste de enciclopédia deste conto, por baixo de superficiais diferenças de sobrenomes e lugares, ouvem-se *xardas* — tangos — "da velha guarda" e, sobretudo, aparecem, no ambiente cultural, repressões nacionalistas similares às do primeiro peronismo.

p. 274, l. 30 **museu**. Alusão irônica ao platônico Museu dos Arquétipos.

p. 274, l. 33 **harmônios**. Ver n. p. 218, l. 14.

p. 275, l. 2 **gorilas de louça [de] Moses Mendelssohn**. Na época de Frederico II, continuador da política antissemita laica de seu pai, os judeus, ao se casar, eram obrigados a comprar porcelanas da então recém-criada Königliche Porzellanmanufaktur. Deviam gastar uma soma pré-fixada e estavam sujeitos ao arbítrio dos funcionários reais quanto ao que deveriam adquirir. Para seu casamento, Moisés Mendelssohn teve de comprar vinte macacos de porcelana maciça, de tamanho natural. Segundo S. Hensel [*Die Familie Mendelssohn von 1729 bis 1846*. Berlim: Georg Reiner, 1918, vol. I, p. 2], alguns foram conservados pela família.

p. 275, l. 6 **bilhar [...] fabricado pelo inglês Philip, "relojoeiro de Hume" e "macaco do Papa Silvestre II"**.... Anacronicamente, reúne-se Hume (1711-1776) e o papa Silvestre II (940-1003), responsável pela difusão da numeração arábica e de quem se diz que fabricou o primeiro relógio mecânico do Ocidente. Em *An Enquiry Concerning Human Understanding* (1748) [Cf. IV, 1 e VII, 1], Hume recorre à imagem do bilhar para atacar a ideia de causalidade; ali também refuta a célebre Tese do Relojoeiro de Paley, talvez parodiada com a menção de um Philip, nome de uma famosa marca de relógios. De Silvestre II dizia-se que havia inventado uma cabeça de bronze falante, que ele consultava sobre assuntos políticos.

p. 275, l. 9 **A pomba de madeira e a mosca de bronze construídas por Regiomontano**. O astrônomo alemão Johann Müller de Königsberg (1436-1476), conhecido como Regiomontano, residiu na Hungria entre 1471 e 1475; depois em Roma, onde participou da reforma do Calendário; segundo alguns, ele teria morrido envenenado. As tradições lhe atribuem uma águia de madeira e uma mosca de metal. Bioy Casares toma a notícia do artigo de Delambre sobre Müller em MICHAUD, L.-G. (ed.), *Biographie universelle, ancienne et moderne* (1843), XXIX: "*On a fait honneur à J. Müller, de la construction de deux automates, dont l'un était une mouche de fer, qui faisat, en volant, le tour de la table et des convives, après quoi elle revenait dans la main de son maître. L'autre était un aigle qui vint, aussi en volant, au-devant de l'empereur* [Atribui-se a Müller a construção de dois autômatos, um dos quais era uma mosca de metal que, voando, dava uma volta na mesa e nos comensais para depois retornar à mão do dono. O outro era uma águia que, também voando, foi ao encontro do Imperador]". Aulo Gelio [*Noctes Atticae*, X, 12], baseado no filósofo Favorino (século II), atribui a pomba de madeira a Arquitas de Tarento (século IV a.C.).

p. 275, l. 17 **Nagybánya**. O regente da Hungria (1920-1944), Horthy von Nagybánya, alinhou-se ao Eixo durante a Segunda Guerra Mundial. Em versões prévias do relato, abundavam as alusões a colaboracionistas com o nazismo: aqui, os nomes de membros do gabinete da regência — Vladää, Remenyi, Horthy.

p. 275, l. 22 **propensão a dar importância a tudo que nos concerne**. Cf. seu prólogo (1949) a *La Celestina*: "Somos insaciáveis de tudo o que nos confirma ou nos alude".

p. 275, l. 28 **Não conhece as regras do gênero: que a ação transcorra na incomparável Paris do Segundo Império ou, pelo menos, nas brumas de Londres**. Cf. BORGES, J. L. "Manuel Peyrou, *La espada dormida*" [*Sur*, nº 127, p. 74, maio 1945]: "Convém que sua ação [da narrativa policial] se situe em outro país. Assim entendeu Poe, seu inventor, com sua Rue Morgue e com seu Faubourg Saint-Germain;

assim Chesterton, que prefere uma Londres fantasmagórica".

p. 276, l. 18 versos de Juan Aranyi. Em rascunhos, são atribuídos a Juan Maír e aparecem como segue: "*No busques el Jardín del Paraíso:/ Ya arde en tu corazón el fuego donde penarás eternamente,/ O ya floreció en tu corazón el jardín donde tu alma se educa* [*Não procures o Jardim do Paraíso:/ Já arde em teu coração o fogo onde penarás eternamente,/ Ou já floresceu em teu coração o jardim onde tua alma se educa*]". Proveniente da pequena nobreza rural empobrecida, o poeta Juan Aranyi (1817-1882) participou ativamente de sociedades patrióticas húngaras contra a dominação austríaca e da revolução nacionalista de 1848.

p. 277, l. 20 professor Liptay. Em rascunhos, Horthy, aludindo ao regente Horthy von Nagy-bánya.

p. 278, l. 16 Palma Szentgyörgyi. Albert Szent-Györgyi (1893-1986), Prêmio Nobel de Medicina em 1937, foi membro ativo da resistência húngara contra o nazismo.

p. 278, l. 25 Ferencz Remenyi. Lajos Reményi-Schneller (1892-1946) foi Ministro da Fazenda (1938-1945) do gabinete do regente Horthy.

p. 279, l. 8 Chatterton. O poeta inglês (1752-1770), que forjou um texto, atribuindo-o a um tal Rowley, monge do século XV. Assim como Horvath, que o imitará conscientemente, suicidou-se tomando arsênico.

p. 281, l. 7 Paracelso. O médico e alquimista suíço (1493-1541), de quem se diz que morreu envenenado na Pousada do Cavalo Branco. Sustentou a teoria do poder da vontade: segundo ele, basta imaginar claramente a morte de alguém para consegui-la.

p. 283, l. 25 pegaram./ — Mais um estudante preso — comentou Remenyi. [*alcanzaron./ —Otro estudiante preso —comentó Remenyi*]. Até L1: "pegaram [*alcanzaron*]".

p. 286, l. 11 Tavernier. Jean-Baptiste Tavernier (1605-1689); viajante francês, autor de *Six Voyages en Turquie, en Perse et aux Indes* (1676).

p. 286, l. 33 *nulla venit sine te nox mihi, nulla dies*. A citação é incorreta: a *Tristia*, I, v, 7 corresponde o verso "*Scis bene, cui dicam, positis pro nomine signis*" [Sabes bem a quem me dirijo, pelos indícios que substituem teu nome]. Bioy Casares explica [*Página/12*, 8 nov. 1987]: "Também em outro lugar eu cito um verso dos *Tristia*, de Ovídio. É uma citação que não corresponde. No livro e no verso indicados diz: 'Este livro está escrito para ti'". Em *Tristia*, III, III, 17-18 se lê: "*Te loquor absentem, te vox mea nominat unam,/ nulla venit sine te nox mihi, nulla dies* [(A ti) *falo* (embora estejas) *ausente, a ti só nomeia* (só a ti chama) *minha voz, não chega a mim nenhuma noite sem ti,* (como tampouco) *nenhum dia*]".

p. 288, l. 4 figuras do friso. Em rascunhos, em vez da menção a Santo Agostinho, no friso se lê: "P. OVIDIVS NASO DCCXX-DCCLXXXI A. U. C.".

p. 288, l. 5 citação do décimo primeiro livro das *Confissões* de Santo Agostinho. Segundo o livro XI, "sobre o presente do passado, o presente e o presente do futuro", o tempo (formado por três inexistências: passado, presente e futuro) é irreal; só a eternidade é real, contínuo presente em que existe Deus.

p. 288, l. 7 BOETHIVS. No livro V de *De Consolatione philosophiae*, Boécio diz que para Deus, que vê de um presente eterno, o conhecimento é atemporal. Essa presença, no entanto, não afetaria o livre-arbítrio do homem.

p. 290, l. 5 Pálffy. O escritor e jornalista Albert Pálffy (1820-1897) cultivou, como muitos nacionalistas magiares, um romantismo de inspiração francesa.

p. 290, l. 28 cocheiro Janós. Em rascunhos, Vladää, aludindo a um secretario do Ministério da Justiça sob a regência de Horthy.

p. 291, l. 14 Hegedüs. O economista húngaro Lóránt Heged s (1872-1943) integrou (1920-1921) o gabinete do primeiro ministro István Bethlen. Em 1916 publicou *A magyarság jöv je a háború után* [*O futuro dos húngaros no pós-guerra*].

p. 293, l. 30 Leibnitz. Segundo *La Monadologie* (1714), §61, Deus, dentro da harmonia geral, através de qualquer das partes do universo, pode conhecer o que ocorre e o que ocorrerá, "percebendo no presente o que está distante, tanto segundo o tempo como segundo o lugar".

p. 293, l. 31 momentos de exaltada […] **inteligência**. Ver n. p. 185, l. 2.

p. 294, l. 10 epígrafe. A citação se completa: "*Straight was I carried back to times of yore,/ Whilst Canynge swathed yet in fleshly bed,/ And saw all actions which had been before,/ And all the scroll of Fate unravelled*" [*Imediatamente fui levado ao tempo de antanho,/ quando Canynge ainda estava por nascer/ e vi todas as ações que haviam ocorrido antes e abrir-se, estendendo-se, o rolo inteiro do Destino*]. O fragmento aparece na *Encyclopædia Britannica* (13ª ed.), s.v. "Chatterton". "Thomas Rowley", o monge forjado por Chatterton, dirige-se a William Canynge (1399-1474), conhecido mecenas do tempo de Enrique VI.

p. 297, l. 12 O vulto falou [*El busto habló*]. Até Ll: "Era um homem [*Era un hombre*]".

p. 298, l. 3 entregou a Remenyi. Este disse com trabalhosa lentidão: [*dio a Remenyi. Éste dijo con trabajosa lentitud:*]. Até Ll: "entregou, mas ele já se arrastara até Horvath. O rosto que apareceu na luz não era o de Remenyi: era uma massa de carne escura e de cicatrizes brancas. Mas a voz, embora vacilante e exausta, era a de Remenyi; seguiu: [*dio, pero él ya se había arrastrado hasta Horvath. El rostro que apareció en la luz no era el de Remenyi: era una masa de carne oscura y de cicatrices blancas. Pero la voz, aunque vacilante y exhausta, era la de Remenyi; siguió:*]".

p. 298, l. 17 levantar-se [*incorporarse*]. Até Li: "levantar. Horvath estivera comovido; com resolução, estendeu o braço para apertar a mão direita de Remenyi, sentindo, absurdamente, que empreendia um gesto nobre e generoso. Naquele rosto disforme entreviu uma expressão resignada. Remenyi lhe mostrava algo. Mostrava-lhe que não tinha mão direita. Tinha um coto [*incorporarse. Horvath había estado conmovido; con resolución extendió el brazo para estrechar la mano derecha de Remenyi, sintiendo, absurdamente, que emprendía un ademán noble y generoso. En esa cara deforme entrevió una expresión resignada. Remenyi le mostraba algo. Le mostraba que no tenía mano derecha. Tenía un muñón*]".

p. 300, l. 3 As duas Dianas. *Les Deux Diane* (1846-1847), romance escrito por Paul Meurice (1820-1905), mas assinado por Alexandre Dumas *père*. Na obra se descreve a tomada de Calais, a batalha de Saint-Quentin, a morte de Henrique II, as Guerras de Religião. A duas Dianas são Mme. de Poitiers e sua filha, Mme. de Castro.

p. 300, l. 13 estudo de Hélène Richter. RICHTER, Hélène, "Thomas Chatterton". *Wiener Beiträge zur englischen Philologie* (1900). Citado como bibliografia na *Encyclopædia Britannica* (13ª ed.), s.v. "Chatterton".

p. 300, l. 14 biografia de Wilson. WILSON, Daniel, *Chatterton. A Biographical Study* (1869).

Citado como bibliografia na *Encyclopædia Britannica* (13ª ed.), s.v. "Chatterton".

p. 301, l. 27 Crônica do mundo, de Székely. SZÉKELY, István B., *Krónika ez világnak jeles dolgairól* (1559).

p. 303, l. 22 encontrado com o [*encontrado en el*]. Até L1: "*encontrado na capa do*" [*encontrado en la capa del*].

p. 304, l. 6 Nyíregyháza. Quando István [*Nyíregyháza. Cuando István*]. Até L1: "Nyíregyháza. István era o homem da pousada do Túnel [*Nyíregyháza. István era el hombre de la posada del Túnel*]".

p. 304, l. 23 passar o trinco [*cerrar el pasador*]. Até L1: "trancar à chave [*cerrar con llave*]".

"O PERJÚRIO DA NEVE"

Do conto existem três versões publicadas:

PN1 *El perjurio de la nieve* (a). Emecé, 1944, 64 pp. Coleção Cuadernos de la Quimera.

PN2 "El perjurio de la nieve (b)". *La trama celeste.* Sur, 1948, pp. 199-246.

PN3 "El perjurio de la nieve (c)". *La trama celeste.* Sur, 1967, pp. 143-176.

Publicado en 1944, seu antecedente imediato é a segunda parte, esboçada, mas não desenvolvida, do romance policial *La navaja del muerto*, iniciado e abandonado por Bioy Casares em 1939. Este esboço se encontra entre os Apêndices (pp. 665-667).

p. 305, l. 3 O rei secreto do mundo. Romance inacabado de Gustav Meyrink. Borges traduz seu título como *El emperador secreto* ["Gustav Meyrink". *El Hogar,* 29 abr. 1938]. Em uma das páginas de um rascunho de "A trama celeste", reproduzida por Curia [op. cit., vol. II, p. 120], lê-se a anotação "O imperador secreto do mundo". Óbvia alusão ao assunto do conto, como reconhece Bioy Casares [in *Página/12,* 8 nov. 1987].

p. 305, l. 4 Spiegelhalter. Ao marido de Kathe K. de Spiegelhalter, vizinha dos Bioy Casares em Mar del Plata, atribui-se a autoria de *Austria y la literatura fantástica.* Em alemão: *Spiegelhalter*, quem segura o espelho.

p. 305, l. 7 estreita rua Corrientes. A rua Corrientes foi alargada em 1936.

p. 305, l. 9 "as trinta caras bonitas". Corpo de coristas do teatro de revista *El Porteño,* que Bioy Casares frequentava na adolescência.

p. 305, l. 11 xadrez. As partidas entre Capablanca e Alekhine, entre setembro e novembro de 1927.

p. 305, l. 14 crime da rua Bustamante. (a) Em outubro de 1902, Bartolomé Ferrando foi cruelmente assassinado em sua casa da rua Bustamante por um grupo de ladrões. Em uma investigação muito confusa, primeiro se culpou Antonio Devotto, vulgo

"Melena"; Miguel Sánchez, vulgo "el Silletero"; Antonio Caridad, vulgo "el Mono"; um tal "Brasilero" e um "carteiro Álvarez": depois se revelou que alguns deles eram inocentes. A revista *Caras y Caretas* acompanhou o caso durante duas semanas, em seus fascículos de 11 e 18 de outubro. Manuel Gálvez [*Amigos y maestros de mi juventud*. Hachette, 1961, p. 64] afirma ter conhecido "os autores do crime da rua Bustamante: o *Brasilero* e o *Melena*". Bioy Casares lembra de ter lido a notícia "em algum número antigo da coleção de *Caras y Caretas*" [Carta a B. Curia, de 6 de agosto de 1980, em CURIA, op. cit, vol. II, p. 71]. Borges evoca o episódio em "Juan Muraña" [*O informe de Brodie* (1970)]: "Os crimes eram raros naquela época: pense no tanto que o assunto do Melena, do Campana e do Silletero deu o que falar". (b) Em 1943, Bioy Casares, usando o nome "Ernesto Pissavini", era o proprietário secreto de uma *garçonnière* na rua Bustamante, registrada no nome do porteiro dos Bioy. Em 1936, Pissavini já havia aparecido como falso secretário de redação da verista *Destiempo*, ocultando Borges e Bioy Casares [ver n. p. 19, l. 29].

p. 305, l. 15 **Afirmação dos Civis**. Segundo Bioy Casares, "é um fato que não ocorreu e que parecia desejável naqueles momentos em que o exército apoiava a política daquilo que viria a ser a ditadura peronista" [Carta a B. Curia, de 6 de agosto de 1980, em CURIA, op. cit., vol. II, p. 71].

p. 305, l. 15 **barracas de Adela**. "Prostíbulos que eram, também, modestos *dancings*" [Bioy Casares, em carta a F. M. Rosset, 28 de janeiro de 1973]. Segundo L. Benarós ["El tango y los lugares y casas de baile". In: SELLES, Roberto & BENARÓS, León. *La historia del tango; Primera época*. Corregidor, 1977, p. 222], os quartos ou barracas de Adela eram prostíbulos atendidos por "bravias mulheres com faca na liga", localizados perto dos quartéis, no bairro de Palermo. Para a associação de Adela com a Alemanha, através de Santa Adelaide, ver n. p. 311, l. 9.

p. 305, l. 16 **Baigorri**. O engenheiro Juan Baigorri Velar (1891-1972), por meio de procedimentos supostamente científicos (que nunca chegou a revelar), teria provocado chuvas em diversos lugares da Argentina entre 1938 e 1967.

p. 305, l. 16 **Semana Trágica**. Violenta repressão da greve geral declarada em Buenos Aires em 1919 (9 a 16 de janeiro). É o marco do conto "Una semana de holgorio" [*Tres relatos porteños* (1922)], de Arturo Cancela, muito celebrado por Bioy Casares.

p. 305, l. 17 **Juan Luis Villafañe**. Tal como "A trama celeste", "O perjúrio da neve", publicado em janeiro de 1944, combina elementos fantásticos e literários com referências à realidade política argentina contemporânea. A figura de Juan Luis Villafañe é paródia do senador (1932-1941) de Jujuy, Benjamín Villafañe, que, apoiando-se na reportagem do jornalista José Luis Torres, denunciou em 1940 a negociata das terras de El Palomar. Villafañe era um político independente muito conhecido "por sua descreça no sufrágio universal, sua franca admiração pela ideia da representação corporativa e outras opiniões comuns aos nacionalistas argentinos" [POTASH, op. cit., I, p. 194]. Como o senador, Juan Luis Villafañe é um acérrimo nacionalista, responsável por "muitos discursos da boa época de mais de um setor do Senado", e está convencido "do futuro desesperado da vida política na terra e, particularmente, na República". Em sua resenha de *A trama celeste* [*Sur*, nº 179, p. 74, set. 1949], Carlos Mastronardi escreveu que "[p]or momentos concorde com a realidade imediata, Bioy oferece-nos personagens que reúnem os traços de dois ou mais homens concretos; estes 'centauros' nada têm de fictícios. Villafañe, entre outros, unifica os atributos de dois argentinos irrefutáveis, e também antagônicos". Cabe perguntar se este "centauro" não juntaria José Luis Torres com Benjamín Villafañe.

p. 305, l. 24 **La Cultura Argentina**. Coleção (1915-1925) criada e dirigida por José Ingenieros (1877-1925).

p. 306, l. 6 **compositor de Palermo**. Aquele que prepara os cavalos de corrida no hipódromo de Palermo.

p. 306, l. 15 **Azul**. Revista literária (1930-1931), publicada na cidade de Azul, província de Buenos Aires, na qual colaboraram Borges e — com um artigo sobre "Os cantos das Eddas" (1931) — Norah Lange. Na *Völsunga Saga* (século XIII), texto em prosa inspirado em cantos da *Edda Poética*, o herói Sigurd, filho do ferreiro norueguês do rei da Dinamarca, consegue despertar a valquíria Sigrdrifa, que dormia, armada, em um castelo rodeado de chamas: "esta aventura é uma das formas da história da bela adormecida" [BORGES, J. L. & VÁZQUEZ, María Esther, *Literaturas germánicas medievales* (1966), "Literatura escandinava"].

p. 306, l. 16 **Baixinho chapeludo** [*Petiso sombrerudo*]. O apelido joga com a alcunha de Cayetano Santos Godino (1896-1944), o "Baixinho Orelhudo" [*Petiso Orejudo*], delinquente precoce preso aos dezesseis anos, quando havia cometido pelo menos quatro assassinatos.

p. 306, l. 20 **Jean-Paul (Richter)**. O esclarecimento entre parênteses distingue com ironia o autor alemão de Juan Pablo Echagüe (1875-1950). Famoso por seus grandes chapéus cabanos, o argentino publicou suas críticas literárias em diversos jornais e revistas sob o pseudônimo *Jean-Paul*. Nas "Analects from John Paul Richter" [*Works*, XIII, pp. 128-133], De Quincey traduz fragmentos de *Flegeljahre* (1804-1805); entre eles, "Das Glück eines schwedischen Pfarrers" ["The Happy Life of a Parish Priest in Sweden"], em que Richter descreve a rotineira vida do sacerdote, para quem cada dia é igual ao anterior: "*it differs from its predecessor hardly by so much as the leaf of a rose-bud* [*difere do precedente, quando muito, como a pétala de uma rosa*]".

p. 307, l. 3 **cujas causas e cuja explicação nunca se conheceram, mas sim os horrores**. Ao denunciar o escândalo de El Palomar, Villafañe "afirmou que o caso era 'uma coisa horrorosa que só se pode qualificar de horrorosa', e chegou à conclusão de que 'o governo nacional, por seu próprio decoro, há de ter interesse em que se lance luz imediatamente neste assunto'" [POTASH, op. cit., I, p. 194]. O processo só terminou em 1945.

p. 307, l. 6 **o imortal Carlos Oribe**. (a) Segundo o próprio Bioy Casares, o personagem é inspirado no escritor J. R. Wilcock (1919-1978). (b) "Oribe" é ao mesmo tempo anagrama de Obereit, personagem de "J. H. Obereit Besuch bei den Zeitengeln", conto de Gustav Meyrink publicado no suplemento de *Crítica* [7 de abril de 1934], em tradução de Borges, com o título de "Las sanguijuelas del tiempo". Nesse conto, um imortal senhor Obereit afirma que a única forma de vencer a morte é despojando-se das esperanças e dos desejos. (c) Em "Oribe" também se esconde uma alusão a Oliverio Girondo: o crime de Oliverio teria sido interpor-se, desde 1921, entre Borges e as cinco irmãs Lange — Norah e Haydée incluídas —, filhas de Berta Erfjord e do norueguês Gunnar Lange (1865-1915), que ambos os escritores visitavam na casa da rua Tronador, em Belgrano. Significativamente, Girondo e Norah se casaram em julho de 1943, perto da data de elaboração do conto. (d) Se, como se sugere, Lucía estivesse no Inferno, Oribe (na realidade Villafañe) poderia ser visto, além disso, como uma versão renovada do herói arquetípico que salva a princesa do dragão (Vermehren).

p. 307, l. 26 **bosque de pinheiros**. No conto de Perrault, quando a Bela Adormecida cai em letargia, seus pais, os reis, proíbem que qualquer pessoa se aproxime do castelo onde ela repousará por cem anos; um enorme bosque [*un grand bois fort épais*] rapidamente o envolve. Em "The Pine Forest of he Cascine near Pisa" [*Posthumous Poems* (1824)], um de cujos versos Oribe traduzirá, Shelley evoca com tristeza outros tempos compartilhados com a amada ("*Now the last day of many days,/ All beautiful and bright as thou,/ The loveliest and the last is dead,/ Rise, Memory, and write its praise!*") e em especial um passeio por um bosque de pinheiros, em que a calma e a *inviolable quietness* da cena criam um círculo mágico de silêncio, "*and still I felt the centre of/ the Magic circle there/ was one fair form that filled with love/ the lifeless atmosphere*".

p. 308, l. 21 **Não escuto as apresentações**. Segundo as anedotas conservadas, uma das frases típicas de Wilcock daquela época. Cf. MONTEQUIN, Ernesto, "J. R. Wilcock dans une nouvelle de Adolfo Bioy Casares" [*Cahier de Caïfas*, Porto Príncipe, 1ª época, nº 5, abril 1992], *passim*.

p. 308, l. 24 **havia publicado um artigo na *Nosotros***. Em um "Informe sobre la nueva poesía argentina", publicado na revista *Nosotros* [2ª época, nº 91, pp. 71-93, out. 1943], César Fernández Moreno fala do *Libro de poemas y canciones*, de Wilcock.

p. 308, l. 26 ***Cantos e baladas***. Em 1940, Wilcock publicou seu *Libro de poemas y canciones*.

p. 309, l. 10 ***La Nación***. O jornal havia publicado um poema de Wilcock em 16 de junho de 1940, sob o título geral de "Tres poetas nuevos".

p. 310, l. 5 **tradução de uns [versos] de Shakespeare**. *Richard the Second*, III, 2: "*Let's talk of graves, of worms and epitaphs: [...]. For God's sake let us sit upon the ground/ And tell sad stories of the death of kings*". Segundo Bioy Casares [*El Gato Negro*, nº 1, dez. 1990], Wilcock "adorava assimilar elementos de outros escritores como se fossem próprios, mesmo que fossem versos de Shakespeare".

p. 310, l. 6 **a reprodução de uma [cena] de Shelley**. A anedota poderia corresponder àquela relatada por Edward J. Trelawny [*Records of Shelley, Byron, and the Author* (1878), III]: ao serem apresentados, Shelley improvisou diante de Trelawny a tradução de versos de *El mágico prodigioso*, de Calderón de la Barca. Francisco Luis Bernárdez chamava Wilcock de "o Shelley argentino" [VEIRAVÉ, Alfredo (sel.). "La poesía: generación del 40". *Capítulo: La historia de la literatura argentina,* fasc. 49, p. 1163, jul. 1968]. Villafañe e Oribe parecem refletir a relação entre Shelley e seu amigo e futuro biógrafo, Thomas J. Hogg (1792-1862): em sua biografia (1858), Hogg atribuiu a Shelley algumas de suas próprias ações.

p. 310, l. 11 **Ave Fênix**. O mítico animal que renascia de suas cinzas.

p. 310, l. 11 **Tristão**. O herói arturiano, que morre por amor a Isolda.

p. 311, l. 9   **La Adela**. (a) Homenagem a uma chácara em que o pai de Bioy Casares, em seu tempo de estudante, se refugiava para estudar durante o curso de Direito: "decidimos nos enclausurar por dois ou três meses. Fizemos isso na chácara Villa Adela, em Llavallol [...]. [P]ara que a incomunicação fosse maior, nem olhávamos os jornais" [Bioy (1963), p. 200]. (b) Santa Adelaide (931-999) foi a grande imperatriz alemã, esposa de Othon I e regente do império durante a minoridade de seu neto (983-995).

p. 311, l. 9   **Vermehren**. (a) Quando se descobriu o complô de 1943 do círculo de Frau Solf, Erich Vermehren (1919-2005), opositor ao nazismo, fugiu para a Inglaterra com sua esposa, a condessa Elisabeth von Plettenberg, no início de 1944. Cf. Shirer, William, *The Rise and Fall of the Third Reich* [Nova York: Crest, 1962], pp. 1331-1332. A alusão à *Abwehr* que encerra a menção do fugitivo Vermehren e a velada referência à Alemanha de "La Adela" reafirmam a condenação da ordem nazista, imposta desde 1933 a uma nação mantida no sonho. (b) Em alemão, o verbo *vermehren* significa "acrescentar, propagar-se, reproduzir-se, crescer".

p. 312, l. 13   **Adelaida, Ruth, Margarita e Lucía**. As irmãs Lange eram Haydée, Ruth, Irma, Norah e María Cristina.

p. 312, l. 13   **Lucía**. Sem esquecer a tácita presença dinamarquesa do assunto de "A verdade sobre o caso de M. Valdemar" (1845), de Poe (conto que Borges e Bioy Casares traduziram para sua *Antologia da literatura fantástica*), na personagem de Lucía Vermehren concentra-se uma longa série de motivos tradicionais, em especial aqueles recolhidos nos relatos de Perrault e dos Grimm, aos quais remetem alguns indícios, tais como "Branca", "Neve", "Bella" etc. Assim, Lucía: segundo os Grimm, Branca de Neve [*Schneewittchen*] era "tão bela como a clara luz do dia [*so schön, wie der klare Tag*]".

p. 312, l. 19   **Schopenhauer**. Alusão ao idealismo, em especial a sua exaltação da vontade como secreta determinante de nosso destino.

p. 312, l. 23   **Terra do Rei Carlos**. Através das ilhas — parte do arquipélago das Spitzbergen —, alusão a Carlos Magno, e, através dele, ao motivo arquetípico do Rei Adormecido, o rei que "vive e não vive" em um lugar secreto, à espera de seu regresso à terra, antigo mito do "monarca universal" que reaparece em diversos ciclos culturais: a lenda iraniana de Kereshaspa, o veda de Purasu-Rama, a tradição popular do Buda Amida, a escatologia muçulmana sobre o "Imã Velado", a lenda de Carlos Magno adormecido no seio de Gudenberg, a de Artur adormecido em Avallon ou no Etna, a de Frederico Barba Ruiva etc. [Cf. Cardini, Franco, *Il Barbarossa*. Milão: Mondadori, 1985, XV].

p. 312, l. 24   **Molbech**. (a) Nome de um gramático (1783-1857), autor de dicionários de dinamarquês e de um *Dansk Dialektlexicon* (1833-1841). (b) Sobrenome da esposa dinamarquesa de Léon Bloy. Este, em seu *Diário*, refere-se à sua estadia na Dinamarca, junto dela.

p. 312, l. 31   **arminianistas**. O Arminianismo, fundado pelo teólogo holandês Jakob Arminius (1560-1609), enfatiza a salvação pela fé e se opõe à doutrina calvinista da dupla determinação, segundo a qual Deus predestina uns para se salvarem, outros para se condenarem. Assim como Lúcifer perdeu a graça por se rebelar contra Deus, assim o homem decide livremente seu destino, sujeitando-se ou não ao plano divino.

p. 312, l. 36 **novembro de 1908**. Até PN1: "novembro de 1909".

p. 313, l. 1 **A mulher morreu em alto-mar**. Segundo o relato dos Grimm, a rainha morre ao dar à luz a Branca de Neve.

p. 314, l. 10 **um livro de A. B. C.** [...] **o precoce autor de *Embolismo***. Alusão paródica às obras do jovem Bioy Casares, em especial a *Caos* (1934).

p. 316, l. 20 **casa** [...] **construida no centro da terra**. Segundo diversas tradições, o centro é a região do sagrado e, consequentemente, alcançá-lo — depois de superar provas e várias dificuldades — equivale a uma iniciação. No centro, mediante a *repetição,* suspendem-se o tempo profano e a duração e se instaura a eternidade [ELIADE, Mircea, *Le Mythe de l'éternel retour. Archetypes et répétitions.* Paris: Gallimard, 1949, *passim*]. A casa dos Vermehren, considerada como um *axis mundi,* seria um ponto de encontro entre Terra e Inferno.

p. 321, l. 9 **Bella**. Alusão à lenda da Bela Adormecida [*Belle au bois dormant*].

p. 321, l. 14 **Grungtvig**. O teólogo e escritor dinamarquês Nicolai Frederik Severin Grundtvig (1783-1872) publicou em 1820 uma versão do *Beowulf*: no poema épico, Beowulf mata o demônio Grendel e, em seu último combate, um dragão.

p. 321, l. 29 **Sayago**. Até PN2, o nome é "Battis". Substitui assim o nome de um médico de Pardo, conhecido dos Bioy, por uma homenagem a Martín Sayago, seu condiscípulo no Instituto Libre de Estudios Secundarios (1926-1930).

p. 322, l. 1 **ouvir o teatro Colón**. Do portenho Teatro Colón, eram transmitidas óperas e concertos.

p. 323, l. 16 **um jardim onde havia um pavilhão** [...] **e uma única árvore**. Alusão à casa paterna, na rua Quintana, 174: "A casa era do tipo que os franceses chamam de *pavillon de chasse* [...] Era rodeada de um jardim, com [...] um jacarandá muito alto, nos fundos" [BIOY CASARES (1994), p. 27].

p. 323, l. 29 ***Lucía Vermehren: uma recordação***. Alusão a "To Jane: the Recollection", segunda parte de "The Pine Forest of the Cascine near Pisa", de P. B. Shelley, publicado em seus *Posthumous Poems* (1824).

p. 324, l. 8 **algum de seus versos deixa transparecer** [...] **vestígios de Shelley**: *"Rise, Memory, and write its praise!"* [SHELLEY, op. cit.].

p. 328, l. 12 **plágios de Coleridge.** A frase pertence a De Quincey ["Samuel Taylor Coleridge" (1834-1835). In: *Recollections of the Lake Poets* (1839)]: *"Had, then, Coleridge any need to borrow from Schelling? Did he borrow* in forma pauperis? *Not at all: there lay the wonder"*.

p. 330, l. 31 ***Não todos, não todos…*** Verso do poema "La partida" (1837), de Florencio Balcarce (1818-1839). A estrofe diz: *"Amigos, si os llama tal vez el acaso/ al suelo extranjero do voy á morir,/ Por Dios, en mi tumba tened vuestro paso;/ No todos, no todos, se olviden de mí* [Amigos, se vos chama talvez o acaso/ ao solo estrangeiro onde vou morrer,/ Por Deus, em meu túmulo detende vosso passo;/ Não todos, não todos, se esqueçam de mim]". No poema de J. R. Wilcock "A Mercedes" [*Sur,* n° 139, pp. 52-53, maio 1946], depois reunido em *Paseo sentimental* [Sudamericana, 1946, p. 69], lê-se o verso: *"Ah Mercedes, Mercedes, no te olvides de mí!"*.

AS VÉSPERAS DE FAUSTO

Dos textos reunidos nessa edição para bibliófilos, de 500 exemplares, só "Orfeu" havia sido publicado anteriormente, em *Los Anales de Buenos Aires,* nº 14, p. 19, abr. 1947. Revisado, o conto "As vésperas de Fausto" foi incluído, em 1956, em *História prodigiosa.*

"NA TORRE"

O manuscrito do conto está datado de 20 de dezembro de 1947.

p. 335, l. 2 **o velho poeta irlandês**. W. B. Yeats, o autor de *The Tower* (1928).
p. 335, l. 3 ***Byzantium***. Alusão a "Sailing to Byzantium" [*The Tower*] e "Byzantium" [*The Winding Stair and Other Poems* (1933)].
p. 335, l. 14 **escada de caracol**. Alusão a *The Winding Stair and Other Poems.*

"ORFEU"

Germe de "Mito de Orfeo y Eurídice", incluído em *Grinalda com amores* (1959). Sob o titulo "A distância do passado", o epigrama que encerra este conto pode ser lido em op. cit., VIII.

O SONHO DOS HERÓIS

Iniciada sua composição entre 1946 e 1947, terminada em 23 de março de 1952, o romance teve duas edições:

> S1 *El sueño de los héroes.* 1ª ed. Losada, 1954, 216 pp. Coleção Novelistas de España y América.
> S2 *El sueño de los héroes.* 2ª ed. Emecé, 1969, 239 pp. Coleção Novelistas Argentinos Contemporáneos.

O capítulo XXXVI recolhe o texto "Un hombre sin complejos", incluído em "De un cuaderno de apuntes" [*Sur*, nº 192-194, pp. 279-280, out.-dez. 1950].

Como títulos alternativos, Bioy Casares considerou: *Fin de un dibujo, Más allá de la aurora, El otro lado, El fuego secreto, La fuente, El bosque de la noche, Redención de Emilio Gauna* etc.

p. 343, l. 1 **Carnaval**. Em *Breve romance de sonho* [*Traumnovelle* (1926)], de Arthur Schnitzler, o médico vienense Fridolin, depois de confidenciar com a esposa as mútuas inclinações adúlteras, percorre quase que oniricamente a cidade em uma noite de carnaval até chegar a uma estranha mansão; ali, no meio de um baile, uma jovem mascarada o salva da morte; no dia seguinte, Fridolin entende o que aconteceu. Bioy Casares leu obras de Schnitzler por volta de 1932-1933 [Bioy Casares (1994), p. 14].

p. 343, l. 1 **Gauna**. O compositor José María de Gauna (m. 1910) comunicou ao folclorista Andrés Chazarreta a versão musical mais conhecida da *Zamba de Vargas*. Segundo a tradição, na decisiva batalha de Pozo de Vargas (La Rioja, 1867), entre as forças *nacionales unitarias* do general Antonino Taboada (1814-1883), alinhadas com Bartolomé Mitre (1821-1906), e as *federales* do caudilho Felipe Varela, a música teriam levado magicamente até a vitória as tropas de Taboada, nas quais militava o próprio Gauna. Durante o combate, a cavalaria de Varela, armada apenas de sabres e lanças, investiu em vão contra os rifles de Taboada. Em sua resenha do romance [*Sur*, nº 235, p. 89, jul.-ago. 1955], Borges fala das "cargas de cavalaria e vastas empresas [que] a história nos propõe" e diz, referindo-se a Valerga, que "encarna [...] a bela tradição da coragem [...]; que é abominável, mas [...] valente". A tensão entre o *Bruxo* Taboada e o *doutor* Valerga (quase Varela) sustenta a obra com seu contraponto entre "civilização" e "barbárie".

p. 343, l. 6 **destino**. Em "O destino é bronco", relato de Arturo Cancela e Pilar de Lusarreta incluído na *Antologia da literatura fantástica* (1940), Juan Pedro Rearte, motorneiro de bonde, acidenta-se em um 26 de julho de 1888, fraturando a tíbia direita; mais tarde, em 26 de julho de 1918, a esquerda, depois de uma viagem alucinada ao término da qual "os cavalos haviam desembestado no mesmo trajeto". Segundo explica o próprio Rearte: "Era vontade de Deus [...] que eu quebrasse a perna esquerda. Já era para ter quebrado há trinta anos, mas um milagre me salvou. [...] Quando da batida com a carroça, o Destino se enganou e me quebrou a direita. E agora, por medo de que eu escapasse, preparou essa armadilha para se sair com uma das suas". Bioy Casares sempre reconheceu sua simpatia pelos temas e o tom das histórias de Arturo Cancela, em especial por seus *Tres relatos porteños* (1922), que inclui "El culto de los héroes": "Em todos os meus contos — nem digo em *O sonho dos heróis* —, há grandes caminhadas por Buenos Aires e acredito que devo isso a Cancela" [em Ulla, op. cit. p. 100; cf. Sorrentino, Fernando, *Siete conversaciones con Adolfo Bioy Casares*. Sudamericana, 1992, p. 22]. Como lembra Bioy Casares, "Cancela era muito anti-yrigoyenista. Escrevia artigos no *La Nación* que eram gozações anti-yrigoyenistas, pequenas anedotas de um personagem inventado por ele que sofria todas as consequências do mau governo de Yrigoyen" [em Sorrentino, op. cit., p. 23]. Ao subtexto de alegoria antiperonista que María Luisa Bastos ["Desapego crítico y compromiso narrativo: El subtexto de *El sueño de los héroes*". *Texto/Contexto en la literatura iberoamericana*. Madri: Artes Gráficas Bernal, 1981, pp. 21-31] e Thomas Meehan ["Estructura y tema de

El sueño de los héroes por Adolfo Bioy Casares". *Kentucky Romance Quarterly*, vol. XX, n⁰ 1, pp. 31-58, 1973] destacaram no romance, antecipa, mais literalmente, a crítica ao governo (1916-22 e 1928-30) de Hipólito Yrigoyen, reconhecido herdeiro de Juan Manuel de Rosas e *precursor* de Juan Domingo Perón (1895-1974).

p. 343, l. 13 **Valerga.** (a) Apresentado como uma espécie de velho caudilho ou *elemento* de comitê radical, é, segundo Bioy Casares, "um personagem tirado de várias pessoas que conheci ou entrevi", como "o doutor Mosca, candidato [em 1946] à vice-presidência da República pela União Democrática" [em SORRENTINO, op. cit., p. 114]. Como observa Mastronardi, "para dissimular uma intenção definitória, descreve-nos uma casa [a de Valerga] em cujo interior há um retrato do vice-presidente Luna. Talvez tenha descartado outra efígie; talvez tenha pensado inicialmente: 'No quarto havia um retrato de Irigoyen'" ["*El Sueño de los héroes*". *Comentario*, p. 93, jan.-mar. 1955]. (b) Segundo Jorge Sepiurca [*75 años; Historia del Club Atlético Platense*. CAP, 1980, p. 86], Ricardo Valerga foi vice-presidente do Clube Platense, em 1936.

p. 343, l. 21 **Los Argonautas.** Para recuperar o trono da Tessália, usurpado pelo tio, o herói Jasão deve buscar o Velocino de Ouro que se encontra em um bosque da Cólquida. Embarca no navio *Argos* (daí que seus companheiros sejam os argonautas) e, com a ajuda da maga Medeia, supera diversas provas até obter o velocino.

p. 344, l. 9 **Lambruschini.** Homenagem a B. A. Lambruschini, companheiro de estudos de Bioy Casares no Instituto Libre (1926-1930).

p. 345, l. 1 **de *Largo Barolo*, ou de *El Pasaje*.** Inaugurado em 1923, o Palácio ou Pasaje Barolo, na avenida de Mayo, foi, até 1935, o edifício mais alto da Argentina. O arquiteto Mario Palanti (1885-1978), depois emigrado para a Itália e favorito de Mussolini, procurou estruturar o edifício de 22 andares segundo a ordem interna (Inferno, Purgatório, Paraíso) da *Divina comédia*, o poema alegórico que narra a busca de Beatriz por Dante Alighieri.

p. 345, l. 25 **"La copa del olvido".** Tango (1921), com letra de Alberto Vaccarezza: "*¡Mozo! Traiga otra copa/ y sírvase de algo el que quiera tomar,/ que ando muy solo y estoy muy triste/ desde que supe la cruel verdad./ ¡Mozo! Traiga otra copa/ que anoche, juntos, los vi a los dos.../ Quise vengarme, matarla quise,/ pero un impulso me serenó.// Salí a la calle desconcertado,/ sin saber cómo hasta aquí llegué/ a preguntar a los hombres sabios,/ a preguntarles qué debo hacer.../ Olvide, amigo — dirán algunos —,/ pero olvidarla no puede ser.../ Y si la mato, vivir sin ella,/ vivir sin ella nunca podré* [Garçom! Traga outra taça/ e sirva-se de algo quem quiser beber,/ pois ando muito sozinho e estou muito triste/ desde que soube da cruel verdade./ Garçom! Traga outra taça/ que ontem à noite, juntos, eu vi os dois.../ Quis me vingar, quis matá-la,/ mas um impulso me sossegou.// Saí para a rua desconcertado,/ sem saber como até aqui cheguei/ para perguntar aos homens sábios,/ para perguntar-lhes o que devo fazer.../ Esqueça, amigo — dirão alguns —,/ mas esquecê-la não pode ser.../ E se a mato, viver sem ela,/viver sem ela nunca poderei]".

p. 350, l. 23 **Taboada.** (a) Os Taboada foram uma tradicional família de caudilhos liberais de Santiago del Estero, muito influentes no noroeste argentino e aliados ao grupo de Bartolomé Mitre [ver n. p. 343, l. 1]. Diógenes Taboada (1887-1978), radical antipersonalista, oposto a Hipólito Yrigoyen, foi ministro do Interior do gabinete do presidente Ortiz (1938-1940). (b) Segundo Marcelo Pichon Rivière ["Detrás de la mascara". *ABC*, Madri, 20 mar. 1999], o retrato do Bruxo Taboada seria "uma cópia exata" do retrato de Felipe A. Fernández, professor de matemática de Bioy Casares. Note-se que, conforme se relata no capítulo XII, Taboada tem um harmônio (para seu significado, ver n. p. 218, l. 14).

p. 355, l. 14 **"Noche de Reyes"**. Tango (1926), com letra de Jorge Curi: *"La quise como nadie tal vez haya querido/ y la adoraba tanto que hasta celos sentí./ Por ella me hice bueno, honrado y buen marido/ y en hombre de trabajo, mi vida convertí [Eu a amei como talvez ninguém tenha amado/ e a adorava tanto que até ciúmes senti./ Por ela me tornei bom, honrado e bom marido/ e em homem de trabalho, minha vida transformei]".*

p. 356, l. 17 **Armenonville**. O elegante restaurante e salão de dança Armenonville (1912-1919) localizava-se na esquina da antiga avenida Alvear, hoje Libertador com a rua Tagle, onde atualmente encontra-se a praça Uruguay; Bioy Casares situa-o, anacronicamente, em 1927, no endereço de seu sucessor, o menos aristocrático Les Ambassadeurs, na esquina da Figueroa Alcorta com a Salguero. Esses deslocamentos respondem a uma voluntária duplicidade de níveis: como explica, "a Buenos Aires descrita em *O sonho dos heróis* é a que eu vivi em minhas primeiras saídas [...] antes dos anos 30, e também a Buenos Aires da época em que escrevi o romance" [em KOVACCI, Ofelia, *Adolfo Bioy Casares*. ECA, 1963, p. 9]. Segundo Bioy Casares, "eu sabia que o endereço estava errado, mas gostava mais do nome Armenonville do que de Ambassadeurs" [em SORRENTINO, op. cit., p. 211].

p. 356, l. 17 **Do Lincoln desceram quatro rapazolas**. O próprio Adolfo Bioy Casares apresenta-se como *el Rubio* [o Loiro], junto a seus amigos de infância: Enrique Luis Drago Mitre (1914-2008) e os irmãos Julio (1914-2003) e Carlos *Charlie* Mendi-teguy (1915-1973). Todos foram sócios do Club K. D. T. de Buenos Aires. Em sua juventude, Julio teve um Lincoln; o jovem Bioy Casares, algum tempo depois, um Auburn.

p. 356, l. 34 **prócer do livro de Grosso**. *Nociones de Historia Argentina* (1893), livro didático de Alfredo B. Grosso (1867-1960), adotado entre 1893 e 1961 na educação primária. O *prócer* aludido é Bartolomé Mitre, antepassado de E. L. Drago Mitre.

p. 357, l. 32 **Santiago**. Zelador de quadras no Club K. D. T., que Bioy Casares conheceu na década de 20.

p. 369, l. 14 **um conde, que devia ser italiano**. Augusto Comte.

p. 369, l. 30 **Clara**. Segundo Elena Garro [ver n. p. 58, l. 17], "Bioy Casares [...] me chamou de Clara em seu romance *O sonho dos heróis*" [em CARBALLO, Emmanuel, *Protagonistas de la literatura mexicana*. 4ª ed. México: Porrúa, 1994, p. 496], atribuindo--lhe alguns de seus gestos e expressões. Em uma "mensagem pessoal", adjunta à reimpressão do romance pelo Círculo de Lectores [Barcelona, 1988], Bioy Casares afirma que "quanto a Clara [...], dizem que é a mais adorável mulher das minhas histórias. Eu fui apaixonado por ela".

p. 370, l. 24 **[a vista] com o Percy Marmon**. *Lord Jim* (1925), de Victor Fleming, baseado no romance (1900) de Joseph Conrad. Percy Marmont interpreta o protagonista, atormentado pela culpa de uma covardia até que consegue redimir-se, mesmo em meio ao fracasso, em sua última ação heroica. Conforme explica Bioy Casares, "outro filme que nunca esquecerei é *Lord Jim,* com Percy Marmont; eu o vi na infância tomado de emoção" [em *Clarín,* 28 ago. 1980].

p. 370, l. 30 *Iris Dulce*. Em *La nueva tormenta o La vida múltiple de Juan Ruteno* (1935), de Bioy Casares, Iris Dulce alcança a perfeita unidade com Ícaro Astul só quando ele morre.

p. 371, l. 5 companhia Eleo. (a) Em 1927, com o Teatro Libre, fundado por Elías Castelnuovo, Leónidas Barletta *et al.* começam em Buenos Aires os primeiros núcleos de teatro independente. Talvez em *Eleo* haja uma homenagem a *Leó*nidas Barletta, de reconhecida militância antiperonista, ou a *Elías* Castelnuovo. (b) Na Grécia antiga, no templo da cidade de Eleo, no Quersoneso, venerava-se a tumba de Protesilau, morto na guerra de Troia. Segundo a tradição, foi o primeiro a desembarcar e a morrer; os deuses, apiedados da dor de sua viúva, permitiram que Protesilau voltasse para junto dela por três horas.

p. 371, l. 26 Sou a dama do mar. A protagonista da tragédia homônima (1888) de Ibsen. Ao longo de toda a obra, a Dama do Mar espera o retorno do Forasteiro. Segundo seus *Diarios,* Bioy Casares lê a peça em julho de 1949.

p. 371, l. 36 uma menina que se chama Boleta. Em *A dama do mar,* Bolette é uma das filhas do primeiro casamento do doutor Wangel.

p. 373, l. 18 *História dos Girondinos*. LAMARTINE, Alphonse, *Histoire des Girondins* (1847). (a) A obra relata o fracasso da burguesia ilustrada francesa em dar uma orientação moderada e republicana à Revolução, e sua consequente queda, em *junho* de 1793, que a partir de setembro instauraria o *Terreur* jacobino e *sans-culotte.* Alusão ao processo que culminou no golpe de Estado de *junho* de 1943, que depôs o presidente Castillo e preparou o terreno para a ascensão de Juan D. Perón. (b) Como recorda Adolfo Bioy *père* [BIOY (1958), p. 36], em uma visita a *don* Fernando Burgos, um dos vizinhos da fazenda da família, descobre que, além do *Martín Fierro,* ele tem outro livro, que pede para seu neto ler: "um tomo solto, acho que o terceiro, da *História dos Girondinos*".

p. 376, l. 31 Zonza Brianos. *Zonzos,* jogo paronomástico com o nome do escultor Pedro Zonza Briano (1886-1941), autor do *Cristo Redentor* (1914) situado na entrada principal do Cemitério da Recoleta. Roberto Giusti [*Visto y vivido.* Losada, 1965, pp. 245-246] atribui o mesmo jogo, como *gaffe,* a Manuel Gálvez, biógrafo (1939) de Yrigoyen.

p. 379, l. 17 *Era un tigre para el tango* [*Era um tigre para o tango*]. Verso do tango "Julián" (1923), com letra de José Panizza: *"Yo tenía um amorcito/ que me dejó abandonada/ y en mis horas de tristeza/ lo recuerdo en el alma./ Era un tigre para el tango/ y envidia del cabaret,/ pero un día, traicionero,/ tras de otra se me fue.// ¿Por qué me dejaste,/ mi lindo Julián?/ Tu nena se muere/ de pena y afán [...]// Pero un día, entusiasmado/ por una loca ilusión,/ dejó el nido abandonado/ y destrozó mi corazón* [Eu tinha um amorzinho/ que me deixou abandonada/ e em minhas horas de tristeza/ lembro dele na alma./ Era um tigre para o tango/ e inveja do cabaré,/ mas um dia, traidor,/ atrás de outra ele se foi.// Por que você me deixou,/ meu lindo Julián?/ Tua menina está morrendo/ de aflição e desejo [...]// Mas um dia, entusiasmado/ por uma louca ilusão,/ deixou o ninho abandonado/ e destroçou meu coração]".

p. 380, l. 1 **"Mi noche triste"**. Tango (1916), com letra de Pascual Contursi: *"Percanta que me amuraste/ en lo mejor de mi vida,/ dejándome el alma herida/ y espina en el corazón,/ sabiendo que te quería,/ que vos eras mi alegría/ y mi sueño abrasador,/ para mí ya no hay consuelo/ y por eso me encurdelo/ pa' olvidarme de tu amor [Guria que me largou/ no melhor da minha vida,/ deixando minha alma ferida/ e espinho no coração,/ sabendo que eu te amava,/ que você era minha alegria/ e meu sonho abrasador,/ pra mim já não tem consolo/ e por isso encho a cara/ pra esquecer do seu amor]"*.

p. 380, l. 18 **envelopes cheios de fotografias**. Segundo Bioy Casares, "tirei isso das fotos de um escritor que, segundo me contaram certas mulheres, quando as levava ao seu apartamento, primeiro lhes mostrava um álbum de fotografias onde ele estava rodeado de pessoas que naquele momento ele considerava mais importantes que ele próprio, para que elas soubessem bem com quem estavam…" [em SORRENTINO, op. cit., p. 115].

p. 382, l. 6 ***A la hueya, hueya,/ la infeliz madre***. Segundo Adolfo Bioy *père* [BIOY (1958), pp. 83-84], "em Pardo […] se dançava o *prado*, o *malambo* e a *huella*, à voz de: *A la huella huella/ la infeliz madre/ tomando mate/ si por la tarde*".

p. 388, l. 10 **Rañó, o velho impressor**. Manuel Lorenzo Rañó (m. 1941), primeiro editor do Grupo de Boedo.

p. 389, l. 18 **"Adiós, muchachos"**. Tango (1927), com letra de César Vedani: *"Adiós, muchachos, compañeros de mi vida,/ barra querida de aquellos tiempos./ Me toca a mí hoy emprender la retirada,/ debo alejarme de mi buena muchachada./ Adiós, muchachos. Ya me voy y me resigno…/ Contra el destino nadie la talla…/ Se terminaron para mí todas las farras,/ mi cuerpo enfermo no resiste más… [Adeus rapazes, companheiros de minha vida/ turma querida daquele tempo./ Cabe hoje a mim empreender a retirada/ devo me afastar da minha boa rapaziada./ Adeus, rapazes. Já vou indo e me resigno…/ contra o destino ninguém pode…/ Se acabaram para mim todas as farras,/ meu corpo doente não resiste mais…]"*.

p. 390, l. 18 ***O amor nunca morre***. *Lilac Time*, filme (1928) de George Fitzmaurice, com Gary Cooper e Coleen Moore.

p. 390, l. 30 ***don Pedro***. Como recorda Bioy Casares [BIOY CASARES (1994), pp. 28-29], em sua juventude costumava ir com Joaquín, porteiro de sua casa, a "um pequeno restaurante, frequentado por cocheiros e choferes […]. Costumávamos nos sentar à mesa de *don* Pedro, o porteiro dos Navarro Viola. Lá ouvi o famoso diálogo: *Don Pedro (solenemente):* Um *fricandeau* com ovos./ *Garçom:* Com água ou com soda, *don* Pedro?/ *Don Pedro (solene):* Com soda". Várias anedotas contadas ali por taxistas foram incorporadas no romance [em LÓPEZ, op. cit., p. 126].

p. 404, l. 2 **Casanova**. Aceno a Publio Eduardo Casanova, colega de estudos de Bioy Casares no Instituto Libre (1926-1930).

p. 408, l. 2 **Chorén**. Chorén, apelido de Anchorena, "um galego tão sujo como bondoso" [BIOY CASARES (1994), p. 139], que Bioy Casares conheceu quando administrava a fazenda da família em Pardo.

p. 418, l. 28 ***Los simuladores del talento en la lucha por la vida***. Fusão de *Los simuladores del talento* (1904), de José María Ramos Mejía, e *La simulación en la lucha por la vida* (1903), de José Ingenieros.

p. 429, l. 31 **tinha cara de tonta** [*tenía cara de zonza*]. Em rascunhos, "tinha cara de torta [*tenía cara de torta*]". Em *lunfardo*, *torta* ou *tortillera*: lésbica.

p. 439, l. 1 ***Es la canguela/ la que yo canto***. Versos do tango prostibular "La Canguela" (1889): "[No] *es la canguela la que yo canto/ La vida misia que yo pasé,/ cuando en amores con una turra,/ batiendo mugre, la empirobé* [(Não) *é a canguela que eu canto/ a vida mixa que eu passei,/ quando em amores com uma bisca,/ descendo a lenha, eu a tracei*]" [GOBELLO, José, *Nuevo diccionario lunfardo*. Corregidor, 1997, s.v. "canguela"]. Gobello explica que *canguela* pode significar tanto "prostíbulo com lugar para dançar" como "desamparo e miséria". Cf. BIOY CASARES (2001), p. 113.

p. 441, l. 8 **Calcedônia**. Com alguns dos argonautas, Meleagro de Calcedônia matou o javali que assolava o reino de seu pai; na disputa pelos despojos, a discussão entre os caçadores terminou em uma briga, durante a qual Meleagro matou os próprios tios.

p. 444, l. 17 ***Contra el destino,/ nadie la talla***. Ver n. p. 389, l. 13.

p. 446, l. 20 **Savastano**. Tulio Savastano, personagem de "A vítima de Tadeo Limardo" [*Seis problemas para dom Isidro Parodi* (1942)]. Chegado tempos atrás, no meio do carnaval, a uma modesta pensão de Buenos Aires, Tadeo Limardo aparece morto com uma punhalada; logo fica-se sabendo que sua morte é, na verdade, um suicídio: seguindo a mulher que o abandonara e agora dirigia a pensão, "tinha vindo de longe; meses e meses havia mendigado a desonra e a afronta, para ter coragem para o suicídio, porque a morte é o que almejava. Eu [Isidro Parodi] penso que também, antes de morrer, queria ver a senhora".

p. 446, l. 22 **carro alegórico do doutor Carbone**. Em "A vítima de Tadeo Limardo", Savastano integra o carro alegórico do "doutor Rodolfo Carbone".

p. 467, l. 15 **"Don Juan"**. "Don Juan (El taita del barrio)", tango (1900) com música de Ernesto Ponzio e letra de R. J. Podestá: "*Yo soy el taita del barrio,/ nombrado en la Batería/ y en la Boca cualquier día/ no se me dice señor./ Y si me voy por los Patricios/ se acobarda el más valiente/ y estando entre mucha gente/ me la largo.../ me la largo de dotor* [*Eu sou o bamba do bairro,/ chamado na Batería/ e em La Boca qualquer dia/ não me chamam de senhor / E se ando por Patricios/ se acovarda o mais valente/ e estando entre muita gente/ dou uma.../ dou uma de dotô*]".

p. 468, l. 13 **Amaro**. Em 1938, o escritor e filólogo Amaro Villanueva (1907-1969) publicou *Mate; Exposición de la técnica de cebar*.

p. 468, l. 22 **segundo [...] Rossi [...] o tango [...] nasceu em Montevidéu**. É a tese de *Cosas de negros* (1926), de Vicente Rossi (1871-1945).

p. 474, l. 11 ***O preço da glória***. *What Price Glory* (1926), filme dirigido por Raoul Walsh. Barry Norton era o nome artístico adotado em Hollywood pelo ator argentino Alfredo Carlos Birabén (1905-1956).

p. 481, l. 3 **"Horses"**. Foxtrote (1925) de George Olsen. Conhecido na Buenos Aires dos anos 1920 como "Caballos", sua letra fala do gosto de uma moça pelas corridas: "*Took my girl to the races / Gosh! How she loves the races* [*Levei minha pequena às corridas/ Deus! Como ela gosta de corridas*]".

p. 482, l. 26 **sou um escritor, um poeta, talvez um jornalista**. Esse personagem centro-americano, que se interpõe impedindo que Clara salve Gauna, encerra uma ironia com Octavio Paz, na época marido de Elena Garro.

HISTÓRIA PRODIGIOSA

Nota preliminar

O texto introdutório foi incluído em 1961, na segunda edição do livro, a primeira argentina. Foi tirado, em parte, de um prólogo redigido para a primeira edição, mexicana, datado de 27 de setembro de 1955, mas descartado pouco antes da publicação. Conforme anota Bioy Casares em seus *Diarios* (16 de dezembro de 1955): "[Elena Garro, a quem enviara os contos em 1954,] suprimiu meu prólogo de *História prodigiosa*; choro ante a ruína das igrejas [queimadas pelos peronistas em junho de 1955], ela é religiosa, mas podem me interpretar mal, podem me tomar por paladino dos clericais; embora o prólogo não me desagradasse, estou aliviado: o choro permanente começava a me incomodar e também temi de repente me encontrar, por causa dessa frase, no lado inimigo".

p. 495, l. 3 exceto o último [...], que é uma alegoria.... Em carta a Deborah Weinberger, de 5 de junho de 1972, Bioy Casares explica: "Um erro da gráfica ou do autor obscurece a nota preliminar de *História prodigiosa*. Eu geralmente coloco no início e no final dos livros os contos menos fracos; para a segunda edição, eu quis que 'Homenagem a Francisco Almeyra' fechasse o volume; porque não entenderam minhas indicações ou porque as esqueci, foi mantido onde estava na edição mexicana. Peço-lhe, portanto, que imaginativamente o passe para o final, e verá que não se engana: 'Homenagem a Francisco Almeyra' não é um conto fantástico". A edição de 1961 se encerra com "As vésperas de Fausto"; na presente, segue-se a ordem indicada por Bioy Casares.

"HISTÓRIA PRODIGIOSA"

Composto, como revelam os rascunhos, entre 14 de janeiro e 11 de junho de 1953, o conto tem duas versões publicadas:

> HP1 "Historia prodigiosa (a)". *Historia prodigiosa*. 1ª ed. México: Obregón, 1956, pp. 7-38. Colección Literaria Obregón.
> HP2 "Historia prodigiosa (b)". *Historia prodigiosa*. 2ª ed. Emecé, 1961, pp. 9-40. Selección Emecé de Obras Contemporáneas.

p. 497, l. 3 uma senhora argentina. Segundo os rascunhos, Bioy Casares ouviu de Adela Unzué de Leloir a frase escolhida como epígrafe. Nos manuscritos constam estas epígrafes descartadas: (a) "[*To*] *whatever gods may be*", linha do poema "Invictus" (1875) de W. E. Henley, agnóstico vitoriano. (b) " Ω   [*Aos deuses desconhe-*

cidos]", inscrição em alguns altares atenienses, tomada de Renan, Ernest, *Saint Paul* (1869), VII.

p. 497, l. 7 **Olivia**. (a) Segundo seus *Diarios*, em 22 de julho de 1951, Bioy Casares conheceu, em Sissinghurst, *chez* Vita Sackville-West, Olivia Drummond, "olhos oblíquos, nariz e corpo masculinos, rosto insignificante, braços, punhos, pés maiores que os meus, vinte e dois anos". (b) Alusão à oliveira, um dos principais símbolos dos cristãos primitivos, e ainda ao Monte das Oliveiras, onde Jesus rezou depois da Última Ceia, na qual consagrou o pão eucarístico. (c) A personagem chama-se Mónica nos primeiros rascunhos. Santa Mônica foi a mãe de Santo Agostinho, convertido ao cristianismo, adversário do deus pagão Pã, em quem reprovava a exaltação do instinto sexual.

p. 497, l. 8 **Rolando**. O herói da *Chanson de Roland,* sobrinho de Carlos Magno. Emboscado pelos sarracenos em Roncesvalles, rechaça o conselho do bispo Turpin e se nega a tocar a trompa para pedir ajuda ao imperador: prefere a morte heroica a incorrer em fraqueza. Rolando se confessa pecador, mas pede a misericórdia divina. Ganelão, o traidor responsável pela morte de Rolando, é submetido a um julgamento de Deus; depois de um duelo, seu campeão é derrotado: os presentes gritam *"Deus i ad fait vertut! [Deus fez um milagre!]"* [CCLXXXVI, v. 3.931].

p. 497, l. 8 **Lancker**. (a) Pouco depois de seu encontro com Olivia Drummond, Bioy Casares conheceu, em Évian, a escritora Huguette de Lancker, "belga e dourada" (*Diarios,* 23 de julho de 1951). Em "El lado de la sombra" (1962), o narrador encontra-se em Évian com "uma moça Lancker, bem bonita e dourada". (b) Clarke, quase anagrama de Lancker, é o nome de um dos personagens principais de *The Great God Pan* (1894), de Arthur Machen, e que se enfrenta com a filha do Pã demonizado. Ver n. p. 508, l. 34.

p. 497, l. 13 **Bay Biscuits**. Alusão ao louro (em inglês, *bay*), símbolo de Apolo. Ao longo do relato — no qual se contrapõe a figura do deus Pã [*Pan*] com o pão [*pan*] cristão enquanto símbolo da eucaristia e, consequentemente, de Jesus —, Lancker nunca come pão.

p. 497, l. 22 **Velarde**. O escritor mexicano Ramón López Velarde (1888-1921), católico militante, chegou a ser candidato a deputado pelo Partido Católico. Algumas vezes ["Semana Mayor" (*c.* 1919). *El Minutero* (1923)] declarou-se "sacristão frustrado". Autor de *La sangre devota* (1916), em seus poemas o conflito entre a religiosidade e o prazer sensual ocupa um lugar de destaque.

p. 498, l. 2 **Aristóbulo Talasz**. Pseudônimo com o qual Bioy Casares assinará, em 1931, resenhas de filmes para a efêmera revista *El Espectador*. María Esther Vázquez ["Nombres, sobrenombres, seudónimos y equivalencias". *La Nación,* 11 fev. 1990] relata: "Um dia, olhando distraidamente uma das prateleiras de sua estante, [Bioy Casares] descobriu na lombada de um dos volumes da Enciclopedia Espasa Calpe, que abrangia da letra S a Talasz, o que acreditou ser seu destino. Apaixonado por Talasz, antepôs-se o nome de Aristóbulo". Um Aristóbulo Talasz é invocado por Bioy Casares como autoridade desde a 2ª ed. do *Breve diccionario del argentino exquisito* (1978), s.v. "Infraestructura".

p. 498, l. 3 ***Criterio***. Revista católica, fundada em 1928.

APÊNDICES 729

p. 498, l. 4 **Dragão**. Alusão burlesca a seu amigo de infância Enrique L. Drago Mitre. Conforme Bioy Casares explica em sua "Chronology" [(1975), p. 35], em 1921, "enquanto jogamos bola contra a parede, nos fundos de casa, meu amigo Drago Mitre opina que o céu e o inferno são embustes da religião. Sinto-me aliviado"; antes o aterrorizava acreditar que "pelas fendas que a qualquer momento se abrem na casca do mundo, um diabo pode nos agarrar de um pé e nos arrastar para o inferno" [Original em espanhol em Curia, op. cit., vol. II, p. 148].

p. 498, l. 8 **os caracteres de La Bruyère**. Em "Des esprits forts", capítulo final de *Les Caractères* (1688), La Bruyère descobre que o ateísmo é sinal de *esprit faible* e lhe contrapõe a Divina Providência.

p. 498, l. 28 **Ferrocarril del Sud (que ainda tinha esse nome)**. Em 1948, a o ramal sul da rede ferroviária argentina [Ferrocarril del Sud], ao ser desapropriado pelo governo peronista, teve o nome trocado por Ferrocarril General Roca. Note-se que o trem de volta parte às 19h45 (quase 1945). Escrito enquanto aconteciam em Buenos Aires episódios como o incêndio do Jockey Club e de diversas sedes de partidos de oposição por militantes do peronismo (abril de 1953), o conto encerra várias alusões irônicas ao regime.

p. 498, l. 30 *Magic*. Cf. em *Magic* (1913), do polemista católico Chesterton, além do ambiente geral, a relação entre Morris Carleon, o incrédulo desafiante, e o *Conjurer*, assim como o modesto milagre que desata a tragédia.

p. 498, l. 31 **um pequeno volume verde**. A edição de "The New Adelphi Library" [Londres: Martin Secker & Warburg, 1936].

p. 499, l. 25 **o filósofo de La Emiliana**. Em versões anteriores, "o grisalho Requena, o pensador de La Paternal, esse sério comentarista de toda mulher que passar junto à sua mesa da avenida San Martín nº 2200". La Emiliana: restaurante de Buenos Aires, na rua Corrientes 1431, frequentado por advogados e magistrados.

p. 499, l. 27 **um deus voluptuoso**. Alusão à essência orgiástica e selvagem do deus Pã. Em sua origem, Pã ("o Pastor") foi uma divindade arcádica dos montes e dos bosques, protetora dos rebanhos e de sua fecundidade, célebre por seus amores com ninfas e pelo temor repentino ("pânico") que infundia; interpretado seu nome como "o Universo", será considerado, posteriormente, símbolo da Natureza em seu duplo aspecto criador e destruidor. Note-se que a primeira parte do conto transcorre em *Monte* Grande.

p. 500, l. 16 **O'Grady**. Alusão ao doutor O'Grady, personagem de *Les Silences du colonel Bramble* (1918), *Discours du docteur O'Grady* (1922) e *Nouveaux discours du docteur O'Grady* (1947), de André Maurois. Médico militar nas trincheiras da Primeira Guerra Mundial, defensor do bom senso, propõe conclusões paradoxais e pessimistas em tom compreensivo e benevolente; sempre em discussão com o tradutor Aurelle, recrimina sua fé no maravilhoso, afirmando que "milagres não existem, ou, o que dá na mesma, [...] tudo neste mundo é um milagre" [*Nouveaux discours du docteur O'Grady*, I].

p. 500, l. 28 *poeta nascitur*. O aforismo ciceroniano, que vê na capacidade poética um dom da Natureza.

p. 501, l. 13 *Los Laureles*. Ver n. p. 497, l. 13.

p. 501, l. 24 **El laurel que te abraza las dos sienes.** Quevedo, Francisco de. Soneto "Las causas de la ruina del Imperio Romano" [*El Parnaso Español* (1648), II].

p. 502, l. 1 **virtudes do louro**. Atribuía-se ao louro, entre outras propriedades, a de não ser ferido pelo raio [Plínio, *História natural*, XV, 134]. Segundo Plínio, por ser considerado sagrado (assim como a oliveira), não o louro não podia ser usado como lenha, nem sequer em sacrifícios propiciatórios diante dos altares [XV, 135].

p. 502, l. 32 **Os amantes de Teruel.** Versão do velho mito dos amantes depois da morte, ambientada na Espanha do século XIII. Seu primeiro antecedente local conhecido remonta à primeira tradução castelhana (meados do século XIV) da história de Girolamo e Salvestra [*Decameron*, IV, 8].

p. 504, l. 21 **roxo**. A cor da dignidade eclesiástica episcopal.

p. 504, l. 27 **Minha culpa, minha máxima culpa.** Palavras de "Eu confesso" [*Confiteor*], oração habitual da missa católica romana.

p. 505, l. 3 **a pessoa se faz de *esprit fort.*** Cf. La Bruyère, op. cit., XVI: "*Il foudrait s'éprouver et s'examiner très sérieusement, vant de se déclarer esprit fort ou libertin, afin au moins, et selon ses principes, de finir comme l'on a vécu… [Conviria provar-se e examinar-se muito seriamente antes de declarar-se esprit fort ou libertino, para, ao menos, e segundo seus princípios, concluir como se viveu…]*".

p. 505, l. 22 **dedo médio**. Provável alusão a "*Digitus tertius, digitus Diaboli*" [*o dedo médio é o dedo do Diabo*], *dictum* jesuíta.

p. 507, l. 15 **Os deuses nunca morrem.** Plutarco [*De Defectu Oraculorum*, 17] relata que, no tempo de Tibério, os tripulantes de um navio em viagem para a Itália, ao passar junto à ilha de Paxos, ouviram uma voz que lhes anunciou que "o Grande Pã morreu".

p. 508, l. 1 **os deuses não precisam de templos** Cf. as palavras de São Paulo aos atenienses (Atos 17, 24).

p. 508, l. 4 **livros de Coni**. Pablo Emilio Coni, impressor de origem francesa instalado na Argentina desde meados do século XIX. Com característica excelência tipográfica, imprimiu livros, folhetos e publicações periódicas. Em rascunhos, "os livros da Espanha Moderna".

p. 508, l. 5 **Bazar Colón**. Já desaparecido, ficava no nº 553 da rua *Piedad* (hoje Bartolomé Mitre).

p. 509, l. 1 **o grande deus Pã**. Em *The Great God Pan* (1894), novela de Arthur Machen ambientada na Inglaterra do final do século XIX, um doutor Raymond consegue acoplar, mediante os preceitos da *trascendental medicine*, uma moça galesa com o deus Pã, apresentado sob o aspecto demoníaco que lhe atribuiu o cristianismo. A moça perde a razão e morre pouco depois de dar à luz a uma menina, que será criada como órfã em uma aldeia galesa. Anos mais tarde, depois de viver um tempo em Buenos Aires, a filha de Pã se instala em Londres, onde provoca uma série de misteriosos suicídios de cavalheiros. Descoberta sua responsabilidade, é obrigada a suicidar-se, por uns senhores Villiers e Clarke. Sobre Clarke explica-se que reúne escritos para umas *Memoirs to Prove the Existence of the Devil*.

p. 509, l. 1 **Stevenson escreveu sobre a flauta desse deus.** Segundo Bioy Casares (*Diarios*, 8 de agosto de 1949), "em minha alma ateia, percebo uma tendência a me encantar com possíveis teofanias: a coincidência com Pã, ou com a alma, ou com uma musa, ou com a desconhecida divindade — *sei Deo, sei Deæ* — que rege qualquer ação. Talvez por esse caminho chegue à bênção papal. A fonte literária: *Pan's Pipes* [1910] de Stevenson". Porque a razão e a ciência, diz Stevenson, são insuficientes para expressar a complexa experiência do universo, onde nada é bom nem mau em si mesmo, e sim conforme as circunstâncias, os gregos imaginaram Pã, deus da Naturareza, que em sua exaltação do gozo e do terror simboliza nosso ambivalente imediatismo diante dela.

p. 509, l. 1   *Si alzas la crin y las narices hinchas*. Paródia dos versos de Rubén Darío, "Carne, celeste carne de la mujer!" [*Cantos de vida y de esperanza* (1905)]: "*Si alza* [Pegaso] *la crin y las narices hincha/* [...] *y el espacio se llena/ de un gran temblor de oro/ es que ha visto desnuda a Anadiomena* [Se alça [Pégaso] *a crina e as ventas incha/* [...] *e o espaço se enche/ de um grande tremor de ouro/ é que viu, desnuda, Anadiomena*]". A figura do deus Pã, exaltação do dionisíaco e negação do espírito burguês, é frequente nos poemas do modernista Rubén Darío.

p. 509, l. 6   **ao sair de Constitución, [...] com um rumor de locomotivas e de rodas de ferro**. Cf. Borges, J. L., "Mateo XXV, 30" (1953): "A primeira ponte de Constitución e a meus pés/ Fragor de trens que teciam labirintos de ferro./Fumaça e assobios escalavam a noite,/ Que de repente foi o Juízo Universal".

p. 509, l. 16   *sei deo, sei deæ*. Inscrição de um altar romano, da época republicana, na colina do Palatino, dedicado a um deus desconhecido até em seu gênero: "[*consagrado*] *seja a um deus, seja a uma deusa*". Segundo um rascunho do conto, Bioy Casares toma a notícia de Renan, op. cit., VII, que comenta a inscrição "Ao Deus desconhecido" que São Paulo teria lido em um templo ateniense [Atos 17, 23].

p. 509, l. 16   **um deus [...] preside toda a atividade**. Cf. Renan, op. cit., fac. cit.: "*Ces autels devaient leur existence au scrupule extrême des Athéniens en fait de choses religieuses et à leur habitude de voir en chaque objet la manifestation d'une puissance mystérieuse et spéciale* [A razão destes altares (a deuses desconhecidos) era o extremo escrúpulo dos atenienses no tocante a questões de religião e seu costume de ver em cada objeto a manifestação de uma potência misteriosa e especial]".

p. 510, l. 30   **na terra, governam os piores**. Provável alusão ao governo peronista.

p. 511, l. 20   **antigos deuses pagãos, hoje considerados demônios**. Muitos dos atributos do deus Pã foram acrescidos das representações de Satanás, razão pela qual tendeu-se identificá-los, sobretudo a partir do Concílio de Nicea (325).

p. 511, l. 29   **a *Maravilha curativa* desse doutor norte-americano**. *A Maravilha Curativa de Humphrey*, medicamento homeopático cuja base era *Hamamellis virginiana*.

p. 512, l. 7   **arrependei-vos e convertei-vos**. Atos 3,19.

p. 512, l. 30   **Pedro [...] se atinha às três palavras**. Alusão às três negações do apóstolo Pedro [Marcos 14, 66-72].

p. 515, l. 10   **Sileno**. Na mitologia grega, o sátiro Sileno era filho de Pã e de uma ninfa.

p. 516, l. 3   **prisões, verdadeiros estabelecimentos-modelo**. Provável alusão a *Buen Pastor*, penitenciária feminina onde, por protestar contra o peronismo em setembro de 1948, foram encerradas durante um mês Norah Borges e várias amigas de Leonor Acevedo de Borges.

p. 516, l. 28 **uma chácara especializada**. Na residência de Carlos Delcasse (1852-1941) no bairro de Belgrano, conhecida como "A Casa do Anjo", foram celebrados cerca de trezentos duelos.

p. 518, l. 2 **pantera florentina**. A pantera (*lonza*), símbolo da luxúria, uma das três feras que se interpõem no caminho de Dante [*Inferno*, I, 31].

"CHAVE PARA UM AMOR"

Conforme explica Bioy Casares [BIOY CASARES (2006), p. 99], "eu o imaginei há anos; depois o propus a Borges, que o modificou: em colaboração, projetamos escrever um roteiro de cinema sobre essa ideia; no dia 20 de novembro de 53 resolvi escrever o conto (em sua forma original) em uma semana". Nos apêndices (ver p. 669) encontra-se o esboço não desenvolvido daquele argumento. Do conto, redigido entre 19 de novembro de 1953 e 1º de março de 1954, existem três versões publicadas:

> CA1 "Clave para un amor (a)". *Entregas de La Licorne*, Montevidéu, nº 4, pp. 69-93, ago. 1954.
> CA2 "Clave para un amor (b)". *Historia prodigiosa*. 1ª ed. México: Obregón, 1956, pp. 39-77. Colección Literaria Obregón.
> CA3 "Clave para un amor (c)". *Historia prodigiosa*. 2ª ed. Emecé, 1961, pp. 41-80. Selección Emecé de Obras Contemporáneas.

Títulos alternativos foram: "En septiembre", "Cuento del dios" e "Ditirambo".

p. 521, l. 10 **um conto de Kafka**. "Um artista do trapézio", título pelo qual se conhece "Erstes Leid" [*Ein Hungerkünstler* (1924)]. Conforme anotação nos *Diarios*, Bioy Casares relê o conto em 1º de janeiro de 1948; recorda então que, para Max Brod, o artista do trapézio seria o próprio Kafka.

p. 522, l. 2 **um senhor que, por volta de 1760, maravilhou Londres**. O ginete Johnson. Segundo Boswell [*Life of Samuel Johnson* (1791), 13 de junho de 1763], "Quando lhe contei [a S. J.] que fora ver Johnson cavalgar sobre três cavalos, disse: 'Uma pessoa semelhante, senhor, deve ser alentada; porque suas atuações mostram a medida das forças humanas em determinada direção e tendem, assim, a elevar nossa opinião a respeito das faculdades humanas. Mostra o que se pode obter mediante uma aplicação perseverante; de modo que qualquer um pode esperar que, com uma aplicação semelhante, embora talvez nunca possas cavalgar em três cavalos ao mesmo tempo, ou dançar sobre a corda bamba poderá, no entanto, chegar a ser igualmente hábil na profissão que escolher, qualquer que seja esta'".

p. 525, l. 22 **hotel**. Como explica Bioy Casares, "copiei a descrição do hotel de 'Chave para um amor' de uma carta que com esse fim me enviou minha amiga María Luisa Aubone" [BIOY CASARES (1994), p. 169]. Bioy Casares afirma que o hotel fica em

Potrerillo (Mendoza); segundo a carta de M. L. Aubone, porém, a descrição corresponde a um hotel de Portillo, no Chile.

p. 525, l. 28 **Le vent se lève, il faut tenter de vivre.** *"O vento se levanta, devemos tratar de viver"* [VALÉRY, Paul, "Le Cimetière marin" (1920)]. Alusão ao ideal estético de Valéry: a submissão do acaso poético ao *hostinato rigore*, e a "dificuldade superada" como critério de valor. Contudo, nesse poema Valéry teria incorrido em uma facilidade romântica, segundo a enumeração de proibições literárias anotada por Borges, Silvina Ocampo e Bioy Casares em 1939 ["Lettres et amitiés" (1964), p. 15]: a de recorrer a *"coïncidences de la météorologie et de l'âme. Le vent se lève!… Il faut tenter de vivre!"*.

p. 526, l. 35 **Martín Bellocchio Campos**. Alusão a Juan Dionisio [Dyonisos] Naso Prado, jornalista e escritor cordovês, autor de *Cómo enterraban los griegos a sus poetas* (1932) e *De mi ánfora* (1932). Conforme lembra Bioy Casares [BIOY CASARES (2001), p. 181] "espanta-me minha atitude nos primeiros anos da década de 30, quando estive com meus pais […] em La Cumbre. Ficamos instalados no hotel Olimpo, de um tal Naso Prado, que rendia culto aos deuses gregos. Nos jardins do hotel havia estátuas de Zeus, Afrodite, Ártemis, Apolo, Dionísio etc. e um anfiteatro. Naso Prado deu a meu pai um livro de sua autoria, intitulado *Olimpo*. O senhor Naso Prado, suas estátuas e seu templete não me interessaram muito. Talvez porque as estátuas e o templete parecessem de gesso ou porque o senhor Naso Prado fosse um pouco ridículo, ou porque as crianças são muito esnobes. Em todo caso, o fato de um hoteleiro de Córdoba venerar os deuses pagãos deve ter me alegrado. Eu senti saudade do paganismo". Em seus *Diarios,* no dia 13 de outubro de 1953 anota ter visto, por esses dias, na revista *París en América,* a fotografia de "uma senhorita María Marta Bellocchio, que cuida de uma livraria no hotel California".

p. 527, l. 3 **construiu um teatro aberto.** Segundo "Teatro griego en Buenos Aires", encarte da revista *Nosotros* [1ª época, nº 164, jan. 1923], "depois de um tour pela Europa, especialmente pela Itália, voltou para nosso país o conhecido homem de letras Don J. D. Naso Prado […]. Dedicado em sua viagem especialmente ao estudo de tudo o que se refira à arte teatral grega, o sr. Naso Prado vem de novo a nós com o propósito de organizar […] representações das peças mais famosas do citado teatro clássico, as quais seriam montadas com toda perfeição; acreditando-se […] que com isso se conseguiria fazer reviver o delirante entusiasmo que em épocas remotas embargava o espírito do povo ateniense […]".

p. 527, l. 18 **o livro de Victor Duruy**. *Histoire de la Grèce ancienne* (1862) e *Histoire des Grecs* (1887-9), obras de divulgação erudita muito apreciadas na França do final do século XIX.

p. 528, l. 27 **A sociedade dessa gente não era estimulante**. O ambiente corresponde ao do hotel Sierras, de Alta Gracia, onde Bioy Casares se hospedou em julho de 1950; muitas das descrições dos demais hóspedes foram tiradas — algumas, literalmente — de seus *Diarios* dessa época.

p. 528, l. 29 **González Salomón**. Julián González Salomón (1790-1848) foi um dos fundadores, em 1832 — e em seguida chefe — da Sociedad Popular Restauradora, que financiava a Mazorca, organização terrorista que, entre 1833 e 1846, esteve a serviço do governador de Buenos Aires, Juan Manuel de Rosas, chefe do partido Federal.

p. 545, l. 16 Sobre os símbolos, há um capítulo muito curioso em Plutarco. *Tratado de Ísis e Osíris.* Ver n. p. 107, l. 16.

p. 545, l. 26 Em *Homens ilustres* [...] ele conta que [...] era Baco que os abandonava. *Vida de Antônio,* LXXV. O fragmento foi traduzido por Borges e Bioy Casares e incluído em *Cuentos breves y extraordinarios* (1955), p. 67, com o título de "Un dios abandona a Alejandría": "Sitiado Antônio pelas tropas de César, conta-se que naquela noite, a última, quando a cidade de Alexandria estava no maior silêncio e consternação com o temor e a esperança do que ia acontecer, ouviram-se gradualmente os concertados ecos de muitos instrumentos e gritaria de uma grande multidão com cantos e danças satíricos, como se passasse uma inquieta turba de Bacantes: que esta multidão partiu como que do centro da cidade, rumo ao portão por onde se ia ao campo inimigo; e que saindo por ele se desvaneceu aquele tumulto feliz, que havia sido coisa grande. Os que dão valor a essas coisas entendem que foi um sinal dado a Antônio de que era abandonado por Baco: aquele Deus com quem sempre fez alarde de se parecer, e em quem singularmente confiava".

"A SERVA ALHEIA"

Do conto, redigido entre 21 de julho e 19 de setembro de 1955, reelaborando "Como perdi a visão" [*Luis Greve, muerto* (1937)] (ver Apêndice II), existem duas versões publicadas:

SA1 "La sierva ajena (a)". *Historia prodigiosa.* 1ª ed. México: Obregón, 1956, pp. 101-147. Colección Literaria Obregón.
SA2 "La sierva ajena (b)". *Historia prodigiosa.* 2ª ed. Emecé, 1961, pp. 103-150. Selección Emecé de Obras Contemporáneas.

Títulos alternativos foram: "El rival", "Amor ciego", "Su verdadero amor", "Un idilio", "Triunfo del amor", "El dueño de Flora", "Nudo de amor", "Nudo de lealtad", "Dominio" e "La mujer fiel".

p.549, l. 25 Keller. Provável alusão à escritora surda-cega Helen Keller (1880-1968).

p. 550, l. 4 *non recito cuiquam nisi amicis.* "Escrevo só para os amigos." Horácio, *Sat.,* I, IV, 73. Bioy Casares usou o verso como epígrafe de seu diário de viagem *Unos días en el Brasil* (1991), p. 7.

p. 550, l. 7 *Le Chic à cheval.* *Le Chic à cheval; Histoire pittoresque de l'équitation* (1891), de Louis Vallet (1856-1940). Provável alusão burlesca a Pierre Drieu La Rochelle, autor de *L'Homme à cheval* (1943), e a sua presença nos salões de Victoria Ocampo, em 1933.

p. 551, l. 11 Walter Pater citado por Moore. Moore, George, *Avowals* (1919), X: *"Women have done some very pretty painting and written some delightful poems, but if we look into their faces we read there the sadness of a satellite* [As mulheres realizaram algumas bonitas pinturas e escreveram deliciosos poemas, mas se olharmos em seu rosto leremos a tristeza de um satélite]".

p. 551, l. 15 Celestin Bordenave. A protagonista de *Nana* (1880), de Zola, deve ao empresário teatral Bordenave sua fama como atriz. Em italiano, *nana* significa *anã*.

p. 552, l. 6 Urbina. O poeta modernista mexicano Luis G. Urbina (1864-1934), autor de *Puestas de sol* (1910) e *Lámparas en agonía* (1914), publicou em 1924 uns "Apuntes para un libro de 'Memorias'". Colaborou, assim como José Juan Tablada, na revista *Azul* (1894-1896).

p. 562, l. 15 zenana. Note-se o jogo com *enana* (*aña*).

p. 565, l. 18 professor Antonescu. Através do sobrenome dos ministros do regime pró-nazista na Romênia — Ion (1882-1946) e Mihai (1904-1946) —, alusão burlesca à visita do romancista Virgil Gheorghiu, que chegou à Argentina em 1953 convidado por Perón para escrever sua biografia autorizada. Bioy Casares o viu em não menos de duas oportunidades, nos dias 21 e 22 de maio de 1953 [Bioy Casares (2006), pp. 76-77].

p. 565, l. 18 matemático romeno, contestador de Einstein. Alusão a Alfred Lynch (1861-1934), autor de *The Case Against Einstein* (1932). Conforme explica Bioy Casares, "por volta de 1940, em Pardo, depois de ler *Relativity and Robinson* e *ABC of Relativity*, de Russell, e um livro de um tal de Lynch contra Einstein, pensei em escrever um conto sobre um matemático polonês que havia descoberto o que todo mundo sabe: que a luz não tem velocidade" [Bioy Casares (2001), p. 13].

p. 565, l. 28 Sayago. Ver n. p. 321, l. 29.

p. 566, l. 1 Fisherton. Bairro inglês de Rosario (província de Santa Fe), onde fica o aeroporto da cidade.

p. 567, l. 28 vate de Caras y Caretas. Juan B. González (1874-1958), que Bioy Casares conheceu como crítico da revista *Nosotros*, em 1934, a propósito do envio de um exemplar de seu *17 disparos contra lo porvenir* (1933).

p. 571, l. 24 Olivia, em Bournemouth, Antonietta, em Ostia, Ivette, em Nice. Bioy Casares conheceu Olivia Drummond, Antonietta Loquenzi e Ivette Guicharnauil em sua viagem à Europa de 1951.

p. 576, l. 22 sir Harry Johnston. O explorador, naturalista, linguista e pintor inglês (1858-1927), descobridor do ocapi, espécie de girafa anã.

p. 582, l. 4 Versículo de São Paulo. "Quando preparávamos o 'Museu' de *Los Anales de Buenos Aires*, Borges descobriu em *Charles M. Doughty* (1935), de Anne Treneer, a seguinte inscrição para os dezesseis tripulantes de um *zeppelin* derrubado sobre Londres por um aviador inglês, em 1917: '*Who are thou that judgest another man's servant? To his own master he standeth or falleth*' (Epístola de São Paulo aos Romanos 19, 4). Pareceu-nos muito feliz, e procurei a tradução em Cipriano de Valera e Scio de San Miguel. Eis aqui a tradução de Valera: '*¿Tú quién eres que juzgas al siervo ajeno? Para su señor está en pie o cae* [Tu quem és que julgas o servo alheio? Para seu senhor, está em pé ou cai]'. Nós o traduzimos: '*¿Quién eres tú para juzgar al que sirve a otro hombre? Deja que su amo lo apruebe o lo condene* [Quem és tu para julgar aquele que serve a outro homem? Deixa que seu amo o aprove ou *o condene]'"* [BIOY CASARES (2006), p. 136]. Foi incluído em *Los Anales de Buenos Aires* [nº 8, p. 54, ago. 1946], com o título de "El epitafio del enemigo".

"DOS DOIS LADOS"

Do conto, redigido entre 31 de março e 13 de abril de 1956, há duas versões publicadas:

D1 "De cada lado (a)". *Ciclón*, La Habana, vol. II, nº 5, pp. 7-13, set. 1956.
D2 "De los dos lados" [= "De cada lado (b)"]. *Historia prodigiosa*. 2ª ed. Emecé, 1961, pp. 151-164. Selección Emecé de Obras Contemporáneas.

p. 589, l. 5 **passagem** [*pasaje*]. Em D1: "corredor que nos leva a outro lugar [*corredor que nos lleva a otra parte*]".

p. 589, l. 9 **a alma morra — explicou** [*muera el alma —explicó*]. Em D1: "o corpo arraste a alma em sua mortalidade — explicou. — Embora o corpo seja mortal, a alma pode ser imortal [*el cuerpo arrastre en su mortalidad al alma —explicó—. Aunque el cuerpo es mortal, el alma puede ser inmortal*]".

p. 589, l. 12 **sonhos** [*sueños*]. Em D1: "sonhos. Os sonhos e a morte nos conduzem à outra vida. Porque no sonho estamos na eternidade, trazemos às vezes, ao acordar, um conhecimento do futuro [*sueños. Los sueños y la muerte nos conducen a la otra vida. Porque en el sueño estamos en la eternidad, traemos a veces, al despertar, un conocimiento del futuro*]".

p. 589, l. 16 **cegas, não basta. É necessário praticar, como dizer?, o** [*ciegas, no basta. Hay que practicar, ¿cómo diré? el*] Em D1: "cegas, à mercê das lembranças do dia, não basta. É preciso aprender a sonhar. Alguns sofrem de sonambulismo do corpo; todos nós devemos praticar o [*ciegas, a la merced de los recuerdos del día, no basta. Hay que aprender a soñar. Algunos padecen sonambulismo del cuerpo; todos debemos practicar el*]".

"AS VÉSPERAS DE FAUSTO"

Existem três versões publicadas:

V1 "Las vísperas de Fausto (a)" . *Las vísperas de Fausto*. Arturo J. Álvarez, 1949, s./n. [19 pp.]. Colección La Perdiz.
V2 "Las vísperas de Fausto (b)". *Historia prodigiosa*. 1ª ed. México: Obregón, 1956, pp. 149-151. Colección Literaria Obregón.
V3 "Las vísperas de Fausto (c)". *Historia prodigiosa*. 2ª ed. Emecé, 1961, pp. 165-168. Selección Emecé de Obras Contemporáneas.

Teve como título alternativo "Otro Fausto".

p. 594, l. 32 **verso de Agatão, citado por Aristóteles**. *Ética a Nicômaco*, VI, 2.

p. 595, l. 10 **postergou até o último instante a resolução de fugir ou de ficar. O sino do relógio soou**... Até Vi: "compreendeu que nada dependia de sua vontade. Olhou o relógio. A meia-noite chegava. Não poderia refugiar-se no passado se não o havia feito anteriormente; se o havia feito anteriormente, não poderia não fazê--lo agora [*comprendió que nada dependía de su voluntad. Miró el reloj. Llegaba la media noche. No podría refugiarse en el pasado si no lo había hecho anteriormente; si lo había hecho anteriormente, no podría no hacerlo ahora*]".

"HOMENAGEM A FRANCISCO ALMEYRA"

Do conto, redigido entre 1º de junho e 9 de novembro de 1952, existem três versões publicadas:

> H1 *Homenaje a Francisco Almeyra* (a). Destiempo, 1954, 37 pp.
> H2 "Homenaje a Francisco Almeyra (b)". *Sur*, nº 229, pp.1-16, jul.-ago. 1954.
> H3 "Homenaje a Francisco Almeyra (c)". *Historia prodigiosa*. 1ª ed. México: Obregón, 1956, pp. 79-99. Colección Literaria Obregón.

Teve como títulos alternativos "Una antigua alegoría", "Morir sin despertar" e "Una vieja causa".

p. 597, l. 1 **Francisco Almeyra**. O coronel Francisco Lynch (1795-1840), antepassado do autor, foi assassinado pela Mazorca [BC (2001), p. 61]. Para Mazorca, ver n. p. 528, l. 29.

p. 597, l. 2 **À memória de minha mãe**. Ao final de um dos rascunhos do conto se lê: "Concluído em Buenos Aires no dia 9 de novembro de 1952, às 9 da noite. (Contei para minha mãe e cheguei a ler para ela as primeiras páginas até 'quando falou em procurar emprego', mais ou menos. Depois a doença da minha mãe se agravou, e ela morreu)". Na versão definitiva, o texto citado é: "Quando ele disse que procuraria um emprego [*cuando él dijo que buscaría trabajo*]".

p. 597, l. 3 **Thaes afereode, thisses swa maeg**. A epígrafe, do *Lamento de Deor*, precisa o sentido último da alegoria. Segundo Borges e Delia Ingenieros [*Antiguas literaturas germánicas*. México: FCE, 1951, p. 27. Coleção Breviarios]: "Perdido [...] o favor de seu senhor, Deor se consola rememorando famosas desventuras, devidas à inconstância da sorte, e repete, ao fim de cada estrofe: 'Aquilo deixou de ser; isto também deixará de ser algum dia'".

p. 598, l. 9 **a Lelia de suas Odes**. Juan Cruz Varela (1794-1839) dedicou vários poemas para "Delia": "El jardín de Delia" (1819), "A Delia después de la ausencia" (1822) etc.

738 OBRAS COMPLETAS DE ADOLFO BIOY CASARES

p. 598, l. 30 **senhores Casamayou, uns franceses de Navarrenx**. Marie Casamayou, de Navarrenx, foi uma das bisavós paternas de Bioy Casares.

p. 599, l. 3 **certo famoso *Epistolário***. *Cartas de Mariquita Sánchez* [Peuser, 1952], editadas por Clara Vilaseca.

p. 599, l. 11 **a nova versão francesa de Hyacinthe Gaston**. GASTON, Maria Joseph Hyacinthe de, *L'Énéide, traduite en vers* (1803), 2 vv.

p. 599, l. 14 ***Entonces vi las caras pavorosas***. *Eneida*, II, vv. 622-626.

p. 599, l. 17 **tarefa iniciada pelo pranteado Juan Cruz Varela**. Juan Cruz Varela traduziu, exilado em Montevidéu, os dois primeiros livros da *Eneida*. Depois de sua morte, foram publicados na *Revista del Río de la Plata,* vol. IX (1874).

p. 601, l. 8 **Esse jovem, Bello, veio de Buenos Aires**. Cf. MÁRMOL, José, *Amalia* (1844), III, 1, para a viagem de Daniel Bello, personagem do romance.

p. 605, l. 36 **Refalosa**. No poema "La Refalosa" (1843) de Hilario Ascasubi, um *mazorquero* [ver n. p. 528, l. 29] descreve o tratamento aplicado aos *unitarios*, que concluía com a degola: uma vez degolada, a vítima era posta de pé e se *refalaba* (resvalava) em seu sangue.

p. 608, l. 6 **um casal de tachãs, anunciando a novidade, como as do poeta Ascasubi**. "[*pero, eso sí, los primeros/ que anuncian la novedá/ con toda seguridá,/ cuando los indios avanzan,/ son los chajases que lanzan/ volando: ¡chajá! ¡chajá!* [(…)] *mas, isso sim, os primeiros/ a anunciar a novidade/ com toda certeza,/ quando os índios vão chegando,/ são as tachãs que soltam/ voando: tachã! tachã!*]" ASCASUBI, Hilario, *Santos Vega* (1872), XIII, vv. 1318-1323.

p. 608, l. 21 **Pancho el Ñato**. Francisco Sosa, coronel rosista (m. 1836).

p. 608, l. 31 **González, sua Carcaríssima Majestade** [*González, su Majestad Caranchísima*]. Vicente González (1791-1861), conhecido como *el Carancho del Monte* [o Carcará do Mato], coronel rosista. Segundo J. Furt [*Libro de prosa* (1932)], "escrevia cartas de conselho [para Rosas], que as retribuía com a confiança de conceder-lhe a discreta execução algum almofadinha de bota alta ou algum notório *lomo negro* [como eram chamados *federales* não alinhados com Rosas]".

OBRA DO PERÍODO NÃO RECOLHIDA EM VOLUME

Prólogo à *Antologia da literatura fantástica*

Preparada entre 1937-1940 por Silvina Ocampo, Adolfo Bioy Casares e Jorge Luis Borges, a *Antologia*, embora em seu colofão traga a data de 24 de dezembro de 1940, foi publicada, com uma tiragem de 3 mil exemplares, em março de 1941. Borges, em carta a Bioy Casares de janeiro de 1941, afirma que "a *Antologia da literatura fantástica* já está sendo impressa: portanto, é incorrigível; no final de março, Buenos Aires poderá começar a não comprá-la". Conforme recorda Bioy Casares [em CROSS *et al.* (eds.), op. cit., p. 78], "quando estávamos preparando a *Antologia da literatura fantástica*, nem Borges, nem

Silvina, nem eu gostávamos do título. O epíteto 'fantástico' nos lembrava exclamações de senhoras de Buenos Aires: 'Fantástico, fantástico!', no sentido de excelente. Borges propôs *Antología de la literatura irreal:* um título mais moderado, menos grosseiro. Mas percebemos que ninguém teria interesse pela literatura irreal". De fato, no entanto, o número 3 (dez. 1937) da revista *Destiempo* anuncia para agosto de 1938 a publicação, por seu selo editorial, de uma *Antologia de contos irreais.* Cf. carta de Bioy Casares a Macedonio Fernández, de 12 de dezembro de 1937, recolhida em FERNÁNDEZ, Macedonio, *Epistolario* [Corregidor, 1976], pp. 352-353. Para a seleção dos textos, cf. (a) *Magazine Littéraire,* nº 47, dez. 1970; (b) ULLA, op. cit., pp. 341-342; segundo Borges, nela "realmente Silvina colaborou pouco" [FERRARI, Osvaldo, *Borges en diálogo.* Grijalbo, 1985, p. 84].

Entre 1941-1942, os recompiladores propuseram à Emecé, sem sucesso, uma nova antologia, dessa vez de contos policiais e fantásticos, inspirados talvez pelas de Dorothy Sayers. Conteria contos de María Luisa Bombal, Chesterton, Stevenson, Julien Green, Poe, Wilkie Collins, Agatha Christie, Israel Zangwill, Conan Doyle, Manuel Peyrou, José Bianco (que havia escrito expressamente para ela seu conto "Sombras suele vestir"), Leopoldo Lugones, Horacio Quiroga, Hawthorne, Santiago Dabove, Ellery Queen, Jack London, Enrique Amorim, Milward Kennedy, Borges, Melville e Kafka. Embora rechaçado em sua versão original, pouco depois, despojado dos relatos de índole fantástica, esse projeto seria o germe da primeira série de *Los mejores cuentos policiales* (1943).

Da antologia e do prólogo há duas versões publicadas:

P1 "Prólogo (a)". *In: Antología de la literatura fantástica.* 1ª ed. Sudamericana, 1940, pp. 7-15. Coleção Laberinto.

P2 "Prólogo (b)". *In: Antología de la literatura fantástica.* 2ª ed. Sudamericana, 1965, pp. 7-14. Coleção Piragua.

p. 619, l. 25 *asunto de morcillas**. "Here we have the Eastern form of the Three Wishes which dates from the earliest ages and which amongst us has been degraded to a matter of 'black pudding'. It is the grossest and most brutal satire on the sex, suggesting that a woman would prefer an additional inch of penis to anything this world or the next can offer her. [...] See also La Fontaine's 'Trois Souhaits' [...] [Temos aqui a versão oriental* (da história) *dos Três desejos, que data dos tempos mais antigos e que entre nós foi degradada a uma questão de* morcillas. *Consiste na mais grosseira e brutal sátira sobre o sexo, sugerindo que uma mulher prefere alguns centímetros a mais de pênis do que qualquer outra que o mundo possa oferecer* (...). *Ver também o 'Três desejos' de La Fontaine]"* BURTON, Richard, Nota a "The Three Wishes, or the Man who longed to see the Night of Power". *In: The book of the thousand nights and a night* (1885). A versão de La Fontaine [*Fables* (1688), VII, 5] não se refere particularmente a *morcillas* (*boudins*), como o faz a do conto "Les trois souhaits" [Os três desejos], na *Magasin des Enfants* (1756), de Jeanne-Marie Le Prince de Beaumont, na qual os três desejos são desperdiçados a propósito de un *boudin.*

Resenha de *The Spirit of Chinese Poetry*, v. w. w. s. PURCELL

Entre o final da década de 1930 e meados da década de 1940, Bioy Casares revela um forte interesse pela língua e literatura chinesas. Em maio de 1941, escreve ao escritor chileno Juan Marín, então cônsul em Xangai: "Dessas distantes latitudes me interessam, em geral, os romances fantásticos e, em especial *O romance dos três reinos* (*San Huo Shih?*) e *Viagens ao Oeste* (*Hsi Yu Chi*) [...]. Desmedido, insaciável, acrescento outro livro que me interessa muitíssimo: *Spirit of Chinese Poetry* by V. W. W. S. Purcell". A partir de outubro de 1941, pede a vários livreiros catálogos de ficção clássica chinesa, de filosofia chinesa, de estudos de literatura chinesa, inclusive textos para iniciar o aprendizado dos ideogramas chineses. Assim, em abril de 1943 adquire *Modern Chinese Poetry* (1936), de Harold Acton; em janeiro de 1944, *Chinese Lyrics* (1937) de Ch'u Ta Kao; em abril, *Notes for the Collectors of Chinese Antiques* (1943) de Peter Boode; em novembro, *Traditional Chinese Tales* (1944) de Chi-chen Wang. Em março de 1945, por fim, *How to Study and Write Chinese Characters* (1944), de W. Simon.

p. 623, l. 3   **Desnudo repouso no verde bosque do verão** [...]. É tradução de um poema de Li Po, através da versão de Arthur Waley ["In the Mountains on a Summer Day". In: *Translations from the Chinese*. Nova York: Knopf, 1941, p. 121]: "*Gently I stir a white feather fan,/ With open shirt sitting in a green wood./ I take off my cap and hang it on a jutting stone;/ A wind from the pine-trees trickles on my bare head*".

p. 623, l. 6   **como um tímido ermitão** [...] **visitante casual**. Cf. WALEY [op. cit., "Preface"]: "*The Chinese poet tends to introduce himself as a timid recluse, 'Reading the Book of Changes at the Northern Window', playing chess with a Taoist priest, or practising calligraphy with an occasional visitor*".

p. 623, l. 19   **Russell**. *The Problem of China* (1922), IX.

p. 626, l. 16   **Waley afirma**. Cf. WALEY, op. cit., loc. cit.: "[...] *Chinese traditional poetry is very similar to ours. Its lines have a fixed number of syllables and rhyme is obligatory* [...]".

Resenha de *O jardim das veredas que se bifurcam*, JORGE LUIS BORGES

p. 627, l. 22   **The Recluse, Prometheus Unbound, Religions et religion**. WORDSWORTH, William, *The Recluse* [*O recluso*] (1888). SHELLEY, Percy B., *Prometheus Unbound* [*Prometeu libertado*] (1820). HUGO, Victor, *Religions et religion* [*Religiões e religião*] (1880).

p. 627, l. 29   **exciting quality (and a very excellent quality it is)**. "*But it* [The Ring and the Book] *has exactly the same kind of exciting quality that a detective story has, and a very excellent quality it is* [Mas (O anel e o livro) tem exatamente o mesmo tipo de qualidade excitante que uma história de detetives, aliás, uma excelente qualidade]" [CHESTERTON, G. K. *Robert Browning* (1903), VII].

p. 628, l. 22 **uma pessoa […] depois de lê-lo pediu a seu livreiro o romance *The Approach to Al-Mútasim*, de Mir Bahadur Alí.** *"Those who read 'The Approach to al-Mu'tasim' took it at face value, and one of my friends even ordered a copy from London"* [Borges, J. L. "An Autobiographical Essay". In: *The Aleph and Other Stories*. Nova York: Dutton, 1970, p. 240]. Segundo Bioy Casares: "quando [Borges] publicou "A aproximação a Almotásim" […] eu o li e logo fui a uma livraria da rua Florida para encomendar esse livro que não constava em nenhum catálogo. […] Seu relato [f]oi tão convincente que durante alguns dias andei procurando esse livro por Buenos Aires. Passado algum tempo, comentei o caso com ele, mas ele pensou que era uma mentira para agradá-lo. Nunca acreditou que eu tivesse mesmo tentado encomendar o livro" [em López, op. cit., p. 67].

p. 630, l. 2 **onde os argumentos de Berkeley teriam admitido réplica, mas não dúvida.** Segundo Hume [*An Enquiry Concerning Human Understanding* (1748), XII, 1], os argumentos de Berkeley *"admit of no answer and produce no conviction"*.

p. 630, l. 7 **a retórica de matar crianças, denunciada por Rúskin.** Cf. Bioy Casares (2006), pp. 988-989: "Borges: 'Dickens havia matado — em que pese muitas cartas de leitores, que lhe pediam que não o fizesse — aquele menino tão desagradável, Dombey. Então Ruskin comentou: *When in doubt, kill a baby…* Quando você não souber como manter a atenção dos leitores, mate uma criança'. […] Sobre a frase de Ruskin, poderia dizer que tive com Borges uma conversa que durou trinta anos. Em 1933 ou 1934, Borges citou a frase, que nunca esqueci, porque me pareceu comicamente acertada; mas omiti, por esquecimento, perguntar quando e por que Ruskin a disse; finalmente, hoje recebo a resposta". Bioy Casares cita a frase em "Ensayistas ingleses" (1948), p. XXIX.

p. 630, l. 8 **matar cachorros, praticada por Steinbeck.** Cf. Steinbeck, John. *Ratos e homens* (1937), V.

p. 631, l. 17 **a fortuna literária conseguida por algumas selvas do Continente.** *Contos da selva* (1918), de Horacio Quiroga; *La vorágine* (1924), de José Eustasio Rivera.

Desagravo a Borges

Contribuição em número de homenagem a Jorge Luis Borges e ao seu *O Jardim das veredas que se bifurcam* (1941), desagravado por não ter recebido o Prêmio Nacional de Literatura.

Resenha de *The Silk Stocking Murders*, ANTHONY BERKELEY

p. 633, l. 8 ***The Poisoned Chocolates Case* e *Trial and Error*.** Ambos os romances foram incluídos por Bioy Casares e Borges na coleção "El Séptimo Círculo" em 1949: *El caso de los bombones envenenados* (nº 59) e *El dueño de la muerte* (nº 62). Na "Notícia" que os antecede, comum aos dois, se lê: "Os dois romances mais famosos deste escritor são *The Poisoned Chocolates Case* [1929] e *Trial and Error* [1937]".

Resenha de *La litera fantástica*, RUDYARD KIPLING

p. 633, l. 19 *full of pleasant atrocity*. O célebre *dictum* de Edward FitzGerald, comentando suas leituras de Tácito, em carta a John Allen, de 28 de abril de 1839.

p. 633, l. 25 **Oscar Wilde afirma que** [...] **somente os medíocres evoluem e progridem**. "The Ethics of Journalism" (1894).

p. 634, l. 17 *he had a sick man's command of language*. "The Phantom Rickshaw" (1888).

p. 634, l. 18 *inventors of patent punkah-pulling machines*. "The Man who Would be King" (1888).

p. 634, l. 21 *Poor old Daniel that was a monarch once! Ibidem*.

p. 634, l. 28 *O Peacock, cry again*. "On the City Wall" (1888).

p. 634, l. 33 *tea-companies enter and elaborate* [...]. "The Man who Would be King".

Resenha de *Un Certain sourire*, FRANÇOISE SAGAN

Escrita entre 11 e 15 de maio de 1956.

p. 639, l. 22 **Stevenson destacou o poder de tais cenas**. Cf. "A Gossip on Romance" [*Memories and Portraits* (1887)]: "[...] estas cenas capitais [*these epoch-making scenes*], que põem a marca definitiva da verdade em um relato e, de repente, transbordam nossa capacidade de prazer, nós as adaptamos de tal maneira na entranha de nossa mente que nem o tempo nem as marés conseguem apagar ou enfraquecer essa impressão. É este o aspecto plástico da literatura: encarnar o caráter, o pensamento, a emoção em algum ato ou atitude que impressione notavelmente aos olhos da mente [*that shall be remarkably striking to the mind's eye*]". Cf. o "Estudio preliminar" de Bioy Casares a *Ensayistas ingleses* (1948), p. XXVII.

p. 640, l. 1 **um leitor, pelo menos, encontrou nessas páginas** [...] **os encantos recíprocos da segurança e da aventura**. Cf. BIOY CASARES (2006), p. 1013: "A situação [...] das primeiras páginas de *The Sea and the Jungle*, de Tomlinson [...] é uma das leituras que mais me comoveu: o relator chega a um porto do Norte da Inglaterra em uma noite muito chuvosa; embarca em um velho cargueiro; zarpam em meio a um mar tempestuoso: a imagem que tanto me impressionou se reduz a tempestade e aventura, fora, e uma pequena cabine que se sente como o lar, o refúgio".

Resenha de *La caída*, BEATRIZ GUIDO

Escrita entre 29 de julho e 8 de agosto de 1956.

Cumprimentos à Editora Losada em seu aniversário

Colaboração escrita em 18 de julho de 1958 para um número da revista da Editora Losada consagrado a comemorar seus primeiros vinte anos de fundação, em 1938.

BIBLIOGRAFIA

Salvo indicação em contrário, assuma-se Buenos Aires como local de publicação.

I. OBRAS DE ADOLFO BIOY CASARES

1933   *17 disparos contra lo porvenir*. Tor, 173 pp. Coleção Cometa.

1934   *Caos*. Viau y Zona, 283 pp.

1935   *La nueva tormenta o La vida múltiple de Juan Ruteno*. Talleres de Francisco A. Colombo, 168 pp.

1937   *Luis Greve, muerto*. Destiempo, 154 pp.

Carta a Macedonio Fernández, de 12 de dezembro. In: FERNÁNDEZ, Macedonio (Ed. Alicia Borinsky). *Epistolario*. Corregidor, 1976, pp. 352-353.

1940   "La invención de Morel". *Sur*, n⁰ 72 (set.), 43-71.

La invención de Morel. 1ª ed. Losada, 169 pp. Coleção Novelistas de España y América.

"Prólogo (a)" a: BORGES, Jorge Luis; OCAMPO, Silvina & BIOY CASARES, Adolfo (org.), *Antología de la literatura fantástica*. 1ª ed. Sudamericana, pp. 7-15. Coleção Laberinto.

1941   "V. W. W. S. Purcell, *The Spirit of Chinese Poetry*". *Sur*, n⁰ 86 (maio), pp. 76-80.

Antología poética argentina. Sudamericana, 300 pp. Coleção Laberinto. Organizada em colaboração com J. L. Borges e Silvina Ocampo.

1942   "Jorge Luis Borges, *El jardín de senderos que se bifurcan*". *Sur*, n⁰ 92 (maio), pp. 60-65.

"Desagravio a Borges". *Sur*, n⁰ 94 (jul.), p. 22.

"Anthony Berkeley, *The Silk Stocking Murders*". *Sur*, n⁰ 94 (jul.), p. 96.

"Rudyard Kipling, *La litera fantástica*". *Sur*, n⁰ 95 (ago.), pp. 80-81.

Seis problemas para don Isidro Parodi [assinado "H. Bustos Domecq"]. Sur, 164 pp. Em colaboração com Jorge Luis Borges.

1943   "Hsiao Chi'en, *Etching of a Tormented Age*". *Sur*, n⁰ 105 (jul.), pp. 85-87.

1944   *El perjurio de la nieve* (a). Emecé, 64 pp. Coleção Cuadernos de la Quimera.

"La trama celeste (a)". *Sur*, n⁰ 116 (jun.), pp. 35-69.

1945   *Plan de evasión*. 1ª ed. Emecé, 187 pp.

1946   "El otro laberinto (a) ". *Sur*, n⁰ 135 (jan.), pp. 50-92.

"Elogio de Wells". *Los Anales de Buenos Aires*, n⁰ 9 (set.), p. 6.

Los que aman, odian. Emecé, 119 pp. Coleção El Séptimo Círculo. Em colaboração com Silvina Ocampo.

1947 "Orfeo". *Los Anales de Buenos Aires*, nº 14 (abril), p. 19.

"De los reyes futuros (a)". *Los Anales de Buenos Aires*, nº 20-21-22 (out.-dez.), pp. 12-23.

1948 *La invención de Morel*. 2ª ed. Sur, 140 pp.

La trama celeste. 1ª ed. Sur, 246 pp.

"Estudio preliminar" a: Baeza, Ricardo (ed.), *Ensayistas ingleses*. Jackson, pp. IX-XXXII. Coleção Clásicos Jackson.

1949 *Las vísperas de Fausto*. Arturo J. Álvarez, s./n. [19 pp.]. Coleção La Perdiz.

Prólogo a: Rojas, Fernando de. *La Celestina*. Estrada, pp. 13-26. Coleção Clásicos Castellanos.

1950 "De un cuaderno de apuntes". *Sur*, nº 192-194 (out.-dez.), pp. 277-281.

1953 *La invención de Morel*. 3ª ed. Emecé, 155 pp. Coleção Novelistas Argentinos Contemporáneos.

1954 *El sueño de los héroes*. 1ª ed. Losada, 216 pp. Coleção Novelistas de España y América.

Homenaje a Francisco Almeyra (a). Destiempo, 37 pp.

"Homenaje a Francisco Almeyra (b)". *Sur*, nº 229 (jul.-ago.), pp. 1-16.

"Clave para un amor (a)". *Entregas de La Licorne*, Montevidéu, nº 4 (ago.), pp. 69-93.

1956 *Historia prodigiosa*. 1ª ed. México: Obregón, 151 pp. Colección Literaria Obregón.

"Françoise Sagan, *Un Certain sourire*". *La Nación*, 10 de junho.

"De cada lado (a)". *Ciclón*, La Habana, vol. 11, nº 5 (set.), pp. 7-13.

"Beatriz Guido, *La caída*". *Sur*, nº 243 (nov.-dez.), pp. 82-83.

1958 "Saludos en su aniversario a la Editorial Losada". *Negro sobre Blanco* (Losada), nº 8 (nov.), p. 20.

1959 *Guirnalda con amores*. Emecé, 201 pp. Coleção Novelistas Argentinos Contemporáneos.

1960 *Libro del Cielo y del Infierno*. Sur, 207 pp. Em colaboração com Jorge Luis Borges.

1961 *Historia prodigiosa*. 2ª ed. Emecé, 168 pp. Seleção Emecé de Obras Contemporáneas.

1962 *El lado de la sombra*. Emecé, 192 pp. Seleção Emecé de Obras Contemporáneas.

1964 "Lettres et amitiés". *L'Herne*, Paris, nº 4 (março), pp. 12-18. Trad. de J. R. Outin.

1965 "Prólogo (b)" a: Borges, Jorge Luis; Ocampo, Silvina & Bioy Casares, Adolfo (org.), *Antología de la literatura fantástica*. 2ª ed. Sudamericana, pp. 7-17. Coleção Piragua.

1967 *La trama celeste*. 2ª ed. Sur, 176 pp.

1968 *La otra aventura*. Galerna, 153 pp. Serie menor/ensayos.

1969 *Plan de evasión*. 2ª ed. Galerna, 167 pp. Serie mayor/letras.

El sueño de los héroes. 2ª ed. Emecé, 239 pp. Coleção Novelistas Argentinos Contemporáneos,

1971 *Breve diccionario del argentino exquisito* [assinado "Javier Miranda"]. Barros Merino, s./n. [57 pp.].

1972 Prólogo a: COMESAÑA, Eduardo. *Fotos poco conocidas de gente muy conocida*. Imprenta Anzilotti, s./n.

1975 "Chronology". *Review*, Nova York, nº 15 (outono), pp. 35-39.

1978 *Breve diccionario del argentino exquisito*. 2ª ed. Emecé, 161 pp.

1981 "La trama celeste (d)". In: MARTÍNEZ, Carlos D. (comp.), *La trama celeste y otros relatos*. CEAL, pp. 37-65. Coleção Biblioteca argentina fundamental.

1988 "Carta abierta a los lectores". In: *El sueño de los héroes*. Barcelona: Círculo de Lectores. Fac-símile anexo.

1990 *La trama celeste*. 3ª ed. Losada, 155 pp. Coleção Novelistas de Nuestra Época.

1991 *La invención de Morel*. 4ª ed. Emecé, 162 pp. Coleção Escritores Argentinos. *Unos días en el Brasil (Diario de viaje)*. Grupo Editor Latinoamericano, 64 pp. Coleção Escritura de Hoy.

1994 *Memorias*. Barcelona: Tusquets, 197 pp. Coleção Andanzas.

1996 *En viaje (1967)*. Bogotá: Norma, 260 pp. Coleção La otra orilla.

2001 *Descanso de caminantes*. Sudamericana, 507 pp.

2006 *Borges*. Bogotá: Destino, 1.664 pp.

II. REPORTAGENS CITADAS

1970 *Magazine Littéraire*, Paris, nº 47 (dez.). pp. 44-45, com Robert Louit e Emmanuel de Roux.

1974 *Crisis*, nº 9 (jan.), pp. 40-3, com Marcelo Pichon Rivière.

1975 *Gente*, 8 de maio, pp. 42-7, com Helena Serrot.

1977 Questionário de Margaret Snook. 6 folhas, de 22 x 28 cm, datilografadas. Inédito, cópia de resposta conservada no arquivo do autor.

1980 *La Nación*, 24 de fevereiro, com Martín Müller. *Clarín*, 28 de agosto, com Silvia Plager.

1987 *Página/12*, 8 de novembro, com Viviana Gorbato.

1989 CROSS, Esther et al. (eds.). *Bioy Casares a la hora de escribir*. Barcelona: Tusquets, 142 pp.

1990 ULLA, Noemí. *Aventuras de la imaginación*. Corregidor, 142 pp. *La Nación*, 11 de fevereiro, com María Esther Vázquez. *El Gato Negro*, nº 1 (out.), pp. 29-35, com Inés Pardal.

1991 BARRERA, Trinidad (ed.). *Adolfo Bioy Casares*. Madri: Ediciones de Cultura Hispánica, 104 pp. Coleção Semana de Autor.

1992 SORRENTINO, Fernando. *Siete conversaciones con Adolfo Bioy Casares.* Sudamericana, 271 pp.

2000 LÓPEZ, Sergio. *Palabra de Bioy.* Emecé, 219 pp.

III. BIBLIOGRAFIA SECUNDÁRIA CITADA

1940 GONZÁLEZ LANUZA, Eduardo, "*La invención de Morel*". Sur, nº 75 (dez.), pp. 159-161.

1941 VENEGAS FILARDO, Pascual, "*La invención de Morel*". *El Universal*, Caracas, 19 de janeiro.

1949 MASTRONARDI, Carlos, "*La trama celeste*". Sur, nº 179 (set.), pp. 72-75.

1955 MASTRONARDI, Carlos, "*El Sueño de los héroes*". *Comentario*, jan.-mar., pp. 92-93. BORGES, Jorge Luis, "*El sueño de los héroes*". Sur, nº 235 (jul.-ago.), pp. 88-89.

1963 KOVACCI, Ofelia. *Adolfo Bioy Casares.* ECA, 139 pp.

1969 PEZZONI, Enrique. "Prólogo" a: BIOY CASARES, Adolfo. *Adversos milagros.* Caracas: Monte Ávila, pp. 7-17.

1973 MEEHAN, Thomas, "Estructura y tema de *El sueño de los héroes* por Adolfo Bioy Casares". *Kentucky Romance Quarterly,* vol. XX, nº 1, pp. 31-58.

1979 ROSALES ARGÜELLO, Nilda. *Cinq romans de Adolfo Bioy Casares: un essai d'interprétation.* Paris: Université de Paris, 566 pp.

1981 BASTOS, María Luisa, "Desapego crítico y compromiso narrativo: El subtexto de *El sueño de los héroes*". In: *Texto/Contexto en la literatura iberoamericana.* Madri: Artes Gráficas Bernal, pp. 21-31.

1983 LEVINE, Suzanne Jill. *Guía de Bioy Casares.* Madri: Fundamentos, 262 pp. Coleção Espiral.

1986 CURIA, Beatriz. *La concepción del cuento en Adolfo Bioy Casares.* Mendoza: Universidad de Cuyo, 464 pp.

1987 VARTIC, Ion, "Adolfo Bioy Casares i procesul reflexiei multiple". In: BIOY CASARES, Adolfo. *Cel lalt labirint.* Bucureste: Univers, pp. 5-34.

1992 MONTEQUIN, Ernesto. "J . R. Wilcock dans une nouvelle de Adolfo Bioy Casares". *Cahier de Caïfas*, Porto Príncipe, 1ª época, nº 5 (abril), pp. 19-78.

1993 GRIECO Y BAVIO, Alfredo, "*Aristarcus Bentleianus*. Filologías clásica y germánica en Adolfo Bioy Casares (1940-1948)". In: HOFRATH, Heuschrecke (ed.), *Festschrift für Irma Seidler.* Budapeste: Samstagskreis, pp. 2-22.

1999 PICHON RIVIÈRE, Marcelo. "Detrás de la máscara". *ABC*, Madri, 20 de março, pp. 18-19.

2011 DEL CAMPO, Araceli. "Lo armenio en la obra de Adolfo Bioy Casares". *Revista de Estudios Literarios*, Vanazdor, nº 10 (mar.), pp. 4-29.

IV. EDIÇÕES CRÍTICAS E ANOTADAS

1973   *Plan de evasión*. Estudo preliminar e notas de Alberto Manguel. Kapelusz, 176 pp. Coleção Grandes Obras de la Literatura Universal.

1981   *La invención de Morel*. Introdução e notas de Hebe Monges. Colihue, 139 pp.

1981   *El perjurio de la nieve*. Introdução e notas de Hebe Monges. Colihue, 93 pp.

1982   *La invención de Morel. El gran Serafín*. Edição de Trinidad Barrera. Madri: Cátedra, 341 pp. Coleção Letras Hispánicas.

1990   *La trama celeste*. Edição, introdução e notas de Pedro Luis Barcia. Madri: Castalia, 267 pp. Coleção Clásicos Castalia.

2002   *La invención de Morel. Plan de evasión. La trama celeste*. Prólogo e notas de Daniel Martino. Caracas: Biblioteca Ayacucho, LI pp. + 383 pp.

OBRAS COMPLETAS DE ADOLFO BIOY CASARES EM TRÊS VOLUMES

VOLUME A
A invenção de Morel
Plano de fuga
A trama celeste
As vésperas de Fausto
O sonho dos heróis
História prodigiosa
Aparatos e apêndices

VOLUME B
Grinalda com amores
O lado da sombra
O grande Serafin
A outra aventura
Diário da guerra do porco
Memória sobre a Pampa e os gaúchos
Aparatos e apêndices

VOLUME C
Dormir ao sol
O herói das mulheres
A aventura de um fotógrafo na Plata
Histórias desaforadas
Uma boneca russa
Uns dias no Brasil (Diário de viagem)
Um campeão desaparecido
Uma magia modesta
De um mundo a outro
Das coisas maravilhosas
Aparatos e apêndices

ESTE LIVRO, COMPOSTO NA FONTE FAIRFIELD, FOI IMPRESSO
EM PAPEL NORBRITE 66,6 G/M, NA GRÁFICA PANCROM,
SÃO PAULO, BRASIL, MAIO DE 2019.